KURT TUCHOLSKY · AUSGEWÄHLTE WERKE

KURT TUCHOLSKY

AUSGEWÄHLTE WERKE

p

Lizenzausgabe mit freundlicher Genehmigung der
Melzer Verlag GmbH, Neu Isenburg 2006
für Parragon Books Ltd

Satz & Layout: Bernhard Heun, Rüssingen
Druck: GGP Media GmbH, Pößneck

ISBN: 1-40547-601-X

Diese Ausgabe erscheint bei

Parragon Books Ltd
Queen Street House
4 Queen Street
Bath BA1 1HE, UK

Inhaltsübersicht

ROMANE
(ERZÄHLUNGEN)

RHEINSBERG

ein Bilderbuch für Verliebte

Unsern lieben Frauen
M.W.
K.F.
C.P.

… das beginnt nach der Liebeserfüllung, nicht vorher. Da entfalten die Seelen ihre volle Stärke, nicht vorher. Da geht der Kampf in voller Rüstung, nicht vorher. Da stehen die Charaktere auf gleichem Feld, nicht vorher. Da sind die Schranken zwischen zwei Menschen dahin, da erst, nicht vorher.

Alfred Kerr

Müde und bekränzt streckt sich der Sommer ins Gras.

Heinrich Mann

Seinen eigentlichen Anfang nahm das Abenteuer erst, als sie in Löwenberg ausstiegen. Der D-Zug ruhte lang und dunkel in der Halle unter dem Holzdach – sie durchschritten einen Tunnel, oben, in hellem Sonnenlicht, stand die Kleinbahn, wie aus Holz gefügt, steif und verspielt.

Sie stiegen ein.

„Claire?"

„Wolfgang?"

„Diese Bahn scheint noch lange hier zu stehen … machen wir einen kleinen Spaziergang?"

„Setz dich hin und falte die Hände! Sie geht gleich ab."

Der Zug ruckte und ruckelte sich gemächlich durch Salatgärten, Hofmauern. Der Horizont flimmerte blendend weiß … War es eine Schönheit, diese Landschaft? – Nein: da standen Baumgruppen, durch nichts ausgezeichnet, das Land wurde wellig in der Ferne, versteckte ein Wäldchen und zeigte ein anderes – man freute sich im Grunde, daß alles da war … Das Maschinchen schnob und klingelte zornig, durch den staubigen Rauch hindurch klingelte es melodisch, wie eine läutende Kirchtumrsglocke bei Sturm.

„Wolf, den Reiseführer!"

Sie hatten ihn im D-Zug liegen lassen – er hatte ihn im D-Zug liegen lassen.

Sie hielten, mitten im Walde, auf der Strecke. Die Köpfe heraus; die Beamten waren zurückgelaufen, hatten Schaufeln mitgenommen: die Lokomotive mußte Funken ausgeworfen haben, ein kleiner Brand war entstanden …

„Ich will mitlöschen!"

Er kugelte den sandigen Abhang herunter; die Reisenden lachten. Oben stand Claire und verdrehte die Augen.

„Du mußt ja …!"

Er kam zurück, ganz bestaubt, lächelnd, glücklich. Er hatte sich wieder einmal betätigt. Die Beamten kamen, stiegen auf, der Zug ruckte an …

„Eigentlich …"

„Na?"

„Ich finde es heiter. Denk mal, Papa und meine Mama sitzen jetzt im Kontor, fahren in der Stadt herum und glauben ihr Töchterchen wohlgeborgen im Schoße der treusorgenden Freundin. Hingegen …"

„Hingegen …?"

„Na, ja, treusorgen sorgst du ja für mich …"

Der Jäger nebenan hatte schon lange in sich hineingelacht. Er saß da, grün, bepackt, schwer und braungebrannt. Man hatte, wenn man ihn sah, die Empfindung von ganz frühen, feuchten Morgen, ein Mann tappt durch den halbdunklen Wald, es riecht kräftig und gut … Das kleine, runde Loch der Büchse guckte unheilverkündend, schwarz und dunkel in die Luft: kleine Kugeln werden herausfliegen, das Reh, auf das es morgen gerichtet wird, lief vielleicht jetzt gerade mit seinen Gefährten zur Quelle, trank und war zierlich im Walde verschwunden … Der Jäger stand auf, stopfte sich eine Pfeife und sagte beim Herausgehen: „Schonzeit, junger Mann, Schonzeit!" – und stampfte lachend davon.

Das Coupé war erfüllt von ihrem Schreien, das die rumpelnden und klirrenden Geräusche übertönen sollte.

Man verständigte sich nur schwer:

„… Sonne weit über das Land …"

„… wie? Sonne reit über das Land? …"

„… nein … Sonne weeiit … Land … Sieh mal: ’ne Akazie! ’ne blühende Akazie, lauter blühende Akazien!“

„Is gar keine, is ’ne Magnolie!“

„Hach! Also wer weiß denn von uns beiden in der Botanik Bescheid? Ich oder ich?“

„’ne Magnolie is es.“

„Meine Liebe, ich müßte bedauern, es mit einem kräftig geführten Schlag gegen Sie nicht bewenden lassen zu können. Alle Wesensmerkmale der Akazie deuten auch bei diesen Bäumen auf eine solche hin.“

„Is aber ’ne Magnolie.“

„Herr Gott, Claire! Siehst du denn nicht diese typisch ovalen Blätter, die weißen, kleinen, traubenförmigen Blütenstiele! – Mädchen!“

„Aber … Wölfchen … wo es doch ’ne Magnolie is …“

Sie erstickte in Küssen.

Dann galt es noch eine Bauersfrau nachzuahmen, die auf der letzten Station hochgeschürzt und breitbeinig stehengeblieben war, um sich vermittels ihres zweiten Unterrocks zu schneuzen. Claire erwies sich hierbei als geschickt und brauchbar.

Endlich kamen sie aber doch an.

Es zeigte sich, daß das Hotel, das sich schon durch einen Anschlag im Zuge als altbekannt und mit einer gepflegten Küche versehen angepriesen hatte, durch einen Wagen, zwei Pferde und einen Bediensteten vertreten war. Dieser Mann mußte die Gepäckstücke holen, die man in Berlin sorgfältig aufgegeben hatte: zwei winzig kleine Köfferchen. Sie wurden verladen; die Reisenden stiegen ein. Sie rutschten auf den schwarzen, hier und da ein wenig aufgeplatzten Wachstuchkissen der Sitze herum; die Fenster klirrten, die beiden machten sich durch weitausladende Handbewegungen verständlich. Der Wagen war leer, die Chaussee staubig und öde. Einige hundert Meter saßen sie manierlich, aber schon an der Ecke, die das Anwesen des Gütlers Johannes Lauterbach und das der Post bilden, lagen sie in lautem Hader, wessen Koffer durch seine Kleinheit am meisten Verdacht erregen werde. Sie nannten diese Reisegegenstände ‚Segelschweine‘, und die Claire rang die Hände, Wolf sei ein Schandfleck. Sie, ihrerseits, wahre das Dekorum. Sie schwatzten fortwährend, die Claire am heftigsten. Ihr Deutsch war ein wenig aus der Art geschlagen. Sie hatte sich da eine Sprache zurechtgemacht, die im Prinzip an das Idiom erinnerte, in dem kleine Kinder ihre ersten lautlichen Verbindungen mit der Außenwelt herzustellen suchen; sie wirbelte die Worte so lange herum, bis sie halb unkenntlich geworden waren, ließ hier ein ‚T' aus, fügte da ein ‚S' ein, vertauschte alle Artikel, und man wußte nie, ob es ihr beliebte, sich über die Unzulänglichkeit einer Phrase oder über die andern lustig zu machen. Daß sie Medizinerein war, wie sie zu sein vorgab, war kaum glaubhaft, jedoch mit der Wahrheit übereinstimmend. Sie spielte immer, gab stets irgendeiner lebenden oder erdachten Gestalt für einige Augenblicke Wirklichkeit …

Der Wagen hielt. Während sie ausstiegen:

„Paß auf, Frauchen, wo ist der Koffer mit dem falschen Geld? – Ah da …"

Der Hausknecht ließ den Mund weit offen stehen, sperrte die Augen auf …

Freundlich geleitete sie der alte Wirt in ein Zimmer des ersten Stockwerks Es war kahl, einfach, blumig tapeziert. Holzbetten standen darin, ein großer Waschtisch, eine Vase mit einem künstlichen Blumenstrauß – an der Wand hingen zwei Pendants: ‚Eroberung Englands durch die Normannen', und in gleichartigem Rahmen und symmetrisch aufgehängt ‚Großpapachens 70. Geburtstag'. Die Tür schloß sich, sie waren allein.

„Claire?"

„Wolfgang?"

„Jetzt weiß ich nicht, sollte ich den Kofferschlüssel zu Hause vergessen haben …?"

„My honey-suckle", und sie drückte ihm einen heftigen Kuß auf den Mund, während ihr Gesicht rachsüchtig und boshaft erglänzte, und stieß ihn von sich:

„Och, der kleine Jungchen muß ja alles vergess – psch, psch, psch …"

Und man wußte nicht, ob diese Töne eine wiegende Mutter nachahmten oder ganz etwas anderes.

„Pack aus, mein Hulle-Pulle!" –

Schwer seufzend packten sie aus, räumten ein.

„Ja, ich bin nu so weit. Jetzt frisiere ich mich, un denn gehe ich spaziers. Un du?"

„Das überlasse du nur mir; es wird dir dann seinerzeit das Nötige mitgeteilt werden."

Der Stil war im großen und ganzen einheitlich verzerrt. Sie sagten sich häufig Dinge, die nicht recht zueinander paßten, nur um diese oder jene Redewendung anbringen zu können, den andern zu irritieren, sein Gleichgewicht zu erschüttern … Sie gingen herunter …

Da war der Marktplatz, der mit alten, sehr niedrigen Bäumen bepflanzt war, schattig und still lag er da. Sie schritten durch ein schmiedeeisernes Tor in den Park. Hier war es ruhig. In dem einfachen weißen Bau des Schlosses klopfte ein Handwerker. Sie gingen durch den Hof wieder in den Park, wieder in die Stille …

Noch brausten und dröhnten in ihnen die Geräusche der großen Stadt, der Straßenbahnen, Gespräche waren noch nicht verhallt, der Lärm der Herfahrt … der Lärm ihres täglichen Lebens, den sie nicht mehr hörten, den die Nerven aber doch zu überwinden hatten, der eine bestimmte Menge Lebensenergie wegnahm, ohne daß man es merkte … Aber hier war es nun still, die Ruhe wirkte lähmend, wie wenn ein regelmäßiges, langgewohntes Geräusch plötzlich abgestellt wird. Lange sprachen sie nicht, ließen sich beruhigen von den schattigen Wegen, der stillen Fläche des Sees, den Bäumen … Wie alle Großstädter bewunderten sie maßlos einen einfachen Strauch, überschätzten seine Schönheit und ohne das Praktische aller sie umgebenden ländlichen Verhältnisse zu ahnen, sahen sie die Dinge vielleicht ebenso einseitig an, wie der Bauer – nur von der andern Seite. Nun, hier in Rheinsberg erforderten die Gegenstände nicht allzuviel praktische Kenntnis, man war ja nicht auf einem Gut, das bewirtschaftet werden sollte. – Sie kamen an den Rand eines zweiten Sees, an eine Bank. Stille …

„Wolfgang?"

„Claire?"

„Glaubssu, daß es hier Bärens gibs? Eine alte Tante von mir is beinah mal von einem …"

„… von einem Bären zerrissen worden?"

„Nein." Sie war ganz empört. „Habe ich das gesagt? – Ich meine nur … Aber, du – beschützs mich doch, ja?"

„Ich schwöre dir …"

„Hm."

Wieder war es sehr still. Die Claire saß da und sah sehr bestimmt in das schmutzig-grüne Wasser.

„Also paß mal auf. Warum ist hier nicht überall der zweite Friedrich? So wie er in Sanssouci überall ist. Auf jedem geharkten Weg, an jedem Boskett, hinter jeder Staue? – Hier hat er gelebt. Gut. Wüßtest du es nicht, würdest du es merken?“

„Nein. Vielleicht muß man älter, machtvoller sein, um die Welt um sich zu formen nach seinem Ebenbilde … Wer ist heute so wie der Alte war? Sehen unsere Wohnungen aus, wie wenn sie nur und ausschließlich dem Besitzer gehören könnten? … Ein Specht, siehst du ein Specht!“

„Wölfchen, es ist kein Specht. Es ist eine Schleiereule.“

Er stand auf. Mit Betonung:

„Ich habe ein außerordentlich feines Empfinden dafür, ich vermute, du bist gewillt, dich über mich lustig zu machen. Wird diese Vermutung zur Gewißheit, so schlage ich dich nieder.“

Ihr Gelächter klang weit durch die Fichten.

Das Schloß! – Das Schloß mußte besichtigt werden. Man schritt hallend in den Hof und zog an einer Messingstange mit weißem Porzellangriff. Eine kleine Glocke schepperte. Ein Fenster klappte: „Gleich!“ – Eine Tür oberhalb der kleinen Stiege öffnete sich, und es kam nichts, und dann tappte es, und dann schob sich der massige Kastellan in den Hof. Als er der Herrschaften ansichtig wurde, tat er etwas Überraschendes. Er stellte sich vor. „Mein Name ist Herr Adler. Ich bin hier der Kastellan.“ Man dankte geehrt und präsentierte sich als Ehepaar Gambetta aus Lindenau. Historische Erinnerungen schienen den dicken Mann zu bewegen, seine Lippen zuckten, aber er schwieg. Dann:

„Nu kommen Sie man hier hinten rum, – da ist es am nächsten.“ –

Und schloß eine bohlene Tür auf, die in einen dunklen Steinaufgang hineinführte. Sie kletterten eine steile Treppe mühsam herauf. Oben, in einem ehemaligen Vorzimmer, lagen braune Filzschuhe auf dem Boden, verstreut, in allen Größen für Groß und Klein, zwanzig, dreißig – man mochte an irgendein Märchen denken, vielleicht hatte sie eine Fee hierher verschüttet, oder ein Wunschtopf hatte wieder einmal versagt und war übergelaufen …

Die Claire behauptete: *So* kleine gäbe es gar nicht. –

„Ih“, sagte Herr Adler, „immer da rein; wenn sie auch ein bißchen kippeln, des tut nichts.“

Er aber war nicht genötigt, solche Schuhe anzuziehen, weil er von Natur Filzpantoffeln trug.

Die Zimmer, durch die er sie führte, waren karg und enthaltsam eingerichtet. Steif und ausgerichtet standen Stühle an den Wänden aufgebaut. Es fehlte jene leise Unregelmäßigkeit, die einen Raum erst wohnlich erscheinen läßt, hier stand alles in rechtem Winkel zueinander ... Herr Adler erklärte:

„... und düs hier sei das sogenannte Prinzenzimmer, und in diesem Korbe habe das Windspiel geschlafen. Das Windspiel – man wisse doch hoffentlich ...?"

„Zu denken, Claire, daß auch durch deine Räume einst Liebende der Führer mit beredtem Munde leitet ..."

„Gott sei Dank! Konnt er ja! Bei uns war es piekfein."

Und dann sagte Herr Adler, dies seien chinesische Vasen, und dieselben hätte der junge Graf Schleuben von seiner Asienreise mitgebracht.

Aber hier – man trat in ein anderes höheres Zimmer – hier sei der Gemäldesaal. Die Bilder habe der berühmte Kunstmaler Pesne gemalen, und die Bilder seien so vorzüglich gemalen, daß sie den geehrten Besuchern überallhin mit den Augen folgten. Man solle nur einmal die Probe machen! Herr Adler gab diese Fakten stückweis, wie ein Geheimnis, preis. Es war, als wundere er sich immer, daß seine Worte auf die Besucher keine größere Wirkung machten. – Herrgott, die Claire! – Sie begann den Kastellan zu fragen. Wolfgang wollte sie hindern, aber es war schon zu spät. –

„Sagen Sie mal, Herr Adler, woher wissen Sie denn das alles, das mit dem Schloß und so?"

Herr Adler leitete sein Wissen von seinem Vorgänger, dem Herrn Breitriese, her, der es seinerseits wieder von dem damaligen Archivar Brackrock habe. –

„Und dann, was ich noch fragen wollte, Herr Adler, hat es hier wohl fruher ein Badezimmer gegeben?"

„Nein, aber *wir* haben eins unten, wenn es Sie interessiert ..."

Sie dankten. Herr Adler, der noch zum Schluß auf eine Miniatur, ein Geschenk der Großfürstin Sofie von Rußland, hingewiesen hatte, verfiel plötzlich in abruptes Schweigen. Und erst nachdem das Trinkgeld in seiner Hand klingelte, blickte er zum Fenster hinaus und sagte, ein wenig geistesabwesend: „Dies ist ein ehrwürdiges Schloß. Sie werden die Erinnerung daran Ihr ganzes Leben bewahren. Im Garten ist auch noch die Sonnenuhr sehenswert."

Claire unterließ es nicht, Wolf ein wenig zu kneifen, und an der blumenkohlduftenden Kastellanswohnung vorbei schritten sie hinaus, ins Freie.

Am Nachmittag fuhren sie auf dem See herum. Er ruderte, und sie saß am Steuer, während sie dann und wann drohte, sie werde ihre graue, alte Familie unglücklich machen, sie habe es nunmehr satt und stürze sich ins Wasser. Er werde sowieso bald umwerfen. Nein – sie landeten an einer kleinen Insel. Ein paar Bäume standen darauf. Sie lagerten sich ins Gras … Ein kühler Wind strich vom See herüber. Die Uferlinien waren unendlich fein geschwungen, die hellblaue Fläche glänzte matt …

„Sehssu, mein Affgen, das is nu deine Heimat. Sag mal: würdest du für dieselbe in den Tod gehen?"

„Du hast es schriftlich, liebes Weib, daß ich nur für dich in den Tod gehe. Verwirre die Begriffe nicht. Amor patriae ist nicht gleichzusetzen mit der ‚amor' als solcher. Die Gefühle sind andere."

„Nun, ich bescheide mich."

Und, nach einem langen Träumen in den hellen Himmel, – er war so hell, so hell, daß die blitzenden Funken vor den Augen tanzten, sah man lange hinein –:

„Wölfchen, du hast doch niemalen eine andere geliebt, vor mir?"

„Nie!"

Es prickelte, so über die Sehnsucht der Bürger zu spotten, über das, was sie Liebe nannten, über ihre Gier, stets der erste zu sein … Sie waren beide nicht unerfahren.

Stimmen kamen, Ruderboote, Familien, die hier zu einem Picknick landen wollten. Riesige, blecherne Vorratskörbe bedrohten wie Geschütze das Lager der Friedlichen … Auf und davon! –

Mitten im See: „Söh mal, du muß mir auch ma rudern gelaß gehabt haben –! Mich möchte diß auch mal – buh."

„Bitte, rudere!"

Sie wechselten, das Boot schwankte.

Die Claire ruderte. Es war eine Freude. Einmal verlor sie beide Ruder. Er mußte mit dem Stock rudern. Endlich fingen sie die Hölzer wieder, die weitab auf dem Wasser getrieben hatten.

„Ich kann es sehr schön. Ich konnt ja auch mal ohne Ruder – ja, konnt ich! Lach nich, du Limmel! Hab ich fürleichs nicht recht, na!"

Und ruderte, daß sie prusten und keuchen mußte, wie eine kleine asthmatische Dampfmaschine. Die Sonne ging schon unter, als sie anlegten.

Er bezahlte.

Die Claire schwätzte mit der Bootsverleiherin. Er hörte gerade: „So – also ein kräftiger Menschenschlag ist hier, wie?"

„Tje Fröln, *wir* vertobaken uns Jungen ja nich schlecht!"

Sie lachten noch, als sie am Hotel waren.

Wie friedlich dieser Abend war; sie saßen unter den niedrigen dunklen Bäumen und warteten auf das Essen.

„Claire?"

„Wolfgang?"

„Mir ist so …"

„Gut so, mein Junge."

„Nein! Spaß beiseite, mir ist mit dem Magen nicht recht."

„Das ist Cholera. Wart, bis du was zu essen bekommst."

„Nein, hör doch, ich hab so ein Gefühl, so leer, so …"

„Typisch. Das ist geradezu – bezeichnend ist das. Du stirbs, Wölfchen."

„Die richtige Liebe deinerseits ist das auch nicht! Erst lasse ich dich auf Medizin studieren, und jetzt willst du nich mal durch dein Hörrohr kucken."

„Ach Gott, nicht wahr, was heißt denn hier überhaupt! – Nicht wahr? – Wer denn schließlich …"

Aber sie ging doch mit zur Apotheke, die hellbraun und ganz modern sachlich eingerichtet war; weiße Büchsen und Töpfe aus Porzellan reihten sich auf Borden, ein leichter Baldriangeruch durchzog die Räumlichkeiten. Hier händigte man dem Kranken nach eingehender Rücksprache und leutseligem Reden an den Provisor eine kleine Flasche mit einer dunkelbraunen Flüssigkeit ein. Sie half. Gott sei Dank.

Dann aßen sie, und nach Tisch rauchte die Claire. Drüben am Haus saßen die Herren, die jeder Zugereiste als Honroatioren zu bezeichnen pflegt. Juristen, Beamte, der Apotheker, der durch Bruch des Berufsgeheimnisses mit Hinweis auf die beiden der kleinen Runde fettes Gelächter entlockte.

„Prost, Wolf, auf die Alten!"

„Auf die Alten!"

Die Gläser klangen, und drüben die Gäste, die in langer Tischreihe am beleuchteten Haus speisten, blickten herüber. Die Claire blies Ringe.

„Es ist eine maßlose Frechheit", entschied sie.

„Hm?"

„Hierher zu fahren. Wenn das niemand merkt! Aber es merks niemands – paß mal auf, es merks niemand."

„Ne quis animadvertat! Prost."

„Weißt du, lieber reise ich mit einem Flohzirkus wie mit dir."

„Als, Claire, als mit dir."

„Ach Gott, konnste auch besser mir nicht zu bekorrigieren zu gebrauchs gehabs habs! Ich spreche dir das schiere Hochdeutsch!"

„Hm. – Eingeweihte wissen davon Kantaten zu singen. Trinkst du noch was?"

„Ob ich noch wen trinke? – Nö."

„Ich finde, wir gehen noch ein bißchen, hä?"

Sie schlenderten durch den dunklen Ort. Nach langen, schwarzen Häuserstrecken kam eine Bogenlampe, umschwirrt von surrenden braunen Flecken. Insekten, die durchaus in das Licht gelangen wollten.

„Claire?"

„Wölfchen?"

„Die Tiere da oben, siehst du?"

„Ja."

„So auch der Mensch."

Sie blieb stehen.

„Wieso ... bitte?"

„Wie jene Lebewes..."

„Bitte – was hier zu symbolisieren is, symbolisier ich mir alleine. Überhaupt mußt du schlafen gehen. Du sprichst ja schon ganz ... anders. Soll ich dir aufs Aam nehmen?"

„Buhle!"

An dunklen Fensterläden kamen sie vorbei und an langen Mauern; hinter rötlich beleuchteten Gardinen saßen Familien und spielten Karten ... Einmal traten sie in einen Hof, stolperten über Pflastersteine und blickten durch ein Fenster in einen Saal.

Drinnen spielten sie Theater.

Von der Bühne sah man nur einen kleinen, gelben, hellen Winkel; aber man hörte alles. „Hoho", sagte eine überlaute Frauenstimme im Alt, „da werden wir meinen Schwager fragen müssen. Ah, da kommt er ja ..."

Das Publikum schnaufte und zuckte wie eine vielköpfige Bestie im Dunkel. Man sah Schultern sich bewegen, Köfpe sich hin- und herwenden ...

„Himmel, der Fritz", kreischte jemand auf der Bühne, und die Menge der Theaterbesucher lachte, ihre Körper tauchten auf und nieder, man murmelte.

„Wie merkwürdig“, sagte Wolfgang, „draußen ist es totenstill, der Mond scheint, und hier drinnen spielen sie ein Scheinleben. Und wir kommen hinzu, wissen nichts von den Voraussetzungen des ersten Akts und bleiben ernst.“

Es war still, der hell erleuchtete Winkel der Bühne blieb leer; einer mußte wohl eine zum Lachen reizende Geste gemacht haben, denn jetzt lachten die Frauen hell kreischend, während die Männer beifällig grunzten. Sie beugten sich weiter vor, man konnte undeutlich und durch das Fensterglas verschoben den übrigen Teil der Bühne erkennen, der eine Zimmereinrichtung mit gelber Tapete und gemalten Einrichtungsgegenständen darstellte; ein Mann in grüner Schürze hielt dort oben Zwiesprache mit einer robusten Weibsperson in den Vierzigern. Als Souffleurkasten diente ein alter Strandkorb. Sie hörten die beiden sagen:

„So, Er soll hier reinemachen (in der Tat hielt der Mann einen Besen in der Hand), und statt dessen scharwenzt Er mit den Mädels! Paß Er nur auf, Er Liederjan.“ – Hier kicherte das Publikum. – „Ich werde Ihm die Suppe schon versalzen. Hier und hier und da und da!“

Das Publikum lachte: „Hoho!“ und oben bekam der Mann, der bis dahin mit gutgespielter Teppenhaftigkeit den Kopf beflissen-horchend geneigt hielt, einige patschende Schläge ins Gesicht … In diesem Augenblick trat ein junges Mädchen auf die Bühne, und hier nahm die Heiterkeit des Publikums einen so beängstigenden Grad an, daß die beiden unwillkürlich vom Fenster zurückfuhren.

„Der erste Akt!“ seufzte er. „Uns fehlt der erste Akt!“

„So ein kleiner Junge, will sich das Theater besehens! Marsch zu Bett!“

Und sie gingen.

Als sie die Treppe hinaufkletterten, hörten sie noch das lachende Lärmen der angeregten Honoratioren.

„Claire, belustigen sich die ackerbautreibenden Bürger über uns? – Ich bin fürchterlich in meiner Wut.“

„Ja, mein Jungchen. Nu geh man zu Bett.“

Ihre großen, breitschultrigen Schatten tanzten an der Wand, weil die Kerzenflamme tanzte … Die Claire stand vor dem Spiegel und löste ihre Haare auf.

„Wölfchen, paß ma auf; da war ich noch ’n kleiner Mädchen, un da bin ich bei meine Freundin, die Alice gegangen – heb mir doch mal die Nadel auf! – und da war ein Herr, wie er hieß, weiß ich nicht mehr, und der hat gesagt, mein Haar ist wie aus Seide gesponnen. Ja."

„Na – und –?"

„Nüchs."

Die Claire liebte es, Geschichten zu erzählen, die, ohne Pointe, kleine, anspruchslose Begebenheiten ihrer Kindheit enthielten. Sie verlangte, daß man sie sich oft anhore, und wurde zornig erregt bei dem Einwand, man kenne dies.

„Du bist gar nicht freundlich zu mir. Du liebst mich nicht mehr."

Einem seelischen Chamäleon gleich, bot sie nun den Anblick einer Liebeskranken. Der Mund war schmerzlich verschoben, der Oberkörper leicht geneigt, die Hände krampften sich.

„Ich meinerseits liege im Bett", sagte er. Die Kerzenflamme verlosch …

Unten schwatzte das Wirtshauspublikum. Man hörte, wie der Wirt seinen Rundgang bei den Tischen veranstaltete:

„Nun, auch die Frau Schwester wieder gesund? – Ja, ja, so gehts. Hat es den Herrschaften geschmeckt? Ja …"

Oben aber sagte die Claire gedankenvoll, langsam:

„Ich möchts dir nu nehmen und einem in sein Gulasch werfen. Seh mal, er wundert sich bestimmt. Wie –?"

Aber dann schwieg sie.

In der Nacht wachte er auf. Vorsichtig bauschte er den Vorhang, der weiß und faltig am Fenster leise vom Nachtwind bewegt war. Der Mond gespensterte in den Bäumen, ein Obelisk stand seitwärts drohend da und warf einen scharfen Schatten. Das Laub rauschte auf. Warum reagieren wir darauf wie auf etwas Schönes, fühlte er. Es ist doch nur ein durch Schallwellen fortgepflanztes Geräusch … Und überließ sich gleich darauf willenlos diesem ruhigen Rauschen, das ein wenig traurig war, aber Hohes ahnen ließ und die Brust weiter machte … Er fuhr herum. Eine ganz verschlafene Kinderstimme sagte unter einem Wasserfall von Haaren:

„Is niemand in mein klein Bettchen, und soll aber jemand da sein, und Klein-Clärchen is ganz allein …"

Er trug sie zurück.

Als er früh am Morgen vom Friseur zurückkam, war die Claire am Aufstehen.

Es war das so eine Sache: die erste Viertelstunde pflegte sie mit feiner Stimme ein entzückend klingendes Germurmel zu stammeln, unzusammenhängende Silben hervorzubringen und in den verschiedensten Nachahmungen von Tierstimmen zu paradieren. Kaum hatte er die Tür hinter sich zugezogen, so begrüßte ihn das Winseln und Mauen einer neugeborenen Katze.

„Aufstehen! Claire! Aufstehen! Alle Leute sind schon nach Tisch."

Man mußte ein wenig übertreiben – es half sonst nichts.

„Buh!"

„Ja, ich weiß. Komm!"

Und zog ihr die Bettdecke fort.

Später:

„Wölfchen, zieh ich nu das Grüne oder das Weiße an?"

„Hm, welches möchtest du denn gerne anziehen?"

„Das … das weiß ich nicht. C'est pourquoi ich dich frage."

„So zieh denn das Weiße an."

„Schön. Was *dieser* Junge mich tyrannisiert, das ist nicht zu sagen. Haach!"

Pause.

„Wolfgang?"

„Claire?"

„Meinst du würklich, daß ich das Weiße anziehen soll? Seh mal … ich meine, mit den Felckens un so …"

„Also: das Grüne.!

„Schön."

Nach einer kleinen Weile:

„Ja, haber – ich möchte doch aber gern …"

„Was möchst du gern?"

„Das Grüne –"

„Aber ich sage dir ja, ziehs an!"

„Ja … aber … wenn dus mir sagst, machts mir gar keinen Spaß. Du mußt sagen: Ziehs nich an, mußt du sagen, oder: zieh das Weiße an, tja."

Und bevor er sich noch erholt hatte, fing sie an, ein wundervolles Gezänk von sich zu geben, nach Art gewisser Frauen, die sich beleidigt glauben und ihren Gefühlen auch dem Dienstmädchen gegenüber keinen Hehl zu machen pflegen. Das Ganze paßte nicht recht her, aber sie war im Zuge, da war nichts zu machen.

„So? – Also in *meinem* Hause lasse ich mir das nicht sagen, ich nicht! Sie stauben meine kostbaren Seidenmögel nicht ab, Sie … Geschöpf! – Aber mein Mann, der Bergassessor …“

Er floh. Noch auf dem Korridor hörte er sie wie einen Schusterjungen pfeifen.

Auf den Kaffeetisch schien die Sonne; hier roch es stark und ländlich nach Milch, Butter und einer frischgewaschenen Decke. Bienen und dicke Fliegen schwammen in einem alten Hongiglas, das der vorsorgliche Wirt mit Zukkerwasser gefüllt hatte.

Sie kam herunter, eine Weile sprachen sie nichts. Sie aß … mein Gott, sie aß und hatte Hunger, den richtigen Morgenhunger des Langschläfers.

„Claire?“

„Wolf?“

„Ich denke, wir fahren heute morgen ein wenig spazieren.“

„So, und ich? – Mich nimmt er gar nicht mit! – Ich will auch mit!“

„Ich sagte: wir.“

„Buh, buh!“

„Ja, du kannst auch mit. Nu weine man nich und eß.“

„Wolfgang, ein so wunderschönes Deutsch sprichst du ja auch nicht, nein, das kann man nicht sagen. Aber keine Sorge: Meine Bemühungen werden mich das Ziel schon erreichen lassen.“

Sie konnte ganz gewählt sprechen, wie es wohl alte Erzieherinnen manchmal tun, mit übermäßig stark betonten Endsilben und weit nach hinten gerutschten Gaumen-‚R’s.

„Mein Papa sagt immer, Wölfschen, ich spräche keinen guten Deutsch. Wie? – Ja, er ist ein erfahrener Greis, aber wie steht es ihm an zu sprechen ‚Stoße nicht in das Horn des Leichtsinns, mein Kind, und witzele nicht über so schwerwiegende Dinge!‘ Ich frage dich: Hat er unrecht oder hat er unrecht? Zwei Möglichkeiten kommen nur in Betracht.“

„Er hat recht. Da kommt der Wagen.“

Es war sein Glück. Denn schon hatte sie sich hochaufgerichtet und stand da, die Hände fest auf den Tisch gedrückt und schielte …

Leicht und schnell rollte der Wagen durch die grüne Allee.

„Wolfgang?“

„Claire?“

„Merks du nichts?“

„Wie bitte?“

„Obs du nichs merks?“

„Nein.“

„Na, aber süh mir mal an!“

„Bei Gott, nichts. Zuckt die Achseln.“

„Du mußt das nicht mitsprechen, was in Klammern steht. Zuckt die Achseln, das steht in Klammern, weiß du? – Aber merkst du nichts?“

„Du hast dich gewaschen.“

„P! – Aber ... ein blaues Band hatt ich gestern durch mein Hemd gezogs, un nu nich mehr. Du erlaubs mirs ja nich. Du ja nich.“

Bot sie nicht das Aussehen einer sichtlich Gekränkten, die schmollend die bessern Gefühle des Geliebten anrief?

„Du hast ja ’n Freund, der wo sagt, bunte Bänders in der Wäsche tragen nur Kellnerinnen! Konnst deinem Freund gesagt haben, er konnt bei mir gegangen gewesen sein, ob ich vielleicht ’ne Kellnerin war.“

Ja, er wolle das bestellen.

Aber nun mußten sie in das Grüne sehen, das sich an ihnen vorüberbewegte. Nicht, als ob dieser Wald jene gerühmte Schönheit besessen hätte, wie wir sie auf Bildern und Postkarten zu sehen Gelegenheit haben. Er wies keine ‚Partien‘ auf, keine Durchblicke. Aber er machte sie froh. Es war wohl mehr ihre allgemeine Freude, am Leben zu sein. Zwischen den Vergangenen und denen, die noch kommen würden – jetzt waren *sie* an der Reihe – hurra! –

An einer Biegung der Chaussee machte der Kutscher halt, murmelte und verschwand im Gebüsch. Die Claire begleitete seinen Weggang mit frommen Reden ... Und dann fuhren sie weiter, und an einem Wirtshaus am See wurde Rast gemacht, und dort gab es zu essen.

Und dann fuhren sie wieder auf langen Umwegen nach Hause, nach Rheinsberg. Fußgänger begegneten ihnen, schwitzende Familienväter, die ihre Spazierstöcke mit den baumelnden Jacken am Ende Gewehr über trugen und schweigend der nächsten Bierquelle zustrebten, Verliebte, die mit verkrampften Händen selig daherstolperten, einmal hörten sie das Bruchstück eines Gespräches zweier spitzmäuliger Damen.

„Ja“, sagte die eine, „und denken Sie, sie ist eine Berlinerin, aber wissen Sie, im guten Sinne des Wortes ...“

Der Wagen juckelte und knarrte, bald gehen die Pferde im Trab, bald trotten sie langsam mit gesenkten, nickenden Köpfen ... Und immer konnte man, wenn es einem beliebte, den Kopf nach hinten legen, „auf den Verdeck", wie Claire das nannte, und dann sah man in die Wolken, immer in die Wolken, während der Körper im Rhythmus des Fahrens angenehm bewegt wurde …

Am Spätnachmittag kamen sie an; es war heiß, vielleicht würde es abends ein Gewitter geben, sagte der Wirt. Sie gingen in den Park. An einem kleinen Rondell schimmerten weiße Figuren aus dem Blätterwerk. Ein Satyr lehnte an einem Baumstumpf, mit gesenkter Flöte, ein Faun stach eine fliehende Nymphe … Das Schloß leuchtete weiß, violett funkelten die Fensterscheiben in hellen Rahmen, von staubigen Lichtern rosig betupft, alles spiegelte sich im glatten Wasser. Baumgruppen standen da, rötlich-gelb beschienen mit schwärzlichen Schatten, sie warfen lange, dunkle Flächen auf den Rasen. Träge schob sich der See in kleinen Wellchen an die schilfigen Ufer …

„Brühheiß. Kann man eigentlich so den Hitzschlag bekommen, Claire?"

Sie lag am Boden und kaute einen Halm, der schwankend ihrem Munde entwuchs.

„Das kommt ganz auf die Innentemperatur an, mein Junge. Du – bei deiner Hitze – ja, du kannst wohl einen kriegen! Zeig mal die Zunge – hm …"

„Du tätest auch besser daran, mehr in den Kollegs aufzupassen, anstatt Herzen mit meinen Initialen in die Bänke zu schneiden. Überhaupt das Frauenstudium …"

„Bitte, nehmen Sie Platz." Sie war ganz Würde, und obgleich sie im Gras saß, konnte man glauben, was den Ausdruck ihres Gesichts anbetraf, einen vielbeschäftigten, an seinen Patienten interessierten Arzt vor sich zu sehen.

„Einen Weg zur Heilung werden wir schon finden … schon finden …"

Sie kraulte sich einen imaginären Bart. „Wissen Sie, ob Ihr Herr Großpapa jemals an einem icterus katarrhalis litt? Oder an einer angina vincentis? Nun, wir werden das Übel schon beheben. Darf ich bitten, den Mund zu öffnen, weiter, weiter – so …" Und sie warf den Aufhorchenden mit einem starken Stoß nach hinten, ins Gras …

Die Luft lag unbeweglich, drückend, sie schritten über eine Brücke, darunter das Wasser grün und schleimig abfloß. Sie blickten hinunter. Blätter schwammen vorbei, kleine Zweige, Hölzchen …

„Wolfgang?"

„Claire?"

„Erlaubsus mir? Ja? Nur einmal! Bitte! Bitte!"

Sie drängte sich an ihn, umkoste ihn, ging ihm um den Bart, sozusagen …

„Was denn, was denn, Kind?“ Er machte sich frei.

„Erlaubs mir doch! Nie nich erlaubsu mir wen! Ich möchte doch soo gern …“

„Aber was denn?“

Sie schwieg. Sie sahen wieder von der Brücke in das dahinschleichende Wasser.

„Wolfgang“, sagte die Claire träumerisch, „ich möcht *einmal* in das Wasser spucken …“ Und in den höchsten Tönen: „Erlaubs du mir?“

Und piepsend: „Ja?“

Er erlaubte es ihr.

Sie gingen durch die Straßen der Stadt. Schaufenster boten lockend ihre Einlagen an, kunstreich geordnet. Oh, man war hier durchaus auf der Höhe, wie man mit Stolz sagen durfte, und hatte sich die Errungenschaften der neuen Zeit zunutze gemacht: ein moderner Wind wehte auch hier. Nach künstlerischen Prinzipien hatte z. B. Herr Krummhaar, der Kolonialwarenhändler an der Ecke des Marktes, sein Schaufenster arrangiert. Blickte man durch die blankpolierten Scheiben, so tat sich dem Beschauer eine schlaraffenhafte Landschaft auf: auf einem Hügel von Paniermehl stand ein Zuckerhut mit einem roten Gelatinekreuz, und sah man näher hin, war es eine Windmühle, Pflaumenwege führten an mit Preisen versehenen Korinthenbeeten vorbei, und auf einem Spiegelglas schwamm eine Brigg, die Herrn Krummhaar aus dem fernen Indien bauchige Flaschen Danziger Goldwassers und Salzbrezeln heranschleppte … Vor der Ladentür waren Fässer aufgebaut, die bis oben hin mit köstlichen Erbsen und allerhand getrocknetem, nun aber längst verstaubtem Obst gefüllt zu sein schienen; nur der Kundige konnte ahnen, daß es sich um eine geschickte Täuschung handle. Lange stand die Claire vor der bunten Pracht, dann zitierte sie mit Ausdruck:

„Und einen Ochsen, ganz bepackt,
Mit Fleischextrakt …“

Überall blieb sie stehen, alles wollte sie kaufen, und sie wirbelte kerum, schwatzte, lachte, und war nacheinander: ein Frauchen, das ihren Mann zu Einkäufen bewegen will, ein unfolgsames Kind, das sich meckernd von der Hand der Bonne durch die Straßen schleppen läßt, ein kleiner Hund, – und zehn Schritte lang bot sie sogar die Kopie eines durchaus nicht einwandfreien Geschöpfes …

Vor der Tür eines kleinen Lädchens, dessen Schaufenster dem Käufer Posamentier- und Weißwaren versprachen, standen die Fräulein Luft, zwei gutmütige ältliche Wesen, die ein wenig muffig rochen …

Sie schöpften die Abendluft, einen Käufer gab es jetzt nicht. Die beiden drängten sie in ihren Laden.

„Ich möchte, bitte, Wäscheknöpfe." Die Claire war geschäftig, ganz bei der Sache.

„Tje …"

„Aber bitte, geben Sie mir doch, bitte, weiße Wäscheknöpfe … zum Annähen …"

„Tje … Gewiß."

Aber die Fräulein Luft rührten sich nicht, sondern sahen sich und die beiden Besucher, die ihren Laden nahezu ausfüllten, ratlos, verlegen an. Eine von ihnen holte tief Atem …

„Mochte der schunge Härr nicht so lang rausgehen …"

‚Welch treue Seele', dachte er. Und ging heraus.

„Ein Kinematograph? Hier in Rheinsberg? Wölfchen, nach dem Souper? Ja?"

Wirklich, es gab einen, und sie gingen hin.

Auf dem Wege schon murrte es in den Wolken, die langsam aufzogen. Wind schüttelte Laub von den rauschenden Bäumen, Staub wirbelte auf …

Aber noch trocken kamen sie in dem Saal des Wirtshauses an. Richtig, ein kleines Orchester war da, es verdunkelte sich der Saal …

NATUR! MALERISCHE FLUSS-
FAHRT DURCH DIE BRETAGNE.
KOLORIERT.

Der Apparat schnatterte und warf einen rauchigen Lichtkegel durch den Saal. Eine bunte Landschaft erschien, bunt, farbenprächtig, heiter. Die Kolorierung war der Natur getreulich nachgebildet: Die Bäume waren spinatgrün, der Himmel, wie in einem ewigen Sonnenuntergang, in Rosa und Blau schwimmend … Während die Flußlandschaft hell vorbeizog, schwankte dauernd ein schwarzer Schatten, in Form einer Stange, durch das Bild, was vermuten ließ, daß die Aufnahme von einem Dampfboot aus gemacht worden war. Dies bestätigte sich; denn nach einer kleinen Weile drehte sich der hellbraun gebohlte Teil eines Schiffes in das Bild, das nun das Nahe und das Ferne zugleich erkennen ließ: eine rosagekleidete Dame, mit weißem Spitzenschirm, anscheindend zu diesem Zwecke hinbeordert, erzeugte vermittels freundlichen Lächelns, Winkens und eifrigen Auf- und Abspazierens geschickt den Eindruck sommerlichen Glückes; hinten glitten die kolorierten Bestandteile der Bretagne vorbei, Trauerweiden, die Zweige in das Wasser hängen ließen, kleine ockergelbe Häuschen, die anscheinend auf ihre Umgebung abgefärbt hatten, ein vorüberziehender Fischdampfer …

Die Claire saß erschüttert.

„Wolfgang, es ist zu traurig! Glaubsu, daß der sterbende Krieger seine Heimat erreicht?"

Er glaubte es nicht. Um so weniger, als jetzt der eben eingetretene Klavierspieler geräuschvoll drei kräftige Akkorde erschallen ließ, sein Bierglas herunterwarf, aber hierdurch unbeirrt sich anschickte, den nunmehr folgenden Film: ‚*Moritz lernt kochen*' in angemessener Weise zu begleiten. Die Musik tobte: der Nachbar steckt den Kopf zur Tür herein, Moritz steht am Kochherd, packt den andern, wirft ihn in den Topf, daß die Beine heraussehen. Schwanken, Fallen, Töpfe kippen, Sintflut, man schwimmt gemeinschaftlich die Treppe herunter, schüttelt sich unten die Hände, nimmt das triefende Mobiliar unter den Arm und verschwindet …

Die Claire konnte sich nicht beruhigen: sie fragte, wollte alles wissen. Ob er denn nun kochen könne, ob der Nachbar gut durchgekocht sei, sie können übrigens kochen, perfekt, möchte sie nur sagen …

Und schwieg erst, als helle Buchstaben auf dunklem Grund ankündigten:

‚*Das rettende Lichtsignal*'.
In der Titelrolle Herr Violo.
Von der Greizer Hofoper.

Auf Grund einer freundlichen, stillen Übereinkunft zwischen Filmfabrik und Publikum bedeutet die blaue Farbe Nacht, während die rote die Katastrophe einer Feuersbrunst anzeigt, so daß es allen klar wurde, wie man in solch gefährlichen Stunden eines rettenden Lichtsignales des Bräutigams bedurfte. Mochte die Handlung durchsichtig sein, hier war das Leben, aber konzentriert. Wenn das Meer, wenn die Brandung an Felsen schlug, wenn der Vorplatz eines Hauses einen Augenblick frei blieb und man an den Zweigen sehen konnte, wie der Wind geweht hatte, *der* Augenblick war dahin, unwiederbringlich dahin … Wie beängstigend schön war es, wenn Eisenbahnzüge, lautlos, wie große Schatten erschienen, immer näher, größer – ein Kopf sah aus dem Fenster …

Aber als die leuchtenden Lichtgestalten zu weinen begannen und ein Harmonium in Aktion gesetzt wurde, schnupfte die Claire tief auf und äußerte schluchzend den Wunsch, nach Hause zu gehen …

Sie kämpften sich durch Wind und Regen ins Hotel.

Am Morgen gingen sie in die Felder. Das Gewitter von gestern hatte abgekühlt, die ersten herbstlichen Tage kamen. Der Wind wehte stark. Als sie gegen ihn angingen, sang er wie klagend … An den Wegen schäumten die Laubmassen. Milchigweißes Licht beglänzte gleichmäßig die Felder. Die Sonne steckte hinter den stürmenden Wolken; manchmal kam sie hervor, dann war sie rot und fror in der rauhen, kräftigen Herbstluft. Ein leerer Pfad lag vor ihnen, reingefegt vom Wind, – und es war Seligkeit, darüber hinwegzuschreiten; junge Linden reihten sich endlos, und es war Glück, immer wieder den ächzenden Stamm zur Seite zu haben. Tief ging der Atem, und die Schultern hoben sich. Sie gingen im Gleichschritt.

Sehnsucht – Sehnsucht nach der Erfüllung! Hier war alles (fühlte er), Herbst, der klärende, klare Herbst, Claire, alles – und doch zog es weiter, der Fuß strebte vorwärts, irgendwo lag ein Ziel, nie zu erreichen!

Viel, fast alles auf der Welt war zu befriedigen, beinahe jede Sehnsucht war zu erfüllen – nur diese nicht. Was war, von oben betrachtet, ein Liebender ? – Ein Narr. Wenn sich ihm das geliebte Herz eröffnete, schwieg er, satt und zufrieden. Ganze Literaturen wären nicht, riegelten die Mädchen ihre Türen auf … Ein Amoroso war zu befriedigen, gebt ihm das Weib, das er begehrt, und der tönende Mund schweigt. Was gibt es, *uns* zum Schweigen zu bringen? Wir haben nichts mehr zu verschleiern, wir wissen um alle Heimlichkeiten der Körper … Auch um alle der Seele? – Es gibt Worte, die nie gesagt werden dürfen, sonst sterben sie … Aber wir wollen nicht in diese Tiefen der Schatzkammern, wir haben einander ganz und doch sehnen wir uns. Was ist das, das uns forttreibt, weiter, höher, vorwärts? – Der Frühling ist es nicht; denn es ist da zu allen Jahreszeiten, die Jugendzeit ist es nicht; denn wir spüren es in allen Altern, die Claire ist es nicht, wir fühlen es ohnehin.

Jetzt kamen sie durch einen windstillen Hain junger Birken.

Glücklich sein, aber nie zufrieden. Das Feuer nicht auslöschen lassen, nie, nie! In einem runden Loch kreiste träge schwarzes, fauliges Wasser. Alles andere ist ein Vorspiel: die Werbung, die Gewährung, das Genießen. Dann fängt es an und höret nimmer auf. Was kann vorher sein? Beschäftigt mit der simplen Frage? Ja? – Nein? – sehen sie nicht das Wesentliche, nicht das Eigentliche. Entkleide die deinige von deinen Begierden, sie zu besitzen, setze sie in dein Zimmer, wunschlos, allein, denk, du habest alles, was du wolltest … Bliebe sie? Kann sie mehr als locken, versprechen? – Kann sie *geben?* Nicht jede hält die Belastungsprobe aus. Man behütet nicht umsonst ängstlich das Letzte, wenn man nicht weiß, daß es das Kostbarste ist, was man zu geben hat. Eroberungen, bei denen der Reiz nur im Erobern besteht. Wir aber wollen besitzen.

Und es gibt keine tiefere Sehensucht als diese: die Sehnsucht nach der Erfüllung. Sie kann nicht befriedigt werden …

„Wölfchen! Hallo!" Sie war weit vorausgelaufen und pflückte im Gebüsch weiße Eisbeeren, legte sie im Kreis auf den Boden und knackte sie mit dem Fuß entzwei.

„Warum tust du es?"

„Hast du keinen Sinn für Schönheit? *Fühlst* du nicht, daß das befriedigt, erlöst, wie von einem Druck befreit, wenn die Beere – endlich – aufknackt? – Banause!"

Die Gräser glänzten im Licht, ein dicker Käfer zog über die Chaussee, flog auf, ein Wind strich über den Weg, führte ihn mit sich fort, wollte er dorthin? – Nun, er würde auch da glücklich sein …

Eine Schafherde trappelte durch die gestoppelten Felder; sie wollten ausweichen, aber es war zu späte, der Schäferhund hatte eine lange Reihe zurechtgebellt, sie waren mitten unter ihnen, die Schafe umwogten sie, die Claire schwankte lachend in dem Meer her und hin.

„Wölfchen, wenn mir die Tieren nu fressens?"

„Ihnen nicht, Fräulein, es dürfte sich nicht lohnen."

Endlich krochen sie heraus, staubbedeckt, lachend.

„Daß du dir da rausgefunden hast, Wölfchen!"

Sie waren auf freiem Feld, glänzend wehten grüne Gräser im Wind, die Luft war in starker Bewegung, aber das Land lag ruhig, mochte es wehen und darüber hinfahren, die Erde blieb fest.

Sie standen auf einem kleinen Hügel, das Land wellte sich weit fort, spielend riß die starke Luft an den Haaren. Dies alles umarmen können, nicht, weil es gut oder schön ist, sondern weil es da ist, weil sich die Wolkenbänke weiß und wattig lagern, weil wir leben! Kraft! Kraft der Jugend! …

„Claire?“

„Na?“

Und wurde gepackt und wie ein Wickelkind davongetragen, den Abhang herunter bis tief in die blumige Mulde.

Und wieder kamen sie nach Rheinsberg, und weil es der letzte Tag war, verschwand Wolf und kam kurz vor dem Mittagessen mit einem großen weißen Paket wieder. Oben angelangt, legte er es auf den Tisch. Die Claire zupfte vor dem Spiegel an ihrem Haar. Wandte sich um.

„Wolfgang?“

„Claire?“

„Was isn diss?“

„Nüchs, wie du dich auszudrücken beliebst.“

„Na, haber …“

„Um allen so gearteten Debatten aus dem Wege zu gehen, mein liebes Weib, erkläre ich hiermit, daß in dem Paket mit erhobener Stimme zwar etwas darin ist, aber du dasselbe mit Bedeutung nicht vor dem Abend öffnen darfst. Um zehn geht der Zug, um dreiviertel zehn darfst du, Punkt.“

„Hm.“

Pause.

„Wolfgang?“

„Claire?“

„Sagssu mir, was da drün is? Seh mal …“

„Schweig. Ich habe gesprochen.“

„Aba, Wölfchen, ich fand, du konnst mir doch den Anfangsbuchstaben sagen und den hintern auch, ich meine den Endbuchstaben, ja?“

„Ich zertrümmere dich. Nein.“

„Nur den Anfang, tje? – Bitte, bitte! …“

„Schluß. Wir essen!“

Es gab ‚schöne Sachens‘ – „Suppens gibs“, erörterte Claire, die alles wußte, „un Hühnegens mit Gemüsen und Hops (Hops? – Obst, Wölfchen, Obst) un denn gübs … Willstu das gern wissen, Wölfchen?“

„Ja.“

„Hm, ich sag dirs auch. Aber du mußt mir sagen, was in dem Paket …“

„Ich wills nicht wissen.“

„Buh!“

Sie ‚muckschte' wie ein kleines Kind und ließ eine habsburgische Unterlippe hängen, bis das Essen kam.

„Wölfchen, eß man Suppens mitm Messer?"

„Wa –?"

„Na, ich hab mal einen gesehen, der hat mitm Messer geessen."

„Suppe?"

„Neieinn …"

Aber da kam eine alte Dame an ihren Tisch vorübergeschlurcht, schielte krumm und murmelte etwas von „unerhört" und „Person" und so.

„Wölfchen, die meint mir. Konnste ihr nicht gefordert gehabt habs? – Söh mal, ich bin doch 'ne Feine, nich wahr? oder glaubsu, ich bin eine Prostitierte? Nei–n. Ich ja nich. Ich nich. Hä?"

„Laß das Alter gewähren, mein Kind. Vielleicht hat sie nicht so hübsche Jugenderinnerungen … Wie schrieb der große Friedrich an den Rand seiner Akten? – ‚Mein lieber Geheimrat', schrieb er, ‚wir sind alt und können nicht mehr, wir wollen uns über die freuen, die noch können.'"

Und dann aßen sie, und als es zu Ende war:

„Wölfchen, die Sonne scheint gerade so schön, wir wollen fotografieren!"

Sie holte den Apparat, den sie umständlich herrichtete. Eine Zeitaufnahme war beabsichtigt, unter dem Blätterdach der alten Bäume, die gesprenkeltes Licht zum Boden durchließen.

„Stell dir man hin, Wölfchen. Nun paß auf: wir machens einen langen Aufnahmen. Du mußt nu ümmessu ruhig stehen, weißtu, ganz stille, ich geh solange fort, auf daß es dir nicht lächere …"

Er stand regungslos, nur gegen die Sonne anblinzelnd, fühlte sein Herz klopfen, der Atem ging taktmäßig ein und aus. Wie lange es dauerte? Die Claire wandelte unter den Linden, weiter hinten. Es sah aus, als hätte sie vergessen …

Ohne die Lippen weit zu öffnen:

„Claire!"

Immer noch erging sie sich unter den schattigen Bäumen, aber sie antwortete:

„Ja?"

„Noch lange?"

„Nein."

Wieder Schweigen. Wieder summten die Insekten. Teller klapperten im Haus.

„... lange?"

„Wolfgang?"

„Hm?"

Und von ganz fern: „Du kannst kommen! – Ich habe gar nicht eingestellt!" Und helles Lachen.

„So ein –"

„Aber schön still hast du gehalts!"

Hoho! Wie aus einem Schallbecken platzte Lachen aus ihrem Mund, heftig, lärmend.

Aber er fing sie.

Nach dem Essen mußte die Claire schlafen gelegt werden. Sie waren im Sonnenglast hingestreckt, auf einer Wiese, über der die Luft in der Mittagswärme, zittrig schwebte. Schweigen ...

„Wölfchen?"

„Claire?"

„Sagssus mirs?"

„Was denn?"

„Was in den Paket ...?"

„Schlaf!"

Sie schnarchte, daß die Grillen vor Schreck verstummten.

„Pst!"

„Du sagst ja, ich soll. Nie nich is es richtig. Buh!"

Wieder Schweigen.

Wie im Selbstgespräch: „Ich fand, wenn dus mir sagtest, gefiels mir hier besser. Wie? Ich bin neugierig, alle Frauen sind ...? Ich will dir mal was sagen, ich wills gar nicht wissen, überhaupt ist es mir egal, es läßt mich kalt."

„Das kannst du brauchen."

„Wie?"

„Ich meinte nur."

„Wölfchen?"

„Claire?"

„Is'n zu essens drin oder ...?"

Aber er antwortete nun nicht mehr. Sie schliefen. Und als sie aufwachten –

sie hatte ihn wachgekitzelt –, stand die Claire auf, strich sich den Rock glatt, und ihre ersten Worte waren: „Neugierig bün ich ga–nich. Aber wissen möcht ich *bloß*, was da in is", und dachte heftig nach, ohne es herauszubekommen. (Sie hat es nie erfahren, das Paket wurde im Hotel vergessen.)

Nachmittags lagen sie im Boot. Der Himmel war klar, noch einmal gab der Sommer seine Wärme.

Dies ist der letzte der drei Tage! Aber ich bin so froh wie am ersten. Jung sein, voller Kraft sein, eine Reihe leuchtender Tage – das kommt nie wieder! Heiter Glück verbreiten! – Wir wollen uns Erinnerungen machen, die Funken sprühen! Wir haben alles voraus – heute! Mögen die in den Gräbern die Fäuste schütteln, mögen die Ungeborenen lächeln – wir *sind!* Alle sollen freudig sein! Kämpfen – aber mit Freuden! – Dreinhauen – aber mit Lachen! Mädchen, was zieht ihr mit Ketten schwer beladen einher? – Schüttelt sie ab. Sie sind leicht! – Sie sind hohl! – Tanzt, tanzt! –

Vom Ufer her rief sie jemand an, ein Mädchen mit einer Schneckenfrisur und ernsten, schwarzen Augen. Sie trug sich irgendwie in Blau und Grau. Sie ruderten heran. Wo es hier nach dem Forsthaus ginge? Ob es noch weit sei? – Sie beabsichtigten, dorthin zu fahren, wenn sie wolle ...? Sie dankte, nahm an.

Es ergab sich, daß sie gleichfalls die Heilwissenschaft studiere und sich auch sonst geistig fleißig rege. Sie lud arme Kinder zu sich zu Tisch, um an abgemessenen Gewichtsportionen die Wirkungen gewisser Hydrate festzustellen, auch in andern Beziehungen nahm sie sich dieser Opfer der kapitalistischen Wirtschafsordnung an und förderte sie durch gute Ratschläge. Das brachte sie ruhig und selbstverständlich vor, bescheiden, aber fest. Das Gespräch glitt weiter. Nein – heiraten wollte sie vorläufig nicht; sie habe noch keinen gefunden, der Mann gewesen wäre, ohne ein Sexualtier zu sein. Sie hatte einen schlechten Teint, und es sah aus, als bade sie selten. – Ob sie denn nie verliebt gewesen sei? – Oh, sie besäße, wie sie, ohne unbescheiden zu sein, mitteilen könne, Temperaments genug. So habe sie neulich auf einem Vereinsfest sogar etwas getrunken, was dem Geschmacke nach schwedischer Punsch gewesen sein mochte. Aber das seien doch Nebendinge. Für sie – hier schaukelte das Boot ein wenig – für sie gäbe es nur die Pflicht. Die Pflicht, ihrem Berufe als Wissenschaftlerin und soziales Glied voll und ganz Genüge zu tun.

Dies, was sie anginge. Und die Herrschaften? Mit wem habe sie das Vergnügen? Sie sei stud. med. Aachner, Lissy Aachner. Und die Freundlichen, die sie hier mitnähmen? – Claire ergriff das Wort (Wolfgang graute): – Nun, sie hätten hier ein kleines Besitztum in der Nähe, nicht sehr bedeutend, 300 Morgen etwa, ja, und das sei ihr Bruder, sie seien noch nie in einer großen Stadt gewesen, die Eltern erlaubten es nicht, nein – wie es denn so in Berlin aussähe? – Sie hätten so bunte Vorstellungen davon, aber, nicht wahr? – aus den Büchern könne man das nicht so …

Die Studentin Aachner bestätigte dies. Nein, aus den Büchern könne man dies nicht so. – Man müsse wirklich einmal … Sie könne das den Herrschaften nur empfehlen! – Diese verschiedenartigen Kreise, diese Anregungen, man müsse ordentlich auf dem Posten sein, um all den Anforderungen Genüge zu tun! Nun – sie, Lissy Aachner, sei auf dem Posten, das könne sie wohl sagen. Und es erwies sich, daß dieses begabte Mädchen über alles, so die Liebe und das Leben, ihre klaren festen Begriffe hatte, an denen nicht zu rütteln war. Sie sei Monistin. Was das sei? Gesellschaftliche Artigkeit trug über ein leichtes Lächeln den Sieg davon. Sie sei erfüllt von dem Glauben, daß alles sich auf natürlicher Grundlage nach Maßgabe der betreffenden Umstände aufbaue. Auf die Umstände lege sie besonderes Gewicht, auf die käme es an … Aus ihnen ließe sich *alles* herleiten. Sie, Lissy Aachner, wäre nimmermehr das geworden, was sie sei, wenn nicht die Umstände und das, was man wohl Milieu nenne, sie zu einem Produkt der neuen Zeit gemacht hätten. Und diese Umstände zu erkennen, das sei es, fuhr stud. med. Aachner fort, worauf es ankäme … *Erkenntnis,* das sei das Wort! – Wohin sollte es führen, wenn wir auf der Stufe alter Barbarenvölker ständen und den Regen z. B. noch als etwas Göttliches empfänden? Der Regen sei einfach ein Niederschlag atmosphärischen Wassers in Form von Tropfen oder Wasserstrahlen. Und habe es nicht mit den geistigen Dingen eine ebensolche Bewandtnis? – Sei nicht auch hier Erkenntnis das Element alles Lebens? – Wie wolle man sich denn vor Liebesschmerz hüten, ohne die Elemente dieses Affekts, die Liebe und den Schmerz, analysieren zu können? – Sie gäbe ja Ausnahmen zu, bemerkte die Sprecherin, aber wenn wir auch heute noch nicht so weit wären, alles zu erkennen, so läge dies eben an einer Mangelhaftigkeit unserer Apparate bzw. Organe. Es würde schon noch werden. Seien nicht auch die Religion, die Kunst Dinge, die restlos in ihre Bestandteile aufzulösen nur einem Orthodoxen als kühn erscheinen könne? – Ja, das gesamte Leben als solches … Aber hier lief der Kahn auf den Sand, daß es knirschte. Man war angelangt. Die stud. med. Aachner bedankte sich und schritt durch das Grün auf das Forsthaus zu, männlichen Schrittes, geradeaus, und irgendwie in Blau und Grau gekleidet …

Die beiden trieben ab, das Boot schwankte, bewegt durch das Schaukeln der Lachenden. Und wieder trug sie die Strömung dahin, der fächelnde Wind kräuselte das Wasser, brachte frischere Lüfte … Einmal legte die Claire die Hand auf den Bootsrand: diese ein wenig knochige und männliche Hand, auf deren Rücken blaßblaue Adern sich strafften; sah man aber die holzgeschnitzten, langen Finger, so ahnte man, es war eine erfahrene Hand. Diese Fingerspitzen wußten um die Wirkung ihrer Zärtlichkeiten, kräftig und sicher spielten die Gelenke … Die Hand hing im Wasser und zog einen quirlenden Streif. Dunkelgrün und klar lagen die Ufer weit zurück.

Leuchtender, leuchtender Tag! – Da-sein, voraussetzungsloses Da-sein und immerfort wissen, daß eine ist, die gleich fühlt, gleich denkt … (Denkt, fühlt sie wirklich? Aber ist das nicht einerlei, wenn wir nur glauben?) Nun, wir *glauben* eben einmal, daß wir uns nur deshalb nicht begegnen, weil wir nebeneinander demselben Ziele zulaufen, gleich strebend, parallel – … Dies zu wissen – das ist Glück. Ein Seitenblick genügt: all deine Empfindungen sind hier noch einmal, aber umkleidet mit dem Reiz des Fremden. Wozu noch sprechen? – Wir wissen ohnehin. Wozu versichern, betonen? – Wir wissen, wir wissen. Und das Erlebnis und ich und sie – das gibt einen Klang, einen guten Dreiklang.

Aber nun waren nur noch zwei Stunden bis zur Abfahrt.

„Wolfgang?“

„Claire?“

„Gehen wir noch ein bißchen spazieren? Komm, in die böhmischen Wälder!“

Und sie gingen durch den dämmerigen Park, in dem die Baumgruppen erdunkelten, sich schwärzlich auseinanderschoben … Der Himmel war am Nachmittag schimmernd klar gewesen, – noch spannte er sich wie ein ungeheurer Bogen von Osten nach Westen, aber nun hatte er eine dunkle Färbung angenommen, er war fast schwarz, und weiße Wolkenflecken zogen rasch unter ihm dahin.

Gewiß blies hier der Wind immer so in die Baumwipfel, daß sie aufrauschten, strich durch die Stämme, raschelte schleifend im Laub … *Sie* empfanden: Abschied. *Sie* mußten fort. Leises Trauern … noch einmal zogen sie die reine Luft ein. Abschied. Eine neue Etappe. Aber diese haben wir gelebt.

Der Weg führte auf einen Hügel, durch Wiesen und an schwärzlichen Sträuchern vorabei. Sie sprachen nichts. In der Höhe glänzten helle Fenster einer Villa. Töne? … Da oben gab es Musik. Sie schritten aufwärts. Blieben im Dunkel stehen. Das gelbe Licht traf sie nicht: es bestrahlte einige Zweige der Linden, die am Haus gepflanzt waren. War es ein Ball? –

Ein Walzer kam. – Die Geigen – es mußte eine starkbesetzte Kapelle sein – zogen süß dahin, sie sangen das Thema, ein einfaches, liebliches, in langen Bogenstrichen. Verstummten. Aber nun nahmen es alle Instrumente auf, forte, und es war, wie wenn zarte Heimlichkeiten ans Licht gezogen würden. Mit Wehmut dachte man an die Pianopassagen. Aber auch so machte es einen schweben, und der Rhythmus, dieser wiegende, schleifende Rhythmus zuckte und warb. Sie standen unruhig, hatten sich bei den Händen gefaßt, reckten sich … Und da brach die Lustigkeit prasselnd durch: in tausend kleinen Achteln, die klirrten, wie wenn glitzernde Glasstückchen auf Metall fielen, brach sie durch, die Geigen jubelten und kicherten, die Bässe rummelten fett und amüsiert in der Tiefe, und auch der Zinkenist machte kein Hehl daraus, daß ihn das Ganze aufs höchste erfreute. Der Teil wiederholte sich, wieder kletterten die Geigen in die schwindelnde Höhe, guckten von ihrem hohen Sopran in die Welt, und schließlich lösten sich die Töne auf zierliche, spielerische Weise in nichts auf. Dröhnten nicht drei Paukenschläge? – Ein Dominantakkord erklang: ein Lauf, von der Flöte gepfiffen, machte neugierig, gespannt … Und wieder ein Lauf, die Geigen folgen, die Melodie blieb auf einem neuen Dominantakkord stehen … Pause … Und das alte, süße Thema kehrte in den Geigen wieder, hier war Erinnerung, heimliche Freuden und alles verliebte Flüstern der Welt! – Und da packte es die zwei, und sie drehten sich langsam, ruhig anfangs, dann schneller und schneller … Noch einmal bliesen Fanfaren königlich und stolz, kaum wiederzuerkennen, das Thema, dann wirbelten die beiden tanzend den Abhang herunter.

Und kehrten zurück und packten ein, fuhren in dem rumpligen Hotelwagen zur Bahn, bestiegen in Löwenberg den D-Zug und fuhren durch die Nacht, brausend, aufgewühlt, nach Berlin.

In die große Stadt, in der es wieder Mühen für sie gab, graue Tage und sehnsüchtige Telefongespräche, verschwiegene Nachmittage, Arbeit und das ganze Glück ihrer großen Liebe.

[1912]

SCHLOSS GRIPSHOLM

ERSTES KAPITEL

ERNST ROWOHLT VERLAG
BERLIN W 50
PASSAUER STRASSE 8/9

8. Juni

Lieber Herr Tucholsky,
schönen Dank für Ihren Brief vom 2. Juni. Wir haben Ihren Wunsch notiert. Für heute etwas andres.

Wie Sie wissen, habe ich in der letzten Zeit allerhand politische Bücher verlegt, mit denen Sie sich ja hinlänglich beschäftigt haben. Nun möchte ich doch aber wieder einmal die „schöne Literatur" pflegen. Haben Sie gar nichts? Wie wäre es denn mit einer kleinen Liebesgeschichte? Überlegen Sie sich das mal! Das Buch soll nicht teuer werden, und ich drucke Ihnen für den Anfang zehntausend Stück. Die befreundeten Sortimenter sagen mir jedesmal auf meinen Reisen, wie gern die Leute so etwas lesen. Wie ist es damit?

Sie haben bei uns noch 46 RM gut – wohin sollen wir Ihnen die überweisen?

Mit den besten Grüßen
Ihr
(Riesenschnörkel) Ernst Rowohlt

10. Juni

Lieber Herr Rowohlt,
Dank für Ihren Brief vom 8.6.

Ja, eine Liebesgeschichte … lieber Meister, wie denken Sie sich das? In der heutigen Zeit Liebe? Lieben Sie? Wer liebt denn heute noch? Dann schon lieber eine kleine Sommergeschichte.

Die Sache ist nicht leicht. Sie wissen, wie sehr es mir widerstrebt, die Öffentlichkeit mit meinem persönlichen Kram zu behelligen – das fällt also fort. Außerdem betrüge ich jede Frau mit meiner Schreibmaschine und erlebe daher nichts Romantisches. Und soll ich mir die Geschichte vielleicht ausdenken? Phantasie haben doch nur die Geschäftsleute, wenn sie nicht zahlen können. Dann fällt ihnen viel ein. Unsereinem …

Schreibe ich den Leuten nicht ihren Wunschtraum (‚Die Gräfin raffte ihre Silber-Robe, würdigte den Grafen keines Blickes und fiel die Schloßtreppe hinunter'), dann bleibt nur noch das Problem über die Ehe als Zimmer-Gymnastik, die ‚menschliche Einstellung' und all das Zeug, das wir nicht mögen. Woher nehmen und nicht bei Villon stehlen?

Da wir grade von Lyrik sprechen:

Wie kommt es, daß Sie in § 9 unseres Verlagsvertrages 15 % honorarfreie Exemplare berechnen. Soviel Rezensionsexemplare schicken Sie doch niemals in die Welt hinaus! So jagen Sie den sauren Schweiß Ihrer Autoren durch die Gurgel – kein Wunder, daß Sie auf Samt saufen, während unsereiner auf harten Bänken dünnes Bier schluckt. Aber so ist alles.

Daß Sie mir gut sind, wußte ich. Daß Sie mir für 46 RM gut sind, erfreut mein Herz. Bitte wie gewöhnlich an die alte Adresse. Übrigens fahre ich nächste Woche in Urlaub.

Mit vielen schönen Grüßen
Ihr
Tucholsky

ERNST ROWOHLT VERLAG
BERLIN W 50
PASSAUER STRASSE 8/9

12. Juni

Lieber Herr Tucholsky,
vielen Dank für Ihren Brief vom 10. d. M.

Die 15 % honorarfreien Exemplare sind – also das können Sie mir wirklich glauben – meine einzige Verdienstmöglichkeit. Lieber Herr Tucholsky, wenn Sie unsere Bilanz sähen, dann wüßten Sie, daß es ein armer Verleger gar nicht leicht hat. Ohne die 15 % könnte ich überhaupt nicht existieren und würde glatt verhungern. Das werden Sie doch nicht wollen.

Die Sommergeschichte sollten Sie sich durch den Kopf gehen lassen.

Die Leute wollen neben der Politik und dem Aktuellen etwas haben, was sie ihrer Freundin schenken können. Sie glauben gar nicht, wie das fehlt. Ich denke an eine kleine Geschichte, nicht zu umfangreich, etwa 15-16 Bogen, zart im Gefühl, kartoniert, leicht ironisch und mit einem bunten Umschlag. Der Inhalt kann so frei sein, wie Sie wollen.

Ich würde Ihnen vielleicht insofern entgegenkommen, daß ich die honorarfreien Exemplare auf 14 % heruntersetze. Wie gefällt Ihnen unser neuer Verlagskatalog? Ich wünsche Ihnen einen vergnügten Urlaub und bin mit vielen Grüßen

Ihr
(Riesenschnörkel) Ernst Rowohlt

15. Juni

Lieber Meister Rowohlt,
auf dem neuen Verlagskatalog hat Sie Gulbransson ganz richtig gezeichnet: still sinnend an des Baches Rand sitzen Sie da und angeln die fetten Fische. Der Köder mit 14 % honorarfreier Exemplare ist nicht fett genug – 12 sind auch ganz schön. Denken Sie mal ein bißchen darüber nach und geben Sie

Ihrem harten Verlegerherzen einen Stoß. Bei 14 % fällt mir bestimmt nichts ein – ich dichte erst ab 12 %.

Ich schreibe diesen Brief schon mit einem Fuß in der Bahn. In einer Stunde fahre ich ab – nach Schweden. Ich will in diesem Urlaub überhaupt nicht arbeiten, sondern ich möchte in die Bäume gucken und mich mal richtig ausruhn.

Wenn ich zurückkomme, wollen wir den Fall noch einmal bebrüten. Nun aber schwenke ich meinen Hut, grüße Sie recht herzlich und wünsche Ihnen einen guten Sommer! Und vergessen Sie nicht: 12 %!

Mit vielen schönen Grüßen
Ihr getreuer
Tucholsky

Unterschrieben – zugeklebt – frankiert – es war genau acht Uhr zehn Minuten. Um neun Uhr zwanzig ging der Zug von Berlin nach Kopenhagen. Und nun wollten wir ja wohl die Prinzessin abholen.

2

Sie hatte eine Altstimme und hieß Lydia.

Karlchen und Jakopp aber nannten jede Frau, mit der einer von uns dreien zu tun hatte, ‚die Prinzessin', um den betreffenden Prinzgemahl zu ehren – und dies war nun also die Prinzessin; aber keine andre durfte je mehr so genannt werden.

Sie war keine Prinzessin.

Sie war etwas, was alle Schattierungen umfaßt, die nur möglich sind: sie war Sekretärin. Sie war Sekretärin bei einem unförmig dicken Patron; ich hatte ihn einmal gesehn und fand ihn scheußlich, und zwischen ihm und Lydia … nein! Das kommt beinah nur in Romanen vor. Zwischen ihm und Lydia bestand jenes merkwürdige Verhältnis von Zuneigung, nervöser Duldung und Vertrauen auf der einen Seite und Zuneigung, Abneigung und duldender Nervosität auf der andern: sie war seine Sekretärin. Der Mann führte den Titel eines Generalkonsuls und handelte ansonsten mit Seifen. Immer lagen da Pakete im Büro herum, und so hatte der Dicke wenigstens eine Ausrede, wenn seine Hände fettig waren.

Der Generalkonsul hatte ihr in einer Anwandlung fürstlicher Freigebigkeit fünf Wochen Urlaub gewährt; er fuhr nach Abbazia. Gestern abend war er abgefahren – werde ihm der Schlafwagen leicht! Im Büro saßen sein Schwager und für Lydia eine Stellvertreterin. Was gingen mich denn seine Seifen an – Lydia ging mich an.

Da stand sie schon mit den Koffern vor ihrem Haus – „Hallo!"

„Du bischa all do?" sagte die Prinzessin – zur grenzenlosen Verwunderung des Taxichauffeurs, der dieses für ostchinesisch hielt. Es war aber missingsch.

Missingsch ist das, was herauskommt, wenn ein Plattdeutscher Hochdeutsch sprechen will. Er krabbelt auf der glatt gebohnerten Treppe der deutschen Grammatik empor und rutscht alle Nase lang wieder in sein geliebtes Platt zurück. Lydia stammte aus Rostock, und sie beherrschte dieses Idiom in der Vollendung. Es ist kein bäurisches Platt – es ist viel feiner. Das Hochdeutsch darin nimmt sich aus wie Hohn und Karikatur; es ist, wie wenn ein Bauer in Frack und Zylinder aufs Feld ginge und so ackerte. Der Zylinder ischa en finen statschen Haut, över wen dor nich mit grot worn is, denn rutscht hei ümmer werrer aff, dat deht he ... Und dann ist da im Platt der ganze Humor dieser Norddeutschen; ihr gutmütiger Spott, wenn es einer gar zu toll treibt, ihr fest zupackender Spaß, wenn sie falschen Glanz wittern, und sie wittern ihn, unfehlbar ... diese Sprache konnte Lydia bei Gelegenheit sprechen. Hier war eine Gelegenheit.

„Kann mir gahnich gienug wunnern, dasse den Zeit nich verschlafen hass!" sagte sie und ging mit festen, ruhigen Bewegungen daran, mir und dem Chauffeur zu helfen.

Wir packten auf. „Hier, nimm den Dackel!" – Der Dackel war eine fette, bis zur Albernheit lang gezogene Handtasche.

Und so pünktlich war sie! Auf ihren Nasenflügeln lag ein Hauch von Puder.

Wir fuhren.

„Frau Kremser hat gesagt", begann Lydia, „ich soll mir meinen Pelz mitnehmen und viele warme Mäntel – denn in Schweden gibt es überhaupt keinen Sommer, hat Frau Kremser gesagt. Da wär immer Winter. Ische woll nich möchlich!" Frau Kremser war die Haushälterin der Prinzessin, Stubenmädchen, Reinmachefrau und Großsiegelbewahrerin. Gegen mich hatte sie noch immer, nach so langer Zeit, ein leise schnüffelndes Mißtrauen – die Frau hatte einen guten Instinkt. „Sag mal … ist es wirklich so kalt da oben?"

„Es ist doch merkwürdig", sagte ich. „Wenn die Leute in Deutschland an Schweden denken, dann denken sie: Schwedenpunsch, furchtbar kalt, Ivar Kreuger, Zündhölzer, furchtbar kalt, blonde Frauen und furchtbar kalt. So kalt ist es gar nicht." – „Also wie kalt ist es denn?" – „Alle Frauen sind pedantisch", sagte ich. – „Außer dir!" sagte Lydia. – „Ich bin keine Frau." – „Aber pedantisch!" – „Erlaube mal", sagte ich, „hier liegt ein logischer Fehler vor. Es ist genauestens zu unterscheiden, ob pro primo …" – „Gib mal 'n Kuß auf Lydia!" sagte die Dame. Ich tat es, und der Chauffeur nuckelte leicht mit dem Kopf, denn seine Scheibe vorn spiegelte.

Und dann hielt das Auto da, wo alle bessern Geschichten anfangen: am Bahnhof.

3

Es ergab sich, daß der Gepäckträger Nr. 47 aus Warnemünde stammte, und der Freude und des Geredes war kein Ende, bis ich, diese landsmännische Idylle, der Zeit wegen, unterbrach. „Fährt der Gepäckträger mit? Dann könnt ihr euch ja vielleicht im Zug weiter unterhalten." – „Olln Döskopp! Heww di man nich so!" sagte die Prinzessin. Und: „Wi hemm noch bannig Tid!" der Gepäckträger. Da schwieg ich überstimmt, und die beiden begannen ein emsiges Palaver darüber, ob Korl Düsig noch am ‚Strom' wohnte – wissen Sie: Düsig – nääää … de Olsch! So, Gott sei Dank, er wohnte noch da! Und hatte wiederum ein Kind hergestellt: der Mann war achtundsiebzig Jahre und wurde von mir, hier an der Gepäckausgabe, außerordentlich beneidet. Es war sein sechzehntes Kind. Aber nun waren es nur noch acht Minuten bis zum Abgang des Zuges, und … „Willst du Zeitungen haben, Lydia?" – Nein, sie wollte keine. Sie hatte sich etwas zum Lesen mitgebracht – wir unterlagen beide nicht dieser merkwürdigen Krankheit, plötzlich auf den Bahnhöfen zwei Pfund bedrucktes Papier zu kaufen, von dem man vorher ziemlich genau weiß: Makulatur. Also kauften wir Zeitungen.

Und dann fuhren wir – allein im Abteil – über Kopenhagen nach Schweden. Vorläufig waren wir noch in der Mark Brandenburg.

„Finnste die Gegend hier, Peter?“ sagte die Prinzessin. Wir hatten uns unter anderm auf Peter geeinigt – Gott weiß, warum.

Die Gegend? Es war ein heller, windiger Junitag – recht frisch, und diese Landschaft sah gut aufgeräumt und gereinigt aus – sie wartete auf den Sommer und sagte: Ich bin karg. „Ja ...“, sagte ich. „Die Gegend ...“ – „Du könntest für mein Geld wirklich etwas Gescheiteres von dir geben“, sagte sie. „Zum Beispiel: diese Landschaft ist wie erstarrte Dichtkunst, oder sie erinnert mich an Fiume, nur ist da die Flora katholischer – oder so.“ – „Ich bin nicht aus Wien“, sagte ich. „Gott sei Dank“, sagte sie. Und wir fuhren.

Die Prinzessin schlief. Ich denkelte so vor mich hin.

Die Prinzessin behauptete, ich sagte zu jeder von mir geliebten Frau, aber auch zu jeder –: „Wie schön, daß du da bist!“ Das war eine pfundsdicke Lüge – manchmal sagte oder dachte ich doch auch: „Wie schön, daß du da bist ... und nicht hier!“ – aber wenn ich die Lydia so neben mir sitzen sah, da sagte ich es nun wirklich. Warum –?

Natürlich deswegen. In erster Linie ...? Ich weiß das nicht. Wir wußten nur dieses: Eines der tiefsten Worte der deutschen Sprache sagt von zwei Leuten, daß sie sich nicht riechen können. Wir konnten es, und das ist, wenn es anhält, schon sehr viel. Sie war mir alles in einem: Geliebte, komische Oper, Mutter und Freund. Was ich ihr war, habe ich nie ergründen können.

Und dann die Altstimme. Ich habe sie einmal nachts geweckt, und, als sie aufschrak: „Sag etwas!“ bat ich. „Du Dummer!“ sagte sie. Und schlief lächelnd wieder ein. Aber ich hatte die Stimme gehört, ich hatte ihre tiefe Stimme gehört.

Und das dritte war das Missingsch. Manchen Leuten erscheint die plattdeutsche Sprache grob, und sie mögen sie nicht. Ich habe diese Sprache immer geliebt; mein Vater sprach sie wie hochdeutsch, sie, die „vollkommnere der beiden Schwestern“, wie Klaus Groth sie genannt hat. Es ist die Sprache des Meeres. Das Plattdeutsche kann alles sein: zart und grob, humorvoll und herzlich, klar und nüchtern und vor allem, wenn man will, herrlich besoffen. Die Prinzessin bog sich diese Sprache ins Hochdeutsche um, wie es ihr paßte – denn vom Missingschen gibt es hundert und aber hundert Abarten, von Friesland über Hamburg bis nach Pommern; da hat jeder kleine Ort seine Eigenheiten. Philologisch ist dem sehr schwer beizukommen; aber mit dem Herzen ist ihm beizukommen. Das also sprach die Prinzessin – ah, nicht alle Tage! Das wäre ja unerträglich gewesen. Manchmal, zur Erholung, wenn ihr grade so zu Mut war, sprach sie missingsch; sie sagte darin die Dinge, die ihr besonders am Herzen lagen, und daneben hatte sie im Lauf der Zeit schon viel von Berlin angenommen. Wenn sie ganz schnell „Allmächtiger Braten!“ sagte, dann wußte man gut Bescheid. Aber mitunter sprach sie doch ihr Platt oder eben jenes halbe Platt: missingsch.

Das weiß ich noch wie heute ... Das war, als wir uns kennenlernten. Ich war damals zum Tee bei ihr und bot den diskret lächerlichen Anblick eines Mannes, der balzt. Dabei sind wir ja rechtschaffen komisch ... Ich machte Plüschaugen und sprach über Literatur – sie lächelte. Ich erzählte Scherze und beleuchtete alle Schaufenster meines Herzens. Und dann sprachen wir von der Liebe. Das ist wie bei einer bayrischen Rauferei – die raufen auch erst mit Worten.

Und als ich ihr alles auseinandergesetzt hatte, alles, was ich im Augenblick wußte, und das war nicht wenig, und ich war so stolz, was für gewagte Sachen ich da gesagt hatte, und wie ich das alles so genau und brennendrot dargestellt und vorgeführt hatte, in Worten, so daß nun eigentlich der Augenblick gekommen war, zu sagen: „Ja, also dann ...“ – da sah mich die Prinzessin lange an. Und sprach: „Einen weltbefohrnen dschungen Mann –!“

Und da war es aus. Und ich fand mich erst viel später bei ihr wieder, immer noch lachend, und mit der erotischen Weihe war es nichts geworden. Aber mit der Liebe war es etwas geworden.

Der Zug hielt.

Die Prinzessin fuhr auf, öffnete die Augen. „Wo sind wir?“ – „Es sieht aus wie Stolp oder Stargard – jedenfalls ist es etwas mit St“, sagte ich. – „Wie sieht es noch aus?“ fragte sie. – „Es sieht aus“, sagte ich und blickte auf die Backsteinhäuschen und den trübsinnigen Bahnhof, „wie wenn hier die Unteroffiziere geboren werden, die ihre Mannschaften schinden. Möchtest du hier Mittag essen?“ Die Prinzessin schloß sofort die Augen. „Lydia“, sagte ich, „wir können auch im Speisewagen essen, der Zug hat einen.“ – „Nein“, sagte sie. „Im Speisewagen werden die Kellner immer von der Geschwindigkeit des Zuges angesteckt, und es geht alles so furchtbar eilig – ich habe aber einen langsamen Magen ...“ – „Gut. Was liest du da übrigens, Alte?“ – „Ich schlafe seit zwei Stunden auf einem mondänen Roman. Der einzige Körperteil, mit dem man ihn lesen kann ...“, und dann machte sie die Augen wieder zu. Und wieder auf. „Guck eins ... die Frau da! Die is aber misogyn!“ – „Was ist sie?“ – „Misogyn ... heißt das nicht mickrig? Nein, das habe ich mit den Pygmäen verwechselt; das sind doch diese Leute, die auf Bäumen wohnen … wie?“ Und nach dieser Leistung entschlummerte sie aufs neue, und wir fuhren, lange, lange. Bis Warnemünde.

Da war der „Strom“. So heißt hier die Warne – war es die Warne? Peene, Swine, Dievenow … oder hieß der Fluß anders? Es stand nicht dran. Mit Karlchen und Jakopp hatte ich der Einfachheit halber erfunden, jeder Stadt den ihr zugehörigen Fluß zu geben: Gleiwitz an der Gleiwe, Bitterfeld an der Bitter und so fort.

Hier am Strom lagen lauter kleine Häuser, eins beinah wie das andre, windumweht und so gemütlich. Segelboote steckten ihre Masten in die graue Luft, und beladene Kähne ruhten faul im stillen Wasser. „Guck mal, Warnemünde!“

„Diß kenn ich scha denn nu doch wohl bißchen besser als du. Harre Gott, nein … Da ische den Strom, da bin ich sozusagen an groß gieworn! Da wohnt scha Korl Düsig un min oll Wiesendörpsch, un in das nüdliche lütte Haus, da wohnt Tappsier Kröger, den sind solche netten Menschen, as es auf diese ausgeklürte Welt sons gah nich mehr gibt … Und das is Zenater Eggers sin Hus, Dree Linden. Un sieh mal: das alte Haus da mit den schönen Barockgiebel – da spückt es in!“ – „Auf plattdeutsch?“ fragte ich. – „Du büschan ganzen mongkanten Mann; meins, den Warnemünder Giespenster spüken auf hochdeutsch rum – nee, allens, was Recht is, Ordnung muß sein, auch inne vierte Dimenzion …! Und …“ Rrrums – der Zug rangierte. Wir fielen aneinander. Und dann erzählte sie weiter und erklärte mir jedes Haus am Strom, soweit man sehen konnte.

„Da – da is das Haus, wo die alte Frau Brüshaber in giewohnt hat, die war eins so führnsch, daß ich'n beßres Zeugnis gehabt hab als ihre Großkinder; die waren ümme so verschlichen … und da hat sie von 'n ollen Wiedow, dem Schulderekter, gesagt: Wann ick den Kierl inn Mars hat, ick scheet em inne Ostsee! Un das Haus hat dem alten Laufmüller giehört. Den kennst du nich auße Weltgeschichte? Der Laufmüller, der lag sich ümme inne Haaren mit die hohe Obrigkeit, was zu diese Zeit den Landrat von der Decken war, Landrat Ludwig von der Decken. Und um ihn zu ägen, kaufte sich der Laufmüller einen alten räudigen Hund, und den nannte er Lurwich, und wenn nu Landrat von der Decken in Sicht kam, denn rief Laufmüller seinen Hund: Lurwich, hinteh mich! Und denn griente Laufmüller so finsch, und den Landrat ärgerte sich … un davon haben wi auch im Schohr 1918 keine Revolutschon giehabt. Ja." – „Lebt der Herr Müller noch?" fragte ich. – „Ach Gott, neien – he is all lang dod. Er hat sich giewünscht, er wollt an Weg begraben sein, mit dem Kopf grade an Weg." – „Warum?" – „Dscha ... daß er den Mächens so lange als möchlich untere Röck ... Der Zoll!" Der Zoll.

Europa zollte. Es betrat ein Mann den Raum, der fragte höflichst, ob wir ... und wir sagten: nein, wir hätten nicht. Und dann ging der Mann wieder weg. „Verstehst du das?" fragte Lydia. – „Ich verstehe es nicht", sagte ich. „Es ist ein Gesellschaftsspiel und eine Religion, die Religion der Vaterländer. Auf dem Auge bin ich blind. Sieh mal – sie können das mit den Vaterländern doch nur machen, wenn sie Feinde haben und Grenzen. Sonst wüßte man nie, wo das eine anfängt und wo das andre aufhört. Na, und das ginge doch nicht, wie ...?" Die Prinzessin fand, daß es nicht ginge, und dann wurden wir auf die Fähre geschoben.

Da standen wir in einem kleinen eisernen Tunnel, zwischen den Dampferwänden. Rucks – nun wurde der Wagen angebunden. „Wissen möcht ich ...", sagte die Prinzessin, „warum ein Schiff eigentlich schwimmt. Es wiegt so viel: es müßte doch untergehn. Wie ist das! Du bist doch einen studierten Mann!" – „Es ist ... der Luftgehalt in den Schotten ... also paß mal auf ... das spezifische Gewicht des Wassers ... es ist nämlich die Verdrängung ..." – „Mein Lieber", sagte die Prinzessin, „wenn einer übermäßig viel Fachausdrücke gebraucht, dann stimmt da etwas nicht. Also du weißt es auch nicht. Peter, daß du so entsetzlich dumm bist – das ist schade. Aber man kann ja wohl nicht alles beieinander haben." Wir wandelten an Bord.

Schiffslängs – backbord – steuerbord ... ganz leise arbeiteten die Maschinen. Warnemünde blieb zurück, unmerklich lösten wir uns vom Lande. Vorbei an der Mole da lag die Küste.

Da lag Deutschland. Man sah nur einen flachen, bewaldeten Uferstreifen und Häuser, Hotels, die immer kleiner wurden, immer mehr zurückrückten, und den Strand ... War dies eine ganz leise, winzige, eine kaum merkbare Schaukelbewegung? Das wollen wir nicht hoffen.

Ich sah die Prinzessin an. Sie spürte sogleich, wohinaus ich wollte. „Wenn du käuzest, min Jung", sagte sie, „das wäre ein Zückzeh fuh!" – „Was ist das?" – „Das ist Französisch" – sie war ganz aufgebracht –, „nu kann der Dschung nich mal Französisch un hat sich do Jahrener fünf in Paris feine Bildung bielernt ... Segg mohl, was hasse da eigentlich inne ganze Zeit giemacht? Kann ich mi schon lebhaft vorstelln! Ümme mit die kleinen Dirns umher, nöch?

Du bischa einen Wüstling! Wie sind denn nun die Französinnen? Komm, erzähl es mal auf Lydia – wir gehn hier rauf und runter, immer das Schiff entlang, und wenn dir schlecht wird, dann beugst du dich über die Reeling, das ist in den Büchern immer so. Erzähl."

Und ich erzählte ihr, daß die Französinnen sehr vernünftige Wesen seien, mit einer leichten Neigung zu Kapricen, die seien aber vorher einkalkuliert, und sie hätten pro Stück meist nur einen Mann, den Mann, ihren Mann, der auch ein Freund sein kann, natürlich – und dazu vielleicht auch anstandshalber einen Geliebten, und wenn sie untreu seien, dann seien sie es mit leichtsinnigem Bedacht. Beinah jede zweite Frau aber hätte einen Beruf. Und sie regierten das Land ohne Stimmrecht – aber eben nicht mit den Beinen, sondern durch ihre Vernunft. Und sie seien liebenswürdige Mathematik und hätten ein vernünftiges Herz, das manchmal mit ihnen durchginge, doch pfiffen sie es immer wieder zurück. Ich verstände sie nicht ganz.

„Es scheinen Frauen zu sein", sagte Lydia.

Die Fähre schaukelte nicht grade – sie deutete das nur an. Auch ich deutete etwas an, und die Prinzessin befahl mich in den Speiseraum. Da saßen sie und aßen, und mir wurde gar nicht gut, als ich das sah – denn sie essen viel Fettes in Dänemark, und dieses war eine dänische Fähre. Die Herrschaften aßen zur Zeit: Spickaal und Hering, Heringsfilet, eingemachten Hering, dann etwas, was sie ‚sild' nannten, ferner vom Baum gefallenen Hering und Hering schlechthin. Auf festem Land eins immer besser als das andre. Und dazu tranken sie jenen herrlichen Schnaps, für den die nordischen Völker, wie sie da sind, ins Himmelreich kommen werden. Die Prinzessin geruhte zu speisen. Ich sah ehrfürchtig zu; sie war eßfest. „Du nimmst gar nichts?" fragte sie zwischen zwei Heringen. Ich sah die beiden Heringe an, die beiden Heringe sahen mich an, wir schwiegen alle drei. Erst als die Fähre landete, lebte ich wieder auf. Und die Prinzessin strich mir leise übers Knie und sagte ehrfürchtig: „Du bischa meinen kleinen Klaus Störtebecker!" Und ich schämte mich sehr.

Und dann ruckelten wir durch Laaland, das dalag, flach wie ein Eierkuchen, und wir kramten in unsern Zeitungen, und dann spielten wir das Bücherspiel: jeder las dem andern abwechselnd einen Satz aus seinem Buch vor, und die Sätze fügten sich gar schön ineinander. Die Prinzessin blätterte die Seiten um, ich sah auf ihre Hände … sie hatte so zuverlässige Hände. Einmal stand sie im Gang und sah zum Fenster hinaus, und dann ging sie fort, und ich sah sie nicht mehr. Ich tastete nach ihrem Täschchen, es war noch warm von ihrer Hand. Ich streichelte die Wärme. Und dann setzten sie uns wieder über ein Meerwasser, und dann rollten wir weiter, und dann – endlich! endlich! – waren wir in Kopenhagen.

„Wenn wir nach hinten heraus wohnen", sagte ich im Hotel, „dann riecht es nach Küche, und außerdem muß noch vom vorigen Mal ein besoffener Spanier da sein, der komponiert sich seins auf dem Piano, und das macht er zehn Stunden lang täglich. Wenn wir aber nach vorn heraus wohnen, dann klingelt da alle Viertelstunde die Rathausuhr und erinnert uns an die Vergänglichkeit der Zeit."

„Könnten wir nicht in der Mitte ... ich meine ..." Wir wohnten also nach dem Rathausplatz zu, und die Uhr klingelte, und es war alles sehr schön.

Lydia pickte auf ihrem Teller herum, mir sah sie bewundernd zu. „Du frißt ...", sagte sie freundlich. „Ich habe schon Leute gesehen, die viel gegessen haben – und auch Leute, die schnell gegessen haben ... aber so viel und so schnell ..." – „Der reine Neid –", murmelte ich und fiel in die Radieschen ein. Es war kein feines Abendessen, aber es war ein nahrhaftes Abendessen.

Und als sie sich zum Schlafen wendete und grade die Rathausuhr geklingelt hatte, da sprach sie leise, wie zu sich selbst: „Jetzt auf See. Und dann so ein richtig schaukelndes Schiff. Und dann eine Tasse warmes Maschinenöl ..." Und da mußte ich aufstehen und viel Selterswasser trinken.

4

Ja, Kopenhagen.

„Soll ich dir das Fischrestaurant zeigen, in dem Ludendorff immer zu Mittag gegessen hat, als er noch eine Denkmalsfigur war?" – „Zeig es mir ... nein, gehen wir lieber auf Lange Linie!" – Wir sahen uns alles an: den Tivolipark und das schöne Rathaus und das Thorwaldsen-Museum, in dem alles so aussieht, wie wenn es aus Gips wäre. „Lydia!" rief ich, „Lydia! Beinah hätt ich es vergessen! Wir müssen uns das Polysandrion ansehn!" – „Das ... was?" – „Das Polysandrion! Das mußt du sehn. Komm mit." Es war ein langer Spaziergang, denn dieses kleine Museum lag weit draußen vor der Stadt.

„Was ist das?" fragte die Prinzessin.

„Du wirst ja sehn", sagte ich. „Da haben sich zwei Balten ein Haus gebaut.

Und der eine, Polysander von Kuckers zu Tiesenhausen, ein baltischer Baron, vermeint, malen zu können. Das kann er aber nicht." – „Und deshalb gehn wir so weit?" – „Nein, deshalb nicht. Er kann also nicht malen, malt aber doch – und zwar malt er immerzu dasselbe, seine Jugendträume: Jünglinge ... und vor allem Schmetterlinge." – „Ja, darf er denn das?" fragte die Prinzessin. „Frag ihn ... er wird dasein. Wenn er sich nicht zeigt, dann erklärt uns sein Freund die ganze Historie. Denn erklärt muß sie werden. Es ist wundervoll." – „Ist es denn wenigstens unanständig?" – „Führte ich dich dann hin, mein schwarzes Glück?"

Da stand die kleine Villa – sie war nicht schön und paßte auch gar nicht in den Norden; man hätte sie viel eher im Süden, in Oberitalien oder dortherum vermutet ... Wir traten ein.

Die Prinzessin machte große Kulleraugen, und ich sah das Polysandrion zum zweitenmal.

Hier war ein Traum Wahrheit geworden – Gott behüte uns davor! Der brave Polysander hatte etwa vierzig Quadratkilometer teurer Leinwand voll gemalt, und da standen und ruhten nun die Jünglinge, da schwebten und tanzten sie, und es war immer derselbe, immer derselbe. Blaßrosa, blau und gelb; vorn waren die Jünglinge, und hinten war die Perspektive.

„Die Schmetterlinge!" rief Lydia und faßte meine Hand.

„Ich flehe dich an", sagte ich, „nicht so laut! Hinter uns kriecht die Aufwärterin herum, und die erzählt nachher alles dem Herrn Maler. Wir wollen ihm doch nicht weh tun." Wirklich: die Schmetterlinge. Sie gaukelten in der gemalten Luft, sie hatten sich auf die runden Schultern der Jünglinge gesetzt, und während wir bisher geglaubt hatten, Schmetterlinge ruhten am liebsten auf Blüten, so erwies sich das nun als ein Irrtum: diese hier saßen den Jünglingen mit Vorliebe auf dem Popo. Es war sehr lyrisch.

„Nun bitte ich dich ...", sagte die Prinzessin. – „Still!" sagte ich. „Der Freund!" Es erschien der Freund des Malers, ein ältlicher, sympathisch aussehender Mann; er war bravbürgerlich angezogen, doch schien es, als verachtete er die grauen Kleider unsres grauen Jahrhunderts, und der Anzug vergalt ihm das. Er sah aus wie ein Ephebe a. D. Murmelnd stellte er sich vor und begann zu erklären. Vor einem Jüngling, der stramm mit Schwert und Schmetterling dastand und die Rechte wie zum Gruß an sein Haupt gelegt hatte, sprach der Freund in schönstem baltischem Tonfall, singend und mit allen rollenden Rrrs: „Was Sie hier sehn, ist der völlich verjäistichte Militarrismus!" Ich wendete mich ab – vor Erschütterung. Und wir sahen tanzende Knaben, sie trugen Matrosenanzüge mit Klappkragen, und ihnen zu Häupten hing eine kleine Lampe mit Bommelfransen, solch eine, wie sie in den Korridoren hängen –: ein möbliertes Gefilde der Seligen. Hier war ein Paradies aufgeblüht, von dem so viele Seelenfreunde des Malers ein Eckchen in der Seele trugen; ob es nun die ungerechte Verfolgung war oder was immer: wenn sie schwärmten, dann schwärmten sie in sanftem Himmelblau, sozusagen blausa. Und taten sich sehr viel darauf zu gute. Und an einer Wand hing die Photographie des Künstlers aus seiner italienischen Zeit; er war nur mit Sandalen und einem Hoihotoho-Speer bekleidet. Man trug also Bauch in Capri.

„Da bleibt einem ja die Luft weg!“ sagte die Prinzessin, als wir draußen waren. „Die sind doch keineswegs alle so…?“ – „Nein, die Gattung darf man das nicht entgelten lassen. Das Haus ist ein stehengebliebenes Plüschsofa aus den neunziger Jahren, keineswegs sind sie alle so. Der Mann hätte seine Schokoladenbildchen gradesogut mit kleinen Feen und Gnomen bevölkern können … Aber denk dir nur mal ein ganzes Museum mit solch realisierten Wunschträumen – das müßte schön sein!“

„Und dann ist es so – blutärmlich!“ sagte die Prinzessin. „Na, jeder sein eigner Unterleib! Und daraufhin wollen wir wohl einen Schnaps trinken!“ Das taten wir.

Stadt und Straßen … der große Tiergarten, der dem König gehört und in dem die wilden zahmen Hirsche herumlaufen und sich, wenn es ihnen grade paßt, am Hals krauen lassen, und so hohe, alte Bäume …

Abfahrt. „Wie wird das eigentlich mit der Sprache?“ fragte die Prinzessin, als wir im Zug nach Helsingör saßen.

„Du warst doch schon mal da. Sprichst du denn nun gut schwedisch?“ – „Ich mache das so“, sagte ich. „Erst spreche ich deutsch, und wenn sie das nicht verstehn, englisch, und wenn sie das nicht verstehn, platt – und wenn das alles nichts hilft, dann hänge ich an die deutschen Wörter die Endung as an, und dieses Sprechas verstehas sie ganz gut.“ Das hatte grade noch gefehlt. Es gefiel ihr ungemein, und sie nahm es gleich in ihren Sprachschatz auf. „Ja – also nun kommt Schweden. Ob wir etwas in Schweden erlebas? Was meinst du?“ – „Ja, was sollten wir wohl auf einem Urlaub erleben …? Ich dich, hoffentlich.“ – „Weißt du“, sagte die Prinzessin, „ich bin noch gar nicht auf Reisen, ich sitze hier neben dir im Coupé; aber in meinem Kopf dröhnt es noch, und … Allmächtiger Braten!“ – „Was ist?“ – „Ich habe vergessen, an Tichauer zu telephonieren!" – „Wer ist Tichauer?" — „Tichauer ist der Direktor der NSW – der Norddeutschen Seifenwerke. Und der Alte hat gesagt, ich solle ihm abtelephonieren, weil er doch verreist ... und da ist die Konferenz am Dienstag ... ach du liebes Gottchen, behüte unser Lottchen vor Hunger, Not und Sturm und vor dem bösen Hosenwurm. Amen." – „Also was wird nun? – „Jetzt werden wir telegraphieren, wenn wir in Helsingör auf die Fähre steigen. Du allmächtiger Braten! Daddy, Berlin läuft doch immer mit. Das dauert mindestens vierzehn Tage, bis man es einigermaßen los ist, und wenn man es glücklich vergessen hat, dann muß man wieder zurück. Das ist ein fröhlicher Beruf ..." – „Beruf ... Ich hielt es mehr für eine Beschäftigung." – „Du bist ein Schriftsteller – aber recht hast du doch. Lenk mich ab. Steig mal auf die Bank und mach mal einen. Sing was – wozu hab ich dich mitgenommen?" Nur Ruhe und Geduld konnten es machen ... „Sieh mal, Hühner auf dem Wasser!" sagte ich. – „Hühner? Was für welche?" – „Gesichtshühner. Der Naturforscher Jakopp unterscheidet zweierlei Sorten von Hühnern: die Gesichtshühner, die man nur sehen, und die Speisehühner, die man auch essen kann. Dies sind Gesichtshühner. Finnste die Natur hier?" – „Etwas dünn, um die Wahrheit zu sagen. Wenn man nicht wüßte, daß es Dänemark ist und wir gleich nach Schweden hinüberfahren –"

Und da hatte sie nun recht. Denn nichts lenkt den Menschen so von seinem gesunden Urteil ab wie geographische Ortsnamen, geladen mit alter Sehnsucht und bepackt mit tausend Gedankenverbindungen, und wenn er dann hinkommt, ist es alles halb so schön. Aber wer traut sich denn, das zu sagen –!

Helsingör. Wir telegraphierten an Tichauer. Wir stiegen auf die kleine Fähre.

Unten im Schiffsrestaurant saßen drei Österreicher; offenbar waren es altadlige Herren, einer hatte eine ganz abregierte Stimme. Er kniff grade die Augen so merkwürdig zu, wie das einer tut, der mit der Zigarre im Mund zahlen muß. Und dann hörte ich ihn murmeln: „Ein g'schäiter Buuursch (mit drei langen u) – aber etwas medioker ...- Ich bin gegen den Anschluß.

Oben standen wir dann am Schiffsgeländer, atmeten die reine Luft und blickten auf die beiden Küsten – die dänische, die zurückblieb, und die schwedische, der wir uns näherten. Ich sah die Prinzessin von der Seite an. Manchmal war sie wie eine fremde Frau, und in diese fremde Frau verliebte ich mich immer aufs neue und mußte sie immer aufs neue erobern. Wie weit ist es von einem Mann zu einer Frau! Aber das ist schön, in eine Frau wie in ein Meer zu tauchen. Nicht denken … Viele von ihnen haben Brillen auf, sie haben es im eigentlichen Sinne des Wortes verlernt, Frau zu sein – und haben nur noch den dünnen Charme. Hol ihn der Teufel. Ja, wir wollen wohl ein bißchen viel: kluge Gespräche und Logik und gutes Aussehen und ein bißchen Treue und dann dieser nie zu unterdrückende Wunsch, von der Frau wie ein Beefsteak gefressen zu werden, daß die Kinnbacken krachen … „Hast du schwedischen Geldes?" fragte die Prinzessin träumerisch. Sie führte gern einen gebildeten Genitiv spazieren und war demzufolge sehr stolz darauf, immer „Rats" zu wissen. „Ja, ich habe schwedische Kronen", sagte ich. „Das ist ein hübsches Geld – und deshalb werden wir es auch nur vorsichtig ausgeben." – „Geizvettel", sagte die Prinzessin. Wir besaßen eine gemeinsame Reisekasse, an der hatten wir sechs Monate herumgerechnet. Und nun waren wir in Schweden.

Der Zoll zollte. Die Schweden sprechen anders deutsch als die Dänen: die Dänen hauchen es, es klingt bei ihnen federleicht, und die Konsonanten liegen etwa einen halben Meter vor dem Mund und vergehen in der Luft, wie ein Gezirp. Bei den Schweden wohnt die Sprache weiter hinten, und dann singen sie so schön dabei … Ich protzte furchtbar mit meinen zehn schwedischen Wörtern, aber sie wurden nicht verstanden. Die Leute hielten mich sicherlich für einen ganz besonders vertrackten Ausländer. Kleines Frühstück. „Die Bouillon", sagte die Prinzessin, „sieht aus wie Wasser in Halbtrauer!" – „So schmeckt sie auch." Und dann fuhren wir gen Stockholm.

Sie schlief.

Der, der einen Schlafenden beobachtet, fühlt sich ihm überlegen – das ist wohl ein Überbleibsel aus alter Zeit, vielleicht schlummert da noch der Gedanke: er kann mir nichts tun, aber ich ihm. Dieser Frau gab der Schlaf wenigstens kein dümmliches Aussehen; sie atmete fest und ruhig, mit geschlossenem Mund. So wird sie aussehen, wenn sie tot sein wird. Dann liegt der Kopf auf einem Brett – immer, wenn ich an den Tod denke, sehe ich ein ungehobeltes Brett mit kleinen Holzfäserchen; dann liegt sie da und ist wachsgelb und wie uns andern scheint, sehr ehrfurchtgebietend. Einmal, als wir über den Tod sprachen, hatte sie gesagt: „Wir müssen alle sterben – du früher, ich später" – in diesem Kopf war so viel Mann. Der Rest war, Gott sei's gelobt, eine ganze Frau.

Sie wachte auf. „Wo sind wir?" – „In Rüdesheim an der Rüde." Und da tat sie etwas, wofür ich sie besonders liebte, sie tat es gern in den merkwürdigsten, in den psychologischen Augenblicken: sie legte die Zunge zwischen die Zähne und zog sie rasch zurück: sie spuckte blind. Und dafür bekam sie einen Kuß – auf dieser Reise schienen wir immer in leeren Abteilen zu sitzen –, und gleich wandte sie einen frisch gelernten dänischen Fluch an: „Der Teufel soll dich hellrosa besticken!“ und nun fingen wir an, zu singen.

In Kokenhusen
singt eine Nachtigall
wohl an der Düna Strand.
Und die Nachtigall
mit dem süßen Schall
legt ein Kringelchen in mei–ne Hand –!

Und grade, als wir im besten Singen waren, da tauchten die ersten Häuser der großen Stadt auf. Weichen knackten, der Zug schepperte über eine niedrige Brücke, hielt. Komm raus! Die Koffer. Der Träger. Ein Wagen. Hotel. Guten Tag. Stockholm.

5

„Was machen wir nun?“ fragte ich, als wir uns gewaschen hatten. Der Himmel lag blau über vier Schornsteinen – das war es, was wir zunächst von Stockholm sehn konnten. „Ich meine so“, sagte die Prinzessin, „wir nehmen uns erst mal einen Dolmetscher – denn du sprichst ja sehr schön schwedisch, sehr schön … aber es muß altschwedisch sein, und die Leute sind hier so ungebildet. Wir nehmen uns einen Dolmetscher, und mit dem fahren wir über Land und suchen uns eine ganz billige Hütte, und da sitzen wir still, und dann will ich nie wieder einen Kilometer reisen.“

Wir spazierten durch Stockholm.

Sie haben ein schönes Rathaus und hübsche neue Häuser, eine Stadt mit Wasser ist immer schön. Auf einem Platz gurrten die Tauben. Der Hafen roch nicht genug nach Teer. Wunderschöne junge Frauen gingen durch die Straßen … von einem gradezu lockenden Blond. Und Schnaps gab es nur zu bestimmten Stunden, wodurch wir unbändig gereizt wurden, welchen zu trinken – er war klar und rein und tat keinem etwas, solange man nüchtern blieb. Und wenn man ihn getrunken hatte, nahm der Kellner das Gläschen rasch wieder fort, wie wenn er etwas Unpassendes begünstigt hätte. In einem Schaufenster der Vasagatan lag eine schwedische Übersetzung des letzten Berliner Schlagers. Eh – und sonst haben Sie nichts von Stockholm gesehn? Was? Der Nationalcharakter … wie? Ach, lieben Freunde! Wie einförmig sind doch unsre Städte geworden! Fahrt nur nach Melbourne – ihr müßt erst lange mit den Kaufleuten konferieren und disputieren; ihr müßt, wenn ihr sie wirklich kennenlernen wollt, ihre Töchter heiraten oder Geschäfte mit ihnen machen oder, noch besser, mit ihnen erben; ihr müßt sie über das aushorchen, was in ihnen ist … sehen könnt ihr das nicht auf den ersten Blick. Was seht ihr? Überall klingeln die Straßenbahnen, heben die Schutzleute ihre weißbehandschuhten Hände, überall prangen die bunten Plakate für Rasierseife und Damenstrümpfe … die Welt hat eine abendländische Uniform mit amerikanischen Aufschlägen angezogen. Man kann sie nicht mehr besichtigen, die Welt – man muß mit ihr leben oder gegen sie.

Der Dolmetscher! Die Prinzessin wußte Rats, und wir gingen zum Büro einer Touristen-Vereinigung. Ja, einen Dolmetscher hätten sie. Vielleicht. Doch. Ja.

Bedächtig geht das in Schweden zu – sehr bedächtig. In Schweden gibt es zwei Völkerstämme: den gefälligen Schweden, einen freundlichen, stillen Mann – und den ungefälligen. Das ist ein gar stolzer Herr, man kann ihm seinen Eigensinn mit kleinen Hämmern in den Schädel schlagen: er merkt es gar nicht. Wir waren an den gefälligen Typus gekommen. Einen Dolmetscher, den hätten sie also, und sie würden ihn morgen früh ins Hotel schicken. Und dann gingen wir essen.

Die Prinzessin verstand viel vom Essen, und hier in Schweden aßen sie gut, solange es bei den kalten Vorgerichten blieb – dem Smörgåsbrot. Unübertrefflich. Ihre warme Küche war durchschnittlich, und vom Rotwein verstanden sie gar nichts, was mir vielen Kummer machte. Die Prinzessin trank wenig Rotwein. Dagegen liebte sie als einzige Frau, die ich je getroffen habe – Whisky, von dem die Frauen sonst sagen, er schmecke nach Zahnarzt. Er schmeckt aber, wenn er gut ist, nach Rauch.

Am nächsten Morgen kam der Dolmetscher.

Es erschien ein dicker Mann, ein Berg von einem Mann – und der hieß

Bengtsson. Er konnte spanisch sprechen und sehr gut englisch und auch deutsch. Das heißt: ich horchte einmal ... ich horchte zweimal ... dieses Deutsch mußte er wohl in Emerrika gelernt haben, denn es hatte den allerschönsten, den allerfarbigsten, den allerlustigsten amerikanischen Akzent. Er sprach deutsch wie ein Zirkus-Clown. Aber er war das, was die Berliner „richtig" nennen – er verstand sofort, was wir wollten, er versank in Karten, Fahrplänen und Prospekten, und am Nachmittag trollten wir von dannen.

Wir fuhren nach Dalarne. Wir fuhren in die Umgebung Stockholms. Wir warteten auf Zuganschlüsse und rumpelten über staubige Landwege in die abgelegensten Dörfer. Wir sahen verdrossene Fichten und dumme Kiefern und herrliche, alte Laubbäume und einen blauen Sommerhimmel mit vielen weißen Wattewolken, aber was wir suchten, das fanden wir nicht. Was wir denn wollten? Wir wollten ein ganz stilles, ein ganz kleines Häuschen, abgelegen, bequem, friedlich, mit einem kleinen Gärtchen ... wir hatten uns da so etwas Schönes ausgedacht. Vielleicht gab es das gar nicht?

Der Dicke war unermüdlich. Während wir herumfuhren und suchten, fragten wir ihn des nähern nach seinem Beruf. Ja, er führte also die Fremden durch Schweden. Ob er denn alles wüßte, was er ihnen so erzählte. Keine Spur – er hatte lange in Amerika gelebt und kannte seine Amerikaner. Zahlen! Er nannte ihnen vor allem einmal Zahlen: Jahreszahlen und Größenangaben und Preise und Zahlen, Zahlen, Zahlen ... Falsch konnten sie sein. Mit uns sprach er von Tag zu Tag fließender deutsch, aber es wurde immer amerikanischer. „Fourteen days ago" hieß eben „Virrzehn Tage zerrick", und so war alles. „Drei Wochen zerrick", sagte er, als wir grade wieder von einer ergebnislosen Expedition zurückgekommen waren und zu Abend aßen, „drei Wochen zerrick – da war eine amerikanische Familie in Stockholm. Ich habe zu ihnen gesagt, wenn man nur einmal in Emerrika gewesen ist, dann meint man, die ganze andre Welt ist eine Kolonie von Emmerika. Ja. Danach haben mich die Leute *sehr* gähn gehabt. Prost!" – Prost? Wir waren hier in Schweden, der Mann hatte „Skål!" zu sagen. Und „Skål", das ist eigentlich ‚Schale'. Und weil die Prinzessin eine arme Ausländerin war, die uns Schweden nicht so verstand, so sagte ich „Schale auf Ihnen!", und das verstanden wir alle drei. Der Dicke bestellte sich noch einen kleinen Schnaps. Träumerisch sah er ins Glas. „In Göteborg wohnt ein Mann, der hat einen großen Keller – da hat er es alles drin: Whisky und Branntwein und Cognac und Rotwein und Weißwein und Sekt. Und das trinkt der Mann nicht aus – das bewahrt sich der Mann alles auf! Ich finde das ganz grroßartig –!" Sprach's und kippte den seinigen.

Aber nun verging ein Tag nach dem andern, und wir hatten viele Gespräche mit angehört, hatten unzählige Male vernommen, wie die Leute sagten, was die Schweden immer sagen, in allen Lagen des menschlichen Lebens: „Jasso …" und auch ihr „Nedo" und was man so spricht, wenn man nichts zu sagen hat. Und der Dicke hatte uns in viele schöne Gegenden geführt, durch wundervolle, satte Wälder. – „Hier sind schöne Läube!" sagte er, und das war die Mehrzahl von „Laub" – und nun fing die Prinzessin an, aufzumucken. „He lacht sik 'n Stremel", sagte sie. „Meinen lieben guten Daddy! Wi sünd doch keine Rockefellers! Nu ornier doch endlich mal enägisch ne Dispositschon an, daßn weiß, woanz un woso!"

Was nun –? Der Dicke ging nachdenklich, aber mit der Welt soweit ganz zufrieden, vor uns hin; er stapfte mit seinem Stock auf das Pflaster und dachte emsig nach; man konnte an seinem breiten Rücken sehen, wie er dachte. Dann brummte er, denn er hatte etwas gefunden. „Wir fahren nach Mariefred", sagte er. „Das ist ein kleiner Ort … das ist all right! Morgen fahren wir." Die Prinzessin sah mich unheilverkündend an. „Wenn wir da nichts finden, Daddy, dann stech ich dir inne Kleinkinnerbiewohranstalt und kutschier bei mein Alten nach Abbazia. Dor kannst du man upp aff!"

Aber am nächsten Tag sahen wir etwas.

Mariefred ist eine klitzekleine Stadt am Mälarsee. Es war eine stille und friedliche Natur, Baum und Wiese, Feld und Wald – niemand aber hätte von diesem Ort Notiz genommen, wenn hier nicht eines der ältesten Schlösser Schwedens wäre: das Schloß Gripsholm.

Es war ein strahlend heller Tag. Das Schloß, aus roten Ziegeln erbaut, stand leuchtend da, seine runden Kuppeln knallten in den blauen Himmel – dieses Bauwerk war dick, seigneural, eine bedächtige Festung. Bengtsson winkte dem Führer ab, Führer war er selber. Und wir gingen in das Schloß.

Viele schöne Gemälde hingen da. Mir sagten sie nichts. Ich kann nicht sehen. Es gibt Augenmenschen, und es gibt Ohrenmenschen, ich kann nur hören. Eine Achtelschwingung im Ton einer Unterhaltung: das weiß ich noch nach vier Jahren. Ein Gemälde? Das ist bunt. Ich weiß nichts vom Stil dieses Schlosses – ich weiß nur: wenn ich mir eins baute, so eins baute ich mir.

Herr Bengtsson erklärte uns das Schloß, wie er es seinen Amerikanern erklärt hätte, der Spiritus sang aus ihm, und nach jeder Jahreszahl sagte er: „Aber so genau weiß ich das nicht", und dann sahen wir im Baedeker nach, und es war alles, alles falsch – und wir freuten uns mächtig. Ein Kerker war da, in dem Gustav der Verstopfte Adolf den Unrasierten jahrelang eingesperrt hatte, und so dicke Mauern hatte das Schloß, und einen runden Käfig für die Gefangenen gab es und ein schauerliches Burgloch oder eine Art Brunnen … Menschen haben immer Menschen gequält, heute sieht das nur anders aus.

Aber am allerschönsten war das Theater. Sie hatten in der Burg ein kleines Theater – vielleicht damit sie sich während der Belagerungen nicht so langweilen mußten. Ich setzte mich auf eines der Bänkchen im Zuschauerraum und führte mir eine Schäferkomödie auf, in der geliebt und gestochen, geschmachtet und zierlich gesoffen wurde – und nun wurde die Prinzessin sehr energisch. „Jetzt oder nie!“ sagte sie. „Herr Bengtsson – also!“

Wie alle gutmütigen Männer hatte der Dicke Angst vor Frauen – er beugte seine Seele, wie der Wanderer den Rücken unter den Regenschauern beugt, und er strengte sich gewaltig an und ging gar sehr ins Zeug. Er telefonierte lange und verschwand.

Nach dem Mittagessen kam er fröhlich an, sein Fett wogte vor Zufriedenheit. „Kommen Sie mit!“ sagte er.

Das Schloß hatte einen Anbau – auf eine Frage hätte der Dicke sicherlich gesagt: aus dem einundzwanzigsten Jahrhundert … es war ein neuerer Bau, langgestreckt, glatt in der Fassade, hübsch. Wir gingen hinein. Drinnen empfing uns eine sehr freundliche alte Dame. Es ergab sich, daß hier in diesem Schloßanbau zwei Zimmer und dazu noch ein kleineres zu vermieten waren. Hier im Schloß? Zweifelnd sah ich Herrn Bengtsson an. Hier im Schloß. Und bekochen wollte sie uns auch. Aber würden uns denn nicht die zahllosen Touristen stören, die da kommen und die Gemälde und die Folterkammer sehen mußten? Sie kämen nur sonntags, und sie kämen überhaupt nicht hierher, sondern sie gingen dortherum …

Wir besichtigten die Zimmer. Sie waren groß und schön; alte Einrichtungsstücke des Schlosses standen darin, in einem schweren behaglichen Stil; ich sah keine Einzelheiten mit meinen blinden Augen – aber es sprach zu mir. Und es sagte: Ja.

Aus einem Fenster blickte man auf das Wasser, aus einem andern in einen stillen kleinen Park. Die Prinzessin, die die Vernunft ihres Geschlechts hatte, sah sich inzwischen an, wo man sich waschen konnte und wie es mit den Lokalitäten bestellt wäre … und kam zufrieden zurück. Der Preis war erstaunlich billig. „Wie kommt das?“ fragte ich den Dicken; wir sind selbst dem Glück gegenüber so argwöhnisch. Die Dame im Schloß täte es aus Freundlichkeit für ihn, denn sie kannte ihn, auch kamen selten Leute hierher, die lange bleiben wollten. Mariefred war als kleiner Ausflugsort bekannt; man weiß, wie solche Bezeichnungen den Plätzen anhaften. Da mieteten wir.

Und als wir gemietet hatten, sprach ich die goldenen Worte meines Lebens: „Wir hätten sollen …“ und bekam von der Prinzessin einen Backenstreich: „Oll Krittelkopp! Und dann begossen wir die Mietung mit je einem großen Branntwein, wir alle drei. „Kennen Sie die Frau im Schloß gut? Sie ist doch so nett zu uns?“ fragte ich Herrn Bengtsson. – „Wissen Sie“, sagte er nachdenklich, „den Affen kennen alle – aber der Affe kennt keinen.“ Und das sahen wir denn auch ein. Und dann verabschiedete sich der Dicke. Die Koffer kamen, und wir packten aus, stellten die Möbel so lange um, bis sie alle wieder auf demselben Platz standen wie zu Anfang … die Prinzessin badete Probe, und ich mußte mich darüber freuen, wie sie nackt durchs Zimmer gehen konnte – wirklich wie eine Prinzessin. Nein, gar nicht wie eine Prinzessin: wie eine Frau, die weiß, daß sie einen schönen Körper hat. „Lydia“, sagte ich, „in Paris war einmal eine Holländerin, die hat sich auf ihren Oberschenkel die Stelle tätowieren lassen, auf die sie am liebsten geküßt werden wollte. Darf ich fragen …“ Sie antwortete. Und es beginnt nunmehr der Abschnitt.

6

Wir lagen auf der Wiese und baumelten mit der Seele.

Der Himmel war weiß gefleckt; wenn man von der Sonne recht schön angebraten war, kam eine Wolke, ein leichter Wind lief daher, und es wurde ein wenig kühl. Ein Hund trottete über das Gras, dahinten. „Was ist das für einer?“ fragte ich. – „Das ist ein Bulldackel“, sagte die Prinzessin. Und dann ließen wir wieder den Wind über uns hingehen und sagten gar nichts. Das ist schön, mit jemand schweigen zu können.

„Junge“, sagte sie plötzlich. „Es ist ganz schrecklich aber ich bin noch nicht hier. Gott segne diese Berliner Arbeit. In meinem Kopf macht es noch immer: Burrburr … Der Alte und all das Zeugs …“

„Wie ist der Alte jetzt eigentlich?“ fragte ich faul.

„Na … wie immer … Er ist dick, neugierig, feige und schadenfroh. Aber sonst ist er ein ganz netter Mensch. Dick – das wäre ja zu ertragen. Ich habe dicke Männer ganz gern." Ich machte eine Bewegung. „Brauchst dir gar nichts einzubilden … Dein bißchen Fett!"

„Du glaubst wohl, weil du Lydia heißt, du wärst was Besseres! Ich will dir mal was sagen …" Nachdem sich die Unterhaltung wieder gesetzt hatte: „Also gut, dick. Aber seine Neugier … er hätte am liebsten, ich erzählte ihm jeden Tag einen neuen Klatsch aus der Branche. Er ist ein seelischer Voyeur. Er selbst nimmt an den meisten Dingen gar nicht richtig teil; aber er will ganz genau wissen, was die andern machen und wie sie es machen und mit wem, und wieviel sie wohl verdienen das vor allem! Und wovon sie leben … Wie? Wie er Geld verdient? Das macht er durch seine rücksichtslose Frechheit. Daddy, das lernen wir ja nie! Ich sehe das nun schon vier Jahre mit an, wie der Herr Generalkonsul zum Beispiel nicht zahlt, wenn er zahlen soll. Wir könnten das nicht, deshalb kommen wir ja auch nicht zu Geld. Das muß man mit ansehen! Da kann aber kommen, wer will; diese eiserne Stirn, mit der er unterschriebene Verträge verdreht, ableugnet, sich plötzlich nicht mehr erinnert, wie er sich verleugnen läßt … nein, Daddy, du lernst es nicht. Du willst es doch immer lernen! Du lernst es nicht!"

„Lassen die Leute sich denn das gefallen?"

„Was sollen sie denn machen? Wenn es Ihnen nicht paßt, sagt er, dann klagen Sie doch! Aber ich beziehe dann bei Ihnen nichts mehr! Und das hält er auch eisern durch. Das wissen die Leute ganz genau – sie geben schließlich nach. Neulich haben wir doch das ganze Büro renovieren lassen – was er da mit den Handwerkern getrieben hat! Ja, aber auf diese Weise kommt man nach Abbazia, und die Handwerker fahren mit der Hand übern Alexanderplatz. So gleicht sich alles im Leben aus."

„Und wieso ist er schadenfroh?"

„Das muß ein Erbfehler sein – an dieser Schadenfreude haben offenbar Generationen mitgearbeitet. Einer allein schafft das nicht. Ich glaube, wenn ihm sein bester Freund einen Gefallen tun will, dann muß er sich zum Geburtstag vom Chef das Bein brechen. Ich habe so etwas noch nicht gesehn. Der Mann sucht gradezu nach Gelegenheiten, wo er sich über das Malheur eines andern freuen kann … Es ist vielleicht, um sich die eigne Überlegenheit zu beweisen; wenn er frech wird, hält er sich für sehr überlegen. Das muß es wohl sein. Er ist so unsicher …"

„Das sind sie beinah alle. Ist dir noch nicht aufgefallen, wieviel Frechheit durch Unsicherheit zu erklären ist?"

„Ja ... Das ist eine vergnügte Stadt! Aber was soll ich machen? Da sagen sie: So eine Frau wie Sie! ... Wenn ich das schon höre! ... Irgendeinen Stiesel heiraten ... Du lachst. Daddy, ich kann mit diesen Brüdern nicht leben. Na ja, das Geld. Aber es ist doch nicht bloß der Schlafwagen und das große Auto; das Schlimmste ist doch, wenn sie dann reden! Und wenn sie erst anfangen, sich gehenzulassen ... Komm, es wird kühl."

Der Uhr nach wurde es nun langsam Abend; hier aber war noch alles hell, es waren die hellen Nächte, und wenn Gripsholm auch nicht gar so nördlich lag, so wurde es dort nur für einige Stunden dunkel, und ganz dunkel wurde es nie. Wir gingen über die Wiesen und blickten auf das Gras.

„Wir wollen zu Abend essas!" sagte die Prinzessin auf schwedisch.

Wir aßen, und ich trank sehr andächtig Wasser dazu. Wenn man in ein fremdes Land kommt, dann muß man erst einmal das fremde Wasser in sich hineingluckern lassen, das gibt einem den wahren Geschmack der Fremde. Da saßen wir und rauchten. So – und jetzt begannen die Ferien, die richtigen Ferien.

Die Vorhänge des Schlafzimmers waren dicht zugezogen und mit Nadeln zugesteckt. Männer können nur im tiefen Dunkel schlafen; die Prinzessin hielt das gradezu für ein männliches Geschlechtsmerkmal. Ich las. „Raschle nicht so bösartig mit der Zeitung!" sagte sie.

In dieser Nacht drehte sich die Prinzessin um und schlief wie ein Stein. Sie atmete kaum; ich hörte sie nicht. Ich las.

Es ist vorgekommen, daß ich nachts, in wilder Traumfurcht, aufgefahren bin und mich an die Prinzessin angeklammert habe ... wie lächerlich! „Willst du mich retten?" fragte sie dann lachend. Das ist zwei-, dreimal geschehen – oft wußte ich es gar nicht. „Heute nacht hast du mich wieder gerettet ...", sagte sie dann am nächsten Morgen. Aber nun waren Ferien; heute nacht würde ich sie bestimmt nicht retten. Ich legte meine Hand hinüber, auf die Schlafende. Sie seufzte leise und veränderte ihre Lage. Schön ist Beisammensein. Die Haut friert nicht. Alles ist leise und gut. Das Herz schlägt ruhig. Gute Nacht, Prinzessin.

ZWEITES KAPITEL

All to min Besten, sä de Jung – dor slögen
se em den Stock upn Buckel entzwei.

1

Das Kind stand am Fenster und dachte so etwas wie: Wann hört dies auf? Dies hört nie auf? Wann hört dies auf?

Es hatte beide Arme auf das Fensterbrett gestützt, das durfte es nicht – aber es war für einen Augenblick, für einen winzigen, gestohlenen Augenblick, allein. Gleich würden die andern kommen; man spürte das zuerst im Rücken, der nun der Tür zugewendet war, der Rücken kitzelte erwartungsvoll. Wenn die andern kommen, ist es aus. Denn dann kommt sie.

Das kleine Mädchen schüttelte sich: es war wie die schnelle leise Bewegung eines Hundes, der Wasser abschüttelt. Das, was das Kind bedrückte, brauchte es nicht erst zu überdenken: es saß inmitten seiner kleinen Leiden wie auf einem Lotosblatt, zwischen andern Lotosblättern, und alle runden Blätter sahen es an – das Kind in der Mitte. Und es kannte sie alle, seine Leidensblätter.

Die andern Kinder – sein Spitzname „Das Kind" – dieses Kinderheim in Schweden – der tote Will, und nun stieg die Kurve der Furcht siedend-rot nach oben: Frau Adriani, die rothaarige Frau Adriani – und dahinter dann das Traurigste: Mutti in Zürich. Es war zuviel. Das Kind zählte neun Jahre – es war zuviel für neun Jahre. Nun weinte es das bitterste Weinen, das Kinder weinen können: jenes, das innerlich geweint wird und das man nicht hört. Trappeln. Schurren. Türenklappen. Kein Wort: eine stumme Schar näherte sich. Also war sie dabei. Du großer Gott –

Die Tür öffnete sich majestätisch, als habe sie sich allein aufgetan. Im Rahmen stand die Frau Direktor, der „Teufelsbraten": die Adriani. Ihren Beinamen hatte sie von ihrem Lieblingsschimpfwort.

Sie war nicht sehr groß: eine stämmige, untersetzte Person, mit rötlichem Haar, graugrünlichen Augen und fast unsichtbaren Augenbrauen. Sie sprach schnell und hatte eine Art, die Leute anzusehn, die keinem gut tat …

„Was machst du hier?" Das Kind duckte sich. „Was du hier machst?" Sie ging dabei auf die Kleine zu und gab ihr eine Art Knuff gegen den Kopf – es war nicht einmal eine Ohrfeige; der Schlag ignorierte, daß da ein Kopf war: er verfügte nur über das vorhandene Material. Zufällig war es ein Kopf. „Ich habe … ich … ich bin …" – „Du bist ein Teufelsbraten", sagte die Adriani. „Drückst dich hier oben herum, während unten geturnt wird! Heute abend kein Essen. In die Schar!" Das Kind schlich unter die andern; sie machten ihm hochmütig und mit artigem Abscheu Platz.

Dies war eine Kinderkolonie, Läggesta, in der viele deutsche Kinder waren und auch einige schwedische und dänische. Frau Adriani nützte ihr Besitztum am Mälarsee auf diese Weise gut aus. Zwei Nichten halfen ihr bei der Arbeit: die eine, wie ein Ableger der Tante, gehaßt und gefürchtet wie sie; die andre sanft, aber unterdrückt und furchtsam; sie versuchte zu mildern, wo sie konnte – es gelang ihr selten. Wenn die Alte ihre Tage hatte, waren die beiden Nichten nicht zu sehen. Sie hatte vierzig Kinder.

Sie hatte keine Kinder. Und die vierzig hatten es nicht gut. Die Frau plagte sich viel um die Kinder; aber sie war hart zu ihnen, sie schlug. Schlug sie gern …? Sie herrschte gern. Jedes Kind, das die Kolonie vor der Zeit verließ, war in ihren Augen ein Verräter; sie hätte nicht sagen können, woran; jedes, das hinzukam, eine willkommene Bereicherung des Materials, auf dem sie regierte. Wenn sich auch viele Kinder beklagten und fortgenommen wurden –: sie hatte viele Waisen darunter, und es kamen immer neue Mädchen.

Kommandieren … Damit hatte sie es nun sonst nicht leicht. Denn wo sich die Schweden beugen, verbeugen sie sich höflich, weil sie es so wollen. Sie gehorchen nur, wenn sie es eingesehen haben, daß es hier und an dieser Stelle nötig, nützlich oder ehrenvoll ist, zu gehorchen … sonst aber hat einer, der in diesem Lande herrschen will, wenig Gelegenheit dazu. Man verstände ihn gar nicht; man lachte ihn aus und ginge seiner Wege.

Frau Adriani wechselte oft ihr Personal und brachte sich die Angestellten häufig aus Deutschland mit, wohin sie manchmal reiste. Im Winter saß sie hier oben fast allein, nur wenige Kinder blieben dann da – wie zum Beispiel die kleine Ada. Ihr Mann … wenn Frau Adriani an ihren Mann dachte, war es, wie wenn sie eine Fliege verjagen mußte. Dieser Mann … sie zuckte nicht einmal mehr die Achseln. Er saß in seinem Zimmer und ordnete Briefmarken. Sie verdiente das Geld. Sie. Und im Winter wartete sie auf den Sommer – denn der Sommer war ihre Zeit. Im Sommer konnte sie durch die langen Korridore des Landhauses donnern und befehlen und verbieten und anordnen, und alles um sie herum fragte sich gegenseitig nach ihrer Stimmung und zitterte vor Furcht, und sie genoß diese Furcht bis in die Haarspitzen. Fremde Willen unter sich fühlen – das war wie … das war das Leben.

„Jetzt bleiben alle hier oben, bis es zum Essen klingelt. Wer spricht, hat Essenentzug. Sonja! Deine Haarschleife!" Ein Mädchen riß sich, puterrot, die Schleife, die sich gelöst hatte, aus den Haaren und band sie von neuem. Es war so still – man hörte vierzig kleine Mädchen atmen. Frau Adriani genoß mit einem kalten Blick ihrer graugrünen Augen die Situation, dann ging sie hinaus. Hinter ihr zischelte es zwiefach: das waren die, die, ganz leise, sprechen wollten, und die andern, die die Flüsternden mit einem „Pst!" daran zu hindern suchten. Das Kind stand für sich allein. Kleine Mädchen können sehr grausam sein. Es war sonst keine bestraft worden, am heutigen Tage – die Majorität hatte also stillschweigend beschlossen, das Kind fallenzulassen. Das Kind hieß „das Kind", weil es einmal auf die Frage der Adriani: „Was bist du?" geantwortet hatte: „Ich bin ein Kind." Niemand beachtete es jetzt.

Wann hört dies auf? dachte das Kind. Das hört nie auf. Und dann liefen die Tränen, und nun weinte es, weil es weinte.

2

Die Bäume rauschten vor unsern Fenstern, und sie rauschten mich aus einem Traum, von dem ich schon beim Erwachen nicht mehr sagen konnte, was das gewesen sein mochte. Ich drehte mich in den Kissen; sie waren noch schwer von Traum. Vergessen … Warum war ich aufgewacht?

Es klopfte.

„Die Post! Daddy, die Post! Geh mal an die Tür!"

Die Prinzessin, die eben noch geschlafen hatte, war wach – ohne Übergang.

Ich ging. Zwischen Bett und Tür überlegte ich, wie es doch zwischen Mann und Frau Morgen-Augenblicke gibt, da hat es sich mit der Liebe ausgeliebt. Sehr entscheidende Augenblicke – wenn die gut verlaufen, dann geht alles gut. Von dem quäkrigen „Wieviel Uhr ist es denn …?" bis zum „Hua – na, da steh auf!" … da pickt die kleine Uhr auf dem Nachttisch viel Zeit auf, der Tag ist erwacht, nun schläft die Nacht, es schläft die unterirdische Hemisphäre … bei den meisten Frauen wenigstens, leider … Ich war an der Tür. Eine Hand steckte Briefe durch den Schlitz.

Die Prinzessin hatte sich im Bett halbaufgerichtet und warf vor Aufregung alle Kissen durcheinander. „Meine Briefe! Das sind meine Briefe! Du Schabülkenkopp! Gib sie her! Na, da schall doch gliks …" Sie bekam ihren Brief. Er war von ihrer Stellvertreterin aus dem Geschäft, und es stand darin geschrieben, daß es nichts zu schreiben gäbe. Die Sache mit Tichauer wäre in Ordnung. Beim kleinen Inventarbuch wären sie bei G. Das zu hören beruhigte mich ungemein. Was für Sorgen hatten diese Leute! Was für Sorgen sie hatten? Ihre eignen, merkwürdigerweise.

„Geh mal Wasser braten!" sagte die Prinzessin. „Du mußt dich rasieren. So, wie du da bist, kannst du keinem Menschen einen Kuß geben. Was hast du für einen Brief bekommen?" – Ich grinste und hielt den Brief hinter meinem Rücken verborgen. Die Prinzessin stritt erbittert mit den Kissen. „Wahrscheinlich von irgendeiner Braut … einer dieser alten Exzellenzen, die du so liebst. Zeig her. Zeig her, sag ich!" Ich zeigte ihn nicht. „Ich zeige ihn nicht!" sagte ich. „Ich werde dir den Anfang vorlesen. Ich schwöre, daß es so dasteht, wie ich lese – ich schwöre es. Dann kannst du ihn sehn." Ein Kissen fiel, erschöpft und zu Tode geschlagen, aus dem Bett. – „Von wem ist er?" – „Er ist von meiner Tante Emmy. Wir sind verzankt. Jetzt will sie etwas von mir. Darum schreibt sie. Sie schreibt:

Mein lieber Junge! Kurz vor meiner Einäscherung ergreife ich die Feder …«

„Das ist nicht wahr!" schrie die Prinzessin. „Das ist … gib her! Es ist ganz grrroßartig, wie Bengtsson sagen würde. Geh dich rasieren und halt die Leute hier nich mit deine eingeäscherten Tantens auf!"

Und dann gingen wir in die Landschaft.

Das Schloß Gripsholm strahlte in den Himmel; es lag beruhigend und dick da und bewachte sich selbst. Der See schaukelte ganz leise und spielte – plitsch, plitsch – am Ufer. Das Schiff nach Stockholm war schon fort; man ahnte nur noch eine Rauchfahne hinter den Bäumen. Wir gingen quer ins Land hinein.

„Die Frau im Schloß", sagte die Prinzessin, „spricht ein privates Deutsch. Eben hat sie mich gefragt, ob wir es nachts auch warm genug hätten – ich wäre wohl gewiß ein Frierküchlein …" – „Das ist schön", sagte ich. „Man weiß bei den nordischen Leuten nie, ob sie sich das wörtlich aus ihren Sprachen übersetzen oder ob sie unbewußt Neues schaffen. In Kopenhagen kannte ich mal eine, die sagte – und sie hatte eine Baßstimme vor Wut: Dieses Kopenhagen ist keine Hauptstadt – das ist ein Hauptloch! Ob sie das wohl erfunden hat?" – „Du kennst so viele Leute, Daddy!" sagte die Prinzessin. „Das muß schön sein ..." – „Nein, ich kenne lange nicht mehr so viel Leute wie früher. Wozu auch?" – „Ick will di mal wat seggen, min Jung", sagte die Prinzessin, die es heute mit dem Plattdeutschen hatte. „Wenn du nen Minschen kennenliernst un du weißt nich so recht, wat mit em los ist, dann frag di ierst mal: giwt hei mie Leev oder giwt hei mi Geld? Wenn nix von beid Deil, denn lat em lopen und holl di nich bi em upp! Dessenungeachtet brauchst du aber nicht in diesen Fladen zu treten!" – „Donnerschlag!" – „Du sollst keines Fluches gebrauchen, Peter!" sagte die Prinzessin salbungsvoll. „Das schickt sich nicht. Und nun legen wir uns woll ein büschen auf düsen Rasenplatz!"

Da lagen wir ...

Der Wald rauscht. Der Wind zieht oben durch die Wipfel, und ein ganz feiner Geruch steigt vom Boden auf, ein wenig säuerlich und frisch, moosig, und etwas Harz ist dabei.

„Was hätte Arnold jetzt gesagt?" fragte ich vorsichtig. Arnold war ihr erster; wenn die Prinzessin sehr guter Laune war, konnte man sie daran erinnern. Jetzt war sie guter Laune. „Er hätte nichts gesagt", antwortete sie. „Er hatte auch nichts zu sagen, aber das habe ich erst sehr spät gemerkt." – „Also nicht klug?" – „In meinem Papierkorb ist mehr Ordnung als in dem seinen Kopf! Er sprach wenig. Im Anfang hielt ich dieses Schweigen für sehr bedeutend; er war eben ein karger Schmuser. Das gibt's!" Schritte auf dem weichen Moos; ein kleiner Junge kam den Waldweg entlanggestolpert, er murmelte etwas vor sich hin ... als er uns sah, schwieg er; er blickte zu den Bäumen auf und begann dann zu laufen.

„Das wäre etwas für einen Staatsanwalt", sagte ich. „Der würde in seiner Schläue einen ganzen Tatbestand aufbauen. Wahrscheinlich hat dieser Knabe aber nur Zahlen gebetet und sich geschämt, als er uns gesehn hat ..." – „Nein, es war so", sagte die Prinzessin. Sie lag auf dem Rücken und erzählte zu den Wolken: „Ein Jung sall mal nan Koopmann gahn und Seip un Solt halen. Dor sä hei ümme vor sich hen: Seip un Solt ... Seip un Solt ... Hei sei över nich nah sin Feut, un so full he övern Bohnenstrang. Dunnersweer! Tran un Teer! sä he – und bleew nu uck bi Tran un Teer un köffte Tran und Teer ... Peter!

Peter! Wie ist es mit dem Leben! Erzähl schnell, wie es mit dem Leben ist! Nein, jetzt sage nicht wieder deine unanständigen Wörter ... die weiß ich allein. Wie ist es? Jetzt gleich will ich es wissen!" – Ich sog den bittern Geschmack aus einem trocknen Zweig mit Fichtennadeln.

„Erst habe ich gemerkt", sagte ich, „wie es ist. Und dann habe ich verstanden, warum es so ist – und dann habe ich begriffen, warum es nicht anders sein kann. Und doch möchte ich, daß es anders wird. Es ist eine Frage der Kraft. Wenn man sich selber treu bleibt ..."

Mit ihrem tiefsten Alt: „Nach den Proben an Treue, die du bei mir abgelegt hast ..."

„Ob es wohl möglich ist, mit einer Frau ernsthaft etwas zu bereden. Es ist nicht möglich. Und so was hat nun das Wahlrecht!"

„Das sagt der Chef auch immer. Was der jetzt wohl macht?"

„Er wird sich wahrscheinlich langweilen, aber sehr stolz sein, daß er in Abbazia ist. Dein Generalkonsul ..."

„Daddy ... dein Literatenstolz ist auch nicht das Richtige. Weißt du – manchmal denke ich so ... der Mann ist doch immerhin etwas geworden. Sie haben ihm doch den Generalkonsul und die Seife und den Safe und das alles nicht in die Wiege gelegt – und die Wiege, lieber Daddy ... der Mann betont mir viel zu oft, daß er zeit seines Lebens in guten Verhältnissen gelebt hätte – also hat er nicht. Er hat wahrscheinlich allerhand Saures geschluckt, bis sie ihn an das Süße herangelassen haben. Na, nun schmatzt er ... Was? Natürlich hat er das vergessen, das mit dem Sauern. Ach, das tun sie ja alle. Erinnerung – Junge, Erinnerung ... das ist ein alter Leierkasten. Die Leute haben doch heute ihr Grammophon! Wenn man nur mal rauskriegen könnte, wie so einer langsam was geworden ist – so einer wie der Chef –, wie das so vor sich geht ... Verheiratet ist er nicht ... und wenn er eine Frau hätte, die könnte es einem ja auch nicht sagen, weil sie nichts gemerkt hat. Sie fände es selbstverständlich, und vom Aufstieg wollen sie ja alle nichts hören, weil sie damit zugeben würden, daß ihre Ahnen noch ohne Visier herumgelaufen sind. Aufstieg ... das sagen sie bloß, wenn sie einem keine Gehaltserhöhung geben wollen."

Also sprach die kluge Prinzessin Lydia und beendete ihre Rede mit einem herrlichen –

Hier hatte die Prinzessin den Schluckauf.

Dann wollte sie vom Boden hochgezogen werden; dann stand sie allein auf, mit einem schönen gymnastischen Schwung – und dann krochen wir langsam zurück durch den Wald. Wir standen uns nach Haus, an jeder Schneise blieben wir stehn und hielten große Reden; jeder tat so, als ob er dem andern zuhörte, und er hörte ja auch zu, und jeder tat so, als bewunderte er den Wald, und er bewunderte ihn ja auch – aber im allertiefsten Grunde, wenn man uns gefragt hätte: wir waren nicht mehr in der großen Stadt und noch nicht in Schweden. Aber wir waren beieinander.

Da lag das erste Haus von Mariefred. Ein Grammophon kratzte sich eins. „Es ist hier zur Erholung, das Grammophon", sagte die Prinzessin ehrfürchtig. „Hörst du – es ist noch ganz heiser. Aber die Luft hier wird ihm guttun." – „Hast du Hunger, Lydia?" – „Ich hätte gern ... Peter! Daddy! Allmächtiger Braten! Wie heißt der Genetiv von Smörgås ... Ich möchte gern etwas Smörgåssens ... achgottachgott!" Und dies bewegte uns sehr, bis wir bei Tisch saßen und die Prinzessin alle vier Fälle des schwedischen Vorgerichts herunterdeklinierte.

„Was machen wir nach Tisch?" – „Das ist eine Frage! Nach Tisch gehn wir schlafen. Karlchen sagt auch immer: in den Taghemden ist so viel Müdigkeit ... man muß sich völlig ausziehn und schlafen. Dann schläft man. Und das ist eben Erholung." – „Sage mal ... sitzt dein Freund Karlchen noch immer beim Finanzamt im Rheinland?"

Ich sagte, er säße. „Und woanz ist diesen Mann denn nu eigentlich?" – „Lieber Mann", sagte ich zur Prinzessin, „das ist vielleicht ein Mann! Aber das darf man ihm nicht sagen – sonst wachsen ihm vor Stolz Pfauenfedern aus den Ohren. Das ist ein ... Karlchen ist eben Karlchen." – „Keine Erklärung. So schwabbelt mein Konsul auch immer, wenn er was nicht sagen will. Ich für mein Teil gehe jetzt ins Bett, schlafas." Ich hörte sie noch nach der Melodie von Tararabumdiä singen:

Da hat das kleine Pferd
sich plötzlich umgekehrt
und hat mit seinem Stert
die Fliegen ab–ge–wehrt –

Dann rauschten uns die Bäume in Schlaf.

3

Nachmittags standen wir vor dem Schloß – Touristen kamen und gingen.

Wir wandelten in den „innern Burggarten“; da war ein zierlicher Brunnen in der Mitte, kleine Erker klebten an den Mauern – man hatte an dem Schloß herumrestauriert … schade. Aber vielleicht wäre das Ganze sonst eingefallen; so alt war es schon.

Ein großer Tourenwagen fuhr vor.

Ihm entstieg ein jüngerer Mann, dann folgten zwei Damen, eine ältere und eine jüngere, und dann wurde ein dicker Herr aus dem Fond gekratzt. Sie sprachen deutsch und standen etwas ratlos um den Wagen herum, wie wenn sie vom Mond gefallen wären. Dann sprach der Dicke hastig und laut mit dem Chauffeur. Der verstand ihn zum Glück nicht.

Sie lösten Karten für das Schloß. Der Führer war schon nach Hause gegangen, und man ließ sie allein pilgern. „Lydia …“, sagte ich. Wir gingen nach.

„Was willst du machen?“ fragte Lydia, und dabei senkte sie die Stimme, so gut hatte sie mich verstanden. „Ich weiß noch nicht“, sagte ich. „Es wird mir schon etwas einfallen … Komm mit.“ Die Touristen standen im großen Reichssaal, sie sahen zur getäfelten Decke auf, und eine der Damen sagte so laut, daß es hallte: „Ganz nett!“ – „Offenbar schwedischer Stil!“ sagte der Dicke. Sie murmelten. „Wenn sie jetzt noch fragen, ob das alles hier gebaut ist … Rasch!“ – „Wohin?“ – „Komm dahin, wo der große Brunnen ist. Irgend etwas müssen wir da aufführen …“

Man hörte sie schlurren und husten – dann waren wir außer Hörweite. Wir gingen leise und schnell.

Da war ein großer, runder Raum, mit einer Holzgalerie, und in der Mitte des festgestampften Bodens lag eine kreisrunde Holzscheibe: der Eingang zum Verlies. Und da fanden wir eine Leiter. Lydia half, wir setzten die Leiter an – hurra! Sie stand. Also sehr tief konnte es nicht sein. Ich kletterte hinunter, gefolgt von den spöttischbewundernden Blicken der Prinzessin. „Grüß die Fledermäuse!“ – „Hol din Mul!“ sagte ich. Ich kletterte – ein ganzes Endchen … ein amerikanischer Filmkomiker mimt den Feuerwehrmann, so sah das aus, und mir war gar nicht komisch zu Mute, wohin ging das hier? Aber für einen Spaß ist uns nichts zu teuer. Dunkelheit und Staub. Nur der runde Schein von oben … „Bitte Streichhölzer! Aus deiner Tasche!“ Die Schachtel kam herunter und fiel mir auf die Füße. Ich suchte und stieß mir den Kopf an der Leiter – dann hatte ich sie. Ein Flämmchen … das war also doch ein großer Raum, an der einen Wandseite waren Ringe in die Mauer gelassen; offenbar hatten sie hier ihre Gefangenen nicht in drei Stufen gebessert, sondern gleich in einer einzigen … Und da war auch ein zweites Brunnenloch.

„Lydia?" – „Ja?" – „Zieh die Leiter auf – kannst du das? Ich werde dir helfen. Ich hebe an – horupp! So … hast du?" Die Leiter war oben. „Stell sie weg!" Ich hörte, wie die Prinzessin mit der Leiter wirtschaftete. „Setz die runde Scheibe wieder auf, kannst du? Und versteck dich." Nun war es ganz dunkel. Schwarz.

Das ist merkwürdig, wenn man so etwas nicht gewohnt ist. Im Augenblick, wo man in völliger Dunkelheit steckt, belebt sich das Dunkel. Nein, man erwartet, daß es sich belebt; man fürchtet das und sehnt sich nach dem Belebenden. Ich räusperte mich leise, zum Zeichen, daß ich auch noch da wäre, jedoch keine feindlichen Absichten hegte … Ich tastete mich umher. Da war ein Nagel an der Wand, von dem wollen wir nicht fortgehn … He? Da waren sie. Man hörte deutlich die Stimmen; die Holzscheibe war nur dünn.

„Hier ist nichts", sagte eine Stimme. „Wahrscheinlich ein Brunnen – für die Belagerung oder so. Sehr interessant. Na, gehn wir weiter. Hier ist nichts."

Hier wird gleich was sein. „Huuuuuuu –", machte ich. Oben wurde es totenstill. Die schleppenden Fußschritte waren verstummt. „Was war das?" sagte jemand. „Hast du das gehört?" – „Ja, mir war auch so – wahrscheinlich nur so ein Klang –"

„Huuuuuuu-aa-huuuuuuu –!" machte ich von neuem.

„Adolf, um Gottes willen – vielleicht ist hier ein Tier eingesperrt, ein Hund – komm weg!" – „Na, erlaube mal, das gibt's doch nicht! Ist – ehö – ist da jemand?" – Ich blieb so still. „Eine Täuschung", sagte eine Männerstimme. „Komm – da war ja nichts", sagte der andre der Männer. Und da dachte ich an die Löwen in den Zoologischen Gärten vor der Fütterung, holte tief Atem und begann zu röhren: „Huuuuuu-brru-aa-huuuuuuuah!" –

Das war zuviel. „Hi!" kreischte oben eine Frau, und dann gab es ein eiliges Gestiefel, einer sagte noch schnell: „Aber das ist doch – das muß doch geklärt werden … werden gleich unten mal fragen … Unerhört – das ist doch …" – „Komm hier weg! Was müssen wir auch in alle Schlösser …" Fort waren sie. Da stand ich in meiner Dunkelheit. Mucksmäuschenstill.

Ganz leise: „Lydia?" … Nichts. Ein wenig Kalk rieselte von der Mauer. Hm … Ein Ton? Hier ist doch alles aus Holz und Stein; das klingt doch nicht. Ich lauschte. Mein Herz klopfte um eine Spur schneller, als ich ihm das erlaubt hatte. Nichts; Man soll keine Leute erschrecken, siehst du, man soll keine Leute erschrecken … „Lydia!" Lauter: „Holla! He! Alte!" Nichts.

Durch mein Gehirn flimmerte: Spaß muß sein. Ist den Burschen ganz recht. Still stehn, sonst machst du dich schmutzig. Hast Angst. Hast keine Angst. Ist ja Unsinn. Lydia kommt gleich. Wenn sie nun in Ohnmacht gefallen ist oder plötzlich stirbt, dann weiß niemand, daß du hier stehst. Roman, Filmidee. Pathé hat mal so was gemacht. Eine Gemeinheit, Leute in Dunkelarrest zu stecken. Ich habe im Kriege mal einen rauskommen sehen, der taumelte, als er das Licht sah. Dann begann er zu weinen. Er hatte nicht ordentlich Krieg geführt, deshalb hatten sie ihn eingesperrt, das soll man nicht. Die Richter ausprobieren lassen, was sie da verhängen. Geht aber nicht, weil sie ja wissen: es ist nur eine Probe. Also Wahnwitz der Todesstrafe, deren Wirkung niemand kennt. Nun ging das Herz ganz ruhig, ich hatte nachzudenken und ließ die Gedanken laufen … Die Holzscheibe ruckte an, wurde fortgezogen. Licht. Lydia. Die Leiter.

Ich stieg hinauf. Die Prinzessin lachte über das ganze Gesicht. „Wie ist denn das alles so plötzlich gekommen? Komm mal her – Na, nun aber gleich nach Haus! Allmächtiger, wie siehst du aus!" Ich war grau vor Dreck, behangen mit Spinnweben, die Hände von schwarzen Streifen geziert und der Rest entsprechend. „Wat hebben se seggt? Was hast du getan? Menschenskind, nu sieh dir man blodsen ierst mal in den Speegel!" Ich sah lieber nicht in den Spiegel. „Wo warst du so lange, Alte? Läßt einen da unten schmachten! Das ist Liebe!" – „Ich …", sagte die Prinzessin und steckte den Spiegel wieder ein, „ich habe hier ein Töpfchen gesucht, sie haben aber keins. Die alten Burggrafen haben offenbar an chronischer Verstopfung gelitten!" – „Falsch", lehrte ich, „falsch und ungebildet. Sie setzten sich zu diesem Behufe auf kleine Örtlichkeiten, die es hier natürlich auch gegeben hat, und diese Örtlichkeiten gingen in den Schloßgraben, wenn aber sie belagert wurden, und es kam der böse Feind, dann …" – „Nunmehr ist es wohl an der Zeit, daß wir dich waschen. Du Ferkel!" – Und wir spazierten in unsre Wohnung, vorüber an der maßlos erstaunten Wirtin, die sicherlich dachte, ich wäre in den Branntwein gefallen. Bürstung, Waschung, frischer Kragen, prüfende Blicke der Prinzessin, dreimal zurück, weil immer noch etwas klebengeblieben war. „Wen ärgern wir nun?“ – „Schetzt kommst du mich aber raus. Nichs as Dummheiten hat diesen Kierl innen seinen Kopf. Un das will ’n iernsten Mann sein!“ – „Will nicht … Muß. Muß.“ Wir traten ins Freie.

Weiter hinten stand ein kleiner Pavillon; darin saß die Autogesellschaft und trank Kaffee. Wir schlenderten vorüber und sprachen lustig miteinander. Der jüngere Mann stand auf und kam auf uns zu. „Die Herrschaften sind Deutsche …?“ – „Ja“, sagten wir. – „So … vielleicht … wenn Sie an unserm Tisch Platz nehmen wollten …?“ Der Dicke erhob sich. „Teichmann“, sagte er. „Direktor Teichmann. Meine Frau. Meine Nichte, Fräulein Papst. Herr Klarierer.“ Nun mußte ich auch etwas sagen, denn dies ist die Sitte unsres Landes. „Sengespeck“, sagte ich. „Und meine Frau.“ Worauf wir uns setzten und die Prinzessin mir unterm Tisch an die Schienbeine trat. Kaffeegeschlürf. Tellergeklapper. Kuchen.

„Sehr hübsch hier – Sie sind wohl auch zur Besichtigung hier?“ – „Ja.“ – „Reizend. Sehr interessant.“ Pause.

„Sagen Sie … ist das Schloß eigentlich bewohnt?“ Die Prinzessin trat heftig. „Nein“, sagte ich. „Ich glaube nicht. Nein. Sicher nicht.“ – „So … wir dachten …“ – „Warum fragen Sie?“ Die Gesellschaft wechselte untereinander bedeutungsvolle Blicke. „Wir dachten nur … wir hatten da oben in dem einen Raum jemand sprechen hören – aber so eigentümlich, mehr wie ein Hund oder ein wildes Tier …“ – „Nein“, sagte ich, „nach allem, was ich weiß: Tiere wohnen in dem Schloß gar nicht. Fast gar nicht.“ Pause.

„Überhaupt …“, sagte Herr Direktor Teichmann und sah sich um, „hier ist nichts los! Finden Sie nicht auch?“ – Wir bestätigten, daß hier nichts los wäre. „Wissen Sie“, sagte der Direktor, „wenn man sich wirklich amüsieren will: da gibt’s ja nur Berlin. Oder Paris. Aber sonst nur Berlin. Is doch ’n andrer Zuch. Was?“ – „Hm –“, machten wir. „Ich finde es hier auch gar nicht elegant!“ sagte Frau Direktor Teichmann. Und Fräulein Papst: „Ich habe mir das ganz anders vorgestellt.“ Und Herr Klarierer: „Wo gehn wir denn heute abend in Stockholm hin?“ Frau Direktor Teichmann aber wollte nirgends mehr hingehn; sie hätte sich vorhin so aufgeregt, im Schloß … Inzwischen hatte mir die Prinzessin einen Ring abgedreht, einen Manschettenknopf aufgemacht, alles unter dem Tisch und ich fand, es sei nun genug. Denn wer weiß, was sie sonst noch … Und wir verabschiedeten uns, weil wir im Ort eine Verabredung hätten. „Fahren Sie nachher auch nach Stockholm?“ – Nein, wir bedauerten.

Wir bedauerten noch, als wir draußen auf den Wiesen standen und uns freuten: daß wir nicht nach Stockholm fahren mußten, daß wir in Schweden waren, daß wir Urlaub hatten … „Was kommt da?“ sagte die Prinzessin, die Augen hatte wie ein Luchs. Durch die Wiesen bewegte sich eine dünne Reihe kleiner Gestalten, auf einem schmalen Wege. „Was ist das –?“

Es kam näher.

Kinder waren es, kleine Mädchen, artig aufgereiht, wie Perlchen an der Schnur, immer zwei zu zwei. Eine herrisch aussehende Person ging an ihrer Spitze, sah sich öfter um – keines sprach. Nun waren sie nahe bei uns, wir traten beiseite und ließen den Zug vorüber. Die Führerperson warf uns einen glitzernden Blick zu. Die Kinder trappelten dahin. Wir sprachen nicht, als sie vorbeizogen. Ganz zum Schluß ging ein Kind allein; es ging, wie wenn es von jemandem gezogen würde, es hatte verweinte Augen, schluckte manchmal im Gehen vor sich hin, aber es weinte nicht. Sein Gesicht war auch nicht verschwollen, wie es verheulte Kinder haben … es sah vielmehr leergeweint aus, und in den bräunlichen Haaren lag ein goldner Schimmer. Es sah uns an, so müde und gleichgültig, wie es einen Baum angesehn hätte. In einem Anfall von Übermut und Kinderliebe steckte ihm die Prinzessin zwei kleine Glokkenblumen, die wir gepflückt hatten, in die Hand. Das Kind zuckte zusammen, dann sah es auf, seine Lippen bewegten sich; es wollte vielleicht etwas sagen, danken … da drehte sich vorn die Person um, die Kleine beschleunigte ihre Schritte und hoppelte ängstlich der Schar nach. Staub und das Geräusch der marschierenden Kinderfüße. Dann war das Ganze vorüber.

„Merkwürdiges kleines Mädchen“, sagte die Prinzessin. „Was sind denn das für Kinder? Wir wollen nachher einmal fragen … Peter, mein Sohn, gibt es hier eigentlich Nordlicht? Ich möchte so gern mal ein Nordlicht sehn!“

„Nein“, sagte ich. „Doch, ja. Aber alles, was man sehn will, meine Tochter, findet immer grade in dem Monat statt, wo man nicht da ist … Das ist so im Leben. Aber das bekommst du erst in der nächsten Klasse. Nordlicht – ja …“

„Ich denke es mir wundervoll. Ich habe mal als Kind im Konversationslexikon eins gesehn – das war überhaupt eine Welt für sich, das Lexikon, mit den kleinen Seidenpapierblättchen … Und da waren sie abgebildet, die Nordlichter, ganz bunt und groß, sie sollen ja über den halben Himmel gehn. Ich glaube, ich hätte eine ungeheure Angst, wenn ich das mal sähe. Denk mal, große, bunte Lichter am Himmel! Wenn das nun herunterkommt! Und einem auf den Kopf fällt! Aber sehn möchte ich es schon mal …“

Blaßblau wölbte sich der Himmel über uns; an einer Stelle des Horizonts ging er in tiefes Dunkelblau über, und da, wo die Sonne vorhin untergegangen war, leuchtete es gelbrosig, es schimmerte und blinkte nur noch ein wenig. „Lydia", sagte ich, „wollen wir uns ein Nordlicht machen?" – „Na ..." – „Sieh mal", sagte ich und deutete mit dem Finger nach oben, „siehst du, siehst du – da – da ist es –!"

Wir sahen beide fest nach oben – wir hielten uns an den Händen, Pulsschlag und Blutstrom gingen von einem zum andern. In diesem Augenblick hatte ich sie so lieb wie noch nie.

Und da sahen wir unser Nordlicht.

„Ja –", sagte die Prinzessin, leise, damit sie es nicht verscheuchte. „Das ist ja wunderbar. Ganz hellgrün – und da – rosa! Und Kugelstreifen – und das da, ganz spitzhoch ... Sieh mal, sieh mal!" Jetzt wagte sie es, schon lauter zu sprechen, denn nun leuchtete uns das Nordlicht wie wirklich. „Das sieht aus wie eine kleine Sonne", sagte ich. „Und da, wie geronnene Milch, und da, weiße Zirruswölkchen ... blau ... ganz hellblau!" – „Guck, und am Horizont geht es gewiß noch weiter – da ist alles ganz silbergrau. Daddy, ist das schön!"

Wir standen still und sahen nach oben. Ein Wagen klapperte vorüber und schreckte uns auf. Der Bauer, der auf dem Bock saß und freundlich grüßte, sah nun auch nach oben, was es da wohl gäbe. Wir sahen erst ihn an, dann die Wiesen, die ein wenig kalt und grau dalagen. Wir lächelten, wie beschämt. Dann blickten wir wieder zum Himmel auf. Da war nichts. Er lag glatt, blau und halbhell. Da war nichts.

„Peter ...", sagte die Prinzessin. „Peter ..."

4

„Sagen Sie bitte, Frau Andersson", sagte ich zu der Schloßdame, die uns einen schönen guten Abend bot, und ich sprach ihren Namen „Anderschon" richtig aus, „was mögen das für Kinder sein, denen wir vorhin begegnet sind? Da ... da hinten ... in den Wiesen?" – „Ja, da sind viele Kinder. Das ist wohl Bauernjungen, die spielen da viele Gängen ..." – „Nein, nein. Es waren kleine Mädchen, sie gingen geordnet, wie ein Institut, eine Schule, so etwas ..." – „Eine Schule?" Frau Andersson dachte nach.

„Ah – das werden die von der Frau Adriani gewesen sein. Von Läggesta." Und sie deutete über den See, wo man weit, weit in einer Lichtung recht undeutlich ein großes Gebäude liegen sah. „Das ist ein Pensionat, das ist eine Kinderkolonie. Ja." Dazu machte sie ein Gesicht, wie ich es noch nie bei ihr gesehen hatte. Ich wurde neugierig. Man soll nie jemand nach dem fragen, was man wissen will, das ist eine alte Weisheit. Dann sagt er's nicht. „Da sind gewiß viele Kinder ... wie?" – „Ja, eine heile Masse", sagte Frau Andersson; man mußte oft raten, was sie wohl meinte, denn sie übersetzte sich wahrscheinlich alles wörtlich aus dem Schwedischen. „In diesen Pensionat sind viele Kinder, aber nicht viele schwedische Kinder. Es gescheht Gottlob!" – „Warum Gottlob, Frau Andersson?" – „Jaha", sagte sie und schlug mit der Seele einen Haken, wie ein verfolgter Hase, „da sind nicht viele schwedischen Kinder ne–do!" – „Schade", sagte ich und kam mir mächtig diplomatisch vor. „Da ist es gewiß hübsch ..." Frau Andersson schwieg einen Augenblick. Dann nahm sie beherzt einen kleinen Anlauf. Sie senkte die Stimme.

„Das ist ... das ist nicht eine liebe Frau, der da ist. Aber ich will nichts Böses sagen ... verstehn Sie. Es ist eine deutsche Dame. Aber sie ist keine gute Dame. Das Volk von Deutschland sind so wohnliche Menschen – nicht wahr ... Waren Sie so gut, fassen Sie mir das nicht übel!" – „Sie meinen die Vorsteherin von dem Pensionat?" – „Ja", sagte Frau Andersson. „Die Versteherin. Die Versteherin, das ist eine schlimme Person. Das ist ... jeder fühlt sie hier. Wir haben nicht an ihr Geschmack. Sie ist nicht gut gegen den Kindern." – „So", sagte ich und sah auf die Bäume, die leise mit den Blättern zitterten, wie wenn sie fröstelten, „so – keine gute Dame? Na ... was macht sie denn? Schreit sie mit ihnen?" – „Ich will Sie etwas sagen", sagte Frau Andersson, und nun wandte sie sich zur Prinzessin, als ob diese Sache nur unter Frauen abzuhandeln wäre; „sie ist hart zu den Kindern. Die Versteherin ... sie slagt die Kinder." Der Prinzessin gab es einen Ruck. „Sagt denn da niemand was?" – „Jaha ...", sagte Frau Andersson. „So schlagt sie sie nicht. Die Polizei kann darein nichts sprechen. Sie schlagt ihnen nicht, so zu krank zu werden. Aber sie ist unrecht dazu, die Kinder ist sehr bange für ihr." Sie deutete auf ein schloßartiges Gebäude, das hinter Mariefred auf einem Hügel lag. „Ich möchte lieber da sein als bei der Kinderfrau." – „Was ist denn das da hinten?" fragte ich. „Das ist eine Irrtums-Anstalt", sagte Frau Andersson. „So – und die Irren haben es besser als diese Kinder da?" – „Ja", sagte Frau Andersson. „Aber da will ich sehn, ob das Abendmahl fertig ist ... einen Augenblick!" Und sie ging, eilfertig, wie wenn sie zuviel gesagt hätte.

Wir sahen uns an. „Komisch, wie?" – „Ja ... das gibt's", sagte ich. „Wahrscheinlich irgend so ein Deubel von Weib, das da mit der Zuchtrute regiert ..." – „Peter – spiel noch ein bißchen Klavier, bis das Essen fertig ist!"

Und wir gingen ins Musikzimmer der Schloßfrau, das hatte sie uns erlaubt, und ich setzte mich an das kleine Klavier und ließ fromme Gesänge ertönen. Ich spielte hauptsächlich auf den schwarzen Tasten; man kann sich besser daran festhalten.

Ich spielte:

> Manchmal denke ich an dich,
> das bekommt mich aber nich ...
> denn am nächsten Tag bin ich so müde –

und:

> Wenn die Igel in der Abendstunde
> still nach ihren Mäusen gehn,
> hing auch ich an deinem Munde –

und dann sangen wir alte Volkslieder und dann amerikanische Lieder, und dann sangen wir ein Reiterlied, das wir selber gedichtet hatten, und das ganz und gar blödsinnig war, von der ersten bis zur letzten Zeile, und dann war das Abendessen fertig. Wir hatten eine Flasche Whisky aufgetrieben. Das war nicht einfach gewesen, denn wir hatten kein ‚Motbok', nicht dieses kleine Buch, das die Schweden zum Bezug von Schnaps berechtigt. Aber die Flasche hatten wir. Und gar so teuer war sie auch nicht gewesen. Braun und Blond – black and white ... ihr sollt leben...!

Wir saßen vor dem Haus an einem Holztischchen und sahen zum Schloß hinüber. Ab und zu tranken wir einen Schluck.

Zehn schlug es von dem alten Kirchturm – zehn Uhr. Die Luft stand still; die Bäume rührten kein Blatt – alles ruhte. Helle Nächte. Es war eine starre Ruhe, wie wenn sich etwas staute und die Natur den Atem anhielte. Hell? Es war nicht hell. Es war nur nicht dunkel. Die Äste drohten so schwärzlich, sie warteten. Wie wenn man allem die Haut abgerissen hätte: schamlos, ohne

Dunkel, stand es herum, der Schwärze beraubt. Man hätte das schwarze Kleid der Nacht herbeizaubern und alles zudecken mögen, damit nichts mehr sichtbar wäre. Das Schloß hatte sein brennendes Rot eingebüßt und sah fahlbraun aus, dann düster. Der Himmel war grau. Es war Nacht, ohne Nacht zu sein.

„So still, wie es jetzt ist, so sollte es überall und immer sein, Lydia – warum ist es so laut im menschlichen Leben?" – „Meinen lieben Dschung, das findest du heute nicht mehr – ich weiß schon, was du meinst. Nein, das ische woll ein für alle Mal verlöscht ..." – „Warum gibt es das nicht", beharrte ich. „Immer ist etwas. Immer klopfen sie, oder sie machen Musik, immer bellt ein Hund, marschiert dir jemand über deiner Wohnung auf dem Kopf herum, klappen Fenster, schrillt ein Telephon – Gott schenke uns Ohrenlider. Wir sind unzweckmäßig eingerichtet." – „Schwatz nicht", sagte die Prinzessin. „Hör lieber auf die Stille!"

Es war so still, daß man die Kohlensäure in den Gläsern singen hörte. Bräunlich standen sie da, ganz leise setzte sich der Alkohol ins Blut. Whisky macht sorgenfrei. Ich kann mir schon denken, daß sich damit einer zu Grunde richtet.

Weit in der Ferne läutete eine Glocke, wie aus dem Schlaf geschreckt, dann war alles wieder still. Weißgrau lag unser Haus; alle Lichter waren dort erloschen. Die Stille wölbte sich über uns wie eine unendliche Kugel.

In diesem Augenblick war jeder ganz allein, sie saß auf ihrem Frauenstern, und ich auf einem Männerplaneten. Nicht feindselig ... aber weit, weit voneinander fort.

Mir stiegen aus dem braunen Whisky drei, vier rote Gedanken durchs Blut ... unanständige, rohe, gemeine. Das kam, huschte vorbei, dann war es wieder fort. Mit dem Verstand zeichnete ich nach, was das Gefühl vorgemalt hatte. Du altes Schwein, sagte ich zu mir. Da hast du nun diese wundervolle Frau ... du bist ein altes Schwein. Kein Haus ohne Keller, sagte das Schwein. Mach dir doch nichts vor! Du sollst das nicht, sagte ich zu dem Schwein. Du hast mir schon so viel Kummer und Elend gemacht, so viel böse Stunden ... von der Angst, daß ich mir etwas geholt hätte, ganz zu schweigen. Laß doch diese unterirdischen Abenteuer! So schön ist das gar nicht – das bildest du dir nur ein! Höhö, grunzte das Schwein, das ist also nicht schön. Stell dir mal vor ... Still! sagte ich, still! Ich will nicht. Oui, oui, sagte das Schwein und wühlte schadenfroh; stell dir vor, du hättest jetzt ... Ich schlug es tot. Für dieses Mal schlug ich es tot – sagen wir: ich schloß den Koben ab. Ich hörte es noch zornig rummeln … dann sangen wieder die Gläser, ganz, ganz leise, wie wenn eine Mücke summte. „Daddy“, sagte die Prinzessin, „kann man hier eigentlich das blaue Kostüm tragen, das ich mitgenommen habe?“

Ich war wieder bei ihr; wir saßen wieder auf demselben Trabanten und rollten gemeinsam durch das Weltall. „Ja …“, sagte ich. „Das kannst du.“ – „Paßt es?“ – „Natürlich. Es ist doch diskret und leise in der Farbe, das paßt schön.“ – „Du sollst nicht soviel rauchen“, sagte ihre tiefe Stimme; „dann wird dir wieder übel, und wer hat's nachher? Ich. Tu mal die Pfeife weg.“

Ich, Sohn, tat die Pfeife weg, weil die Mutter es so wollte.

Leise legte ich meine Hand auf die ihre.

5

Maurer hatten das große Haus in Läggesta gebaut – wer denn sonst. Handwerker; ruhige bedächtige Männer, die sich erst dreimal umsahen, bevor sie eine Bewegung machten, das ist auf der ganzen Welt so. Als alles fertig war, hatten sie die Wände mit Kalk beworfen, manche Zimmer hatten sie gestrichen, viele tapeziert, ganz unterschiedlich und alles nach Angabe. Dann waren sie gleichmütig weggegangen, das Haus war fertig, nun konnte darin geschehen, was wollte. Das war nicht mehr ihre Sache, sie waren nur Handwerker. Die Gerichtsstube, in der einer gefoltert wird, war, als sie geboren wurde, ein ziegelgemauertes Viereck, glatt und geweißt, oben hatte der Maler fröhlich pfeifend auf seiner Leiter gestanden und hatte den bestellten grauen Streifen rings an die Wände gemalt; es war ein Handwerksstück, das er da vollführte … und nun war es auf einmal eine Gerichtsstube. So unbeteiligt bauen Menschen den Schauplatz zukünftiger Szenen; sie errichten die Kulissen und das Gerüst, sie stellen das ganze Theater auf, und dann kommen andre und spielen dort ihre traurigen Komödien.

Das Kind lag im Bett und dachte.

Denken … Vor langen Zeiten, als es noch einen Vater gehabt hatte, da hatte es mit ihm immer „Denken“ gespielt. Und der Vater hatte dabei so gelacht, er konnte so wundervoll lachen … „Was tust du?“ hatte das Kind gefragt. „Ich denke“, hatte der Vater gesagt. „Ich will auch denken.“ – „Gut … denke auch!“ Und er war ernsthaft in der Stube auf und ab gegangen, das

Kind immer hinterher, es ahmte genau die Haltung des Vaters nach, würdeschwer hielt es die Hände auf dem Rücken, runzelte die Stirn wie er … „Was denkst du?“ hatte der Vater gefragt. „Ich denke: Löwe –“, hatte das Kind geantwortet. Und der Vater hatte gelacht …

Nebenan schnaufte Inga und warf sich hin und her. Das Kind war plötzlich wieder da, wo es wirklich war: in Schweden. In Läggesta. Mutti war in der Schweiz, so weit fort … das Kind fühlte es heiß in sich hochsteigen. Es hatte so viel flehentliche Briefe geschrieben, drei, eigentlich nur drei – dann war der Teufelsbraten dahintergekommen, daß eines der Dienstmädchen die Briefe heimlich zur Post getragen hatte. Das Mädchen wurde entlassen, das Kind an den Haaren gezogen, und die Briefe, die nun nach der Schweiz gingen, waren musterhaft. Ja, vielleicht mußte das alles so sein. Vielleicht hatte die Mutter kein Geld, um das Kind bei sich zu behalten, und hier oben war es eben billiger. So hatte es ihm die Mutter erklärt.

Es war hier so allein. Es war unter den neununddreißig kleinen Mädchen ganz allein – und es hatte Angst. Sein Leben bestand eigentlich nur aus Angst. Angst vor dem Teufelsbraten und Angst vor den ältern Mädchen, die es anschwärzten, wo sie nur konnten, Angst vor dem nächsten Tag und Angst vor dem Vortag, was von dem nun wieder ans Licht kommen könnte, Angst vor allem, vor allem. Das Kind schlief nicht – es bohrte mit seinen Augen Löcher in das Dunkel.

Daß die Mutter es hierhergegeben hatte! Hier waren sie einmal gewesen, vor Jahren, vor drei, vier Jahren – und damals war der Bruder Will gestorben. Er lag da begraben auf dem Kirchhof in Mariefred, und das Kind durfte manchmal das Grab besuchen, wenn der Teufelsbraten das erlaubte oder befahl. Meist befahl er es. Dann stand es an dem kleinen Kindergrab, rechts, die vierzehnte Reihe, das mit dem grauen Steinchen, an dem die Buchstaben noch so neu schimmerten. Aber dort hatte es nie geweint. Es weinte nur manchmal zu Hause um Will – um den dicken, kleinen Will, der jünger gewesen war als das Kind, jünger, toller im Spiel und ein guter Junge. Hier und da bekam er einen Klaps, aber die Mutter tat ihm nicht weh, und er lachte unter seinen Kindertränen und war dann wieder ein guter, kleiner Spieljunge. Wie aus Wolle. Und dann wurde er krank. Eine Grippe, sagten die Leute, und nach vier Tagen war er tot. Das Kind roch noch den Arztgeruch, das war nicht hier gewesen, das war in Taxinge-Näsby, nie würde es den Namen vergessen. Den säuerlichen Arztgeruch, das „Psst!“ – alles ging leise, auf Zehenspitzen, und dann war er gestorben. Wie das war, hatte das Kind vergessen. Will war nicht mehr da.

Der Bruder nicht. Mutti nicht. Vater weggegangen, wohin ... Niemand war da. Das Kind war allein. Es dachte das Wort nicht – viel schlimmer: es fühlte die Einsamkeit, wie nur Kinder sie fühlen können.

Die kleinen Mädchen raschelten in den Kissen. Eins flüsterte im Schlaf. Das war jetzt der zweite Sommer hier oben. Es würde nie anders werden. Nie. Mutti soll kommen, dachte das Kind. Aber sie müßte es hier fortnehmen, denn gegen Frau Adriani kam auch Mutti nicht auf. Niemand kam gegen sie auf. Schritte? Wenn sie jetzt käme? Einmal war Gertie krank gewesen; da war Frau Adriani fünfmal in der Nacht heraufgekommen – fünfmal hatte sie nach dem kranken Kind gesehen, sie hatte fast eifersüchtig mit der Krankheit gekämpft. Und zum Schluß hatte sie das Fieber besiegt. Wenn sie jetzt käme? Nichts – eins der acht Betten hatte geknarrt. Das war Lisa Wedigen, die schlief immer so unruhig. Wenn doch einer – wenn doch einer – wenn doch einer ... Morgen war Baden im See. Da spritzen einen die Mädchen immer so mit Wasser. Wenn doch einer –

Die Hände des Kindes tasteten vorsichtig unter das Kopfkissen, suchten im Laken, verschoben alles. Fort? Nein. Sie waren noch da.

Unter dem Kopfkissen lagen, verwelkt und zerdrückt, zwei kleine Glokkenblumen.

DRITTES KAPITEL

Ei ist Ei, sagte jener –
und nahm das größte.

1

Wir beugten uns beide über den Brief und lasen gemeinschaftlich:
Lieber Freund!

Ich habe in diesem Jahr noch acht Tage Urlaub gut und würde die gern mit Dir und Deiner lieben Frau Freundin verleben. Wie ich höre, seid Ihr in Schweden. Lieber Freund, würdest Du wohl Deinen alten Kriegskameraden, der Dir in so manchem Granattrichter den Steigbügel gehalten hat, bei Euch aufnehmen? Lieber Freund, ich zahle auch das Reisegeld für mich allein; es ist mir sehr schmerzlich, für mich allein etwas bezahlen zu müssen; es ist dies sonst nicht meine Art, wie Du weißt. Schreibe mir bitte, wie ich zu Euch fahre, lieber Freund.

Kann ich da wohnen? Wohnt Ihr? Sind da viele Mädchen? Soll ich lieber nicht kommen? Wollen wir uns gleich den ersten Abend besaufen? Liebst Du mich?

Ich sende Dir beigebogen in der Falte das Bild meines Fräulein Tochter. Sie wird so schön wie ich.

Lieber Freund, ich freue mich sehr, Euch zu sehen, und bin Euer gutes
Karlchen

Darunter stand, mit Rotstift, wie ein Aktenvermerk: „Sofort! Noch gestern! Eilt unbeschreiblich!"

„So", sagte ich. „Da hätten wir ihn. Soll er kommen?"

Braun war die Prinzessin und frisch. „Ja", sagte sie. „jetzt kann er kommen. Ich bin ausgeruht, und wenn er überhaupt nach acht Tagen wieder wegfährt? Abwechslung ist immer gut." Demgemäß schrieb ich.

Wir waren in der Mitte der Ferien.

Baden im See; nackt am Ufer liegen, an einer versteckten Stelle, sich voll Sonne saugen, daß man mittags herrlich verdöst und trunken von Licht,

Luft und Wasser nach Hause rollt; Stille; Essen; Trinken; Schlaf; Ruhe – Urlaub.

Dann war es soweit. „Wollen wir ihn abholen?“ – „Halen wi em aff.“

Es war ein strahlender Tag – ein Wetter, wie die Prinzessin sagte, ein Wetter zum Eierlegen. Wir gingen auf den Bahnhof. So ein winziger Bahnhof war das; eigentlich war es nur ein kleines Haus, das aber furchtbar ernst tat und vor lauter Bahnhof vergessen hatte, daß es Haus war. Da lagen auch zwei Schienenpaare, weil die ja zu einem Bahnhof gehören, und hinten kam der Waggon angeschnauft. Einen Zug gab es hier nicht – nur einen Motorwagen. Er hatte sich einen kleinen Schornstein angesteckt, damit man es ihm auch glaubte. Einfahrt. Gezisch. Karlchen.

Wie immer, wenn wir uns lange nicht gesehen hatten, machte er eine gleichmütig-freundlich-dümmliche Miene, so: „Na ... da bist du ja ...“ Er kam auf uns zu, der Schatten der kommenden Begrüßung lag schon auf seinem Gesicht, in der Hand trug er ein kleines Köfferchen. Der Bursche war gut gewachsen, und sein leicht zerhacktes Gesicht sah „jung und alert“ aus, wie er das nannte.

Guten Tag – und dies ist ... und das ist ... gebt euch mal die Hand ... und: Wo hast du denn das große Gepäck? – Als die Präliminarien vorbei waren: „Na, Karlchen, wie war denn die Reise?“

Er war nach Stockholm in einem Flugzeug geflattert, und heute mittag war er angekommen ... „War es schön?“ – „Na ...“, sagte Karlchen und fletschte nach alter Gewohnheit das Gebiß – „da war eine alte Dame, die hatte Luftbeschwerden. Gib mir mal'n Zigarettchen. Danke. Und da haben sie doch diese kleinen Tüten ... Zwei Tüten hatte sie schon verbraucht, und dann bekam sie nicht rasch genug die dritte, und der Mann neben ihr muß sich nun einen neuen Sommerüberzieher kaufen oder den alten reinigen lassen. Ich saß leider nicht neben ihr. Die sonstige Aussicht war sehr schön. Und wie gefällt es denn der Gnädigsten hier?“

Wenn Karlchen „Gnädigste“ sagte, woran er selber nicht glaubte, dann machte er sich ganz steif und beugte den Oberkörper fein nach vorn; dazu hatte er eine bezaubernde Bewegung, den Unterarm mit einem Ruck zu strecken und ihn dann mit spitzem Ellenbogen wieder einzuziehen, wie wenn er nach seinen Manschetten sehen wollte ...

Wie es der Gnädigsten gefiele? „Wenn der hier nicht dabei wäre“, sagte die Gnädigste, „dann würde ich mich sehr gut erholen. Aber Sie kennen ihn ja –

er schwabbelt soviel und läßt einen nicht in Ruhe ..." – „Ja, das hat er immer getan. Wie schön", sagte er plötzlich, „daß ich meinen Schirm in der Bahn habe stehnlassen." Und wir gingen zurück und holten ihn. In Schweden kommt nichts fort. Die beiden waren sich sofort und sogleich einig – merkwürdig, wie bei Menschen oft die ersten Minuten über ihre gesamten spätern Beziehungen entscheiden. Hier war augenblicklich zu spüren, daß sich beide auf Anhieb verstanden:

Das Ganze wurde nicht recht ernst genommen. Und ich schon gar nicht.

Karlchen war noch genauso wie vor einem Jahr, wie vor zwei Jahren, wie vor drei Jahren: so wie er immer gewesen war. Er hob grade den Kopf und schnupperte leicht mißtrauisch in der Luft umher. „Hier ist ... irgendwas ... Irgendwas ist hier ... wie?" Das sagte er so hin, sprach dabei die Konsonanten scharf aus und trübte auch wohl manchmal das a, wie sie es im Hannöverschen zu tun pflegen. Genauso waren wir damals im Krieg am Ufer der Donau entlangspaziert und hatten gefunden, daß da irgend etwas sein müsse ... Es war aber nichts.

Ich hoppelte neben den beiden her, die in ein angeregtes Gespräch über Schweden und über die Landschaft, über die Fliegerei und über Stockholm vertieft waren, die Prinzessin hatten wir in die Mitte genommen, manchmal sprachen wir über sie hinweg, und ich badete in einer tiefen Badewanne von Freundschaft.

Sich auf jemand verlassen können! Einmal mit jemand zusammensein, der einen nicht mißtrauisch von der Seite ansieht, wenn irgendein Wort fällt, das vielleicht die als Berufsinteressen verkleidete Eitelkeit verletzen könnte, einer, der nicht jede Minute bereit ist, das Visier herunterzulassen und anzutreten auf Tod und Leben ... ach, darauf treten die Leute gar nicht an – sie zanken sich schon um eine Mark fünfzig ... um einen alten Hut ... um Klatsch ... Zwei Männer kenne ich auf der Welt; wenn ich bei denen nachts anklopfte und sagte: Herrschaften, so und so ... ich muß nach Amerika – was nun? Sie würden mir helfen. Zwei – einer davon war Karlchen. Freundschaft, das ist wie Heimat. Darüber wurde nie gesprochen, und leichte Anwandlungen von Gefühl wurden, wenn nicht ernste Nachtgespräche stattfanden, in einem kalten Guß bunter Schimpfwörter erstickt. Es war sehr schön.

Wir hatten ihn im Hotel untergebracht, weil es in diesen Tagen bei uns keinen Platz mehr gab. Er sah sein Zimmer an, behauptete, es röche darin wie im Schlafzimmer Ludwigs des Anrüchigen, es wäre überhaupt „etwas dünn" … das sagte er von allem, und ich hatte es schon von ihm angenommen; dann mußte er sich waschen, und dann saßen wir unter den Bäumen und tranken Kaffee.

„Na, Fritzchen …?" sagte er zu mir. Niemand wird je ergründen können, warum er mich Fritzchen nannte. „Kann man denn bei euch baden? Wie ist der See?" – „Es sind gewöhnlich sechzehn Grad Celsius oder zwanzig Remius", sagte ich. „Das macht die Valuta." Das sah er ein. „Und was tun wir heute abend?" – „Ja …", sagte die Prinzessin, „heute wollen wir einen ganz stillen Abend abziehen …" – „Kann man hier Rotwein bekommen?" – Ich berichtete die betrübliche Tatsache mit dem Rotwein und erzählte davon, daß in der „Sprit-Zentrale" ein junger Mann Chablis unter den Rotweinen gesucht habe. Karlchen schloß wehmütig die Augen. „Aber du darfst den Wein bezahlen, Karlchen – das ist der sogenannte Einstand, den die Fremden hier geben." Das hörte er leider nicht. Ein Mädchen ging vorüber – nicht einmal ein besonders hübsches. „Na …?" sagte Karlchen, „was …?" Und sprach weiter, als ob gar nichts gewesen wäre. Es war auch nichts. Aber er mußte das sagen – sonst wäre er wohl geplatzt. Und nun fingen wir langsam an, uns wie vernünftige Menschen zu gebärden.

Wir waren ein ganzes Stück Zeit miteinander gefahren und sprachen unter uns einen Cable–Code, der vieles abkürzte. Die Prinzessin fand sich überraschend schnell darein – es war ja auch nichts Geheimnisvolles, es war eben nur die Übereinstimmung in den Grundfragen des Daseins. Wir wußten beide, daß es „alles nicht so doll" sei … und wir hatten uns aus Skepsis, Einsicht, Unvermögen und gut angelegter Kraft eine Haltung zusammengekocht, die uns in vielem schweigen ließ, wo andre wild umhersurrten. Die größten Vorzüge dieses Mannes lagen, neben seiner Zuverlässigkeit, im Negativen: was er alles nicht sagte, was er nicht tat, nicht anstellte … Da gab es keine fein gebildeten Verdauungsgespräche, in denen die Herren dem „Geist ihrer Zeit" einen scheußlichen Tribut darbringen, ohne übrigens ihr Leben auch nur um einen Deut zu ändern. Da wurde nicht literarische Bildung verzapft, und es gab keine Wiener Aphorismen über Tod, Liebe, Leben und Musik wie bei den Journalisten aus Österreich und den ihnen Anverwandten … es wird einem himmelangst, wenn man das hört, und beim ersten Male glaubt man das druckfertige Gerede auch, und es ist alles, alles nicht wahr. Was Karlchen anging, so war das ein Stiller. Er rauchte die Welt an, wunderte sich über gar nichts mehr, war ein braver Arbeiter im Aktengarten des Herrn und zog zu Hause zwei Kinder auf, ohne dabei ein Trockenmieter seiner selbst zu werden. Hier und da fiel er in Liebe und Sünde, und wenn man ihn fragte, was er nun wieder angestellt hätte, dann fletschte er die Zähne und sagte: „Sie hat mich über die Schwelle der Jugend geführt!“ und dann ging es wieder eine Weile. Jetzt saß er da und rauchte und dachte nach.

„Wir müssen an Jakopp schreiben“, sagte er. Jakopp war der andre – wir waren drei. Mit der Prinzessin vier. „Was wollen wir ihm denn schreiben?“ fragte ich. „Hast du ihn gesehn? Du bist doch über Hamburg gefahren?“ Ja, Karlchen war über Hamburg gefahren, und er hatte ihn gesehn. Jakopp war der Verschrullteste von uns, am Hamburger Wasserwerk sich betätigend, ein Ordentlicher, der deshalb auch die Georginen über alles liebte – „Georgine, die ordentliche Blume“, sagte er – ein Kerl von bunter Verspieltheit und mit vierhundertundvierundvierzig fixen Ideen im Kopf. Wir paßten gut zueinander.

„Wo ist denn auf einmal die Prinzessin?“ fragte Karlchen. Die Prinzessin war ins Städtchen gegangen, „Knöpfchen kaufen“. Wir kauften nie zusammen Knöpfchen, womit jede Art Einkauf gemeint war – wenn wir es aber doch taten, dann zankten wir uns dabei. Nun war sie fort. Wir schwiegen eine Weile.

„Na, und sonst, Karlchen?“ – „Sonst hat sich Jakopp Pastillen gekauft, weil er doch so viel raucht. Und wenn er raucht, dann hustet er doch so. Du kennst das ja – es ist ein ziemlich scheußlicher Anblick. Und jetzt hat er sich gegen das Rauchen ein Mittel besorgt: Fumasolan heißen die Dinger. Hm –“. – „Na und? Helfen sie?“ – »Nein, natürlich nicht. Aber er sagt: seit er das nimmt, verspürt er eine merkwürdige Steigerung seiner Manneskräfte. Das stört ihn sehr. Ob sie ihm die falschen Pastillen eingepackt haben?“ – So ging alles in Jakopps Leben zu, und wir hatten viel Freude daran.

„Gib mal eine Karte. Was wollen wir ihm denn …?“ Endlich hatte ich es heraus. Wir wollten ihm eine Telegrammkarte schicken, weil das tägliche Telegramm, das ihn gestört und herrlich aufgebracht hätte, zu teuer gewesen wäre. Wir telegraphierten also fortab auf Karten entsetzlich eilige Sachen – heute diese:

> hergeflogenes karlchen soeben fast zur gänze
> eingetroffen drahtet sofort, ob sofort drahten
> wollt stop großmutti leider aus Schaukel gefallen
> großvati

Diese schwere Arbeit hatten wir hinter uns ... nun ruhten wir aus und sagten erst mal gar nichts. Da kam die Prinzessin.

Sie hatte vielerlei Knöpfchen eingekauft; es ist rätselhaft, was für eine Fülle von Waren Frauen noch in den kleinsten Ortschaften entdecken. Und Geld hatte sie auch nicht mehr, und ich zog mit gefurchter Stirn die Brieftasche und tat mich sehr dick. Dann legten wir uns ins Gras.

„Geht euch das eigentlich auch so", sagte Karlchen, der hier schon völlig zu Hause war, „daß ihr euch so schwer erholt? Erholung ist eine Arbeit, finde ich. Man macht und tut, auch wenn man gar nichts tut – und man merkt es erst hinterher, wie ...?" – „Hm", machten wir; wir waren zu faul, zu antworten. Es knisterte. „Steck die Zeitungen weg!" sagte ich. „Habt ihr gelesen ...?" sagte er. Und da war es.

Da war die Zeit.

Wir hatten geglaubt, der Zeit entrinnen zu können. Man kann das nicht, sie kommt nach. Ich sah die Prinzessin an und zeigte auf die Zeitung, und sie nickte: Wir hatten heute nacht davon gesprochen, davon und von der Zeit und von dieser Zeit ... Man denkt oft, die Liebe sei stärker als die Zeit. Aber immer ist die Zeit stärker als die Liebe. „Gelesen ... gelesen ...", sagte ich. „Karlchen, was liest du jetzt eigentlich für eine Zeitung? – Er nannte den Namen. „Man soll nicht nur eine lesen", lehrte ich weise. „Das ist gar nichts. Man muß mindestens vier Zeitungen lesen und eine große englische oder französische dazu; von draußen sieht das alles ganz anders aus." – „Ich muß mich immer wundern", sagte die Prinzessin, „was unsereiner da so vorgesetzt bekommt. Seht mal – Zeitungen für uns gibt es eigentlich gar nicht. Sie tun immer alle so, als ob wir wer weiß wieviel Geld hätten – nein, als ob es gar kein Geld auf der Welt gäbe ... dabei wissen sie genau: wir haben nur wenig – aber sie tun so. Was sie uns da alles erzählen ... und was sie alles abbilden!" – „Geronnene Wunschträume. Du sollst schlafen, du sollst schlafen, du sollst schlafen, liebes Kind!" – „Nein, das meine ich nicht", sagte die Prinzessin. „Ich meine, sie sind alle so furchtbar fein. Noch wenn sie den Dalles schildern, ist es ein feiner Dalles. Sie schweben eine Handbreit über dem Boden. Ob mal ein Blatt sagt, wie es nun wirklich ist: daß man am Zwanzigsten zu knapsen anfängt und daß es mitunter recht jämmerlich und klein ist und daß man sich gar nicht so oft ein Auto leisten kann, von Autos kaufen überhaupt nicht zu reden, und mit ihrer lächerlichen Wohnungskultur ... haben wir vielleicht anständige Wohnungen?"

„Die Leute fressen einen auf", sagte ich. „Das Schlimmste ist: sie stellen die Fragen und sie ziehen die Kreise und sie spannen die Schnüre – und du hast zu antworten, du hast nachzuziehen, du hast zu springen … du kannst dir nichts aussuchen. Wir sind nicht hinieden, um auszusuchen, sondern um vorliebzunehmen – ich weiß schon. Aber daß man lauter Kreuzworträtsel aufbekommt: Rom gibt dir eins auf und Rußland eins und Amerika und die Mode und die Gesellschaft und die Literatur – es ist ein bißchen viel für einen einzelnen Herrn. Finde ich."

„Wenn man sich das recht überlegt", sagte Karlchen, „sind wir eigentlich seit neunzehnhundertundvierzehn nicht mehr zur Ruhe gekommen. Spießerwunsch? Ich weiß nicht. Man gedeiht besser, wenn man seinen Frieden hat. Und es kommt alles nach – es wirkt so nach … Weißt du noch: der allgemeine Irrsinn in den Augen, als uns das Geld zerrann und man ganz Deutschland für tausend Dollar kaufen konnte? Damals wollten wir alle Cowboys werden. Eine schöne Zeit!"

„Lieber Mann, wir haben das Pech, nicht an das zu glauben, was die Kaffern Proppleme nennen – damit trösten sie sich. Es ist ein Gesellschaftsspiel."

„Arbeiten. Arbeit hilft", sagte die Prinzessin.

„Liebe Prinzessin", sagte Karlchen, „ihr Frauen nehmt das ja ernst, was ihr tut – das ist euer unbestrittener Vorzug vor uns andern. Wenn man das aber nicht kann … Immerhin: eine so schöne junge Frau …"

„Sie werden ausgewiesen, wenn Sie so reden", sagte die Prinzessin. „Vestahn Sei Plattdütsch?" – Karlchen strahlte: er sprach Platt wie ein hannöverscher Bauer, und jetzt schnackten sie eine ganze Weile in fremden Zungen. Was sagte sie da? Ich horchte auf. „Das hast du mir doch noch gar nicht erzählt?"

„Nein …? Habe ich das nicht?" Die Prinzessin tat furchtbar unschuldig. Sie log sonst gut – aber jetzt log sie ganz miserabel. „Also?"

Der Generalkonsul hatte es mit ihr treiben wollen. Wann? Vor zwei Monaten. „Bitte erzähl."

„Er hat gewollt. Na, ihr wollt doch alle. Verzeihen Sie, Karlchen, außer Ihnen natürlich. Er hat eines Abends … also das war so. Eines Abends hat er mich gefragt, ob ich länger bleiben könnte, er hätte noch ein langes Exposé zu diktieren. Das kommt manchmal vor – ich habe mir nichts dabei gedacht; natürlich bin ich geblieben." – „Natürlich …", sagte ich. „Ihr habt ja sonst den Achtstundentag." – „Quackel nicht, Daddy – wir haben ihn natürlich nicht, ich habe ihn nicht. Das ist eben in meiner Position …" – „Darüber werden wir uns nie einigen, Alte. Ihr habt ihn nicht, weil ihr ihn euch nicht erkämpft. Und ihr kämpft nicht – ach, ich habe jetzt Ferien." – „Gibt es dafür Ferien?" fragte Karlchen. „Also", fuhr die Prinzessin fort. „Exposé. Wie das fertig ist, bleibt er mitten im Zimmer stehn – wissen Sie, Karlchen, mein Chef ist nämlich furchtbar dick – bleibt mitten im Zimmer stehn, sieht mich mit so ganz komischen Augen an und sagt: Haben Sie eigentlich einen Freund? Ja, sage ich. Ach, sagt er, sehn Sie mal an – und ich hatte gedacht, Sie hätten gar keinen. Warum nicht? sage ich. Sie sehn nicht so aus, also ich meine … Na, und dann kam er langsam damit heraus. Er wäre doch so allein, das sähe ich doch … zur Zeit hätte er überhaupt keinen Menschen, und er hätte mal eine langjährige Freundin gehabt, die hätte ihn aber betrogen –". Karlchen schüttelte bekümmert den Kopf, wie so etwas wohl möglich wäre. „Na, und was hast du gesagt?"– „Du alter Affe – ich habe nein gesagt." – „Ach?" – „Ach! Hätte ich vielleicht ja sagen sollen?" – „Na, wer weiß! Eine gute Position … Hör mal, ich habe da einen Film gesehn." – „Da bezieht er nämlich seine Bildung her, Karlchen. Würden Sie mit Ihrem Chef was anfangen?" – Karlchen sagte, er würde mit seinem Chef nie etwas anfangen. „Das ist ja alles Unsinn", sagte die Prinzessin. „Männer verstehen das nicht. Was hat man denn davon? Ich müßte seine Sorgen teilen wie seine Frau, arbeiten wie seine Sekretärin, und wenn die Börse fest ist, dann bleibt er eines Abends bei einer andern mitten im Zimmer stehn und fragt die, ob sie vielleicht einen Freund … Ach, geht mir doch los!" – „Und an mich hast du gar nicht gedacht?" sagte ich. „Nein", sagte die Prinzessin. „An dich denke ich erst, wenn der Mann in Frage kommt." Und dann standen wir auf und gingen an das Seeufer.

Das Schloß schlief dick und still; überall roch es nach Wasser und nach Holz, das lange in der Sonne gelegen hatte, nach Fischen und nach Enten. Wir gingen am See entlang.

Und ich genoß diese beiden; dies war ein Freund, nein, es waren zwei Freunde – und ich verriet die Frau nicht an den Mann, wie ich es fast immer getan hatte; denn wenn da ein Mann war, mit dem es etwas zu erzählen gab, dann ließ ich die Frau liegen, als ob ich nicht noch eben mit ihr geschlafen hätte; ich gab sie auf, kümmerte mich nicht mehr um sie und verriet sie voller Feigheit an den ersten besten. Dann ließ sie los. Und dann wunderte ich mich.

Die zwei sprachen sich in ihren Dialekten über ihre Heimat aus. Sie sagten, wo man das r aussprechen müsse und wo nicht; sie ergänzten ihre Schimpfwörterverzeichnisse; sie wußten beide, was das ist, niederdeutsch. Es ist jener Weg, den die deutsche Sprache leider nicht gegangen ist, wieviel kraftvoller ist da alles, wieviel bildhafter, einfacher, klarer – und die schönsten Liebesgedichte, die der Deutsche hat, stehen auf diesen Blättern. Und die Menschen … was es da im alten Niederdeutschland, besonders an der Ostsee, für Häuser gegeben hat, eine Traumwelt von Absonderlichkeit, Güte und Musik, eine Käfersammlung von Leuten, die alle nur einmal vorkommen … Vieles davon ist nun in die Hände dummer Heimatdichter gefallen, die der Teufel holen möge – scheinbar gutmütige Bürger, unter deren rauchgeschwängerten Bärten der Grog dampft und die die kraftvolle Männlichkeit ihrer alten Sprache in einen fatalen Brei von Gemütlichkeit umgelogen haben –: Oberförster des Meeres. Manche haben sich den Bart abrasieren lassen und glauben nun, wie alte Holzschnitte auszusehen – aber es hilft ihnen nichts; kein Wald rauscht ihnen, kein Meer rauscht ihnen, ihnen rauscht der Bart. Ihre Gutmütigkeit verschwindet im Augenblick, wo sie etwas verwirrt in die neue Zeit starren und auf den politischen Gegner stoßen; dann krabbelt aus ihnen ans Licht, was in ihnen ist: der Kleinbürger. Unter ihren Netzhemden schlägt ein Herz, im Parademarsch.

Das ist nicht unser Plattdeutsch, das nicht.

Niederdeutschland aber geht nicht ein – es lebt und wird ewig leben, solange dieses Land steht. Dergleichen hat es außerhalb Deutschlands nur noch einmal gegeben, aber da auf dem Rücken einer dienenden, nicht gut behandelten Kaste: in Kurland. Doch der Niederdeutsche ist anders. Seine Worte setzt er bedächtig, und sie sind gut. Und darüber sprachen die beiden. Und ich wußte: das Beste an der Prinzessin stammte aus diesem Boden. Und ich liebte in ihr einen Teil dieses Landes, das einem so sehr schwer macht, es zu lieben. Dessen ratlose Seelen es für eine Auszeichnung halten, gehaßt zu werden. Da war die Zeit, da war sie wieder. Nein, für uns gibt es wohl keine Ferien.

Die beiden aber schnackten unentwegt. Jeder pries sein Plattdeutsch als das allein wahre und schöne, das des ändern wäre ganz falsch. Jetzt waren sie bei den Geschichten angelangt.

Die Prinzessin erzählte die vom Schuster Hagen, dem der Amtsverwalter sein Prost Neujahr zugerufen hatte: „Ick wünsch See uck veel Glück taut niege Johr, Meisting!“ – Und der andre hatte dann verehrungsvoll über den ganzen Marktplatz zurückgebrüllt: „Ins Gegenteil! Ins Gegenteil, Herr Amtsverwalter!“ Und jene vom Schulzen Hacher, der seinen Ochsen auf die Ausstellung brachte und dazu sprach: „Ick dau dat nicht för Geld. Ick dau dat blodsen för de Blamasch!“

Und dann wieder Karlchen: wie Dörten, Mathilde und Zophie, die neugierigsten Mädchen in ganz Celle, ihn gefragt hatten, wer denn der junge Mann wäre, der jetzt immer morgens durch die Straßen ginge. Er konnte es ihnen nicht sagen. Und dann hatte er sie nachts geweckt, das ging gut, denn sie wohnten Parterre – und als sie ganz erschreckt ans Fenster kamen, alle drei: „Ich wollte den Däömen nur sagen: der Herr von heute morgen hat fromme Bücher verkauft.“

Und dann sangen sie schöne Lieder, immer eines nach dem andern. Die Prinzessin:

„Auf dem Berge Sinai, da sitzt die Mutter Pietschen,
und wenn sie nichts zu essen hat, dann …

Karlchen, wie ist das mit einem Lullerchen Schlaf, heute nachmittag?“ fragte sie plötzlich. Karlchen sang grade:

„Sie trug ein buntkariertes Kleid,
mir tut mein Geld noch heute leid –

Nein“, sagte er. „Heute nachmittag tun wir einen schönen Spaziergang. Das ist gut für den Dicken, und wir schlafen dann nachts besser.“ Der Dicke war ich. Wohlwollend musterte mich sein Blick. „Wenn man euch junges Volk so sieht … gut erholt seid ihr –!“ Und so fühlten wir uns auch. Ich wackelte schweigend neben den beiden her, denn junges Glück soll man nicht stören.

Begehrte er sie –?

Natürlich begehrte er sie. Aber dies war ungeschriebenes Gesetz zwischen uns: Totem und Tabu … Unter welchem Tier wir geboren waren, wußten wir nicht; aber es mußte wohl das gleiche sein. Und die Frauen des andern: nie. Rational gemacht hatten wir das so: „Deine Bräute … also wenn man die schon sieht – herzlichen Glückwunsch!“ Und wieder fühlte ich, zum hundertsten Male in so vielen Jahren, das Unausgesprochene dieser Freundschaft, das Fundament, auf dem sie ruhte. Ich kannte den Urgrund seiner Haltung. Ich wußte, weil ich es mit angesehen hatte: was der Mann alles erlebt hatte („Über mich ist ein bißchen viel hinweggebraust!“ pflegte er zu sagen); ich sah seine unbedingte Selbstbeherrschung; wenn's schiefging, der konnte die Ohren steifhalten. Oft, wenn ich nicht weiter wußte, dachte ich: Was täte Karlchen jetzt? Und dann ging es wieder eine Weile. Eine richtige Männerfreundschaft … das ist wie ein Eisberg: nur das letzte Viertel sieht aus dem Wasser. Der Rest schwimmt unten; man kann ihn nicht sehn. Klamauk – Klamauk ist nur schön, wenn er auf Ernst beruht.

„Plattdeutsch predigen", hörte ich Karlchen grade sagen, „nein – nein." – „Das ist doch Unfug, Herr Karlchen", sagte die Prinzessin. „Warum denn nich? Den Bauern vestehn es doch viel besser. Natürlich euern Platt … aber unsen Plattdeutsch …" – „Schöne junge Frau", sagte Karlchen, „das ist es nicht. Die Bauern verstünden es schon – und eben deswegen mögen sie es nicht. In der Kirche wollen sie nicht die Sprache ihres Alltags; vor der haben sie keine Achtung – was kann an dem sein, was sie im Stall sprechen? Sie wollen das andre, das Ungewöhnliche, das Feierliche. Sonst sind sie enttäuscht und nehmen den Pastor nicht für voll. Na, und nun gehn wir ja wohl im Chantant … Fritzchen, weißt du noch?"

Und ob ich es wußte! Das stammte von Herrn Petkoff aus Rumänien, vom rumänischen Kriegsschauplatz, den wir gemeinsam bevölkert hatten. Herr Petkoff pflegte Geschichten zu erzählen, die sich durch besondere Pointenlosigkeit auszeichneten, aber sie endeten alle im Puff. „Sagt er zu mir: Petkoff, du Schwein, komm, gehn wir in Chantant!" Und was da nun war, wollte die Prinzessin gern wissen. Karlchen machte vor: „Petkoff sagte und schlug sich dabei auf die Oberschenkel: Hier ein Mättchän und da ein Mättchän …" – „Aber Karlchen", sagte die Prinzessin, „da muß ich ja ganz rot werden!" – „Er hatte eine Freundin, der Petkoff. Die hatte vor seiner Zeit dreizehn Geliebte gehabt." – „Dreizehn Geliebte", lobte die Prinzessin. „Und wieviel schnelle Männer –?"

So schritten wir selbander dahin.

Da blieb die Prinzessin stehn, um sich zu pudern. „Ich begreife nicht, wie man sich in Gottes freier Natur pudern kann", sagte ich. „Die Luft hat doch … der Teint ist …" – „Du gewinn den Nobelpreis und halt den Schnabel", sagte sie. „Hör mal, ich sage dir das wirklich …" – „Daddy, das verstehn die Männer nie – und wir verstehn uns doch wirklich gut. Jeder seins, lieber Daddy. Du schminkst dich nicht, und ich genieße des Puders. So ist das!" Nun setzten wir uns auf eine Bank. Ich brummte: „They are all the same …", dieser Satz Byrons machte meinen halben englischen Sprachschatz aus. „Sei mal nett zu ihr!" sagte Karlchen, und die Prinzessin war begeistert und nickte ihm fröhlich zu: „Nicht wahr?" – „Wer seine Braut zu seinem Weibe macht", sagte Karlchen, „der soll auch das Weib zu seiner Braut machen!" – „Nun gebt euch einen Kuß!" sagte ich. Das taten sie. „Sei wirklich nett zu ihr!" sagte Karlchen noch einmal.

Er war ein Vorübergehender. Der Vorübergehende ist stets milde und weise, hat für alles gute und kluge Worte und geht vorüber. Wir, die wir bleiben … Aber gleich war diese kleine Wolke vorbei. Weil Karlchen das gescheite Wort sprach: „Bei uns zu Hause sagen sie immer: Zur Heirat gehört mehr als nur vier nackte Beine ins Bett."

„Karlchen", sagte ich unvermittelt, „was wird aus uns mal? Ich meine … so später … im Alter …?"

Er antwortete nicht gleich. Dafür die Prinzessin: „Daddy, weißt du noch, was auf der alten Uhr stand, die wir in Lübeck zusammen gesehen haben und die wir damals nicht kaufen konnten?" – „Ja", sagte ich. „Es stand drauf: Lasset die Jahre reden."

Ich sah sie an, und sie gab den Blick zurück: Wir faßten uns mit den Augen bei den Händen. Sie war bei mir. Sie gehörte dazu. Sie sorgte für mich.

Als wir aber nach Hause kamen, lag da für die Prinzessin ein großer Strauß aus Mohrrüben, Petersilie und Sellerie. Der war von Karlchen, denn so liebte er, wenn er liebte.

2

„Das laßt man Frau Direktor sehn!" sagte das Stubenmädchen Emma. „Die ist heute grade in der richtigen Laune!"

Das Gelächter der vier kleinen Mädchen verstummte jäh. Eine bückte sich scheu nach den Büchern, mit denen sie sich eben geworfen hatten. Hanne, die dicke Hanne aus Ostpreußen, setzte zu einer Frage an. „Was ist denn? Ist Frau Direktor …?" – „Na, macht nur!" sagte das Mädchen und lachte schadenfroh. „Ihr werdt ja sehn!" Und ging eilig davon. Die vier standen noch einen Augenblick zusammen, dann verteilten sie sich rasch im Korridor. Hanne war die letzte. Sie hatte grade die Tür des Schlafzimmers aufgemacht, in dem die andern schon standen und ihre Badesachen zusammensuchten, als man die schrille Stimme der Frau Adriani aus dem untern Stockwerk vernahm – wie laut mußte sie sprechen, daß man das so deutlich hören konnte! Die Mädchen standen wie die Wachspuppen.

„So? Ach! Das hast du nicht gewußt! Das hat das gute Lieschen nicht gewußt! Habe ich dir nicht schon tausendmal gesagt, daß man seinen Schrank nicht offenstehn läßt? Was? Wie?" – Man hörte, wie aus einer Watteschachtel, ein ganz leises Weinen. Oben sahen sie sich an und atmeten, sie schauerten vor Angst zusammen. „Du bist eine Schlumpe!" sagte die ferne Stimme. „Eine dreckige Schlumpe! Was? Der Schrank ist allein aufgegangen? Na, da hört doch ... Und – was ist denn das hier? Wie? Seit wann bewahrst du dir denn Essen in der Wäsche auf? Wie? Du Teufelsbraten! Ich werde dir –"

Nun wurde das Weinen lauter, so laut, daß man es deutlich hören konnte. Schläge konnten sie nicht hören –: Frau Adriani pflegte nicht zu schlagen, sie knuffte. „Hier – und da – und jetzt ... Ich werde euch überhaupt mal alle ..." Fortissimo: „Alle runterkommen! In den Eßsaal!"

In die Wachspuppen oben kam Leben; sie warfen ihre Badesachen auf die Betten, sie hatten plötzlich hochrote Köpfe, und einer, der ewig blassen Gerti, standen Tränen in den Augen. Man hörte, rasch hervorgestoßen: „Macht doch! Fix!", dann gingen sie hinunter, sie liefen fast, schweigend.

Aus allen Türen kamen die Mädchen; sie hatten erschrockene Gesichter, eine fragte leise: „Was ist denn ..." und wurde gleich zur Ruhe verwiesen; wenn es gewittert, soll man lieber nicht sprechen. Auf den Treppen trappelte es, Schritte, Poltern, Türenklappen ... nun war der Eßsaal voll. Als letzte kam Frau Adriani, eine rote Wolke, mit der weinenden Lisa Wedigen an der Hand.

Das Gesicht der Frau war gerötet, ihr Lebensmotor lief auf Touren; sie lebte doppelt, wenn sie in solcher Erregung war. „Alle da –?" Sie sah über die Mädchen hin, mit jenem Blick, von dem jede glaubte, er hätte sie, grade sie gemeint. Hart: „Lisa Wedigen hat Essen gestohlen!" – „Ich ...", was die Kleine sagen wollte, erstickte in Geschluchz. „Lisa Wedigen stiehlt. Sie hat von unserm Essen gestohlen", sagte Frau Adriani mit Nachdruck, „gestohlen, und sie hat es in ihrem Schrank versteckt. Der Schrank war natürlich in einer scheußlichen Unordnung, wie immer bei Dieben; die Wäsche vom Essen beschmutzt, die Schranktür war offen. Wer nicht hören will, muß fühlen. Ihr wißt, wie ich es euch gleich am Anfang gesagt habe: wenn hier eine was falsch macht, dann büßen alle. Das ist Gerechtigkeit. Ich werde euch ...! Also:

Lisa hat heute abend Essenentzug. Sie darf die nächsten acht Tage nicht mit uns spazierengehen, sondern bleibt zu Hause auf dem Zimmer. Morgen bekommt sie nur das halbe Essen. Das Baden fällt heute aus. Ihr macht alle Schreibübungen. Lisa schreibt besonders vier Kapitel aus der Bibel ab. Ihr seid eine ganz verlotterte Bande! Marsch – auf die Zimmer!"

Schweigend und beklommen tropfte die Schar aus den beiden Türen; manche sahen sich bedeutungsvoll an, die Abgehärteteren schlenkerten mit den Armen und taten unbekümmert-trotzig; zwei weinten. Lisa Wedigen schluchzte, sie sah niemand an und wurde von niemand angesehn. Das Kind blickte auf –

Der große Abreiß-Kalender an der Wand zeigte eine 27, eine schwarze 27. Als sich das Kind mit den andern durch die Tür schob, blätterte der Zugwind im Kalender ... so viele Blätter waren das, so viele Blätter. Und wenn dieser Kalender verbraucht war, dann hängte Frau Adriani einen neuen auf. Der Blick des Kindes fiel auf das Bildnis Gustav Adolfs, das im Korridor hing. Der hatte es gut. Er war hier, und er war doch nicht hier. Dem taten sie nichts. Merkwürdig, daß die Menschen den Sachen nichts tun. Das Kind dachte: Noch einmal so, und ich laufe fort, ich laufe aus dem Haus ...

In den Stuben herrschte eine stille Geschäftigkeit. Die Badeanzüge und die Handtücher wurden fortgelegt, zitternde Hände rissen Schubladen auf und kramten hastig darin umher, ein Flüsterwort unterbrach diese Geräusche.

Unten im Eßsaal stand die Adriani, allein.

Ihr Atem ging rasch, sie hatte sich, anfangs kalt, in eine Wut hineingesteigert – wie sie meinte: zu pädagogischen Zwecken, und jetzt war sie wütend, weil sie wirklich wütend war. Ihr beißender Ärger besänftigte sich erst, als sie an die Vorstellung dachte, in der sie soeben aufgetreten war. Sie hatte so ein aufmerksames Publikum gehabt ... alles kam darauf an, ein Publikum zu haben. Sie sah sich um. Hier war alles, bis zum Bewurf an der Mauer, dem Kitt in den Ritzen der Fensterscheiben, dem Linoleumbelag und den Türangeln – alles war gezählt, kontrolliert, aufgeschrieben und beaufsichtigt. Hier gab es nichts, das nicht ihrer Herrschaft unterstand. Sie fühlte: wenn sie den brennenden Herd scharf anblickte – er würde leiser brennen. Hier war ihr Reich. Deshalb ging auch Frau Adriani mit den Kindern nicht gern aus; sie vergällte ihnen die Spaziergänge, wo sie nur konnte, denn die Natur stand nicht stramm vor ihr. Ihr Wille tobte durch das geräumige Landhaus, das sie längst nicht mehr als gewöhnliches Haus ansah – es war ein souveränes Reich, eine kleine Welt für sich. Ihre Welt. Sie knetete die Kinder. Sie formte täglich an vierzig Kindern, den Dienstboten und ihren Nichten – der Mann zählte nicht; mit so vielen Figuren spielte sie ein lebendiges, ein schmerzvolles, ein lustvolles Spiel. Und setzte immer die andern matt. Und siegte immer. Das Geheimnis ihres Erfolges war keines: sie glaubte an diesen Sieg, konnte arbeiten wie ein Bauernpferd und sparte ihre Gefühle für sich selbst.

Sie kam sich sehr einmalig vor, die Frau Adriani. Und hatte doch viele Geschwister.

3

Es war ein bunter Sommertag – und wir waren sehr froh. Morgens hatten sich die Wolken rasch verzogen; nun legte sich der Wind, und große, weiße Wattebäusche leuchteten hoch, am blauen Himmel, sie ließen die gute Hälfte unbedeckt und dunkelblau – und da stand die Sonne und freute sich.

„Wir gehn heute auch nicht in die Heija", sagte Karlchen, der merkwürdigerweise nach dem Essen nicht schlafen wollte. „Sondern wir gehen nicht schlafen, und vielmehr gehn wir in die Felder. Hoppla!"

Auf und davon. Bauern kamen vorüber, wir grüßten, und sie sagten etwas, was wir nicht verstanden. „Bielern dich man blodsen nich ins Schwedsche!" sagte die Prinzessin. „Wenn man ierst die Landessprache päffekt kann, denn is das nich mehr so schoin. Denn den Baum des Wissens is nich ümme den des Lebens." – „Lydia", sagte ich, „wir wollen doch mal bei dem Kinderheim längs gehn!" Und wir gingen.

Um den See herum, an den Chausseen entlang; einmal kam uns ein Auto entgegengetorkelt, man kann es nicht anders nennen, so sehr fuhr es im Zickzack. Ein junger Herr saß am Steuer, mit jenem dämlich-angespannten Gesicht, wie es Neulinge am Steuerrad haben. Er war ganz Aufmerksamkeit, Krampf und Angst. Sein Lehrer saß neben ihm. Wir sprangen beiseite, denn der junge Herr hätte sicherlich lieber uns drei überfahren als eine Ameise, die er wohl grade sah … Dann gingen wir von der Chaussee ab, in den Wald.

Die Wege in Schweden führen manchmal grade durch kleine Anwesen, die Zauntür ist offen, und man geht über den Hof hinweg. Da standen kleine

Häuschen, still und sauber … „Guck – das wird das Kinderheim sein!“ sagte Karlchen.

Auf einem kleinen Hügel lag ein langgestrecktes Haus; das war es sicherlich. Wir gingen langsam näher. Es war ganz still. Wir blieben stehn. „Müde?“ – Und wir lagerten uns auf dem Moos und ruhten. Lange, lange.

Plötzlich knallte drin im Haus eine Tür – es war wie ein Schuß. Stille. Die Prinzessin hob den Kopf.

„Ob wir wohl die strenge Leiterin zu sehen be…“, ich sprach nicht zu Ende. Eine kleine Tür an der Querseite des Hauses hatte sich geöffnet, und heraus stürzte ein kleines Mädchen. Es lief wie ein blinder Mensch, nein, wie ein Tier: Es hatte nicht nötig, zu sehen, wohin die Füße traten – ein Instinkt trieb es. Es lief erst ein kleines Stück ganz gradeaus, dann blickte es auf, und mit einer blitzschnellen Bewegung schlug es einen Haken und lief uns grade in die Arme. „Na … na“, machte ich. Das Kind sah auf: wie wenn es aus einem langen Schlaf erwachte. Sein Mund öffnete sich, schloß sich wieder, die Lippen zitterten, es sagte nichts. Nun erkannte ich es: Wir hatten es auf unserm Spaziergang mit den andern getroffen. „Na …?“ sagte die Prinzessin. „Du hast es aber eilig … wo willst du denn hin? Spielen?“

Da ließ das kleine Mädchen den Kopf sinken und fing an zu weinen … ich hatte so etwas noch niemals gehört. Frauen sind, wenn der Schmerz kommt, weniger lyrisch als wir Männer – sie helfen also besser. Die Prinzessin beugte sich hinunter. „Was … was ist denn –“ und wischte der Kleinen die Tränen ab. „Was hast du denn? Wer hat dir denn etwas getan?“ Das Kind schluchzte. „Ich … Direktor … Lisa Wedigen hat gestohlen, sie will mich hauen, sie will uns alle hauen, ich bekomme heute nichts zu essen – ich will zu Mutti! Ich will zu Mutti!“ – „Wo ist denn deine Mutti?“ fragte die Prinzessin. Die Kleine antwortete nicht; sie starrte ängstlich auf das Haus und machte eine Bewegung, als wollte sie fortlaufen. „Nun bleib mal da – wie heißt du denn?“ – „Ich heiße Ada“, sagte die Kleine. „Und wie noch?“ – „Ada Collin.“ – „Und wo ist deine Mutti?“ – „Mutti …“, sagte das Kind, und dann etwas, was man nicht verstand. „Wohnt deine Mutti sonst auch hier?“ Das Kind schüttelte den Kopf. „Wo denn?“ – „In der Schweiz. In Zürich …“ – „Na und?“ fragte ich. So dumm können nur Männer fragen. Das Kind sah nicht hoch; es hatte die Frage gar nicht begriffen. Wir standen herum, etwas ratlos. „Warum bist du denn weggelaufen – nun erzähl das mal ganz richtig. Erzähl mal alles –“, fing die Prinzessin wieder an.

„Die Frau Adriani haut uns … sie hat uns heute kein Essen gegeben … ich will zu Mutti … ich will zu Mutti …!" Karlchen dachte wie stets scharf und schnell. „Laß uns doch mal aufschreiben, wo die Mutter wohnt", sagte er. „Sag", fragte die Prinzessin, „wo wohnt denn deine Mutti?" – Das Kind schluckste. „In Zürich." – „Na ja, aber wo da …?" – „Hott … Hott … Sie kommt, sie kommt!" schrie das Kind und riß sich los. Wir hielten es fest und sahen auf.

Im Hause hatte sich die Haupttür geöffnet, und aus ihr trat schnell und energisch eine rothaarige Frau. Sie kam rasch auf uns zu. „Was machen Sie da mit dem Kind?" fragte sie, ohne Begrüßung.

Ich nahm den Hut ab. „Guten Tag!" sagte ich höflich. Die Frau sah mich nicht einmal an. „Was haben Sie mit dem Kind! Was tut das Kind bei Ihnen?" – „Es ist hier aus dem Haus gelaufen und hat geweint", sagte Karlchen.

„Das Kind ist ein Ausreißer und ein Tunichtgut. Es ist heute schon einmal weggelaufen. Geben Sie das Kind her und kümmern Sie sich nicht um Sachen, die Sie nichts angehn!" – „Langsam, langsam", sagte ich. „Das Kind hat so furchtbar geweint; es behauptet, Sie hätten es geschlagen." Die Frau sah mir fest ins Gesicht, kampfbereit. „Ich? Ich habe es nicht geschlagen. Hier werden keine Kinder geschlagen. Ich habe die elterliche Gewalt über das Kind, ich habe das schriftlich. Was fällt Ihnen denn ein? Bei mir herrscht Zucht und Ordnung … hetzen Sie mir hier nicht die Kinder auf! – Das ist *mein* Haus!" schrie sie plötzlich laut und deutete auf das Gebäude. „Das mag sein", sagte ich. „Aber hier stimmt doch etwas nicht – das Kind kommt in Todesangst da herausgelaufen und …" Die Frau riß das Kind an der Hand und blitzte mich böse an; in ihren grünen Augen stand ein Flämmchen.

„Du kommst jetzt mit", sagte sie zum Kind. „Sofort! Und Sie gehen! Los!" – „Es wäre hübsch", sagte Karlchen langsam, „wenn Sie etwas höflicher mit uns sprechen wollten." – „Mit Ihnen spreche ich überhaupt nicht", sagte die Frau. Die Prinzessin hatte sich niedergebeugt, sie wischte dem Kind, das bleich geworden war, die Tränen ab. „Was tuscheln Sie da mit dem Kind?" schrie die Frau. „Sie haben gar nichts zu flüstern! Sie sind nicht für das Kind verantwortlich – ich bin es! Ich bin hier die Leiterin – ich bin das! Ich!" In den Augen das Flämmchen … Hitze strahlte von der Person aus.

„Ich glaube, wir lassen die Dame –", sagte Karlchen. Die Frau riß abermals an dem Kind; sie riß wie an einer Sache, ich fühlte: sie meinte nicht das Mädchen, sie meinte ihre Herrschaft über das Mädchen. Das Kind war grün vor Angst, sie zog es hinter sich her; niemand sprach. Jetzt war sie am Haus. Ich machte eine halbe Bewegung, als wollte ich etwas aufhalten … nun verschwanden die beiden durch die große Tür, die Tür schloß sich, ein Schlüssel knirschte. Aus.

Da standen wir. „Ganz hübsch …", sagte Karlchen. Die Prinzessin steckte ihr Taschentuch fort. „Ihr seid alle beide kolossale Esel", sagte sie energisch. „Gut", sagte ich, „aber warum?" – „Kommt mit."

Wir gingen ein Stück in den Wald hinein. „Ihr …", sagte die Prinzessin. „Krieg können wir hier nicht machen, das sehe ich ja ein. Aber wir wollen doch dem Kind helfen, nicht wahr? Na, und wie heißt die Mama?" – „Collin. Frau Collin", sagte ich sehr stolz. „Gut – und wie willst du helfen?" Ja, das war richtig. Wir wußten ja die Adresse nicht. Zürich … Zürich … was hatte das Kind da gesagt?

„Ich habe ihr leise gesagt", fuhr die Prinzessin fort, „wir kämen nach einer halben Stunde an das Haus – sie soll versuchen, uns auf einem Zettel die Adresse herauszuschmuggeln. Ich kann mi nich denken, daß den klappen wird – das ahme Kind is szu un szu verängstigt. Na … wir könn sche ma sehn … Nein, is das ein Drachen! De is aber wedderböstig! Sie spuckt gliks Füer ut!"

„Eine famose Frau", sagte Karlchen. „Die möchte man heiraten. Also ich muß ja sagen … ich muß ja schon sagen …" – „Legen wir uns ein bißchen auf die Wiese", sagte die Prinzessin. Wir legten uns.

„Hast du das gesehn, Karlchen", sagte ich; „der Alten haben sich richtig die Haare gesträubt! Ich habe so etwas noch nie gesehn …" – „Man kann den Hintern schminken, wie man will", sagte Karlchen, „es wird kein ordentliches Gesicht daraus; Die Frau …" – „Still!" sagte die Prinzessin. Wir lauschten. Aus dem Haus, das ein Stück zurücklag, drang eine Stimme, eine hohe, keifende Stimme. Man konnte nicht verstehn, was da gesagt wurde – man konnte nur hören, daß jemand erregt schrie. Mir wurde heiß. Vielleicht schlug sie das Kind –

„Äh", machte Karlchen. Die Wiese verschwand, wie durch einen Nebel noch die Altstimme der Prinzessin: „Wir gehn nachher gleich an das Haus – wir müssen das" … ein riesiges ovales Rund, oben, unter der steinernen Wölbung, ausgespannte rote Tücher; unten die Arena, dann eine hohe Steinmauer, darüber die ersten Reihen der Zuschauer, Ränge über Ränge, Tausende von Köpfen, bis sie sich oben verloren im braunen Licht. Unten, in der Mitte, hing einer an einem Kreuz; ein Panther sprang an ihm hoch und riß ein Stück Fleisch nach dem andern … Der Mann schrie nicht, sein Kopf lag seitlich auf der linken Schulter, er war wohl schon bewußtlos. Staub und das Gedröhn der Masse … Eine kleine vergitterte Tür öffnete sich; ein paar Kerle mit Lederschürzen stießen zitternde Menschen, vier Männer und eine Frau, vor sich her in das große Rund. Drei von ihnen waren mit Fetzen bekleidet; die Frau war halbnackt, und einen hatten sie geschminkt, er trug, was schrecklich anzusehen war, eine Maske und eine Krone aus Goldschaum: ein Schauspieler seines eigenen Todes. Das Gittertürchen schloß sich von innen. Die Kerle blieben dahinter stehen, Zuschauer ihres Berufs. An der Seite hatten noch ein paar Tiere im Sande gelegen, ein Tiger, ein Löwe. Als sie die Menschen sahen, die da hereingetrieben wurden, erhoben sie sich, faul und böse. Eins der vier Opfer trug eine Waffe – ein gekrümmtes Schwert. Der Panther am Kreuz hatte von dem da oben abgelassen; er lag und kaute an einem abgerissenen Arm. Das Blut troff.

Und da hatte der Löwe plötzlich zum Sprung angesetzt; nun war er wütend, denn heimtückisch hatte ihm jemand von geschütztem Platz oberhalb der Mauer ein brennendes Holzscheit auf den Kopf geworfen. Das Tier brüllte. Der Gladiator trat vor, mit einer Bewegung, die heldisch sein sollte und recht jämmerlich ausfiel. Eine Tuba gellte; ihr Klang war rot. Der Löwe sprang. Er sprang grade über den Gladiator hinweg, auf den Geschminkten. Er faßte ihn, die Maske zeigte denselben unveränderten idiotischen Ausdruck – dann schleifte er den Kreischenden die Arena entlang. Den Gladiator hatten zwei Tiger angefallen. Er wehrte sich kräftig, mit dem Mut der Verzweiflung; er schlug um sich, erst nach irgendeinem angelernten Plan, dann sinnlos und ohne Verstand. Eines der Tiere umschlich ihn, es ging auf leisen Pfoten zurück, dann waren beide über ihm. Wie ein Schlag ging es durch den Zirkus. „Rrrrhach –!“ machte die Menge – es war *ein* Stöhnen. Die Menschen waren von ihren Sitzen aufgesprungen, sie starrten verzückt nach unten, um nur ja keine Einzelheit zu verlieren, hierhin sahen sie und dorthin; wohin sie blickten: Blut, Verzweiflung, Ächzen und Gebrüll – Menschen litten da, lebendes Fleisch zuckte, sich im Sande zu Tode zappelnd, sie oben in Sicherheit – es war herrlich! Der ganze Zirkus badete in Grausamkeit und Entzücken. Nur die untersten Reihen saßen still und ein wenig hochmütig da, sie zeigten keinerlei Bewegung. Es waren die Senatoren und ihre Frauen, Vestalinnen, der Hof, höhere Heerführer und reiche Herren … gelassen reichten sie einander Konfekt aus kleinen Dosen, und einer ordnete seine Toga. Schreie feuerten die Tiere an, sie noch wütender zu machen; Schreie gellten auf den feigen Kämpfer hinunter, der sich so gar nicht zu wehren gewußt hatte … Ausdünstung und Geheul, das Tier Masse wälzte sich in einem Orgasmus von Lust. Es gebar Grausamkeit. Was hier vor sich ging, war ein einziger großer schamloser Zeugungsakt der Vernichtung. Es war die Wollust des Negativen – das süße Abgleiten in den Tod, der andern. Dafür Tag um Tag Sandalen geflochten, Pergamente beschrieben, Mörtel geschleppt, den Adligen Besuche gemacht und die langen Morgen im Atrium verwartet; Tücher gewebt und Leinen gewaschen, Terrakotten bepinselt und stinkende Fische verkauft … um endlich, endlich diesen großen Festtag zu genießen: den im Amphitheater. Alles, aber auch alles, was der Tag an Geducktheit, an Unterdrückung, an Wunschträumen und nicht auszuübender Wollust in diese Bürger und Proletarier hineingepreßt hatte: hier konnte es sich austoben. Es war wie Liebeserfüllung, nur noch ungestümer, noch heißer, noch zischender. Wie eine spitze Stichflamme stieg die Lust aus den viertausend Menschen – sie waren *ein* Leib, der sich ganz verausgabte, sie waren die Raubtiere, die die Menschen da unten zerfleischten, und sie waren die Zerfleischten. Die Grausamkeit schlug ihre Augen auf – sie hat schon so viele Namen gehabt, in jedem Jahrhundert einen andern. Sie atmeten hastig, der wildeste Strom war aus ihnen heraus, nun ergoß sich der Rest in lauten, lärmenden Gesprächen, in Zurufen und in Zeichen, die sie über die Köpfe hinweg einander gaben, die Daumen nach unten gesenkt; tausend Stimmen, sprechende und rufende, ertönten, und nur hier und da stieg aus der Arena ein Schrei auf wie ein Signalpfiff des Schmerzes. Hier floß ab, was an verbrecherischer Lust in den Menschen war – nun würden sie so bald keinen mehr ermorden; die Tiere hatten es für sie getan. Nachher gingen sie in die Tempel, um zu beten. Nein: um zu bitten. Unten betraten die ersten Wärter den Sand und machten sich mit heißen Eisen an die Körper, die da lagen – waren sie auch wirklich tot? Hatten sie die Massen auch nicht um ein Quentchen Schmerz betrogen? In einer Ecke kämpfte einer um seine verzuckenden Minuten, die Tiere verschwanden fauchend und aufgeregt-satt durch die kleinen Gittertüren, der Sand wurde gefegt, und oben, in den höchsten Rängen, verbrodelte die letzte Lust, die das Leben am Leiden gefunden hatte. „Was hast du?“ fragte die Prinzessin. „Nichts“, sagte ich.

„Ihr meint, wir gehn nachher noch mal an das Haus?“ fragte Karlchen zweifelnd.

„Natürlich gehn wir“, sagte die Prinzessin. „Das Kind muß gieholfen werden – wir müssen helfen.“ Und da stieg in mir etwas auf, es war eine so dumpfe Wut, daß ich aufstehen und tief einatmen mußte – verwundert sahen mich die beiden an. Plötzlich spürte ich dieselbe Lust an der Zerstörung, am Leiden der andern; diese Frau leiden machen zu können … O Wonne des guten und gerechten Kreuzzuges, du Laxier der Unmoral! Mit einem kalten Wasserstrahl löschte ich das aus, während ich ausatmete. Ich kannte den Mechanismus dieser Lust: sie war doppelt gefährlich, weil sie ethisch unterbaut war; quälen, um ein gutes Werk zu tun … das ist ein sehr verbreitetes Ideal. „Gehn wir?“ Wir gingen.

Als wir das Haus wiedersahen, waren wir wie auf Kommando still. „Einer links, einer hinten herum“, sagte Karlchen. „Es muß aber einer bei der Prinzessin bleiben“, sagte ich. „Das Weib ist imstande und haut.“ – „Dann geht ihr da“, sagte er. „Ich will es von links versuchen.“ Wir schlichen näher.

Das Haus lag still, ganz still. Ob sie uns durch ein Fenster beobachtete? Wenn sie nun einen Hund hatte? Immerhin: es war ein fremdes Grundstück; wir hatten hier nichts zu suchen. Die Frau war im ius. Welch eine preußische Überlegung! Ein Kind litt. Los.

Still war alles. Weit sah man von hier hinaus, am Haus vorbei, ins Land. Da lag der Mälarsee, da das Schloß Gripsholm, rot, mit den dicken Kuppeln, und der Mischwald. Tannen und Birken.

„Pst!“ machte die Prinzessin. Nichts. Karlchen war nicht zu sehen. Fragend sah ich sie an. Wir gingen langsam weiter und traten vorsichtig auf, als gingen wir auf Eis. War das ein Gesicht hinter einem Fenster – eine kreisrunde Scheibe …? Täuschung, es war ein Widerschein. Wir gingen nah am Haus vorbei. Die Prinzessin blickte überall umher. Plötzlich ging sie vorwärts – „Rasch!“ sagte sie – sie lief auf einen weißen Fleck zu, der unweit des Hauses im Grase war … da lag ein kleines Stück Papier. Hinten wandelte Karlchen langsam am Zaun vorbei. Die Prinzessin bückte sich, sah das Papier an, hob es auf und schritt rasch weiter.

Wir beeilten uns, bis wir aus der Umgatterung heraus waren. „Na?“ sagte Karlchen.

Die Prinzessin blieb stehn und las vom Papier: Collin Zürich Hottingerstrase 104.

Die Rückseite eines Kalenderblatts, und eine kraklige Kinderhandschrift.

„Strase“ war mit einem s geschrieben. „Dat harrn wi hinner uns!“ sagte die Prinzessin. „Auf in den Kampf“ – pfiff Karlchen.

Zurück nach Gripsholm.

4

Wir liefen durcheinander wie die Indianer, wenn sie sich auf den Kriegspfad begeben. Alle drei redeten mit einemmal. „Mal langsam –“, sagte das kluge Karlchen. „Telegrafieren ... ihr seid ja verdreht. Wir schreiben jetzt erst mal an die Frau einen vernünftigen Brief. Und da muß drinstehn ...“

Was sich nun begab ... das möchte ich nicht noch einmal durchmachen. Es war eine Schlacht. Es wurde nicht *ein* Brief geschrieben – es wurden vierzehn Briefe geschrieben, immer einer nach dem ändern, dann drei zu gleicher Zeit, und während ich auf meiner Maschine herumhackte, bis sie heiß wurde, schrieben die beiden andern emsig ihre Bogen voll. Es war wie eins dieser altmodischen Gesellschaftsspiele („Was tut er? – Was tut sie? – Wo lernten sie sich kennen?“), und jeder wollte zuerst seins vorlesen, und jeder fand seinen Schrieb am allerschönsten und am allerfeinsten und die der ändern von oben bis unten unmöglich. „Unmöglich!“ sagte die Prinzessin. „Dat is ja Kinnerkram is dat ja!“ – Ich wollte etwas erwidern. „Du bischa so klug“, sagte sie. „Du schast ock mit na Pudel sin Hochtid! Nu do mi dat to Leev ...“, und dann fing alles wieder von vorn an.

Schließlich blieben drei Entwürfe übrig – zur engern Wahl. Karlchen hatte einen juristischen Brief geschrieben, ich einen feinen und die Prinzessin einen klugen. Und den nahmen wir.

Darin war knapp und klar erzählt, was wir gesehen hatten, und daß wir uns nicht in die Collinschen Familienangelegenheiten einmischen wollten und daß sie nur ja nicht an die Frau schreiben sollte, das gäbe bestimmt ein Unglück, und sie brauchte sich nicht zu beunruhigen, wir würden inzwischen sehen, was sich machen ließe – aber sie möchte uns erlauben, einmal mit ihr zu telephonieren. „So“, sagte die Prinzessin und klebte zu. „Das hätten wir. Gleich weg mit ihm. Auf die Post –!“ Als der Brief in den Kasten plumpste, fiel uns je ein Stein vom Herzen. „So ein Kind ...“, sagte ich. „So ein kleiner Gegenstand –!“ Und da lachten mich die beiden heftig aus.

„Gib mir mal 'n Zigarettchen!" sagte Karlchen, der gern andrer Leute Zigaretten rauchte und ihre Zahnpasten benutzte. („Freundschaft muß man ausnutzen", pflegte er zu sagen.) „Wißt ihr auch", sagte er in die abendliche Stille, während wir langsam durch die Straßen von Mariefred gingen und uns die Schaufenster ansahen, „daß ich morgen abend fahre?" Bumm – das hatten wir vergessen. Die acht Tage waren um – ja –

„Wollen Sie nich noch 'n büschen bei uns bleiben, Karling?" fragte die Prinzessin. „Gnädigste", sagte der lange Lümmel und streckte den Arm aus, „leider läuft mein Urlaub ab – ich muß. Ich muß. Herrschaften, das war aber eine anstrengende Konferenz!" Er blieb stehen. „Na, du bist doch Experte in Konferenzen … du Beamter!" – „Ich schimpfe dich auch nicht Literat, du Buffke. Der alte Eugen Ernst sagte immer: Wenn einer nichts zu tun hat, dann holt er die andern, und dann machen sie eine Konferenz. Und zum Schluß, wenn alle geredet haben, dann konstatiert er. Und dann ist es aus. Und jetzt setz dich noch mal an deinen Schreibpflug und schreibe für Jakopp ein Kartentelegramm!" Das tat ich.

„Ich finde", sagte ich zu Karlchen, „es muß ein Einwort–Telegramm sein. Es wird sonst zu teuer. Da:

> Drahtetsofortobhiesigenmälarsee–
> zwecksbewässerungkäuflicherwerben–
> wolltwassergarantiertechtallerdingsnur–
> zuschwimmzweckengeeignetfasthoch–
> achtungsvollfritzchenundkarlchenwasser–
> oberkommissäre."

„Na, da wollen wir ihm den Abschiedstrunk rüsten, was?" sagte Lydia. Wir rüsteten. Wir krochen umher und plagten die gute Schloßdame, auf daß wir etwas zu trinken bekämen; wir kauften ein und fanden es alles nicht schön genug; wir stellten auf und packten aus, und … „Was gibt es zu essen?" erkundigte sich Karlchen. „Was möchten Sie denn?" fragte die Prinzessin. – „Ich möchte am liebsten Murmeltierschwanzsuppe." – „Wie bitte?" – „Kennt ihr das nicht? Die jungen Leute! Zu meiner Zeit … Also Murmeltierschwanzsuppe wird im hohen Norden von den Eskimos gewonnen. Sie jagen das Murmeltier so lange, bis es vor Schreck den Schwanz verliert, und auf diese Weise –" Worauf wir ihm zwei Kissen an den Kopf warfen, und dann gingen wir hinunter und aßen.

„Ich möchte eigentlich noch über Ulm fahren", sagte Karlchen. „Da habe ich eine Braut zu stehn – die hätte ich gern überhört." – „Sie sollten sich was schämen!" sagte die Prinzessin. „Ist sie hübsch?" fragte ich. „Na, wie wird sie schon sein ... deine Weiber ..." Er grinste, und: Deine vielleicht ... konnte er ja jetzt nicht sagen. „Wie willst du über Ulm fahren?" fragte ich. „Da kommst du doch gar nicht hin!" – „Ich fahre auch nicht", sagte Karlchen. „Ich möchte bloß mal ..." – „Er ist ein gesprochener Casanova", sagte die Prinzessin. „Du, Alte –", sagte ich, „manchmal läßt er seinen lieben Worten auch Taten folgen, und dann geht es gar heiter zu." Karlchen lächelte, wie wenn von einem ganz andern wilden Mann gesprochen würde, und wir entkorkten mit einem weithin hörbaren Flupp den Whisky, woraufhin Karlchen zum ‚Herrn Fluppke' ernannt wurde, und dann saßen wir und tranken gar nicht viel. Wir redeten uns besoffen. Die vier Windlichter bewegten sich in dem schwachen Luftzug.

„Rauch nur deine Pfeife!" sagte Karlchen. „Rauch nur! Er verträgt doch kein Nikotin, Prinzessin! Ist die Pfeife etwa neu?" – „Das ist es ja eben", sagte ich. „Ich muß sie anrauchen. Mensch, Pfeifen anrauchen ..." – „Kann man das nicht mit Maschinen?" fragte die Prinzessin. „Ich habe mal so was gehört." – „Man kann es mit Maschinen", sagte Karlchen. „Ich hatte einen Schulfreund, in der Oberprima, der hatte erfunden, Pfeifen mit der Luftpumpe anzurauchen. Ich weiß nicht mehr, wie er das gemacht hat – aber er machte es. Ich hatte ihm meine neue Pfeife gegeben, eine wundervolle neue Pfeife. Und da muß er wohl zu stark mit der Pumpe gearbeitet haben ... und da hat sich die Pfeife selbst ausgeraucht, und es blieb überhaupt nichts weiter von ihr übrig als ein Häufchen Asche. Er hat mir eine neue kaufen müssen. Mir ist diese Pfeifengeschichte immer sehr symbolisch vorgekommen ... Ja. Aber wofür symbolisch: das habe ich vergessen." Wir schwiegen, tief sinnend.

„Ein Esel", sagte die Prinzessin. Wir wollten protestieren – aber sie meinte einen richtigen, der da hinter den Bäumen hervorkam. Er wollte wohl auch einen Whisky haben. Wir standen gleich auf und streichelten ihn, aber Esel wollen nicht gestreichelt werden; ein weiser Mann hat herausgefunden, es sei das Unglück der Esel, Esel zu heißen – denn nur deshalb würden sie so schlecht behandelt. Diesen behandelten wir gut und nannten ihn Joachim. Und wir spielten ihm Grammophon vor ... „Spiel mal büschen was aus Kaahmen –«, sagte die Prinzessin. „Nein! Spiel das mit die kleinen Gnomens ...!" Da war ein Musikstück, das hatte so einen kleinen, hüpfenden

Marschrhythmus, und die Prinzessin behauptete, dazu müßte eine Pantomime vonstatten gehn, in der kleine Zwerglein mit Laternlein über die Bühne huschten. Ich drehte die Platte mit den Gnomen an, der Apparat lief, der Esel fraß Gras dazu, wir tranken Whisky, und: – „Mir auch noch einen Zahn voll!" sagte Karlchen. Und die Prinzessin aß zum Nachtisch Käse mit Sellerie, das hatte ihr ein großer Gourmet empfohlen. „Wie schmeckt es?" fragte Karlchen. „Es schmeckt –", die Prinzessin probierte langsam und sorgfältig – „es schmeckt wie schmutzige Wäsche." Mißbilligend schlug selbst Joachim mit dem Schweife.

Und dann sangen wir ihm alles vor, was wir wußten, und das war eine ganze Menge.

„For that is the Whisky
that makes me bright and brisky!"

– „Muh!" machte der Esel und wurde verwarnt, denn er war doch keine Kuh, Karlchen blies stille Weisen auf einem Kamm mit Seidenpapier und begehrte stürmisch, im Chantant zu gehen ... die Prinzessin lachte viel und manchmal würdelos laut, und ich war, wie jeder von uns, der einzig Nüchterne in diesem Hallo.

Bevor wir zu Bett gingen: „Lydia – er soll nicht wieder Postkarten schreiben! Immer schreibt er Karten." – „Was für ...?" fragte sie. – „Wenn er abreist, dann kommen am nächsten Tag ganz wahnwitzige Postkarten an, die schreibt er im Zug – das ist so seine Art, Abschied zu nehmen. Er soll das nicht; es regt mich so auf!" – „Herr Karlchen, schwören Sie, daß Sie uns diesmal keine Karten schreiben werden?" – Er gab sein kleines Gießener Ehrenwort. Wir trollten in die Heija.

Und brachten ihn am nächsten Abend an den Bahnhof, zu dem kleinen Schnaufewagen, und die beiden gaben sich einen Abschiedskuß, der mir reichlich lang erschien. Und dann mußte er einsteigen, und wir standen am Wagen und gaben ihm durch das Fenster kluge Ratschläge auf den Weg, und er fletschte uns an, und als der Wagen anfuhr, sprach er freundlich: „Fritzchen, ich habe deine Zahnpaste mitgenommen!", und ich warf vor Aufregung meinen Hut nach ihm, und der trudelte beinahe unter die Räder, und dann winkte er, und dann verschwand das Bähnlein um die Ecke, und dann sahen wir gar nichts mehr.

Und am nächsten Mittag trafen vier Postkarten ein: von jeder größeren Station eine – bis nach Stockholm. Auf der letzten stand folgendes:

„Liebe Toni!

Laß dich auf keinen Fall auf die Polizei bestellen wegen der falschen Eintragung im Hotel – vom 15.! Bleibe eventuell fest und steif dabei, daß Du meine Tochter wärst!

Lieber Freund, ehe ich heute abend fortfuhr, habe ich Dich noch einmal von der Seite angesehn und muß sagen, daß ich aufrichtig erschrocken war. Ich glaube, Dir fallen die Haare aus. Lieber Freund! Das ist mehr als ein Anzeichen – das ist ein Symptom!

Sucht nicht vergeblich nach dem zweiten Kanarienvogel – ich habe ihn für meine lieben Kinderchen mitgenommen. Wo ist der Esel?

Liebe Marie, sieh doch bitte sofort nach, wo mein Siegelring geblieben ist – er muß unter Deinem Kopfkissen liegen. Ich weiß es bestimmt.

Schade um meinen vertanenen Urlaub!

Ich bin immerdar

Euer liebes
Karlchen."

VIERTES KAPITEL

Wennt unse Paster man nich süht, mit unsen Herrgott will ick woll färdig werden, sä de Bur – dor makt he sin Heu an Sünndag.

1

„Wie ist denn das alles so plötzlich gekommen?“ fragte die Prinzessin, als ich aus der Kerze seitlich umfiel.

Wir turnten. Lydia turnte, ich turnte – und hinten unter den Bäumen kugelte sich Billie umher. Billie war kein Mann, sondern hieß Sibylle und war eine Mädchenfrau. „Junge, ja ...“, sagte die Prinzessin und ließ sich hochatmend zu Boden fallen, „wenn wir davon nicht klug und schön werden ...“ – „Und dünn“, sagte ich und setzte mich neben sie. „Wie findest du sie?“ fragte die Prinzessin und deutete mit dem Kopf nach den Bäumen hinüber.

„Gut“, sagte ich. „Das ist mal ein nettes Mädchen: lustig; verspielt; ernst, wenn sie will – komm an mein Herz!“ – „Wer?“ – „Sie.“ – „Daddy, mit dem Herzen ... diese Dame hat sich eben ierst von ihren Freund gietrennt, abers ganz akrat un edel und in alle Freundlichkeit.“ – „Wer war das doch gleich?“ – „Der Maler. Ein anständiger Junge – aber es ging nicht mehr. Frag sie nicht danach, sie mag nicht davon sprechen. Solche Suppen soll man allein auslöffeln.“ – „Wie lange kennt ihr euch eigentlich?“ – „Na, gut und gern zehn Jahre. Billie ... das ist eben mein Karlchen, weißt du? Ich mag sie. Und zwischen uns hat noch nie ein Mann gestanden – das kann ich mir überhaupt nicht vorstellen. Sieh mal, wie sie läuft! Se löpt, as wenn er de Büx brennt!“

Sibylle kam herüber.

Es war schön, sie laufen zu sehn; sie hatte lange Beine, einen gestrafften Oberkörper, und ihr dunkelblaues Schwimmkostüm leuchtete auf dem rasigen Grün.

„Na, ihr Affen“, sagte Billie und ließ sich neben uns nieder. „Wie war's?“ – „Gedeihlich“, sagte die Prinzessin. „Der Dicke hat geturnt, gleich kommen ihm die Knie zum Halse heraus ... er ist sehr brav. Wie lange springst du jetzt Seilchen?“ – „Drei Minuten“, sagte ich und war furchtbar stolz. „Wie haben Sie geschlafen, Billie?“

„Ganz gut. Wir dachten doch erst, als uns die Frau das kleine Zimmer ausgeräumt hatte, es wäre zu heiß wegen der Sonne, die da den ganzen Tag drin ist … Aber so heiß ist das hier gar nicht. Nein, ich habe ganz gut geschlafen." Wir sahen alle aufmerksam vor uns hin und wippten hin und her.

„Hübsch, daß du hergekommen bist", sagte die Prinzessin und kitzelte Billie mit einem langen Halm am Nacken, ganz leise. „Wir hatten vor, hier wie die Einsiedler zu leben – aber dann war erst sein Freund Karlchen da, und jetzt du – aber es ist doch so schön still und friedlich … nein … wirklich …" – „Sie sind sehr gütig, mein Frollein", sagte Billie und lachte. Ich liebte sie wegen dieses Lachens; manchmal war es silbern, aber manchmal kam es aus einer Taubenkehle – dann gurrte sie, wenn sie lachte. „Was haben Sie da für einen hübschen Ring, Billie", sagte ich. „Nichts … das ist ein kleiner Vormittagsring …" – „Zeigen Sie mal … ein Opal? Der bringt … das wissen Sie doch … Opale bringen Unglück!" – „Mir nicht, Herr Peter, mir nicht. Soll ich vielleicht einen Diamanten tragen?" – „Natürlich. Und mit dem müssen Sie dann im Schambah Zepareh Ihren Namen in den Spiegel kratzen. Das tun die großen Kokotten alle." – „Danke. Übrigens hat mir Walter erzählt: da ist er in Paris in einem cabinet particulier gewesen, und da hat auch eine etwas an den Spiegel gekratzt. Raten Sie, was da gestanden hat!" – „Na?" – „Vive l'anarchie! Ich fand das sehr schön." Wir freuten uns. „Gymnastizieren wir noch ein bißchen?" fragte ich. „Nein, meine Herrschaften, was ich bün, ick hätt somit gienug", sagte die Prinzessin und reckte sich. „Mein Pensum ist erledigt. Billie, deine Badehose geht auf!" Sie knöpfte ihr das Trikot zu.

Billies Körper war braun, von Natur oder von der Sonne der See, woher sie grade kam. Sie hatte zu dieser getönten Haut rehbraune Augen und merkwürdigerweise blondes Haar – echtes blondes Haar … es paßte eigentlich gar nicht zu ihr. Billies Mama war eine … eine was? Aus Pernambuco. Nein, so war das nicht. Die Mama war eine Deutsche, sie hatte lange mit ihrem deutschen Mann in Pernambuco gelebt, und da muß einmal irgend etwas gewesen sein … Billie war, vorsichtig geschätzt, ein Halbblut, ein Viertelblut … irgend so etwas war es. Eine fremde Süße ging von ihr aus; wenn sie so dasaß, die Beine angezogen, die Hände unter den Knien, dann war sie wie eine schöne Katze. Man konnte sie immerzu ansehn.

„Was war das gestern abend für ein Schnaps, den wir getrunken haben?" fragte Billie langsam und verwandte kein Auge von dem, was in einer nur ihrer erreichbaren Ferne vor sich ging. Die Frage war ganz in Ordnung – aber sie machte ein falsches Gesicht dazu, in leis verträumter Starre, und dann diese Erkundigung nach dem Schnaps … Wir lachten. Sie wachte auf. „Na …“, machte sie. „Es war der Schnaps Labommelschnaps“, sagte ich sehr ernsthaft. – „Nein, wirklich … was war das?“ – „Es war schwedischer Kornbranntwein. Wenn man so wie wir nur ein Glas trinkt, erfrischt er und ist angenehm.“ – „Ja, sehr angenehm …“ Wir schwiegen wieder und ließen uns von der Sonne bescheinen. Der Wind atmete über uns her, fächelte die Haut und spülte durch die Poren, in denen das Blut sang. Ich war in der Minderheit, aber es war schön. Meist bildeten die beiden eine Einheit – nicht etwa gegen mich … aber ein bißchen ohne mich. Bei aller Zuneigung: wenn ich dann neben ihnen ging, fühlte ich plötzlich jenes ganz alte Kindergefühl, das die kleinen Jungen manchmal haben: Frauen sind fremde, andre Wesen, die du nie verstehen wirst. Was haben sie da alles, wie sind sie unter ihren Rökken … wie ist das mit ihnen! Meine Jugend fiel in eine Zeit, wo die Takelage der Frau eine sehr komplizierte Sache war – zu denken, was sie da alles zu haken und zu knöpfen hatten, wenn sie sich anzogen! Ein Ehebruch muß damals eine verwickelte Sache gewesen sein. Heute knöpfen die Männer weit mehr als die Damen; wenn die klug sind, können sie sich wie einen Reißverschluß aufmachen. Und manchmal, wenn ich Frauen miteinander sprechen höre, dann denke ich: sie wissen das „Das“ voneinander; sie sind denselben Manipulationen und Schwankungen in ihrem Dasein unterworfen, sie bekommen Kinder auf dieselbe Weise … Man sagt immer: Frauen hassen einander. Vielleicht, weil sie sich so gut kennen? Sie wissen zu viel, eine von der andern – nämlich das Wesentliche. Und das ist bei vielen gleich. Wir andern haben es da wohl schwieriger.

Da saßen sie in der Sonne und schwatzten, und ich fühlte mich wohl. Es war so etwas wie ein Eunuchenwohlsein dabei; wäre ich stolz gewesen, hätte ich auch sagen können: Pascha – aber das war es gar nicht. Ich fühlte mich nur so geborgen bei ihnen. Nun war Billie vier Tage bei uns, und in diesen vier Tagen hatten wir miteinander keine schiefe Minute gehabt … es war alles so leicht und fröhlich.

„Wie war er?“ hörte ich die Prinzessin fragen. „Er war ein Kavalier am Scheitel und an der Sohle“, sagte Sibylle, „dazwischen …“ Ich wußte nicht, von wem sie sprachen – ich hatte es überhört. „Ach wat, Jüppel-Jappel!“ sagte die Prinzessin. „Wenn einen nichts taugt, denn solln sofordsten von ihm aff gehn. Was diese Frau is, diese Frau ischa soo dumm, daß sie solange – na ja. Seht mal! Pst! Ganz stille sitzen – dann kommt er näher … Und wie er mit dem Schwänzchen wippt!“ Ein kleiner Vogel hüpfte heran, legte den Kopf schief und flog dann auf, von etwas erschreckt, das in seinem Gehirn vor sich gegangen war – wir hatten uns nicht geregt. „Was mag das für einer gewesen sein?“ fragte Billie. „Das war ein Amselbulle“, sagte die Prinzessin. „Ah – dumm – das war doch keine Amsel ...“, sagte Billie. „Ich will euch was sagen“, sprach ich gelehrt, „bei solchen Antworten kommt es gar nicht darauf an, ob's auch stimmt. Nur stramm antworten! Jakopp hat mal erzählt, wenn sie mit ihrem Korps einen Ausflug gemacht haben, dann war da immer einer, das war der Auskunftshirsch. Der mußte es alles wissen. Und wenn er gefragt wurde: Was ist das für ein Gebäude? – dann sagte er a tempo: Das ist die Niedersächsische Kreis-Sparkasse! Er hatte keinen Schimmer, aber alle Welt war beruhigt: eine Lücke war ausgefüllt. So ist das.“ Die Mädchen lächelten höflich, ich war auf einmal allein mit meinem Spaß. Nur ein Sekündlein, dann war es vorbei. Sie standen auf.

„Wir wollen noch laufen“, sagte Billie. „Einmal rund um die Wiese! Eins, zwei, drei – los!“ Wir liefen. Billie führte, sie lief regelmäßig, gut geschult, der Körper funktionierte wie eine kleine exakte Maschine ... es war eine Freude, mit ihr zu laufen. Hinter mir die Prinzessin japste zuweilen. „Ruhig laufen!“ sagte ich vor mich hin, „du mußt durch die Nase atmen – mit dem ganzen Fuß auftreten – nicht zu sehr federn!“ und dann liefen wir weiter. Mit einem langen Atemzug blieb Billie stehn; wir waren beinah einmal um die große Wiese herumgekommen. „Uffla!“ – Wir waren ganz warm. „Ins Schloß unter die Brause!“ Wir nahmen unsere Bademäntel und gingen langsam über die Wiese; ich trug meine Turnschuhe in der Hand, und das Gras kitzelte meine Füße. Das ist schön, mit den Mädchen zusammen zu sein, ohne Spannung. Ohne Spannung?

2

„Was nehmen wir denn dem Kind nun mit?“

„Bonbons“, schlug Billie vor. „Nein«, sagte ich, »das wird ihr die Alte verbieten – oder sie muß sie an die ganze Belegschaft austeilen.“ – „Wir gehn Knöpfchen kaufen“, sagte die Prinzessin. „Ich werde schon was finden. Kommt – ach was, Hut! Aber Billie!“ Wir gingen.

Frau Collin hatte geschrieben. Sie wäre uns sehr dankbar, und wir möchten zu der Frau Adriani hingehn und mit ihr sprechen, und dann sollten wir sie anrufen. Die Auslagen würde sie gern …

„Nicht huddan! Ladi!" rief die Prinzessin. Billie sah sie entgeistert an, und ich mußte ihr erklären, daß das „rechts" und „links" bedeute – so trieb man in manchen plattdeutschen Ecken die Esel an. Gott weiß, woher diese alten Rufe stammen mochten.

Ja, das Kind, der „kleine Gegenstand …" Ich dachte mit Kraft daran, daß es geplagt und geschlagen würde, denn hier stand nun etwas bevor … Als Junge hatte ich immer an Portal-Angst gelitten, an jener rasenden Furcht, in ein fremdes, in ein ganz fremdes Haus hineinzugehn – geduckt ging ich dann schließlich und fiel natürlich auf die moralische Nase. Tiere wittern Furcht. Menschen wittern Furcht. Seitdem ich aber gelernt habe, daß sie alle sterben müssen, geht es schon besser. Zwanzig Jahre hat das gedauert. Der Plattdeutsche drückt die Sache kürzer und unpathetischer aus: „Wat is he denn? Sin Mors hat man ook bloß twee Hälften!" Ja, das ist wahr.

Und nun sollte ich da als fremder Mann zu einer bösen, fremden Frau gehn – ich spielte einen Augenblick alle Phasen: Hänsel bei der Knusperhexe, dann: ich geniere mich doch aber so … und dann war es vorbei. Es ging viel schneller vor sich, als man es schreiben kann. Vorbei. „Man muß", hat ein kluger Inder gesagt, „den Tiger vor der Jagd in Gedanken töten – der Rest ist dann nur noch eine Formalität." Die Frau Adriani …? Ich dachte an meinen Feldwebel, an das geprügelte, weinende Kind … in Ordnung.

„Sei still!" rief die Prinzessin in ein Fenster hinein, an dem ein Papagei in seinem Käfig krächzte. „Sei still! Sonst wirst du ausgestopft!" Das Tier mußte wohl deutsch verstehn – denn nun schwieg es. Billie lachte. „Ihr wolltet doch noch englische Sauce kaufen", sagte sie in einer jener Ideenverbindungen, derer nur Frauen fähig sind. „Tun wir auch – komm, wir gehen in die Fruktaffär, die haben alles." Die Schweden schreiben manche Fremdwörter phonetisch, das macht viel Spaß. Wir kauften also englische Sauce, die Prinzessin beroch mißtrauisch die verstöpselte Flasche und machte mit Händen und Füßen dem Verkäufer das Leben schwer; Billie warf ein Glas mit Senfgurken herunter, die solches aber gut überstanden, sie kamen mit dem Schreck davon und schäumten nur noch eine Weile in ihrem Essig … „Sieh mal, so viel Salz!" sagte ich. Die Prinzessin sah das Faß an: „Als Kind habe ich immer gedacht: wenn in ein Salzmagazin ein Tropfen Wasser fällt, dann verzehrt er das ganze Lager." Darüber mußte ich scharf nachdenken und vergaß beinah, hinter den beiden herzugehn, sie standen schon auf der Straße und knabberten Rosinen. „Und dem Kind nehmen wir eine Puppe mit", sagte die Prinzessin. „Komm mal rüber! Ach, bleibt da – ich werde schon ... nein, Billie kommt mit!" Einen winzigen Augenblick lang tat mir das leid; ich hätte gern mit Billie allein auf der Straße gestanden. Was hätten wir uns dann erzählt? Nichts, natürlich.

„Habt ihr?" – „Wir haben", rief Billie. „Zeigt mal", bat ich. „Doch nicht hier auf der Straße!" sagte sie. „Meinst, die Puppe wird sich verkühlen?" sagte die Prinzessin und wickelte an dem Paket herum. Ich guckte hinein. Da lag ein Schwedenmädchen, in der Landestracht von Dalarne, bunt und lustig. Sie wurde wieder zugedeckt. „Einpacken ist seliger denn nehmen", sagte die Prinzessin und band die Schnur zu. „Ja, dann wollen wir mal ... Ob sie schießt, die liebe Dame?" – „Laß mich nur ...!"– „Nein, Daddy, ich laß dich gar nicht. Du greifst erst zu, wenn sie frech wird und alles drunter und drüber geht. Sag du die Einleitung, und daß wir den Brief bekommen haben und alles, und dann werde ich mal mit ihr." – „Und ich?" fragte Billie. „Du legst dich derweil in den Wald, Billie; wir können unmöglich zu der Frau wie ein rächender Heerhaufe geströmt kommen. Dann ist gleich alles verloren. Es ist schon dumm – hier geht's lang – schon dumm, daß wir zwei sind. Zwei gegen einen – da knurrt der ja schon von vornherein ..." – „Na, mehr als die kann man nicht gut knurren. Ist das ein Deubel!" Ich hatte Billies Arm genommen. „Arbeiten Sie hier eigentlich?" fragte Billie. „Ich werde meiner Arbeit was blasen!" sagte ich. „Nein – hier legen wir eine schöpferische Pause ein ... Billie, Sie sind ein netter Mann", sagte ich ganz unvermittelt. „Na, junges Volk", sagte die Prinzessin und machte ein Gesicht wie eine wohlmeinende Tante, die eine Verlobung in die Wege leitet, „das ist hübsch, wenn ihr euch gern habt!" Ich hörte die Untertöne, in diesem Augenblick fühlte ich, daß es echte Freundinnen waren – hier war keine Spur von Eifersucht; wir hatten uns übers Kreuz wirklich gern, alle drei. Jetzt kam mir der Weg bekannt vor, da war das Gatter, und da lag das Kinderheim.

Billie war langsam weitergegangen, wir kamen an die Tür. Keine Klingel. Hier sollte wohl nicht geklingelt werden. Wir klopften.

Nach langer Zeit näherten sich Schritte, ein Mädchen öffnete. „Kan Ni tala tyska?" fragte ich. „Guten Tag ... ja, ja ... was wollen Sie denn?" sagte sie lächelnd. Sie freute sich offenbar, mit uns deutsch sprechen zu können. „Wir möchten zu der Frau Adriani", sagte ich. „Ja … ich weiß nicht, ob sie Zeit hat. Frau Adriani hält grade Appell ab, das heißt also … sie sieht den Kindern die Sachen nach. Ich werde … einen Augenblick mal …"

Wir standen in einer grau gekalkten Halle, die Fenster waren durch Holzleisten in kleine Vierecke abgeteilt; wie Gitter, dachte ich. An der Wand ein paar schwedische Königsbilder. Jemand kam die Treppe herunter. Die Frau. „Guten Tag", sagten wir. „Guten Tag", sagte sie, ruhig. „Wir kommen im Auftrag der Frau Collin in Zürich und möchten gern einmal mit Ihnen wegen der Kleinen sprechen." – „Haben Sie … einen Brief?" fragte sie lauernd. „Jawohl." – „Bitte."

Sie ging voran und ließ uns in ein großes Zimmer, eine Art Saal, hier aßen wohl die Mädchen. Lange Tische und viele, viele Stühle. In einer Ecke ein kleinerer Tisch, an den setzten wir uns. Wir nannten unsere Namen. Sie sah uns fragend und kalt an.

„Da hat uns die Frau Collin geschrieben, wir möchten nach ihrem Kind sehn – sie könnte diesen Sommer leider nicht nach Schweden kommen, hätte es aber gern, wenn sich von Zeit zu Zeit jemand um das Kind kümmerte." – „Um das Kind kümmere ich mich", sagte Frau Adriani. „Sind Sie mit Frau Collin … bekannt?" – „Nun wäre es vielleicht vorteilhaft, wenn wir die Kleine sprechen könnten; da sind auch Grüße von der Mama zu bestellen und ein Auftrag auszurichten." – „Was für ein Auftrag?" – „Ich werde ihn der Kleinen selber ausrichten – selbstverständlich in Ihrer Gegenwart. Dürfen wir sie sprechen?" – Frau Adriani stand auf, rief etwas auf schwedisch zur Tür hinaus und kam zurück.

„Ich finde Ihr Verhalten mehr als merkwürdig, das muß ich schon sagen. Neulich konspirieren Sie mit dem Kind, mischen sich in meine Erziehungsmethoden … Was ist das? Wer sind Sie eigentlich?" – „Unsre Namen haben wir Ihnen gesagt. Übrigens …" – „Frau Adriani", sagte die Prinzessin, „niemand will Sie hier kontrollieren oder sich in Ihre Arbeit einmischen. Sie haben sicherlich viel Mühe mit den Kindern – das ist ja klar. Aber wir möchten doch die Mama in jeder Weise informieren …" – „Das besorge ich schon", sagte Frau Adriani. – „Gewiß. Wir möchten ihr bestellen, daß wir die Kleine wohl und munter angetroffen haben … und wie es ihr geht, und … da kommt sie ja."

Das Kind näherte sich schüchtern dem Tisch, an dem wir saßen; es ging unsicher und trippelnd und kam nicht ganz nah heran. Wir sahen es an; das Kind sah uns an …

„Na, Ada", sagte die Prinzessin, „wie geht es dir denn?" – Die Stimme der Adriani: „Sag mal guten Tag!", und das Kind zuckte zusammen und stotterte etwas wie guten Tag. „Wie geht's dir denn?" – Die Frau Adriani ließ kein Auge von dem Kind. Das kleine Mädchen sprach wie hinter einer Mauer. „Danke … gut …"

„Ich soll dir auch einen schönen Gruß von deiner Mama bestellen", sagte die Prinzessin. „Sie läßt dich grüßen und dann fragt sie hier in diesem Brief" – die Prinzessin kramte in ihrem Täschchen – „ob das Grab von Will auch gut in Ordnung ist. Das war wohl dein kleiner Bruder?" – Das Kind wollte ja sagen – aber es kam nicht dazu. „Das Grab ist in Ordnung", sagte Frau Adriani, „dafür sorge ich schon. Wir gehn alle paar Wochen auf den Friedhof, das ist Pflicht, natürlich. Und das Grab wird dort gut gepflegt, ich überwache das, ich trage die Verantwortung." – „So, so …", sagte die Prinzessin. „Und hier habe ich dir auch etwas mitgebracht, eine Puppe! Da! Spielst du denn auch schön mit den andern Mädchen?" Das Kind sah angstvoll hoch und nahm die Puppe; seine Augen verdunkelten sich; es schluckte, schluckte noch einmal, ließ dann plötzlich den Kopf sinken und fing an zu weinen. Es war so jämmerlich. Das Weinen warf alles um. Frau Adriani sprang auf und nahm das Kind bei der Hand.

„Du kommst jetzt heraus und gehst nach oben … das ist nichts für dich! Den Gruß hast du ja nun gehört, und …" – „Einen Augenblick", sagte ich. „Ada, wenn du einmal etwas Wichtiges an deine Mutti zu bestellen hast: Wir wohnen im Schloß Gripsholm!" – „Hier wird gar nichts Wichtiges bestellt", sagte die Frau Adriani recht laut und ging mit der Kleinen schnell zur Tür. „Was hier – da geh doch schon! – was hier zu bestellen ist, das wird durch mich bestellt – und du merk dir das …" Sie sprach draußen weiter, wir hörten sie schelten, konnten aber nichts mehr verstehn. „Soll ich …" – „Keinen Krach", sagte die Prinzessin. „Das hat nur das Kind auszubaden. Wir werden mit Zürich telephonieren und dann weiter sehn!" Wir standen auf.

Frau Adriani kam zurück, sehr rot im Gesicht.

„Nun will ich Ihnen mal was sagen", rief sie. „Wenn Sie sich unterstehn, sich hier noch einmal blicken zu lassen, dann werde ich die Polizei benachrichtigen! Sie haben hier gar nichts zu suchen – verstehn Sie mich! Das ist unerhört! Auf der Stelle verlassen Sie mein Haus! Sie betreten mir nicht mehr meine Schwelle! Und probieren Sie es ja nicht noch einmal, hier herumzuspionieren – ich werde … Ich muß mir doch einen Hund anschaffen", sagte sie wie zu sich selber. „Ich werde der Frau Collin schreiben, wen sie sich da ausgesucht hat – wo ist überhaupt der Brief?"

Ich winkte der Prinzessin mit den Augen ab, niemand antwortete, wir gingen langsam auf die Haustür zu. Ich fühlte, wie die Frau eine Winzigkeit unsicher wurde. „Wo … wo der Brief ist?" – Wir sprachen nicht, wir verabschiedeten uns nicht, das hatte sie ja schon besorgt, wir gingen stumm hinaus. Drohen? Wer droht, ist schwach. Wir hatten noch nicht mit Zürich telefoniert.

Als die Frau sah, daß wir schon an der Haustür standen, verfiel sie in hemmungsloses Gebrüll; man hörte eilige Schritte auf dem Steinfußboden unten im Keller, also liefen dort die Hausmädchen zusammen und horchten. „Ich verbitte … ich verbitte mir ein für allemal Ihre Besuche! Scheren Sie sich raus! Und kommen Sie ja nicht wieder! Wer sind Sie überhaupt … zwei verschiedene Namen! – Heiraten Sie lieber!" schrie sie ganz laut. Und dann waren wir draußen. Die Tür schloß sich mit einem Knall. Bumm. Da standen wir.

„Hm –", machte ich. „Das war ein großer Sieg."

„Na, Daddy, da ist nichts zu machen. Das ist ja eine Megäre – was haben wir nun?" – „Jetzt haben wir ein bleiches Nein erhalten, wie wir Schweden sagen. Also werden wir telefonieren." – „Sowie wir nach Hause kommen. Aber wenn du das der Frau Collin nicht richtig sagst, was hier los ist … wie der kleine Gegenstand ausgesehen hat! So vermiekert – und verprügelt! Sei schümpt un schümpt ümmerlos … De is aber steelhaarig! Gotts Blix, die müßt man ja in Öl kochen –!" Das fand ich zu teuer.

Wir gingen auf das Wäldchen zu, in dem Billie sein mußte. Und schimpften furchtbar auf die Frau Adriani. Und suchten Billie. „Billie! Billie!" Kein nichts und kein gar nichts. „Ob dieses rothaarige Luder glücklich ist?" – „Daddy, du stellst manchmal komische Fragen! Ob sie glücklich ist …! Das Kind ist unglücklich! Donnerhagel was machen wir denn da? Wir müssen dem Kind helfen! Das kann man ja nicht mit ansehn! Und nicht mit anfühlen! Herrgott von Bentheim! Billie!"

Wir stolperten beinah über sie.

Sie lag hinter einer kleinen moosigen Erhöhung, in einer Erdfalte; auf dem Bauch lag sie, die langen Beine nach oben gestreckt, sie las und schlug von Zeit zu Zeit ihre Füße zusammen. „Ja? Na, was habt ihr … was war?" Wir erzählten, beide zu gleicher Zeit, und nun war aus Frau Adriani bereits ein feuerspeiender Berg geworden, eine ganze Hölle von kleinen und großen Teufeln, die Vorsteherin einer Affentanz–Schule und ein Scheusal schlechthin. Nun, die Frau war ja wirklich eine starke Nummer.

Ich sah auf die beiden, während sie sich besprachen. Wie verschieden sie doch waren! Die Prinzessin Feuer und Flamme; das Kinderleid hatte sie aufgebracht, ihr Herz sprühte. Billie bedauerte das Kind, aber es war, wie wenn ein Fremder in der Untergrundbahn „Verzeihung!" sagte … sie bedauerte es artig und wohlerzogen und ganz unbeteiligt. Vielleicht, weil sie das alles nicht so miterlebt hatte. Die Gleichgültigkeit so vieler Menschen beruht auf ihrem Mangel an Phantasie.

„Wir wollen noch ein wenig spazieras", sagte die Prinzessin. – „Wohin?" – „Kommt ihr mit …? Ich möchte mir mal das Grab ansehen. So ein Scheusal …" Das Gewitter gegen die Rothaarige vergrollte langsam. Wir gingen und machten einen weiten Umweg um das Kinderheim. „Gleich, wenn wir nach Hause kommen – aber gleich", sagte die Prinzessin, „melden wir Zürich an. Wir müssen un müssen dem Kind da rauskriegen! Die Frau Adriani entbehrt nicht einer gewissen Charmanz!" Billie pfiff leise vor sich hin. Ich starrte in eine dunkle Baumgruppe und las aus den Blättern ab: Ich hatte Billie haben wollen, ich fühlte, daß ich sie nicht bekommen würde, und jetzt hatte ich einen sittlichen Grund, sie niedriger zu stellen als Lydia. Billie hatte kein Herz. Hast du ihr Herz geliebt, du Lügner? Sie hat so lange Beine … Ja, aber sie hat kein Herz.

Wir gingen langsam durch den Wald, die beiden unterhielten sich – nun ruddelten sie. ‚Ruddeln', das ist so ein Wort für: klatschen, über jemand herziehen. Man konnte gar nicht folgen, so schnell ging es. Hopphopphopp … schade, daß man nicht dabeisein kann, wenn die andern über uns sprechen – man bekäme dann einigermaßen die richtige Meinung von sich. Denn niemand glaubt, daß es möglich sei, so unfeierlich, so schnell, so gleichgültig-nichtachtend Etiketten auf Menschenflaschen zu kleben, wie es doch überall geschieht. Auf die andern vielleicht – aber auf uns selber?

Billie: „…hat er ihr versprochen, und wie es soweit war, nichts". – „Ihre Dummheit", sagte Lydia. „Bei Empfang: die Ware – das Geld, wie mein Papa immer sagt. Vertrauen! Vertrauen! Es gibt doch nur eine Sicherheit: Fußangeln. Wie?" Merkwürdig, woher sie das hatte. So schlechte Erfahrungen hatte sie doch gar nicht hinter sich …

Billie ging wie eine Tanzende: Es federte alles an ihr. Sie trug eigentümliche Kleiderstoffe – ich wußte nicht, wie das hieß; es war buntes und grob gewebtes Zeug, heute zum Beispiel sah sie aus wie eine Indianerin, die sich aus ihrem Hochzeitszelt einen Rock geschneidert hatte – und so viele Armbänder! Gleich, dachte ich, wird sie die Arme in die Luft werfen, die schöne Wilde, und mit einem Liebesruf in den Wald stürzen, zu den andern … Schade, daß sie kein Herz hat.

„Seht ihr, da hinten liegt der Friedhof! Doch, wir schaffen das noch bis zum Abendbrot – also!" Wir gingen rascher. Ein leichter Wind hatte sich erhoben, dann wurden die Windstöße stärker, ein hauchzarter Regen fiel. Manchmal trug der Wind etwas wie Meeresatem herüber, von der See, von der Ostsee.

Nun waren wir angelangt, da war eine kleine Holztür, und über die niedrige Steinmauer ragten alte Bäume. Es war ein alter Friedhof; man sah das an den verwitterten, ein wenig zerfallenen Gräbern auf der einen Seite. Auf der andern standen die Gräber hübsch ordentlich in Reih und Glied … gut gepflegt. Es war ganz still; wir waren die einzigen, die die Toten heute nachmittag besuchten – die wen besuchten? Man besucht ja nur sich selber, wenn man zu den Toten geht.

„Welche Reihe …? Warte mal, das hat sie hier im Brief aufgeschrieben. Achtzehnte … nein, vierzehnte … eins, zwei … vier, fünf …" Wir suchten. „Hier", sagte Billie.

Da war das Grab. So ein kleines Grab.

WILHELM COLLIN
GEBOREN … GESTORBEN …

und ein paar windverwehte Blumen. Wir standen. Niemand sprach. Ob das nun der Auftritt von vorhin war oder die Tatsache, daß es so ein winzig kleines Grab war, dieser Gegensatz zwischen der Inschrift Wilhelm Collin und dem Hügelchen – das war doch in Wahrheit noch gar kein Wilhelm gewesen, sondern ein wehrloses Bündelchen Fleisch, das man hätte beschützen sollen … Eine Träne fing ich nicht mehr, sie rollte. „Heul nicht", sagte die Prinzessin, die zwinkerte, „heul nicht! Die Sache ist viel zu ernst zum Weinen!" Ich schämte mich vor Billie, die uns mitleidsvoll ansah. Ihre Augen blickten warm. Sie sagte leise etwas zur Prinzessin, und als nun beide zu mir herübersahen, fühlte ich, daß es etwas Freundliches gewesen sein mußte. Ich vergaß, daß ich Billie begehrt hatte, und flüchtete zu der Prinzessin.

In Gripsholm meldeten wir Zürich an.

3

„Da liegt sozusagen die Sittlichkeit mit der Moral im Streite", sagte die Prinzessin, und wir lachten noch, als wir uns an den großen Tisch in unserm Zimmer setzten. Die Schloßfrau hatte Billie auseinandergesetzt, es wäre gar nicht wahr, daß „alle Schweden immer nackt badeten", wie man so oft sagen hörte. Gewiß, manchmal, in den Klippen, wenn sie unter sich wären ... aber im übrigen wären es Leute wie alle andern auch, wenig wild nach irgendeiner Richtung, es sei denn, daß sie gern Geld ausgäben, wenn einer zusähe.

Draußen fiel der Regen in perlenden Schnüren.

„Das ist aber ein fröhlicher Regen", sagte Billie. Das war er auch. Er rauschte kräftig, oben am Himmel zogen schwarz–braune Wolken rasch dahin, vielleicht waren nur wir es, die so fröhlich waren, trotz alledem. Das war schön, hier in der trockenen Stube zu sitzen und zu sprechen. Was hatte Billie für ein Parfüm? „Billie, was haben Sie für ein Parfüm?" Die Prinzessin schnupperte. „Sie hat sich etwas zusammengegossen", sagte sie. Billie wurde eine Spur rot schien mir das nur so? „Ja, ich habe gepanscht. Ich mache mir da immer so etwas zurecht ...", aber sie sagte die Namen nicht.

„Billie, hilf mir mal – kannst du das? Guck mal!" Die Prinzessin löste seit gestern an einem schweren Silbenrätsel herum. „Ich habe hier: Hochland in Asien ... doch, das habe ich. Aber hier: Orientalischer Männername ... Wendriner? Nein, das kann ja wohl nicht stimmen – Katzenellenbogen ...? Auch nicht ... Fritzchen! Sag du!" – „Wie heißt er denn nun eigentlich?" fragte Billie entrüstet. „Mal sagst du Peter zu ihm und mal Daddy und jetzt wieder Fritzchen ...!" – „Er heißt Ku-ert ...", sagte die Prinzessin. „Ku-ert ... Dascha gah kein Nomen – wenn hei noch Fänenand oder Ullerich heiten deer, as Bürgermeister sinen!" Verachtung auf der ganzen Linie. Aber nun war Billies Bildungsdrang gereizt; die beiden Köpfe beugten sich über das Zeitungsblatt. Ich saß faul daneben und sah zu. Und da, so vor den beiden ... Kikeriki – machte es in mir ganz leise, Kikeriki ... Sie tuschelten und kuderten vor Lachen. Ich zog an der neuen Pfeife, die nun schon ein wenig angeraucht war, und saß mit einer Miene da, die gutmütige Männerüberlegenheit andeuten sollte. Eben hatte Billie etwas gesagt, was man bei einigermaßen ausschweifender Phantasie auch sehr zweideutig nehmen konnte, die Prinzessin sandte mir blitzschnell einen Blick herüber: Es war wie Einverständnis zwischen Verschworenen. Nachtverschworene ... Am Tage wurde fast nie von der Nacht gesprochen – aber die Nacht war im Tag, und der Tag war in der Nacht. „Liebst du mich noch?" steht in den alten Geschichten. Erst dann – erst dann!

Sie warfen das Rätsel hin. „Wir wollen es nach dem Abendbrot noch einmal versuchen", sagte Billie. „Schlaft ihr hier eigentlich gut ein? Ich muß mich sonst immer in Schlaf lesen – aber hier geht es so schnell ..." – „Du mußt es machen wie die Baronin Firks", sagte die Prinzessin. „Die Baronin Firks war natürlich aus Kurland, und die Kurländer, das sind die Apotheker Europas –: sie haben alle einen leichten Klaps. Und wenn die alte Dame nachts nicht einschlafen konnte, dann setzte sie sich auf ein Schaukelpferd und schaukelte so lange, bis ... Ja? Was ist?" Es hatte geklopft. Ein Kopf in der Tür. „Das Telephon? Zürich!" Wir liefen alle drei.

Kleiner Kampf am Apparat. „Laß mich ... kannste da nich mal weggehn ... Harre Gott ... Laß mich doch mal!" Ich.

„Hallo!" Nichts. Wie immer bei Ferngesprächen: erst nichts. Man hörte es in der Membrane leise surren. Diese Geräusche sind je nach den Ländern, in die man telephoniert, verschieden; aus Frankreich zum Beispiel läuft ein silberhelles Gewässer durch die Drähte, und man bekommt solche Sehnsucht nach Paris ... Hier surrte es. Sie hatten wohl wegen der politischen Konferenzen neue Kupferdrähte nach der Schweiz ... „Mariefred? Bitte melden Sie sich!" – Und dann deutlich, aber leise eine klagende Stimme. Frau Collin.

„Hier ist Frau Collin. Sie haben mir geschrieben? Wie geht es denn Ada?" – „Ich will Sie nicht beunruhigen – aber sie muß da heraus." – „Ja, warum denn? Um Gottes –" – „Nein, mit der Gesundheit ist das Kind in Ordnung. Aber ich schreibe Ihnen heute abend noch einmal ausführlich – diese Frau Adriani ist eine unmögliche Erzieherin. Das Kind macht einen so verängstigten Eindruck, es ..." Und ich packte aus. Ich schmetterte es alles aus mir heraus, die ganze Wut und das ganze Mitleid und die Ranküne wegen der Niederlage heute nachmittag und meinen Abscheu vor solchen Herrschweibern ... alles packte ich aus. Und die Prinzessin wackelte wild hetzend mit der Faust. Frau Collin blieb einen Augenblick still. „Hallo?" – „Ja, was machen wir denn da ...?" Die Prinzessin stieß mich und zischelte etwas. Ich wehrte mit dem Kopf ab: Laß!

„Ich schlage Ihnen vor, daß Sie uns einen Brief schreiben, mit dem wir das Kind abholen können. Schicken Sie uns bitte einen Scheck über das, was Sie dort mutmaßlich schuldig sind ... wenn's mehr ist, will ich das gern auslegen. Und schreiben Sie es nicht der Frau: sonst wird sie das Kind nicht gleich entlassen, sondern sie wird es noch quälen – schreiben Sie also uns. Ihre Schrift kennt die Frau Adriani ja. Also, einverstanden?"

Pause der Unentschlossenheit. Ich gab eine Berliner Referenz. „Ja, wenn Sie meinen … Ach … aber wo soll ich denn dann mit dem Kind hin?" – „Ich habe in der Schweiz zu tun – ich bringe Ada zu Ihnen, und wir werden schon anderswo etwas für sie finden; aber da muß sie heraus. Wirklich – das geht nicht. Einverstanden?"

Die Stimme klagte, klang aber ein wenig fester. „Es ist so nett, wie Sie mir helfen. Sie kennen mich doch gar nicht!" – „Ich habe das da gesehen, wissen Sie … das geht nicht. Also gemacht?" – „Jawohl. Wir wollen das so machen." Und noch einiges verbindliche Hin und Her. Knack. Abgehängt. Aus. Die beiden tanzten einen wilden Tanz, einmal ums ganze Zimmer. Ich behielt den Hörer noch einen Augenblick in der Hand. „Gott sei Dank …", sagte ich. – „Ob sie es nun auch tut?" fragte die Prinzessin, noch ein wenig atemlos. „Was hat sie gesagt?" fragte Billie. Nun war sie schon etwas mehr bei der Sache – gar nicht mehr so höflich-teilnehmend wie heute nachmittag. Feldzugskamerad Billie … Ich berichtete. Und dann tanzten wir alle drei.

„Dascha wunnerbor!" sagte Lydia. „Wann kann ihr Brief hier sein? Heute ist Dienstag. Mittwoch … Donnerstag … In drei Tagen, wie?" Wir schrien alle durcheinander und waren so vergnügt. In mir war so etwas wie: Wohltun schmeckt süß, Rache trägt Zinsen, und liebe deinen Nächsten wie der Hammer den Amboß. „Darf ich die jungen Damen auf die Weide treiben?" Wir gingen zum Essen.

„Billie!" sagte ich, „wenn das der alte Geheimrat Goethe sähe! Wasser in den Wein! Wo haben Sie denn diese abscheuliche Angewohnheit her! sagte er zu Grillparzer, als der das tat. Oder hat er es zu einem andern gesagt? Aber gesagt hat er es." – „Ich vertrage nichts", sagte Billie, und ihre Stimme klang, wie wenn ein silberner Ring in einen Becher fällt … „Verträgt Margot vielleicht mehr?" fragte die Prinzessin. „Margot …", sagte Billie und lachte. „Ich habe sie mal gefragt, was sie wohl täte, wenn sie beschwipst wäre. Sie war es nämlich noch nie. Sie hat gesagt: Wenn ich betrunken bin, das stelle ich mir so vor – ich liege unter dem Tisch, habe den Hut schief auf und sage immerzu Miau!" Das wurde mit einem sanften Rotwein begossen; Billie schluckte tapfer, die Prinzessin sah mich an, schmeckte und sprach: „Ich mache mir ja nichts aus Rotwein. Aber wenn das der selige Herr Bordeaux wüsste …", und dann sprachen wir wieder von Zürich und von dem kleinen Gegenstand, und

Billie wurde munter, wohl weil sie uns Rotwein trinken sah. Die Prinzessin blickte sie wohlgefällig von der Seite an.

Ich gähnte verstohlen. „Na, schickst all een to Bett?“ fragte die Prinzessin.

„Ich schreibe noch den Brief an die Frau. Löst ihr nur euer Rätsel!“ Sie lösten. Ich schrieb.

Was die Schreibmaschine heute nur hatte! Manchmal hat sie ihre Nücken und Tücken, das Luder; dann verheddern sich die Hebel, nichts klappt, das Farbband bleibt hocken, gleich schlage ich mit der Faust ... »Hö–he–he!“ rief die Prinzessin herüber. Sie kannte das, und ich schrieb beschämt und ruhiger weiter. So, das war fertig. Vielleicht ist der Brief zu schwer ... Haben wir hier keine Briefschaukel? „Ich bringe ihn noch auf die Post!“

Es regnete. Schön ist das, durch so einen frischen Regen zu gehen ... Wie heißt der alte Spruch? Es gibt kein schlechtes Wetter, es gibt nur gute Kleider. Nun, es gibt schon schlechtes Wetter; es gibt mißratenes Wetter, es gibt leeres Wetter, und manchmal ist überhaupt kein Wetter. Der Regen befeuchtete mir die Lippen; ich schmeckte ihn und atmete tief: Es ist doch hier weiter gar nichts. Ferien, Schweden, die Prinzessin und Billie – aber dies ist einer jener Augenblicke, an die du dich später einmal erinnern wirst: Ja, damals, damals warst du glücklich. Und ich war es und dankbar dazu.

Zurück.

„Na, habt ihr gelöst?“ – Nein, sie lösten noch und waren grade in eine erbitterte Streiterei geraten. „Vater der Kirchengeschichte ...“, sie mußten da irgendeinen Unsinn gemacht haben, denn für dieses eine Wort hatten sie noch acht Silben übrig, darunter: e–di–son, und obgleich der ja nun viel in seinem Leben getan und seine ganze Zeit umgestaltet hat: Kirchengeschichte hatte er doch wohl nicht ... „Löst das nachher!“ sagte ich. „Wann nachher?“ fragte Billie. „Da schlafen wir.“ – „Billie schläft überhaupt heute bei mir“, sagte die Prinzessin. „Du kannst nebenan in der Kemenate schlafen!“ – „Hurra!“ riefen die beiden. „Macht es Ihnen etwas?“ fragte mich Billie. „Aber ...!“ Und sie lief davon und holte ihre Sachen, jene Kleinigkeiten, die jede Frau braucht, um glücklich zu sein. „Du gefällst ihr, mein Sohn“, sagte die Prinzessin. „Ich kenne sie. Ist sie nicht wirklich nett?“ Und die Prinzessin begann umzuräumen und Billies Zimmer nachzusehn, und es gab eine furchtbare Aufregung. „Wohin soll ich die Blumen stellen?“ – „Stell sie auf den Toilettentisch!“

Es war kein alter Bordeaux – aber es war ein schwerer Bordeaux. Das Zimmer lag im abgeblendeten Schein der Lampen, es war so warm und heimlich, und wir kuschelten uns.

„Schon?“ fragte ich. Die Damen wollten schlafen gehn. „Aber wenn ihr im Bett seid“, sagte ich, „dann laßt die Tür noch offen – damit ich höre, was ihr euch da erzählt!“ Ich ging und zog mich aus. Dann klopfte ich. „Willst du ...!“ sagte die Stimme der Prinzessin. „Wird hier ehrsame Damens bei der Toilette stören! Mädchenschänder! Wüstling! Blaubart! Ein albernes Geschlecht –!“ Wo aber war mein Eau de Cologne? Mein Eau de Cologne war da drin – so ging das nicht! Man ist doch ein feiner Mann. Ich klopfte wieder. Geraschel. „Ja?“ Ich trat ein. Sie lagen im Bett, Billie in meinem: sie hatte einen knallbunten Pyjama an, auf dem hundert Blumen blühten, jetzt sah sie aus, wie die wilde Lieblingsfrau eines Maharadschas ... sie lächelte ruhig in ihr Rätselblatt. Sie war beinah schön. „Was willst du?“ fragte die Prinzessin. „Mein Eau ...“ – „Haben wir all ausgebraucht!“ sagte sie. „Nu wein man nicht – ich kauf dir morgen neues!“ Ich brummte. „Habt ihr denn fertig gelöst?“ – „Wenn wir dich brauchen, rufen wir dich ... Gute Nacht darfst du auch sagen!“ Ich ging an sie heran und sagte artig zu jeder gute Nacht, mit zwei tiefen Verbeugungen. „Billie, was haben Sie für ein schönes Parfüm!“ Sie sagte nichts; ich wußte, was es war. Das Parfüm „arbeitete“ auf ihrer Haut – es war nicht das Parfüm allein, es war sie. Und sie hatte für sich das richtige ausgewählt. Die Prinzessin bekam einen Kuß, einen ganz leise bedauernden Kuß. Dann ging ich. Die Tür blieb offen.

„Halbedelstein –“, hörte ich Billie sagen. „Halbedelstein ... Laß mal: Saphir ... nein. Rubin ... nein. Opal ... auch nicht. Lydia!“ – „Topas!“ rief ich aus meinem Zimmer. „Ja – Topas! Du bist ein kluges Kind!“ sagte die Prinzessin. „Nun – nein, so geht das nicht – laß doch mal –“ Jetzt rauften sie, die Betten rauschten, Papier knatterte ... „Hiii –!“ rief Billie in einem ganz hohen Ton. Etwas zerriß. „Du dumme Person!“ sagte die Prinzessin. „Komm – jetzt schreiben wir das noch mal auf dies Papier ... da stimmt doch was nicht! Wir haben eben falsch ausgestrichen ...“ – „Der Doktor Pergament kann Silbenrätsel ohne Bleistift lösen!“ rief ich. Sie hörten gar nicht zu. Sie waren wohl sehr eifrig bei der Arbeit. Pause. Die Prinzessin: „Hauch ... Hast du so was gesehn? Was ist Hauch?“ – „Atem!“ sagten Billie und ich gleichzeitig. Es war wie ein Einverständnis. Wieder raschelten sie. „Das ist ja ganz falsch! Der Inbegriff alles sinnlich Wahrnehmbaren – sinnlich Wahrnehmbaren ...“ Jetzt waren sie offenbar am Ende ihres Lateins, denn nun wurde es ganz still – man hörte gar nichts mehr. „Ich weiß nicht …", sagte die Prinzessin. „Das ist bestimmt ein Druckfehler!" – „Druckfehler bei Silbenrätseln gibt es nicht!" rief ich. – „Du halt deinen Schnabel, du alte Unke!" – „Laß doch mal …" – „Gib mal her …" – „Weißt du Rats?" Beide: „Wir wissen nichts." – „Es muß ein Erwachsener kommen", sagte ich. „Da laßt mich mal ran." Und ich stand auf und ging hinein. Ich nahm einen Stuhl und setzte mich zur Prinzessin. Einen Augenblick lang hatte der Stuhl in meiner Hand geschwankt; er wollte zu Billie, der Stuhl. „Also – gebt mal her!" Ich las, warf das Papier herunter, hob es wieder auf und probierte mit dem Bleistift auf einem neuen Blatt. Die beiden sahen spöttisch zu. „Na?" – „So schnell geht das nicht!" – „Er weiß ja auch nicht!" sagte Billie. „Wir wollen erst mal alle in den Rotwein steigen!" sagte ich. Das geschah.

„Sehr hübsch", sagte die Prinzessin. „Rotweinflecke haben Hausfrauen gern, besonders auf Bettwäsche. Du altes Ferkel!" Das galt mir. „Die gehn doch raus", maulte ich. „Salzflecke werden gereinigt, indem man Rotwein darüber gießt", lehrte die Prinzessin. Und dann lagen sie wieder beide bäuchlings an ihrem Blatt und lösten. Und es ging nicht vorwärts, Billie hatte die Haare aus der Stirn gestrichen und sah wie ein Baby aus. Wie ein Babybild von Billie. Wie rund ihr Gesicht war, wie rund. „Ge… Geweihe –!" schrie Billie. „Geweihe! Für Jagdtrophäen! Siehst du, das haben wir vorhin nicht gewußt! Aber wohin gehört chrys – chrys…" – „Ich auch!" Nun lag ich halb auf dem Bett, bei der Prinzessin, und starrte angestrengt auf die Bleistiftschreiberei. „Chrysopras!" sagte ich plötzlich. „Chrysopras! Gebt mal her!" Die beiden schwiegen bewundernd, und ich genoß meine lexikalische Bildung. Wir horchten. Ein Windstoß fuhr gegen die Scheiben, draußen trommelte der Nachtregen.

„Kalt ist das …", sagte ich. „Komm zu mir!" sagte die Prinzessin. „Du erlaubst doch, Billie?" Billie erlaubte. Ganz still lag ich neben der Prinzessin.

„Gestalt aus Shakespeares Sturm …" Allmählich rann die Wärme Lydias zu mir herüber. Mir lief etwas leise den Rücken hinunter. Billie rauchte und sah an die Decke. Ich legte meine Hand hinüber – sie nahm sie und streichelte mich sanft. Ihr Ring blitzte matt. Noch lagen wir beieinander wie junge Tiere – wohlig im Zusammensein und froh, daß wir beisammen waren: ich in der Mitte, wie geborgen. Billie fing an, in der Kehle zu knurren. „Was knurrst du da?" sagte Lydia. „Ich knurre", sagte Billie, Gestalt aus Shakespeares Sturm … War es das Wort? Das Wort Sturm? Wenn Bienen andre Bienen zornig summen hören, werden sie selber zornig. War es das Wort Sturm? Oben in den Schulterblättern begann es, ich dehnte mich ein ganz klein wenig, und die Prinzessin sah mich an. „Was hast du?" Niemand sagte etwas. Billie knackte mit meinen Nägeln. Wir hatten das Blatt sinken lassen. Es war ganz still.

„Gib mal Billie einen Kuß!" sagte die Prinzessin halblaut. Mein Zwerchfell hob sich – ist das der Sitz der Seele? Ich richtete mich auf und küßte Billie. Erst ließ sie mich nur gewähren, dann war es, wie wenn sie aus mir tränke. Lange, lange ... Dann küßte ich die Prinzessin. Das war wie Heimkehr aus fremden Ländern.

Sturm!

Als Zephir begann es – wir waren „außer uns", denn jeder war beim andern. Es war ein Spiel, kindliche Neugier, die Freude an einer fremden Brust ... Ich war doppelt, und ich verglich; drei Augenpaare sahen. Sie entfalteten den Fächer: Frau. Und Billie war eine andre Billie. Ich sah es mit Staunen.

Ihre Züge, diese immer ein wenig fremdartigen Züge, lösten sich; die Augen waren feucht, ihre Gespanntheit wich, und sie dehnte sich ... Der Pyjama erblühte bunt. Nichts war verabredet, alles war wie gewohnt – als müßte es so sein. Und da verloren wir uns.

Es war, wie wenn jemand lange mit seinem Bobsleigh am Start gestanden hatte, und nun wurde losgelassen – da sauste der Schlitten zu Tal! Wir gaben uns jenem, der die Menschen niederdrückt und aufhebt, zum tiefsten und höchsten Punkt zugleich ... ich wußte nichts mehr. Lust steigerte sich an Lust, dann wurde der Traum klarer, und ich versank in ihnen, sie in mir – wir flüchteten aus der Einsamkeit der Welt zueinander. Ein Gran Böses war dabei, ein Löffelchen Ironie, nichts Schmachtendes, sehr viel Wille, sehr viel Erfahrung und sehr viel Unschuld. Wir flüsterten; wir sprachen erst übereinander, dann über das, was wir taten, dann nichts mehr. Und keinen Augenblick ließ die Kraft nach, die uns zueinander trieb; keinen Augenblick gab es einen Sprung, es hielt an, eine starke Süße erfüllte uns ganz, nun waren wir bewußt geworden, ganz und gar bewußt. Vieles habe ich von dieser Stunde vergessen – aber eins weiß ich noch heute: wir liebten uns am meisten mit den Augen.

„Mach das Licht aus!" sagte Lydia. Das Licht erlosch, erst die große Krone im Zimmer, dann das Lämpchen auf dem Nachttisch.

Wir lagen ganz still. Am Fenster war ein schwacher Schein. Billies Herz klopfte, sie atmete stark, die Prinzessin neben mir rührte sich nicht. Aus den Haaren der Frauen stieg ein Duft auf und mischte sich mit etwas Schwachem, was die Blumen sein mochten oder das Parfüm. Sanft löste sich Billies Hand aus der meinen. „Geh“, sagte die Prinzessin, fast unhörbar.

Da stand ich nebenan im Zimmer Billies und sah vor mich hin. Kikeriki – machte es ganz leise in mir, aber das war gleich vorbei, und ein starkes Gefühl der Zärtlichkeit wehte zu denen da hinüber. Ich legte mich nieder.

Sprachen sie? Ich konnte es nicht hören. Ich stand wieder auf und kroch unter die Dusche. Eine süße Müdigkeit befiel mich – und ein fast zwanghafter Trieb, hinzugehn und ihnen Rosen auf die Decke … wo bekommt man denn jetzt nachts Rosen her … das ist ja – Jemand war an der Tür.

„Du kannst gute Nacht sagen!“ sagte die Prinzessin. Ich ging hinein.

Billie sah mich lächelnd an; das Lächeln war sauber. Die Prinzessin lag neben ihr, so still. Zu jeder ging ich, und jede küßte ich leise auf den Mund. „Gute Nacht …“ und „Gute Nacht …“ Kräftig rauschten draußen die Bäume. Eine Sekunde stand ich noch am Bett.

„Wie ist denn das alles so plötzlich gekommen?“ sagte die Prinzessin leise.

FÜNFTES KAPITEL

Das war ein Wurf! sagte Hans – da warf er seine Frau zum Dachfenster hinaus.

1

Einer von den Tagen, wie sie sonst nur im Spätsommer vorkommen: bunt, gesättigt und windstill. Wir lagen am Seeufer.

Ein paar Meter vor uns schaukelte ein Boot, unser Badeboot – das Wasser gluckste leise gegen das Holz, auf und ab, auf und ab ... Wenn man die Hand ins Wasser hielt, gab das ein winziges Kältegefühl, dann zog man sie wieder heraus, und dann trockneten die Tropfen in der Luft. Ich rauchte einen Grashalm, die Prinzessin hielt die Augen geschlossen. „Heute ist vorgestern“, sagte sie“ Das war so ihre Art der Zeitrechnung; da wir übermorgen fortfahren wollten, so war heute vorgestern.

„Wo mag sie jetzt sein?“ fragte ich. Die Prinzessin sah auf die Uhr: „Jetzt ist sie zwischen Malmö und Trälleborg“, sagte sie; „in einer Stunde steigt sie auf die Fähre.“ Dann schwiegen wir wieder. Billie – dachte ich – Billie ...

Sie war abgefahren: leise, heiter, froh – und es war nichts gewesen, es war nichts gewesen. Ich war glücklich; es hatte keinen Schatten gegeben. Gott sei Dank nein. Ich sah zur Prinzessin hinüber. Sie mußte den Blick gespürt haben; sie öffnete die Augen.

„Wo bleibt die Frau Collin? Watt seggst to det Ei? Hett de Katt leggt!“

Die Frau Collin hatte nicht geschrieben – und wir wollten doch fort. Wir mußten fort; unser Urlaub war abgelaufen. Noch einmal telephonieren? Schließlich und endlich ... „Diese dämliche Person“, schimpfte ich vor mich hin. „Man muß doch das Gör da herauskriegen! Himmelhergottdonner ...“ – „Daddy, du repräsentierst ein Volk!“ sagte die Prinzessin würdevoll, als ob uns die schwedischen Bäume hören könnten. „Du sollst des Anstands gedenk sein!“ Ich sagte ein zweisilbiges Wort. Woraufhin mich die Prinzessin mit etwas Mälarsee anspritzte. Und da wollte ich sie in den See werfen. Und da lag ich drin.

Ich pustete sie mit Wasser voll wie ein Elefant, sie warf mir Hölzchen an den Kopf ... dann legte sich das alles. Ich kroch heran, und wieder saßen wir friedlich zusammen.

„Was machen wir aber wirklich?" fragte ich triefend. „Warten? Wir können nun nicht mehr warten! Du mußt am Dienstag zu Hause sein, und auf mich lauern sie auch. Mal muß der Mensch doch wieder arbeiten! Hier vertue ich meine kostbare Zeit mit dir …" Sie hob drohend den Arm. Ich rückte ein Stückchen weg. „Ich meinte nur. Aber wollen wir telefonieren? Ja?"

„Nun wollen wir erst mal zu Ende baden", sagte die Prinzessin. „Wenn wir nachher nach Gripsholm kommen, werde ich dir alles sagen. Holla – hopp!"

Und wir schwammen.

„Paß auf –", pustete ich dazwischen, „sie wird es nicht tun, die Frau Collin. Wahrscheinlich hat sie sich das überlegt – ich hatte so den Eindruck, daß sie den kleinen Gegenstand gar nicht bei sich haben will – vielleicht führt sie ein uhrenhaftes Leben …" Die Prinzessin kniff mich ins Bein. „Oder sie traut uns nicht und denkt, wir werden das Kind entführen. Aber der Frau Adriani hat sie getraut. Na, du wirst es sehen! Diese Weiber! Aber das sage ich dir, Alte: wenn sie heute nicht schreibt! Nie wieder in meinem Leben kümmere ich mich um fremde Kinder. Um fremde nicht! Um deine auch nicht! Um meine auch nicht! Himmelkreuzund …" – „Daddy", sagte die Prinzessin. Solang as ich dir kenn, hältst du ümme weise Redens über das, wasse tun wirst, und mehrstenteils kommt nachher allens ganz anners. Aber dascha so bei die Männers. Bischa mallrig!" – „Ich werde …" – „Ja, du wirst. Wenn sie dir das Futurum wegnehmen, dann bleibt da aber nicht viel." – „Person!" – „Selber!" Huburr der ganze See fing an zu schaukeln, weil wir eine wilde Seeschlacht veranstalteten. Dann schwammen wir ans Ufer.

Auf dem Wege zum Schloß: „Mein Alter hat gar nicht geschrieben … sie werden ihn doch nicht in Abbazia an ein öffentliches Haus verkauft haben?" – „Na, ob da Bedarf für ist …" – „Daddy, wo ist eigentlich der Dackel?" – „Dein Kofferdackel?" – „Ja." – „Der steht doch … der steht unter meinem Bett. Nachts bellt er." Wir gingen ins Haus.

Die Prinzessin pfiff wie ein Lockvogel. Was gab's?

Der Brief war da – ein dicker Brief. Sie riß ihn auf, und ich nahm ihn ihr fort, dann flatterten die Bogen auf den Boden, wir sammelten sie auf und brachen in ein fröhliches Geschrei aus. Da war alles, alles, was wir brauchten.

„Das ist fein. Na – aber nun! Wie nun?"

„Das beste is", sagte die Prinzessin, „wir gehn gliks mal eins hin un holen uns dem Kinde her von diese alte Giftnudel. Auf was wolln wi nu noch warten?"

„Jetzt essen wir erst mal Mittag, und dann gleich nach Tisch ... Krach ist gut für die Verdauung."

Wir saßen grade bei den Preiselbeeren, diesem mild brennenden Kompott, da hörten wir draußen vor der Tür ein Getöse, das Ungewöhnliches anzeigte. Wir ließen die Löffel sinken und horchten. Nun –?

Die Schloßfrau kam herein; sie sah aus wie ein Extrablatt.

„Da ist ein Kind draußen", sagte sie und sah uns ganz leicht mißtrauisch an, „ein kleines Mädchen – sie weiß nicht, was Sie heißen, aber sie sagt, sie will zu den Mann und der Frau, die ihr eine Puppe gegeben hat, und sie weinten die ganze Zeit und sie bin so rot im Gesicht ... Kennen Sie das Kind?" Wir standen gleich auf. „O ja – das Kind kennen wir schon." Hinaus.

Da stand der kleine Gegenstand.

Sie sah recht zerrupft aus, verweint, die Haare hingen ihr ins Gesicht, vielleicht war sie schnell gelaufen. Das Kind war nicht recht bei sich. Als es Lydia sah, lief es rasch auf sie zu und versteckte sein Gesicht an ihrem Kleid. „Was hast du denn? Was ist denn?" Die Prinzessin beugte sich nieder und verwandelte sich aus dem Sportmädchen von heute morgen in eine Mama; nein, sie war beides. Die Schloßfrau stand dabei, ein Schwamm der Neugierde – sie saugte es alles auf. Also?

Das rote Weib hatte das Kind geprügelt und geknufft und so laut geschrien; das Kind war fortgelaufen. Es war wohl nicht mehr auszuhalten gewesen. Und nun zitterte das Kind und zitterte und sah nach der Tür. Kam sie –? Frau Adriani würde sie holen. Frau Adriani würde sie holen. Es war nur bruchstückweise aus ihr herauszubekommen, was es gegeben hatte. Schließlich wußten wir alles.

Wir standen herum. „Ich gebe sie nicht mehr heraus", sagte ich. „Nein ... natürlich nicht", sagte die Prinzessin. Die Schloßfrau: „Senden Sie nicht das Kind zurück?" Der kleine Gegenstand begann laut zu weinen: „Ich will nicht zurück. Ich will zu meiner Mutti!" – „Noch einen schwarzen Kaffee", sagte ich zur Prinzessin, „und dann geht's los." Wir nahmen das Kind mit hinein und bauten vor ihm Cakes auf. Es nahm keine Cakes. Wir tranken still; wenn es wild zugeht, soll man immer erst einmal bis hundert zählen oder einen Kaffee trinken.

„So, Lydia – jetzt wisch mal dem Kind das Geheul ab und beruhige es ein bißchen, und ich werde mit dem süßen Schatz telephonieren! Würden Sie mich bitte mit dem Kinderheim verbinden?" Die Schloßfrau stellte viele Fragen, ich beantwortete sie sehr kursorisch, sie sagte etwas Schwedisches in das Telephon, und dann saß ich da und wartete.

Jemand meldete sich, auf schwedisch. Ich sprach aufs Geratewohl deutsch. „Kann ich Frau Adriani sprechen?“ Lange Pause. Dann eine harte, gelbe Stimme. „Hier Frau Direktor Adriani!“ Ich meldete mich. Und da brach es drüben los.

„Das Kind ist wohl bei Ihnen? Ja?“ – „Ja.“ – „Sie geben es sofort … Sie schicken mir sofort das Kind! Ich werde es abholen lassen – nein: Sie schicken es mir sofort … Sie bringen mir auf der Stelle das Kind zurück! Ich zeige Sie an! Wegen Kindesentführung! Das haben Sie dem Kind in den Kopf gesetzt! Sie! Was? Wenn das Kind nicht in einer halben Stunde … nicht in einer halben Stunde bei mir … Haben Sie mich verstanden?“ In mir schnappte das Regulativ ein, das die Feder zurückhält. Ich hatte mich fest an der Leine. „Wir sind in einer halben Stunde bei Ihnen!“ Ein Knack – es wurde abgehängt.

„Lydia“, sagte ich. „Was nun? Ich werde mit der Alten schon reden – diesmal ist sie dran. Aber die Sachen von dem Kind … Es hilft nichts: wir müssen das Kind mitnehmen, sonst bekommen wir nicht alles!“ – „Hm.“ – „Und wenn wir es hier in Gripsholm lassen, dann ist die Alte imstande und nimmt es von hier fort, und das ganze Theater fängt von vorn an. Erklär das mal dem kleinen Gegenstand!“ Das dauerte zehn lange Minuten; ich hörte die Kleine nebenan weinen und immer wieder weinen, dann wurde sie ruhiger, und als nun auch die Schloßfrau auf sie einsprach, wurde sie still. „Nehmen Sie mich auch gewiß … nehmen Sie mich auch ganz gewiß wieder mit?“ fragte sie immer wieder. Wir redeten ihr gut zu. „Sie weinete, Er tröstete den Trost aus voller Brust –“, sagte die Prinzessin leise. Und dann gingen wir.

Wir sprachen, damit das Kind uns nicht verstände, französisch. „Du springst ihr doch hoffentlich gleich mit dem Brief und mit dem Scheck ins Gesicht?“ – „Lydia“, sagte ich. „Lassen wir sie ein kleines Weilchen toben. Ein Hälmchen … Ich möchte noch mal sehn, wie das ist. Nur ein Weilchen!“ Die Prinzessin fiel murrend aus dem Französischen in ihr geliebtes Plattdeutsch. „Ick schall mi von Schap beeten laten, wenn ick ’n Hund in de Tasch hebb?“ Und nun wandten wir uns wieder zu der Kleinen, die unruhiger wurde mit jedem Schritt, der uns dem Kinderheim näher brachte. „Darf ich auch wieder heraus? Aber sie läßt mich ja nicht – sie läßt mich ja nicht!“ – „Wir müssen doch deine Sachen holen, und du brauchst keine Angst zu haben …“ Als wir das Kinderheim sahen, sagten wir gar nichts mehr. Ich legte der Kleinen leise meinen Arm um die Schultern. „Komm – das geht gut aus!" Sie ließ sich ein bißchen ziehen, aber sie ging still mit. Wir brauchten nicht zu klopfen – die Tür war offen.

Frau Adriani stand unten in der Halle, sie war über eine Truhe gebeugt und wandte uns den Rücken zu. Als sie unsre Schritte hörte, drehte sie sich blitzschnell um. „Ah – da sind Sie ja! Na, das ist Ihr Glück! Sind Sie meinem Mädchen nicht begegnet? Nein? Na, es ist schon jemand unterwegs, falls Sie nicht gekommen wären … Wo bist du hingelaufen, du Teufelsbraten!" schrie sie das Kind an: „Wir sprechen uns nachher! Nachher sprechen wir uns! Los jetzt!" Das Kind verkroch sich hinter die Prinzessin. „Einen Augenblick", sagte ich. „So schnell geht das nicht. Warum ist das Kind von Ihnen fortgelaufen?" – „Das geht Sie gar nichts an!" schrie Frau Adriani. „Gar nichts geht Sie das an! – Komm her, mein Kind!" Sie ging auf das Kind zu, das ängstlich zusammenzuckte. Sie legte der Kleinen die Hand auf den Kopf. „Was sind denn das für Dummheiten! Wozu läufst du denn vor mir fort? Hast du Angst vor mir? Du mußt vor mir keine Angst haben! Ich will doch dein Bestes! Da läufst du nun zu fremden Leuten … stehen dir denn diese fremden Menschen näher als ich? Ich habe dir doch erzählt: die sind nicht mal richtig verheiratet …" Sie sprach so falsch-eindringlich in das Kind hinein, aber ihre Stimme wußte sich gehört; sie sprach gewissermaßen im Profil. „Läufst hier fort …!" Das Kind schauerte zusammen.

„Kann ich Sie wohl mal sprechen?" sagte ich sanft. – „Was … wir haben uns nichts zu sagen!" – „Vielleicht doch." Wir gingen alle in den Eßsaal. „Also das Kind ist zu Ihnen gelaufen! Das ist ja reizend! Ihr Glück, daß Sie es auf meine Weisung sofort wiedergebracht haben! Sie wird nicht mehr weglaufen – das kann ich Ihnen versprechen. So ein Geschöpf! Na warte …" – „Das Kind muß doch einen Grund gehabt haben, wegzulaufen!" sagte ich. „Nein. Das hat es gar nicht gehabt. Es hat keinen Grund gehabt." – „Hm. Und was werden Sie nun mit ihm machen?" – „Ich werde es bestrafen", sagte Frau Adriani satt und hungrig zugleich. Sie reckte sich in ihrem Stuhl. „Erlauben Sie mir bitte eine Frage: Wie werden Sie es bestrafen?" – „Ich brauchte Ihnen darauf keine Antwort zu geben – ich muß das nicht. Aber ich sage es Ihnen, denn es ist im Sinne von Frau Collin, im Sinne von Frau Collin, daß das Kind streng gehalten wird. Sie wird also Zimmerarrest bekommen, die kleinen Hausstrafen, Arbeiten, es darf nicht mit den andern spazierengehn – so wird das hier gemacht." – „Und wenn wir Sie bitten, dem Kind die Strafe zu erlassen … täten Sie das?" – „Nein. Dazu könnte ich mich nicht entschließen. Da könnten Sie bitten … Das wollten Sie mir sagen?" fügte sie höhnisch muß manchmal streng sein, gewiß, aber die Kinder so zur Verzweiflung treiben …" – „Wer treibt hier die Kinder zur Verzweiflung! Erziehen Sie Ihre Kinder, verstehn Sie! Wenn Sie mit der Dame da welche haben! Dieses hier erziehe ich!" – „Ga hen und fleut die Hühner und verget den Hahn nich!" murmelte die Prinzessin. „Was sagten Sie?" fragte Frau Adriani. – „Nichts." – „Ich habe meine Grundsätze. Solange ich die Macht über das Kind habe …" Ich sah ihr fest in die Augen … einen Augenblick lang noch ließ ich sie zappeln in ihrer wahnwitzigen und ungeduldigen Wut. Immer liefen ihre flinken Augen von uns zu dem Kind und wieder zurück, sie wartete auf das Kind. Ich überlegte, wieviel Menschen auf der Welt in der Gewalt solcher da sein mochten, und wie das nun wäre, wenn wir ihr das Kind wirklich überlassen müßten, und was die andern Kinder hier auszustehen hätten … „Also – jetzt werde ich das Nötige in die Wege leiten …" Frau Adriani stand auf. Da packte ich zu.

„Das Kind wird nicht bei Ihnen bleiben", sagte ich.

„Waaas –?" brüllte sie und stemmte die Arme in die Seite. „Wir nehmen das Kind zu seiner Mutter zurück. Hier ist ein Brief von Frau Collin, hier ist ein Scheck … wir werden gleich bezahlen …" Über das Gesicht der Frau lief wie eine Welle über kochende Milch ein Schreck; man sah, wie es in ihr dachte; man hörte sie denken, sie glaubte nicht. „Das ist nicht wahr!" – „Doch, das ist wahr. Nun kommen Sie nur – setzen Sie sich wieder hin … ich werde Ihnen das alles hübsch der Reihe nach übergeben." – „Du gehst nach oben!" herrschte sie das Kind an. „Das Kind bleibt hier", sagte ich. „Das ist der Brief. Die Unterschrift ist beglaubigt." Frau Adriani riß ihn mir aus der Hand.

Dann warf sie ihn der Prinzessin vor die Füße. „Das ist der Dank!" schrie sie. „Das ist der Dank! Dafür habe ich mich um diesen verwahrlosten Balg gekümmert! Dafür habe ich für sie gesorgt! Aber das … das haben Sie der Frau Collin eingeredet! Sie haben sie aufgehetzt! Sie haben mich verleumdet! Das werde ich … Raus! Sie …!" – „Wir nehmen also das Kind gleich mit. Sie werden augenblicklich die Sachen packen lassen und mir die Rechnung übergeben. Dafür bekommen Sie gegen Quittung diesen Scheck. Er ist auf Stockholm ausgestellt." Geld! Geld war im Spiel! Die Frau blendete über und wechselte sofort die Tonlage. Sie sprach viel ruhiger, kälter – sehr fest.

„Die Rechnung kann ich Ihnen im Augenblick nicht machen. Das Kind hat mir vieles zerbrochen, da sind Schadenersatzansprüche. Selbstverständlich muß bis zum Quartalsende gezahlt werden – das ist so ausgemacht. Selbstverständlich. Und dann muß ich erst zusammenstellen lassen, was hier alles im Haus durch die Schuld dieses Mädchens entzweigegangen ist. Das dauert mindestens eine Woche." – „Sie schreiben mir jetzt eine Quittung über den Scheck aus; er deckt die Kosten bis zum Vierteljahrsschluß, dann bleiben noch zweiundfünfzig Kronen übrig ... über den Rest werden Sie sich mit Frau Collin einigen. Das Kind kommt mit uns mit." Das Kind hatte aufgehört zu weinen, es sah fortwährend von einem zum andern und ließ die Prinzessin keinen Augenblick los, keinen Augenblick.

Frau Adriani sah auf den Scheck, den ich in der Hand hielt. „Mit Geld allein ist die Sache nicht abgetan!" sagte sie. „Immerhin ... Warten Sie." Sie ging. Die Prinzessin nickte befriedigt. Die Frau kam wieder.

„Sie hat einen Schrank ruiniert ... sie hat ein Fenster kaputtgemacht; das Fenster war von innen abgeriegelt, sie muß da etwas hinausgeworfen haben ... das macht ... ich habe auch noch eine Wäscherechnung ..." – „Nun ist es genug", sagte ich. „Sie bekommen nun gar nichts, und dann nehmen wir das Kind mit, auch ohne seine Sachen oder aber Sie schreiben mir eine Quittung über den Scheck aus, und dann liefern Sie uns alle Sachen aus, die dem Kind gehören" – Frau Adriani machte eine Bewegung –, „alle Sachen, und dann bekommen Sie ihr Geld. Nun?"

Sie ringelte sich; man fühlte, wie es in ihr gärte und wallte ... aber da war der Scheck! Da war der Scheck! Psychologie ist manchmal sehr einfach. Nein, so einfach war sie doch nicht. Wieviel Stimmlagen hatte diese Frau! Nun legte sie die letzte Platte auf.

Sie begann zu weinen. Die Prinzessin starrte sie an, als hätte sie ein exotisches Fabeltier vor sich.

Frau Adriani weinte. Es klang, wie wenn jemand auf einer kleinen Kindertrompete blies, es war mehr eine Art Quäken, was da herauskam, ganz leise, bei völlig trockenen Augen – so machen die kleinen Gummischweinchen, wenn sie die Luft von sich geben und verrunzelnd zusammenfallen. Großaufnahme: „Ich bin eine Frau, die sich ihr Leben erarbeitet hat", sang die Kindertrompete. „Ich habe viele Reisen gemacht und mir Bildung erworben. Ich habe einen kranken Mann; ich habe niemanden, der mir hilft. Ich stehe diesem Hause seit acht Jahren vor – ich bin den Kindern wie eine Mutter, wie eine Mutter ... das Kind ist mir ans Herz gewachsen ... ich habe für dieses Kind ... Scheißbande!" brüllte sie plötzlich.

Es war wie eine Erlösung. Die Vorstellung des Stücks „Das gerührte Mutterherz" war so dumm gewesen, es waren die gangbaren Mittel einer Provinz-Hysterika ... daß wir wie von einem Alpdruck befreit waren, als sie mit dem Kraftwort abschloß und in die Realität zurückkehrte, in ihre Wirklichkeit. „So", sagte ich. „Nun gehn wir und packen ein!" Ihr letzter Widerstand flackerte auf. „Ich packe nicht. Gehn Sie selber nach oben und suchen Sie sich ihre Lumpen zusammen. Liegt wahrscheinlich alles durcheinander. Ich suche nicht." Sie knallte auf einen Stuhl. Und sprang gleich wieder auf. „Natürlich lasse ich Sie nicht allein hinaufgehn! Senta! Anna!" Es erschienen zwei Mädchen. Sie sagte zu ihnen etwas auf schwedisch, das wir nicht verstanden. Wir gingen hinauf.

Aus allen Türen sahen Mädchenköpfe, verängstigte, neugierige, aufgeregte Gesichter. Keines sprach; ein Mädchen knickste verlegen, dann andre. Wir standen oben im Schlafzimmer Adas; die vier kleinen Mädchen, die darin waren, drückten sich scheu in einer Ecke zusammen. Wir öffneten den Schrank, und die Prinzessin fragte nach einem Koffer. Ja, das Kind hatte einen mitgebracht, aber der stände auf dem Boden. „Wollen Sie ihn bitte ..." Ein Mädchen ging. Die Prinzessin räumte den Schrank aus. „Das? Das auch?" Mit einem Schwung öffnete sich die Tür, Frau Adriani preschte ins Zimmer. „Ich will genau sehn, was sie mitnimmt! Am Ende eignen Sie sich noch fremde Sachen an!" Eine schlechte Verliererin war sie – wer bleibt anständig, wenn er seine Partie verloren hat? „Sie können alles genau sehn, und im übrigen – Holla!" Sie war auf das Kind zugegangen, das sich duckte. Ich trat mit einem raschen Satz dazwischen. Wir sahen uns einen Augenblick an, die Frau Adriani und ich; in diesem Blick war so viel körperliche Intimität, daß mir graute. Dieser Kampf war der Gegenpol der Liebe – wie jeder Kampf. Und in diesem Blick der Augen öffnete sich mir eine tiefe Schlucht: diese Frau war niemals befriedigt worden, niemals. Durch mein Gehirn flitzte jenes zynische Rezept:

Rp.
Penis normalis
dosim
Repetatur!

Aber das allein konnte es nicht sein. Hier tobte der Urdrang der Menschheit: der nach Macht, Macht, Macht. Und nichts trifft solch ein Wesen mehr als ein unerwarteter Aufstand. Dann stürzt eine Welt ein. Spartakus … So viele Kinder litten hier. Ich hätte geschlagen. Sie wich zurück.

Das Mädchen kam mit dem Koffer; wir packten, schweigend. Einmal riß die Frau ein Hemdchen an sich und warf es wieder hin. Das Kind hielt die Hand der Prinzessin. Die Mädchen in ihrer Ecke atmeten kaum. Frau Adriani sah zu ihnen hinüber und ruckte mit dem Kopf, da gingen sie schlurfend zur Tür hinaus. Der Koffer wurde geschlossen. Wir trugen ihn hinunter. Ein Mädchen wollte uns helfen – Frau Adriani verbot es mit einer Handbewegung. Der Koffer war nicht schwer. Das Kind ging eilig mit; es weinte nicht mehr. Ich hörte es einmal tief aufatmen.

„Die Quittung?" Frau Adriani ging auf ihren Tisch zu, schrieb etwas auf ein Blatt und reichte es mir, wie mit der Feuerzange. Um ein Haar hätte sie mir leid getan, aber ich wußte, wie gefährlich dieses Mitleid war und wie verschwendet. Es hätte ihr nicht einmal gut getan, denn von diesem Seelenhonorar kauft sie sich neue Kulissen, und alles fängt wieder von vorn an. Ich gab ihr den Scheck. Ich sah auf ihr Gesicht. Der Vorhang war heruntergelassen – jetzt wurde nicht mehr gespielt. Das Stück war aus.

Langsam gingen wir aus dem Hause, in dem das Kind so viel gelitten hatte. Keiner von uns sah mehr zurück. Die Haustür wurde geschlossen.

2

Der letzte Urlaubstag …

Ich bin schon für die Reise angezogen, zwischen mir und dem Mälarsee ist eine leise Fremdheit, wir sagen wieder Sie zueinander.

Die langen Stunden, in denen nichts geschah; nur der Wind fächelte über meinen Körper – die Sonne beschien mich … Die langen Stunden, in denen der verschleierte Blick ins Wasser sah, die Blätter zischelten, und der See plitschte ans Ufer; leere Stunden, in denen sich Energie, Verstand, Kraft und Gesundheit aus dem Reservoir des Nichts, aus jenem geheimnisvollen Lager ergänzten, das eines Tages leer sein wird. „Ja", wird dann der Lagermeister sagen, „nun haben wir gar nichts mehr …" Und dann werde ich mich wohl hinlegen müssen.

Da steht Gripsholm. Warum bleiben wir eigentlich nicht immer hier? Man könnte sich zum Beispiel für lange Zeit hier einmieten, einen Vertrag mit der Schloßdame machen, das wäre bestimmt gar nicht so teuer, und dann für immer: blaue Luft, graue Luft, Sonne, Meeresatem, Fische und Grog – ewiger, ewiger Urlaub.

Nein, damit ist es nichts. Wenn man umzieht, ziehen die Sorgen nach. Ist man vier Wochen da, lacht man über alles – auch über die kleinen Unannehmlichkeiten. Sie gehen dich so schön nichts an. Ist man aber für immer da, dann muß man teilnehmen. „Schön habt ihr es hier", sagte einst Karl der Fünfte zu einem Prior, dessen Kloster er besuchte. „Transeuntibus!" erwiderte der Prior. „Schön? Ja, für die Vorübergehenden."

Letzter Tag. So erfrischend ist das Bad in allen den Wochen nicht gewesen. So lau hat der Wind nie geweht. So hell hat die Sonne nie geschienen. Nicht wie an diesem letzten Tag. Letzter Tag des Urlaubs – letzter Tag in der Sommerfrische! Letzter Schluck vom roten Wein, letzter Tag der Liebe! Noch einen Tag, noch einen Schluck, noch eine Stunde! Noch eine halbe …! Wenn es am besten schmeckt, soll man aufhören.

„Heute ist heute", sagte die Prinzessin – denn nun stand alles zur Abfahrt bereit: Koffer, Handtaschen, der Dackel, der kleine Gegenstand und wir. „Du siehst aus!" sagte Lydia, während wir gingen, um uns von der Schloßfrau zu verabschieden, „du hast dir je woll mitn Reibeisen rasiert? Keinen Momang kann man den Jung allein lassen!" Ich rieb verschämt mein Kinn, zog den Spiegel und steckte ihn schnell wieder weg.

Großes Palaver mit der Schloßfrau. „Tack … danke …" und: „Herzlichen Dank! … Tack so mycket …" und „Alles Gute!" – es war ein bewegtes und freundliches Hin und Her. Und dann nahmen wir Ada an die Hand, jeder griff nach einer Tasche, da stand der kleine Motorwagen … Ab.

„Urlaub jok", sagte ich. Jok ist türkisch und heißt: weg. „Du merkst auch alles", sagte die Prinzessin und kämmte das Kind. „Lydia, ich hätte nie geglaubt, daß du so eine nette Kindermama abgeben kannst! Sieh mal an – was alles in dir steckt!" – „Ich bin Sie nämlich eine Zwiebel!" sagte die Prinzessin und enthüllte damit, vielleicht ohne es zu wissen, das Wesen aller ihrer Geschlechtsgenossinnen.

Und dann fing das Kind langsam, ganz langsam und stockend, an zu erzählen – wir drängten es nicht, erst wollte es überhaupt nicht sprechen, dann aber sprach es sich frei, man merkte, es wollte erzählen, es wollte alles sagen, und es sagte alles: Den Krach mit Lisa Wedigen und das Blatt vom Kalender; die dauernden Strafen und die Glockenblumen unter dem Kopfkissen und sein Spitzname „Das Kind“; der kleine Will und Mutti und was der Teufelsbraten sich alles ausgedacht hatte, um die Mädchen zu tyrannisieren, und Hanne und Gertie und das Essen im Schrank und alles.

Es ging ein bißchen durcheinander, aber man verstand doch, worauf es ankam. Und ich nannte den kleinen Gegenstand nunmehr Ada Durcheinander, und die Prinzessin bemutterte und bevaterte das Kind zu gleicher Zeit, und ich schlug vor, sie solle dem Kind die Brust geben, und dann brach ein wilder Streit darüber aus, welche: die linke oder die rechte. Und so kamen wir nach Stockholm.

Und fuhren zurück nach Deutschland.

Berlin streckte die Riesenarme und langte über die See ... „Wir müssen der Frau Kremser telegrafieren“, sagte die Prinzessin, „sicher ist sicher. Junge, haben wir uns gut erholt! Was möchtest du denn?“ Das Kind hatte ein paarmal vor sich hingedruckst, hatte angesetzt und wieder abgesetzt. „Na?“ – Nein, aufs Töpfchen mußte sie nicht. Sie wollte etwas fragen. Und tat es.

„Sind Sie Landstreicher?“ Wir sahen uns entgeistert an. „Die Frau Adriani hat gesagt ...“ Es stellte sich heraus, daß die Frau Adriani uns dem Kind als passionierte, ja als professionelle Landstreicher hingestellt hatte – „diese Landstreicher da draußen, die nicht mal verheiratet sind!“ –, und das Kind, das jetzt völlig aufgetaut war, wollte nun alles wissen: ob wir Landstreicher wären, und was wir denn da anstrichen ... und ob wir schon mal verheiratet gewesen wären und warum nun nicht mehr, und dann mußte es aufs Töpfchen, und dann brachten wir es zu Bett. Ich ertappte mich dabei, ein wenig eifersüchtig auf das Kind gewesen zu sein. Wer war hier Kind? Ich war hier Kind. Nun aber schlief es, und Lydia gehörte mir wieder allein.

„Bist du verheiratet?“ fragte die Prinzessin. „Na, das hat noch gefehlt!“ – „Alte“, sagte ich. „Nein, wir Landstreicher, wir sind ja nicht verheiratet. Und wenn wir es wären ... Fünf Wochen, das ginge gut, wie? Ohne ein Wölkchen. Kein Krach, keine Proppleme, keine Geschichten. Fünf Wochen sind nicht fünf Jahre. Wo sind unsre Kümmernisse?“ – „Wir haben sie in der Gepäckaufbewahrungsstelle abgegeben ... das kann man machen“, sagte die Prinzessin. „Für fünf Wochen“, sagte ich. „Für fünf Wochen geht manches gut, da geht alles gut.“ Ja ... vertraut, aber nicht gelangweilt; neu und doch nicht zu neu frisch und doch nicht ungewohnt: Scheinbar unverändert lief das Leben dahin … Die Hitze der ersten Tage war vorbei, und die Lauheit der langen Jahre war noch nicht da. Haben wir Angst vor dem Gefühl? Manchmal, vor seiner Form. Kurzes Glück kann jeder. Und kurzes Glück: es ist wohl kein andres denkbar hienieden.

Wir rollten in Trelleborg ein. Es war spät abends; die weißen Bogenlampen schaukelten im Winde, und wir sahen zu, wie der Wagen auf die Fähre geschoben wurde. Das Kind schlief schon.

Ein großer Passagierdampfer rauschte durch das Wasser in den Hafen. Alle Lichter funkelten: vorn die Schiffslaternen, oben an den Masten kleine Pünktchen, alle Kammern, alle Kajüten waren hell erleuchtet. Er fuhr dahin. Musik wehte herüber.

Whatever you do –
my heart will still belong to you –

Eine Welle Sehnsucht schlug in unsre Herzen. Fremdes erleuchtetes Glück – da fuhr es hin. Und wir wußten: säßen wir auf jenem Dampfer und sähen den erleuchteten Zug auf der Fähre, wir dächten wiederum – da fährt es hin, das Glück. Bunt und glitzernd fuhr das große. Schiff an uns vorüber, mit den Lichtpünktchen an seinen Masten. Die schwitzenden Stewards sahen wir nicht, nicht die Reeder in ihren Büros, nicht den zänkischen Kapitän und den magenkranken Zahlmeister … natürlich wußten wir, daß es so etwas gibt – aber wir wollten es jetzt, in diesem einen Augenblick, nicht wissen.

Whatever you do –
my heart will still belong to you –

Unsre Herzen fuhren ein Stückchen mit.

Dann stand unser Wagen auf der Fähre. Das Schiff erzitterte leise. Die Lichter an der Küste wurden immer kleiner und kleiner, dann versanken sie in der blauen Nachtluft.

Wir standen an Deck. Die Prinzessin sog den salzigen Atem des Meeres ein. „Daddy – ich bedanke mich auch schön für diesen Sommer!" – „Nein, Alte – ich bedanke mich bei dir!" Sie sah über die dunkle See. „Das Meer …", sagte sie leise, „das Meer …« Hinter uns lag Schweden, Schweden und ein Sommer.

Später saßen wir im Speisesaal in einer Ecke und aßen und tranken. „Auf den Urlaub, Alte!" – „Auf was noch?"

„Auf Karlchen!" – „Hoch!"

„Auf Billie!" – „Hoch!"

„Auf die Adriani!" – „Nieder!"

„Auf deinen Generalkonsul!" – „Mittelhoch!"

„Das sind alles keine Trinksprüche, Daddy. Weißt du keinen andern? Du weißt einen andern. Na?"

Ich wußte, was sie meinte.

„Martje Flor", sagte ich. „Martje Flor!"

Das war jene friesische Bauerntochter gewesen, die im Dreißigjährigen Kriege von den Landsknechten an den Tisch gezerrt wurde; sie hatten alles ausgeräubert, den Weinkeller und die Räucherkammer, die Obstbretter und den Wäscheschrank, und der Bauer stand daneben und rang die Hände. Roh hatten sie das Mädchen herbeigeholt – he! da stand sie, trotzig und gar nicht verängstigt. Sie sollte einen Trinkspruch ausbringen! Und warfen dem Bauern eine Flasche an den Kopf und drückten ihr ein volles Glas in die Hand.

Da hob Martje Flor Stimme und Glas, und es wurde ganz still in dem kleinen Zimmer, als sie ihre Worte sagte, und alle Niederdeutschen kennen sie.

„Up dat et uns wohl goh up unsre ohlen Dage –!" sagte sie.

[1931]

ESSAYS
UND
KLEINE GESCHICHTEN

MÄRCHEN

Es war einmal ein Kaiser, der über ein unermeßlich großes, reiches und schönes Land herrschte. Und er besaß wie jeder andere Kaiser auch eine Schatzkammer, in der inmitten all der glänzenden und glitzernden Juwelen auch eine Flöte lag. Das war aber ein merkwürdiges Instrument. Wenn man nämlich durch eins der vier Löcher in die Flöte hineinsah – oh! Was gab es da alles zu sehen! Da war eine Landschaft darin, klein, aber voll Leben: Eine Thomasche Landschaft mit Böcklinschen Wolken und Leistikowschen Seen. Reznicekscher Dämchen rümpften die Nasen über Zillesche Gestalten, und eine Bauerndirne Meuniers trug einen Arm voll Blumen Orliks – kurz, die ganze moderne Richtung war in der Flöte.

Und was machte der Kaiser damit? Er pfiff drauf.

[1907]

VORSÄTZE

Ich will den Gänsekiel in die schwarze Flut tauchen. Ich will einen Roman schreiben. Schöne, wahre Menschen sollen auf den Höhen des Lebens wandeln, auf ihrem offenen Antlitz soll sich die Freiheit widerspiegeln …

Nein. Ich will ein lyrisches Gedicht schreiben. Meine Seele werde ich auf sammetgrünem Flanell betten, und meine Sorgen werden kreischend von dannen ziehen …

Nein. Ich will eine Ballade schreiben. Der Held soll auf blumiger Au mit den Riesen kämpfen, und wenn die Strahlen des Mondes auf seine schöne Prinzessin fallen, dann …

Ich will den Gänsekiel in die schwarze Flut tauchen. Ich werde meinem Onkel schreiben, daß ich Geld brauche.

[1907]

STIRBT DIE KUNST?

„Stirbt die Kunst?“ –

Diese seltsame Frage ist jetzt zum zweiten Male aufgetaucht. Schon vor Jahresfrist hatte Moszkowski, der Chefredakteur der *‚Lustigen Blätter‘* die Frage gestellt, in etwas unklarer Weise behandelt und schließlich bejaht. Jetzt kommt ein Berufener, um sie abermals zu stellen und abermals zu bejahen: Victor Auburtin. Auburtin, der Schöpfer eines der feinsten deutschen Prosastücke: *‚Der Ambassadeur‘,* veröffentlicht in einem kleinen Hefte bei A. Langen-München Ansichten, die nicht nur die kleine Gruppe der Literaten angehen. Hier wird ein Problem der Massen behandelt! Und weil er mit seinem blitzenden Schwertlein so unvorsichtig herumgefuchtelt hat – getan hat er keinem etwas – darum wollen wir die Marionette des Kritikers Auburtin (nicht des Künstlers!) auf eine kleine Bühne stellen und ihn sprechen lassen. Hoppla!

Aber sachte! sachte! Immer ausreden lassen und nicht unterbrechen! Erst soll er uns erheitern und dann werden wir sehen. –

Und er spricht: „Kunst ist Verzückung, Raserei, Träumerei, Schwärmerei, Delirium … Kunst wuchs empor aus den dämmernden Kirchen, in denen (verlogene) Pfaffen beteten … Kunst entstand aus der Vagabondage und dem Elend des Schauspielers, aus den kleinen, eckigen Kleinstädten, die noch keine Kanalisation hatten, aber Idylle, – die Vorraussetzungen der Kunst sind der Krieg, große Epidemien, Raubrittertum, regellose Unordnung! – (spricht er.) Die Ordnung kommt, die soziale Organisation, die wenigstens das allerallerschlimmste zu beseitigen versucht … und nun stirbt die Kunst! –“

Vorhang.

Allseitiges Staunen. Also – wie? Die Masse (wer ist das übrigens?) ist schuld am Untergang der Kunst. Hm. Welche Masse? An welcher Kunst? Das wollen wir sehen?

Zunächst: Kunst ist gar nicht „Delirium, Schwärmen, Träumerei“! – Das kann sie auch sein. Aber wo bliebe, wenn sie es nur wäre, die edle Klarheit Goethes. „Ja!“ spricht die Marionette, „der könnte heute auch nicht mehr durchdringen, die Masse hat ja nicht die Geduld mehr, zu lesen.“ – ‚Durchdringen‘? Ist denn Goethe ‚durchgedrungen‘? – Keine Spur; es existieren eine Unzahl ungünstiger Kritiken, die ihn nicht begriffen, und, wie er sich einst zu Eckermann beklagte, „im eigentlichen Volke bleibe alles still“. – Für solche

Erscheinungen hat nun Auburtin zwei Schemen: erstens: die Masse kümmert sich nicht um die Kunst. Natürlich, sagt er dann, wie sollte sie auch, diese – Masse! Zweitens: sie kümmert sich um die Kunst. Dann schreit er: „Die Kunst stirbt an der Verpöbelung. Die Masse herrscht, und vor ihr hat alles zu kuschen. Sie verlangt billige Kunst und eine handfeste, deutliche Kunst, von der man doch etwas hat." – Ja! Aber das hat sie immer getan. Und doch ist die ganze subtile Kunst weiter gediehen, unbekümmert um die … die … Masse. Ja, wer war denn das eigentlich?

Hören wir: „Daß in einem wohlorganisierten Bürgerstaate die Kunst sterben muß, das lehrt uns die Kunstgeschichte Hollands." – Aha! Das glaube ich, daß die dicken Mynheers für die Kunst nichts übrig gehabt haben. – In einem Bürgerstaate, sagt er – ist das unsere Zukunft? Sicher nicht. Sondern –? Ach, die Marionette stimmt ein Klagelied an: „Unsere Spezies geht einer Verameisung entgegen. Wie bei den Ameisen und Bienen der Staat alles, die Persönlichkeit nichts ist, wie bei ihnen die Freß- und Greiforgane auf Kosten des verkümmerten Gehirns sich entwickelten, so wird es auch bei uns geschehen, die wir unser Heil auf das Dümmste und Gemeinste gestellt haben, auf die Arbeit. All das Feine und Leise, das der Muße und dem Eigensinn des Individuums entblühte, das wird verkümmern; schon in der Schule den Rotznasen die Nützlichkeit als das Höchste gepriesen; das ganze Leben darauf hämmern und verpochen, ja immer mitten im wimmelnden Haufen zu bleiben … In 250 Jahren, wenn die soziale Organisation glänzend durchgeführt worden ist, dann wird man den Dämon des Künstlers schon auf den Schulbänken gedusselt haben … Ich glaube, daß die menschliche Rasse einer gewaltigen Zukunft entgegengeht. Ich glaube an das Kommen friedlicher Demokratien, immenser, geeinter Arbeiterschaften, die das Höchste wollen, und das Höchste erreichen werden. – Aber ich weiß, daß aus dem anonymen Gewimmel nie die reißend schmerzliche Strophe eines Liedes tönen wird, und sollte sie dennoch wieder einmal tönen, so wird sie nicht verstanden werden." –

Er weiß das. Aber nun genug der Ironie, denn wir wissen etwas anderes: Daß jede Zeit den Ausdruck ihrer Gefühle selbst findet und die „Anemonen auch im April des Jahres 2361 nicht versäumen werden, zu blühen". Auf derartige Einwendungen, sagt Auburtin, pfeife er. Nun, so wollen wir ihm eins trommeln. – So lange bis selbst er begriffen hat, daß die Massen sich nach der Kunst sehnen und für sie reif werden, und wenn der Pfeifer erklärt, „es gäbe nichts greulicheres als Schillertheaterei und jene Volksbühnen, wo die Kunst braven Arbeitern zu Aschingerpreisen serviert werde" – so muß ihm getrommelt werden, daß die undisziplinierten Grinser im ‚*Faust*', die er gesehen hat, schon längst zu den Ausnahmen zählen. Schon. Dank den Bemühungen der Volksbühnen.

Das Spiel ist aus. Wir hängen die Puppe samt Schwert und Tragik wieder an die Wand und verlassen das Bühnchen mit einer Frage im Ohr, die so recht zeigt, wie Auburtin der Kleine – denkt. „Damals", sagt er, „zur Zeit Neros, da hat man schon das Ende der Kunst für gekommen gehalten, weil alles ausgeschöpft schien. Sie ahnten noch nicht die ungeheueren Barbarenmassen, die jenseits der Grenzen lauerten, und in denen die Keime zu Rembrandts und Goethes Naturen schon vorhanden waren. Wo aber sind heute die Barbaren, aus denen wir uns erneuern können? Wo sind die Reserven?" –

Ich erlaube mir, Herrn Victor Auburtin auf die Existenz eines Proletariats aufmerksam zu machen.

[1911]

HINRICHTUNG

Sachsen, das sich in Dingen der Verwaltung und Justiz durch ein Unmaß von Gemüt auszeichnet, ist für jede Organisation von nicht zu unterschätzender agitatorischer Bedeutung. So hat es jüngst wieder bei einer Hinrichtung eines Raubmörders wertvolles Material zur Abschaffung der Todesstrafe geliefert.

Um sich die Szene zu vergegenwärtigen, muß man sich abgewöhnen, bei dem Wort ‚Gefängnishof' an etwas Außerordentliches zu denken. Ein Gefängnishof ist schließlich ein Hof wie jeder andere, nur fehlt die Teppichklopfstange, und er wirkt vielleicht ein bißchen grau und trübselig durch die Gitter, mit denen die Hoffenster der umliegenden Gebäude versehen sind. Aber er ist doch ein Hof, mit Steinen gepflastert, er steht auf ebenderselben Erde wie wir …

Nun denke man sich, eine Tür öffnet sich und sie zerren einen Menschen heraus, der soll sterben und will nicht. (Sein Opfer wollte es auch nicht – also wozu die Scheußlichkeit wiederholen? –) Der Staatsanwalt, Beamter bis in die Schnurrbartspitzen, liest dem Halbirren, vor Angst Vertierten, etwas vor, „…

von seinem Begnadiungsrecht keinen Gebrauch gemacht" ... er wird überbrüllt, überkreischt von dem Tollen, der sich abquält und sich windet unter den Fäusten der Scharfrichterknechte. Dieser hier (Göhlert hieß er wohl) rief zum Beispiel, man habe ihn unschuldig verurteilt, die Justiz solle sich das merken, er habe das auch an seine Frau geschrieben, irres Zeug, hervorgesprudelt von einem Tier, einem Tier.

Unter den Zuschauern befanden sich drei Söhne und ein Schwiegersohn der Ermodeten! – Ich bin überzeugt, es war auch ein Pfaffe da mit der Bibel: Richtet nicht, auf daß ihr nicht gerichtet werdet! – Was die Söhne wohl bei dieser Scheußlichkeit gedacht haben? – Rache? Befriedigung? –

Im ganzen waren es diesmal nur 60 (sechzig) Zuschauer. Bei Grete Beier fand ja ein kleines Volksfest statt: damals zierten 200 den Hof.

Diesmal war es ein kleines, aber gewähltes Publikum, das den spannenden Vorgängen auf der Bühne mit Interesse folgte und nach Schluß, der Aufforderung der Beamten Folge leistend, sogleich den Hof verließ.

Also: ein mäßige Vorstellung.

[1912]

MEHR FOTOGRAFIEN!

Im berliner Gewerkschaftshaus hängen an den Wänden Fotografien verstümmelter Hände. Betriebsunfälle der Holzarbeiter. Sie wirken: das rüttelt die Gleichgültigsten auf. Bis weit nach rechts setzt es schmierige Feuilletons.

So etwas verdient Nachahmung. So ein Blatt mit den halbierten Fingern redet (agitatorisch) mehr als Statistik, Berichte, als die aufreizendsten Reden. Mehr Fotografien! –

Es gibt schon welche. In der Wohnungsenquete der Ortskrankenkasse für den Gewerbebetrieb der Kaufleute sind einige Wohnungsaufnahmen, die den Unkundigen erblassen machen – sie sind noch zu mild, zu abgetönt, in Wirklichkeit ist es schlimmer. Aber sie wirken. Da ist eins – 1911 –: ich überlege mir immer, wenn ich es sehe, warum man es nicht längst verwertet hat: In einer Küche – 4,00 m, 2,75 m, 2,60 m – arbeiten vier Personen, darunter zwei schulpflichtige Kinder – an der Herstellung von Knallbonbons ...

Dreck, Unordnung, schlechte Luft … Warum nimmt man dies Bild nicht, fotografiert eine bürgerliche Hochzeitsgesellschaft, einen Tanz – und setzt beide nebeneinander? – Ganz ohne Text, oder vielleicht nur: Hier muß jeder nach seiner Façon selig werden! –

Wir brauchen viel mehr Fotografien. Eine Agitation kann gar nicht schlagfertiger geführt werden. Da gibt es keine Ausreden – so war es, und damit basta.

Wie wäre es mit einer Aufnahme von Sistierungen in Berlin? – Oder: Streikposten und Polizei. Oder: Der Feldwebel Kornischke bei der Rekrutenausbildung. Oder eine Hinrichtung …?

Nichts beweist mehr, nichts peitscht mehr auf als diese Bilder. Es gibt so wenige, zerstreut, durch Zufall entstanden. Das ist nichts. Systematisch muß gezeigt werden: so wird geprügelt, und so wird erzogen, so werdet ihr behandelt, und so werdet ihr bestraft. Mit Gegensätzen und Gegenüberstellungen. Und mit wenig Text. Etwa eine Serie: Illustrierte Kaiserworte …

Ungeahnte Möglichkeiten eröffnen sich: Bethmann, das Deutsche Reich regierend. Oder: Wilhelm II., ein Todesurteil unterschreibend. Oder noch höher: Jagow, einen vernünftigen Erlaß diktierend. Aber freilich: Das Unmögliche kann man nicht fotografieren …

[1912]

DIE BEIDEN BRÜDER H.

Was sind schließlich Nebendinge? Unsre Lehrer nannten Münzen oder fremde Bücher so oder den Kipling, den wir unter der Bank lasen, und niemand wird sagen wollen, daß diese Dinge wirklich nur nebensächlicher Natur waren. Relativ, für die Unterrichtsstunde genommen, waren sie es. ‚Draußen' nicht. Steht nicht im Grunde alles in einer Reihe? Sehen wir nicht vielmehr nach Graden gestaffelt? Was wir sehen, ist. Jede wahre Objektivität ist grotesk. Sieh zugleich das Nahe und das Ferne, und du lachst. (Chesterton: „Die Überreste eines klardenkenden Menschen liegen im Küchengarten.")

Also in praxi: es geht natürlich nicht. Geburt, Leben, Tod, Liebe, Geld –

immer hübsch der Reihe nach. Aber vielleicht ist das nur bei uns so. Vielleicht gibt es auch eine umgekehrte Reihenfolge.

Und es ist lehrreich, darauf hinzuweisen: auf die Gleichberechtigung der ‚Nebendinge'. Zwei Komiker in Berlin tun dies.

Sie haben ein eigenes kleines Theaterchen, und sie spielen seit einundzwanzig Jahren, stets zusammen. Der eine spricht das Deutsch in fremder Klangfärbung, hart, holzig, stotternd. „I ... i ... i glaub", sagt er, „i glaub, i krieg an Krupf ..." Der andre bewältigt seine Rollen in Tönen einer Rasse, die wie keine zweite befähigt ist, Brücken zu schlagen von Menscheneinsamkeit zu Menscheneinsamkeit. Und alles, was sie – vielleicht ungewollt, nur im Hinblick auf die Kassenrapporte und das Lachen eines vollen Hauses – geben, ist dies Sicheinbohren und das Nie-auf-den-Grund-kommen und das wundervolle Aneinanderreihen der Haupt- und Nebensachen. Alles andre ist unwesentlich: die Ausstattung ist schlecht angemalte Leinwand, die übrigen Darsteller taugen nichts. Nur die beiden lassen einen aufhorchen, wenn sie sich unterhalten. Ihre Situationen sind dumm, sie haben beide ein traditionelles Schlenkern der Füße und Hände, eine Art Veitstanz, wenn sie, die ungetreuen Ehemänner, unvermutet die Gattinnen erblicken – aber das ist nichts. Ihre wahre Größe entfalten sie in den Konversationen.

Vorauszuschicken ist: sie stellen niemand dar. Sie geben keinen ‚Typ', keinen dicken Rentner und keinen Geizhals, keinen Schulmeister. Sie spielen etwas, was es überhaupt nicht gibt. So bewegt sich niemand, so spricht kein Mensch, so etwas existiert nicht. Der mit dem fremdartigen Deutsch: wie vom Mars heruntergefallen ist er. Ein Phänomen, ein unmögliches Lebewesen, ein Widerspruch zu allem, was atmet. Ist das eine Art, die Beine zu setzen? Den Oberkörper so einzuziehen? So dazustehen, als seien Rumpf und Gestell etwas durchaus Verschiedenes. Was ist das mit diesem rosigen Gesicht? Die Nasenflügel sind angeklemmt, der halboffene Mund ist schief verzogen, die Zähne sind ein wenig schadhaft, und oben durch den Nasenansatz sind wahrhaftig drei tiefe waagerechte Falten gezogen. Wie mißvergnügt dieses Wesen ausschen kann! Das ist der Dominantakkord, der sich auflösen kann in ein seliges, listiges Lächeln: der Mund kaut die harten Worte und über den prekärsten Lagen dieses Menschen strahlen die kleinen schwarzen Augen wie zwei freundliche Sterne. Nein, es gibt ihn gar nicht, aber sofort, wenn er die Bühne betritt und gleichgültig, fast formelhaft äußert: „Kumm här! schlagg di glei tott!", fühlen wir uns heimisch. Schon nehmen wir keinen

Anstoß mehr daran, daß einer erst noch zu ihm kommen soll, um sich darauf ermorden zu lassen. Angenehm läßt man sich treiben: der eine kommt nicht, und der andre schlägt nicht tot, und das Ganze ist nur ein Spaß.

So etwas gibt es nicht, aber es könnte es doch geben, jeden Tag, jede Minute. Stets ist es denkbar, daß einer bei einer kritischen Geschäftsbesprechung, wenigstens fühlt: „Wenn ich bloß wüßte, wo er sich frsisieren läßt! – aber er sagt mers nischt!" Hier und da empfindet man wohl so etwas, schämt sich und steckt es weg. Diese sprechen es aus. Es handelt sich etwa um die eine schwierige Aufgabe, die Gattin, die teure, nichts merken zu lassen. Alles Wohl und Wehe hängt von der Viertelstunde ab. „Was tun mer schon?" fragt der eine den andern. Und der: „Laß der'n Zylinder färben!" So. Er hat ja recht, denkt man, aber doch nicht jetzt! Man brüllt. Über deplacierte Wahrheiten.

Und wieviel ist in dem allen! Einer hat unrecht, und er schreit unmotiviert und siehe – er hat recht. „Das habe ich Ihnen doch gleich gesagt!" Crescendo. Er denkt gar nicht daran – aber wer kann gegen diese Stimmkraft! (Politische Analogien tauchen auf: unsre Agrarier.) Innen aber sitzt die Furcht und weint. Eine defensive Offensive ...

Oder das breite Gesicht strahlt in Höflichkeit: „Bitte, nehmen Sie Platz, mein Lieber!" – und dahinter, geknirscht, gepreßt: „der Schlack (scilicet: soll ihn treffen)!" Gefühltes gesagt. Man krümmt sich.

Tausend Züge müßte man erzählen. Wie sich Dobrovice Wischek Poposchek vorstellt, weil er mit den Herren Karten spielen möchte. „Reden Se nischt und setze Se sich scho hin. Zewos stelln Se sich vor?" Antwort (belehrend): „Oho! das ise Anstand!" Wo ist eine prachtvollere Hohlheit?

Oder die sophistische Geschichte, wie sie beide in einem Boudoir zusammentreffen: „Du hier?" – „Nein du hier! Ich seh dich doch."

So hundert Mal.

Früher, in den neunziger Jahren, war es wie eine Synagoge. Zum Abendgottesdienst, gewissermaßen als Fortsetzung des Geschäfts, kamen die Lehrlinge der umliegenden Weißwarengeschäfte mit ihren Brautens hierher und hörten: ‚Eine Partie Klabrias', die sie tagsüber im Kontor auswendig spielten. Es war eine gewichtige Sache, und wie man sagte: Ein guter Beckmesser, so durfte man sagen: Ein feiner Dovidl.

Sie sind mit der Zeit mitgegangen.

Und wie sie damals, in ihrem berühmten Stück, vor einer Schale Haut,

Tiefstes, Menschlichstes erkennen ließen, so haben sie heute noch ein Wort gefunden, das unsre Stadt besser zeichnet, als viele andre. „I bin", sagt der eine Bruder, „i bin ein Schintelemenn." – „Was bist du?" – „I bin ein Schintelemenn." – „Ein Gentleman?" Wo hast du das Wort her? Weißt du denn, was das ist?" – „Jawull! Steht drin in mein Kragn!"

Und reibt sich scheuernd mit den Fingern den Hals entlang und steht da auf zwei abwesenden Beinen, mit lächelndem Mund und schadhaften Zähnen, und in dem rosigen Gesicht strahlen die kleinen, schwarzen, zusammengekniffenen Augen listig, selig, vergnügt, blank – wie zwei freundliche Sterne …

[1913]

KINDERTHEATER

Geschrieben für Franz Werfel

Wie war das doch?

Schon der Nachmittag war unruhig und bewegt – Theater! Und wir gingen von zu Hause fort, durch die noch hellen Straßen, blind für alles Licht, vorwärtsstrebend, stumm. Das große Gebäude, die Kasse, die vielen Menschen, – drängte sich nicht ein Mädchen mit blauschimmernden Flügeln am Rücken durch sie alle? – die Garderobe – das wurde ungeduldig und schnell, hastig erledigt.

Wir traten in den riesigen Raum voll Lichtern, heißer Luft und summenden Gesprächen. Wir kamen stets spät; der Saal verdunkelte sich, und unten im Orchester klopfte ein Stäbchen aus Holz. Und Töne, die bis dahin gebrummt und quinkiliert hatten, verstummten, und der Strich von zwanzig Geigen setzte ein. O süßer Moment, wenn die Ouvertüre beginnt, im Halbdunkel der wenigen Lämpchen schwimmen Gesichter, helle Schöße der Frauen, oben bauscht sich der Vorhang ein wenig … Musik! Die Musik spielte – und die Backen wurden heiß und die Hände, Musik, immer noch Musik, und jetzt erhob sich der Vorhang.

Das Stück begann.

Und für uns war es immer dasselbe: mochte es der Wallenstein sein, oder die gute Fee Roswitha, oder Zwerg-Nase, oder Tell – immer war da eine junge Schauspielerin, – vielleicht immer eine andere, – die, in die schlanken Hosenbeine eines Jungenanzugs gesteckt, ihr Geschlecht auf ebenso reizende wie unvollkommene Art verleugnete …

Wie tat sie das! – Gleich in der zweiten Szene lief sie durch die Mitteltür, die Bühne durchkreuzend, zum Vordergrund, verbeugte sich schelmisch und sagte in einem hohen Alt zur Heldin des Stückes eine zwitschernde Ungezogenheit – und Frohsinn und Übermut – hieß sie nicht auch so? Prinz Übermut? – war auf der Bühne. Sie tollte herum, teilte Klapse aus, puffte, schnitt Gesichter, drehte sie nicht der ehrwürdigen Königin Mama hinter ihrem Rücken eine lange Nase? Und als die kleine Häußler, ein begabtes Kind von acht Jahren, mit der Stimme einer Fünfjährigen ein Gedicht aufzusagen begann, und ein Rauschen der Bewunderung durch das entzückte dunkle Haus ging, da vermochte sie es, als die einzige, dieser kleinen, uns affig erscheinenden Person keine Beachtung zu schenken, sondern sie heftete während der ganzen Zeit – selige fünf Minuten! – ihre dunkelbraunen Augen nachdenklich auf den zitternden Kopfputz der Königin. Und wir vermißten sie schmerzlich, als die Bühne sich mit den Figuren des Balletts füllte, mit jungen, nicht allzu hübschen Mädchen, die an diesem Abend die Aufgabe hatten, die Geräte einer Küche etwa, vielerlei Arten von Gemüsen oder die weißbemützten Lehrlinge eines Kochs darzustellen … Und Petit Petit, sich über die Bühne kugelte und sich dem begeisterten Publikum als ein nettes, hübsch gewachsenes Kerlchen präsentierte, so vermißten wir doch sie, und immer nur sie, und Helle und Heiterkeit und freudige Erregung war erst wieder um uns, als ein Jemand durch die Seitenkulisse in die dunkle, blaugrüne Waldszene marschierte und mit halblauter Stimme vor sich hinsagte:

„Hat da jemand geweint? Hat da jemand gelacht?
Ist es am Tag, oder ist es Nacht?
Bin ich im Wald oder bin ich an der See?
Bin ich ein Waldvögelein oder bin ich eine Fee?"

So ging sie und war ein Prinz und doch bettelarm, trug sich in Lumpen und hatte kein Bettchen, darin sie schlafen konnte, weil ein mächtiger Zauberer es so wollte.

Aber das eigentümlichste und reizvollste war doch, daß hinter diesem verkleideten Prinzen oder dem drolligen Straßenjungen die bürgerliche Existenz der jungen Schauspielerin nie völlig verschwand. Was war es doch für ein Wesen, das da oben in Glanz und Licht und fröhlichem Lärm uns beglückte? – Es war im Grunde doch das Fräulein Macdonald, eine junge Dame, die einen schlanken Körper und gepuderte Hände besaß, einige matt blitzende Ringe, ein ausgelassenes Knabenlachen und unsere ganze Sehnsucht. Wenn ihre braunen Augen fröhlich glänzten, wurden wir unten, im halbdunklen Parkett, fröhlich und traurig zugleich. Würden wir sie jemals anders wiedersehen, als hier im Theater, in einem albernen, aber ach! so reizenden Kostüm? – Besaß nicht vielmehr sie, Ly Macdonald, in der Stadt irgendwo in einer blumigen, schnurgeraden Straße eine kleine, dreizimmerige Wohnung, die zu betreten unser ganzes Glück ausgemacht hätte? – Einmal bei ihr zu sitzen und zu sagen: Ly! und leise diese kleine, gepuderte Knabenhand zu streicheln ... War sie nicht die allererste? – Mochten die andern da oben sich noch so blähen, mochte die Königin des Stückes noch so verführerisch gleißen, Blicke wie Pfeile versenden, mochten sich alle um sie scharen, nur um ihr zu dienen, – die da in einer Ecke gleichmütig mit einem Statisten plaudert – Ly! Ly! Macdonald! – Der Jungenanzug saß auf ihr, als sei sie darin aufgewachsen. Wir mochten sie uns nicht in Kleidern vorstellen, und wie tollte sie herum! – Sie antwortete der gütigen Fee so keck, daß diese machtvolle Dame alles aufbieten mußte, um ihre Autorität zu wahren, sie zupfte ältere Herren, wie beispielsweise den Weihnachtsmann, auf das übermütigste am Bart – und sie war die einzige, die unverheiratet aus dem Stück hervorging! –

Wie liebten wir sie! – Wie war sie anders als alle die Mädchen, die wir kannten und nicht verstanden, schon um ihrer Kleidung willen nicht verstanden. Was war das für eine Manier, Kleider zu tragen, die auf rätselhafte Weise geöffnet und geschlossen wurden? – Nicht zu sprechen von den geheimnisvollen Mechanismen, die diese Wesen an sich hatten, und deren Unkenntnis von unserer Seite stets ein beschämendes Gelächter bei ihnen weckte! – Diese hier liebten wir, den kleinen Kameraden, – trug sie nicht dieselben Dinge wie wir am Körper ? Aber sie tat es wohl nicht immer, jedenfalls nur hier, nur abends. Wie süß, wie unheimlich das war! – Jetzt, in der Pause, stand sie bestimmt in ihrer Garderobe und dachte an ganz andere Dinge, Ereignisse, die wir nicht einmal zu ahnen vermochten, und die mit der Fee Anastasia nicht das geringste zu tun hatten! – Bestimmt war einer da, der zu ihr du sagen durfte und den sie küßte. Aber hier machten unsere Gedanken halt … Von ihrem Körper wußten wir nicht zuviel und wollten wir nichts wissen – und nur zagend tauchte im Wirbel der bunten Ereignisse wohl einmal der Gedanke auf: wenn diese Kleider sich öffneten! … Immer wieder mußten wir an den verwirrenden Zwiespalt denken, einer ist ein Junge und ein Mädchen, gehört zu uns und nicht zu uns! –

Nie, nie würden wir dieses Zauberding voll erfassen können! –

Und wenn dann zum Schluß sich die Bühne mit allen füllte, die in dem Stück vorgekommen waren, – in der Mitte stand der brennende Weihnachtsbaum, und der Weihnachtsmann war da, und der liebe Gott, und die Fee, und der König, und die Königin und alle, alle, dann sahen wir in dem beunruhigenden Lichtermeer und den schwankenden Farben und dem Leuchten der Glaskugeln nur dieses rosige, leicht gepuderte Gesicht, das auch im Lächeln etwas Trauriges hatte … Bis der Vorhang fiel …

Und noch drei volle Tage nach der Vorstellung begaben wir uns häufig, voll von Abneigung gegen die sparende Mutter und gegen den ruhigen, ordentlichen Vater und gegen diese ganze gräßliche Regelmäßigkeit des Hauses, ohne innere Veranlassung in einen abgeschlossenen Raum, um daselbst ein wenig zu weinen …

[1913]

PALLENBERG

In der Bahnhofshalle, nicht für es gebaut,
geht ein Huhn hin und her …
Christian Morgenstern

Da ist ein unterirdischer länglicher Raum, rötlich-gelb erhellt durch japanische Lacklampions, rot und gelb schreien die Farben, und dunkel schließt eine kleine Bühne die Schmalseite ab. Erhitzte Gesichter schwimmen auf dem Meer bewegter Schultern, Arme heben sich, Getöse, Lärm … Und dazwischen quäkt und zimpert eine kleine Kapelle immer dasselbe Thema: Pum, pum, pum – pum, pum, pum … und dann mit Beckenschlägen einen quietschenden Lauf, der den Magen erzittern macht.

Wenn sich aber nun der Vorhang hebt, so wird da ein rothaariges, zwergenhaftes Scheusal stehen und das so hübsch ausgedachte Festspiel zerstören. Es hüpft und quäkt mit der Musik, gegen sie – es ist unausstehlich, es wird aufmerksam ein schönes rührendes Lied der gefangenen Mutter anhören, aber statt ihr beizustehen, sie anfahren: „Mehr vornä mußt du das singän!" – und als Schlußapotheose wird es butterig lächelnd sich um eine alte zerborstene Säule winden, die Inkarnation der Häßlichkeit, und auf der Säule wird in zittrigen Buchstaben stehen:

PALLENBERG

In einer pompösen Villa zu Essen (im Hause Krawehl) gibt es diesen ‚Raum für improvisierte Feste' – auch Pallenberg gibt es – man hat sie nur noch nicht zusammengebracht.

Wahrlich, diesen hat die Hölle ausgespien, aber Gott Vater gab ihm den kindlichen Sinn und die fröhliche Unachtsamkeit des Blödrians.

Dieser Einzige ist imstande, wahrhaft grotesk zu sein: bis zu der Grenze, an der die Komik in Grauen umkippt. Er ist nacheinander rührend und grausam und beschränkt und giftig und von einer fast schmerzlichen Lustigkeit.

Dreimal sah ich ihn, und dreimal begriff ich, welche Schande dies ist: ein Mensch zu sein, da dieser ein Mensch ist.

Das erste Mal geschah es in einer kleinen dummen Posse, deren Titel und Verfasser ich längst vergessen habe. Damals kannte ihn noch keiner in Berlin, er war zu einem Sommergastspiel herübergekommen. Welch ein Mensch! Wie kroch er nicht feuerhaarig und widerborstig über die Bühne, ein kleiner Haustyrann, ein wahrhaftig Abbild eines Großen. Seine Stimme klang wie eine Kindertrompete. Er befahl, widerrief, quälte – drei Grade zurückgeschraubt, und man hatte einen, Hunderte kleiner Familienkönige. (Ich weiß nicht, ob es das Wort ‚Boosnigel' gibt – so war er.) Aber rührend war doch, wenn er allein gelassen wurde, wenn weichere Gefühle ihn überkamen, wenn er seine Härten, seine Kanten vor sich selbst wie mit göttlicher Mission entschuldigte, wenn die böhmisch holprige Stimme brüchig, heiser durch eine Tür rief: „Ssagen Ssie ühr, ssie kann mich ..." und dann mild, engelsgleich, in einem verstockten piano: „Haben Sie keine Angst, ich sags nicht." Man ging damals schon aus dem Theater, im Innersten angerührt, ein leichtes Grausen wehte von ihm her – schon damals zeigte er, daß sich letzten Endes Tragik und Humor berühren, eins werden.

Das zweite und dritte Mal war er Jupiter und Menelaus. Eigentlich beide Mal derselbe (als Zeuge gewaltiger): ein gekränkter, schwacher, jämmerlicher, zerrupfter Hahn. Aber was war aus diesem Menschen geworden!

Welcher Teufel soufflierte ihm, was tat er mit der Sprache! Rasend schnell hatte er begriffen, daß es gar nicht darauf ankam, mit welchen Lauten man ‚Eifersucht' oder ‚Hunger' ausdrückte. Er wirbelte die Buchstaben herum, die Gedanken schlugen, noch unausgesprochen, Kobolz, und es hagelte Worte wie: „Bittä, Amt Steinpilz", oder: „Sie waren splitterallein". Fremdworte wurden unbewältigt angefressen, liegen gelassen und verfaulten, irgend welche Silben schlängelten sich in die wohlgefaßten Sätze und erdrosselten sie ... So ausgestattet zog die arme Kreatur aus, um die Götter zu beherrschen, um Sparta zu regieren.

Den Humor haben viele, keiner – das andre. Man möchte sich einen alten Affen denken, den noch eine dünne Schicht vom Urmenschen trennt, eine schmale Kluft, aber er wird es nie erreichen; und es gibt fürchterliche Momente, wo er kurz vor der Erkenntnis steht. Und es ist ein Beweis für die Größe dieses Künstlers, daß er die stockenden Sekunden wegwischt mit einem selbstgenügsamen blöden Lächeln: Weiter, ich bin Objekt – was ist da zu tun? Ach, und wie abhängig ist dieser Armselige! Ein Gewitter geht vor sich, und er kriecht eine Wand herauf, in der ungewissen Angst des hin- und hergeschleuderten Menschen; alle hüpfen, auch er hüpft, aber seine Beine sind die hilflosesten, die traurigsten; auch sie hüpfen, nun, man hüpft, warum nicht? Und noch lange, als schon alles verstummt ist, bewegt er sich in angelerntem Rhythmus, glückselig, einen Konnex mit der Außenwelt gefunden zu haben. Er wechselt, er irritiert, er flimmert: er tritt auf, an einem Apfel kauend, sich stets entschuldigend, daß er da ist, seine runden Tieraugen blicken gänzlich verständnislos in eine lachende Welt, und man versteht das, man begreift die Schwere seines Daseins und gönnt ihm sein bißchen Futter. Die erste Sängerin hat etwas zu tremolieren, und auch er kugelt gluckernd, verachtungsvoll ein paar hohe Triller heraus, wie ein Kastrat, so nebenbei ... Er muß im allerhochsten quäkenden Falsett fragen: „Was sind denn das für Nymphen?" und gleich darauf, plappernd, glücklich, reden zu können: „Kennen Sie schon den neusten Witz? Zwei Juden sitzen in der Eisenbahn, da sagt der eine ..." Er wird das nie zu Ende erzählen, er weiß es auch gar nicht fertig zu bringen, aber er hat es so gehört, so macht er es nach. Er ist plastisch bis zur Unkenntlichkeit. Er sagt nicht: Ich bin ein Trottel. Er sagt: „Also, wenn mich ein Spartaner da gehen sehen mecht, so wird er sagen, wenn er mich da wird gehen sehen, da, da! Also, was siehst du dorthin, wenn ich da zeige?! – aber, ich kann es ja auch dort zeigen. Also, wenn mich dort ein Spartaner …" In infinitum. Er kraucht auf seinen Königsthron wie ein alt Weiblein auf eine Hutsche, flimmernd wackelt die Glorie um sein Haupt wie ein verwelkter Hahnenkamm, und Gnade Gott, wenn er gereizt wird! Dann spricht er exakt, mit langausgedehnten Endsilben und fein und deutlich wie ein Grammophon oder eine Kokotte vor Gericht.

Wenn es eine menschliche Würde gibt – Pallenberg tritt sie mit Füßen. Es macht ihm Behagen, leere Gesten bloßzulegen, Inhalte als luftig abzustreifen, Hohlheiten aufzuzeigen: So seid ihr – seht! so sind wir!

Einmal packte ihn – außerhalb des Rollentextes – das Lachen, er kugelte sich auf seinem Thron, konnte seine Rede nicht beenden, kreischte und spuckte, und eine Wolke von Mißbehagen blies das vergnügte Scheusal um sich herum … Aber wenn er litt, lachten die andern. Und dies war nur eine kleine Vergeltung für die Tücke und Bosheit, mit der er gegen sie wütete, wann er nur konnte. Aber er kann nicht! Er kann nicht! Und so verbirgt er Haß, Neid, Wut, Impotenz hinter seiner holden Blödheit, die ihn grinsend selbst die Krone zum Gruß lüften läßt. Hier und da spuckt er und bricht heraus, und man ist erstaunt über so viel Gift und so viel Galle!

Er ist ein Teufel, ein entgleister Gott, ein großer Künstler.

[1913]

DER KONTROLLIERTE

Da ist die berliner Straßenbahn … Aber es wird ja auf den anderen Bahnen nicht viel anders sein … Also da sitzen nun die Leute da und träumen und glotzen und unterhalten sich, und manche lesen – –. Auf einmal betritt ein uniformierter Mann den Wagen und sagt: „Die Fahrscheine bitte!" – Das ist ein Beamter, der hauptsächlich zur Kontrolle der Schaffner angestellt ist.

Pflichtschuldig wühlt alles in den Taschen. Alle reichen das Stückchen Papier dem Beamten hin. Nur einer hat seinen Fahrschein verloren.

Es ist doch ein Bedientenvolk, das deutsche. Denn nun sehen alle den Mann an, als ob er ein Verbrechen begangen habe. Denn sie bilden sich ein, der Beamte kontrolliere sie. Dabei ist der Beamte höflich und tut eigentlich nichts, was diesen Aberglauben bestärken könnte. Aber sie denken sich das so und sind voller Ehrfurcht und verabscheuen alle den Mann, der seinen Fahrschein verloren hat. Einen Augenblick hat er den ganzen Wagen gegen sich. Manche mögen ja ein bißchen teilnahmsvoll zusehen, wie er sich abmüht, und sie denken sich schaudernd in seine entsetzliche Lage …

Sie ducken sich. Sie bekommen einen roten Kopf. Der Verlierer einen dunkelroten. Er entschuldigt sich. Er sagt nicht: „Ich hab ihn verlegt, ich werde meinethalben nachbezahlen …" Er fühlt sich ertappt. Man sollte nicht denken, einen Erwachsenen vor sich zu haben, der vielleicht eine Frau hat, Kinder, die er erziehen soll, Angestellte, die er anschnauzt … Hier ist er ganz klein. Denn hier ist das Heiligste an einen Deutschen herangetreten: die Uniform. Und da hört der Spaß auf.

Eine Kleinigkeit, eine Belanglosigkeit, gewiß. Aber doch wieder eine einfache Beobachtung des täglichen Lebens, die zeigt, wie hier der einzelne gar nicht erst wagt, zu sagen: „Hallo! Hier bin ich!" – Sondern er bekommt einen roten Kopf, duckt sich und sucht den Fahrschein.

Und das ist eine Misere des deutschen Lebens.

[1913]

GRATULATION

„Hee–hopp!" ruft der Bändiger, zieht die kurze Lederpeitsche aus dem Stulpenstiefel und pfeift. Raschelts im Sand? Peter, der Panter steht vor ihm und blinzelt zärtlich zu ihm empor. Dem rauhen Mann steigen die Tränen hoch, rinnen und kullern in den glänzend schwarzen Bart. „Mein Pantervieh" – so krault er das Tierchen.

So stell ich mich denn schnurrend auf die Hinterbeine und richte mich zu Ihnen auf, der Sie mich so oft auf Bühnen, Bücher und Büldung gehetzt haben. Tat ich je einem was? Und wenn ich ihm was tat, biß ich je? Und wenn ich biß, leckte ich nicht stets die Wunde sauber aus? Kurz: ein Musterpanter. Der sich aber doch für den schönen Käfig bedanken möchte, weil er sich darin so wohl fühlt.

Gratulieren? Wär ich ein Mensch, ich brüllte: Der Herr Obermenageriemeister hurra! hurra! hurr... Aber ich bin ja man ein stummes Vieh. Und so mache ich denn, wie gesagt, Männchen, reiße die Kinnbacken weit, erschrecklich weit auseinander, bekomme Zuckerchen und schiebe ab. Hinten, bei den Ställen, verschwindet um eine Ecke die letzte Schwanzspitze Ihres sehr ergebenen

Peter Panter

[1914]

DER DEUTSCHE BUCHHÄNDLER

Als vor einiger Zeit Ferdinand Avenarius versuchte, durch Einführung eines Dürerbund-Stempels Bücher erster und zweiter Klasse zu schaffen, wehrten sich die deutschen Buchhändler empört dagegen. Sie wollten nicht bevormundet sein. Sie wollten allein dem Käufer empfehlen und raten. Überhaupt seien sie es, denen die Kulturförderung obliege.

Sie liegt ihnen ob. Erfüllen sie ihre Obliegenheit? Nein.

Es klafft der Zwiespalt, Geld verdienen zu müssen und Kultur fördern zu wollen. Das Geldverdienen erschweren sie sich – das ist ihre Sache; Kultur auf dem Büchermarkt wird durchaus nicht gefördert – das ist unsre Sache.

Was liegt hier vor? Doch wohl ein Geschäft, eine kapitalistische Institution, ein Gewerbe. Das Buch ist Ware. Gegen diesen Satz sträuben sie sich alle noch immer. Das Buch ist Ware, und wer sie verkauft, muß warenkundig sein, so wie der Rayonchef der Strumpf-Abteilung des ganz unpersönlichen Warenhauses viel von Strümpfen wissen muß. Das Buch ist Ware: ein Geisteswerk ist weder broschiert noch gebunden für sieben Mark zu haben. Aber eine gewisse mittelalterliche apothekerhafte Schwerfälligkeit hat bis jetzt zu verhindern vermocht, daß alle die Einrichtungen eines modernen Kaufmannsbetriebes die Arbeit der Buchhändler erleichtern; ihre Abrechungen sind kompliziert, unerhört verwickelt, und nicht einmal die Prozentberechnung ist überall durchgeführt. Der Verleger liefert dem Sortiment sechs Exemplare gegen Bezahlung und ein siebentes umsonst; das nennt man: 7/6, und da daneben die Prozentrechnung herläuft, so kann man sich einen Begriff machen, wie schwierig Gewinne auszukalkulieren sind. Die Buchhändlerkonten sind eine Kabbala, die jährliche Abrechnung eine sakrale Feierlichkeit, die nur erfahrene und würdige Greise nach den Regeln des Ritus zu verrichten vermögen. Ganz große Betriebe haben sich von diesen alten Gebräuchen losgemacht und arbeiten nach vernünftigen, rein kaufmännischen Prinzipien, unterscheiden sich in der Buchführung durch nichts von ihrem Nachbargeschäft, das mit Gasstrümpfen oder Papierkörben handelt. Und so soll es sein. Das Buch ist eine Ware.

Das sind Interna, aber ihr bekommt sie genugsam zu fühlen. So wie hinter den Kulissen die rege Betriebsamkeit fehlt, die das neue Gute erfaßt, wo sie es erwischen kann, so arbeitet vorn im Laden die Schläfrigkeit ungeschickter Sortimenter. Bevor ich fortfahre, möchte ich mich salvieren: es geht nicht gegen die einzelnen Buchhändler, die ehrenhaft und in bestem Glauben handeln – es geht gegen einen gewissermaßen sektiererischen Zug, der nicht in ihrem, nicht in unserm Interesse liegen kann. Sie wehren sich mit Händen und Füßen: sie sind doch stehen geblieben. Hört! Ich brauche einen Zylinderhut. Ich gehe also in das Hutgeschäft, äußere dem Verkäufer meinen Wunsch, und er legt mir Zylinderhüte vor. Nun wird er mir genau sagen können, wie sich dieser trägt und jener, welche Nachteile dieser hat und welche Vorteile der andre. Wenn er ein guter Verkäufer ist, wird er mir sogar einen kleinen Rat geben können, ob mich der hohe besser kleidet oder der niedrige. Den Preis wird er auch wissen, denn der steht ja im Hut vermerkt. Ich möchte mir eine Literaturgeschichte kaufen. Aber wehe mir Armem, der ich nun in die Buchhandlung gehe. Dort weiß man nur den Preis der zwei dicken Bücher, die man auf Lager hat und dreier andrer, die im Katalog verzeichnet stehen. Man weiß auch (aber das geht mich nichts an), wie alle fünf Werke rabattiert werden. Und man wird mir sogar freundlich den Namen des Verlegers und des Verlagsortes mitteilen. Aus. Kein Wort über den Wert, über die innere Art des Buches. „Dieses Werk wird sehr viel gekauft." Allenfalls dies noch oder ein paar allgemeine Redensarten.

Sollen also die Sortimenter alle Bücher lesen, die sie verkaufen? Alle gewiß nicht; aber sie sollen die Waren- und Fachkenntnis haben, in der ihnen jetzt jeder einigermaßen gebildete Literat über ist. Und wenn sie nicht jeder Verkäufer haben kann, weil dazu die Gehälter zu niedrig sind, so soll sie wenigstens einer im Laden haben, und es ist nicht einzusehen, warum man nicht die Fächer unter die Verkäufer teilt und so, wie man heute schon einen Antiquar im Laden hat, auch einen Spezialisten für Belletristik, einen für Jura und einen für Kunst beschäftigt. Sie können das nicht bezahlen? Sie können es allerdings nicht, wenn das Sortimentergeschäft so wenig Gewinn abwirft wie jetzt. Und warum tut es das?

Eben wieder aus diesen Gründen: wir werden nicht angelockt, durch nichts gereizt. Unser zweifellos vorhandenes Bedürfnis nach Büchern wird nicht ausgenutzt. Man hat uns in den letzten Jahren sinn- und wahllos mit Büchern vollgestopft und wird uns vielleicht die Freude an schönen Büchern einmal stark vermindern. Aber man hat sich nie die Mühe gegeben, der jedes Spezialgeschäft andrer Gewerbe sich sorgfältig unterzieht: uns individuell und auf Grund einer großen Fachkenntnis mit dem bekannt zu machen, was der so reiche deutsche Büchermarkt jedem von uns zu bieten hat. Die deutschen Buchhändler sträuben sich – vielleicht mit Recht – gegen eine öffentliche Ausgabe ihres ‚*Buchhändler-Börsenblattes*' (bei der man ja die Nettopreise fortlassen könnte). Es ist kein gutes Zeichen, daß wir alle neugierig nach diesem offiziellen Anzeiger greifen, wo wir ihn zu fassen bekommen: er zeigt uns stets zehn bis zwanzig interessante Neuheiten an, von denen uns niemand unterrichtet hat. Die Auslagen unsrer Sortimenter werden viel zu wenig ausgewechselt und enthalten ohne jede höhere Auswahl gut rabattierte Prachtwerke, das Sensationsbuch und Langweiliges durcheinander. In den Spezial-Buchhandlungen ist es schon besser: die Juristen und Mediziner wollen sehr gut bedient sein und verlangen von ihrem Buchhändler eine genaue Beherrschung seines engern Kreises, die wohl im allgemeinen vorzufinden ist. Die andern legen aus, was ihnen in die Hand kommt. Von einer systematischen Propagierung irgendwelcher Bücher – guter oder schlechter – ist nichts zu merken. Man hat sich erst in letzter Zeit dazu aufgeschwungen, den Kaufzwang in Buchhandlungen durch Einrichtung kleiner Lesezimmer aufzuheben, aber auch hier ist der Besucher meist auf sich selbst angewiesen und irrt ratlos im Labyrinth der Bücher.

Die deutschen Buchhändler dürfen sich in keiner Weise beklagen, daß Tausende und Tausende von Büchern, von wertvollen Büchern, einfach untergehen, denn sie wissen fast alle noch nicht einmal, an welches Publikum sie sich damit zu wenden haben, wie sie auf dieses Publikum einwirken müssen, was dieses Publikum eigentlich will. Aber die Autoren können jammern. Gewiß: es gehört ein Unmaß von Arbeit, es gehören sehr fein ausgebildete Registraturen und Kartotheken und es gehört, vor allem, eine ganz genaue literarische Fachkenntnis dazu, zwischen Buch und Käufer zu vermitteln. Aber schließlich verlangen wir auch von jedem Schlosser, daß er sein Gewerbe kennt. Dieser langweilige und wenig erträgliche Zustand ist soweit gediehen, daß man, zum Beispiel, in der Buchabteilung eines großen berliner Warenhauses besser und sachgemäßer bedient wird als in mancher Sortimentsbuchhandlung.

Das darf nicht so weitergehen. Wenn die Buchhändler wirklich sich berechtigt glauben, gegen jede Bevormundung eines Dritten Protest einzulegen, dann müssen sie selbst aus einem Winterschlaf erwachen, der sie schon lange gefangen hält, und dem hoffentlich bald ein neuer Bücherfrühling folgen wird.

[1914]

EIN NEUER KLASSIKER

Wer hätte das gedacht! Meyrink, unser Gustav Meyrink in drei Bänden. Richtig in einer hübschen Kassette und: ‚*Gesammelte Schriften*'. Man wird alt.

Ja, nun werden ihn die Schulbuben in den Lesebüchern studieren müssen, und ich höre schon, wie mein kleines Enkelmädchen mühsam und ausdrucksvoll buchstabiert: „Bitt – Sie – was ist – das – – ei–gent–lich … Bus – – hi – – do – –? fragte der – Pan–ter – und – spielte – Ei – chel – ass – aus …" Und ihr fettes Fingerchen wird die Seiten herunter- und herauffahren müssen, und sie wird die Geschichte lesen von der Urne in Sankt Gingolph und die gemütvolle Legende vom Löwen Alois – und kurz und gut: da haben wir nun die ganze Teufelsbibel in drei Bänden wohlgeordnet vor uns liegen. Man wird alt.

Und liebevoll, nicht zum ersten Mal, aber schwelgend in Erinnerungen, lesen wir noch einmal alles, was uns damals aufrührte. Jeder hatte seinen eigenen Meyrink, jeder wußte neue Schönheiten zu berichten, die der andre noch gar nicht entdeckt hatte, und wenn wir uns abends nach Hause standen, brachen wir an jeder Straßenecke in ein Geheul aus (darob die Bürger erwachten), weil uns wieder etwas Neues eingefallen war von diesem Teufelskerl.

Wir kennen ja nun die hundert Meyrinks: den lyrischen und den hassenden und den lächelnden und den traurigen und den grinsenden und den schlagenden und den tötenden. Und beim Durchblättern ist uns manches wirklich neu, was wir vorher in alten Heften des ‚*März*' und des ‚*Simplicissimus*' uns zusammensuchen mußten, dürfen wir uns nunmehr auf der Zunge zergehen lassen: ‚*Die Belagerung von Sarajewo*' und ‚*Prag*' und gar ‚*Montreux*' – sehen Sie, das kannten Sie auch nicht! Und wenn man dann noch am Leben ist, darf man sich an dem bisher gänzlich unbekannten ‚*Wahrheitstropfen*' erfreuen, an der Geschichte des Herrn Ohrringle. Und an ‚*Veronika, dem Heimatsschwein*' und am ‚*Automobil*'.

Das Schönste aber an diesen reizenden Bändchen ist der Titel. Er ist sinnig, anheimelnd, und der Gebissene merkt erst etwas von seinem zerrissenen Hosenboden, wenn der trauliche Autor schon in weiter Ferne ist, das Hütel auf dem linken Ohr und leise pfeifend: „Drei Lihilien, dreihei Lihilien – die pflanzt ich auf mein Grab …"

Der Titel: ‚*Des deutschen Spießers Wunderhorn*'.

[1914]

DIE AUFPASSER

Wenn ich aus meinem Fenster sehe, so erblicke ich drüben auf der anderen Straßenseite die ziegelrote Front einer Berliner Gemeindeschule. Im Sommer und, wenn es warm ist, auch im Frühling – dann machen wir beide, die Gemeindeschule und ich, unsere Fenster auf. Ich höre dann so, wie dreiundfünfzig Kinderkehlen versichern, daß sie preußisch seien und auch preußisch sein wollten, und ich höre, wie man den ganzen Tag ununterbrochen zum lieben Gott Choräle hinaufschickt, so daß der alte Mann beinahe glauben muß, Preußen sei wirklich eine große Kinderstube.

Aber am ergötzlichsten ist es doch um 10 Uhr und um 11 Uhr, kurz, immer dann, wenn drüben gerade die Pause zu Ende gegangen ist. Dann warten die Klassen auf den Eintritt der Lehrer und Lehrerinnen, und wenn fünfzig Kinder in einer Stube sitzen, dann geht es natürlich nicht leise zu. Und da ist eine Klasse, sie wohnt gleich hinter den ersten Fenstern links in der zweiten Etage. Da sitzen lauter kleine Mädchen drin und machen einen Heidenspektakel, bis der Herr Lehrer hereinkommt oder das Fräulein Lehrerin, um ihnen das große Einmaleins und die kleinen Näharbeiten beizubringen. Und weil doch nun alles auf der Welt seine Ordnung haben muß, so hat man über das unruhige Gewimmel ein paar Aufpasser gesetzt, vielleicht sind es die Ersten der Klasse, und die müssen nun vorn auf dem Podium stehen und müssen aufpassen, daß niemand laut ist.

Und es ist nun ganz merkwürdig, aber um diese Zeit, um 10 Uhr oder um 11 Uhr, höre ich kaum etwas von der unruhigen Klasse, sondern immer nur zwei helle, kreischende Stimmen, es sind immer dieselben, und ich kenne sie schon, und sie schreien: „Ruhig! Wollt ihr wohl ruhig sein! Ihr sollt stille sein! Stille! Ruhig!" Und von der ganzen Klasse höre ich nichts als dies: Ruhe! Stille! Die anderen sind wirklich stumm und rühren sich nicht mehr, und nur die Aufpasserinnen wittern immer noch Rebellen und ersuchen im höchsten Sopran um anständiges Benehmen …

Was aber die deutsche Politik angeht, so will ich nichts gesagt haben.

[1914]

NEBENAN

Nebenan sitzen die Leutnants hinter der dünnen weißlackierten Tür. 's geht ja hoch her, dideldumdei! Aber unsereiner ist nicht dabei. Wir – die so Gemeinen – stehen im Nebenzimmer um einen Tisch und vervielfältigen irgend etwas auf einer rätselhaften komplizierten Druckmaschine.

Der kleine Leutnant hat den Deckel des Flügels zurückgeklappt. Jetzt –. Er spielt doch sehr hübsch. Er versteht es, so die Töne im Sopran perlen zu lassen, ein bißchen zu zögern und dann unten im Baß loszulegen. Was der Junge alles mit dem einfachen Walzerrhythmus anstellt! Wie wenn jemand auf eine Trampoline aus Gummi springt, so schnellt und federt das. Wie dumpf die Resonanz klingt!

Alle rufen den Namen eines Liedes, das jedes Gramophon auswendig weiß. Er klingelt es ihnen vor. Nach den ersten belanglosen Passagen, in denen der merkwürdige Ton b in A-Dur dem Tondichter das Gefühl höher schwellen ließ, es mit den polyphonsten Modernen aufnehmen zu können, kommen jene berühmten sechzehn Takte, die eigentlich nur ein großes Atemholen sind, die Pause vor dem Schlag. Schlag zu –!

„Flieg, du kleine Rumplertaube …"

Der ganze Laden singt mit! Wenn man den ganzen Tag über geflogen ist, dann hat man schließlich das gute Recht, abends davon zu singen. Und sie singen! Einer hat eine Stimme wie ein Hahnenimitator, ein andrer mutiert grade, dazu ein oller, ehrlicher Baß – Symposion.

Meine Mitgemeinen sind schon lange fort. Der Leutnant spielt noch immer. Er spielt mir – der Teufel hole die Assoziationen, und Gott segne sie! – alle Erinnerungen des ‚Voraugust' wach. Das war eine sündhafte Zeit: die ganze Nacht tanzten wir Tango, verjübelten unser Geld durch den Besuch der (Karl, zieh den Atem ein) Lichtspielhäuser und schwelgten in Kunstgenüssen, die uns im wesentlichen das Ausland vermittelte. So war es doch , nicht wahr? Denn so steht es auch in meiner Zeitung, und da muß es wohl richtig sein. Der Leutnant spielt. Er spielt alles hintereinander, was ihm grade einfällt: da – nun macht er im Walzer eine kleine niederträchtige Pause, unter der man sich allerlei vorstellen kann …

Die Lampe ist fort. Auf dem Tisch schimmert matt die geheimnisvolle Maschine. Es ist ganz dunkel. Und in dem Dunkel ist nur ein helles Ding; es blinzelt mich an, leuchtend, glänzend, unverschämt blitzend: das Schlüsselloch.

[1916]

DIE SEKT-EULE

> Der Vogel denkt: „Weil dem so ist,
> Und weil mich doch der Kater frißt,
> So will ich mich denn auch nicht zieren,
> Will noch ein wenig quinquilieren."
> Und pfeift sich wirklich etwas vor.
> Der Vogel, scheint mir, hat Humor.
>
> Busch

Als aber der Heilige Grotescus, der gerissene Gott, der alten Eule Champagner eingefüllt hatte, da begannen ihre Augen unheimlich zu glühen. Und es währte nicht lange – siehe, da begann der altehrwürdige Vogel auf einem Bein zu hüpfen und unaufhörlich zu lachen. Und er lachte mit gackernder Stimme und kniff abwechselnd das rechte und dann das linke Auge zu, und der schlaue Heilige freute sich diebisch in seinem Gemüte: denn die sonst so schweigsame Matrone plauderte alles aus, was sie wußte. So wurde das Geheimnis der alten Eule verraten.

Abgesehen davon hat Mynona im Verlage Kurt Wolff ein schmales Bändchen Grotesken: ‚*Schwarz-Weiß-Rot*' erscheinen lassen – und das Heft bewirkt etwas, was dicke Wälzer an Humor nicht fertig bekommen haben: Man lacht. Man rollt sich. Man trudelt über alle Treppengänge des stolzen Weltenbaus.

Seine Komik ist sehr schwer zu fassen, sie ist ganz unterirdisch. Zunächst fallen einmal alle Hemmungen weg, der Himmel öffnet sich, der liebe Gott selbst streicht sich seinen weißen Bart, aber er und der Bart sind aus Glas, man sieht durch sie hindurch, in den zweiten Himmel, da sitzt Haeckel und liest in einem dicken Buch ‚*Welträtsel für artige Kinder*', aber auch er ist gläsern, man sieht weiter, weiter. Und ein himmlisches Feixen durchzieht den Raum.

Daß unsre Erde bei einer solchen Betrachtungsweise nicht immer gut wegkommt, läßt sich wohl denken. Sie wird es verwinden. Aber der Schreck, wenn auch dieses Verwinden schon wieder bespöttelt ist!

Mynona möge mich keines Vollbartes zeihen, wenn ich sage, daß nicht alles künstlerisch geglückt ist. Technisch ist vieles ganz abstrus – viel zu lang, besonders gegen den Schluß der kleinen Geschichten macht sich häufig eine trunkene Schläfrigkeit bemerkbar. Dafür sind viele Passagen, besonders im

Andante der Sonaten, hinreißend. So das: „... nach dem lieben alten Weimar, nebenbei gesagt, saß dort im Wartesaal erster Klasse die stadtbekannte Schwester des weltbekannten Bruders im anmutigen Gespräch mit einer alten Durchlaucht von Rudolstadt; Abnossah hörte grade die Worte: ‚Unser Fritz hatte stets eine militärische Haltung, und doch war er sanft, er war mit andern von echt christlicher Sanftmut – wie würde er sich über diesen Krieg gefreut haben! und über das herrliche, ja heilige Buch von Max Scheler!' Abnossah schlug vor Schrecken längelang hin." Bautsch! Und so kommt man in dieser Goetheschen Liebesgeschichte aus dem Schmunzeln (der schönsten Form des Lachens) gar nicht heraus. Es ist gewissermaßen eine Welt in Anführungszeichen; nur je vorn und hinten ein „" und noch ein „" – und sie glänzt ganz und gar in buttriger Heiterkeit.

Und es ist alles da: Herr Boboll, der das Nötigste bei sich hat und der Mitwelt damit aushilft (Thermometer, Barometer, die vielen kleinen Bedürfnisse des Lebens ...), Herr Boboll, den man auch deklinieren kann: Boboll, Bobolls, Bobolln, Bobolln – und eine wehmütige Erinnerung an Paulum Scheerbart (‚*Das vertikale Gewerbe*' – befürchten Sie nichts, Leserin!) und der dativus disputationis ist Ihnen auch da – kurz: nur hereingetreten, meine Allerwertesten!

Das Bändchen kostet achtzig Pfennige. Vielleicht reizt es manchen, sich ‚*Rosan, der schönen Schutzmannsfrau*' (auch bei Kurt Wolff) zu verbinden. Sie wird ihm helfen, die große Zeit zu vertreiben.

[1917]

MEINEN FREUNDEN DEN IDEALISTEN

Man sollte sie in Gänsefüßchen setzen, bevor man sie schilt. Denn es gibt solche und solche. Solche: die sagen, die Erde sei noch gar nichts, man müsse erst einmal die Erde in der Vollendung ihrer Idee sehen ... Da ist es nun merkwürdig zu beobachten, wie sich die übelsten Kerls auf Vater Hegel und seine sieben Söhne berufen, wie der größte Schweinehund das Wort Wilhelm von Humboldt auf der Zunge zergehen läßt, daß es eine Lust ist. Nun steht uns im Lärm dieser Tage nicht an, zu untersuchen, ob Hegel wirklich – oder ob Fichte … Aber es ist doch merkwürdig: auf den so optimistischen Idealisten Schopenhauer, der ganz unbekümmert im Glauben die Erde durchmaß, schnappt keiner ein. Er verpflichtet.

Musik und die schleimige Philosophie verpflichten zu nichts. Die Begriffe sind freilich groß und weit – es geht alles hinein, aber ist nichts drin. Gott – Staat – All – wie das hallt! Eben wie ein hohles Faß. Man kann alles hineinpacken, aber man muß nicht. Und unter der weiten Kuppel der erhabenen Worte finden sich alle, alle: Müde und Gesunde und Leute mit dem bösen Gewissen und schöne Seelen und Frauen. Hier haben Sie die Universalweltanschauung; weil sie für keinen unmittelbar paßt, ist sie jedem auf den Leib geschnitten.

Aber tun wir doch das Prachtgewand ab –! Dann kommt der Alltag und der Ernst des Lebens. Ertüchtigung – Durchsetzen der Persönlichkeit – gut, gut. Wir werden die Welt nicht ändern, nicht einmal, wenn wir einen Verein gründen. Aber gehört das mit dazu, den mächtigen kitzelnden Willen mit Draperien zu verkleiden? Ist das auch ein Bestandteil der germanischen Philosophie, die jetzt so sehr in die Mode gekommen ist? Langbehnig taucht der Schatten des Rembrandt-Deutschen auf – lieber nicht. „Die Welt ist viel trivialer oder, wenn du es auf deutsch willst, viel nichtsbedeutender, als sie sich einbildet. Es ist in Wahrheit die größte Seltenheit auf Erden, daß ein Mensch aus wahrhaft pathetischen Gründen etwas Rechtes im Guten oder Schlimmen, nach der Licht- oder nach der Schattenseite hin, wird oder zu Stande bringt. Wir werden meistens durch Kleinigkeiten zu Helden, Narren Verbrechern oder Parakleten gemacht. Bonaparte kann seine Schneiderrechnung nicht bezahlen, geht hin, heiratet die Mätresse Barras' und marschiert zur italienischen Armee. An Schiller schreibt Körner: ‚Schneider Müller fragt auch an, wann du zurückkommst', und Schiller geht hin und schreibt den *‚Don Carlos'*. Verlaß dich drauf, Kind, und glaube nicht sofort daran, wenn sie dir mit dem Pathos kommen. Kleinigkeiten sinds –". Also spricht der alte heilige Raabe, und der war auch ein Deutscher.

Die Idealisten aber spielen auf dem Pianoforte ihrer Begriffe – ach, wären es doch schwarze Bösewichter! Der Sonntag ist abstrakt, die Woche aber konkret und nahrhaft, und gerührt blickt Vater Hegel und Mama Fichte, das Elternpaar, auf die so vorzüglich geratene Nachkommenschaft.

[1917]

WALPURGISNACHT

> Der Dovre-Alte:
> „Du meinst, wir hätten nicht auch unsere Zeitung?
> Hier, bitte, hier schwärmt von dir, rot auf schwarz,
> die ‚*Blocksbergpost*', ein Blatt von Verbreitung –"
>
> ‚*Peer Gynt*'

Der Hexenweibel Sengespeck schnaufte alle Luft ein, die um ihn war. „Antreten!" brüllte er. Die Schwadron trat an.

Hundertundsechzig Hexen, in zwei Reihen sauber ausgerichtet. Am rechten Flügel die Oberhexe Feodorowna Hippenkranz, danach Frau Hexe Deppe, danach Fräulein Mohrchen (aus Sachsen) und alle die andern. „Stillstann!" dröhnte Herr Sengespeck. Sie standen wie die Mauern. Der Weibel verlas den Dienst:

„Heute abend steht die Eskadron geschlossen vor dem Blocksberg am Südhang. Abrücken dazu um 10 Uhr. 11.40 Uhr Besichtigung durch Seine Exzellenz den †††. (Ein ganz unmilitärischer Schauer ging durch die Reihen.) 12 Uhr bis 4.30 Orgie, mit anschließender Parade vor Höchstebendemselben. 5 Uhr Abreiten. Es tritt alles ein." Sengespeck ließ das Blatt sinken. „Also heute ist der große Tag. Daß mir der Anzug in Ordnung ist! Der Donner holt euch! Die Besenstiele gut gestriegelt, die Lumpen vorschriftmäßig, Haare in die Stirn gekämmt. Stiefel: keine. Weggetreten!" Hurr – weg waren sie. Und putzten.

Die Zweite Schwadron des Zehnten Teuflischen Hexenregiments war zur Zeit in einer kleinen Häusergruppe im Thüringschen, in der Nähe von Elend, einquartiert. Der Flecken galt für verlassen und unbewohnt, war es aber nicht. Der Flecken war belegt, völlig belegt, nicht ein Plätzchen mehr war frei. Hier wurden für das große Blocksbergmanöver alle Hexen der Umgegend ausgebildet; nur wenige waren abkommandiert, weiter ihren friedlichen Beschäftigungen nachzugehen, das Vieh zu behexen, böse Winde zu bannen und den Kindern Angst und Schrecken einzujagen. Hier aber herrschte der rauhe Ernst des Lebens. Hier wurde gearbeitet und exerziert, gedrillt und gewettert, daß es eine Lust war. Wochen und Wochen und Monate – und das alles für den einen Freitag, den dreizehnten November, für diese eine Nacht …

Frau Oberhexe Hippenkranz gab den grünen Likör aus. „Trinkt, Kinder, trinkt!“ sagte sie zu den Novizen, die noch keinen Blocksberg mitgemacht hatten, „ihr werdets brauchen, die Nacht ist lang!“ Das wimmelte und krabbelte in der Stube des Achten Beritts: die Carmagnac (eine Emigrantenhexe) legte Rouge und Hexenfett auf; die Schulzen, ein ausgekochter, alter Jahrgang, versteckte ihre riesigen grünen Ballschuhe an ihrer Büste; das rothaarige Fräulein Mohrchen aus Sachsen band die Korsettschnüre ans Bett und ging mit zusammengepreßten Lippen ein Stück ins Zimmer hinein, bis sie schlank war wie eine Stopfnadel; die kleine mollige ‚Perle‘ hingegen (eigentlich hieß sie Lieschen Peiermann und war die entartete Tochter einer sonst feinen Familie) hatte schon einen kleinen Schwips und kitzelte unaufhörlich lachend ihren schwarzen Kater, der auf ihren weißen Schultern buckelte. Und sie putzten und lärmten und stießen sich von den Spiegeln fort, alte und junge, braune und schwarze, schlanke und fette und verhutzelte.

Der Novemberregen klatschte gegen die Scheiben – in bösen Stößen rannte der Wind gegen das Haus an. Oben die Schuhus – alte kastilianische Fledermäuse – klappten mit den großen Flügeln und sahen mit ihren glühenden Augen in die Schornsteine, wann die Madamen fertig wären. Es war heute Freitag – die klugen Tiere ahnten, was in der kalten Luft lag. Nur der alte Wach-Uhu war in seinem Verschlage und hatte sich ganz dick aufgeblasen. Er saß, satt und faul, auf einem toten Eichhörnchen, seinem Abendbrot – fressen mochte er noch nicht, aber er saß zunächst einmal drauf. –

Aus der Weibelstube erklang gewichtiges Räuspern. Herr Sengespeck trank den letzten Schluck Burgunderpunsch aus seinem kugeligen Glase und setzte es seufzend auf den Tisch. „Buah!“ sagte er, „das ist ein Wetterchen! Dienst ist Dienst, aber es wäre doch ein gemütlicher Abend gewesen, sozusagen, bei den warmen Kacheln da und dem Knaster hier … Pfui, Rudolf, wer wird so etwas denken! Heute, am Ehrentage deines Herrn! Na, dann los!“ Auf dem Tisch lag aufgeschlagen der Malleus maleficarum, eine Prachtausgabe des altehrwürdigen ‚*Hexenhammers*‘, aufgeschlagen bei Kapitul XXVII: „So die widerspänstige Hexe im casu incubi beim Inquirieren leugnet und was darauff zu geschehen“, und daneben stand die dunkelgrün bauchige Flasche mit Stobbes Machandel oo. Ach –! Und mit einem wehmütigen Blick auf alle diese Herrlichkeiten machte er sich ans Umkleiden und tat die Galauniform an: dunkelgrüner Rock mit gelben Aufschlägen und goldendem Kragen. Auf den Achselstücken brodelten die kleinen Fegefeuer mit gekreuzten Ofengabeln darüber: die Weibelabzeichen. Stöhnend zog der beleibte Mann das Koller fester. 's war nicht der erste Blocksbergdienst, den er machte; wer seit 1897 Jahr für Jahr die kalt-heißen Nächte durchbraust hat, der weiß, was das heißt. Wie die Zeit vergangen war! Wo waren alle die andern –? Der rote Ignaz und Sergeant Presel (genannt der Kreuz-Junge) und der alte Wachtmeister Herrmann von der Zweiten Reitenden Wilden-Jäger-Brigade – wo waren sie alle? Dahin, dahin! Tot oder pensioniert oder Lotteriekollekteure – dahin, dahin! Noch einmal sah Sengespeck auf den braven Ofen in der warmen Ecke – dann riß er entschlossen die Tür auf. „Antreten!" donnerte er.

Ein wildes Getrappel und Gelaufe entstand in der Hütte, in den Häusern, draußen auf dem Platz. Hier saß einer der Gürtel noch nicht, der war das samtene Halstuch verrutscht und der das Strumpfband gerissen – die eine vermißte ihren Besenstiel, die andre goß ihr Riechfläschchen über den Tisch – hallo! Aber dann standen sie doch.

Durch die rissigen Wolken schien der Mond. Der Weibel musterte grimmig seine Garde. „Achtung! Stillgestanden! – Hexe Fellinger, etwas zurück! – Der linke Flügel weiter nach vorn! – Die kleine Hexe da den Kopf nicht so hoch! – Also: immer, wenn was nicht klappt, mir ansehen! – Wenn Seine Exzellenz fragt, klipp und klare Antworten! – Und bei der Orgie muß das gehen wie das Donnerwetter!" Er holte Atem. „Zum Aufsitzen fertig! Aufgesessen! Eskadron – Terrrab!" Hui! Durch den Hausflur, durch die Esse brauste es hinaus in die kalte, kalte Nacht!

Die Schuhus hielten die Spitze. Dann hoch zu Besen, Sengespeck und die Schwadron. Es ging über schweigende Dörfer, über rauschende, schäumende Wälder, Laub wirbelte in der Luft, und wenn der Mond einmal durch die Wolkenfetzen strahlte, fiel sein verschleiertes Licht auf den hastig galoppierenden Zug. Ein Besenstiel scheute – fluchend riß ihn die Reiterin zurecht. Mit hellem Pfeifen flog ihnen der Wind an den Ohren vorbei. Einmal spähte Sengespeck scharf nach unten – was gab es da? Der Mond leuchtete grade auf; ein Bauernweib kämpfte sich, die Röcke über den Kopf geschlagen, ihren Weg nach Hause … man sah mehr von ihr, als gut war. Jetzt wurden auch die Hexen aufmerksam – ein kreischendes Geschrei durchtönte die ziehende Luft. Erschrocken rannte unten das Weib, von Grauen gepackt – hohnlachend sauste oben die Schar weiter, hinein in das windige Dunkel.

„Tete links!" kommandierte Herr Sengespeck mit mächtiger Stimme. Da schwenkten sie ab, die Schuhus gaben Laut, andre antworteten aus der

Ferne – und schwer atmend hielt die ganze Schwadron im Windschutz eines hohen Hügels. „Parole!" rief eine Stimme aus der Nacht. „Hie gut Luzifer allewege!" sagte der Weibel würdevoll. Da hielt das Regiment.

Sie ordneten sich. Keine einfache Sache in der jetzt stockdunkeln Nacht, aber das war oft geübt, und es klappte. Mit halblauter Stimme gab Hexe auf Hexe die Befehle weiter – sie schaukelten, sie stießen einander an und bewegten sich hin und her: da standen sie, ein geschlossenes Ganzes. Fahl leuchteten die weißen Nachtjacken der Oberhexen durch das Halbdunkel. Der Mond flackte, dunkel und hell, wie der Wind die Wolken über ihn trieb ... Pause. Und dann kam es.

Ein Pfiff durchschnitt die Luft, es sauste, ein roter Schein leuchtete auf, eine geborstene Glocke klang, und vier Wölfe heulten lange. Die Hexen zitterten. Das war ER! Der Weibel riß das Kinn an die Binde – es gab ihm doch immer wieder einen Ruck, alle Jahre: es war ein großer Augenblick! Er trat vor.

Da dampfte dunkelrot der ewige, unvergeßliche Wagen, da klang die Glocke, da saß der alte höllische Kutscher auf dem Bock, der die purpurne Leine fest in der Faust hielt. Die Wölfe ließen die langen Zungen hängen und jappten nach Luft. Ihre Flanken flogen. Sie strömten vor Schweiß. Im Fond, hinter dem schwefelgelben Schlage: die Exzellenz.

Der Weibel war stolz auf seinen Herrn, wie alle Jahre. Bei den drei Kreuzen! welch ein Mann! Gar nicht der geschniegelte Spanier, wie ihn sich die Büchermacher abbildeten, die ihn nie gesehen hatten: ein einziger Wille, eine einzige Energie, ein Block von Stahl! Der Unterkiefer schob sich weiter vor, die Backenknochen strebten auseinander, die schrägliegenden Augen funkelten. Der ††† sah den Weibel im Regiment – er kannte das Handwerk: jetzt galts! „Stillgesessen! Die Augen – links!" Und, mit der Hand an der Mütze: „Zehntes Teuflisches Hexenregiment zur Orgie angetreten!"

Der Satanas zuckte mit keinem Muskel. Ein kurzes Kopfnicken – dann stieg er massig und schwer aus. Er war beleibt, aber nicht zu sehr – er meisterte seinen Körper, das sah man. Heute abend trug er die sparsam mit Gold abgesetzte, nachtblaue Uniform des Höchstkommandierenden. Auf dem Kopf saß ihm ein schwerer funkelnder Goldhelm mit getriebener Arbeit. Er klappte den Mund auf, ein riesiges Gebiß wurde sichtbar. „Augen – gerrradeee – haus!" bellte seine tiefe, metallene Stimme. Er reckte den rechten Arm in die Höhe – in seiner Faust flatterte die Flamme einer Fackel. (Es war Könnemanns Höllenfackel ‚Lux', ein altbewährtes Fabrikat.) Vor ihm die Hexengesichter strahlten grünlich, sein Auge fiel auf eine Rothaarige in der zweiten Reihe, die regungslos saß, die Schenkel fest an den Stiel geklemmt, ihre Nasenflügel bebten. Sein Flammenblick überlief sie alle.

„Hexen!" sagte er. „Ich freue mich, euch hier begrüßen zu können. Ich hoffe, daß die zwölfhundertachtundachtzigste Walpurgisnacht so verläuft wie alle andern! Das Zehnte Regiment hat eine ruhmreiche Vergangenheit: die Bernsteinhexe hat ihm angehört; Maria Schwandnerin, die Mutter meiner Mutter, Unsre allverehrte Großmutter, hat dem Regiment jahrelang vorgestanden! Hexen! Machts gut heute nacht! Und nun auf zum Blocksberg! Hoi-ho-to-ho!" Und: Hoi-ho-to-ho!" antwortete ihm der jauchzende Chorus. Der Weibel riß den Schlag auf, die Wölfe zogen an, und das ganze Regiment folgte der Fackel des Führers, durch die Luft, über ein Tal, hinauf, hinab – zum Blocksberg.

Da zeigte sichs, was es mit alter Tradition auf sich hat: da stand das Hexenheer, die Fackel zog einen Strahl durch das Dunkel, und nun gab es kein Halten mehr. Das strudelte und raste durcheinander, scheinbar wirr und wild tobten die Formationen darauflos, kopfüber, kopfunter, rund um den Galgen auf der Kuppe, durch die Wolken, durch die Täler – aber keiner rutschte der Leitung aus der Hand, da war alles auf seinem Platz: Mann, Führer und Unterführer. Die Arbeit eines langen Jahres war nicht umsonst gewesen.

Unter dem Galgen auf der Höhe stand der Herr der Hölle und sah gefalteten Mundes auf das Gewühl. Da waren die ruhmreichen Bataillone, da waren sie alle, alle: das Siebente Preußische und das Erste Kurhessische und die Thurn- und Taxis-Hexen und die Schwyzer Mahre und, auf Eisenstangen reitend, die Essener Feuerhexen; sogar holsteinische Nixen schwebten dahin. Kobolde waren da, an ihrer Spitze der Geheime Oberstaatskobold des Innern und die Wilden Jäger und die Freischützen; Gespenster fremder Höfe – das Kaiserlich Türkische Hofgespenst war persönlich anwesend und schnitt der Weißen Frau die Kur – und dazwischen immer wieder Hexen, Hexen! Alte verschrumpelte und junge schwellende, fliegende und kriechende, Ginsterhexen, Moorhexen und die Fliegerhexen. Der Fürst wandte sich jäh. „Wo ist die Verehrungswürdige aus Hänsel und Gretel?" fragte er seinen Adjutanten. Der Graf schnellte verbindlich nach vorn: „Sie ist schon zu gebrechlich, Exzellenz – man hat den lächerlichen Triumph der Kinder so oft beklatscht und die alte Dame dabei ausgelacht ...!" – „Das Pack", knirschte der Fürst. „Ich danke."

Oben auf dem Gestänge des Galgens sangen die fünf Vokalvögel ihr schauerliches Lied: Der Aha, Ehé, Ihi, Oho, Uhu! Dahinter fiel der Fels steil ab. Unten kochte der rauschende Wildbach. Der Sturm hatte nachgelassen; man konnte es fast lind nennen, was da wehte; und auch der Mond traute sich nun ganz heraus, Vollmond, der er war, bleich und bläulich-hell. Da spielten die Kobolde zum Tanz auf, ihre ungefügen Dudelsäcke wackelten im Luftzuge – da kletterten kleine Marketenderteufel total betrunken aus rollenden Spritfässern, etwelche schoben Kegel – welche Kegel! welche Kugeln! – und die Hexen schrien und ritten und küßten sich satt für ein ganzes Jahr. Manche äfften ein Hexengericht, mit den peinlichen Fragen. „Willtu leugnen, daß dir der Teufel beigewohnet? – Willtu – hast du – willtu –", und jeder neue Unflat wurde mit unauslöschlichem Gelächter begrüßt. Dann schleppten sie die fröhliche arme Sünderin zu einem künstlichen Feuer, und jauchzend tanzten sie in den lohenden Flammen.

Ah – die schlanke Rothaarige! Eine Gefreitin von den Zehner Hexen! Der Fürst machte einen Schritt nach vorn. Sie hatte ihn gesehen und erbleichte. Diskret wandte sich der Adjutant ab. – – – –

Der Weidenbusch schwankte, vom Wind geschüttelt. Was schweigt sie? dachte die Exzellenz. Wenn sie doch spräche. Da sprach sie. „Sei brudal, du sießer Schdirmer!" sagte die junge Hexe und schloß die Augen. Mein Leipzig lob ich mir –! und gerührt schloß sie der Teufel in seine Arme.

– – –

Die Orgie nahm ihren Verlauf; und immer lockender und weicher spielten und klangen die Aeolsharfen der Tübinger Hexenkapelle unter Herrn Musikleiter Justinus Kerner, und immer schmelzender sang der Sirenenchor.

In den Nebentälern geht es gemütlicher zu. Da machen die ältern Herrschaften ein ehrbares Tänzchen, da dreht sich die Salinenhexe mit einem alten Sergeanten im Rheinländer, es walzen die Mitglieder des ‚Vereins ehemaliger Fünfer' mit Frau und Base – da wurde manch Feuerlein angefacht, an dem schnauzbärtige Korporale ernst und maßvoll tarockten. Auch der Wilde Sonntagsjäger war da – des gefürchteten Wilden Jägers gutmütiger Vetter vom Lande, ein behäbiger Koloß in bequemer Lodenjoppe. Das gute Blocksbier hatte es ihm angetan, Lieder seiner Jugend stiegen gleich Blasen in ihm auf, und längst verklungene Zeiten wurden noch einmal wach. Und schlurfend und schaukelnd wackelte er durch die Luft, im Arm lag ihm ein Besenstiel, den eine trunkene Hexe verloren haben mochte, und während die

Musik einen neumodischen Wackler intonierte, sang er unentwegt und stillvergnügt vor sich hin:

„Sie spielt auf ihrem Tingelingeling
Von sieben bis um eins –
Und hat mit ihrem Tingelingeling …"

„Aber Adolf!" flüsterte seine Frau und zupfte ihn am Ärmel. „Was sollen die Leute dazu sagen!"

Draußen rast das Fest. Schneller und schneller wirbeln die Massen durcheinander. Ein bacchantischer Zug tobt durch die Luft, voran ein alter Hexenmeister auf einem grauhaarigen Ziegenbock, hinter sich schleift er, einem Kometenschweife gleich, die Hexen von Harvestehude. Sie liegen lässig auf den Besenstielen, ihren Kopf haben sie hintenübergelegt, die Haare flattern … Und sie singen! Das Hexenlied – horch!

„Soon … Topp …
Voll Snuten und Poten,
Gefüllt bis an den Rand.
Swattsur mit Klüten,
Das schmeckt uns ganz charmant!
Erbsen und Bohnen
Mit Swinfleesch nicht so knapp …"

Das Gewühl schließt sich hinter ihnen, sie müssen schon weit fort sein, denn nur im Hall des Windes tönt es noch:

„Nach son Gericht
Da leckt man sich
Bestimmt die Finger ab!"

Und zuckend umschlingen die Landhexen die Nickelmänner, die Kobolde, die Freischützen – ihre Lippen sind durstig, denn es ist nur einmal dreizehnter November im Jahr –!

Der Fürst stand wieder unter dem Galgen; der Adjutant, unmerklich lächelnd (eine besondere Kunst aller Adjutanten) hinter ihm. Regungslos verharrte der Teufel, den Blick starr auf den Horizont gerichtet. War das ein heller Schein –? Er sah auf den prachtvollen Chronometer, das Geschenk eines bekannten berliner Blumenmediums. Fünf Minuten vor halb fünf. „Lassen Sie abblasen, Graf!" sagte er.

Ein grauenhafter Ton übertönte das Ganze. Der Hornistenkobold setzte, zitternd vor Anstrengung, das mißgestaltete Instrument ab – da stand alles.

Wieder hob er es, wieder hallte das Horn, als ob ein Ochse abgestochen würde – da ordnete sich das Heer. Gleich trat zu Gleich, Zug zu Zug, Bataillon zu Bataillon – die Feuer erloschen, das Getümmel nahm ab.

Und das Horn erklang zum dritten Mal! Einen nie geahnten, fürchterlich gequetschten Ton gab es von sich – und da zog durch die Luft noch einmal alles am Galgen vorbei: die Gäste, die Führer, die Hexen – alle! In zwei Gliedern, stramm ausgerichtet, im gleichen Trab, die Besenköpfe in einer Reihe – ein Wunder der Disziplin! Und dann erst hielten sie, machten Front und standen fest. Das Ganze halt! Stille.

„Hexen!" rief der Fürst mit weithinhallender Stimme. „Ich war mit euch zufrieden! Ihr habt – jede für sich – Ehre eingelegt! Ganz besonders von den Zehnern nehme ich die besten Eindrücke mit nach Haus! Ich verleihe dem Führer der Zweiten Eskadron, Hexenweibel Sengespeck, den silbernen Hexenhammer am Bande zu tragen! Mich sehr gefreut, mein lieber Sengespeck! Und auch ihr andern, lebt wohl! Bis zum nächsten Mal!" – Bis zum nächsten Mal, Exzellenz!" donnerte das Heer. Die Glocke klang, die Wölfe heulten, durch seinen roten Dampf fuhr Satan davon. Und davon raste das Heer, in alle Richtungen der Windrose. Die Dorfkirchtürme sandten den Davonziehenden fünf zitternde Glockenschläge nach. Sieh – im Osten der erste graue Streif! Katrig zog der Tag auf. Der Blocksberg war leer.

Da lagen die Hexen der Zweiten Zehner-Schwadron wieder in der Hütte auf ihren Betten, kaum entkleidet – da lagen sie und schliefen einen totenähnlichen Schlaf. Nur die schlanke Rothaarige saß noch wach (ihr Schnürpanzer hing über einem Stuhl), dehnte sich befreit und lächelte satt. „Weeß Gneppchen", flüsterte sie, „weeß Gneppchen!"

Drin aber in seinem Stübchen stand Weibel Sengespeck und betrachtete wieder und immer wieder in dem großen blanken Spiegel den blitzenden Hammer, der ihm so herrlich die Brust zierte. Er räusperte sich befriedigt. „Die wahre Tüchtigkeit", sagte er zu seinem Konterfei, „wird doch stets anerkannt. Wie habe ich sie aber auch ausgebildet, ich, der Hexenweibel Sengespeck!" Er trat ganz nahe an das Glas heran. „Rudolf, das mußt du selbst zugeben: den Hammer hast du dir ehrlich verdient! Aber ich hab es ja immer gesagt: Es geht nichts über einen alten tüchtigen Korporal! Du Ritter des silbernen Hammers! Gute Nacht –!"

[1918]

WAS DARF SATIRE?

Frau Vockerat: „Aber man muß doch seine
Freude haben können an der Kunst."
Johannes: „Man kann viel mehr haben an
der Kunst als seine Freude."
Gerhart Hauptmann

Wenn einer bei uns einen guten politischen Witz macht, dann sitzt halb Deutschland auf dem Sofa und nimmt übel.

Satire scheint eine durchaus negative Sache. Sie sagt: „Nein!" Eine Satire, die zur Zeichnung einer Kriegsanleihe auffordert, ist keine. Die Satire beißt, lacht, pfeift und trommelt die große, bunte Landsknechtstrommel gegen alles, was stockt und träge ist.

Satire ist eine durchaus positive Sache. Nirgens verrät sich der Charakterlose schneller als hier, nirgends zeigt sich fixer, was ein gewissenloser Hanswurst ist, einer, der heute den angreift und morgen den.

Der Satiriker ist ein gekränkter Idealist: er will die Welt gut haben, sie ist schlecht, und nun rennt er gegen das Schlechte an.

Die Satire eines charaktervollen Künstlers, der um des Guten willen kämpft, verdient also nicht diese bürgerliche Nichtachtung und das empörte Fauchen, mit dem hierzulande diese Kunst abgetan wird.

Vor allem macht der Deutsche einen Fehler: er verwechselt das Dagestellte mit dem Darstellenden. Wenn ich die Folgen der Trunksucht aufzeigen will, also dieses Laster bekämpfe, so kann ich das nicht mit frommen Bibelsprüchen, sondern ich werde es am wirksamsten durch die packende Darstellung eines Mannes tun, der hoffnungslos betrunken ist. Ich hebe den Vorhang auf, der schonend über die Fäulnis gebreitet war, und sage: „Seht!" – In Deutschland nennt man dergleichen ‚Kraßheit'. Aber Trunksucht ist ein böses Ding, sie schädigt das Volk, und nur schonungslose Wahrheit kann da helfen. Und so ist das damals mit dem Weberelend gewesen, und mit der Prostitution ist es noch heute so.

Der Einfluß Krähwinkels hat die deutsche Satire in ihren so dürftigen Grenzen gehalten. Große Themen scheiden nahezu völlig aus. Der einzige ‚*Simplicissimus*' hat damals, als er noch die große, rote Bulldogge rechtens im Wappen führte, an all die deutschen Heiligtümer zu rühren gewagt: an den prügelnden Unteroffizier, an den stockfleckigen Bürokraten, an den Rohrstockpauker und an das Straßenmädchen, an den fettherzigen Unternehmer und an den näselnden Offizier. Nun kann man gewiß über all diese Themen denken wie man mag, und es ist jedem unbenommen, einen Angriff für ungerechtfertigt und einen anderen für übertrieben zu halten, aber die Berechtigung eines ehrlichen Mannes, die Zeit zu peitschen, darf nicht mit dicken Worten zunichte gemacht werden.

Übertreibt die Satire? Die Satire muß übertreiben und ist ihrem tiefsten Wesen nach ungerecht. Sie bläst die Wahrheit auf, damit sie deutlicher wird, und sie kann gar nicht anders arbeiten als nach dem Bibelwort: Es leiden die Gerechten mit den Ungerechten.

Aber nun sitzt zutiefst im Deutschen die leidige Angewohnheit, nicht in Individuen, sondern in Ständen, in Korporationen zu denken und aufzutreten, und wehe, wenn du einer dieser zu nahe trittst. Warum sind unsere Witzblätter, unsere Lustspiele, unsere Komödien und unsere Filme so mager? Weil keiner wagt, dem dicken Kraken an den Leib zu gehen, der das ganze Land bedrückt und dahockt: fett, faul und lebenstötend.

Nicht einmal dem Landesfeind gegenüber hat sich die deutsche Satire herausgetraut. Wir sollten gewiß nicht den scheußlichen unter den französischen Kriegskarikaturen nacheifern, aber welche Kraft lag in denen, welch elementare Wut, welcher Wurf und welche Wirkung! Freilich: sie scheuten vor gar nichts zurück. Daneben hingen unsere bescheidenen Rechentafeln über U-Boot-Zahlen, taten niemandem etwas zuleide und wurden von keinem Menschen gelesen.

Wir sollten nicht so kleinlich sein. Wir alle – Volksschullehrer und Kaufleute und Professoren und Redakteure und Musiker und Ärzte und Beamte und Frauen und Volksbeauftragte – wir alle haben Fehler und komische Seiten und kleine und große Schwächen. Und wir müssen nun nicht immer gleich aufbegehren (‚Schlächtermeister, wahret eure heiligsten Güter!'), wenn einer wirklich einmal einen guten Witz über uns reißt. Boshaft kann er sein, aber ehrlich soll er sein. Das ist kein rechter Mann und kein rechter Stand, der nicht einen ordentlichen Puff vertragen kann. Er mag sich mit denselben Mitteln dagegen wehren, er mag widerschlagen – aber er wende nicht verletzt, empört, gekränkt das Haupt. Es wehte bei uns im öffentlichen Leben ein reinerer Wind, wenn nicht alle übel nähmen.

So aber schwillt ständischer Dünkel zum Größenwah an. Der deutsche

Satiriker tanzt zwischen Berufsständen, Klassen, Konfesseionen und Lokaleinrichtungen einen ständigen Eiertanz. Das ist gewiß recht graziös, aber auf die Dauer etwas ermüdend. Die echte Satire ist blutreinigend: und wer gesundes Blut hat, der hat auch einen reinen Teint.

Was darf Satire?

Alles.

[1919]

DIE LEBENDIGEN TOTEN

Ich bleibe dabei: nur eine gute Kinderstube gibt uns Fonds fürs Leben.

Baron Frimmel, Oberleutnant Berghammer – aber in Zivil – und ich – wir gingen einmal im Prater spazieren. Eigentlich kein Spaziergang, sondern ein Gewaltmarsch zum Zweck des Lokalwechsels – drei Uhr früh – und wir hielten einander um die Schultern gefaßt, um nicht den Anstrengungen des Tages zu erliegen.

Drei Uhr früh. Frimmel hatte eine Dogge mit, Berghammer einen Gummiknüppel und ich etwas Jiu-Jitsu.

Hierauf wurden wir verhaftet, weil der Raseurgehilfe Kamillo Lendecke (ledig, katholisch, Novaragasse 26) mehrfache Verletzungen davongetragen hatte.

Vom Moment der Verhaftung an hatten wir kein Wort miteinander gewechselt.

Trotzdem sagten wir, einzeln befragt, übereinstimmend aus: Lendecke habe sich, unserm gütlichen Zureden zum Trotz, mit dem Kopf in einen Zaun von Stacheldraht gelegt.

Die drei identischen, mit ruhiger Sicherheit vorgetragenen Aussagen bewirkten denn auch unsere Freilassung.

Und wir hatten uns doch gar nicht verabreden können.

War auch nicht nötig. Was ein taktvoller Mensch ist, wild sich in jeder noch so diffizilen Lebenslage richtig zu benehmen wissen.

Roda Roda

Cause fameuse im Großen Schwurgerichtssaal: Mordprozeß in Sachen Liebknecht und Rosa Luxemburg. Die Anklagebank gesteckt voll: acht Offiziere und ein Mann, aber was für einer! Das Bild, das unser frechster und bester Karikaturist George Grosz von dem Husaren Runge gezeichnet hat, ist eine Schmeichelei, der Mann sieht noch viel übler aus: kleine schiefe Augen, eine niedrige Stirn, roh und ungeschlacht. Die Herren daneben – sie befinden sich in der besten Gesellschaft – die üblichen Offiziersgesichter: Köpfe, wie man sie auf Sekt– und Zigarettenplakaten zu sehen pflegt. Die Marineoffiziere meist brav und stumpf, mit Ausnahme von Pflugk-Harttung, der so gescheit aussieht, wie er sich später benimmt. Es geht los.

Die Angeklagten werden vernommen. Runge legt Pathos und bieder vibrierenden Schmerz in seine Stimme: als er der Luxemburg und Liebknechts ansichtig geworden sei, habe ihn eine solche Wut über sein zertretenes Vaterland erfasst ... Auch habe Liebknecht, ihm, dem Dreher Runge, früher einmal eine Pistole auf die Brust gesetzt, mit der Drohung, wenn er noch weiterarbeiten würde ... Die Offiziere „weisen die Anklage aufs schärfste zurück". Die Pflugk-Harttungs (es sind zwei Brüder) am gewandtesten, Vogel und Weller am ungeschicktesten. Vogel ist eine Katastrophe für jede Monarchie, so dumm benimmt sich der Mann. Er gibt zu, falsche Angaben gemacht zu haben, „um die Division nicht zu kompromittieren". Weller tapst durch die Materie, als sei es ein Kinospaß und kein Mordprozeß. Stolz steht er da im strahlenden Schmuck seiner Orden, versehen mit viel Vaterlandsliebe und einer leeren Revolvertasche ... Die Zeugen fahren auf ...

Aber was wird denn hier gespielt? Eine Tragödie? Rache und Sühne? Kaum, höchstens deren fünfter Akt. Vier Akte, vier lange, dunkle Akte sind vorhergegangen, und man kann nur vage ahnen, was in ihnen geschehen, und vor allem, was nicht geschehen ist.

Geschehen ist dies: Die Wilmersdorfer Bürgerwehr, brave Einwohner einer westlichen berliner Gemeinde, die am übelsten und reaktionärsten von allen regiert wird, gründeten in den bewegten Revolutionstagen des Januar einen kleinen Feuerwehrverein zur Aufrechterhaltung gottgewollter Abhängigkeiten und begaben sich – ohne einen Auftrag, ohne einen Befehl, ja ohne das geringste Recht dazu zu haben – in die Wohnung, in der sich damals grade Liebknecht und Rosa Luxemburg aufhielten. Sie verhafteten beide. Das war ungesetzlich. Es ist notwendig, darauf hinzuweisen, weil sich unsre Ordnungshüter, denen Ordnung über die Freiheit geht, nicht genug mit Gesetzeszitaten aufspielen können und sich gar so sehr über den Doktor Kurt Rosenfeld erbosen, der ein Revolutionstribunal für diesen Fall gefordert hat. Die Angeklagten dürften ihrem ordentlichen Richter nicht entzogen werden, sagen die Leute. Aber er soll, meine Geehrten, seinem außerordentlichen Richter entzogen werden! Dies hier ist ein Kriegsgericht, zusammengesetzt aus Kameraden der Angeklagten. Und es tut nicht gut, nun beständig mit den Anschauungen zu wechseln: einmal heißt es, wir hätten eben Revolution gehabt – so muß die ungesetzliche Verhaftung erklärt werden – und einmal heißt es wieder, es müsse alles laufen wie im tiefsten Frieden. Hier klafft ein Widerspruch.

Liebknecht und Rosa Luxemburg also wurden verhaftet, ins Eden Hotel gebracht, und aus diesem Paradies sollten sie ins Gefängnis transportiert werden. Liebknecht wurde unterwegs erschossen, Rosa Luxemburg kam abhanden und fiel in den Landwehrkanal. Während ich dies schreibe, ist das Verfahren noch nicht abgeschlossen. Die Dinge stehen so, daß im Falle Liebknecht außer den üblichen kleinen Disziplinarvergehen nicht viel herausspringen wird – non liquet. Im Falle Luxemburg hat Vogel den großen Unbekannten eingeführt, der, von hinten auf den Wagen aufspringend, die von Kolbenschlägen Runges Halbtote erschoß – die Herren warfen sie, die ihnen zum Transport übergeben worden war, ins Wasser. Der Fall liegt also wesentlich schwerer, und es besteht die Wahrscheinlichkeit, daß das Gericht hier zu einer Verurteilung gelangen wird.

Denn das Gericht ist des besten Willens voll. Der Verhandlungsleiter ist ein sympathischer jüngerer Mann, der mit viel Takt und Umsicht arbeitet, wenn ihm auch hier und da einige Suggestionsfragen durchrutschen. Aber was nutzt das alles?

Ich bin des trocknen Tones nun satt, und es soll einmal gesagt werden, was zu sagen bitter not tut:

Wir pfeifen auf ein solches Verfahren. Wir kennen nun alle, meist aus eigner Anschauung, die Schliche und armseligen Pfiffe dieses Militarismus, der sich hinter die Maske der tadellos korrekten „Meldung“ verkriecht, nachdem er seine Schiebungen inszeniert hat. So, wie damals auf die Angaben Vogels hin die gesamte deutsche Presse über den Hergang bei der Ermordung belogen worden ist, so kann es diesmal wieder gehen – wer garantiert uns, daß nicht wieder bei den Angeklagten „Zweckmäßigkeitsgründe“ maßgebend sind? Wir lassen uns nicht dadurch fangen, daß uns gesagt wird, „zwei gewählte Vertrauensleute der Garde-Kavallerie-Schützen-Division" säßen unter den Richtern. Wer beim Militär gewesen ist, weiß, wie Wahlen zustande kommen – man denke nur an die berüchtigten Küchenkommissionen. Und wenn sie selbst richtig und ordentlich gewählt sind: sind sie nicht befangen? Sind nicht ihre Kameraden, die Angeklagten, tausendmal in der oppositionellen Presse auf das heftigste angegriffen worden? Wer ist denn heute noch Soldat? Die Besten sinds nicht, die da Unterkommen und Arbeitsersatz suchen, und die Idealisten auch nicht. Und die sollen richten? Man nennt das: In eigner Sache.

Die Formation urteilt über sich selbst. Man stelle sich doch nicht das, was wir hier meinen, so ungeheuer plump und simpel vor: gewiß ist der untersuchende Kriegsgerichtsrat nicht nachts beim Schein einer düster qualmenden Lampe zu den Angeklagten in den Kerker geschlichen und hat ihnen dort kleine Zettel zugesteckt! Gewiß hat keiner das Stubenmädchen bestochen, das gehört haben wollte, wie ein Offizier gesagt hat: „Die Herren werden unten im Tiergarten erwartet, um Liebknecht zu begrüßen" – gewiß hat keiner den Jäger gemeuchelt, der gesehen hat, wie Vogel auf Frau Luxemburg schoß. So einfach ist das nicht. Aber diese unwägbaren Dinge, die da mitsprechen, geben den Ausschlag: die Formulierung eines Protokolls, der Verzicht auf diesen oder jenen Zeugen, die lange Zeit, die verstrich – am 15. Januar wurden die beiden ermordet, am 15. April wurde der Beschluß zur Hauptverhandlung ausgesprochen. Umsonst sind die Mitglieder der USPD, über deren Mitwirkung bei der Voruntersuchung sich der Verteidiger so sehr entrüstete, nicht zurückgetreten. Sie hatten das Gefühl, mit dem großen Krummen zu kämpfen, dem noch jeder unterlegen ist, der ihm nicht mit seinen eigenen Waffen zu Leibe ging: mit schärfster Rücksichtslosigkeit.

Es sind zwei Welten, die da zusammenstoßen, und es gibt keine Brücke. Hüben wir. Drüben die Offiziere alten und ältesten Stils – kein Klang der aufgeregten Zeit drang je in diese Einsamkeit. Von Liebknecht wird nur als dem „Feind" gesprochen; einer bedauert, daß er nicht unter der schimpfenden Menge gestanden habe und nur Begleitmann war – sie leben wie in einer Glaskugel.

Der Verhandlungsleiter war – von seinem Standpunkt aus mit Recht – bestrebt, die Politik bei dem Verfahren auszuschalten. Aber es geht nicht. Sie hatten alle, alle den politischen Dolus eventualis. Die Luft, die im Gerichtssaal wehte, war für sie und gegen Liebknecht. Und käme heute wieder solche

Gelegenheit – sie täten es noch einmal: sie würden schießen und ertränken und verheimlichen und stünden da als die Retter des Vaterlandes. Ihres Vaterlandes, denn unsres ist das nicht.

Ist das nur ein Einzelfall? Nein, es ist keiner. Der Militarismus ist nicht tot, er ist nur verhindert. Die kümmerlichen Reste verkriechen sich in die Noskegarden, die deshalb so unendlich schädlich sind, weil da unter der neuen Flagge die alten Ideale hochgehalten werden. Da ist wieder dieser falsche Kollektivgeist, der ‚die Division', diesen fabelhaften Begriff, höher stellt als alles Menschliche – da ist die Schiebung, aber immer unter der Tünche der Korrektheit – da ist die alte, schlechte Gesinnung, die wir nicht mehr wollen. Eben das lehnen wir ab und werden es bekämpfen, bis keine Spur mehr davon vorhanden ist: den Zusammenschluß einer Gruppe von Menschen als Staat im Staate, das Pochen auf den angeblich makellosen Ehrenschild, dessen beschmutzte Kehrseite wir alle kennen, das Über– und Unterordnen von lebenden Menschen, die nicht fähig sind, zusammenzuarbeiten – kurz: Kasernenhof.

Es gibt keine Brücke. Sind es nicht alles nette und ordentliche Menschen? War der Verhandlungsführer nicht sauber? Sind es nicht alle brave, ehrenhafte Männer? Es sind nicht einmal Männer, diese Offiziere, die eine wehrlose Frau und einen verwundeten Mann in majorem patriae gloriam beseitigen. Ich glaube nicht, daß das unter die Rubrik ‚Tapferkeit' fällt.

Nichts gleichgültiger als das Urteil. Blut kann nicht durch Blut gesühnt werden, das ist ein Wahn. Was wir aber können und was wir tun werden, ist dieses:

Wir wollen bis zum letzten Atemzuge dafür kämpfen, daß diese Brut nicht wieder hochkommt. Wir wollen ebenso konsequent sein wie sie und nicht vergessen: Eulenburg nicht, der nicht im Zuchthaus sitzt, weil er ein Fürst ist, den Grafen Arco nicht, der Eisner erschoß, und diese Herren nicht, die sich nur einmal in ihrem Leben mit einem gewöhnlichen Mann ganz verstanden haben: auf der Anklagebank.

Es ist völlig uninteressant, zu wissen, ob Noske im guten Glauben handelt oder im schlechten. Er ist ein Schädling, denn schlimmer als die exploitierenden Reichen sind ihre Handlanger, schlimmer als der Großbauer ist sein Hund. Der Helm muß und wird heruntergeschlagen werden.

Hetzen wir? Sind wir nicht sachlich genug? Nur ein Mal noch, nur dieses eine Mal noch erlaubt mir, daß mein Herzblut spricht, und nicht das Gehirn.

Das soll euch werden: die kälteste und klarste Sachlichkeit. Aber dieses Mal nicht. Aus ihren Gräbern rufen zwei Tote. Ihr könnt die Schreie nicht hören, denn ihr seid taub. Wir aber hören sie. Und vergessen sie nicht. Was da in dem großen Saal unter dem Bildnis ‚Seines' glorreichen Großvaters, Kaiser Wilhelms des Großen, vor sich gegangen ist, ist in unsre Herzen eingebrannt. Und eben, weil alle feinen Leute noch für den letzten Verbrecher und Rohling eintreten, wenn er nur Liebknecht totschlägt, und eben weil die schlechtesten Deutschen aufatmeten, als zwei Idealisten ermordet wurden, eben deshalb bewahren wir unsre Trauer und unsern Schmerz und vergessen nicht.

Die drüben kleben zusammen wie die Kletten – wir sind aneinander geschmiedet durch das Gedächtnis an Eisner und seine Brüder. An unsre Brüder. Und haben weder Zeit noch Lust, euren dicken Aktenbänden zu folgen, euren Plädoyers und euren Proklamationen. Das Ding liegt so: da steht der Militarismus, da stehen wir. Und weil die Welt nicht in Staaten, wohl aber in Fortstrebende und Zurückzerrende zerfällt, müßt ihr beiseite gehen, in voller Uniform, in Feldbinde, Ordensschmuck und Helm. Und was die Toten rufen, ruft unser Herz: Ecrasez l'infâme!

[1919]

ERINNERUNG

Im Jahre 1908 restaurierte Reinhardt Nestroys *‚Revolution in Krähwinkel'*, und Egon Friedell und Alfred Polgar polierten die Verse ein bißchen auf. Inzwischen ist allerlei vorgefallen, optimistische Leute behaupten sogar, wir hätten in Deutschland eine Revolution gehabt, und vielleicht macht es einem oder dem andern Spaß, eine Strophe aus dem alten Stück zu hören, die heute wie ein Leitartikel anmutet und auf alle Fälle eine famose Prophezeiungsgabe verrät. Der Paragraph über alles! Das Couplet schildert, wie die einzelnen Länder eine Revolution machen würden. Würden – denn damals lag das noch außer aller Möglichkeit. Die Strophe aber heißt so:

In Deutschland hingegen
tuns erst lang überlegen,
dann schreib'n sie sich ein

in ein' Aufruhrverein,
wähln ein' Obmann, wie's Brauch,
zwei Schriftführer auch,
ein' Kontrollor, zwei Kassier,
Ehrenjungfrauen vier,
dann schreib'n 's nach'm Buch
ein Freiheitsgesuch: –
So machen's dort die Revolution,
das liegt im Charakter der Nation!

Charakter? Ich glaube, sie hat keinen.

[1919]

BERLIN! BERLIN!

Quanquam ridentem dicere verum
Quid vetat?

Über dieser Stadt ist kein Himmel. Ob überhaupt die Sonne scheint, ist fraglich; man sieht sie jedenfalls nur, wenn sie einen blendet, will man über den Damm gehen. Über das Wetter wird zwar geschimpft, aber es ist kein Wetter in Berlin.

Der Berliner hat keine Zeit. Der Berliner ist meist aus Posen oder Breslau und hat keine Zeit. Er hat immer etwas vor, er telefoniert und verabredet sich, kommt abgehetzt zu einer Verabredung und etwas zu spät – und hat sehr viel zu tun.

In dieser Stadt wird nicht gearbeitet –, hier wird geschuftet. (Auch das Vergnügen ist hier eine Arbeit, zu der man sich vorher in die Hände spuckt, und von dem man etwas haben will.) Der Berliner ist nicht fleißig, er ist immer aufgezogen. Er hat leider ganz vergessen, wozu wir eigentlich auf der Welt sind. Er würde auch noch im Himmel – vorausgesetzt, daß der Berliner in den Himmel kommt – um viere ‚was vorhaben'.

Manchmal sieht man Berlinerinnen auf ihren Balkons sitzen. Die sind an die steinernen Schachteln geklebt, die sie hier Häuser nennen, und da sitzen die Berlinerinnen und haben Pause. Sie sind gerade zwischen zwei Telefongesprächen oder warten auf eine Verabredung oder haben sich – was selten vorkommt – mit irgend etwas verfrüht – da sitzen sie und warten. Und schießen dann plötzlich, wie der Pfeil von der Sehne – zum Telefon – zur nächsten Verabredung.

Diese Stadt zieht mit gefurchter Stirne – sit venia verbo! – ihren Karren im ewig selben Gleis. Und merkt nicht, daß sie ihn im Kreise herumzieht und nicht vom Fleck kommt.

Der Berliner kann sich nicht unterhalten. Manchmal sieht man zwei Leute miteinander sprechen, aber sie unterhalten sich nicht, sondern sie sprechen nur ihre Monologe gegeneinander. Die Berliner können auch nicht zuhören. Sie warten nur ganz gespannt, bis der andere aufgehört hat, zu reden, und dann haken sie ein. Auf diese Weise werden viele berliner Konversationen geführt.

Die Berlinerin ist sachlich und klar. Auch in der Liebe. Geheimnisse hat sie nicht. Sie ist ein braves, liebes Mädel, das der galante Ortsliederdichter gern und viel feiert.

Der Berliner hat vom Leben nicht viel, es sei denn, er verdiente Geld. Geselligkeit pflegt er nicht, weil das zu viel Umstände macht – er kommt mit seinen Bekannten zusammen, beklatscht sich ein bißchen und wird um zehn Uhr schläfrig.

Der Berliner ist ein Sklave seines Apparats. Er ist Fahrgast, Theaterbesucher, Gast in den Restaurants und Angestellter. Mensch weniger. Der Apparat zupft und zerrt an seinen Nervenenden, und er gibt hemmungslos nach. Er tut alles, was die Stadt von ihm verlangt – nur leben ... das leider nicht.

Der Berliner schnurrt seinen Tag herunter, und wenns fertig ist, dann ists Mühe und Arbeit gewesen. Weiter nichts. Man kann siebzig Jahre in dieser Stadt leben, ohne den geringsten Vorteil für seine unsterbliche Seele.

Früher war Berlin einmal ein gut funktionierender Apparat. Eine ausgezeichnet angefertigte Wachspuppe, die selbsttätig Arme und Beine bewegte, wenn man zehn Pfennig oben hineinwarf. Heute kann man viele Zehnpfennigstücke hineinwerfen, die Puppe bewegt sich kaum – der Apparat ist eingerostet und arbeitet nur noch träge und langsam.

Denn gar häufig wird in Berlin gestreikt. Warum –? So genau weiß man das nicht. Manche Leute sind dagegen, und manche Leute sind dafür. Warum –? So genau weiß man das nicht.

Die Berliner sind einander spinnefremd. Wenn sie sich nicht irgendwo vorgestellt sind, knurren sie sich in der Straße und in den Bahnen an, denn sie haben miteinander nicht viel Gemeinsames. Sie wollen voneinander nichts wissen und jeder lebt ganz für sich.

Berlin vereint die Nachteile einer amerikanischen Großstadt mit denen einer deutschen Provinzstadt. Seine Vorzüge stehen im Baedeker.

In der Sommerfrische sieht der Berliner jedes Jahr, daß man auch auf der Erde leben kann. Er versuchts vier Wochen, es gelingt ihm nicht – denn er hat es nicht gelernt und weiß nicht, was das ist: leben – und wenn er dann wieder glücklich auf dem Anhalter Bahnhof landet, blinzelt er seiner Straßenbahnlinie zu und freut sich, daß er wieder in Berlin ist. Das Leben hat er vergessen.

Die Tage klappern, der Trott des täglichen Getues rollt sich ab – und wenn wir nun hundert Jahre dabei wären, wir in Berlin, was dann –? Hätten wir irgend etwas geschafft? gewirkt? Etwas für unser Leben, für unser eigentliches, inneres, wahres Leben, gehabt? Wären wir gewachsen, hätten wir uns aufgeschlossen, geblüht, hätten wir gelebt –?

Berlin! Berlin!

Als der Redakteur bis hierher gelesen hatte, runzelte er leicht die Stirn, lächelte freundlich und sagte wohlwollend zu dem vor ihm stehenden jungen Mann: „Na, na, na! Ganz so schlimm ist es denn aber doch nicht! Sie vergessen, daß auch Berlin doch immerhin seine Verdienste und Errungenschaften hat! Sachte, sachte! Sie sind noch jung, junger Mann!“

Und weil der junge Mann ein wirklich höflicher junger Mann war, wegen seiner bescheidenen Artigkeit allgemein beliebt und hochgeachtet, im Besitze etwas eigenartiger Tanzstundenmanieren, die er im vertrauten Kreise für gute Formen ausgab, nahm er den Hut ab (den er im Zimmer aufbehalten hatte), blickte gerührt gegen die Decke und sagte fromm und fest: „Gott segne diese Stadt!“

[1919]

WAS WÄRE, WENN

Eines Tages – das war ungefähr acht Jahre, nachdem die Schwerindustrie ihr Geld in den ‚*Berliner Lokalanzeiger*' gesteckt hatte – beschloß ein großes Konsortium edler Menschenfreunde, diese Zeitung für pazifistische Bestrebungen anzukaufen, und es entspannen sich lebhafte Verhandlungen mit dem Verlag, die dann auch zum Abschluß führten. Der neue Herr fragte an, zu welchem Termin die Redakteure ihren Posten verlassen wollten – aber da kam er schön an! „Wir haben schon so viele Schwenkungen mitgemacht", wandten die Herren ein. „Auf eine mehr oder weniger kommts auch nicht an! Wir bleiben."

Und so geschahs, und nun spielten sich auf der neuen alten Redaktion folgende Szenen ab:

„Telegramm aus Amerongen – Seine Majestät, pardon, der Exkaiser ist leicht unpäßlich! Holzbock? Wo ist Holzbock?"

„Lärmen Sie doch nicht so! Der Exkaiser kann uns leid tun; sagen Sie lieber: Was ist mit der Großnichte von Bebel? Kriege ich nun das Bild oder kriege ich es nicht?"

„Wir bringen nicht nur ihr Bild, wir bringen auch einen Leitartikel von ihr. Die Frau kann zwar nicht schreiben, aber das haben unsre Leitartikler schließlich auch nie gekonnt. Vergessen Sie übrigens nicht: morgen ist der fünfte Jahrestag von Liebknechts Ermordung – einen flammenden Artikel und Erinnerung an den edeln Verblichenen … Holzbock! Wo ist Holzbock?"

„Der ist nicht da. Er interviewt Radekn – hier, den Anfang haben wir schon: ‚Ich stehe nicht an, vor coram publico zu erklären …'"

„Herr Meyer! Herr Meyer! Wollen Sie entlassen werden? Dann sagen Sies. Was soll uns der siebenundzwanzigste Januar? He? Was soll er uns? Diese lächerlichen Anachronismen lassen Sie besser weg. Sie – Sie – Monarchist! Nur die Völkerversöhnung auf republikanischer Grundlage … Sie, was wird aber doch, wenn die Nationalen die Oberhand bekommen? Es sieht fast so aus. Und dann? Und dann? Wo ist Holzbock? Dann sitzen wir am Ende in der Opposition!"

Der Chefredakteur tritt ins Zimmer und spricht mit Emphase: „Ein Lokalanzeiger steht niemals in der Opposition!"

[1919]

DER PREUSSENHIMMEL

Petrus (vor einer Engelsfront): Brust raus, der rechte Flügelmann! Was ist das wieder für eine himmelschreiende Richtung! Wollt ihr die Heiligenscheine zusammennehmen! Der zweite Engel mehr nach hinten! So – so … Halt! Bei allen Heiligen! – Nicht mit den Flügeln wackeln! Ganze Abteilung – kitt! Ganze Abteilung – kitt!

Der liebe Gott (von rechts)

Petrus: Achtung! Augännnnn – rechts! (Ruck) Ein Petrus – zwei Oberengel – siebenundachtzig Engel zum Exerzieren angetreten.

Der liebe Gott: Danke! Mojn, Leute!

Die Engel (in einer Silbe): Guten Morgen, lieber Gott (sprich: Bau!).

Der liebe Gott: Na, gibt's was Neues, lieber Petrus?

Petrus: Nein, Exzellenz!

Der liebe Gott: Sehn gut aus, die Leute! Kriegt ihr eure Löhnung auch pünktlich?

Die Abteilung: Zu Befehl, lieber Gott!

Der liebe Gott: Lassen Sie die Leute wegtreten!

Petrus: Weggetreten! (Abteilung ab)

Der liebe Gott: Komm Sie mal mit in die Kanzlei, mein lieber Petrus! Wolln uns mal den Zugang ansehn!

Petrus: Zu Befehl, Exzellenz!

(In der Aufnahmekanzlei)

Ein Arbeiter (beschmutzter und aufgerissener Rock. Zerschlagenes Gesicht. Zerschlagene Hände. Hinkt. Richtet sich mühsam auf, als er des lieben Gottes ansichtig wird): Guten Morgen!

Petrus: Warten Sie gefälligst, bis Sie gefragt wern! Und nehm Sie mal hier 'ne stramme Haltung an, vastanden! Sie sind hier nicht in ihrem sozialdemokratischen Parteibüro! Heißen?

Der Arbeiter: Pettenkofer!

Petrus: Ich bin Wachtmeister. Heißen?

Der Arbeiter: Pettenkofer.

Petrus: Pettenkofer, Herr Wachtmeister, heißt das, du dusslige Sau! Wie heißt das?

Der Arbeiter: Pettenkofer, Herr Wachtm … ach, entschuldigen Sie, bin ich hier richtig, im Himmel?

Petrus: Halten Sies Maul, wenn Sie mit mir reden! Was willst du hier?

Der Arbeiter: Ich wurde bei Marburg ermordet. Mein Leib lag auf der Chaussee. Studenten erschossen mich. Mein Tod ist ungesühnt.

Der liebe Gott (erhebt sich in seiner ganzen Größe. Gardemaß): Scheren Sie sich raus! Was glauben Sie denn eigentlich! Meinen Sie, wir sind hier in einem Kommunistennest? Wenn die braven Marburger kommen, werden wir sie aufnehmen! Sie nicht! Raus! Scher dich zum Teufel!

Der Arbeiter (stumm ab)

Der liebe Gott (drin): Was sich diese Leute alles einbilden! Noch liegt Deutschland unter meinem Himmel und liegt mein Himmel über Deutschland!

Petrus: Zu Befehl, Exzellenz!

Der Arbeiter (draußen): Wahrlich, so wie es drunten ist, so wird es auch droben sein! Die Hölle? Ich bin vier Jahr Soldat gewesen.

Der liebe Gott (drin): Wissen Se – is doch 'n janz anderer Zug im Himmel, seitdem mich Willem zum preußischen lieben Gott ernannt hat. Der hohe Alliierte droben, hat er immer jesagt … Schade, daß er den Krieg verloren hat! War doch alles so nett organisiert …! Hatn auch eijentlich gar nicht verloren … Die andern haben bloß gesiegt –! Petrus!

Petrus: Exzellenz?

Der liebe Gott: Noch jemand?

Petrus: Werde gleich mal nachsehn, Exzellenz! (öffnet eine Tür) Zugang?

Eine Stimme: Jawohl.

Petrus: Rein!

Der Zugang (preußische Leutnantsuniform. Knallt an der Tür die Hacke zusammen, daß der Kalk von den Wänden rieselt.)

Der liebe Gott: Bitte, Petrus.

Petrus: Name?

Der Zugang: Arco–Valley.

Petrus: Beruf?

Der Zugang: Bayerischer Nationalheld.

Petrus: Zuletzt wohnhaft?

Der Zugang: Polizeilich gemeldet: Zuchthaus Straubing. Daselbst lebenslänglich verbüßt: einen Monat. Aufenthaltsort: München. Bin mit eijenem Fluchzeug hier raufjeflogen.

Petrus: Himmlische Qualifikationen?

Der Zugang (hebt die rechte Hand. Es klebt Blut daran)

Der liebe Gott (interessiert): Ah –?

Der Zugang (sehr stramm): Eisner, Exzellenz.

Der liebe Gott (befriedigt): Soso – soso. Weiter, Petrus.

Petrus: Na, Herr Baron, wissen doch aber ... Du sollst nicht ... Herr Baron sollen nicht töten?

Der Zugang (herunterrasselnd): Ich habe von meinem nationalen Recht der Notwehr Gebrauch gemacht, indem ich einen landfremden Schädling beseitigte, wie es mir mein Gewissen befahl. Der Dank aller Guten ist mir gewiß, von einer Prokuristenstellung gar nicht zu reden.

Petrus: Bon. Schwere Arbeit jewesen, Herr Baron?

Der Zugang: Von hinten erschossen, Wachtmeister.

Petrus (fragender Blick zum lieben Gott. Der nickt): Passiert!

Der Zugang: Danke gehorsamst, (ab)

Der liebe Gott: Kolossal ordentlicher Mann. Und wir rüsten nicht ab, und unsere himmliche Wehr behalten wir auch – und unsere Fahne ist schwarzweißrot – und wenn ich alle guten Preußen und deutschen Soldaten erst bei mir hier oben habe –: dann wird mir ganz wohl sein!

Petrus: Mir auch, Exzellenz!

Das deutsche Arbeitervolk (von unten): Uns auch, Exzellenz! Uns auch –!

[1920]

DAS UNTERBROCHENE GESCHICHTSBUCHBLATT

„... tat das Stahlbad des Krieges dem deutschen Volk besonders wohl und not. Die sittlichen Faktoren des preußischen Militarismus drangen in die weitesten Volksschichten – niemand konnte sich ihnen entziehen, außer den Krüppeln und den Siechen. Hoch und niedrig wurde dieser ausgezeichneten spartanischen Erziehung teilhaftig; Sauberkeit, Pünktlichkeit und absoluter Gehorsam, dabei doch edelste Mannhaftigkeit, drangen...“

Der Unteroffizier: Hakenhayn!

Der Muschkot: Jawohl!

Der Unteroffizier: Wie heißt das?

Der Muschkot: Jawohl, Herr Unteroffizier …

Der Unteroffizier: Rotzlöffel. Falsch! Wenn ick dir rufe, dann haste zu sagen: Herr Unteroffizier! Vastehste?

Der Muschkot: Jawohl, Herr Unteroffizier.

Der Unteroffizier: Hakenhayn!

Der Muschkot: Herr Unteroffizier!

Der Unteroffizier: Komm mal her! Was ist das?

Der Muschkot: Ein Kalbskotelett, Herr Unteroffizier!

Der Unteroffizier: Schafskopf! Das seh ich alleine! Was ist das noch?

Der Muschkot: …

Der Unteroffizier (klebt ihm eine): Das ist – so ein Ochsenpantoffel! – das ist deinem Herrn Unteroffizier sein Kalbskotelett! Was ist das?

Der Muschkot: Das ist meinem Herrn Unteroffizier sein Kalbskotelett!

Der Unteroffizier: Was hast du heute Abend zum Abendbrot gegessen?

Der Muschkot: Marmelade, Herr Unteroffizier!

Der Unteroffizier: Gut, mein Sohn. Das ist eine schöne Abhärtung fürs Feld. In einem Monat kommste raus. Sollst mal sehen – Bomben und Granaten flitzen da nur so rum. Mir hat's mein Bruder erzählt, der war draußen. Ich darf ja leider nicht mehr raus – ich bin schon zu alt. Aber was geht dich das an. Hakenhayn!

Der Muschkot: Herr Unteroffizier!

Der Unteroffizier: Kriech mal unters Bett und sag dreimal: Kuckuck! – – Na – wird's bald – –!

Der Muschkot (kriecht. Als er fast ganz unterm Bett verschwunden ist, erscheint der Leutnant im Zimmer.)

Der Unteroffizier: Achtung! Stube belegt mit einem Unteroffizier und achtundzwanzig Mann.

Der Leutnant: Wo sind die Leute?

Der Unteroffizier: Kaffee fassen, Herr Leutnant.

(Der Muschkot erscheint total staubig.)

Der Leutnant: Was ist das?

Der Unteroffizier: Füselier Hakenhayn, Herr Leutnant.

Der Leutnant: Was macht der Mann unterm Bett?

Der Unteroffizier: Er … er sucht seine Stiefel, Herr Leutnant.

Der Leutnant: Warum sind Sie nicht mit zum Kaffee-Empfang?

Der Muschkot: Der Herr Unteroffizier hatten mich zur Strafe hierbehalten.

Der Leutnant: Und da verliert der Kerl noch seine Stiefel? Schreiben Sie den Mann auf, Unteroffizier – drei Tage Mittel.

Der Unteroffizier: Zu Befehl, Herr Leutnant! –

„... und drangen auf diese Weise ins Volk, härteten ab und erzogen gleichermaßen. Die Liebe zur Wahrheit, die deutsche Charakterstärke und die Offenheit des Sinnes – sie sind im deutschen Heere stets gepflegt und großgezogen worden.

Möchte unser deutsches Volk doch ermessen, wieviel Segen ihm aus dieser Armee stets geflossen ist und noch fürderhin fließen werde!

Das walte Gott!"

[1920]

DIE MORDKOMMISSION

Das Berliner Polizeipräsidium hat eine Mordkommission, die, wenn ein Mord entdeckt wird, an den Tatort fährt und dort die ersten Feststellungen macht. Sie besteht aus Regierungsräten, Gerichtsärzten und Kriminalschutzleuten. Die Mordkommission ist jederzeit, Tag und Nacht, erreichbar und arbeitet prompt.

Der preußische Militarismus hat Mordkommissionen, die, wenn ein Pazifist entdeckt wird, an seinen Wohnort fährt und dort die nötigen Veranstaltungen trifft. Sie bestehen aus Offizieren, Soldaten, Gendarmen und Spitzeln. Die Mordkommissionen sind jederzeit, Tag und Nacht, erreichbar und arbeiten prompt.

Hans Paasche ist auf seinem Gut im Kreis Arnswalde ermordet worden. Das heutige Deutschland hat nicht mehr die Macht, das Leben seiner Bürger in allen Fällen zu schützen. Die Ermordung Paasches unterscheidet sich juristisch in gar nichts von einer Mordtat durch irgendeinen versoffenen Landstreicher – nur daß in diesem Falle, wie es sich von selbst versteht, der staatsanwaltliche Apparat zu spielen anfängt und Verwaltung und Justiz sich alle

Mühe geben, den Täter zu fassen und ihn unschädlich zu machen. Der Fall Paasche liegt in doppelter Hinsicht schwerer.

Die Tat ist erstens niedriger, als die eines Penners, der gerade Geld braucht und einen reichen Bauern erschlägt. Die Tat ist deswegen gemeiner, weil sie unter dem Deckmantel einer dienstlichen Verrichtung begangen wurde, also feiger ist. Niemand ist feiger als der deutsche Militarist von heute. Diese Mordtat beruht wie fünfzig andere, die vorhergegangen sind, auf der drehwurmartigen Vorstellung des Deutschen, daß eine ‚Diensthandlung' überhaupt niemals unrecht sein könne. Im Augenblick, wenn ein ‚wachhabender und diensttuender' Offizier einen Kordon ziehen läßt, im Augenblick, wenn Befehle und Kommandos ertönen, wenn abgesperrt und verhaftet wird, so vergißt ein halbes Land, daß im Grunde nichts weiter vorgegangen ist, als daß eine Rotte beauftragter Menschen einen andern ergriffen und getötet habe. Mit Dienst hat das gar nichts zu tun.

Der Fall liegt zweitens deshalb schwerer, weil Verwaltung, Militärgerichtsbarkeit und Regierung seit dem November achtzehn in diesen Fällen wie gelähmt sind. Wir wollen uns da nichts vormachen: sie wollen nicht. Keine Formalität ist zu dumm, als daß man sie nicht heranzieht, um die bunten Mörder zu retten, keine Ausrede zu kindisch, keine Entschuldigung zu leer. Das letzte Buch Franz Werfels heißt *‚Nicht der Mörder, der Ermordete ist schuldig!'* So weit sind wir gekommen, daß heute fast die gesamte reaktionäre Presse kein Wort der Verurteilung gegen die Mörder findet, wohl aber mit Naserümpfen und verurteilendem Tonfall Herrn Paasche bescheinigt, er sei Kommunist und extremer Pazifist gewesen. Dann freilich durfte er wohl ermordet werden.

Daß die Kugel eines Verbrechers einen Falschen getroffen hat, daß Hans Paasche längst ein gebrochener und weicher Mann war, der aus persönlichen und sachlichen Gründen an einer von ihm vertretenen guten Sache fast verzweifelt war, daß er nur noch matt und hier und da leichte und belanglose politische Dinge tat – : das ist den alten Preußen gleich. Er war Offizier gewesen, er hatte einmal gewagt, an der Gottähnlichkeit des militärischen Apparats zu zweifeln, und das verzeihen sie nie. Diese Banden unterscheiden sich in nichts von Räubergesellschaften in Rußland, die, ohne nur eine Vorstellung von der Idee des Bolschewismus zu haben, unter seiner Flagge Erpressungen und Mordtaten begangen haben mochten.

Ich stelle fest: Die Militärmacht Deutschlands besteht aus der Reichswehr, aus den Sicherheitswehren, aus der Gendarmerie, aus dem Ortsschutz und den Einwohnerwehren. Die ressortmäßig feine Unterscheidung zwischen ihnen ist völlig belanglos – es glaubt kein Mensch im Ernst, daß die militärisch organisierten Sicherheitssoldaten keine Soldaten, sondern Beamte, wie etwa Steuerbeamte, seien. Diese Militärmacht stößt Mörder aus ihren Reihen nicht aus. Es darf also ausgesprochen werden: In der deutschen Militärmacht dienen Mörder.

Die Regierung schweigt. Tief sitzt ihnen in den Knochen die alte Sehnsucht zum Tempelhofer Feld, tief die alte Ehrfurcht vor dem Offizier, dem sie mit Wonne salutieren. Weiß der Wachtmeisterssohn nicht, wie ein politisch-militärischer Bericht zustande kommt? Weiß er nicht, daß nur wirtschaftlich und moralisch faule Existenzen sich zum Spitzeldienst hergeben und daß sehr viel Menschenkenntnis und noch mehr Takt dazu gehört, Agentenberichte richtig zu verwerten? „Das Wehrkreis-Gruppenkommando meldet …“ Es lügt – denn es geht um die Wurst: um seine Existenz. Wir dürfen dieser Gesellschaft selbst den guten Glauben absprechen.

So treiben wir dem Bürgerkrieg zu. Zögernde Ängstlichkeit hüben und resolutes Zufassen drüben. Wer ist eigentlich im letzten Jahr ermordet worden? Monarchen, Heerführer, reaktionäre Politiker? Eine Reihe fortgesetzter Mordtaten gegen die Führer der oppositionellen Parteien, eine Kette ekelhafter Blutflecke, ein ausgeführter Hochverrat, Schüsse aus dem Hinterhalt, Erschießungen auf der Flucht und Schläge mit der geistigen Waffe Preußens, dem Seitengewehr – sie haben die bürgerliche Gesellschaft nicht zu belehren vermocht, daß Verbrechertum und Gewaltpolitik rechts sitzen. Sie stieren nach links wie der Frosch auf die Schlange.

Auch dieser Mord wird ungesühnt bleiben. Auf das leere Klappern des offiziösen Apparats brauchen wir kaum noch hinzuhören. „Die Mörder mußten annehmen … sie befanden sich in dem Glauben … es liegt insofern ein Mißverständnis vor …“

Blut schreit zum Himmel. Ein Ermordeter liegt da und verwest, mit gebrochenen Augen, den Kinnladen heruntergeklappt, daß weiße Gesicht nach oben gekehrt. Und eine Frage steigt auf aus der Erde: Warum? Mein Gott, warum?

Weil wir es uns gefallen lassen. Weil keiner da ist, der einem in ohnmächtiger Wut geballten Volk den Weg zeigt, diesem Lande zu helfen. Ist keiner da?

Rechts steht, dunkel und entschlossen, die Masse von Militärs und Geldleuten, die wissen, was sie wollen und wen sie wollen. Auf die Demokraten ist mit geringen Ausnahmen kein Verlaß. Das wackelt im Winde auf und nieder, berichtet schaudernd von den Taten des einen Hölz und weiß nichts von denen, die Hunderte von Offizieren dauernd begehen. Diese Demokratie hat einen doppelten Boden. Die rechtssozialistischen Arbeiter wachen langsam auf, ihre Führer in den Ämtern schlafen.

Ist keiner da? Wir sind da. Und brauchen uns nur auf unsre Kraft zu besinnen und darauf, daß diese ganzen bewaffneten Organisationen nicht gottgegebene Notwendigkeiten, sondern irdische Jammergesellschaften sind – wir brauchten uns nur zu besinnen.

Lebe wohl, Hans Paasche. Der Tod eines Menschen sei kein Wahlplakat. Aber du sollst nicht umsonst gefallen sein.

[1920]

MARBURGER NACHWUCHS

Der Vorsitzende (verliest eine Urteilsbegründung):

„... und, meine Herren, was dem Gericht besonders belastend erschienen ist: Der Angeklagte hatte vor der Tat vier Kognak getrunken, obgleich er wußte und nach allen seinen früheren Erlebnissen wissen mußte, wie diese geistigen Getränke auf ihn wirken würden. Als dann sein Feind, der Schneider Vegesack, das Gastzimmer betrat, übermannte den Angeklagten die Wut, und er ergriff das Bierseidel, mit dem er den Zeugen durchaus nicht unerheblich am Kopf verletzte. Wenn der Zeuge jetzt auch von seiner Wunde genesen ist, so verlangt doch das Volksbewußtsein und das allgemeine Gerechtigkeitsgefühl – ganz abgesehen von der ehernen Notwendigkeit des Gesetzes – –“

(In diesem Augenblick zieht blitzschnell – ohne äußere Veranlassung – vor dem geistigen Auge des Herrn Vorsitzenden, der in Marburg studiert hat, folgendes vorüber:

Eine Chaussee im dichten Nebel. In den grauen Schwaden trotten stumpfsinnig und niedergedrückt etwa zwanzig bis dreißig Männer in Arbeiterkleidung. Soldaten mit umgehängten Gewehren begleiten den traurigen Zug. Vorn, hinten und an den Seiten Offiziere mit blanken Säbeln.

Stimmen: Nicht mehr schlagen! Nicht! Nicht schlagen – Herrgott!

Andre Stimmen: Vorwärts! Schweine!

Ein Offizier: Tretet doch den Lümmeln ins Kreuz, wenn sie nicht schneller gehen wollen!

Ein Arbeiter: Herr Leutnant, ich kann nicht weiter!

Ein Offizier: Wie lange soll denn das noch so gehen, Remer? Wollen wir denn die Spartakistenhunde noch lange so hier mit uns rumschleppen, wie?

Zweiter Offizier: Unsre Anatomie braucht Leichen. Was fliehen denn die Brüder nicht? Mal 'n bißchen an den Graben, Leute! Vastanden?

Die Soldaten: Links ran! Links ran! Geht doch! (Kolbenschläge)

Arbeiter: Hilfe! Nicht schlagen! Nicht schlagen!

Soldaten: Bullen! Nu man los!

Ein Arbeiter: Nicht fliehen, Kameraden! Nicht fliehen!

Ein Soldat: Hältst du das Maul, verdammter Roter!

Ein Offizier: Lassen Sie doch Schluß machen, Wald …! Wie lange soll denn das noch dauern – ?

Zweiter Offizier: Na, nu mal lustig! Wir kommen so nicht weiter!

Soldaten: Rechts ran! Rechts ran!

Arbeiter: Nicht! Herr Leutnant! Herr …

(Schüsse. Dumpfes Hinschlagen von Körpern. Scharren von vielen grobgenagelten Stiefeln. Ein Leutnant lacht näselnd. Die Körper wälzen sich zukkend auf der Chaussee. Liegen endlich still. Der Soldatenzug zieht ohne die Arbeiter im Nebel weiter. Verschwindet.)

Der Vorsitzende: „… von der ehernen Notwendigkeit des Gesetzes – eine exemplarische Bestrafung. Das Gericht hat demnach auf eine Gesamtstrafe von vier Jahren Gefängnis, verbunden mit einem Ehrverlust von acht Jahren und Zulässigkeit von Stellung unter Polizeiaufsicht, erkannt. Die nächste Sache!"

Der Angeklagte (ist lautlos in der Anklagebank zusammengebrochen)

Der Vorsitzende: „Justizwachtmeister! Schaffen Sie den Mann weg! Erst prügeln und dann im entscheidenden Moment schlappmachen! Bande! (Zu den Beisitzern:) Frühstücken wir nachher in der Krone? Einen delikaten Steinbutt gibt's da, Justizwachtmeister! Die nächste Sache! –"

[1920]

DIE MAULPATRIOTEN

In vier roten Jahren ist dieses Land in das tiefste Elend hineingeschliddert und was vor dem Kriege nur wenige wußten, wissen heute viele: Deutschland verdankt seine Unbeliebtheit, die sich bis zum Haß gesteigert hat, den Untugenden spektakelnder Landsleute auf den Thronen und in den Geschäftshäusern, in den Universitäten und im Heer. Sie sind nicht ausgestorben. Sie bilden sich eher im Gegenteil ein, durch schrankenloses Geschrei ein Deutschtum zu retten, das gar nicht tief genug untergehen kann: nämlich das schlechte. Heute noch? Heute noch.

„Ich fahre mit meinem Freund aus Riga, einem Schweizer, der sich auf der Durchreise in seine Heimat in Berlin aufhält, in der Stadtbahn (zweiter Klasse). Wir unterhalten uns im Russischen, erstens freue ich mich über jede Gelegenheit, Russisch sprechen zu können und zweitens ist es mir angenehm, daß uns die Mitfahrenden nicht verstehen. Plötzlich fragt ein neben meinem Freund sitzender Herr: ‚Sprechen Sie Deutsch?' Ahnungslos, was diese Frage bezwecken soll, antwortet er ihm: ‚Ja!' – ‚Dann verlange ich von Ihnen, daß Sie Deutsch sprechen, lange genug habe ich dieses Gequatsch mit angehört!' – ‚Sehr richtig, ich bin ganz Ihrer Meinung!' stimmt ihm ein anderer Herr bei. Die übrigen Mitreisenden verhalten sich passiv. ‚Ich glaube, ich kann mich unterhalten, wie ich will?' sagt mein Freund. ‚Nein, das können Sie nicht', brüllte ihm jener zu, ‚wenn Sie es wagen, sich weiter im Russischen zu unterhalten, können Sie eins in die Fresse kriegen.' – ‚Schweig!' ruf ich meinem Freund auf Russisch zu, denn mir graute davor, daß dieser bornierte Hakenkreuzpatriot tatsächlich handgreiflich werden könnte. ‚Donnerwetter noch einmal!' fing der Kerl wieder an, ‚das sollte uns passieren, wir sollten es wagen, im Ausland Deutsch zu sprechen!'" …

Ganz abgesehen davon, daß es sich hier um eine Baltin deutscher Abstammung handelt,

die im Kriege Helferinnendienste bei der kaiserlich deutschen Armee geleistet hat: welch ein stumpfsinniger Patriotismus! Das sei Deutschtum? Dieses lächerliche Gebrüll gegen andere Sprachen? „Wir sollten es wagen, im Ausland Deutsch zu sprechen! …" Lieber Herr, in Paris und in Italien wird zur Zeit keinem der dort weilenden Deutschen ein Haar gekrümmt. Und wenn auch von einer innigen Annäherung zwischen Engländern und Deutschen nicht gesprochen werden kann, so ist kein Fall bekannt geworden, in dem der britische Straßenpassant mit dem Hackebeil den Nationalismus gemacht hätte. Das ist Deutschland vorbehalten geblieben.

Hoffentlich nicht dem ganzen Deutschland. Und wenn es nur Vertreter jener Skatpatrioten waren, die das ganze Land diskreditieren: wollen wir ihnen nicht den Mund stopfen? „Will Deutschland", schreit die Deutschbaltin, „auf diesem Wege Freunde gewinnen und Beziehungen anknüpfen? Mein Freund, der zum erstenmal in Deutschland ist, nimmt einen sehr ungünstigen Eindruck mit." Sie schaden uns. Und wenn derselbe Mann, der hier die Klappe nicht genug aufreißen kann, von seinem Chef als Geschäftsreisender nach Spanien geschickt wird, so spricht er dort sicherlich alle Sprachen der Welt. Von Geschäfts wegen.

Zwischen Ungezogenheiten und würdeloser Kriecherei gibt es einen dritten Weg. Den der Menschlichkeit.

[1920]

DIE TÜR

Mein Postamt hat zwei Türen, zwei kleine, braune Türen. Wenn du eine Weile vor diesem Postamt stehst, so siehst du folgendes: Viele Leute gehen auf die linke Tür zu, rütteln an ihr, geben sie mißmutig auf und schlurchen durch die andere. Eine ist immer zu.

Warum?

Weil, spricht der Weise, der Beamte, der morgens die Türen aufschließen darf, wenigstens einmal in seinem Leben „regieren" muß. Weil er dem Publikum seinen Willen aufzwingen muß. Weil das Amt zeigen muß, daß es auch noch auf der Welt ist. Weil das Postamt nicht dazu da ist, damit wir unsere Briefe und Postanweisungen aufgeben, sondern damit die Beamten regieren können. So hat es den Anschein.

Nun geh einmal zu dem höchst entgegenkommenden Geheimrat in der Leipziger Straße und sage ihm das. Er wird freundlich lächeln, dir eine Zigarre anbieten – doch! manchmal tun Geheimräte das! – und wird dir lächelnd auseinandersetzen, daß das mit der Tür doch nur eine kleine Äußerlichkeit sei, nicht der Rede wert, aber wenn du wolltest, so würde er natürlich den Vorsteher anweisen … Da lächelst du auch und sagst, das habest du natürlich gar nicht gewollt. Aber, sagst du, eine Äußerlichkeit sei es gerade nicht. Und weil dich der freundliche Geheimrat so fragend ansieht, da stehst du auf und sagst ihm etwa dieses:

„Herr Geheimrat! Ihre ganze Beamtenschaft ist zum großen Teil, soweit sie nicht durch diese böse Zeit korrumpiert ist, von erstaunlichem Pflichtbewußtsein und tut ihren schweren Dienst bei ziemlich kümmerlicher Bezahlung. Aber, Herr Geheimrat, sie ist falsch erzogen. Sie ist preußisch erzogen. Gehen Sie einmal, ohne sich zu legitimieren, in ein Anmeldebüro der Polizei, gehen Sie auf Ihre Postämter, gehen Sie in die staatlichen Dienststellen – bei kommunalen ist's manchmal etwas besser – und hören und staunen Sie, wie Deutsche von Deutschen behandelt werden. Wie der Beamte in fast allen Fällen nur ‚regiert', was soviel bedeutet wie ‚Schwierigkeiten machen' – wie er in fast allen Fällen die kümmerlichen Interessen seines kleinen Ressorts viel höher wertet als das, was die Leute von ihm wollen – als das, wozu er eigentlich da ist. Er muß regieren. Er muß, auch wenn er genau weiß, wie zu helfen ist, Leute erst nach Hause schicken, er muß die Dienstvorschriften so genau auslegen, daß kein Haar ungekrümmt bleibt – er muß – schließlich – die zweite Tür zuriegeln, eben – nun, weil er doch etwas zu sagen hat und das den Leuten zeigen muß. Verstehen Sie das, Herr Geheimrat?"

Und der Geheimrat lächelt und sagt etwas von Übereifer der unteren Beamten und räuspert sich, allwas bedeuten soll, daß du nun gehen darfst, und du verabschiedest dich. Und willst zur Tür hinaus. Und da sagt der Geheimrat: „Nicht zu dieser, Herr Wrobel! Diese Tür dürfen nur Beamte benutzen!"

Moral: Solange Preußen sich einbildet, seine Laster wären seine Tugenden, solange wird es wohl auf der Welt nicht recht mitspielen können.

[1920]

KLEINE BEGEBENHEIT

Der Strumpfwirker und der Bauerssohn waren in der Nacht von einem Ackergraben in den andern geklettert – warum sie es getan hatten, wußten sie nicht. Man hatte ihnen gesagt, sie sollten es tun. Herren, die lesen und schreiben konnten, hatten es ihnen gesagt. Im andern Ackergraben hatte man sie gleich angehalten, in derselben Nacht noch, und, weil sie fremdgefärbte Kleider anhatten, sie sehr geschlagen und in ein Haus gesperrt. Nachher saß ein Advokat hinter einem Tisch – er war so froh, hinter diesem Tisch sitzen zu dürfen! – und schrieb auf, was der Strumpfwirker und der junge Bauer zu sagen wußten. Da war noch ein Gastwirt, der schlug sie, wenn sie nicht genug sagten. Ein Besucher kam zu ihnen und sagte, man würde sie töten – und zwei Leute, ein Steinklopfer und ein junger Mensch, der noch keinen Beruf hatte und bei den Eltern lebte, bewachten sie von Stund an.

Vierundzwanzig Menschen wurden benötigt, um die beiden totzuschießen. Es meldeten sich, freiwillig, achtzig. Achtzig – darunter waren Verheiratete und Ledige, Stille und Freche, Kräftige und Schlappe – sonst brave Leute, die keinem etwas zuleide taten, und die nur so gern einmal dabei sein wollten, um zu sehen, wie das wäre, wenn einer togeschossen würde. Mehr: die ihn selbst totschießen wollten. Denn es war erlaubt ... Befehligt wurden sie von einem Kohlenhändler.

Am Morgen dieses Tages erschien der traurige Zug auf dem ungeheuern Schneefeld südlich des Dorfes. Voran der Bauer und der Strumpfwirker, zwischen zwei Leuten von denen, die man aus den achtzig ausgesucht hatte; ein Arzt aus einer großen Stadt, der dergleichen noch nicht gesehen hatte und gleichfalls begierig war, es zu sehen; und der Kohlenhändler mit seinen Leuten. Die beiden in dünnen Jacken zitterten vor Kälte und Todesfurcht. Der Zug machte hinter den Scheunen halt. Der Advokat, der mitgegangen war, zeigte den beiden ein Papier; aber sie froren und konnten auch nicht lesen. Man stellte sie an kleine schwarze Pfähle. Der Kohlenhändler sagte zu seinen Leuten, sie sollten ihre Gewehre laden. Er sagte es sehr laut, oblgeich er nahe bei ihnen stand. Er hätte gewünscht, daß ihn seine Frau so sähe, wie er, der sonst Kohlen verkaufte, hier zwei Leute totschießen durfte. Die Schüsse knallten. Die beiden fielen um wie leere Säcke. Der Arzt aus der großen Stadt ging hin und sah sich genau ihre Wunden an. Dann verscharrte man sie.

Ich habe vergessen zu erzählen, daß alle verkleidet waren: die Gerichteten als serbische, die Henker als deutsche Soldaten.

[1921]

AUS DEM ÄRMEL GESCHÜTTELT

„Das“, sagen die Leute oft, wenn sie einen Vers von mir lesen, „fällt Ihnen gewiß sehr leicht. Es klingt, als ob ...“ – „Ich es aus dem Ärmel geschüttelt hatte, wie?“ sage ich dann. „Ja“, sagen die Leute.

Die Mühe, die es macht, der deutschen Sprache ein Chanson – und nun noch gar eins für den Vortrag – abzuringen, ist umgekehrt proportional zur Geltung dieser Dinge. „Es steht nicht dafür“, sagen die Wiener. Ich habe nie geglaubt, daß so viel Arbeit dahinter steckt, um zu erreichen, daß Leute abends zwei Stunden lachen, ohne daß sie und die Autoren sich hinterher zu schämen haben. Und gar, bis es so weit ist, daß man denkt, wir hätten es ‚aus dem Ärmel geschüttelt‘! Zum Glück sieht keiner die erste Niederschrift: wie krumplig, wie schwerfällig, wie schwerflüssig ist da noch alles ...

Der Tragöde hats gut. Wenn er noch so mittelmäßig ist: er rollt doch mit den Augen, und das verfehlt hierzulande seine Wirkung nie. Bei uns wollen sie sich scheckig lachen (drei Poängten pro Zeile) und hinterher verachten sie das. Und daß einer gar dabei ernst sein kann, das ahnen sie kaum. Wie wenige hören es zwischen den Zeilen Walter Mehrings schluchzen! Es sind ja nur Chansons. (Und doch sind die da aus der Seele geschüttelt.)

Aber wer nun einmal das Cabaret (mit einem t, bitte!) liebt ... Es ist eine unglückliche Liebe.

[1921]

DIE VERTEIDIGUNG DES VATERLANDES

„Angora, 4. August (W.T.B.). Die große Nationalversammlung beschloß, daß alle Mitglieder der Versammlung an der Verteidigung des Vaterlandes teilnehmen sollten. Die militärischen und medizinischen Mitglieder reisen an die Front ab, während die andern mit Versorgungsangelegenheiten hinter der Front sich befassen werden.“ Das steht in zweihundert Provinzzeitungen, und der Prozentsatz der Leser, die von Angora nur wissen, daß es solche Kater gibt, dürfte neunundneunzig sein. Der kluge Rest rät entweder auf Jugoslawien oder einen Balkanstaat … Und was denken alle hundert? Was sie denken sollen: „Die Verteidigung des Vaterlandes!"

Es ist durchaus nicht festgestellt, wer gegen wen den Katerstaat Angora zu verteidigen sich bemüßigt fühlt. Das ist dem Leser auch völlig gleichgültig. Wenn nur ein Vaterland verteidigt wird. Vaterländer lassen sich gern verteidigen, und die deutschen Zeitungsleser lieben das. Haben die Katermänner in Angora nun auch ihre große Zeit? Das ist recht. Und des Lesers Blick schweift in die Verlobungsanzeigen.

Wir aber, liebe Freunde, lasset uns ein wenig spintisieren.

„Die große Nationalversammlung beschloß …" Die große Nationalversammlung, das große Lalula Angoras – wer mag das sein? Ich bin noch nie im Vaterland Angora gewesen – aber ich sehe sie alle vor mir: die würdigen Vollbärte, gewaschen in allen Wassern des Parlamentarismus, unentwegt treu irgendwelche Fahnen hochhaltend und nach guter alter Katersitte auf den jeweiligen Miezislaus den Ersten schwörend. Die Vollbärte zittern. Fette Hände senken sich wohlwollend auf junge Schultern, Beruhigung klopfend – alles im Leben endet mit einem Arrangement. Und ich sehe die andern, die jungen, sportgebräunten Schieber mit den schwarzen Lacktollen und den französischen Stiefelchen. Laßt sie Schlachten liefern – wir liefern Brotbeutel. Und essen Kuchen.

„Die militärischen und medizinischen Mitglieder reisen an die Front ab …" An die Front – ja. Noli me tangere – sagte die Schwangere.

Die Militärischen also werden nah an die Front reisen und dort von Villen und Schlössern aus den andern sagen, wie sie zu sterben haben. Das ist nicht einfach. Man muß Reden zu diesem Zweck halten. „Kater Angoras! Wahrt eure heiligsten Güter! Bis zum letzten Hauch von Mann und Roß …!" Ich sehe die Tausende zusammengeprügelter Bauernjungen, die, ein wenig ängstlich, ein wenig müde vom langen Warten und ein wenig angeregt vom Anblick der vielen glänzenden Uniformen, da im Karree stehen; vor ihnen eine prachtvolle Suite und dann irgendein ER. Ein glorreicher Oberbefehlshaber, ein Präsident, ein General, was weiß ich. Knapp legt er die Hand an den blinkenden Mützenschirm. „Ich danke, meine Herren!" Furchtlos hält der tapfere Mann die ordenübersäte Brust den fotografischen Objektiven hin, die alle auf ihn gerichtet sind. Ein ff.historischer Moment –! Danke, meine Herren!

Die Medizinischen sind auch an die Front gereist. Oho! Kein wilder Negerstamm ohne einen Medizinmann. Dickbäuchige Zivilärzte werden, schnaufend in der ungewohnten Uniform, an Grobheit es den aktiven Kollegen gleichzutun suchen – mit Erfolg, mit Erfolg. Wer noch keine Kassenpraxis gehabt hat, hier lernt er, wie man mit Leuten umzugehen hat. „Zum Sterben tauglich – raus!" Und was sich vor vierzehn Tagen noch katzbuckelnd und händereibend vor den reichen Kommerzienräten Angoras verbeugt hat, weiß sich hier nicht zu lassen vor Manneskraft.

„... während die andern mit Versorgungsangelegenheiten hinter der Front sich befassen werden." Beim Katzenschwanz Angoras und beim heiligen Sankt Baldrian: Das werden sie! Ja, wenn wir diese andern nicht hätten –! Während vorn, noch vor den Militärischen und den Medizinischen, Menschen in Ackergräben verlausen und verrecken, befassen sie sich. Womit du willst: mit Proviant und mit Leder, mit Granaten und mit Pferden, ein wenig auch mit sich selbst; auf Samtpfoten und leise schnurrend buckeln sie zum Bezirkskommando Angoras. Miau! Wir sind alle, alle unabkömmlich ...

Ich sehe Angora. Branntwein wird ausgeteilt; ein paar Narren, die nicht glauben wollen, daß ihr Vaterland auch über das Leben verfügen dürfe, fliegen ins Gefängnis; Redakteure schreiben sich die Federkiele heiß – vom Sterben der andern; das Kater-Lampesche Telegraphenbüro fertigt gutsitzende Originalsiege an, an denen alle Welt seine Freude hat; wer „mies, mies, mies" macht, bekommt Prügel; die Regierung streicht den sozialistischen Katzen so lange über das Fell, bis sie vor Behagen schnurren und alle auf dem Bauch liegen; in allen Schaufenstern prangt das Bild jenes historischen Moments, mit jenem großen Mann, einem Ludendorff, der einmal desertieren wird: ein wahrhaft gestiefelter Kater. Alle Generäle vergessen Gicht und Gallenstein und wettern wieder auf den Kasernenhöfen daher, daß es eine Lust ist; der ganze Militärstand wacht auf und sträubt die Katerbärte, bereit zum Sterben der andern und froh der eignen, so aktuell gewordenen Wichtigkeit. Ja, und die Berufssoldaten werden doppelt froh ihren Lohn einstecken, und ihre Onkel und Neffen, die sich schämen, nicht selbst mitzumarschieren,und die sich ärgern, in jeder Gesellschaft – und noch dazu vor Damen – von so einem uniformierten Kater ausgestochen zu werden, werden auch nicht hinter der Zeit zurückbleiben wollen. Und so werden sie in ihren Büchern und in ihren Kollegs, in ihren Kirchen und in ihren Lesezirkeln davon sprechen, wie heilig, wie notwendig und wie edel der Krieg ist, sie werden das Sterben der andern loben und wie süß es sei … Denn nichts ist schwerer und nichts erfordert mehr Charakter, als sich in offenem Gegensatz zu seiner Zeit zu befinden und laut zu sagen: Nein.

Es ist nicht nur gefährlich; stirnrunzelnd wird der Kaufherr von seinen Lieferungsverträgen aufblicken und den neben ihm stehenden militärischen Handlanger fragen, wer denn da toll geworden sei – winkend, man möge den Verräter einsperren. Was geschieht. Es ist nicht nur das, weshalb so viele Leute es scheuen, nein zu sagen. Es ist ja so schön, im großen Strom der Masse mitzuschwimmen – Windstoß und Wasserrichtung tragen das Schiff –; und wenn es dann so stolz dahinsegelt, denken die Leute, es fahre aus eigner Kraft … Es ist auch bekömmlicher, sich der Macht zu unterwerfen – wer sich vor ihr verbeugt hat, auf den geht ein Quentchen der großen Macht über, und aus einem kleinen Lehrer oder Delikateßwarenverkäufer ist über Nacht plötzlich ein gewaltiger Mann geworden. Ein Tyrann macht viele. Das ist ein großes Geheimnis …

Und die Frauen Angoras werden jubeln und schnurren und miauen und Charpie zupfen und rosenrote Gedichtchen schreiben und über blaugekleidete Leichen jauchzen und über rotgekleidete jammern und am lautesten nach dem Oberkater schreien … Auf den Dächern Angoras …

Und in den Schulen Angoras lehrt man die Lehre von der Herrlichkeit des Krieges. Man lehrt: Du sollst nicht töten! und man lehrt: Du mußt töten! – und weil niemand in der Geschichtsstunde an die Religion denkt, so hat beides in den jugendlichen Gehirnen sehr wohl Platz, um so mehr, als ja das staatliche Töten mit vielen herrlichen, leuchtenden, bunten Farben verbunden ist, mit Musik und Ehren, mit Feiern und Orden und mit sehr viel Kaisern, die man ganz aus der Nähe ansehen darf. Und weil der Mensch immer glaubt, alles, was er auf der Schule, als er noch klein war, gelernt hat, ohne nachzudenken, nur, weil es ihm eingetrichtert ward – all das sei als absolute Wahrheit vom Himmel gefallen, so werden die jungen Angoristen später im Leben gute Staatswürger abgeben.

So wird in Angora das Vaterland verteidigt. Der Deutsche liest's, bejaht's und nimmt sich vor, es bei nächster Gelegenheit grade so zu machen.

Und keiner steht auf – in Angora nicht und in Potsdam schon gar nicht – und sagt dem Tier Masse, dem Tier Zeitgeist, dem Tier Staat: Nein! Du, die blinde, schwarze Kollektivität, bist der große Krumme, der Teufel, ein wütiges Tier, bar jeder Verantwortung. Denn ist das Katzenfest vorüber, so löst du dich in einzelne Lebewesen auf, von denen es keiner, keiner gewesen sein will. Und auch keiner war. Einzeln sind sie ganz vernünftig.

Und nicht eher wird die Kateridee der absoluten Souveränität des Staates schwinden, als bis die einzelnen, die unter ihm seufzen, sich hochrichten und klar und bestimmt sagen:

Wir wollen nicht mehr.

[1921]

GEGEN DIE ARBEITER? ALLEMAL –!

„Richtet nicht, auf daß ihr nicht gerichtet werdet!"

Matthäus 7, 1

Es gibt Mädchen, die verkaufen ihren Leib, weil die Not sie dazu zwingt, und wer ohne Schuld ist, der werfe den ersten Stein auf sie. Und es gibt Mädchen, die geben sich mit fünf Kerlen auf einmal ab, weil ihnen einer nicht genug ist und weil fünf mehr schenken als einer. Und es gibt solche, die die Nächte durchtanzen, und solche, die wegen des dünnsten Ringes einem Mann auf die Bude gehen – in dieser Hinsicht gibt es alle Sorten. Und weil der Körper das Eigentum des Menschen ist, so hat das jede mit sich abzumachen. Peinlich wird die Angelegenheit erst dann, wenn eine Liebe und Reinheit vortäuscht und mit der Seele kokettiert, wo sie doch die neuen Stiefeletten meint, die jener ihr kaufen soll – ungemein unangenehm wird's erst dann, wenn eine sich rein, unberührt und anständig gibt – im Grunde ihres Herzens aber ein verdorbenes Frauenzimmer war ihr lebelang.

Aber ich wollte ja etwas von der deutschen Justiz erzählen.

Die Mitglieder der studentischen Verbindung ‚Thuringia' bewahrten bis zum 1. September dieses Jahres in ihrem Klubhaus Waffen auf, die sie von einer ‚Eisernen Eskadron' erhalten haben wollen, also von einem jener ungesetzlichen Verbände, die so viel Unheil und Blutvergießen in Deutschland angerichtet haben. Die Studenten führen vor Gericht an, ihre Harmlosigkeit gehe schon daraus hervor, daß sie von den Waffen beim Kapp-Putsch keinen

Gebrauch gemacht hätten. Das ist gütig und sicherlich ein mildernder Umstand – ja, es wäre zu erwägen, ob man solche Herren nicht aus dem § 51 wegen mangelnder Zurechnungsfähigkeit freisprechen soll. Denn wer Waffen hat und auf die Regierung nicht schießt ... Mehrere Arbeiter, die von diesem Waffenversteck hören, holen die Waffen heraus, wozu sie keine Berechtigung hatten – sie geben sich als Beamte aus – die Waffen verschwinden. Und jetzt werden beide Gruppen unter Anklage gestellt: die Studenten und die Arbeiter.

Beide haben genau das gleiche ausgefressen: Sie haben Waffen verheimlicht und so das Entwaffnungsgesetz übertreten.

Die Studenten werden freigesprochen. Einer der Arbeiter erhält wegen Diebstahls und Vergehens gegen das Entwaffnungsgesetz vier Monate Gefängnis und 1000 Mark Geldstrafe. Soweit das Amtsgericht Charlottenburg.

Der Fall ist sehr charakteristisch. Einzig ist er nicht. Die vierte Strafkammer des Berliner Landgerichts I hat eine Reihe Arbeiter zu mehrmonatigen Gefängnisstrafen verurteilt, weil sie unberechtigter Weise Waffen verheimlicht hatten.

Lohnt es wirklich, zum tausendsten Male nachzuweisen, wie hier klare und arbeiterfeindliche Politik getrieben wird?

Wie diese Dinge uns schaden, ist klar; wie das gegen uns die Entente aufbringt, die doch immerhin das Heft in der Hand hält (sie und nicht die Reichswehr!) – ist jedermann verständlich. In Sachsen ereigneten sich solche Waffenfunde – die französischen Berichterstatter konnten sich nicht genug tun in Berichten; die Waffen heckten, es wurden immer mehr – und die Wirkung auf die Pariser Nationalisten war erreicht.

Wie geht es denn bei uns zu – ?

Das Ding fängt beim Ermittlungsverfahren an. Die Organe der Staatsanwaltschaft haben gelernt, in jedem Arbeiter einen Feind des Staates zu sehen, der von der Obrigkeit – also von ihnen – mit allen Mitteln heranzukriegen ist. Wer mißt den Eifer eines Staatsanwalts, wenn er gegen Arbeiter und wenn er gegen eiserne Eskadronisten vorgeht? – Für den Richter sind jedenfalls die Akten das Alleinseligmachende, die Kammer, die den Eröffnungsbeschluß macht, ist damit leichter bei der Hand, als wenn sich's um ein Wiederaufnahmeverfahren handelt – und das Gericht ...? Das Gericht ist zuverlässig. Zuverlässig republikanisch natürlich. Was dachten Sie – ?

Eine Regierung, die tatsächlich keine Macht und keine willigen Organe besitzt, um die Entwaffnung ehemaliger Offiziere und Freikorpsführer durchzusetzen, die keinen einzigen militärischen Kapp-Kerl in ihre Gewalt gebracht hat, die kommunistische Wasserträger aus dem Ruhrrevier fängt und Herrn Boldt, Herrn Vogel, Herrn Kapp, Herrn Erhardt laufen läßt: diese Regierung sieht sich politische Heldentaten deutscher Richter an, die so aussehen:

Die Brigade Erhardt hat eine ‚geheime Kampforganisation' und eine ‚Feme', die sich über ganz Deutschland erstreckt; Bestrafungen erfolgen nicht. – Vier junge Revolutionäre aus Wilhelmshaven, W.Bock, K.Jörn, Fr.Tetens und Fr. Weiland, werden zu insgesamt 23 Jahren Festung verurteilt. Sie haben in den ersten Unruhen der Revolution, deren staatsrechtliche Bedeutung nie geklärt worden ist, ‚Hochverrat' begangen. – Ein Chemnitzer Schneider gibt einer Münchener Entente–Kommission verborgenes Kriegsmaterial an: er bekommt ein Jahr Gefängnis wegen Verrats militärischer Geheimnisse, (die diese militärisch gänzlich bedeutungslose Reichswehr gar nicht mehr hat). Die Verheimlicher der Waffen werden nicht genannt. –Borkumer Badegäste, darunter Angehörige der besseren Stände – vielleicht auch Richter? Vielleicht auch Staatsanwälte? – reißen die schwarzrotgoldene ‚Judenfahne' von allen Strandburgen und prügeln die Insassen heraus. Eine Bestrafung erfolgt nicht, auch dann nicht, als eine Teilnahme von Reichswehrsoldaten an diesen Vergehen nachgewiesen wird. – In Hamburg reißt ein deutschnationaler Student die Fahne der Republik bei einer Universitätsfeier herunter; der Staatsanwalt schreitet nicht ein. – In Düren holen drei Sozialdemokraten die Fahne Wilhelms II. herunter, mit der die Deutsche Volkspartei am Beisetzungstage der Exkaiserin gegen die Republik demonstriert. Sie erhalten jeder drei Monate Gefängnis. – Der kommunistische Parteisekretär Ewert sitzt sechs Monate in strengster Untersuchungshaft, dann wird er vom Reichsgericht von der Anklage des Hochverrats freigesprochen. – Ein Kriegskrüppel, der mit Zigaretten handelt, schlägt einen halben Pfennig auf die Zigarette zuviel auf und wird vor Gericht gestellt. – Zwei Beamte der Sicherheitspolizei, Schreiber und Donaty, ‚beschlagnahmen' widerrechtlich Zigaretten (das heißt also: rauben sie) und verkaufen den Raub. Sie erhalten Mindeststrafen und Strafaufschub. – Die belanglosesten Mitläufer des mitteldeutschen Aufstandes erhalten drakonische Strafen. – Adlige Waffenschieber werden sofort aus der Haft entlassen – eine Bestrafung erfolgt nicht.

So sieht die deutsche Justitia aus.

„Die Republik", sagt Linke Poot in seinem außerordentlich witzigen Band ‚*Der deutsche Maskenball*' (bei S. Fischer), „die Republik war von einem weisen Mann aus dem Ausland ins Heilige Römische Reich gebracht; was man mit ihr machen sollte, hatte er nicht gesagt; es war eine Republik ohne Gebrauchsanweisung." Sie fehlt eben, und so stehen denn noch heute alle diese Regierungsrepublikaner herum und ahnen nicht, daß die schlimmste, die tödlichste Gefahr in ihren eigenen Ämtern hockt. Streng auf dem Boden der gegebenen Tatsachen.

Jagt die Republik einen solchen Richter fort? Ach, die Unabhängigkeit der Richter –! Und wie ist es mit der Unabhängigkeit der Gerechtigkeit?

Die Zweiklassen-Gerechtigkeit sitzt in den Köpfen jener Juristen so tief, daß sie sich gar keine Vorstellung mehr davon machen können, wie schief die Dame Justitia ihre Achtgroschenwaage hält. Unverbindliche Gespräche gutgedrillter Korpsstudenten sind doch ‚seffaständlich' keine Delikte – wüstes Kneipengejohle verhetzter Arbeiter wird unnachsichtlich verfolgt. Preußische Minister des Innern hängen keinen, sie hätten ihn denn zuvor – nun, ein Bilderbuch von George Grosz (aus dem Malik-Verlag) ‚*Das Gesicht der herrschenden Klasse*' haben sie – und schon ist es beschlagnahmt. (Die karikierten Opfer des genialen Zeichners laufen alle noch frei umher.) „Es scheint mir überhaupt ein Erbfehler der Deutschen", hat der junge, im Kriege getötete Otto Braun einmal gesagt, „ihre Gemeinheiten immer ethisch rechtfertigen zu wollen". Wir dürfen hinzufügen: Auch juristisch tut man es.

Die Wirkung ist ganz, wie sie Roda Roda einmal, es war im Jahre 1906, geschildert hat: Ein Mann erfindet ein Justizklavier, man stellt die Hebel ein, drückt – und unten fällt das fertige Urteil heraus. Aber … „Pedale muß das Justizklavier haben. Lassen Sie auf das Pianopedal etwa eine fünfzackige Krone malen und auf das Fortepedal lassen Sie schreiben: Sozialdemokrat!" –

Das Mädchen Justitia spielt munter auf dem Klavier. Piano und forte, wie es trifft. Es ist ein feines Mädchen. Mild ist sie gegen Adel, Studenten, Offiziere, Nationale.

Da wird nicht zugeschlagen.

Aber gegen die Arbeiter?

Allemal.

[1921]

WEIHNACHTSBITTE

Der Berliner und insbesondere die Berlinerin ‚kommt' bekanntlich ‚zu nichts', und dem mag denn wohl auch zuzuschreiben sein, daß so viele Leute Wohltätigkeit üben möchten und so wenige es tun. Sie ‚kommen nicht dazu'. Und dann – wie fängt man das an? An wen soll man schicken? Und was? Und das Mädchen hat so viel zu tun – und soll nun auch Pakete schnüren, und es dauert so lange, Postanweisungen aufzugeben ... Und inzwischen frieren und hungern die andern.

Es ist also nicht immer Phantasielosigkeit daran schuld, daß einer nichts gibt. (Obgleich viele Leute mehr Gutes täten, wenn sie sich nur recht intensiv vorstellten, was das ist: hungern – und was das ist: frieren.) Es mag auch Mangel an Zeit schuld sein.

Ich bitte nun die unter meinen Lesern, die im Laufe des Jahres ein bißchen Unterhaltung, Anregung oder Freude an den kleinen Glossen gehabt haben, die ich hier veröffentlichen durfte, mir einen Weihnachtswunsch zu erfüllen.

Dem Städtischen Asyl für Obdachlose geht es mit seinen Mitteln nicht zum besten. Die Leute brauchen Kleider, Decken, Nahrungsmittel und vor allem Geld. Adresse: Berlin N C 55, Fröbelstraße 15.

In der Prinzregentenstraße 23 zu Wilmersdorf lebt eine blinde Frau, Betty Wassermann, eine ehemalige Tänzerin, die bei einem Versuch des Doppelselbstmords durch einen Schuß ihr Augenlicht eingebüßt hat. Sie ist von einem Tag zum andern auf das angewiesen, was ihr fremde Menschen ins Haus schicken.

Die Gefangenen auf der Festung Niederschönenfeld sind hilf- und wehrlos der bayerischen Verwaltung ausgeliefert. Während sich Jagow ‚entfernte, um von der Haft verschont zu bleiben', leiden diese armen Menschen wie die Tiere. Sie möchten Tabak haben, Süßigkeiten, unpolitische Bücher; für den, der das grade nicht im Hause hat, wird eine Geldsendung am richtigsten sein. Man kann an Ernst Toller oder Erich Mühsam, Festung Niederschönenfeld bei Rain am Lech in Bayern, adressieren.

Es ist Geschmackssache, wem man so eine Weihnachtsgabe schickt, und was man schickt.

Ich bitte jeden einzelnen, nach Lust und Können an diese Adressen zu schicken. Man sollte die Trägheit des Herzens überwinden. Es summiert sich ja doch.

Wer sich mit der Formalität dieser Sendungen nicht abgeben mag, der überweise eine Summe dem Postscheckkonto der ‚*Weltbühne*' Berlin 11958. Wir werden das Geld unter diese drei Empfängergruppen verteilen und auf Wunsch öffentlich quittieren. Ich habe einen kleinen Anfang gemacht und der ‚*Weltbühne*' eine Summe Geldes zur Verfügung gestellt.

Meine Bitte: folgt nach!

[1921]

DIE DICKEN

Die Generation, mit der ich groß geworden bin, wird jetzt dick.

Von mir sehe ich ganz ab. Ich bin hager, mäßig rasiert, schwärzlich und etwas hornbrillig anzuschaun. Aber die andern werden, weiß Gott, dick.

Das ist keine physiologische Erscheinung. Das ist etwas andres. Diese sanft ansteigenden Kinnterrassen, dieser zufrieden volle Mund, dieser leicht gerundete Bauch – all das sagt: „So. Nun haben wir genug herumgewirtschaftet und angegeben – nun wollen wir uns einmal den Freuden des Lebens zuwenden. Was heißt hier Ideale –!" Und dann gründen sie Familien, und an der Wand hängt eine Gruppenaufnahme, und der zweite in der hintersten Reihe: das ist Papa. Auf dem etwas verblaßten Bild kannst du sein Gesicht erkennen; es sind schon die vertrauten Züge, aber das Gesicht ist dünner, es ist, als ob sich die fertige Physiognomie noch nicht recht herausgetraut hat, etwas Fremdes ist darin … Und vielleicht war grade dieses Fremde das beste an Papa … Jetzt hat er jedenfalls eine schöne Stellung, über die man nie etwas Genaues erfährt – aber sie muß doch ihren Mann ernähren, wie man sieht … Die radikalsten Denker, also Menschen, die gradezu verpflichtet sind, mager und abgerissen dahinzuschlurchen, sind heute in saubre, dicke Röcke eingewikkelt und essen viel und ausgiebig. Es ist nicht die sanfte Hügeldicke der reifenden Frauen, die sich nur noch vorsichtig auf einen Stuhl setzen, damit nichts abbricht … Es ist etwas andres.

Es ist die Abkehr vom Olymp, die Fett ansetzt. Es muß einen Gott geben – ich weiß nicht genau, wie er heißt, aber es gibt ihn, und er ist klein und rund und hat einen Hundekopf – einen Gott, der mit den Menschen eng liiert ist, wenn sie es aufgegeben haben, den Ossa auf den Pelion, oder wie diese israelischen Götter heißen, zu türmen … „Wie gefällt Ihnen Reinhardt?" – „Er ist dick geworden."

Früher sahen die Künstler alle aus, als ob sie grade frisch aus der Hölle kämen – mit schweren Kummerfalten im Gesicht, den verbeulten Kalabreser auf dem Kopf und in den Augen einen Ausdruck wie: „Verruchter Casca!" Heute haben sie fast sämtlich einen satten, zufriedenen Blinzler, diese Lippen haben schon so manchen Cointreau genippt – Sie kennen diesen herrlichsten aller Liköre nicht? Sie sollten ihn nicht versäumen! – und in ihren Augen sagt es: „Das war mal ein schönes Abendessen! Nun noch einen Mokka und eine dicke Zigarre und ach, Königin …!"

Meine Mama hat mir immer gesat: „Peter!" hat sie gesagt, „du mit deinen Theorien! Du wirst auch noch mal vernünftig werden!" Meine Generation ist auf dem besten Wege dazu. Sie hat heimgefunden. Ich sehe keinen an – aber so sieht man nicht aus, wie die aussieht.

Laßt uns warten, Freunde! Über ein kleines – und auch unsre Kammer ist voll Sonne. Und vor uns stehen drei zum Platzen Dicke, drei Trudeldicke: Friedrich Kühne, Conrad Veidt und

Peter Panter

[1921]

DREI GENERATIONEN

Die erste und älteste – wir sprechen von den berliner Kokotten – gibt es beinahe schon gar nicht mehr. Sie hatte schon unter unserm Kaiser Wilhelm alt, fett und redlich gedient, die Korsagen platzten, dem Jüngling grausets – und man mußte schon aus Wollenhagen an der Persante kommen, um an diesen Massen ungeheurer Weiblichkeit – das Pfund achtzig Pfennige – Gefallen zu finden. Sie saßen, diluviale Anschwemmungen, in Lokalen, die meist innigaltdeutsch aufgemacht waren, mit Sinnsprüchen an den Wänden und vergoldeten Trompetern von Säckingen, die bliesen: Behüt dich Gott … Die richtige Musik spielte Wagnern und Militärmärsche, sie aber sahen wie leicht entartete Schlächterfrauen aus. „Mit was kommste denn riba, Do –?"

Es waren die Stützen von Thron und Altar. Aber keine schönen. Ein Öldruck.

Die zweite Generation stammt noch aus der Zeit der großen landwirtschaftlichen Wochen, da sich der durch frisches Wetter und alten Rotwein gerötete olle ehrliche Landmann von Stallgeruch, Frau und Hypotheken in Berlin erholte, in dieser Stadt, die er zugleich haßte, verachtete und bewunderte. Das war die Zeit, wo die Leute gemütlicher waren als heute, weil ihnen noch die Goldstücke in der Hosentasche klimperten (man wußte doch wo und wie – es war ein so beruhigendes Gefühl!): es war die Zeit des Metropol-Theaters und der Hofbälle. Diese Damenjahrgänge sind schon bedeutend raffinierter als die ersten, sie wissen viel gescheiter mit Schminke, Spitzenwäsche, Kavalieren und Beziehungen umzugehen. Die andern waren noch erster Güte gefahren – sie fuhren Auto. Ihre Lokale trugen sich in einem Sekt-Rokoko, das zwischen allen Louis und einem lieblichen Barock umhertaumelte, und ihr Lebensideal sah aus wie der zweite Aktschluß im Metropol-Theater. Ihre Eleganz war ebenso unwahrscheinlich wie ihre Lokalitäten, sie waren so ungeheuer berlinisch, daß der Ausländer zunächst nur lachen konnte. Weil sie aber zugleich ausgekocht waren, sah ihnen der müde Wanderer die mangelnden Qualitäten auf kulturellem Gebiet gern nach. In diese Zeit fällt die Gründung des Palais. (Der Kenner läßt sich heute noch lieber die Zunge abbeißen, als daß er Palais de danse sagt. Es gibt eben nur eins: das Palais.) Zu dieser Zeit der zweiten Generation erbrauste in Berlin eine laute Lustigkeit, die damals hetzend-amerikanisch wirkte und uns heute leicht biedermeierisch und fast gemütlich vorkommt. „Herrgott, müssen die Leute damals harmlos gewesen sein!“ Waren sie gar nicht. Es waren geschäftemachende, profitjagende Untertanen. 1914 zerplatzte das alles. Wenn auch zugegeben werden muß, daß im objektiven Endeffekt eine Pfundgräfin (Goldmark) nachts bei Toni Grünfeld gegen die von heute … Aber das werden wir gleich sehen. Die Musik spielte jedenfalls Victor Hollaender, ganz Berlin sang Julius Freund, und ihm großen ganzen waren Lieb und Lust gut industrialisiert. Gegen heute: sogar ziemlich anständig und reell. „Gottseidank! Alle sind ja nicht so wie alle!“ Ein Vierfarbenblatt.

Heute … Lieben Freunde, es gab schönere Zeiten als die unsern, das ist nicht zu streiten … Die dritte Generation, die von heute, ist wohl die blasseste. Aber nicht, als ob die Kokotten der Vergangenheit, auf den Lampenschirm der Erinnerung gemalt, kräftig idealisiert dahinschwebten … Nein,

nein. Den Begriff eines ‚Valutafreiers' geprägt zu haben, ist nach dem ff. Stahlbad dieser mittelgroßen Zeit vorbehalten geblieben, und zur Orientierung braucht man nur die Gesichter der drei Generationen Revue passieren zu lassen. Die erste: das waren also verfettete Walküren mit der vergeblichen Attitüde neckischer Lieblichkeit, die zweite wies oft harte, gaminhafte Züge auf, viele trugen die Haare bubenhaft kurz geschnitten, und der Pagenkopf hatte einen schmalen Mund – sie kannten die Sacher-Weichheit ihrer Männer ... Aber die dritte, ach, die dritte ...

Man hat in Berlin noch nie so viel Kokotten gesehen, die gar keine sind. Sic gehören den diversesten Fakultäten an, sie schnupfen die freundlichsten Dinge, sie spritzen sich die Handgelenke wund und tragen breite Armbänder darüber – und sie haben schon lange nicht mehr den Halt und die Sorgfalt einer ordentlichen Kokotte. (Für Juristen: Diligentiam wird hier nicht mehr prästiert.) Jeder gut durchgebildeten Dame des alten Regimes muß sich das, sagen wir, Herz umdrehen, wenn sie dies mitansieht ... Sie sind oft sehr dünn, ihre Gesichter sind eigentlich farb- und physiognomielos – es ist nicht viel mit ihnen, weder im Guten noch im Bösen. Aale.

Und begann die gute alte Hurengeschichte mit einer larmoyant-sentimentalen Verführungsszene, so ergäben dreihundert zugleich gespielte Grammophonplatten mit Gesprächen dieser jungen Damen ungefähr folgenden Bericht:

„Ich hatte damals einen Freund – weiß du – ein fabelhafter Mann – der hat sich dann so gemein benommen – meine Koffer standen in Bristol – meinst du, der hat sie ausgelöst? Aber als die Frau mir das gesagt hat, da hab ich gesagt (hochgezogene Augenbrauen): ‚Bitte', sag ich, ‚wenn Sie glauben, daß Ihnen der Schmuck gehört, dann beweisen Sie es doch!' Ich sage: ‚Ich werde die Sache dem Staatsanwalt übergeben!' sage ich. Weißt du, manchmal bin ich ganz schrecklicher Laune. Aber wenn ich guter Laune bin, dann könnte ich alles zusammenhauen. Ich bin ja so krank gewesen. Ich habe acht Wochen in der Klinik bei Professor (erster Name) gegelegen – der Professor hat gesagt, so eine Konstitution hat er überhaupt noch nie gesehen ... Hast du Koks –?"

‚Blüten im Winde'. So kann mans nennen. Man kann aber auch ‚Ewige Nutte' sagen. Denn durch die geschwollenen Selbstbekenntnisse, durch Original-Imitationen eines fürstlichen Tonfalls guckt ein jämmerliches kleines Frauchen hindurch, das einem eigentlich leid tun kann.

Ihre Lokale sind zur Zeit expressionistisch aufgemacht (obgleich sich das schon leise wieder gibt), in der irren Zackigkeit falsch verstandener Ölschmockerei badet sich hier der Baissemann seinen Tageskummer ab. Eine toll gewordene Musik (die nur zu ertragen ist, wenn sie genial exekutiert wird) durchrast den Laden, dazwischen sitzen diese glatten Dinger, nicht Frau, nicht Mädchen, nicht Mensch, nicht Junge. Ihre Kerle sind alle von Grosz, denn sie haben Erfolg gehabt. Aber der kann morgen dahin sein – und weil der Freier wirtschaftlich nicht fundiert ist, sinds die Frauen auch nicht. Heute rot – morgen rouge. Natürlich ist die Republik daran schuld.

Amüsements sehen immer wie die Geschäfte aus, von denen man sich bei ihnen erholt. Diese Frauen und diese Lokale sind die Kehrseite der Valutawelt. Und wenn es so weitergeht (Essayband her! *'Der Erfolg der deutschen vaginierenden Prostitution'*) – dann sehe ich mich noch als ältern Großvater bei der Fotografin R. um den niedrigen Rauchtisch herumsitzen, die Jugend der Literatur umspielt meine bärtigen Knie, und ich sage:

„Ja, ja – 1922! Das war noch eine gemütliche Zeit ..."

Und wieder wird es doch nur die Erinnerung sein, die aus mir lügt, denn es war ja gar nicht gemütlich. Blaß, ein wenig blutleer, mit einer etwas verspielten Freude am Lasterchen, vertraut mit allen Praktiken einer Karnickelliebe – so sehen augenblicklich die aus, die einer verstörten Epoche Rosen ins himmlische Leben flechten und den Zeitgenossen die niedrigen Stirnen glätten. Ein wässeriges Aquarell.

[1922]

WENN SIE SCHRIEBEN –!

Ich denke mir immer, daß doch eigentlich grade die falschen Leute schreiben. Wir steuerzahlenden Dichter sitzen da, klopfen uns morgens auf den Bauch und liefern abends tarifvertraglich ab: drei Pfund Roman, acht Liter Essays und vier Kilometer geballter Lyrik, wie gehabt. Das ist gewiß sehr schön und für das Wohl der Nation auch unbedingt erforderlich ... Manche von uns können sogar von ihrem Geschriebenem leben: die schreiben aber dann nicht für die Zeitungen, wo man ihnen nicht ganz so viel zahlt wie den Austragefrauen, sondern sie arbeiten fürs Theater – und da liegen die Dinge gleich ganz anders. Da geht der Verdienst nicht in die Tasche eines habsüchtigen Unternehmers, sondern da sind es gleich zwei: der Theaterdirektor, der die Leute, und der Agenturbesitzer, der das Stück vertreibt. Diese rechnen in dunkeln Nächten ihre Unkosten heraus, addieren und subtrahieren, ziehen – sitt! – einen kleinen Schlußstrich und geben dem Dichter, wie er sich auch wehren möge, unweigerlich manchmal den zehnten Teil dessen, was sie verdient haben. (Weil er doch der Dichter ist.) Das, was übrig bleibt, wenn sich der Direktor und der Agent je ein Stück Rittergut gekauft haben, nennt man Tantiemen. Aber das ist wieder eine andre Geschichte …

Ja, was ich sagen wollte: es müßten eigentlich ganz andre Leute zu schreiben beginnen. Zum Beispiel die, die etwas erlebt haben. Ich weiß ja: der Dichter erlebt es mehr innerlich. (Aber diese Bandwurmgeschichten will kein Mensch mehr wissen.) Nein, es müßten die Leute schreiben, die wirklich mitten im Leben gestanden haben und nun eine kleine Rückschau vornehmen.

Was wäre das für ein Spaß, wenn einmal Arno Holz aufschriebe, wie es damals in Friedrichshagen zugegangen ist, wie er noch mit Johannes Schlaf zusammengesessen hat, und wie ein junger Mensch – Hauptmann war der werte Name? – angegangen kam … Und wenn Rudolf Kurtz das Schreiben bekäme, Rudolf Kurtz, der von uns armen Literaten weggegangen ist, unter die Geldverdiener, und der so ganz nebenbei einer der feinsten Schreiber ist – wenn der erzählte, wen er alles in seinem langen Literatenleben schon hat vorübergehen sehen, weil er doch wohl so ziemlich alle Menschen kennt, die es jemals im alten Café des Westens gegeben hat … Ja, und wie, wenn der Richard aus dem Café des Westens schriebe? Von Erich Mühsam, der da herumsaß, und den die Bayern eingesperrt haben, weil er nicht so viel Menschen hat totschlagen lassen wie Ludendorff. Und wenn Munke-Punke, der Alfred Richard Verlegermeyer, schriebe, der von allen lebenden und toten Dichtern zweierlei Briefe im Pulte hat, folgenden Inhalts. Erster Brief: „Hochzuverehrender Meister! Anliegend übersende ich Ihnen meine achtzehnaktige Pubertätstragödie ‚*Die Neurose im Tal*' und werde ich mich freuen, selbe grade Ihrem so kunstsinnigen Urteil unterbreiten zu dürfen." Zweiter Brief: „Geehrter Herr! Ich hatte mir allerdings gleich gedacht, daß für Sie nur kaufmännische Banausenerwägungen –"

Und wie, wenn Gussy Holl schriebe, von großen Damen und kleinen Mädchen, von Literaten, Chinesen und richtigen Grafen, denen zu begegnen sie die Ehre hatte? Wenn sie alle die schönen Geschichten aufschriebe, die sie unter bösartiger Nachahmung aller darin vorkommenden Akteure zu erzählen pflegt, und die dann nachher unter *‚Liebe Weltbühne!'* das Blättchen zieren –? Und wenn Roda Roda aufschriebe, was er – so, beiläufig und charmant – hinwirft: „Da war mal in Freiberg ein k. u. k. Oberleutnant ..." Und die Zeitungsleute schreiben nichts aus ihrer Praxis – sie werden sich schön hüten – aber sie hätten schon etwas zu erzählen, wie beispielsweise der kleine K. oder der dicke B. ... Aber der wiegt seinen ungeheuern Birnenbauch und schiebt die Pfaffenunterlippe vor und freut sich und schweigt. (Weil er sehr klug ist.)

Ach, sie schreiben alle nicht. Und artig und bescheiden gehen wir alle wieder nach Hause und werden in der nächsten Nummer der *‚Weltbühne'* keinen von ihnen antreffen. Dafür aber einen grimmigen Aufsatz gegen den Militarismus von Wrobel und einen von Julius Bab: *‚Dostojewski und Büchner'* (es kann aber auch Bilse sein) – und S. J. wird etwas schreiben, worüber sich die Schauspieler kapott ärgern, weil sie gar nicht drin vorkommen oder weil sie verrissen sind oder weil die andern gelobt sind oder weil sie nicht genug gelobt sind ...

Aber die da oben schreiben nicht. Schade!

[1922]

RIEGES HOLZSCHNITTE

Hamman-Schokolade (Originalreklame im Text! Neu! Angebote seriöser Firmen erbeten – Theater demnach ausgeschlossen) – Hamann-Schokolade, junger Herr, müssen Sie ihr aber nicht immer schenken. Gewiß, sie freut sich und sagt lieblich: „Du sollst doch nicht!" und ißt, wenn Sie weggegangen sind, den ganzen Zimt mit einem Male auf ... Aber Sie müssen auch einmal etwas andres schenken, wenn Sie lieben. Zum Beispiel: Rieges Holzschnitte.

Kriegen Sie keinen Schreck. R. Riege ist kein teurer Mann, weil die Kunstschreiber noch nicht ihre Fremdworte über ihn ausgeschüttet haben – noch ist er billig. Seine Mappen und Mäppchen, eine immer hübscher als die andre, sind in der, entschuldigen Sie das harte Wort, Holzbock-Presse zu Weimar erschienen und dorther können Sie sie auch beziehen lassen. Die Adresse genügt.

Ich habe meiner jungen Dame gleich zwei geschenkt: ‚*Kord Dönebön*' und noch eine.

Kord Dönebön ist herrlich. „Hier habt ihr", steht auf der ersten Seite, wo ein haargewaltiger Kerl abgebildet ist, „zehn Holzschnitte von R. Riege, darauf seht ihr Kord in Situatschonen, die durchaus gewöhnlich sind. Kord jedoch ist ungewöhnlich. Kord stammt aus Multhöpen. Sein Vater aus Plötzen. Er wurde im März soundso geboren. Vermutlich stimmen diese Angaben nicht." Auf jedem Bild steht zu lesen, was da lost ist: „Kord und annere Lüe". „Kord kümmt". Dann das hübscheste: „Kord up'n Torm." Und auf einem wo der Lümmel nackte Bademädchen belauscht, steht über seinem Kopf, mahnend von des Holzschneiders Hand hingesetzt: „Kord! Kord!"

Das ist die eine Mappe. Die andre, die ebenso lächerlich wenig kostet wie die eine, heißt: ‚*Die Hochzeitsreise*' und sollte auf keinem Nachttisch fehlen. Es brunnert sich aber gar nichts – die Bilder (die Riege übrigens handschriftlich gezeichnet hat) sind entzückend rein und hell. Mit am schönsten die abendliche Ankunft im Gasthaus – welch deutsche Wolken! welch weicher Abendwind! Obgleich das Blatt gar nicht farbig ist: in warmem Gelb lädt das Haus das junge Paar zum Eintreten. Und wie erinnerungsreich das morgendliche und das abendliche Beeinander …

Mir hat diese schönen Mappen Munke-Punke empfohlen, und der weiß in solchen Dingen Bescheid. Ich denke, das wäre etwas für eine kluge gnädige Frau.

[1922]

DIE REICHSWEHR

Dies soll hier nur stehen, um in acht Jahren einmal zitiert zu werden. Und auf daß ihr dann sagt: Ja – das konnte eben keiner voraussehen!

Ich halte es für meine Pflicht, noch einmal die beiden sozialdemokratischen Parteien auf die Gefahr aufmerksam zu machen, die von der Reichswehr droht.

Die Truppe, in Hundert und aber Hundert übeflüssige Detachements gegliedert – überflüssig ihrer Quantität, überflüssig ihrer Qualität nach –, liegt hauptsächlich in kleinen und kleinsten Orten. Damit die Herren unter sich sind. Der Drill ist genau so wie unter dem Kaiser – nein, er ist schlimmer, verschärfter, bösartiger, der Zeit noch mehr ins Gesicht schlagend als schon damals. Ich habe Nachrichten, die alle dasselbe besagen: viele Offiziere politisieren, schikanieren, sind Gegner der Republik – und die Leute fürchten sich. Sie fürchten sich vor dienstlichen Unannehmlichkeiten; sie fürchten sich, vor eine Republik zu treten, die diesen Schutz gar nicht haben will, und die sie gegen die vorgesetzten Monarchisten nicht schützt; sie fürchten sich vor der Entlassung und vor noch Ärgerm. Wer die Verhältnisse kennt, wird diese Andeutung verstehen.

In den Soldatenzimmern wimmelt es von kaiserlichen Abzeichen, von Kaiserbildern, von nationalistischen Broschüren und Zeitungen. Die Offiziere, ältere Generalstäbler oder sehr junge Herren, pflegen genau dieselbe Lebens- und Staatsauffassung, deren Rückständigkeit uns in jenes Unglück gestürzt hat. Ihre politische Zuverlässigkeit verträgt keine Prüfung.

Der Milliarden-Etat geht Jahr um Jahr, mit schönen Sparsamkeitsreden begleitet, im Reichstag durch – die Abgeordneten der Mehrheitssozialdemokratie versagen bei Wehrfragen in den Ausschüssen und im Plenum. Die Unabhängigen allein schaffens nicht. Wirklich sachverständige Militär-Spezialisten scheint es nicht zu geben. Jedenfalls merkt man nichts von ihnen.

Fast gänzlich unbeachtet, in aller Stille reift hier ein Werk, das heute noch abzutöten ist. Über die Notwendigkeit einer Reichswehr läßt sich streiten – über die Beschaffenheit dieser Reichswehr gibt es nur eine Meinung: sie muß geändert werden. Geßler zählt nicht – denn er ist nicht Herr über seine Leute. Er hat alle Eigenschaften Noskes – ohne dessen schlimme. Also gar keine.

Einst wird kommen der Tag, wo wir hier etwas erleben werden. Welche Rolle die Reichswehr bei diesem Erlebnis spielen wird, beschreiben alle Kenner auf die gleiche Weise. Der Kapp-Putsch war eine mißglückte Generalprobe. Die Aufführung ist aufgeschoben.

Die Realpolitiker, viel klüger und erfahrener als wir Outsider, werden mir antworten, der Staat habe jetzt keine Zeit – er müsse seine ganze Kraft an die außenpolitischen Probleme wenden.

Ich will aber nicht in acht Jahren hier eine Serie Standgerichte haben, die die gewissen raschen Kneifer nicht, wohl aber alle andern treffen werden. Ich will nicht meine Steuern für Menschen ausgeworfen wissen, die nichts andres im Kopf haben als ihre überlebte Zeit und ihre Ideale – Ideale, deren Unwert nur noch von ihren forschen Vertretern übertroffen wird. Ich will nicht. Viele wollen nicht. Und ich halte es für eine Pflichtverletzung der beamteten und gewählten Volksvertreter, sich auf Meldungen zu verlassen, die verlogen sind, und auf Gruppen zu hören, die warten und warten … Ihre Zeit kommt.

Bedankt euch in acht Jahren bei dieser Regierung, diesem Staatsrat, diesem Reichstag.

[1922]

DAS KLEINE LOGBUCH

Es ist mir eine Freude, ein kleines neues Buch Otto Flakes anzeigen zu dürfen, den ich neben Heinrich Mann für unsern bedeutendsten Essayisten halte. Dergleichen geht uns am meisten an.

‚*Das kleine Logbuch*' ist bei S. Fischer erschienen, und es paßt in jede Manteltasche. Ob es auch in jeden Kopf paßt, das ist eine andre Sache.

Unsre Fragen stehen darin mit neuen Antworten, unsre Sorgen, unsre Zweifel und unsre Verzweiflungen. Der Stil ist schön und geglättet – aber dies Denken ist wild und zerissen und man sieht, daß sich da einer gequält hat, dem sein Land zur Last ward. Welches ist sein Land?

Flake ist Elsässer. Als man einmal einen seiner Landsleute fragte, warum er, der im Frieden so auf die Preußen geschimpft habe, nun aber auch nicht mit der französischen Besatzung verkehre, und zu welchem Lager er denn nun eigentlich gehöre, da sagte er: „Wir stehe halt in der Opposition!" Flake steht in einer positiven, in einer höchst fruchtbaren Opposition.

Mich hat in den kleinen Aufsätzen, von denen besonders die ersten brennend aktuell sind, am meisten die Stelle ergriffen, wo von dem Ausweg die Rede ist, den man nun wählen könne. Da heißt es: „Nicht nachgeben, nicht sich auf den Individualismus zurückziehen, der Verbanndung auf die Südsee-Insel ist, verlogene Robinsonade. Noch stärker um das Tier Mensch wissen, ihm nicht einreden, daß, je mehr Masse aus der Tiefe komme, Masse umso besser, menschlicher, unverantwortlicher sei. Die Bestie in ihm, in mir, in uns

Bestie nennen, den Funken Güte hegen, das heilige Feuer erst entzünden, denn seine Altäre brennen noch nicht." Das ist die Frage unsrer Zeit.

Und der dieses schrieb, weiß auch vom Apparat, der Selbstzweck wird, von der unmöglichen Diktatur der Güte, die der Teufel stets den Engelns wieder abluchst, von der Idee und vom Menschen ... „Er wird der Idee untertänig, von ihr bis zum Ende vorwärtsgepeitscht, nicht mehr er hat die Idee, die Idee hat ihn ..."

Und fern von allen scharfen Formulierungen des heimischen Jammers auch die Sehnsucht des Städters nach dem Land. Wie unsentimental! „Ein Hahn krähte – neu. Ein Brunnen rauschte – neu. Bäume wiegten sich, Wind kam vom Morgen, neu, neu, noch einmal jung das in ihm Erstorbene." Manches solcher Diktion könnte bei Wassermann stehen.

Im ganzen eine erfreuliche Hilfe für alle guten Deutschen, die schlechte Preußen und schlechte Bayern sind. Flake scheint mir in der Kulturpolitik das zu sein, was Hellmut v. Gerlach in der praktischen ist: ein unbeeinflußter Outsider mit klaren Augen. Gleich weit entfernt von den Mathematikern des Gehirns, die sich, erdenweit, Reformen errechnen und nichts von den Lebensströmen wissen, die hier erbrausen, wie von den lyrischen Schreibern, die, erdenweit, die Welt mit einer Phrase zudecken wollen.

Wenn man bedenkt, wie groß der Haß dieser Teutschen (nicht aller Deutschen) auf das Neue ist, wenn man die verschobenen Komplexe kennt, die versetzten Angriffe, die an den doorner Deserteuer denken und, zum Beispiel, den Künstler Jeßner treffen – wenn man all das weiß: dann ist eine Erscheinung wie Flake eine geistige Wohltat.

Dies Buch für eure Tasche. Und für euern Kopf.

[1922]

ÜBERFÜHRUNG

Der Antrag auf Überführung eines Gefallenen ist an das Zentralnachweisamt in Spandau zu richten, das die Verhandlungen mit Frankreich und Belgien unter folgenden Bedingungen aufnimmt: 1. *Die gesamten Kosten sind von den Angehörigen zu tragen.* 2. Die Identität muß einwandfrei feststehen. 3. Soweit es sich um bayrische, sächsische oder württembergische Krieger handelt, müssen die Anträge an die Zweigstellen des Zentralamtes in München, Lothstraße 17, Dresden-A., Zirkusstraße 38, oder Stuttgart, Rothebühlstraße (große Infanteriekaserne) gerichtet werden. 4. Überführungen sind nur aus Einzelgräbern heraus gestattet. 5. *Für Fehler bei der Grabangabe haftet das Reich nicht.*

Eine große Gesellschaft in München plant die Heimholung Kriegsgefallener in Lastautomobilen, da der Transport auf der Eisenbahn, der in jedem Falle einen ganzen Waggon erfordert, am teuersten ist. Die Überführung in Automobilzügen würde sich, wie die Gesellschaft versichert, bei einiger Beteiligung fast um die Hälfte verbilligen. Alle maßgebenden Stellen betonen übrigens immer wieder, daß keine Garantie für die Identität des Exhumierten gegeben werden kann.

(Französische Bauern laden Leichen auf ein deutsches Lastautomobil. Die gefallenen Soldaten sind in grobe Sackleinewand genäht. Der Wagen ist fast voll – sie liegen sehr eng. Sie sprechen miteinander.)

Die erste Leiche: Bist du identisch?

Die zweite: Ich glaube nicht. Ich bin ein Stumpf.

Die erste: Was fehlt dir?

Die zweite: Beide Beine, eine Hand – und Bauchschuß.

Die erste: Weißt du, was unser Bataillonsarzt zu dir gesagt hätte? „K.v.“!

Eine dritte: War er denn selbst k.v.?

Die erste: Von hinten war er k.v.: er war fast jeden Abend vollständig knille.

Die zweite: Warum nicht jeden Abend?

Die erste: Das durfte nur der Bataillonskommandeur. Disziplin muß sein.

Eine vierte: Meine Herren! Meine Herren!

Die erste: Was gibts? Was ist?

Die vierte: Kommen wir auch wirklich, wirklich nach Hause? Nach München …?

(Ungeheure Aufregung auf dem Wagen)

Die erste: Nach München …? Der ist Bayer. Du bist Bayer?

Die vierte: Ja – jawohl.

Die zweite: Ja, hat denn deine Frau auch ihr Gesuch nicht etwa nach Berlin gerichtet?

Die vierte: Ja, wohin denn sonst?

Die dritte: Mensch, sie mußte es an die Zweigstelle des Zentralnachweisamtes München, Lothstraße 17, richten. Berlin! Pah!

Die vierte (erstaunt): Ja, ist denn das nicht ganz einerlei? Das liegt doch alles beides in Deutschland ...?

Die erste: Kamerad – wann bist du eigentlich gefallen? Bayern und Preußen ...

Die Bauern: Der Wagen ist voll! Marchez! Marchez! (Der Wagen fährt an)

Die erste: Ich bin ja so glücklich, daß sich der Transport um die Hälfte billiger stellt als auf der Eisenbahn. Wie gut, daß die Beteiligung eine so starke ist! Hinzu hatten wirs gratis.

Die zweite: Auf mich warten sie zu Hause. Wenn sie mich nur nicht auspacken ... Sie wird erschrecken.

Die dritte: Wer –?

Die zweite (ganz leise): Marie.

Die dritte: Wie es wohl zu Hause aussehen wird ...!

Die vierte: Ob wir gesiegt haben?

Die erste: Du bist wohl noch von 1914?

Die dritte: Gesiegt werden wir nicht haben. Aber die Heimat wird uns danken, uns und den noch lebenden Krüppeln. Die Generale werden uns ehren. Hindenburg wird uns ehren.

Die vierte: Sage mal – warst du nicht Jude?

Die dritte: Ja.

Die vierte: Na ja – dann wird er dich vielleicht auch ehren ...

Die zweite: Wo wohl der Kaiser ist?

Die dritte: Na – wo wohl? Natürlich bei seinem Volke!

Die vierte: Die Kameraden werden uns nicht vergessen haben – uns nicht. Aber das kann ich dir sagen: Das macht keiner mehr mit ... Die Leute sind kuriert ...

Die zweite: Ich habe zwei Kinder. Was soll ich antworten, wenn sie fragen: Vater, wofür bist du gefallen?

Die erste: Wofür? Das habe ich ganz vergessen ... Weiß es vielleicht einer –?

Viele: Nein – wir wissen es nicht. Wir haben es alle, alle vergessen ...

Die zweite: Was habt ihr denn behalten? Die Urlaubsfahrten? Die drei Tage Mittel? Die dicke Luft ...? Oder etwa, was es immer zu fressen gab?

Alle (nach der Melodie „Deutschland, Deutschland, über alles"): Marmelade – Marmelade – Marmelade –! (Der Wagen stuckert. Man versteht nichts mehr.)

Der Fahrer: Hast du Franken eingewechselt?

Der Beifahrer: Meinste, ich fahr hier zu meinem Vergnügen mit! Wenn ich Schwein habe, handle ich sie mit 1700.

Der Fahrer: Ich habe Seife hinten drin und die Kiste mit dem Cheviot. Paß ja an der Grenze Obacht –!

Der Beifahrer: Ach, uns tun sie nischt: Wir harn ja 'ne patriotische Fuhre! (Abblenden)

Großaufnahme

Lindström-Ludendorff (in seinem Arbeitszimmer. Vor ihm liegt aufgeschlagen der dritte Band seiner gestammelten Werke): Luise! Luise! (Die Haushälterin erscheint.)

Ludendorff: Sind die Hunde los?

Die Haushälterin: Jawohl, Exzellenz!

Ludendorff: Ist das Tor vergattert?

Die Haushälterin: Jawohl, Exzellenz!

Ludendorff: Sind die Fensterladen heruntergelassen? Die Selbstschüsse angestellt? Ist mein Paß noch da? Liegt meine blaue Brille parat?

Die Haushälterin: Alles, wie immer: reisebereit.

Ludendorff: Dann will ich jetzt zu Bett gehen. Gute Nacht!

Die Haushälterin: Gute Nacht, Exzellenz!

Ludendorff: Wo ist der Scheck von Mittler –? (Betend) „Lernen wir nach diesem tiefen Sturz in Erinnerung an unsre im Glauben an Deutschlands Geist gefallenen Helden, die dem Vaterlande jetzt so fehlen, wieder Deutsche zu werden und stolz zu sein, daß wir es sind! Das walte Gott!"

(Abblenden)

[1922]

DIE ÄMTER

Die zuständige Ration Verstand des Deutschen teilt das Land horizontal in zwei Lager ein: oben die Ämter, unten der Untertan. Und glaubt dabei, die Ämter seien vom Mond heruntergefallen und die Beamten dazu, und all das bedrücke mit seinen Stempeln, seinem Schnauzton und seiner langweiligen Unfähigkeit die arme unschuldige Bürgerschaft.

Daß der Beamte aber auch ein Teil der Nation ist, daß er nur Symptom und kein Urphänomen ist, und daß jeder Beamte den andern Beamten gegenüber wiederum Bürger ist: das hat sich noch nicht herumgesprochen.

Der deutsche Beamte stellt nur die Beschaffenheit des Deutschen dar, die eintritt, wenn dieser Deutsche für sein Leben durch eine feste Anstellung versorgt ist und durch den geheimnisvollen Prozeß der Souveränitätsübertragung gleichzeitig in die Lage gebracht wird, Willensäußerungen seiner Person als allgemein gültig mit Gewalt durchsetzen zu können. Er ist also nichts als jeder andre Deutsche auch, nur eben spezifisch bedingt. Die Wollust, regieren zu dürfen, bringt einen eignen Geisteszustand hervor, der jene seltsame Mischung von Nero und einem Zigarrenhändler in die Welt gesetzt hat.

Niemand von den hunderttausend nörgelnden Abonnenten der großen Presse, die sich über ‚Mißstände auf den Ämtern' beschwert, hat herausbekommen, daß es ihresgleichen ist, der da oben das Zepter schwingt. Und jeder Beamte eines Wohnungsamtes vollführte einen entsetzlichen Spektakel, wenn er von einer Paßstelle schlecht behandelt würde. Über seinen engen Kram sieht da keiner hinaus.

Nun ist es ja im allgemeinen lustig zu beobachten, wie die Herren vom Bau zusammenhalten, und wie kein Polizeiwachtmeister einem Regierungsrat ein Auge aushackt. Daß er vor einem Reichswehroffizier in Uniform in Ehrfurcht erstirbt und den so behandelt, wie er jeden Menschen behandeln müßte, ist bei diesem Unteroffiziersvolk selbstverständlich. Es herrscht große Solidarität unter den Pensionsbrüdern, und wenn es sich nicht um benachbarte Ressorts handelt, die sich zur Ausfüllung der Amtsstunden anstänkern, dann sind sie gar lieblich miteinander und helfen einander sogar, soweit es keine Arbeit macht. Ihr Augurenblick sagt: „Du willst regieren, ich will regieren, wir wollen alle beide regieren. Bruder –!" Und diese Liebe bezahlt der gute Untertan.

Die krankhafte Sucht, von der das Land besessen ist, diese Gier, Ämter zu gründen, auszubauen, aufzublasen und wieder neue zu gründen, hat ihre tiefe

Ursache in der Lebensschwäche der Funktionäre. Man sieht diesen matten und unausgearbeiteten Gesichtern auf hundert Schritt an, daß sie nicht nötig haben, sich im harten Kampfe mit Konkurrenten ihr Brot zu verdienen. Sie verzehren die Zinsen eines fiktiven Kapitals und sitzen im Trockenen. (Daß das Dach in dieser Zeit etwas schadhaft ist, macht nichts – es ist doch ein Dach.)

Draußen wogt die Menge der andern. Sie schimpfen schrecklich auf die, die unter dem Dach sitzen, weil sie sehen, daß man sie schlecht behandelt, miserabel abfertigt, prügelt und schröpft. Aber ruf einen hinein in das schützende Gemäuer: so wird er frölich seinen Regenschirm zusammenklappen, freundlich lächeln, sich mit einem artigen Gruß auf den Amsstuhl niederlassen … Und er wird regieren, daß die Haare in der Nachbarschaft herumfliegen.

[1922]

RODA RODA

Was ist Humor? Nach Brockhaus: „Humor (lat.) ursprünglich die nach der Ansicht der alten Ärzte das geistige und leibliche Wohlsein bedingende Feuchtigkeit im menschlichen Körper; daher s. v. w. gute Stimmung, heitere Laune, seit dem achtzehnten Jahrh. Bezeichnung der höchsten mit Wehmut verbundenen Form der Komik“ Und wer hat ihn? Das steht nicht dabei.

„Am dreizehnten April 1872 frühmorgens, schlug der Blitz in den Schafeingang der Puszta Zdenci ein, und das Feuer griff aufs Herrenhaus über. Darob erschrak meine Mutter und gebar mich.“ Ihn: Roda Roda. Und weil er also heute, wenn er inzwischen nicht pausiert hat, fünfzig Jahre alt ist, wollen wir ihm ein bißchen gratulieren.

Er hat der deutschen Anekdote Gestalt und Gehalt gegeben. Das stellt der Geburtstagsmann mit Recht selbst von sich fest – in einem hübschen Vorwort zu den ‚*Sieben Leidenschaften*‘ (im Rikola-Verlag zu Wien). Man kann sagen: er hat den deutschen Witz durch prägnante Formung überhaupt erst literaturfähig gemacht. „Handwerksbursche (vor einer Hütte dieselbe musternd)“ – so fingen ehemals die Bildunterschriften in jenen ‚*Fliegenden Blättern*‘ an, die generationenlang alle Wartenden beim Zahnarzt mit Recht in die trübste Stimmung versetzten. Roda Roda hat mit der seltensten Sprachkraft den Ausdruck, die Pointe, das Wort für eine Situation, für Personen und Zustände gefunden und geformt. Sein Reichtum ist erstaunlich. Dieser Mann spricht alle Sprachen des Kontinents: deutsch, bürokratisch, bayerisch, weanerisch, jiddisch, preußisch, durch die Nase, kokottisch ... und jedes Mal so unheimlich echt. Rudolf Rittner hat einmal in der Unterhaltung gesagt: Dem „Wilhelm Busch haben sie das ‚stehlende Auge' nachgerühmt. Roda Roda hat das stehlende Ohr."

Daß er Witz hat, wird sich allmählich herumgesprochen haben. Wenn man die ‚*Fünfhundert Schwänke*' durchblättert, sieht man, daß so ziemlich alle geflügelten Worte des alten ‚*Simplicissimus*' von ihm stammen (wer kennt nicht den Offizier, der im morgendlichen Biwak sich gähnend reckt: „Uah! da ist ja auch der Morgenstern – das Schwein!"). Die Worte sitzen, Plik folgt auf Replik – und welche charmanten Bösartigkeiten dieses landfremde Element auf Potsdam und Gomorrha regnen ließ, das ist mehr als munter.

Aber daß er Humor hat (siehe Brockhaus), das wissen nur die, die jene entzückenden Bändchen kennen: ‚*Der Schnaps, der Rauchtabak und die verfluchte Liebe*' und ‚*Von Bienen, Drohnen und Baronen*' – darin stehen meisterhafte Dinge. Die kleine Geschichte ‚*Deutsche im Wald – 1866*' ist ein Wurf ... Aber wenn ich ins Zitieren käme, würde diese Glosse so lang wie eine Ausfuhrbewilligung. Und nimmt man noch hinzu, daß Roda südslawische Literatur übersetzt hat und jene Volksstämme uns nahegebracht hat – Paul Wiegler sollte ihn in seine ausgezeichnete ‚*Geschichte der Weltliteratur*' aufnehmen! –, dann muß man schon sagen: Wir wollen ihm die Lichter anzünden.

Im Laufe eines Lebens sammelt sich Spreu an, wenn Holz gehackt wird. In den Neuausgaben seiner Bücher ist sie wie weggeblasen. Und die Gewißheit, daß es fast für jede Lage des menschlichen Lebens einen frommen Kernspruch des Meisters gibt, über den man erst lachen, dann schmunzeln und dann nachdenken muß, drückt uns jenes Kleidungsstück in die Hand, von dem der Gefeierte einmal gesagt hat, er suche, und es sei noch so gut wie neu: den Zylinder.

Wir stellen ihn auf den Boden und rufen in froher Dankbarkeit, daß die Wand wackelt:

„Wir gratulieren –!"

[1922]

VOM RADAUHUMORISTEN

In der Mitte des deutschen Varietéprogramms pflegt gewöhnlich ein dicker Mann aufzutreten, dem im Verlauf seiner Darbietungen der Kragen aufweicht – und der Zettel verkündet: „X.Y., Humorist." Der Humorist betritt das Podium, legt sein Vollmondgesicht in freundliche Falten und beginnt drei Lieder zu singen. Eines davon hat ganz bestimmt folgenden Inhalt:

„Ja – früher –! Das waren noch Zeiten! Da kostete die Schrippe noch zwei Pfennig, und die Leute waren alle nett und bescheiden – und Kohlen gab es und Schinken und billiges Bier – und einen Kaiser hatten wir auch – und Steuern zahlte kein Mensch! – Aber heute! – Heute haben wir keinen Kaiser nicht mehr, sondern wir haben einen Sattlermeister zum Präsidenten – und das Brot ist teuer – und Butter kann man nicht erschwingen. Und wer soll denn die teure Miete zahlen? – Und: Kinder, Kinder, sind das Zeiten! Und: Ja früher, ja früher, das war ne andre Zeit –!"

Donnernder Applaus begleitet diese geistvollen Ausführungen. Nun hat die Masse von je ein schlechtes Gedächtnis gehabt – und kein Zuhörer weiß mehr, daß der Herr Humorist genau dieselbe Litanei schon anno 1912 gesungen hat, wo er seinen Kaiser und seine Schrippen hatte (Stück für Stück zwei Pfennige!). – Aber die Leute klatschen. Dieses Klatschen sind hunderttausend Ohrfeigen, die sie sich selber verabfolgen.

Woher stammen diese Radaulieder? –

Es ist in einem Falle einwandfrei festgestellt, daß sich eine der Rechtsparteien an einen berliner Komiker herangemacht und ihn gebeten hat, für ein monatliches Fixum die ‚gute, alte Zeit' auf Kosten der neuen zu loben. Der Komiker lehnte das ab. Tatsache ist aber, daß planmäßig und bewußt auf diese eminent gefährliche Art eine antirepublikanische Propaganda getrieben wird, die natürlich in die weitesten Volkskreise dringt. Und die umso stärker wirkt, als der Varieté- und Kabarettbesucher eben nicht auf diese politische Propaganga vorbereitet ist und sie, eingehüllt in das sonstige Amüsiervergnügen, schluckt, fast ohne sie zu schmecken. Die Wirkungen, besonders auf die Frauen, sind groß und gefährlich.

So blitzschnell überlegt die Masse nicht. So fix kommt sie nicht auf den Gedanken, daß ihr da etwas vorgemacht wird, daß man sie selbst prügelt, wenn man sich über einen Mann wie Ebert lustig macht, der ja aus ihrer Mitte stammt, der sich emporgearbeitet hat, und den man – ganz gleich, wie man zu dem Politiker Ebert steht – achten muß, wegen seines Fleißes und seiner Redlichkeit – gerade weil er nicht im Minsterialdirektorshause geboren, sondern aus eigener Kraft etwas geworden ist. Das wird im Augenblick nicht bedacht. Die simple Überlegung, daß die Schrippen früher billiger waren, schlägt jeden anderen Gedankengang tot – und die gewünschte Wirkung ist erreicht.

Aber *wer* die Schrippen so teuer gemacht hat, das wird nicht gesagt. *Wer* das Land in den Krieg geritten hat, *wer* zwei Jahre lang einen Krieg führte, der längst hätte beendigt werden können, *wer* die ganze Zeit hindurch, wo Frauen und Kinder zu Hause Mangel litten und Polonaise standen, täglich alles im Überfluß hatte –: davon singt der Humorist mit dem aufgeweichten Kragen nichts. Denn dafür wird er nicht bezahlt.

Zwei Dinge sind zu tun.

Einmal sollte der Republikaner aller Pareien Lokale, in denen solche Übelkeiten vorgetingelt werden, meiden – und wenn es ihn einmal erwischt, weil er ja das Programm vorher nicht kennt, *dann soll er zischen.* Es hilft. Ich habe das ausprobiert; es hilft. Die Herrschaften bekommen sehr bald einen Schreck vor der eigenen Courage. Schließlich haben wir es ja nicht nötig, uns für unser Geld anpöbeln zu lassen. *Boykott und kräftiger Protest:* das wäre das eine.

Das andere aber ist eine Gegenpropaganda. Nicht von Reichs wegen. Was sich da mit Vorschlägen zur Schaffung eines ‚Reichs-Propaganda-Chefs' wichtig macht, sucht einen Posten für sich herauszuschlagen und will nur wieder eines der vielen Ämter schaffen und aufblasen, von denen wir Steuerzahler genug und übergenug haben.

Nein, eine solche Gegenpropaganda kann nur auf privatem Wege erfolgen. Dazu gehört viel Geld, Theatererfahrung und eine gewisse Geschicklichkeit in solchen Dingen. Wohlhabende und wohlmeinende Republikaner sollten sich einmal um diese Angelegenheit bekümmern.

Wir alle aber wollen, wenn wieder so ein Radauhumorist uns von den ‚guten alten Zeiten' vorklönt, den Hausschlüssel nehmen und ihm eins vorpfeifen, daß er das Wiederkommen vergißt. Raus –!

[1922]

WENN DER VATER MIT DEM SOHNE …!

Du sollst deinen Vater und deine Mutter ehren, auf daß es *Dir* wohlgehe und *Du* lange lebest auf Erden!

Was das neue Buch des Schriftsteller Wilhelm von Hohenzollern angeht, so ist zunächst festzustellen, daß es gar nicht von ihm herrührt. Also mit der Sensation ist es halb so schlimm. Für geistige Arbeiten haben sich die Monarchen stets ihre Helfer gehalten: früher einen Hofnarren, später katzbuckelnde Minister – heute wendet sich das Haus Hohenzollern in solchen Fällen („Postkarte genügt! Komme sofort!") an Herrn Karl Rosner. Von dem stammt der Schmöker.

Herr Rosner hat erst vor Jahresfrist ein Buch unter sich gelassen, das er, weil die kaiserliche Firma blamiert schien, vorsichtshalber ‚*Der König*' nannte, und in dem genau das Gegenteil von dem steht, was einen Teil seines neuen Buches ausmacht: war dort der gute, arme Kaiser ein unschuldiger und braver Mann, so ist er hier ein haltloser, ist eigentlich eine der häßlichsten Seiten des sonst belanglosen Buches.

„Die Fähigkeit, Menschen und Verhältnisse … richtig zu beurteilen, ist für den Herrscher und Staatsmann von größter Wichtigkeit. Sie ist dem Kaiser nicht in vollem Maße gegeben." Das konnte man wohl sagen. Und wenn auch dargetan wird, daß Seine Majestät hinter seiner repräsentativen Form im Grunde eine schlichte Natur gewesen sei, (siehe die Bauwerke seiner Regierung!) – so kommt doch im allgemeinen der Vater unter der Kritik des Sohnes nicht allzugut weg. Er wird, was man so im schlichten Volksmund sagt, fallen gelassen.

Warum?

Warum? – Wenn ein Restaurateur seine Destille verkauft, dann prangt gewöhnlich im Blättchen die Anzeige:

P. T.

Ich habe die Restauration Zum vergnügten Hohenzollern erworben und bitte ich, das meinem Vorgänger gespendete Vertrauen auch mir entgegenbringen zu wollen.

Hochachtungsvoll
Der neue Wirt.

In diesem Büchlein, dessen Lektüre sich kaum lohnt, empfiehlt sich hochachtungsvoll der neue Wirt. Aber ich fürchte, ich fürchte ... wir werden ihm kein Vertrauen entgegenbringen.

Jedes Wort des Buches, das ein großes Geschäft werden soll – man beachte die organisierte Aufmachung in den deutschnationalen Buchläden! –, jedes Wort ist genau frisiert, dreimal besprochen und viermal überlegt. Es ist ganz und gar für die Dummen geschrieben: mit seiner törichten Gefühlsduselei (in dem Buch wird ein bißchen viel geweint, beinha so viel wie in einem Roman der Frau Courths-Mahler), – in seiner verlogenen Forschheit, seinen schmalzigen Ergüssen, seiner falschen Bescheidenheit und seinen scheinbaren Intimitäten. Und trotz aller Bauernschlauheit, trotz allem Kopfzerbrechen präsentiert sich Wilhelms Ältester als der Sohn seines Vaters. Das ist kein Kompliment.

Der Herr Schriftsteller ist bemüht, sich als ‚modernen jungen Mann' zu geben: wissen Sie, so einer, der nicht in den alten dummen Anschauungen der Monarchie befangen ist (sondern in den neuen dummen), so einer, der sogar das Telefon benutzt, ein Sportsmann, ein Theaterlogenbesucher, kurz: der Typus des jungen Menschen in gehobener Stellung, dem keine Bar fremd ist. Es lohnt kaum, all die Troheiten aufzuzählen: wie er Zeppelin den größten Deutschen seines Jahrhunderts nennt (heiliger Goethe!), wie er eine Putzstunde, die unter seiner Aufsicht beim 1. Garde-Regiment zu Fuß stattfindet, für eine Widerlegung der „klugen Herren" hält, „die jetzt immer so viel von der Tyrannei und Menschenschinderei des alten Militarismus zu erzählen wissen". Ob er auch dabei gewesen ist, wenn seine Unteroffiziere den ‚Kerls' ins verlängerte Kreuz traten? In dieser Zeit besuchten Hoheit wohl mehr die *‚Lustigen Witwen'*. Es lohnt nicht, von dem schnoddrigen Kasinostil zu sprechen, von den zahllosen Dummheiten und Schiefheiten der politischen Ansichten und von der Selbstüberhebung, die da glaubt, es sei diesem Kronprinzen möglich gewesen, „sein Wissen aus dem Vollen des Lebens zu schöpfen".

Wenn früher einer einen Krieg verloren hatte, dann ging er still und bescheiden nach Hause und war froh, wenn sie ihn nicht aufhängten. Unsere geschlagenen Cäsaren schreiben Bücher. Für diese Entschuldigungs-Zettel gibt es bereits ein bestimmtes Schema, und Herr Rosner hat sich sein Geld leicht verdient: man schwärzt nach berühmten Mustern einfach alle andern Dienststellen, Offiziere, Minister und Politiker an, hat es selbst alles bereits

1915 gewußt und steht nachher da wie die Drahtseiltänzerin, wenn sie geziert ins Publikum dankt. Gewöhnlich ist immer nur eine Seite dieses Geschreibes wahr: das ist die Belastung der andern; denn der Haß schärft die Augen. Und zum Schluß hat sich die ganze Gesellschaft gegenseitig mit faulen Eiern beklackert und versichert im schönsten Chorgesang, daß es keiner, keiner gewesen sei.

Besonders peinlich wird die Angelegenheit, wenn der Sohn auf den Vater alle Verantwortlichkeit zu schieben versucht. Sicherlich mit großem Recht. Aber diese häuslichen Auseinandersetzungen sind nicht gerade ersprießlich, und sie scheinen es um so weniger, besinnt man sich auf ihr sehr übles Motiv.

Wenn ein Kommis den ganzen Laden madig macht und an seinem Betrieb auch nicht ein gutes Haar läßt, so würde man den jungen Herrn nicht gerade mit viel Vertrauen engagieren. Dieser packt dem Monarchismus eine Portion Schuld auf, an der drei mittelkräftige Familien ihr Auskommen hätten. Die Ratgeber der kaiserlichen Umgebung hätten im Krieg und im Frieden versagt. Sie sind nach diesen Schilderungen eines, ders wissen muß, töricht, unzulänglich, verderblich ... Ja, wer hatte sie sich denn ausgesucht? Alles fällt auf Vatern zurück.

Aber der Sohn ist auch nicht von Pappe. Wie er Groener an allem schuld sein läßt (alter psychologischer Kniff: den Boten des Unglücks die Botschaft entgelten zu lassen) – wie der Ausreißer die Deutschen beschimpft, weil sie nicht mehr für ihn und die verfahrene Karre weiter bluten wollen, wie dieser Telefongeneral auf ‚Etappensoldaten' schimpft und sie noch zum Schluß – auf seiner eigenen Flucht! – anpfeift – wie er sich dreht und windet, um diese Flucht plausibel zu machen – und wie er noch zuletzt Deutsche auf Deutsche hetzen wollte: *all das ist Papa wie aus dem Gesicht geschnitten.*

1918. Noch im Sterben benahm sich jene Monarchie so klein, wie sie es stets zu Lebzeiten getan hatte: noch im Erlöschen machten diese preußischen Talmudisten die feinsten Unterschiede zwischen einer ‚Abdankung' und der ‚Bereitwilligkeit zur Abdankung' – man denke, am Telefon drängten die Minuten und sie stritten um Silben. Und kniffen aus. Wenn der Vater mit dem Sohne auf dem Zündloch der Kanone ... Heil euch im Siegerkranz –!

Und nun empfiehlt er sich. Dafür ist dieses Buch geschrieben. Empfiehlt sich als fortgeschrittenen, modernen jungen ‚Demokraten' – rührend, diese Kindlichkeit, mit der von Rosner seine militärischen Grundsätze über den ‚Dienst' hervorgehoben werden: viel Urlaub, Nachsicht noch mit dem mindestbegabten Rekruten (Trost für die Dummen unter den Deutschen, wenn wir erst die Wehrpflicht wieder haben!) – er ist auch gegen den übermäßigen Trinkkomment der Studenten – er will die Sozialdemokratie „nach Möglichkeit berücksichtigen" – und merkt nicht, wie weltenfern von aller wahren Geistigkeit er ist, und sieht nicht ein, daß wir weder einen strammen noch einen laschen ‚Dienst' haben wollen, sondern gar keinen. Und ihn am allerwenigsten.

Er hält sich bestens empfohlen. Aus den letzten Seiten des Buches geht hervor, was von der schriftlichen Zusicherung eines Hohenzollern zu halten ist: er habe abgedankt, spricht er; aber nicht etwa, weil er die Revolutionsregierung anerkannt habe und weil es ihm mit der Abdankung ernst sei, sondern weil für einen Thronfolger das wahre Fundament der Rechte das Vertrauen der Nation sei, die ihn ja jederzeit wiederberufen könne. „Gibt jemand, der in großer Not zum Wohl des Ganzen den Verzicht auf ein verbrieftes Recht erklärt, etwas von dem höheren freien Recht preis, dem Ruf zu folgen, wenn er jemals aus dem Willen der Mehrheit an ihn ergehen sollte? „So fing Napoleon III. auch an. Genau so.

Hier ist ein kleiner Kronprinz zu vermieten! Dies und nur dies ist der Schrei des Buches. Alle andern Einzelheiten sind überholt, oberflächlich und uninteressant – man halte nur ‚*Die Katastrophe Deutschlands, von einem Deutschen*' dagegen (erschienen bei Duncker und Humblot in München), um den ganzen Unterschied zwischen Husarenmütze und Geist zu ermessen! Er empfiehlt sich. Er will, Gott behüte, weiterschreiben – und wenn wirs erleben, dann wird sich ja wohl auch noch sein Ältester bei Vater Rosner sein Buch bestellen. Rosner machts.

Sein kaiserlicher Auftraggeber aber bleibe auf seiner Insel und nähre sich redlich. Ab und zu schickt er, wie er sagt, eine Taube nach Deutschland, „auf daß er erführe, ob das Gewässer gefallen wäre auf Erden". Die Taube hätte ihm bis jetzt noch kein Ölblatt mitgebracht, sagt er. Ein Ölblatt nicht, aber der Familie immerhin einen hübschen Batzen Geldes, der unsern Kriegsverletzten erheblich an der Rente fehlt!

[1922]

DIE WEINENDEN HOHENZOLLERN

In den tiroler Volksstücken, die wohl jeder schon einmal gesehen hat, ist es nicht die wirkungsloseste Szene, wenn der arme alte Großvater und das kleine Enkelkind verlassen, hungrig und müde auf einem Stein sitzen und ununterbrochen stöhen: „'s is a Kreuz!" Dann geht eine Bewegung durch das ganze Theater: die Damen ziehen ihre kleinen Schnupftücher, ernste Männer nehmen den Kneifer ab und putzen ihn nachdenklich, und in der Dunkelheit hört man ein-, zweimal richtig schluchzen ... Bis dann der edle Wohltäter erscheint und die beiden armen Leute da oben auf der Bühne von allem Leid erlöst ...

Unser früheres Herrscherhaus führt augenblicklich so ein tiroler Volksstück auf. Es ist nicht zu glauben, welch eine Woge von Rührseligkeit über die Zeitungsleser seit Wochen und Monaten ausgeschüttet wird: vom ersten Krankheitstage der Kaiserin bis zur neuesten Biographie des Kronprinzen jammert ein unendlich sentimentaler Chor: Die armen, armen Hohenzollern!

Der Kaiser als Gatte, der Kaiser als Witwer, der Kronprinz als Mensch und Sohn – verbannt, elend, einsam und allein – eine außerordentlich geschickte Mache wendet sich an das öffentliche Mitgefühl, an die stets funktionierenden Tränendrüsen der Masse – – Und hat Erfolg.

Es ist erstaunlich, wie selbst gerissene und kluge Geschäftsleute, wie gebildete Menschen – und besonders die Frauen – auf diesen empfindsamen Feldzug hereinfallen. Was ist denn eigentlich los?

Die Hohenzollern haben eine Politik gemacht, die ihnen den Thron gekostet hat. Sie sind – ihr Oberhaupt an der Spitze – geflohen, als die Situation brenzlig wurde und als jene Verantwortung angefangen hatte, von der wir so oft gehört haben. (Denn man kann die Flucht des Kaisers mit allen möglichen Deutungen zu erklären versuchen – ableugnen kann man sie nicht.) Die Hohenzollern haben ferner ihr gesamtes Privatvermögen ausgeliefert bekommen (es sind recht wohlhabende Menschen – und noch einen großen Teil jener Vermögensteile dazu, von denen man nicht genau weiß, ob sie dem Staat – also uns – oder ihnen gehören. Sie haben keinen Grund zu jammern. Jedes Geschäft trägt ein Risiko in sich – und ihnen ist nun das geschehen, was jedem von uns täglich zustoßen kann: sie haben keinen Erfolg gehabt. Ein lebenskräftiger Mensch findet sich damit ab).

Die Hohenzollern weinen. Sie weinen ununterbrochen. Die albernsten beweinen die Leute in den Kinos sogar den alten armen Friedrich den Zweiten, weil er von seinem Vater malträtiert worden ist. Es ist halt eine bedauernswerte Familie …

Es scheint die höchste Zeit, daß man zum Ausdruck bringt, es gäbe auch noch verständige Leute, die auf diesen Unfug nicht hereinfallen. Wer wird denn weinen …!

Und wenn bei euch wieder ein sentimentaler Leierkastenmann auf dem Hof spielt und seine alten Walzen dreht von der Rasenbank auf dem Elterngrab und von dem armen alten Kaiser und von dem guten, armen Kronprinzen, der jetzt mit seinem Buch bei denen, die nicht alle werden, ein Vermögen verdienen kann und von den armen Prinzenkindern, die nicht einmal mehr eine Parade zu sehen kriegen –: wenn der Mann da unten um seine Groschen den Kasten schnarren läßt –

Betteln und Musizieren ist hier verboten!

[1922]

PROZESS HARDEN

Holzapfel: Man hält Euch hier für den allerstupidesten und fähigsten Menschen, um Konstabler bei unsrer Wache zu sein; darum sollt Ihr die Laterne halten. So lautet Eure Vorschrift: Ihr sollt alle Vagebunten irritieren; Ihr seid dazu da, daß Ihr allen und jedem zuruft: „Halt in des Prinzen Namen!"
Zweite Wache: Aber wenn nun einer nicht halten will?
Holzapfel: Nun seht Ihr, da kümmert Euch nicht um ihn, laßt ihn laufen, ruft sogleich die übrige Wache zusammen und dankt Gott, daß Ihr den Schelm los seid.

‚Viel Lärm um nichts'

Erster Mörder: Mein König, wir sind Männer.
Macbeth: Ja, im Verzeichnis lauft Ihr mit als Männer!

‚Macbeth'

Das muß man gesehen haben. Da muß man hineingetreten sein. Diese Schmach muß man drei Tage an sich haben vorüberziehen lassen: dieses Land, diese Mörder, diese Justiz.

Der deutsche politische Mord der letzten vier Jahre ist schematisch und straff organisiert. Die Broschüre: ‚Wie werde ich in acht Tagen ein perfekter nationaler Mörder?' sollte nicht auf sich warten lassen. Alles steht von vorn herein fest: Anstiftung durch unbekannte Geldgeber, die Tat (stets von hinten), schludrige Untersuchung, faule Ausreden, ein paar Phrasen, jämmerliches Kneifertum, milde Strafen, Strafaufschub, Vergünstigungen – „Weitermachen!"

Am dritten Juli 1922 wurde Maximilian Harden auf offner Straße von einem frühern Oberleutnant angefallen und mit einem eisernen Gegenstand bearbeitet. Er erhielt acht Schläge auf den Kopf. Der Oberleutnant entfloh, sein Komplice, der Schmiere gestanden hatte, wurde verhaftet. Harden schwebte vierzehn Tage in Lebensgefahr. Er ist heute einundsechzig Jahre alt.

Die Voruntersuchung stellte – in fünf Monaten – nur fest, daß ein deutschvölkischer Mann in Oldenburg, der sich Buchhändler nannte, die beiden zum Mord angestiftet hatte. Das bezeugte der Briefwechsel, worin alle Beteiligten dauernd von ‚Erledigen' und ‚Beseitigen' sprachen. Briefe, in denen nicht von Geld die Rede ist, existieren nicht.

Eine Welt stinkt auf.

Hinter der Schranke stehen zwei Mann (der Ausdruck ‚Menschen' wäre übertrieben): ein sexuell verbogener Wandervogel mit Schillerkragen, hehren Überzeugungen und ungewaschenen Füßen – und ein Hütejunge für eine Kuhherde mittlern Grades. Der Hütejunge sagte, er hätte die ‚*Zukunft*' gelesen und wäre mit ihren Ausführungen nicht immer zufrieden gewesen; der Wandervogel will sein kaschubisch-slawisch-friesisch-wendisch-germanisches Blut rein erhalten und möchte nicht in die Grenadierstraße einheiraten. Infolgedessen mußte Harden ermordet werden.

Grenz chartert zwei Mann: den Oberleutnant Ankermann und den kleinen Weichardt. Warum grade diesen? Weichardt habe in einer Versammlung der ernsten Bibelforscher gegen „kommunistische Sturmtrupps großen Mut und völkisches Gebaren" gezeigt; der andre kam wohl mehr aus finanziellen Rücksichten. Das Spiel beginnt.

Die beiden Mörder fahren nach Berlin. Sie wohnen zunächst in einem Absteigequartier und verjuchheien den Vorschuß auf die Seligkeit ihres Opfers. „Außer mit weiblichen Personen“, so wird eingestanden, verkehren sie in Berlin mit niemand. Die Kosten für den stattgehabten Verkehr bestreitet Grenz. Woher der das Geld hat, ist nicht klar. Ist auch schließlich gleichgültig. Ob es wirklich aus dem Münchner Verbrecherkeller kommt, oder ob er die Scheine aus völkischen Kassen zusammengekratzt hat, um sich bei seinen Mannen einen Namen zu machen, so leuchtend wie der von Luther, Ludendorff, Bismarck oder Techow – das steht nicht fest. Ein von ihm rekonstruierter Brief, den er aus München erhalten haben will, zeigt allerdings die fatal echte Stelle: „Einige deutsch-blütige Herren haben sich zu dieser Aufgabe zusammengefunden und sind bereit, Opfer zu bringen; sie selbst sind leider zu alt, um selber daran teilnehmen zu können …“ Auch Grenz war unabkömmlich: Er wurde in Oldenburg zu wichtigern Aufgaben benötigt – sonst hätte er sich wohl das Geld selbst verdient, von dem er jetzt nur die Prozente nimmt. Genug: Er schickt. Nicht ohne dauernd zu mahnen, nun aber endlich einmal an die Bouletten zu gehen. Die Terminologie seiner und ihrer Briefe ist eine anmutige Mischung von mittelalterlicher Feme und modernem Konfektionsgeschäft. „Und wollen Sie den Ihnen aufgetragenen Mord freundlichst bis zum achtzehnten dieses promptest effektuieren.“

Aber zunächst effektuieren sie gar nicht. Herr Oberleutnant Ankermann borgen die Berliner Huren an, ohne ihnen die Mark, die jene dem deutschen Volk aus den Knochen gesogen haben, wiederzugeben – der seltene Fall eines doppelten Ludentums. Denn seine Auftraggeber neppt er ähnlich – er nimmt ihr Geld, liefert aber nichts. Der kleine Weichardt immer mit.

Herr Oberleutnant Ankermann wird allgemein als ‚Vorgesetzter‘ bezeichnet. Kein Deutscher ohne einen solchen. Offenbar ein tüchtiger Herr. Weil er einmal verheiratet war, bekommt er von Grenz, wahrscheinlich als Kinderzulage, eine höhere Löhnung als Weichardt. Suum cuique. Inzwischen bummeln die beiden durch Berlin.

Sie wohnen in einem Zimmer. Sie saufen in einer Bar. Sie leben zum Schluß aus einem Koffer. Aber Weichardt wußte nichts von einem Mordplan. Der Chef vons Ganze war Ankermann. So steht es wahrscheinlich in den ‚Richtlinien für deutsch-nationale Mörder und solche, die es werden wollen‘ – und so wird es auch gehandhabt. „Ich habe immer Wert darauf gelegt, nicht zu wissen, worum es sich handelt“, sagt der kleine Weichardt. „Was mag das wohl sein?" sagte die Jungfrau – da bekam sie ein Kind. Und mittlerweile geht das Geld zur Neige.

Anzüge werden versetzt, der erste Koffer ist schon bei Peten. Jetzt oder nie! Beide beobachten tagelang Hardens Haus, Hardens Spaziergänge. Beide gehen stets gemeinschaftlich in den Grunewald und wieder zurück. Beide gehen schließlich am dritten Juli in die offene Feldschlacht (von hinten). Beide mit Totschläger und Messer.

Ankermann führt acht Schläge auf den Wehrlosen. Besinnt sich dann auf die Kriegsartikel (‚Mut in allen Dienstobliegenheiten') und kneift aus. Weichardt wird in unmittelbarer Nähe des Tatorts aufgegriffen. Gesteht fast alles, was er weiß. Verrät sofort Ankermann und Grenz. Sitzt in Untersuchungshaft und bohrt gedankenvoll in der deutsch-nationalen Nase.

„Sind das die Früchte seiner tadellosen Erziehung?" fragt der Verteidiger. Sie sind es.

Denn diese Pädagogik, die heute in weiten Kreisen des deutschen Bürgertums betrieben wird, erzieht den jungen Menschen zur Verachtung des Geistes, zur Sturheit und Stumpfheit, zum tobenden Haß auf alles, was den nationalistischen Bezirksverein und den Fußballklub überragt. Gegner Hardens? Aber diese Jammerkapaune, die da drei Tage lang so ungeschickt logen, daß sich Balken und Protokolle bogen, wissen ja nicht, wo Gott wohnt. Sie haben nicht einmal eine Ahnung von den geistigen Problemen, die dieser Politiker sein Leben lang behandelt hat – geschweige denn von seiner Stellungnahme zu ihnen. Für sie genügte: „Es lag Auftrag vor."

Grenz hatte es mit der Rasse-Reinheit. Bei ihm wurden Nacktphotographien beschlagnahmt, die so scheußlich gewesen sein sollen, daß der Abgeordnete Nuschke im Preußischen Landtag gesagt hat: „Meine Herren, Sie sehen doch, daß diese Rasse durch Juden nur veredelt werden kann!" Soweit Wotan mit dem Hängebauch.

Was den kleinen Weichardt angeht, so hatte er erst im März dieses Jahres zwei Jahre Gefängnis wegen fahrlässiger Tötung bekommen; er hatte mit seinem Revolver hantiert und ein Kind getötet. („Ich habe alles getan, um es wiedergutzumachen. Ich habe die Beerdigungskosten bezahlt!") Er erhielt natürlich eine Bewährungsfrist. Aber nun kam etwas Überraschendes zutage. Ich glaubte erst, nicht recht gehört zu haben – aber der Verteidiger bestätigte es in seinem Plädoyer: Weichardt wollte sich mit der Mordtat bei seiner Familie rehabilitieren! Er wollte seinem lieben Vater eine Freude machen!!

„Hier, Papi, bringe ich dir zu Weihnachten den toten Maximilian Harden! Na, wie bin ich?" „Brav, mein Sohn, brav!" Familienleben im Hause Weichardt.

Für die Mordgesellen traten drei Leumundszeugen an. Diese Germanen hätte man fotografieren sollen. (Aber, Gott behüte, nicht so wie Grenz.) Modelle für Raemaekers. Der ehemalige Schuldirektor Weichardts sagte aus, daß das gutartige Kind während der Schulzeit niemals auf Spatzen und deutsche Schriftsteller geschossen habe. Der aufgeweckte Knabe hat also den Auftrag für die ‚nationale Sache' nur angenommen, weil er – seffaständlich – dachte, es handle sich um Gefangenenbefreiung oder um Waffenschiebungen, Arbeiten, an denen kein national denkender Mann von heutzutage vorbeigehen sollte.

So standen sie vom zwölften bis zum vierzehnten Dezember vor dem Schwurgericht des Landgerichts III zu Berlin. Solch eine Verhandlung hat die Welt noch nicht gesehen.

Verteidigt wurden die Angeklagten von zwei Rechtsanwälten und dem Vorsitzenden. Der Mann ist Jude. In seinem Unterbewußtsein schlummerte der Wunsch nach ‚Objektivität', diese grauenhafte Angst vor der ‚Parteilichkeit'. Dieser Herr Rippner war weder in repräsentativer noch in menschlicher Hinsicht den Anforderungen dieser klaren und einfachen Verhandlung gewachsen. Er versagte nicht nur. Er verdarb alles.

Die Atmosphäre im Saal war die eines freundlichen Fünf-Uhr-Tees. Die Angeklagten machten auch nach den fünfzehn Stunden des dritten Tages keineswegs einen ermüdeten Eindruck – sie hatten auch gar keine Veranlassung dazu. Man hatte mit ihnen geplaudert; und nett geplaudert. Keine Vorhaltungen, keine Bedrängungen, kein böses Wort – nichts. In den ersten drei Stunden war nur von Geld die Rede. Später ging man zu andern fesselnden Dingen über: ob die La-Plata-Zeitung nationalistisch sei oder nicht; wie Herr Thimme zu Herrn Harden stehe; ob nicht Herr Harden ein Schädling des deutschen Volkes sei … Von Mord wurde weniger gesprochen. Der Vorsitzende hatte in seinen heftigsten Momenten etwas von einem Oberlehrer, der einem Jungen nachweisen will, daß er eine Fensterscheibe kaputtgeschlagen habe. Ich weiß nicht, ob Herr Rippner eine Tochter hat. Wenn er aber eine hat, dann gönne ich ihm nicht, daß er als Nebenkläger einer Verhandlung beiwohnen muß, in der gegen den Vergewaltiger seiner Tochter verhandelt wird, und in der ein solcher Vorsitzender, wie er einer ist, paradiert. Am Ende des zweiten Verhandlungstages sagte Herr Rippner: „Wie ich höre, ist der Gesundheitszustand des Herrn Weichardt nicht ganz zufriedenstellend – wir wollen doch vertagen!" Auf dem Korridor stand das Opfer des Mordanfalls, ein einundsechzigjähriger Mann, der Stunden und Stunden im Gerichtsgebäude zugebracht hatte.

Einen Situationsplan des Tatorts hatten sie. Einen Verhandlungsplan hatten sie nicht. Ich habe so etwas von Prozeß überhaupt noch nicht erlebt.

Zugegeben, daß die Voruntersuchung auf derselben Höhe stand. Aber was dieser Vorsitzende aus dem kümmerlichen Untersuchungsmaterial machte, unterbot doch deren Niveau noch tief. Die Angst vor den Revisionsgründen ist freilich traditionell. Aber dies hier war schmachvoll zu sehen.

Der Vorsitzende hat nicht erkundet, auf welcher geistigen Stufe die Angeklagten standen, um festzustellen, was sie eigentlich von Harden wußten. Der Vorsitzende hat nicht gefragt, auf welchem Postamt Grenz das mysteriöse Schreiben in Frankfurt abgeholt habe, um so vielleicht herauszubekommen, ob er geblufft worden sei. Der Vorsitzende hat bescheiden die Behauptung hingenommen, Grenz sei nur nach München gefahren, „um die Alpen zu sehen". Der Vorsitzende hat nicht aufgeklärt, welche Rolle Weichardt eigentlich am Tatort gespielt hat. Der Vorsitzende hat eine Bardame nach den Zechen der beiden Mörder gefragt. Bevor sie antworten konnte, fiel er ein: „Das wissen Sie wohl nicht mehr?" „Nein, das weiß ich nicht mehr!" flüsterte sie. Es war nicht die einzige Ausrede, die er zur gefälligen Benutzung herüberreichte. Der Vorsitzende hat nicht die primitivsten Fragen gestellt: wann die merkwürdigen Ratenzahlungen eingelaufen seien, wie das Geld im einzelnen verwandt worden sei – nichts, nichts, nichts.

Erheblich schien ihm, daß der Angeklagte Weichardt einen Brief bekommen hatte, in dem etwas von einem kranken Familienmitglied stand. Nicht erheblich die Frage, ob denn die Angeklagten nicht in allen Zeitungen gelesen hätten, daß Harden seine Amerikareise längst aufgegeben hatte. Erheblich war die Verlesung einer längern Kriegsstammrolle Weichardts – nicht erheblich war und abgelehnt wurde die Frage, wie denn die Mörder den behaupteten ‚Denkzettel' austeilen wollten: Harden konnte ja gar nicht wissen, daß dieser Überfall eine Warnung wegen der Reise bedeuten sollte. Erheblich waren die Fehler. Nicht erheblich der Vorsitzende. Man gebe ihm seine Ehescheidungskammer. Zu einem Schwurgerichtsvorsitzenden langt es nicht.

Soweit dieser deutsche Richter.

Der Staatsanwalt war nicht vorhanden. An seiner Stelle saß ein älterer Herr, der mit leiser Stimme und freundlichen Allüren hier und da sehr vorsichtig in die Verhandlung eingriff. Einmal, stockend: „Die Mordtaten, wie ich sie nenne ..."

In keinem andern Saal des Hauses, darunter, nebenan, ringsherum – in keinem Saal wird solche Behandlung Angeklagter je erlebt. Ich halte es für löblich, Angeklagte nicht wie die Rekruten zu behandeln und ihnen – wie es sich von selbst versteht – die Anrede ‚Herr' zu belassen. Für Moabit ist dieser Brauch etwas ungewöhnlich. Man muß so ein Stück Elend von Proletarier in jenen unzähligen anonymen Prozessen sehen, in denen keine Presse zugegen ist, um die sich kein Mensch kümmert, in deren Verhandlungssälen sich nur ein paar Kriminalstudenten anwärmen – man muß sehen, wie sich da die Katerschnurrbärte sträuben, mit welch apodiktischer Gewißheit die Urteile heruntersausen, wie da Vorsitzender und Staatsanwalt in schöner Gemeinsamkeit auf ihren Opfern herumhacken. „So, Sie wissen nicht mehr, wo Sie in der Nacht jewesen sind? Na, da will ich mal Ihrem Jedächtnis 'n bißchen aufhelfen!" Davon war bei diesem Gericht nichts zu spüren.

Angst? Es wäre keinem zu verdenken.

Aber es war wohl nicht einmal Angst. (Es sei denn jene im Unterbewußtsein des Vorsitzenden schlummernde.)

Hier mag eine Bemerkung eingeschaltet werden. Ich weiß, daß solche Aufschreie in Deutschland nur selten zu einer Besserung führen. Die Folge mag wohl die sein, daß Herr Rippner mit hochrotem Kopf und der ‚*Weltbühne*' zu seinem Landgerichtspräsidenten läuft und in einer längern Konferenz erwägt, ob hier nicht etwas zu ‚machen' sei. Klagt weniger! Reformiert mehr.

Der Angeklagte Harden ... Der Nebenkläger Harden konnte sich hier besser wehren als damals auf der Straße, sonst wäre er zum Angeklagten herabgesunken. Dieser stille Vorwurf, daß er noch am Leben sei, diese Frechheit, ein Opfer zu ‚beleuchten', wo es sich um eine bezahlte Mordtat politischer Tröpfe handelte, diese vollkommene Vernachlässigung der Interessen des Nebenklägers und damit der Gerechtigkeit – das war mein Moabit, das Haus der Lieder! Nichts wurde herausgearbeitet, nichts klargestellt, nichts für die Geschworenen sauber präpariert.

In diesem juristischen Tohuwabohu stand Harden am dritten Tage auf. In diesem Wirbel einer Justiz, die vor lauter Paragraphen das Recht nicht sieht; in diesem Verfahren, in dem ein Opfer nicht genügend Mitleid erweckte, weil es nicht – wie bei den Kriegsmusterungen – mit dem Kopf unter dem Arm ankam; in diesem Prozeß, der bewies, wie nötig (und wie schimpflich) das Gesetz zum Schutz der Republik gewesen ist, jenes klarste Mißtrauensvotum gegen die deutschen Richter; in diesem Irrgarten des Rechts, in dem vom ersten ermittelnden Landgendarmen bis herunter zum Staatsanwalt alle, alle mit dem Herzen auf der Seite solcher Mörder stehen – in diesem Gewirr von Unrechtsfragen stand Harden auf. Und hielt die stärkste Rede, die wohl jemals in Moabit gehalten worden ist.

Es sprach unser letzter Europäer von Ruf. Es sprach ein Mann, mit dem noch einmal eine verklungene Welt aufstand, der Repräsentant einer fast verschollenen Epoche, einer, der noch an Recht, an fair play, an Sitte und Anstand auch im Kampf der Meinungen glaubte. „Ich habe den Kaiser immer bekämpft, vom ersten Tage an – aber getötet wurde doch unter seiner Regierung nicht." Er wuchs weit über sich hinaus. Über die Köpfe dieser Kleinbürger hinweg, die da um ihn herumsaßen, sprach einer, der die Sprache der Welt, nicht die Sprache dieses Deutschland redete. Er sprach davon, wie eine Nation zu seiner Lebensarbeit idiotisch lallend den Refrain „Isidor!" anstimmte. (Und dabei hieß er niemals Isidor, sondern früher einmal Felix.) Er sprach von dem unverjährbaren Delikt seines Judentums und von der unverjährbaren Dummheit eines Regimes. Er focht Schläger, schwere Säbel und zwei Floretthiebe, die eine der unangenehmsten Erscheinungen im Saal pfeifend trafen. Lächelnd zog er zurück. Eine Courtoisie …? Ein Stoß ins Herz. Er forderte die Geschworenen auf, wenigstens offen für Freisprechung zu stimmen, wenn sie der Meinung wären, daß man unbequeme Geistige – und besonders Juden – totschlagen dürfe. Er sprach von der Mordhetze in den nationalen Zeitungen, von dem Unglück, das der Parvenu in Doorn angerichtet hatte – er redete aus einem heißen Herzen und aus einem kalten Verstand.

Und mit Erstaunen und mit Grauen hörten's die Ritter und Edelfrauen. Da saß die alte Scheuerfrau von der ‚*Deutschen Tageszeitung*', einer von jener Gattung Journalisten, die alle Prämissen zu einer Mordhetze (auch in den Tagen dieses Prozesses!) aufkritzeln, aber den Mord ‚durchaus verurteilen', zu vorsichtig, die letzte Conclusio: Töte ihn! zu rufen. Es ist erwiesen, daß gerade solche Glossen und Aufsätzchen, die strafrechtlich nicht zu fassen sind, diese Mordtaten hervorgerufen haben. Deutsche Männer.

Harden sprach. Wer ein Herz im Leibe hatte, war aufs tiefste erschüttert.

Aber wenn du mit Engelszungen redetest … An den Brillengläsern dieser

Geschworenen prallte alles ab: Geschichte, Europäertum, Vernunft und Suggestion, Verstand und die Stimme des Herzens. Eindruck im Ausland? „Wat heißt hier Ausland!" Das muß man gesehen haben.

Da saßen sie. Da saßen jene zwölf, die das deutsche Volk in einer solchen Sache repräsentierten. Da saßen die erkürten zwölf, die bei den drei Siebungen – von denen die wenigsten Laien etwas wissen – unten herausgefallen waren: der muffigste Mittelstand, die Untertanen, die kleinen Gewerbetreibenden, die Besitzer, die Steuerzahler. Ich kenne keinen Geistigen, der jemals Geschworener war. Wie die Zuchthäusler sind wir ausgeschaltet. Unbarmherzig wird alles ferngehalten, was einigermaßen nach eignem freien Urteil schmeckt. Das ist kein Volksgericht.

Man muß diesen Mittelstand kennen, der zur Polizei läuft und flennt, wenn ihm nur eine Spiegelscheibe eingehauen wird. Ein Mordversuch? Der Kerl lebt ja. Bezahlte Mordgesellen? Der Mensch hat ja Artikel geschrieben. Schwere Kopfverletzungen? Isidor! Isidor!

Gewiß: aus dieser miserabel geleiteten Verhandlung konnten die Geschworenen nicht viel entnehmen. Gewiß: man belehrte sie eine Stunde lang umständlich über theoretische Rechtsfragen, deren Abschrift sie während der Belehrung nicht in Händen hatten. Es ist ausgeschlossen, daß sie, die Laien, das verstanden haben, was man ihnen in der Rechtsbelehrung gesagt hat. Gewiß: nach deutschem Recht befinden sie sich nicht während der ganzen Verhandlung in Klausur – drei Tage lang lief ein deutschnationaler Umhängebart umher und bearbeitete die Geschworenen in den Pausen; sicherlich nicht strafbar, sicherlich sehr illoyal. Gewiß: sie beantworten die Fragen fast ohne Kenntnis der rechtlichen Folgen ihrer Beantwortung. Sie fallen unfehlbar in die Fangnetze der Paragraphen und verzappeln darin. So daß also dieselben Richter, zu deren Kontrolle diese sogenannten Volksgerichte eingesetzt sind, ihre Kontrolleure bestimmen, ausschalten, ernennen und sie in jeder Weise beeinflussen können. Volksgericht? Eine Farce.

Die Angeklagten haben das letzte Wort. Ich hebe die Feder, um Weichardts Aussagen zu notieren. Ich lasse sie mutlos wieder sinken: es ist entwaffnend. Der Hütejunge stammelt einiges: er habe nicht gewußt, wer Harden eigentlich sei, und dann: „Ich nehme die Tat mit dem Ausdruck des Bedauerns zurück!" Das kann man nicht erfinden.

Grenz ‚steht zu seiner Sache'. Dieser Provinzhorizont! Diese dürftige Phraseologie! Es geht um einen Mordversuch, und Grenz sagt aus, er habe noch nie ein deutsches Mädchen verführt. Es geht um einen Mordversuch gegen einen politisch Andersdenkenden, und Grenz sagt: „Fünfzig Prozent des deutschen Volkes stehen hinter mir!“ Das ist richtig. So verlumpt, so amoralisch, so verkommen ist ein Teil dieser Nation. Er kennt sie. Reue? Noch zuletzt, noch nach diesen Tagen, sagt er: „Harden-Witkowski“. Und spricht: „Die Geschworenen werden wissen, was sie dem deutschen Volke schuldig sind!“

Sie wußten es. Sie verneinten alle gefährlichen Schuldfragen, sprachen Weichardt mildernde Umstände zu und verknackten den andern nur wegen Anstiftung zu einer gefährlichen Körperverletzung. Es lagen vor: mündliche und schriftliche Geständnisse beider, in denen die Worte ‚erledigen‘, ‚beseitigen‘ und ‚töten‘ klar und deutlich enthalten sind. Zusammen: ein paar Jahre Gefängnis. Der Angeklagte Harden kann gehen.

Und nun muß das gesagt werden, was mir in der ganzen Verhandlung die Seele abgedrückt hat:

Das ist keine schlechte Justiz. Das ist keine mangelhafte Justiz. Das ist überhaupt keine Justiz.

Dieser Artikel erscheint gleichzeitig im Ausland. Und vor dem Ausland und für die Verständigen im Ausland sage ich:

Es gibt in Deutschland noch eine Reihe Männer, die sich solcher Deutscher, die sich solcher Justiz schämen. Die andrer Meinung sind als jene zwölf, unter denen sich bestenfalls ein paar Verständige befunden haben, und die doch in ihrer Gesamtheit dem Unrecht zum Sieg verholfen haben – ein wahres Abbild des deutschen Volkes, wie es sich in den Augen des Auslands spiegelt. Es gibt in Deutschland noch Männer, die in unsäglicher Verachtung diesen Praktiken zusehen, wie man Mörder wiederum auf uns losläßt und den deutschen Namen in der Welt schändet. Es gibt hier Männer, die glauben, daß die gutmütig schwabbelnden Demokraten nichts erreichen werden mit ihrer scheinbaren Objektivität, die Hasenfurcht heißt. Es gibt noch eine Reihe Männer, die jedes Vertrauen zur deutschen Strafjustiz in politischen Prozessen verloren haben und für die diese Sprüche nichts mehr bedeuten. Ich habe Harden vor der Verhandlung geraten, nicht hinzugehen, weil ich Moabit kenne. Ich bedaure, daß er seine Zeit, seine Kraft und seinen Geist an diese Männer, an diese Tage, an diesen Saal gewandt hat. Sie sind es nicht wert gewesen.

Aber in der Welt schwelt der Spruch. Balkan und Südamerika werden sich einen Vergleich mit diesem Deutschland verbitten, wo selbst die 180 Mann starke Fraktion der Sozialdemokraten nichts ausrichten kann. Von dem moralischen Freispruch der Liebknecht–Mörder, über Eisner, Erzberger, Landauer und die Behandlung der Toller und Mühsam bis zu Fechenbach, der für die Verbreitung bekannter Tatsachen elf Jahre Zuchthaus erhielt: eine Kette der Schmach. Schon sind die Einpeitscher für die ‚Große Koalition' am Werke. Und über allem thront dieser Präsident, der seine Überzeugung in dem Augenblick hinter sich warf, als er in die Lage gekommen war, sie zu verwirklichen.

Der Urteilsspruch ist klar. Er bedeutet: „Weitermachen!" Er ist ein Anreiz für den nächsten, wie der ähnliche Spruch gegen den Mordbuben Hirschfeld, der Erzberger anfiel, ein solcher Anreiz gewesen ist.

Reißt dieser Justiz die falsche Binde herunter! Wir haben keine Justiz mehr.

Il y avait des juges à Berlin.

[1922]

REISE IN DIE KLEINE STADT

> – „Nein, nicht grade älter oder gebeug
ter, Vater, das ist es nicht. Sie ist anders
geworden, ganz anders!"
>
> Aus einem alten Stück

Schwerin – Sie brauchen nicht zu wissen, wo Schwerin liegt. Ich wüßte es auch nicht, wenn ich nicht vor acht Tagen eine Reise dorthin getan hätte, wissen Sie, eine jener kleinen Reisen, auf denen man restlos glücklich ist, weil die Dame neben einem blond und froh und jung ist, und wo noch das Hühnergegacker im Garten des Stationsvorstehers Spaß macht, weil es dazu gehört und weil eben alles Vergnügen und Freude macht. Ja, also Schwerin. Schwerin liegt in Mecklenburg, oben in der Nähe der Ostsee, und es war früher eine kleine stille Residenz, früher, als der Großherzuog von Mecklenburg dort noch im Schloß regierte. Ach, das war eine schöne Zeit! Der Großherzog fuhr aus und rollte in leichtem Wagen durch die Stadt: er fuhr zwischen großherzoglichen Hoflieferantenschildern und grüßenden Hoflieferantentöchtern schnell dahin, um die Stadt lag das flache Land unbeschreiblich idyllisch, fett und auf das ungerechteste verwaltet da – aber die liebe Sonne beschien das alles, und jedermann hatte seine Freude daran. Der deutsche Revolutionsersatz machte den Großherzog nun auch äußerlich zu dem, was er immer gewesen war: zu einem reichen Gutsbesitzer; aus dem Schloß ist ein Museum geworden, und Schwerin ist leer, still und verlassen. Kaum einen Wagen sieht man durch die Stadt fahren, keine Wache ruft mehr „Heraus!" – keine Polizisten hüten das Schloß – – aus. Vorbei.

Wir bummeln durch die Stadt. Vor zehn Jahren war ich zum letzten Male hier. Ja, es ist noch dieselbe Stadt. Sie ist auch nicht älter geworden, nicht umgebaut oder ehrwürdiger – aber anders ist sie geworden, ganz anders. Und während wir so durch Schwerin gehen, muß ich an alle kleinen deutschen Städte denken, die ich in den letzten Jahren sah, und plötzlich fällt mir ein, wie sie sich allesamt verwandelt haben und warum sie sich verwandelt haben. Es sind gar keine kleinen Städte mehr. Früher hatte der Großstädter so eine Art mitleidiges Lächeln auf den Lippen, wenn er eine kleine Stadt bereiste. – „Was kostet das ganze Unternehmen?" stand auf seinen Mienen zu lesen. Er ließ sich herbei, das Städtchen zu besichtigen – sie hatten eine ‚richtige' Elektrische, ganz wie die Erwachsenen, sie hatten eine Wasserleitung, wie die Großen, und wenns ganz nobel zuging, auch ein steinernes Theater. Aber im übrigen waren es doch brave Ackerbürger, für die die Welt weit, weit dahinten lag, und die das alles nichts anging … Es ist nicht müßig, den Unterschied von heute und damals festzustellen – man versteht schließlich sonst die Welt überhaupt nicht mehr. Heute sind die Leute in den kleinen Städten genau so gewitzt wie die in den großen und vielleicht noch gewitzter. Heute führen sie alle genau dieselben Gespräche wie die in den großen: das Zahlengespräch (es gibt kaum noch ein deutsches Gespräche, in dem keine Zahlen vorkommen) – und das Gespräch, wieviel jeder hat, wieviel jeder nicht hat und wo man dies und jenes bekommt … Heute sind viele Bauern unendlich reicher, unendlich fundierter, unendlich besser daran als die Großstädter, in deren Bereichen der hinter dem Pflug früher, scheu die Mütze drehend, zur Decke und an den Häusern entlang hochschaute … Der Strum hat die dicken Stadtmauern eingerissen, die ja früher auch noch da bestanden, wo man sie längst niedergelegt hatte. Heute haben sie ihr Cabaret und ihre Tanzdiele und ihren schlechten Sekt – Hallo! Heute wuchern sie und werden bewuchert, schieben und werden geschoben, ganz wie in Berlin, und ihr Pulsschlag zittert, wenn die Börsenzeiger ausschlagen … Gibt es überhaupt noch kleine Städte? In Norddeutschland kaum. In ganz Norddeutschland ist die kleine Stadt uniformiert: in allen herrscht der gleiche Lebensbetrieb (Leben kann man das kaum nennen) – in allen klafft der gleiche harte und unerbittliche Gegensatz zwischen oben und unten – in allen ist die gleiche stupende Unkenntnis von allem, was da im Ausland vor sich geht – das deutsche Weltbild ist zur Zeit ganz monoman. Frankreich ist der letzte Schuft der Welt (wie früher einmal das ‚krämerische England', wie früher Italien, wie früher … die Deutschen brauchen immer einen, der an allem schuld ist) – „die Welt ist neidisch auf Deutschland, weil es gar so tüchtig und arbeitsam ist" – und im übrigen: „Was kostet heute die Butter?" – Sie kostet viel. Sie kostet so viel, weil alle kleinen Städte zusammen, weil ein ganzes Volk nicht einsieht, wie eben diese falsche und lärmende Betriebsamkeit das Unglück gebracht hat, wie sich die Mark und das Mark immer mehr verschlechtern, weil beide krank sind.

Der Wirt des Kurhauses bei Schwerin hebt zum Abschiedsgruß den Hut. Er hat uns bis zum letzten Pfennig ausgezogen, wir haben Koffer und Mantel gerettet und verlassen fluchtartig die Gegend. In der Stadt liegt der Pfaffenteich; er ist zugefroren, und die Leute gehen darüber hin. Sie sehen nicht vergnügt aus und haben kummervolle Gesichter. Sie rechnen … Durch alle Ritzen und Vorhänge schleicht es herein. Wir spielen ‚kleine Stadt' und wollen vergessen, was draußen ist. Aber es ist aus damit – die kleine Stadt sperrt sich und gibt knapp die Kulissen her. (Und auch die nur gegen hohe Leihgebühr.) Früher sprangst du wohl aus der Zeit – – Heute ist 1923 überall. Welch ein Jahr! Und es bleibt dir nichts übrig, als dich in der kleinen Stadt und in einem kleinen Land damit zu grüßen, wenn sie reinen Herzens, und ihnen über die Grenzpfähle die Hand zu drücken, wenn sie deine Geistes- und Gesinnungsfreunde sind.

[1923]

DIE REDENSART

Bald fehlt uns der Wein,
bald fehlt uns der Becher.
Hebbel

Ich kannte eine angesehene, stattliche Dame, die hatte die Gewohnheit mit offenen Augen am Tage zu schlafen und niemals zuzuhören, wenn jemand mit ihr sprach. Die Leute erzählten ihr lange Geschichten, wie sie so die Leute erzählen: Ehescheidungsklatsch, Dienstbotennöte, Geldgeschichten, was weiß ich – und sie schlief und hörte durchaus nicht zu. Wenn aber der andre zu erzählen aufgehört hatte und schwieg und eine teilnehmende Antwort erwartete, dann fuhr meine Dame auf und sagte ein Wort, ‚das' Wort ihres Lebens, eines, das sie stets sagte, nach jeder Geschichte, und das auch zu allen paßte: „Ja, ja! Etwas ist immer –!"

Dies war ihre Antwort, und was darüber war, das war meist vom Übel. Aber dieses Wort wird bleiben. Etwas ist wirklich immer. Arthur Schopenhauer hat ja das Glück als den unglücklosen Zustand definiert und damit das Malheur als das Primäre angesehen. Und von ihm stammte ja auch jener grandiose Ausspruch, er habe als Jüngling beim Klingeln der Türglocke empfunden: „Ah – jetzt, jetzt kommt es!" – und später, im Alter, wenn es an der Tür klopfte: „Jetzt – jetzt kommts!" Und es kam immer etwas. (Einmal sogar eine Näherin, die er die Treppe hinunterwarf.) Gäbe es keine Sorgen, man müßte sie erfinden. Aber, unbesorgt, wir sind nie unbesorgt. Etwas ist immer. Hundegebell; Liebeserhörung bei zu engem Kragen; guter Rotwein, aber ein grober Kellner, höflicher Kellner, aber ein schrecklicher Surius; Obermieter, die uns auf dem Kopf herumtrampeln, weil sie Flußkähne statt der Stiefel tragen; unerwünschter Familienzuwachs; Konkurs, Weltkrieg und Verdauungsbeschwerden – etwas ist immer. Aber wir sind mit daran schuld.

Unser Apparat ist viel zu groß. Kein Wunder, wenn immer irgendein Rad zerbrochen ist, eine Kette schleift, eine Schraube quietscht. Mit dem Aufwand, den wir heute treiben, eine lange Reise zu tun, haben die Griechen früher ihre kleinen Kriege absolviert, und Ruhe geben wir nie. Ich kann mir unsre Börsianer so richtig im Paradies, wie sie in dasselbe kommen, vorstellen: es zieht, das Eintrittsgeld war zu hoch, einen Kurszettel gibt es nicht, und so haben sie es sich überhaupt nicht vorgestellt. (Verkauft Eva Ansichtskarten?

Nein. Also: Paradies-Baisse, krach, Umzug in die Hölle. Den Rest siehe oben.) Etwas ist immer. Es hat nie eine treffendere Redensart gegeben. Und, wissen Sie, der ganze Spektakel hat eigentlich so wenig Sinn. Denken Sie sich, was wir in den letzten acht Jahren alle miteinander angegeben haben, und was ist dabei herausgekommen? Dieses Europa. Etwas ist immer, es ist ein bißchen viel für einen einzelnen Herrn. Und die Einwohnerschaft dieses Kontinents ist reichlich nervös geworden, so nervös, daß sie ordentlich danach sucht, wenn einmal nichts ist – ärgerlich schweift der Blick umher, daß er etwas finde, was nicht stimmt. Denn bei uns ist etwas nicht in Ordnung, wenn alles in Ordnung ist, und etwas ist immer, und zum Kampfe ist der Mann ausgerechnet, auf der Welt, Wie sagt der Kinoregisseur? „Licht! Bewegung! Großaufnahme!"

Glück ist der Zustand, den man nicht spürt, sagt der Weise.

Wo gibt es noch reine Freuden? Ich glaube: nur noch in dem alleinselgimachenden Zustand, wo jener, glücklich lächelnd, in der Droschke saß und den Kutscher fragte, wieviel Uhr es sei. Und der Kutscher antwortete: „Elf Uhr, Herr!" Und jener, im Vollbewußtsein der irdischen Seligkeit: „Gestern – oder – heute?" Siehe, das ist das Glück. Aber der hat am nächsten Morgen einen unfreundlichen Kater und muß büßen, daß er den Flug von der Erde versucht hat. Und kraucht wieder unten – und etwas ist immer.

Wir aber sehnen uns. Nach jenem Zustand, der uns glücklich und leicht mache – nach jenem legendären kleinen weißen Häuschen, das ein Hort der Zufriedenheit sei und eine Ruhestätte vor allem Jammer. Dahin möchten wir so gern einmal.

Ich möchte heim – mich ziehts dem Vaterhause,
  Dem Vaterherzen zu.
Fort aus der Welt verworrenem Gebrause
  Zur stillen, tiefen Ruh.
Mit tausend Wünschen bin ich ausgegangen,
Heim kehr ich mit bescheidenem Verlangen;
Noch hegt mein Herz nur einer Hoffnung Keim:
  Ich möchte heim.

Aber das Heim hat keine Zentralheizung, nebenan ist eine Lederfabrik mit übelduftendem Schornstein, das Weib unsrer Wahl ist dick geworden, und der Junge ist auch nicht so, wie wir ihn uns dachten: zum Diplomaten zu klug, zum Filmschauspieler zu häßlich, zum Bankier zu dumm und für einen bürgerlichen Beruf ungeeignet. Da sitzest du vor einem Idealhäuschen, die Linden rauschen, der Bach murmelt, der Mond scheint. Und in deinem Herzen keimt eine leise kleine Sehnsucht auf nach der großen Stadt, nach ihrem Lärm und nach ihrem Ärger. Ruft deine liebe Adelheit? Laß sie rufen. Aber sie ruft, lauter und nicht melodiöser. Und seufzend gehst du ins Haus … Und laß dir nichts erzählen von feinen Inschriften für deinen Grabstein. Ich habe eine für dich, wie nach Maß gearbeitet, verlaß dich drauf, sie paßt wundervoll. Schreib: Etwas ist immer.

[1923]

„POTSDAM –!"

Neulich, als ich in der Scala war – seit das Varieté nicht mehr international ist, macht es keinen Spaß mehr, Kritiken darüber zu schreiben –, gab ich, in einem Anfall von Größenwahn, der Garderobenfrau ein paar Papierblätter mehr, als ihr zukamen. Sie sagte: „Danke, Herr. Und wenn Sie nachher kommen, dann werden Sie auch gleich bedient. Sie brauchen nur leise zu sagen: ‚Potsdam!'"

Siehe – das war ein deutsches Wort.

Die Garderobe ist stippevoll, die Leute drängeln sich, die Schwierigkeiten sind riesengroß, das Ganze recht unangenehm: da genügt das eine kleine Wörtchen: Potsdam – und alles, alles ist gut. Potsdam – das heißt: Schiebung außer der Reihe. Potsdam – das heißt: Bei uns geht alles ordnungsgemäß und streng nach dem Reglement zu, aber – du brauchst nur ein bißchen zu flüstern, dann kommst du eher dran. Potsdam – das heißt eben: Potsdam.

Da steht eine ganze Nation. Sie ist krachen gegangen, weil sie teutsch war, statt sich zur Abkehr zu wenden, glaubt sie, es liege daran, daß sie noch nicht teutsch genug war. Und Millionen gläubige Lippen flüstern: Potsdam! Aber die Garderobenfrauen der ganzen Welt scheinen diesen schönen Trick nicht zu kennen oder können wohl nicht gut hören: jedenfalls bedient keine. Und alle warten.

Übrigens habe ich das Sesam-Wort gar nicht angewendet. Ich dachte mir: Am Ende ist es gar nicht voll, und du stehst nachher da, ganz allein vor der leeren Garderobe, und murmelst: Potsdam! Oder, dacht ich, wie schon die Leute heute sind: Du kommst hin, drängst dich durch den dichtesten Menschenhaufen, und um dich herum und vor dir und hinter dir stehen lauter Männer, die nicken alle der Garderobenfrau vertraulich zu und flüstern: Potsdam!

Was war zu tun? Etwa ‚Weimar' sagen? Aber da hat die Nationalversammlung getagt, und das wirft einen Schatten selbst auf Goethe. (Denn als wir Republik sagten, haben wir das da nicht gemeint. Wirklich nicht.) Was war zu tun?

Ich habe gewartet. Ich habe ganz still gewartet. Wissen Sie: wenn man wartet, kommt man sehr oft viel schneller vorwärts als die Drängler. Man muß nur die Geduld haben. Denn was fangen die Hastigen schließlich mit ihren erhetzten zehn Minuten an? Sie kommen die paar Pulsschläge früher zum Sekt, auf die Bahn, an den bierigen Stammtisch, ins Bett. „Da wird he nicht küger von", sagen die Plattdeutschen. Nein, ich habe einfach gewartet und brauchte mich nicht zu drängeln, mit roten Köpfen schoben sich die Schieber an mir vorbei und ergatterten ihren Schirm und ihre Hüte, lagen vorn und waren die Tüchtigen.

Ich wartete. Und bekam meine Sachen ein bißchen später, ohne Zerren und Ziehen, ohne Schiebung und ohne Gedräng. Und, vor allem, ohne Potsdam. Und das ist die Hauptsache.

[1923]

THE KID

> Diese grotesk-sentimentale Mischung ist uns fremd. Sie entbehrt der Logik, und ohne Logik ist deutsche Filmdichterei nicht zu denken.
>
> *‚Deutsche Allgemeine Zeitung'*

Wenn Ludendorff halb so komisch wäre –! Nach einem leicht pathetischen Vorspiel voll edler Spielastik und bemakelter Mutterschaft, wobei auch das Kreuz des Erlösers nicht fehlt, watschelte Charlie Chaplin von hinten in den

Vordergrund des Films und in unser aller Herzen. Der Herr befinden sich offenbar zur Zeit in nicht sehr guten Vermögensumständen. Er hat mehr Löcher als Kleidungsstücke, und ganz heil ist nur sein Stock. Er zieht aus einem Debet seiner Hose eine alte Konservenbüchse, wählt unter den dort angesammelten aufgelesenen Stummeln einen, klopft ihn ordentlich zurecht, wirft Streichholz und Handschuhe, wegen nicht mehr fein, in eine alte Tonne – und hört ein Baby schreien. Das Baby liegt neben dem Müllkasten. Da hebt es Chaplin auf: und was sich dann begibt, ist so schön, daß nicht nur der ganze deutsche Film dagegen versinkt – das will nicht allzuviel heißen – sondern es ergreift so, daß man für eine ganze Stunde aus diesem Lande herausgerissen wird, weit, weit fort unter richtige Menschen.

Der Film ‚*The Kid*' hat gar keinen richtigen Inhalt. Aber Chaplins Herz hat einen, und zu diesem Herzen gehört der feinste Kopf unter den lebenden Filmdarstellern und der klügste unter den Schauspielern überhaupt. Dieses Herz ist bei den Unterdrückten, und es hat eine gefährliche Waffe: sein Gehirn.

Komisch ist alles: komisch der Gang, komisch die Füße, komisch das Hütchen und komisch der Rhythmus dieser gleitenden, sehr sparsamen Bewegungen. Chaplin zieht den armen ausgesetzten Müllkastenjungen auf, und die hinreißende Herzenskomik dieser Vorgänge liegt vor allem darin, daß dieses kleine Stück Malheur durchaus für voll genommen wird: wenn es Eierkuchen gibt, zählt Papa die Dinger (wie Geldscheine) – und jeder kriegt die Hälfte, einer bleibt übrig, und auch der wird ehrlich geteilt. Zwei Kameraden bestehen den harten Kampf mit dem Leben: der Kleine schmeißt die Fenster ein, die der Große kittet, und so haben beide ihr Auskommen. Dann aber wird der kleine Kompagnon krank, der Arzt kommt, und Vater Staat, dieser unehrlichste aller Strichjungen, nimmt dem Großen den Kleinen weg. Chaplin rettet ihn, befreit ihn, wieder wird er ihm gestohlen, er erträumt sich, vor einer alten Haustür schlafend, den Himmel, bekommt den Jungen wirklich wieder, der findet seine bemakelte Mama – aus.

Warum hat eine Welt über diesen Film gelacht?

Weil er an die Urinstinkte appelliert. Weil er überall siegen muß, wo es auch nur Andeutungen einer Zivilisation gibt. Weil hier ein Sieger des Lebens ist, der zwar den Unterdrückten angehört, aber doch – mit allen Mitteln arbeitend – triumphiert.

Vor allem hat Chaplin als einziger die reine Komik der absoluten Bewegung entdeckt. Eine Situation, deren Kern sich oft wiederholt: er verscharrt das Balg zunächst, um es loszuwerden, wieder neben dem Müllkasten, wo er es gefunden hat. Wie er gräbt und wirtschaftet! Hinter ihm steht, ohne daß er es weiß, der böse Feind, diesmal ein riesenhafter Schutzmann. So, nun ist er fertig, das Kind liegt glücklich unter alten Lumpen und Mohrrüben. Er dreht sich um und stößt an den wehrumpanzerten Bauch des Sergeanten. Tausend Schauspieler machten jetzt: Schreck! Dieser hält in der Bewegung des Rükkwärtsdrehens gar nicht inne, in demselben Schwung nimmt er den Kleinen wieder auf und watschelt fort: „Verboten? nicht gut? Schön – weiter." Warum das komisch ist, weiß ich nicht, und ich habe es auch nie ergründen können. Tatsache ist nur, daß man vor Lachtränen zwanzig Meter nichts sehen kann.

Dazu kommt die unüberwindliche Sucht, es immer der großen Welt gleich zu tun. Sie haben nicht Brot auf Hosen, aber eine alte Bettdecke ist Pyjama, ein Teller Fingerschale, und in allem Kummer hat man immer so viel feine Sitte, noch schnell vor dem Todessprung am Hütchen zu rücken. Wegen fein.

All das ist bewußt. Bewußt, den Kleinen beten zu lassen und währenddessen plinkernd an die Decke zu gucken: Gut und schön, diese Frömmigkeit – aber ich kann das doch nicht mitmachen; bewußt, mit dem Kleinen zu laufen, wie noch nie ein Mensch gelaufen ist, und dann schnell, rechts und links vorm Tor, Aufstellung zu nehmen, der böse Feind rasend vor Wut mitten durch, und man ist noch einmal, für die nächsten zehn Stunden, gerettet; bewußt, ein rundes Loch in den Rohrstuhl zu schneiden, darunter den Nachttopf zu setzen und das Kind nun oben drauf (gewissermaßen gleich an die Kanalisation angeschlossen); bewußt, diesen Rohrstuhl dann noch einmal prüfend vor sich hinzustellen: zurücktretend wie der Maler von der Staffelei, wie wohl das Werk auf die Entfernung wirke ... Bewußt ist alles.

In einem kleinen Büchlein (Louis Deluc: ‚*Charlot*', Paris 1921, bei de Brunoff) findet sich am Schluß ein großer Aufsatz Max Linders, der lange bei Chaplin zugesehen hat. „So beruhen alle meine Filme", heißt es da, „auf der Idee, mich in die höchste Verlegenheit zu setzen, um mir Gelegenheit zu geben, geradezu verzweifelt ernst bei dem Versuch zu bleiben, ein richtiger kleiner Gentleman zu sein." Und: „Das Theaterpublikum ist von Herzen zufrieden, wenn es den reichen Leuten nicht gut ergeht. Ein Stückchen Eis in den Ausschnitt einer feinen Dame fallen lassen: das ist, in den Augen des Publikums, Schicksal, das bedeutet, ihr das zuzufügen, was sie von Rechts wegen verdient." Und: „Zweifellos ist es günstig für mich, daß ich so klein bin; so kann ich Kontraste ohne große Mühe herstellen. Jeder weiß, daß der ‚Kleine', der verfolgt wird, zunächst einmal die Sympathie der Masse auf seiner Seite hat. So betone ich meine Schwäche …" Aber dann siegt er doch, und alle Welt lacht Tränen. Nebenbei: welch ein Witz, daß eine Welt über einen Juden lacht! (Der Centralverein jüdischer Staatsbürger deutschen Glaubens wird zögern, ob er diesen anerkennen soll: Einstein, ja – die Ostjuden, die zwei Etappen vorher darstellen: nein – und Chaplin? „Macht er Riches?") Wer da nicht lacht, ist chaplinblind.

Grade, wenn der Film am besten schmeckt, hört er auf. Im Tauentzien-Palast, wo man die Presse einlädt, ohnen einen Stuhl parat zu halten, mußte ich dank der Unfreundlichkeit der Direktion dieses Filmwunder stehend erleben. Ich hätte gern noch einmal so lange gestanden. Man möchte die Arme heben und ihm zurufen:

Gott sei Dank, daß es dich gibt! Dein Herzblut hat dein Gehirn passiert – du fühlst mit dem Kopf und denkst mit dem Herzen! Bereicherer des Lebens, deine besten, lustigsten Filme werden wir wahrscheinlich erst in zehn Jahren zu sehen bekommen, weil die deutsche Filmproduktion feige ist. Deinen witzigsten Film haben wir nicht gesehen, den, wo du den deutschen Kaiser gefangen nimmst – weil wir, ach Gottchen, in einer Republik leben. Aber es gibt dich doch, Tröster der Herzen! In einer englischen Zeitschrift warst du während des Krieges abgebildet: der ihr Kaiser stand da, Hindenburg und dicke deutsche Generale – Brille und Sauerkohl und eine unbeschreibliche Würde. Aber alle zogen die Brauen hoch: denn du watscheltest durch den Saal, pfeifend, ohne sie anzublicken, mit dem kleinen Hütchen und dein Stöckchen schwingend. Und alle Würde und alles Teutschtum waren auf einmal zum Teufel. In deinen Filmen ist echteste Menschlichkeit und tiefste Logik des Herzens. Dich kennen mehr Menschen, als Goethe und Napoleon zusammen gekannt haben – fünf Weltteile haben dich gesehen, und gelacht haben sie alle. Du hast zwei linke Füße und das Herz auf dem rechten Fleck. Sei gegrüßt –!

Weißt du, daß wir Bessern hier versauern und nicht aus der ewigen Schule herauskommen können, aus dem Kasernenhof, aus dem Internat Deutschland? Wir sind festgebacken und warten. Weißt du, wie wir warten? Auf die Stunde; die in die Freiheit führt –? Draußen, da wären wir doppelt dankbar für deine ernsten Späße und dein lustiges Pathos – draußen würden wir noch einmal anfangen, zu leben, aufzunehmen, zu verarbeiten, und überhaupt wieder vorhanden sein. Wir warten. Aber keiner kommt. Und wir sind dir dankbar, Charlie Chaplin, weil du uns eine Ahnung davon gibst, daß die Welt nicht teutsch und nicht bayerisch ist, sondern ganz, ganz anders. Aus dem Keller, de profundis, sei gegrüßt –!

[1923]

PARIS

Meine Eindrücke nach fünfwöchigem Aufenthalt in Paris sind folgende:

Den Fremden umfängt zunächst die Weltstadt. Der ungeheure Zusammenfluß von Vergnügungsreisenden, Sportsleuten der Olympischen Spiele, Diplomaten, Kaufleuten aus fünf Erdteilen, modischen Frauen, Schmarotzern, Abenteurern, Passanten, französischen Provinzlern brodelt über die Champs Elysées, stept in den Nachtlokalen und überfüllt die Hotels. Die Fremdenindustrie ist groß, doch nicht so groß, wie man denken sollte. Fast immer ist die ‚Aufmachung' sehr reizvoll, unerträglich nur da, wo sie ‚echtes altes Paris' vortäuscht und eine Romantik herzustellen bestrebt ist, die den literarischen Assoziationen der Fremden von Murger bis Jésus-la-Caille entgegenkommt. Diese Art Romantik existiert entweder überhaupt nicht, oder sie ist nur zeitlich zu fassen, das heißt: man empfindet sie vielleicht nach Monaten. An einen Ort ist sie nicht gebunden.

Paris ist eine liebenswürdige Stadt: Alles wird aus einer leichten Hand gegeben. Vor allem verlangt die Stadt nicht, daß man sich durchaus nach ihr richte – sie läßt in Äußerlichkeiten dem Fremden Willen und Bequemlichkeit. Das erste, was dem Deutschen auffällt, ist nicht ein Wagenverkehr, der einer großen Stadt angemessen ist, sondern die Tatsache, daß alle Leute nett zu einander sind. (In Deutschland sind die Menschen zunächst einmal unhöflich – hier zunächst einmal höflich.)

Hinter der Fremdenstadt, fast völlig von ihr abgeschlossen, liegt das arbeitende Paris. Paris ist eine Stadt, in der ungeheuer gearbeitet wird; soweit ich das übersehen kann, mehr als bei uns und vor allem viel intensiver. Paris arbeitet – Berlin schuftet. Es wird hier vielleicht weniger organisiert – aber mehr getan. Die reizvolle Tatsache, daß abends um neuen Uhr noch viele

Läden offen halten, und daß man sich um diese Zeit, auch am Sonntag, wenn es einem Vergnügen macht, eine Krawatte kaufen kann, bedeutet für die Angestellten eine erhöhte Arbeitszeit. Es sind nicht immer nur die Ladenbesitzer, die zu diesen Zeiten arbeiten.

Bei näherer Betrachtung lassen sich innerhalb von Paris Kleinstädte völlig verschiedenen Charakters feststellen, die quartiers, deren kleinbürgerliche Bewohner oft genug ihren Aktionsradius nicht allzuweit ausdehnen. Die ‚rive gauche' ist nicht nur für den Hausmeister des rechten Ufers ein Land hinter den Bergen.

Das Leben ist nicht billig. Das Schlagwort ‚La vie chère, das in der Wahlbewegung eine so große Rolle gespielt hat, ist berechtigt, mißt man den Lebensstandard nicht an den Mitteln eines Vergnügungsreisenden. Maßgebend ist: Wieviel Stunden muß der Angestellte arbeiten, um sich einen Anzug, ein Stück Fleisch, ein Kinderbett zu kaufen? Die Löhne sind ähnlich unzureichend wie in Deutschland – der Aufwand für den Lebensunterhalt im ganzen wohl etwas kleiner. Am teuersten ist die Miete; es gibt viele Budgets, in denen sie ein Drittel der Ausgaben ausmacht. Schuld daran ist zur Zeit neben der Wohnungsnot wohl die Spekulation auf die Zureisenden zu den Olympischen Spielen. Die Preise für Bekleidungsgegenstände sind nicht ganz so hoch wie in Deutschland, für vieles niedriger, so für Wäsche; Gebrauchsgegenstände sind im allgemeinen billiger. Wesentlich niedriger sind die Preise für fast alle Nahrungsmittel – das Essen in allen Lokalen besser, billiger und mannigfaltiger als in Deutschland. Noch in den kleinsten Kutscherkneipen ißt man gut – es wird fast überall gekocht und nicht industriell fabriziert.

Was das Leben so sehr angenehm macht, ist die Leichtigkeit: von der Küche bis zum geistigen Meinungsaustausch haben die Dinge Gehalt, ohne zu lasten.

Das gesamte äußerliche Bild ist schöner als in Berlin: Architektur und das Licht der hellen Tage geben einen zarten Glanz. An Regentagen sieht das Auge kritischer und klarer: man wird gewahr, daß unter den gleichen ökonomischen Bedingungen in dem gleichen Mitteleuropa die Menschentypen nicht so wesentlich verschieden sein können und es auch nicht sind. Die arbeitende Pariserin, die Kommis, die Buchhalter sehen so aus, wie sie zum großen Teil auch in Berlin denkbar sind. Der Frauentypus, der auf den Straßen zu sehen ist, ist nicht hübsch und hat zum allergrößten Teil nicht den flair, den man ihm heute noch andichtet. Was festzustellen ist: die Leute sind nicht so verdrossen und nicht so gereizt wie in Deutschland. Ich bin morgens mit der Flut der Angestellten in der Untergrundbahn gefahren, ich habe sie abends gesehen, wenn sie von der Arbeit zurückkamen – sie waren morgens eilig und abends müde, aber niemals in ihrer Gesamtheit so verärgert und stumpf, wie wir das kennen.

Die ungeheure Größe der Niederlage, die wir dem deutschen Militarismus verdanken, wird erst klar, wenn der so lange Zeit hindurch abgesperrte Deutsche wieder ins Ausland kommt: nicht das erschüttert bis zu Tränen, daß es Butter und fröhliche Menschen und Seide auf der Welt gibt, sondern daß niemand ein Wesens davon macht, und daß alle es selbstverständlich finden.

Der Franzose ist ein außerordentlich zurückhaltender Mensch, der fast anonym lebt und leben will. Es ist kein Zufall, daß an den Türen keine Wohnungsschilder befestigt sind – wer da wohnt, geht nur den an, dens angeht. Wenn ich ein Bild gebrauchen darf: in den französischen Salon kommt man sehr leicht – ins Eßzimmer nur sehr schwer. Sieht man von den Plätzen ab, wo ausschließlich Fremde verkehren, so wird man nirgends betrogen und nirgends hineingelegt. Zwanzig Centimes sind ein kleiner Wertgegenstand; ‚nach oben abzurunden' ist unbekannt.

Der Fremde wird überalle mit gleichmäßiger, routinierter Höflichkeit behandelt. Wenn er nicht ganz grobe Anstandsfehler begeht, kann er sicher sein, niemals wegen eines Vergehens, wegen einer Unkenntnis ausgelacht oder gar, wie bei uns, angefahren zu werden. In Berlin sind die Untergrundbahnschaffner persönlich beleidigt, wenn ein Inder ihr Dienstreglement nicht kennt – hier gibt es viel zu viele Fremde, als daß dergleichen auffällt. Ein eleichte Animosität gegen Deutsche besteht – ich spreche jetzt immer von anonymen Bürgern, nicht von den Läden und Vergnügungsstätten, die von Fremden leben, und nicht von den internationalen Salons und Gesellschaftskreisen, die den Deutschen mit einfacher Selbstverständlichkeit aufnehmen. (So die wahrhaft internationale Frau Ménard-Dorian.) Die Animosität ist übrigens lange nicht so groß wie die gleiche in Deutschland gegen Franzosen. Zur Ungezogenheit versteigt sie sich meines Wissens niemals. Mütter, deren Söhne im Kriege gefallen sind, tragen dem einzelnen Deutschen nichts nach – man erzählte mir, daß selbst im zerstörten Gebiet schon 1919 ein deutscher Professor, der die Leiche seines Sohnes suchte, von den Frauen bemitleidet und unterstützt wurde.

Der Deutsche in Paris hat, nach meinen Erfahrungen und nach den mir gewordenen Informationen, einen Halt an der hiesigen Gesandtschaft, die zugleich die Konsulatsgeschäfte versieht; der Ton ist mit dem bei andern deutschen Behörden nicht zu vergleichen, die Beamten sind höflich und hilfsbereit.

Was die Kunst angeht, so ist Paris eine Stadt des ‚Noch'. Sie liegt von Amerika und von Rußland viel weiter entfernt, als die Karte angibt. Sie ist noch nicht zerstampft von der Industrialisierung der einen und noch nicht angefressen von der skeptischen Problematik der andern Seite. Es ist alles ‚noch' – vieles davon in der höchsten Vollendung.

Das Theater erscheint – in seiner Gesamtheit – für unsre Anschauungen veraltet, wenn man an Stanislawski, Brahm, Reinhardt, die berliner Zeit vor dem Kriege denkt. Um nicht falsch verstanden zu werden, möchte ich betonen: Das französische Theater erscheint mir nicht so wertvoll wie das nichtoffizielle deutsche Theater; was die deutschen Hoftheater heute noch anordnen, steht natürlich weit unter jedem pariser Niveau. Die französischen Autoren denken sich oft genug ‚Geschichten' aus, Einzelfälle, mit denen der moderne Hörer nichts anzufangen weiß. Die Deklamation ist die Stärke der französischen Schauspiel-Tradition – man kann in den meisten Fällen nur grundsätzliche Einwendungen machen. Das Publikum in vielen Theatern ist weitaus naiver als das deutsche.

Die Wahlen haben das Stadtbild von Paris nicht sehr verändert. Kenner sagen, daß die Interesselosigkeit noch niemals so groß gewesen sei wie diesmal. Der Mischmasch der Parteien, die im Grunde alle dasselbe sagten und alle etwas andres meinten, die Verworrenheit der internationalen Lage, die der Wähler nicht übersehen hat, die allgemeine Müdigkeit und die Abneigung vor der großen Phrase erklären das wohl.

Die Wahlversammlungen waren nicht sehr ergiebig, wenigstens nicht in Paris. Sehr viel Spektakel und sehr wenig geistige Bewegung. Auch Herr Léon Daudet, der übrigens nicht wiedergewählt worden ist, als Schriftsteller besser denn als Redner, konnte daran nichts ändern. Erstaunlich ist die außerordentliche Informiertheit französischer Politiker über Deutschland – und zwar nicht über die Zahlen der schwarzen Reichswehr, sondern, was viel blamabler ist, über die deutsche Denkart.

Auch aus den Zeitungen konnte man ersehen, daß die Wahlen nicht im Mittelpunkt des Interesses standen, aus diesen Zeitungen, die nicht einmal viel unterhaltsamer sind als die deutschen. Die beste Zeitung, weit über dem

Niveau auch der deutschen Presse stehend, weil viel freier, viel unabhängiger, viel, viel mutiger, ist *‚L'Oeuvre'*.

Der Ausfall der Wahlen wurde im allgemeinen so erwartet, wie er gekommen ist – an einen so großen Sieg hat allerdings die Linke selbst nicht geglaubt. Bis zuletzt war man dort beinahe pessimistisch – besonders in den letzten Tagen vor der Wahl. Die Provinz hat gegen Paris entschieden.

Wenn Frankreich gegen Poincaré votiert hat, so bedeutet das nicht, daß es eine besondere Liebe zu Deutschland hat. Deutschland spielt hier nicht die Rolle, die monomanische Deutsche ihm zusprechen. Deutschland ist in Frankreich ganz einfach ein Faktor in der Beurteilung innenpolitischer Fragen – eine Politik des Deutschenhasses gibt es nicht. Wenn das französische Volk die bisherige Ruhrpolitik verurteilt hat, so ist das geschehen, weil es über die Methoden dieser Politik andrer Meinung ist als Poincaré. Über die Tatsache, daß gezahlt werden muß, und daß bisher nicht genügend gezahlt worden ist, besteht keinerlei Zweifel, auch auf der Linken nicht. Was der Franzose will, ist: Ruhe. Den beiden Schlagworten: „Pas de guerre!" und „Pas de vie chère!" steht unsichtbar ein drittes zur Seite, das das gesamte französische Leben beherrscht: „Pas d'histoires!" Das Volk mag nicht mehr: keinen Krieg, keine Verwicklungen, keine Reibereien. Der Krieg ist hier nie so populär gewesen wie in Deutschland. Bretonische Bauern glaubten im Jahre 1914, als es gegen die Boches ging, das seien Engländer – die einen waren ihnen so fern wie die andern, und das Wort, das der Süden im Kriege zu durchreisenden Parisern zu sagen pflegte, ist berühmt: „Et votre guerre – ça marche bien?" Deutschland dachte darin strammer.

Das Volk will keinen Krieg. Ich habe in einem Panoptikum pariser Bürger vor dem Bild Wilhelms des Zweiten passieren sehen: er sitzt da in einem Käfig, gebrochen und ohnmächtig fletschend. Es fiel kein Wort – das interessiert nicht mehr. In einem kleinen, von Handwerkern und Arbeitern besuchten Theater wird eine Szene im Schützengraben vor dem brennenden Reims gespielt; einer der Soldaten sagt eine große Arie gegen den Krieg auf und schließt: „Nous voulons une république européenne!" Donnernder Beifall. Sie wollen nicht mehr.

Es hat politisch nie so günstig für Deutschland ausgesehen wie in diesem Augenblick. Seit Jahren treibt Deutschland dieses törichte Spiel: es gibt in der Sache nach, behält sich aber vor, den Verhandlungsgegner hinterher zu beschimpfen. Man nennt das bei uns Prestige.

Es mag ja in Halle sicherlich einen großen Eindruck machen, wenn irgendein Leutnant feststellt, Deutschland sei eigentlich gar nicht besiegt worden, und für Halle reichen dies Redeübungen auch aus. In der Welt kümmert sich kein Mensch mehr um diese Frage, die längst entschieden ist. Wenn aber die deutschen Richter, die den Unfug der Völkischen in jeder Weise begünstigen, eine Ahnung hätten, was draußen aus den Torheiten des Herrn Ludendorff-Lindström gemacht wird, dann würde ihnen vielleicht, wofern sie dieser Einsicht noch fähig sind, ein Licht über das Wesen des viel zitierten ‚Landesverrats' aufgehen.

Deutschland spricht längst nicht mehr zur Welt. Es hat erneut eine Gelegenheit, es zu tun. Die Unsitte, nicht zu den Leuten draußen, sondern mit Rücksicht auf den Wähler in Anklam Reden zu halten, die in gar keinem Verhältnis zur Lage stehen, hat bisher alles verdorben. Frankreich streckt erneut die Hand hin – die Welt streckt erneut die Hand hin. Wir haben keine Bedingungen zu stellen – denn sie haben den Krieg gewonnen. Nicht wir.

Was wir verlangen können, ist, daß Exekutionen das nationale Selbstgefühl nicht unnötig verletzen. Es sind sicherlich an der Ruhr Dinge vorgekommen, die nicht zu entschuldigen sind, und das weiß die französische Linke ganz genau. Aber mit kindischen Scheltartikeln auf Poincaré ist es jetzt nicht getan. Es muß vernünftig und besonnen von einer Demokratie zur andern verhandelt werden. Dazu müssen freilich zwei da sein. Frankreich hat eine.

Was die Flauheit des deutschen Bürgertums, was die verächtliche Haltung der Sozialdemokratie in Deutschland hat groß werden lassen, kann der Beginn einer neuen Katastrophe sein. Kein Francsturz hilft uns; die französische Währung kann wanken, aber nicht zusammenbrechen. Frankreich ist gesund. Für Deutschland aber ist es jetzt an der Zeit, mit der Welt wieder ins reine zu kommen. Jetzt oder nie.

[1924]

DAS MENSCHLICHE PARIS

Dienst ist Dienst, und Schnaps ist Schnaps.

Deutsches Soldatenwort

„Vous m-excusez, monsieur, que je vous dérange …"

Eine französische Bettlerin

Worin besteht der Zauber von Paris? In der Architektur? In der silbrigen Luft? In der Mode? In den Frauen? Im Sekt? In all dem zusammen? Nein.

Das, was die einzige Atmosphäre dieser Stadt ausmacht, ist ihre Menschlichkeit.

Wenn man aus Deutschland kommt, versteht man es erst gar nicht. Wir sind doch gewöhnt, daß ein Gasbeamter ein Gasbeamter ist und weiter nichts – daß ein Gerichtsdiener Gerichtsdiener, ein Schaffner Schaffner und eine Billettverkäufer Billettverkäufer ist. Wenn sie wirklich die starre Maske des ‚Dienstes' ein wenig lüften, so geschieht das meistens, um Unfhöflichkeiten zu sagen. Herr Triebecke hat sich eine bunte Mütze aufgesetzt, und Herr Triebecke ist völlig verschwunden: vorhanden ist nur noch einer, der ‚seinen Dienst macht'. Ja, die freiwillige Einordnung in jede Kollektivität, in der man sich geborgen fühlt, geht so weit, daß man in deutschen Diskussionen oft zu hören bekommt: „Ich als Schleswig-Holsteiner", „Ich als mittlerer Beamter" und sogar: „Ich als Vater …" Nur, einfach: ‚Ich', ich als Mensch – das ist selten.

Es ist sehr bequem so. Aber hinter den Bergen wohnen auch Leute, und sie denken darin ganz anders. Es ist sehr preußisch gedacht, wenn man sich nach dem Ausschluß der starren Dienstauffassung gleich das Chaos vorstellt. Entweder – oder. „Na, soll vielleicht der Weichensteller im Dienst Zeitungen lesen?" – Nein. Aber er soll ein Mensch sein, der Weichen stellt, und kein Beamter, der – an besonders hohen Feiertagen – auch ‚mal Mensch' ist.

Paris hat Herz. Das geradezu lächerliche Zerrbild, das der Völkische sich und andern von Franzosen an die Wand malt, ist nicht einmal eine Karikatur – es ist blanker Unsinn. Es ist objektiv so falsch wie etwa eine Schilderung der Eskimos, die besagte: „Der Eskimo ist ein stiller Privatgelehrter, der sein

Leben in den kleinen überhitzten Kollegräumen seiner Universität verbringt." Der Franzose ist kein Spiegelaffe – der Franzose ist ein Mensch. Und lebt sein Leben mit einer leichten Freude, mit einer Innigkeit, mit einer herzlichen Liebe zur Natur und den anderen Menschen, die wir fast vergessen haben.

Es ist mir bekannt, daß unsere entsetzlichen wirtschaftlichen Zustände da herangezogen werden. Das ist nicht ganz richtig. Ich habe das Berlin vor dem Kriege sehr genau gekannt – es konnte sich auch damals mit Paris nicht vergleichen. Ich will Ihnen ein paar Beispiele geben:

Die pariser Métro ist stippevoll. In der zweiten Klasse quetschen sich die Leute wie die Heringe – wir Berliner kennen das. Sie hören fast nie ein böses Wort. Es mag wohl hier oder da einmal vorkommen, daß eine ganz leise, ganz höfliche Diskussion anhebt ... Aber die körperliche Berührung gilt hier nicht als eine Beleidigung, die – unter Rittern – nur mit Blut abgewaschen werden kann, sondern es drängen und pressen sich gewissermaßen Mitglieder einer Familie. Man ist nicht gerade übermäßig vergnügt, so zu stehen – aber man nimmt es hin. Auch ist man nicht so von Offensivgeist durchtränkt wie in Deutschland. Ich besinne mich, kurz vor meiner Abfahrt in einem charlottenburger Bäckerladen gewesen zu sein – es war in einer sehr feinen Gegend, am Reichskanzlerplatz – und da war alles aufeinander böse: die Kunden, der Meister, die Bäckerjungen und die Hörnchen. Ohne jeden Grund übrigens. Das habe ich hier noch nie gefunden. In der Elektrischen, draußen im Südosten der Stadt, gab neulich eine dicke Frau mit vielen Markttaschen dem Schaffner eine Handvoll Kirschen – und niemand fand etwas dabei, es war die natürlichste Sache von der Welt. Und das war kein Trinkgeld oder seine Ersparnis – es war einfach Nettigkeit, die der Schaffner auch ganz richtig auffaßte: er freute sich, weil die Kirschen so schön rot waren, steckte sie ein, und alle Passagiere hätten sicherlich ebenso wie die dicke Frau gehandelt. Natürlich. Und es ist eben nicht jene übertünchte Höflichkeit, hinter der weiß Gott welche Bestie steckt, gezähmt durch die gedrechselten Formen französischer Tradtion. Das ist nicht wahr. Denn es ist sehr bezeichnend, daß gerade der kleine Mann, der Handwerker, die Gemüsefrau, der Arbeiter – daß gerade sie fast immer höflich, herzlich und natürlich sind. Und das Familiäre guckt überall hindurch – man begegnet selten der absolut abweisenden Härte.

Obgleich es die sicherlich auch gibt. Denn es wäre grundverkehrt, nun die Franzosen zu Idealmenschen zu stempeln, und ich mag diese deutschen Literaten und Reisenden gar nicht, die hier in jedem Aschenbecher ein ‚echt französisches Dokument alter Tradition' sehen. (Besonders die Kunsthändler sollte man in dieser Beziehung einzeln und sorgfältig totschießen.) Ich finde den Typus dieser bedingungslos begeisterten Franzosenlecker genau so übel wie die vorpommerschen Landrichter, die von Frankreich zwar nichts wissen, aber furchtbar darauf schimpfen. Man muß die Dinge auch einmal abseits von der Ruhr und abseits von Picasso sehen können.

Und da sieht Paris so aus:

Der Franzose ist ein bürgerlicher Mensch. Ein Mensch, der, weil es so viele Fremde in Paris gibt, sehr höflich und nett mit aller Welt ist, aber im Grunde sehr abgeschlossen und sehr zurückhaltend lebt. Es gibt in allem Ausnahmen. Es gibt auch hier Postbeamte, die vor lauter Beamtenhochmut nicht antworten, wenn man sie außerhalb ihrer Dienststunden etwas fragt – aber sie sind nicht der Typus. Es gibt auch hier sicherlich Mißgriffe, Irrtümer, menschliche Niederträchtigkeiten ... Ich bin keine Frau und weiß nicht, inwieweit eine alleinstehende Dame in einem Arbeiterviertel geschützt ist. Mein Eindruck ist, daß ihr unter normalen Verhältnissen kein Mensch etwas tun wird – ich habe hier noch nie beobachtet, daß man eine anständige Frau auf der Straße belästigt hätte. Was aber viel, viel wichtiger als alles dieses ist:

Die Leute sind nicht nur höflich, sie sind herzlich. Fragen Sie um Rat – Sie werden ihn fast immer, auch von wildfremden Leuten, bekommen. Ich bin in Vierteln, die ich nie gesehen hatte, in die Läden gegangen, habe eine Kleinigkeit gekauft und die Leute nach den dortigen Wohnungsverhältnissen gefragt – sie haben mir immer ausführlich, der Wahrheit gemäß und entgegenkommend geantwortet. Was sie nicht ‚nötig' hatten – nein, gewiß nicht. Aber hier ist, primär, ein Mensch zum andern erst einmal höflich – und nur, wenn es einen Zwischenfall gibt, weicht das. Zwei, drei, vier Mal ist es mir begegnet, daß ein kleiner Ladenbesitzer nicht das Gewünschte führte. Immer – ohne jede Ausnahme – hat man mir freundlich Bescheid gesagt, wo ich die Ware sonst kaufen könnte – mitunter kam der Mann oder die Frau selbst mit heraus und zeigte mir Richtung und Weg.

Dazu kommt ein andres. Der Pariser führt sein Leben, ganz ehrlich, so, wie es ist, wie er es sich leisten kann. Nicht darüber und nicht darunter. Ein Freund erzählte mir, daß ihm im Zuge nach Paris der Sohn eines reichen Seidenfabrikanten Auskünfte über die Lokale in Paris erteilt hätte. Über manche wußte er nicht Bescheid. „Ça – c'est pour les gens du monde." Dazu zählte er sich nicht. Die Gens du monde waren für ihn nicht höher und nicht tiefer – aber anders. Und aus dieser menschlichen Natürlichkeit, die soundso oft zu erkennen gibt: Dazu haben wir kein Geld – entspringt eine viel größere Ehrlichkeit im Verkehr. In den allermeisten Fällen kann man darauf schwören, daß das sichtbare gesellschaftliche Milieu auch der wirklichen Vermögenslage entspricht – denn es gibt keinen, für den man ein andres vorzutäuschen hätte. Sie leben ihr Leben ohne Anführungsstriche – sie verteilen ihre Ausgaben anders als wir, geben zum Beispiel für die Wohnung prozentual mehr Geld aus – aber das tun alle, und so gleicht sich das aus.

Und auch in den Familien findet man hier einen viel natürlicheren Ton als bei uns. Ich spreche nicht von den großen Salons, in denen sehr reiche, sehr bekannte Leute von Welt verkehren – sondern gerade von Frau Machin und Madame Chose. Da ist alles viel natürlicher, viel freier – nicht gespreizt und nicht feierlich oder prätentiös aufgemacht. Es ist eine Stadt der Menschlichkeit.

Und man fühlt Paris nach einiger Zeit, wenn man gemerkt hat, daß einem keiner an den Nerven zerrt, daß alles glatt und angenehm vonstatten geht, daß das Dasein gleitet und nicht hakt – man empfindet, wie einfach im Grunde das Leben ist. Was wollen wir denn alle Großes? Gesundheit; die Mittel, die nötig sind, um in unserer Klasse zu leben; keine übermäßigen menschlichen Katastrophen in der Liebe oder mit den Kindern – schließlich, so erheblich sind unsere Ansprüche gar nicht. Und anfangs empfand ich das pariser Glück immer als etwas Negatives: keine Nervosität und keine unhöflichen Menschen in der Untergrundbahn und keine endlosen Schwierigkeiten, wenn ich einmal nachts nach Hause fahren wollte, und keine Rempeleien in Lokalen.

Heute weiß ich, was es ist: Es ist die einfache, leichte und natürliche Menschlichkeit des Parisers.

[1924]

DIE RUE MOFFETARD

Paris, im Juni.

Nun, man soll Paris nicht mehr ‚entdecken' – ich weiß schon. Aber erstens haben wir zehn Jahre blockiert gelebt (wenn sich seit 1914 die Völker besuchten, so taten sie das meistens mit der Flinte in der Hand ... und zweitens habe ich etwas Merkwürdiges gefunden. Wenn Sie wieder einmal nach Paris kommen – was ich Ihnen von Herzen wünsche –, so versäumen Sie nicht, es sich auch einmal anzusehen.

Da ist also das Panthéon. Eine kalte Sache, vorn mit einem Gitter und vielen zähefletschenden Amerikanerinnen, die alle nachsehen, ob auch Murray recht hat, ob alles an seinem Platz steht und ob Zola noch da liegt. Und wenn sie das festgestellt haben, dann gehen sie befriedigt wieder ins Hotel. Wie sagt die alte berliner Posse: „Aber sonst hats keenen Zweck –!

Das Panthéon also lassen Sie liegen, und hinter dem Panthéon, an der Polytechnischen Hochschule, da fängt eine Straße an, die heißt die rue Moffetard. Und in der können Sie einen kleinen Begriff bekommen, wie Paris einmal gewesen ist.

Es ist eine ziemlich lange, sehr enge und krummgewundene Straße. Kaum, daß einmal ein Wagen durchfährt – alle Menschen gehen auf dem Damm. Und wieviel Menschen! Es wimmelt von Frauen und Männern und Kindern und Katzen. Da wohnen ganz kleine Leute – Handwerker, Kleideraufkäufer, Althändler, Gott weiß, wo sie da alle wohnen. Da gibt es ein Restaurant, in dem bezahlt man zwei Sous, und dann darf man mit einer mitgebrachten Holzgabel auf gut Glück in einem Kessel umherfischen, in dem die noch einmal aufgekochten Abfälle aus den großen Restaurants schmoren ... Eine Art Eßlotterie. Und obgleich es sehr arme Leute sind, die da wohnen, so wirkt doch nichts eigentlich verkommen – es hat alles seinen Schick und seine Ordnung – da sind Schlächterläden und Obstläden und Milch- und Gewürzhandlungen und Krämereien ... Und die Hausfrauen kaufen richtig ein.

Welche Häuser! Es sind ein paar alte darunter, auf der Wand von Nr. 9 steht noch eine Inschrift aus dem 17. Jahrhundert – tief in einem Hausflur liegen ein paar alte Grabsteine ... und Höfe können Sie da sehen! Bringt sie der Film, so sagt man: „Herr Maler, Sie müssen nicht übertreiben, so etwas hat es wohl einmal gegeben, aber das existiert nicht mehr!" – Doch, das gibt es noch.

Höfe, die nur eine Art Lichtschacht sind, mit Wäschestücken, an Stricke aufgehängt, mit Gebälk und Latten und verrostetem Eisen und nassen, schlüpfrigen Wänden, mit Kindern und Katzen, Katzen und Kindern. Die Menschen schlafen da in den unwahrscheinlichsten Verschlägen – was sehr romantisch aussieht, wenn man nur vorbeigeht und nicht selbst da schlafen muß – und, übrigens, von Apachen gibt es nichts zu sehen. (Das ist auch so eine Unsitte der Durchreisenden, daß sie gleich auf dem Bahnhof diese vier Dinge haben wollen: Apachen, Mongmarta, Muhläng Rusch und eine Mätresse. Auf dem Bahnhof.)

Viele Häuser sind sehr alt – und was vor allem diese Straße so anziehend macht, das ist ihr fast südlicher, bewegtes und ganz und gar ungezwungenes Straßenleben, wie man es sonst hier eigentlich nicht überall sieht. Das Ganze wirkt schon ein kleines bißchen ‚interessant' – nicht etwa, daß sich die Leute so vorkämen, die bewegen sich wie immer, bummeln da entlang, handeln, feilschen, arbeiten und schwatzen … Nein, aber wenn man aus der Straße herauskommt – oben bei der Kirche St. Medard, wo sich einstmals die jansenistischen Verzückten in hysterischen Gebeten wälzten – wenn man da oben herauskommt, dann sieht man die Avneue des Gobelins herunter, und da ist wieder das normale Ansichtskarten-Paris, mit den breiten Straßen, bäumebepflanzt, den elektrischen Bahnen … Und man guckt sich erstaunt um, wo man denn eben gewesen ist. Da ist noch der enge Eingang zur rue Moffetard, und hier ist alles freigelegt, hier sind moderne Häuser mit Radio-Antennen drauf … Was war das –?

Was das war –? Ein Stück altes Paris.

[1924]

SNOB IN PARIS

So sieht ein richtiger Artikel über Paris aus:

„Aus allen Einzelheiten erkennt der wahre Kenner französischen Lebens die pariser Psyche. Die gedankenbiologische Einstellung der gallischen Mentalität sieht in der Tradition die aktiv fortschreitende Vergegenständlichung einer spirituellen Ur-Tatsache bis zum körperlich Da-Seienden; die physiologisch begründete sieht in ihr den aktiven Auflösungsprozeß der organischen Materie in geistige Antithesen. Ein Beweis dafür ist das französische Deckbett.

Der alte Pariser weiß, wie das französische Bett hergerichtet wird: über der planen Matratze wölbt sich, kunstgerecht an den Seiten gestopft, der feste Himmel der Bettdecke. (Der Neuling nimmt diese meist für das Laken und schläft darauf.) Während sich nun die deutsche Bettdecke individuell schmiegsam um den Leib des Schlafenden legt, ist jener hier gewzungen, unter den festen Plan der traditionell festgelegten Bettdecke zu schlüpfen; dort: Individualismus, hier: Tradition. Hat man schon bemerkt, daß das französische Bett am Morgen viel sauberer, klarer, durchdachter aussieht als das zerwühlte eines deutschen Denkers? Man dissimuliert eben in Frankreich die Formen nicht – der Schläfer fügt sich organisch-kosmisch in die Gesamtvorstellung: Bett ein und zerstört mit seiner Individualität nicht, was kollektiver Gesamtorganismus ist. Im gegenwärtigen Frankreich wird diese Linie von allen Seiten fortgeführt: in der Neoscholastik durch den Kardinal Mercier, Dom Besse, Maritain; in der sozialen Bewegung durch Cécile Sorel; in der ‚Action Française' durch den ‚organisatorischen Empirismus', ein wenig auch durch Rivière und im Automobilismus durch Citroën. Die Struktur ist für den Außenstehenden nicht ohne weiteres erkennbar: esoterisch angeschaut, verdichtet sie sich von der Bettdecke her zu einem klaren Assoziationsgefüge. Während das französische Wort ‚lit' das sanfte Gebilde synthetisch umreißt, klappt das deutsche ‚Bett' überraschende Gegensätzlichkeiten auf. Denn Heros und Geistiger, Jeanne d'Arc und Loeser & Wolff – alle vier beide haben am franko-germanischen Geisteskreis die finstere heroische Aufgabe, von sich weg die Welt assimilierend zu dissimulieren." Überschrift: Das Bett.

Deutsch: Falle. Französisch: chichi.

[1924]

DIE KATZ

Neulich saß ich vor dem kleinen Theaterchen Ambassadeurs in den Champs Elysées, unter grünen Bäumen. Um meine Bank strich mehrere Male eine große, gut genährte Katze, grau mit schwarzen Flecken. Wir kamen so ins Gespräch – sie fragte mich, wieviel Uhr es sei –, und da stellte sich heraus, daß sie aus Insterburg stammte. Nun kenne ich Insterburg sehr genau – ich habe da seinerzeit gedient –, und wir waren gleich im richtigen Fahrwasser. Sie kannte erstaunlich viele Leute, und wir hatten auch gemeinsame Bekannte: eine Verwandte von ihr war bei meinem Feldwebel Lemke Katze gewesen, sie wußte gut Bescheid. Meine Stammkneipe kannte sie und das Theater und die Kaserne und alle möglichen Orte. Ja, es ist sogar möglich, daß wir uns einmal gesehen hatten, im Schützenhaus zu Palmnicken, aber da hatte ich natürlich nicht so darauf geachtet. Wie es ihr denn so in Paris gefiele, fragte ich sie.

„Näi, hier jefällts mir nich!“ sagte sie. „Ich wäiß nich, die Leite sinn ja soweit janz natt – aber, wissen Se, mit die Verfläijung, das is doch nichts. Ja. ’s jibbt ja Fläisch un so – aber Fischkeppe – wissen Se – son richtichen Kopp von nem Handerchen oder Hachtchen – das hätt ich doch jar zu jern mal jajassen. Aber: Pustekuchen!“ Das fand ich auch sehr bedauerlich.

„Gott, man erlebt ja allerhand hiä“, sagte die Katze. „Da haben se mich näilich einem alten Madamche ins Bett jestochen, wissen Se, die konnt keine Katzen läiden. Erbarmung! Hat se jebrillt. Ei, seht doch! seht doch! hat se immer jerufen – das heißt, ich denk mä das so – denn sie hat ja franzeesch jebrillt. Dabei hab ich se nuscht jetan! Und se hat all immer jemacht: ‚Pusch! Pusch! Willste da raus!‘ – Aber ich bin ruhig liegen jeblieben, wissen Se – und da hat se mit all ihre Koddern aufn Pianino jeschlafen – ja. Und am friehen Morjen hat se mer denn ein Tellerche Schmant hinjehalten, das hab ich auch jenomm, und denn bin ich los. Es war ne janz nette Frau soweit. Se war all janz bedammelt von den Unjlik.“ Aha. Und diese große Schramme da über dem Auge? was wäre denn dies?

„I“, sagte die Katze, „da hat mir neulich son Kater anjesprochen – aber ich wollt nich – wissen Se, ich wer mer doch mit die franzeeschen Kater nich abjehm! De Frau in Insterburch hat auch immer jesacht, mehr als dräimal im Jahr soll ne ordentliche Katz nich – na, und meine Portion war all voll. Ja – ich wollt eben nich. Da hat mir doch das Biest anjesprungen! Was sagen Se –!

Ich hab'n aber ordentlich äine jelangt – sobald jeht der an käine ostpräische Katz mer ran, der Lorbas!"

„Kinder haben Sie also auch?" fragte ich. „Ja", sagte sie. „Es sinn alles orntliche Katzen jeworn – bis auf äine. Die streicht da aufn Monmartä rum bei die Franzosen –, und wenn mal'n Tanzvergniejen is, denn macht se sich an die Fremden ran. Näilich dacht ich: I, dacht ich, wirst mal hinjehn, sehn, was se da macht. Wissen Se – ich hab mir rein die Augen ausn Kopp jeschämt – lauter halbnackte Marjellen – und meine Tochter immer dabäi! Sone Krät –! Ich sach: ‚Was machst du denn hier?' sach ich. Se sagt: ‚Ah – Mama!' und denn redt se doch franzeesch mit mir ! mit die äijene Mutter –! Ich sach: ‚Schabber nich so dammlich!' sach ich und jeb ihr eins mit de Pfot. Da haben se uns rausjeschmissen ausm Lokal, alle bäide – und draußen auf de Straß wollt ich mer nich mit seh hinstellen. Und – rietz! war se denn auch jläich wech. Ach, wissen Se, heutzutach, mit die Kindä ...!" ja, da konnte ich nur zustimmen. Na – und sonst? Paris und so?

„Manchmal", sagte die Katz, „krie ich doch mächtig Heimweh. Kenn Se Keenichsbarch? Das is ne Stadt – wissen Se – da kann Paris jahnich mit! Da war ich mal auf Besuch – man is ja in de Welt rumjekomm, Gott sei Dank – und da war ich bei de Frau Schulz. Kenn Se die? Die Mutter von Lottchen Schulz, die immer so brillt? De Tochter hat jetzt jehäirat." Halt! Lottchen Schulz kannte ich. Diese etwas bejahrte, schielende und hinkende Dame hatte geheiratet? Ich äußerte Bedenken. „Och", sagte die Katze, „sehn Se mal: Nu hat se doch das lahme Bein, und ordentlich gucken kann se auch nicht mehr – was soll Se –!" Dagegen war nichts einzuwenden – Heirat schien in solchem Fall das beste. „Ja, da war ich auf Besuch", fuhr die Katze fort, „ach, wenn ich daran noch denk! Inne Ofeneck saßen die bäiden Jungens Schulz und schlabberten ein Tulpchen Biä nachn andern, de Frau trank Kaffee, und ich kriecht ab un zu 'n Stickche Spack – aber, wissen Se, son richtchen, ostpräißischen Kernspack – nich wie hier! Ja. Nur äin Malhör is mich in Keenichsbarch passiert: ich bin da in den Hiehnerstall jejangen und hab da jefriehstickt, und nachher hab ich es all jemerkt: alle die kläinen Kaichel, die hatten dem Pips! Driä Tach war mir janz iebel!"

Eine feine Dame ging vorüber und sagte zu ihrer Begleiterin: „Vous savez, il n'y à que des ‚etrangers à Paris!" Die Katze sagte:

„Wissen Se, hier mit die Katzen, da versteh ich mir janich! Se sind auch so janz anders als bäi uns – manche sind direkt kindisch – wissen Se ...! Na, denn wer ich man bißchen jehn, auf Mäise ...!"

Und lief seitwärts, in die Büsche. Ich wollte noch etwas sagen, sie nach ihrer Adresse fragen –, aber sie war schon weg. Und ich stand noch lange vor dem Busch und, ohne daran zu denken, daß es ja eine Katze war, rief ich: „Landsmann! Landsmann!" – Aber es antwortete keiner. Wir haben uns nicht mehr wiedergesehen.

[1924]

AUSFLUG NACH ROBINSON

Über die Stadt Paris kann man dreihunderterlei Meinungen haben – über ihre Umgebung nur eine. Sie ist bezaubernd, und doppelt bezaubernd, weil sie gar nicht von der Nähe der Großstadt angeknabbert ist. Eine halbe Stunde von Paris ist man wirklich tief im Lande, auf dem Lande. Dabei macht der Pariser, soweit ich das übersehen kann, nicht so übermäßigen Gebrauch von seiner Umgebung. Ausgenommen, unter anderm, Robinson. Das ist eine grüne Laube voller Fröhlichkeit.

Wenn man nun diese echte französische Fröhlichkeit kennen lernen will, dann muß man nicht nachmittags um fünf Uhr ins ‚Klärridsch' gehen, wo brasilianische Rastas und Mr. Benjamin aus Chicago ein Tänzchen wagen, sondern man muß den französischen Kleinbürger, zu dem auch der Arbeiter gehört, da aufsuchen, wo er sich amüsiert. Zum Beispiel in Robinson.

Robinson liegt ein halbes Stündchen von Sceaux, man fährt von der Gare du Luxembourg mit einer Bahn hinaus, die zu stolz ist, zu bimmeln. Sie sollte es aber doch tun – denn sie repräsentiert die alte Zeit, im Gegensatz zur neuen, die die Métro nun auch bis hierher legen will. Robinson hat einen hohen Ruf, zirka zwanzig Meter hoch: das sind seine Bäume, auf denen man Kaffee trinken kann. Da sind oben auf dicht belaubten Kastanien kleine Altane und Nester gebaut (was sich gefährlicher anhört als es ist) – und man klettert hinauf, läßt das Essen in Körben emporgleiten und sieht in das schöne Tal von Bièvre. Die Gegend ist leicht gewellt, überall stehen kleine Häusergruppen, rotbedachte Häuschen, auch hier und da eine Fabrik. An diesem Sonntag war die Luft ganz zart, ein feiner Dunst lag auf der Landschaft, wie ein warmer Hauch. Dabei war es kalt, man sah seinen Atem. Und man hatte den Eindruck, an einem frischen Vorfrühlingstag an Kulissen vorbeizugehen, an Kulissen des Sommers.

Da ziehen die pariser Bürger, Mann, Frau und Kind, manchmal Kinder. Alle sind sehr gesittet, artig – man hört nie ein ungezogenes Wort, nie einen Zank. Und vergnügt sind die Leute –! Wegen gar nichts, vesteht sich: im Freien sind kleine Tanzplätze, überall klingelt, bumbert und miaut eine Jazz-Band, die sich merkwürdigerweise unter freiem Himmel gut macht. Die kleinen Mädchen tanzen, selig; manche werden von ‚Ihm' in einem kleinen Motorrad spazieren geführt (mit Badewanne – hinten drauf sitzt keine), die Kinder und die Erwachsenen haben Papiermützen auf, so, wie man sie früher aus Knallbonbons zog, und sie blasen auf Pappschalmeien – aber es ist kein Bockbierfest. Die Lustigkeit ist viel leichter, viel gewichtloser.

„Hier können Familien Kaffee kochen" – gibt es nicht. Aber dafür steht doch an den kleinen Cafés: „On reçoit les clients avec leurs provisions", was also schließen läßt, daß man da seine mitgebrachten Stullen zu dem hellen Wein verzehren darf. Aber Stullen gibt es ja auch nicht. Man hats mitunter schwer, die Kulturen zu vermitteln … Viele essen Papageiennüsse (cacahuettes genannt), viele gehen eng umschlungen; französische Liebespaare benehmen sich in der Öffentlichkeit viel ungenierter als die unsern, aber auch viel harmloser. Einer probiert an einer Verkaufsbude alle Blasinstrumente durch – guten Appetit für den nächsten! – in einem Häuschen gibt es auch eine Schießbude. Aber die Schußbahn ist umsäumt von blühenden Rosensträuchern. („Na, hörn Se ma – dann ist es doch aber keine richtige Schußbahn!" – Nein, dann ist es wohl keine richtige.) Kinder reiten auf Eseln, auf Papas – alle Lauben sind besetzt, von Schmausenden. Es sind Sonntagspreise, das ist wahr – aber wie sauber ist alles, wie höflich sind Kellner und Wirte noch in dem kleinsten Lokal, und ich muß an das in schlechtem Fett gebratene Schnitzel und an die Weinterassen meiner Heimat denken … Alle Welt ist ehrlich vergnügt, nirgends sieht man das Gesicht von einem, der auszog, das Amüsieren zu lernen. Wie nett und fröhlich ist dieses Land –!

An den Augen des Besuchers liegts nicht. Das Wetter war nicht sehr sommerlich, ich war ganz allein, Freundin und Auto hatte ich für diesen Tag ausgeliehen – und doch empfand ich: es gibt bei uns nichts dieser leichten Fröhlichkeit Vergleichbares.

Ein Automobil braust vorüber, aber der Gegensatz zu den Insassen und den Fußgängern ist nicht hart – die da drin verachten die da draußen nicht, und diese fühlen sich nicht gedemütigt, weil sie zu Fuß gehen. Ein anderes kommt angehupt – mit Mädchen und jungen Leuten im Rokoko-Kostüm – auf dem Montmartre war an diesem Sonntag Wettrennen im Langsamfahren – vielleicht waren sie da. Ein Grammophon singt das Lied von der ‚*Schönen Señorita*', den Nationalgesang aller pariser Revuen, den Raquel Mellèr aufgebracht hat, eine Spanierin, sagt sie …

Und ich fahre wieder nach Hause. (Denn zu Hause habe ich mich in Berlin nie gefühlt.) Das kleine Coupé erster Klasse, das ich in einem Anfall von Größenwahn besteige, sieht sauber aus, auf den Kissen liegen die gehäkelten weißen Sofaschoner. Es mufft wie in einem Dorfzimmer, das lange bei verschlossenen Fenstern gestanden hat – es riecht nach Sonne, Staub und altem Holz. Ich lasse die Fenster herunter. Von draußen klingen die Stimmen der Singenden, im Zug singen sie – es ist, als ob das ganze Land singt. Und ich bin so neidisch – Sie werden das verstehen – neidisch auf die Heimat der andern, denen es gut geht und die nicht nur den Krieg gewonnen, sondern auch ihre Seele nicht verloren haben.

[1924]

DAS FALSCHE PLAKAT VON PARIS

Etrangers qui venez ice,
on ne vous montre pas Paris.
On vous traîne dans une foire …
Cabaret-Gedicht

Neulich unterhielt ich mich mit einem Ungarn, der, verheiratet und wilder Entschlüsse voll, zum zwanzigsten Male nach Paris gekommen war. Er sagte: „Nicht wahr? Sie bummeln hier gewiß Tag und Nacht?" Ich sah ihn an. Und dachte an eine Szene in einer pariser Revue, wo ein Bürochef seine ‚Dactyla' auf den Knien hielt: im seidenen Höschen, mit Wuschelkopf und lagen seidenen Strümpfen … So stellt sich die Welt immer noch Paris vor.

Jeder sagt: Ich nicht. Aber die Reisenden, die nur zu Prunier gehen und die, die nach zwei Tagen erklären: „Bei Prunier kann man nicht essen – da gehen ja nur Fremde hin!“ – scheinen mir beide in einem großen Irrtum befangen. Denn einerseits ist Paris nun einmal eine Gaststadt für die Welt, es bietet eine Menge Dinge, die für die Fremden und zum Vergnügen der Fremden gemacht sind, und die man ruhig kennen lernen soll, weil auch die Aufmachung dieser Industrie interessant genug ist – und andererseits sollte man ja nicht denken, daß hinter diesem Fremdenrummel nun andere, nur noch unerhörtere, ganz verschwiegene Genüsse für die Einheimischen und Kenner verborgen liegen.

Das Wort von: „Paris, der größten Provinzstadt der Welt“, enthält eine tiefe Wahrheit. „Mais vous ignorez Paris!“ sagt das kleine Cabaretlied, das da oben zitiert ist, und zählt dann auf, was es hier noch alles gibt: die einfachen kleinen Leute und das Leben in den Vororten am Sonntag – die Schilderung ist ein bißchen sentimental, voll jener Sentimentalität, die es überall gibt (Vorort: Wien) – und an der doch viel echte Heimatliebe hängt. Paris ist, wenn man genau hinsieht, unter anderm auch eine große kleine Stadt.

Unter anderm. Denn man darf ja nicht vergessen, welche großen geistigen Bewegungen hier ihren Anfang genommen haben. Seit der Revolution hat man hier vielerlei ausgeheckt, das nachher Europa auf dem einen oder dem andern Gebiet umgestülpt hat: Impressionismus und Naturalismus und Moden und vieles andere noch. Aber Paris bleibt davon unberührt – Paris ändert sich nicht, und man nimmt diese Neuerungen hier wohl freundlichst zur Kenntnis – aber dann bleibt wieder alles beim alten.

Auch gehen diese geistigen Bewegungen nicht so stoßweise und ruckend vor sich wie bei uns. Immer ist die Linie gewahrt, Frankreich macht keine Hopser – und wenn es wirklich einmal einen großen Ausbruch gibt, dann kann man darauf schwören, daß dahinter eine sehr langsame, sehr sorgfältige geistige Vorbereitung gesteckt hat.

Das Plakat, das sich alle fünf Erdteile von dieser Stadt zurechtgemacht haben, kennt der Franzose genau und duldet es, gutmütig lächelnd. In Unruhs ‚*Franz Ferdinand, Prinz von Preußen*‘, sagt eine Hofdame zum Jungen: „Komm mit. Du kennst Paris nicht – da laufen die Leute nackt herum!“ – Denn auf Paris hat sich die sexuelle, erotische und modische Sehnsucht von Kontinenten konzentriert, und alles, was das enge Zuhause nicht duldet oder nicht zur vollen Entfaltung kommen läßt, wird, im Wunschtraum, hierher verpflanzt. Und dann muß man die Wirklichkeit sehen –!

Ich kann es den geradezu lächerlichen Ausstreuungen kenntnisloser Nationaler gegenüber nicht oft genug wiederholen: es gibt wohl kaum ein arbeitsameres Volk als die Franzosen. Ob man ihnen in allen ihren Methoden zustimmen kann, ob sie als Kaufleute in allen Punkten hieb- und stichfest sind, das zu beurteilen getraue ich mich nach ein paar Monaten Aufenthalt nicht. („Die Einwohner dieser Stadt haben rote Haare und stottern.") Aber sicherlich gibt es kein bürgerlicheres Volk als die Franzosen, und Paris macht da keine Ausnahme.

Der ungeheure Strom der Fremden passiert, wird aufgenommen und ändert nichts. Man müßte glauben, die ganze Stadt sein ein einziger Jahrmarkt, damit nur ja die lieben Fremden zufrieden sind. Davon kann keine Rede sein. In den Vierteln, die nicht gerade von den großen Boulevards durchschnitten werden, spielt der Fremde nur in einzelnen Enklaven eine Rolle: die Skandinavier im Montparnasse, die Juden in manchen Zentrumsvierteln, die Deutschen sind meist um die Oper herum aufhältlich, viele kleine Amerikaner auf der rive gauche ... der Rest beherbergt wohl Fremde, läßt sich aber nirgends von ihnen grundelgend beeinflussen. Und so ist das oberflächliche Bild, das der Fremde von Paris empfängt, nicht einfach als falsch zu bezeichnen – aber es ist unvollständig. Und meistens macht er sich von dem dahinterliegenden eine unrichtige Vorstellung.

Eine gewisse Sorte Deutscher hat sich ja nun noch ein Spezialplakat geschaffen. Die ‚*Vossische Zeitung*' hat erst neulich das Bild von den Franzosen kopiert, das der General von Liebert sich und andern ausgemalt hat: „Die Franzosen sind an sich keine kriegerische Nation, sie sind der Masse nach friedliche Philister, ruhige Landwirte, die ihr Domino und Ecarté spielen und ihren Absynth dazu trinken wollen." Nun gibt es in Frankreich ganz wenig Absynth, und der Rentier trinkt ihn nicht und hat ihn nie getrunken. Aber auf dem Niveau dieser Weltbildung stehen ungefähr alle nationalen Schilderungen, und dieser General, der während des Krieges seinen Aufenthalt in fremden Ländern bedauerlicherweise nicht dazu benutzt hat, seine Kenntnisse zu erweitern, scheint nicht zu wissen, daß es auch kriegerische Philister gibt. Die heute noch ihren Anhängern – sowas hat Anhänger – erzählen, die Franzosen seien dekadent. Wohl ungeführ das törichtste, was man überhaupt über dieses Volk sagen kann. Ihre Literatur von vor dreißig Jahren (die durch nichts aus manchen deutschen Köpfen zu verwischen ist), hat solche Elemente enthalten – sie sind so gesund, daß sie sich das leisten konnten. Alles, was hier heute geschrieben wird, ist meilenweit von diesen Dingen entfernt – man ‚trägt' hier kein Kokain mehr, und wenn man weiß, daß es auch andere Kraftäußerungen gibt als den schwellenden Bizeps, dann erkennt man, daß auch dieses Volk gesund und ganz unausgehöhlt ist. Strammheit kann häufig Schwäche verbergen.

Jede Nation hat sich immer und überall auf der Welt von den andern ein vereinfachendes Plakatbild gemacht, das meist so vergrößert ist, daß es überhaupt nicht mehr stimmt (und es gibt nur einen Fall, Herr General, wo die Karikatur milder ist als das Urbild). Engländer haben Backenbart und karierte Hosen; die Amerikaner legen die Beine auf den Tisch, Deutsche essen Sauerkraut – immer, in allen Lebenslagen – und die Franzosen? Die Franzosen habens mit den Weibern – man weiß das ja! – trinken Champagner und sind leichtfertige Windhunde. Es ist wie mit den Kinoplakaten. Draußen jagt ein wilder Reiter, quer über seinem Pferd hängt eine nackte Frau, ihr Haar schleift am Boden, und eine Horde tobsüchtig gewordener Sioux-Indianer rast dem kühnen Retter nach. Im Hintergrund loht der Horizont in Flammen. Kommt man aber hinein, dann hopst da ein mageres Pferdchen über einen Graben, unweit Wannsee, die Dame ist durchaus bekleidet, und der Cow-Boy heißt Harry Piel.

Man sollte jedem Deutschen noch fünfhundert Mark dazu geben, damit er ins Ausland reisen kann. Er würde sich manche Plakatanschauung abgewöhnen – wenn er vorurteilslos genug ist, die Augen aufzumachen.

[1924]

POLIZEI

Polizei sieht auf dem ganzen Kontinent ungefähr so aus:

In einem großen, grauen Gebäude mit unsaubern Korridoren sitzen Männer in Uniformen und unwahrscheinlich staubige Schreiber. Sämtliche Polizeibeamte der mitteleuropäischen Länder haben zuvor ein Examen in Unhöflichkeit abgelegt. Der Polizeibeamte sagt und tut mit unfehlbarem Instinkt das Umständliche, Unerwartete, Schwierigkeiten Bereitende, Pläne Durchkreuzende. Seine Sprache ist rauh und grob; daß er nicht sofort haut, liegt am Zeitmangel. Der Bürger, Steuerzahler und Familienvater tritt über die

Schwelle mit dem Posten davor und merkt erstaunt, daß er draußen ein ungesetzliches, eigentlich gar nicht gestattetes, allzu freies Dasein geführt hat, Schüler in der Pause. Hier drinnen erst ist es richtig. Er schrumpft zu dem Nichts zusammen, das er ist, er hat keine Rechte mehr, bedeutet nichts, ist gar nicht mehr vorhanden. Ungeahnte Verbrechen liegen in der Luft, stets gewitterte; ein peinliches Gefühl, sie entgegen den Vermutungen der Behörde nicht begangen zu haben, überkommt ihn. Zunächst hat er zu warten.

Die Polizei hat den Zeitbegriff aufgehoben. Was in Europa auf allen Polizeiämtern für Arbeitsstunden verwartet werden, ist gar nicht zu sagen. Der arme Untertan braucht den Staat – oder vielmehr: der Staat braucht ihn zu kindlichem Spiel –, und dafür bekommt er zuvörderst einmal eine Arreststrafe: Er sitzt seine Papiere auf den Korridoren ab. Tagtäglich warten in der ganzen zivilisierten Welt Hunderte und Tausende stumpfsinnig, erbittert, gelangweilt, gespannt auf einen Büromenschen der Polizei. Es scheint, als ob bei der Neueinrichtung einer Polizeistation alles in Betracht gezogen wird – nur nicht das sie frequentierende Publikum. Wie sich das durch Zimmer, Gänge, Paßstellen, Anmeldebüros durchwindet, ist seine Sache. Ja, es steckt offenbar ein tiefer erzieherischer Wert hinter dieser Nichtachtung: Der Zivilist soll fühlen, daß er eine Laus ist, ein elendes Wesen, ein Nichts. Daß er nicht sofort eingesperrt wird, ist das Beste, was ihm überhaupt passieren kann.

Zwei Arbeitsstunden verwartet – in dieser Spanne Zeit könnte man hundert Zeilen einer Odyssee gedichtet, an der Börse Geld verdient, ein Kind angefertigt haben, aufs Land gefahren sein. Nichts da. Warten. Dann – Herz, klopf schneller! – vor den Gewaltigen.

Der Gewaltige verbreitet eine Atmosphäre von Grobheit und schlechter Körperpflege um sich. Martialischer Trutz und ungewaschene Füße geben dem Mann ein eignes Aroma. Eine halbe, von aufmerksam spähenden Augen sofort aufgefangene Kopfbewegung heißt: „Was wollen Sie –?" Es wird gesagt. Erstes Polizeigesetz: „Nein." Raus. Zweites Polizeigesetz: „Nein. Da müssen Sie erst …" Raus. Neuer Gang. Neues Warten. Neue Papiere.

Denn ohne Papiere macht der Polizei die ganze Polizei keinen Spaß. Was dieser patriotische Erdteil in den letzten Jahren an Ausweisen, Pässen, Identitätskarten, Anmeldescheinen, Unbedenklichkeitsbescheinigungen, Visa, Erbscheinen, Toten- und Lebendigenpapieren erfunden hat, zeigt den Selbstzweck des Unternehmens. Es ist töricht, in diesem Wust von Dummheit und Schikane noch nach irgendeinem andern Sinn zu suchen als dem, soundso viel tausend Menschen der Arbeitslosenunterstützung zu entziehen, und daher haben wir Polizeibeamte.

Aber gnade Gott, wenn der Einlaßheischende ein Fremder ist! Was sich dann abspielt, ist schwer zu schildern. Ein Fremder –? Dräuend richtet sich das Polizeiauge auf den Unglücklichen. Ein Fremder! Warum ein Fremder –? Was will der hier –? Ein Spion? Ein Spion. Ein Taschendieb? Alle Fremden sind Taschendiebe. Warum bleibt der Mann nicht zu Hause und nährt sich redlich? Aha! Das werden wir gleich haben – uns entgeht nichts! Und nun geht's los. Anmeldung, Abmeldung, Genehmigung, Erlaubnis, Verweigerung der Erlaubnis, Befristung der Genehmigung – kurz, das alte schöne Wort eines Wiener Bezirkskommissärs hat volle Gültigkeit: „Der Wiener hat im Ausland nichts zu suchen!"

Überschreite die Schwelle, und du bist verloren. Hier hören alle Gesetze der Vernunft, der Höflichkeit, der allgemeingültigen Formen völlig auf. Verzaubert bist du. Frage, und es antwortet dir keiner; sie haben eine besondere Krankheit: die Polizeitaubheit. Bitte um Formulare, sie haben keine. Zeige Papiere vor, sie sehen sie nicht. Du schüttelst den Kopf; du glaubtest, du seist ein Mensch. Es ist ein Irrtum. Dich gibt es gar nicht.

Die reichen Leute haben's schon besser. Da stehen junge Angestellte mit betreßter Mütze, die warten für den Herrn Baron, werden für die Frau Kommerzienrätin angeschnauzt, bekommen einen roten Kopf für den Herrn Generaldirektor. Der Rest brät in Person im höllischen Feuer.

In der lieben Heimat kommt man noch halbwegs um die Menagerie herum. Braucht man die Polizeilöwen nicht, dann kann es sein, daß sie einen nicht verschlingen. Aber fassungslos steht der Fremde in der Fremde vor so viel Dummheit, Bosheit, Flegelhaftigkeit, vor einem solchen Ausmaß von Niedertracht und Pedanterie. Und fassungslos sucht er die ausländischen Freunde auf und fragt sie: „Aber … wie ist es möglich …?" Und siehe, dieselben Leute, die sonst so nett zu ihm sind, die eben noch mit ihm offen und männlich über Geschäfte, Politik, Frauen und Bücher gesprochen haben, bekommen plötzlich etwas Geducktes im Blick, ein Schimmer von bösem Gewissen geht über sie hin, sie senken die Augen. „Tja …" Achselzucken. Meist wissen sie gar nicht, was „ihre" Polizei mit den Fremden macht. Helfen können sie nicht. Gute Schüler, die sich schön hüten werden, sich einzumischen, wenn der Lehrer einen aus der letzten Bank beim Wickel hat.

Daß mir jemand meine Uhr stiehlt, geht nicht an – das ist allgemein anerkannt. Daß er mir aber meine Zeit stiehlt, diese meine Zeit, in der ich arbeiten, Geld verdienen, mich meines Lebens freuen will – das geht sehr wohl an, wenn der Dieb nur einen Helm trägt, eine bunte Mütze, einen Säbel oder, mit aufgeknöpftem Uniformkragen oder im kümmerlichen Zivil, in der Polizeischreibstube sitzt. Gottes Wege sind erforschlich – die der Polizei sind es nicht.

Der Untertan schimpft auf den Obertan, den Polizeimann; es gibt eine ganze Literatur in den Zeitungen, wo in gewundenen Ausdrücken, voll der überlegensten Ironie auf die „hohe Obrigkeit" gescholten wird – immer mit diesem verquetschten Ton in der Kehle: „Wenn er kommt, alle unter die Bänke!" Polizeistaat? Aber das ist ein Pleonasmus.

Denn solange die Menschheit mit aller Gewalt, durch Kapitalismus und Familienglück hindurch, über Eingespunnte und Fliehende hinweg, mit Stacheldraht und Gefangenentransport der imaginären Vorstellung zur Realität verhelfen will, als gäbe es noch Schlagbäume, souveräne Staaten, alte Burgen des Mittelalters, die so tun könnten, als seien sie allein auf der Welt, die nach innen eine Wirtschaftsform nur mit Hilfe von schnappenden Wachhunden aufrechterhalten können, deren gute Laune durch Straflosigkeit legitimer Roheitsdelikte wachgehalten und deren Dienst mit wenig Geld und viel Überschätzung bezahlt wird – solange die Staaten so tun, als stehe nach außen immer noch ein Volk geschlossen hinter ihnen, während jedes doch ökonomisch längst zerfallen ist, aufgeteilt in Nehmende und Gebende, mühelos Arbeitende und mühevoll Arbeitende: so lange haben sie diese Polizei.

„Ja, lieber Kolleje, ich habe mir das anjesehn. Namen nennt er nich, er meint ja vielleicht die preußsche Polizei auch – aber Weißmann, oder sonst jemand kommt nich vor … ich glaube, da dringen wir nicht mit durch!"

„Sie meinen, mit dem dolus eventualis …?"

„Nee. Mir hat ja erst neulich der Vorsitzende von drüben gesagt: Den Wrobel möcht ich mal vor meine Kammer haben! Ich habe gesagt, ich will mal sehen. Wissen Se, das ist ein ganz objektiver Mann: da kann er sich gratulieren. Aber dieses Mal – da wirds wohl nischt werden. Ich will die Sache im Auge behalten."

„Ja, sehn Se mal zu! 'n Morjen!"

„'n Morjen!"

Auf Wiedersehen.

[1924]

DAS KONSERVATIVE PARIS

Wegen Renovierung geschlossen.
Berliner Schaufensterplakat

Paris ist eine alte Stadt. Paris ist eine neue Stadt. Aber sie ist nicht neu lackiert, und sie ist auch kein Museum. Sie ist aber konservativ.

In Frankreich hat kein wichtiges historisches Ereignis stattgefunden, das nicht von Paris ausgegangen oder in Paris beendet worden wäre. Diese Stadt hat alles schon gehabt, und nichts kann sie mehr in Erstaunen setzen. Nun gibt es nicht mehr von allen den alten Ereignissen Zeugen aus Stein oder Erz – aber durch die Jahrhunderte, in Bauweise, Hausanordnung und Parkanpflanzung hat sich etwas erhalten, eine Tradition, ein Konservatismus, eine geschichtliche Überlieferung.

In den Vorstädten ist sie nicht – das fühlt man sofort. Das sind entweder sehr hübsche Villenansiedlungen oder nette kleine Viertel, wie Passy, die teils einen beinahe kleinstädtischen Charakter haben oder als typischer westlicher Vorort in mancher europäischen Kapitale liegen könnten. Oder es sind Arbeiterviertel, gewiß mit einem eigenen Charakter, aber das, was man in Paris selbst fühlt, das wird man da vergeblich suchen.

Es hat immer zwei Paris gegeben: die Weltstadt, die repräsentierte, und das französische Paris für die Franzosen. Räumlich ist das nie scharf getrennt gewesen, diese beiden Elemente gehen ineinander über, verwischen sich, durchdringen sich … Und das Leben wandert in der Stadt, ununterbrochen ist es in den Jahrhunderten gewandert.

Einmal war es die Gegend um den Jardin du Luxembourg, die als die vornehmste galt, einmal die ums Palais Royal – einmal wohnten alle feinen Leute nur an den Champs Elysées – und jetzt wieder mehr um den Etoile herum – einmal war jenes Viertel verrufen, einmal dieses – einmal hat sich die Stadt nach dem Osten erweitert (zum Beispiel unter Ludwig XIII.) – und einmal nach dem Westen (so das letztemal unter dem zweiten Kaiserreich). Immer aber ist etwas Merkwürdiges gewesen: alle diese historischen Vorgänge haben Schichten auf dem pariser Boden abgelagert, es sind Spuren zurückgeblieben, manche heute noch sichtbar, manche nur in der Straßenkonstruktion feststellbar, und alle zusammen ergeben eben eine feste Tradition.

Dabei ist das meiste nicht so alt, wie man denkt. In den allermeisten Fällen ist kaum ein Stein auf dem andern geblieben, die Straßennamen haben oft genug gewechselt, und es gibt alte pariser Stadtpläne, in schwarzer Farbe, auf die das neue Kartenbild rot aufgedruckt ist – kaum ein Umriß deckt sich da, kaum ein Straßenzug; wo ein Häuserblock war, liegt heute ein freier Platz, und wo einstmals ein Park stand, erhebt sich heute ein Bürohaus. Ganz große Linien sind mitunter geblieben – aber das sind doch Ausnahmen. Was älter ist als 250 Jahre, steht angestaunt wie ein Museum in der Stadt.

Nein, nicht wie ein Museum. Denn das ist das Reizvolle, das Unerfindliche, das Einmalige an dieser Stadt, daß die nächste Generation es immer wieder verstanden hat, wirklich weiterzubauen, nicht einfach niederzureißen und sich an die Stelle des Alten zu setzen, sondern das Vorhandene zu benutzen. (Es gibt auch böse Kleckse im Stadtbild: so ist zum Beispiel die entzückende Place Dauphine auf der Ile de la Cité durch eine gradezu wilhelminische Treppenscheußlichkeit des Palais de Justice so ruiniert, daß man das Plätzchen, das da so still inmitten des Autogebrauses liegt, nur mit dem Rücken zu dieser Herrlichkeit genießen kann.) Aber in fast allen andern Fällen, die mir bekannt sind, schließen sich die Jahrhunderte, was den Stadtbau angeht, lückenlos aneinander an.

Dabei bauen die Pariser nicht einmal in ‚historischen' Stilen, und ein Architektur-Karneval wie der um die Kaiser-Wilhelm-Gedächtniskirche, wo plötzlich alles das romanische Nesselfieber bekommen hat, wäre in Paris undenkbar. Sie bauen neben die historischen Kirchen, neben die geschichtlichsten Paläste ruhig und bescheiden ihre neuen Häuser, und die sind fast immer so nett, so unaufdringlich, so ganz dem Zweck dienstbar gemacht, für den sie da sind, daß fast niemals etwas passiert. Die Stadt erneuert sich, aus sich heraus – aber sie hat nicht diese fatale, melancholisch stimmende Neuheit, die schon Heine aus Berlin so beschreibt: „Es sind wahrlich mehrere Flaschen Poesie dazu nötig, wenn man in Berlin etwas andres sehen will als tote Häuser und Berliner. Die Stadt enthält so wenig Altertümlichkeit, und ist so neu; und doch ist dieses Neue schon so alt, so welk und abgestorben. Denn sie ist größtenteils, wie gesagt, nicht aus der Gesinnung der Masse, sondern einzelner entstanden." Das Nähere über den neuen Berliner Westen hat dann Georg Hermann im ‚*Kubinke*' gesagt.

Nein, das gibt es hier nicht. Nun glaube ich, ganz abgesehen vom Rassenunterschied, vom Unterschied des Himmelsstriches, der Geschichte und der wirtschaftlichen Verhältnisse, etwas herausgefunden zu haben, das vieles erklärt: der Pariser hat nicht die Krankheit der Renovierungssucht. Wenn in Berlin – und wohl überhaupt in Deutschland – einer eine städtische Bauaufgabe zu lösen hat, dann reißt er erst mal ‚den ganzen Zinnober' runter. Jetzt wird *er* mal zeigen, was er kann! Das ist bei Lokalen so, weshalb Berlin (außer Lutter & Wegner, das nun auch verschwinden soll), kaum noch ein Lokal hat, das diesen Flair besitzt, die ihm eigene Atmosphäre, die sich erst nach Generationen ablagert; – es ist als ob dann alle die vielen Menschen, die da einmal gesessen haben, etwas an den Mauern zurückgelassen hätten ... Dem begegnet man hier auf Schritt und Tritt.

Damit wir uns recht verstehen: ich meine nun nicht diese falsche Romantik, auf die allenfalls der unkundige Fremde hereinfällt, und die man ihm hier und da – übrigens nicht allzu oft – in Paris noch vortingelt ... Das ist ja nichts. Nein, ich spreche von alltäglichen Erscheinungen, von Straßendurchbrüchen, von Umbauten, von der Schaffung der Plätze, der Durchgänge – all das vollzieht sich nach unsichtbaren, vielleicht nicht einmal bewußten Gesetzen, die in den allermeisten Fällen den immanenten Charakter unzerstört lassen.

Natürlich geht viel verloren. Sobald eine enge, alte, vermuffte und verwinkelte Straße auseinanderbricht, ist der Zauber dahin – da hilft kein Instinkt und auch der beste Baumeister nicht. Aber das Neue, das dann da zu entstehen pflegt, ist denn doch nicht abstoßend, nicht knallig, nicht ‚neuzeitlich', sondern wiederum: pariserisch. Gewisse Ecken sind natürlich einmalig und nicht zu ersetzen: die Place du Tertre auf dem Montmartre ist so oder gar nicht zu ersetzen: die Place de la Concorde gleichfalls, ein paar Durchblicke auf der Ile St. Louis kann man wohl kaum anrühren, ohne sie zu zerstören. Aber alles andere ist dauernd angerührt worden, mit Spitzhacke und Mörtel – und was herausgekommen ist, ist immer wieder diese wunderschöne Stadt.

Und was ist über sie hinweggebraust! – Da gibt es kaum eine Straße, die nicht ihren Märtyrer hat, ihre Blutopfer, ihre Festlichkeiten und ihr großes historisches Ereignis. Hier hat ein Kloster gestanden, in dem ist Calvin erzogen, hier hat de Loyola gelernt und da ist Chateaubriand geboren ... dergleichen gibt es ja überall – nur liegt das hier in beängstigender Fülle zusammen. Und manches stimmt doch nachdenklich. Da stehen in der rue de la Hachette, ganz in der Nähe von Notre-Dame, zwei kleine alte, wacklige Häuser. In einem der beiden hat Napoleon im Jahre 1795 gewohnt ... man muß diese kleinen Löcher von Wohnungen nur sehen! Hinter dem Collège de France hielt sich Georges Cadoudal versteckt, der wütende Gegner Bonapartes, darüber steht im ‚*Neuen Pitaval*' einiges zu lesen … Und gerade auf dem linken Seineufer gibt es noch Straßenzüge, da muffen die Häuser von vergangenem Leben. Sie werden fallen.

Aber bleiben wird, für absehbare Zeit, das nicht renovierte, sich ewig verjüngende, alte, neu erstehende und unsterbliche Paris.

[1924]

DER BAHNHOFSVORSTEHER

Die Maschine zischt, der Dampf pustet die Wagen entlang, die Reisenden steigen ein. Noch hält der Zug. Es entsteht jene peinliche Pause, während der kein Mensch mehr weiß, was er nun noch sagen soll: der, der den Kopf zum Fenster herausstreckt nicht, und die, die den Freund zum Bahnhof gebracht haben auch nicht. Endlich! Leise ruckt der Zug an – einige mäßig weiße Taschentücher schwenken durch die Luft, Köpfe nicken, Hände winken – Adieu! Adieu! – Auf Wiedersehen! und ein letztes Scherzwort, das einem gerade noch eingefallen ist. Und ein paar stille Tränen. Aus.

Übrigens geht da der Bahnhofsvorsteher, mit einem dicken Buch vorn in der Brusttasche, einer roten Mütze und einem kleinen Signalstock. Er sieht und hört nichts von den Taschentuchleuten und nichts von den Weinenden. Er geht eilig in sein Büro, wo es vertrauensvoll und dienstlich klingelt. Ist das ein abgehärteter Mann! Hat er gar keine Augen?

Er sieht das täglich zwanzigmal. Er sieht es nicht mehr.

Denn was man täglich sieht, das bekommt eine andere Färbung – wird zur Maschine – ist schließlich nachher als Erlebnis gar nicht mehr da. Kaum anzunehmen, daß der Bahnhofsvorsteher, auf einem fremden Bahnhof als Fahrgast weilend, den Abschiednehmenden gar so große Aufmerksamkeit schenken wird. Er kennt das alles.

Und sieht also alles viel besser? Ich glaube nicht. Zum Schluß sieht er gar nichts mehr. Und wer einmal, ein einziges Mal, so einen Bahnhofsabschied blitzartig erlebt hat, der trägt wohl mehr Farbe, Duft, Ton davon nach Hause als der Bahnhofsvorsteher, für den es zum täglichen Klipp-Klapp eines Automaten geworden ist. Und das ist überall so.

Der Arzt weiß so viel vom Patienten – und weniger als ein Beobachter, der einmal das Wartezimmer bevölkert hat. Der Fremdenführer hat kein Auge mehr für sein Schloß, das er jeden Tag durchpilgert, und dessen Sehenswürdigkeit er jeden Tag ableiern muß – der Besucher hat viel mehr davon. Der Wirt sieht sein Lokal anders als der Gast; der Schauspieler das Theater anders als das Publikum. Nämlich von innen her. Und das ist mitunter nicht so ergötzlich.

Als einer der deutschen Kaiser, derentwegen ich im Abiturientenexamen durchgefallen bin, einmal ein Kloster besuchte, sagte er zu dem Prior: „Ihr habts hier aber schön! Welch herrlicher Garten! Welch herrliches Refektorium!" Und einer der Mönche erwiderte: „Ja – herrlich – – transeuntibus!" – Was etwa heißt: für die, die nur vorübergehen! – Das ist ein wahres Wort.

Und wir haben bei uns so viele Bahnhofsvorsteher. Jeder ist auf irgendeinem Gebiet ‚Fachmann'. Und jeder glaubt, daß nun nie wieder irgendein Mensch über dieses Gebiet sprechen dürfte, weil er selbst doch Fachmann ist. „Mir werden Sie da doch nichts erzählen!" – Aber hundert mitgemachte Fußballspiele, hundert Operationen, hundert Reisen sind – was die Eindrücke angeht – mitunter weniger als eine einzige. Daher ja auch die leise Enttäuschung, die uns immer befällt, wenn wir – was man nie tun soll – einmal zurückkehren, „weil es da doch so schön gewesen ist". Das zweitemal – das drittemal: da sehen die Augen alles viel zu scharf, viel zu exakt, viel zu sachlich: die Flecke auf dem Tischtuch, das blinde Glas, den abgebröckelten Mauerverputz ... War das früher alles auch so?

Man muß sich wohl, um ein starkes Erlebnis zu haben, in dem schönen Glauben wiegen, der Einzige, der Erstmalige, der Einmalige zu sein. Dabei ist immer ein Bahnhofsvorsteher da, der heimlich in seinen Schnurrbart lächelt und denkt: „Mensch! das haben wir hier alle Tage! Immer heulen die Frauen an dieser Stelle, zu dieser Stunde, an diesem Ort – immer machen die Männer hier so ein ernstes Gesicht; immer gibt es hier die Schwierigkeiten mit den Autos; immer wackelt hier das schwere Gepäck auf den kleinen Wagen ..." Immer? Für uns jedenfalls nur dieses eine Mal.

Und die Komik des Menschen enthüllt sich wohl nirgends so stark, als in dieser Egalisierung in feierlichen Lagen. (Weshalb ja auch Totengräber, Anatomiediener, Offiziersordonnanzen, kurz Menschen, die den Betrieb von hinten sehen, meist so große Philosophen sind. So sagte einmal ein Anatomiediener an der Berliner Charité: „Jeder von uns stirbt an seinem Blinddarm! Er muß es nur erleben." – Und ich kannte einen Musikmeister im Felde, der sah die Menschheit überhaupt nur in besoffenem Zustand ...)

Ich glaube, daß man sich mit der Automatisierung des Betriebes die besten Eindrücke verdirbt. Sicherlich ist das Bild richtig, soweit etwas richtig sein kann – sicherlich macht sich der Einmalige seine Illusionen. Aber sie gehen vielleicht doch tiefer als die kalte Erfahrung des Routiniers.

Wobei es sehr heiter zu beobachten ist, daß natürlich jeder Bahnhofsvorsteher, will sagen: jeder Fachmann durchaus nicht gelten läßt, daß er seinerseits genau den lächerlichen Aspekt eines vorgeblich Einmaligen bietet, wenn er seinen Laden verlassen hat und sich in einen anderen begibt. Der ausgekochteste Bankier liebt, als sei noch nie geliebt worden; der Postbeamte, der alle Emotionen des Schalterpublikums kennt, fährt auf der Zahnradbahn, als sei die Zahnradbahn gerade erfunden worden – und über allen zusammen lacht der liebe Gott weise und leise, weil er es alles kennt, weil alles schon einmal dagewesen ist, und weil sich die Leute auf den Bahnhöfen nun einmal so närrisch benehmen.

[1924]

DER ERBFEIND

Wenn man durch die Straßen von Paris geht, so sieht man nicht selten ein merkwürdiges Bild:

Am Eingang eines Ladens sitzt ein Kätzchen und sonnt sich. Paris ist die Stadt der Katzen. Und zwei Schritt von ihr: ein riesiger Schlächterhund, der daliegt, die Pfoten lang vor sich hingestreckt, stolz, ruhig, im Bewußtsein seiner Kraft. Um das Kätzchen kümmert er sich gar nicht. Das Kätzchen sieht auch ihn nicht an. Manchmal gehen sie aneinander vorbei, wie eben alte Bekannte aneinander vorbeigehen. Vielleicht begrüßen sie sich leise im Tier-Esperanto – aber sie beschnuppern sich nicht einmal. Katze und Hund – friedlich leben sie nebeneinander.

Als ich das zum erstenmal sah, glaubte ich an ein Wunder der Dressur. So sehr war ich, aus Deutschland kommend, geneigt, den Zustand des ewigen Zähnefletschens, Heulens, Fauchens und Bellens als den primären anzusehen. Aber als ich immer und immer wieder beobachtete, wie Hund und Katze hier einträchtig miteinander auskommen, da schien es mir doch anders zu sein.

Man kann also bei aller Verschiedenartigkeit des Wesens so friedlich nebeneinander leben, ohne sich Löcher ins Fell zu beißen –? Aber warum geht es? Warum geht es hier?

Weil man die kleinen Katzen von Jugend an, wenn sie noch nicht sehen können, mit den Hunden zusammensperrt. Weil man die kleinen Hunde zu den Katzen trudeln läßt, wenn sie noch alle in einem Wollknäuel und in einem Milchnapf die Welt sehen. Und niemand hetzt sie aufeinander, niemand findet Gefallen daran, daß ‚sein' Hund schneller, kräftiger und männlicher ist als die Katze des andern. Niemand gerät in einen Tobsuchtsanfall, wenn er eine Katze sieht, die doch stets mit allen Mitteln – Stöcken, Steinen und Hunden – verjagt werden muß. „Kuscht!" und: „Such doch das Kätzchen! Wo ist die Katz – Katz – Katz?" Denn es ist doch zu komisch, nicht wahr?, wenn ein Köter hinter der Katz her ist, und die springt auf einen Zaun und faucht von oben gebuckelt herunter. Ja, das ist eine Freude. Denn Zwist der andern, das ist immer schön.

Wenn man aber die Lebewesen von klein auf richtig erzieht, in dem einzig möglichen Stadium abfängt: wo das Gehirn noch weich ist, wo es noch Eindrücke und Lehren empfangen kann – wenn man ihnen dann den Frieden als eine Selbstverständlichkeit aufzeigt: dann geht es auch. Es geht sogar besser. Aber freilich: die unvernünftigen Tiere haben keine Fahnen, keine Stahlhelme, keine Telefongenerale, keine Pfaffen, die zum Schlachtfest die Ware segnen, daß sie gut faule; keine Privatdozenten, die den Krieg sittlich fundieren, und keine Heldenmütter, die ihre Kinder für das Schußfeld eines M.-G. aufziehen. Das haben die Tiere alles nicht.

Die pariser Katzen und Hunde werden also mit Erfolg zum Frieden erzogen. Ein ererbter Friede. Und wann treten wir an die Menschen heran? Wenn sie reif, erwachsen, ernsthaft, hart und fast unempfänglich geworden sind – wenn sie die alten Kinderlehren fest in Fleisch und Blut haben. Und wer hat bei uns die Kinder?

Geschichtslehrer, die zum Kriege hetzen; Universitätsprofessoren, die zum Kriege hetzen; Kindergärtnerinnen, die zum Kriege hetzten; Fürsorgevorsteher, die zum Kriege hetzen. Und dann leben wir nachher mit aller Welt, und mit Frankreich insbesondere, im Streit – wie Hund und Katze. Nein, leider nicht wie diese Hunde und diese Katzen. Sondern wie Hyänen: wie Ludendorff und Léon Daudet.

[1924]

WINDROSE

Über die alte Hafeneinfahrt von Marseille spannt sich ein luftige Brücke, der Pont transbordeur, ein stählernes Spinnennetz. Oben auf der Brücke steht ein kleines Restaurant, die Brücke ist hoch, die Preise auch. Oben vor dem Restaurant steht ein Tisch. Auf dem Tisch ist eine Windrose aus Email, es ist eine runde Platte, auf der das ganze große Panorama, das man da hat, abgebildet und wiederholt ist. Da sieht man Hügel und Täler, Kirchen und andere öffentliche Häuser, Küsten, Inseln und das Meer, alles noch einmal. Und am Rand des Windrosenkreises steht jeweils, an jeder Himmelsrichtung, die Stadt, die dort weit hinter den Bergen von Gemenos und den Tälern von Saint-Pons, wie man bei uns zu Hause so schön sagt: zu liegen kommt. Und über das Email gebückt, hoch oben auf der zugigen Brücke, sehe ich wie der liebe Gott über die ganze Welt.

Konstantinopel … Das Auge wandert die Himmelsrichtung entlang, die ein Pfeil ihm angibt. Da, hinter jenen Gäßchen, liegt es. Elektrische in den Straßen; politische Schieber, die gute Geschäfte – merkantile, die schlechte Geschäfte machen, im Harem kein Aas, die Cafés stippevoll bei leeren Tischplatten, Zeitungen, Kinos, Telefone und – bei einem Pascha – ein Wasserklosett. In einer Ecke kratzt jemand gutmütig einen flohbeladenen Hund mit einem Stöckchen, dann erhebt er sich und setzt sich vor seine Wasserpfeife. Sie ist verstopft. Er reinigt sie mit dem Stöckchen. Pera – du Stadt unserer Träume!

Bern. Also da, hinter jener Kirche und dann wohl noch ein kleines Stückchen … Elektrische klingeln in den Straßen, artige Sittsamkeit, Korrektheit, Bravheit, die geborenen Hoteliers der alten Klasse, Natur mit Ei und einige Engländerinnen, die den quick-lunch nehmen, weil es so im Reisehandbuch steht. Kinos, Zeitungen, Telefone und etwas Radio – aber eine gesunde Luft.

Im Regierungsgebäude berät gerade Herr Nationalrat Muggli mit Herrn Kaufmann Mögli über einen Volksentscheid zur Einführung des Alkoholverbots in schweizerischen Seemannsheimen … Bern – du gute Schweizerstadt!

London … Nein, zu sehen bist du nicht. Aber da, hinter dem Neuen Hafen, gleich da, wo der kleine dicke, phallusrunde Leuchttrum steht, dahinter wirst du wohl liegen. Elektrische klingeln in den Straßen, ernsthafte Engländer gehen vorbei, mit nicht so übermäßig vergnügten Gesichtern; die das Wort ‚Lady' wie ‚Laidi' aussprechen, was nicht gerade von Feinheit zeugt, sind fröhlicher als die andern, denen es besser, aber nicht so gut wie früher, also schlechter geht. Kinos, Zeitungen und Telefone, Nebel und eine emsige Wahlbewegung mit traditioneller Aufgeregtheit. Am Tisch eines Boardinghauses sprechen gerade fünf Damen und ein unglücklicher Mann miteinander. „Ein feiner Tag heute!" – „Haben Sie gestern gutes Frühstück gehabt?" – „Wir hatten ein sehr gutes Früchstück!" – „Der König ist heute nach Windsor gefahren!" So prallen die aufgeregten Leidenschaften aufeinander. Und andere Frauen, die sich langsam vom Kontinent herübergeholt haben, was ihnen so lange gefehlt hat … sie tragen die neue Erotik mit wenig Glück, scheints … Sei gegrüßt –!

Paris! Die Elektrischen klingeln durch die Straßen, die riesigen Autobusse jagen um die Ecken; daß die Sonne untergeht, ist nicht gewiß, daß Gott aber am zweiten Tage das Déjeuner und am dritten das Diner erschaffen hat, das ist ganz bestimmt. Wie unromantisch du bist, du beschwingte Stadt! La Fouchardière schreibt gerade seinen täglichen Artikel, zwei Societärinnen der Comédie Française sind in einen tödlichen Streit geraten, der nie, spätestens aber morgen nachmittag, zu Ende sein wird, ein Zeitungsverkäufer schwingt seine Blätter, eine Hymne singend, die heißt: „Intran – – – Spoooort!" und die Theaterdirektoren Brüder Isola sind traurig, weil ihnen ein ungetreuer Kassierer die Karriere verdorben hat. Die gestrige Skandalaffäre ist im Verblassen. Nur ein kleiner deutscher Schmock schlachtet sie noch aus, weil er davon lebt, von den faits divers (französisch: Schmonzès), und morgen wird sein kümmrerliches Deutsch im heimischen Blatt prangen.

„Viel Aufsehen erregt in Paris …" Kein Mensch weiß etwas davon. Und Kinos, Telefone und Zeitungen … Bon soir, les copains –!

So suche ich den ganzen Horizont ab, da oben auf meiner Brücke. Und während vom Mittelländischen Ozean her der Wind in meinen Locken spielt, entdecke ich an einer Stelle der Windrose etwas, einen Namen, zwei kleine Silben, nicht ausgekratzt, wahrhaftig unversehrt, klar und deutlich.

Berlin. Sehnsüchtig wende ich mich ab und zeige ihr eine ganze volle Kehrseite.

[1924]

IN DER GEBURTSSTADT FRAGONARDS

Grasse, im November.

„Sie müssen sich unbedingt Cannes ansehen!" hatte mir Victor Marguertitte zum Abschied gesagt. Und Frau Margueritte hatte hinzugefügt: „Das ist das Deauville des Mittelmeers!" Wenn Saison ist. Jetzt ist aber noch keine Saison.

Die Kulissen der großen Welt liegen stumm und still. Die Bühnenarbeiter richten die Soffitten her und bauen an Hafendamm und Kasino. Selbst das Meer gibt sich noch nicht die richtige Mühe, faul und grau plätschert es ans Ufer. Hier wogen also die in leichte Gewänder gekleideten Damen und bewegen zierlich …, aber um das festzustellen, hat mich die ‚*Vossische Zeitung*' nicht nach Frankreich geschickt. Es ist das auch schon ein bißchen oft geschrieben worden, scheint mir. Aber was selten und fast nie beschrieben wird, das ist dies: Wie sieht die Existenz eines Zimmerkellners in der Hochsaison aus? Was denken sich diese Leute? Wie arbeiten sie? Unter welchen Bedingungen? Und, was noch wichtiger ist: wie sieht die feine Welt von hinten, von unten, von dieser Seite gesehn aus? Warum nimmt niemals einer von uns für ein paar Monate die Arbeit eines Stewards, eines Kellners, eines Bedienten an und schildert die Welt einmal von da aus? Romane und Genrebilder werden es nicht werden – aber sicherlich eine sehr lehrreiche Ergänzung zu den bis zum Überfluß wiederholten Bildern aus der eleganten Welt … Das sind so Bücher, die nicht geschrieben werden.

Drehen wir uns um und gehen wir zum Bahnhof. Das nette Leben fängt ja doch immer erst an der Kleinbahn an.

Der Deutsche kann das Bücherlesen nicht lassen. Ich auch nicht. Ich habe gelesen, und ich habe mir da etwas ausgeknobelt … Wie wird es wohl werden?

Der Zug rumpelt durch die Nacht, an kleinen Stationen mit unlesbaren Namen hält er, es ist ganz schwarz um mich her. Denn so dankbar man für diesen November-Sommer hier unten sein muß: Die Tage haben um Schlag fünf ein Ende, schon nach vier Uhr blitzen überall Lichter in das Halbdunkel des Nachmittags, und dann ist es aus: man sieht nichts mehr.

Im Dunkel des Abends liegt ein lichterbestickter Teppich. Eine Stadt, scheints, Hunderte von glitzernden Punkten in einem Tal, auf den Anhöhen, überall. Kein Lichtermeer ... ein Lichtergerinnsel. Das ist Grasse, und in Grasse ist Fragonard geboren, Fragonard, der freche, entzückend leichte, himmlisch beschwingte Hofmaler Ludwigs des Sechzehnten. Aussteigen, Zahnradbahn – guten Abend. Bleich und mondsüchtig liegt auf der Anhöhe über der Stadt das Hotel. Sie kennen das Gefühl, das einen beschleicht, wenn der Kellner die Zimmertür hinter sich geschlossen hat ... allein. Ich öffne die Fenstertür, trete auf den Balkon.

Unter mir liegt die Stadt. Im Talkessel, auf die Berge geklettert, über Rampen und treppenartige Steigungen verstreut, mit Lichtpunkten besät, leuchtend, schimmernd, glitzernd, halb verlöschend ... trink, Auge! Und ich sehe und sehe. So hat der Bauern-Breughel einst gemalt: das Weite und das greifbar Nahe gleich weit und gleich deutlich. Da sind kleine Plätzchen, von einer Laterne notdürftig beleuchtet, man sieht grade eine Strecke Wegs von ein paar Metern, die ist leer; um ein andres Licht sind Menschen versammelt, die bereden etwas; weiter oben rollt ein Automobil langsam und vorsichtig die beleuchtete Straße entlang, dann verschwindet es; da sucht eines mit zwei Glotzaugen den dunklen Weg ab; hier liegt eine beleuchtete Halle; da ist ein Haus mit rötlich-gelblichen Lichtern; da eins mit weißen; in der Ferne verdämmern andre; ein Brückchen führt über einen kleinen Abgrund; bis weit ins Land kann man sehen, und oben auf den Bergen wohnen auch Menschen und blinken Lichter. Und jeder Lichtfleck erzählt eine kleine Geschichte – es ist wie ein Rundblick für Andersen. Gute Nacht, Grasse –!

Der Tag hält, was der Abend versprochen hat. Treppauf, treppab klettere ich durch die Stadt. Sie ist in der Mitte ganz alt, die Gäßchen sind so eng, es geht steil abwärts und brüsk nach oben. Der französische Baedeker murmelt etwas vom sechsten Jahrhundert – jedenfalls waren 1746 die Österreicher einmal hier, kriegshalber, es muß schrecklich für die armen Soldaten gewesen sein: monatelang ohne Nachrichten aus dem Burgtheater ...

Alte Häuser, alte Gassen. Aber was das Merkwürdigste ist an diesem alten

Bergstädtchen, das ist die unbekümmerte Modernität ihrer Bewohner. Wir haben gelesen, daß in den verlassenen Herrensitzen Kurlands arme Bauern hausen – die Dürftigen im Zivilisieren. Hier ist es umgekehrt. In diesen alten, alten Häusern liegen gut ausgestattete Geschäfte mit modernen Auslagen, hübsche Wohnungen – und alles ist so blitzsauber, reingefegt, so bis ins letzte Stäubchen gekehrt, daß man an gewisse hamburger oder lübecker Straßen erinnert wird. Gekalkt, gewaschen, geschrubbert, es strahlt nur so von Sauberkeit.

Fabrikschornsteine? Sie haben im Stadtbild kaum gestört. Grasse fabriziert Süßigkeiten und Parfümerien. Ich sehe zu, wie man kandierte Birnen macht und gezuckerte Rosenblätter und Veilchen zu Süßzeug umarbeitet, und, wahrhaftig, auch die kleinen gelben Kügelchen der Mimose. Ich darf probieren; sie schmecken nach gar nichts, und ich mache ein bewunderndes Gesicht, es ist das erstemal, daß ich eine Rose esse. Und ich sehe zu, wie Parfum hergestellt wird, eine komplilzierte Sache, es riecht wie in einer Premiere, und die großen Kolben und Retorten der Kochapparate stehn in einem alten Kloster, mitten im Refektorium. Auch hier eine musterhafte Sauberkeit.

Ja, aber Fragonard –! Fragonard ist in Grasse – einen Augenblick mal! – 1732 geboren, und er war kurz vor der Revolution. Wo er geboren ist …? Da ist die kleine Straße de la Font-Neuve, aber sie hat mehrere Häuser, zwei rechts und zwei links, und Genaues weiß man nicht. Hier hat ‚Frago' zum ersten Male die Beinchen in den Rinnstein gesteckt … Und hat gerufen: „Mutta! Schmeiß Stulla runta –!" Aber vor welchem Haus: das steht nicht geschrieben.

Auf einem Platz mit wunderschöner Weitsicht ins Land steht auch ein Denkmal für den seligen Maler. Seien wir höflich und gucken wir weg.

Bis zu seinem vierzehnten Jahr hat Fragonard in Grasse gelebt. Später besuchte er zum Ausgang des achtzehnten Jahrhunderts seinen Vetter Maubert, und dem hat er für 3600 Livres – laut Quittung vom 10. März 1791 – fünf Bilder gemalt: *‚Der Einstieg'*, *‚Die Verfolgung'*, *‚Vertrauliche Mitteilung'*, *‚Krönung'* und *‚Die Hingabe'*. Für wen hat er sie gemalt? Für seinen Vetter Maubert? Natürlich nicht, sondern letzten Endes für Pierpont Morgan, der sie gekauft hat. Grasse hat nur die Fotografien, und das ist auch etwas wert. Aber weil Grasse eine pietätvolle Stadt ist, so hat es ein kleines Palais zu einem reizenden Museum ausgebaut, das kleinste Museum der Welt, von Herrn Carnot begründet, und darin ist noch manches Hübsche zu sehen. Reproduktionen nach Bildern des Meisters, ein paar Originalskizzen, jene Fotografien und, verhüllt von einer grünen Decke in einer kleinen Vitrine: der Malkasten Jean Honoré Fragonards. Es ist ein einfacher, alter Kasten mit vielen kleinen Flaschen und Fläschchen, so, wie er ihn benutzt hat; auf jedem Etikett steht noch in vergilbten Buchstaben, welche Farbe jetzt darin trocknet ... Ein Pinselchen, zart und lang, liegt dabei.

In den Nebenräumen provenzalische Kunst und Andenken, Möbel und Bauerngerät, alles in dem reinlichen und fröhlichen Geschmack der Provence. Eine lustige, runde Kinderwiege; eine zärtliche Sänfte; himmlische alte Kommoden; eine rötlich flammende, riesige Chaiselongue im Stil Louis' XIII., eine gradezu verlockende Chaiselongue; ein Ton-Tier aus dem siebzehnten Jahrhundert, eine Art Schildkrötenuhu oder Uhuschildkröte, ein geflügelter Traum; Stricke, mit denen der Marschall Bazaine, eingesperrt auf St. Marguerite, entfliehen sollte (er entfloh nach Spanien, wie er auch gestorben ist); Waffen und Bilder und Putten. Das Ganze so fein im Geschmack, so reinlich im Stil, und ein zweites Treppenhaus führt hinunter in den Garten, vor eine jener Fassaden französischer Hotels, die die Straße niemals zu sehen bekommt.

Jetzt ist es Abend. Und während ich dieses schreibe, unterbreche ich mich, trete ans Fenster, schlage die Vorhänge zurück und sehe noch einmal auf die ruhende Stadt. Da blinkt es, kreisrunde und kleine Sterne, eckige und leuchtende Scheiben, das Laub rieselt, ein Wagen rollt, und aus einer fernen Schmiede klingt das fröhliche Ping-Pang der Werkstatt. Die Glocken rufen sich die Stunde zu und singen, hoch und tief, das schöne Lied von der Pünktlichkeit; eine ganze Viertelstunde lang ist es halb acht. Ein kleiner Viadukt verschwimmt im Dunkel; diese leuchtende Linie, das ist der Boulevard mit den dunklen Bäumen; Licht steht bei Licht, so weich, so zärtlich, so fest ... Eine Stadt, die man streicheln möchte. Hoch über dem Tal fliegt der Mond durch die ziehenden Wolken, silbergrau verdämmern die Berge, und dort hinten liegt, unsichtbar, das Meer ... Und von den schweigsamen Bergen herunter kommt es und greift ans Herz, ungesungenes Lied und ungesagte Worte, Sehnsucht in der Ferne nach der Ferne.

„Kennen Sie Grasse?“ fragte ich Herrn Wendriner.

„Grasse?“ sagte er und stocherte sich in den Zähnen. „Warten Sie mal – Grasse ...? Ja, da warn wir mal, von Cannes aus. Na, ich danke! Ein kleines Nest, ganz nett, gewiß, aber kein anständiges Kasino, gar nichts Elegantes.

Wir sind bloß durchgefahren und haben eine Kleinigkeit gegessen, Bouillon baisse, oder wie das heißt. Richtig! Meine Frau hat sich noch mächtig den Magen an den Langusten verdorben. Wissen Se: Grasse ist nischt –!"

[1924]

SCHÄDLICHKEIT DES ZIVILS

Erich Lindström, geb. Ludendorff ..., es gibt ja schließlich wichtigere Dinge auf der Welt als einen abgetakelten General. Aber jener hat keinen Erfolg mehr, und da geziemt sich wohl, eine kleine Betrachtung anzustellen.

Warum hat er keinen Erfolg mehr?

Eigentlich sind alle Voraussetzungen für eine deutsche Popularität gegeben: Der Mann hat seinem Lande nichts als Unheil gebracht, aber auf eine sehr pompöse Art; er ist General gewesen; er hat die Macht gehabt, und es bestand die Aussicht, daß er sie eines Tages wieder bekommen würde; und zugenommen hat er auch, so daß er jenes Maß von Vierschrötigkeit aufwies, das nun einmal nötig ist, wenn man hierzulande auf die Biergläser des Ruhmes gemalt werden will. Und trotzdem ist es nichts damit. Ich will ihm das Geheimnis seines Mißerfolges verraten.

Es kommt wohl vor, daß man als Mann und Männchen einen Hang fürs Küchenpersonal hegt, besonders, wenn es Frühling ist. Für das Küchenpersonal; oder für eine nette Kellnerin mit einem weißen Häubchen; oder für eine Zofe mit einem Tändelschürzchen; oder gar für eine Krankenschwester, ganz in aseptisches Weiß gehüllt und appetitanregend anzusehen. Nicht immer nehmen die Dinge nun einen so glatten Verlauf, daß Werbung, Liebessturm und Erfüllung auf dem Tätigkeitsplatz selbst abgehandelt werden können. Der begeisterte Verehrer bestimmt also ein Rendezvous, die so reizend kostümierte Schöne sagt errötend zu, aber da geht auch schon die Tür, die Gnädige oder der Wirt oder der Oberarzt treten ins Zimmer – husch, ist sie fort. Und erscheint abends: auf ‚fein' aufgemacht, sonntäglich gekleidet, frisch gewaschen, im Straßenkostüm oder Ballkleid ... Und eine leise Enttäuschung bemächtigt sich des Mannes – ist sie das, die Süße, Kleine, Bebänderte, Beschürzte, Weißgekleidete? Sie ists. Und ists nicht mehr. Das Zivil hat Lokkung, und Liebe getötet. Zivil tötet. Er fühlts, der Lindström – denn allemal bei Festlichkeiten, Regimentsfeiern, Fahnenweihen und Parademärschen wirft er sich in eine Phantasieuniform, die ja heute gar nicht mehr vorhanden ist, die es nicht mehr gibt, die zum historischen Maskenkostüm geworden ist. Aber es hilft nichts. Er fühlts, daß ihm das Zivil nicht steht. Es steht ihm wirklich nicht. Ich habe ihn darin gesehen, damals, als er vor dem Untersuchungsausschuß stotterte. Er hatte etwas von einem strengen Lehrer im Dampfbad. Die Autorität war dahin.

Denn dies ist der oberste Grundsatz für Stubenmädchen und Generale: Was in Tracht ist, muß in Tracht geliebt werden. Zivil ist allemal schädlich. Armer General –!

[1924]

HALT AUF FREIEM FELDE

Erst fangen die Bremsen unter dem langen Wagen an, in tiefem Ton zu singen, dann läßt das regelmäßige Stuckern der Räder nach, die Fenster klirren nicht mehr so einschläfernd. Dann wird die Bewegung des D-Zuges langsamer, ganz vorsichtig zieht er nur noch einher, – dann steht er. Die nicht mehr ganz junge Engländerin in der perlgrauen Ecke des Coupés richtet sich halb hoch; sie ist schlank wie der Schaft einer Lanze, sie hat diskreten guten Geschmack, einen herrlichen Pelz, fleischfarbene seidene Strümpfe, einen hellvioletten Schatten in den Maschen und, aus Angst vor Eisenbahnräubern, eine schäbige, abgetragene schwarze Handtasche. Sie läßt ihr Buch sinken und sieht hinaus. Sie lächelt – mit einem merkwürdigen untergründigen Lächeln. Was ist?

Da draußen steht vor ihrem Bahnwärterhäuschen die ganze kleine Familie! Er: ein strammer, junger Bursche, in Hemdsärmeln, nicht in Adjustierung, denn der Zug hält hier unerwartet, vorn steht ihm das Hemd über einer kräftigen Brust halb offen, seine Haut hat einen braunen Ton, seine Zähne blitzen, er lacht. Sie: eine ganz junge, verschüchterte Frau, zart, schmächtig, mit hellen, dünnen Haaren. Das Kindchen, das auf der Erde krabbelt und sich am

Rock der Mutter festhält. Alle drei sehen auf den Zug. Das Kind streckt die kleinen, dicken Hände aus und will alles haben: die Eisenbahn, die vielen Leute an den Fenstern und den weißen Rauch über der Lokomotive. Die junge Frau sieht ganz glücklich und beinah ein bißchen ängstlich auf die Reisenden. Das Abteil erster Klasse hält gerade vor ihr, ihre sehnsüchtigen Blicke sagen: Perlen! und Geld, so viel Geld! und Wein! und in hohen Sälen tanzen! Sie trinkt für ihr Leben gern Champagner. Der junge Bahnwärter sieht die Leute an und lacht. Die Engländerin lächelt noch immer und zeigt eine Reihe großer Zähne. Plötzlich hat sie ein kräftiges Kinn, und die hellen Pupillen in den Augen weiten sich ... Sie ißt für ihr Leben gern Rindsbraten, gutes, kräftiges Fleisch mit Senf, auf ungehobeltem Tisch ... Einmal, in den Alpen, ist sie einem Mann begegnet, der kam von den Bergen herunter und war vier Wochen allein gewesen. Er hatte nach Erde geschmeckt, nach Quellwasser und sonnigen Steinen ... Das Kind kreischt in den Rauch, die schmächtige junge Frau starrt auf die reichen Leute, der Bursche lacht, und die Engländerin sieht noch immer fest auf den jungen Bahnwärter ... So sehen sich alle ein paar Minuten an. Aber nun ruckt der Zug an und setzt sich langsam in Bewegung.

[1925]

EIN SATZ

Wenn Sie in einer Gesellschaft unter lauten offenen, netten und freundlichen Menschen, die ungezwungen plaudern, klar blicken und so gar keine Würde um sich verbreiten, einen sehen, der mit herausgestreckter Brust jedes seiner Worte posaunt, unter einer niedrigen Stirn zwei kleine kalte Augen, ohne daß Sklaven vorhanden wären, herrisch blitzen läßt, weil ihm nichts daran gelegen ist, etwas zu gelten, aber alles daran, mehr zu gelten als die andern, einen, der im Knopfloch ein Bändchen trägt und auf der Backe vielleicht eine schlecht verheilte Narbe, der sich sein Monokel einklemmt, wenn er etwas lesen will, das er doch nicht verstehen wird, einen, der feige und gewalttätig zugleich aussieht, und dessen ganzes Gehaben an einen mühsam gezähmten Schlächterburschen gemahnt, der auf dem Tanzboden gleich einen Krawall anfangen wird, einen, der entschlossen ist, für die dümmste Sache mit dem ganzen Einsatz seiner Persönlichkeit voll und ganz einzutreten, und der so viel Prestige hat, daß ihm für die Humanitas nichts übrig bleibt, der sich, selbst ein leerer Sack, hinter seinen Titel, seine Dekoration und seine gesellschaftliche Stellung verkriecht, die er auch im Sitzen straff betont, einen, dem nur wohl ist, wenn er unter Kerls, die nicht schreiben und lesen können, aber von ihm zu fressen bekommen, mit der Reitgerte imponieren darf, und der sich hütet, in andre Gesellschaftsklassen zu gehen, weil man ihn da lächelnd abtäte, einen, der mit gut gepflegten, ein wenig zu dicken Fingern auch von jüdischen Bankiers gern nimmt, wenn es etwas zu verdienen gibt, und der den Kellner der Weinabteilung zur Abspiegelung seiner Macht braucht, den gekrümmten Trinkgeldrücken vor dem Thron seiner Eitelkeit, einen, der sich hinter dem Staat verbirgt, wenn er etwas ausgefressen hat oder Pension bezahlt haben möchte – wenn Sie so einen sehen, dann können Sie darauf schwören: dieser Mann ist ein Nationalist.

[1925]

JEMAND BESUCHT ETWAS MIT SEINEM KIND

„Der Bauer hat gesagt: Erst rechts und dann links bis zum dem halbhohen Haus und dann immer gradeaus … Warte mal … Hier ist die Bürgermeisterei … da ist … das war früher nicht … das hat hier nie gestanden … Ah, hier ist die Chaussee. Jetzt weiß ich weiter.

Also, paß auf, mein Junge, da drüben lagen wir: von dem kleinen Berg an bis ungefähr hierher. Nein, es hat sich mächtig verändert – das war hier alles nicht. Na, gar nichts war – gar nichts. Hier lagen wir, dann kam eine ganze Weile nichts, das war das Niemandsland – das gehörte keinem … und dann kamen die Deutschen. Da drüben lagen sie – der Horchposten lag hier, nein, warte mal, da – ja, grade da, wo jetzt der Teich ist. Ihr Graben fing da an. Jetzt erkenne ich alles wieder. Immer vier Tage hier vorn, dann drei Tage Ruhe hinten. Na, Ruhe … Nein, die Bauern waren alle fort – es waren nur die Soldaten hier. Wir hatten aneinander vollkommen genug. Komm mal ein Stück weiter nach vorn, vielleicht kann ich dir da etwas zeigen. Bist du müde? Wir waren auch müde, manchmal. Ja, nachts auch, du Dummerchen. Grade nachts. Meinst du, da hats aufgehört? Na – man konnte schon sehen: sie haben Raketen angezündet. Ja – viele. Viele sind totgeschossen. Siehst du, da oben, die schwarzen Kreuze? Das ist der Soldatenfriedhof, da liegen sie, da liegen sie alle. Sieht du, über dieses Feld hier muß der Graben gelaufen sein, grade hier. Und da! da, wo der Baum steht, da lagen die andern. Dazwischen? Dazwischen war das leere Feld. Fünfmal sind wir da gelaufen, fünf Angriffe haben wir gemacht … und sie sind auch darüber hingelaufen, die Deutschen … immer ist alles so geblieben, wie es war. Da drüben, aber natürlich – genau an der Stelle – da war der Offiziersunterstand, von da kamen immer nachts die Krankenträger, und hier waren die größten Einschläge. Und da, gerade da, wo ich jetzt den kleinen Stein hinwerfe, da war die Sache mit Blanchard.

Besinnst du dich auf sein Bild? Es steht bei Vater auf dem Schreibtisch. Ja, der Mann mit dem großen Bart und dem ulkigen Stock. Das war Blanchard. Junge, wenn du den gekannt hättest – so einen gab es nicht mehr. Klug und anständig und so ein Freund! So ein guter Freund wie dein Freund René. Der Blanchard – guten Tag, Madamchen, na, immer noch so rüstig auf den Beinen? Ja, sehr heiß ! – der Blanchard, der lag da auf Horchposten. Das ist ein Posten, der muß horchen, wann die Feinde kommen. Und da kam ein Schrapnell geflogen, und ein Eisenstück muß ihn grade in den Bauch getroffen haben. Das war nachts um zwölf. Junge, halt doch meinen Finger nicht so fest, es tut dir jah hier keiner was! Und da hat er geschrien, drei Nächte und zwei Tage hat er noch gelebt. Nach mir hat er immer gerufen, nach mir und nach seiner Mutter. Die Stimme wurde immer leiser. Zuletzt hat er nur noch ganz leise mit seinem Verbandsfetzen gewinkt – ganz wenig. Wir konnten ihn nicht holen. Niemand durfte heraus – es wäre der sichere Tod gewesen. Damals waren die Deutschen grade furchtbar erbittert, ich glaube, sie hatten eine Schlacht verloren. Und da mußten wir ihn liegen lassen, den Blanchard, die ganze Zeit über. Ich wollte auf ihn schießen – damit er nicht so zu leiden brauchte. Aber es ging nicht, er lag in einer Mulde, und ich konnte auch nicht. Er hat so geschrien, daß sie aus dem Nebengraben zu uns gekommen sind, weil sie wissen wollten, was es da gäbe. Hier war das. Da hinten ist unser Feldwebel gefallen, da war der große Einschlag, bei dem zwei Korporalschaften draufgegangen sind … da ungefähr muß ich gestanden haben. Nein, nein! Das ist nur in deinen Lesebüchern so. Du mußt nicht glauben, was in deinen Geschichtsbüchern steht – es ist alles nicht wahr. Dies hier – das ist wahr, Junge ...“

„Was hast du, Papa? Warum sagst du nichts mehr? Nimm doch die Hand von den Augen –! Papa –!“

[1925]

EINER PFEIFT SICH EINEN

Die rue de Vaugirard ist so lang wie ein Satz von Proust. Ich gehe schon eine dreiviertel Stunde – das macht aber gar keinen Spaß. „Hepp!“ Kein halber Pogromruf – so ruft der feine Mann in Paris einen Wagen. Das Automobil schnurrt ab.

Während ich mich von einer Backe auf die andre setze und mich freue, wie rasch der Wagen bremsen und wieder anfahren kann, und wie haargenau er die Kurven nimmt, höre ich ein leises Pfeifen. Wahrscheinlich ein Straßenjunge – huit, vorbei. Hier in der Buchhandlung bin ich einmal gewesen; da habe ich die herrlichen ‚*Holzkreuze*‘ von Dorgelès gekauft, ein ausgezeichnetes Kriegsbuch, ein guter Führer für den nächsten. Ich weiß noch genau, wie der Verkäufer erst gesucht hat ... inzwischen darf man sich den halben Laden ansehen, alles umkramen, aufblättern ... Wieder das leise Pfeifen. Merkwürdig, wie die Gassenjungen in Paris pfeifen. Wie die Mäuse. Das ist eine feine Beobachtung, ich werde sie mir merken. Ja, da stand ich in dem Buchladen, draußen in der Straßenauslage wühlten die Leute in den Ständen; es wird wenig gestohlen: man berechnet den täglichen Verlust bei einer Buchhandlung auf etwa zwanzig Francs, das geht an. Und ist zum Beispiel die Ladentür geschlossen, so gehen, ausprobiert, viel weniger Kunden in den Laden. Sie wollen wohl empfanden sein. Aber wer pfeift denn da –? Das können doch keine Jungen sein, so viel pfeifende Jungen gibt es doch gar nicht. Radelt einer hinter mir her? Ich sehe durch das kleine Fensterchen rückwärts: da fährt ein bockbeiniger Ford-Wagen – Ford pfeift nicht, davon steht nichts in seinem Buch. Also wer ist es dann? Immer noch dauert das leise Pfeifen an. Ich bin es nicht. Also –?

Der Chauffeur pfeift. Er lenkt, hupt, tritt in die Bremsen, gibt Gas und

Saures – und pfeift sich einen. Wie denn? Im Dienst? Er hat gar keinen Dienst. Er pfeift, weil er zufrieden ist, weils ihm Spaß macht, auf der Welt zu sein, weil er gut gegessen hat, weil er nicht mehr Sorgen hat, als zum notwendigen Betrieb und zur Aufrechterhaltung des Schwergewichts absolut nötig sind. Der Mann wird gut und gern seine achthundert Francs verdienen, wahrscheinlich mehr. Aber er kommt damit aus, manchmal drückt manches, aber es geht doch. Essen, Wein, Kleidung, nur die Wohnung liegt qualitativ – wie bei allen Parisern – mehrere Stufen unter der übrigen Lebensführung, es ist, als wohnten sie in der Wohnung eines minderbemittelten Freundes. Jedenfalls pfeift er. Wupp, um die Ecken und dabei einen sehr komplizierten Java ausstoßend – es geht gut mit dem Tempo des Wagens. Ob er Sonne im Herzen hat? Ich kann ihn nicht danach fragen: das kann man nicht übersetzen. Er ist weder Optimist noch Mitglied des französischen Reichsbundes Allgemeiner Droschkenchauffeure noch Arbeitnehmer und als solcher … er ist: natürlich. Ist dem nahe, was andre Leute beinahe vergessen haben: dem Leben und der Natur, dem Ding, das man nicht nennen kann.

Gott weiß, was hier kommen wird. Umlauert von baisselüsternen Bankiers, von händel- und handelsüchtigen Politikern, fast überrundet von einer besser organisierten Welt, rings umwimpelt von Nationalfähnchen, diesen Schnupfentüchern unartiger Kinder, liegt Frankreich und arbeitet unter dem grauen Seehimmel des Nordens und der hellen Sonne im Süden. Die andern haben Probleme. Der pariser Chauffeur läßt die Bremse los, fährt an, nimmt die Straßenecke, daß es nur so glitscht, und pfeift.

[1925]

DER PRIMUS

In einer französischen Versammlung neulich in Paris, wo es übrigens sehr deutschfreundlich herging, hat einer der Redner einen ganz entzückenden Satz gesagt, den ich mir gemerkt habe. Er sprach von dem Typus des Deutschen, analysierte ihn nicht ungeschickt und sagte dann, so ganz nebenbei: „Der Deutsche gleicht unserm Primus in der Klasse.“ Wenn es mir die ‚*Leipziger Neuesten Nachrichten*‘ nicht verboten hätten, hätte ich Hurra! gerufen.

Können Sie sich noch auf unsern Klassenprimus besinnen? Kein dummer Junge, beileibe nicht. Fleißig, exakt, sauber, wußte alles und konnte alles und wurde – zur Förderung der Disziplin – vom Lehrer gar nicht gefragt, wenn ihm an der Nasenspitze anzusehen war, daß er diesmal keine Antwort wußte. Der Primus konnte alles so wie wir andern, wenn wir das Buch unter der Bank aufgeschlagen hatten und ablasen. Meist war er nicht mal ein ekelhafter Musterknabe (das waren die Streber auf den ersten Plätzen, die gern Primus werden wollten) – er war im großen ganzen ein ganz netter Mensch, wenn auch eine leise Würde von ihm sanft ausstrahlte, die einen die letzte Kameradschaft niemals empfinden ließ. Der Primus arbeitete wirklich alles, was aufgegeben wurde, er arbeitete mit Überzeugung und Pflichtgefühl, er machte seine Arbeit um der Arbeit willen, und er machte sie musterhaft.

Schön und gut.

Da waren aber noch andre in der Klasse, die wurden niemals Primus. Das waren Jungen mit Phantasie (kein Primus hat Phantasie) – Jungen, die eine fast intuitive Auffassungsgabe hatten, aber nicht seine Leistungsfähigkeit, Jungen mit ungleicher Arbeitskraft, schwankende, ewig ein wenig suspekte Gestalten. Sie verstanden ihre Dichter oder ihre Physik oder ihr Englisch viel besser als die andern, besser als der ewig gleich arbeitsame Primus und mitunter besser als der Lehrer. Aber sie brachten es zu nichts. Sie mußten froh sein, wenn man sie überhaupt versetzte.

Es müßte einmal aufgeschrieben werden, was Primi so späterhin im Leben werden. Es ist ja nicht grade gesagt, daß nur der Ultimus ein Newton wird, und daß es schon zur Dokumentierung von Talent oder gar Genie genügte, in der Klasse schlecht mitzukommen. Aber ich glauben nicht, daß es viele Musterschüler geben wird, die es im Leben weiter als bis zu einer durchaus mittelmäßigen Stellung gebracht haben.

Der Deutsche, wie er sich in den Augen eines Romanen spiegelt, ist zu musterhaft. Pflicht – Gehorsam – Arbeit: es wimmelt nur so von solchen Worten bei uns, hinter denen sich Eitelkeit, Grausamkeit und Überheblichkeit verbergen. Das Land will seine Kinder alle zum Primus erziehen. Frankreich seine, zum Beispiel, zu Menschen, England: zu Männern. Die Tugend des deutschen Primus ist ein Laster, sein Fleiß eine unangenehme Angewohnheit, seine Artigkeit Mangel an Phantasie. In der Aula ist er eine große Nummer, und auch vor dem Herrn Direktor. Draußen zählt das alles nicht gar so sehr. Deutschland, Deutschland, über alles kann man dir hinwegsehen – aber daß du wirklich nur der Primus in der Welt bist: das ist bitter.

[1925]

DEUTSCHE KINDER IN PARIS

Im pariser Gewerkschaftshaus, in der rue Grange-aux-Belles, lärmt der große, braungraue Versammlungssaal. Kinder, überall Kinder. In einer Ecke stehen Pakete, Kisten, Rucksäcke: Nahrungsmittel, Stoffe, kleine Käfige mit Meerschweinchen und Kaninchen – das wird jetzt auf die Bahn geschafft. Frauen sitzen auf den Bänken, Arbeiterfrauen. Man sieht viele verheulte Gesichter. Hier wird Abschied genommen: Ein Transport deutscher Kinder, die sechs Monate zu Besuch bei den französischen Genossen waren, nimmt Abschied.

Die Internationale Arbeiterhilfe, die dieses wundervolle Werk organisiert und ermöglicht hat, hat damit den deutschen Proletarierkindern sechs materiell sorglose Monate bereitet. Selbstverständlich machte die deutsche Regierung ihre traditionellen Kindereien: Sie setzte dem Werk der Völkerversöhnung zunächst die Schwierigkeiten entgegen, die sie in ihrer Jämmerlichkeit immer macht, wenn etwas gegen die Diktatur der Industrie- und Militärkaste in Deutschland geschieht.

In aufopfernder Arbeit verteilten die französischen Genossen – insbesondere der Genosse Detilleuil – die Kinder auf viele französische Städte.

Sie sprechen alle Französisch, manche noch stockend, nicht ganz richtig; alle verstehen es. Es ist drollig, zu hören, wie eine lebend erlernte Sprache so ganz anders in die Gehirne eindringt – man fühlt ordentlich, wie die Worte „petite fille" ein einziger Begriff sind, wie keine Grammatik die Formung geprägt hat. Die Kinder sehen sehr gut aus: blühend, gesund, gepflegt, aufgepäppelt. Ein kleines Mädchen, das artig neben ihrer französischen Pflegemutter sitzt, hat sechzehn Pfund zugenommen: Sie ist jetzt nur normal – wie traurig muß sie früher ausgesehen haben! Sie stammt, wie das Pappschildchen auf ihrem kleinen Bauch sagt, aus Berlin. „Freust du dich, wieder zurück nach Hause zu kommen?" Ich hätte das nicht fragen dürfen. Nein, sie freut sich gar nicht. Die Frau sagt: „Sie hat keine Mutter mehr." Aber einen Vater? Ja, einen Vater ... „Mais il n'est pas tres doux!" Und sie will wiederkommen, wissen Sie, sie wird wiederkommen ... Die Kleine sieht die Frau an.

Ich spreche mit den Jungen. Ja, sie haben es hier besser gehabt als zu Hause, sie waren so zufrieden; sie erzählen, was sie alles geschenkt bekommen haben, was sie mitnehmen dürfen. Ein kleiner Dicker ist da, der hat als Delegierter der Kinder bei den Franzosen eine Rede gehalten – er ist sehr stolz darauf. Ein kleines Mädchen: „Und ich habe ein Armband bekommen, aus richtigem Silber – und ich habe meine schlechtesten Kleider angezogen, die guten habe ich alle eingepackt!" Und Hamburger Jungen sind da, und einige fangen, wenn das Französische nicht so recht will, behaglich an zu sächseln.

Die Pflegemütter sitzen auf den langen Bänken, sie sprechen wenig. Viele weinen. Immer wieder umarmen sie die Mädchen, die Jungen – sie dürfen sie nur noch zum Bahnhof begleiten, aber man läßt sie nicht mehr auf den Perron, weil sie das vorige Mal nicht von den Kindern zu trennen gewesen sind. Es hat herzzerreißende Szenen gegeben. Es sind ihre Kinder geworden in den sechs Monaten. Noch einmal gibt es Abendbrot, dann ordnet sich der Haufe zur Abfahrt (den die Deutsche Botschaft in Paris liebevoll und mit großer Tatkraft unterstützt hat).

Noch einmal sitzen alle Pfleglinge auf der linken Seite des Saals, die Mütter auf der rechten, gleich sollen die Namen noch einmal aufgerufen werden. Immer wieder fliegen Kußhändchen herüber und hinüber, Koseworte, Rufe ... Da tritt ein Redner auf die kleine Tribüne und spricht: zu den Kindern deutsch, zu den Eltern französisch.

„Habt ihr euch wohl gefühlt?" Und alle Kinder im Chor: „Oui!" – „Dann vergeßt das nicht", sagt der Redner, „und seid dankbar für die Gastfreundschaft und bewahrt an diese Monate ein gutes Andenken. Und wenn euch später einmal eure Offiziere aufrufen und euch befehlen wollen, auf die französischen Freunde zu schießen, dann tut das nicht und antwortet ihnen: ‚Macht euch euern Krieg alleine –!'" Und dasselbe zu den Eltern in ihrer Sprache. Und Detilleuil spricht zu ihnen im gleichen Sinn. Und dann fahren sie fort, nach Deutschland, und es ist ein schwerer Abschied.

Proletarier pflegen ja auch sonst manchmal durch Europa zu reisen – aber nur in größeren Horden und mit einem Schießeisen auf dem Buckel. Hier ist der Beginn eines wahren Friedenswerkes. Hier ist internationale Solidarität der arbeitenden Klassen zur Wirklichkeit geworden, nicht zum ersten Mal, aber in stärkstem Ausmaß. Wenn nicht alles täuscht, so werden diese Kinder schlechte Soldaten werden. Denn was ihnen Bücher und Vorträge nur anzudeuten vermögen, das haben sie nun mit eigenen Augen gesehen:

Daß drüben hinter den Schützengräben keine ‚Feinde' wohnen, sondern Eltern, sondern Väter, Mütter, Kameraden. Daß man diese Eltern auf beiden Seiten betrogen und belogen hat, wenn man ihnen sagte, auf der anderen Seite stehe der Gegner. Er steht ganz, ganz wo anders. Die Kinder werden nach Hause kommen, und man wird auf dem deutschen Bahnhof wiederum nicht erlauben, daß sie fotografiert werden, damit keiner in Deutschland zu sehen bekommt, wie die Franzosen, die Menschenfresser, Kinder pflegen – diese Kinderstube braucht ihren schwarzen Mann mit den roten Hosen. Soldaten rüsten, Industrien stellen sich um, Richter versuchen, mit ihren kläglichen Formeln die Wahrheit zu drosseln – es nützt nichts. Wenn das Proletariat stark bleibt.

Es nützt nichts – wenn die Arbeiter einsehen, daß ein Parteivorstand keine Partei ist; daß es keine Disziplin, sondern Schlafmützigkeit ist, den abgerutschten Göttern von 1914 immer noch zu glauben. Wenn sie einsehen, daß die wichtigtuerischen Reisen offiziös beauftragter Sozialdemokraten eitel Zeit- und Geldverschwendung und zu nichts gut sind; daß der Pazifismus nicht mit taktischen Bedenken und mit greisenhaften Resolutionen erstritten werden kann, sondern nur mit der schärfsten aktiven Resistenz: mit der absoluten Verweigerung des Dienstzwanges und mit dem Generalstreik in den Waffenfabriken; daß die proletarische Energie nicht in den dummschlauen Kommissionen mit den strategischen Winkelzügen aufgefangen und verpulvert werden darf – daß man die volle Wahrheit sagen muß.

Die herrschende Klasse in Deutschland will den Krieg. Sie bereitet ihn vor – alle ihre Anhänger dulden ihn schweigend, wenn er da ist; nehmen die östlichen Absatzgebiete aufs Korn, bewilligen den ungeheuerlichen Reichswehretat; lassen die Künder der Wahrheit verhaften. Das muß man erkannt haben, es in der vollen Schwärze sehen, es aussprechen.

Und dann muß man nicht gutgläubig in den pazifistischen Friedensgesellschaften sanft schlummern und ehrgeizig primadonnenhaft den Vorsitz führen; dann muß man nicht böswillig in dem kleinbürgerlichen Haufen der Sozialdemokratie die Wahrheit auf morgen verschieben, die andern für dümmer halten, als man selbst ist, sie zu betrügen versuchen, ihnen die Wahrheit verheimlichen, sich eine Rolle anschwindeln, zu Hause mit den ‚Auslandsbeziehungen' protzen und, alle Mann hoch, im gegebenen Augenblick das Maul halten – dann muß man zuschlagen.

Im pariser Gewerkschaftssaal saß ein Teil von Deutschlands Jugend. Sie sollen noch oft nach Frankreich kommen. Aber nicht als Stiefelputzer ihrer Etappenkommandanten, um Frauen zwangsweise ärztlich auf Geschlechtskrankheiten zu untersuchen, um Möbel zu stehlen, um Zivilbevölkerung zur Arbeit zu treiben, um Menschen erschießen zu lassen – sie sollen wiederkommen, um ein einziges Wort zu ihren französischen Arbeiterkameraden zu sagen: Brüder.

[1925]

HERR WENDRINER ERZIEHT SEINE KINDER

„... Nehm Sie auch noch'n Pilsner? Ja? Ober! Ober, Himmelherrgottdonnerwetter, ich rufe hier nu schon ne halbe Stunde – nu kommen Se doch ma endlich her! Also zwei Pilsner! Was willst du? Kuchen? Du hast genug Kuchen. Also zwei Pilsner. Oder lieber vielleicht – na, is schon gut. Junge, sei doch mal endlich still, man versteht ja sein eignes Wort nicht. Du hast doch schon Kuchen gegessen! Nein! Nein. Also, Ober: noch'n Apfelkuchen mit Sahne. Wissen Se, was einem der Junge zusetzt! Na, Max, nu geh spielen! Hör nicht immer zu, wenn Erwachsene reden. Zehn wird er jetzt. Ja, also ich komme nach Hause, da zeigt mir meine Frau den Brief. Wissen Sie, ich war ganz konsterniert. Ich habe meiner Frau erklärt: So geht das auf keinen Fall weiter! Raus aus der Schule – rein ins Geschäft! Max, laß das sein! Du machst dich schmutzig! Der Junge soll den Ernst des Lebens kennenlernen. Wenn sein Vater so viel arbeitet, dann kann er auch arbeiten. Wissen Se, es is mitunter nicht leicht. Dabei sieht der Junge nichts andres um sich herum als Arbeit: morgens um neun gehe ich weg, um halb neun, um acht – manchmal noch früher – abends komme ich todmüde nach Hause ... Max, nimm die Finger da raus, du hast den neuen Anzug an! Sie wissen ja, die große Konjunkter in der Zeit, das war im Januar, dann die Liquidation – übrigens: glauben Sie, Fehrwaldt hat bezahlt? 'n Deubel hat er! Ich habe die Sache meinem Rechtsanwalt übergeben. Der Mann ist nicht gut, glauben Sie mir! Ja, also mein

Ältester ist jetzt nicht mehr da. Max, laß das! Angefangen hat er bei ... Also hören Sie zu: ich hab ihn nach Frankfurt gegeben, zu S. & S. – kennen Sie die Leute auch? – und da hat er als Volongtär angefangen. Ich hab mir gedacht: So, mein Junge, nu stell dich mal auf eigne Füße und laß dir mal den Wind ein bißchen um die Nase wehn – Max, tu das nicht! – jetzt werden wir mal sehn. Meine Frau wollte erst nicht – ich bin der Auffassung so was ist materiell und ideell sehr gut für den Jungen. Er liest immer. Max, laß das! Ich habe gesagt: Junge, treib doch Sport! Alle deine Kameraden treiben Sport – warum treibst du keinen Sport? Ich komme ja nicht dazu, mit ihm hinzugehn, mir täts ja auch mal sehr gut, hat mir der Arzt gesagt, aber er hat in Berlin doch so viel Möglichkeiten! Max, laß das! Was meinen Sie, was der Junge macht? Er fängt sich was mit einer Schickse an aus einem Lokal; nem Büfettfräulein, was weiß ich! Max, was willste nu schon wieder? Nein, bleib hier! Du sollst hierbleiben! Max! Max! Komm mal her! Du sollst mal herkommen! Max, hörst du nicht? Kannst du nicht hören? Du sollst mal herkommen! Hierher sollst du kommen! Komm mal her! Hierher. Was hast du denn? Sieh dich vor! Jetzt reißt der Junge die Decke ... ei weh, der ganze Kaffee auf Ihre Hose! Kaffee macht keine Flecke. Du dummer Junge, warum kommst du nicht gleich, wenn man dich ruft! Jetzt haste den ganzen Kaffee umgeworfen! Setz dich hin! Jetzt gehste überhaupt nicht mehr weg! Setz dich hin! Hier setzte dich hin! Nicht gemuckst! Gießt den ganzen Kaffe um! Hier – haste'n Bonbon! Nu sei still. Ja – er war schon immer so komisch! Bei seiner Geburt habe ich ihm ein Sparkassenkonto angelegt – meinen Sie, er hats einem gedankt? Schule – das wollt er nicht! Aber Theater! Keine Premiere hat er versäumt, jede Besetzung bei Reinhardt wußte er, und dann Film ... Nee, wissen Se, das war schon nicht mehr schön! Ja, nu hat er mit der ... em ... Max, sieh mal nach, ob da vorn die Lampen schon angezündet sind! Aber komm gleich wieder! Mit dieser Schickse geht er los! Natürlich kostet das 'n Heidengeld, können Se sich denken! Nu, es sind da Unregelmäßigkeiten vorgekommen – ich hab ihn wegnehmen müssen, und jetzt ist er in Hamburg. Ach, wissen Se, ich hab schon zu meiner Frau gesagt: Was hat einem der liebe Gott nicht zwei Mädchen gegeben! Die zieht man auf, zieht sie an, legt sie abends zu Bett, und zum Schluß werden sie verheiratet. Da hat man keine Mühe. Und hier! Nichts wie Ärger! Max! Max! Wo bloß der Junge bleibt! Max! Wo warst du denn so lange? Setz dich hierhin! Der Junge ist noch mein Grab – das sage ich Ihnen. Kommen Se, es ist kalt, wir wollen gehen.

Ich frage mich bloß eins: diese Unbeständigkeit, diese Fahrigkeit, diese schlechten Manieren – von wem hat der Junge das –?“

[1925]

DIE TAFELN

In Enghien – ganz recht: da, wo die großen Rennen stattfinden, in diesem pariser Vorort, der fiebernd darauf wartet, daß das große Kasino am See wiedereröffnet wird, wo jetzt das Spiel gesetzlich unterdrückt ist, wo es unter der Oberfläche rastlos arbeitet, um den Sumpf wieder aufzumachen; in Enghien, in dessen Nähe das schöne Montmorency liegt – in Enghien bin ich spazierengegangen, und da ist mir etwas Merkwürdiges aufgefallen.

Sie kennen doch die Schildchen, die in den kleinen Städten bei uns die Häuser zieren, wenn sie versichert sind: ‚Providentia 1897‘ und ‚Assecurancia 1904‘ und so. Und auch hier in Enghien hängen an vielen Häusern Tafeln, immer wieder, da eine, hier eine, große und kleine. Sie sind bunt, auf weißem Glasgrund sieht man ein paar Verzierungsblümchen und einen Text. Da steht:

La ville d'Enghien
aux Héros de la Grande Guerre
ici vécut le Caporal Marcel Laurent
tué pour la patrie en 1916

Was ist das –?

Das ist eine Erinnerung, ein Mahnzeichen, ein kleines Pflasterchen für die Frau und die Kinder, die der zurückgelassen hat. Und so viele –! Eine Glastafel – klack, ein trockner Gewehrschuß. Eine Glastafel – bum – ein Volltreffer, nichts ist mehr von dem Mann übrig. Eine Glastafel – wumm – ein Paar Beine mit Stiefeln liegen unter einem Baum, wohin sie die Explosion geschleudert hat. An jedem zweiten Haus hängt die Tafel – manchmal stehen mehrere Namen darauf, zwei, drei, vier … an beinah jedem Haus.

Ich gehe durch die Straßen und sehe auf einmal nur noch dies: nur noch die Tafeln und die zerschmetterten Köpfe, die auslaufenden Augen, die herausquellenden Lungen, die blutdurchtränkten schweren Reiterhosen, den Haufen Knochen, die verrostete Erkennungsmarke.

Die Tafeln sind eine Sitte wie jede andre auch, ein ehrendes Gedenkzeichen für die Toten. Aber die Tafeln lügen. Es muß nicht heißen, ‚tué pour la patrie' – es muß heißen: ‚tué par la patrie'. Getötet durch diesen niedrigen Begriff ‚Staat', getötet durch diesen Wahnsinn, der die Heimat, die jeder liebt, mit einem Nützlichkeitsbegriff verwechselt, der den meisten nicht einmal von Vorteil ist, sondern nur den wenigen. Stirbt man für eine Weizenagentur? Für eine Hypothekenbank? Man stirbt für und durch das Vaterland, und das kommt im wesentlichen auf dasselbe heraus.

Tafeln, wie lange noch –? Wie lange noch lassen sich erwachsene Menschen einreden, daß eine sinnlose und anarchische Organisation zwischen den Staaten ein Recht hat, das Leben zu nehmen? Wie lange noch lassen sich Mütter die Söhne, Frauen die Geliebten, Kinder den Vater abschießen für eine Sache, die nicht die Kosten für den Mobilmachungsbefehl wert ist? Wie lange noch wird Mord sanktioniert, wenn der Mörder sich nur vorher eine Berufskleidung anzieht, seine Kanonen grau anstreicht, seine Gasbomben von der Kirche einsegnen läßt und sich überhaupt gebärdet wie der Statist einer Wagner-Oper?

Uns fehlen andre Tafeln. Uns fehlt diese eine:

Hier lebte ein Mann, der sich geweigert hat,
auf seine Mitmenschen zu schießen.
Ehre seinem Andenken!

[1925]

WO

sind eigentlich die Herren Kurt Wolff, Ernst Rowohlt, S. Fischer und viele andre Verleger, wenn die Buchhändler Feste feiern? Da gehts ja hoch her – nationale Reden und schwarz-weiß-rote Fahnen werden geschwungen, bärtige Teutsche reden und schreiben einen Schwafel, wie er etwa einem Stiftungsfest des Uhrmachervereins in Glauchau durchaus angemessen wäre – und das alles im Namen der deutschen Buchhändler.

Wenn man das *,Buchhändler-Börsenblatt'* liest, kann man durchaus der Meinung sein, daß der deutsche Durchschnittsbuchhändler tatsächlich von solcher Beschaffenheit sei: wie da der Mord an Hugo Bettauer glossiert wurde, wie da leise und fast unmerklich und mitunter auch recht grob die Kriegsunschuldlüge propagiert wird, wie da die Welschen und die Tschechen angeflegelt werden, und wie da vorsichtig auch eine Art Zensur über die unbequemen deutschen Oppositionellen verfügt wird – das ist ganz munter. Wenn aber selbst der Durchschnitt auf so völkische Art Bücher verkauft – wo sind die andern? Es wird ja niemand von Paul Steegemann verlangen, daß er mit einer roten Fahne durch Leipzig zieht, noch auch soll Frau Malik auf dem Augustusplatz zur Ostermesse die Carmagnole tanzen –: aber immerhin haben doch auch diese Sitz und Stimme in den büchhändlerischen Organisationen. Rühren sie sich da gar nicht? Warum hören wir nicht zum mindesten von einem wenn auch nur papiernen Protest dagegen, daß diese Festbarden sich anmaßen, für den gesamten deutschen Buchhandel eine solche üble nationale Hetze zu treiben? Warum ruft niemand in diesen Jahrmarkt zu Plundersweilen hinein: „Nein! Ohne mich!"

Opposition steht bei uns in den Büchern, broschiert, gebunden und auf Bütten. Treten aber drei Männerchen auf öffentlichem Markt zusammen und beschließen etwas Praktisches: Ihr könnt darauf schwören, daß es die Mannen der Rotte Tirpitz oder die alten Weiber der Firma Stresemann sind. Mut und Maul stehen in einem für Buchhändler durchaus ungewöhnlichen Rabattsatz: ⅙.

[1925]

DER 14. JULI

Eine Stadt, die tanzt –! Eine ganze Stadt, die tanzt –!

Nun, ganz so happig ist es damit nicht. Die Elektrischen tanzen nicht, die Untergrundbahn fährt und ist denn doch so voll, daß es – Zeichen und Wunder! – ganz kleine Ansätze von Krachs gibt, lange Straßenzüge liegen leer und undurchrummelt. Aber man darf doch sagen, daß ganz Paris auf den Beinen ist.

Die Nachricht von der Erstürmung der Bastille, deren sich ältere Abonnenten noch aus dem Jahrgang 1789 der *,Vossischen Zeitung'* entsinnen, wird in Paris alle Jahre einmal aktuell.

Dieses Mal gab es richtige kleine Sommerferien: Sonnabend, den 11., fing die semaine anglaise an, Sonntag war Sonntag, und weil Dienstag der Nationalfeiertag war, so bildete Montag einen ‚pont', der für viele Berufe ein freier Tag war. Und Mittwoch … es gibt auch blaue Mittwoche.

Vier Tage, vier freie Tage! – Eine Völkerwanderung in die Umgebung begann, hier hat fast jeder ein Häuschen, ein Grundstückchen, eine Holzhütte – und wenn nicht er sie hat, so gibt es jemand in der Familie, der Eigentümer ist. Und auch draußen die leinen Kommunen hatten ihr Feuerwerk, ihre Illuminatin, ihr Clairon- oder Harmonika-Orchester … Das Zentrum der Feier aber war Paris.

Sonnabend abend schon fng es an. Da waren an vielen Ecken Tanzplätze freigemacht oder ganz einfach improvisiert, die Kapellen saßen in Holzpavillons oder in den Cafés oder auf der Straße. Nun löst sich alles in Paris in Quartiers auf, Generalparolen sind selten, und wenn man sie gibt, werden sie kaum befolgt. Der Franzose ist ein Frondeur. Und die Quartiers sind untereinander verschieden wie Kleinstädte. Im vierzehnten tanzen die Fabrikarbeiter und ihre Mädchen, im dreizehnten ganz kleine Leute, Handlanger und Krämer, in einem Teil des fünften Provinzler, sie tanzen ihre heimischen Tänze, in Tracht und nach ihrer Musik, im zwanzigsten eine brodelnde Kleinbürgerlichkeit, im achtzehnten allerhand Straßenhändler und auch Leute mit dunkler Hautfarbe. Im sechzehnten tanzen die Mädchen der feinen Leute, im siebenten sind viele Fensterläden heruntergelassen, die Herrschaft ist auf dem Land, am Strand, in den Bergen … adlige Damen und pensionierte Herren tanzen selten auf der Straße.

In der rue Monagne-Sainte-Geneviève tanzen sie. Es sind Leute darunter, die nicht übermäßig vertrauenerweckend aussehen, aber es geht – wie überall – sehr anständig zu. Wer hier ‚Romantik' erwartet, wäre heftig enttäuscht. Nichts verkehrter, als die Pariser für einen Haufen romanisch zappelnder, ungebärdig lärmender und schießender Kinder zu halten. Ein tiefer Zug von Bürgerlichkeit geht durch diese Stadt, bis hinunter in die tiefsten Schichten. Und noch ein anderer Zug: der von Fröhlichkeit.

Da haben sie nun die Fahrpreise erhöht, und das Gas, das Wasser, das Licht, die Posttarife … die Arbeiter, deren Gehälter noch nicht mitgehen, merken das. Aber niemand ist verzweifelt, das Gleichgewicht ist überall da, die Freude, am Leben zu sein und diese Spanne, die gegeben ist, auszunutzen. Diese kleinen Volksfeste da bestehen äußerlich in nichts weiter als in ein bißchen Musik, ein paar Glas Wein (man sieht sehr wenig Betrunkene), Tanz und eben jener Atmosphäre, die nicht zu exportieren ist. Sie erinnert etwa an die Luft mittlerer deutscher Kurorte vor dem Kriege, wenn abends Réunion war: durchaus nicht der ganze Ort nahm daran teil, friedlich schlenderte man durch die halbdunkeln Straßen, aus einem Saal klang Tanzmusik, das berührte aber keinen sehr, es war eine große, stille, ruheliebende Gemeinschaft. So gehen hier feiertags die Leute herum. Und alle ohne Ausnahme, bis zum letzten Bettler herunter, sind nicht unglücklich. Das ist die Grundstimmung.

Paris tanzt also. Befreit tanzen die jungen Gymnasiasten, die ‚distribution des prix' ist vorüber, jene feierliche Schulhandlung zum Schluß des Semesters, wo irgendein Abgeordneter, ein Minister, ein politischer Beamter eine Rede redet. (So sprachen der ehemalige Unterrichtsminister François-Albert und Herr Herriot; beim Vortrag dieses mußten erst ein paar reaktionäre Lärmmacher an die frische Luft gesetzt werden.) Um die kleinen Orchesterchen drehen sich die Paare (hier wird nicht so gut wie in Berlin, aber vergnügter getanzt, unsachlich, freundliche Dilettanten) – die halbe Straße guckt vergnügt zu. Es tanzen die Feuerwehrleute auf ihrem Hof in der Nähe der Place de la Nation, man kann hereinspazieren und zusehen, es tanzen Soldaten, Ladenmädchen, Bäckerfrauen und – auf dem Montparnasse – Schweden, Norwegen, Polen und Amerikaner aller Couleuren.

Nach den Vorstädten zu werden die Damenbeine krummer, die Farben bunter, die Eleganz ist – wenn es welche gibt – aus zweiter Hand. In Montrouge begießen die alten Laubenkolonisten friedlich ihren Kohl und s'en fichent um den vierzehnten Juli, auf Gartenplätzen drehen andere auch hier ein Tänzchen.

Im Viertel von La Villette spielen die Musiker: ‚*On fait une petite bellote*', den Schlager der Mistinguett, einen Java, den sich die Leute zum gemütlichen Walzer gemodelt haben, und alle Fenster sind besetzt: im ersten Stock viele Kinderköpfe, im zweiten ein hemdärmeliger Mann, der die kräftigen Unterarme auf das kleine Eisengitter stützt, im dritten eine dicke Frau mit ungemachten Haaren.

Die Champs Elysées brodeln. Der ‚Cours de Flambeau' ist eben vorüber: schweißtriefend, eine Fackel in der Hand, ist der siegreiche Läufer einpassiert; die Staffeln sind in der Nacht von Verdun aufgebrochen, wo ein Kriegsverletzter ihnen die Fackeln angezündet hat, nun bringen sie das Feuer, von Staffel zu Staffel, über die zweihundertvierzig Kilometer nach Paris, zum Grab des unbekannten Soldaten. Die lange Prachtstraße herauf rast der Sieger, hinter ihm, zweihundert Meter hinter ihm, der Zweite. Feuer? Neues Feuer zum alten? Hoffentlich nur eine Erinnerung.

Da gehen sie spazieren. Alte Herren, mit einem steifen Hütchen und selbstverständlich – einem Bändchen im Knopfloch, man vermißt die Jahreszahl an ihnen: 1890; kleine verschmierte Kinder, die Blumen verkaufen; Mehlwürmer mit kleinen Täschchen und blitzenden Blicken; Fremde; pariser Kleinbürger; langsam wandelnde Ehepaare. Manche stehen um ein Kasperletheater herum, und da, am Straßenrand, paukt ein Mann auf einer Trommel, ganz allein auf einer Trommel ohne Orchester. Der Mann hat nur einen Arm, am Stumpf des andern ist ein Schlegel angegbunden und der trommelt nun, unermüdlich, auf das Kalbfell, welch ein herzerweckendes Symbol! Am Etoile stauen sich die Menschen.

Abends flammt die Stadt auf. In der Ausstellung strömt es hin und her, Lichter spiegeln sich im Wasser, ein Feuerwerk steigt auf, noch eines, noch eines, Scheinwerfer spielen. Oben, vom Montmartre aus gesehen, erscheint der riesige Häuserhaufen wie in Zauberlichter getaucht: Brennpunkte, Flammen, weiße Lichtbögen, Flammenstraßen …

Vor dem Parlament zittern die Flämmchen der Gasillumination: ‚R. F.' – der Wind spielt in den Emblemen der französischen Republik. Sogar der Eiffelturm leuchtet auf, und weil man seine Stahlkonturen nicht sieht, so stehen die Lichter auf dem Hintergrund der schwarzen Nacht.

Ein ganzes Volk ist fröhlich und guter Dinge, quand-même. Und alle Leute sind nett zueinander, nirgends ein böses Wort, fast nirgends Spektakel. Nie auch nur die leiseste Bewegung gegen die Fremden, niemals ein auch nur passiver Widerstand gegen deutsche Laute. Das interessiert sie gar nicht. Sie wollen in Frieden leben.

Die Feier des vierzehnten Juli in Paris ist nicht militaristisch, nicht imperialistisch, nicht ruhmredig.

Zu Feiertagen darf man Nationen etwas wünschen.

Ich für meinen Teil wünsche dem französischen Volk Frieden mit Deutschland, Frieden, Zusammenarbeit und Verständigung.

[1925]

DER TELEGRAMMBLOCK

Vor mir liegt ein Pack Blätter, durch zwei Kartonstücke zusammengehalten und auf sonderbare Weise geheftet: Statt des dünnen Heftdrahtes hat man dicken Eisendraht genommen, etwa von der Art, wie er an den Kochgeschirren der Soldaten befestigt war.

Es sind blau gedruckte Formulare: „Station … angenommen am … aufgenommen am … befördert am …" Telegrammformulare. Telegramme der Station Neuflise, Fernsprüche vom 30. 9. 1918, 11.56 vormittags, bis 30. 9. 1918, 11.50 nachmittags.

Am 1. Oktober des Jahres 1918, nachmittags um fünf Uhr, erhielt ein französischer Offizier in der Gegend des Chemin des Dames den Befehl, zu erkunden, was sich in der Strohmiete zwischen den beiderseitigen Horchposten im Niemandslande befände. Die Posten lagen an dieser Stelle ungefähr dreißig Meter auseinander. Die Gräben an hundert. Es war schon dunkel, als die Patrouille ihren Weg antrat.

In der Miete stak ein deutscher Telegraphist. Er hob, als er der Fremden ansichtig wurde, den Revolver – der Franzose war schneller und schoß zuerst. „Es war ein großer, rothaariger Mensch", sagt der Offizier, der neben mir sitzt, „er trug eine Brille und war gleich tot. Diesen Block habe ich ihm abgenommen."

Der Block enthielt keine militärischen Geheimnisse – man hat ihn dem Franzosen als Andenken gelassen. Urlaubsgesuche, Ablehnung und Bewilligung von Urlaubsgesuchen, in der Mitte einer jener verlogenen Berichte der deutschen Obersten Heeresleitung, die durch viereinhalb Jahre unentwegt siegte, ununterbrochen, von der Marne-Schlacht an bis zum letzten Tage, bis zur Desertion ihres obersten Kriegsherrn und seines Sohnes, „örtliche Einbruchstellen wurden im Gegenstoß wieder gesäubert …" Welche Reinmachefrauen –!

Dieser ganze Dienstkram ist – mit Ausnahme der mit Fernschreiber aufgenommenen Münchhauseniade des Hauptquartiers – fein säuberlich mit der Hand geschrieben.

„gefreiter brannhalter erbittet nachurlaub wegen todesfall bruder bürgermeister sprottau", steht da zu lesen. Irgendso ein uniformiertes Stück Unglück hatte zwar das Recht, seine Familie sterben zu sehen – aber zur Beerdigung hatte er doch erst auf ein Amtszimmer zu laufen und sich alles mögliche bescheinigen zu lassen: daß es ihn gab, daß es das Amtszimmer gab, daß Tote tot sind und auch mitunter beerdigt werden ... Laufende Nummer, Name, Dienstgrad – es war alles in schönster Ordnung. Der Block ist musterhaft geführt: Da fehlt kein Vermerk der Aufsicht, der Vorgesetzten ... Sogar der Gummistempel ist da, ohne den man heute keinen Krieg führen kann: 1. Batterie Fuß-Artl. Batl. 124. Und soweit wäre alles gut, wenn die letzte Seite nicht wäre.

Auf der letzten Seite sind noch alle Spalten genau ausgefüllt: die Zeit- und Ortsangaben, die Namen des Telephonisten, das Datum – unten steht noch: „An Absender zurück, mit Angabe, welches Wernow ..." Aber da ist kein Text mehr.

An Stelle des Textes finde ich viele mißgestaltete braune Flecke, Spuren einer Flüssigkeit, die auf das Blatt gespritzt sein muß. „Was ist das?" frage ich den Offizier. Er sagt es. Der Telegraphist muß den Block gerade in der Hand gehalten haben. Er fiel offenbar auf den Block. Da, wo der Text stehen müßte, sind nun die Flecke. Weiter hatte er an diesem Tage nichts mehr zu bemerken.

Der Mörder sitzt neben mir. Es ist ein honetter Mann, Leiter eines Textilunternehmens, ein anständiger Kaufmann von reputierlichem Äußern, ein Mann, dem niemand einen Mord zutraute. Er sich auch nicht. Er erzählt die Ereignisse des ersten Oktober durchaus nicht ruhmredig. „Es war einfach Notwehr", sagt er. „Er oder ich – einer war geliefert. Sie hätten an meiner Stelle grade so gehandelt." Ja.

Es war ein anonymer Mord, ein Mord in der Kollektivität. Ein Massenmörder hat, wenn er acht Personen mordet, eine Idee – wahrscheinlich eine irrsinnige. Dies hier war die irrsinnig gewordene Ideenlosigkeit. Man kommt von der Patrouille zurück, bekommt ein Bändchen angeheftet, läßt sich entlausen und hat eine etwas trübe Erinnerung. Er oder ich.

Und wenn ich nun den Ermordeten kennte, wenn er vielleicht mein Freund gewesen wäre, so stünde ich neben einem Mörder, dem ich nichts tun dürfte. Denn jetzt ist Friede – „der Mann hat seine Pflicht getan" –, und es hätte nur einer kleinen Wendung durch Gottes Fügung bedurft, so säße ich jetzt vielleicht in Sprottau neben einem rotblonden, großen Burschen mit Brille, der mir erzählte: „Also – am 1. Oktober – nachmittags – da kommen drei Franzosen in die Strohmiete ..." Und eine Frau schleppte in Paris ihr zerbrochenes Leben weiter statt wie jetzt eine in Sprottau.

Vor vierzehn Jahren fing es an und ist doch schon halb vergessen. Nicht ganz, denn emsig probieren auf allen Seiten die Kommis des Krieges neue Apparate und schmieren die alte Gesinnung mit dem schmutzigen Öl des Patriotismus. Paraden, Orden, Gas, Wachtmeister mit den Generalsabzeichen: gefährliche, in Freiheit lebende Irre. Und so, wie sich ein Hexengericht im tiefsten verletzt gefühlt haben mag, als Friedrich von Spee jene Blutorgien bekämpfte, damit an den Grundlagen des Staates rüttelnd, so glauben heute nicht nur die Nutznießer der Abdeckereien, sondern Philosophen, Zeitungsleute, Dichter, Kaufleute, daß das so sein muß. Und es muß so sein, weil die Geschäfte daran hängen.

Keine illustrierte Zeitung, kein großes Blatt, kein Verlag wagt, gegen die Interessenten dieser Industrien zu sprechen: Was weiß die junge Generation von den Schrecken des Krieges – wer sagt's ihr so oft, wie's nötig ist: also immer wieder? Wunderschön ausgeklügelte Resolutionen bezeugen das taktische Verständnis der Klugschnacker – das Triviale, das Wirksam-Banale ist fast nur auf der andern Seite.

Es gibt ein geistiges Mittel, es ist das Rezept Victor Hugos: „Déshonorons la guerre!"

[1925]

AH – ÇA ...!

„Sagen Sie bitte: bei dem gelieferten Kleiderschrank wackelt ein Bein. Das Bein hat vom ersten Tag an gewackelt. Das Modell, das Sie mir gezeigt haben, hat nicht gewackelt. Können Sie mir ein andres Bein nachliefern?"

Deutsche Ablehnung: „Ausgeschlossen. Wir haben den Schrank in einwandfreiem Zustand geliefert – Sie hätten sofort nachprüfen müssen, dann wäre Ihre Reklamation eventuell geprüft worden. Wahrscheinlich haben Sie Mäuse, und die haben das Bein angeknabbert. Oder Ihre Kinder haben damit gespielt. Jedenfalls muß meine Firma die Haftung ablehnen."

„Sagen Sie bitte: bei dem gelieferten Kleiderschrank ..." (wie oben).

Französische Ablehnung: „ Ah – ça ...!"

Bei ,Ah' werden die Schultern leicht angehoben, es ist kein Zucken, sondern nur der leichte Ansatz dazu. Bei ,ça' ist der Hals eingezogen, die Augenbrauen flattern empor, das Gesicht ist recht nachdenklich. Wenn der Franzose „Ah – ça" sagt, ist der Punkt erreicht, wo gewöhnlich nichts mehr zu machen ist. „Ah – ça" heißt: Force majeure. „Ah – ça" heißt: Auch dem menschlichen Wirken, mein Lieber, sind von den vernünftigen Mächten Schranken gesetzt. Hier ist eine solche. Bescheide dich.

Es gibt auch eine pantomimische Abkürzung des „Ah –ça". Sie besteht darin, daß die Unterlippe ganz leicht vorgezogen wird, die so entstehende Schippe läßt Luft ab. Hals und Schultern wie bei „Ah – ça ..." Auch dieses populäre Pusten bedeutet: Aus. Nichts mehr zu machen.

„Ah –ça" ist allemal erreicht, wenn man in Frankreich zum Beispiel auf haarscharf exakte Einhaltung von Bedingungen hält. Das ist des Landes nicht der Brauch. (Übrigens lebt das Land damit weitaus glücklicher als die Korrekten.) „Ah – ça" ist der Stoßseufzer des indirekten Steuerzahlers, auf dem die Gewalten regieren. Er erkennt sie nicht an – jeder Franzose ist Frondeur –, aber er unterwirft sich, solange es nicht lohnt, sich aufzulehnen. Meist lohnt es nicht. So haben auch im Kriege neben den rigorosesten Strafen die Offiziere mit Überredung viel mehr ausgerichtet als mit: „Ich fordere Sie dienstlich auf ..."

„Ah – ça" ist viel leichter und graziler als die deutsche Ablehnung. Aber man muß Ohren haben zu hören – der französische Mensch reagiert viel feiner, sein Seismograph schlägt bei der leichtesten Erschütterung haargenau aus. Ich habe immer gefunden, daß der Deutsche – ich auch – viel zu grob mit den Franzosen spricht; nicht etwa, daß er sich rüplig benimmt, sondern er ist grob, so wie ein Raster, ein Sieb zu grob ist – man braucht einfach eine Nummer feiner. Sie genügt auch. Ja: die grobe wird gar nicht verstanden. Die Franzosen fühlen auf dreihundert Meter gegen den Wind, daß jemand unzufrieden, entschlossen, unnachgiebig ist – man braucht ihnen das gar nicht erst ausdrücklich mitzuteilen. Es genügt, ganz leise anzuspielen ... Ball, Bande, Ball – es kommt an.

Und er wird, umgekehrt, genau so reagieren. Sein ,Ja' ist kein rocher de bronze, sein ,Nein' kein wilder Entrüstungsschrei. Da, wo es nicht mehr weiter geht, sagt er es, aber leise, ohne Geschrei, ohne Anrufung der Gesetzbücher und andrer Polizeiheiligen. „Ah – ça ... jen ne peux pas vous le garantir ..." Dann weiß man: Es ist aus.

„Wir möchten gern eine Republik machen, eine pazifistische, solange wir nicht schießen, eine zurückhaltende, solange wir noch nicht ganz fertig sind; leben Sie doch mit uns in Frieden, solange es uns gefällt; lassen Sie uns doch unsere Würde, die darin besteht, daß wir zu allem Ja sagen, was Sie fordern, aber im Innern den Vertragsgegner wüst beschimpfen, wir sind uns das schuldig – bitte sagen Sie uns: können wir so zusammenleben …?"

„Ah –ça …!"

[1925]

SCHNIPSEL

Ich gehe auf die Reise, alles wird noch einmal durchsucht, geordnet, hin- und hergelegt. Der quadratische Wahnsinn hat mich erfaßt: wozu soll es gut sein, daß auf einmal alle Mappen, Bogen und Brief mit den Kanten aufeinanderliegen? – es ist wohl so eine Art Versuch, die leblose Materie zu beherrschen. Die Fensterläden werden verschlossen, die letzten Zettel fortgefegt. Auf dem Schreibtisch liegen Schnipsel, kleine Späne von Papier. Das soll der Abschied sein. Da sind sie.

Neulich las ich in einem deutschen Blatt, Herr Soundso (ein deutscher Schauspieler) sei in Paris eine sehr populäre Persönlichkeit. Du lieber Gott …! Vor ein paar Tagen fuhr Dranem, der Operettenkomiker, über die Boulevards, in einem kleinen Automobil. Wenn er abends auf die Bühne kommt, wird es warm im Hause, die Leute setzen sich auf den Sitzen zurecht, stoßen sich an und flüstern: „Dranem –!" An der Madeleine blieb er mit seinem Wagen stecken und schimpfte. Kein Aas kümmerte sich um ihn.

Da wurde ein dicker Curé aus der Bretagne jüngst von einem seiner Beichtkinder vor einem recht zugänglichen Hause mit einer großen Hausnummer getroffen. „Aber Herr Curé", sagte der Gläubige, „Sie gehen in solche Häuser –?" – „Wie können Sie so etwas von mir denken!" erwiderte der fromme Mann. „Ich habe hier nur meinen Regenschirm vergessen."

Manchmal fahren zwei Eisenbahnzüge nebeneinander her, in derselben Richtung. Die Insassen des schnellern Zuges machen dann fröhliche Gesichter, sehen genau forschend hinüber, ein ganz klein wenig mitleidig. Die des langsamen Zuges schauen gleichgültig drein oder gucken gleichgültig fort. Schnellere Züge interessieren nicht sehr.

Früher wurden die Beamten von ihren Herren Eltern sorgsam mit der Hand hergestellt. Vater und Mutter zogen das so gewonnene Kind auf, ließen es ordentlich nichts lernen und brachten es dann in dem Beamtenkörper unter, wo es ein sauberes, wenn auch kärglich gebürstetes Dasein führte. Heute sind die Beamten Maschinenware geworden. Und weil jeder Mensch Beamter ist, auf irgendeine Weise, so sterben sie nicht aus, sondern regieren sich gegenseitig. Man sollte reine Untertanen züchten – bald wird es keine mehr geben.

Es gibt Menschen, die sind so rechthaberisch und haben eine solche Fähigkeit, sich alles, was ihnen begegnet, zu ihren Gunsten zurechtzubiegen, daß man versucht ist, sie zu fragen: „Lieber, ist Ihnen noch nie aufgefallen, daß Sie in Ihrem Leben niemals Unrecht hatten, niemals Unrecht –?" Und sie werden hitzig antworten: „Was fällt Ihnen ein! Ich habe überhaupt nur Unrecht –!" So dickköpfig sind manche Leute. Man kann sie leicht und sofort erkennen, denn sie gehören alle demselben Volksstamm an. Es sind die andern.

Am 1. August 1925 betrat die etatsmäßige Fee Anastasia den deutschen Schauplatz und bot den Günstlingen des Glücks von ihrem Kräutlein ‚Vergiß mein' an. „Damit ihr die schreckliche Zeit vergesset, die hinter euch liegt!" sagte sie. Zuerst ging sie zu einem berühmten Filmschauspieler. „Ich mag dich nicht", sagte dieser, Emil geheißen, „ich vergesse sonst, wo ich morgen drehe, ob in Los Angeles, Rom oder Rüdersdorf. Hebe dich hinweg von mir!" Da ging die Fee zu einem berühmten Staatsmann, der seine Weisheit auf Bierflaschen zu ziehen pflegte. „Damit du die Schrecken der letzten Jahre vergessest!" sagte sie und bot das Kräutlein dar. „Menschenskind!" sagte Gustav, „ich habe sie ja schon alle vergessen!" Traurig ging die Fee zu einem Feldmarschall. „Damit du die Schrecken des Krieges vergißt, Exzellenz!" sagte sie. „Ich habe sie nie kennengelernt", sagte der alte Mann. Da fraß die Fee ihr Kräutlein selber und vergaß sich mit einem jungen Maler, einem Italiener, der hübsche Bilder malte, Alessandro hieß und sie prügelte, wenn er sie nicht liebte. Manche kleinen Mädchen sehen aus wie ‚Mammi als Kind'. Es sind altkluge Fotografiergesichter, die später einmal von den Kindern dieser Kinder in die Hand genommen werden, und das suchende Auge entdeckt in dem kleinen Oval ‚schon damals' die vertrauten Züge der Mutter. Und dann sagt das Kind verwundert-glücklich: „Das ist Mammi als Kind."

Dies ist, glaube ich, die Fundamentalregel allein Seins: ‚Das Leben ist gar nicht so. Es ist ganz anders.'

Das sind die Schnipsel. Aber nun klopft der Diener an die Tür und meldet: „Herr Regierungsrat! Der Wagen!" Ich lasse den Butler bitten, die Wirtschafterin erscheint, der Silberdiener ... Im Sommer ist nur das kleine Personal bei mir. Ich gebe Weisung, Aljoscha, die Hündin, sorgsamst zu pflegen, Piperkarka, den Papagei, zu füttern, Semmel, die rote Katze, gut zu betten und auch hier und da einmal bei der gnädigen Frau nach dem Rechten zu sehen. Die gnädige Frau heißt Alice und daher Yane – sie darf nicht mit und liegt oben und heult. Ihr Weinen bricht mir das Herz, die Hündin kläfft, der Papagei schnattert, die Katze miaut, das Personal murmelt fromme Segenswünsche. Vornehm den Hut lüftend, trete ich ins Feie. Und sage noch beim Herausgehen, den Kopf leicht nach hinten gewandt: „Fegen Sie die Schnipsel heraus –!"

[1925]

DAS SIEBENTE

Mit den Arrondissements in Paris ist das nicht so wie mit der ‚Gegend' in Berlin. Wenn einer vor Hunger nicht krauchen kann, so zieht er um des Himmels willen nicht aus der Geisbergsraße hinter den Alexanderplatz, weil ‚man in der Gegend doch nicht wohnen kann' – oblgeich die Leute hinter dem Alexanderplatz mindestens so viele Vermögen aufzuweisen haben wie der Kurfürstendamm, nur besser fundierte. Mit einem Wort: pariser Arrondissements sind kleine Städte. Le quartier hat sein Kino, sein Theater, seine Stammeinwohnerschaft, seinen Charakter. Es gibt, zum Beispiel, auf dem linken Ufer, um die rue de la Convention, kleine Straßen und Plätze, die so nach Kleinstadt schmecken, nach Weltabgelegenheit, nach stillen Kleinbürgern … Wenn aber einer von uns beiden stirbt: ich zieh ins Siebente.

Das Siebente liegt auf dem linken Ufer. Es ist ein großes rechtwinkliges Dreieck, mit der gebogenen Hypotenuse an der Seine, vom Eiffelturm bis zur Gare d'Orléans, und mit den Kahteten der Avenue Suffren und einer Linie, die etwa vom Quai Voltaire bis zu Untergrundbahnstation Sèvres-Lecourbe führt. Da ist die Spitze.

Es hat von allem etwas:

Das schöne Champ de Mars, mit den vornehmen Straßen; von den obern Stockwerken aus sieht man über die weiten buschigen Flächen und die hohen Bäume, die bunten Anlagen vor der Ècole Militaire, daran stille Alleen entlang führen, abends klappert der Maschinist in der kleinen Elektrizitätsbude auf dem Turm die ganze Lichtreklame herunter, und die Mieter können stolz sagen: Eignen Eiffelturm im Hause … Hier wohnen auch feine Leute, Finanzbeamte und sogar ein deutscher Legationsrat. Und dann ist da der Dôme des Invalides, der so still und weit auf die Seine hinausguckt, besonders, wenn nicht gerade Ausstellung gespielt wird, und östlich davon eine Menge kleiner Straßen, und die meisten sind still. Das war ‚le noble faubourg', und heute liegt da noch ein Stück des Boulevard St.-Germain, in dessen Salons Proust so gut Bescheid wußte und so verdünnt darüber schrieb, und in dem die deutschen Schmöcke gar nicht Bescheid wissen und so verdickt darüber schreiben … Eine Fülle von alten Palais liegt in diesem Teil der Stadt, keines hat die Fassade auf die Straße, alle verbergen Fronten, Vornehmheit und Architektur; die lange Straßenmauer schließt die Welt ab, und jene andre beginnt erst hinter dem großen Einfahrtstor.

Gleich hinter der Chambres de Déptutés fängt die Stille an, und alles, was um die Kirche Ste.-Clotilde herum liegt, hats gut: es ist mitten in der Stadt, und doch gehts da leise zu.

Ein feiner grauer Steinton ist in diesem Arrondisemont, alles ist getönt, zart und doch kräftig. Wenn man schon in der großen Stadt wohnen muß, dann hier.

Du Unbekannte, die du mir einst dein ganzes Vermögen vermachen wirst, weil du dich seit zwölf Jahren allwöchentlich einmal mit der *‚Welt-*

bühne‘ zurückgezogen hast, hör mich an. In Paris, wohin meine Sehnsucht mich ruft, kann man keine Wohnungen mieten. Man muß sie kaufen. Laß es so viel sein, daß ich im Sommer in Dänemark leben kann, an den grünen und blauen Seen, wo die Butter und die Damen so frisch sind, daß man nie mehr Margarine essen mag – im Winter will ich eine Stadtwohnung haben. Darin soll dein Name gesegnet werden für und für, denn du wirst eine bessere Wohltäterin sein als Hebbeln seine. Vergiß es nicht: in Paris. Im Siebenten.

[1925]

WAS WÄRE, WENN …

W.T.B.

Wilhelm der Zweite ist heute abend 7.15 Uhr in Doorn an den Folgen einer Lungenentzündung gestorben.

Demokratischer Leitartikel

Der ehemalige Kaiser ist gestern in Doorn entschlafen, und wir drücken am Grabe eines Menschen selbstverständlich die anständige Trauer aus, die dem Menschen gebührt. „Et le combat cessa faute de combattants“, heißt es in Corneilles ‚*Cid*‘. Es ist heute nicht der Tag, um zu schildern, was dieser Kaiser hat geben wollen, aber vielleicht nicht hat geben können. Mochte seine Impulsivität auch vieles verursacht haben, was besser unterblieben wäre, so ist doch sein reiner Wille und die Liebe zu seinem Volke …

‚Deutsche Tageszeitung‘, achtundvierzig Stunden später

Einzelheiten der Überführung stehen noch nicht fest. Doch kann heute schon so viel gesagt werden, daß der Trauerkondukt am Mittwoch, dem 17., abends gegen neun Uhr, in Berlin ankommen wird, wo die Leiche im Schloß aufgebahrt werden wird. Der Reichspräsident Hindenburg hat Armeetrauer befohlen. Daß die Schulen schließen werden, halten wir für selbstverständlich. Näheres über den Trauerzug, der sich durch die Hauptstraßen Berlins bewegen wird, sowie die Absperrungen geben wir morgen bekannt.

Paul Warncke im ‚Kladderadatsch'

… Dein harter Lebensfaden liegt zerschnitten.
Du stiller Dulder hast nun ausgelitten,
Du, der Du stets die Völker überragt,
Der Zahn der Zeit nur hat Dich hohlgenagt.
In schwarzen Schleifen Trauerreiser,
Dies bringt Dein Volk Dir! – Deutscher Kaiser!

‚Berliner Lokalanzeiger', schwarzer Trauerrand, Schlagzeile

Sämtliche Minister nehmen am Trauerzuge teil!

Wie wir hören, haben sich auch die sozialdemokratischen Minister bereit erklärt, am Trauerzuge teilzunehmen. Nur die Kommunisten haben sich ausgeschlossen. Ihre Verhaftung steht unmittelbar bevor.

Tagesbefehl des ‚Stahlhelm', Ortsgruppe Belgard in Pommern

Sämtliche Abteilungen stehen morgen früh acht Uhr an der Ecke der Stettiner Straße. Abmarsch zur Trauerfeier auf dem Exerzierplatz 8.05. Kleiner Anzug, große Hose, Stiefel in denselben; Stock, Totschläger, Handgranaten. Keine Waffen mitbringen!

‚Vorwärts'

Die Massen Berlins, die gestern so ausgezeichnete Disziplin gehalten haben, konnten ein merkwürdiges Schauspiel beobachten. Während alle andern Regierungsstellen mit feinstem Takt die menschliche Rücksichtnahme mit der Achtung vor der Republik zu vereinigen wußten, hat das Reichswehrministerium, Dienststelle B, auf seinem Gebäude nur die Fahne in den preußischen Landesfarben gehißt. Hat man dort keine schwarzrotgoldenen Fahnen? Wir fragen den Reichswehrminister …

‚Deutsche Zeitung'

Fortgesetzt laufen noch Beileidskundgebungen aus allen Teilen der Welt ein. Ein besonderes Zeichen für die Beliebtheit, deren sich Kaiser Wilhelm überall zu erfreuen hatte, ist der Gruß, den der Eskimo-Fußballklub ‚Nanuk' aus Grönland an Seine Exzellenz den Generalfeldmarschall Hindenburg gesandt hat. Wahrlich, das deutsche Volk kann stolz auf seinen Kaiser sein.

‚Kreuzzeitung'
Die Nachricht, daß Kaiser Wilhelm hunderttausend Mark testamentarisch den deutschen Kriegskrüppeln vermacht hat, bewahrheitet sich nicht.

Gerichtskorrespondenz
Die Arbeiter Wilhelm Lawrentz, Heinrich Katschke, Fritz Demmert standen gestern wegen Landfriedensbruch, Körperverletzung, Beamtenbeleidigung, Widerstand gegen die Staatsgewalt und Vergehen gegen die Gesetze zum Schutze der Republik vor der 12. Strafkammer des Landgerichts III. Sie waren beschuldigt, beim Vorbeiziehen des kaiserlichen Trauerkondukts die Hüte nicht abgenommen zu haben. Die unter Eid vernommenen Beamten gaben einstimmig an, von den Angeklagten mit schwerer Artillerie bedroht worden zu sein. Lawrentz wurde zu 8 Jahren, Katschke und Demmert nur zu 6 Jahren Zuchthaus verurteilt.

Bildunterschrift
Der Kronprinz im Trauerzug. Rechts oben: Der Kronprinz bei den Ruderregatten in Grünau.

Radio–Dienst
Die heutige Runkfunkstunde ist dem Andenken des verstorbenen Kaisers gewidmet. 7.15: Zeitangabe, Wirtschaftsnachrichten, Neueste Meldungen. 7.30: Vorspruch. Von Karl Rosner. Gesprochen von der Rundfunkprinzessin. 7.38: Was uns unser Kaiser war. Ansprache von Dr. Carl Diem, Generalsekretär der Hochschule für Leibesübungen. 8.05: Blasorchester …

Annonce
Der Kaiser ist tot. Da hat wohl mancher sein Leben an sich vorbeipassieren lassen angesichts dieser großen und klassischen Tragödie sowie dieses Stücks Geschichte, das er hier mit erleben durfte. Bei aller nationalen Verehrung aber sollte man auch sein leibliches Wohl nicht vergessen. Wenn Sie Hühneraugen haben …

Vermischtes
Generaldirektor Dembitzer von der Misti hat Herrn Otto Gebühr für den demnächst fertigzustellenden Kaiser-Film ‚*Marsch-Marsch, Hurra!*' verpflichtet.

Lokales
Der Rentenempfänger Jakob Krewald hat sich gestern abend mit Leuchtgas vergiftet. Krewald war Schwerkriegsbeschädigter und erhielt 45% Rente. Er hat im Kriege das Augenlicht, die Beine, die Arme und den Unterkiefer verloren. Was den alten Mann in den Tod getrieben hat, ist noch nicht geklärt.

[1925]

STAATSMORPHIUM

Neulich mittag saß auf einer deutschen Anklagebank – also einem durchaus reputierlichen Ort – ein Ding, das der ziemlich guten Nachahmung eines Menschen glich. Es war ein ehemaliger Soldat.

Als der Stumpf noch ein Mensch war, hatte er während des Krieges derart schwere Verletzungen erlitten, daß die jahrelangen ununterbrochen anhaltenden Schmerzen nicht anders zu dämpfen waren als mit Morphium. Der Staat, der seinem entlaufenen Kaiser monatlich 50 000 Mark zahlen kann, ungerechnet die Werte, die ER sich hat über die Grenze schieben lassen – der Staat hatte für das Bündel Schmerzen kein Geld, aber Morphium in natura. Der Mann bekam also, wie im Gerichtssaal angegeben wurde, ‚Staatsmorphium'. Alle paar Tage ein paar Gramm.

Immer, wenn die Nerven dumpf aufheulen wollten, piekte die kleine Spritze in die schmutzige Haut, und dann legten sie sich wieder zu scheinbarer Ruhe. Wie hinter Watte tat es nur noch weh.

Sie hatten den Stumpf wegen Bettelei angeklagt, was gleichgültig ist, und der Staatsanwalt kam zu irgendeinem juristischen Resultat, die Einstellung des Verfahrens betreffend, was noch gleichgültiger ist. Verwaltungsmaßnahmen sind auch dann nicht der Nachprüfung wert, wenn sie sich Urteile nennen. Der Mensch ging im Dämmerzustand heraus. Er wußte gar nichts von sich. Er lebt ständig im Dusel: voll von Staatsmorphium.

Er ist nicht allein, sondern hat Kollegen: 60 Millionen.

[1925]

DIE DEKADENTEN

Wenn neben den Treibereien des Flotten- und Wehrvereins und neben der bösartig-ungeschickten Haltung der deutschen Diplomatie etwas zum Kriege beigetragen hat, so sind das die Berichte der ‚unpolitischen' Korrespondenten aus Frankreich vor dem Kriege.

Die haben unentwegt und durch Jahre hindurch behauptet, dieses Land sei am Ende, sei krank, dekadent, schwach, kernfaul … Daß sechzig kriegerische Millionen vierzig nichts als ruhebedürftige Millionen besiegen können, leuchtet ein. Daß aber eine wunderbare Kraft, die in keinem Bizeps in die Erscheinung tritt, den Franzosen die Fähigkeit verlieh, während des Krieges niemals die Nerven zu verlieren, davon hat man uns nichts gesagt. Im tiefen Unglück, vor der Marne-Schlacht, im höchsten Glück, im November 1918, immer gemessen zu bleiben, immer das Gleichgewicht zu behalten – das scheint mir gar nicht dekadent. Aber die Schilderer brauchten das. Sie setzen ihr Werk heute fort.

Wir können uns auf den Kopf stellen – kein Literat wird so gelesen wie der namenlose Schmierer, der die ausländischen Zeitungen ausschlachtet. Welche Messerstechereien –! Welche Vorstadtmoral –! Welche Hurengeschichten –! Der fremde Leser muß den Eindruck gewinnen: So ist Frankreich. Daß aber einem – gewöhnlich aufgeblasenen – Skandalfall Millionen ruhige und arbeitsame Menschen gegenüberstehen, davon ist nichts zu lesen.

Ich spreche nicht einmal von den Auswüchsen des Kriegswahnsinns. Da haben Betriebsame, die ihren Ruf, ihr Geld und ihre Stellung Frankreich verdankten, auf der Terrasse von Saint-Germain gedankenvoll empfunden, dieses alles müsse ein Ende nehmen und könne nicht dauern … während doch grade der Thron ein Ende nahm, vor dem sich – jenen zufolge – die letzten drei Deutschen verneigten und von vorn anfingen … Manche Leute sind nur bei einem schlechten Gedächtnis zu ertragen.

Aber wenn ich heute die deutschen Zeitungen lese – was muß ich da alles über das Land erfahren, wo ich lebe! Die Frauen bekommen nie Kinder, die Mädchen sind nur für wenige Stunden des Tages vertikal anzutreffen, die Männer schießen sich Löcher in den Bauch oder stehlen Geschmeide … das muß ja ein dolles Land sein! Ist es auch.

Denn so etwas von ruhiger Zufriedenheit, von allgemeiner Ausgeglichenheit, von tiefer, tiefer Bürgerlichkeit war noch nicht da. Politiker mögen die bekämpfen, scharfe Beobachter mögen alles mögliche in ihr sehen – aber sie ist vorhanden, unbestreitbar vorhanden, sie ist das Allerunromantischste von der Welt.

Überschrift, fett: „Greisenmorde in Paris!" Na, gewiß doch. Die einzigen, die leider Gottes aus diesem allgemeinen Pariser Morden lebend davonkommen, sind jene Reporter, die schon einmal dem deutschen Volk eingeredet haben, jenseits des Rheins wohnten die Verderbnis, die Degeneration, die Dekadenz. Es wohnen aber Menschen da, die ihre fünf Sinne beisammen haben und deren Seele man nicht kennenlernt, wenn man ihre Zeitungen ausschmiert.

[1925]

WIESO

soll ich eigentlich Zeitungen lesen? Um zu erfahren, was auf der Welt vorgeht? Aber ich erfahre ja höchstens, wie man das Vorgegangene darzustellen beliebt.

Objektivität gibt es nicht. Was hingegen die modernen großen Zeitungen treiben, das ist doch wohl grotesk. Wenn man mit Redakteuren spricht, welcher Nationalität sie auch immer seien, so hört man, wie sie alle nur eine Sorge bewegt: Wie mach ichs, daß die Schreiberei nun mit Bedeutung auch gefällig sei? Wem …? Das kommt ganz darauf an.

Man muß einmal einer Unterhaltung von Nachrichtenmännern beigewohnt haben, die darüber beraten, ob man dieses oder jenes ‚geben' könne. Sie denken an alles: an die Wirkung der Nachricht auf die Börse, auf die Rechte, die Linke, auf das Inland und das Ausland – und sie pflegen gern die Größe dieser Wirkung zu überschätzen –; nur auf einen einzigen Gedanken kommen sie überhaupt nicht: daß man etwa die Dinge so schreiben könnte, wie sie sich zugetragen haben, also: wie man sie sieht. Von den Redaktionen, die die Berichte ihrer Korrespondenten nach Belieben zurechtstutzen, zu schweigen.

Aber das ist überall so. In Frankreich noch viel stärker als bei uns. Die französischen Journalisten sind Meister in der ‚Aufmachung' einer Nachricht. Sie geben dem Ding erst die richtige Farbe, nicht, indem sie es lang und breit kommentieren, nicht durch den Leitartikel, der im ,*Matin*', im ,*Journal*', im ,*Petit Journal*' und im ,*Petit Parisien*' einen viel kleinern Raum einnimmt als in den deutschen Zeitungen gleichen Kalibers, nein: indem sie die Nachricht richtig zurechtmachen. Stilisierung, Placierung, Längenabmessung – und, das Wichtigste: die typographischen Mittel. Der ,*Temps*' und das ,*Journal des Débats*' beschreiben die Ereignisse, die andern drucken sie.

Und da können die modernen französischen Soziologen, die hier sehr in Blüte stehen, das alles aussprechen, wie es wirklich ist – Lucien Romier tuts in seiner ,*Explication de notre Temps*' und der verstorbene Jouvenel, der Bruder des ehemaligen Ministers und ,*Matin*'-Politikers, tats in seinen ,*Vingt Leçons de Journalisme*' –: es nützt alles nichts. Hundertmal kann man von Franzosen hören: „Peuh! Bourrage de crâne!" (was etwa heißt: tendenziöse Stimmungsmache) – es nützt nichts. Denn während Hunderte es einsehen, glauben Millionen daran.

Die Zeitung ist ein Geschäft? Aber sie ist schlimmer: ein von tausend Interessenten beeinflußtes Geschäft. Und äfft unter der Maske einer Zeitung eine Zeitung: bieder und noch atemlos von der Radiographie kommt die Nachricht angelaufen und berichtet, berichtet … Sie hat vorher die engsten Siebe passiert, und was etwa Gefährliches, Unerwünschtes, Revoliterendes an ihr war, liegt zurückgeblieben oder gar nicht erst aufgeschrieben. Kommt dazu, daß die meisten Leute nur ein Blatt lesen, ihr Blatt …

Selbst die Nachrichten, die nicht in der Zeitung stehen, sind erlogen.

[1925]

DER BRÖTCHENTANZ

Ist der neue Chaplin-Film schon in Berlin? Ich glaube nicht. Vergessen Sie nicht, auf den Brötchentanz zu achten, und verlangen Sie ihn Dakapo. Warum gibt es keine Dakapos im Film?

,*Die Jagd nach dem Gold*' (,*The Gold rush*', ,*La Ruée vers l'Or*') ist ein Goldgräberabenteuer aus Alaska; daß es eine Parodie sein soll, wüßte man nicht, wenn mans nicht wüßte. Es beginnt mit dem Zug der Zehntausende in die Schneeberge – und schließlich geht ein Rauschen durchs Parkett. Er. Er hat einen Sack auf dem Buckel und einen Schal, aber sonst ist er ganz so ausgestattet wie immer: Hütchen, Stöckchen, Schnurrbärtchen … Er wandelt frohen Mutes auf dem schmalen Rand einer Felswand, wankt und klettert … Plötzlich taucht aus einer Höhle hinter ihm ein riesiger Bär auf, das Publikum kreischt, was wird jetzt werden? Nichts – Charlie geht still seines Weges, die braune Gefahr immer hinter ihm her, schließlich verschwindet der Bär in der Felshöhle, und etwas später dreht sich der Goldgräber um und visiert die Gegend. Indianer? Raubtiere? Nein. Weiter. Dieser Ritt über dem Bodensee leitet das Fest ein.

In dem, was folgt, ragt an erster Stelle der Brötchentanz.

Chaplin hat in seiner Blockhütte schöne junge Mädchen zu Gast geladen – er wartet auf sie. Sie kommen nicht, er schläft ein und träumt, sie seien gekommen. Und das ganze kleine Fest zieht an seinen Augen vorüber, und zum Schluß, zum Nachtisch, muß er doch den Damen eine Unterhaltung servieren, und weil er nicht singen kann und auch kein Grammophon hat, tanzt er ihnen etwas vor. So:

Er pikt auf zwei Gabeln zwei lange Brötchen, stellt die Gabeln auf den Tisch und packt sie. Und nun sind es plötzlich zwei Beine, Tänzerinnenbeine, oder seine eigenen. Die Brötchen sind seine quer gestellten Schuhe, und das unsichtbare Gabelwesen fängt an, zu tanzen. Es ist eine der genialsten Erfindungen dieses genialen Komikers.

Zu den Klängen eines Foxtrotts wirft das Ding die Beine, rutscht und schleift, einmal macht es dieses Kunststück, ganz weit zu grätschen, daß man glauben muß, es werde gleich in der Mitte aufplatzen, es grüßt mit den Beinen und kokettiert mit den Beinen – und man vergißt völlig, daß es ja nur zwei Brötchen, auf Gabeln gespießt, sind, die uns da etwas vortanzen … Diese schlumpige Grazie, dieser Spitzentanz in Lumpen, den wir so oft von ihm selbst gesehen haben: Chaplin wiederholt das mit einem Nichts, mit etwas, das gar nicht da ist, mit der kindlichen Andeutung von Beinen. Er muß das tagelang vorm Spiegel geübt haben. Wenn einem der Atem vor Lachen ausgegangen ist, verbeugt sich das Ding mit einem zierlichen Knicks. Husch, husch, die Waldfee … mit zwei Sechserbrötchen.

Es geschieht vorher und nachher viel Komisches, aber dies ist doch die dickste Perle. Ich habe den Film in Narbonne gesehen, und wenn Sie mich nach den Sehenswürdigkeiten dieser Stadt fragen: ich weiß nur diese eine, den Brötchentanz.

[1925]

AUTOBIOGRAPHIE

Soweit ich mich erinnere, wurde ich am 9. Januar 1890 als Angestellter der *‚Weltbühne‘* zu Berlin geboren. Meine Vorfahren haben, laut *‚Miesbacher Anzeiger‘*, auf Bäumen gesessen und in der Nase gebohrt. Ich selbst lebe still und friedlich in Paris, spiele täglich nach Tisch mit Doumergue und Briand ein halbes Stündchen Schafkopf, was mir nicht schwer fällt, und habe im Leben nur noch einen kleinen Wunsch: die Rollen der deutschen politischen Gefangenen und ihrer Richter einmal vertauscht zu sehen.

[1926]

DIE EINSAMEN

In jeder großen Stadt gibt es einen Ohrenschmalzsalon, einen schön ausgestatteten Laden, in dem Leute mit zwei Gummischläuchen an den Ohren dasitzen und auf etwas horchen.

Das gab es schon vor dem Radio; unten im Keller brodeln die Grammophone und trichtern Musik ins Volk. *‚8576 Hans, was machst du denn mit deinem Knie –?‘* und: *‚5611 C'est oi qui fais la vaisselle –‘*. Das ist international. In Paris zum Beispiel sieht es so aus:

Abends gegen acht Uhr, wenn alle ordentlichen Leute essen, weht der Boulevard ein paar Einsame in einen Musikladen. Sie kaufen beim Kustos eilig ihre Marken, setzen sich an die Musiktische und blättern in den Katalogen. Vor ihnen ist ein rechteckiger Spiegel, in dem sehen sie sich. Dann geht's los. Im Spiegel kann ich sie alle auch sehen.

Zuhörende Menschen haben einen starken Willensausdruck in den Augen; es ist, als ob sie bei der Empfängnis, nach dem Rezept Whitmans, dem Fremden etwas Eigenes entgegensetzen, um nicht unterzugehen, – die Frauen sehen meist weicher drein. Da horchen sie.

Manche summen mit und nicken bekräftigend an den Kraftstellen, fröhlich feixend, wenn sie wiedererkennen, was ihnen da vorgemacht wird. In einer englischen Revue gab es einmal eine solche Grammophonszene – immer kam einer herein, setzte sich vor seinen Kasten und summte leise mit;

zum Schluß heulte die ganze Bühne. So laut ist es hier nicht. Nur manchmal hört man aus den Schläuchen einen Tenor krähen, einen Alt schmettern, eine Dame sengend zischen. So dringt Musik ins Volk.

Es ist wohl ein Stück metaphysischen Bedürfnisses, daß sie hier sitzen. Wo sollten sie sonst auch bleiben? Zu Hause –? Ich sehe jedes der kleinen möblierten Zimmer, so schwarz, so langweilig, so entsetzlich einsam. Hier kann man ausspannen, sich ein bißchen verlieren, hier ist Zusammenhang, Menschennähe, die ganze musizierende Welt. Neue Schlager und alte Weisen, Orchesterkonzert und rührselige Lieder, Bekräftigung, Trost und Stütze.

Ich für meinen Teil lasse für fündundzwanzig Centimes Hawain in mich hineinweinen, und bis zur Erschlaffung Jazz, man versteht nachher Politik und Geschäfte viel besser. Tote singen, verstorbene normannische Volkssänger, und wenn ich Aufschluß über das kleine französische Mädchen haben will, dann bestelle ich Lieder aus den Varietés, ‚*Sie l'on fait le même chemin*' und ‚*Pars!*', mein Lieblingslied. Hier klingt die Seele eines Volkes, – eines Teils gewiß. Leute kommen und gehen, der Boulevard speit sie aus und verschluckt sie wieder, mit hochgezogenen Augenbrauen sitzen sie alle da. Fremde und Franzosen, und horchen. Auf Musik, auf ihre Zeit, auf sich selbst.

[1926]

DER NAMENSFIMMEL

Ein Theaterzettel von heute sieht komisch aus. Früher stand da: Regie: Franz Durchfaller. Heute haben wir:

Spielwart – Regie – Künstlerische Oberleitung – Entwurf und Ausführung, es muß alles angegeben werden. Daß man auch einmal anonym arbeiten kann, um der Sache willen, das wäre ja gelacht –! Der Film tobt sich in diesem falschen Individualismus noch weit mehr aus, und wenn einer ein Pissoir anstreicht, dann kleckst er bestimmt seinen Namen unten in eine Ecke; es könnte wichtig sein.

Denn weil der Handwerker mit Gewalt ein Kinschtler sein will und alle Welt auf das Niveau pfeift, jede Arbeit so zu einem gewaltigen Einzelfall steigernd, sind wir das Land, in dem ein sauber geformter Löffel ‚Entwurf von

Professor Bruno Paul' ist, und es soll mich nicht wundern, wenn nächstens ein Esel, einen Klacks gemacht habend, iat: ,Entwurf Lucian Bernhard'. Das muß wohl so sein.

Wir Schreiber sind die Dummen. Da setzen wir einfach unsern Namen unter unsre Arbeit – einen einzigen, kümmerlichen Namen. Ich schlage vor, in Zukunft folgendermaßen zu verfahren:

,Der Namensfimmel'
von Ignaz Wrobel
Interpunktion: Thomas Mann
Fremdwörter: Hans Reimann
Druckfehler: Reinhold Wulle
Künstlerische Oberleitung: S. J.

„Reklame muß sind!" sagte der Einbrecher – da hinterließ er etwas am Tatort.

[1926]

NATIONALES

Die Engländer wollen etwas zum Lesen, die Franzosen etwas zum Schmecken, die Deutschen etwas zum Nachdenken.

Einmal tauchte eine falsche Tausend-Francs-Note auf.

Der Franzose sparte sie. Der Engländer steckte sich seine Pfeife damit an. Der Deutsche lieferte sie an seine Fürsten ab, bekam sie zurück und zahlte eine Lebensrente als Entschädigung. Der Ungar erkannte sie wieder, nahm sie und gab falsch heraus.

In einem Hotel waren einst je fünfzig Angehörige aller Länder versammelt.

Die Engländer sah man. Die Deutschen hörte man. Die französischen Köche schmeckte man. Und als es nach Knoblauch roch, da stritten sich zwölf Nationen um die Ehre.

Grenzvölker habens nicht leicht. Sie meiern sich zunächst an den Mächtigen an, werden wegen Überpatriotismus zurückgewiesen, ziehen sich nunmehr voll Haß auf ihren eignen Patriotismus zurück und entrollen ‚Grenzprobleme'. Zum Schluß glaubt ihnen niemand mehr. Sie sich übrigens auch nicht.

Der Jude ist die Zirbeldrüse im Völkerorganismus. Niemand weiß, wozu sie eigentlich da ist – aber herausschneiden kann man sie nicht.

Die Holländer wollen Frieden; der Franzose will keinen Krieg; der Engländer will keinen Frieden; und der Deutsche will, daß die andern mit ihm Krieg anfangen.

Wenn die Amerikanerin so lieben könnte, wie die Deutsche glaubt, daß die Französin es täte: – dann würde sich die Engländerin schön freun. Sie hätte einen herrlichen Anlaß, sich zu entrüsten.

Es gibt keine geborenen Großstädter.

Der Berliner sagt, er sei in Breslau geboren, stammt aber aus Posen; der Pariser ist aus Tunis und bestenfalls aus Frankfurt, der Wiener aus Chernowitz und der New Yorker aus Württemberg. Nur die Prager sind aus Prag, und das ist ihnen ganz recht.

Wenn sie beerdigt werden, machen sie das so:

Der Deutsche läßt sich seine Orden auf einem Kissen nachtragen und ist noch im Sarge stolz auf Trauerrede und Beteiligung.

Der Franzose bestellt sich ein Leichenbegängnis I. Klasse, die Leiche vermerkt mit Bedauern, daß nur vierundvierzig Kerzen in der Kirche brennen.

Der Grieche kommt eine Kleinigkeit zu spät zu seiner Beerdigung – er war noch rasch beim Friseur.

Der englische Lord hält auf respectability und gibt nicht zu erkennen, daß er gestorben ist, er bleibt im Oberhaus würdig sitzen.

Der Wiener liegt im Grabe zunächst verhältnismäßig still, aber g'hert, die Ada hat an Italiener g'heiratet? Woos? Das is nicht wahr? In meinen Augen sind Sie an Wurm, an dreckiger!" Und das stimmt dann auch.

[1926]

ALTE SCHAUSPIELERBILDER

Manchmal findet man alte Schauspielerfotografien. Illustrierte Zeitschriften von gestern gehören bekanntlich zum Rührendsten und Vergnüglichsten, wo man hat – und unter ihnen sind es wieder die Bilder von den Bühnen, die das Herz schmelzen. So:

Der gute Schauspieler weiß eine Maske zu machen, die sich von den Masken auf der Straße gar sehr unterscheidet. Sein König Lear blickt wild; dergleichen kommt auf der Untergrundbahn nicht vor. Sein Kaiser Napoleon leuchtet ein wenig fett und geschichtsbedeutend; das erhabene Gefühl, später auswendig gelernt zu werden, gibt ihm eine Aura kalt-dünner Unterschiedlichkeit; so ein Kerl ist auf keinem Postamt zu finden. Gygesse und Holofernesse, Ophelias und Falstaffs, sie alle blicken uns heute so oder so an, aber immer unalltäglich, besonderlich, anders als … „Rechts oben: der Künstler in Zivil."

Wenn aber zwanzig Jahre ins Land gegangen sind, hat sich auch der Mensch des Alltags verändert, und nun geht eine seltsame Veränderung mit diesen Bildern vor. Schlag auf, und du siehst:

Der Komiker ist ein albern geschminkter Hanswurst, der recht gewöhnlich aussieht; der Shakespeare-König Heinrich ein höchst braver Bürger jener Tage, mit geklebtem Bart und mühselig funkelnden Augen, er sieht recht gewöhnlich aus; Boris Godunow scheint zu sagen „Da hinten ist noch ein Tisch frei, Amalie!" – und Napoleon ist ein Statist mit zu engen Hosen. Allen hängt die Verkleidung um die Beine wie ein leerer Sack, sie ist ihnen nicht konform, man glaubt sie ihnen nicht.

Und man begreift nicht, wie sich die damalige Menschheit von solchen Schießbudenfiguren hat täuschen lassen, obgleich sie hat getäuscht werden wollen. Denn uns ist der Klang der Stimmen verhallt, die Namen sagen uns wenig oder gar nichts mehr, das Mysterium um den Künstler ist verflogen, und selbst, wenn es ein anerkannt großer war, mit Gedenktafel, Rede des Regierungsvertreters im Gehrock und Benutzung des Namens im Silbenrätsel: Maske hat er nicht machen können, sagen die neuen Beschauer.

Denn weil sich auch die Gesichter der Generationen wandeln und weil man vor alten Fotografien stets sagen darf: „So sieht man nicht mehr aus!" – so ist jener für uns nur noch ein alter Tepp und jene eine dumme Zuckernaive, denn der Unterschied zu den Alltagsbürgern fällt weg: der Schauspieler ist selber einer geworden. Moden wachsen nach innen, verwandeln den Geist und kehren als Ausdruckssymptom wieder; in schwarzgefärbten Augenwinkeln schluchzt ein Zigeunerwalzer, den die Jazzleute verlachen, und ich möchte nicht dabei sein, wenn sie uns in zwanzig Jahren beim Zahnarzt durchblättern, alle miteinander.

Die Mode von gestern ist lächerlich. Selig, wer das Übermorgen erlebt. Seiner ist das Klassische, ein ewiger Wert ist er geworden, und so geht er ein in die Unsterblichkeit: Fritz v. Unruh, die bekannte Schöpfung des ‚*Berliner Tageblatts*'; Paul v. Hindenburg, der Vater der Republik; und Kukirol, der Erfinder der schwarzen Füße. Ihrer ist das Himmelreich.

[1926]

PARS – !

Der dressierte Affe ist nun endlich ins Bett gebracht worden, er hat noch zum Juchhei aller Damen imaginär das Töpfchen benutzt, Herrgott, daß den Dresseuren auch gar nichts anderes einfällt: Die Springer sind gesprungen, die Leute am Reck haben sich gereckt, und nun haben sie einen schwarzen Samtvorhang herabgelassen, die Bühne bleibt einen Augenblick leer, das Orchester spielt hastig den kommenden Refrain … da ist sie. Keine langen Beine, die Finger, wie so oft bei Französinnen, kurz – das ganze eine erste Nummer für Dijon. Gott weiß, wer sie nach Paris engagiert hat. Sie singt.

Pars –!
Sans te retourner,
Pars –!
Sans te souvenir!
Ni mes baisers, ni mes étreintes,
En ton cœur n'ont laissé d'empreintes …

Ein Groschenlied, natürlich. Eines von denen, die unter einem runden, weißrot gestreiften Sonnenschirm auf der Straße verkauft werden, drum herum steht im Ring das Publikum und lauscht dem Orchester: Geige, Harmonika,

Mann mit Megaphon und eine Frauenstimme. Sie singen es dreihundertsechzigmal am Tag – nachher verkaufen sie die Noten.

Je n'ai pas su t'aimer,
Pas su te retenir …
Pars –!
Sans un mot d'adieu,
Pars –!
Laisse-moi souffrir –

Merkwürdig, daß man das alles gar nicht übersetzen kann. „Meine Küsse nicht und nicht meine Umarmungen haben Spuren in deinem Herzen zurückgelassen …" Gut, Kammholz; nun noch mal das ganze auf französisch … Schon: ‚pars' – wie soll man das sagen? Geh? Schieb ab? Hinfort mit dir? Es gibt im Deutschen kein einsilbiges Wort dieser Bedeutung mit einem a, das man so schön singen könnte wie ‚pars' –

Le vent qui t'apporta t'emporte
Et, dussé-je en mourir qu'importe
Pars –!
Sans te retourner!
Pars –!
Sans te souvenir …

Da bleibt das Lied in der Terz hängen und verhallt. Die Dame steigt in die zweite Strophe.

Ne t'excuse pas, tu n'es pas coupable …

Nein, du bist nicht schuldig! Du hast ausgehalten bis zu allerletzt – ich, ich bin schuldig, ich krummer Hund auf meinem Parkettsitz. Fremde sitzen neben mir, links ein fetter Mann, rechts eine alte Dame mit weißem Haar. Mit mir spricht niemand. Zu mir sagt keiner: „Da vorn sitzt ein neuer Bräutigam von mir – ein ungewöhnlich schöner Junge!" Ich bin unabhängig, ein freier Mann –

Tu ne sauras pas toute ma détresse
Tout le vide affreux de ton abandon –

Gar nicht. „Die schreckliche Leere, seitdem du weggegangen bist …?" Gar nicht. Gar nicht. Doch.

Prends dans un baiser l'ultime caresse –

Diese Moorbäder von Tröstungen, ein schmutziges Opium mit bösen Reaktionen … Nur diese Ersatzfrauen nicht wiedersehen – nur das nicht – in den fremden Augen steht eine unendlich kleine Fotografie von mir selbst, in welcher Aufmachung! In welcher Haltung! Ah, nein. Aber es ging schließlich nicht länger.

Nous ne sommes plus que des étrangers –

Aber es ging doch nicht mehr – nicht wahr, es ging doch nicht mehr weiter? Das wußten wir doch beide, nicht wahr? Noch diese Zwietracht eint – letzte Bindung: wir, wir haben uns gezankt – nein, auseinandergelebt.

Poursuis ton chemin –

Wie zwei Bahnlinien, die sich einmal gekreuzt haben, jetzt ist der eine Zug schon längst in Flandern, der andere vor Paris – aber einmal haben sie sich gekreuzt. Übrigens ist das alles ausgesprochen kindisch: in dieser riesigen, rotgoldenen Halle gibt es hundert Unglückliche, zehn Kranke, acht Entlassene, die noch keine neue Stellung haben und die nicht wissen, wie das nächsten Monat werden soll – und seinen kleinen Herzensjammer wird wohl jeder haben. Ach ja – jeder wird ihn haben, soll ihn haben – ich kann doch hier nicht allein sitzen und mich zum Narren machen. Ich bewahre aber gute Haltung, und man sieht mir gar nichts an. Pars –! Natürlich heißt das: Schieb ab.

Und nun muß dieses verfluchte Weib eine Zeile singen, eine einzige –:

Le souvenir est un chemin très long!

Eine weiche Faust schnellt von der Bühne herunter, preßt mich, würgt, mein Speichel trocknet aus, die Augen sind verschleiert … Ich schlucke. Und stehe vorsichtig auf und störe die alte Dame, der fette Mann sieht mir verwundert nach, da gehe ich auf Zehenspitzen hinaus. Sie singt:

> Pars –!
> Sans te retourner,
> Pars –!
> Sans te souvenir …

Ein Mann, der in einem kleinen Kabinett steht und heult – das ist wohl etwas hervorragend Lächerliches. Man hört noch ein ganz kleines bißchen Musik. Übrigens stirbt keiner im höchsten Schmerz. Alles arrangiert sich, es geht ein langsamer Wechsel der Zellen vor sich – und weil niemand in fortgesetzter Ekstase leben kann, verfliegen Töne und Musik und Tränen, als wären sie nie gewesen.

[1926]

FÜRSTENABFINDUNG

Im Kriege stand in Berlin ein Blinden-Lazarett, in dem lagen die unglücklichsten Soldaten. Das besuchte von Zeit zu Zeit die Frau eines Hohenzollernprinzen, huldvoll lächelnd und stramm begrüßt von den klirrenden Stabsärzten. Die hohe Frau ging von Bett zu Bett und richtete Ansprachen an die Blinden. Gut, und was noch –? Sie verteilte. Nämlich –?

Ihre Fotografie mit Unterschrift.

Verlorenes Augenlicht kann nicht wiederkommen. Aber wenn das deutsche Volk noch einen Funken Verstand hat, dann gibt es für die blinden Kameraden eine andre kleine Ansichtskarte mit Unterschrift ab: einen Stimmzettel.

Als Dank, Quittung und Anerkennung für ein taktvolles Fürstenhaus.

[1926]

GRUSS NACH VORN

Lieber Leser 1985 –!

Durch irgendeinen Zufall kramst du auf der Bibliothek, findest die ‚*Mona Lisa*', stutzt und liest. Guten Tag.

Ich bin sehr befangen: du hast einen Anzug an, dessen Mode von meinem sehr absticht, auch dein Gehirn trägst du ganz anders … Ich setze dreimal an: jedes Mal mit einem andern Thema, man muß doch in Berührung kommen … nicht wahr? Jedesmal muß ichs wieder aufgeben – wir verstehen einander gar nicht. Ich bin wohl zu klein; meine Zeit steht mir bis zum Halse, kaum gucke ich mit dem Kopf ein bißchen über den Zeitpegel … da, ich wußte es: du lächelst mich aus.

Alles an mir erscheint dir altmodisch: meine Art, zu schreiben, und meine Grammatik und meine Haltung … ah, klopf mir nicht auf die Schulter, das habe ich nicht gerne. Vergeblich will ich dir sagen, wie wir es gehabt haben, und wie es gewesen ist, neumodisch Gesalbtes und altmodisch Vergessenes … Nichts. Du lächelst, ohnmächtig hallt meine Stimme aus der Vergangenheit, und du weißt alles besser. Soll ich dir erzählen, was die Leute in meinem Zeitdorf bewegt? Genf? Shaw-Premiere? Thomas Mann? Das Fernsehen? Eine Stahlinsel im Ozean als Halteplatz für die Flugzeuge? Du bläst auf alles, und der Staub fliegt meterhoch, du kannst gar nichts erkennen vor lauter Staub.

Schmeicheleien? Leider nicht. Selbstverständlich habt ihr die Frage: ‚Völkerbund oder Pan-Europa' nicht gelöst; Fragen werden von der Menschheit nicht gelöst, sondern liegen gelassen. Selbstverständlich habt ihr fürs tägliche Leben dreihundert wichtige Maschinen mehr als wir, und im übrigen seid ihr genau so dumm, genau so klug, genauso modern wie wir. Was ist von uns geblieben? Wühle nicht in deinem Gedächtnis nach, was du grade in der Schule gelernt hast. Geblieben ist, was zufällig blieb; was so neutral war, daß es herüberkam; was wirklich groß ist (davon ungefähr die Hälfte, und um die kümmert sich kein Mensch – nur am Sonntagvormittag ein bißchen, im Museum): wir verstehen uns wohl nicht recht. Es ist so, wie wenn ich heute mit einem Mann aus dem Dreißigjährigen Krieg reden sollte. „Ja, gehts gut? Bei der Belagerung Magdeburgs hats wohl sehr gezogen …?", und was man so sagt.

Ich kann nicht einmal über die Köpfe meiner Zeitgenossen hinweg ein erhabenes Gespräch mit dir führen, so nach der Melodie: wir Beide verstehen uns schon, denn du bist ein Fortgeschrittener, gleich mir. Ach, mein Lieber:

auch du bist ein Zeitgenosse. Höchstens, wenn ich ‚Bismarck' sage und du dich erst erinnern mußt, wer das war, grinse ich heute schon vor mich hin: du kannst dir gar nicht denken, wie stolz die Leute um mich herum auf dessen Unsterblichkeit sind … Na, lassen wir das. Außerdem wirst du jetzt frühstücken gehen wollen.

Guten Tag. Dies Papier ist schon ganz gelb geworden, gelb wie die Zähne unsrer Landrichter, da, jetzt zerbröckelt dir das Blatt unter den Fingern … nun, es ist auch schon so alt. Geh mit Gott, oder wie ihr das Ding dann nennt. Wir haben uns wohl nicht allzuviel mitzuteilen, wir Mittelmäßigen. Wir sind zerlebt, unser Inhalt ist mit uns dahingegangen. Die Form war alles.

Ja, die Hand will ich dir noch geben. Wegen Anstand.

Und jetzt gehst du.

Aber das rufe ich dir noch nach: Besser seid ihr auch nicht als wir und die Vorigen. Aber keine Spur, aber gar keine –

[1926]

DU HAST EIN BETT

Auf dem Nebengeleis, in Bayonne, rangieren zwei Männer einen Güterwagen, pfeifen und schwenken eine Fahne, springen dem Rollenden auf den Leib und hüpfen wieder ab … Übrigens habe ich noch keine Wohnung in diesem überfüllten Laden, und alle Leute drängen schon mit ihren Koffern auf dem D-Zug-Gang und wollen heraus. Was wird das werden –?

Man mag nicht gern in einen Ort fahren, von dem man weiß, daß es schwer ist, unterzukommen. Hier ists besonders schauerlich: denn gleich von nebenan, aus Biarritz, kommen die Minderbemittelten, die da nur am Tage mondän sind, und wohnen in Bayonne. Kein Bett frei. Schließlilch lande ich wieder beim Hotel Terminus, das im Bahnhof liegt, und der Mann an der Theke empfiehlt mir ein Häuschen, ein Stübchen, ein Bett …

Bis dahin sah ich die Stadt an, in unbehaglich frierende Haut gehüllt. Die Adour und die Arkaden und die Basken – alles sehr schön und gut, aber welche Wanze wird mich heute nacht beißen? Das war gar nicht romantisch, aber so war das.

Landschaftsschönheiten und tröstende Auskünfte und freundliches Schultergeklopfe und herzinnige Kopfnicker – du hast ein Bett, ich habe noch keines. Neid noch auf den letzten Kohlenträger – er ist hier eingeschaukelt.

Schließlich werde ich eins finden. Aber wenn ich es nicht bezahlen könnte, wenn ich Hunger hätte? Was nützten mir da liebe Auskünfte, vollbärtige Ratschläge, tröstende Bibelsprüche, gesalbte Leitartikel? Sie machen mich nicht satt, und ich höre nur immer heraus: Du hast ein Bett, du hast ein Bett, ich habe keins.

Woher denn vielleicht diese merkwürdige Gleichgültigkeit der arbeitslosen Klassen den feinern Postulaten der Kunst gegenüber herrührt; sie haben so gar kein Verständnis für die Adjektiva bei Proust! Und wie undankbar sind sie! Sage ihnen, daß Deutschland wieder empor müsse – sie verstehen dich nicht. Sage: wir alle wollen untergehn, wenn der Staat nur gerettet wird – sie bleiben stumm. Setze ihnen die ökonomischen Grundlagen der Krise auseinander: sie blicken verloren in die Weite und hören auf das Knurren des Magens, der ihr eigner zu sein scheint. Kurz: undankbare Geschöpfe.

Aber immer, wenn ich Präsidentenreden, Wohltätigkeitssprüche, patriotische Rote-Kreuz-Damen, abwiegelnde Sozialdemokraten, Zahlabendbonzen und Reichstagsabgeordnete höre, tönt eine angeschlagene Saite in mir fort, ein lang hinhallender Ton wie von einer Stimmgabel: Du hast ein Bett, du hast ein Bett. Wir frieren.

[1926]

STUDIO DES URSULINES

Wer Paris besucht, sollte nicht versäumen, sich das kleine Kino in der rue des Ursulines anzusehen. Er wird da immer neue und merkwürdig interessante Filme finden. Es ist sozusagen ein cinéma d'avant-garde.

In dieser Woche gab es zum Beispiel ‚*Faits divers*', einen französischen Film von Claude Autant-Lara, ein immerhin eigentümliches Experiment. Da war ein an sich banales Eifersuchtsdreieck zu sehen, aber in neuartigen Ausschnitten (der Film ist übrigens schon zwei Jahre alt). Man sah Gesichtsteile, das Arbeiten eines verzweifelten Mundes, das Spiel der Hände, wenn einer zweifelte, verwandelte er sich in zwei Personen, dazwischen Wasser und Sonne als stimmungtönende Faktoren – kurz: viel Literatur, noch mehr Symbol, und das Ganze wirkte wie ein altbackner Napfkuchen in einer Kubistenkiste. Aber immerhin mußte man unaufhörlich zusehen.

Dann gab es, wie immer, eine Wochenschau aus dem Jahre 1910 – und die hatte allerdings einen tollen Heiterkeitserfolg. Es war aber auch zu schön: die Moden in Auteuil (Riesenfederhüte, lange Kleider, kleine Fräckchen der Damen) – die alten Minister, darunter auch der jetzige Präsident, Herr Doumergue, der schon vor sechzehn Jahren so freundlich lächeln konnte wie heute – auch trat ein uns bekannter uniformierter Herr auf und nahm eine Parade in Bonn oder sonstwo ab, und weil der Film etwas rasch lief und die Soldatenbeine strampelten, gab es leise Pfiffe, die aber rasch erstickten. Der Skandal kam erst viel später.

Es war nämlich der in Deutschland schon bekannte ‚absolute' Film des Malers Ruttmann auf dem Lichtspielplan – und dazu gab es gratis einen herrlichen Radau. Es ist nicht zu glauben, wie einfache Linien und Farbflecke, Spiralen und drehende Kreise eine Menschenmenge so zum Überkochen bringen können. Die Leute pfiffen und sangen und schrien, manchmal fragte einer: „Est-ce qu'il y a quelqu'un qui comprend?" und dann antworteten wieder die andern: „Wer das nicht versteht, braucht ja nur hinzusehen!" und so ging das unter mächtigem Krach eine schöne Viertelstunde. Ohrfeigen waren nicht gefragt, Hinauswürfe unter Pari. Besonders herzlich und dumm lachten die anwesenden Damen – und die allgemeine gute Laune kam erst wieder, als ein alter Verbrecherfilm gezeigt wurde, in der der alles verloren habende Spieler in Monte Carlo mit einem zu kleinen Hut und wilden Gesten ans Meer stürzt und dort – halt dir feste! – einen Mann in weißen Hosen niederknallt. Das Verbrechen wird aber entdeckt, als der böse Mann ein herzinniges Mädchen als Braut umärmelt. Die Leute lachten Tränen, und man sollte auch in Berlin einen alten Herzenswunsch von mir erfüllen: alte Filme zu geben. Das ist eine Kurzweil von zehn Minuten, und die Direktoren werden sich die Hände reiben. Mehr wird bei Chaplin auch nicht gelacht.

[1926]

DIE NEUTRALEN

Mir ist in ganz Frankreich, in Paris und in der Provinz, ein Menschentyp aufgefallen, den es in Deutschland kaum noch gibt –: der Neutrale. Das ist so:

Am Sonnabend Nachmittag kommt eine Hausbesitzerin aus ihrem kleinen Haus herausgestürzt, in dem sie wohnt, und macht unten dem Posamentierwarenhändler große Vorwürfe: Er verbrauche zuviel Wasser, um das Trottoir zu reinigen. Die Frau scheint angetrunken und vollführt auf der Straße großen Spektakel – beides für hiesige Verhältnisse eine außerordentliche Seltenheit. Drum herum stehen etwa zwanzig oder dreißig Personen, die da auf Bekannte warten, Leute, die in der Nähe Einkäufe machen, die schon vor dem Zusammenstoß da gestanden haben. Und nun begibt sich ...

Und nun begibt sich gar nichts.

Nicht einer mischt sich ein. Nicht einer gibt laut sein Urteil ab. Nicht einer belehrt die Frau, den Posamentierwarenhändler, die andern. Alle bleiben neutral. Der Zank ist eine Sache, die nur die Beteiligten angeht.

Und das kann man in Frankreich tausendfach sehen: auf der Straße und in der Bahn, im Restaurant und im Theater. Die Leute kümmern sich nicht umeinander. Um das ganz zu verstehen, muß man sich die Lage in Deutschland vergegenwärtigen.

Da kümmern alle sich um alles. Jeder reibt sich an jedem. Benimmt sich einer schlecht, so sind gleich zwanzig da, die ihm das sagen, dreißig, die Partei gegen die zwanzig nehmen, und hundertfünfzig, die ihre individualpsychologischen, wirtschaftspolitischen und allgemeinen Erwägungen an diesen Fall lehrhaft knüpfen. Das gibt's hier nicht.

Denn der Deutsche ist nicht nur ein Schulmeister, sondern vor allem ein öffentlicher Schulmeister. Er belehrt die Welt, er nimmt sie entsetzlich ernst, und besonders da, wo sie das gar nicht verdient, wo es nicht lohnt. Bei deutschen Zwischenfällen hat man immer das Gefühl, als seien sie nur Anlaß zur Entladung aufgespeicherter Energien, die nur darauf gewartet hätten, herauszupuffen. Die Deutschen sind mit Offensivgeist getränkt. Der Aufwand an Radau steht meist in keinem Verhältnis zur Sache – aber das Prinzip, das Prinzip muß durchgefochten werden.

Die allgemeine Nervosität, die viel mehr ist als nur das, liegt auf der Lauer. Die Luft ist geladen. Ein unbedachtes Wort – und der Straßenbahnwagen verwandelt sich in eine Tobsuchtszelle. Belehrend, protestierend, gegen den Protest aneifernd, schreiend, rechthaberisch – so keifen sie durcheinander.

Schwer, einem solchen Volk begreiflich zu machen, daß die ‚Atmosphäre' eines französischen Coupés, eines Restaurants, eines Wartesaals nicht vorhanden ist. Man kann es nicht anders ausdrücken: Sie ist nicht vorhanden.

Die Leute sitzen stundenlang nebeneinander und sprechen kaum ein Wort mit Fremden. Sie fahren lange zusammen und zanken sich nicht über Politik. Kommt überhaupt ein Gespräch zustande, so bleibt es höflich-neutral, bewußt an der Oberfläche, sehr, sehr zurückhaltend. Es ist eine Wohltat für deutsche Nerven.

Haß und Liebe werden nicht öffentlich begründet. Man spricht Frauen nicht auf der Straße an; sie mögen es nicht einmal. Das ‚Ekel' ist so gut wie unbekannt. Die Leute noch in den kleinsten Städten sind viel großstädtischer als die Berliner, die sich gar so viel darauf einbilden. Die Franzosen wissen aus einem jahrhundertealten Instinkt heraus, daß es nicht lohnt, jede Kleinigkeit bis zum Äußersten zu verfolgen, daß es sich mit Höflichkeit bequemer lebt, daß es praktischer ist, sich anständig zu benehmen. Nur abgeschliffene Steine stoßen sich nicht.

Was geschieht bei einer französischen Auseinandersetzung?

Die Gegner versuchen, einander zu überzeugen. Es wird materielles Recht abgehandelt, keine Prozeßordnung. Es wird gesagt: „Dieses Glas hat einen Fehler – ich mag nicht den vollen Preis bezahlen!" Und: „Alle meine Gläser sehen so aus – urteilen Sie selbst!" Und: „Dann sind eben alle Ihre Gläser fehlerhaft – ich kann dafür nicht den vereinbarten Preis bezahlen!" Es wird aber nicht gesagt: „Vor allen Dingen benehmen Sie sich mal in diesem Geschäft anständig!" Es wird aber nicht gesagt: „Ich verbitte mir …" Und das dritte Wort ist: Arrangement. Capus: „Alles im Leben endet mit einem Arrangement." Im französischen Leben unbedingt.

Streitende wissen hier aus Instinkt, daß nie einer ganz recht hat und der andre ganz unrecht. Man trifft sich in der Mitte. Und man kann das um so leichter, als jeder Franzose das ist, was unsre Kaufleute ‚kulant' nennen. Und er kann das sein, weil seine ‚Ehre' nicht davon berührt wird, wenn er nachgibt. Wer etwas durchgesetzt hat, ist kein Sieger – wer nachgegeben hat, kein Unterlegener. Diese Betrachtungsweise fällt hier fort – sie mutete den Franzosen etwa so an wie die Frage, ob das neue Musikstück mehr auf den schwarzen als auf den weißen Tasten gespielt wird. Die Frage stellt sich nicht.

Es sind keine Engel – und zutiefst ist das Verhältnis des Arbeitnehmers zum Arbeitgeber ökonomisch begründet, wenn auch patriarchalisch abgeschwächt. Es ist ein ‚Noch' – es ist kein ‚Schon'. Nur ist dieses vollendete ‚Noch' dem durchlöcherten ‚Schon' tausendmal überlegen. Und aus Klugheit, aus Weisheit selbst, sind so viele Beziehungen zwischen Menschen in Frankreich neutralisiert.

Da wird nicht ‚Stellung genommen', da wird nichts ein für allemal entschieden, wenn ein kleiner Hund in den Briefkasten fällt, da wird nicht zur Geschäftsordnung gesprochen, und da gibt es keine Probleme, keine Einstellung und kein Holterdipolter. Es gibt – in allen Schichten – nur vernünftige, sehr klare, sehr rationelle Menschen, die in Kleinigkeiten keine Prestigefragen kennen.

Ich las neulich, daß der deutsche Rundfunk doch auch Anstandsunterricht geben könne, etwa: wie man den Kellner behandeln soll, wie man ihn zum Zahlen zu rufen habe … Unmöglich, das einem Franzosen klarzumachen. Eine Fragestellung über solche Dinge liegt außerhalb seiner Vorstellungswelt. Zum Kellner spricht er wie zu aller Welt: ohne verhaltenen Grimm, ohne Oberhoheit, neutral. Das macht: Er ist kein Ritter, der im Visier schlottert und daher mit dem Schwert rasselt, wie es der Selige zu tun pflegte. Er ist ein Mensch, einfach ein vernünftiger Mensch. Es ist die Humanität, die in Frankreich in ausnahmslos allen kleinen Vorgängen des Lebens siegt. Gewiß nicht immer in den großen.

Und wie viele Deutsche im Leben unendlich weit von Humanität entfernt sind, weil sie glauben, Menschlichkeit und Sentimentalität sei eins, das merken wir erst im Ausland.

Es ist selbstverständlich nicht richtig, wenn etwa behauptet wird, im Ausland klappe alles besser, sei alles besser, schmecke alles besser. Dergleichen sagen kleine und große Moritze aus Frankfurt am Main.

Aber das öffentliche Leben im westlichen Ausland spielt sich geräuschloser ab, glatter, geölter. Man findet viel mehr Bereitwilligkeit bei allen Leuten, und die ist ganz grundsatzlos, nicht etwa diktiert von dem Wunsch, ‚durch gesittetes Benehmen den für das Land nützlichen Faktor des Fremdenverkehrs zu heben'. Davon ist gar keine Rede. Solange man von den Franzosen nichts weiter will als eine Auskunft, als für sein Geld zu fahren und zu sitzen, zu plaudern und zu leben – so lange geht's ausgezeichnet. Aber das ist schon sehr viel. Welch eine Fülle von Ärger in Deutschland, von Nervenbelastung, von Konfliktstoff! Und wie unnütz und überflüssig ist das –! Wie vertan der Aufwand, lächerlich das Gespreize, gockelhaft das Kollern von Männern, die ihren Bezirkskommandos gegenüber nie gewußt haben, was Freiheit ist –! Sklaven auf dem Maskenball, als freie Männer verkleidet. Freigelassene.

Ich bin dem Herausgeber dieser Blätter dankbar, daß er meine hymnischen Ergüsse aus meinen ersten Pariser Tagen nicht zum Druck befördert hat. Sie waren verständlich – ich kam aus dem schlimmsten Inflations-Deutschland in die Freiheit –: Aber sie waren falsch, weil gar zu subjektiv. Heute hingegen, nach Jahren, wo der erste Rausch verflogen ist und wo ich Frankreich nüchterner, aber viel klarer ansehe als damals, wo ich auf den Knien lag und so nicht viel sehen konnte – heute erkenne ich, was den Ungeheuern Vorzug dieses Landes ausmacht. Es ist die Humanität, die Neutralität des öffentlichen Lebens.

Wir aber sind auf unsre Fehler stolz und bemühen uns – oho! –, sie nach Kräften zu vergrößern.

[1926]

EIN LUMP

Ich entsinne mich noch sehr genau des Skandals, den es setzte, als inmitten der Inflationszeit Maximilian Harden beschuldigt wurde, er hätte gegen die Auslandshilfe gehetzt. Seine Informationen, die er an das Ausland gegeben hätte, seien geeignet gewesen, Kreditgeber zu verjagen – und so habe er hungernde deutsche Kinder und Notleidende geschädigt. Vaterlandsverräter … und die ganze preußische Musik.

Nun war das nicht einmal richtig. Harden hatte einige Lügen offizieller deutscher Amtsstellen berichtigt – weiter nichts. Aber jetzt:

Als dem Deserteur in Doorn der Aar mit Grundeis ging, gab er dem ‚*New York American*‘ ein Interview, worin er nicht nur seine Befürchtungen darlegte, sondern Amerika aufforderte, einem Lande, das Enteignungen vornähme, keine Kredite zu geben.

Dieser entlaufene Monarch wagt also, die Handelsbeziehungen eines Landes zu stören, weil man ihm nicht rechtswidrige Forderungen erfüllen will.

Wir sind seit Jahren gewöhnt, daß im Kampf zweier Parteien die eine immer den guten Onkel aus Amerika an die Wand malt: Wart, wart! Wenn du nicht willst, was ich will – dann wird dir der Onkel keine Dollars geben! Diese Prophezeiungen sind erlaubt, wenn auch etwas kindlich. Daß aber einer hingeht und den Amerikaner – selbstverständlich erfolglos – aufzuputschen versucht, das ist denn doch neu. Immerhin: kein Zeilenschinder vom *,Berliner Lokalanzeiger'* läßt ein Wörtchen verlauten – in der *,Deutschen Tageszeitung'*: kein Muck.

So soll denn wenigstens hier stehen, wie er da gehandelt hat, für Geld, für sein eignes Geld.

Wie ein Lump.

[1926]

KOCHREZEPTE

Aus einem völkischen Kochbuch. Man schneide einen alten Juden in nicht zu dünne Scheiben, wälze ihn in einer Mehlschwitze und überstreue ihn vorsichtig mit etwas gestoßenem *,Berliner Tageblatt'*. Die Mischung lasse man in einem Stahlhelm dreimal aufkochen und serviere heiß. Ein Hakenkreuz aus Mazze wird den Appetit jedes deutschen Gastes anregen.

Aus einem demokratischen Kochbuch. (Vorrede). Wir enthalten uns hier ausdrücklich jeder Politik, da wir der demokratischen Auffassung sind, daß die Hauptgebiete des Lebens, wie zum Beispiel die Nahrungszufuhr, unpolitisch sind und es auch bleiben müssen. Daher folgen hier die Rezepte in der ungekürzten Fassung der Vorkriegszeit, ohne Rücksicht auf die Zeitereignisse – (Eine Seite darauf)

Unserer ersten deutschen Hausfrau:
der jeweiligen deutschen Kaiserin
ehrfurchtsvoll dargewidmet
von einer deutschen Familienmutter.

Aus einem sozialdemokratischen Kochbuch. Man nehme nach Anhörung des Parteivorstandes drei frische Eier und zerschlage sie bei einem vorliegenden Beschluß der Reichtstagsfraktion. Während man umrührt, berufe man einen Parteitag ein und lasse über die Menge des zu verwendenden Mehles abstimmen. Will man ein brauchbares Rezept haben, verwende man die Angaben der Opposition. Ist Einstimmigkeit zwischen Fraktion und Vorstand erzielt, setze man die Speise aufs Feuer, ziehe sie aber bei Bedenken der Gewerkschaften sofort zurück. Auf diese Weise hat man zwar keinen Eierkuchen, wohl aber ein höchst anregendes Gesellschaftsspiel.

Aus meinem Privatkochbuch. Man fülle guten, alten Whisky in eine nicht zu flache Suppenterrine, rühre gut um und genieße das erfrischende Getränk, soweit angängig, nüchtern. Ein Zusatz von Mineralwassern empfiehlt sich nicht, da selbe oft künstliche Kohlensäure enthalten, daher gesundheitsschädlich sind.

Anmerkung: Der Whisky muß von Zeit zu Zeit erneuert werden.

[1926]

NIEDER MIT DEM ROTEN KREUZ!

Bei einer Rettungsübung des Roten Kreuzes ist unter den Klängen eines Militärmarschs ein kleiner Junge ertrunken.

Und als sich der Schwarm verlaufen hatte, wards still in der Runde, und es ist nichts geschehen. Die Fäden, an denen dieses rote Kreuz schaukelt, reichen zu hoch hinauf.

Daß eine große Organisation einmal Pech hat, daß in einem solchen Rahmen auch Fahrlässigkeiten vorkommen können, wäre keiner öffentlichen Behandlung wert, wenn nicht etwas Grundsätzliches dahintersteckte.

Das Rote Kreuz ist eine durchaus wilhelminische Einrichtung geblieben.

In den leitenden Stellen wimmelt es von Adligen, von ehemaligen hohen Militärs und andern Rentenempfängern, von Oberstabsärzten, von Leuten, die aus dem Kriege her in unangenehmster Erinnerung sind. Der Damenflor setzt sich aus Blüten zusammen, die viel zu wenig karikiert werden: diese maßlos hochmütige, egoistische, rafferische Kastenfrau, die alles vom Staat beansprucht, weil sie ihn als ihr gehörig ansieht, und ihm nichts gibt als ein Rudel Jungen, die Mamachen flott imitieren. Es ist das jene Gattung, für die Wohltun Zinsen bringt – 6 Prozent –, und die das Almosen dem Armen nur darreicht, wenn der die Hacken zusammenschlägt, also ‚eine ordentliche Gesinnung' hat. Vorgesetzte einer Nation, die sich still und dämlich nachsetzen läßt.

Der Herr Pressechef im Roten Kreuz – wer wäre heute ohne einen solchen! –, der das hier liest, möge nun ja nicht nachsichtig die Achseln zucken und sprechen: „Der bedauerliche Unfall wird zu einigen verallgemeinernden und verhetzenden Angriffen gegen das Rote Kreuz benutzt ..." Diese Melodie können wir im Schlaf singen. Es handelt sich hier um den Unfall als Anlaß, einmal einem Gefühl Ausdruck zu geben, das viele teilen. Das Rote Kreuz ist seiner Organisation, seiner Personalzusammensetzung, seiner Fürstenverehrung nach: militärisch, reaktionär, antidemokratisch.

Man muß also abraten, dieser Einrichtung auch nur einen Groschen zukommen zu lassen. Sie verdient ihn nicht. Wer für die öffentliche Pflege der Unfallsverletzten etwas tun will, der geben den Arbeiter-Samaritern oder der Roten Hilfe. Nicht dem schwarz-weiß-roten Kreuz.

[1926]

TRAUM

Die braunen kleinen Adler saßen lebendig, aber die Füße zusammengeschnürt, auf halbhohen Klötzen und blickten still, wie ausgestopft, vor sich hin. Hinter jedem saß das Ding. Es war ausgemacht, daß das Ding das Gehirn der Adler ausfraß, während sie noch lebten – das sah man aber nicht, ich wußte das nur. Auch hatte in den Büchern gestanden, daß die Augen ausgepickt würden. Der Traumverstand seinerseits hielt dafür, daß die Adler es waren, die fraßen und pickten.

Jedenfalls blieb während des Fressens dies von den Tieren übrig:

Eine schwankende und zuckende fleisch-helle Banane, eine konische Form, in die das noch bestehende Leben hineingepreßt war – es lebte noch, aber selbst, wenn man jetzt dazwischenträte und das noch retten wollte, wäre nie wieder ein Tier daraus herzustellen gewesen.

Und es war so entsetzlich nah, und der wehrlose Zuschauer sah, wie es litt, und wie es zuckte – und daß das tierische Opfer noch, während es gefressen wird, eine Verbindung mit dem Fresser eingeht, es tut mit, es spielt das Spiel mit, auf dem Blutgrund ist noch so etwas wie Liebe. So schwankten die fleischhellen Stangen, so standen sie, so sahen sie dich blind an. Noch vor einer halben Stunde waren wir unversehrt, Tiere wie wir alle – jetzt sind wir das. Es ist unwiderruflich, was da mit uns geschehen ist. Zurück geht es nicht mehr.

Die nächste Ration Adler saß schon auf ihren Klötzen, sah starr geradeaus und war in fünf Minuten dran.

[1926]

BEGNADIGUNG

Das Preußische Justizministerium, das es – oho! – trotz allem als Aufsichtsbehörde gibt, hat sogenannte ‚Beauftragte für Gnadensachen'. Diese Begnadigungen gehen, obgleich ein Teil der Justiz, im Dunkel des Verwaltungsweges vor sich, wie ja auch eine Kontrolle der Strafvollstreckung kaum besteht. Was geschieht –?

Das Gericht spricht in einer politischen Strafsache seine ebenso politische Meinung aus. (Wir sollten nicht mehr den Fehler machen, diese Veranstaltungen als Rechtsprechung anzusehen – damit hat diese rein administrative Betätigung nichts zu tun.) Nehmen wir einmal an, daß ein nationaler Angeklagter zu einer, selbstverständlich milden, Strafe verurteilt wird. Wie verbüßt der Mann seine Strafe –?

Davon wissen wir gar nichts. Wir wissen nicht, welche Vergünstigungen er genießt, wer sie ihm gibt; ob man aus seiner Gefängnisstrafe nicht eine milde Haftstrafe macht – ob aus der Festungsstrafe nicht eine Farce wird … wir wissen das nicht.

Wann wird er begnadigt? Das gelangt in den seltensten Fällen in die Öffentlichkeit – eine Kontrolle über die politische Handhabung dieser Begnadigungsakte ist also nicht vorhanden.

Wird umgekehrt ein linker Mann zu Zuchthaus oder zu Gefängnis verurteilt – wer hilft dem Sträfling, wenn er schikaniert wird, daß ihm die Augen übergehen? Keiner. Denn die vorgesetzte Behörde, oder wie sich dieses Gremium nennt, wo immer einer die Verantwortung auf den andern abschiebt, braucht nur ‚sinngemäß' die Bestimmungen anzuwenden- und der Mann tut gut, sich aufzuhängen.

Blast euch nur dem Mittelalter gegenüber auf –! Wir, wir haben eine Geheimjustiz.

Der Verteidiger bekommt die Akten nicht zu sehen, bis Polizei und Untersuchungsbehörde sie schön gar gebacken haben; was man mit juristisch ungeschulten Leuten in Verhören anfangen kann, weiß jeder Jurist. Das bißchen Verhandlung ist öffentlich: so oft unverständlich ohne Aktenkenntnis, eine überflüssige Formalität – zwar wird das Urteil da gesprochen, aber nicht gebildet. Strafvollzug und Begnadigungsakte stehen außerhalb jeder Kontrolle – dieses Parlament hat sich selbst geköpft und sich so in kindischer Autoritätsfurcht jedes Ansehen genommen. Was ist ein Abgeordneter im Gefängnis? Höchstens ein Sträfling – sonst hat er da nichts zu suchen.

Die deutsche Strafjustiz in politischen Prozessen verdient das Vertrauen, das sie genießt.

[1926]

KLEINE STATION

„– 'menau!" rufen die Schaffner. „– 'menau!" Mit dem Ton auf der letzten Silbe. Wir sehen hinaus.

Da rauschen ein paar Bäume, der Stadtionsvorsteher hat sich Sonnenblumen gezogen, die aus der Zeit herrühren, wo er noch nicht Fahrdienstleiter hieß, da steht ‚Männer' dran und da ‚Frauen', und für die Zwitter ist auch noch ein Güterschuppen da. Die Lokomotive atmet. Niemand steigt aus. Niemand steigt ein. Aber hier ist: Aufenthalt.

Von „– 'menau" ist nichts zu sehen, das liegt wohl hinter den Bäumen. Doch, hier ist ein kleines Stückchen Straße, wenn nicht alles täuscht: die

Bahnhofsstraße, maßlos häßlich, hoffen wir, daß es da hinten hübscher aussieht. Sicherlich tut es das.

Da steht ein Schillerdenkmal (1887) und ein Kriegerdenkmal – nein, zwei: eins von dunnemals und eins von heute, eins mit einer Zuckerjungfrau und eins mit einem Stahlhelmmann. Eine Kaiser-Wilhelm-Straße ist da, und die lange Chaussee trägt den Namen der nächsten großen Stadt. Die Kirche ist aus romanischem Stil und das Postamt aus Backsteinen.

Einer ist der reichste Mann von „– 'menau" – einer muß doch der Reichste sein. Er ist viel in der Stadt und weilt nicht oft im Orte, wie das Blättchen schreibt. Am Stammtisch sorgen der Amtsrichter, der, ach Gottchen, Referendar, der Apotheker und der Postinspektor für die Aufrechterhaltung der Republik, wie sie sie auffassen. Manchmal darf da auch der Redakteur sein Bier trinken.

Wenn Markt ist, schwitzen dicke Bauerngesäße in der Kneipe, alles Tuberkulose, aber das macht nichts: im Sommer fällt ohnehin der Unterricht so oft aus, wie der Gutsbesitzer die Kinder zur Feldarbeit braucht. Es ist ein Arzt da, der viele Kinder hat, merkwürdig. Am Marktplatz wohnt Fräulein Grippenberg, sie spielt Klavier; wenn nachts der Mond geschienen hat, singt sie am nächsten Tage, die Hunde haben das nicht gern. Ein Polizeibüro ist da, worin es grob und säuerlich riecht; der amtierende Polizist hat hervorstehende Augenbrauen, fast kleine Buschen; er war aktiver Wachtmeister, seine Einjährigen hatten nichts zu lachen, aber er hatte was.

Wo die Liebespaare wohl hingehen? Wahrscheinlich in die Felder. Die Gemeinde zählt 1245 Seelen, da heißt es fleißig sein; der Kaiser braucht Soldaten ... ach nein! Ja doch. Telefonieren kann man beim Doktor, sonst im Gasthaus, aber da ist das Telefon kaputt. Auf einem brachliegenden Felde in der Gemarkung VIII des Kätners Römmelhagen steht ein Runenstein. Schadt nichts, laß ihn stehen.

Möchte man hier leben –? Auf dich haben sie nicht gewartet; sie haben ihre Schicksale, sterben, saufen, handeln, lassen Grundstückseintragungen vornehmen, prügeln ihre Kinder, stecken der Großmama Kuchenkrümel in den Mund und verzweifeln – höchst selten – an der Welt. „– 'menau!"

Ja, und dann fahren wir wieder.

[1926]

RECHENAUFGABEN

1 Bauer besitzt 1 Feld von 18 Hektar, das ihm sein Nachbar im Alter von 54 Jahren streitig macht. Wie hoch sind die Gerichtskosten, wenn der Rechtsanwalt auf gegnerischer Seite Cohn XVII heißt?

Das Mundwerk eines Oberpräsidenten ist 4 Meter lang und 2 Meter breit. Wie lange kann der Mann Mitglied der SPD sein, wenn er 1100 Arbeitermorde auf dem Gewissen hat?

1 Untersuchungsrichter läßt 1 im Verdacht des Judentums stehenden Kaufmann 11 Wochen in Haft sitzen. In welcher Zeit avanciert der Richter zum Landgerichtspräsidenten?

Aufgabe mit imaginären Größen:
1 sozialdemokratische Partei hat in 8 Jahren 0 Erfolge. In wieviel Jahren merkt sie, daß ihre Taktik verfehlt ist?

1 Volksstaat Sachsen macht sich seinen Dreck alleene. Wieviel Auguste von Sachsen braucht man, um alle Reimann-Anekdoten allein zu machen?

1 Kaiser kostet monatlich 50 000 Mark Arbeitslosenunterstützung. Was kosten 2 Kaiser auf dem Thron einer Republik im Alter von 8 Jahren? (Berechne dasselbe mit der deutschen Republik – Gleichung mit einer Unbekannten!)

1 deutscher Richter sperrt in 1 Tage 1 Kommunisten ein. Wieviele deutsche Richter sperren alle deutschen Kommunisten in wieviel Tagen ein –?

1 Kronprinz hat 1 uneheliches Kind. (Es handelt sich hier um eine theoretische Aufgabe.) Wieviel Kronprinzen sind nötig, um die Mongolei zu bevölkern, wenn der dortige Sittlichkeitskoeffizient mit 218 angenommen wird?

(Die Auflösungen sind nur für die Herren Lehrer bestimmt.)

[1926]

DER LETZTE TAG

Heute bin ich schon den ganzen Tag fein angezogen, denn heute abend fahren wir fort – dies ist der letzte Tag an der See. Ich komme mir so unwohnlich in meinen Stadtsachen vor … Vier Wochen lang bin ich hier bunt wie ein Gockelhahn herumgelaufen, mit gestreiften Strandjacken und ultravioletten Jacketts und weißen Hosen – mitunter trug ich auch den hellgrauen Anzug, den ich mir einst von einer Weihnachtsgratifikation des Herausgebers zugezogen habe, das Ding sah schon am zweiten Tag aus wie ein stark benutzter Sack. Und jetzt bin ich so fein –

Ich gehe noch einmal durch alle Sträßchen und auf die Mole und an den Strand und an die große Bucht und an meine kleine Privatbucht. Die Erinnerungen der vier Wochen lösen sich wie Briefmarken, die man aufgeklebt und gleich wieder heruntergenommen hat. Sie haben die Gegenstände noch nicht infiltriert, sind noch nicht aufgesogen worden – sie fallen ganz leicht ab. Hier hat die kleine Engländerin, die wie ein Junge aussieht, gesagt: „Perhaps –", was doch bekanntlich auf Damen-Englisch „Ja –" heißt – und am nächsten Tag fuhr sie ab. Aber der schmale Felsweg und dies ‚Perhaps' sind noch nicht eins geworden, sind nicht untrennbar miteinander verbunden, sondern sie sagte es, zufällig, hier, und der Felsweg ist ganz ohne sie auch denkbar. Stolz gehe ich vorbei.

Stolz an den bunten Windzelten, die, wenn der Wind sie füllt, aussehen wie Araberturbane; stolz am Tabakladen vorbei, wo die alte Frau mir Schokolade, Claude Farrère, Streichhölzer und alle vierundneunzig Zeitungen aus Paris verkauft hat. Zur Käsefrau, die immer so viel spricht und so liebenswürdig-streng mit mir war, gucke ich gar nicht mehr hinein; die schwarze Katze vom Obstmann grüße ich nicht zurück, sie sieht mir verwundert nach. Da unten liegt, noch einmal, das Meer.

Die langen Stunden, in denen gar nichts geschah, wo nur der Wind, das arme Ding, über mich hinwegfächeln mußte – wo die Sonne den Bauch erst beschien, dann bestrahlte, dann in eine wie Feuer brennende Tomate verwandelte, schließlich ging er braun wie eine Kaffeebohne unter. Das ist ein schönes Bild. Die langen Stunden, wo der verschleierte Blick ins Wasser sah, die Linie am Horizont nach nichts absuchend, wo die Sandkörner rieselten und die Strandhüpfer unendlich geschäftigen Geschäften nachhüpften, sie kamen sich sicherlich sehr amerikanisch vor. Wenn man genau hinhorchte, konnte man sie etwas vom ‚Rhythmus dieser Zeit' wispern hören. Die leeren Stunden, wo sich Energie, Gehirnschmalz, Verstand und Gesundheit gewissermaßen aus dem Reservoir des Nichts ergänzten, aus jenem geheimnisvollen Lager, das eines Tages leer sein wird. „Ja", wird dann der Lagermeister sagen, „nun haben wir aber nichts mehr ..." Und weil ich nicht schon vorher auf die leisen Warnungen des Ressorts gehört habe, werde ich mich dann wohl hinlegen müssen ... Die langen Stunden –

Da kehre ich mich auf dem Absatz meiner dicken Reisestiefel um, sehe das Meer kaum an, streife es so mit einem fast beleidigenden Blick: „Ich bin ein Stadtmensch, kennst du meine Schlipse?" und nun kenne ich es auf einmal nicht mehr.

Wenn Sie mich fragen, wo ich diesen Sommer war, werde ich gleichgültig antworten: „Irgendwo – in der Bretagne – an der See –"

[1926]

DREI AUF DEM BODENSEE

Er:

ist ein Geschäftsmann auf Urlaub. Über dem harten Kinn ist der Mund wie ein Säbelschnitt eingehauen – mit ihm Kirschen essen und Geschäfte machen muß kein Vergnügen sein. Die grauen Augen erstaunen nicht mehr – dahinter denkt er noch weiter, wenn auch das Schiff schon im Sinken wäre. Es sinkt aber nicht. Auf den großen Händen mit den Sommersprossen wachsen rötliche Härchen. Der Mensch ißt gut, er fühlt sich gesund, kräftig, im Vollgefühl einer Macht. Ich weiß nicht, welcher. Jetzt sitzt er auf der langen Bank an der Bordbrüstung, leicht angelehnt, manchmal sieht er auf seine kleine Familie, und seine freundlichen, erbarmungslosen Augen lachen alle aus, die da vorüberziehen: die aufgeregte dicke Madame, die einen Koffer, zwei Schirme und ihre Seelenruhe verloren hat; den Mann, der schon zum zweitenmal das Schiffsmenü herunterißt; eine Mama mit einem Hühnerhof voller Kinder, die sie laut umgackern. Er hat nichts verloren, er will jetzt kein Menü, ihn umgackert nichts. Er ist auf Urlaub, atmet die freie Seeluft ein. Sieht kaum auf die Seeufer, die da vorüberziehen – jedesmal steht ein Zollmensch am

Landungssteg und spielt: Staat. Interessiert hierorts nicht. Er ist auf Urlaub. Aber bis zu mir herüber vibrieren noch die in der Stadt angeschlagenen Nerven, wittern Gegner, Widersacher, wollen kämpfen … Er kann noch nicht lange von Hause fort sein. Es macht noch in ihm: Tack-tack … Manchmal sieht er auf

Sie.

Sie ist gut und gern ihre hmzig Jahre alt, aber nur, wenn sie so den Kopf dreht – so, wie jetzt –, dann fällt das glänzende Wellenlicht zu scharf auf den Puder. Aber wenn sie anders herum sitzt, das ist schon etwas anderes! Das ist eine Frau in den besten, aber schon in den allerbesten Jahren – neben ihr steht, in Leder gehüllt, das Bündel Golfschläger. Sie weiß, was sie will. Sie hat: abends ein gutes Hotel, in das sie mit kühlem Gruß eintritt, Schlafzimmer, Badezimmer, morgens den Tee – dann Golf – dann Frühstück – dann den riesigen Wagen, der langsam vor die Hoteltür gebrummt kommt – abends das Essen, etwas Tanz … Seltsam, wie ihr Gesichtsausdruck vom Licht umgeformt wird, wie das hin und her spielt … Freundin ist sie jetzt, Freundin des Mannes; dann: Dame, glatt, undurchdringlich; einmal ein kleiner Blitz aus den Augenwinkeln – ah? Und in allem eine so ruhige Selbstverständlichkeit, die sich über nichts wundert, weil alles vorhergesehen ist. Sie hat das Leben so fest in der Hand wie das Lenkrad ihres Wagens. Sie trägt große Lederhandschuhe. Und nun auf einmal ist sie nicht mehr Freundin, nicht Dame, nicht jenes andere – jetzt ist sie Mutter. Sie spricht mit ihrem Jungen.

Es

ist etwa elf Jahre, sieht blond und englisch erzogen aus, sauber gebadet, gerade an der Grenze entlangkippelnd, wo das spielende Kind ganz leise schon in den Rayon für Männer hinüberblinzelt. Es hat eine breite Nase, ein klein wenig ungelenke Gelenke, vereselt sich schon oder noch und befühlt sachverständig die Golfschlägergriffe. Es kennt das Leben von Papa und Mama nur von der mühelosen Seite, hat es nicht miterwerben helfen, es wunderte sich nur, wenn es nicht so wäre. Das gibt ihm einen fast grausamen Zug um die Jungenslippen: es kann maßlos verachten, auch schon ein bißchen quälen, wer gerade da ist, ein Tier, einen Spielkameraden … Dem flößt kein Geschäftsführer des Hotels mehr Angst ein. Der kann schon befehlen.

Und ein Band umschlingt alle drei – das Band des jahrelangen Zusammenlebens, Reisen, Essen, die Mauer des Geldes und der Geltung. Sie benehmen sich so ruhig, so unauffällig, so leise, wie man das nur tut, wenn man sehr, sehr viel ist. Es sind kleine Könige mit zahllosen kleinen Reichen, die man überall aufrichten kann, wo es einem beliebt: in Rorschach und in St. Moritz; in Scheveningen und in Biarritz. Kulissen, die man wählen kann. Drei Augenpaare sehen ruhig auf die kräuselnden Wellen des Kielwassers. Sie sitzen acht Schritt von mir entfernt und sind zwei Welten weit. Glückliche Reise –!

Übrigens soll man Fahrtgenossen nicht so scharf ins Auge nehmen.

[1926]

WAS MACHEN MENSCHEN, WENN SIE ALLEIN SIND –?

Diese Frage hat Maxim Gorki einst gestellt, und er hat sie fast tragisch beantwortet. Vor allem: er hat sie für Russen beantwortet. Was aber tun brave Mitteleuropäer?

Zunächst ist festzustellen, daß in dem Augenblick, wo der Mann allein ist, etwas von ihm fällt, eine dünne Haut – eine zarte Maske … Einer der größten deutschen Denker, Lichtenberg, hat einmal die Beobachtung aufgezeichnet, wie Menschen in Nebenstraßen ein anderes Gesicht aufsetzen als in Hauptstraßen. Daran ist viel Wahres. Was also tut der Mann, wenn er allein ist?

Ist er ohne feste Beschäftigung, so wird fast jeder Mann um etliche Jahre jünger: er beginnt, wenn auch nicht zu spielen, so doch seinem Spieltrieb leise nachzugehen. Es ist viel Jungenhaftes, was sich da meldet. Ich glaube, daß kinematographierte Menschen, die allein sind und sich unbeobachtet glauben, zu dem Komischsten gehören müssen, was es gibt.

Die Tür ist zugefallen, du bist allen. Was nun?

Die Sache fängt für gewöhnlich damit an, daß man bei ganz vernünftigen Handgriffen mit etwas völlig Sinnlosem beginnt. (Ein kaum wahrnehmbarer Schleier von Irrsinn liegt auf Leuten, die allein sind.) Du nimmst die Bürste, das ist wahr – aber dabei hebst du einen Kamm auf, und wenn du auch nur eine Minute Zeit hast, balancierst du den ein bißchen, und wenn du nicht balancierst, dann fängst du an, irgend etwas in Reih und Glied zu legen, und wenn du nicht in Reih und Glied legst (was sehr beruhigt), dann trommelst du mit dem Nagelreiniger auf einer Seifenschale ... Welcher Oberregierungsrat hätte noch nie im Bad mit dem Thermometer Schiffchen gespielt!

Auch ist sehr schön, Männer, die allein sind, singen zu hören. Daß die Majorität so schön singt wie Suzanne Lenglen, mag noch hingehen. Aber was sie so singen! Zunächst: fünfzigmal dasselbe Lied, nein, denselben Liedfetzen, dieselben paar Takte, immer sentimentaler, immer falscher – immer im Rhythmus dessen, was sie grade tun ... auch verwandelt sich der Text leicht in einen völlig wahnsinnigen Indianergesang:

Valencia!
Laß mich wippen, wippen, wippen
auf den Klippen, Klippen, Klippen –
mit der ganzen Kompanie –!

Das klingt nach der einundsechzigsten Wiederholung ganz menschlich. Auch kann man es pfeifen.

Dann gibt es etliche, die sprechen sehr leise mit ihren Sachen. Es erhebt sehr, wenn man die Arbeit mit frommen Sprüchen begleitet. „Wo ist denn der Schuh? Wo ist denn der Schuh?" (Jetzt kleiner Opernchor: Schuhschuh – Schuhschuh – Schuuhuuhuu –!) Dann: „Na da bist du ja! Vielleicht läßt du dich noch drei Stunden suchen. Hund!" (Rrrumms, an die Wand.) Großes Orchester: „Trararaaha –!" Gesprochen: „Das Zahnwasser ist alle." Gejodelt: „Alléhallé –!" So an sonnigen Tagen.

Für alle Tage aber gilt eines, das bei allen Alleinseiern zu beachten ist, wenn die nicht gerade in acht Minuten sich anziehen müssen, um ins Geschäft zu stürzen: das sind die amüsanten kleinen Umwege, die ihre Betätigung vornimmt. Sie macht Kurven, schlägt Bogen, spielt unterwegs, verbraucht den Kräfteüberschuß, den jeder gesunde Mensch inne hat ... Und das ist bei der Arbeit nicht anders.

In Sinclair Lewis' herrlichem ‚*Babbitt*' steht zu lesen, wie der Held dieses amerikanischen Romans arbeitet, wie er Zettelchen vollschmiert, und ich bin überzeugt, daß wir alle so zu ‚malen' beginnen, wenn wir das tun, was wir mit Denken bezeichnen. (Es ist bekannt, daß die meisten Menschen keinem Redner zuhören können, ohne Männerchen zu zeichnen.) Es ist, als ob neben der eigentlichen Kraft des Arbeitsmotors noch ein Nebenstrom herliefe, der Schnitzel und Späne auf einer Säge produziert. Nutzen hat das keinen, aber ohne den Strom geht es auch nicht ... Arbeitet einer mit andern zusammen im großen Büro, so läßt er seinen Eigenheiten im allgemeinen nicht so ungehinderten Lauf, hat er aber ein ‚Privatkontor', so schöpft er aus dem großen Reservebehältnis einer angeblichen Kraftverschwendung neue Kräfte. Dazu hat der Mensch seine Nägel, die Ohren, die Krawatte – die Beschäftigung mit diesen Dingen stärkt sehr. Und aus der unergründlichen Tiefe eines Spiels mit dem Manschettenknopf und einem Blaustift steigen schwerwiegende Entschlüsse auf ... Soweit die Männer, diese ewigen Jungen.

Kinder sind oft allein, auch wenn sie gar nicht allein sind. Sie spielen, in einer Hülle von Jugend und Unbekümmertheit, die nur selten zerreißt: wenn sie Hunger haben oder sonst etwas Wichtiges wollen.

Was Frauen tun, wenn sie allein sind, ahne ich nicht. Ein Weiser hat behauptet, eine Frau sei überhaupt nie allein – sie stelle sich stets jemand vor, und sei es auch nur einen Spiegel. Ich denke, daß sich ein Mann da kein Urteil erlauben kann: denn ist er mit einer Frau allein, dann ist sie nicht mehr allein, er stört sehr, und so mag diese Frage eine Frau entscheiden.

[1926]

BROT MIT TRÄNEN

Manchmal, wenn etwas Fürchterliches passiert ist, muß man nachher essen. Das ist eine seltsame Art zu essen ...

Ekel vor dem Alltag, Scham, ihm unterworfen zu sein, sind überwunden – denn erst hat der Gedanke so weh getan, nun nach solchem Geschehnis, etwas zu essen. Dann erfüllt das Gefäß des Schmerzes eine Formalität.

Es ist gar kein Essen. Ja, es wird wohl dem Körper eine Nahrungszufuhr vermittelt, das ist wahr, und es rutscht auch hinunter. Aber die Augen brennen noch verschleiert von Tränen, salzig fällt es auf die Butterbrote, vom Pathetischen zum Trivialen ist es nur eine Nasenspitze weit. Die Backen kauen, die Kehle schluckt, die Hand umklammert irgend etwas Brotiges. Aber es schmeckt nach nichts, es ist eine unnütze Geste, dieses Essen. Es wiedert einen an, das da.

Einmal, da starb einer Verwandten der Mann. Das war um sieben. Als er tot war, saßen nachher alle bei Tisch, gezwungenermaßen, wie nach einer geschlagenen Schlacht, nach einer Niederlage. Es war aus. Niemand sprach. Dann aber sprach jemand, und ich werde nie die Stimme der Frau vergessen, die da zu ihrer Schwester sagte, schluchzte, naß stöhnte: „Wo hast du die Eier her –?" Und die andere, tonlos, leergeweint, am Ende: „Von Prustermann. Sind sie nicht gut –? Seht, so holt sich das Leben seine Leute wieder, die ins Land der Trauer auf Urlaub gehen.

[1926]

„AH, M ...!"

„Die Garde stirbt, doch sie ergibt sich nicht", ist bekanntlich nicht ganz so gesprochen worden. Man findet in Hugos *‚Les Misérables'* die richtige Version: der gute alte General Cambronne, dieser französische Götz von Berlichingen, hat bei Waterloo den Engländern vielmehr ein einziges Wort entgegnet, sein Wort – „ein derbes, aber im Soldatenmunde nicht ungewöhnliches Wort", wie Büchmann bemerkt.

Dieses Wort, das, wie wir aus zuverlässiger Quelle erfahren, in Frankreich auch hier und da von Zivilisten gebraucht werden soll (und das der deutsche Soldat in seiner Sprache nicht minder häufig anwendete) – dieses Wort ist jetzt, ohne daß die Kuppel einstürzte, in der französischen Akademie ernsthaft diskutiert worden. Louis Bertrand, der auf dem Stuhle von Maurice Barrès sitzt, war da, Jean Richepin desgleichen und andere mehr.

Ist ‚Merde' französisch? Darf mans anwenden? Gehört es in das Große Wörterbuch der Akademie? Das sind schwierige Fragen. Nach langen Beratungen ergab sich folgendes Resultat:

‚Merde' ist ein französisches Wort, aber nur als Substantiv. Als Ausruf, als Antwort, als Urteil – etwa in der Bedeutung: „Ich bin mit der Ansicht des Herrn Vorredners nicht ganz einverstanden!" ist es dagegen nicht zugelassen. Frankreich, das ist ein Fleck auf deinem Wappenschild.

Wie? Dafür ist dieses kurze, so kurz malende und prägnante Wort während viereinhalb Jahren in allen Lagen des menschlichen Lebens tausend- und tausendmal gesagt worden? Ein Unbefangener hätte meinen können, die Soldaten beteten zu einem neuen Heiligen, der so hieße. Dazu das Wort geschrien, gebrüllt, herausgelacht, Gegenstände mit ihm zierend versehen, ganze Heeresberichte tadelnd mit dem einen Wort abgetan, es war Substantiv, Adjektiv, Adverb und Interjektion in einem – und nun auf einmal ist alles aus –? Das kann nicht sein.

Was, zum Beispiel, o Akademie, soll als Ausruf verwandt werden, wenn unsereins nationale Hetzromane diesseits und jenseits des Rheins zu lesen bekommt? Was, wenn der Steuerbogen kommt? Was, wenn eine telefonische Verbindung nicht kommt? Soll: „O Himmel!" gerufen werden? Oder: „Bei Jupiter!" – Du wirst uns das nicht antun wollen, Akademie.

Die französische Sprache büßte eine ihrer Hauptwürzen der feingebildeten Unterhaltung ein, fiele dieser Ausruf. Nur als Substantiv? Nein: es ist ein Hauptwort, unentbehrlich für die Allgemeinheit. Und ich fürchte, die ganze Nation wird diesen Beschluß ihrer Akademie zur Kenntnis nehmen und dann darauf schlicht entgegnen: „Ah, Merde –!"

[1926]

VELHAGEN & KLASING

haben zwar den Krieg auch nicht gewonnen, aber sie tun doch ihr möglichstes.

In den großen Andreeschen Handatlas, den sie herausgeben, findet sich in der Ausgabe 1920 eine Weltkarte der internationalen Kolonial-Verteilung, die – auf Seite 21 – für Afrika, zum Beispiel, so aussieht: Deutsch-Südwest-Afrika – Deutsch-Ostafrika und so weiter … Ganz klein und versteckt steht unterhalb der Karte ein kleines Farbfleckchen in entsprechender Coleur und verkündet recht bescheiden und petit: „Ehemals deutsche Kolonien". Die Karte selbst fälscht.

Zur Rede gestellt, beruft sich der Verlag in einem lahmen Schreiben auf das farbige kleine Heftpflaster und verschweigt, daß das Gesamtbild für jeden unbefangenen Betrachter einen vielleicht für die Kolonial-Assessoren und Hundspeitschenschwinger wünschenswerten Zustand zeigt, keineswegs aber die politische Wirklichkeit. Die ist ja nun leider gottseidank wesentlich anders.

Diese Sorte von National-Geographen tobt umher, wenn ein deutscher Atlas die richtigen tschechischen oder polnischen Städtenamen in annektierten Gebieten politisch wahrheitsgemäß und untendenziös angibt, wie sich das gehört. Denn es heißt wohl Nanzig und Sankt Kwentihn, aber wenn wir auch durch die Schuld tobsüchtiger Militärs den Krieg verloren haben: die Kolonien in den Atlanten lassen wir uns nicht nehmen. „Den Finger drauf! Die nehmen wir!" Für deine Steuergroschen, Atlaskäufer.

[1927]

EIN EINFACHER LEHRER

Neulich hat ein Gemeindeschullehrer vor dem Schöffengericht gestanden, weil er dem Zoologischen Museum der Berliner Universität und der Entomologischen Gesellschaft Bücher und Insektenpräparate entwendet hatte. Der Mann war offenbar überarbeitet, hat seine Delikte in maßloser Überreizung begangen, ohne irgendwelchen pekuniären Nutzen, aber er wurde trotzdem freigesprochen.

Bei der Zeugenvernehmung stellte sich heraus, daß der Lehrer eine Kapazität der Naturforschung war – er hat aus Lust und Liebe zur Sache, aus wissenschaftlichem Ehrgeiz den Universitätszoologen Jahre lang geholfen und wertvolle Mitarbeit geleistet. Darüber wurde der Kustos des Zoologischen Museums vernommen, Herr Kuntze. Herr Kuntze:

„Der Angeklagte hat für seine Tätigkeit keinerlei Vergütung erhalten, aber es war für ihn, als einfachen Lehrer, doch eine große Ehre, daß er für das Museum Forschungsreisen ausführen durfte …"

So siehst du aus. Wer den grenzenlosen Hochmut kennt, mit dem diese studierten Kuntzes auf die ‚einfachen Volksschullehrer' heruntersehen, wird die Melodie dieses Satzes abschmecken können. Es besteht ja doch nicht der geringste Grund, die Arbeit eines kenntnisreichen Lehrers etwa geringer einzuschätzen als die von Universitätsprofessoren – aber während die Resultate dieser Aufopferung den Professoren gehören, ist die Ehre ganz auf seiner Seite. Er ‚durfte' für die Hochmögenden arbeiten, er durfte lange Jahre lang seine Freizeit opfern – und dafür bekommt er nun auf die Schulter geklopft.

Kuntze ist richtig, und die Volksschullehrer dürfen sich bei ihm bedanken: so klar hats vor ihm noch keiner gesagt.

Schade, daß die Volksschullehrer solchen Examensbrüdern den Gefallen tun, eine Überlegenheit anzuerkennen, die wesentlich in Zeugnissen, Diplomen und Titeln, aber weniger in der Leistung liegt. Der ganze Volksschullehrerstand geht, in durchaus falscher Empfindlichkeit, hoch, wenn einer mit dem Abiturium die Nase über sie rümpft. Sie sollten ihn auslachen. Denn Kinder gut zu erziehen ist viel schwerer, als ein kümmerliches Stellchen in einem kümmerlichen Universtitätsklüngel auszufüllen. Das Honorar der Ehre sollten sich die Lehrer verbitten, ohne in den gleichen Fehler wie die Hochmögenden zu fallen: nun für ihr Teil eine ‚Standesehre' zu stabilisieren.

Was aber Kuntzen betrifft: es war selbstverständlich eine Ehre für das Museum, daß ihm einer eine Arbeit besorgt hat, für die es offenbar keinen geeigneten Mann in den eigenen Reihen gefunden hatte. Auch, wenn es nur ein einfacher Lehrer war.

[1927]

KOFFER AUSPACKEN

In der Fremde den Koffer auspacken, der etwas später gekommen ist, weil er sich unterwegs mit andern Koffern noch unterhalten mußte: das ist recht eigentümlich.

Du hast dich schon ein bißchen eingelebt, der Türgriff wird leise Freund in deiner Hand, unten das Café fängt schon an, dein Café zu sein, schon sind kleine Gewohnheiten entstanden … da kommt der Koffer. Du schließt auf –

Eine Woge von Heimat fährt dir entgegen.

Zeitungspapier raschelt, und auf einmal ist alles wieder da, dem du entrinnen wolltest. Man kann nicht entrinnen. Ein Stiefel guckt hervor, Taschentücher, sie bringen alles mit, fast peinlich vertraut sind sie dir, schämst du dich ihrer? Wie zu nahe Verwandte, denen du in einer fremden Gesellschaft begegnest; alle siezen dich, sie aber sagen dir: Du –! und drohen am Ende noch, sprichst du mit einer Frau, schelmisch mit dem Finger. Das mag man nicht.

Wer hat den Koffer gepackt? Sie? Eine warme Welle steigt dir zum Herzen empor. So viel Liebe, so viel Sorge, so viel Mühe und Arbeit! Hast du ihr das gedankt? Wenn sie jetzt da wäre … Sie ist aber nicht da. Und wenn sie da sein wird, wirst du es ihr nicht danken.

Die Sachen im Koffer sprechen nicht die Sprache des Landes, nicht die Sprache der Stadt, in der du dich befindest. Ihre stumme Ordnung, ihre sachliche Sauberkeit im engen Raum sind noch von da drüben. Da liegen sie und sprechen schweigend. Mit etwas abwesenden Augen stehst du im Hotelzimmer und erinnerst dich nicht … nein, du bist gar nicht da – du bist da, wo sie herkommen, atmest die alte Luft und hörst die alten, vertrauten Geräusche … Zwei Leben lebst du in diesem Augenblick: eines körperlich, hier, das ist unwahrhaftig; ein andres seelisch, das ist ganz wahr.

Ein Mann, der sich lyrisch Hosen in den Schrank hängt! Schämen solltest du dich was! Tuts ein Junggeselle, dann geht es noch an; mit sachlich geübten Händen baut er auf und packt fort, glättet hier und bürstet da … Ein Verheirateter, das ist immer ein bißchen lächerlich; wie ein plötzlich selbständiges Wickelkind ist er, ohne Muttern, etwas allein gelassen in der weiten Welt.

Der Bademantel erinnert nicht nur; in seinen Falten liegen Stücke jener andern Welt, aus der du kamst. Das ist schon so. Aber faltest du ihn auseinander, dann fallen die Stücke heraus, verflüchtigen sich, auf einmal hängt er vertraut und doch fremd da, ein gleichgültiger Bademantel, den das Ganze nicht so sehr viel angeht … Und da ist etwas praktisch zusammengerollt, hier ist ein besonderer Trick des Packens zu sehn, hast du die Krawatten gestreichelt, alter Junge? Als ob du noch nie gereist wärst!

Leicht irr stehst du im Zimmer, in der einen Hand einen Leisten, in der ändern zwei Paar Socken, und stierst vor dich hin. Gut, daß dich keiner sieht. Um dich ist Bäumerauschen, ein Klang, Schmettern dreier Kanarienvögel und eine Intensität des fremden Lebens, die du dort niemals gefühlt hast. Tropfen quillen aus einem Schwamm, den du nie, nie richtig ausgepreßt hast. So saftig war er? Hast du das nicht gewußt? Zu selbstverständlich war es, du warst undankbar – das weißt du jetzt, wo es zu spät ist.

Eine Parfumflasche ist zerbrochen, das gute Laken hat einen grünlichen Fleck, ein Geruch steigt auf, und jetzt erinnert sich die Nase. Die hat das beste

Gedächtnis von allen! Sie bewahrt Tage auf und ganze Lebenszeiten; Personen, Strandbilder, Lieder, Verse, an die du nie mehr gedacht hast, sind auf einmal da, sind ganz lebendig, guten Tag! Guten Tag, sagst du überrascht, ziehst den alten Geruch noch einmal ein, aber nach dem ersten Aufblitzen der Erinnerung kommt dann nicht mehr viel, denn was nicht gleich wieder da ist, kommt nie mehr. Schade um das Parfüm, übrigens. Die Flasche hat unten ein häßlich gezacktes Loch, es sieht fast so aus, wie etwas, daraus das Leben entwichen ist … Also das ist dummer Aberglaube, es ist ganz einfach eine zerbrochene Flasche.

Unten, auf dem Boden des Koffers, liegen noch ein paar Krümel, Reisekrümel, Meteorstaub fremder Länder. Jetzt ist der Koffer leer.

Und da liegen deine Siebensachen auf den Stühlen und auf dem Bett, und nun räumst du sie endgültig ein. Jetzt ist das Zimmer satt und voll, fast schon ein kleines Zuhause, und alle Erinnerungen sind zerweht, verteilt und dahin. Noch ein kleines – und du wirst dich auf deiner nächsten Station zurücksehnen: nach diesem Zimmer, nach diesem dummen Hotelzimmer.

[1927]

DAS

sollte man jeder großen Schauspielerin sagen: daß sie die gefährlichste Rivalin an sich selbst hat. Der Wiener Oscar Sachs, diese letzte Nestroyfigur, hat einst folgenden Ausspruch getan: „Mir hat geträumt, daß i auf einem großen Friedhof umhergeh, und dort liegen alle, alle Komiker – und i spazier da ganz allein –!“ Nur Komiker haben noch diese Naivität der Ausschließlichkeit, die sonst Frauen vorbehalten ist. Was also tut eine Schauspielerin, die es zu etwas gebracht hat –?

Sie achtet mit minutiöser Sorgfalt darauf, daß keine, keine neben ihr besteht. Sie beißt sie alle weg: die Schönen, die Begabten, die Grotesk-Komischen, die Langbeinigen, die Beliebten – Nacht muß es sein, wo Fräulein Friedlands Sterne strahlen, und so hat fast jeder weibliche Star eine Wüste um sich, darinnen sie das Oäslein. Denn dies ist der erste Regierungsakt, den sie tut: den Regisseur, den Direktor, den Geldmann zu veranlassen, im selben

Stück keine Kollegin zu beschäftigen, die vielleicht auch gefallen, interessieren, Erfolg haben könnte … Sie verbietet es. Er darf es nicht. Und wir langweilen uns.

Ich sehe niemand an, denn es ist wenig unterhaltsam, in diese Schlinggewächse des Klatsches zu steigen, auch ist es gar nicht wichtig. Das Theater aber lamentiert, es werde nicht mehr so beachtet wie früher – tragen diese Frauen nicht einen Teil Schuld, die sonst die Zeit auf sich nehmen mag –? Wollen wir den ganzen lieben langen Winter nur Frau Pietsch und noch einmal Frau Pietsch und nichts als Frau Pietsch sehen? Wie rasch nutzt sich ihr Ton ab, wie schnell wird er blechern, auch das Ohr ist eines Tages übersättigt. Qualvoll diese Augenblicke, wo der Star nicht auf der Bühne steht, nervenzerpflückend das kindische Geplapper sechster Größen, die gerade noch auftreten dürfen … Und das alles, weil SIE diese törichten Filmmanieren eingeführt hat: „Adam, Eva und die Schlange? Die Titelrollen spiele ich!“ Wie schlau, wie fein kalkuliert, wie dumm!

Laß dich nicht tyrannisieren, Direktor. Bleibe hart; Regisseur! Enteile dem Schlafzimmerzauber, glaub nicht an den Kritiker im Bärtchen, gib nicht nach. Stich dem Star den Star: gib uns die fruchtbare Vielweiberei, die Vielgötterei, das Ensemble.

[1927]

MEIN NACHRUF

Auf eine Rundfrage

Wie mein Nachruf aussehen soll, weiß ich nicht. Ich weiß nur, wie er aussehen wird. Er wird aus einer Silbe bestehen.

Pappa und Mamma sitzen am abgesessenen Abendbrottisch und vertreiben sich ihre Ehe mit Zeitungslektüre. Da hebt Er plötzlich, durch ein Bild von Dolbin erschreckt, den Kopf und sagt: „Denk mal, der Theobald Tiger ist gestorben!“ Und dann wird Sie meinen Nachruf sprechen. Sie sagt:

„Ach –!“

[1927]

AN DEN BOTSCHAFTER

der Vereinigten Staaten ist folgendes Schreiben abgegangen:

Euer Exzellenz!
Ich habe die Ehre, Ihnen folgende Angelegenheit zu unterbreiten:

Wie in politischen Kreisen bekannt ist, hat der Oberste Gerichtshof in Boston in den Vereinigten Staaten die Wiederaufnahme des Verfahrens gegen die Arbeiter Sacco und Vanzetti abgelehnt, so daß formal einer Vollstreckung des Todesurteils nichts mehr im Wege steht. Als Herausgeber einer Wochenschrift, die seit langen Jahren für die Gerechtigkeit und die Freiheit eingetreten ist, erlaube ich mir, Euer Exzellenz den Protest eines großen deutschen Kreises von Intellektuellen und Angehörigen der arbeitenden Klasse gegen die geplante Hinrichtung dieser beiden Männer zu übermitteln. Wenn ich das tue, so liegt mir nichts ferner, als mich in die innerpolitischen Verhältnisse der Vereinigten Staaten einmischen zu wollen. Als Angehöriger eines Volkes aber, das Justizirrtümer und Schlimmeres aus eigner Anschauung kennt, möchte ich zu bedenken geben, wie das Ansehen jedes Staates, also auch der Vereinigten Staaten, durch solche Vorkommnisse leiden muß. Selbst wenn Sacco und Vanzetti Taten begangen haben sollten, die nach dem amerikanischen Gesetz strafbar sind, was bei der Qualität der belastenden Zeugenaussagen auch nach amerikanischen Presseäußerungen nicht feststeht, scheint mir und meinen Freunden die jahrelange Todesangst dieser Leute eine ausreichende Kompensation für ihre Handlungsweise zu sein. Ich darf Euer Exzellenz ergebenst darauf aufmerksam machen, daß die Sympathie politisch denkender und aktiver Schichten Deutschlands durchaus auf seiten der Verurteilten ist. Die Verletzung der einfachsten Menschenrechte bedarf einer Reparatur; die Begnadigung der beiden Leute ist in unsern Augen das Mindeste, was von der amerikanischen Regierung erwartet wird. Wir protestieren auf das schärfste gegen die beabsichtigte Hinrichtung von Sacco und Vanzetti.

Ich erlaube mir hinzuzufügen, daß dieser Protest in der nächsten Nummer meines Blattes erscheinen wird.

Ich bin mit den besten Empfehlungen Euer Exzellenz ergebener

Tucholsky

[1927]

ZUR PSYCHOLOGIE DES MARXISMUS UND DER „RADIKALEN“ LITERATEN

Lieber Herr Willy Haas!
Ich möchte Ihnen zunächst persönlich für den so freundlichen und interessanten Brief danken, den Sie an mich gerichtet haben.

Sachlich haben Sie leider allzusehr recht.

Ich hatte mir vorgenommen, in der nächsten Zeit einmal auf die Brüchigkeit, Neurasthenie und die völlige Lebensuntüchtigkeit mancher Kreise hinzuweisen, die sich ‚radikal‘ nennen, und ich weiß, daß es vom Wandervogel bis zu Leuten, deren Namen ich zunächst nicht nennen will, eine böse Entrüstungskampagne geben wird. Das vertragen die Herren nämlich am allerwenigsten, daß ihnen einer sagt: mir ist ein Erzreaktionär als Kapitän eines Passagierdampfers lieber als ein zerfahrener Literat, der unpünktlich, fahrig und unfähig ist, zu disponieren. Natürlich ist gegen Kant kein Einwand, daß er vielleicht ein schlechter Chauffeur gewesen wäre: aber gerade diese Herschaften, die ständig zur Tat aufrufen, lassen eine Lebenstüchtigkeit vermissen, die der Geistesmensch Lenin bei 28 geschriebenen Bänden auf das Vorzüglichste bewiesen hat. Ich für meinen Teil möchte bei den meisten unsrer Radikalen nicht mitansehen, wie sie auch nur einen Umzug in die Wege leiten oder wegen eines Mietvertrages verhandeln oder den Streit zwischen zwei Angestellten schlichten – und unter gar keinen Umständen möchte ich unter diesen Leuten arbeiten. Ich habe das bisher noch nicht gesagt, aber ich fürchte, es ist sehr an der Zeit, daß man es tut.

Denn, sehen Sie, das, was am Preußentum gut und gesund ist, besitzen diese Leute leider wenig oder gar nicht, sehr zum Schaden unsrer Sache, die, wie jede andere, eben nicht ohne ein gewisses Mindestmaß von Pflichterfüllung, Fleiß und vor allem von gesundem Menschenverstand geführt werden kann. Eben dieser gesunde Menschenverstand scheint mir bei so vielen unserer ‚Radikalen‘ zu fehlen: die Leute haben kein inneres Maß, kein Gefühl für die Notwendigkeiten des Lebens, mit denen man doch rechnen muß, wenn man etwas erreichen will. Mit Dialektik und Neurasthenie allein ist die Sache eben nicht zu machen.

Ich habe die Absicht, in der ‚*Weltbühne*‘ einmal ausführlich auf dieses Thema zurückzukommen, und bis ich das tue, mögen Sie bitte mit diesem Brief beginnen, was Ihnen richtig erscheint.

Inzwischen bin ich, wie immer, mit den kameradschaftlichsten Grüßen

Ihr sehr ergebener Tucholsky

[1927]

WARUM STEHEN

eigentlich Angeklagte vor dem Richter? Es strengt an, stundenlang zuzuhören, sich zu verteidigen, und dabei ununterbrochen zu stehen. Die Attitüde soll wohl die Wehrlosigkeit des Angeklagten nach außen so recht manifestieren, seine Subordination, die der da von ihm verlangt, nach der Melodie: „Vor allen Dingen stehen Sie mal auf, wenn Sie mit mir reden!" Denn Hochachtung und geistige Überlegenheit spielen sich in Deutschland meistens in jenen Formen ab, wie sie zwischen westpreußischen Gutsbesitzern und polnischen Saisonarbeitern üblich sind. So auch vor Gericht.

Humane Richter, also solche, die unter dem Talar keine Reserveoffiziers-Uniform tragen, erlauben manchmal den Angeklagten – als ganz besondere Gnade – sich hinzusetzen. Selbstverständlich ist, daß auch der Angeklagte sitzen darf; habt ihr weiter keine Mittel, um ihm klarzumachen, daß er sich hier zu verantworten habe?

Nein, sie haben keine. Und sie können keine haben, weil sie sich ja einer Amtsanmaßung schuldig machen: nämlich einer göttlichen. Das bestandne Assessorexamen und die Betallung irgend eines Beamten scheint zu genügen, um aus Herrn Landgerichtsrat Blumenkohl den Stellvertreter Christi auf Erden zu machen: er straft. Er hat nicht zu strafen. Er hat keine Verhaltungsmaßregeln zu erteilen, er hat nicht Moral zu blasen, er hat zu schweigen, zu verstehen und dann das einzige zu tun, wozu ihn Menschen allenfalls delegieren dürfen: die Gesellschaft zu schützen.

Sitzend stülpt er dem vor ihm Stehenden eine Strafe über den Kopf, deren Nuancen er nicht kennt. Unter hundert Richtern sind wahrscheinlich nicht vier, die den Unterschied zwischen zwei und drei Jahren Zuchthaus überhaupt abzumessen vermögen. Für die körperlichen, die seelischen, die sexuellen Nöte eines eingesperrten Verbrechers haben sie nicht viel Verständnis – woher sollten sie auch? „Wir geben in solchen Fällen immer zwei Jahre", hat mal einer im Beratungszimmer gesagt. Das schien sein fester Satz, billiger tat ers nicht.

Nun, und später sitzt ja der bis dahin stehende Angeklagte genug ...Nur einmal wünschte ich, daß Angeklagte stehen, solange stehen, bis sie zum Umsinken müde sind. Das ist dann, wenn so ein Richter vor dem Seinen steht. Und weil auf die himmlische Instanz nicht viel Verlaß ist: vor einer irdischen.

[1927]

EINE SCHÖNE DÄNIN

„Daß die Leistungsfähigkeit der Kühe unter diesen Umständen sehr gering war", stand in dem schönen Führer durch Dänemark, den man mir freundlicherweise im Außenministerium gegeben hatte, „ist selbstredend. Die durchschnittliche Milchleistung pro Kuh –" Gut. Wovon aber gar nichts in diesem Buche zu lesen war, das waren die Frauen des Landes.

Nordische Frauen –! Was habt ihr doch für einen falschen Ruf! Da heißt es von der Französin, sie sei locker, kokett, der Liebe ergeben, und was weiß ich. Und ist doch das treueste Heimchen am Herd, das sich denken läßt – es gibt keinen Frauenberuf in Frankreich – keinen! Oh, ihr nordischen Schwestern – in dem das nicht zu spüren wäre. Ihr hingegen ... Das ist ein weites Feld.

Guten Tag, Kopenhagen! Wohlschmeckend schritten die jungen Damen dahin und guckten Esperanto und sprachen ihre Sprache. Wenn die Dänen das, was sie zu sagen haben, auf Schilder gedruckt dem Fremdling entgegenhielten, ließe es sich allenfalls erraten – soviel Plattdeutsch und Englisch verstehen wir auch bei Regenwetter. Zum Sprechen eignet sich die dänische Sprache weniger – sie zerschmilzt den Hiesigen auf der Zunge und eilt leichtsilbig dahin, und alles ist ein einziges Wort, und es ist sehr schwer. Und wenn man also im ‚Fiske-Restaurant' gar nichts sagt, bekommt man zu viel zu essen, und wenn man etwas sagt, erstickt man in kalten und warmen Speisen; und ich glaube: wenn einer richtig Dänisch kann und etwas bestellt, dann bekommt er den Wirt in Gelee. Gott segne die dänischen Kalorien.

Ja, die Frauen ... Ich war den ganzen Tag herumgelaufen und freute mich auf den Abend. Für den Abend hatte ich mir etwas ausgedacht. Da stand an einem Tanzlokal – soviel konnte ich lesen –, daß da also getanzt werden würde und daß da zwei Orchester spielten, und dann:

INGEN PAUSER

‚Ingen' – das war wohl die dänische Form für ‚Inge' –, welch ein schöner Name! Ingen Pauser ... Wie mochte sie aussehen? Lang, weiß, schlank, blond – mit einer Schnuppernase und fest im Fleisch. Ja, das wollten wir also wohl einmal sehen.

Inzwischen war Lange Linie zu besichtigen und im Hafen herumzufahren, und es waren alle jene netten Überflüssigkeiten zu exekutieren, die im Führer stehen. Nach der vierten begann ich zu schwänzen ... es war viel amüsanter Klatsch zu hören und den Nebel, in dem die dänischen Berühmtheiten für uns dahinschreiten, sich zerteilen zu sehen – und siehe da: da hatten sie hochgeschnürte kleine Provinzbusen und lispelten und schielten und waren dreimal geschieden, und ein Glitzerwerk von Ironiegeflitter ging über die Armen dahin, vor denen ich zu Hause, vor dem Bücherschrank, so eine große Hochachtung gehabt hatte. Richtig – Inge!

Ich würde nach den ersten Formalitäten ‚Inge' sagen – ‚Ingen', das ist nichts. Wenn sie einen Funken Nettigkeit im Leibe hat, besitzt sie eine Tante auf Jütland. Wir wollen nach Jütland fahren – in Kopenhagen ist sie vielleicht zu bekannt. In Jütland soll eine kleine Stadt dastehen mit einem Backsteinkirchturm und abendlich erdunkelnden Bäumen auf dem Marktplatz ... Vor dem Schlafengehen spazieren wir ein bißchen durch die Sträßchen und Straßen und dann einen Feldweg entlang, und Inge erzählt von ihrer Schwester, die in Amerika lebt, und von einer Reise nach London – dann blinzelt der erste Stern herunter, und dann sagen wir gar nichts mehr ...

Ja, sie kann Deutsch. Natürlich kann sie Deutsch. Sie spricht es auf diese entzückende Art, in der es hier viele Leute sprechen: lehrreich und bezaubernd falsch. „Soll ich das Essen heißen?" fragen sie, und – warum soll man das eigentlich nicht sagen? Wenn es ‚erwärmen' gibt – warum soll es nicht ‚heißen' geben? Und sie sagt mir: „Kopenhagen ist selbstfroh", was wohl so etwas wie ‚mit sich zufrieden' bedeutet – und es tut den Ohren und allen Sinnen wohl, Deutsch auf eine so neue und so überraschende Art zu hören. Es ist, wie wenn jemand die Sprache neu zu schaffen unternähme ... Schmeckt ihr Kuß salzig? Das werden wir ja sehen. Das werden wir ja alles sehen –

Das Gold auf dem Rathaus erglänzt im letzten Sonnenlicht. Aus den Schaufenstern der Kinos blicken geschmalzte Fotografien auf die Straßen, und die Gesichter der Stars sehen süß und fett aus wie die dänischen Kuchen, und vor dem Tivoli steht ein Mann und singt ein Lied, das ich schon einmal gehört haben muß ... ‚*B.Z.*', sagt er –

Und im Tivoli hängt in den Bäumen die Sehnsucht aller dänischen Matrosen, die gerade auf hoher See sind, ‚Tivoli', denken sie, wenn sie in die Wanten klettern, und ‚Tivoli' in den Kohlenbunkern und ‚Tivoli' auf dem Broadway ... Und hoch oben, gegen den hohen blauen Abendhimmel, steht ein deutscher Artist im weißen Trikot, bereit, zu einem Looping abzuspringen: „Achtung!" ruft er – und da lachen Leute vor einem Freilicht-Kino, und da kreischen sie auf der Rutschbahn ... Und ich denke an Inge. Ingen Pauser –

Und bei Vivel wedeln die Kellner ungeduldig mit den Servietten, und wenn jetzt der Oberkellner mit dem Finger winkt, dann ergießt sich aus dem doppeltgeöffneten Tor eine ganze Heringsflottille hervor, man möchte ein Hering sein, nur um zu wissen, wie ein dänischer Magen von innen aussieht, es ist nicht vorstellbar.

Jetzt aber ist es neun Uhr, und nun will ich zu Inge gehen. Ja, und wenn wir in der jütländischen Stadt angekommen sind, dann soll aus dem geöffneten Fenster der kleine Walzer ‚*Allways*' herausklingen, das denke ich mir besonders hübsch, und dabei wollen wir einschlafen. – – –

Schade. ‚Ingen Pauser' ist kein Name. Es heißt ‚Keine Pause' – und pausenlos spielen die beiden Orchester in dem Tanzlokalchen, es ist gar keine Inge da, und auf leicht nach innen gesetzten Füßen stiefle ich ins Freie, sanft begossen vom Schein des Mondes und einer umsonst geliebten Liebe.

[1927]

KOPENHAGENER KRABBELN AUF EIN KRIEGSSCHIFF

Die hohe Mauer an ‚Lange Linie' war gesteckt voll, und alle sahen zu den englischen Kriegsschiffen hinüber, die sich da ins Wasser gestellt hatten: hintereinander und nebeneinander, es war wohl ein ganzes Geschwader. Die schwimmenden Filialen der englischen Börse hatten ihre Kommis schon tagelang vorher in die Stadt geschickt – überall sah man die Matrosen mit den Tütenhosen, sie sahen vergnügt aus wie Reklamebilder für einen mittelkräftigen Whisky, der zu seinem Glück nicht in ‚Deutschland auf Flaschen gezogen' war. Ja, das wollten wir uns nun also auch einmal aus der Nähe betrachten …

Die imposante Breite des Schiffes gab uns zu denken. Ich, als alter Fachmann, sah natürlich sofort, daß es sechs Unzen, vier Komma drei breit und achtundachtzig Gallonen schwer war; es handelte sich um einen Mittelkreuzer aus der Klasse „Tirpitz" mit einem schwarzen Stern achtern. Wie unvorsichtig von den Engländern, solche alten Seekenner unbeobachtet auf ihre Schiffe heraufzulassen …

Die dicken Röhren, die durch das Schiff liefen wie die Adern eines kranken alten Mannes, die Kajütenhitze, sanft gefächelt von den saugenden und pustenden Ventilatoren – die mit Metall vollgestopften Maschinenräume, die die Vision entstehen ließen: Was geschieht hier, wenns da oben schiefgeht? –, das war alles nichts gegen die Mädchen.

Die Mädchen gingen auf den Planken des Kriegsschiffes wie in einem Dampfbad. Sie badeten in der wohligen Atmosphäre von Männerbegehren – ihre Gelenke wurden biegsamer, ihr Fleisch weicher, ihre Nasenflügel schlugen Wellen … Wenn sie an den blauen Riffen der Matrosen vorbeisegelten und es auf den Männerfelsen lebendig wurde, wurden sie noch einmal so dick. Im Klumpen der seebefohrnen Männer regte sich manchmal nichts – nur ein Auge blinzte, funkte die bessern Sachen hin und her … ich wunderte mich, daß die Mädchen nicht laut gackerten …

Sie lustwandelten, die lieben Kopenhagenerinnen, unter den englischen Matrosen – aber das waren keine Matrosen für sie: Es waren verkleidete Männer, so wie die Mädchen auf den alten Buntdruckpostkarten, an denen sich unsre Herren Väter ergötzten und denen vielleicht so mancher von uns seine Erschaffung verdankt – so, wie auf denen ‚Die weibliche Parade' oder ‚Die Frau als Lokomotivführer' abgebildet waren, eine amüsante Verkleiderei – so wandelten die Mädchen unter den Matrosen, und die Matrosen sahen's gern und ließen's sich wohl sein und waren frisch rasiert und hatten wohl abends Landurlaub. Skal –!

Die Knaben aber aus Kopenhagen, die da aufs Schiff geklettert waren, hatten andres im Kopf. Hallo, ein Kriegsschiff!

Schon von weitem war aufgefallen, daß die Winker, die da auf den Gefechtstürmen umherstanden, winkten und winkten, sie kugelten sich fast ihre schwarz–weißen Arme aus den Gelenken … Das waren die Herren Knaben, die an ihnen herumspielten, das durften sie, kein englischer Offizier, kein Matrose verbot ihnen etwas, jeder ließ sie machen. Und sie zogen Fahnen auf und ab, sie senkten die Strickleitern und holten sie wieder empor, versuchten, die Kanonenrohre abzubrechen – sie hatten so viel zu tun! Das ganze Kriegsschiff war ein einziges Spielzeug für sie – sie hampelten darauf umher und hätten es am liebsten auseinandergelegt und wieder zusammengesetzt, den Kapitän inklusive. Aber der Kapitän war nicht zu sehen, und so unterblieb das, leider.

Einen sah ich, der drehte ununterbrochen am Winkerapparat, er sah nicht einmal hin, was er da zusammenwinkte – er drehte nur. Er hatte sich vor der kleinen Maschine hingekniet, sein Kopf war ganz rot vor Anstrengung, und in diesem Badeschwamm von Jungengehirn war nur der eine einzige Gedanke: Wenn ich hier unten drehe, dann dreht sich das da oben, und jetzt bin ich der Kapitän, und ich winke dem bösen Feind …

So entsteht die Lust am Krieg.

Kriegsschiffe spazierenfahren lassen –: Das ist eine der besten Kriegsreklamen, die es gibt. Hat man schon je erlebt, daß ein richtiger Junge vor einem so herrlich blinkenden Apparat nach der sittlichen Idee des Ganzen fragt? Das tun nicht einmal Erwachsene, Professoren, Kriegsberichterstatter, Redakteure … Warum sollten es die Knaben tun? Sie wissen nur: Es ist groß und bunt und stahlgrau, und wenn man unten dran dreht, dann bewegt sich oben etwas – und wofür das Ganze gemacht wird, ist ihnen vollkommen gleichgültig, wenn es sie nur unterhält, wenn es ihnen nur gefällt – „Nehm Se Kriech! det hebt Ihnen!"

Und das bleibt fürs Leben; Kindereindrücke haften. Und weil niemand dieser Generation (was so leicht wäre) in der Schule den Krieg so zeigt, wie er wirklich ist, so springt der Funke, den die Matrosen in den lustwandelnden Mädchen erzeugt haben, gewandelt auf die Knaben über, beide kommen auf ihre Kosten, beide bejahen den Handlanger des Kaufmanns, weil er bemalt ist wie ein Papagei, weil er ein Mann ist, hol mich dieser und jener, und eben, weil er da ist.

Da lagen die Kriegsschiffe des Geschwaders im blauen Hafen von Kopenhagen, und die Besucher brachten ihre Neugier mit und nahmen sich etwas andres von Bord mit: Lust am Mann und Lust an der Apparatur. Das genügt, wie sich gezeigt hat, für vier Jahre, und wenn sie noch so blutig sind.

So möge auch Gott mit unsrer herrlichen Flotte sein, die die Republik an der Gösch besuchen kann. Denn so fahren die Flotten aller Länder in der Welt umher, Achtung um sich verbreitend und Reklame für den jeweiligen Heldentod:

Hier bei uns werden Sie am komfortabelsten getötet! Glückliches Dänemark! Bleibe Zuschauer – sieh dir den Wahnwitz der andern an, du brauchst ihn nicht mitzumachen, bleib Zuschauer, fare well!

[1927]

DER REISEGOTT ZIPPI

Ich habe einen Reisegott, und er ist aus Gummi, man kann ihn aufblasen. Er kommt überall mit.

Mit seinem richtigen Namen heißt er ‚Zippi Oloron' – weil er aus einer kleinen Stadt in Frankreich stammt, die heißt Oloron. Da lag er in einem verstaubten Schaufenster und sah trübsinnig drein, weil sich niemand um ihn kümmerte. Er hatte etwas durchaus Götzenartiges –: er war hellgelb, mit grünen Gesichtszügen, die unentwegt grinsten, als Uniform hatten sie ihm so etwas wie einen Frack der großen französischen Akademie aufgemalt. Auf dem Kopf saß ihm eine spitze, hohe, rote Tüte. Ich kaufte ihn sofort.

Von Oloron habe ich wenig gesehen – ich blies den ganzen Tag Zippi auf. Er hatte es mir gleich mitgeteilt, daß er Zippi hieße, Glück bringe und von Beruf Reisegott sei.

Man konnte ihn auf tausenderlei Weise aufblasen. Man konnte ihn rapide aufpusten, daß wir beide ganz dick vor Anstrengung wurden – auch konnte man ihn andante beblasen, säuselnd sozusagen … Dann lernte er manches, er konnte, wenn man ihn dazu anhielt, stramm stehen oder die Hände auf dem Rücken verschränken, ach! und dann kamen die beiden kleinen dicken Wurstärmchen wieder nach vorn geschnellt, wenn er es gar nicht mehr aushalten konnte vor lauter Atmosphärendruck.

Zu seiner ganzen Geltung aber kam Zippi erst in Lourdes.

Ich hatte mir über einer Baumwurzel ein Bein aufgeschlagen und mußte nach Lourdes zurückfahren, um mir von einem richtigen Menschenarzt im Bein herumschneiden zu lassen. Mit der Wunderquelle hatte ich es nicht so im Sinn … Der Arzt, ein tüchtiger piksauberer Mann, schnitt, verband und packte mich für zehn Tage ins Bett. Zippi immer mit.

Da regierte er den ganzen Laden. Er stand auf dem Kopf, las alles mit, bekam zu essen und machte alle seine Kunststücke auf einmal. Nachts kuschelte er sich unter das Bettdeck, und einmal wäre er um ein Haar in den Verband mit hineingewickelt worden. „Was ist denn das –?“ sagte der piksaubere Doktor. „Das … eh … das ist eine Puppe!“ sagte ich. (Was eine Gotteslästerung war. Zippi ist keine Puppe.) Der Arzt sah mich scheu von der Seite an, ob mir vielleicht auch noch andere Pflege not täte. Nein, danke.

Zippi bringt Glück auf der Reise – das ist erwiesen. Gepäck, das mit dem Zuge nicht mehr mitkommen kann, weil es – immer mal wieder – zu spät aufgegeben wurde, kommt auf geheimnisvollen Wegen nachgetrudelt; Züge, die traditionelle Verspätung haben, kommen pünktlich an, und er, der Gewaltige, hat sogar schon einem Mitropa- Kellner anständigen Kaffee entlockt. Da waren wir aber beide sehr stolz.

Zippi fährt nicht gern im großen Schrankkoffer; er wohnt in der Handtasche. Er trinkt nur ein wenig Zahnwasser, sonst benimmt er sich recht manierlich, und auch Opfer will er nicht dargebracht haben, der Gott. Von Zeit zu Zeit nur – ich fühle das in meinem Herzen – will er hinaus. Dann mache ich die Tasche auf und blase den Flachgeglätteten auf. Er darf dann aus dem Fenster sehen. Sind junge Damen im Coupé, so halten sie das für eine höchst dämliche Art der Anknüpfung, und die Luft wird ganz hellkalt, sie sehen mich gar nicht mehr an. Sind es ältere Damen, so erwachen Mutterinstinkte in ihnen, und eine besonders nette, freundliche, alte Dame hat sich Zippi denn auch einmal herüberreichen lassen. Aber er wollte nicht, schüttelte sich, oben fiel der Pfropf aus seinem Hutzipfel, pfiff! machte es – und die entsetzte Greisin hielt einen weichen Gummilappen in der Hand. Zippi ist widerstandsfähig und sehr tapfer. Zwischen Basel und Bern habe ich ihn einmal einem schrecklichen Kerl unter den Sitz geschoben, der fuhr auf, wie vom wilden Affen gebissen, und warf Zippi in die Ecke. Ich hob ihn still auf und tuschelte ihm etwas zu – da verließ der Kerl das Coupé und wollte es nicht mehr wissen.

Man kann Zippi auch an die Gasleitung anschließen, doch ist das nicht sehr fein, und er hat es auch nicht gern. Ich drohe ihm manchmal damit, wenn er mir meine Wünsche nicht erfüllt. Er hat maßlose Angst davor: wenn er ganz voller Gas ist, sieht sein Kopf aus wie ein älterer Gummiball, mit leichten Rissen, und sein Gelächter klingt dann krampfhaft, er grinst nur noch vor Anstrengung, nicht aus dem Leim zu gehen. Übrigens kann er so ziemlich alle Sprachen, die wir brauchen: französisch und englisch und schweizerisch und grob – und jetzt habe ich ihm die aufgemalten Zähne wegradiert, nun hat er kein Gebiß mehr, und nun kann er auch dänisch.

Ich bete ihn selten an, wir glauben uns beide das nicht so recht. Er ist zwar als Hausgötze angestellt – aber schließlich bei dem Gehalt ... Es ist ein Gott, mit dem man sich duzt; ich sage, wenn ich in eine fremde Stadt komme, so beim Auspacken: „Na, du – Zippi ...!" und dann grinst er. Wir sind uns zu nahe, um Gläubiger und Gott zu spielen – dazu gehört Distanz. Merkwürdig, wenn man einen Lachenden, wie diesen Zippi, sehr lange ansieht, dann wird das lächelnde Gesicht erst zur Maske, dann zum bemalten Ball, dann unerträglich – und auf einmal ist es ganz ernst. Da gleitet nun alles so an ihm vorüber unbeweglich bleibt er, wohin lacht der Kerl –?

Ich bin ihm neidisch – er sieht etwas, was ich nicht weiß. Nachts habe ich ihn manchmal heimlich belauscht; einmal lehnte er an der Whisky-Flasche, und ich guckte um die Ecke und sah ihm zu. Vielleicht würde ich es jetzt herausbekommen, worüber er lacht ... Aber als ich fünf Minuten und zehn Minuten gestanden hatte, da sah ich: er hatte mich schon lange bemerkt, grinste vor sich hin und über mich und nach wie vor über sein großes Unbekanntes. Habe ich dich dafür, mit deinen kurzen Batterbeinen, der Katze aus dem Rachen gezogen, sehr vorsichtig und unter frommem Gemurmel? Du Gummigott.

Sieh, wie er lacht! Ja – sei still. Bald wirst du eingepackt, wenn wir hier oben fertig sind, in dem fetten Dänemark, und dann rumpelt es eine ganze Weile, und du wirst ein bißchen von den Zollmännern revidiert – und dann, wenn du aufwachst, wenn du wieder aufwachst, du dummer ewiger Hausgötze: dann sind wir wieder zu Hause, bei dir zu Hause – in Frankreich. In Paris.

[1927]

HUH, WIE SCHAUERLICH!

Ist es vorstellbar, daß in einer mitteleuropäischen großen Stadt eine Arena errichtet wird, in der vor einem tausendköpfigen Publikum lebende Menschen an Pfähle geknüpft, angeschossen und ihren Qualen überlassen werden? Nein.

Ist es vorstellbar, daß solche Arena errichtet wird und daß in ihr solche Grausamkeiten vollführt werden – aber ohne Publikum? Nein.

Soweit sind öffentliche Meinung und das Publikums-Gefühl für Roheiten immerhin schon verfeinert – sei es durch Erziehung, durch die Zeit …

Wie aber, wenn solches nun im öffentlichen Leben geschieht? Dann kommt es ganz auf die Schule, auf die Kirche, auf die Zeitungen an, die einer auf sich hat wirken lassen.

Was zum Beispiel jetzt in China geschieht, ist mordsschauerlich – man kann sich gar nicht lassen. Es hat aber niemand das Recht, sich auch nur über einen Blutstropfen, der in einer Revolution fließt, aufzuregen, solange er diese Massengemeinheit, die der imperialistische Krieg darstellt, zuläßt und billigt. Entweder – oder.

Entweder es ist jemand gegen das Blutvergießen überhaupt: dann darf er nicht 12 000 000 Tote, die das System ‚Ordnung' auf dem Gewissen hat, verschweigen und zwölf Einzelne hervorheben. Darin steckt ein bewußt verlogner Kniff.

Der Kniff nämlich nur scheinbar Bluttaten zu tadeln, die man ja durchgehen ließ, als sich die Mörder vorher uniformiert hatten – in Wahrheit aber die Sache zu meinen, die hinter diesen revolutionären Bluttaten steht. Hier ist eine falsche Sittlichkeit am Werk. Gemeint ist die Angst vor der Beraubung des Kassenschrankes. „Du sollst nicht töten!" heißt es nur; gemeint ist: „Du sollst die Dividende nicht antasten."

Ich für meinen Teil halte revolutionäre Bluttaten für gerechtfertigt. Revolution kann – im Gegensatz zum Krieg – Elementarereignis sein.

[1927]

REGENSCHWERE PAUSE

Bezogen ist der Himmel, und ich nähere mich dem Hühnerzaun, der das Geviert abschließt, wo sie wohnen. Es ist ganz still in der Luft, die schwarzen Balken der Häuser stehen so naß da, noch regnet es nicht. Es blinkt von alten Pfützen. Die Hühner stehen regungslos und sehen mich an. Keines pickt.

Da ist der Hahn, der, wie Jules Renard entdeckt hat, uns immer so ansieht, als sei er im Begriff zu sagen: „Ja, wollen Sie nicht grüßen –?"

Sein rundes, kleines Auge rollt wie ein Flammenkreis; wenn man lange hineinguckt, kann man vielleicht Buchstaben lesen: NUR PERMAPUDER! Eine Pfote hat er angehoben, und nun wartet er, um zu erfahren, worauf er wartet. Die Hennen wenden kaum die Köpfe; sie warten alle mit ihm. Die Küken stehen; die halbjungen Hennen, die gerade anfangen, es zu sein, stehen. Der ganze Hühnerhof sieht mich an.

Futter wartet in den Näpfen, Wasser in der Tonröhre, die Steine am Wege, und wir sehen uns alle an, untertan einem gemeinschaftlichen Bann, Teilhaber einer akuten Verzauberung, regungslos. Die Hühner sehen jetzt aus, als seien sie aus Seife, manchmal wedelt ein Kamm und fällt lasch nach der einen Seite herunter, da schämt er sich und hängt nun auch still, ganz still ... Ein Tropfen fällt vom Dach und versickert im Maisfutter, kein Huhn beachtet es, wir stehn und warten ...

Da sprüht es plötzlich von oben herunter, dann rauscht der Regen schnell, in dichten Schnüren. Wir gehen alle in unsre Häuser, erlöst, wir dürfen wieder gehen, jetzt haben wir gar nichts mehr miteinander zu schaffen.

Als wir uns von neuem sehen, scheint die Sonne – es ist heiterster Tag. Niemand spricht mehr von der Pause, in der wir uns so nahe gewesen sind. Wir sagen wieder Sie zueinander.

[1927]

DÄNISCHE FELDER

Da liegen sie: sonnenüberglänzter Wind geht drüber hin, die Grasbüschel werden hin- und hergerissen, pflaumenblau ziehen sich da hinten die Wälder entlang. Die Chaussee läuft ein Stückchen bergan, dann ist sie von der Kuppe gerade abgeschnitten und führt in den Himmel. Zwei solcher Treppen gibt es in Versailles ...

So hat doch diese dänische Landschaft auch im Jahre 1917 hier gestanden? Natürlich – warum denn nicht? Die da führten keinen Krieg.

Diese Bäume durften Bäume sein – niemand schoß sie zusammen. Über diese Grasflächen stampfte keine lange Schlange von Marschierenden. Die Wege wurden nicht von ratternder, schimpfender, polternder Artillerie aufgeweicht und verdorben. Diese Landschaft war reklamiert.

Herrgott in Dänemark, welch ein Wahnsinn! Hier war Mord Mord; dort war Mord ein von den Schmöcken, den Generalen und den Feldpredigern besungenes Pflichtereignis. Hier durfte man nicht – dort mußte man.

Und so selbstverständlich, wie die Mücken tanzen, so selbstverständlich ist den Mördern und ihren Kindern Untat, Fortsetzung der Untat und Propagierung der Untat. Es geschieht so wenig gegen den nächsten Krieg, bei dem euch die Gedärme, so zu hoffen steht, auch in den Städten über der Stuhllehne hängen werden. Jeden Abend müßte in den Kinos zu sehen sein, wie sie wirklich gestorben sind.

Möge das Gas in die Spielstuben eurer Kinder schleichen. Mögen sie langsam umsinken, die Püppchen. Ich wünsche der Frau des Kirchenrats und des Chefredakteurs und der Mutter des Bildhauers und der Schwester des Bankiers, daß sie einen bittern qualvollen Tod finden, alle zusammen. Weil sie es so wollen, ohne es zu wollen. Weil sie herzensträge sind. Weil sie nicht hören und nicht sehen und nicht fühlen. Leider trifft es immer die Falschen.

Wer aber sein Vaterland im Stich läßt in dieser Stunde, der sei gesegnet. Er habe seine schönsten Stunden in einer dänischen Landschaft.

[1927]

AUF DER REEPERBAHN NACHTS UM HALB EINS

Im ‚Grenzfaß', da, wo Preußen an Hamburg stößt, gibt es morgens um halb fünf eine herrliche Hühnerbrühe, die guttut, und nun tanzen sie nicht mehr, nirgends – nun hat es sich ausgetanzt. In der ‚Finkenbude' dürfen sie auch nicht schlafen – sie dürfen überhaupt nicht mehr in den früheren Logierhäusern schlafen, fast nirgends mehr – die Kommunalbehörden haben das aufgehoben, Gott weiß, warum. In der ‚Finkenbude' (Finkenstraße) war, als wir eintraten, jener schnelle kühle Luftzug durch das Lokal geflitzt, der immer hindurchzuziehen pflegt, wenn Leute eintreten, die da nichts zu suchen haben – telepathisch geht ein unhörbares Klingelzeichen durch den Raum: „Achtung! Polente!" Und dann sehen die Leute so unbefangen drein, und die Kartenspieler spielen so eifrig und so harmlos, und alle sind so beschäftigt ... Mit vielen „Hähäs" setzte uns ein langer Berliner auseinander, daß er nun bald wieder Arbeit auf einem Schiff annehmen würde ... „Denn, nicha, Herr Wachtmeister – schöne Aussicht hier – was?" Der Mann redete glatten Unsinn zusammen – so verlegen war er. Gott weiß, was sie da kochten ...

Im chinesischen Restaurant sangen sie beim Tanzen, die ganze Belegschaft, einstimmig und brausend – eine kleine Blonde hatte eine Kehle aus Blech – es klang wie aus einer Kindertrompete. Südamerikaner tanzten da und Siamesen und Neger. Die lächelten, wenn die kleinen Mädchen kreischten. Ich suchte, ob die Somali von Hagenbeck Vertreter entsandt hätten – aber so schön war hier niemand ...

Im ‚Hippodrom' trabten die Pferde für zwanzig Pfennig, und wenn man eine Mark aufwendete, durfte man sie galoppieren lassen; der Stallmeister drehte sich unentwegt um sich selbst, als stände er auf einer rotierenden Scheibe, und wippte mit der Peitschenschnur, die er manchmal aufknallen ließ ... Die Pferde hatten müde, traurige Augen, weil sie nachts hier unten, ein paar Kellerstufen unter dem Trottoirpegel, herumlaufen mußten, ohne jemals ans Ziel zu kommen ... Es waren nicht nur Nachtbräute da, auch Tagesdamen und Familien mit Schwägerin, Tante und Großmama, denn es war Sonnabend.

Da, an der Ecke, wollte uns der Portier hineinlocken – die Damen seien alle in Schwimmhosen, versicherte er. Aber das konnten wir uns gar nicht vorstellen ...

Und in der rechteckig gewinkelten kleinen Gasse, die auf beiden Seiten durch Tore abgeriegelt war, standen und latschten viele junge Leute; und vor dem Eingang, an der Kleinen Freiheit, stand ein Zettelverteiler von der Deutschen Mitternachts-Mission und sprach die jungen Leute an: Hier, in den Häusern mit den verschlossenen Fensterläden, hätten sie nichts zu suchen ... „Was suchen Sie hier?“ stand auf seinen Traktaten. Um den Redner herum standen zwanzig Menschen, und wenn sie ihn angehört hatten, gingen sie alle, einer nach dem andern, durch das Tor.

So leid es mir tut:

Sankt Pauli ist sehr brav und fast gut bürgerlich geworden. Der stöhnende Trubel der Inflation ist dahin; und es gibt keine ‚Sailors‘ mehr, die vier Monate auf dem Meer mit dem Schiffszwieback und den Ratten und dem Kapitän allein waren und vier salzige Monate lang keine Frau mehr gesehen hatten; und es gibt nicht mehr diese tobenden Nächte und nicht die bunten Verbrechen ... Oder liegt es an uns, an unsern Augen –?

Menschen sind romantisch. Gegenstände sind es nicht. Die Romantik liegt im Auge des Beschauers.

Sieh die jungen Leute an, die da mit ihren Mädchen Sankt Pauli durchziehen – es ist ganz unleugbar, daß der Sport auch hier Wellen schlägt. Das sind neue Leute, unromantisch auch sie. Die älteren haben den Krieg gesehen, und alle die Inflation, und sie wundern sich so leicht nicht mehr. Bei aller Naivität: es wundert sie so leicht nichts mehr. Der Schauer vor dem ‚Laster‘ ist dahin, und die Geheimnisse und vieles andere noch. Kühler sind die Augen, härter die Falten um den Mund, kälter und glatter die Gesichter. Die Polizeirapporte sind nüchterner – auch, weil es den Leuten etwas besser geht. Und es ist gut so.

Denn ich wünschte, daß wir die Reeperbahn, nachts um halb eins, so ansehen, wie man gesellschaftliche Vorgänge jeder Art nun einmal ansehen soll: sachlich, kühl, möglichst unromantisch – klar. Mit den Geschlechtskrankheiten ist es erst besser geworden, seitdem man ohne Schauer, ohne dummes Grinsen, ohne moraltriefendes Gewäsch davon und darüber sprechen darf – das ist mühsam erkämpft worden, aber es hat genützt. Tausende sind so bewahrt worden – Hunderttausende leichter geheilt. So soll man auch soziologische Vorgänge: Prostitution, Arbeitslosigkeit von Angehörigen der Handelsmarine; Konzessionsentziehungen; Zwistigkeiten zwischen Leuten, die unter Polizeiaufsicht stehen, und der Polizei; Wohnungsnot; Alkoholkonsum; Vergnügungsbetrieb –: kurz, Sankt Pauli – so soll man auch dies sachlich betrachten. Man kommt weiter damit. (Und das ist mit dem Rationalismus nicht anders.)

Längst bin ich aus Altona fort – ich stehe auf dem nächtlich leeren Gänsemarkt zu Hamburg und sehe eine kleine enge Gasse herunter, die brav und bieder geworden ist, seitdem sie die öffentlichen Häuser hier geschlossen haben. Niemand steht dort mehr in den Haustüren und winkt; wenn man herunterging, plapperte die ganze Gasse mit einem Male. „Na Kleiner! Komm! Dich kenn ich doch noch aus Honolulu!" Ich war niemals in Honolulu … es muß eine Personenverwechslung vorliegen … In meinen Ohren klingt noch wirre Musik von der Reeperbahn, nachts um halb eins.

[1927]

DAS VERZAUBERTE PARIS

Im August ist Paris die zweithäßlichste Stadt der Welt: staubig, heiß, stickig, grau und reizlos. Auf den Boulevards kann man manchmal auch einen Franzosen sehen – der ist dann aus Algier und sieht auch so aus. Die Original-Franzosen sind in Trou-sur-Mer und werden dort mit Flintenschüssen empfangen. ‚Nepp' heißt: le coup de fusil – es gibt in Paris an der Kirche Saint-Philippe-du-Roule ein Restaurant, das gleich schießt. Und in diesem Sommer hats immerzu geregnet, immerzu, und dazwischen war es heiß, und hochmütig sahen die gerippten Flächen der geschlossenen Fensterläden auf uns herunter, die wir im Staube krochen … Auf einmal war alles ganz anders.

Heute ist Mariä Himmelfahrt, und über Nacht ist der Herbst gekommen. Ah, noch nicht der mit den gefärbten Blättern und den jagenden Wolken und den Windstößen an der Ecke – wir sind ja erst im August. Aber es gibt einen Anfang des Herbstes, den spürt man in der Luft; es hat da so einen kleinen Ruck gegeben – ‚knack' hat es in der Natur gemacht, und nun ist auf einmal kein Sommer mehr, nun ist da etwas Neues.

Die Luft steht still.

Die Bäume stehen still und rühren sich nicht in der milden, schon eine Spur herben Sonne. Sie warten. Alles wartet auf etwas. Die Schatten im Laub sind dunkler, die Schatten in den Mauerwinkeln, wo die Spatzen wohnen, sind schwärzer, das Licht goldener, die Luft blauer, härter, klarer. Es beginnen die Spätsommertage, jene Tage, die man festhalten möchte, und bei denen man nicht genau weiß, wo der Sommer aufhört und der Herbst beginnt ... Schon ...?

Schon. So ein Tag ist das also heute.

Paris ist leer. Seit Sonnabend mittag sind nun selbst die ausgeflogen, die nicht an die See, nicht ins Gebirge gereist sind; sie haben den halben Sonnabend, den ganzen Sonntag und den ganzen Montag, der ein Feiertag ist. Paris ist leer. Paris ist verzaubert.

Man kann die großen Boulevards hinuntergehen; da sind noch einige Menschen, auch noch Wagen ... Aber die langen Avenuen meiner Lieblingsviertel sind leergeblasen – man kann sich durch das Siebente träumen und durch das Achte – man kann auf dem Fahrdamm stehenbleiben und einer Katze zusehen, die hochmütig an der Tür sitzt, eine Concierge auch sie – aber sie zeigt viel weniger Interesse für ihre Mieter als die geschäftige Frau, die in jedes Pariser Haus diesen Schuß von Kleinerleuteluft, Klatsch, Gemüsekram und Polizeispitzelei hineinträgt ... Guten Tag, Katze. Hört nicht.

Leer ist Paris.

Die Stadt sieht straßenweise aus wie die alten Aufnahmen aus dem Kaiserpanorama unserer Jugendzeit, vor denen man sich immer gefragt hat, wann in aller Welt sie denn wohl aufgenommen sein mögen. Gibt es so leere Straßen –? Es gibt sie – und nicht nur um sieben Uhr morgens – nein, jetzt, am hellichten Tage, mittags um zwölf Uhr ist es hier fast überall wie auf dem Dorf. Da gehen Frauen einkaufen, und sauber gewaschene Paare tragen neue Handschuhe und unwahrscheinliche Halbschuhe spazieren, und alle jungen Männer haben viel zu hohe Kragen, und sie sind sehr glücklich.

Unter der Erde, in der Métro – kein Mensch. Leer rollen die Wagen dahin, fast unnütz. Viele Läden haben geöffnet, die nämlich, in denen man sich etwas zu essen kaufen kann. Und Zeitungen kann man kaufen – aber es kauft sie fast niemand. Daudet hat gut Artikel aus Belgien schreiben – zur Zeit langweilt er sich und also uns mit schönen Primaneraufsätzen über die französische Romantik ... Man fühlt ordentlich, wie das linke Auge des Schreibenden nach Paris schielt, nach Paris, wohin er zur Zeit nicht zurück kann. Es dürfte das eine kleine Dummheit gewesen sein, Herr. Die Leute haben ja nicht schlecht gelacht, als er aus dem Untersuchungsgefängnis, der ‚Santé‘, von seinen Freunden befreit wurde („A votre Santé!“ war noch das mindeste –), und an Orten, die ich gar nicht nennen kann, steht angeschrieben: „As-tu vu Daudet?“ Haben Sie nicht den kleinen … Nein, wir haben ihn nicht gesehen.

Apfelblau ist Paris, und von einer reinlichen, ganz leichten Herbstluft durchflossen. Ob die Luft so gut ist, weil alle Politiker in den Ferien sind –? Der ‚*Matin*‘ hat sie abgebildert – man kann sie da hängen sehen –, und es sieht nicht schön aus. Politiker im hellen Sonnenlicht – das erinnert immer an das, was unter einem Stein kriecht, den man plötzlich hochhebt … Und oben stehen die Setzmaschinen des ‚*Matin*‘, und da wird nun alles gesetzt – nichts verschweigen und nichts hinzusetzen, die reine Wahrheit … ach, du lieber Gott!

Ich entdecke ganz neue Sachen, die ich noch niemals gesehen habe – bisher stand sich die Stadt immer selbst im Wege. Ich gehe umher, neugierig, beklommen, es ist fast ein bißchen unheimlich. Sind Sie einmal als Junge während der Ferien im Schulgebäude gewesen? So etwas ist es.

Alles wartet. Es ist eine Atempause.

Über ein Kleines.

Und die Lavaströme der Zurückgekehrten werden sich aus den Bahnhöfen in die Straßen ergießen, alle Minister und andere Leute vom Theater werden wieder da sein, die Zeitungen werden wieder lebhafter, niemand ist mehr ‚i. V.‘, und dann wird Paris regnerisch-grau werden, angefüllt mit silbrigem Nebel, Musik, leuchtenden Festen, gelben Lichtern und aufgeregten Tänzen in den Couloirs des Parlaments.

[1927]

KLAVIERSPIEL NACH DEM ESSEN

Manchmal, nach dem Essen, setzt sich ein Gast oder eine Gästin hin und spielt etwas auf dem Pianino. Die Dame streift sich die Armbänder ab, der Herr zieht die Halshaut aus dem Kragen – aber habt ihr schon einmal, ein einziges Mal erlebt, daß euch dieses Spiel Vergnügen und Freude gemacht hätte? Kuchen.

Sie ‚spielen vor‘, die Affen. Sie produzieren sich. Sie geben ein kleines Konzert. Sie machen etwas vor. Sie wollen angestaunt sein, bewundert, beglückwünscht. Die Mitgäste dürfen dabeisitzen, und das tun sie auch. Sie blicken gelangweilt zur Decke auf, verzweiflungsvoll an den Fußboden, sie bestarren ihre Nägel und sondern viel Innenleben ab. Nachher pritscheln sie diskret in die Handflächen …

Wie schön wäre das, wenn einer einmal, nur ein einziges Mal, so spielte:

Eine Erinnerung an Mozart; ein Stück Symphonie, die aus irgendeinem Grunde dem Freundeskreis ans Herz gewachsen ist, Erinnerung auch sie; ein altes spanisches Moll und in Dur, als Boston und als Charleston; ein paar Töne aus malayischen Tempelgesängen – und noch ein Häppchen Mozart. Und eine Arie. Und einen alten dunkelgebeizten Walzer von Chopin.

Das befriedigte unsern musikalischen Appetit. Das wäre erst Musik – an Stelle jenes dummen Jahrmarkts der Eitelkeiten. Aber darauf können wir wohl lange warten … „Wollen Sie uns nicht die Freude machen, lieber Meister, uns zu erfreuen …? Ach, bitte, bitte! – Ich weiß, daß es für Sie ein Opfer … Wir haben uns so gefreut … Herr Professor, Klotzekuchen wird sich erlauben – darf ich bitten, meine Herrschaften, vielleicht hier Platz zu nehmen, Emmi, sei doch still …“

Aber nun nichts wie raus.

[1927]

HARMONIKA

Drüben am Waldesrand sitzen durchaus keine zwei Dohlen – sondern da spielt ein Mann Schifferklavier. Er spielt es auf dänisch, aber ich höre es auf deutsch. Du Leierkasten der Erinnerung!

Die Harmonika, besonders die Mundharmonika, erinnert mich immer an den Krieg. Ihr Geblase hat so etwas Dußlig-Trauriges; der Spieler putzt sich gewissermaßen musikalisch die Zähne und paßt gar nicht auf, was da aus ihnen beiden herausquillt, aus seiner melodischen Zahnbürste und aus ihm. Da spielt er nun so –

Ich sehe das alles wieder vor mir:

Den grau verhängten Himmel, die stille, stumme und tote Landschaft –

ein Wald, der den Atem anhielt; eine Wiese, die ausgegangen war und eine kümmerliche Stellvertreterin dort belassen hatte; Wege, die nur mißmutig und getreten Wege waren … so sah das aus auf dem östlichen Kriegsschauplatz. ‚Das Betreten des Kriegsschauplatzes ist Offizieren streng verboten' – aber diese Tafel wollte der Kompaniehandwerker nicht malen, das wäre ja noch schöner. Ja und durch diese Unlandschaft zog sich das quecksilberne schwere Band des Harmonikagesangs.

So bliesen sie, genau, genau wie der da drüben. Die Töne waren leer, Stumpfsinn war darin, Langeweile und jenes grenzenlose Gefühl: Was sollen wir eigentlich hier? Warum ist das alles? So klagt eine Larve unterm Wagenrad: man hört sie nicht, sie gibt dem fahrenden Wagen nichts Wesentliches hinzu. Nur ihren Tod. Frei? Ein Soldat hatte niemals frei. Wenn grade kein Appell war und kein Sturmangriff und keine Halsbindenrevision und kein Postenschieben und kein Essensempfang und kein Parademarsch, dann döste er so herum und spielte manchmal Mundharmonika. „Wir waren einmal Menschen", sang der kleine Holzbalken mit dem Metallgebiß, „wir sind es zur Zeit nicht mehr. Tralala – Gestern abend hat es Marmelade gegeben, und heute abend wird es auch wieder Marmelade geben – tralala –." Die Augen des Spielenden blickten starr und stumpf, wie die eines Tieres, das frißt, oder die eines Mannes, der in fließendes Wasser sieht … Diese Augen sahen nichts mehr.

So ein Krieg war das. Aufgebaut auf der Eselsgeduld eines überdrillten Volkes, das längst vergessen hatte, wozu es auf der Welt war, fortgeführt nach dem Gesetz der Trägheit („Warum soll ich sterben, Herr von Tirpitz?" – „Weil andre gestern gestorben sind, Esel! Marsch!" – „Ja!"), geschoben von Jahr zu Jahr, endlos, sinnlos, leer wie die Musik einer Mundharmonika.

Drüben am Waldesrand … Spiel weiter, guter Mann! Man hörts doch immer wieder gern.

[1927]

ZEUGUNG

Die biochemischen Vorgänge sind bekannt.

Äußerlich sah es so aus, daß das nackte, gardinenlose Fenster erst hellgrau, dann graublau schien, schließlich wurde der Himmel weißlich. Die Frau wachte zuerst auf – in einem schmutzigen Hemd, mit zerzausten, ins Gesicht hängenden Haaren blickte sie trübe umher. Das Rumpeldurcheinander des Zimmers sah sie an. Durch die verklebten, zusammengenkiffenen Augen erblickte sie: den Herd mit Töpfen und Papier, auf dem Tisch die leeren zwei Flaschen und eine halbvolle, ihren Unterrock auf einem Stuhl, seine Sachen über eine Stuhllehne geworfen, Stiefel, Körbe, Brocken, unabgewaschenes Geschirr, Zeitungsbogen, einen Hammer. Je weniger die Leute besitzen, desto voller sind ihre Stuben. Diese hatten nur eine: Küche, Eß- und Schlafzimmer zugleich. Darin hatten sie gestern das Kind gezeugt.

Daß es ein Sohn werden würde, wußte die Frau noch nicht. Sie sah auf den Mann; der schlief mit halboffnem Mund, schlecht rasiert, schwitzig um die Nase herum. Der Blick weckte ihn. „Koch Kaffee!" sagte er halblaut. Sie wollte zärtlich sein, in der Fortsetzung. Er küßte sie und schob sie, nicht unfreundlich, fort. Sie stand auf. Er sah sie vom Bett aus hantieren und mit den Töpfen klappern, der Vater.

Das Zimmer sah aus wie eine Tatbestandsaufnahme, wie die Fotografie einer Mordstube. Der Mann richtete sich hoch und langte sich das Wollunterzeug herüber. Dann schlurrte er in Pantoffeln auf den Gang, auf den Abtritt. Die künftige Mutter legte Brotkanten, ein Messer auf eine Tischdecke, setzte zwei Kaffeetöpfe daneben. Er kehrte zurück, und sie aßen. Sie sprachen nicht. Es war nichts zu sagen. Er sah kauend aus dem Fenster. Da lag die Stadt.

Er sah über die Dachschornsteine, ohne sie zu sehen. Weil der Mensch nur hinter sich sehen kann und nicht vor sich, sah er nichts. Zwei Höfe weiter stand ein Pferd, ein junges Tier, das würde ihm in zwei Jahren einen Tritt gegen den Unterleib versetzen, an dem er lange Monate krank liegen würde, arbeitslos und krank. Um die Ecke saß ein Schreiber in einem Büro, der spitzte seinen Bleistift – mit ihm würde die Frau weglaufen, einem jungen, käsig-bleichen Burschen, finnig. Hinten, weit am Horizont, wohnte der Arzt, der auch nichts für ihn tun konnte – und weiter, im Westen, sein Fabrikant, der ihn dann entließ. Vorläufig kaute er noch stumpf vor sich hin.

Das, was in der Mutter war, wurde ein Sohn, die weiße Flocke. Er verrekkte bei Verdun, an demselben Tage, an dem der General Falkenhayn den Orden Pour le mérite bekam.

Die Herren Eltern erhoben sich.

[1927]

UND IMMER WIEDER MAX HÖLZ

‚*Briefe aus dem Zuchthaus*' von Max Hölz (bei Erich Reiß in Berlin erschienen). Während ihr das lest, sitzt er noch immer in seiner Zelle.

Egon Erwin Kisch hat die Briefsammlung mit einem brillanten Nachwort versehn, und der Verlag Erich Reiß hat sich ein wahres Verdienst erworben, so tapfer für einen unschuldig Verurteilten einzutreten. Das wagt nicht jeder (wie der im Buch enthaltene Aufruf zeigt, in dem ich viele sehe, die nicht da sind).

„Meine Ausdrucksformen sind ärmlich", heißt es in einem der Briefe. Nun, Max Hölz ist kein Literat und will gar keiner sein. Die Briefe, die ich von ihm empfangen habe und auf die ich stolz bin, zeigen ebenso wie die hier gedruckten in keiner Zeile einen Mann, der sich nun künstlich heraufschraubt, zeigen keine weinerliche Sentimentalität – sie zeigen den Mann, der die mutigste Rede vor einem deutschen Gericht gehalten hat, die mir bekannt ist. Unser Ernst Toller, der sich zutiefst auf die Psychologie von Gefangenen versteht, vermag sicherlich am besten zu beurteilen, wie echt das alles ist: das grüblerische Nachdenken, die unbedingte Konsequenz, das anständige Empfinden für den noch ärmern Nebenmann. Hölz hat nicht nötig, sich unsre ‚Sympathie zu verdienen' – wir ehren in ihm unsre Sache, auch da, wo wir uns mit seinen Taten nicht identifizieren, zu denen er ja heute anders steht als damals, wo er sie beging … Und wir verabscheuen, indem wir seine Sache vertreten, ein System.

Was dazu gehört, in einer solchen Lage eine Begnadigung abzulehnen, vermag nur der ganz zu würdigen, der einmal eingesperrt gewesen ist. Hölz hat nie bittend die Hände ausgestreckt – Hölz will etwas, das er verlangen kann: Gerechtigkeit. Das, was sie da mit ihm gemacht haben, ist keine.

So verengt auch der Gesichtskreis eines Gefangenen mit der Zeit wird: dieser weitet sich die Mauern seines Käfigs. An Schnüren hängen seine Briefe und sein Geschriebenes von der Decke, neben dem Abtrittseimer schreibt da einer den ganzen Tag, den ganzen Tag. Und kann sich nur unvollkommen wehren. Wir müssen ihm helfen.

Dieser Mann hat die lebenslängliche Strafe nicht verdient. Ob er wegen Hochverrats abgeurteilt werden wird, ob er dieselben milden Richter finden wird wie die Leute von Kapp, das ist eine spätere Sorge. Aber er ist wegen einer Tat abgeurteilt worden, die er nicht begangen hat, die ein andrer getan und eingestanden hat. Das darf nicht sein.

Der Reichsgerichtspräsident, der so oft über das Wesen der Gerechtigkeit öffentlich gesprochen hat, vernehme diesen Schrei:

Her mit dem Wiederaufnahmeverfahren für Max Hölz!

[1927]

EIN KATZENBUCH

Da ist ein entzückendes kleines Buch erschienen, zu dem man einmal aus ganzem Herzen Ja sagen kann. ‚*Katzen*' von Axel Eggebrecht (bei Herbert Stuffer in Berlin erschienen). Es ist das höchste Kompliment, das ich dem Verfasser machen kann, wenn ich es ganz nahe an Alfred Polgar heranrücke. Laßt uns sehen.

Die Morallosigkeit und die Sinnlosigkeit der Katze; ihre Ungreifbarkeit und substanzlose Körperlichkeit, die leisen Funken, die dauernd aus den Pelzen sprühen und dann noch das andre ... das nicht Nennbare ...: solches ist in diesem Büchlein, das übrigens sehr reizvoll ausgestattet ist, eingefangen. „Sie gleitet", steht da zu lesen, „sie gleitet zwischen den Fugen unsres undichten Lebens hindurch" – das ist gut. Jedes Stück der kleinen Sammlung ist eine Kostbarkeit: der witzige historische Abriß, wie hübsch ist die Langeweile umgangen, die bei einem Kapitel ‚*Die Katze von Karl dem Großen bis auf die Gegenwart*' herandroht! Katze und Kind – Katze und Blumen: diese Seite 79, fünfzehn Zeilen lang, ist eine echte kleine Perle. Eine sehr schöne Katzengeschichte sowie die Katze in der Menschenschlächterei des Krieges – welche

Fülle von bildkräftigen Sätzen! Die Katze im Film … die Katze und das Wasser – das ist so rein, so unverbildet, und doch gebildet, so neu, es glänzt vor Neuheit und Frische. Die Katze und ihr Traum (Karl Valentin hat einmal gesagt: „Was die Tiere träumen, das werden wir nie wissen. Sie können es nicht sagen. Nur der Papagei …"). Und nur ein einziges Kapitel hätte ich noch stärker, noch tiefer, noch böser gehabt. Es ist das über ‚*Grausames Spiel*'.

Ja, die Katze ist ein Tier, das gern in Schubladen schläft – zum Beispiel in der Schublade, wo gleich nebenbei der Blutrausch liegt. Eggebrecht zeigt gut auf, wie die Katze nicht grausam ist, es ist ihr Leben, das da, sie tut das mit jener unheimlich glatten und kalten Sachlichkeit, die den einer Hinrichtung beiwohnenden Sadisten (o Sprache!) erschauern läßt. Es geht wie bei einer Nähmaschine … Halt ein! Hör doch, du! Hast du ein Herz? Aber die Maschine schnurrt.

Die Katze ist das Irrationale, also hat sie der Deutsche nicht, wohl aber der Franzose nötig. Der Deutsche hat zum Ausgleich für Keyserling den rational braven Hund. Der bellt sich seins, man versteht so schön, was er will, und man kann ihn ausdeuten. Die Katze versteht kein Mensch … „Angstvoll wie in unergründliches Wasser starren wir in den Spiegel unsrer Verlassenheit und frieren."

Ein Buch voll japanischer Zartheit und einem fast englischen Humor, leise, geschmackvoll und von einer hohen, gepflegten Sprachkunst. Sie sollten, Katzenkenner, jedes Jahr ein so schönes Buch schreiben, und jedes Jahr ein umfangreicheres. Die feine Hitze des Gehirns, die Formgewandheit, die leichte Geschmeidigkeit – wir haben nicht soviel Autoren, die das können. Axel Eggebrecht hat sich, leise und unhörbar, mit diesem kleinen Buch ganz vorn an die Rampe gespielt. Heraus mit deinem Flederwisch!

[1927]

VORGANG BEIM TREPPENSTEIGEN

Ich habe Friedrich zu mir geladen, auf den Montag. Ich wohne vier Treppen hoch – das weiß er aber nicht. Er setzt sich an der Place du Panthéon in sein erschriebenes Auto und fährt gemächlich zu mir – es ist nicht nah und auch nicht weit. Unten, vor dem Haus, steigt er ab, nennt vor dem Portier in fließendem Französisch meinen Namen und beginnt zu klettern. Er hat genau gehört, wo ich wohne – er hats aber nicht bedacht.

Die erste Treppe steigt er hinauf, ganz beschäftigt damit, Stufen zu steigen, in jener seltsamen Geistesabwesenheit, die einen auf allen Treppen der Welt befällt, wenn man allein hinaufsteigen muß. Auf der zweiten ist es grade noch so. Hier macht er eine unmerkliche Atempause, genau so lang, um zu lesen, daß er erst auf der 1. Etage ist, Zwischenstock wird nicht mitgezählt, mogeln gilt nicht, alle Hauswirte mogeln. Auf der dritten Treppe schicken die Beine eine kleine Karte ins Gehirn: was das wäre. Ob sie hier immer noch so weiterklettern sollten! – sie wären nunmehr müde. Na ja, sagt das Gehirn, gleich.

Hier hebt sich Friedrichn die Brust, und nun steht er auf dem dritten Treppenabsatz, liest: ‚2ème Escalier' – da wird er nachdenklich.

Auf der vierten Treppe gehen wilde Sachen in dem Besucher vor. Blitzschnell dieses: „Donnerwetter, ist das hoch! Ich werde zu dick, mich strengt das zu sehr an –", und sofort, automatisch, kehrt sich diese winzige Ohnmacht gegen den Verursacher der Ohnmacht, er ist schuld, nur er! Dolchstößer! und nun, sehr allgemein: „Wie kommt es, daß dieser Kaspar eigentlich so hoch wohnt? Hat er kein Geld? Liebt er das? Was soll das?" Und dann, weit ausholend: „Was ist das überhaupt für ein Mensch, der Hauser?" Sprunghaft arbeitet das Gehirn, ameisenhaft krabbeln sehr schwarze Gedanken darin umher, und grade, grade schlängelt sich wie ein länglicher Wurm eine aalige Bosheit in die Cerebralgänge, etwa: „Verlohnt denn der Herr eigentlich die vier Trep –" da hat er die letzte Stufe erklommen, ist oben, atmet tief auf und klingelt.

Welch fröhliches Gelärm höre ich an der Tür!" 's ist mein lieber Gast, Friedrich! Er hat sein liebenswürdigstes Gesicht angelegt.

„Guten Tag, gnädige Frau! Guten Tag, mein lieber Hauser! Na, wie gehts d – –"

Du Hund.

[1927]

DIE HEINRICH UND DER ZIVILIST

Neulich hat ein Reichswehrsoldat, der in Altdamm bei Stettin Posten schob, einen Arbeiter erschossen, den er in der Dunkelheit für einen Einbrecher gehalten hat. Die Waffen gehen immer noch reichlich schnell los in Deutschland – die niederträchtigen Schießerlasse aus den Jahren schlimmster Verkommenheit der Sozialdemokratie sind noch nicht alle beseitigt, und ein Menschenleben ist noch genauso billig zu haben wie im Kriege. Während im Reichstag beschämend niveaulose Debatten über die Todesstrafe geführt werden, kann diese Todesstrafe leicht und gefahrlos von einem Kriminalbeamten, von einem Schutzpolizisten, von einem Reichswehrsoldaten verhängt werden, unter Umständen, die seine vorgesetzte Behörde prüft, was sehr objektiv vor sich geht. Also: Jener Posten, der da Traindepots bewachte, mußte schießen. Auf wen –? Der Bericht sagts.

Auf einen ‚Zivilisten'.

Diese geistesschwache Terminologie stammt noch aus der Zeit Wilhelms von Abfundien; ein ‚Zivilist' ist einer, der merkwürdigerweise keine Uniform trägt – was es nicht alles gibt auf der Welt! Die Vokabel geht von der richtigen Vorstellung aus, daß der Mensch zunächst einmal eine Uniform zu tragen hat – und erst, wenn er diese primäre Voraussetzung nicht erfüllt, dann ist er ein ‚Zivilist'. Wobei zu bemerken ist, daß auf diesem Gebiet Übergänge vorkommen: So war zum Beispiel der Kriegsminister Geßler ein militärischer Zivilist. Der Fall ist äußerst selten.

In die gleiche Kategorie dieser Kasernenwelt gehört die ständige Beflegelung von Zeugen und Angeklagten durch die deutschen Richter. Bei diesen Juristen gibt es das Prädikat „Herr" und „Frau" nicht. Beispiel:

Ein Hypnotiseur wird verurteilt, weil er sich an einem Stubenmädchen vergangen haben soll. Der Prozeß wird von der Staatsanwaltschaft geführt, um das Rechtsgut einer Verletzten zu schützen – also für die Hauptzeugin. Was aber die gesamte Besatzung nicht hindert, diese zu schützende Zeugin dauernd ‚die Heinrich' zu nennen.

„Gegen einen vollendeten Beischlaf spricht die vorhandene Intaktheit der Heinrich."

Nun sagt man wohl ‚die Justitia', und das mit Recht – aber man muß sich doch fragen, ob denn keine Aufsichtsbehörde da ist, die diesen Richtern, diesen Staatsanwälten und Untersuchungsrichtern die einfachsten Formen des

Anstands beibringt. Für den Herrn Landgerichtsdirektor ist die Zeugin allemal Fräulein Heinrich – und weiter nichts. Kein Talar berechtigt zu Umgangsformen, die einfach eine Ungezogenheit sind und eine Nichtachtung derer, die durch ihren Lohnabzug zum Gehalt der beamteten Juristen beitragen.

[1927]

TOURIST

Ich reise schon zwei Monate – bald bin ich gar nicht mehr da.
Die scharfen Schneidekanten der Eisenbahnschienen schälen mir
im Gleiten die Aura herunter, eine Haut nach der andern – ich friere.

Jeden Abend: ein neues Zuhause.
Jeden Abend: das Klinkengefühl der Hand, der Orientierungsgang zu Toilette
und Schreibzimmer –
„Wo ist denn hier die Post –?"

am nächsten Morgen will das anwachsen. Du sagen –
nachmittags geht ein Zug.
Bekümmert gehe ich durch die langen Hotelkorridore, mit einem Schlüssel
in der Hand: daran ist eine kindskopfgroße Kugel gebunden oder eine gewaltige Münze oder ein Stuhlbein –

der Schlüssel geht mit mir,

und unten werden wir beide abgegeben: er beim Portier, und ich im Eßsaal,

und dann habe ich keinen Schlüssel mehr.

Beim Essen lese ich, den Kopf in die Hand gestützt, ich esse vom Blatt.

Wieviel traurige Junggesellen sitzen um mich und tun ebenso; wer bessert ihnen die Wäsche aus, nimmt ihnen die Bettbeichte ab, leitet Jähzorn und gefleckten Mißmut in stille Kanäle –?

Manchmal stehe ich auf dem Aussichtsturm und sehe allein hinunter.

Da liegt eine Stadt, Gebrauchsmusterschutz angemeldet, da liegt eine Stadt.

Stumpfrote Dächer zeigen ihre Giebel, eine kleine Lokomotive rutscht über schwarze Fäden; der geschwungene Bogen des blanken Flusses beschämt meine Geographie ...

Immer wird in der Stadt gehämmert und gebosselt, geklopft und gestampft, in der Stadt. Immer bauen sie, nie sind sie fertig, das ist das rauschende, zeugende Leben, müssen sie wissen.

Wie schön wäre es, einmal in eine stille Stadt hinunterzusehen!

Wirbelnd im Meer der fremden Stadt, rette ich mich auf die beleuchtete und geheizte Insel: das Hotel.

Reisen. Reisen. Die Wurzeln schleifen, blasse, dünne Fäden, die so gern trinken wollen und einen Boden suchen, der ihnen schmeckt.

Jeder Mann seine eigene Erde.

[1928]

ZEHN GEBOTE FÜR DEN GESCHÄFTSMANN, DER EINEN KÜNSTLER ENGAGIERT

1.

Laß ihn in Ruhe.

2.

Überlege dir vorher, ob der Mann für deinen Betrieb paßt; das machst du am besten so, daß du dir seine Werke ansiehst und dich bei jedem fragst: Kann ich das gebrauchen? Wenn du die Mehrzahl nicht gebrauchen kannst, dann engagiere den Mann nicht. Denn:

3.

Wenn ein Künstler anständig ist und etwas taugt, ändert er sich dir zuliebe nicht, nur weil du mit ihm einen Vertrag gemacht hast – ändert er sich aber, hast du nur einen Namen bezahlt, also einen Mann überzahlt.

4.

Laß ihn in Ruhe.

5.

Disponiere sorgfältig, damit sich dein Mann nicht zu überstürzen braucht – Kunst will Zeit wie eine saubere Bilanz. Man kann, wenn man Pech hat, Flöhe aus dem Ärmel schütteln; Kunstwerke nicht.

6.

Du sollst den Feiertag deiner Leute heiligen: du irrst, wenn du glaubst, daß es für Fremde ein Genuß ist, den Sonntag in deiner Familie zu verbringen. Es ist mitnichten einer.

7.

Wenn der Künstler, den du engagiert hast, am Werk ist, halte ihm täglich fremde Arbeiten vor die Nase und fordere ihn, in anerkennenden Worten für den andern, auf, dergleichen ‚auch mal' zu machen. Das ermuntert ungemein.

8.

Wenn du mit deinem Künstler verhandelst, besinne dich nur nicht, daß auch du eigentlich ein Künstler seist: du hast beinah studieren wollen, doch dein Vater hat dich ins Getreidegeschäft getan … Zugegeben. Aber nimm deinen falschen Ehrgeiz nicht mit ins Büro: der Künstler redet dir ja auch nicht in die Abschlüsse hinein – o beschneide auch du die holden Maientriebe deiner vertrockneten Kunstanschauung, dieser Rose von Jericho!

9.

Höre auf die Stimme des Publikums, aber überschätze sie nicht – in dir selbst muß eine Kompaßnadel die Richtung anzeigen. Zwanzig Briefe aus dem Publikum sind noch nicht die Volksstimmung – vergiß dies nicht, und laß die Dummheit der Leute den Künstler nicht entgelten.

10.

Laß ihn in Ruhe.

[1928]

SO VERSCHIEDEN IST ES IM MENSCHLICHEN LEBEN

Manchmal, wenn ich nachts nicht einschlafen kann, weil ich zu viel Plumpudding gegessen habe, wälze ich mich im Bett auf und ab, weil wie ein Albdruck etwas auf mir lastet: Hauptmanns siebzigster Geburtstag.

Wenn einer von einem Amt oder einem Beamten das Wort „verantwortlich" gebraucht, frage man sogleich: „Wem –?"

Es gibt mehrere Mittel, sich die Todfeindschaft eines Kunstkaufmanns zuzuziehen: man kann sein Haus schänden, man kann seinen Kredit gefährden, man kann ihn in der Öffentlichkeit prügeln. Aber das sicherste Mittel bleibt doch immer: ihn zur Innehaltung eines abgeschlossenen Vertrages zu zwingen.

Vor Geistlichen darf man nicht Gott lästern. Vor Nationalen darf man nichts gegen das Vaterland sagen. Vor Kapitalisten nichts gegen die Nase der Börse, die tausend Nasen hat und keine … Die Empfindungen könnten verletzt werden. Aber ich habe noch nie gehört, daß in Deutschland irgend etwas getan wird oder unterblieben ist, weil sich Pazifisten in ihren Empfindungen verletzt fühlen.

Ein schlechter Journalist ist noch kein Philosoph.

Es ist ein großer Irrtum, zu glauben, daß Menschheits-Probleme ‚gelöst' werden. Sie werden von einer gelangweilten Menschheit liegen gelassen.

„Der Krieg", hat einmal ein sterbender französischer Offizier gesagt, „ist eine viel zu ernste Sache, als daß man ihn den Militärs anvertrauen könnte."

Die Besucher einer berliner Premiere wollen Goethe, plus Dante, plus Brecht, plus Bronnen; die Besucher der 50. Aufführung wollen das Dreimäderlhaus. Nun mach du in Berlin Theater.

Wenn man auf dem Broadway nach dem 15. September einen Strohhut trägt, wird einem dieser, nach dem Sprichwort, vom Kopf geschlagen. Aber hast du schon einmal gehört, daß jemand einem Amerikaner, der in Europa geistig die Füße auf den Tisch legt, leise auf die Schulter klopft und sagt: „Sie! Bei uns dürfen Sie das nicht machen."?

Ich möchte einmal eine Bücherbesprechung lesen, in der nicht das Wort „menschlich" vorkommt.

Wenn alle Leute erster Klasse fahren, ist die erste Klasse keine erste Klasse mehr. Berlin hat die Aristokratie des Durchschnitts erfunden.

Ganz Deutschland ist in Deutschland auf Flaschen gezogen.

Es gibt Schriftsteller, die werden gedruckt, weil sie so bekannt sind: das sind die freien Schriftsteller.

Und es gibt Schriftsteller, die sind so bekannt, weil sie gedruckt werden: das sind die Redakteure.

So verschieden ist es im menschlichen Leben.

[1928]

RIVIERA

Es gibt so viel süße Schilderungen der französischen Riviera; sauer macht lustig, warum soll man nicht einmal …

Die Riviera liegt da und sieht aus.

Sie ist die zweidimensionalste Landschaft, die sich denken läßt: für den Küstendampferpassagier ist sie ein Traum, für den, der auf einer Klippe steht und in die Bucht hineinsieht, ein Paradies – man darf nur nicht in das Paradies hineingehen. Dann ist alles aus. Die französische Riviera ist nur gemalt, und zwar auf Blech.

Da, wo freie Plätze und Sanatorien für arbeitende Menschen stehen sollten, liegen Privatbesitzungen, die Gott im Zorn geschaffen hat. Die Flora erinnert an einen verkrüppelten Grunewald, in den sich einige unglückliche Palmen verirrt haben; sie stehen da herum, sich mit den übrigen Bäumen unterhalten können sie nicht, und nun blühen sie unentwegt afrikanisch vor sich hin. Auch sieht man Agaven mit fetten, harten Blättern, auf denen, mit dem Messer geritzt, eingewachsen zu lesen steht: „Yvonne et son Alphonse 1925."

Abends sieht die Landschaft aus wie die Kulisse einer Operette beim Finale des zweiten Aktes: kleine Lichtpünktchen zwinkern an den Uferstraßen, die Konturen liegen in tiefem Schwarz-Blau gebettet, und während sich das zerzankte Paar mit den rudernden Armen flehendverliebt zuwinkt, fällt langsam der Vorhang.

Am Ufer des Meeres zieht sich die ‚corniche' hin, eine Autostraße, deren Sausen alles mit sich reißt: Stille und Luft und Atmosphäre. Dahinter pfeift die Eisenbahn, denn die ganze Riviera ist nur ein paar Meter breit. Dann kommen die guten Felsen und die schlimmen Häuser.

Hier und da treten die Besitzungen etwas zurück und lassen Platz für staubige Straßen. Wenn ein Kasino dabeisteht, ist es eine Ortschaft mit vielen großen Hotels. Diese Hotels sind gar keine Hotels. Sie spielen alle Hotel.

„Von prominenten Gästen der letzten Jahre", sagt der Hotelprospekt, „sind zu nennen: Der Präsident der französischen Republik, Paul Deschanel; die Prinzessin Luise; die Herzogin von Argyll; Sarah Bernhard ... Die große Schauspielerin", sagt der Prospekt, „saß eines Tages auf einer Loggia in der zweiten Etage, wo man nur den Himmel, Blumen und das Meer sieht; da sagte sie in ihrer poetischen Art, daß man sich hier auf dem Bug eines großen Schiffes wähnte." Und dann keine Brause im Badezimmer.

Vor der Hoteltür steht ein Portier, der der erste Mann des Unternehmens ist; er ist so mächtig, daß ihn das Los, letzter Mann zu werden, niemals treffen könnte, denn in die Toilettenräume ginge er gar nicht hinein. In der Halle stehen Palmen und vielhundertjährige Engländerinnen; wenn man sie herumwirtschaften sieht, so ist immer nur zu fragen: „Wer arbeitet eigentlich in England für alle diese Frauen?" Der Mittelpunkt eines modernen Hotels, in dem Leute ruhen und schlafen wollen, ist eine Musikkapelle.

Man stelle sich vor, jemand sei genötigt, zu Pfingsten in einer Eberswalder Ausspannung zu übernachten; zu Hause wird er dann davon erzählen, wie er nachts beständig vom Grölen der Kutscher und von einem Orchestrion gestört worden sei. Ähnliches erlebt er in einem modernen Hotel, nur ist es an der Riviera um eine Kleinigkeit teurer, dafür ist aber das Essen in Eberswalde besser. Natürlich darf man nicht vergessen, daß in der Ausspannung keine vorgedruckte Speisekarte auf dem Tisch liegt; wenn es eine dünne Suppe, ein Pastetchen, bejahrten Fisch und ein bejammernswertes Huhn mit Kartoffeln gibt, so sieht das Menü so aus:

Potage à la Potage
Vol-au-Vent à la Valéry
Sole à la Reine de Portugal
Volaille à la Poule
Pommes à la Pomme
Fruits

Der letzte Plural ist eine Übertreibung.

Dazu spielt das Orchester in das Vichy-Wasser hinein, das sich die Engländer in den Magen gießen, es gluckert empört, wenn es unten ankommt, und schwappt leise im Takt der Musik. Diese Musik der französischen Kapellen, die Jazz spielen, hört sich an, wie wenn einer mit halbwegs richtiger Aussprache Englisch vom Blatt liest, ohne ein Wort zu verstehen. Erst, wenn sie den aktuellen Walzer aus der ‚*Lustigen Witwe*' zersägen, fühlen sie sich wieder im nationalen Element.

Je schlechter das Essen, desto lieblicher der maître d'hôtel, der sich über mich wie über einen Kranken beugt: ob es mir denn schmecke, und ob es mir munde, und ob ich zufrieden sei ... Lieber Gott, gib mir doch den Mut, daß ich ihm einmal, nur ein einziges Mal, mit der Gabel in den Bauch pieke ...!

Es sind viele Deutsche da. Sie haben ein bißchen Angst vor der feinen Umgebung, und das sollen sie ja wohl auch. Sie sind auch unsicher vor den Fremden: den Franzosen, den Amerikanern, den Engländern – aber wenn sie merken, daß sie es mit Deutschen zu tun haben, dann entspannen sich ihre Glieder, eine leichte vertrauliche Frechheit steigt in ihnen auf, denn, denken sie mit Recht, was kann an einem schon dran sein, der auch nur ein Deutscher ist! (Diese Familienvertraulichkeit teilen die Deutschen noch mit einer anderen Rasse.) Im großen ganzen aber bemühen sie sich, ihr mondänes Leben den illustrierten Zeitschriften anzupassen, in denen es abgebildet ist.

Aus den Hotels können die feinen Leute nur noch in ihre Autos steigen, die, lang wie ein Haus, vor dem Haus brummen. Einen Schritt darüber hinaus, und sie stapfen in Staub, ungepflegten Wegen, an grauenvollen Straßenfronten vorüber – denn die Riviera ist dreckig, ohne pittoresk zu sein; unmalerischer Schmutz. Man hat in allen Ortschaften das Gefühl, hinter Filmkulissen zu stehen; kein Mensch glaubt daran, die einheimischen Komparsen nicht, die Fremden eigentlich auch nicht, sie machen aber ein krampfhaft vergnügtes Gesicht und wagen nicht, sich einzugestehen, daß es an hundert andern Küsten schöner, weiter, kräftiger und naturhafter ist. Sie erliegen rettungslos der Zwangsvorstellung ‚Riviera'. Der Höhepunkt dieser fixen Idee ist Monte Carlo.

Monte Carlo ist ein frisch erhaltener Naturschutzpark aus dem Jahre 1880. Es ist ein lebendiger Anachronismus; ich war versucht, die Menschen anzufassen und an ihren Haaren zu ziehen, ob sie auch wirklich und wahrhaftig echt sind und nicht zu Staub zerfallen, wenn man sie anrührt.

Also das ist das Paradies, wo in unsrer Jugendzeit die Defraudanten mit ‚Weibern und Champagner' ihr Geld durchbrachten! So blödsinnig fingen sie das an! So völlig von Gott und allen guten Geistern verlassen! Da ist der kleine Park, in dem man verzweiflungsvoll umherzuirren hatte, wenn alles hin war, an diese Palmen konnte man sich hängen, von diesen Felsen herunterstürzen, über diese Grasflächen knallte abends der kleine Schuß, der einem verpfuschten Leben … heiliger Lokal-Anzeiger!

Die Spielsäle sehen aus wie das selige Palais de Danse – gequollene Ornamente gerinnen an den Wänden, Puttengel stoßen mit Recht in vergoldete Posaunen, und ölgemalene Gemälde zeigen an, wovon unsere Väter nachts geträumt haben, wenn Mutter schon, mit aufgesteckten Zöpfen, schlief. An den Tischen spielen sie.

Spieler sind auf der ganzen Welt gleich. Hier muß man die Leidenschaft noch durch sechs dividieren, denn wenn sie zehn Francs setzen, dann sind es nur eine Mark und fünfzig, und so was stört sehr. Auch ist heute die Flucht in die Romantik des Spieles minder groß als damals, als dein Papa und deine Mama hierher mit dir ihre Hochzeitsreise machten: Heereslieferanten, Kriegsgewinnler, Börsenspieler, Inflationisten: es gibt heute so viele Monte Carlos! Viele Spielende tragen in Bücherchen ein, was die kleine Kugel zusammenkugelt – und es ist besonders lustig, die Damens über ihre Kurven gebeugt zu sehen; sie haben keinen Schimmer von Wahrscheinlichkeitsrechnung, richten sich aber streng nach ihr. Auf diese Weise erzielt die Bank ihren Umsatz.

Die Fassade des Kasinos in Monte Carlo stammt von Grainer, dem Erbauer der Pariser Oper. Diese Fassade sieht aus …

„Herr Graf, was denken Sie von mir? Ich bin eine anständige Frau!“ – Komm mit mir in den kleinen Pawilljoohn! – Mit schmetternder Faust und mit trocknem Pulver – Wigalaweia – „Ich war mit ihr im Chambre-Séparée, und sie hat mit ihren Diamanten meinen Namen in den Spiegel gekratzt!“ – Valse Bleue und Amoureuse, und das von Zigeunern … – Spitzengeriesel und die Dessous und Frou-Frous – Wasmuths Hühneraugenringe in der Uhr – Eine Rokokoquadrille bei Hof – Ein Kuß ohne Schnurrbart ist überhaupt kein Kuß! – „Und sehn Sie wohl, darum ich bin: die Gigerlkönigin!“ – Der Herr Kommerzienrat strich sich die braunen Favoris und sah den Besucher ernst durch seinen goldenen Kneifer an – Ein Weib mit so einem Busen! – Ihr Hochzeitsdiner hatte vierundzwanzig Gänge – Ich will auch mal Viere lang fahren! – in Laque und Claque – Schenk ihr doch Dahns *‚Kampf um Rom‘!* – Die königlichen Herrschaften begaben sich mit den Majestäten elastischen Schrittes –„Donnerwetter, Donnerwetter, wir sind Kerle!“ – Ihre Tochter ist jetzt im Pensionat in Lausanne – Hier muß noch ein Pendant hin – Erst hat er sie verführt und dann … geschnürt, in Lackstiefeletten – „Eine Dame kann doch nicht Veloziped fahren!" – Spitzentanz und Mondesglanz, und Grete findet ihren, sagen wir, Hans –

So sieht die Fassade des Kasinos in Monte Carlo aus.

Übrigens erinnert Monte Carlo (1880) stark an Deutschland (1923). Eine leise, kaum wahrnehmbare Wolke von Inflation zieht durch die Promenaden: in den Augen der Leute liegt ein sanft flackernder Wahnsinn, die Menschen gehen in indifferentem Gleichgewicht einher, die Anziehungskraft der Erde funktioniert hier nicht recht, alles ist so anders, und man tut gut daran, seine Uhr festzuhalten. Gemeine Gesichter werden ungeniert dem Tageslicht präsentiert; armselige Hürchen spielen große Welt, und eine fette polnische Riesendame in tiefem Violett geht mit einem Mann einher, der aussieht wie Professor Makart und ebensolchen blonden Vollbart und solche weichen Hände hat ... Hier trägt Europa seine alten Moden auf.

Unten, am Meer, zerschießen sie Tauben; der kleine Grasplatz ist ganz besät von den weißen Flaumfederchen. Oben, auf dem Fels, liegt der Besitz des Mannes, für den sie alle an den Tischen arbeiten: das Palais des Fürsten von Monaco, zwei gekreuzte Nullen im schwarzroten Wappen, mit dem Spruch: „Passe ou Manque – Vive la Banque!" Und das tut sie denn auch.

Abends werden die Bürger in großen Autos nach ihren Hotels abgefahren, sie rollen durch die Nacht, sie sind müde, sie haben ein bißchen gewonnen und viel verloren und sind an der Riviera gewesen.

Am Tage aber scheint über alles dies eine leuchtende Sache, die sie alle, alle gepachtet haben, für die sie sich bezahlen lassen, und derentwegen wir hierhergefahren sind: die Sonne.

Während am Alexanderplatz, wo das schönste, weil treffendste Denkmal Berlins gestanden hat: die dicke Berolina, der Modder so hoch aufspritzt, daß die Fußgänger, wenn sie in die erleuchteten Autos hineinsehen, soziale Gefühle bekommen; während es in Kopenhagen in der Forhabningsholmsallee so friert, daß sich der lange Name der Straße vor Kälte zusammenzieht; während in Paris das Schnupfenwetter durch die Fensterritzen zieht und der Kamillentee hoch im Preise steigt; während die Eskimos ihre letzte Lebertranlampe anzünden und Knud Rasmussen lesen, um sich endlich über sich zu informieren–: währenddessen scheint an der Riviera die Sonne. Sie wärmt, sie strahlt; ich trage mich in Hellgrau und Marineblau und habe nur einen Sommerbauch; wenn ich jetzt noch jenen kleinen Schnurrbart hätte, von dem alle Männer glauben, sie glichen darin Adolphe Menjou, während sie in Wahrheit aussehen wie die Verbrecher – welch mondäner Lenz! Der Frühling, der lange Lulatsch, schwebt über die begrünten Hügel, der maître d'hôtel beginnt zu knospen, das verhältnismäßig blaue Meer leuchtet, und sanft vor sich hin neppend, verdämmert im Sonnenglast die leuchtende Küste der Riviera.

[1928]

DER MÖRDER UND DER STAAT

Antwort auf eine Umfrage

1. Die Vollstreckung der Todesstrafe wäre mit den Grundsätzen eines Kulturstaates nicht vereinbar, weil die Heiligkeit des Lebens höher steht als die schwankenden Forderungen der Sitte, deren Kodifikation das Gesetz darstellt. Der moderne Nationalstaat ist aber kein Kulturstaat: er nimmt nicht nur Mördern das Leben, sondern auch Unschuldigen, die zwangsweise in Uniform gesteckt werden, um für die Interessen von Kaufleuten und Beamten getötet zu werden, ohne selbst etwas dabei gewinnen zu können. Die Verhängung der Todesstrafe durch den Staat, der seine Versprechen nicht einlöst, der ein unredlicher und unsorgfältiger Kaufmann ist, stellt also nicht einmal das schwerste seiner Vergehen dar.
2. Trotzdem ist diese Todesstrafe abzulehnen. Es gibt keine Statistik, die beweist, daß die Kriminalität in einem Staat mit Todesstrafe höher ist als die in einem Staat ohne die Todesstrafe. Es erscheint mehr als fraglich, ob bei der Abwägung der Vorteile und des Strafrisikos, die in einem Gehirn vor Begehung der Tat stattfindet, die Existenz der Todesstrafe jemals eine ausschlaggebende Rolle gespielt hat.

Von einer erzieherischen Wirkung der Todesstrafe kann keine Rede sein. Die Befriedigung der primitiven Rachsucht der Geschädigten ist kein ethisches Postulat, sondern das Überbleibsel und die Vortäuschung individualistischer Epochen sowie die Abtretung der Blutrache an den Staat, dem hierzu jede sittliche Aktivlegitimation fehlt. – Die Vollstreckung der Todesstrafe in revolutionären Epochen halte ich für eine Notwendigkeit.

[1928]

WIE BENEHME ICH MICH ALS MÖRDER?

Wenn einer einen Mord begeht, so halte er sich stets vor Augen, daß er später einmal nicht nur wegen Mordes abgeurteilt werden kann, sondern vor allem und hauptsächlich wegen seines Vorlebens sowie wegen der Begleitumstände, die seine Tat umgeben. Vor Gott wird er sich für das vergossene Blut rechtfertigen müssen – der Vorsitzende einer deutschen Strafkammer aber mißt mit strengerem Maß. Soweit man das einem Mörder zumuten kann, wird derselbe also gut tun, sich in die Seele eines Landgerichtsdirektors zu versetzen, damit es nachher keine strafverschärfenden Momente gibt.

Der dicke Chesterton hat entdeckt, daß man einem Mörder alles verzeiht, nur nicht, daß er nach der Tat eine Zigarre raucht – Mörder haben keine Zigarren zu rauchen, weil dies ein Zeichen übelster Seelenroheit darstellt. Chesterton kennt die deutschen Gerichte nicht, sonst hätte er schon längst vor Schreck dreißig Pfund abgenommen – mit der Zigarre allein ist die Sache nicht getan.

Der Mord ist, wie jedem gebildeten Staatsanwalt bekannt, eine Tat, die in der äußersten Ekstase und mit der kältesten Roheit begangen wird. Dabei hat der Mond durch das Gewölk zu brechen; auch haben Mörder bereits vor der Tat finster entschlossen herumzulaufen, deutliche Zeichen von innerer Unruhe von sich zu geben und mit den Augen zu funkeln. Unehelicher Geschlechtsverkehr vor dem Mord ist tunlichst zu meiden, da dies ein schlechtes Licht auf den Charakter des Mörders wirft und jeder Akt eine rhetorische Pointe im Plädoyer des Staatsanwalts oder, was dasselbe ist, in der Urteilsbegründung des Vorsitzenden abgibt. Mit seinem Leben kann man überhaupt nicht vorsichtig genug umgehen, weil es eines Tages ein Vorleben werden kann, und dann erst wird man, vor den unerbittlichen Fischaugen des Gerichts, entdecken, was man da alles zusammengelebt hat.

Nach dem Mord meide der Mörder vor allem öffentliche Gaststätten, Sechs-Tage-Rennen, Dirnen, Spaziergänge auf der Straße sowie die eigene Wohnung, die er keinesfalls ruhig, als ob nichts geschehen sei, aufsuchen darf. Wie sich ein Mörder nach der Tat eigentlich benehmen soll, damit er vor Gericht keinen Anstoß erregt, ist schwer zu sagen: jedenfalls so nicht. Um bei einem Doppelmord eine der verwirkten Todesstrafen im Gnadenwege zu ersparen, stellt sich der Mörder dem nächsten Polizeirevier unter genauer Angabe der Einzelheiten seiner Tat, der Motive und der nötigen Indizien. Nach dem Geständnis bricht er am besten völlig zusammen, wie er sich überhaupt mit Vorteil nach der Literatur, die in den Kreisen der Juristen gelesen wird, richtet: Sein Verhalten sei also psychologisch leicht anormal, wirr, aber dem Verständnis eines Zwei-Bänder-Mannes gerade noch angepaßt. Verstiegenheiten sind, wenn irgend angängig, zu meiden. Sehr günstig ist es, wenn den Mörder nach der Tat die vorgeschriebenen Gewissensbisse foltern; sollte sich eine mahnende Traumerscheinung des Opfers einlegen lassen, so ist dieselbe unbedingt zu empfehlen.

Auf diese Weise kann jeder, der in die traurige Lage versetzt ist, einen Zivilmord begehen zu müssen, damit also ein Monopol des Staates schwer verletzend, getrost vor einem deutschen Gericht erscheinen: Er wird, wenn er sich nur vor, während und nach der Tat den Vorstellungen seiner Richter gemäß verhalten hat, auf die Milde und das Verständnis derselben rechnen können, und er wird dann, mit allen Tröstungen einer Reichsgerichtsentscheidung sowie seines seelsorgerischen Beistandes versehen, dem Nachrichter als ein guter Christ und Untertan übergeben werden.

Für die Herren Ordnungsstifter, Straßenkämpfer und Kinder vom Feldwebel aufwärts gelten diese Bestimmungen nicht. Der deutsche Mörder aber lasse sich gesagt sein, daß seine Tat ihn verpflichtet, durch und durch Mörder zu sein, und nichts als das. Er richte sich darin nach seinen Richtern, die Richter sind, und nichts als das.

[1928]

DER TAKT DER SOLDATEN

„Die Deutschen an der Spitze des Festzuges bei der Eröffnung der Olympiade in St. Moritz" sehen so aus:

Ein Mann mit einer Tafel „Allemagne", ein Mann mit einer Fahne, und als dritter – ei, wer tommt denn da? – ein Reichswehroffizier. Den Mund hat er halb geöffnet, als sage er grade „Aeh –", was etwas altmodisch, aber desto wahrscheinlicher ist. Soweit gut.

Aber dieser Offizier trägt an Brust und Bauch: das Eiserne Kreuz Erster

Klasse (Nichtraucher) sowie andre Schnallen und Blechstücke aus der großen Zeit. Nun liegt die Situation doch so:

Hinter den Deutschen marschieren im Festzuge die andern Nationen, darunter solche, für deren Bekämpfung der junge Herr von der Reichswehr seine Stoffrestchen verliehen bekommen hat. Nehmen wir einmal an, die Orden wären im Schützengraben verdient –: so klebt an jedem von ihnen das Blut von Landsleuten der Sportkameraden. Geschmack wird stets bei wenigen nur gefunden …

Soll also der Mann von der Reichswehr seine Orden ablegen? Nie und nimmermehr – welche Schmach und Schand'! Tragen vielleicht die Offiziere der andern Armeen ihre Kriegsabzeichen, die sie für Abschlachtung von deutschen Arbeitern und Angestellten bekommen haben, gleichfalls, wenn sie in der Schweiz Sport machen? Wenn sie es tun, so spricht das höchstens gegen ihren Geschmack und ihre militärische Erziehung und nicht für die deutsche Taktlosigkeit.

Ja, was hätte denn der deutsche Offizier tun sollen? Er hätte – Bellona, verhülle dein Haupt! – er hätte – man sollte es nicht für möglich glauben – er hätte – wie sag ichs meinem Soldaten? – er hätte sollen in Zivil gehen.

Aber das wäre nicht würdig im Ausland vertreten, und für das Ressort Friede haben wir unsern Nobelpreisträger. Bei Orden denken sich die meisten nicht mehr, als daß es eben Orden sind, die da klunkern. Auch nicht einen Augenblick wird einem Teilnehmer der Olympiade der Gedanke gekommen sein, daß geronnenes Blut auf der Brust des Offiziers stitzt, daß vielleicht ein Bruder beim Anblick dieses Mordabzeichens den Bruder beklagen könnte; daß die Erinnerung an die niedrigsten Tage der Menschheit sich nicht schämt, ans helle Schneelicht zu kriechen. Der Rest weiht Kriegsdenkmäler ein, paradiert mit Totschlägerabzeichen noch im Sport und bereitet sich und die andern, zusammen mit einer tobsüchtigen Industrie, auf das nächste Naturereignis vor.

Und mobilisieren wir –?

[1928]

CASANOVA IM SAFE

Der Verleger Brockhaus in Leipzig besitzt ein Casanova-Manuskript, das noch niemals veröffentlicht worden ist, und das er auch nicht veröffentlichen will. Ich habe ihn gefragt, warum er es nicht tun wolle – er hat sehr höflich geantwortet, daß er auch darüber nichts sagen möchte.

Jurstisch ist alles völlig in Ordnung. Wie das Manuskript seinerzeit erworben worden ist, weiß ich nicht – jedenfalls ist Herr Brockhaus im Besitz der Urheberrechte, und niemand kann ihn zwingen, das Buch herauszugeben oder zu veröffentlichen. Ein Werk wird ja bekanntlich erst ‚frei', wenn es einmal veröffentlicht worden ist. Der sicherlich interessante Band liegt nun also in einem Safe, und da wird er wohl noch eine ganze Weile liegen bleiben.

Die Gründe, die den Verleger bewegen, damit nicht herauszukommen, sind nicht recht ersichtlich. Wenn er etwa glaubt, daß das Werk für seinen Verlag zu frivol sei, dann braucht er es ja nur zu verkaufen. Die Interessen Lebender können kaum noch geschädigt werden; Enthüllungen irgendwelcher Art sind nicht zu erwarten; politische Unannehmlichkeiten ebensowenig – also was ist es?

Es scheint mir die Überspannung der Idee des Privateigentums zu sein, die ja überhaupt im Urheberrecht recht verhängnisvolle Niederschläge gefunden hat. (So haben Erben oft gradezu katastrophale Rechte an geistigem Eigentum.)

Was mir aber vor allem dubios erscheint, das ist die geistige Aktiv-Legitimation des Verlegers. Wie hat er das Manuskript erworben? Hat er es gekauft? Verleiht solch ein Kauf moralische Rechte? Hat Casanova ihn oder seinen Vorgänger zum Vollstrecker seines letzten Willens eingesetzt? Ist Brockhaus berufen, diese literarische Erbschaft zu verwalten? Ist es überhaupt eine?

Armer Casanova.

[1928]

DIE ÜBERLEGENEN

Deutsches Publikum, das auf Stühlen sitzt, fühlt sich Leuten, die vorbeigehen, überlegen. Die Stellung des falschen literarischen Kritikers entspricht dieser scheinbaren Überlegenheit des Sitzenden über den Laufenden – der Kritiker und der Sitzende glauben, daß der Künstler und der Laufende ihretwegen da seien. Außerdem riskieren beide nichts. „Das Publikum", hat ein französischer Literat einmal gesagt, „hält sich dem Künstler deshalb für überlegen, weil es ein Urteil über ihn abgibt." Dieses ‚weil' ist eine ganze Abhandlung der menschlichen Seelenkunde.

„Der gute alte Tolstoi", schrieb neulich so ein Fortschrittgewächs, das offenbar gar nicht fühlt, daß man keinem Größern auf die Schulter klopfen kann. Aber da werden Giganten von kleinen Verwachsenen wohlwollend belobt oder mit jener Miene in die ‚verstaubte Ecke' getan, da werden Eintagsfliegen mit Löwen zusammen genannt, damit man glaubt, die Insekten könnten brüllen, und es gibt eine ganze Literaturgattung, deren Autoren nur ein, ein einziges Bestreben haben: überlegen zu scheinen. Denn wären sie es, sie hätten nicht nötig, krampfhaft so zu tun, als seien sie es.

Das beste und beliebteste Mittel, Überlegenheit zu markieren, ist die Andeutung. Wilde, erotische Abenteuer werden lässig so angedeutet. Daß die meisten der Überlegenen mit Briand auf Sie und Sie und mit Stresemann auf Du und Du sind, versteht sich von selbst, und was das Leben im allgemeinen anbetrifft, so ist gar nicht zu sagen, wie sie es meistern. Die kleinen Mädchen und die großen Männer; die Gefühle und die Geschäfte; der Sport und die Künste – das haben wir alles im kleinen Finger, dessen sorgfältig polierte Nagelfläche wir dem Betrachter geziert entgegenhalten.

Daß junge Leute so tun, ist normal – das muß so sein und ist immer so gewesen. Aber daß ältere Knaben eine Haltung annehmen, die sie knapp bei andern richtig beobachtet haben, ohne sie je zu besitzen, daß sie in grenzenloser Eitelkeit ununterbrochen ihre Person vor das Stereoskop schieben, durch das sie den Leser gucken lassen sollen, der ja gekommen ist, ganz etwas andres zu sehen –: das ist bitter. Geltungsdrang und Minderwertigkeitskomplexe sind noch keine Literatur.

Wenn einer so überlegen tut, wäre zu überlegen, ob man ihn nicht überlegen soll.

[1928]

WER KENNT ODENWALD UND SPESSART?

„Ich hab mein Herz …"

Was ein richtiger Deutscher ist, so kennt der sein Italien und Sizilien und die Riviera und Schweden und Norwegen … aber ob er auch sein eigenes Land genau kennt, das steht noch sehr dahin. Wer ist schon einmal auf der Kurischen Nehrung gewesen? Wer kennt die naturerfüllte, menschenleere Struktur des böhmisch-bayerischen Waldes? Deutschland hat zwischen Holstein und Zugspitze mehr Schönheiten als sich seine Schulweisheit träumen läßt.

Was das Herz in Heidelberg anbetrifft, so haben wir davon genug gesungen, der Mensch besteht nicht nur aus dem Herzen allein, und drumherum ist es auch ganz schön. Von Heidelberg nach Nordosten zu gibt es viel zu sehen, noch mehr zu wandern und allerhand zu trinken.

Das sieht nun so aus:

Wer diese süddeutschen Waldgebirge im Auto bereisen will, was fast mühelos zu machen ist, der richte sich so ein, daß er hübsch langsam fahren kann, er wird sonst wenig Genuß von seiner Fahrt haben. Reisen ist eine Kunst – mit dem Auto zu reisen ist eine große Kunst.

Wer Spessart und Odenwald aber zu Fuß durchwandern will, wird wahrscheinlich den größeren Genuß davontragen. Er wird drei Schönheiten in sich aufnehmen können: den Wald, den Wein und die kleinen Städte.

Diese kleinen Städte – am Main und am Neckar – sind in jeder Jahreszeit schön, am schönsten aber im Herbst, wenn die Luft klar über den alten Dächern steht und die Architektur sich scharf gegen den hellen Himmel abhebt. Wundervoll, wie Fluß und Landschaft fast immer zusammenstehen, wie organisch so ein Städtchen um den Fluß herum und an ihm entlang gewachsen ist, so daß sich das breite Flußbett mühelos in das Bild einordnet. Selten nur stört ein Fabrikschornstein oder ein verständnislos angelegtes Gebäude den Gesamtaspekt, den man nicht: „malerisch" nennen sollte, sondern: „natürlich" – die Städtchen sind in diese Natur hineingewachsen, gehören ihr einfach an und bilden mit ihr ein Ganzes. So am Neckar, so die alten kleinen Orte am Main, die noch oft ihren alten Charakter voll bewahrt haben. Für sie alle gibt es nur einen einzigen Wink an den Reisenden: man laufe keinen echten oder eingebildeten ‚Sehenswürdigkeiten' nach, sondern lasse die Musik dieser süddeutschen Landschaft auf sich wirken wie einen Orgelklang. Wer sich vor der Reise in ein paar Landschaften Dürers versenkt, tut vielleicht mehr für eine gute Vorbereitung als der emsige Geschichtsjäger mit dem Führer in der Hand; es gibt ja Reisende, bei denen man das Gefühl nicht los wird, daß sie nur ausziehen, um zu sehen, ob auch noch alles da ist …

Besonders der Norddeutsche wird diese Gegend lieben, weil sie so anders ist als seine Heimat; sie ist, fast möchte ich sagen, gelassen, menschliche Ansiedlungen sind der Natur nicht abgerungen, sondern ruhen friedfertig im Grünen; bei allem Fleiß der Bevölkerung ist etwas Leichtes in der Luft, die Sorgen wiegen, scheints, nicht so schwer, und jeder freut sich, daß er auf der Welt ist.

Manchmal trifft mans ganz idyllisch: Kloster Bronnbach ist wie eine Fermate an Stille, nicht einmal der nahe Eisenbahndamm kann uns stören, Klosterhof und berankte Mauer atmen Ruhe und Beschaulichkeit; es sind das jene Flecken, die in jedem Großstädter unweigerlich den Wunsch erwecken: hier sollte man … hier müßte man … Und dann geht man weiter.

Das süddeutsche, spielerische, farbenfrohe Barock ist hier überall zu finden – es knallt mitunter vor Buntheit wie ein bunter Bauernstrauß, ist aber fast immer in künstlerischer Zucht gebändigt. Nebeneinander liegen stets der alte Fachwerkbau der Bürger, der Zünfte, der Arbeitenden – und das feierlichprunkhafte Barock der damals Herrschenden, der Bischöfe, der kleinen Fürsten. Es stimmt aber gut zusammen, weil dieses Bürgertum seinen Stolz nach oben gehabt hat, man siehts an der Architektur, die ja überall für den, der sehen kann, einen soziologischen Wertmesser ersten Grades darstellt. Oft liegt eine Burg über dem Ort, ihn beschirmend, beherrschend, für sich reklamierend – wer Zeit hat und vor der Reise ein bißchen gelesen hat, wird erkennen, wieviel deutsche Geschichte hier über das Land gefahren, gezogen, marschiert, gestürzt und getobt ist. Es ist auch etwas von ihr hängengeblieben, wie ja immer etwas zurückbleibt; man fühlt hier ungeheuer intensiv, was das ist: Deutschland.

Man fühlts auch in den Wäldern.

Hier herrscht der Laubwald vor, und wenn er auch nie mehr das werden kann, was er nach den alten Jagdberichten einmal gewesen ist: ein Ort, strotzend von Getier, erfüllt vom Kreischen, Singen, Kriechen, Hüpfen und Röhren der Tiere, wenn unser Wald fast überall schon eine mäßig belebte und bewegte Holzkammer geworden ist, so atmet er doch sehr viel deutsche Luft. Der Spessart hat stellenweise noch den Charakter der alten Wildparks bewahrt, die einmal in ihm gewesen sind, auch laufen noch viele Wildsauen herum (aber fürchten Sie sich nicht, gnädige Frau, sie tun nichts; nur der einzelgehende Eber ist ein böser Bürovorsteher des Waldes; wenn Ihnen aber eine dicke Mama mit ihren kugeligen Kindern über den Weg trudelt, bergen Sie sich nur getrost an der Brust Ihres Gemahls, dem zwar auch nicht ganz wohl dabei ist, der es aber doch nicht so zeigen darf ...) – der Laubwald also herrscht vor, hügelig aufgebaut, mit hohen, weiten Wipfeln; manchmal, bei grauem Wetter, steht so eine dunkelgrüne Masse starr und still in der Luft, ruhend, unbeweglich ... Es liegt ein musikalischer Friede auf den Waldschneisen, weite sonnenbetupfte Wege gibt es, über die irgendein kleines Tier hoppelt, dann ist es wieder ganz still, und wenn nicht gerade, was selten ist, ein Flieger über die hohen Bäume dahindonnert, dann können Sie die Zeit vergessen und, wenn Sie wollen, auch sich selbst.

Ja, und dann der Wein.

Wer den Bocksbeutel gut kennt, dem werde ich nichts erzählen; wer ihn aber nicht gut kennt, der sei gewarnt. Er hat keine Blume, und man merkt ihm nicht so ohne weiteres an, was in ihm steckt – aber er hats in sich. Man trinke ihn möglichst auf den Weindörfern, und wenn die Zeit danach ist, versäume man niemals, den Most zu probieren (jeder verträgt davon ein Glas weniger als er glaubt) – und auch den jungen Wein des Vorjahres trinke man, den es überall offen zu kaufen gibt. Der Wein ist kräftig, hart, eine richtige Männersache – für die mitwandernde Dame werden Sie, in den meisten Fällen, irgend etwas Nasses bestellen, aber nicht gerade Steinwein. Wenn Sie einen ganz besonders schönen und süffigen Wein gefunden haben, dann nehmen Sie sich ein paar Flaschen mit oder lassen Sie ihn sich nach Hause schicken, wohin er in dieser Qualität fast niemals dringt.

Es ist keine Leierkastenpoesie in dieser Landschaft, und die dummen Kitschlieder haben im Grunde nichts mit dem Odenwald, nichts mit dem Spessart, nichts mit den süddeutschen Waldgebirgen zu tun. Wer zwischen dem Dreieck: Frankfurt-Würzburg-Heidelberg einmal langsam im Auto reist oder zu Fuß wandert, der hat an Wein, Städtchen und Wäldern ein Erlebnis, das ihn ins Mark Deutschlands führt, in jenes Deutschland, das der Deutsche nicht so gut kennt, wie es das verdient.

[1928]

PETER PANTER

Privat-Sekretariat
Abteilung: Gefühle
Tgb.-Nr. 1427/28 G b 3

Paris, den heutigen.

Sehr geehrter Herr Uhu!
Bezugnehmend auf Ihre werte Anfrage vom neulichen dieses Monats, erlaube ich mir, im Auftrage von Herrn Peter Panter auf die Frage, ob sich derselbe schon einmal im Mai verliebt hat, folgendes ergebendst zu erwidern:

Laut Verordnung des Panterschen Leibarztes, Herrn Dr. Woronoff, verliebt sich Herr Panter im Mai grundsätzlich nicht. Etwaige Verliebtheiten werden in den November placiert, und auch diese nur in bescheidenem Umfange (etwa 1 Eßlöffel wöchentlich).

Für den Monat Mai sind – immer laut ärztlicher Verordnung – lediglich Auffrischungen alter Lieben vorgesehen. Sie haben den Vorteil, daß die Emotion Panters dieselbe oder doch fast dieselbe ist wie bei einer Neueinstellung. Wir halten es da wie das Publikum im Theater, von dem Tristan Bernard gesagt hat: „Es will überrascht werden, aber nur durch das, was es schon kennt." Auf diese Weise hat die Abteilung ‚Gefühle' bisher nur Erfolge zu verzeichnen gehabt.

Für dieses Jahr werden wir Herrn Panter vorlegen:

Lisa (lfd. No.436)
Kitty (No.234)
Margot (No.1003)

Die Kosten sind allerdings etwas höher zu veranschlagen als bei Neueinstellungen: so hat Lottchen im vorigen Jahr etwa 836 Mark für Futterkosten, 450 Mark für improvisierte Geschenke, 3,50 Mark für vorbereitete Geschenke verschlungen.

Herr Peter Panter sieht dem Mai gefaßt entgegen: wir haben ihn völlig renovieren lassen, er ist neu gestrichen und sieht, wenn man nicht genau hinsieht, aus wie Casanova bei Gewitter.

Indem wir von Ihnen dasselbe erhoffen, zeichnen wir
ohne Mehranlaß für heute

als Ihr sehr ergebenes
Privat-Sekretariat Panter
gez. *Erika*

[1928]

DANK VOM HAUSE STALIN

Da liegt vor: ‚*Wochenbericht der Gesellschaft für kulturelle Verbindung der Sowjet-Union mit dem Auslande*', erscheint in russischer, deutscher, französischer und englischer Sprache. Nr. 10-11, Seite 3:

‚*Die ersten Tage der Roten Armee*'. Auf anderthalb Seiten ist da eine kurze geshichtliche Übersicht über die Entstehung der Roten Armee gegeben: wie sie geworden ist, wie man sie aufgebaut hat, wie sie sich gewissermaßen aus dem Nichts entwickelt hat … Der Name Trotzki ist nicht genannt.

Das ist eine Unanständigkeit, die auch im heftigsten politischen Kampf und grade von dieser Seite her nicht erlaubt ist.

So gefährdet ist die Regierung Stalin nicht, daß sie nicht getrost riskieren dürfte, vergangene Verdienste eines Mannes zu würdigen, der Kopf und Kragen für den Bolschewismus aufs Spiel gesetzt hat. Denkbar, daß es die innerrussische Situation erfordert, dem Begründer der Roten Armee in diesem Augenblick keine Dankeskränze zu winden – das können wir von außen her schlecht beurteilen. Ich weiß auch nicht, ob diese Verbannung, die mir sehr hart erschienen ist, notwendig gewesen ist oder nicht. Aber eines weiß ich:

Daß es ein Zeichen von tiefster Schwäche, von Angst und von Mamelukkenhaftigkeit ist, des Mannes nicht zu gedenken, der so viel für Rußland getan hat. Wenn der ganze ‚*Wochenbericht*' auf solch unvollständigen Angaben, auf so verfälschten Berichten aufgebaut ist, dann taugt er nichts. Und verdient keinerlei Glauben.

Parteidisziplin ist eine sehr schöne Sache, und wir fordern, daß der aktive Politiker sich ihr auch dann fügt, wenns schwer erscheint. Byzantinische Geschichtsfälschung aber ist immer ein böses Ding, und die Russen hätten allen Anlaß, bei der Wahrheit zu bleiben.

[1928]

WAS AUS DER GROSSEN ZEIT

des Krieges geblieben ist, sieht so aus:

Wir erinnern uns mit Schaudern der Folgen jener Nationalmonomanie, die ein ursprünglich gesundes Zusammengehörigkeitsgefühl in den Abgrund des Wahnisnns kippen ließ: es gab keine Lüge, von der Obersten Heeresleitung ausgegeben, vom Auswärtigen Amt geduldet, von der gehorsamen und unter ihrer Knebelung wollüstig stöhnenden Presse nachgestottert, es gab keine solche Lüge, die nicht blindlings von der ganzen Nation geglaubt wurde. Von den Bomben über Nürnberg bis zum Ruhrkampf eine Linie.

Ein geistig so isoliertes Volk sprach nicht mehr die Sprache der Welt – übereinstimmend berichten alle klugen und anständigen Leute, die während des Krieges und während der Inflation ins Ausland gelangen konnten, daß es ihnen jenseits der Grenzen wie ein Reif von der Stirn fiel – aber es war kein Königsreif, es war ein dicker Stahlhelm, der herunterfiel. Sie sahen draußen plötzlich, wie die gesamte übrige Welt, so sehr sie ihrerseits in Irrtümern befangen sein mochte, ihre eigne Denkweise anwandte, die mit der deutschen überhaupt nichts mehr zu tun hatte – so weit fort waren die Deutschen von aller Realität.

Das ist besser geworden. Ohne großen Nutzen und mit vielem Wortschwall reisen nun die deutschen Politiker, und wo sie hintreten, da wächst der Superlativ, und wenn sie drei Tage in London gewesen sind, so wird ihnen niemand mehr etwas über englisches Wesen erzählen, ihnen nicht. Immerhin: die zwanzig Ohren, die an hundert deutschen Köpfen befestigt sind, hören doch etwas vom Brausen der Welt, die immer noch nicht an deutschem Wesen genesen ist.

Aber geblieben ist die fatale Disziplin der Presse, der Parteien und des unsäglichen Reichstages. Man muß nur einmal sehen, wie selten da einer aus der Reihe tanzt, wenn die Regierung ihnen was bläst, wie schauerlich einstimmig das patriotische Geheul klingt, wenn es gegen Rußland, für England, gegen Frankreich, für den Anschluß geht. Sie sind wie narkotisiert: Hühner, mit einem offiziellen Kreidestrich vor der Nase. Ich glaube, daß im Blut der Deutschen die weißen und die roten Blutkörperchen getrennt im Parademarsch dahinfließen, das Herz schlägt dazu den Takt, bum ist links, und wenn das Gebäude eines Tages einen Granatsplitter im ersten Stock findet, so wird es noch im Zusammensturz murmeln:

„Es kann der Beste nicht im Nachbarn leben,
wenn es dem bösen Frieden nicht gefällt."

Disseplin muß sind.

[1928]

DAS MENSCHLICHE

„Oberes Bild: Von links nach rechts: Generalintendant T., künstlerischer Beirat L., Betriebsdirektor F., Komparseriechef M., Oberspielleiter P., Dramaturg M., Oberspielleiter S., Spielleiter D., Intendanzsekretär B."

Was ist das –?

Das ist das arbeitende Deutschland von heute. Anders können sies nicht – anders macht's ihnen keinen Spaß. Diese Nummern des deutschen Alphabets mit den Metternich-Kanzleititeln vor ihren Namen halten in Wahrheit nur ein mittleres Stadttheater einer Provinzstadt in Ordnung, was immerhin nicht gar so welterschütternd ist. Aber weil es ja keine Angestellten mehr gibt, sondern ganz Deutschland einer Bodenkammer gleicht (vor lauter Leitern kommt man nicht vorwärts) – ‚leiten' sie alle, und wenn es auch nur ein kleines Mädchen an der Schreibmaschine ist, die zusammen mit ihrem Kaffeetopf gern ‚Abteilung' genannt wird; die leiten sie dann. Es gibt eine ‚Vereinigung leitender Angestellter', offenbar eine Art Obersklaven, die gern bereit sind, unter der Bedingung, daß sie von oben her besser angesehen werden, kräftiger nach unten zu treten. Die Bezeichnung ‚Chefpilot' erspart einem Unternehmen etwa zweihundert Mark monatlich.

Im Gegensatz zu diesem Unfug, der jeden mittlem Angestellten zu einem Direktor aufbläst, steht, nach des Dienstes ewig falsch gestellter Uhr, eine süße Stunde. Abends, wenn sich die ersten Lautsprecher gurgelnd übergeben, flutet die Muße über das Land herein: Der Betriebsdirektor glättet die Dienstfalte seiner Amtsstirn, der Oberspielleiter klopft dem Spielleiter huldvoll auf die Schulter, und nun pladdert das ‚Menschliche' aus ihnen heraus.

Das ‚Menschliche' ist das, was sich anderswo von selbst versteht. Bei uns wird es umtrommelt und zitiert, hervorgehoben und angemalt … Wenn der kleinste Statist unter den weißen Jupiterlampen fünfundzwanzig Jahre lang die gebrochenen Ehrenworte der Filmindustrie aufgesammelt hat, dann gratulieren die Kollegen ‚dem Künstler und dem Menschen', was sie – Dienst ist Dienst, und Schnaps ist Schnaps – sorgfältig zu trennen gelernt haben. Der Künstler ist eines, und der Mensch ist ein andres.

Aus dem ‚Menschlichen' aber, das man nie mehr ohne Anführungsstriche schreiben sollte, ein eignes Ressort gemacht zu haben, ist den Deutschen vorbehalten geblieben, die sich so ziemlich im Gegensatz zur gesamten andern Welt einbilden, es gäbe etwas ‚rein Dienstliches' oder, noch schlimmer, ‚rein Sachliches'. Wenn die Herren Philologen mir das freundlichst in eine andere Sprache übersetzen wollen – ich vermag's nicht.

Jede Anwendung dieses törichten Modewortes ‚menschlich' bedeutet das Eingeständnis an das ‚Dienstliche', das in Deutschland das ‚Menschliche' bewußt ausschließt oder es allenfalls, wenn der Vorgesetzte gerade nicht hinsieht, aus Gnade und Barmherzigkeit hier und da ins Amtszimmer hineinschlüpfen läßt. Zu suchen hat es da viel, aber es hat da nichts zu suchen.

Es ist ein deutscher Aberglaube, anzunehmen, jemand könne durch künstliche und äußerliche Ressorteinteilungen seine Verantwortung abwälzen; zu glauben, es genüge, eine Schweinerei als ‚dienstlich' zu bezeichnen, um auf einem neuen Blatt a conto ‚Menschlichkeit' eine neue Rechnung zu beginnen; zu glauben, es gäbe überhaupt irgend etwas auf der Welt, in das sich das menschliche Gefühl, hundertmal verjagt, tausendmal wiederkommend, nicht einschliche. „Es ist ein Irrtum", hat neulich in Stettin ein Unabsetzbarer im Talar gepredigt, „zu glauben, die Geschworenengerichte hätten nach dem Gefühl zu urteilen – sie haben lediglich nach dem Gesetz zu urteilen." So sehen diese Urteile auch aus, seit die Unabsetzbaren die Laien beeinflussen – denn ein Urteil ‚lediglich nach dem Gesetz' gibt es nicht und kann es nicht geben.

Aber das ist die deutsche Lebensauffassung, die die Verständigung mit andern Völkern so schwer macht. Das ‚Menschliche' steht hierzulande im leichten Ludergeruch der Unordnung, der Aufsässigkeit, des unkontrollierbaren

Durcheinanders; der Herr Obergärtner liebt die scharfen Kanten und möchte am liebsten bis Dienstschluß alle Wolken auf Vorderwolke anfliegen lassen, bestrahlt von einer quadratischen Sonne … Sie haben sich das genau eingeteilt: Das ‚Dienstliche' ist hart, unerbittlich, scharf, rücksichtslos, immer nur ein allgemeines Interesse berücksichtigend, das sich dahin auswirkt, die Einzelinteressen schwer zu beschädigen – das ‚Menschliche' ist das leise, in Ausnahmefällen anzuwendende Korrektiv sowie jene Stimmung um den Skattisch, wenn alles vorbei ist. Das ‚Menschliche' ist das, was keinen Schaden mehr anrichtet.

Sie spielen Dienst. Eine junge Frau besucht ihren Mann, der ist Kellner in einem kleinen Café. In Frankreich, in England, in romanischen Ländern spielt sich das so ab, daß sie ihn in der Arbeit nicht stören wird, ihm aber natürlich herzhaft und vor allen Leuten guten Tag sagt. Bei uns –? Bei uns spielen sie Dienst. „Denn er ist im Dienst und darf nicht aus der Rolle fallen, sonst gibt es Krach mit dem Chef, der hinter dem Kuchentisch steht." Er darf nicht aus der Rolle fallen … Sie spielen alle, alle eine Rolle.

Sie sind Betriebsdirektoren und Kanzleiobersekretäre und Komparseriechefs, und wenn sie es eine Weile gewesen sind, dann glauben sie es und sind es wirklich. Daß jedes ihrer Worte, jede ihrer Handlungen, ihr Betragen, ihre Ausflüchte und ihre Sauberkeit bei der Arbeit, ihre Trägheit des Herzens und ihr Fleiß des Gehirns vom ‚Menschlichen' herrühren, das sie, wie sollte es auch anders sein, nicht zu Hause gelassen haben, weil man ja seine moralischen Eingeweide nicht in der Garderobe abgeben kann –: davon ahnen sie nichts. Sie sind im ‚Dienst'; wenn ich im Dienst bin, bin ich ein Viech, und ich bin immer im Dienst.

Sie teilen, Schizophrene eines unsichtbaren Parademarsches, ihr Ich auf. „Ich als Oberpostschaffner"… schreibt einer; denn wenn er seine Schachspielerqualitäten hervorheben will, dann schreibt er: „Ich als Mitglied des Schachklubs Emanuel Lasker". Der tiefe Denkfehler steckt darin, daß sie jedesmal mit der ganzen Person in einen künstlich konstruierten Teil kriechen; als ob der ganze Kerl Schachspieler wäre, durch und durch nichts als Schachspieler …! „In diesem Augenblick, wo ich zu Ihnen spreche, bin ich lediglich Vormundschaftsrichter" – das soll er uns mal vormachen! Und er macht es uns vor, denn es ist sehr bequem.

Daher alle die Ausreden: „Sehen Sie, ich bin ja menschlich durchaus Ihrer Ansicht" – daher die im tiefsten feige Verantwortungslosigkeit aller derer, die sich hinter ein Ressort verkriechen. Denn wer einem schlechten System dient, kann sich nicht in gewissen heiklen Situationen damit herausreden, daß er ja ‚eigentlich' und ‚menschlich' nicht mitspiele ... Dient er? Dann trägt er einen Teil der Verantwortung.

Und so ist ihr deutscher Tag:

Morgens steht der Familienvater auf, drückt als Gatte einen Kuß auf die Stirn der lieben Gattin, küßt die Kinder als Vater und hat als Fahrgast Krach auf der Straßenbahn mit einem andern Fahrgast und mit dem Schaffner. Als Steuerzahler sieht er mißbilligend, wie die Straßen aufgerissen werden; als Intendanzsekretär betritt er das Büro, wobei er sich in einen Vorgesetzten und in einen Untergebenen spaltet; als Gast nimmt er in der Mittagspause ein Bier und eine Wurst zu sich und betrachtet als Mann wohlgefällig die Beine einer Wurstesserin. Er kehrt ins Büro zurück, diskutiert beim Kaffee, den er holen läßt, als Kollege und Flachwassersportler mit einem Kollegen einige Vereinsfragen, schält einen Dienstapfel, beschwert sich als Telephonabonnent bei der Aufsicht, hat als Onkel ein Telephongespräch mit seinem Neffen und kehrt abends heim – alsMensch? „Il est arrivé!" sagte jemand von einer Berühmtheit. „Oui", antwortete Capus, „mais dans quel état!"

Der deutsche Mensch, der auch einmal „Mensch sein" will, eine Vorstellung, die mit aufgeknöpften Kragen und Hemdsärmeln innig verknüpft ist – der deutsche Mensch ist ein geplagter Mensch. Nur im Grab ist Ruh ... wobei aber zu befürchten steht, daß er als Kirchhofbenutzer einen regen Spektakel mit einem nicht konzessionierten Spuk haben wird ...

Statt guter Gefühle die Sentimentalität jaulender Dorfköter; statt des Herzens eine Registriermaschine: Herz; statt des roten Fadens ‚Menschlichkeit', der sich in Wahrheit durch alle Taue dieses Lebensschiffes zieht, die Gründung einer eignen Abteilung: Menschlichkeit – nicht einmal Entseelte sind es. Verseelt haben sie sich; die Todsünde am Leben begangen; mit groben Fingern Nervenenden verheddert, verknotet, falsch angeschlossen ... und noch der letzte Justizverbrecher im Talar ist nach der Untat, unter dem Tannenbaum und am Harmonium, in Filzpantoffeln, auf dem Sportplatz und im Paddelboot rein menschlich ein menschlicher Mensch.

[1928]

DER SYMPATHISCHE MÖRDER

Wenn in Deutschland jemand jemanden gemordet hat, dann spielt sich vor Gericht etwas sehr Merkwürdiges ab. „In Erwägung aller Tatumstände …" Das sieht so aus:

Das Leben des Angeklagten wird vor Gericht aufgerollt. Gut – das kann zum Verständnis der Tat sehr nützlich sein. Aber wer einmal dabei gewesen ist, wie nun eine Armee Zeugen aufmarschiert, die erfreut die Gelegenheit benutzen, ‚ihre Einstellung bekannt zu geben' – wer da weiß, wie Phase für Phase vor einem Forum von Kleinbürgern im Talar schulmeisterlich geprüft wird, dem grauts. Was nicht in das ziemlich enge Blickfeld dieser Richter fällt, gilt nicht – das: „Ist das in Ihren Kreisen so üblich?" enthält bereits die ganze maßlose Überheblichkeit des Burschenschafters. Ein Mörder hat sympathisch zu sein.

Niemand kann sich von dem Eindruck befreien, den ein andrer Mensch auf ihn macht – und das ist mitunter recht gut so; es gibt Leute, die für andre eine gute Witterung haben. Aber es ist doch nicht richtig, daß in großen Prozessen, bei denen es um Leben und Tod geht, ‚unsympathische' und ‚sympathische' Züge gesammelt werden, die nachher von Staatsanwalt und Verteidiger, für eine Lesebuchwelt zurechtgemacht, mit Emphase vorgetragen werden. Es ist das eine Verkennung der Aufgaben des Gerichts.

Ein abgelegtes Staatsexamen berechtigt noch nicht zur Abgabe sittlicher Werturteile. Ganz besonders in einer Zeit, wo eben diese Urteile einen so sehr schwankenden Boden bekommen haben – Herr Landgerichtsdirektor Schultze soll mir nicht mitteilen, wie ich zu werten bin. Er soll das Gesellschaftsschädliche meines Tuns erhellen, meine Tat so klar legen, wie möglich ist, und soll dann nach dem Gesetz eine Strafe verhängen, die die Gesellschaft schützt. Besserung? Ein anständiger Richter, der auch nur einmal ein Gefängnis oder ein Arbeitshaus besichtigt hat, wird das Wort nicht ohne Lächeln aussprechen können. Strafe? Wir sind nicht befugt, zu strafen – und ganz besonders nicht, wenn die Auswahl der Strafenden nach so engen und einseitigen Grundsätzen vor sich geht. Schutz – allenfalls. Der Mensch ist nicht gut.

Er ist aber auch kein Demonstrationsobjekt für abgenutzte Ideologie – und die Gutachten vieler Gerichtsärzte, besonders in der Provinz, die Urteilsbegründungen so vieler Strafkammern strotzen von Klassendünkel, Enge, Vorgestrigkeit. Dieses Richterum sagt noch so oft zum Leben, was einmal ein berliner Richter zu einem elfjährigen Kinde zu sagen wagte: „Leg die Hände an die Hosennaht – wie du es gelernt hast!"

Man sollte die Hände ganz wo anders hinlegen.

[1928]

DER RUF AUF DER STRASSE

Jetzt sitze ich bald vier Jahre in Frankreich. In den ersten acht Tagen ging ich im Taumel umher, die eisernen Ketten der Inflation waren gerade gefallen, und mir war mein Schwergewicht abhanden gekommen. Nach zwei Monaten verstand ich alles – hätte mich jemand gebeten, ihm eine Monographie über Frankreich zu schreiben, ich hätte angenommen; aber zum Glück hat mich damals keiner gebeten. Nach einem halbem Jahr begann das Bild sich langsam zu verdunkeln, die Fäden liefen wirr, da waren Widersprüche, die ich nicht zu lösen vermochte …

Einmal fand ich die Formel: ‚Griechen mit Zopf', was einen der besten deutschen Kenner Frankreichs zu heftigem Kopfnicken veranlaßte – aber mit einer Formel ist die Sache ja nicht zu machen. Wie ist der Franzose? Ein Ding mit starker Individualität? Ja, auch – aber daneben gibt es kollektive Züge, Elemente einer so kompakten Einheit, daß auf der Leiter: Briand, Kaufmann Dupont und Hafenarbeiter Lepetit nur Qualitätsunterschiede derselben Marke vorzuwalten scheinen. Ist der Franzose unmodern? von gestern? zurückgeblieben? Ja, er ist seßhaft und konservativ – aber dicht daneben läuft ein ständiger Umbildungsprozeß, der verhütet, daß das Volk hinter seiner Zeit zurückbleibt; diese leisen Wandlungen gehen fast unmerklich vor sich, der vorschnelle Beobachter ist leicht geneigt, zu sagen, daß ‚diese Leute eben nicht von heute' seien. Hat die Französin nicht einen gänzlich verkehrten Ruf, den sie gar nicht verdient? Ja; aber neben ihrer unleugbaren Bürgerlichkeit, ihrer Übervernunft, ihrer klaren Überlegungskraft, durch die sie ohne Stimmrecht herrscht, liegt die ‚caprice', jenes unwägbare X, das nicht in Worten zu fangen ist … Das einzige, wa ich vom Franzosen bestimmt weiß, ist, daß er seine Sous aufbewahrt, allwelche Neigung sich in kaum vorstellbarer Kleinlichkeit, Mangel an großzügigem Denken und Pfennigrechnerei ausdrückt. Geiz ist ein französisches Nationallaster. Geiz ist eine französische Nationaltugend und eine der Quellen der Stärke dieses Landes. Wie ist der Franzose? Jeden Morgen, wenn der Tag hinter den Vorhängen aufblaut, ertönt von der Straße her ein langhingezogener Ruf nach dem andern. Sie sind nicht immer so melodisch wie jener indianische Liebesschrei aus *‚Rose-Marie'*, aber doch einträglich wie jener: es sind Kleiderhändler, Glaser und allerhand kleine Handwerker, die da ihre Anwesenheit ausschreien, ausrufen, ausbrüllen, ausklingeln – wie in einer ganz kleinen Stadt. Was folgerichtig ist: denn Paris besteht aus einer Anhäufung von kleinen Städten. Der Tabakmann an der Ecke hat geheiratet. „Sa femme? Connais pas. Elle n'est pas du quartier."

Durch die Viertel ziehen die kleinen Kaufleute und rufen. Es ist sehr schwer zu verstehen, was sie da eigentlich rufen – ich habe es lange Zeit hindurch nicht verstanden. Vielleicht gibt es ein Werk über die pariser Kleinhändler wie über die hamburger – ich habe niemals gefragt und also nicht verstanden. Man geht ja – was übereifrige Staatsanwälte niemals verstehen wollen – mitunter jahrelang an Türen vorbei, die man nicht sieht; an Namensschildern, die man nicht liest – so ließ ich diese Rufe an meinem Ohr vorüberpfeifen und vernahm sie nur, aber verstand sie nicht. Wie ich das ganze Land noch nicht verstand: ich sah so vieles und nahm in mich auf und war dankbar und gleichgültig und gereizt und erfreut und bezabuert und entsetzt ... aber noch verstand ich nicht.

Gestern morgen, als ich zum Heiligen Rasier betete, und der weiche Seifenschaum mich umhüllte, gestern morgen ertönte aufs neue der langhingezogene Ruf. Und plötzlich, wie vom Schlag eines Mirakels getroffen, verstand ich.

„Brocanteur!" rief der Mann.

Ein Trödler also, ein Aufkäufer von altem Hauskram, jenem Zeug, das auf den Böden und in den Kellern liegt, das eigentlich zu nichts mehr nutze ist ... ich kannte das Wort, natürlich. Aber der hallende Laut, der bisher nur Laut gewesen war, der nur ins Ohr gedrungen, aber nie im Großhirn verarbeitet worden war – dieser Laut hatte plötzlich einen Sinn bekommen. „Brocanteur!" hatte es gerufen.

Und von mir lösten sich in diesem Augenblick Schleier und Bande, ich hörte und sah, und das Land war auf einmal neu. Ich stand wie auf einem Hügel und sah auf das herab, was ich mir erobert hatte. Es war so mühsam gewesen ...

Unterhaltungen mit den feinen Leuten im Salon und mit den weniger feinen, aber aufschlußreicheren auf dem Markt und in den Kneipen; jene langen, geschwungenen Unterhaltungen, die sich in genau berechnetem Bogen dem Ziel nähern – unmöglich, dem andern mit amerikanischer Höflichkeit, die da Sachlichkeit heißt, ins Gesicht zu sagen, was man wolle ... Erst „un brin de causette" – die formale Versicherung, daß man nichts voneinander wünsche, gar nichts – dann: „Apropos ..." und dann gehts los. Die empfindlichen Stellen herausfühlen, die toten Stellen im französischen Kopf, jene, die nicht reagieren, wenn man klopft; die Abteile, in denen niemand zu Hause ist ... und die andern, aus denen die Defensive herausspringt, die meist darin besteht, daß der Wohnungsbesitzer, mißtrauisch und empfindlich, Fenster und Türen zuschlägt. Es war so mühsam gewesen.

Und ich hatte die Wirkung der Arbeit nicht einmal gleich gemerkt. So, wie der Ruf von der Straße hundert- und hundertmal mein Ohre getroffen, bis er sich vom Laut zur Mitteilung hindurchgerungen hatte, so habe ich tausend und tausend Äußerungen des französischen Charakters an mir vorbeipassieren lassen, jede einzelne gleichgültig, jede nicht sehr welterschütternd, alle ohne System – bis zu dem Tage, wo sie sich aufbauten und wo nun auf einmal ein ganzes Land vor mir lag. Es war so mühsam gewesen. Hätte ich von Anfang an Karten gehabt ...

Denn so, wie einer auf dem Balkan einmal gesagt hat: „Rumäne – das ist keine Nationalität; das ist ein Beruf", so darf man sagen: „Der Franzose ist für den Ausländer keine Nationalität – er ist ein zu bestehendes Examen." Wer zum Beispiel nach England mit der genauen Kenntnis seiner Geschichte und seiner Kultur kommt, hat manches vor dem ungebildeten Fremden voraus – aber sicherlich nicht eben viel. In Frankreich ist damit schon die halbe Schlacht gewonnen, das halbe Examen ist schon bestanden. Denn was für uns Deutsche so sehr schwer zu begreifen ist: hier ist Überlieferung keine lästige Fessel, hier lebt sie; Tradition und Kultur leben, es leben Geschichte, Erinnerung und das Wirken vergangener Geschlechter. Hier fängt keiner für sich immer wieder ganz von vorn an ...

Und Ruf auf Ruf enthüllten mir ihren Sinn: „'chand d'habit!" und „Le vitrier!" und alle die andern. Die Bäume begannen zu sprechen, der Fluß rauscht meine zweite Sprache, die Steine hallen unter meinen Schritten und sagen etwas, das ich deuten kann.

Bin ich am Ende? Eine Unterhaltung, eine einzige mit wohlhabenden Bürgern zeigt: Nein. Der, der sechsundfünfzig Monate in den Gräben stak; der, der kein Blatt halten kann, ohne zu zittern, so haben sie ihn zusammengeschossen – der ist mir sehr nahe, den verstehe ich beinah ganz. Den feinen Mann weniger: er ist voller Reserven, in den Augen schimmert die Abwehr, in der Stimme zittert: ich will nicht, ich will nicht … Es ist nicht zu Ende. Ich stehe nach vier Jahren – auf einer kleinen Anhöhe, hinter mir liegen einige bezwungene Täler, und ich will weitergehen, auf eine weite Wanderung.

[1928]

HEIMARBEITER

Von Zeit zu Zeit sickern Lohnzahlen aus dem Erzgebirge durch, die auf ein gradezu grauenhaftes Ausbeutersystem und auf ein schreckliches Elend in der dortigen Heimarbeiterschaft schließen lassen. Ich sehe noch die erschrockenen Augen Ernst Tollers, als er von seiner Reise ins Erzgebirge erzählte – er hat seinerzeit hier darüber berichtet. Ich glaube, daß in der Bekämpfung dieser Zustände ein grundsätzlicher Fehler gemacht wird.

Wer sind die Firmen, die von diesen Schandlöhnen profitieren? Es gibt da Menschen, die – im Jahr! – dreihundert Mark verdienen; man kann sich den Rest ausmalen. Reportage! Reportage! Wo sind unsre Leute –?

Und wenn einer hinreist, so ist mit Deklamationen gar nichts getan. Da muß nicht nur eine sorgfältige Untersuchung über die Wirtschaftslage von Arbeitern und Fabrikanten angestellt werden –:

Es müssen vor allem die Namen der Zwischenmeister, der Unternehmer, der Firmen mit voller Adresse genannt werden, und es muß an diese Nennung die Aufforderung zum Boykott geknüpft werden, und wenn sich die Syndici der Herren auf den Kopf stellen. So viel soziales Gewissen wird doch in breiten Kreisen noch zu finden sein, daß der Verbraucher solche Waren zurückweist, die aus dem Blut, dem Schweiß, der Tuberkulose, aus Kinderarbeit und der Arbeit schwangerer Frauen herrührt. Namen nennen! Namen nennen!

Ich weiß, daß damit die soziale Frage nicht gelöst wird. Das Erzgebirge ist nur eine kleine Flocke im Ozean unrechtmäßig usurpierter Arbeitskraft – aber auch Kampf im kleinen hilft, nichts ist umsonst getan. Namen nennen! Namen nennen!

Freilich, wo fängt das an, und wo hört das auf! Der Name des Leuna-Werks ist ja oft genug genannt worden, und doch blüht es, wächst und gedeiht.

Es wird aber in Blättern, die gelesen werden, viel zu wenig aus den Betrieben heraus geschrieben, was ja nicht immer einfach ist: denn es müssen solche Leute schreiben, die sozial weitblickend sind und nicht ihren Personalchef und eine kleine Ungerechtigkeit der Fabrikleitung für das Ende aller Dinge ansehen. Wenn man in dieser Welt kämpft, dann muß konkret gekämpft werden. Einer, der nur ‚sachlich' ist, hat Angst vor dem, was in Wahrheit die Welt regiert: die Angst vor der einzelnen Person.

Namen nennen! Namen nennen!

[1928]

DIE SPITZEN DER BEHÖRDEN

Um einem dringenden Bedürfnis abzuhelfen, haben wir uns entschlossen, eine neue Organisation ins Leben zu rufen: den Deutschen Reichs-Behörden-Verleih (DRBV). In Anbetracht der Tatsache, daß der Deutsche nur gruppenweise vorkommt, daß diese Gruppen sich so lange spalten, bis sich die einzelnen Teile zu einem Reichsbund zusammenschließen;

daß es fernerhin die Hauptaufgabe dieser Reichsverbände ist, Tagungen, Kongresse, Jahresversammlungen und Verbandsfeste abzuhalten;

daß zu jeder dieser Tagungen die Anwesenheit der Spitzen der Behörden unerläßlich ist –:

macht es sich der DRBV zur Aufgabe, die bisher ziellos nebeneinanderlaufenden Verleihbestrebungen einheitlich zu organisieren, wie folgt:

Es stehen den Entleihern grundsätzlich nachstehende Garnituren zur Verfügung:

Spitzen der Kommunalbehörden	.... 1,50 M.	die Stunde
" " Kreisbehörden	.... 1,75 "	" "
" " Landesbehörden	.... 3,00 "	" "
" " Reichsbehörden	.... 4,80 "	" "
Ministerialvertreter	.... 5,10 "	" "

Bei Abnahme größerer Posten legen wir zwei bis drei Parlamentarier der betr. Länder gratis bei. Bayerische Beamte 10% billiger.

Die Behördenspitzen werden in sachgemäßer Ausstattung geliefert:

Gediegener Gehrock,
schwarze Hose,
viereckige Schnürstiefel,
stachelhaariger Zylinder,
Stehkragen,
Brille.

Die Entleiher werden gebeten, unsere Leihobjekte pfleglich zu behandeln und sie in demselben Zustand zurückzuerstatten, wie man dieselben anzutreffen wünscht. Besoffene Exemplare werden nicht zurückgenommen.

Unser Verleih liefert im allgemeinen nur redende Spitzen; auf besonderen Wunsch geben wir auch plombierte Exemplare ab, doch kosten solche einen kleinen Zuschlag. Die von uns zu liefernde Spitze der Behörde hält an Ort und Stelle eine Ansprache, die so eingerichtet ist, daß sie keinesfalls anstößig wirkt; insbesondere ist eine Beleidigung von Monarchisten oder republikanisch Andersdenkenden ausgeschlossen. Die von den Spitzen zu haltenden Reden werden von uns vorher genau daraufhin begutachtet, daß nicht das geringste in ihnen gesagt ist.

Sämtliche Reden enthalten kürzere, allgemein verständliche Zitate aus unsern werten Klassikern (bis 1860).

Die Behördenspitzen haben Anspruch auf einen Ehrenplatz sowie auf polizeiliche Absperrung, damit sie dieselbe ungehindert passieren können. Die Spitzen sind tunlichst zu fotografieren und der besseren Unterscheidung halber mit einem weißen Kreuz auf dem Bauch zu versehen.

Wir hoffen, mit diesem Auszug aus unsern Betriebsvorschriften dem Deutschen Reich sowie seinem Verbandsleben einen unschätzbaren Dienst erwiesen zu haben.

Eine Störung des Verwaltungsbetriebes ist ausgeschlossen, da sich derselbe immer mehr von den Amtsstuben in die Kongreßsäle verzogen hat. Der Steuerzahler merkt auf diese Weise, daß die Behörden ihre vornehmste Aufgabe darin erblicken, bei festlichen Gelegenheiten von der Schaffung jener Schwierigkeiten abzusehen, für die sie ursprünglich gedacht sind. Wir sind jederzeit gern bereit, mit ersten Referenzen aufzuwarten. Letzte Engagements:

Unser Herr Kultusminister spielt im August:

6. Weimar. Jahrestagung der Damenschwimmriegen entschieden jüdischer Philatelisten.

12. Neu-Jannowitz. Jahrestagung des Bundes der Landwirte mit anschließendem Tänzchen und Steuerstreik.

19. Bitterfeld. Kongreß der katholischen Jungmädchenvereine zur Förderung der Bananenzucht in Oberbayern.

24. Berlin. Tagung der Deutschen Studentenschaft.

25. Berlin. Tagung der republikanischen Studenten.

Der Vorsitzende des Reichsausschusses für Deutsche Leibesübungen, Herr Staatssekretär August Lewald, ist für die nächsten zweieinhalb Jahre nicht mehr frei; doch kann in dringenden Fällen einer seiner Gehröcke verliehen werden.

Von dem Grundsatz, auf die diversen Tagungen nur Fachleute zu entsenden, sind wir abgekommen; wir lassen vielmehr die Spitzen hauptsächlich über das sprechen, wovon sie bestimmt nichts verstehen, also:

Herrn Stresemann über Musik;

Herrn Hilferding über Arzneikunde;

Herrn Groener über Schmieröl;

Herrn Breitscheid über auswärtige Politik und alle über deutsche Kultur.

Indem wir Sie bitten, uns in Ihrem gefl. Bekanntenkreise empfehlen zu wollen,

zeichnen wir

hochachtungsvoll

Deutscher Reichs-Behörden-Verleih

Borowsky Heck

[1928]

HEIMWEH NACH DEN GROSSEN STÄDTEN

Manchmal, wenn ich der Ostsee den Rücken wende, der alten Frau, sehe ich in das schwedische Land Schonen hinein, die Ostsee plätschert, ich guck gar nicht hin. Denn wir sind verheiratet, seit ...zig Jahren – wir kennen uns, lieben uns, haben uns ganz leicht über, gehen mitunter ein bißchen auseinander, betrügen uns (ich sie mit der Nordsee, sie mich mit der Literatur auf Hiddensee –) – vor mir liegt Schonen. Ein hübsches Land; hier, wo ich sitze und meins in die Schreibmaschine klappere, ist es leicht gewellt, gar nicht so ‚flach wie ein Eierkuchen …' Manchmal wohnen da Menschen, aber es sind hierorts nicht viel; das Badepublikum setzt sich aus 6 (sechs) Häuptern zusammen. Meinst du, es wäre eine hübsche Frau dabei? Keine ist dabei. Aber so ist es immer.

Und ich gucke auf die Hügel, einer heißt ‚Kleiner Stein', einer heißt ‚Steinkopf', wie soll man denn heißen, wenn man Hügel ist … Es gibt fett zu essen, alles ist prächtig und gut, sogar über den rationierten Alkohol wäre hinwegzukommen, wenn nur nicht einer den Schweden etwas von Kaffee erzählt hätte. Das ist schier unausdenkbar, was sie damit machen. Sie –

Geh mal raus, ich trau mich gar nicht, das laut zu sagen – sie –

Also: sie kochen den Kaffee, den lebendigen Kaffee kochen sie in Wasser! Als ich diese Prozedur zum ersten Male sah, erschrak ich bis ins innerste Gebein; sie kochten den Kaffee, wie man Aal kocht oder Wäsche, und ließen diese braune Sache eine Stunde lang auf dem Herd stehen. Dann kamen lebendige Menschen und tranken das, bitte, ich habe es selbst gesehen. Seitdem koche ich mir meinen Kaffee allein, aber die Bohnen müssen auf dem Meeresgrund gewachsen sein, es ist kein Kaffee … nun, lassen wir das.

Wenn aber der harte Abend über den schwarzen Bäumen verdämmert, wenn das elektrische Licht rot glüht, wenn mein Nachtleben beginnt, das da heißt: Flaubert, Swift und was der Mensch so braucht, dann habe ich Sehnsucht, Sehnsucht nach den großen Städten. Da wühle ich ein bißchen in der Bücherkiste.

‚London' liegt da; *‚London, Liebe zu einer Stadt'* von Wolf Zucker (erschienen bei Williams u. Co., Berlin-Grunewald). Ein hübsches Buch.

Ich kenne London nicht; in unermeßlicher Faulheit bin ich noch niemals hingemacht, also erfüllt das Buch seine Aufgabe, einem Unbefangenen den Eindruck einer Stadt zu geben. Dies ist nun Zuckern seine erste große Stadt; der Autor, den ich für ein beachtliches journalistisches Talent halte, hat sich natürlich prompt in sie verliebt, aber das ist schön, man sieht dann nämlich mehr. Nicht alles: aber er hat genau das geschildert, was er von seinem Standpunkt aus sehen konnte, und er hat nicht dazu gelogen. Das verdient angemerkt zu werden.

Wahrscheinlich ist London tausendmal komplizierter, und wenn einer dort dreißig Jahre lebt, wird er vermutlich anfangen die Stadt zu begreifen. Zucker gibt ein Mosaik kleiner Züge, die sich zu einem höchst bezaubernden Bild zusammensetzen; er zeigt vor allem etwas, das der Fremde am Engländer am wenigsten vermutet: die Gelockertheit des englischen Charakters, sagen wir: des Londoners – das Natürliche, das Einfache, das Reibungslose. Durch das lesenswerte Buch geht eine reizende Melodie, der Herr hätten sich in London einmal verlieben sollen, und das nicht nur in die Stadt; der Verfasser ist so schön allein mit sich und ganz London, und es glücken ihm oft subtile Formulierungen. (So, wenn er einmal von dem prachtvollen Jack Hylton sagt: „Dieses Singen, in dem es keine Arien und keine lauten Effektstellen gibt, das dahingesungen wird, einfach und doch unendlich abschattiert, wie das Klingen eines Kristalleuchters, der sich leise bewegt, weil im Nebenzimmer Musik gemacht wird, dieses Singen ist die Freude Londons.") Und wußten Sie, daß der Londoner Rundfunk in seinem Programm eine Musik angesetzt hat, nur für die Leute, die in den fotografischen Ateliers warten müssen? Ich wußte das nicht.

Das Buch Zuckers ist wie ein Präludium zu ... ja, wozu? Das werden wir hoffentlich noch sehen. Ein hübsches Buch.

Ganz still ist es im Zimmer, still vor dem Haus, still in Schonen. Mein Trommelfell, auf dem soviel herumgetrommelt wird, ruht aus; die Luft schwingt nicht, kein Hund macht wuffwuff und baubau; keine Sängerin heult über den Tasten; mein Grammophon liegt bescheiden unter dem Bett und wedelt artig mit der Kurbel. Horch, die schöne Stille – –

Und dann liegt in der Bücherkiste eine Bilderfibel, die haben sie mir hierhergeschickt; die heißt ‚*Paris*', ist erschienen im Albertus-Verlag zu Berlin und enthält über 250 Photos jener einzigen Stadt. Und weil ich auf dem Boulevard des Italiens vor mich hinstolperte, sanft: „Schweden! Schweden!" murmelnd, blättere ich nun hier in diesem Buch und will, auch ohne die Unterschriften zu lesen, erkennen, was Herr Mario von Bucovich, der berliner Fotograf, da abgebildet hat. Er hats gut gemacht.

Das alte Paris ist leicht zu fangen – das neue Paris, das lebende, lebendige Paris ist sehr schwer zu fassen. Anschaulich sind alle Bilder; ‚malerisch' leider einige; pariserisch die meisten, und verfehlt wohl keines.

Nun hat freilich jeder von uns *sein* Paris, das ist wahr – und worin das allemal besteht, wird schwer zu ergründen sein. Das Album ist sozusagen neutral – jeder kann sich sein Paris heraussuchen. Es ist alles da – und wenn mich der Herr Fotograf fragt, warum ich denn so ein Gesicht mache und was mir denn fehle, so kann ichs ihm nicht sagen. Immerhin kann man diese Stadt nun aufblättern, und Anhaltspunkte zur Erinnerung wird man nicht vermissen. Freilich: ‚das' – das kann man wohl nicht fotografieren.

Unter die Brücken hat er seinen Apparat gehalten, und Plätze hat er hergenommen und Spatzen und Versailles und immer wieder die Seine – und bei dieser Gelegenheit habe ich endlich gelernt, wie es im Schloß zu Fontainebleau aussieht, wo ich gewohnt habe. Aber wir alten Fontainebloher gehen nicht in das Schloß ... und das erinnert mich daran, daß ich einmal einem alten Pariser den Eiffelturm gezeigt habe, er war noch nie oben gewesen, und vor lauter Freude kaufte er auf der Plattform eine Flasche Sekt, die ich brühwarm ... die Erinnerung übermannt mich, lassen Sie mich einen Schluck Kaffee trinken. Und nun wird es noch schlimmer.

Ja, ich blättere das Album von vorn nach hinten durch, es ist ganz still in der Stube, eine Libellentänzerin schwirrt um die Lampe, und ich muß mich besorgt fragen, in welchem Tanzbund sie organisiert ist ... ich blättere. Die Brücken sehe ich und die Place des Vosges, die ich anders sehe; und die großen Plätze am Louvre und Passy, und hier ist dies gewesen und da jenes, und ich rieche die graue Luft der Stadt und den Dunst und den scharfen Rauch – und die nassen Flächen auf dem glitschigen Asphalt sehe ich, man kann auch im Asphalt wurzeln. Alles, alles kann man entbehren. Die Literatur: schwer; den Whisky: schon schwerer; Lisa, Musch, Mara, Margot: am schwersten. Aber eines kann unsereiner nicht entbehren:

die große Stadt, die abends die Lichter anzündet, die Stadt, wo man sich anonym in seine Bestandteile auflösen kann; wo so viele da sind, daß keiner mehr da ist, und wo zwar nichts wächst, aber wo es gekocht wird, alles miteinander. Schilt mir den Landmann nicht, er ... ich weiß. Aber du, schilt mir die Städte nicht, die Chronometer der Zeit, Wasserstandszeiger und Dampfdruckmesser in einem. Schön ist es in Schweden; schön ist es auf dem Lande. Die Luft ist rein, mein Herz ist klein ... Über ein kleines aber, und ich stehe auf dem Bahnhof, der Zug ruckt an, bald durchwühlen schwarze Zöllnerhände meine Koffer, und sie spielen: Europa, diese Herren aus der politischen Postkutschenzeit, und da sind die blauen Träger mit den Kappen, und ich bin zu Hause, zu Hause.

[1928]

O YOU MY SWEET EVENING STAR!

Kaufen Sie sich, lieber Emil Ludwig, Columbia Nummer 14 002, gucken Sie nicht aufs Etikett und lassen Sie die Platte auf dem kostbaren Grammophon laufen, das Ihnen unser Verleger Rowohlt in einem Anfall von Cäsarenwahn geschenkt hat, wie ich hoffe. Folgendes wird sich dann begeben:

Da spielt einer Wagner, und zwar das schöne Lied von dem Herrn Abendstern. Aber wie spielt er es? Auf die einzig mögliche Weise, in der man es noch spielen kann, nämlich als Jazz. Lieber Emil Ludwig, es ist ganz großartig.

Auf einmal ist alles nicht mehr wahr: die Eierkuchensentimentalität nicht und nicht jene butterweiche Rührsamkeit, mit der dieses Gedudel angemacht ist; fort ist das Pathos aus Sachsen und der trutzige Krach, der sich als Rassenstolz ausgegeben hat (eine der Kriegsursachen); geblieben ist etwas andres. Geblieben ist eine luftige, lustige und nette Melodie, von der man nur wünschen könnte, der Meister hätte sie so geschrieben, wie sie da gespielt wird: unerbittlich rhythmisch wie eine Nähmaschine und sehr hopp-hopp. Wie da zum Beispiel der Refrain des schönen Couplets

Ja, unterm holden Abendstern,
da hätt ich sie wohl gar zu gern –

wie diese Zeilen als Tanztakte erklingen, das ist fürwahr ganz wunderbar. Es gibt eine unwiderlegbare Probe für den Wert dieser Umgestaltung: man hört das wackere Lied fortab nur noch im neuen Rhythmus, mit den eingelegten Pausen, hängend am stählernen Tau des Vierviertelaktes. Da ist nichts mehr zu retten, so hätte es gleich erklingen sollen; die Parodie rückt das Werk des großen Sachsen erst richtig zurecht, hier ist die wahre Gestalt, und Parodie war nur das Original.

Sehen Sie, auf der Rückseite der Platte haben sie dasselbe mit Chopin gemacht, und da gehts nicht. Selbst Pachmann auf Electrola kann nicht mehr retten, was an dem veraltet ist, aus vergilbten Tasten steigt ein schwacher Lavendelgeruch auf – und doch ist diese Chopin-Platte verzerrt und nur ein amüsantes Kunststück. Unsterblich klingt der Walzer-Rhythmus durch das Gehämmer, das als Spaß grade noch zu ertragen ist.

Bei Wagnern aber enthüllt es ein ganzes Opus. Es ist viel mehr als ein Offenbachscher Ulk –: es ist die Selbstsicherheit einer neuen klaren Zeit, unbeweglicher Hohn auf die Pendand-Ideale eines gutbürgerlichen Vertikos aus dem Jahre 1891 oder eines Landgerichtsdirektors aus dem Jahre 1931 und die pfeifende Lebensfreude einer Kraft, die Notung, das neidige Schwert, in Serien bei Armstrong, Krupp und Schneider-Creusot in Auftrag gegeben hat. Viel Vergnügen –!

[1928]

DAS ELEND MIT DER SPEISEKARTE

„Wissen Sie was? Bringen Sie mir 'n Schnitzel –!"

Ich habe ja geschwänzt, aber als langer Leser der ‚*Vossischen Zeitung*' habe ich gelernt, daß es in Berlin eine „Ausstellung für Ernährung" gegeben hat. Sie soll sehr gut und instruktiv gewesen sein. Lasset uns, milde wie die Milch der gutartigen Kokosnuß, betrachten, wie die Praxis aussieht.

Was mir an der deutschen Speisekarte der Gasthäuser auffällt, ist ihre Unzweckmäßigkeit. Ob in Deutschland gut oder schlecht gegessen wird, ist wohl nur nach Landstrichen zu sagen, nach den ‚Geschmäckern', nach dem Geschlecht, dem Beruf, dem Geldbeutel des Urteilenden – hier handelt es sich um Grundsätzliches, gerade um das, was die Ernährungsausstellung wenigstens stellenweise gut und gescheit gepredigt hat: Eßt vernünftig! Es ist aber sehr, sehr schwer, in einem deutschen Restaurant vernünftig zu essen.

Erster Fehler: Es gibt viel zu viel Fleisch. Man braucht gar kein Lebensreformer oder Vegetarier zu sein, um das zu empfinden – jeder aufgeklärte Arzt empfiehlt dem scharf arbeitenden Menschen zum mindesten gemischte Kost. Bekommt er die in dem gewöhnlichen Restaurant? Also nicht im vegetarischen, nicht im besonders teuern, nicht in der berühmten Ausnahme, die es in jeder Stadt gibt – nein, im Restaurant Seeschlößchen? Bekommt er da eine gemischte Kost? Er bekommt sie mitnichten. Denn:

Zweiter Fehler: Die Gemüse sind nicht gut zubereitet und fast niemals frisch. Daß das Essen in den meisten Restaurants so schmeckt, als sei es abgestanden, liegt daran, daß es abgestanden ist. Die kulinarisch verderbliche Forderung des Deutschen, zwischen elf Uhr vormittags und vier Uhr nachmittags Mittag zu essen, wann es ihm paßt, hat zur Folge, daß das Essen halbfertig gemacht wird, sehr lange über Dampf steht … und was dann herauskommt, sind diese ausgelaugten Sachen, die auf dem Teller leise vor sich hin weinen. Draußen, in der Natur, haben sie noch vor Lebensfreude und Vitamin geknallt; nun sind es armselige Gummistrünke, die schöne Namen führen, ‚Blumenkohl' oder ‚grüne Bohnen' – aber es sind Gummistrünke. Preisfrage: wo bleibt eigentlich das frische deutsche Gemüse –? („Da müssen Sie mal zu meiner Mutter kommen, Herr Panter, die kocht Ihnen ein Leipziger Allerlei …" – „Liebe gnädige Frau, es ist so nett von Ihnen … Aber alle Leute können doch nicht bei Ihrer Mama essen!")

Dritter Fehler: Die Portionen sind zu groß. Ich weiß schon, daß die ‚Leute das verlangen' – aber ich weiß auch, daß es bereits eine Menge Esser gibt, die immerhin so etwas wie Eßkultur besitzen und die lieber viererlei verschiedene Kleinigkeiten essen an Stelle dieser Enak-Speisen. Denn wenn man ein Filetsteak bestellt, dann kommt ein Trum von Fleisch und Ei und Gemüsen und gebackenem Brot und das alles mit einemmal, wie ein mit Tschinellen garnierter Paukenschlag; und wenn man ‚Gulasch' sagt, dann kommt immerzu gar nichts wie Gulasch, eine ganze Badewanne voll, und sagt man ‚Eierkuchen', dann komt ein Bettvorleger … nein, die Portionen sind wirklich zu groß!

Vierter Fehler: Es gibt nicht genug Sommerspeisen und nicht genügend frisches Obst. Sich im heißen Sommer ein gedünstetes, faustgroßes Stück Fleisch in dem Magen zu jagen, halte ich für eine immense Rücksichtslosigkeit gegen ebendenselben; eine Weile läßt sich das ja jeder Magen gefallen, aber eines Tages … nun, wir wollen uns nicht bange machen. Es gibt, besonders im Sommer, in den Restaurants viel zu wenig leichte Speisen – viel zu wenig gedünstetes Obst, viel zu wenig gutes, frisches Obst – denn was es gibt, das taugt nicht, und hier sind nun die Portionen wiederum viel zu klein: da steht so ein kleines Kompott-Schälchen, und da liegt ein Löffelchen auf dem Tellerchen, und da liegen drei Pfläumchen … nein, die Portionen sind wirklich zu klein!

Ich habe an keiner Stelle meines Beschwerdebüchleins von den Preisen gesprochen, obgleich das ein weites Feld ist. Aber ganz abgesehen vom Geld: selbst für Geld bekommt man fast niemals das zu essen, was man nach vernünftigen und hygienischen Ratschlägen essen sollte. Man bekommt es in Deutschland: in Familien, die wissen, was das heißt: kochen, essen rationell leben; man bekommt es in Heimen, manchmal in Pensionen, in Vegetarierhäusern … aber man bekommt es fast niemals da, wo man es am allernötigsten braucht und erwartet: in Bahnhofrestaurants, in Hotels und in den Speisewagen, dieser untersten Stufe der deutschen bürgerlichen Ernährung. (Hier wird die Milch der guten Denkungsart sauer. Es ist aber auch zu schrecklich!) Nun, muß das sein –?

Es sei mir erlaubt, noch ein Glas Kokosmilch auf das Wohl der geehrten Gäste zu erheben.

Der verwickelte Appartat des öffentlichen Lebens macht es immer schwerer, Kritik an eben diesem Leben zu üben. Von Polemik sehe ich ganz ab – das ist eine andere Sache. Aber sag heute einmal, daß dir dort die Beleuchtung nicht gefällt oder dort nicht das Essen; sag, du habest Wünsche in bezug auf die elektrischen Kronen, die man dir verkauft, oder du hieltest eine andere Regelung des Hebammenwesens für richtig … sage es so freundlich, so bescheiden, so leise wie du nur kannst – was geschieht dann?

Dann springt dir ein Syndikus auf den Kopf. Nämlich der Syndikus des betreffenden Verbandes.

Und es darf immerhin einmal gesagt werden, daß die Beteiligten gewöhnlich am wenigsten wissen, was die Unbeteiligten wollen – Fortschritt kommt fast immer von außen. Wir aber haben einen neuen Moloch aufgerichtet: den ‚Fachmann', der Laie darf sich nur wundern, und im übrigen hat er den Mund zu halten. Es besagt aber noch gar nichts für einen Beruf, daß er organisiert ist, denn das sind sie heute alle – und so lange keiner beleidigt wird, soll er aus den Vorschlägen, die ihm der Konsument macht, lernen und nicht die Herren Syndici fuchteln lassen. Jeder ist halb so wichtig, wie er glaubt – und das Schwergewicht wird immer mehr verschoben: „ce cochon de payant" sagen die Franzosen sehr gut, etwa: „Der Dumme, der bezahlt – was ist er denn schon groß? Nur ein Kunde!" Die Kunden aber, die das Geld erst in die Berufe bringen, sollten sich öfter auf ihre Macht besinnen und mit sanfter Stärke durchsetzen, was die Routine ihnen nicht geben will.

Es ist ein Elend mit der Speisekarte.

[1928]

SIEG IM ATLAS

Daß eine Menge größerer Atlanten für die Schulen und für den Hausgebrauch die Geographie fälschen, ist bekannt. Sie erkennen den ‚sogenannten Friedensvertrag von Versailles' einfach nicht an, färben die verlorenen Kolonien, benennen sie falsch ... aber sie werden darin großzügig unterstützt, und es ist System in diesem Unsinn.

„Mit dem in diesem Monat erschienenen Verzeichnis der deutschen Ortsnamen in Elsaß-Lothringen und im übrigen Frankreich beginnt die Veröffentlichung eines Werkes, an dem die praktische Abteilung der Deutschen Akademie schon seit längerer Zeit arbeitet. Geplant ist ein umfangreicher Sammelband, der die Verzeichnisse der einzelnen Länder enthält, doch sollen von den größeren geschlossenen deutschen Siedlungsgebieten auch Sonderhefte erscheinen, damit weite Kreise in der Lage sind, sich die Verzeichnisse der Gebiete anzuschaffen, die für sie von besonderem Interesse sind, und so der bisher herrschenden Verwirrung auf dem Gebiet der Ortsnamen abgeholfen werden kann. Das Verzeichnis von Elsaß-Lothringen enthält die bisher vollständigste Sammlung deutscher Ortsnamen in Frankreich nebst ihren französischen Bezeichnungen."

Wenn das die ‚praktische Abteilung' bearbeitet, kann man sich ungefähr vorstellen, womit sich die theoretischen Abteilungen dieser Deutschen Akademie befassen mögen. Hier wird also systematisch zur Annexion und zur Revanche aufgehetzt; denn was andres soll das heißen als: „Elsaß-Lothringen ist immer deutsch gewesen, ist heute noch deutsch und muß wiederum deutsch werden". Es gibt auch gar keine Verwirrung auf diesem Gebiet, das lügt die Akademie. Die tschechischen Orte haben tschechische Namen, die italienischen italienische, und die französischen französische. Diese politische Regelung ist nicht in allen Fällen gerecht – fangt bei euch zu Hause an, Ungerechtigkeiten auszumerzen, und laßt die Nachbarn in Frieden! Der Selige hat ja im Kriege Nowo-Georgiewsk umgetauft, ich weiß nicht mehr, ob er es nach seinem urseligen Großvater oder nach einem schwachsinnigen Vorfahr benannt hat, und daß damals Nancy Nanzig hieß, was nicht mit dem gleichnamigen Dancy zu verwechseln ist, dürfte noch in aller Erinnerung sein.

Man weise Atlanten und Konversationslexika, die die völkische Unwahrheit sagen, zurück.

[1928]

FAHRT INS GLÜCK

Ich ziehe meinen Rolls-Suiza aus dem Bootsschuppen, prüfe die Propeller und reite ab. Der Landweg führt durchs Holsteinische, vorbei an dem Dörfchen Lütjenburg, wo im Jahre 1601 Jakob Wasa mit Georg dem Heizbaren die berühmte Schlacht bei Lütjenburg schlug, in der ihm sechs Pferde unter dem Leib ... vorüber; Baumwipfel und kleine Kuppen grüßen – und da liegt Mütterchen Ostsee. Die Straße führt durch Hafkrug, Scharbeutz, Timmendorfer Strand.

Wir sind im Herbst, und Villen, Hotels und Kurhäuser stehen leer; nur hier und da ragt noch ein Strandkorb mit Wimpeln und einer Fahne; die Manikürfräulein sitzen gelangweilt vor den Frisiersalons in der Sonne und putzen sich selber die Nägel, um nicht aus der Übung zu kommen; Hunde lungern herum und schnüffeln in alten Zeitungen, lesen und heben ein Bein; die Ostsee ist eigentlich schon zugedeckt. Und je weiter ich komme, desto mehr blähe ich mich auf; ich nehme zusehends zu, vor Schadenfreude bekomme ich fast einen kleinen Bauch ... Was tat der Marquis de Sade? Er röstete kleine Mädchen und bestreute sie mit gestoßenem jungem Mann? Das ist gar nichts. Ich – ich genieße eine Sommerfrische, die ich nicht zu genießen brauche.

Meine wollüstige Phantasie bevölkert diese leeren Straßen und Häuser; es ist heiß, eng und staubig, alles ist besetzt, und die Wirte sind frech wie die Aasgeier, die nur noch aus Übermut fressen. „Ein einzelnes Zimmer geben wir nur an achtköpfige Familien ab –!" Die Ostsee liegt faul da, wie ein alter Tümpel; sie stinkt widerwillig vor sich hin, das gefangene Raubtier, und die Leute sagen: „Nein, wie erfrischend es hier aber ist –!" Eine Wolke von fataler Ausdünstung lagert über Scharbeutz, Timmendorfer Strand und Haffkrug; Teller rasseln, Hunde bellen, Kinder quäken, und ein Brei des Geredes ergießt sich über den Strand:

– „Geh doch ma rrüber, bei Rrröper – sach man, es wehr für uns!" – „Nu sehn Sie sich bloß mal Frau Lahmers an, wie sie heut wieder aussieht! Wie macht die Frau das bloß?" – „Kuck mal, ne Judsche!" – „Einen Umchain haben diese Goiten!" – „Wer mir an meinen Strandkorb rankommt und will die schwarzweißrote Flagge runterholen, den hau ich – na, das wär gelacht! Wir sind doch hier zur Erholung hier!" – „Hab ich nötig, Schwarz-Rot- Gold aufzuziehen? Wir sind doch zur Erholung hier ...!" – „Hat er dich für heute abend hinbestellt? Würd ich nicht gehen ... Elli, das kannst du nicht tun!

Oder du nimmst mich mit!" – „Das kommt ganz auf die Umstände an, gnäjjes Frollein!" – „Auf welche Umstände, Herr Assessor?" – „Nero! Nero! Komm mal her! Komm mal hierher! Komm mal hier mal her! Nero! Pfuit! Pfuiiiit! Kannst du nicht hören! Nero!" – „Mama, Lilly schmeißt mit Popeln!" – „Frau Doktor! Frau Doktoor! Sie haben Ihren Büstenhalter vergessen!" – „Schrei doch nicht so!" – „Na, meinste, man sieht das nicht, daß sie ein hat ...?" – „Mir ist die ganze Reise verleidet!" – „Meines Erachtens nach beruht die Rettung Deutschlands wesentlich auf den Kolonien. Also, meine Herren, England ..." – „Ein kleiner Kaffee zwei vierzig, ein Teelöffel achtzig, ein Glas Wasser fünfzig, eine Tasse dreißig, Kuchen haben Sie nicht gehabt, macht vierzig, zusammen ..." – „Donnerwetter, hat die Frau Formen –!" Und ich bin nicht dabei.

„Mir ist die ganze Reise verleidet –!" Mütter tosen, bei denen man sich aussuchen kann, ob sie zuwenig geliebt oder zuwenig geprügelt worden sind; die Zuckungen in Unordnung geratener Gebärmütter vergiften ganze Existenzen. Kinder heulen, Väter fluchen, die Hunde kneifen gleichfalls den Schwanz ein, und die Grundlage des Staates ist, woran kein Zweifel, die Familie.

Jetzt bin ich aufgepumpt wie ein Ballon, das Gas der Gemeinheit erfüllt meine kleinsten Poren – ah, nicht dabei sein müssen, wenn sich diese Menschheit zwecks Erholung zu scheußlichen Klumpen zusammenballt wie vereinbaren Sie das Herr Panter mit Ihrer sozialen Gesinnung da erholen sich diese armen Leute so gut sie das können und Sie halt die Schnauze es gibt Flammri, der zittert vor Ekel über sich selbst auf dem Teller, alles ersauft in derselben Sauce, abends knallt eine dolle Nummer von Sekt an den Tischen der Réühniong und fließt derselbe in Strömen aus Schmerz über den Schmachfrieden von Versailles ... weil sie sich am Morgen in die wehrlose Ostsee stippen, waschen sie sich nun überhaupt nicht mehr, wieso, wo wir doch morgens baden, Emmy, du bist ein Ferkel, es ist heiß, es ist staubig, es riecht nach Milch und kleinen Kindern und Pipi, es ist überhaupt so schön, wie es nur die Natur und der Bürger vereint zustande bringen – und ich bin nicht dabei.

Hochkragige Fememörder mit Holzfressen, in deren kalten Augen eine stets parate Grausamkeit glitzert; sich erholende Buchhalterinnen für sechs Mark fünfzig den Tag zuzüglich Getränke; sie tragen eine Liebenswürdigkeit im Herzen, die nur für einen ausreicht – dem Rest gegenüber sind sie sauer und so unfreundlich ...

Manchmal ist es schön, allein zu sein. Manchmal ist es schön, keinem Verein anzugehören. Manchmal ist es schön, vorbeizufahren.

Der Herbsttag ist blau, die hohen Bäume rauschen, und violett vor Schadenfreude passiere ich die sommerlichen Stätten der Lust, die nicht so groß sein kann wie meine, an ihr nicht teilnehmen zu müssen. Falscher Nietzsche; der Kollektivismus; der typische bürgerliche Intellektuelle; eine Frechheit; im Namen der Arbeitsgemeinschaft der Reichsverbände Deutscher Ostseebäder-Vereine; der Pariser Jude Peter Panter; eine Geschmakkklosigkeit, antisemitische Äußerungen zu bringen; wo erholen Sie sich denn, Herr? wir lebhaft bedauern müssen, diesem Artikel in unserm Blatt die Aufnahme zu verweigern, das Nähere siehe unter Inserate; Sie haben eben keine Kinder; wo liegt eigentlich Scharbeutz? wir waren dieses Jahr in Zinnowitz, Gottseidank judenrein; wir waren dieses Jahr in Westerland, also wirklich ein sehr elegantes Publikum – versteh ich einfach nicht, was er hat –

– der Herbsttag ist blau, die hohen Bäume rauschen, die Ostsee sächselt, und ich fahre selig durch die holsteinischen Wälder des Herbstes,

hindurch, vorbei, vorüber.

[1928]

ICH BIN EIN MÖRDER

„Ich, Ignaz Wrobel, liebe es, den Schaffner auf dem Omnibus zu betrügen, dann fahre ich umsonst. Ich bin jähzornig: ich habe schon zweimal meinen Bademantel zerrissen, um ihn zu strafen; Krawatten zerschnitten; ein Glas auf den Boden hingefeuert. Ich kann kein Blut sehen. Doch: ich kann Blut sehen, von Tieren. Ein merkwürdiges Gefühl – nicht angenehm; eigentlich doch angenehm, ich traue mich nicht, das zu sagen: doch angenehm. Ich habe häufig zwei Frauen geliebt, sie wußten nichts voneinander, aber ich wußte. Einmal habe ich nachts um ein Uhr eine merkwürdige Anwandlung gehabt: ich lag neben Conrad auf dem Sofa, wir sprachen von Frauen, da begann ich zu zittern, ich wollte ihn anrühren. Ich habe es nicht getan – ich hatte Angst vor der Lächerlichkeit, vor nichts anderm. Ich träume mitunter blutige Begebenheiten. Ich esse unregelmäßig – manchmal tagelang nichts – dann unmäßig.

Ich bin unsolide – ich habe nur Angst vor Krankheiten, sonst spräche ich mindestens alle paar Tage ein Mädchen auf der Straße an. Ich bin feige und tückisch: ich habe meinem Vetter Tinte in seinen neuen Hut gegossen, der Mutter ein Spitzentaschentuch zerrissen – nachher, mit dem harmlosesten Gesicht: ‚Keine Ahnung. Donnerwetter … ganz zerrissen! Das ist hin!' – Ich höre gern zu, wenn sich Menschen lieben. Auch, wenn sie sich schlagen. Ich lüge um der Lüge willen, mit Herzklopfen, ob es herauskommt. Meist kommt es nicht heraus. Ich kann ganz gut lügen. Ich hasse meinen Vater. Ich habe als Junge mit meinem Bruder zu tun gehabt und ihn hinterher furchtbar prügeln wollen, aber er war stärker. Ich lebe unregel… das sagte ich schon. Was ist das alles?"

„Nichts Besonderes. Sehen Sie sich um –: solchen kleinen oder großen Packen trägt jeder, jede, jeder mit sich herum … alle tragen ihn. Sie haben einen seelischen Buckel, dessen sie sich schämen. So nackt sich auch einer auszieht –: den zeigt er Ihnen nicht. Meist nicht einmal sich. Es ist nichts Besonderes."

„Es ist nichts Besonderes –? Ich habe nicht zu fürchten –?"

„Es ist nichts Besonderes. Sie haben nichts zu fürchten. Wenn Sie nicht –"

„–?"

„Wenn Sie nicht vor Gericht stehen. Wenn nicht irgendein schwerer Verdacht auf Sie fällt wegen einer Tat, die Sie bestreiten. Dann …"

„–?"

„Nun … dann wandeln sich diese Tatsachen, die Sie mir eben erzählt haben, in etwas andres. Dann sind es nicht mehr die Anomalien, die jeder Richter, jeder Staatsanwalt, jeder Geschworene, jeder Schöffe im Keim bei sich fühlen könnte, wenn er nur ehrlich sein wollte. Dann, Bauer, ist auf einmal alles ganz anders."

„Was … was ist dann –? Wenn es aber alle haben?"

„Im Salon des Gerichts gibt es dergleichen nicht. Da spielen sich alle ein Leben vor, das sie nicht haben; eine Moral, die sie nicht besitzen; eine Reinheit, deren kein Mensch fähig ist. Kinder in Sonntagsanzügen begreifen auf einmal nicht, wie es Schmutzflecke auf der Welt geben kann. Da sind diese kleinen Züge plötzlich etwas Neues –"

„Und was –?"

„Indizien, Herr Wrobel."

[1928]

NOVEMBER-UMSTURZ

Die deutsche Revolution hat im Jahre 1918 im Saale stattgefunden.

Das, was sich damals abgespielt hat, ist keine Revolution gewesen: keine geistige Vorbereitung war da, keine Führer standen sprungbereit im Dunkel; keine revolutionären Ziele sind vorhanden gewesen. Die Mutter dieser Revolution war die Sehnsucht der Soldaten, zu Weihnachten nach Hause zu kommen. Und Müdigkeit, Ekel und Müdigkeit.

Die Möglichkeiten, die trotzdem auf der Straße gelegen haben, sind von Ebert und den Seinen verraten worden. Fritz Ebert, den man nicht dadurch zu einer Persönlichkeit steigern kann, daß man ihn Friedrich nennt, ist solange gegen die Errichtung einer Republik gewesen, als er nicht merkte, daß hier ein Posten als Vorsitzender zu holen war; der Genosse Scheidemann è tutti quanti sind verhinderte Regierungsräte gewesen.

Weisen wir auf diesen Verrat an der eigenen Klasse hin, so wird uns ununterbrochen versichert, Ebert habe keine silbernen Löffel gestohlen. Wenn man so unbegabt ist, hat man ehrlich zu sein – das wäre ja noch schöner!

Es ist auch nicht richtig, daß damals nichts zu machen gewesen ist. Die SPD hat nicht *gewollt*, weil sie keinen Mut, keine Charakterstärke, keine Tradition mehr hatte – wer vier Jahre hindurch Kriegskredite bewilligen mußte, konnte das freilich nicht mehr haben.

Folgende Möglichkeiten sind damals ausgelassen worden:

Zerschlagung der Bundesstaaten;

Aufteilung des Großgrundbesitzes;

revolutionäre Sozialisierung der Industrie;

Personalreform der Verwaltung und der Justiz.

Eine republikanische Verfassung, die in jedem Satz den nächsten aufhebt, eine Revolution, die von wohlerworbenen Rechten des Beamten des alten Regimes spricht, sind wert, daß sie ausgelacht werden.

Die deutsche Revolution steht noch aus.

Bereiten wir sie gegen alle jene Parteien vor, die ein wirtschaftliches oder ideologisches Interesse haben, sie zu verhindern – die Gefährlicheren unter ihnen sind die, die so tun als ob –, und die unter alten Flaggen neue, aber verfaulte Ware verkaufen: überaltert, feige, verlogen und seelisch korrupt.

Gesetze fallen nicht vom Himmel. Erst wenn dem Deutschen die revolutionäre Idee über das Gesetz, über die Bestimmung und über seine eigene Wichtigkeit geht, werden wir einen 9. November erleben, der keinen Noske, keinen Ludendorff und keinen Otto Wels übrigläßt. Nieder mit den lebenden Leichnamen!

Es lebe die Revolution!

[1928]

WAS WÜRDEN SIE TUN; WENN SIE DIE MACHT HÄTTEN?

Für *wen* habe ich die Macht –?

Eine persönliche Diktatur gibt es nicht; sie ist ein Bürgertraum.

Hätte ich die Macht mit den kommunistischen Arbeitern und für sie, so scheinen mir dies die Hauptarbeiten einer solchen Regierung zu sein:

Sozialisierung der Bergwerke;
Sozialisierung der Schwerindustrie;
Aufteilung des Großgrundbesitzes;
Absetzung der Länderbürokratie;
radikale Personalreform in der Justizverwaltung;
Personalreform auf Schulen und Universitäten;
Abschaffung der Reichswehr;
Schaffung eines sittlichen Strafgesetzes an Stelle jenes in Vorbereitung befindlichen kulturfeindlichen Entwurfs;
Steuerliche Erfassung der Bauern.

Ich glaube, daß im Volk viele Kräfte schlummern, die heute von den Juristen und den uns regierenden Bürovorstehern abgetötet und in der Entwicklung gehemmt werden – mit diesen unverbrauchten Kräften ist auch dann viel zu erreichen, wenn sie ‚die Bestimmungen nicht kennen', was ihre Kraft ausmacht.

Die von mir genannten Ziele, die heute verlacht werden, weil sie die Wahrheiten von morgen sind, lassen sich nicht auf evolutionärem Wege erreichen – nötig wäre dazu die Revolution, deren Terminologie heute kompromittiert sein mag.

Ihre Idee ist unbesiegbar.

[1928]

„YOUSANA-WO-BI-RÄBIDÄBI-DÉ?"

Fremde Sprachen sind schön, wenn man sie nicht versteht.

Ich habe einmal den großen J.V. Jensen gefragt, wie er es denn gemacht habe, um Asien uns so nahe zu bringen wie zum Beispiel in den ‚*Exotischen Novellen*' – und ob er lange Chinesisch gelernt habe ... „Ich reise so gern in China", sagte Jensen, „weil da die Leute mit ihrer Sprache nicht stören! Ich verstehe kein Wort." Hat recht, der Mann.

Fremde Sprachen sind schön, wenn man sie nicht versteht. Ein Wirbel wilder Silben fliegt uns um den Kopf, und Gott allein, sowie der, der sie ausgesprochen hat, mögen im Augenblick wissen, was da los ist. Wie nervenberuhigend ist es, wenn man nicht weiß, was die Leute wollen! „Da möchte man weit kommen", hat der weiseste Mann dieses Jahrhunderts gesagt, „wenn man möcht zuhören, was der andere sagt!" Im fremden Land darf man zuhören, es kostet gar nichts – höflich geneigten Kopfes läßt man den Partner ausreden, wie selten ist das auf der Welt! Und wenn er sich ganz ausgegeben hat, dann sagst du, mit einer vagen Handbewegung: „Ich – leider – taubstumm und ... kein Wort von dem, was Sie da erzählen ...!" Das ist immer hübsch, es ist ausgezeichnet für die Gesundheit.

Das fängt an der Grenze an, wo der Zollmensch viele Sachen sagt, von denen wahrscheinlich die gute Hälfte aus Unannehmlichkeiten besteht – aber sie dringen nicht bis an unser Gehirn – sie gehen, wie die pariser Schauspielerin Maud Loti das einmal auf einer Probe zu ihrem Regisseur gesagt hat, zu einem Ohr hinein und zum – ja, ich glaube, zum andern Ohr wieder heraus ... Und wenn der Zollfritze nicht gerade Krach mit seiner Frau gehabt hat, besteht die Möglichkeit, daß er uns zufriedenläßt; das Idiotische ist ja doch stärker als alle Vernunft.

Nun ist das auf der ganzen Welt so, daß die Leute, wenn man sie nicht versteht, schön laut mit einem reden; sie glauben, durch ein Plus an vox humana die fehlenden Vokabelkenntnisse der andern Seite zu ersetzen … Und wenn du klug bist, läßt du ihn schreien.

Schön ist das, in einem fremden Land zu reisen, und auf fremdländisch grade „Bitte!“, „Danke!“ und „Einschreibepaket!“ sagen zu können – gewöhnlich ist unser einziges Wort eines, das wir auf der ganzen Reise nicht verwenden. Das mit dem Lexikon und den Sprachführern habe ich längst aufgegeben. Sagt man nämlich solch einen Satz den fremden Männern, so ist es, wie wenn die mit einer Nadel angepiekt seien – der fremde Sprachquell sprudelt nur so aus ihnen heraus, und das steht dann wieder im Sprachführer nicht drin … Aber wie schön, wenn man nichts versteht –!

Was mögen die Leute da alles sagen! Was können sie denn schon alles sagen?

Du hörst nicht, daß da zwei Männer sich eine sehr wichtige Sache wegen der Übernahme der Aktienmajorität des Streichholz-Trustes erzählen, und dann eine Wohnnungsschiebung, und dann einen unanständigen Witz (alt! alt!) – und dann Gutes über eine Frau, die sie beide nicht haben wollen, und dann Schlechtes über eine, die sie nicht bekommen konnten: das brauchst du alles nicht mitanzuhören. Der kleine Kellner auf dem Bahnhof ruft etwas aus, was wahrscheinlich nicht einmal die Einheimischen verstehen, und daß er mäßiges Obst verkaufen will, siehst du alleine. Sanfte Träumerei umspinnt dich – was mögen diese wirren, ineinandergekapselten, schnell herausgekollerten, halb herunterschluckten Laute nur alles bedeuten …! Andere Kehlköpfe müssen das sein – andere Nasen – andere Stimmbänder – es ist wie im Märchen und was du auf der Schule gelernt hast, hilft dir nicht, weil diese das offenbar nicht oder falsch gelernt haben; und ist es nicht schön, wie ein sanfter Trottel durch die Welt dahinzu …

„Na, erlauben Sie mal! Wenn ich auf Reisen bin, da will ich aber ganz genau wissen, was los ist; man muß als gebildeter Mensch doch wenigstens etwas verstehen!“ Es ist so verschieden im menschlichen Leben …

Im Irrgarten der Sprache herumzutaumeln … das ist nicht eben vom Übel. „Schööör scheeh Ssä Reeh!“ rufen die Franzosen; laß sie rufen. „Tuh hau wi paak“ gurgeln die Engländer; laß sie gurgeln. Und ich frage mich nur, was mögen wohl die Ausländer in Deutschland hören, mit ihren Ohren, wenn unsere Bahnhofsportiers, Schutzleute, Hotelmenschen ihnen etwas Deutsches sagen …?

Es ist ein kleines bißchen unheimlich, mit Menschen zu sprechen, ohne mit ihnen zu sprechen. Da merkt man erst, was für ein eminent pazifistisches Ding die Sprache ist; wenn sie nicht funktioniert, dann wacht im Menschen der Urkerl auf, der Wilde, der da unten schlummert; eine leise Angstwolke zieht vorüber, Furcht und dann ein Hauch von Haß: was ist das überhaupt für einer? Ein Fremder? Was will der hier? Und wenn er hier selbst was zu wollen hat: was kann ich an ihm verdienen? Und besonders auf den Straßen, vor den Leuten, die nicht gewerbsmäßig mit Fremden zu tun haben, fühlt man sich ein bißchen wie ein im Urwald auftauchender Wolf – huhu, Geheul unter den hohen Bäumen, der Wanderer faßt den Knüppel fester ... und nur wenns gut geht, fuchteln sie dann mit den Händen.

Sonst aber ist es hübsch, durch eine Welt zu wandeln, die uns nicht versteht, eine, die wir nicht verstehen – eine deren Laute nur in der Form von: „Yousana – wo bi – räbidäbi – dé –" an unser Ohr dringen ... Mißverständnisse sind nicht möglich, weil die gemeinsame Planke fehlt – – es ist eine saubere, grundehrliche Situation. Denn wie sprechen Menschen mit Menschen –?

Aneinander vorbei.

[1928]

GLÜCKLICHE DIPLOMATIE

Paris, im Dezember.

Der pariser ‚*Temps*' ist so groß wie der Stoff zu einem guten Abendkleid, und wenn man ihn vors Gesicht hält, so sieht man von der Welt nichts mehr, nur noch Gedrucktes ... Und auf der ersten Seite, gen Nordosten, gleich wenn Sie von der zweiten Spalte nach rechts abbiegen, steht folgendes:

Athen, den 10. Dezember.

Wie die Zeitungen melden, sind zwei Stenotypistinnen aus dem Büro des Ministerpräsidenten zu einem Attaché einer fremden Gesandtschaft in Beziehung getreten.

Das muß sofort nach Berlin ans ‚*Tempo*' telefoniert werden! Das ist mal eine Nachricht! Ob sie Extrablätter machen? Aber vielleicht wissen sie es schon, der athener Korrespondent hat es sicherlich schon gemeldet …

Zunächst bewegt den politischen Fachmann eine wichtige Frage: wieso zwei –? Der glückliche Attaché hat wohl geglaubt: doppelt hält besser, küßt besser und liebt besser. Wie mag das im einzelnen gewesen sein? Vielleicht so:

In der teppichgeschwollenen Wohnung des Diplomaten verbreiten bunte Stehlampen ein mildes Licht, bonbonrosa. Der Diplomatenschreibtisch schimmert matt, links liegen die Geheimakten, rechts die streng geheimen Akten. In der Mitte ein französischer Roman, den der Attaché ächzend durchackert, bis er an die unanständigen Stellen kommt – er ist schon auf Seite 143, die besseren Sachen sind aber noch nicht dran. Auf dem kleinen Sofatischchen liegen Marzipankringel, auf dem Sofa liegen, zu lieblichen Klumpen geballt, die beiden Mädchen, beide schwarz, mit lackroten Lippen, weshalb die eine von beiden in diplomatischen Kreisen den Spitznamen ‚das Lacktablett' bekommen hat; beide haben einen großen Schwips, den sie schwesterliche in zwei kleine Schwipse aufgeteilt haben. Auf einem Schränkchen spielt das Grammophon ‚*My heart stood still*', das Lieblingslied des Prinzen von Wales. Es ist heiß in dem Salon …

Der Attaché einer fremden Gesandtschaft liegt, lässig, wie er das in den Romanen gelesen hat, in einem Fauteuil und sieht besitzesfroh auf die beiden griechischen Kätzchen. Seine Augen glimmen wie bei einem Schurken von Edgar Wallace … Leise steht er auf, seine Pumps funkeln in dem bonbonrosa Licht, er setzt sich zu den Beschwipsten und streichtelt die eine und streichelt die andere … Der kleine Menschenknäuel atmet hastig, Gelächter und abwehrende Rufe – und da sagt der Attaché einer fremden Botschaft plötzlich mit verzehrend- heißer Stimme – –: „O Mädchen, o Mädchen, wie lieb ich euch?"

Nein. Er sagt, und seine Hand liebkost den Haaransatz im Nacken des einen Kätzchens: „Penelope, wie ist die Sache mit dem letzten Zusatz zum Finanzausgleichsgesetz vom Dezember 1927 –?"

Und während die tiefschwarze Julia an den Ringen des Attachés dreht und dreht, bis ihm die Finger schmerzen, flüstert Penelope wie ein süßes Liebesgeheimnis im besten athener Dialekt:

„§ 184. Werden im Anwendungsfall des § 103 die Positionen des Gesetzes vom 26. Februar 1904 von der Marinebehörde überschritten, so treten die Verordnungen XVII und CXI in Kraft, wonach die Paragraphen 765 und 450."

– „My heart stood still ..." zirpt das Grammophon; der Attaché notiert im Kopf die Sätze, kuschelt sich an alle beide, schließlich sind sie gar nicht mehr voneinander zu unterscheiden, und wenn jetzt der Außenminister des Attachés ins Zimmer käme und entsetzt fragte: „Herr Attaché! Was machen Sie da –?" so könnte der mit dem besten Gewissen der Welt sagen: „Herr Minister! ich denke scharf an den Dienst!"

Der ‚*Temps*' raschelt zu Boden. Wie soll ich das nach Berlin telefonieren? Glücklicher Attaché! Glückliche Diplomatie!

[1928]

IM KOMMENDEN JAHR

werden die deutschen Militärs und die deutschen Wehrverbände weiter rüsten, und die deutschen Außenpolitiker werden es ableugnen.

Im kommenden Jahr werden sich die deutschen Richter einbilden, ein bestandenes Assessorexamen berechtige sie, den lieben Gott zu spielen und zu ‚strafen'; insbesondere in den kleinen unkontrollierten Provinzgerichten werden die Proletarier auf den Anklagebänken nichts zu lachen haben.

Im kommenden Jahr werden die Gefangenen in den Zuchthäusern, Gefängnissen und Arrestlokalen sinnlos leiden: unter Sexualnot, unter schlecht bezahlten Aufsehern und unter der ‚Hausordnung' der Direktoren.

Im kommenden Jahr werden die Börsen mit Wertpapieren handeln, ohne daß sich auch nur einer der Spieler darüber Gedanken macht, womit er eigentlich spielt: mit der Arbeitskraft von Proletariern, die mit sechzig Jahren wenigstens wissen, wofür sie das ganze Leben hindurch geschuftet haben: für eine Tuberkulose.

Im kommenden Jahr wird die Allmacht des amoralischen Staats noch höher hinaus wollen als im vergangenen.

Ich erwarte also vom kommenden Jahr nichts Besonderes.

[1929]

EIN BETRUNKENER IN DER WILHELMSTRASSE

– „Prost Neuahr! Prost Neuahr! … ze frieh. Da, wo meine Armbanduhr wah, is jetzt ’ne Beule – aber is ze frieh. … ’ck wer doch woll hier noch langjehn kenn! Hö. Ick als Republikaner kann mir besaufen, wo ick will. Wie hat Adolf imma jesacht? „Det kann ick! Dafor bin ick Mutta!“ – Iebahaupt – mein Mann is Waschfrau, un ick bin Soldat. Da kommt ’n Mann. Wat is det fiern Mann –? Tach, Mann.

Der antwort nischt. Prost Neuahr! Ick wer ma nehm’nher jehn. Kann a ma nich vabietn, der. Den sein Jesicht kommt mir so bekannt vor … den muß ick doch schon mah … der sieht aus … det ist doch – Justav –!

Prost Neuahr, Justav! Nischt. Ick wem mah bejleiten, det ihn nischt zustoßt, den hohen Herrn. Dürf ick Ihnen eine Ssijarre anbietn, Herr Eckselentz? Der sacht nischt. Ick ha auch jakeene Ssijarre – aba valleicht jibt er mir eene. Nee. Wenn et Sie nich steert – Prost Neuahr! Prost Neuahr! – wenn et Sie nich steert, denn kenn wir ja ‘n bißchen üba Polletik redn, wa –? Ja, wat ick sahrn wollte:

Justav, du mußt nich mit die Fauste. Erschtens hast du jahkeene. Du hast sone kleene, dicke, mollige Hand – is ja janz scheen – aba: ball se nich, Justav. Jeballt is et nischt. Du bistn Koofmann – die annern sind et ooch – ick wer da sahrn: Ihr mißt nich imma so dhun, als ob ihr – ihr seid et ja jahnich! Prost Neuahr! Is noch nich so weit! Ihr jeht vor, da driehm! Seh mah – wat die Engländer sind, det sinn ruhige Leute, die ham schon viel in ihm Lehm jekloppt – aba uffn Tisch – nee, det kenn die nich. Na, und bei die Franzosen kommste da jahnich mit durch! Justav, wenn de Briang hättst in Mahrn kucken kenn, weeßte, wat der sich jedacht hat, wie du bist rot anjelaufen –? Er hat jedacht: I, sieh mal an, hat er jedacht, nu kommt der ooch schon! Det ham doch frieha bloß die Jenerale jemacht! Und denn hat a ’ne Ssijarette jeroocht, und wat du jesacht hast, det is in Rauch aufjejangn … Prost Neuahr!

Ja, nu ham die alle jeschriehm, det du hast einen forzüchlichen Eindruck jemacht. Ick wer da sahrn – Eindruck haste jemacht – weißte auf wen –?

Auf die Deutschen, Justav. All son Zimt macht imma bloß Eindruck bei uns ze Hause, un denn denken nachher die Leite, da denken die denn: Die Welt is bewecht worn. Justav, hör zu: Erschtens sind die Zeitungen nich die Welt, und die deutschen schon jahnich, un ick wer da sahrn: Du mußt nich imma na hintn kuckn, ob se da Beifall brülln oder dir den Stuhl untern Jesicht wechziehn – du mußt na vorne kucken! Denn seh mah:

Du sosst ja nich die Deutschen übazeujn – du sosst die annern überzeujn. Det deine eijenen Leite Bravo schrein, det wissen wir. Aba du mußt machen, det die annern Bravo schrein – un det is nemlich schwerer, werk dir mah sahrn … ville schwerer is det! Aba det harn se bei uns nich raues. Die treten imma vor ihm eijenen Lokalanzeijer auf, und den Jejner ham se inzwischen vajessn. Du hast se ja nich schlecht jejehm – se harn sich bloß nischt davon jenomm. Prost Neuahr! Mensch, du mußt die Belange nich so hochhalten – man sieht se auch so – Das janze Vataland – aps – wenn et dir recht is, denn jehn wa da mal hinter die Säule da austreten … Wißte nich? Na – denn missn wa det vatahrn … Ja, wat hast du bloß mit die Polen –?

Justav, wahn se valleicht nett zu die Pollacken jewesen, untern Kaiser? Von wejen – – Jeschundn harn se se und auf se rumjekloppt, und schtatt daß ihr jesacht hapt: Nu fängt sich hier mal wat Neues an, da habt ihr munter weiterjemacht. Nu wundert ihr euch! Seh mah, in Warschau … Justav, ick muß mah janz schnell ehm – ick heer ein Brünnlein rauschern – Ick komme jleich nach … lauf nich wech! Dunner – jetzt muß ick mir im Laufen zukneppen, ick bin doch nich Nurmi – da bin ick wieda.

Wat ick sahrn wollte: Es is reine, als ob die Polen wern für eich der neue Erbfeind. Kaum, daß eena sacht: Poln – denn fangen se schon alle an zu schrein, un die Reichswehr sieht man ehm schnell nach die Kanon – da fiehlt ihr eich, wa? Wißte se herrliche Zeiten entjejenfiehrn, ja? Do, ssiss komisch: int Jeschefte un in Amt un ze Hause, da ham se nich viel zu melln – aba wenn so eena so recht kräftige Wochte finnt, denn jlaum se alle, se sinn Bismarck perseenlich. Ick wah neulich dabei, wie mein Schwahra, der is Zwischenmeister bei Lewin un Rosenthal, un da hat der seine Mantels abgeliefert, un da hat der olle Lewin deine Rede vorjelesen, in Bühro, mitn Kneifer uff de Neese, un denn hat a jesacht: ‚Et wücht wieda mit Deutschland!' hat er jesacht. Haps. Da hab ick jesacht: Jewiß doch, Herr Lewin – es is ja schon mal jeworn! Da harn se ma rausjeschmissn. Prost Neuahr! Prost Neuahr! Heer bloß mah, wie die brilln! Die Leite ham keene Bildung nich! Mensch, Justav, wat ham dir die Poln jetan? Wejn den Korrigidor –? Justav, mach mir donischt vor – hier, uff de Willemstraße kann icks dir ja sahrn:

Wer denkt denn schon an den dämlichen Korridor, wenn ihr nich imma mecht son Jeschrei davon machn? Natierlich is a vakehrt – weil janz Europa vakehrt is! Aba meinste, det wird bessa, wenn ihr nehmt den Pollackn den Korridor wieda wech? Denn jeht doch aliens wieda von vorne los; det janze Mallöhr und det Jeschrei un ‚Zujang zum Meere' – du wirst es sehn – und ick weeß jahnich, was du hast; Flaschenbier vajeht, aba Schönheit be –

Jahnich hack den Herrn belesticht! In keine Weise! Prost Neuahr, Herr Wachtmeesta! Frahrn Sie doch den Herrn, Herr Wachtmeesta, ob ick ihm … Wissen Sie denn überhaupt, wer das is –? Na, das is ja unahört! Justav! Sach selba! Justav! Herr Minista! Herr Staatsminista! Eia Ecksselentz! – – Wat sacht der –?

Er is et jahnich –?

Bumm – jetzt hack meine janze Weisheit ann Falschen vazappt! Da jeht er hin. Aba mächtich ähnlich sieht an. Sie! Von wejn Minister: Sie, Männecken! Verraten Se nich, wat ick Ihn jesacht habe – det sin Staatsjeheimnisse sind det! Staats – schupsen Se ma do nich, Herr Wachtmeesta – –Staats – Staats … Prost Neuahr! Wo is meine Papiermitze? Herr Wachtmeesta, ohne Papiermitze is keen Neujahr – wa? Ick bin aus Bealin; wenn ick mir ma amuhsiere, denn muß man det heern, sost amuhsierck ma nich! Staatsjeheimnisse sind det – Besoffen? Wer is hier besoffen? Mir is bloß 'n bisken komisch – ich muß irjendwat jejessen ham –!

Prost Neuahr –! Prost Neu – Wat is –? Zu spät –? Nu is wieda zu spät. Herr Wachtmeesta, wir sinn inne Willemstraße: Da komm se imma entweder ze frieh oda zu spät! Prost Neuahr –! Fröhliche Finxten! Auf Wiedersehn –!"

[1929]

EINFAHRT

Erst tauchten auf dem grüngrauen Land ein paar Baracken auf, dann Häuschen, dann Häuser, da steht die erste Fabrik. Ein Holzlager. Grau ist die Natur – immer sieht die Grenze zwischen der Stadt und dem flachen Land aus wie ein Müll- und Schuttplatz. Da ist eine Vorortbahn, viele Schornsteine; die erste Elektrische. Noch rollt der Zug glatt und mit unverminderter Geschwindigkeit; Straßenzüge begleiten uns, noch mit Bäumen besetzt, dann bleiben die Bäume zurück; Reklametafeln, Wagen, Menschen, nun fährt der

Zug langsamer und langsamer, nun rollt er im Schritt. Da – das sind die hohen Steinmauern der Einfahrt.

Schwarzgespült vom Rauch sind sie, ruhig und trübe; hier schlagen die Wellen der Fremde an das heimische Gestade … Heimisch? Für wen? Wir sind Fremde. Wir kommen in die fremde Stadt.

Die ahnt nichts von denen, die hier ankommen. Heute kommen an: achtundvierzig Leute, die nur ihr Geld ausgeben wollen – (zum Hotelportier: „Sagen Sie mal, wo kann man denn hier mal –?"); zweiunddreißig Reisende in Tuch, Eisenwaren und Glasstöpseln; ein Kranker, der einen Arzt konsultieren will; achtundsechzig Menschen, die in ihre Stadt zurückkommen, die zählen nicht; und Fremde, Fremde, Fremde: herangewanderte, arme Teufel, die ein Glück versuchen wollen, das sie noch nie gehabt haben – der berühmte junge Mann, der „mit nichts hier angekommen ist, und heute ist er …" Fremde, Fremde.

Unberührt von ihnen liegt die Stadt. Haus an Haus schleicht vorbei – wir sehen in die Kehrseiten der Häuser, wo schmutzige Wäsche hängt und rußige Kinder schreien, wo Achsen auf den Höfen ächzen und Küchen klappern – die Stadt zeigt uns Fremden ein fremdes Gesicht. Innen sieht sie ganz anders aus.

Es gibt an einer bestimmten Stelle Schreibmaschinen billiger; morgens um halb elf müssen alle Leute, die zur feinen Gesellschaft gehören wollen, in einer bekannten Allee ihr Auto einen Augenblick halten lassen; Mittag ißt man gut bei …, ja, das wissen wir nicht; Schuhe kauft man vorteilhaft … in welcher Straße? – im … –Theater ist eine herrliche Premiere mit einem wundervollen Krach zwischen dem Direktor und der Geliebten des Geldgebers. Ihre eigne Sprache hat die Stadt: statt ‚Geld' sagt man hier … ja, das wissen wir nicht; um den Witz in der Zeitung zu verstehen, die sich der ganze Zug eine Station vorher gekauft hat, muß man wissen, daß es sich um Frau H. handelte, die mit einer Mörderin zusammen eingesperrt sowie homosexuell ist; auf dem Witzbild erkundigt sie sich nach ihrer Zellengenossin: „Ist sie blond –?" fragt sie den Schließer – das verstehn wir alles nicht. Wir wissen gar nichts. Für uns ist das eine fremde Stadt.

Und wir werden ihr einen Teil unsres Lebens geben; wir werden uns einleben, die Stadt wird sich in uns einleben, und nach zwei Jahren gehören wir einander, ein bißchen. Wir sagen nicht mehr ‚gnädige Frau' zur Stadt – wir sagen dann einfach ‚Sie'. Wir wissen schon, wo man vorteilhaft Regenschirme kaufen kann, und das mit der schicken Allee, und wo man gut und billig zu Mittag ißt, das alles können wir den neuen Fremden, die nach uns kommen, schon ganz leichthin sagen, als seien wir damit aufgewachsen, und als sei das gar nichts. Aber: du ... du sagen wir noch nicht zur Stadt.

Das sagen nur die, die hier groß geworden sind. Die, die ihre ersten Worte in ihren Gassen, in ihren Kinderliedern und auf ihren Rasen gestammelt haben; die ein bestimmtes Viertel der Stadt auf ewig mit einer bestimmten Vorstellung verbinden, denn dort haben sie zum erstenmal geküßt, die in den vorweihnachtlichen Tagen im Omnibus in die Hände gepatscht und sich die Nase an den Scheiben platt gedrückt haben. „Guck mal, Papa! Mama! Sieh mal, da –!" und denen dort im Omnibus die Welt erklärt worden ist ... die sagen du zur Stadt.

Die kümmert sich nicht um die Fremden, die täglich heranbrausen. Sie führt ihr Leben ... wer will, darfs mitleben. Sie formt die Fremden langsam um, und wenn die Fremden Geduld haben, dann sind sie es nach zwanzig Jahren nicht mehr. Nicht mehr so ganz. Nur tief, im fremden Herzen, sind sie es noch: da frieren sie, die Fremden.

Da hält der Zug. Und alle steigen aus; sie suchen, die Wurzellosen, eine Heimat in der Heimat der Stadt, die schon eine Heimat ist: für die andern. In wieviel Städte werden wir noch einfahren –?

[1929]

KÖPFE

Daß in Deutschland gearbeitet wird, steht fest. Noch fester, daß stets daran gearbeitet wird, dieser Arbeit auch die nötige Beachtung zu sichern – „aus betriebstechnischen Gründen" entlädt sich diese Eitelkeit in Denkschriften, Geschichten, Erinnerungsheften und einem recht unbescheidnen Getue um eine Sache, die, dächten wir, dem Deutschen doch selbstverständlich sein sollte.

Prüft man solche historischen Abrisse der Geschäftsunternehmen, so findet man darin gewöhnlich die Porträts der Inhaber, ab 1684 bis auf den heutigen Tag. Und dabei fällt etwas auf. Betrachten wir die drei letzten Generationen; die Herren sind brav und sauber fotografiert: nur so ist ja eine Vergleichung möglich, denn Zeichnungen können noch mehr abirren; Fotos sind halbwegs zuverlässige Reportage. Wie sehen diese drei Generationen aus –? August Friedrich Wilhelm Schulze (1821-1889). Ein bebarteter, alter, bescheidener Mann, mit Brille und schütterm weißen Haar; Arbeit und Alter haben ihn leicht geduckt, aus seinen Augen blickt alles mögliche, verglommene Herrschsucht, Traurigkeit, ein langes Leben – ein Mensch, mit dem man sprechen kann. In pace. Hans Erich Schulze (1854-1915). Blanke Augen und der mächtige Schädel eines tatkräftigen Mannes; in diesen Augen ist vielerlei: ererbte Familienzüge, List, sicherlich Güte. Für den ist der deutsche Humanismus nicht umsonst gewesen – er hat eine Beziehung zu dem Besten gehabt, was Deutschland zu geben hatte. Aber schon nicht mehr so wie der Alte, sein Vater. In pace.

Dr. jur. Ernst Emil Schulze (geb. 1885). Donnerwetter!

Ein glatt rasierter Schweineschädel: zwei kleine Knopfaugen; ein erbarmungsloser Kragen; ein Zahnbürstenschnurrbart ... und um die Wein-Unterlippe jener Zug von Kälte und Korrektheit, der die Hülle aller neudeutschen Herzlosigkeit ist. In pace? In bello. „Und der Hermundure flüstert beklommen: Gott, ist die Gegend runtergekommen ..."

Die gute alte Zeit hats nie gegeben. Die schlechte neue? Allemal. So, wie der alte Jahrgang der deutschen Strafrichter immer noch angeht, weil es doch oft noch einen winzigen Weg zum Herzen dieser Männer gibt und vor allem, weil sie eines haben, jedoch die Brutalität der neuen Jahrgänge unerträglich ist: so ist auch der Typus der deutschen Kaufleute des neunzehnten Jahrhunderts, das vielfach aus Neusilber gewesen ist, eitel Gold gegen das Nickel dieser Tage. Wie das blitzt! Wie hart das funkelt! Und wie gelb das einmal werden wird ...!

Gesichter, die in die Hose gehören. Aber wir zeigen sie der Welt – mit einem herausfordernden Ausruf aus dem Götz, und wundern uns, daß alle, alle dagegen sind.

[1929]

EINE LEERE ZEILE

Sobald sie ihn herausgeholt haben, ist das erste, was der Wärter tut: er öffnet das Fenster. In Gefängniszellen mufft es immer – aber die Luft in dieser Zelle ist besonders übel. Sauer ist die Luft, Schweiß der Todesangst haftet an den Wänden, und die letzten Gebete, Wünsche, vagen Bilder entfliehen durch das kleine vergitterte Fenster, während draußen die Armsünderglocke bimmelt. Die Tür bleibt offen – man kann vom Gang aus hineinsehen.

Es ist nicht viel im Raum: der Stuhl, das Bett, noch mit dem Abdruck eines Körpers, der nicht mehr zurückkehren wird; der Tisch, an dem er einen letzten Brief hat schreiben dürfen; die Wasserkanne, aus der er – wozu noch? – getrunken hat; der Kübel, in den sich die letzte Angst entleerte. Nun ist er nicht mehr da.

Alles steht still im Raum – Fenster und Tür sind offen, aber es wird nicht besser, zäh klebt es an den Wänden, geronnen steht die Luft. Es wird einem so eng, wenn man hier drinnen ist. Er hat noch Mensch gespielt, der da – hat geatmet, als ob das noch zu etwas nütze gewesen wäre, er hat geweint, hat sich ganz in sich selbst zusammengezogen, in dieser Minute hätte er kein Kind zeugen können, denn alle Drüsen waren in äußerster Alarmbereitschaft, zur Abwehr gekrampft, wie mit Alaun injiziert. Bitter rann die Todesangst aus den Poren.

Ja, er hat das verdient, wie –? Er hat mein Kind zerfetzt, es war so ein süßes, blondes Kind, es sah genau aus wie sie, hatte ihre runde Nase, wir hatten uns darauf gefreut, einen Jungen zu haben, und nun war es ein Junge geworden, und das Schwein ist darüber hergefallen … im Stadtpark, wo sich der Kleine in den Gebüschen verlaufen hatte. Ich mag gar nicht sagen, was er mit dem Kind – Hund! Du Hund verfluchter! Recht ist dir geschehen, recht … man müßte dir den –

Jus ist dir geschehn. Ist mein Kind lebendig –? Sind die Schmerzen der Mutter verweht? Sie wird ein andres Kind gebären – aber nicht dieses. Vielleicht einen Knaben – aber nicht diesen. Wenn sie sich über die neue Wiege beugt, wird sie weinen. Was ist denn geschehen?

Sie haben mich nicht einmal gerächt. Meinen niedrigsten Instinkt zu befriedigen und sinnlos zu befriedigen … mir vielleicht noch einen Parkettplatz anzubieten, wenn er seinen Kopf in den Sack spuckt – was soll das? Ich mag es gar nicht sehen. Es ist etwas Unwiderrufliches durch ihn geschehen; ein

Teil meiner selbst ist dahin – und nichts ist dadurch erreicht, als daß ein neuer Mord vollbracht wurde, mit allen Schrecken des ersten. Sichern? Ja. Uns Eltern sichern, daß nicht wieder ein kleiner Junge so gefunden wird wie … Du Hund! Nein: Du Stückwerk Gottes.

Nun ist die Zelle leer, der Todesschweiß ist kaum zu spüren, die Kanne ist geleert, an die er seine Lippen gehalten hat, das Bett ist gemacht, der Kübel gesäubert. Die Zelle wartet. Auf den nächsten.

[1929]

DIE LIEBEN KINDER

„Moi, je sius le fils à papa!
le fils à papa!
le fils à papa!"

Wie wir hören, hat sich Benvenuto Hauptmann mit Klaus Mann verlobt. Die Hochzeit wird, wie üblich, auf Hiddensee stattfinden.

Pamela Wedekind, Erika Mann und Mops Sternheim treten am nächsten Dienstag in einer ‚Revue zu vieren' auf. Die Herren Eltern sind aus Österreich, München und Rührung nach Berlin geeilt.

Wie wir hören, hat Klaus Mann einen Roman in zwei Bänden sowie einen Reiseaphorismus begonnen. Die Veröffentlichung des Romans ist Ende des Jahres zu befürchten.

Erika Mann ist in Berlin zu ihrer Heirat, Scheidung, Wiederverheiratung und Beerdigung eingetroffen. Die junge Künstlerin wird in dem interessanten Experiment des Herrn Hilpert den Falstaff spielen.

Wie wir hören, haben sich Klaus Wedekind, Pamela Mann und Benvenuto Sternheim zusammengetan, um den ‚Siebzigsten Geburtstag' von Voß zu bearbeiten und ihn, gegebenenfalls, in Hiddensee vorzutanzen.

Benvenuto Hauptmann hat sich von Klaus Mann wieder scheiden lassen, weil ihm die normalen Neigungen seiner Frau Braut vor der Heirat nicht bekannt gewesen sind.

Carlhans Sternheim sowie das Geschwisterpaar Klaus Mann und Pamela Wedekind haben mit ihrer Schwippschwägerin Erika Mann eine Reise um die Welt angetreten, um von Rabindranath Tagore endgültig ihre verwickelten Familienverhältnisse ordnen zu lassen.

General Nobile hat sich auf der Terrasse eines Cafés in Rom, als eine Portion Eis vorübergetragen wurde, erkältet. Wie wir hören, sind Pamela Wedekind, Klausa Mann und Benvenuto Hauptmann an sein Totenbett geeilt.

Nachtrag zu unsrer Meldung: Auch Erika Mann ist an das Totenbett geeilt. General Nobile befindet sich auf dem Wege der Besserung; Pamela Wedekind auf dem Wege zum nächsten Telegrafenamt.

Klaus Mann hat sich bei Verabfassung seiner hundertsten Reklamenotiz den rechten Arm verstaucht und ist daher für die nächsten Wochen am Reden verhindert.

Die lieben Kinder haben Siegfried Wagner zu ihrem Ehrenvorsitzenden gewählt. Der Gefeierte hob in seinem Dankwort hervor, daß die Tragik im Leben August von Goethes in ihm selbst lag sowie in der Unvollkommenheit des damaligen Zustandes der deutschen Presse.

[1929]

KORRESPONDENTEN REISEN

Da schicken nun die großen Zeitungen ihre Korrespondenten auf die Riese, und die sollen nach Hause berichten, wie es in Madagaskar, Island, Sibirien und Trans-Ozeanien aussieht. Wie machen sie das –?

Mir ist aufgefallen, daß sie uns mitnichten schreiben, wie es in den Ländern aussieht, die schon so fern sind, daß sie schon wieder gleichgültig sind, sondern sie schildern uns gar nicht das Land –: sie schildern uns bis zur Erschlaffung ihre Reisen und die Schwierigkeit dieses Reisens.

„Mein Kameltreiber hatte fünfzig Pfund ...“ – „Als wir in den Zug stiegen, erwarteten wir, daß er nun abginge – er ging aber noch lange nicht ab, sondern ...“ – „Die Zugverbindung nach Iskapara ist zur Zeit auf ein kleines Bähnchen angewiesen, das ...“ – „Alle Hotels besetzt. Was nun?“

Nun vor allem mal nach Hause fahren und Unterricht nehmen, wie man eigentlich Reisebeschreibungen macht. Das ist ja Zimt.

Es gibt zwei Möglichkeiten:

Die eine bessre ist die, sich einen Mann zu engagieren, der in dem fremden Lande wohnt und es wirklich kennt. Es ist nämlich viel wichtiger, was so einer sagt, der nur jung genug sein oder geblieben sein muß, um nicht alles selbstverständlich zu fnden, was ihn da umgibt, und alt genug, um die Bedürfnisse des deutschen Publikums zu kennen; so einer kann, wenn die Zeitung und wir Glück haben, das Land wirklich von innen beschreiben.

Die andre Möglichkeit ist die, einen Künstler wie Arthur Holitscher, oder einen fixen und gewandten Journalisten auf Reisen zu schicken, der im Wirbelwind das fremde Land sieht, sich nicht im Wege steht und kleine Momentbilder entwickelt – das kann, wenn der Mann gut ist und gut schreibt, sehr lustig und manchmal auch aufschlußreich sein: es kommt vor, daß der Fremde tiefer sieht als der durch Gewohnheit Abgestumpfte.

Aber die Kursbuchplackerein sind die Druckerschwärze und unsre Zeit nicht wert. Als ob das heute noch etwas bedeute, um die Welt zu fahren! Das kann jeder Hammel. So einer bringt doch nur seine Koffer wieder nach Hause, die mit neunzig neuen Zetteln vollgepappt sind, und darauf ist er auch noch stolz – aber wir wollen diese Zettel gar nicht lesen. Und wollen auch nicht wissen, daß es in Smyrna üblich ist, dreißig Prozent Trinkgeld zu geben, und daß in San Francisco im Hotel morgens Whisky zum Kaffee serviert wird (in hohlen Bibeln), und daß man in Frankreich nicht mit jedem Zug beliebig weit fahren kann ... dazu schicke ich euch für mein teures Geld auf Reisen?

Um die *‚Deutsche Allgemeine Zeitung* zu lesen, muß ich mir die Haare schneiden lassen; um die *‚Elegante Welt‘* zu lesen, gehe ich zum Zahnarzt, und wegen des *‚Berliner Lokalanzeigers‘* in die kleinen Häuschen. Da wird man doch wohl als langer Abonnent verlangen können, daß die Herren Reisekorrespondenten ... wie –?

[1929]

DIE GELDSTRAFE

Die deutschen vorläufig unabsetzbaren Richter werden zu hoch bezahlt; die Gehälter für Richter in Deutschland sind zu niedrig. Aber es dürfte nicht unangebracht sein, sich einmal zu überlegen, was diese Richter, die ein durchschnittliches Jahreseinkommen von acht- bis elftausend Mark haben, so für Geldstrafen verhängen.

Tausend Mark – zweitausend Mark – achthundert Mark – und das meist ohne die leiseste Prüfung, was der Verdonnerte eigentlich verdient. Die Herren haben, seit der Inflation, den Maßstab für den Wert der Strafgelder völlig verloren – sie verknacken drauf los, ohne sich auch nur im leisesten zu überlegen, was sie damit anrichten, auf diese Weise die verhängten Geldstrafen den Freiheitsstrafen auf das angenehmste annähernd.

Daß Leute, die ein Monatsgehalt von hundertundfünfundzwanzig Mark haben, zu zweihundert, zu dreihundert Mark Geldstrafe verurteilt werden, ist nichts Seltenes; die amüsante Wahl zwischen Haft und: „Richter – zahlen!" läßt ja den Objekten der Justiz immer noch die Möglichkeit offen, die Geldstrafe durch die Tätigkeit jenes Körperteils zu ersetzen, der der Themis wirklich würdig ist.

Es wäre aber nicht ganz abwegig, wenn die Justizminister sich einmal die Urteile, die über Geldstrafen ergehen, vorlegen ließen und ihre Beamten darauf aufmerksam machten, daß für die überragende Majorität der arbeitenden Massen hundert Mark etwa vierzehn Tage Arbeit bedeuten und daß kleinere Delikte, die nicht in der reinigenden Atmosphäre der Strafanstalten abgebüßt werden, nicht dazu da sind, die Finanzen der Angeklagten völlig durcheinander zu bringen.

Mit der Verhängung von Geldstrafen wird heute ein sträflicher Unfug getrieben, weil sich kaum einer der Richter überlegt, wie ihn selber solche Geldbuße treffen würde. Wofür werden diese Geldstrafen entrichtet? Für die juristische Belehrung, die der Angeklagte empfangen hat? Für die Erlaubnis, mit beamteten Juristen in Berührung getreten zu sein? Für die Strafverfahren? Dann normiere man die Geldstrafen und setze einen Einheitspreis fest: Eine Mark fünfundneunzig, mit Rabatt.

Meinen es die Richter aber mit der Verhängung der Geldstrafe so ernst wie mit ihren Diskussionen über das eigene Gehalt, dann mögen sie sie in sozialer Weise verhängen und nicht so lotteriemäßig und unüberlegt, wie es heute geschieht.

[1929]

ANONYME BRIEFE

Lieber Rudolf Leonhard!
Ich habe keinen schlechten Schreck bekommen, als das dicke Paket angekommen ist: ein Stück! ich soll ein Stück lesen –! Wenn Sie wüßten, wie das ist ... aber Sie wissen es, denn Sie sind jahrelang Lektor im Verlag der Schmiede gewesen, die Ihre Arbeit nie verdient hat. Die Beschwerlichkeit, zweihundert Schreibmaschinenseiten zu durchackern; die Langeweile; die Schwierigkeit, ein Land fremder Phantasie mit eignen Gedanken zu bevölkern – denn dies allein ist: lesen; die etwas resignierte Geste, mit der man das Ganze zuklappt – und dann der saugende Blick des Autors: wie hat es dir gefallen? wie ist es mit mir? bin ich nicht ein begabtes Kind? die fade Lüge, die man dann sagen muß ... es ist nicht sehr heiter.

Sie haben ein ausgezeichnetes Theaterstück geschrieben, Rudolf Leonhard.

Es heißt ‚*Anonmye Briefe*' – und es zeigt, wie eine ganze Stadt unter den Hagelschauer jener kleinen gefalteten Zettel gerät, die, sobald sie der Postbote ins Haus bringt, keine Zettel mehr sind – sondern Briefe. Wie Firmen durch sie ins Wanken geraten; wie Bettgeheimnisse öffentlich werden, den Voyeurs einen kräftigen Sexualschauer nach dem andern über den Rücken jagend und Neid, Neid; wie sich die Spitzen der Gesellschaft weidwund in die Löcher des Privatlebens verkriechen, und wie sich nun endlich – als Krönung des Ganzen – das Gericht mit breitem Hintern auf den Unflat setzt. Der Verteidiger will Karriere machen, der Vorsitzende ersauft im Wust der §§, der Staatsanwalt donnert, die Polizei macht sich mausig – und richtig, ein Angeklagter ist auch noch da. Aber der wird so nebenbei freigesprochen, nachdem sich der Witz der Juristen an ihm geübt hat – und wenn er sich nachher umbringt, so ist dies allenfalls eine Aktennotiz und nicht einmal das. Ein Selbstmord? Z.d.A.

Sie zeigen uns den Schreiber dieser Briefe nicht – wir hören ihn nur; in drei wundervollen, filmischen Szenen hören wir seine Stimme und sehen nur einmal den Schatten seines Kopfes und sehen seine schreibende Hand.

Man wird Ihr Stück mit den *,Verbrechen'* vergleichen – aber ich halte es für bedeutend besser; Sie werden vielleicht in den Verdacht kommen, Herr Bruckner zu sein, und ich weiß nicht, ob Sie es sind. Daß aber diese wirbelnde Tragikomödie der *,Anonymen Briefe'* viele gute Aufführungen verdient, das weiß ich gewiß, und wenn Sie nach der hundertsten Ihren Freunden ein Abendessen geben, dann schreiben Sie ein weingeflecktes Kärtchen an Ihren

Peter Panter

[1929]

DER LIEBE GOTT IN FRANKREICH

Wie verschieden ist es doch so im menschlichen Leben –!

Bringt in Deutschland jemand die Gedankenvorstellungen der Kirche mit dem Humor in nähern Zusammenhang, dann finden sich nicht nur etliche Domdechanten, sondern noch mehr Richter, die aus einem politischen Diktaturparagraphen – dem § 166 herausinterpretieren, was man nur wünscht. In Frankreich gibt es doch immerhin dieselbe katholische Kirche (über den Erdkreis hinweg), aber da sieht es nun so aus:

In den ,Deux Anes' steigt eine der kleinen Revuen, über die wir uns schon manchmal unterhalten haben. Siebentes Bild: *,Restaurant zum bekränzten Bürzel'.* Und weil ja in den feinen Hotels die Speisen feierlich dargebracht werden, dort also nicht gegessen, sondern das Essen zelebriert wird, so sehen wir nunmehr ein ganzes Diner auf eine recht absonderliche Weise serviert.

Vor dem Altar der Office steht der Mâitre d'Hôtel, er macht viele kleine Verbeugungen und ruft mit modulierender Stimme die Speisen aus. „Le Potage de la Vierge Printanière" – und Frauenstimmen aus der Küche respondieren: „… printanière –!" die Gäste nehmen keine Abendmahlzeit ein, sondern ein Abendmahl, der zweite Kellner schwenkt den Salatkorb wie eine Räucherpfanne, die Musik spielt Gounod-Bach, und es ist – wie die Prospekte der Beerdigungsinstitute sagen – eine Mahlzeit erster Klasse. Der Ober nennt die Gäste „Nos fidèles", was gleichzeitig treu und gläubig heißt, alles geht sehr schnell, und wenn es vorbei ist, dann singt der Chor der Kellner:

„Avé – avé – avez-vous bien diné?"

Alles lacht und klatscht. In den Zeitungen kein böses Wort. Im Publikum kein fader Jude, dem plötzlich das böse Gewissen schlägt und der pogromängstlich „geschmakkkkklos" murmelt, denn es geht nichts über den Katholizismus gebildet aufgeklärter Juden, kein frommer Abgeordneter, der nun aber neue Gesetze gegen Schmutz und Schund fordert … nichts.

Eine andre Rasse, gewiß. Damit ist noch nicht bewiesen, daß es in lateinischen Ländern mit dem Humor anders sei als bei uns, gewiß.

Aber glaubt doch ja nicht, daß es, alle Leichtigkeit des französischen Humors zugegeben, hier immer so gewesen ist. Die Kirche hat das Land einmal beherrscht. Und mit dem Patriotismus könnte man sich die gleiche Szene kaum ausdenken – da gäbe es Krach. Mit der Kirche aber …

Die hat eben – trotz allem – in Frankreich zum mindesten nicht die Macht, das öffentliche Leben so zu knebeln, wie sie das lautlos in Deutschland tut, wo alles kuscht, wenn ein Pfaffe von der Kanzel herunter zum Mord hetzt. „Avez-vous bien diné?" Wenn man die deutsche Zentrumsherrschaft mitansieht, kann man nur sagen: Mahlzeit!

[1929]

IST ES DENN NUN WIRKLICH WAHR, WAS MAN HAT VERNOMMEN –

daß sich die feindlichen Hauptquartiere im Kriege auf gegenseitige Vereinbarung geschont haben? Es galt nicht als fair, die Oberste Heeresleitung und das GQG mit Fliegerbomben zu belegen – das war gegen die Spielregeln.

Wenn das wahr ist, dann haben wir hier einen der zahllosen Beweise dafür, daß für die Militärkaste der Krieg Selbstzweck ist. Herr von Seeckt hat einmal in einem Vortrag auch uns Pazifisten einiges erzählt – neu war es nicht, gescheit war es nicht, richtig war es nicht. Nur die braven Demozeitungen fielen auf ihn herein, weil ihre Redakteure nicht reiten können. Seeckt ließ wieder erkennen, wie sich jeder Mensch eine Welt zu formen versucht, in der er den Mittelpunkt abgibt, daher denn ein Weltbild niemals etwas andres aufzeigt als die Beschaffenheit des Apostels. Seeckt braucht den Krieg – in ihm liegen seine Fähigkeiten. Wir wollen den Frieden – in ihm liegen die unsern.

Die Schonung des feindlichen Hauptquartiers wird von den Kriegshetzern sicherlich als Ritterlichkeit ausgelegt, sie war aber grade von deren Standpunkt aus Landesverrat und persönliche Feigheit der Generalstabsoffiziere auf beiden Seiten. Der Krieg: das ist für sie so etwas wie ein blutiges Schachspiel gewesen; man wirft nicht das Brett um, man zieht. Um ungestörter ihre Mannschaften in einen Tod zu schicken, den sie niemals gekostet haben, erklärten sie ihre Blutzentren für tabu. Das ist nicht nur im nationalen Sinne ein Verbrechen, wie gleichgültig könnte uns das sein! Es ist eine hundsgemeine inkonsequente Konsequenz von Anschauungen, die immer und unter allen Umständen als verbrecherisch anzusehen sind. Einbrecher, die ihr Werkzeug nicht rosten lassen wollen.

Wir wollen es ihnen schartig machen, wo wir nur können.

[1929]

DER § 45

der „Grundsätze für den Vollzug von Freiheitsstrafen“ besagt:

„Gefangene, von denen ein schädlicher Einfluß auf Mitgefangene zu befürchten ist, sind nach Möglichkeit in Einzelhaft oder in Zellenhaft zu halten. Gefangene, die ihre Mitgefangenen erheblich belästigen, sind aus der Gemeinschaftshaft bei Nacht nach Möglichkeit fernzuhalten.“

Worauf es im § 46 leider heißt:

„Angehörige der Wehrmacht sind nach Möglichkeit in Einzelhaft oder in Zellenhaft oder doch getrennt von andern Gefangenen unterzubringen.“ Hier stutzt der Fachmann.

Steht zu befürchten, daß der Wehrmann von seinen mörderlichen Mitgefangenen in der Gemeinschaftshaft ungünstig könnte beeinflußt werden? Stecken sie ihn an –? Oder besteht die berechtigte Sorge, daß jener die Räuber nun auch noch zur Tötung von Menschen anreizen könnte? Steckt er sie an? Es ist gar nicht einfach im menschlichen Leben.

Immerhin ist diese Sorge für Angehörige der Wehrmacht rührend; die Kirche zum Beispiel genießt solches Vorrecht nicht, und wenn etwa ein Kaplan wegen Schändung seiner Beichtkinder ins Zuchthaus kommt, so steht nirgends geschrieben, daß er gesondert unterzubringen sei. Angehörige der Wehrmacht, scheints, müssen in allen Fällen bei Gold und Silber aufbewahrt werden – noch im Zuchthauskittel ist der ehemalige Soldat etwas höchst Zerbrechliches.

Es ist immerhin verwunderlich, daß bei dem ausgeprägten Gruppengeist dieses Volkes die andern Berufe und Stände nicht eine ähnliche Vergünstigung für sich beanspruchen, wie sie hier dem Soldaten dargeboten wird. Der Angehörige der Wehrmacht gehört in die Einzelhaft. Und die Technischen Nothelfer? Und die Juristen – Gerichtsvollzieher und Rechtsvollzieher – die gucken in den Mond? Das ist ein schweres Unrecht.

Immerhin wissen wir jetzt, warum die Angehörigen der schwimmenden und über den außerordentlichen Etat laufenden Wehrmacht sittlich so rein sind. Sie haben nie mit Gewohnheitsverbrechern in einer Zelle gesessen.

So unverdorben wie die bin ich noch alle Tage. Gehe ich nach Tegel, so will ich erbitten, daß man mich mit einem Angehörigen der Wehrmacht in eine Zelle lege. Für den Mann kann ich nicht garantieren. Aber ich will euch wieder herauskommen, derart vorn beziehungsweise hinten sittlich geläutert, daß es ein helles Vergnügen sein wird und meiner Einstellung in den höhern Justizdienst, etwa als Justizwachtmeister, demnach nichts mehr im Wege steht.

[1929]

DIE KUNST, FALSCH ZU REISEN

Wem Gott will rechte Gunst erweisen,
den schickt er in die –
„Alice! Peter! Sonja! Legt mal die
Tasche hier in das Gepäcknetz, nein,
da! Gott, ob einem die Kinder wohl
mal helfen! Fritz, iß jetzt nicht alle
Brötchen auf! Du hast eben gegessen!"
in die weite Welt!

Wenn du reisen willst, verlange von der Gegend, in die du reist, alles: schöne Natur, den Komfort der Großstadt, kunstgeschichtliche Altertümer, billige Preise, Meer, Gebirge – also: vorn die Ostsee und hinten die Leipziger Straße. Ist das nicht vorhanden, dann schimpfe.

Wenn du reist, nimm um Gottes willen keine Rücksicht auf deine Mitreisenden – sie legen es dir als Schwäche aus. Du hast bezahlt – die andern fahren alle umsonst. Bedenke, daß es von ungeheurer Wichtigkeit ist, ob du einen Fensterplatz hast oder nicht; daß im Nichtraucher-Abteil einer raucht, muß sofort und in den schärfsten Ausdrücken gerügt werden – ist der Schaffner nicht da, dann vertritt ihn einstweilen und sei Polizei, Staat und rächende Nemesis in einem. Das verschönt die Reise. Sei überhaupt unliebenswürdig – daran erkennt man den *Mann*.

Im Hotel bestellst du am besten ein Zimmer und fährst dann anderswohin. Bestell das Zimmer nicht ab; das hast du nicht nötig – nur nicht weich werden.

Bist du im Hotel angekommen, so schreib deinen Namen mit allen Titeln ein … Hast du keinen Titel … Verzeihung … ich meine: wenn einer keinen Titel hat, dann erfinde er sich einen. Schreib nicht: ‚Kaufmann', schreib: ‚Generaldirektor'. Das hebt sehr. Geh sodann unter heftigem Türenschlagen in dein Zimmer, gib um Gottes willen dem Stubenmädchen, von dem du ein paar Kleinigkeiten extra verlangst, kein Trinkgeld, das verdirbt das Volk; reinige deine staubigen Stiefel mit dem Handtuch, wirf ein Glas entzwei (sag es aber keinem, der Hotelier hat so viele Gläser!), und begib dich sodann auf die Wanderung durch die fremde Stadt.

In der fremden Stadt mußt du zuerst einmal alles genauso haben wollen, wie es bei dir zu Hause ist – hat die Stadt das nicht, dann taugt sie nichts. Die Leute müssen also rechts fahren, dasselbe Telefon haben wie du, dieselbe Anordnung der Speisekarte und dieselben Retiraden. Im übrigen sieh dir *nur* die Sehenswürdigkeiten an, die im Baedeker stehen. Treibe die Deinen erbarmungslos an alles heran, was im Reisehandbuch einen Stern hat – lauf blind an allem andern vorüber, und vor allem: rüste dich richtig aus. Bei Spaziergängen durch fremde Städte trägt man am besten kurze Gebirgshosen, einen kleinen grünen Hut (mit Rasierpinsel), schwere Nagelschuhe (für Museen sehr geeignet), und einen derben Knotenstock. Anseilen nur in Städten von 500 000 Einwohnern aufwärts.

Wenn deine Frau vor Müdigkeit umfällt, ist der richtige Augenblick gekommen, auf einen Aussichtsturm oder auf das Rathaus zu steigen; wenn man schon mal in der Fremde ist, muß man alles mitnehmen, was sie einem bietet. Verschwimmen dir zum Schluß die Einzelheiten vor Augen, so kannst du voller Stolz sagen: ich habs geschafft.

Mach dir einen Kostenvoranschlag, bevor du reist, und zwar auf den Pfennig genau, möglichst um hundert Mark zu gering – man kann das immer einsparen. Dadurch nämlich, daß man überall handelt; dergleichen macht beliebt und heitert überhaupt die Reise auf. Fahr lieber noch ein Endchen weiter, als es dein Geldbeutel gestattet, und bring den Rest dadurch ein, daß du zu Fuß gehst, wo die Wagenfahrt angenehmer ist; daß du zu wenig Trinkgelder gibst; und daß du überhaupt in jedem Fremden einen Aasgeier siehst. Vergiß dabei nie die Hauptregel jeder gesunden Reise:

Ärgere dich!

Sprich mit deiner Frau nur von den kleinen Sorgen des Alltags. Koch noch einmal allen Kummer auf, den du zu Hause im Büro gehabt hast; vergiß überhaupt nie, daß du einen Beruf hast.

Wenn du reisest, so sei das erste, was du nach jeder Ankunft in einem fremden Ort zu tun hast: Ansichtskarten zu schreiben. Die Ansichtskarten brauchst du nicht zu bestellen: der Kellner sieht schon, daß du welche haben willst. Schreib unleserlich – das läßt auf gute Laune schließen. Schreib überall Ansichtskarten: auf der Bahn, in der Tropfsteingrotte, auf den Bergesgipfeln und im schwanken Kahn. Brich dabei den Füllbleistift ab und gieß Tinte aus dem Federhalter. Dann schimpfe.

Das Grundgesetz jeder richtigen Reise ist: *es muß was los sein* – und du mußt etwas ‚vorhaben'. Sonst ist die Reise keine Reise. Jede Ausspannung von

Beruf und Arbeit beruht darin, daß man sich ein genaues Programm macht, es aber nicht innehält – hast du es nicht innegehalten, gib deiner Frau die Schuld.

Verlang überall ländliche Stille; ist sie da, schimpfe, daß nichts los ist. Eine anständige Sommerfrische besteht in einer Anhäufung derselben Menschen, die du bei dir zu Hause siehst, sowie in einer Gebirgsbar, einem Oceandancing und einer Weinabteilung. Besuche dergleichen – halte dich dabei aber an deine gute, bewährte Tracht: kurze Hose, kleiner Hut (siehe oben). Sieh dich sodann im Raume um und sprich: „Na, elegant ist es hier gerade nicht!" Haben die andern einen Smoking an, so sagst du am besten: „Fatzkerei, auf die Reise einen Smoking mitzunehmen!" – hast *du* einen an, die andern aber nicht, mach mit deiner Frau Krach. Mach überhaupt mit deiner Frau Krach.

Durcheile die fremden Städte und Dörfer – wenn dir die Zunge nicht heraushängt, hast du falsch disponiert; außerdem ist der Zug, den du noch erreichen mußt, wichtiger als eine stille Abendstunde. Stille Abendstunden sind Mumpitz; dazu reist man nicht.

Auf der Reise muß alles etwas besser sein, als du es zu Hause hast. Schieb dem Kellner die nicht gut eingekühlte Flasche Wein mit einer Miene zurück, in der geschrieben steht: „Wenn mir mein Haushofmeister den Wein so aus dem Keller bringt, ist er entlassen!" Tu immer so, als seist du aufgewachsen bei …

Mit den lächerlichen Einheimischen sprich auf alle Fälle gleich von Politik, Religion und dem Krieg. Halte mit deiner Meinung nicht hinterm Berg, sag alles frei heraus! Immer gib ihm! Sprich laut, damit man dich hört – viele fremde Völker sind ohnehin schwerhörig. Wenn du dich amüsierst, dann lach, aber so laut, daß sich die andern ärgern, die in ihrer Dummheit nicht wissen, worüber du lachst. Sprichst du fremde Sprachen nicht sehr gut, dann schrei: man versteht dich dann besser.

Laß dir nicht imponieren.

Seid ihr mehrere Männer, so ist es gut, wenn ihr an hohen Aussichtspunkten etwas im Vierfarbendruck singt. Die Natur hat das gerne.

Handele. Schimpfe. Ärgere dich. Und mach Betrieb.

[1929]

DIE KUNST, RICHTIG ZU REISEN

Entwirf deinen Reiseplan im großen – und laß dich im einzelnen von der bunten Stunde treiben.

Die größte Sehenswürdigkeit, die es gibt, ist die Welt – sieh sie dir an.

Niemand hat heute ein so vollkommenes Weltbild, daß er alles verstehen und würdigen kann: hab den Mut, zu sagen, daß du von einer Sache nichts verstehst.

Nimm die kleinen Schwierigkeiten der Reise nicht so wichtig; bleibst du einmal auf einer Zwischenstation sitzen, dann freu dich, daß du am Leben bist, sieh dir die Hühner an und die ernsthaften Ziegen, und mach einen kleinen Schwatz mit dem Mann im Zigarrenladen.

Entspanne dich. Laß das Steuer los. Trudele durch die Welt. Sie ist so schön: gib dich ihr hin, und sie wird sich dir geben.

[1929]

BEFÜRCHTUNG

Werde ich sterben können? – Manchmal fürchte ich, ich werde es nicht können.

Da denke ich so: wie wirst du dich dabei aufführen? Ah, nicht die Haltung – nicht das an der Mauer, der Ruf „Es lebe …" nun irgend etwas, während man selber stirbt; nicht die Minute vor dem Gasangriff, die Hosen voller Mut und das heldenhaft verzerrte Angesicht dem Feinde zugewandt … nicht so. Nein, einfach der sinnlose Vorgang im Bett. Müdigkeit, Schmerzen und nun eben das. Wirst du es können?

Zum Beispiel, ich habe jahrelang nicht richtig niesen können. Ich habe geniest wie ein kleiner Hund, der den Schluckauf hat. Und, verzeihen Sie, bis zu meinem achtundzwanzigsten Jahre konnte ich nicht aufstoßen – da lernte ich Karlchen kennen, einen alten Korpsstudenten, und der hat es mir beigebracht. Wer aber wird mir das mit dem Sterben beibringen?

Ja, ich habe es gesehn. Ich habe eine Hinrichtung gesehn, und ich habe Kranke sterben sehn – es schien, daß sie sich sehr damit plagten, es zu tun.

Wie aber, wenn ich mich nun dabei so dumm anstelle, daß es nichts wird? Es wäre doch immerhin denkbar.

„Keine Sorge, guter Mann. Es wird sich auf Sie herabsenken, das Schwere – Sie haben eine falsche Vorstellung vom Tode. Es wird ..." Spricht da jemand aus Erfahrung? Dies ist die wahrste aller Demokratien, die Demokratie des Todes. Daher die ungeheure Überlegenheit der Priester, die so tun, als seien sie alle schon hundertmal gestorben, als hätten sie ihre Nachrichten von drüben – und nun spielen sie unter den Lebenden Botschafter des Todes.

Vielleicht wir es nicht so schwer sein. Ein Arzt wird mir helfen, zu sterben. Und wenn ich nicht gar zu große Schmerzen habe, werde ich verlegen und bescheiden lächeln: „Bitte, entschuldigen Sie ... es ist das erste Mal ..."

[1929]

DIE SONNE, HOCH ZWEI

„Du mußt es dreimal sagen!"
Goethe (später: Brecht)

Am 28. Juli jenes Jahres saßen Friedchen Bönheim und Alfred Kaktus auf zwei Sitzplätzen einer Bank des Treptower Parks zu Berlin und lasen gemeinsam die deutsche Verfassung. Gibt es doch für arbeitsreiche Liebesleute in den Mußestunden nichts Schöneres, als sich an Märchengeschichten zu erbauen! Die Sonne war fast untergegangen, und das kleine Buch, das der liebende Bräutigam in Händen hielt, wurde gerade noch sanft bestrahlt. Sie lasen von der Freiheit der Person und davon, daß die Wissenschaft und ihre Lehre frei sei; sie lasen von der Zensur, die es in jenem märchenhaften Land nicht gäbe, und als Alfred mit lauter Stimme ansagte: „Alle Herrschaft geht vom Volke aus!", da lachte das harmlose Friedchen und klatschte in die Händchen. A. Kaktus war nun gerade im Zuge, den Artikel 48 anzuschneiden, mit dem die großen Politiker am liebsten regieren, wenn ihnen nichts mehr einfällt, also immer – – – da wurde er durch einen kleinen Aufschrei seines Friedchens aufgeschreckt. „Da – da!" rief sie und deutete mit dem Finger ins Geäst.

A. Kaktus drehte sich um und sah in den Treptower Bäumen einen roten

Schein. An eine Feuersbrunst glaubend, erhob er sich und zog sein Mädchen mit sich fort; sie schritten auf den roten Schein zu ... und sahen zu ihrer grenzenlosen Überraschung, wie sich hinter dem Bahnviadukt eine neue Sonne erhob. Friedchen, nachmalige Kakta, blickte zurück – die alte Original-Sonne vergoldete mit ihren letzten Strahlen die abendlichen Wipfel der Bäume – und die neue Sonne versilberte mit ihren aufgehenden Strahlen die aufgerührte Welt.

Es war halb acht Uhr abends; nun hatten auch andere Leute die zweite Sonne bemerkt; ein Schrei stieg auf, und von allen Seiten kamen die Menschen angelaufen – es war kein Zweifel mehr: Es gab zwei Sonnen.

Die neue erhob sich, nachdem die andere untergegangen war – und nach einer schlaflos verbrachten, durchaus hellen Nacht konnte das fiebernde Deutschland feststellen, daß die zweite Sonne unterging und am Horizont die alte Sonne wiederauftauchte. Es gab keine Nacht mehr –! Die Folgen waren katastrophal.

Hatten die Deutschen bisher an jedem Achtstundentag zwölf Stunden gearbeitet, so mußte nun Rat geschaffen werden, was man in der Nacht ... also, was man in jener Zeit zu tun hätte, in der es früher einmal Nacht gewesen war. Eine Kabinettssitzung entschied sofort: Es muß doppelt gearbeitet werden.

Weil man aber kaum verlangen konnte, daß dieselben Leute, die den ersten Sonnentag über bereits tätig gewesen waren, nun wiederum schufteten, beschloß man, alle Stellen und überhaupt alles, was in Deutschland auf den Beinen war, zu verdoppeln. Die Frage der Arbeitslosen war gelöst:

Da gab es nunmehr zwei Reichspräsidenten; man suchte lange, bis man jemand gefunden hatte, der aussah wie Hindenburg, aber das war nicht so schwer. Schwerer war es schon, alle Minister zu verdoppeln – denn wenn es auch Leute gab, die so aussahen wie Herr Hilferding, so wollten sie doch dergleichen nicht wahr haben und drückten sich von dieser Arbeit, wo sie nur konnten. Im Amt merkte man nichts.

Verdoppelt wurden die Steuern und die Vorfreudenmädchen, was allgemein auffiel; verdoppelt wurde der Reichswehretat, was gar nicht auffiel, und verdoppelt wurden ferner die Länder, von denen es nunmehr sechsunddreißig gab. Nur die Bayern wollten sich nicht aufs Verdoppeln einlassen: Sie sagten, so ein Land wie das ihre gäbe es nicht noch einmal.

Tiefer griff die Doppelei schon in das Privatleben des einzelnen hinein.

Ältere Frauen schafften sich zu Beginn dieser Epoche zwei bis sechzehn Liebhaber an; das Zentrum verlangte, daß, wer nur einen Illing bekäme, wegen Abtreibung bestraft werden sollte, und so geschah's. Es gab zwei Gertrud Bäumers sowie zwei Theodor Heußens – aber schon hier machte sich ein merkwürdiges Phänomen bemerkbar: Die Duplikate, die sich zum erstenmal in ihrem Leben leibhaftig von außen sahen, konnten sich auf den Tod nicht besehen. Besonders die Herren Hitler und Hitler waren zwei, also vier Tage lang nicht zu beruhigen und strengten denn auch sofort einen Prozeß gegeneinander an.

Die Theater machten ausgezeichnete Geschäfte – es wurde doppelt Regie eingeführt, so daß jedes Stück in zwei Auffassungen herauskam; an den Aktschlüssen wurde entweder die Internationale oder das Stahlhelmlied gesungen, und in einem Berliner Theater gab es eines schönen Abends, pardon, Morgens ein Duett, doch fiel das weiter nicht auf. Jeder Literat hatte von jetzt ab zwei Gesinnungen, mit Ausnahme des Schriftstellers Arnolt Bronnen. Der berüchtigte Ignaz Wrobel hatte nunmehr deren acht.

In Magnus Hirschfelds Institut für angewandte Bibelforschung herrschte ein ungeheurer Andrang: Scharenweise eilten die Männer herbei, um sich diesbezüglich verdoppeln zu lassen, was auch bei fast allen gelang; einige baten um Vervierfachung, was ihnen aber – mangels Material – nicht gewährt werden konnte.

Am 10. Oktober entbrannte das Land in einem wilden Bürgerkrieg:

Mit den Waffen sollte entschieden werden, ob sich eine doppelte Negation aufhöbe oder aber sich verstärkte. Die Frage war wichtig genug: Auf den Richterstühlen wurde ja nunmehr doppelt Unrecht gesprochen, was – wie die einen behaupteten – Recht ergab; die andern aber hielten das Resultat für verstärktes Unrecht und wurden erst durch die von den Polizeipräsidenten Jagow-Zörgiebel arrangierten Berliner Fremdenfestspiele überzeugt, daß sie unrecht hätten.

In strahlendem Licht ging das neue Leben dahin. Die Menschen waren moralischer geworden: Vierdeutigkeiten wurden nicht geduldet, und sechseckige Verhältnisse gab es nur noch ganz wenige. Als man die Dolly-Dolly-Sisters in ihrem vierschläfrigen Bett mit zwei Niggern antraf, die dort gemächlich einen Vierback knabberten, wurden diese Personen sofort der Länder verwiesen.

Es gab nach wie vor einen republikanischen Reichsgerichtsrat: doch blieb selber ein Singulare tantum.

Und die Nacht –? Wann schliefen-schliefen diese Leute-Leute –?

In der Nähe des Treptower Parks, da, wo A. Kaktus und sein Friedchen die zwei Sonnen zuerst hatten aufgehen sehen, lag der Eingang zu einer ungeheuren Höhle:

EINGANG ZUR NACHT

stand dort zu lesen. Dort war die Nacht.

Zwei künstliche Prima-Monde hatte man aufgehängt, zwei Milchstraßen gab es, und alle Kellner hatten eine Logarithmentafel um den Leib baumeln, mit der sie die Preise berechneten. Waren die Leute so recht aus Herzensgrund besoffen, dann sagten sie jeden Satz nur einmal, was ungeheure Heiterkeit hervorrief – und die Stotterer hatten einen guten Tag.

So ging das bis zum 25. Januar. An diesem Tag spalteten sich zwei neue Sonnen ab, so daß es nunmehr vier gab. Am 3. Februar waren es acht; am 22. März sechzehn, die Menschen verfielfachten sich entsprechend; am 28. September gab es fünfhundertundzwölf Völkerbünde und zweihundertundvierundzwanzig Päpste, jedoch nur eine deutsche Verfassung, weil man die ohnehin auslegen konnte, wie man wollte.

Lassen Sie mich ergriffen abbrechen –: Mit meinen armseligen zweihundertundsechsundfünfzig Händen bin ich nicht imstande, zu schildern, was weiter geschah.

Leben Sie wohl – hoch zweiunddreißig.

[1929]

SPÄTER

Eine Eiche überschattet mich; wenn sie wüßte, wer ich bin, täte sie es sicherlich nicht, aber es ist eine schwedische Eiche, also ist sie nicht organisiert … die Hummeln besuchen die Blumenbüros, trinken in jeder Blüte einen kleinen Schnaps und machen ein ungeheuerliches Gesumm … wenn sie nachher nach Hause kommen, werden sie wahrscheinlich erzählen, wie furchtbar sie an diesem Mittag-Morgen zu tun gehabt haben … die Zigarre setzt schöne, weiße Asche an. Das macht immer sehr nachdenklich; so nach Tisch hat man die vernünftigsten und unfruchtbarsten Gedanken.

Da erzählt uns Emil Ludwig von Bismarck, wie er sich in Göttingen als Student und in Berlin als Auskultator und in Aachen als Regierungsreferendar – nein, in allen drei Städten als Mann heiter durch die Gegend geliebt hat. (Da diese Zeitschrift in Deutschland erscheint, muß ich hinzusetzen: „Bravo! Hurra! Nochmal lieben!") Bismarck war damals um die Zwanzig.

Das geht uns gar nichts an. Aber nun war da im Jahre 1870 sein großer Tag, das Werk seines Lebens stand aufgebaut, sein Name ging über die Welt. Die kleinen Damen, die er damals geliebt hat, waren um diese historische Zeitenwende etwas Mitte Fünfzig, soweit sie noch lebten. Wenn sie, was zu hoffen steht, nicht untergegangen waren, so hatten sie vielleicht geheiratet oder waren ältere Fräulein geblieben ... Und nun lasen sie seinen Namen in der Zeitung, sahen sein Bild, überall ... was denken sich Frauen in solchen Augenblicken –?

Otto ... Blicken sie träumerisch in den Kamin? Wenn sie aber keinen haben: schreiben sie einen Brief? Nicht anzunehmen, wenn der Klassenunterschied schon in Aachen bestand, und um wieviel ist er nun gewachsen! Was denken sie? Denken sie an Einzelheiten? sind sie stolz? Lesen sie: „... in den erblichen Fürstenstand erhoben ...", und denken sie: er hatte solche geringelten Socken an, die mochte ich immer so gern ... was denken sie –?

Das werden wir nie wissen. Sie denken auch nicht den hundertsten Teil dessen, was ein Mann denkt, sie dächten es – und der hundertste Teil sieht auch noch ganz anders aus. Jetzt läßt sich von der unorganisierten Eiche eine Made an einem Faden herunter und will isch auf die Zigarre setzen – die Hummeln – Bismarck – „Typisch zersetzender Gedanke! Kulturbolschewismus! Am Heros nur die irdischen Leidenschaften sehen ... Bismarck als Mensch ... ihm eben der reine Gedankenflug versagt ... klassenbewußte Arbeiter sieht, daß der Adlige die Mädchen des unterdrückten Volkes aussaugt ... vom theosophischen Standpunkt ... schon vom rein sportlichen Standpunkt ... zersetzender berliner Geist ... Kulturbolschewismus dieser Epoche ..." Antenne geerdet, aus.

Was mögen sie aber wirklich gedacht haben –?

[1929]

DER VERENGTE GESICHTSKREIS

Je kleiner die Leute, je größer der Klamauk. Horchen Sie mal in die Tür – die Kneipe liegt dicht beim Gerichtsgebäude.

„Da hat er jesacht, eine Hebamme is noch keen Korkenzieher!" – „Wie der Richter mit den Kopp jewackelt hat, da wußt ick schon: nu is ocke!" – „Wenn du dämlicher Ochse man so jeschworn hättst, wie ick dir det jesacht habe, aber nee – du mußt ja imma nach dein Kopp machen ..." – „Ich ha die janz Sseit nachsimmeliert, woher daß diß kommt, daß die Jejenpachtei jeht niemals auf diesen Punkt ein ... nu weeß ick et: der Ssahlungsbefehl is nämlich ..." – „Un wenn ick soll bis nacht Reichsjericht jehn, ick will – mir nochn Bier – ick will mein Recht, diß wern wa ja mal sehn." – „Diß kann a jahnich! diß kann der Mann ja jahnich! Nach die Ssivilprozeßordnung muß erscht der Sachvaständje sein Jutachten abjehm, und denn wern wa ja mal sehn, wer hier hat schlechte Stiebeln abjeliefert!" – „Siehste, der Herr Rechtskonsulent sacht auch" – „Ein Augenblick mal: besüchlich des Wertes des Streitjejenstandes is noch keine Entscheidung jetroffn worn, hier, lese Se selbst inn Jesetz ..." – „da hat er jesacht, ne Hebamme is noch kein – –"

Die übrige Welt ist versunken: die Leute haben nur noch Ohren und Augen für die ‚Jejenpachtei', es ist derselbe Geist, der aus der Anzeige einer kleinen Provinzzeitung spricht, in der zu lesen stand:

Bitte den Verleumdungen aus dem Keller kein Ohr zu schenken.

Hochachtungsvoll A. Grimkasch.

Der Mann hatte vergessen, daß es noch mehr als einen Keller in der Stadt gab, er sah nur den einen, seinen: *den* Keller. In diesem Lokal hier sehen alle nur den Keller.

Denn wenn der kleine deutsche Mann ‚vor Jericht' geht, dann ist er nach zwei Sitzungen romanistisch gefärbt, und das ist bei der sinnlos-scholastischen Art, in der diese Prozesse gegen den gesunden Menschenverstand, aber streng nach den Regeln eines eigentlich ganz und gar undeutschen Rechts abgehandelt werden, kein Wunder. Längst geht es nicht mehr um die Stiefel, längst nicht mehr um die angetane Beleidigung: der Gegner soll ausgerottet werden, dem Erdboden gleich gemacht, mit Stumpf und Stiel vernichtet – auf ihn mit Gebrüll! Das ganze Individuum ist in zitternde Schwingungen versetzt, Köpfe laufen rot an, und Tausende von Kohlhaasen treiben um die Gerichte ihr Wesen – denn Recht muß doch Recht bleiben! Es ist soviel Rechthaberei dabei.

Nicht nur das Gesetz ist halbirre, genügt nicht den wirtschaftlichen Erfordernissen, schützt nicht die Schwachen … die Leute erwarten auch zu viel vom Gesetz. Sie erwarten erst einmal ein Gesetz, das ‚genau auf ihren Fall paßt', und sie glauben immer – oh, du holder deutscher Irrtum! – daß sie ganz und gar recht hätten und der andere ganz und gar unrecht habe … „Na, det is doch klar wie Kloßbrühe!" Und noch im Himmel, beim ewigen Gericht, werden sie bestimmt gegen das Verdikt des lieben Gottes Berufung einlegen, denn in nichts setzt der gesetzestreue kleine Mann so viel Hoffnung wie in die letzte Instanz.

[1929]

WIEDERAUFNAHME

Dem Präsidenten des Reichsgerichts,
Herrn Ehrendoktor Bumke, dargewidmet

Erster Verhandlungstag

Der Vorsitzende: Na und – –?

Die Zeugin: Und – da ist er eben …

Der Vorsitzende: Was?

Die Zeugin (schweigt)

Der Vorsitzende: Aber sprechen Sie doch … es tut Ihnen hier niemand etwas! Außerdem stehen Sie unter Ihrem Eid!

Die Zeugin (ganz leise): Da ist er eben die Nacht bei mir geblieben …!

Ein Geschworener: Das war also die Mordnacht? Die Nacht vom 16. auf den 17. November?

Die Zeugin: Ja …

Der Vorsitzende: Ja, um Gottes willen! Hat Sie das denn niemand in der damaligen Verhandlung gefragt?

Die Zeugin: Der Herr Rat war so streng mit mir … und es ging auch alles so schnell –

Der Vorsitzende: Und da lassen Sie einen unschuldigen … da lassen Sie also einen Mann zum Tode verurteilen und dann später lebenslänglich ins Zuchthaus gehen, ohne zu sagen – also das verstehe ich nicht!

Die Zeugin (schluchzend): Meine Eltern sind sehr fromm … die Schande – –

Zweiter Verhandlungstag

Der Zeuge: Das habe ich auch alles ausgesagt. Aber der Herr Untersuchungsrichter wollte davon nichts hören.

Der Vorsitzende: Herr Landrichter Doktor Pechat?

Der Zeuge: Ja. Ich habe ihn immer wieder darauf hingewiesen, daß der Schrei in der Nacht gar nicht deutlich zu hören war – es regnete sehr stark, und das Haus war auch weit entfernt …

Der Vorsitzende: In Ihrer Aussage … also hier im Protokoll kann ich davon nichts finden.

Der Zeuge: Der Herr Untersuchungsrichter hat gesagt, wenn ich nicht unterschreibe, dann behält er mich gleich da.

Der Staatsanwalt: Das ist doch wohl nicht möglich! Herr Landrichter Pechat – bitte?

Der Landrichter: Ich kann mich nicht mehr besinnen.

Dritter Verhandlungstag

Der Sachverständige: Das erste, was jeder Fachmann sofort zu tun hatte, war: den zweiten Revolver zu untersuchen. Das ist damals nicht geschehen.

Der Staatsanwalt: Warum haben Sie denn das in der Verhandlung nicht angegeben?

Der Sachverständige: Herr Staatsanwalt! Ich bin jetzt dreiundzwanzig Jahre Sachverständiger … aber so was wie diese Verhandlung damals … ich durfte überhaupt nichts sagen. Der Staatsanwalt, Herr Staatsanwalt Pochhammer, und der Herr Vorsitzende, Herr Landgerichtsdirektor Brausewetter, haben immer wieder gesagt, das seien meine persönlichen Ansichten, und auf die käme es nicht …

Der Vorsitzende: Ist es Ihrer Meinung nach möglich, mit dem ersten Revolver auf die Entfernung, die das damalige Urteil annimmt, zu zielen oder gar zu treffen?

Der Sachverständige: Nein. Das ist ganz unmöglich.

Vierter Verhandlungstag

Der Staatsanwalt: ... wenn auch nicht mit absoluter Gewißheit, so doch mit einer gewissen Wahrscheinlichkeit angenommen werden kann, daß der Angeklagte nicht der Täter gewesen ist. Ich sage nicht: nicht gewesen sein kann. Denn wenn auch sein Alibi durch die Zeugin, Fräulein Koschitzki, nunmehr bewiesen ist; wenn auch die Zeugenaussagen, wonach man einen Schrei gehört habe, erschüttert worden sind; wenn auch, fahre ich fort, die versäumte Untersuchung des Armeerevolvers ein fehlendes Glied in der Beweiskette ist, so bleibt doch immer noch die Frage: Wo ist August Jenuschkat geblieben? Der Leichnam des Ermordeten ist niemals aufgefunden worden. Daher können wir auch nicht sagen, daß etwa in der ersten Verhandlung schuldhaft irgendein Umstand außer acht gelassen worden sei. Das wäre eine ungerechtfertigte Übertreibung. Die Umstände, wie ich sie Ihnen hier ...

(Rumor)

Der Vorsitzende: Ich bitte doch aber um Ruhe! Justizwachtmeister, schließen Sie die –

Der Justizwachtmeister: Wollen Sie hier raus ... Wollen Sie hier wohl ...

Eine Stimme: Äi, Franz, was machst du denn auf der Anklagebank –?

Der Angeklagte (reißt die Augen auf und fällt in Ohnmacht)

Der Justizwachtmeister: Wistu ... Wistu ...

Der Vorsitzende: Ruhe! Was ist das? Was wollen Sie hier? Wer sind Sie?

Der fremde Mann: I, ich bin der Jenuschkat!

Der Vorsitzende: Wenn Sie hier Ansprüche wegen Ihres ermordeten Angehörigen stellen wollen ...

Der fremde Mann: Äi näi! Ich bin der August Jenuschkat!

Der Vorsitzende: Ruhe! Sie sind August Jenuschkat? Gibt es zwei Augusts in Ihrer Familie?

Der fremde Mann: Näin. Ich hab jeheert, se haben mir ermordet; aber ich jlaub, es is nich wahr!

Der Vorsitzende: Treten Sie mal vor! Haben Sie Papiere, mit denen Sie sich ausweisen können? Ja ... Da sind Sie also der ... da sind Sie also –

Der fremde Mann: Jaa ... Wie ich an den Morjen bin nach Hause jekomm, da standen da all die Schendarm. Und da bin ich jläich wechjemacht, weil ich jedacht hab, se wolln mir holen. Ich hatt da noch 'n Stückchen mits Finanzamt. Und da bin ich riber mit die Pferde – ins Litauische. Und da hab ich mich denn in eine Försterstochter verliebt und hab se all jehäirat. Un jeschrieben hat mir käiner, weil se meine Adreß nich jehabt habn. Und wie ich nu heite morjn rieber komm ausn Litauschen, mit die Pferde, da heer ich diß hier. Nee, saren Se mal –!

Der Vorsitzende: Die Verhandlung wird vertagt.

Personalnachrichten

Befördert wurden:

Herr Landrichter Doktor Pechat zum Landgerichtsdirektor;

Herr Staatsanwalt Doktor Pochhammer zum Ersten Staatsanwalt;

Herr Landgerichtsdirektor Brausewetter zum Senatspräsidenten in Königsberg.

[1929]

INDIZIEN

Der Untersuchungsrichter hat den Wächter Richard Schulz aus der Haft entlassen; die berliner Kriminalpolizei hatte ihn als den mutmaßlichen Mörder der kleinen Hilde Zäpernick angebracht. Das scheint unrichtig gewesen zu sein. Zur Sache selbst ist ohne Aktenkenntnis sehr schwer etwas zu sagen. Soweit gut und schon.

„In der Begründung heißt es, daß ein dringender Tatverdacht nicht mehr bestände, daß aber durchaus noch nicht alle Verdachtsmomente aus der Welt geschafft worden seien. Maßgebend für die Aufhebung des Haftbefehls sei gewesen, daß der Wächter Schulz ein vorbildliches Familienleben führe …"

Hat man je dergleichen gehört –! Ja, wir hören es alle Tage.

Im großen ganzen kümmern sich die Behörden nicht um dein Privatleben, solange du nicht ‚straffällig' wirst. Im Augenblick aber, wo du in den Verdacht gerätst, etwas ausgefressen zu haben, werden Fibelvorstellungen kleiner und mittlerer Beamter wirksam, und das, was du so still vor dich hingelebt hast, wird plötzlich ein Indizium! Er hat ein ‚vorbildliches Familienleben' geführt? Und wenn er das nun nicht getan hätte? Nehmen wir an, dieser Mann sei nicht der Mörder: wenn er aber zum Beispiel – unverheiratet oder nicht – mit

Huren gesehen wird, so spricht das also dafür, daß er ein Lustmörder ist! Man sollte den Landgerichtsrat Löwenthal, der das geschrieben hat, mit der Nase tief in die Bücher und mit dem ganzen Korpus noch tiefer ins Leben stoßen, von dem er nichts weiß.

Es ist zunächst ein Überheblichkeit, dieses veraltete Dogma vom ‚vorbildlichen Familienleben' in einer so ernsten Sache als ausschlaggebend zu buchen. Dergleichen besagt so gut wie gar nichts. Es ist beinah das Gegenteil richtig: ein Mann, der seine vielleicht starken Triebe auslebt, hat weniger Veranlassung, einen Lustmord zu begehen, als ein wohlbehüteter, im engen Kreis der zwei Stuben eingepferchter Mann. Übrigens sind beide Gedankengänge gleich unsinnig – wie jeder Krininalpsychologe weiß, gibt es für diese Dinge überhaupt keine festen Regeln, man muß von Fall zu Fall mit Intuition und mit Nerven zu fühlen versuchen, was los ist.

Dann aber ist diese Argumentation eminent gefährlich. Ich führe zum Beispiel durchaus kein vorbildliches Familienleben – gerate ich morgen in den Verdacht, einen Menschen beseitigt zu haben, so kann ich dem Landgerichtsrat Löwenthal auswendig diktieren, was er zur Begründung einer langen Haft aufmalen wird.

Ist denn keiner da, der diesen Beamten einmal den Rat gibt, ein bißchen auf die Straße zu gehen – unter Menschen? Sie leben nur unter Beamten, was nicht in allen Punkten dasselbe ist. Und Unschuldige haben es auszubaden.

[1929]

MIR FEHLT EIN WORT

Ich werde ins Grab sinken, ohne zu wissen, was die Birkenblätter tun. Ich weiß es, aber ich kann es nicht sagen. Der Wind weht durch die jungen Birken; ihre Blätter zittern so schnell, hin und her, daß sie … was? Flirren? Nein, auf ihnen flirrt das Licht; man kann vielleicht allenfalls sagen, die Blätter flimmern … aber es ist nicht das. Es ist eine nervöse Bewegung, aber was ist es? Wie sagt man das? Was man nicht sagen kann, bleibt unerlöst – ‚besprechen' hat eine tiefe Bedeutung. Steht bei Goethe ‚Blattgeriesel'? Ich mag nicht aufstehen, es ist so weit bis zu diesen Bänden, vier Meter und hundert Jahre. Was tun die Birkenblätter –?

(Chor): „Ihre Sorgen möchten wir … Hat man je so etwas … Die Arbeiterbewegung … macht sich da niedlich mit der deutschen Sprache, die er nicht halb so gut schreibt wie unser Hans Grimm …" Antenne geerdet, aus.

Ich weiß: darauf kommt es nicht an; die Gesinnung ist die Hauptsache; nur dem sozialen Roman gehört die Zukunft; und das Zeitdokument – oh, ich habe meine Vokabeln gut gelernt. Aber ich will euch mal was sagen:

Wenn Upton Sinclair nun auch noch ein guter Schriftsteller wäre, dann wäre unsrer Sache sehr gedient. Wenn die pazifistischen Theaterstücke nun auch noch prägnant geschrieben wären, daß sich die Sätze einhämmern, dann hätte unsre Sache den Vorteil davon. Sprache ist eine Waffe. Haltet sie scharf. Wer schludert, der sei verlacht, für und für. Wer aus Zeitungswörtern und Versammlungssätzen seines dahinlabert, der sei ausgewischt, immerdar. Lest dazu das Kapitel über die deutsche Sprache in Alfons Goldschmidts ‚*Deutschland heute*'. Wie so vieles, ist da auch dieses zu Ende gesagt:

Was tun die Birkenblätter –? Nur die Blätter der Birke tun dies; bei den andern Bäumen bewegen sie sich im Winde, zittern, rascheln, die Äste schwanken, mir fehlt kein Synonym, ich habe sie alle. Aber bei den Birken, da ist es etwas andres, das sind weibliche Bäume – merkwürdig, wie wir dann, wenn wir nicht mehr weiterkönnen, immer versuchen, der Sache mit einem Vergleich beizukommen; es hat ja eine ganze österreichische Dichterschule gegeben, die nur damit arbeitete, daß sie Eindrücke des Ohres in die Gesichtssphäre versetzte und Geruchsimpressionen ins Musikalische – es ist ein amüsantes Gesellschaftsspiel gewesen, und manche haben es Lyrik genannt. Was tun die Birkenblätter? Während ich dies schreibe, stehe ich alle vier Zeilen auf und sehe nach, was sie tun. Sie tun es. Ich werde dahingehen und es nicht gesagt haben.

[1929]

ERFÜLLUNG

Wie Wagenpferde, die schwer gezogen haben, getränkt werden –: das sehe ich so gern. Da stehen sie, mit nassem Fell, die Schweife wedeln ganz matt, sie lassen den Kopf hängen, und das eine stößt das andre, das grade trinkt, beiseite. Man sieht das Wasser in seine Kehle hinuntergleiten, es schlürft; alles an ihm ist Gier, gesättigte Gier, frische Gier und Befriedigung. Dann trinkt das zweite, und das erste sieht zufrieden vor sich hin, aus dem Mal rinnt ihm Wasser in langen Fäden … Das ist schön. Ich möchte den Kutscher streicheln, der ihnen da seinen Eimer hinhält. Warum ist das schön –?

Weil es erfüllte Befriedigung ist, die ist so selten. Es ist legitimer Wunsch, erarbeiteter Lohn, Notwendigkeit, und eine erquickende Spur Wollust ist auch darin. Auch tut es niemand wehe; keine Spinne tötet hier die mit großem Fleiß eingefangene Fliege, ihren ebenso naturhaften Hunger zu stillen, und die Mikroben im Wasser werden wohl keine Schmerzen erleiden, wir wollen uns da nicht lächerlich machen – es ist schön, wenn Pferde getränkt werden.

Es ist auch etwas Freude an der menschlichen Überlegenheit dabei: daß es ein Mensch ist, der ihnen zu trinken gibt. Trinken sie zum Beispiel aus einem fließenden Bach, so gönnt man es ihnen, aber das Bild verliert etwas von dem Behagen, mit dem uns das erste erfüllt. Wir sind wohl sehr eitel, als Gattung.

Und dann ist es auch schön, weil Pferde nicht sprechen können. Kommt ein durstiger, durchschwitzter Wandersmann an die Theke des kleinen Gasthauses und sagt: „Ein großes Helles! Donnerwetter, ist das heute eine Hitze …“, dann trinkt er, und es ist kaum ein ästhetischer Genuß, ihm zuzusehn. Wenn nachher seine Augen glänzen und er „Ah –“ macht, dann wirkt er auf uns, die wir keinen Durst haben, eine ganze Kleinigkeit albern.

Warum es grade bei den Pferden so ist, das weiß ich nicht. Man fühlt sich gut, wenn man sich vor ihnen gut fühlt. Eine milde Woge von Tierliebe quillt in einem auf. Aber die täuscht.

Denn läuft das Pferdepaar nachher nicht schnell genug, dann sind wir auf den Kutscher böse, weil er ihnen nicht ordentlich einen überzieht. „La race maudite, à laquelle nous appartenons …“ sagte jener Fridericus in seiner Muttersprache. Wenn wir einmal nicht grausam sind, dann glauben wir gleich, wir seien gut.

[1929]

KONJUNKTUR

Wenn du ein dickes Erfolgsbuch schreiben willst, so nimm zwischen Daumen und Zeigefinger der linken Hand ...:

1. Das Buch muß in der grade verwichenen Vergangenheit spielen.

2. Das Buch muß ein Ereignis behandeln, an dem möglichst viel Leute – deine Abnehmer – teilgenommen haben: Weltkrieg erwünscht, kleinere Freikorpskämpfe sind auch sehr schön.

3. Das Buch muß sein wie die amerikanischen Kriegsfilme: so rum und auch so rum. Leg dich auf keinen Standpunkt fest; verleih ihm aber kräftigen Ausdruck.

3a. Patriotisch darf es sein.

4. In dem Buch müssen einige krasse Szenen enthalten sein. Das Wort ‚Scheibe' darf heute auf keinem Toilettentisch fehlen. Sei ein Mann! wenn nicht von vorn, dann von hinten.

5. In dem Buch müssen einige zarte Szenen enthalten sein: vergiß der Liebe nicht. Liebe ist hier aber nicht Liebe wie bei dem gottseligen Storm oder Gottfried Keller – Liebe ist zu verstehen als Miniaturmalerei allgemein erheiternder Vorgänge. Jeder Leser ist ein Stückchen Voyeur; gib ihm was zu sehen. Und sag alles, wies ist. Dein Buch muß nur mit einer Hand gelesen werden können.

6. Verwende vierzehn Tage auf die Niederschrift des Buches; zwei Monate auf die Erfindung seines Titels.

7. So wie sein Druck sei auch deine Charakterzeichnung: schwarz-weiß. Zeige die Gegner deiner von dir nicht gehabten Meinung als Schurken, Feiglinge, Lumpen, bezahlte Subjekte ... es darf kein anständiger Kerl unter ihnen sein, wie im Leben. Deine Freunde dagegen seien

8. nicht nur ritterlich, hochbegabt, feinfühlend, edel, wollüstig und kühn –, sondern sie seien auch klug, und zwar deshalb klug, weil sie deiner Meinung sind. Das schmeichelt dem Leser und bringt – schlechtgerechnet – zwanzigtausend Stück mehr.

9. Denk stets daran, das Gute, Wahre und Schöne in deinem Buch hochzuhalten und flatternd ein Banner wehen zu lassen, das keinen Menschen verpflichtet, auch nur einen Deut anders zu leben, als er es gewohnt ist; sei ein strenger Prophet deines Volkes, aber sei ein bequemer Prophet. Verschreibe Diät – ohne Berufsstörung. Wenn die Muse dich küßt, so sieht eine Nation

auf dich; die schwere sittliche Verantwortung ruht auf dir, ein Land zu bessern, an dem die Welt einst genas, rühre die Trommel und vergiß nicht,

10. mit deinem Verleger 15% abzumachen.

[1929]

HANDELSTEIL

Da lesen wir nun so viel über Bankkrachs, zerplatzte Versicherungsgesellschaften, Geschäfte, die ihre Zahlungen eingestellt haben … viel Geld ist da verloren gegangen, viel Geld der andern – ja. Und was, glauben Sie, wird uns da beschrieben? Die letzte Verzweiflung der kleinen Leute, die ihre Spargroschen nicht mehr wiedersehen? zerstörtes Alter? zerstörtes Leben? Ach nein, das nicht. Es werden uns die Bankiers beschrieben. Was tun die Bankiers –? Sie brechen zusammen.

Jeder Bankier, der etwas ausgefressen hat, bricht zusammen. Er erleidet einen Nervenzusammenbruch. Und zwar bricht er entweder in einem Sanatorium zusammen oder auch zu Hause, aber das ist nicht so fein. Er – „Na, hören Sie mal, Sie sind aber komisch: Meinen Sie, das ist ein Spaß, so eine Pleite? Machen Sie das mal mit, ehe Sie mitreden …" – Nein, danke; ich verdiene ja auch nicht so viel; ich brauche das nicht. Und ein Spaß ist es gewiß nicht. Ich meine nur … „Was? Was soll der Bankier denn tun, wenn er Pleite macht? Auf einem Bein tanzen?" – Nein, das sähe nicht hübsch aus. Ich meine nur … wenn sie einen Lokomotivführer herunterholen, weil er nach zehn Stunden Dienst ein Signal überfahren hat, und es hat ein Unglück gegeben, dann sperren sie ihn ein. Fertig. – „Und? Na und? Sperren sie den Bankier vielleicht nicht ein?" – Nicht so lange. Es finden sich zwei Hausärzte und ein Professor, die die ganze Strenge ihrer militärärztlichen Dienstzeit vergessen, die gar nicht mehr „k.v.!" brüllen, sondern ellenlange Atteste schreiben: die Haftfähigkeit … das Herz … und es finden sich fast immer Kautionen, und es finden sich fast immer Gerichtsbehörden, die den Mann herauslassen, den Herrn Verantwortlichen. – „Damit er draußen behilflich sein kann, sein Geschäft zu ordnen." – Sicher. Aber der verhaftete Arbeiter hat auch ein Geschäft: nämlich seine Familie, die durch die Bestrafung, die ihm zugedacht ist, fast allemal zugrunde geht … aber darauf kommt es wohl nicht so sehr an. Er ist ja nicht verantwortlich. – „Was wollen Sie damit sagen?“ – Daß dieses Wort im Deutschen überhaupt nichts mehr bedeutet. Verwantwortlich? Ich habe eine verantwortliche Stellung … deine Verantwortlichkeit … er ist mir dafür verantwortlich … neulich habe ich in einer Tierschutz-Zeitschrift gelesen: „Wenn die Schafe eingerückt sind, ist für die Herde der Hund verantwortlich.“ Ich sage Ihnen: das Wort hat seine Bedeutung verloren. Ist im Weltkrieg jemand verantwortlich gewesen? Wer ist überhaupt verantwortlich? Ich werde es Ihnen sagen: kleine, untergeordnete, meist proletarische Einzelne – der Rest verkriecht sich hinter die Gruppe, hinter eine Vorschrift, hinter das Reglement, hinter einen Befehl – in Wahrheit trägt kein Mensch die Verantwortung für das, was er macht. Sie decken sich gegenseitig, und zum Schluß ist es niemand gewesen. Die Geschichte wird richten, wissen Sie? Das ist eine schöne Geschichte. – „Aber die armen Bankiers …“ Mir bricht das Herz. Ich sehe sie vor mir: schluchzende Devisenhändler, taschentuchauswringende Fondsmakler, zusammengebrochene Kommerzienräte … nach bestem Wissen und Gewissen … es muß furchtbar sein. Da gibt’s nur ein Mittel.

Sich auch weiterhin der Rechtlosen anzunehmen: jener kleinen Leute, die in die Klauen der Justiz fallen, und die sich nicht wehren können. „Das Gesetz in seiner erhabenen Gleichheit verbietet Armen und Reichen, unter den Brücken zu schlafen“ – sagt Anatole France.

[1929]

WAS TUN DIE BIRKEN?

So habe ich neulich hier gefragt … was sie wohl tun, die Birkenblätter. Sirren? … flirren? … flimmern? … ich wußte es nicht.

Brunhild schreibt: sie ‚schauern‘. Na, schauern … vielleicht tut das der ganze Baum – aber er friert doch gar nicht, mir ist dies Wort zu schwer für das leichte Gezweig.

Georg Hermann zitiert Liliencron:

Der Birke Zischellaub verstummte
In ferne Länder floh der Tag …

– das ist schon ähnlicher. Hier ist es wenigstens phonetisch gelöst; aber wenn man nun weitab steht und es nicht hören kann –?

Aber Georg Hermann kommt mir grade recht. Liliencron ... Neulich hat Franz Blei in der ‚*Literarischen Welt*' an ihn erinnert; ich glaube, daß er ihm Unrecht getan hat. Er sagte: der habe es sich so leicht gemacht; er habe mit der Muse getändelt. Ach nein – er hat gearbeitet wie ein Schwerarbeiter, gestrichen, gebosselt, verbessert, und abgeschrieben, bis es ‚saß'. Ich meine, daß man ihn noch heute mit Genuß lesen kann – es stehen da wunderherrliche Gedichte (verliert sich in vierstündiger Lektüre Liliencrons; auftauchend:) Weil aber in politisch vermuffter Zeit ästhetische Werturteile immer gleich so feierlich genommen werden: ich lese Franz Blei mit größtem Vergnügen und mit mehr als Vergnügen. Divergenz über ein literarisches Werturteil ist kein Krieg.

Mein Gott, was tun die Birkenblätter –? Brunhild, komm her und stell dich unter einen Birkenbaum. Ich seh dich an – schauer mal. Fühlst du den Unterschied? Was tun sie? Ich werde dahingehen und es nicht gesagt haben.

[1929]

DIE MACHT DER WISSENSCHAFT

Wie die ‚Freie Deutsche Schule' zu Würzburg berichtet, ist es in Bayern gelungen, ein System zu entdecken, das jede von Gott nicht gewollte Wirkung der Geschlechtlichkeit zunichte macht. Der ‚*Altöttinger Liebfrauenbote*' gibt uns das Rezept.

„Wenn die Reize kommen, dann etwa im Kopf ausrechnen, wieviel 27 mal 28 macht. Bis du das Resultat hast, ist das gereizte Nervensystem abgelenkt und alles wieder in Ordnung."

Das läßt mich gar nicht mehr schlafen. Hier in Schweden sind die Frauen sehr schön und wohlschmeckend; ich gehe nie mehr ohne Logarithmentafel aus. Bis gestern hat es gut funktioniert: wenn Inge oder Karen oder Senta vorbeikam – ich die Tabelle heraus – 27 mal 28 ... und alles war in Ordnung. Seit gestern klappt es nicht mehr.

Ich muß es dem ‚*Altöttinger Liebfrauenboten*' sagen –: sein System hat, mit

Verlaub zu sagen, ein Loch. Nämlich: immer, wenn ich jetzt in der Wirtschaft oder im Büchlein für die Markenkasse ausrechnen will, wieviel 27 mal 28 ist, dann ist aber gar nicht alles in Ordnung. Es muß da irgend etwas haften geblieben sein, ein Komplex ... es ist ganz schrecklich. Meine Mama hat mir alle Rechenbücher fortgenommen; „es regt den Jungen so auf", sagt sie.

Übrigens schlage ich vor: 3 mal 23. Es kommt der Sache näher.

[1929]

DIE ‚DUMMEN' SCHWEDEN

Hier oben in Schweden habe ich etwas Merkwürdiges entdeckt. Nämlich: Alle Deutschen sagen allgemein, immer und überall: „Die dummen Schweden."

Wußten Sie das? Ich auch nicht.

Als ich dies zum ersten Male hörte, hielt ich es für einen Irrtum – den abseitigen Gedankengang eines Einzelgängers ... aber nein! Viele Schweden haben mir das bestätigt: es sei eine Art schwedischer Volksmeinung, daß es ein deutscher Volksbrauch sei, von den ‚dummen Schweden' zu sprechen. Woher mag das nur kommen? In meinem Leben habe ich so etwas noch nicht gehört.

Wir sagen: „Alter Schwede", das ist schon ein bißchen altmodisch – aber das Wörterbuch von Sanders gibt hier mit Recht an: „alter Schwede, volkstümlich = alter Freund, ehrlicher Kerl". Wir denken, wenn wir an Schweden denken, fast automatisch an: Streichhölzer; dann an gutes Essen; an Kälte und Schwedenpunsch; dann eine ganze Weile an gar nichts; dann an Stockholm ... an ihren tennisspielenden König ... hier lösen sich die Gedankenverbindungen auf; es kommt darauf an, wer denkt. Aber die gewöhnlichen Kollektivvorstellungen, die Reaktionen, die auf den Zuruf des Reizwortes ‚Schweden' erfolgen, können bei ehrlicher Selbstkontrolle keine anderen sein als diese da. Von geschichtlichen Erinnerungen sehe ich hierbei ab.

Und nun ist eines zu beachten:

Es gibt kein deutsches Normalgehirn, das bei dem Gedanken ‚Schweden' andere als angenehme, freundliche, gute Gedanken hätte. Wir wissen gemeinhin nicht so sehr viel von den Schweden, nicht genug von ihrem Leben, von ihrer sozialen Struktur – wir wissen, daß sie eine sehr gute Sozialgesetzgebung haben: furchtbar viele Telefone; daß die Männer gute Sportsleute sind und der Frauentypus sehr schön ist … wenn wir nachdenken, wissen wir auch, was diese Nation im Kriege für Deutschland getan hat … wie sie während der Inflation deutsche Kinder unterstützt hat … nun werde ich fast feierlich. So ernst ist die Sache ja gar nicht. Kein diplomatischer Zwischenfall steht am Himmel – es ist alles in bester Ordnung …

Wir wollen nur einmal nachsehen, wie mitten in Europa ein Volk vom anderen, ein paar Seestunden voneinander entfernt und nur eine Flugstunde – wie das solche Märchen glauben kann. Das ist natürlich eine ganz belanglose Geschichte. Die Schweden sind viel zu klug, um störend in die große Politik einzugreifen; sie sind froh, wenn man sie zufrieden läßt – und es ist ein schöner Friede, in dem sie leben. Auch hat diese kleine, falsche Idee niemals ernsthaft die Handelsbeziehungen oder sonstige Verbindungen der beiden Völker gestört, natürlich nicht. Ein Pickelchen … Aber solche Pickelchen können von bösartigen und interessierten Pfuschern zu Geschwüren herangezüchtet werden. Ich weiß schon: so entstehen keine Kriege. Kriege werden viel mehr *gemacht*, als sie entstehen – wer da mit magischen Geschichten kommt, hat viel zu gewinnen im Kriege – und wenig zu verlieren. Es ist nur an dem, daß kleine, simple Irrtümer – wie dieser da – böse ausgebeutet werden können, so jemand ein Interesse daran hat, sie auszubeuten. Sie wissen ja, wie man gute Propaganda machen kann, wenn man die Vulgärvorstellungen über fremde Nationen in Rücksicht zieht. „Alle Franzosen sind Windbeutel." – „Spanier sind stolz" (den ganzen Tag über). „Engländer reden mit keinem Menschen …" und so in infinitum. Gewöhnlich sind diese Urteile falsche Verallgemeinerungen richtiger Beobachtung von Einzelzügen – ganz richtig sind sie niemals. Und woher das nur mit den ‚dummen Schweden' kommen mag …

Es widerspricht auch noch so ziemlich allem, was wir von den Schweden denken. Die gelten bei uns – Rechtens als durchaus gebildet, intelligent; dazu als schweigsam, wie die Leute aus dem Norden sein sollen (das ist aber nicht ganz richtig); alles, alles, was Sie nur wollen – nur nicht dumm. Gott weiß, wer das aufgebracht hat.

Man kann auch in einem Kubikmillimeter die Beschaffenheit des Meerwassers erkennen. Man kann auch in so einem winzigen Wörtlein die internationalen Irrtümer erkennen, an denen Europa dann leidet, wenn sie große

Ausmaße annehmen. Auf einmal ist so ein Wort da; niemand weiß, woher es kommt; jedermann sagts weiter – und dann sitzt es fest. Und eher holst du den Teufel aus der Hölle als dies Wort und diese Wahrheit, die niemals eine gewesen ist, aus den Gehirnen.

Inzwischen wollen wir an Strindberg denken, der ja allerdings kein typischer Schwede gewesen ist, aber dennoch … an den großen Chemiker Berzelius, der einer gewesen ist – an die Lagerlöf; an so viele gute Stunden, die uns die schwedische Kunst bereitet hat, sowie an die herzerhebende Tatsache, daß die Schweden ihre Mahlzeiten mit Käse anfangen – und wollen sprechen:

Die klugen Schweden. Die klugen Schweden.

[1929]

KORRESPONGDANX

Jeden zweiten Sonntag im Monat wird der Schreibtisch schon frühmorgens aufgeräumt, alles liegt sauber da, die Bücher stehen angetreten, die Zettel sind eingesperrt, alles zu Haus? … das Zimmer wartet. Heute ist Posttag.

Na, was so ist … Vom Inhalt wollen wir hier nichts erzählen, der ist so wie bei jedem Menschen: ein Zehntel Freude, ein Zehntel Beschwerde und dreihundertundachtundsiebzig Zehntel Briefe, die man eben beantworten muß. Gut. Aber welchen merkwürdigen Gesetzen unterliegt das Briefeschreiben?

Es sind zwei Dinge, die mir immer wieder auffallen.

Das eine ist die Klasse der Schreiber, die eine solche Pfote schreiben, daß man ihrs nicht lesen kann. Kurzt Hiller hat einmal für sich dekretiert, er brauche keine Schreibmaschine. Aber er schreibt wenigstens so, daß seine Briefe auch bei Mondfinsternis zu lesen sind. Hingegen schicken einem da die Leute Krakeleien … es ist sehr merkwürdig. Ich sitze immer davor wie jene Redaktion, die einen handgeschriebenen Zettel des Chefs bekam, aus einem Restaurant. „Wichtige Information fürs Abendblatt! Sofort!“ stand drüber; das war aber auch alles, was man lesen konnte. Was nun –? Da hatte ein ganz Kluger einen ganz klugen Einfall. „Es gibt“, sagte er, „eine Gattung Menschen, die schreibt überhaupt nur unleserlich – das sind die Mediziner. Und es gibt eine Gattung Menschen, die kann brillant Unleserliches lesen –

das sind die Apotheker. Fritz!" Der Junge flitzte mit dem Zettel los, in die Apotheke. Und kam nach einer halben Stunde zurück. Und stellte stumm eine kleine Flasche mit einer rötlichen Tinktur auf den Tisch. Diese Geschichte stammt, wie alle schönen Geschichten, von Roda Roda. Ja, also die Briefe.

Wenn die unleserlichen beiseite gelegt sind, dann ist da eine andre Plage. Ich habe lange nicht begriffen, warum sich Frauen immer ihre Briefe mit den Umschlägen aufbewahren – fast alle Frauen tun das. Sie tun es deshalb, weil sie ihre Adresse stets hinten auf den Briefumschlag schreiben. Und nie auf den Brief selbst. Und unsereiner wirft doch natürlich brav und bieder die Umschläge fort. Und so vergeht kein Posttag, wo man mich nicht, den Kopf tief in dem riesigen Papierkrob, furchtbar schimpfend vorfindet, was das wohl für eine Schweinerei sei und ob ich das vielleicht nötig hätte, hier zwischen Asche und Bindfaden herumzukramen, nur, weil diese verdammte Person ihre Adresse nicht … Und ob das nicht jedesmal geschieht, wenn es sich darum handelt, einem Paar sehr schöner Augen einen Gruß zu schicken! Die Verluste, die auf Warentransporten dadurch entstehn, daß zum Beispiel Fässer leck werden, nennt man im Handelsrecht Leckage. In meinem Geschäft sind diese Verluste offenbar besonders groß.

Nun liegen alle die Briefe still, sie sind noch ganz außer Atem von der langen Reise und müssen sich erst an das Klima gewöhnen. Die Damen liegen, wie so häufig im menschlichen Leben, obenauf, danach kommen die Geschäften (man sollte dieses Wort hinten immer mit einem n schreiben, es sieht gleich viel eiliger aus), und der ganze Packen ist so hoch wie zwei Apfelkuchen. Sankte Epistola, steh mir bei! Auf daß ich bald den letzten hinter mir habe … und bin ich mit der Ihnen gebührenden Darnachachtung

Ihr sehr ergebener Peter Panter

[1929]

SCHNIPSEL

Warum lächelt die Mona Lisa
Weil sie
Hitkinsons Verdauungspastillen
eingenommen hat
und so
von ihrer lästigen Verstopfung
für immer befreit ist!
Wollen Sie
auch lächeln?
Dann …

Amerikanisches Inserat

Mitropa, Schlafwagen

„In einem richtigen Schlafwagen haben nicht nur die Schaffner Dienst, sondern auch die Fahrgäste."

Deutscher Verwaltungsgrundsatz

Es unterhielten sich ein Katholik und ein Jude über religiöse Fragen.

„Eins verstehe ich nicht", sagte der Katholik. „Wie kann man als gebildeter Mensch glauben, die Juden seien durch das Rote Meer gezogen?"

„Sie mögen recht haben", sagte der Jude. „Wie kann man aber glauben, Jesus Christus sei nach dem Tode auferstanden?"

„Das ist etwas anderes", sagte der Katholik. „Das ist wahr."

Den Deutschen muß man verstehen, um ihn zu lieben; den Franzosen muß man lieben, um ihn zu verstehen.

[1929]

Das Gehalt eines Lokomotivführers ist nicht groß – der Staat vertröstet den Mann mit der ‚Pension', die ihm seinen Lebensabend schon versüßen werde. Diese Pension ist meist gering.

Wohlhabende Männer aber, die als Minister ein Gastspiel in der Politik geben, das sich hinterher meist als recht rentabel erweist, bekommen folgende Pensionen:

Dr. Georg Michaelis, jener Reichskanzler, der im Jahre 1917 seine vollendete Unfähigkeit erwies: 27 600 Mark jährlich.

Dr. Wilhelm Cuno, der als Beamter die Entschädigungsverhandlungen mit den großen Schiffahrtsgesellschaften zu führen hatte und der dann – wie der Zufall spielt! – der Direktor einer solchen Gesellschaft wurde; als Reichskanzler für die Inflation deshalb nicht verantwortlich, weil man ihn für nichts verantwortlich machen kann: etwa 19 000 Mark.

Gottlieb von Jagow; ganz recht, jener, der die Neugierigen warnte und später einen Hochverratsversuch machte: etwa 24 000 Mark;

Dr. Lewald, ein früherer Staatssekretär von großen, hierorts nicht bekannten Verdiensten: etwa 17 000 Mark;

von Tirpitz; der Alte im Barte; der Mann, der den Reichstag jahrelang hintergangen hat, um den Bau einer Flotte durchzudrücken, die im Kriege nichts genützt und nichts geschafft hat – also überflüssig gewesen ist: rund 25 000 Mark. (Ihrem lieben Tirpitz: die dankbare Republik.)

Nun darf man bei Betrachtung solcher Ziffern nicht vergessen:

Dieser Staat, der solche wahnwitzigen Summen – über 23 Millionen – jährlich auszahlt, ist schwer verschuldet; stand bereits einmal vor dem Nichts, belastet seine arbeitenden Steuerzahler schwer, um diese da zu mästen.

Freilich: auch diese Pensionisten arbeiten fleißig. Ein großer Teil dieser Männer ist noch recht rüstig; hat gut bezahlte Stellungen in der Industrie, die sich niemals mit ihnen befaßte, hätten sie nicht den Titel – so daß also die frühere Staatsstellung sich schon auf diesem Wege bezahlt macht: die Republik zahlt immer weiter. Sie zahlt:

den früheren deutschen Kriegsministern nach ihrer verderblichen und dem Lande schädlichen Tätigkeit noch heute pro Mann und Nase: 25 000 Mark;

sie zahlt Herrn Gustav Bauer: 11 000 Mark;

sie zahlt Herrn Hermes (Mosel): 11 000 Mark;

sie zahlt Herrn Emminger, der die deutschen Schwurgerichte vernichtet hat: 19 000 Mark;

sie zahlt – sie zahlt – sie zahlt – und sie wird immer weiter zahlen, weil sich die Bezahlten ihre Gesetze selber machen; weil die Arbeiter und die Angestellten nicht wissen, was mit ihnen getrieben wird, und weil der Staat im Leben der Heutigen das darstellt, was die Religion im Leben der Urgroßeltern gewesen ist: eine dunkle, mysteriöse, aber auf alle Fälle anzubetende Sache.

[1929]

DIE FEUERWEHR

Auf der Insel Truchany gegenüber Kiew befindet sich die Reparaturwerkstatt des Dampfschiffahrtsunternehmens auf dem Dnjepr. Die freiwillige Feuerwehr der Werkstatt hatte seit Jahren nichts zu tun. Aus Besorgnis vor dem Schicksal der freiwilligen Rettungsgesellschaft zündeten sechs Feuerwehrmänner im vorigen Jahre ein Gebäude der Werkstatt an. Das Feuer wurde durch die freiwillige Feuerwehr gelöscht. Nachdem ein halbes Jahr wieder nichts geschah, zündeten dieselben sechs Mitglieder der Feuerwehr ein neues Gebäude an. Es wurden ein Mitglied der Feuerwehr, Korolski, und der Gehilfe des Brandmeisters, Dezenke, die unmittelbaren Anstifter des Verbrechens, zum Tode verurteilt, drei weitere Angeklagte zu je zehn Jahren Freiheitsstrafe, ein anderer zu acht Jahren Freiheitsstrafe.

[1929]

NIE ALLEIN

Eine Seite des Proletarierschicksals aller Länder wird niemals beschrieben – nämlich die Tragik, die darin liegt, daß der Proletarier nie allein ist. So ist sein Leben: Geboren wird er im Krankenhaus, wo viele Mütter kreißen, oder in einem Zimmer, wo ihn gleich die Familie mit ihrem Anhang, den Schlafburschen, umwimmelt; so wächst er auf, und es ist noch eine bessere Familie, wo jeder sein eigenes Bett hat; alle aber, die so leben, leben ständig das Leben der anderen mit und sind nie allein. So ist seine Welt; sein Haus hat viele Höfe, und unzählige Familien wohnen hier, kommen und gehen, schreien und rufen, kochen und waschen, und alle hören alles, jeder nimmt am Schicksal des anderen auf die empfindlichste Art teil, in der dies möglich ist: nämlich mit dem Ohr. Das Ohr des Proletariers lernt Geräuschlosigkeit nur in der Einzelhaft kennen.

Im Maschinensaal arbeitet er mit den andern; im Stollen mit der Belegschaft; am Bau mit den andern – nie ist er allein. Zu Hause nicht – nie ist er allein. Noch, wenn er stirbt, stirbt er entweder in so einem schmierigen Loch oder im Krankenhaus – und ist auch dann nicht allein.

Man sage doch nicht, daß ‚die Leute dies gewöhnt seien' – das erinnert an den Ausspruch jenes Kellners, der da beim Austernservieren sagt: „Ja, die Austern sterben sofort, wenn man die Schale öffnet. Aber sie sind das gewöhnt!" An so ein Leben, in dem man nie allein ist, gewöhnt man sich nicht; man lebt es bitter zu Ende.

Das hat gar nichts mit einem falschen Bürger-Ideal zu tun; Kollektivität und Solidarität stehen auf einem andern Blatt. Die französischen Bauern umgeben ihre Besitzungen gern mit einer hohen Mauer; deutsche Kleinsiedler haben eine immense Vorliebe für den Zaun, weil er ihnen Symbol für das Eigentum ist … die neue Generation in Rußland hat ein neues Lebensgefühl in die Welt gerufen und ist sich vielleicht weniger feind, als das sonst unter Menschen üblich ist. Klassengenossen sollen solidarisch sein und kollektiv arbeiten und leben, gewiß. Aber gibt es ein menschliches Wesen, das da mehr sein will, als nur Arbeitsmotor, Fortpflanzungsapparat und Verdauungsmaschine, und das nicht den Wunsch hätte, einmal, nur ein einziges Mal, allein zu sein?

Hier liegen nicht nur die Körper zusammen – hier dünsten auch die Seelen aus, und weil für keine Platz genug da ist, so ziehen sie sich zusammen und werden beengt, bedrängt, manchmal klein.

Wieviel Mut, wieviel Energie gehört dazu, um unter so niedriger Decke noch zu hoffen, zu arbeiten, den Gedanken des Klassenkampfes nicht trübe verglimmen zu lassen!

Die Frau, die Kinder – auch sie nie allein.

Der Mensch von 1929 ist nicht mehr allein wie auf einer Ritterburg oder in einer Eremitenklause. Wie die Waben sitzen die Wohnungen in den Mietshäusern beieinander –

Ist der Proletarier nicht sehr stark, ist er nicht durchdrungen von dem Gedanken, für seine Klasse zu kämpfen, dann entsteht eben jene Welt: ‚Drittes Quergebäude, rechts, zweiter Hof' … In dem ewig dunkeln Gang hängen nicht nur die Eimer an den Wänden, an diesen Wänden klebt auch zäher Klatsch, Niedrigkeit, die aus der Not kommt, die Menschen knurren sich an, weil sie zu nah aneinanderwohnen – wie kümmerlich die Versuche, in solchen Ställen so etwas wie ein ‚Heim' aufzubauen. Das muß dem Nächsten abgerungen werden, und es wird ihm abgerungen, unter steten Kämpfen, unter Seelenqual und Bitternis. Nie sind diese Leute allein. Lebt der deutsche Arbeiter so –?

Ein großer Teil lebt so und tut seine Arbeit und hat Sehnsucht nach einem andern Leben und quält und schindet sich und ist nie allein.

[1929]

DIE BELEUCHTER

„Die Hauppsache bein Theater is: nur die Ruhe nich valiern! Wat wehrn die denn ohne uns –?

Sehn Se, son Beleuchter kann nich jeda sein; det isn Beruf, der will jelernt sin. Wir missn die Lampen abmontiern und die Leitungen lejn und alles sowas – na ja, det is ja annerswo ooch … aber sehn Se, 'n Theater – det is manchmal die reine Verricktenanstalt.

Die Schohspieler sind ja soweit nette Leute – aber wissen Se, die Leite sind ja plemplem. Mensch, wenn se denn schon komm uff de Probe, imma beleidicht sind se – wir frahren uns ofte: wat ham die bloß? Imma is wat. Mal is een die Rolle zu klein und denn wieda zu jroß, und wenn der Regissör sacht: Hier, bei die Stelle, da jehst du hier rieba – denn macht der ein Heck-Meck! Er jeht nich rieba! er bleibt hier stehn, hier uff diesen Fleck! und er jeht bein Direktor, sich beschwern … nu sahrn Se mal: kann det den Mann denn nich janz jleich sein? Nee – es is wejn die Würkung.

Neilich, diß war'n Feez! Da hatte Otto ein jenomm, wir wahn vorher drüben bei Beetz jewesen, weil seine Olle hatte Jeburtstag, und da hatte er een ausjejehm. Is jut. Ick kucke noch so uff die Uhr, ick sahre, Kinder! sahre ich, es is hechste Eisenbahn – die fangen ja sonst drieben ohne uns an! Also wir rieba, ick seh schon imma, wie mein Otto so janz leise schaukelt, na, es war kaum zu merken … aber wir wußten doch Bescheid. Immahin: der Mann is ein erfahrener Fachmann, den passiert nischt, da kann er jetroste ein jenomm ham. Is jut.

Indem kommt König uff die Biehne, Paul König, Se wern ja von den Mann jeheert ham – er is sehr beriehmt, der Direktor hält jroße Stücke aufn – und an den Ahmt machte er den Hamlet. Un an die Stelle, wo det Jespenst ascheint, wir müssen da imma mächtig aufpassen, un alles stand auch richtig in de Kulissen un bei die Schalter – da heer ick pletzlich, wie Schauspieler König imma weita – und nu heerten det ooch die annern, und nun fingen wir alle an zu lachen … Da schnappte aba Otto in. ‚Mein Sie mir?' wird er janz laut rufen –und der Inspizient macht schon: ‚Psst!' und ‚Ruhe!', un Otto imma guckt schon rieba, wat hier is … und auf eenmal jeht König an die Kulissen und ruft – also wir dachten schon, det Publikum wird det heeren: ‚Na wollt ihr nich vielleicht in die Rampe blaues Licht geben –!' Vor Angst hat Otto denn rot jeschalt, aber es hat keener jemerkt, und wie allens jlicklich vorbei war, da ham se sich denn vasöhnt, und König hat nachher noch bei Beetz einen ausjejehm, und wie Otto is denn nach Hause jejangen … also … da wah a aba richtig blau –!

Sehn Se, 'n Theata ohne Beleuchter, det is wie ne Weiße ohne Schuß. Et fehlt was."

[1929]

BERLINER THEATER

Die Besucher einer berliner Premiere wollen Goethe, plus Dante, plus Brecht, plus Bruckner, plus Claudel; die Besucher der 50. Aufführung wollen das ‚*Dreimäderlhaus*'. Nun mach du in Berlin Theater.

[1929]

DIE POSE DER KRAFT

Eine leicht verweichlichte Generation junger Leute, die nicht bis zehn boxen kann, stellt auf den Bühnen der großen Städte Kraft dar. Es gibt eine ganze Literatur solcher Stücke, in denen der Wilde Westen, die Maschinen und neuerdings auch das Proletariat dazu herhalten müssen, Vorwand für eine Schaustellung zu sein, die verlogen ist bis in ihre weichen Knochen. Welch trutzig gereckte Arme! hintenüber geworfene Köpfe! So ist die neue Zeit gar nicht. So sieht sie nicht einmal aus. So wird sie nur dargestellt.

Am schauerlichsten aber ist es, wenn die Schwächlinge in weibischer Anbetung der Kraft sich am Nationalismus hochranken und brünstig die erigierten Fahnen umarmen; das geht von den schreibenden Marineleutnants bis zu den jüngeren Autoren, ihren Namen sollt ihr nie erfahren, einer beginnt mit dem Anfangsbuchstaben Bronnen. Hei, da gehts zu!

Dieser, der da oben boxt, tut es sicherlich ethisch – ich höre die gezackten, gerafften, geballten und gesteilten Verse, die keine sind, aber sicherlich mit der Internationale schließen. Kost ja nischt.

Dann gibts welche, die boxen mehr aus sauberer Freude am Blut. Es wird ein bißchen viel geschlagen in der neueren deutschen Literatur – der Riesenerfolg so eines Schmarrens wie des Lönsschen ‚*Werwolfs*‘ ist auf latenten Sadismus zurückzuführen. Es hat einmal in der verblichenen Zeitschrift ‚*Der Drache*‘ die Geschichte eines gestanden, dem zeigte ein Stahlhelmer ein koloriertes Foto von der Erschießung Schlageters. „Wissen Sie“, sagte der Held, „wenn ich sowas Racheaktjes, dann ...“ er meinte, dann würde ihm sehr wohl zumute – aber ich mag das nicht hierher setzen, es ist nicht schön. Deckt aber den tiefen Zusammenhang zwischen Wollust und Blutlust auf das eindeutigste auf. Was dem einen seine Ludmilla, ist dem andern sein Einmarsch in München.

Immerhin: mit Kraft hat dergleichen nichts zu tun; es ist lediglich ihre Pose. Wilde Bautzener, die nie in Amerika gewesen sind, berauschen sich, wie ihre Papas bei Karl May, an den Cow-Boys; junge Herren, die kaum die Schreibmaschine bedienen können, haben es mit der chinesischen Revolution ... es ist gar nicht so einfach im menschlichen Leben. Man sollte dieses Getue auslachen.

Boxt! Aber geilt euch nicht an den Boxern an. Kämpft! Aber schreit nicht, daß ihr Kämpfer seid. Man wird ja vom Zuhören heiser. Und muß lachen – über die Pose der Kraft.

[1929]

bei Berlin hat eine Sternwarte, und die Sternwarte hat ein großes Fernrohr; die Prospekte sagen, es sei das größte der Welt, davon wird es nicht größer.

Manchmal, an lauen, staubigen Sommerabenden, wenn in der ‚Abtei' die Militärmusik randaliert und die Kellner der Bierabteilung schwitzen und die der Weinabteilung transpirieren und: – „Alauhm Se mal, das ist mein Stuhl! Fällt Ihnen denn überhaupt ein?" – „August, reg dich nicht auf – hier! setz dich da hin ...!" (vergrollend) „Frechheit – –" ja, also dann sind wir die kleinen Eisentreppen hinaufgeklettert; manchmal war es sehr voll, dann mußten wir auf den Treppchen warten, bis wir an den Mars kamen oder an den Saturn. Ja, da standen. Bis die Milchstraße frei war, hatte man Muße, sich im Stehen einen kleinen zu denken.

Die treptower Sternwarte ist ein winziges Arsenal der Großstadt-Metaphysik. Sehr anspruchsvoll ist sie nicht, diese Metaphysik – aber hier, so auf den kleinen Eisentreppen, ruht das Radio-Gehirn einen Momang, wenn man so bedenkt, wie hoch der Himmel, wie hoch mag eigentlich der Himmel, weißt du das Max? Nein, Max weiß das auch nicht; wenn man so bedenkt ... ja, das ist nun ganz weit weg, die wissen vielleicht gar nichts von uns, komisch ... was für ein winziges Wesen der Mensch eigentlich ist ... Sophokles ... rasch tritt der Tod den Menschen ... ach, Zimt ... immerhin, was hat der Astronom vorhin gesagt? Fünf Millionen Lichtjahre ... das sind ..., Donnerwetter ... so, jetzt sind die da vorn fertig – wollen mal sehen: ich seh ja gar nichts – doch , da:

Ah –!

Ja – wie ne Erbse! Der Mars sieht aus wie ne Erbse. Man möchte meinen, laß doch mal! – wie ne Erbse. Ja, und ganz gelb. Da, sieh mal – (noch leicht versunken) fünfhundert Millionen Lichtjahre – man ist wirklich nur ein kleiner Haufen Elend ... was spielen die da drüben? Ach, aus der *‚Lustigen Witwe'* – ja, ja – was es alles gibt ...

Einmal, als wir da so standen und uns den religiösen Gedanken hingaben, da trippelte vor uns ein altes Mütterchen hin und her, hin und her ... Was hatte sie nur? Und schließlich faßte sie sich ein Herz und ging auf den Astronomen zu, der da oben auf dem flachen, dunkeln Dach die Planeten beaufsichtigt, und sagte:

– „Haben Sie das nicht auch gehört, daß zwei ungeheure Sonnen kommen mit ungeheurer Geschwindigkeit auf die Erde zugeflogen? Ja – ja –." Der Astronom hatte es nicht gehört. Die Frau wandte sich für ihre beiden Sonnen hilfeflehend an die Umstehenden. Zwei so gute Sonnen ... „Haben Sie das gehört ...?" Manche lächelten spöttisch; manche waren ihrer Sache nicht ganz sicher und sahen angestrengt in den schwarzen Himmel, ob sie vielleicht dort die Sonnen sehen konnten ... Nein, da war nichts. Die doppelte Sonnenfrau zog tief beleidigt ab.

Wenn sie nun aber recht hat?

Bis die Sonnen da sind, reagieren die entlaufenen Gläubigen ihre Reste an Religion auf den Sternwarten ab, begreifen für fünfzig Pfennig Entree den Kosmos und sind, unten angekommen, wieder im Vollbesitz ihrer irdischen Menschenwürde.

[1929]

HEIMAT

> „Aber einen Trost hast du immer, eine Zuflucht, ein Wegschweifen. Selbst auf Umgebungsflachheiten stehen Bäume, Wasseraugen schimmern dich an, Horizonte sind weit, und auch durch düstere Verhängung kommt noch Feldatem."
> Alfons Goldschmidt: *‚Deutschland heute'*

Nun haben wir auf vielen Seiten nein gesagt, nein aus Mitleid und nein aus Liebe, nein aus Haß und nein aus Leidenschaft – und nun wollen wir auch einmal ja sagen. Ja – zu der Landschaft und zu dem Land Deutschland.

Dem Land, in dem wir geboren sind und dessen Sprache wir sprechen.

Der Staat schere sich fort, wenn wir unsere *Heimat* lieben. Warum grade sie – warum nicht eins von den andern Ländern –? Es gibt so schöne.

Ja, aber unser Herz spricht dort nicht. Und wenn es spricht, dann in einer andern Sprache – wir sagen „Sie" zum Boden; wir bewundern ihn, wir schätzen ihn – aber es ist nicht das.

Es besteht kein Grund, vor jedem Fleck Deutschlands in die Knie zu sinken und zu lügen: wie schön! Aber es ist da etwas allen Gegenden Gemeinsames – und für jeden von uns ist es anders. Dem einen geht das Herz auf in den Bergen, wo Feld und Wiese in die kleinen Straßen sehen, am Rand der Gebirgsseen, wo es nach Wasser und Holz und Felsen riecht, und wo man einsam sein kann; wenn da einer seine Heimat hat, dann hört er dort ihr Herz klopfen. Das ist in schlechten Büchern, in noch dümmeren Versen und in Filmen schon so verfälscht, daß man sich beinah schämt zu sagen, man liebe seine Heimat. Wer aber weiß, was die Musik der Berge ist, wer die tönen hören kann, wer den Rhythmus einer Landschaft spürt … nein, wer gar nichts andres spürt, als daß er zu Hause ist; daß das da sein Land ist, sein Berg, sein See – auch wenn er nicht einen Fuß des Bodens besitzt … es gibt ein Gefühl jenseits aller Politik, und aus diesem Gefühl heraus lieben wir dieses Land.

Wir lieben es, weil die Luft so durch die Gassen fließt und nicht anders, der uns gewohnten Lichtwirkung wegen – aus tausend Gründen, die man nicht aufzählen kann, die uns nicht einmal bewußt sind und die doch tief im Blut sitzen.

Wir lieben es, trotz der schrecklichen Fehler in der verlogenen und anachronistischen Architektur, um die man einen weiten Bogen schlagen muß; wir versuchen, an solchen Monstrositäten vorbeizusehen; wir lieben das Land, obgleich in den Wäldern und auf den öffentlichen Plätzen manch Konditortortenbild eines Ferschten dräut – laß ihn dräuen, denken wir und wandern fort über die Wege der Heide, die schön ist, trotz alledem.

Manchmal ist diese Schönheit aristokratisch und nicht minder deutsch; ich vergesse nicht, daß um so ein Schloß hundert Bauern im Notstand gelebt haben, damit dieses hier gebaut werden konnte – aber es ist dennoch, dennoch schön. Dies soll hier kein Album werden, das man auf den Geburtstagstisch legt; es gibt so viele. Auch sind sie stets unvollständig – es gibt immer noch einen Fleck Deutschland, immer noch eine Ecke, noch eine Landschaft, die der Photograph nicht mitgenommen hat … außerdem hat jeder sein Privat-Deutschland. Meines liegt im Norden. Es fängt in Mitteldeutschland an, wo die Luft so klar über den Dächern steht, und je weiter nordwärts man kommt, desto lauter schlägt das Herz, bis man die See wittert. Die See –. Wie schon Kilometer vorher jeder Pfahl, jedes Strohdach plötzlich eine tiefere Bedeutung haben … wir stehen nur hier, sagen sie, weil gleich hinter uns das Meer liegt – für das Meer sind wir da. Windumweht steht der Busch, feiner Sand knirscht dir zwischen den Zähnen …

Die See. Unvergeßlich die Kindheitseindrücke; unverwischbar jede Stunde, die du dort verbracht hast – und jedes Jahr wieder die Freude und das „Guten Tag!“, und wenn das Mittelländische Meer noch so blau ist ... die deutsche See. Und der Buchenwald; und das Moos, auf dem es sich weich geht, daß der Schritt nicht zu hören ist; und der kleine Weiher, mitten im Wald, auf dem die Mücken tanzen – man kann die Bäume anfassen, und wenn der Wind in ihnen saust, verstehen wir seine Sprache. Aus Scherz hat dieses Buch den Titel ‚*Deutschland, Deutschland über alles*‘ bekommen, jenen törichten Vers eines großmäuligen Gedichts. Nein, Deutschland steht nicht über allem und ist nicht über allem – niemals. Aber *mit* allen soll es sein, unser Land. Und hier stehe das Bekenntnis, in das dieses Buch münden soll:

Ja, wir lieben dieses Land.

Und nun will ich euch mal etwas sagen:

Es ist ja nicht wahr, daß jene, die sich ‚national‘ nennen und nichts sind als bürgerlich-militaristisch, dieses Land und seine Sprache für sich gepachtet haben. Weder der Regierungsvertreter im Gehrock noch der Oberstudienrat, noch die Herren und Damen des Stahlhelms allein sind Deutschland. Wir sind auch noch da.

Sie reißen den Mund auf und rufen: „Im Namen Deutschlands ...!“ Sie rufen: „Wir lieben dieses Land, nur wir lieben es.“ Es ist nicht wahr.

Im Patriotismus lassen wir uns von jedem übertreffen – wir fühlen international. In der Heimatliebe von niemand – nicht einmal von jenen, auf deren Namen das Land grundbuchlich eingetragen ist. Unser ist es.

Und so widerwärtig mir jene sind, die – umgekehrte Nationalisten – nun überhaupt nichts mehr Gutes an diesem Lande lassen, kein gutes Haar, keinen Wald, keinen Himmel, keine Welle – so scharf verwahren wir uns dagegen, nun etwa ins Vaterländische umzufallen. Wir pfeifen auf die Fahnen – aber wir lieben dieses Land. Und so wie die nationalen Verbände über die Wege trommeln – mit dem gleichen Recht, mit genau demselben Recht nehmen wir, wir, die wir hier geboren sind, wir, die wir besser deutsch schreiben und sprechen als die Mehrzahl der nationalen Esel – mit genau demselben Recht nehmen wir Fluß und Wald in Beschlag, Strand und Haus, Lichtung und Wiese: Es ist unser Land. Wir haben das Recht, Deutschland zu hassen – weil wir es lieben. Man hat uns zu berücksichtigen, wenn man von Deutschland spricht, uns: Kommunisten, junge Sozialisten, Pazifisten, Freiheitsliebende aller Grade;

man hat uns mitzudenken, wenn ‚Deutschland' gedacht wird … wie einfach, so zu tun, als bestehe Deutschland nur aus den nationalen Verbänden.

Deutschland ist ein gespaltenes Land. Ein Teil von ihm sind wir.

Und in allen Gegensätzen steht – unerschütterlich, ohne Fahne, ohne Leierkasten, ohne Sentimentalität und ohne gezücktes Schwert – die stille Liebe zu unserer Heimat.

[1929]

PRO

Wenn einer so oft den Contra-Baß streicht, muß er auch einmal …

Ob das seine wirtschaftlichen Ursachen hat oder ob bei den Zöllnern einer sitzt, der den Beamten Manieren beigebracht hat, die sie vor dem Kriege nicht gehabt haben –: der deutsche Zoll ist für die Eisenbahnreisenden im allgemeinen keine Peinlichkeit mehr. Die Einrichtung ist beschämend für Europa, aber das ist eine andre Sache.

Ich bin nun in den letzten Jahren von allen möglichen Seiten nach Deutschland hineingekommen: an keiner Stelle bin ich auf einen unfreundlichen, an keiner Stelle auf einen übereifrigen Zollbeamten gestoßen. Die Beamten prüfen oder prüfen nicht, sie bleiben ruhig und nett, sprechen, wenn es eine Schwierigkeit gibt, gar nicht beamtisch sondern so, wie es unter gesitteten Leuten üblich ist –: hier ist ein Wunder, glaubet nur. Die Sache sieht wahrscheinlich mehr nach Kinderstube aus, wenn man in Berlin auf den großen Zollämtern ein Paket Schokolade verzollen muß … aber auf den Eisenbahnstationen geht es im großen ganzen recht friedlich zu. Wobei zu bemerken, daß ich keine Frau bin, also am Schmuggeln keine Freude habe …

Das läuft nicht überall so glimpflich ab. In Jeumont, an der französischen Grenze, jagen sie Flöhe oder Kokain, genau habe ich diese Kaisermanöver nie begriffen. Und an den italienischen Stationen ist eine nationalsozialistische Aufregung permanent – da ist der Fremde zunächst einmal Schmuggler, Hochverräter, böser Feind … allwelche Inquisition zum Glück abschwächend auf den italienischen Fremdenverkehr gewirkt hat. Die deutschen Zollbeamten sind demgegenüber Lichtblicke in der europäischen Nacht des Zollwahnsinns.

Man soll nichts berufen ... Ihr Götter ... bleibt mir auch fürder gnädig! Denn nun wird ja wohl an der nächsten Grenzstation einer geloffen kommen und es alles durchwühlen und sprechen: „Halt! Was ist das! ein Sprungseil? Sind Sie Berufsboxer? Trainieren Sie? Nein? Dann ist das Sprungseil laut Kapitel VII, Ziffer V, Abschnitt 3, Buchstabe pi zollpflichtig und Sie auch und der Koffer auch! Kommen Sie mal da mit rein, wir werden ein Protokoll aufnehmen und ein Formular ausfüllen ..."

Und dann muß ich alles angeben: die Rasierseife, den Gummibadeofen und die zusammenlegbare Kavallerielanze. Nur die Gedanken nicht, denn Gedanken ... Da ist der Doktor Stapel vom Deutschen Volkstum nicht so gut dran. Bei dem fanden sie auch nicht die Spur eines Gedankens, und er mußte es alles, alles verzollen.

[1930]

LAMPENFIEBER

heißt ‚trac' auf französisch. Der kleine zuckende Laut gibt den Peitschenschlag der Nerven gut wieder. Ich, der Zuschauer, habe oft Lampenfieber, wenn ich im Theater vor dem herabgelassenen Vorhang sitze, und ich, der Bücherleser vor dem unaufgeschnittenen Buch, habe es auch. Warum –?

Weil ich mir manchmal denke: Wie, wenn du nun die ganze Geschichte gar nicht verstehst? Wenn du der Fabel nicht folgen kannst? Wenn du heute abend den Lauf der Fäden, die Knoten und Knötchen, überhaupt nicht faßt? Was dann? Das mathematische Gefühl, das dazu gehört, eine Intrige von Scribe zu entwirren, ist bei mir nur schwach ausgebildet; in den großen Romanen habe ich schon meinen lieben Kummer, alle Personen auseinanderzuhalten – daher unter anderm der nimmer versagende Reiz der Kriminalgeschichten, die jedesmal wieder anklopfen: Verstehst du uns auch? kannst du folgen? kannst du uns lösen, ‚geht es auf?' wie die Schüler sagen, die beseligt aufatmen, wenn als Rest Null bleibt. Manchmal, denke ich, werde ich versagen und mich furchtbar blamieren.

Das muß dann ein hübscher Abend sein … Während rings alles vor Spannung fiebert, sitze ich, der lampenfiebernde Zuschauer, da und verstehe kein Wort. Die Leute lachen; ich bleibe todernst. Die Nachbarinnen ziehen je ein kleines Tuch … ich bleibe ungerührt. Wissen Sie, was dann geschieht?

Dann haßt man die Verstehenden. Ich weiß es noch genau: wir saßen in den ‚Noctambules', Holitscher und ich, es war in meinen ersten pariser Wochen, und ich verstand knapp die Hälfte von dem, was sie da sangen. Holitscher, der Frankreich von Grund auf kennt, lachte aus vollem Halse, ab und zu sah er auf mich, ob ich auch meinen Spaß hätte … Ach nein, ich hatte ihn gar nicht. Ich saß, das Trommelfell gespannt, ich machte sozusagen Eselsohren, ganz lang wurden sie … und ich faßte nicht. Schwupp – Pointe vorbei. Und die Leute lachten! In diesem Augenblick haßte ich Holitscher. Ich fand sein Lachen fast albern, sein Verständnis pretiös. Ich hatte ihn sogar ganz leise im Verdacht, er lachte nur, um mir zu zeigen, wie schön er französisch … dann ging es schnell vorüber. Später saß ich selbst neben den deutschen Freunden, lachte mich krumm, wenn der da vorn von einer alten Jungfer sang, die auf dem Omnibus sagte: „Mais j'ai perdu mon chat!" – und der deutsche Freund saß neben mir, es war ihm leicht unbehaglich, und ich sah es nicht. So ist das.

Merk: es gibt Bücher, vor denen das Verständnis aussetzt. Leg mir Claudel vor – ich verstehe keinen Ton. Ich habe es mit den *‚Falschmünzern'* von Gide versucht … ein Loch. Hier hilft nur die schärfste Selbstkritik.

So, wie die berliner Journalisten, besonders die Jungen, etwas wie die Begeisterung um jeden Preis erfunden haben, weil sie glauben, sie seien weniger wert, wenn die gestrige Kinopremiere nicht ‚faabelhaft' gewesen sei, während ein Posaunenlob sie selbst heben soll („Man geht in die Nacht hinaus und ist erschüttert") – so, wie viele glauben, es müsse immer etwas los sein und es fiele auf sie zurück, wenn einmal nichts los ist –: so muß man genau wissen: hier hast du nichts zu suchen. Das kannst du nicht. Hier hörts auf. Geh ab. Schweige.

Es ist keine Schande, nicht allgegenwärtig zu sein. Man muß es nur nicht prätendieren. Auch ist es klüger, sich so zu verhalten. Denn es gibt ein Mittel, ein einziges, im Schachspiel unbesiegt zu bleiben. Spiele nicht Schach.

[1930]

WARUM

müssen eigentlich fast alle Leute, die in einer Anstalt untergebracht sind, früh aufstehen? Warum werden sie so früh geweckt: in Gefängnissen, Krankenhäusern, Kasernen ... ist ihr Tag so kurz? Ist das gesund?

Der geschäftige Müßiggang des Militärs sei hier nicht erörtert. Was die ernsthaft Arbeitenden angeht:

Gesund ist es deshalb nicht, weil kein Mensch mehr mit den Hühnern zu Bett geht. Die Strafgefangenen müssen es, wobei zu beachten, daß die Hühner wieder verhältnismäßig mehr Luft für sich haben ... also die Gefangenen müssen es, aber dafür schlafen sie nicht. Warum werden sie so früh geweckt –?

Nein, ihr Tag ist nicht zu kurz. Es ist wohl der Geltungsdrang der leitenden Herren, der sich da austobt. Stigma modernen Sklaventums: um fünf Uhr aufstehen müssen. Das ist gut und richtig, wenn man abends um neun schlafen geht; es ist für den richtig, der im Training lebt – aber es ist Widersinn, Leute, die in einer Stadt leben, so früh in den Tag zu jagen. (Hornbrillengemurmel: „So lange in den Betten liegen ... nur auf dumme Gedanken ... schon vom hüschénischen Standpunkt ...“ und Sie Herr –?) Stigma aller Unterdrückten: früh aufstehn zu müssen. Der bessere Herr erscheint um halb neun zu Arbeit, der feine um neun, der ganz feine um halb zehn. Man kann an ihren Uhren ablesen, was die Glocke geschlagen hat.

Gebt den Leuten mehr Schlaf – und sie werden wacher sein, wenn sie wach sind.

[1930]

GESPRÄCH AUF EINEM DIPLOMATENEMPFANG

In langen Kleidern und mit onduliertem Mäulchen zu sprechen.

„Ei, guten Tag, meine liebe Frau Doktor Zeisig! Wie ich sehe, sind auch Sie zu diesem exklusiven Empfang erschienen! Es ist heute abend sehr interessant!"

„Ja, es ist sehr interessant. Sehen Sie nur: Dort Frau Fränkel und dort Frau Grünfeld sowie auch Frau Geheimrat Ravené! Es ist wirklich ungeheuer interessant! Und da – traue ich meinen Augen? Ein Japaner! Jetzt setzt er sich. Sicher ein hochstehender Diplomat! Es ist fabelhaft anregend! Die Diplomatie, ist sie doch so recht Kotzpröpfchens Zeitvertreib!"

„Nichts ist so interessant wie die Welt der Diplomatie. Mein Mann ist Kaufmann, demzufolge Industrieller, kurz: ein Wirtschaftsführer – aber die Diplomatie, sie hebt uns doch ungeheuer. Von allen anständigen Wörtern sage ich am liebsten: Doyen. Wie wohl das tut! Wer ist jener –? Der so interessant hinkt?"

„Es ist der litauische Gesandte."

„P! Randstaaten. Erlauben Sie, daß ich rümpfe."

„Wen oder was?"

„Mein feingeschnittenes Näschen. Hh! Randstaaten! Wir unsrerseits gehen nur in die Botschaften. Nichts, was mich in so angenehme Stimmung versetzt wie das diplomatische Korps! Es hebt mich über mich selbst. Ich habe das auch nötig."

„Die diplomatischen Empfänge haben der Judenheit das Chanuka-Fest ersetzt."

(Sie tritt sich in den Tüll)

„Wie bezaubernd Sie heute abend wieder aussehen, meine liebe Frau Doktor Zeisig! Sie sind stets damenhaft, vornehm und diskret-elegant! Welche Verwandlung! Wie machen Sie es nur? Am Tage bei der Arbeit, beim Sport und am Volant – und abends eine Wolke von Zartheit und Schmirgelsamkeit. So habe ich es wenigstens in der Zeitung gelesen."

„Versteht sich, meine Liebe. Das macht: ich trage einen Büstenbagger. Unsere neue Mode (sie überreicht ihr Cape einem Kavalier, der so aussieht, als halte er sich für einen Gent), unsre neue Mode ist eine Auferstehung des Bürgertums. Vorbei die Gürl-Ideale der Inflation – die Welt beruhigt sich und wird schöner mit jedem Tag. Ich bin eine geborene Sobernheim, trage einen hochstehenden Kragen und erinnere demgemäß an Dantes Beatrice sowie an die Bilder der Prae-Israeliten!"

(Sie tritt sich in den Tüll)

„Auch ich kleide mich, wie es die neue Mode gebeut – allerdings so viel Schmuck wie diese Frau da ... mein Mann ist kein indischer Nabelbob! Sehen Sie den jungen Menschen? Wer mag er sein?"

„Der im Zmoking? Es ist der Doktor Florian, ein bekannter Ultimo-Kommunist. Nach dem Ersten, wenn er Geld hat, gehört er wieder zu uns."

„Potz. Und wo werden Sie morgen weilen, meine liebe Frau Doktor Zeisig?"

„Wir gehen in ein dem Herrn Jakob Michael gehöriges Spekulationsobjekt: in ein Theater. Wir haben Plätze direkt unter der ersten Hypothek. Es wird ein Stück im fünffüßigen Rhombus aufgeführt werden. Sie fragen gütigerweise nach dem Autor? Heute ist es noch ein alter Engländer – von wem das Stück morgen sein wird: Wer weiß das! Gott ist verhältnismäßig groß. Auch ist Musik mit dem Stück verbunden: ein Thema mit Vaginationen. Sehen Sie aber dort: wie hochinteressant! Wie aufregend! Der im Frack!"

„Sicher ein Staatssekretär. Er ist vom A. A. Apropos, wie geht es Ihrem Baby?"

„Danke! Es kann schon ‚Einstellung' sagen. Und Sie? Erwarten Sie nicht ein solches?"

„Ich bin davon abgekommen ... (Sie tritt sich in den Tüll.) Schauen Sie, schauen Sie: lauter Diplomaten! Sie sehen aus, als seien sie von Geheimnissen umwittert, die sie vergessen haben. Waren Sie übrigens neulich dabei, als unsre kleine Botschafterin, die so gut Golf spielt, den Nuntius konzipierte? Es war ein schöner Nachmittag! Und sehn Sie nur – der da! Es ist ein Botschaftssekretär, aus der Rauchstraße. Betrachten Sie ihn – diese Denkerstirn!"

„Denkerstirn? Schütteln Sie nicht an diesem Wort. Er denkt wahrscheinlich nach, wozu er eigentlich in Berlin ist. Schau, schau! Auch eine Künstlerin pfom Pfilm! Wie sieht sie aus?"

„Sie sieht aus wie die Weinabteilung eines Bierrestaurants. Jüngst sah ich ihrer vier Stück auf einem Rout. Auch eine ungarische Chansonniere war dortselbst anwesend. Sie bewies mit unerhörter Raffinesse ihre bravouröse Charmanz."

„Ja, ja … die schönen Künste … Und sie selbst? Sie sind sportsausüblich?"

„Ich laufe ein wenig Gummi-Ski. Sie sprechen heute so ein schräges Deutsch?"

„Ich muß es wohl. Es ist der Stil unsrer Zeit. Vorbei die karge Sachlichkeit; wir haben die neue Romantik entdeckt, sie bringt unsern Schriftstellern viel Geldes; es füllt die Spalten, mit Verlaub zu sagen. Was macht Francesco?"

„Gestern brachte mir ein Telegrafenbube seinen fernmündlichen Brief. Nun also will er es ernstlich tun. Er will Kinder gründen."

„Er war Ihr Freund?"

„Er war es. Vorbei. Ich bin eine Wolke von Zartheit und Hilfsbedürftigkeit, aber wenn mir dieses Stückchen Modder noch einmal in die Quere kommt …"

(Sie tritt sich in den Tüll)

„Was werden Sie tun?"

„Ein Feuilleton aus ihm machen. Ich kann nicht malen, das habe ich nicht gelernt; ich kann keine Konzerte geben, das kostet viel Geld – aber schreiben … schreiben kann jeder. Das wäre gelacht. Es ist angenehm, man braucht nicht dabei zu denken, und bezahlt wird es auch noch."

„Sie sprechen von der Liebe?"

(fein spöttisch) „Sie waren wohl geistlich abwesend, meine liebe Frau Doktor Zeisig! Die Liebe! Mein Mann, der bekannte Pazifist zu Fuß, erinnerte mich stets an seine französische Freundin, die zu sagen pflegte: On fera l'amour – l'après-midi pour toi, le soir pour moi, le matin pour nous et la nuit pour les pauvres."

„Paris, das ist altes Spiel, meine Gute. London! New York! Die angelsächsische Rassel Der Secks Appiehl! Neulich hörte ich in einem Dancing in Nizza einen armen kleinen Gigolo sagen: Une femme! Une femme! Ça. fait pipi avec rien! Ich wollte es nicht gehört haben."

(Sie tritt sich in den Tüll)

„Sie taten gut daran, meine liebe Frau Zeisig; alle Männer sind ein Schuft. Mein Gott, wie ist es hier doch interessant! Wie atme ich große Welt! Atmen Sie auch große Welt?"

„Ich … ja, jetzt atme ich sie auch. Wir alle atmen sie. Denn wir in Berlin wissen doch immer, was sich gehört.

(Leise Musik)

Wir in Berlin … wir sind doch das Allerfeinste, wo man hat. Wir sind sozusagen: zweite Klasse im Millionärstil. Wir sind nicht von gestern, wir sind nicht von heute – wir sind schon von übermorgen. Wir hören das Gras auf den Zähnen wachsen, und wir eilen allen voran. Nur dürfen wir uns nicht umdrehen, denn die andern eilen gar nicht mit."

„Wir in Berlin stellen glasierten Schund auf einen Sockel, und dann bewundern wir: uns, den Sockel und die Bewunderer. Den Sockel macht uns keiner nach. Wir sind stets up to date – immer auf dem Datum."

„Wir in Berlin haben früher, ma chère, französische Brocken ins Gespräch gestreut, und heute streuen wir englische, my darling. Wir müssen immer etwas haben, woran wir uns hinaufranken. Wir sind nicht. Wir geben an."

„Wir in Berlin sind überall dabei, aber wir kommen zu nichts. Wir haben französischen Schick, englischen Sport, amerikanisches Tempo und heimische Hast – nur uns selbst haben wir nie gekannt."

(Sie atmen große Welt)

„Sahen Sie den bezaubernden King Charles der Marchesa? Seine Augen sind wie grüne Jalousien, bei denen er aufgewachsen ist. Niedlich, wie er schon das Schwänzchen nach dem Winde hängt! Apropos ... dort sehe ich den Reichstagspräsidenten – eilen wir, daß wir ihn sehen, damit wir sagen können, daß wir ihn gesehen haben!"

(Sie treten einander in den Tüll und entschweben)

[1930]

DER HERR SOUNDSO

Die Sprache hat gesiegt – es ist nichts mehr zu machen. Nun steht der Unfug auch im Duden ... Die schauerliche neue Ausgabe dieses höchst nötigen Nachschlagewerkes, ein Augenpulver, vierspaltig, beinah so unübersichtlich wie das berliner Telefonbuch: der ‚GROSZE' Duden hats auch. Da steht auf Seite 517:

„sowieso (unter allen Umständen, jedenfalls); der Herr Sowieso". Es ist zum Weinen. Denn auf Seite 516 steht richtig:

„soundso (unbestimmt wie); Paragraph soundso; der Herr Soundso". Beides kann nicht richtig sein; eines kann nur richtig sein; was ist richtig?

Bei Courteline kommt einmal eine Dame in einen Buchladen und fragt den Sortimenter nach einem Buch, dessen Titel sie vergessen habe. „Von wem solls denn sein?" Von Daudet. „Von Alphonse Daudet?" Ja. Der Buchhändler zählt auf. Nein, das nicht: nicht die Briefe aus meiner Mühle und nicht dies und nicht das ... es sei, aber der Herr Buchhändler müsse nichts schlechtes denken, man sei Gottseidank eine verheiratete Frau ... es handele sich ... kurz: das Buch sei etwas ... ein wenig ... wie? „Von Daudet?" Ja. Der Buchhändler denkt nach. Er führt keine Erotika, kein Buchhändler führt Erotika ... und Daudet? Der verzweifelte Buchhändler sagt alle unanständigen Buchtitel auf, die er kennt – aber von Daudet ist keines darunter. Und es ergibt sich, daß die immer mehr errötende Dame den titel eines Daudetschen Buches daneben verstanden hat. Das Buch heißt: ‚*Le Petit Chose*'. Der kleine Dingsda.

Denn – so lehrt die Moral dieser Geschichte – wenn man den Namen eines Mannes nicht weiß, so nennt man ihn Herr X oder Herr Dingsda oder Herr Soundso, weil ja ‚soundso' etwas Unbestimmtes bedeutet. Gussy Holl hat für Leute ihr unbekannten Namens die Bezeichnung ‚Herr Pimm' eingeführt, aber das steht wieder nicht im Duden.

Immerhin scheint mir Pimm noch zulässiger als ‚Herr Sowieso', was eine klar erkennbare Verwechslung mit dem ‚Soundso' ist ... aber es ist nichts mehr zu machen. Alle Leute sagen es. Weil wir aber nicht Eduard Engel heißen und also der Sprache nicht nachbelfern, wenn sie einmal anders will als wir –: so wollen wir uns damit begnügen, es nicht zu schreiben, und wir wollen nicht weinen, sondern die Sowieso-Sager mit jener höchst schauderhaften Klischeeredensart entlassen: „Das sowieso."

[1930]

„MACHEN SIE DAS MAL DEN GANZEN TAG –!"

Von außen sieht alles ganz anders aus als von innen.

Nimmt einer auf dem Bahnhof Abschied, dann zieht er das Taschentuch, wenn der Zug anruckt, und macht Winke-Winke, und dann sieht er noch eine Hand, und dann geht er ab. Es war ein richtiger Abschied. Der Stationsvorsteher aber guckt gar nicht mehr hin; der sieht das nämlich alle Tage. Und da sieht das ganz, ganz anders aus ...!

Sitzen Sie mal in dem kleinen Käfig und knipsen Billetts! „Die Fahrkarte!" – „Die Fahrkarte, die Dame!" – Und knips, knips, knips ... und dann ziehts – und dann kommt eine Kontrolle – und dann hat einer sein Billett verloren, und wir sollen die Schuld haben – und dann kommt gar keiner – und dann ziehts –

Sitzen Sie mal den ganzen Tag in der Zeitungsbude! Na, gar nicht, als ob das nun so ein furchtbar schwerer Dienst wäre ... aber man kann doch nicht immerzu lesen, man muß doch auch aufpassen – *‚Berlin am Abend'* – *‚Den neuen Sport'* – „Mojn, Herr Müller!" – „Is noch nicht raus ... kommt erst in ner halben Stunde!" – „Na, Frolleinchen, vielleicht noch was Hübsches für die Mode ... mit Schnittmustern ...?" und dann die Straße – jeden Stein kennt man auswendig – neulich war hier der Zusammenstoß ... von außen ist ja son Zeitungskiosk ganz bunt – aber von innen sieht das ganz anders aus!

Oder meinen Sie, es macht Spaß, den ganzen Tag die müden Knochen mit den Reklametafeln rumzutragen? Ich guck alle Leute an – mich guckt keiner an: sie lesen bloß auf einem. Diese Pflastertreterei ... aber was soll man machen ... man ist schon froh, daß man wenigstens *die* Arbeit gekriegt hat ... Sieht von außen ganz leicht aus ... aber zehn Stunden rumpesen ist keine Kleinigkeit ...

Und sitzen Sie mal den ganzen Tag am Steuer von dem Autobus – das schwere Ding um die Ecke rumkriegen ... und dann Verspätung und die Schupos ... und Kontrolle ... und passieren soll nichts ... und immter mit die Ruhe! Ja, da denkt kaum einer dran von denen, die hinten raufsteigen – die denken bloß an sich – is ja auch richtig ... – aber von innen sieht das eben ganz anders aus ...

Und der im Fahrstuhl – immer rauf und wieder runter – immer dasselbe, den ganzen Tag: „Spielwaren, Haushaltungsgegenstände, Errrfrischungsraum!" und wieder rauf und wieder runter ...

Und der Mann im Karussell ...

Und der Wärter bei den Affen ...

Und der Lokomotivführer ...

Und wir alle – wir alle –:

Wir sind Menschen im Käfig. Mitunter ganz ulkig für die, die vorübergehen. Aber von innen –: da sieht das ganz, ganz anders aus.

[1930]

DAS STIMMENGEWIRR

Wir reden alle ins Unreine.
Goethe (apokryph)

Speed: 85.

Wenn ich meine Freundin Lisa – nein, die nicht, die andere – besuche, dann sind immer viele Menschen da. Und dies ist es, was ich zu hören bekomme:

„… haben wir uns himmlisch amüsürt Kinder ich will euch mal was sagen seit man im Tonfilm auch noch zuhören muß also ich bin nur eine einfache Frau wieso gnädige Frau man kann doch auch weghören wenn ich weghören will red ich mit meinen Mann guten Tag Panter Masochist nimmst du noch ein bißchen Obstsalat Masochist ist doch kein Fremdwort in dem Sinne doch das kann man erklären wie soll ich sagen also Masochist ist einer der päng kriegt guten Tag Panter Lisa ich *muß* weg ein amerikanischer Wagen der frißt Benzin hör auf mich dafür bin ich Fachmann ach auf Stottern dafür bin ich auch Fachmann wie finden Sie diese Verlobung wir haben uns halb tot gelacht na ich bitte Sie mit diesem alten Ekel das wird doch nichts das ist sogar schon was geworden nehmt doch noch'n bißchen Obstsalat sie ist ja ganz nett aber er daß sowas ohne Wärter ausgehen darf wer sagt Ihnen daß er darf guten Tag Panter ob er schief liegt schief ist gar kein Ausdruck für den kann keiner mehr grade stehen Lisa ich *muß* weg unten ganz schmal also das hier oben kommt alles weg verstehen Sie mich und dann hier ein handbreites Volant aber das sieht man nicht Brecht Brecht ist doch kein Dichter nein Sie sind 'n Dichter ich bin ein einfacher Makler mich lassen Sie in Ruhe na Brecht makelt auch schon ganz schön Sie nehmen ja gar keinen Obstsalat ich kann meinen Onkel aus Stockholm so gut verstehen der hat immer gesagt er hat bloß noch einen Wunsch er möchte ganz allein auf der Welt sein und einen gutgehenden Kolonialwarenladen haben Lisa ich *muß* weg ach lächerlich bleib doch noch erzählen Sie mir doch nichts die Frau singt ja nach dem Korken nur London nur London Paris ist ein Schmarrn dagegen der Mann ist ja anglophob phil phil wieso viel ich frage mich wann eigentlich wenn nicht jetzt lieber Herr Rechtsanwalt die Sache mit Reinhardt ist perfekt ich habe das aus authentischer Quelle acht Monate im Jahr ist er in Berlin und die übrigen neun Monate in Wien Lisa ich *muß* weg guten Tag Panter nein Sie hier ich bin ja baff nein ich bin ja außer mir wissen Sie schon daß ich geschieden bin das muß ich Ihnen erzählen sie war dreimal in seinen Aufführungen ich habe Ernst Deutsch persönlich das ist struggle for wife mein Lieber ich nehm noch 'n bißchen Obstsalat ich kenne die Frau und ich sage Ihnen das ist eine Fetischistin die kann bloß lieben wenn ein Tausendmarkschein auf dem Nachttisch liegt Lisa ich *muß* weg na da geh doch du gräßliche Person Lisa ich muß wirklich Ali erwartet mich um halb sieben an der Gedächtniskirche himmlischer Vater es ist Viertel acht da hab ich ja noch Zeit der ganze Klub weiß es nur sie nicht spielt schon sehr gut die Frau ihre Vorhandbälle ach Vorhand Bridge natürlich Lisa ich muß nun aber wirklich er hat noch keinen Obstsalat nein wirklch ich muß grüß Ali schön halt mal das hat sie dir noch nicht erzählt, also wer hat recht ich habe den Nutria sei mal still seid doch mal alle still also ich hab den Nutria selber gesehen bei ihm oben in seinem Betrieb ein himmlischer Pelz für zweitausendvierhundert er wird auch nicht weinen wenn man ihm achtzehnhundert bietet ausgeschlossen seppfaständlich kommt ja gar nicht in Frage Lisa ich *muß* sei mir nicht böse grüß Ali nimm dir doch nein nicht Ali den Nutria grüß Franzi und die Kinder jetzt ist sie weg wer spielt den die Wendla in ‚*Frühlings Erwachen*' wahrscheinlich die Sandrock wir nehmen noch 'n bißchen Obstsalat mein Guter …

Sie sagen ja gar nichts –!"

[1930]

SCHNITZEL

Ein bekannter Modezeichner ging einst zum Chef der Zeitung, für die er arbeitete, und bat um Gehaltserhöhung. Die schlechten Zeiten … und die teuren Preise … Und der Chef entgegnete: „Die teuren Preise … und die schlechten Zeiten …" – „Da wird nichts andres übrig bleiben", sagte der Modezeichner, „als daß wir beide reich heiraten –!"

Das Äußerste, was ich jemals an Perversität gehört habe, hat mir meine Freundin Grete Walfisch erzählt. Die hat in ihrer Jugend einen alten Hofhund abgerichtet: wenn der einem Menschen schmeicheln sollte, dann mußte er knurren.

Die Balten sind die Apotheker Europas – sie haben durchweg einen Sparren. In Ascona wohnte einer, der hatte nie eine Uhr im Haus. In einem Dörfchen, vier Kilometer davon, war eine Turmuhr, die konnte man mit bloßem Auge kaum erkennen. Da kaufte sich der Balte für teures Geld ein Fernrohr und las die Zeit ab.

Er ist ebenso dumm, wie er ehrlich ist. Und er ist der ehrlichste Mensch, den ich jemals gesehen habe.

Vom Mitleid. Da war ein Mann, der war ganz gelähmt und lag im Bett. Sprechen konnte er nicht mehr; er hatte eine kleine Buchstabiertafel, auf der fuhr er schwach mit dem Finger herum. Jeden Nachmittag besuchte ihn seine Schwester und erzählte ihm die Neuigkeiten der Welt, auf daß er sich zerstreue. „Denke dir", sagte sie eines Nachmittags, „der Rudolf! Da hat er doch erst neulich das Pech mit seiner Frau gehabt, und jetzt ist sein kleiner Junge die Treppe heruntergefallen und hat sich das ganze Gesicht zerschlagen!" Da nahm der Kranke seine Tafel und buchstabierte: „n–e–b–b–i–c–h–h–!"

Von der Eifersucht. Ich sagte zu Germaine: „Heute nacht habe ich von dir geträumt – aber wie!" Sie zog die Stirn kraus. „Alors tu m'as trompée avec moi!" sagte sie.

Von der Verliebtheit. Von ihr nichts zu bekommen, ist immer noch hübscher, als mit einer andern zu schlafen.

Es gibt Schriftsteller, die rasen sehr exakt. Sie dichten aus dem Reinen ins Unreine.

Manche Zeitschriften halten sich nur durch die Freiabonnenten.

Der Kerl versteht nichts von Frauen. Den feinen Damen bietet er Geld an, und auf die Huren macht er Gedichte. Und damit hat er auch noch Erfolg!

Wenn man einen Menschen richtig beurteilen will, so frage man sich immer: „Möchtest du den zum Vorgesetzten haben –?"

(Aus den Sprüchen des Pfarrers Otto): „Die Frauen sind die Holzwolle in der Glaskiste des Lebens."

Die Deutschen haben zwar nicht das Pulver erfunden, wohl aber die Philosophie des Pulvers.

Bei der Premiere des Brechtschen ‚*Happy-End*' rief in die Schlußfanfare einer Schauspielerin eine hohe Frauenstimme von der Galerie: „Lassen Sie sich von einer Kollegin sagen: Was Sie da unten machen, ist Scheibe –!"

Der schwedische Zeichner Albert Engström hat von einer seiner Figuren gesagt: Er schielte so, daß er mittwochs beide Sonntage zu gleicher Zeit sah.

(Zum Mann, der in der Nase bohrt): „Suchen Sie was bestimmtes?"

Karlchen ist derartig hinter den Mädchen her! Er hat den Coitus tremens.

Der Mensch ist ein Wesen, das klopft, schlechte Musik macht und seinen Hund bellen läßt. Manchmal gibt er auch Ruhe – aber dann ist er tot.

Ein Mann fiel vom Mond. Die Deutschen legten ihn auf die rechte Straßenseite; die Franzosen fragten: „Vous venez de la part de qui –?"; die Italiener zogen sich scheu zurück, denn sie hielten ihn für einen Spitzel Mussolinis; die Dänin beschnupperte ihn und sagte: „Ist er nicht der geschiedene Mann von Frau Johannsen –?" Hierauf begab sich der Mann wieder zum Mond zurück.

Das deutsche Schicksal: vor einem Schalter zu stehn.
Das deutsche Ideal: hinter einem Schalter zu sitzen.

[1930]

DIE INFORMIERTEN

Zur Zeit wird etwas reichlich auf Rußland herumgehackt; es vergeht wohl keine Morgen- und keine Abendausgabe der bürgerlichen Provinzpresse, in der nicht diesem wenig inserierenden Lande eins ausgewischt wird. Zum Beispiel – im Nürnberger ‚*8-Uhr-Blatt*' – so:

„Stalin von seinen Kollegen verprügelt.

Es wurden Rufe wie ‚Verräter! Betrüger' usw. laut: Stalin sprach nun die Unzufriedenen an, die auf ihn dann mit den Fäusten losgingen und ihn verprügelten. Nur ein intimer Freund und Landsmann Stalins, Ordshonikidse, rettete ihn vor Schlimmerem. Dieser bat, sich an das Schicksal eines Robespierre und Termidore zu erinnern, der Skandal und die Unzufriedenheit innerhalb der Parteileitung dürfe nicht in die Außenwelt dringen."

Genau so. Wahr ist vielmehr:

„Am 9. Danton, dem bekannten Revolutionsmonat, hat Stalin, der übrigens in Wahrheit an Lenins Stelle in Moskau einbalsamiert worden ist, die Sozialisierung aller russischen Frauen verfügt. Davon sind insbesondere die katholischen Priester schwer betroffen worden; Trotzki, der Erfinder der Guillotine, hat seine Stellung als bayrischer Gesandter in Peking daraufhin niedergelegt. Alle Kinder in Rußland sind verhungert, der Rest wurde in Uniformen eingekleidet und muß Militärdienst tun. Kulak, der Führer der aufständischen Kulaken, hat mit Bolschew ein Bündnis geschlossen: Stalin wurde von den blutgierigen Agenten der U.A.W.G. (der russischen Geheimpolizei) verurteilt, allabendlich das Nürnberger ‚*8-Uhr-Blatt*' zu lesen. An seinem Aufkommen wird gezweifelt. Die Lage in Rußland ist trostlos; es ist dort fünf Minuten vor acht."

Der Wunsch ist der Vater der Telegramme. Und es ist ein Doppelwunsch: es soll Rußland schlecht gehen, damit es den heimischen Arbeitern nicht zu gut gehe.

[1930]

LESEFRUCHT

Wir verdanken Gustav Meyrink die schöne Geschichte vom ‚*Schöpsoglobin*', darin die Affen des Urwaldes mit einer Lösung geimpft werden, die heftigen Patriotismus erzeugt. Die Impfung richtet denn auch schreckliche Verwüstungen unter den Tieren des Waldes an: sie gehen mit markerschütterndem Stumpfsinn hinter einem Riesenaffen her, der sich das Gesäß mit Goldpapier beklebt hat ... man lese das nach.

Was es für Affen unter den Menschen gibt – das ist nicht neu. Aber was es für völkisch empfindende Mannen unter den Affen gibt, das sollte man wohl nicht für möglich halten.

Da steht auf Teneriffa eine Station mit Menschenaffen, an denen die Psychologen ihre Intelligenzprüfungen vorgenommen haben. (Von einer Umkehrung dieses Experiments ist vorläufig abgesehen worden.) Es gibt da eine sehr fesselnde Untersuchung des Professors Köhler, ‚*Intelligenzprüfungen an Anthropoiden*', erschienen im Verlag der Akademie der Wissenschaften, Berlin. Da erzählt er, wie die Affen gern allerlei Gegenstände mit sich herumschleppen, an ihrem Körper anbringen, sich mit ihnen behängen. „Fast täglich sieht man ein Tier mit einem Seil, einem Fetzen Zeug, einer Krautranke oder einem Zweig auf den Schultern dahergehen. Gibt man Tschego eine Metallkette, so liegt diese sofort um den Nacken des Tieres, Gestrüpp wird mitunter in größern Mengen auf dem ganzen Rücken ausgebreitet getragen. Seil und Zeugfetzen hängen gewöhnlich zu beiden Seiten des Halses über die Schultern zu Boden; Tercera läßt Schnüre auch um den Hinterkopf und über die Ohren laufen, so daß sie zu beiden Seiten des Gesichts herunterbaumeln."

Und Köhler fügt eine glänzende Beobachtung hinzu:

„... daß die am Körper hängenden Gegenstände Schmuckfunktion im weitesten Sinne haben. Das Trotten der behängten Tiere sieht nicht nur mutwillig aus, es wirkt auch naiv-selbstgefällig. Freilich darf man kaum annehmen, daß die Schimpansen sich eine optische Vorstellung von ihrem eignen Aussehen unter dem Einfluß der Toilette machen, und nie habe ich gesehen, daß die äußerst häufige Benutzung spiegelnder Flächen irgend Beziehung auf das Behängen genommen hätte; aber" – paßt auf! – „aber es ist sehr wohl möglich, daß das primitive Schmücken gar nicht auf optische Wirkungen nach außen rechnet – ich traue so etwas dem Schimpansen nicht zu –, sondern ganz auf der merkwürdigen Steigerung des eignen Körpergefühls, Stattlichkeitseindrucks, Selbstgefühls beruht, die auch beim Menschen eintritt, wenn er sich mit einer Schärpe behängt oder lange Troddelquasten an seine Schenkel schlagen. Wir pflegen die Selbstzufriedenheit vor dem Spiegel zu erhöhen, aber der Genuß unsrer Stattlichkeit ist durchaus nicht an den Spiegel, an optische Vorstellungen unsres Aussehens oder an irgend genauere optische Kontrolle überhaupt gebunden; sobald sich so etwas mit unserm Körper mitbewegt, fühlen wir ihn reicher und stattlicher."

Im Urwald fing es an. Am 1. August 1914 hat es sich zum letzten Mal bewahrheitet. Zum letzten Mal –?

[1930]

WIE WÜRDEN SIE SICH IM FALLE EINES KRIEGES GEGEN DIE UdSSR VERHALTEN?

(Rundfrage der *'Moskauer Rundschau'*)

Ihre Frage, welches meine Stellung im Falle eines imperialistischen Krieges gegen die Sowjetunion sein wird, beantworte ich dahingehend:

Im Falle asiatischer Konflikte schwiege ich, weil ich diese Fragen nicht übersehen kann.

Handelt es sich dagegen um einen europäischen Zusammenschluß von Mächten, die mit Hilfe der Kirche ununterbrochen gegen jenes Rußland hetzen, das ihnen wegen der eigenen Arbeiterbewegungen ein Dorn im Auge ist, so kann meine Stellung nur eindeutig sein: für Rußland gegen jene Mächte, auch dann, wenn es sich um Deutschland handelt. Meine Bereitwilligkeit, in einem solchen Fall für Rußland einzutreten, wird sich nach den Umständen richten, die ich nicht voraussehen kann; ich hielte es nicht für klug, *vorher* eine Taktik bloßzulegen, die sich, was mich angeht, nicht an legale Mittel gebunden hält. Immerhin bin ich Schriftsteller und kein ausübender Politiker.

Ich hielte einen solchen Krieg, dessen Ausgang nicht gewiß sein dürfte, für eine Katastrophe der internationalen Arbeiterbewegung; tritt dergleichen ein, so ist mir keinen Augenblick zweifelhaft, wer der Schuldige ist.

[1930]

WO LESEN WIR UNSERE BÜCHER?

Wo –?

Im Fahren.

Denn in dieser Position, sitzend-bewegt, will der Mensch sich verzaubern lassen, besonders wenn er die Umgebung so genau kennt wie der Fahrgast der Linie 57 morgens um halb neun. Da liest er die Zeitung. Wenn er aber zurückfährt, dann liest er ein Buch. Das hat er in der Mappe. (Enten werden mit Schwimmhäuten geboren – manche Völkerschaften mit Mappe.) Liest der Mensch in der Untergrundbahn? Ja. Was? Bücher. Kann er dort dicke und schwere Bücher lesen? Manche können es. Wie schwere Bücher? So schwer, wie sie sie tragen können. Es geht mitunter sehr philosophisch in den Bahnen zu. Im Autobus nicht so – der ist mehr für die leichtere Lektüre eingerichtet. Manche Menschen lesen auch auf der Straße … wie die Tiere.

Die Bücher, die der Mensch nicht im Fahren liest, liest er im Bett. (Folgt eine längere Exkursion über Liebe und Bücher, Bücher und Frauen – im Bett, außerhalb des Bettes … gestrichen.) Also im Bett. Sehr ungesund. Doch – sehr ungesund, weil der schiefe Winkel, in dem die Augen auf das Buch fallen … fragen Sie Ihren Augenarzt. Fragen Sie ihn lieber nicht; er wird Ihnen die abendliche Lektüre verbieten, und Sie werden nicht davon lassen – sehr ungesund. Im Bett soll man nur leichte und unterhaltende Lektüre zu sich nehmen sowie spannende und beruhigende, ferner ganz schwere, wissenschaftliche und frivole sowie mittelschwere und jede sonstige, andere Arten aber nicht.

Dann lesen die Leute ihre Bücher nach dem Sonntagessen – man kann in etwa zwei bis zweieinhalb Stunden bequem vierhundert Seiten verschlafen.

Manche Menschen lesen Bücher in einem Boot oder auf ihrem eigenen Bauch, auf einer grünen Wiese. Besonders um diese Jahreszeit.

Manche Menschen lesen, wenn sie Knaben sind, ihre Bücher unter der Schulbank.

Manche Menschen lesen überhaupt keine Bücher, sondern kritisieren sie.

Manche Menschen lesen die Bücher am Strand, davon kommen die Bücher in die Hoffnung. Nach etwa ein bis zwei Wochen schwellen sie ganz dick an – nun werden sie wohl ein Broschürchen gebären, denkt man – aber es ist nichts damit, es ist nur der Sand, mit dem sie sich vollgesogen haben. Das raschelt so schön, wenn man umblättert …

Manche Menschen lesen ihre Bücher in … also das muß nun einmal ernsthaft besprochen werden.

Ich bin ja dagegen. Aber ich weiß, daß viele Männer es tun. Sie rauchen dabei und lesen. Das ist nicht gut. Hört auf einen alten Mann – es ist nicht gut. Erstens, weil es nicht gut ist, und dann auch nicht hygienisch, und es ist auch wider die Würde des Dichters, der das Buch geschrieben hat und überhaupt. Gewiß, kann man sich Bücher vorstellen, die man *nur* dort lesen sollte, ‚*Völkische Beobachter*' und dergleichen. Denn sie sind hinterher unbrauchbar: so naß werden sie. Man soll in der Badewanne eben keine Bücher lesen. (Aufatmen des gebildeten Publikums.)

Merke: Es gibt nur sehr wenige Situationen jedes menschlichen Lebens, in denen man keine Bücher lesen kann, könnte, sollte … wo aber werden diese Bücher hergestellt? Das ist ein anderes Kapitel.

[1930]

DAS STUNDENKONTO

Vor Monaten bin ich einmal mit der Puff-Puff-Bahn von Paris nach Berlin gefahren, denn ich wollte meinem Verleger ins treue Auge sehn … („Sie werden auch nie lernen, ein Feuilleton richtig anzufangen. Das fängt man gefälligst so an: ‚Das Flugzeug surrte über Le Bourget ab, das gute, alte Paris tief unter sich lassend …'") Ja, also ich fuhr mit der Bahn.

An der belgischen Grenze stimmte irgend etwas mit den Uhren nicht; mein mangelhafter mathematischer Verstand läßt es niemals zu, zu verstehen, was da eigentlich vor sich geht; einigen wir uns auf: mitteleuropäische Zeit in Idealkonkurrenz mit der Sommerzeit. Kurz und gut: die Uhren wiesen auf einmal eine Differenz von sechzig Minuten auf. Statt Viertel eins war es plötzlich Viertel zwei. Das ließ einen der Reisegefährten nicht ruhn. Er wandte sich an den belgischen Zugbeamten.

„Wir haben eine Stunde gewonnen, nicht wahr –?" sagte er. „Nein", sagte der Mann. „Sie haben eine Stunde verloren." – „Nein, gewonnen!" rief der Reisegefährte. „Nein, verloren!" rief der Schaffner. Es war wunderschön. Der Gefährte fing an, die Astronomie, etwas Regeldetrie und eine Prise Einstein in einem Topf zu rühren, den er triumphierend dem Schaffner präsentierte. „Wir haben also eine Stunde gewonnen", sagte er, „wir kommen eine Stunde früher an –!" Es hätte nicht viel gefehlt, und er hatte die Hände vor dem Mund bewegt, wie es die Zirkuskünstler machen, wenn ihnen ein besonders schöner Salto gelungen ist … Der Schaffner nahm den Topf nicht an. Er sagte vielmehr etwas ganz Überraschendes.

„Sie haben eine Stunde verloren!" sagte er. „Denn Sie haben eine Stunde weniger zu leben." Nie, niemals ist mir der Unterschied der beiden Länder so stark aufgegangen wie in diesem Augenblick.

Wir wollen immerzu ankommen, am liebsten gestern, wir möchten es ganz eilig haben, und wenn es schneller, noch schneller, am allerschnellsten geht, dann bilden wir uns ein, etwas gewonnen zu haben. Der Franzose will leben. Dieser Schaffner trug eine belgische Uniform, aber es war etwas durchaus Französisches, was er da gesagt hatte. Der Franzose will leben.

Und er lebt auch, als ob er tausend Jahre zu leben hätte. Verabrede dich am zweiten des Monats mit einem Pariser; es ist nicht ausgeschlossen, daß er dir eine Zusammenkunft für den achtundzwanzigsten vorschlägt. Frankreich ist so schön weit weg von Amerika … Am achtundzwanzigsten kommt er dann auch angewackelt, er hat es nicht vergessen. Alles, alles kannst du in Paris – aber etwas an einem einzigen Vormittag erledigen: das mach mir mal vor. Du hast gar keine Zeit, und der Franzose hat viel zuviel, und so kommt ihr schwer zusammen.

Natürlich hat auch der Schaffner einen Denkfehler gemacht; denn in Wahrheit ändert der vorgestellte Zeiger nichts an der Dauer unseres Lebens; aber so denken sie hier. Ich weiß nicht, ob man damit ‚vorankommt'; ich kann auch nicht beurteilen, ob man so gute Geschäfte macht, ob das Land auf diese Weise konkurrenzfähig bleiben wird, bis in alle Ewigkeit … das weiß ich alles nicht. Ich weiß nur, daß die Franzosen erst einmal leben wollen, und dem hat sich alles andere unterzuordnen. Einmal hatte es ein Deutscher sehr eilig in Paris, als er bei Tisch saß, und er sagte das auch dem Kellner … Darauf jener: „Wenn Sie keine Zeit haben, dann müssen Sie nicht frühstücken –!" Das ist eine Lebensweisheit.

Die Franzosen bummeln nicht, sie sind nicht säumig, noch weniger etwa faul, wie schlechte Lesebücher das deutschen Kindern manchmal einreden wollen. Ihr Lebensrhythmus, ihr Arbeitstakt ist ein anderer, und wenn man mit ihnen fertig werden will, so muß man sich diesem andersgearteten Takt eben anpassen. Was für uns nicht immer einfach ist …

Ich will gar nicht einmal vom pariser Telephon erzählen, einer Maschine, die die Franzosen selbst nicht ernst nehmen, sonst funktionierte sie. Sie funktioniert aber nicht, und man tut gut, in eiligen Fällen zu dem Anzutelefonierenden hinzufahren; man wird Zeit sparen, Nerven und Kraft. Es liegt eine fast orientalische Ruhe im französischen Gehaben, die von der schnellen Sprache und einer fast unmerklich nervösen Atmosphäre sonderbar absticht. Und nichts bringt den Franzosen so durcheinander wie einer, der etwa ununterbrochen mitteilen wollte, wie eilig er sei, wie wenig Zeit er habe, wie schnell das alles erledigt sein müsse ... Er wird auf Granit beißen. Er wird den französischen Charakter voll erkennen, der, bei aller Beweglichkeit, unglaublich störrisch sein kann, von einem Eigensinn, der ganzen Planeten standhält ... Da wird nichts zu machen sein. Mit schweren Säbeln ist hier gar nichts auszurichten. Man fechte Florett.

Das Allermerkwürdigste ist, daß der Drang, das eigene Leben voll zu Ende zu leben, sogar den Erwerbstrieb überwiegt: erst das Leben, dann das Geschäft. Und es ist ungemein bezeichnend für die Lebensauffassung der Franzosen, daß sie in prekären Lagen vorziehen, weniger auszugeben, also zu sparen, als mehr zu verdienen. Mit dem Klischee „Es ist eben ein Rentnervolk" kommt man der Sache nicht näher – denn Rentner arbeiten nicht so viel, wie es hier Frauen und Männer allenthalben tun.

Dazu kommt, daß die neue junge Generation denn doch wesentlich anders aussieht – sie ist flinker, schneller, tangogescheitelter, autohafter, anders. Und doch französisch. Es ist – unübersetzbar–: „un peuple débrouillard", ein Volk, das die Sache ‚schon schmeißt', das sich herausfindet und herauswindet; das, scheinbar planlos, bis hart an den Rand des Abgrunds rollt und dann – im allerletzten Augenblick – eines jener Wunder vollbringt, von denen die französische Geschichte voll ist. So haben sie ein sauber geführtes Stundenkonto, anders als das unsere – und auf der Aktivseite steht ein Posten, der alle, alle andern überstrahlt: das Leben.

[1930]

DER RICHTER

In meinem Buch *‚Deutschland über alles‘* steht auch etwas über die Unabsetzbaren zu lesen. Daran nimmt einer der Betroffenen Anstoß, und zwar – anläßlich einer Besprechung des Beradtschen Buches über den *‚Deutschen Richter‘* – so:

„Vor einiger Zeit erschien der Aufsatz eines Schriftstellers über deutsche Richter, ihm war eine Zeichnung beigegeben mit dem Bilde eines Mannes im Richtertalar, das statt eines Kopfes ein Paragraphenzeichen trägt. In dem Aufsatz ist die These aufgestellt, man habe das Recht, bei einer Gesellschaftskritik den niedersten Typus einer Gruppe als deren Vertreter anzusehen. Man kann einem Anwalt nicht unterstellen, daß er sich diese These zu eigen machen will, mit der man den Richterstand wie den Anwaltstand, überhaupt jede Berufsgruppe beliebig herunterziehen kann."

Der Richter, der dies geschrieben hat, gilt als objektiv und reformfreudig. Hoffen wir, daß seine Urteilsbegründungen verständiger sind als dieser Gedankengang.

Zunächst ist der schwere deutsche Aberglaube zu beseitigen, als sei es ein Sakrileg, eine ‚Berufsgruppe herunterzuziehen‘. Diese Kollektiv-Ehren, gezüchtet von emsigen Vereinsmeiern und Generalsekretären, kosten heute Stück für Stück einen Groschen. Selbst wenn sich einer bei der Beurteilung einer solchen Gruppe irrt, so ist das noch nicht gar schlimm; hinter dieser Anschauung des Richters steckt der schwer ausrottbare Irrtum, als sei der ‚Beruf‘ und die Zugehörigkeit zu einer Gruppe an sich schon etwas Heiliges. Richter sein ist noch gar nichts. Richter sein ist genau so schwerwiegend wie der Entschluß, Jura zu studieren, und jeder weiß, wie der zustandekommt. Mit diesem falschen Pathos wollen wir uns nicht aufhalten.

Der Richter hat aber auch im einzelnen unrecht.

In meiner Arbeit steht nicht zu lesen, daß der niederste Typus einer Gruppe ihr Vertreter ist; er ist es so wenig wie der höchste, den die Herren zu ihrem Lob gern herangezogen haben möchten. Ich habe gesagt, daß der niederste Typus charakteristisch für das Niveau einer Gruppe ist: jener Typus nämlich, den sie grade noch ertragen kann. Beispiel:

Vergewaltigt ein deutscher Arzt eine minderjährige Patientin und sind dieser Tatbestand und die strafrechtliche Verantwortlichkeit des Täters einwandfrei erwiesen, so wird die gesamte Ärzteschaft von dem Mann abrücken, mehr als das: sie wird ihn aus ihren Reihen entfernen. Also ist dieser Typus der Gruppe nicht aufs Konto zu setzen. Sie kann nichts dafür, daß er einmal in ihren Reihen gewesen ist – sie erträgt ihn nicht, sie schließt ihn aus.

Läßt sich ein deutscher Richter materiell bestechen, so reagiert die Gruppe sofort – alle Mitglieder werden den Mann ausgestoßen wissen wollen, das ehrengerichtliche Verfahren wäre in diesem Fall nur noch eine Formalität. Also ist der mit Geld bestochene Richter kein Protoyp des deutschen Richters.

Um aber den Stand der Unabsetzbaren richtig zu beurteilen, darf es wohl erlaubt sein, neben den Festreden des Reichsgerichts jenen Typus zu betrachten, den man in hundert und aber hundert Gerichtsstuben amtieren hören kann, in Gleiwitz und in Köln, in Breslau und in München. Da ist es mitunter schwer, ruhig zu bleiben … diese Mischung von subalternem Geist, von Überheblichkeit, von dummen und sachlich verkehrten Moralanschauungen, von Einsichtslosigkeit in wirtschaftliche Zusammenhänge, von vermuffter Seelenkunde, die keine ist … gibts das oder gibts das nicht? Das gibts.

Und solange die Gruppe der Richter nicht gegen diesen Typus demonstriert, und sei es auch nur in einer ernsthaften Opposition, solange sich ‚die' Richterschaft in falsch verstandenem Kollegialitätsgefühl immer gegen den ‚Laien' auf die Seite des so überschätzten Fachmannes stellt –: solange nenne ich einen deutschen Richter einen deutschen Richter. Und ich möchte das so verstanden wissen, wie es ein Proletarier versteht, der – den Bericht von nationalsozialistischen Strafprozessen im Gedächtnis – vor diesen Talaren steht.

[1930]

IN DER HOTELHALLE

Ein Blick – und die Neese sitzt hinten.

Wir saßen in der Halle des großen Hotels, in einer jener Hallen, in denen es immer aussieht wie im Film – anders tuts der Film nicht. Es war fünf Minuten vor halb sechs; mein Partner war Nervenarzt, seine Sprechstunde war vorüber, und wir tranken einen dünnen Tee. Er war so teuer, daß man schon sagen durfte: wir nahmen den Tee.

„Sehen Sie", sagte er, „es ist nichts als Übung. Da kommen und gehen sie – Männer, Frauen, Deutsche und Ausländer, Gäste, Besucher … und niemand kennt sie. Ich kenne sie. Ein Blick – hübsch, wenn man sich ein bißchen mit Psychologie abgegeben hat. Ich blättere in den Leuten wie in aufgeschlagenen Büchern."

„Was lesen Sie?" fragte ich ihn.

„Ganz interessante Kapitelchen." Er blickt mit zugekniffenen Augen umher. „Keine Rätsel hier – ich kenne sie alle. Fragen Sie mich bitte."

„Nun … zum Beispiel: was ist der da?"

„Welcher?"

„Der alte Herr … mit dem Backenbart … nein, der nicht … ja, der …"

„Der?" Er besann sich keinen Augenblick.

„Das ist … der Mann hat, wie Sie sehen, eine fulminante Ähnlichkeit mit dem alten Kaiser Franz Joseph. Man könnte geradezu sagen, daß er ein getreues Abbild des Kaisers sei – er sieht aus … er sieht aus wie ein alter Geldbriefträger, den die Leute für gütig halten, weil er ihnen die Postanweisungen bringt. Seine Haltung – seine Allüren … ich halte den Mann für einen ehemaligen Hofbeamten aus Wien – einen sehr hohen sogar. Der Zusammenbruch der Habsburger ist ihm sehr nahegegangen, sehr nahe sogar. Ja. Aber sehen Sie doch nur, wie er mit dem Kellner spricht: das ist ein Aristokrat. Unverkennbar. Ein Aristokrat. Sehen Sie – in dem Mann ist der Ballplatz; Wien; die ganze alte Kultur Österreichs; die Hohe Schule, die sie da geritten haben – tu, Felix, Austria … Es ist sicher ein Exzellenzherr – irgendein ganz hohes Tier. So ist das."

„Verblüffend. Wirklich – verblüffend. Woher kennen Sie das nur?"

Er lächelte zu geschmeichelt, um wirklich geschmeichelt zu sein; wie eitel mußte dieser Mensch sein! – „Wie ich Ihnen sage: es ist Übung. Ich habe mir das in meinen Sprechstunden angeeignet – ich bin kein Sherlock Holmes, gewiß nicht. Ich bin ein Nervenarzt, wie andere auch nur eben mit einem Blick. Mit dem Blick." Er rauchte befriedigt.

„Und die Dame da hinten? Die da am Tisch sitzt und auf jemand zu warten scheint – sehen Sie, sie sieht immer nach der Tür …"

„Die? Lieber Freund, Sie irren sich. Die Dame wartet nicht. Sie erwartet wenigstens hier keinen. Sie wartet … ja, sie wartet schon. Auf das Wunderbare wartet sie. Lassen Sie … einen Moment …"

Er zog ein Monokel aus der Westentasche, klemmte es sich ein, das Monokel fühlte sich nicht wohl, und er rückte es zurecht.

„Das ist … Also das ist eine der wenigen großen Kokotten, die es noch auf dieser armen Welt gibt. Sie wissen ja, daß die Kokotten aussterben wie das Wort. Die bürgerliche Konkurrenz … Ja, was ich sagen wollte: eine Königin der käuflichen Lust. Minder pathetisch: eine Dame von großer, aber wirklich großer Halbwelt. Donner … Donnerwetter … haben Sie diese Handbewegung gesehen? Die frißt Männer. Sie frißt sie. Das ist eine … Und in den Augen – sehen Sie nur genau ihre Augen an … sehen Sie sie genau an … in den Augen ist ein Trauerkomplex, ein ganzer Garten voller Trauerweiden. Diese Frau sehnt sich; nach so vielen Erfüllungen, die keine gewesen sind, sehnt sie sich. Daran gibt es keinen Zweifel. Fraglich, ob sie jemals das finden wird, was sie sucht. Es ist sehr schwierig, was sie haben will – sehr schwierig. Die Frau hat alles gehabt in ihrem Leben – alles. Und nun will sie mehr. Das ist nicht leicht. Dieses verschleierte Moll! Kann sein, daß sich ein Mann ihretwegen umgebracht hat – es kann sein – das kann ich nun nicht genau sagen. Ich bin nicht allwissend; ich bin nur ein Arzt der Seele … Ich möchte diese Frau geliebt haben. Verstehen Sie mich – nicht lieben! Geliebt haben. Es ist gefährlich, diese Frau zu lieben. Sehr gefährlich. Ja."

„Doktor … Sie sind ein Cagliostro … Ihre Patienten haben nichts zu lachen."

„Mir macht man nichts vor", sagte er. „Mir nicht. Was wollen Sie noch wissen? Weil wir grade einmal dabei sind …"

„Der da! Ja, der Dicke, der jetzt aufsteht – er geht nein, er kommt wieder. Der mit dem etwas rötlichen Gesicht. Was mag das sein?"

„Na, was glauben Sie?"

„Tja … hm … heute sieht doch einer aus wie der andere … vielleicht …"

„Einer sieht aus wie der andere? Sie können eben nicht *sehen* – sehen können ist alles. Das ist doch ganz einfach."

„Also?"

„Der Mann ist Weinhändler. Entweder der Chef selbst oder der Prokurist einer großen Weinfirma. Ein energischer, gebildeter Mann; ein willensstarker Mann – ein Mann, der selten lacht und trotz des Weines nicht viel von Humor hält. Ein ernster Mann. Ein Mann des Geschäftslebens. Unerbittlich. Haßt große Ansammlungen von Menschen. Ein Mann des Ernstes. Das ist er."

„Und die da? Diese kleine, etwas gewöhnlich aussehende Madame?"

„Panter, wie können Sie so etwas sagen! Das ist – (Monokel) das ist eine brave, ordentliche Bürgersfrau aus der Provinz … (Monokel wieder in den Stall) – eine brave Frau, Mutter von mindestens vier Kindern, aufgewachsen in den Ehrbegriffen der kleinbürgerlichen Familien – geht jeden Sonntag in die Kirche – kocht für ihren Mann, flickt ihren Bälgern die Hosen und Kleidchen – es ist alles in Ordnung. Die übet Treu und Redlichkeit und weichet keinen Finger breit … die nicht."

„Und der da, Doktor?"

„Sehen Sie – *das* ist der typische Geldmann unserer Zeit. Da haben Sie ihn ganz. Ich könnte Ihnen seine Lebensgeschichte erzählen – so klar liegt die Seele dieses Menschen vor mir. Ein Raffer. Ein harter Nehmer in Schlägen. Der läßt sich nicht unterkriegen. Gibt seine Zeit nicht mit Klimperkram ab; liest keine Bücher; kümmert sich den Teufel um etwas anderes als um sein Geschäft. Da haben Sie den amerikanisierten Europäer. Mit den Weibern – Himmelkreuz! – Es ist sechs … Seien Sie nicht böse – aber ich habe noch eine dringende Verabredung. Ich muß mir gleich einen Wagen nehmen. Zahlen! – Die Rechnung …" verbesserte er sich. Der Kellner kam, nahm und ging. Der Doktor stand auf.

„Was bin ich schuldig?" fragte ich aus Scherz.

„Unbezahlbar – unbezahlbar. Alles Gute! Also … auf bald!" Weg war er.

Und da ergriff mich die Neugier, da ergriff sie mich. Noch saßen alle analysierten Opfer da – alle. Ich schlängelte mich an den Hotelportier heran, der von seinem Stand aus die Halle gut übersehen konnte. Und ich sprach mit ihm. Und ließ etwas in seine Hand gleiten. Und fragte. Und er antwortete. Und ich lauschte:

Der österreichische Höfling war ein Nähmaschinenhändler aus Gleiwitz. Die große Hure mit dem Trauerkomplex eine Mrs. Bimstein aus Chikago – nun war auch ihr Mann zu ihr an den Tisch getreten, unverkennbar Herr Bimstein. Der Prokurist der großen Weinfirma war der Clown Grock. Die pummlige Mama war die Besitzerin eines gastlichen Etablissements in Marseille; der freche Geldmann war ein Dichter der allerjüngsten Schule –

Und nur der Psychologe war ein Psychologe.

[1930]

VOLKSWIRTSCHAFTLICHER MOMENT

Das ist … eh – wie soll ich das erklären … Das ist so:

„Diese Hosenträger", hat das kleine brünette Fräulein grade gesagt, „sind ganz weich, sie werden im Tragen immer weicher, sie halten unbegrenzt lange – ja, sie werden sehr viel gekauft, wir verkaufen überhaupt keine andern – wirklich preiswert, sehr preiswert – wenn Sie aber einen Gürtel nehmen wollen – wir haben auch sehr gut Gürtel, sehen Sie, hier – aber von den Hosenträgern sind nur diese da wirklich empfehlenswert …" Pause.

Du zögerst.

Noch prangen die hellgrauen Hosenträger neben dem schönen englischen Gürtel – beide lächeln dich freundlich an; sie sind höflich zu dir, sie sagen: Bitte sehr, Herr Käufer; sie spreizen sich … noch sind sie eine Ware.

Die Ware ist unter Berechnung des äußersten Nutzens gut eingekauft worden; Reklame haben sie dafür gemacht; in den großen Blättern, die bei völliger Unabhängigkeit des Inseratenteils auch etwas Text unter die Anzeigen mischen, haben sich gerasterte Mädchen über autotypierte junge Herren gebeugt – Unterschrift: „Ja, Schatz, seit du einen Wonkemeyer-Gürtel trägst, ist mir viel wohler!" – noch ist alles, was da vor dir liegt, eine Ware. Du zögerst.

Zögere, Freund. Wisse: du stehst auf einem kleinen Hügelpunkt deines Lebens … einen Moment später, einen einzigen Moment, und –

Und der Gürtel ist keine Ware mehr. Er ist ein ganz gemeiner Gürtel geworden. Und dies sind die Folgen dieses wirtschaftlichen Mysteriums, in pane, sub pane:

Eben war der Gürtel noch vier Mark und achtzig wert, und wenn ihn nicht du genommen hättest, dann vielleicht ein andrer Mann, dem die Hosen zu rutschen beginnen. Nun aber ist der Gürtel auf einmal gar nichts mehr – nun ist es dein Gürtel geworden, irgend einer – der Gürtel ist aus dem Kreislauf der Waren in dein Leben getreten … und das ist ihm nicht gut bekommen.

Kämest du nun – nach deinem kleinen Wörtchen Ja, dieser die Offerte annehmenden Willenserklärung, so das Rechtsgeschäft eines Kaufs zustandebringend – kämest du nun mit dem Gürtel in dasselbe Geschäft und wolltest deinen hellbraunen Wonkemeyer, das Entzücken der Gents, verkaufen –: hinausgeschmissen würdest du. „Wir kaufen keine alten Sachen", sagte der Chef. Hinweg mit dir. Ein Gürtel! Was ist ein Gürtel?

Zögere, Freund. Noch steht die Verkäuferin mit einer unmerklichen Höflichkeitskrümmung vor dir, der ganze Laden scheint zu lauschen – denn solcher Gürtel sind viele in diesem Augenblick, der Käufer aber wenige, und wenn ein verkaufender Kaufmann höflich ist auf dieser Welt, so heißt das immer, daß das Angebot die Nachfrage übersteigt. Zögere, Freund. Genieße diese Minute, schöpfe ihren Reiz bis aufs letzte, schlürfe, koste aus, genieße. Bedenk: trägst du diesen Schlag, so ist der Gürtel eine bewegliche Sache in deinem Nachlaß. Noch nie getragen – aber ein ganz gewöhnlicher Gürtel. Zögere ... zögere ... Das Fräulein sieht dich fragend an. Die Pause hat so lange gedauert, wie eine solche Pause überhaupt dauern kann.

„Ich werde diesen hier nehmen", sagst du.

Du armes Aas.

[1930]

AB 12.46 UHR

Dies ist der letzte Tag an der See; heute mittag muß ich davon.

Noch einmal: baden. Noch einmal an den kleinen windschiefen Bäumchen vorbei, wo die Mädchen immer die Badetücher aufhängen, die wehen dann den ganzen Vormittag wie weiße Fahnen. Noch einmal Gruß zum Zeitungsstand hinüber, wo die Zeitungen aus der Stadt hängen, ich habe ihnen jeden Tag eine lange Nase gemacht ... noch einmal alles mit den Augen ansehen, mit dem Geruch aufschnuppern, den feinkörnigen Sand fühlen – und denken: Das kommt nie wieder. Das kommt nie wieder.

Der letzte Tag ...

Im Krieg übten wir unser Gewerbe im Umherziehen aus. Mit gefurchter Stirn und entrüsteter Nase krochen wir in den kurländischen Bauernhäusern herum, die uns die vorigen Truppen leer und völlig mit Stroh verdreckt zurückgelassen hatten – Zimmer zu vermieten! hatten die Dragoner vor uns an geschrieben. Verflucht –!

Und dann gings los: sauber machen, alles reinigen; die Löcher in den Wänden, wo still die Wanzen brüteten, mit Petroleum ausspritzen und zukleistern ... das Stroh heraus- und sauberes neues Stroh hineinschaffen ... die Fenster einigermaßen putzen ... hier habe ich viele schöne Flüche gelernt.

Dann lebten wir uns langsam ein. Das Quartier war doch erträglicher, als es vorher den Anschein gehabt hatte; es ließ sich darin leben. Wir soffen und sangen; wir spielten Karten und lasen zivilistische Bücher; wir rechneten uns aus, wann der Krieg wohl vorbei sein würde ...

Und gewannen mittlerweile das Quartier lieb. Die grauweiße Hütte mit dem Holzhäuschen davor fing an, uns eine neue Heimat zu werden; die wievielte! Aber es wurde eine. Wenn wir nach Hause kamen, dann kuschelte sich schon jeder in seine Ecke, alles war vertraut und gut eingespielt, man wußte schon, wo alles lag. Und täglich sannen wir auf neue Verschönerungen: hier wurde noch ein Bild aus der Zeitung herausgeschnitten, aufgehängt, da ein Spiegel; hier Tannenreiser angebracht und da ein Birkengeländerchen ... (aus unerfindlichen Gründen hatten alle deutschen Offiziere eine besondere Vorliebe für Birkenholz; am liebsten hätten sie den gesamten Kriegsschauplatz mit Birkengeländern einfassen lassen ...), und das Quartier wurde immer schöner. Und regelmäßig dann, wenn einer vorschlug, man könnte nun noch ein Vogelbauer aufhängen und vielleicht – „Mensch, azähl doch nich! Ick ha doch schon Krieg geführt, wie du noch bei Muttan ...!" – Regelmäßig, wenn noch eine ganz besondere Verbesserung geplant, ausgeführt und beendigt war, wenn das Auge des Kompanieführers beinah wohlgefällig auf der Unterkunft ruhte, und wenn der letzte Nagel saß –:

Dann mußten wir fort.

Solch ein Auszug war jedesmal eine melancholische Sache. Ich lernte abermalen neue Flüche. Fluchend packten die Leute ihren Kram zusammen – was würde nun wieder kommen? Wohin nun wieder? Wo es hier *so* schön gewesen war!

Und dann zogen wir los. Und kamen in ein neues Quartier. Und dann fing alles wieder von vorn an. Und am schönsten, am schmerzlichsten und am heimatvollsten war allemal der letzte Tag.

Da liegt die See ... Warum bleibe ich eigentlich nicht immer hier? Man könnte sich zum Beispiel da oben einmieten, das wäre bestimmt gar nicht einmal so teuer – und dann, immer: blaue Luft, Sonne (doch, das gabs – sogar diesen Sommer!), und Salzwasser und Flundern und Grog – und immer, immer: Sommerfrische ...

Soweit Herr Panter. Der in ihm wohnende Peter aber ist schlauer. Er weiß.

Er weiß, daß es damit nichts ist. Daß die Sorgen alle mitziehen, wenn man umzieht: daß es etwas ganz anderes ist, ob man nur vorübergehend an einem

Ort sitzt – oder für immer. Ist man für vier Wochen da, lacht man über alles – auch über die Unannehmlichkeiten. Es geht einen so schön nichts an. Ist man aber für immer da, dann muß man sich ärgern. Man muß teilnehmen. Man muß mitleben. „Schön habt ihr es hier!" sagte einst Karl der Fünfte zu einem Prior, dessen Kloster er besuchte. „Transeuntibus!" erwiderte der Prior. „Schön – ja: für die Vorübergehenden."

So erfrischend ist das Bad in all den vier Wochen nicht gewesen. So lau hat der Wind nie geweht. So hell hat die Sonne nie geschienen. Nicht, wie an diesem letzten Tag.

Sei gescheit. 12.46 geht der Zug ... und du wirst drin sitzen. 12.46 unerbittlich. Die Arbeit ruft. Und du kommst.

Nicht losreißen kannst du dich. Letzter Tag ...

Letzter Tag des Urlaubs – letzter Tag in der Sommerfrische ...! Letzter Schluck vom roten Wein ... letzter Tag der kleinen Reiseliebe – noch eine halbe Stunde! Noch eine halbe! Noch eine viertel ...! Letzter Tag ... letzter Tag des Lebens ...?

Vielleicht ist es deshalb so schwer, zu sterben, weil niemand einen letzten Tag ertragen kann. Er ist aber gar nicht so schwer zu ertragen. Wenn es am besten schmeckt, soll man aufhören. Was dann kommt ...

Nichts ist so schön wie der letzte Tag.

[1930]

EIN ÄLTERER, ABER LEICHT BESOFFENER HERR

– Wie Sie mich hier sehn, bin ick nämlich aust Fensta jefalln. Wir wohn Hochpachterr, da kann sowat vorkomm. Es is wejn den Jleichjewicht. Bleihm Se ruhich stehn, lieber Herr, ick tu Sie nischt – wenn Se mir wolln mah aufhehm ... so ... hoppla ... na, nu jeht et ja schon. Ick weeß janich, wat mir is: Ick muß wat jejessen ham ...!

Jetrunken? Ja, det auch ... aber mit Maßen, immer mit Maßen. Es wah – ham Sie 'n Auhrenblick Sseit? – es handelt sich nämlich bessüchlich der Wahlen. Hips ... ick bin sossusahrn ein Opfer von unse Parteisserrissenheit. Deutschland kann nich untajehn; solange es einich is, wird es nie besiecht!

Ach, diss wah ausn vorjen Kriech … na, is aber auch janz schön! Wenn ick Sie 'n Sticksken bejleiten dürf… stützen Sie Ihnen ruhig auf mir, denn jehn Sie sicherer!

Jestern morjen sach ick zu Elfriede, wat meine Jattin is, ick sahre: „Elfriede!", sahr ick, „heut is Sonntach, ick wer man bißken rumhörn, wat die Leite so wählen dhun, man muß sich auf den laufenden halten", sahr ick – „es is eine patt … patriotische Flicht!" sahr ick. Ick ha nämlich 'n selbständjen Jemieseladn. Jut. Sie packt ma 'n paar Stulln in, und ick ßottel los.

Es wücht ein ja viel jebotn, ssur Sseit … so ville Vasammlungen! Erseht war ich bei die Nazzenahlsosjalisten. Feine Leute. Mensch, die sind valleicht aufn Kien! Die janze Straße wah schwarz … un jrien … von de Schupo … un denn hatten da manche vabotene Hemden an … dies dürfen die doch nich! „Runta mit det braune Hemde!" sachte der Wachtmeister zu ein. „Diß is ein weißes Hemde!" sachte der. „Det is braun!" sachte der Jriene. Der Mann hat ja um sich jejampelt mit Hände und Fieße; er sacht, seine weißen Hemden sehn imma so aus, saubrer kann a nich, sacht a. Da ham sen denn laufen lassen. Na, nu ick rin in den Saal. Da jabs Brauselimmenade mit Schnaps. Da harn se erseht jeübt: Aufstehn! Hinsetzn! Aufstehn! Hinsetzn! weil sie denn nämlich Märsche jespielt ham, und die Führers sind rinjekomm – un der Jöbbels ooch. Kenn Sie Jöbbels? Sie! Son Mann is det! Knorke. Da ham die jerufen: „Juden raus!" un da habe ick jerufen: „Den Anwesenden nadhierlich ausjenomm!", un denn jing det los: Freiheit und Brot! harn die jesacht, die Freiheit konnte man jleich mitnehm – det Brot hatten se noch nich da, det kommt erseht, wenn die ihr drittes Reich uffjemacht harn. Ja. Und scheene Lieda harn die –!

Als die liebe Morjensonne
schien auf Muttans Jänseklein,
zoch ein Rejiment von Hitla
in ein kleines Städtchen ein …!

Na, wat denn, wat denn … man witt doch noch singen dürfn! Ick bin ja schon stille – ja doch. Und der Jöbbels, der hat ja nich schlecht jedonnert! Un der hat eine Wut auf den Thälmann! „Is denn kein Haufen da?" sacht er – „ick willn iebern Haufn schießen!" Und wir sind alle junge Schklavn, hat der jesacht, und da hat er ooch janz recht. Und da war ooch een Kommenist, dem ham se Redefreiheit jejehm. Ja. Wie sen nachher vabundn ham, war det linke Oohre wech. Nee, alles wat recht is: Ick werde die Leute wahrscheinlich wähln. Wie ick rauskam, sachte ick mir: Anton, sachte ick zu mir, du wählst nazzenahlsosjalistissch. Heil!

Denn bin ick bei die Katholschen jewesn. Da wollt ick erseht jahnich rin … ick weeß nich, wie ick da rinjekomm bin. Da hat son fromma Mann am Einjang jestandn, der hatte sich vor lauter Fremmichkeit den Krahrn vakehrt rum umjebunden – der sachte zu mir: „Sind Sie katholischen Jlaubens?" sacht er. Ick sahre: „Nich daß ick wüsste …" – „Na", sacht der, „wat wollen Sie denn hier?" – „Jott", sahre ick, „ick will mir mal informieren", sahre ick. „Diß is meine Flicht des Staatsbirjers." Ick sahre: „Einmal, alle vier Jahre, da tun wa so, als ob wa täten … diß is ein scheenet Jefiehl!" – „Na ja", sacht der fromme Mann, „diß is ja alles jut und scheen … aber wir brauchen Sie hier nich!" – „Nanu …!" sahre ick, „sammeln Sie denn keene Stimm? Wörben Sie denn nich um die Stimm der Stimmberechtichten?" sahre ick. Da sacht er: „Wir sind bloß eine bescheidene katholische Minderheit", sacht er. „Und ob Sie wähln oder nich", sacht er, „desderwejn wird Deutschland doch von uns rejiert. In Rom", sacht er, „is et ja schwierijer … aber in Deutschland …", sacht er. Ick raus. Vier Mölln hak uff den Schreck jetrunken.

Denn wak bei die Demokratn. Nee, also … ick hab se jesucht … durch janz Berlin hak se jesucht „Jibbs denn hier keene Demokraten?" frahr ick eenen. „Mensch!" sacht der. „Du lebst wohl uffn Mond! Die hats doch nie jejehm! Und nu jippse iebahaupt nich mehr! Jeh mal hier rin", sacht er, „da tacht die Deutsche Staatspachtei – da is et richtich." Ick rin. Da wah ja so viel Jugend … wie ick det jesehn habe, mußt ick vor Schreck erseht mal 'n Asbach Uralt trinken. Aber die Leute sinn richtich. Sie – det wa jroßachtich! An Einjang hattn se lauter Projramms zu liejn … da könnt sich jeder eins aussuchen. Ick sahre: „Jehm Sie mir … jehm Se mia ein scheenet Projramm für einen selbständigen Jemieseladen, fier die Interessen des arbeitenden Volkes", sahre ick, „mit etwas Juden raus, aber hinten wieder rin und fier die Aufrechterhaltung der wohlerworbenen Steuern!" – „Bütte sehr", sacht det Frollein, wat da stand, „da nehm Sie unsa Projramm Numma siehmundfürrssich – da is det aliens drin. Wenn et Sie nicht jefällt", sacht se, „denn kenn Siet ja umtauschn. Wir sind jahnich so!" Diß is eine kulante Pachtei, sahre ick Ihn! Ick werde die Leute wahrscheinlich wähln. Falls et sie bei der Wahl noch jibbt.

Denn wak bei die Sozis. Na, also ick bin ja eijentlich, bei Licht besehn, ein alter, jeiebter Sosjaldemokrat. Sehn Se mah, mein Vata war aktiva Untroffssier … da liecht die Disseplin in de Familie. Ja. Ick rin in de Vasammlung. Lauta klassenbewußte Arbeita wahn da: Fräser un Maschinenschlosser un denn ooch der alte Schweißer, der Rudi Breitscheid. Der is so lang, der kann aus de Dachrinne saufn. Det hat er aba nich jetan – er hat eine Rede jehalten. Währenddem daß die Leute schliefen, sahr ick zu ein Pachteigenossn, ick sahre: „Jenosse", sahre ick, „woso wählst Du eijentlich SPD –?" Ick dachte, der Mann kippt mir vom Stuhl! „Donnerwetter", sacht er, „nu wähl ick schon ssweiunsswanssich Jahre lang diese Pachtei", sacht er, „aber warum det ick det dhue, det hack ma noch nie iebalecht! – Sieh mal", sachte der, „ick bin in mein Bessirk ssweita Schriftfiehra, un uff unse Ssahlahmde is det imma so jemietlich; wir kenn nu schon die Kneipe, un det Bier is auch jut, un am erschten Mai, da machen wir denn 'n Ausfluch mit Kind und Kejel und den janzen Vaein … und denn ahms is Fackelssuch … es is alles so scheen einjeschaukelt", sacht er. „Wat brauchst du Jrundsätze", sacht er, „wenn dun Apparat hast!" Und da hat der Mann janz recht. Ick werde wahrscheinlich diese Pachtei wähln – es is so ein beruhjendes Jefiehl. Man tut wat for de Revolutzjon, aber man weeß janz jenau: Mit diese Pachtei kommt se nich. Und das is sehr wichtig fier einen selbständjen Jemieseladen!

Denn wah ick bei Huchenberjn. Sie … det hat ma nich jefalln. Wer den Pachteisplitter nich ehrt, is det Janze nich wert – sahr ick doch imma. Huchenberch perseenlich konnte nich komm … der hat sich jrade jespaltn. Da hak inzwischen 'n Kimmel jetrunken.

Denn wak noch bei die kleinern Pachteien. Ick wah bei den Alljemeinen Deutschen Mietabund, da jabs hellet Bia; und denn bei den Tannenberchbund, wo Ludendorff mitmacht, da jabs Schwedenpunsch; und denn bei die Häußerpachtei, die wähln bloß in Badehosn, un da wah ooch Justaf Nahrl, der is natürlicher Naturmensch von Beruf; und denn wark bei die Wüchtschaftspachtei, die sind fier die Aufrechterhaltung der polnischen Wüchtschaft – und denn wark blau … blau wien Ritter. Ick wollt noch bei de Kommenistn jehn … aber ick konnte bloß noch von eene Laterne zur andern Laterne … Na, so bink denn nach Hause jekomm.

Sie – Mutta hat valleicht 'n Theater jemacht! „Besoffn wie son oller Iiiijel – I" hat se jesacht. Ick sahre: „Muttacken", sahre ick, „ick ha det deutsche Volk bei de Wahlvorbereitung studiert." – „Besoffn biste!" sacht se. Ick sahre: „Det auch …", sahre ick. „Aber nur nehmbei. Ick ha staatspolitsche Einsichten jewonn!“ sahre ick. „Wat wißte denn nu wähln, du oller Suffkopp?« sacht se. Ich sahre: „Ick wähle eine Pachtei, die uns den schtarkn Mann jibt, sowie unsan geliebtn Kaiser und auch den Präsidenten Hindenburch!“sahr ick. „Sowie bei aller Aufrechterhaltung der verfassungsjemäßichten Rechte“, sahr ick. „Wir brauchen einen Diktator wie Maxe Schmeling oder unsan Eckener“, sahre ick. „Nieda mit den Milletär!“ sahre ick, „un hoch mit de Reichswehr! Und der Korridor witt ooch abjeschafft“, sahre ick. „So?“ sacht se. „Der Korridor witt abjeschafft? Wie wißte denn denn int Schlafzimmer komm, du oller Süffel?“ sacht se. Ick sahre: „Der Reichstach muß uffjelöst wem, das Volk muß rejiern,denn alle Rechte jehn vom Volke aus. Na, un wenn eener ausjejang is, denn kommt a ja sobald nich wieda!“ sahre ick. „Wir brauchen eine Zoffjett-Republik mit ein unumschränkten Offssier an die Spitze“, sahre ick. „Und in diesen Sinne werk wähln.“ Und denn bin ick aust Fensta jefalln.

Mutta hat ohm jestanden und hat jeschimpft ...! „Komm du mir man ruff“, hat se jebrillt. „Dir wer ick! Du krist noch mal Ausjang! Eine Schande is es –! Komm man ja ruff!“ Ick bin aba nich ruff. Ick als selbstänjdja Jemieseladen weeß, wat ick mir schuldich bin. Wollen wa noch ne kleene Molle nehm? Nee? Na ja ... Sie missn jewiß ooch ze Hause – die Fraun sind ja komisch mit uns Manna! Denn winsch ick Sie ooch ne vajniechte Wahl! Halten Sie die Fahne hoch! Hie alleweje! Un ick wer Sie mal wat sahrn: Uffjelöst wern wa doch ... rejiert wern wa doch ...

Die Wahl is der Rummelplatz des kleinen Mannes! Det sacht Ihn ein Mann, der det Lehm kennt! Jute Nacht –!

[1930]

DER KLOPFENDE MANN

„Europa“, steht in dem vorzüglichen Amerika-Buch von André Siegfried, „Europa vergeudet Menschen und spart Dinge; Amerika vergeudet die Dinge, aber spart Menschen.“ Eine Antithese besten französischen Stils: wieweit sie richtig ist, steht dahin ... Nun gut. Aber da sitzt nun ein Bauer vor der Scheune und klopft, ping-pang macht es, ping-pang ... Er hat sich da so eine kleine Schmiede aufgebaut, darin repariert er, was er für die Wagen und die Geschirre braucht und für die Pflüge … Jetzt klopft er noch immer. Still und beharrlich …

Ja, lohnt denn das? Die Amerikaner lachten ihn aus – kein Amerikaner setzt sich vor eine Scheune und klopft eine Stunde lang auf einem gebogenen Stück Eisen herum. Er kauft ein neues. Oder er hat eine Maschine, die Krummes grade biegt. Und ist überhaupt ein praktischer Mensch. Ergel?

Zur Zeit sind sie in Europa dabei, eine Metaphysik der schwerfälligen Handklopferei aufzubauen. Sie fühlen den schrecklichen Leerlauf des Maschinenlebens, und nun tappen sie verschreckt zurück und suchen die verlorene Seele am Spinnstuhl, weil die Großmama, als sie dem Großvater eins spann, eine Art Seele gehabt hat. Wir auch! wir auch!

Wobei zu sagen wäre, daß der europäische Amerikanismus ein wildgewordenes Europa, aber nicht Amerika ist. Und daß man nicht umkehren kann sondern hindurch muß. Und daß der Kampf zwischen Mensch und Maschine ausgefochten werden muß bis zum Ende: bis zum Sieg des Menschen. Und daß jene leicht faschistische deutsche Bewegung, die da zu den Bauern zurückwill, aus den allerbesten und saubersten Motiven herkommt (solange das nicht die Unternehmer, wie bei Herrn Hitler, in die Finger bekommen haben), und daß Flucht keine Überwindung ist. Wieder Kerzenbeleuchtung ist noch gar nichts. Ein Elektrizitätswerk mit nicht versklavten Bergarbeitern: das erst wäre ein Sieg.

Ja, sagen sie, aber der Mann, der da klopft: der denkt sich so schöne innerliche Sachen aus; der Amerikaner ist nur standardisierter Murks. Ich weiß nicht, wie der Amerikaner ist; mein Gefühl ist gegen ihn, aber nach dem hat mich niemand gefragt. Ob aber der Kleinbauer oder der Landprolet in geduckter Dumpfheit sich gar so viel Schönes beim Klopfen ausdenkt, ja, ob er auch nur bis in Tiefen hineinfühlt, in die ihm der Kinobesucher aus der Stadt nicht folgen kann, das möchte ich bezweifeln. Der klopfende Mann an der Scheune ist der Natur örtlich näher als der Büromensch, das ist wahr. Aber welcher Natur? Einer gezähmten, einer durch die Katasterämter gegangenen, einer aufgeteilten, einer parzellierten, einer braven Natur. Von jener Natur, die Goethe in jenem schönen Stück Prosa besang – von der wird er wohl nicht viel erfühlen. Romantische Städter packen in den Klopfemann viel hinein: ihre Sehnsucht, ihren negativen Asphaltwillen, ihren Trieb, ‚mal hinauszukommen', und zum Schluß, wenns politisch wird, ein Endchen Faschismus.

Und was täte der Bauer, wenn er nicht klopfte? Und wem wird die mechanisierte Arbeit aufgebürdet? Und wer klopft dann?

Soziallyrik ist keine soziale Revolution.

[1930]

DIE APOTHEKE

Manche Leute gehen in den fremden Orten immer erst in den Ratskeller, manche zur Sehenswürdigkeit – ich gehe in die Apotheke. Da weiß man doch.

Es beruhigt ungemein, zu sehen, daß auch in Dalarne, in Faido oder in Turn-Severin die Töpfchen der Reihe nach ausgerichtet stehn, jedes mit einem Namen auf dem Bauch, und fast von keinem wissen wir, wa es ist. Manche heißen furchtbar unanständig, aber die Apotheker meinen das nicht so. Und immer riecht es nach strengen und herben Sachen, es sind jene Düfte, die dem guten, alten Apotheker langsam zu Kopf steigen, woher er denn den altbewährten Apotheker-Sparren hat. (Protest des Reichsverbandes Deutscher Apotheken-Besitzer. Reue des Autors. Denn ihr habt keine Spezial-Sparren mehr, sogar die Geometer sind vernünftig geworden … ihr habt alle zusammen nur noch eine Verrücktheit: die Berufseitelkeit.) Ja, also die Apotheken.

Mir fehlt eigentlich nie etwas Rechtes, aber es gibt so nette kleine Mittel, die sich hübsch einkaufen: Baldrian oder doppelkohlensaures Natron oder Jodtinktur … irgend etwas wird man schon damit anfangen können. „Bitte geben Sie mir …"

Da kommt dann ein weißer Provisor-Engel angeschwebt, die jüngern Herren haben, wenn es in deutschen Apotheken ist, Schmisse und sehen grimmig-gefurcht drein, so: „Du! Wir sind hier akademisch gebildet, und daß wir dir etwas verkaufen, ist eine große Gnade!" Da wird vor Angst sogar die Tonerde doppelt sauer. Oder es ist da ein Apothekermädchen, blond und drall, und man kann gar nicht verstehen, wie so ein freundliches Wesen alle die vielen lateinischen Namen auswendig weiß. Und immer mixt ein älterer, schweigsamer Mann hinter einem hohen Pult eines der zahllosen Medikamente …

Es gibt übrigens nur fünfzehn Medikamente, seit Hippokrates selig, und doch ist es einer weitentwickelten Industrie von Chemieunternehmen und den Fabriken zur serienweisen Herstellung von Ärzten gelungen, aus diesen zehn Medikamenten vierundvierzigtausendvierhundertundvierundvierzig gemacht zu haben; manche werden unmodern, die werfen wir dann fort. Ja, verdient wird auch daran. Aber das ist es nicht allein: die Leidenden wollen das so. Sie glauben nicht nur an den Wundermann – Professor oder Laien –, sie glauben auch an diese buntetikettierten und sauber verpackten Dinge, die mit … ‚in' oder mit … ‚an' aufhören und eben einige jener zehn Medikamente in neuer Zusammensetzung enthalten.

Hübsch, so eine Apotheke. Man fühlt sich so geborgen; es kann einem nichts geschehen, weil sie ja hier gegen alle Krankheiten und für alle Menschen ihre Mittel haben. Es ist alles so ordentlich, so schön viereckig, so abgewogen rund – so unwild. Hat der Apotheker einen Vogel? eine treulose Frau? Kummer mit seiner Weltanschauung? Das soll er nicht – wir wollen es jedenfalls nicht wissen. Wir stehen vor ihm, dem Dorfkaplan der IG-Farben und dem Landprediger der ärztlichen Wissenschaft. Die Apotheke macht besinnlich, wir fordern, nehmen, zahlen und sind schon halb geheilt. Bis zur Tür.

Draußen ist es wesentlich ungemütlicher, und von der sanft duftenden Medizin-Insel steuern wir wieder auf das hohe Meer. Die Apotheke ist das Heiligenbild des ungläubigen kleinen Mannes.

[1930]

PAUSE AUF DEM TÖPFCHEN

Wenn einer und er kommt mit einem Freunde zusammen, den er lange nicht gesehen hat, und sie unterhalten sich so eifrig und recht beflissen, einander nun alles, aber auch alles mitzuteilen, was sich in der Zwischenzeit ereignet hat (es können auch weibliche Freundinnen sein), und wenn sie dann so mittendrin sind im Gerede, im Geruddel, im Geklatsch und im Gekakel, dann kann es wohl geschehn, daß der andre zum einen oder der eine zum andern sagt: „Wart mal – einen Moment!" und geht hinaus, wo die weißen Handtücher hängen und die Badelaken, und da hält er sich dann auf und überdenkt es sich. Der andre überdenkt es sich auch.

Und wenn dann der gegangen Seiende wieder ins Zimmer tritt, dann hat sich bei beiden so viel Neues angesammelt, das ihnen unterdessen eingefallen ist, sie müssen es sich nun ganz schnell mitteilen, so daß sie übereinander herfallen wie die Gack-Gack-Enten, und sie müssen ganz schnell sprechen, beide zugleich, und sich überbieten, wer schöner kann und wer lauter – und es ist ein großes Einvernehmen, das da anhält, na, mindestens bis zum nächsten Morgen.

Merk: Aufs Töpfchen gehen fördert die Freundschaft.

Merk: es gibt nur eines, das die Freundschaft noch mehr fördert:

Den Freund nie auf die Probe zu stellen, die Freundin nicht, niemand. Denn einer, der sein Leben lang einen Lederbeutel voller bunter Steine hütet, die er für Edelsteine hält, der ist reich. Auch, wenn es bunte Glasstückchen sind. Er darf nur den Beutel nicht aufmachen.

Gott erhalte uns die Freundschaft. Man möchte beinah glauben, man sei nicht allein.

[1930]

SCHNIPSEL

Arbeiter stehen im Klassenkampf, Angestellte stehen im Gezänk der Kasten.

Das Ideal eines höhern Angestellten ist, so viel zu verwalten und so wenig zu tun zu haben, daß er schon beinah einem Beamten gleicht.

Der Angestellte hat keine marxistische Erkenntnis; er ist nur persönlich beleidigt. Ein denkender Arbeiter sieht in seinem Schicksal das Schicksal seiner Klasse; ein Angestellter sieht im andern nur den Konkurrenten. Im Augenblick, wo er selber eine Zulage oder gar die Handelsvollmacht bekommt, ist die Frage des Klassenkampfes für ihn entschieden.

Der dicke Assistenzarzt sagte zu mir: „Es ist doch ein großer Vorteil für mich, fünf Sprachen zu sprechen. Damit kann man überall Hotelportier werden."

Er kaufte sich eine Hundepeitsche und einen kleinen dazugehörigen Hund.

Der Angestellte lebt von seinem kärglichen Gehalt sowie von der durch nichts zu erschütternden Überzeugung, daß es ohne ihn im Betriebe nicht gehe.

In Ascona, wo die Verdrehten wild vorkommen, fragte einst ein Fremder einen Tessinesen, wer denn diese blassen Fresken an der Kirchhofsmauer geschaffen habe. „Ein vegetarischer Maler", sagte der Mann.

Sie ließ sich beizeiten von ihm scheiden, weil er Witze um die entscheidende Nuance zu langsam erzählte.

Wenn man nach fünftägiger Bekanntschaft zu einem Menschen sagt: „Sie haben etwa den und den Charakter – also werden Sie wohl das und das Schicksal haben": das glaubt er nicht.
Wenn man ihm aber dasselbe aus der Hand weissagt: das glaubt er.

Das beste Wort über künstlerische Wirkung stammt von S. J. „Erfolg ist Mißverständnis", sagte er.

Liebe ist, wenn sie dir die Krümel aus dem Bett macht.

[1930]

DER SCHIEFE HUT

Einmal – das war in den Ferien und ist noch gar nicht lange her –, da wohnte ich in einer Pension bei Luzern und sah auf den grauen See. Es war ein trübes Wetter, und ich dachte: I, dachte ich, das Pferderennen da unten wird auch nicht sehr lustig ausfallen. Vielleicht war es gar kein Pferderennen – es kann auch ein Wettspringen gewesen sein. Ich weiß nicht viel von diesen Dingen;

wenn man mich reiten gesehn hat, dann versteht man, was das ist: Pazifismus. Wo beim Pferd der Kopf ist, da ist vorn ... mehr weiß ich nicht, und so werde ich nie einen jener hochfeinen Gesellschaftsromane schreiben, bei denen der kleine Angestellte vergessen soll und vergißt, wohin er gehört. Klassenkampf? Hängt doch den Leuten einen geliehnen Frack auf die Hintertreppe, dann werden sie den Klassenkampf schon vergessen. Ja, also Luzern.

Da saß ich und sah, wie sich der kleine Saal allmählich mit den Gästen füllte, die hier ihr Abendbrot essen wollten. Da war Frau Otto aus Magdeburg, die sah aus wie die protestantische Moral. Die Moral hatte eine Tochter ... wenn man sich schon von der Mutter schwer vorstellen konnte, wie sie zu einer Tochter gekommen war, so konnte man sich von der Tochter gar nichts vorstellen, und man wollte das auch nicht. Dann war da der Direktor Zuegli, aus irgend einem schweizer Ort, der der Aussprache nach im Kehlkopf liegen mußte; dann eine fromme Dame aus Genf, die so fein war, daß sie kaum mit sich selbst verkehrte; dann ein alter österreichischer Adliger, der aussah wie Kaiser Franz Joseph und das Personal ebenso unfreundlich behandelte wie jener es wahrscheinlich getan hat ... da kam Frau Steiner.

Frau Steiner war aus Frankfurt am Main, nicht mehr so furchtbar jung, ganz allein und schwarzhaarig; sie trug Abend für Abend ein andres Kleid und saß still an ihrem Tisch und las feingebildete Bücher. Ich will sie ganz kurz beschreiben: sie gehörte zum Publikum Stefan Zweigs. Alles gesagt? Alles gesagt.

Und da kam nun Frau Steiner, und ich erkannte sie gar nicht wieder.

Ihre vornehmen frankfurter Augen blitzten, eine leise Röte, die nicht von Coty stammte, lag auf ihren Wangen, und ihr Hut ... Der Hut saß um eine Spur, um eine winzige Nuance, um ein Milligramm zu schief. Er saß da oben, so: „Hoppla! Wir sind noch gar nicht so alt! Wenn wir auch eine erwachsene Tochter haben! Das Leben ist doch goldisch!" Was war da geschehen?

Frau Steiner war auf dem Pferderennen gewesen. Sie sagte das zu ihrer Nachbarin, der Frau Otto aus Magdeburg. Und sie erzählte, wie reizend es dort gewesen sei, und wie hübsch die Pferdchen gesprungen seien, und wie nett die Gesellschaft ... Aber das dachte sie nicht, während sie erzählte. Ihr Hut sagte, was sie dachte.

Der schiefe Hut sagte:

„Wir haben junge Männer gesehn! Sie haben so stramm zu Pferde gesessen, die Schenkel an den Sattel gepreßt, stramm und locker zugleich. Wir haben uns jung gefühlt – oh, so jung! Das ist doch erlaubt! Wir haben uns gedacht: jeden von diesen jungen Männern könnten wir glücklich machen! Wenn es drauf ankäme! Es ist aber nicht drauf angekommen. Wir haben uns wunderbar unterhalten: im Hellen mit den Leuten auf der Tribüne, und im Dunkeln mit den Reitern. Die schönen Pferde – haben wir gesagt. Gedacht haben wir nichts, aber gefühlt haben wir. Es war wie Sekt."

Das sprach der Hut. Die Frau hatte sich keineswegs lächerlich gemacht, es war eben nur die winzige Kleinigkeit, um die der Hut zu schief saß. Denn ein junger Mensch darf sich unbesorgt verliebt geben – ein alter Mensch aber muß sehr vorsichtig damit sein, für den Fall, daß es einer sieht. So sind auch unsre Mamas manchmal nach Hause gekommen, von einem Ball oder einem Tee, mit glänzenden Augen, und wir haben uns gewundert, wie verändert sie waren, und was sie wohl hätten.

Es war Licht, das in einen Tunnel gefallen war. Geblendet schloß die Getroffene die Augen und dachte einen Augenblick an ein Leben, das sie zu führen wohl legitimiert sei und das sie nie geführt hatte.

[1930]

... ZU DÜRFEN

Eine der schauerlichsten Folgen der Arbeitslosigkeit ist wohl die, daß Arbeit als Gnade vergeben wird. Es ist wie im Kriege: wer die Butter hat, wird frech.

Es ist nicht nur, daß die Koalitionsrechte der Arbeiter und nun gar erst die der Angestellten auf ein Minimum zusammengeschmolzen sind, daß ihre Stellung bei Tarifverhandlungen immer ungünstiger wird, weil bereits das Wort ‚Tarif' bedrohliche Wettererscheinungen in den Personalbüros hervorruft ... auch die Atmosphäre in den Betrieben ist nicht heiterer geworden. Zwar jammern die Arbeitgeber: „Wir können die Untüchtigen so schwer herauskriegen – heutzutage kann man ja niemand mehr kündigen ..." keine Sorge: man kann. Und so wird Arbeit und Arbeitsmöglichkeit, noch zu jämmerlichsten Löhnen, ein Diadem aus Juwelen und ein Perlengeschmeide.

„Der Portier, dem Sie da gekündigt haben", sagte neulich ein Beisitzer zu dem Vertreter des Café Josty, „hat immerhin dreißig Jahre vor Ihrer Tür gestanden …" – Der Vertreter: „Ist es nicht bereits ein Plus, dreißig Jahre vor dem Café Josty stehen zu dürfen?" Und wenn er den ganzen Satz nicht gesagt hat: „… zu dürfen" hat er bestimmt gesagt. Die einen haben das ‚Recht', für das Vaterland sterben zu dürfen, andre ‚dürfen' zu Hungerlöhnen arbeiten – wobei denn wieder andre die saure Pflicht haben, vierundzwanzig Aufsichtsratsposten bekleiden zu müssen.

Merk: Wenn einer bei der Festsetzung von Arbeit und Lohn mit ‚Ehre' kommt, mit ‚moralischen Rechten' und mit ‚sittlichen Pflichten', dann will er allemal mogeln.

[1930]

DER FROMME ANGLER

Bei Ascona im Tessinischen lebt ein Mann, der hat es mit der Frömmigkeit und liebt die Lebewesen und alles, was da kreucht und fleucht. Gut. Nun angelt der Mann aber sehr gern. Und da sitzt er denn so manchmal am Lago Maggiore und läßt die Beine baumeln, hält die Angelrute fest und sieht ins Wasser. Und dabei betet er.

Er betet nämlich: es möge kein Fisch anbeißen.

Weil sich doch Fische immer so quälen müssen, wenn sie am Angelhaken zappeln, und das möchte der Mann nicht, und da sendet er denn ein heißes Gebet nach dem andern zum lieben Gott, Abteilung Lago Maggiore-Fische: es solle auch gewiß keiner bei ihm anbeißen. Und dann angelt er weiter.

O meine Lieben! Ist dieser Mann nicht so recht eine Allegorie, ja, ein Symbol? Das ist er. Dieser Mann muß entweder ein alter Jude sein, oder, verschärfter Fall des Judentums, er ist bei den Jesuiten in die Lehre gegangen. Er hat das Höchste erreicht, was Menschen erreichen können: er hat die himmlischen Ideale mit seinen sündigen Trieben zu vereinen gewußt, und das will gekonnt sein. Den Fischen, die da bei ihm zappeln, wird das ja gleich sein; aber ihm ist es nicht gleich, denn er hat nun beides: die Fische und die Seelenruhe.

Schluß, allgemeiner Ausblick:

Da sitzen sie am Ufer des Lebens … oder am Meere des Lebens, das ist eigentlich noch schöner ... da sitzen sie am Meere des Lebens und baumeln mit den Beinen und halten die Angelrute ins Wasser, um den Erfolg zu fischen. Aber wenn sie schlau sind, dann beten sie dazu und sind: Fromme Huren; soziale Bankdirektoren; demokratische Militärs und privatest die Wahrheit liebende Journalisten. Sie angeln und sie beten.

[1930]

BLICK IN FERNE ZUKUNFT

... Und wenn alles vorüber ist –; wenn sich das alles totgelaufen hat: der Hordenwahnsinn, die Wonne, in Massen aufzutreten, in Massen zu brüllen und in Gruppen Fahnen zu schwenken, wenn diese Zeitkrankheit vergangen ist, die die niedrigen Eigenschaften des Menschen zu guten umlügt; wenn die Leute zwar nicht klüger, aber müde geworden sind; wenn alle Kämpfe um den Faschismus ausgekämpft und wenn die letzten freiheitlichen Emigranten dahingeschieden sind –:

dann wird es eines Tages wieder sehr modern werden, liberal zu sein.

Dann wird einer kommen, der wird eine geradezu donnernde Entdeckung machen: er wird den Einzelmenschen entdecken. Er wird sagen: Es gibt einen Organismus, Mensch geheißen, und auf den kommt es an. Und ob der glücklich ist, das ist die Frage. Daß der frei ist, das ist das Ziel. Gruppen sind etwas Sekundäres – der Staat ist etwas Sekundäres. Es kommt nicht darauf an, daß der Staat lebe – es kommt darauf an, daß der Mensch lebe.

Dieser Mann, der so spricht, wird eine große Wirkung hervorrufen. Die Leute werden seiner These zujubeln und werden sagen: „Das ist ja ganz neu! Welch ein Mut! Das haben wir noch nie gehört! Eine neue Epoche der Menschheit bricht an! Welch ein Genie haben wir unter uns! Auf, auf! Die neue Lehre –!“

Und seine Bücher werden gekauft werden oder vielmehr die seiner Nachschreiber, denn der erste ist ja immer der Dumme.

Und dann wird sich das auswirken, und hunderttausend schwarzer, brauner und roter Hemden werden in die Ecke fliegen und auf den Misthaufen. Und die Leute werden wieder Mut zu sich selber bekommen, ohne Mehrheitsbeschlüsse und ohne Angst vor dem Staat, vor dem sie gekuscht hatten wie geprügelte Hunde. Und das wird dann so gehen, bis eines Tages ...

[1930]

DIE AUSGEZOGENE FRAU

Die legitime Neigung zur Pornographie ... „Sprechen Sie doch deutsch, Herr!"

Der verständliche Drang, auf der Liebesleiter von der Freude an einem schönen Frauenkörper bis zur Geilheit hinauf- und hinunterzuklettern, hat in den illustrierten Blättern Amerikas und Europas eine Hausse an Akten hervorgerufen, die in vielen Akten an einen Akt gemahnen. Soweit schön. Ich weiß auch, daß sich die Menschen nicht durch Knollen fortpflanzen und daß die Frage jenes alten Herrn, der im Walde ein Liebespaar belauschte: „Ja, macht man das denn immer noch ...?" nicht so ganz berechtigt ist. Sie machen das, solange sie sind. Immerhin: diese Bilder-Industrie fängt an, erheblich langweilig zu werden.

Massenhafte Pornographie ist schon dumm ... Sie sollten nicht versäumen, sich so etwas einmal anzusehn: es macht sehr tugendhaft. Wie ödend ist aber nun erst das immer gleiche Sirup-Girl, das wir da aufgetischt bekommen: im Profil, von vorn, von oben und von der Mitte: manche wogen mit den Nüstern und wissen sich vor Schönheit gar nicht zu lassen; manche legen ihre ganze Seele oder was sie dafür halten, in ihre gezierten Hände ... und alle, alle sehen ganz gleich aus. Es gibt wohl nur sechzehn verschiedene Ausführungen, und man muß sehr genau hinsehn, um sie voneinander zu unterscheiden.

Brauchen das die Leute –? Es scheint so. Eine Zeitschriftennummer mit einem hübschen Mädchenkopf geht immer; auch die Soldaten haben sich ja auf die hölzernen Wände ihres Unterstands die gelackten Matrosenbilder und Badeschönheiten geklebt ... aber das war doch noch verständlich! Es war Ersatz. Was fangen aber nur heute die Kerls mit diesen vielen zuckersüßen Bildern an, während doch die sicherlich reizenderen, weil nicht so glatten Originale um sie herumlaufen?

Das verstehst du nicht. Der Mensch hat einen Hang zum Idealen. Er will nicht immer bloß Bohnensuppe essen und nachher befriedigt, sagen wir, ausatmen – er will nicht immer nur seine Gattin sehen, was verständlich ist: er will das Gebild aus Himmelshöhen. Und das kriegt er hier nun für fünfzig Pfennig.

Meist ist es halbnackt, und wenn es ganz nackt ist, dann ist es ausgezogen. Mitunter gibt es alle gynäkologischen Details, dann sind sie aber weltanschaulich versichert, Marke: Nachtkultur oder Höhensonnenpflege oder was der Mensch so sagt, wenn er die fotografierte Volldame meint. Fettig tastet sie der Blick des Vielbeschäftigten ab; kein Wunder, daß diese Zeitschriften so fleißig hecken, denn wie viele Blicke haben sie schon begattet! Und wenn ein Redakteur gar nicht mehr weiß, was er bringen soll: Busen ist immer gut. Schenkel ist immer gut. Popo ist immer gut.

Schade, daß auf der andern Seite solche heillosen Trottel der Prüderie stehen; man könnte das alles noch viel schärfer sagen. Aber dann wirds im ‚Evangelischen Posaunenengel für die Mark Brandenburg' abgedruckt: „Die ‚*Weltbühne*', mit der wir sonst nicht übereinstimmen, und die doch wahrlich nicht in dem Ruf übergroßer Sittenstrenge und Zimperlichkeit steht ..." Amen.

Mir kanns ja gleich sein. Aber wollt ihr eigentlich alle immerzu diese Bilder sehn –?

[1930]

DER BRIEF

Das war, als Walter Mehring zum fünfundzwanzigstenmal nach Paris kam, und der dortige Herr Polizeipräsident sann grade nach, ob man den Mann zur Ehrenlegion oder zur Fremdenlegion vorschlagen sollte ... da schrieben wir uns ‚kleine Blaue' (sprich: ptieh blöhs). Das sind diese winzigen Rohrpostbriefe, die sich die Pariser deshalb schreiben, weil sie ein Telefon haben, aber sonst vernünftige Leute sind, es also nicht benutzen. Denn das pariser Telefon ... (bricht in Schluchzen aus; wird mit Brom gelabt, will kein Brom, bekommt Whisky, atmet auf und fährt fort):

Wir schrieben uns also kleine blaue Briefe, in denen wir uns die bessern Sachen mitteilten, und schon nach dem dritten oder vierten fing diese Korrespondenz an, leicht auszurutschen. Die Anreden stimmten nicht so recht ... „Sehr geehrter Herr Oberforstrat" und „Lieber Amtsbruder", und die Unterschriften waren auch nicht in Ordnung ... „Ihr sehr ergebener Peter Panter, unmittelbares Mitglied des Reichsverbandes" oder „Walter Mehring, Festdichtungen für alle Bekenntnisse" – kurz, es war ein rechter Unfug.

Bis dahin war der Inhalt meist noch einigermaßen vernünftig. Dann aber begann Mehring, auch diesen Inhalt umzudichten; bald stand in den Briefen nun überhaupt nicht mehr das drin, weshalb er sie eigentlich geschrieben hatte, sondern es wurden Briefe an und für sich. Ich eiferte ihm, so gut ich konnte, nach, und wenn wir mal tot sein werden, werden sich die Herausgeber unsrer gesammelten Werke beim achtzehnten Band sehr wundern ... Und einen der schönsten Briefe Mehrings habe ich aufbewahrt, weil er mir immer als ein Typus seiner Gattung erschienen ist. Hier ist er:

„Lieber Kurt!
Die Familie ist sehr betrübt, daß Du Onkels Privatbrief veröffentlicht hast! Wenn Du in den Kreisen nicht so verhärtest wärst, wo Du Dich nun mal wohlfühlst, so müßte es Dir zu denken geben, daß Tante Hannchen vor Schreck Durchfall bekommen hat, als sie das gelesen hat, aber da heißt es immer Humanetät, mit jedem dreckigen Arbeiter habt ihr Mitleid, und die Familie kann sehn, wo sie bleibt! Dein Vater war ja wohl auch ein geistiger Mann und so und hat er nie was in die Zeitung geschrieben und möchten wir wissen, von wem Du das eigentlich hast, von unserer Seite bestimmt nicht, eher von Deiner lieben Mutter, die war auch so ein bißchen – (seinerzeit in Posen mit dem verrückten Redakteur! Aber wir wollen das nicht wieder aufrühren).

Mariechen hat die Masern und Erich ist mit einem Mahnzettel nach Haus gekommen, daß er in Römische Geschichte nicht vorwärts kommt!

Ich habe ihn aber ins Gebet genommen und bist Du ihm ein warnendes Beispiel! etcetera!

Schreib doch mal! Vielleicht fahren Mosers zu Ostern rüber, dann wirst Du ihnen Paris zeigen. Du weißt ja, was wir ihnen wegen Großvati schuldig sind! Also tu das nicht wieder und bleib gesund!

Dein Vetter Mehring

Zerreiß den Brief gefälligst!"

Wahrlich, das hat einer geschrieben, der kein Familiengefühl hat. „In meinem Wörterbuch steht das Wort Familie nicht!" sagt er. Ich sage: Da sehen sie mal unter M nach! sage ich. Und er sah nach. Und schrieb den obigen Brief.

[1930]

HIMMLISCHE NOTHILFE

„Wat denn? Wat denn? *Zwei* Weihnachtsmänner?"

„Machen Sie hier nich sonen Krach, Siiie! Is hier vier Tage im Hümmel, als Hilfsengel – und riskiert hier schon 'ne Lippe."

„Verzeihen Sie, Herr Oberengel. Aber man wird doch noch fragen dürfen?"

„Dann fragen Sie leise. Sie sehn doch, daß die beiden Herren zu tun haben. Sie packen."

„Ja, das sehe ich. Aber wenn Herr Oberengel gütigst verzeihen wollen: woso zwei? Wir hatten auf Schule jelernt: Et jibt einen Weihnachtsmann und fertig."

„Einen Weihnachtsmann und fertig ...! Einen Weihnachtsmann und fertig ...! Diese Berliner! So ist das hier nicht! Das sind ambivalente Weihnachtsmänner!"

„Büttaschön?"

„Ambi... ach so, Fremdwörter verstehen Sie nicht. Ich wer Sie mal für vierzehn Tage rüber in den Soziologenhimmel versetzen – halt, oder noch besser, zu den Kunsthistorikern ... da wem Sie schon ... Ja, dies sind also ... diese Weihnachtsmänner – das hat der liebe Gott in diesem Jahre frisch eingerichtet. Sie ergänzen sich, sie heben sich gegenseitig auf ..."

„Wat hehm die sich jejenseitich auf? Die Pakete?"

„Wissen Sie ... da sagen die Leute immer, ihr Berliner wärt so furchtbar schlau – aber Ihre Frau Mama ist zwecks Ihrer Geburt mit Ihnen wohl in die Vororte gefahren ...! Die Weihnachtsmänner sind doppelseitig – das wird er wieder nicht richtig verstehen – die Weihnachtsmänner sind polare Gegensätze."

„Aha. Wejen die Kälte."

„Himmel … wo ist denn der Fluch-Napf …! Also ich werde Ihnen das erklären! Jetzt passen Sie gut auf: Die Leute beten doch allerhand und wünschen sich zu Weihnachten so allerhand. Daraufhin hat der liebe Gott mit uns Engeln sowie auch mit den zuständigen Heiligen beraten: Wenn man das den Leuten alles erfüllt, dann gibt es ein Malheur. Immer. Denn was wünschen sie sich? Sie wünschen sich grade in der letzten Zeit so verd… so vorwiegend radikale Sachen. Einer will das Hakenkreuz. Einer will Diktatur. Einer will Diktatur mitm kleinen Schuß; einer will Demokratie mit Schlafsofa; eine will einen Hausfreund; eine will eine häusliche Freundin … ein Reich will noch mehr Grenzen; ein Land will überhaupt keine Grenzen mehr; ein Kontinent will alle Kriegsschulden bezahlen, einer will …"

„Ich weiß schon. Ich jehöre zu den andern."

„Unterbrechen Sie nicht. Kurz und gut: Das kann man so nicht erfüllen. Erfüllt man aber nicht …"

„Ich weiß schon. Dann besetzen sie die Ruhr."

„Sie sollen mich nicht immer unterbrechen! Erfüllen wir nicht – also: Erfüllt der liebe Gott nicht, dann sind die Leute auch nicht zufrieden und kündigen das Abonnement. Was tun?"

„Eine Konferenz einberufen. Ein Exposé schreiben. Mal telephonieren. Den Sozius …"

„Wir sind hier nicht in Berlin, Herrr! Wir sind hier im Himmel. Und eben wegen dieser dargestellten Umstände haben wir jetzt zwei Weihnachtsmänner!"

„Und … was machen die?"

„Weihnachtsmann A erfüllt den Wunsch. Weihnachtsmann B bringt das Gegenteil. Zum Exempel:

Onkel Baldrian wünscht sich zu Weihnachten gute Gesundheit. Wird geliefert. Damit die Ärzte aber nicht verhungern, passen wir gut auf; Professor Dr. Speculus will auch leben. Also kriegt er seinen Wunsch erfüllt, und der reiche Onkel Baldrian ist jetzt mächtig gesund, hat eine eingebildete Krankheit und zahlt den Professor. Oder:

Die Nazis wünschen sich einen großen Führer. Kriegen sie: ein Hitlerbild. Der Gegenteil-Weihnachtsmann bringt dann das Gegenteil: Hitler selber.

Herr Merkantini möchte sich reich verheiraten. Bewilligt. Damit aber die Gefühle nicht rosten, bringt ihm der andere Weihnachtsmann eine prima Freundin. Oder: Weihnachtsmann A bringt dem deutschen Volke den gesunden Menschenverstand – Weihnachtsmann B die Presse. Weihnachtsmann A gab Italien die schöne Natur – Weihnachtsmann B: Mussolini. Ein Dichter wünscht sich gute Kritiken: kriegt er. Dafür kauft kein Aas sein Buch mehr. Die deutsche Regierung wünscht Sparmaßnahmen – schicken wir. Der andere Weihnachtsmann bringt dann einen kleinen Panzerkreuzer mit.

Sehn Sie – auf diese Weise kriegt jeder sein Teil. Haben Sie das nun verstanden?"

„Allemal. Da möcht ich denn auch einen kleinen Wunsch äußern. Ich möchte gern im Himmel bleiben und alle Nachmittag von 4 bis 6 in der Hölle Bridge spielen."

„Tragen Sie sich in das Wunschbuch der Herren ein. Aber stören Sie sie nicht beim Packen – die Sache eilt."

„Und … verzeihen Sie … wie machen Sie das mit der Börse –?"

„So viel Weihnachtsmänner gibt es nicht, Herr – so viel Weihnachtsmänner gibts gar nicht –!"

[1930]

DER STANDHAFTE ZINNSOLDAT

ist … was? „Die Zinnfigur ist das vornehmste Lehr– und Anschauungsmittel." Also ist der Bleisoldat einem deutschen Verein in die Finger gefallen. Und da liegt er nun.

‚Der Standhafte Zinnsoldat; Nachrichten für Liebhaber der Zinnfigur. Monatlich erscheinende illustrierte Zeitung für Zinnfigurensammler.' Wat se all maken … Ich habe eine Zeitschrift der Totengräber, aber eine für Zinnsoldaten …

Die Sache fängt mit einem *‚Deutschen Bekenntnis'* des Generals Clausewitz an, und nun brauchen wir ja wohl nicht weiterzulesen. Dieser Zinnsoldat ist nicht aus Zinn. Er ist aus dem Blei gemacht, aus dem die Flintenkugeln gegossen werden. Es ist auch ein richtiges ‚Kriegsspiel' in dem Blättchen; die Franzosen stehen bei Greifswald, die 2. Jäger-Division wird um 12 Uhr in Wittstock verladen, … ich wäre für Zinnowitz … kurz: Hier tobt sich jener Geist der ‚Wehrhaftigkeit' im kleinen aus, der im großen der Welt weismachen will, es seien nur die bösen Feinde Deutschlands, die das Land so unruhig machten.

Und was es da alles zu kaufen gibt! „Geländezubehör, Ziehbrunnen, Strohdiemen, Gräben, Zäune …", es ist alles da. „Demnächst soll weitererscheinen: 1 preuß. Hauptmann z. Pf., 1 franz. Kapitän z. Pf." Herrschaften, da fehlt was. Ihr habt nicht alles.

Es fehlt: 1 halbverweste Leiche; dieselbe, ohne Kopf; 2 franz. Verwundete, mit heraush. Gedärm; 1 preuß. Hauptmann mit erhobenem Revolver; 4 preuß. Arbeiter, davon 2 auf Erde liegend. Geländezubehör: eine Wand, an ihr 6 preuß. Proletarier mit verbundenen Augen; 1 Leichenhaufen. Sowie das Prachtstück jeder Sammlung: Offizierskasino in großer Zeit; dasselbe, unter den Tischen liegend.

Andersen: „Da nahm der kleine Knabe den Soldaten und warf ihn grade in den Ofen und gab gar keinen Grund dafür an; es war sicher der Kobold in der Dose, der schuld daran war." Das walte Gott.

[1930]

SCHNIPSEL

Alles ist richtig, auch das Gegenteil. Nur: „Zwar … aber" – das ist nie richtig.

Es gibt zwei Neumanns in der deutschen Literatur: Alfred und Robert. Der eine schreibt Parodien, wenn er will.

Manchmal haben wir in Deutschland eine sogenannte ‚politische Krise'. Wenn sie vor Weihnachten ausbricht, wird sie bis nach Weihnachten vertagt. Kein Mensch merkt in der Zwischenzeit, daß es eine Krise gibt. Man denke sich einen Fieberkranken, der zu seinem Arzt sagt: „Wissen Sie was, Doktor, morgen habe ich Geburtstag. Vertagen wir die Krise bis zur nächsten Woche!"

Der schönste Augenblick am Tag ist doch der, wo man morgens unter der Brause hervorkriecht und das Wasser von einem abtropft. Was dann noch kommt, taugt eigentlich nicht mehr viel.

Zwanzig Jahre lang habe ich geglaubt, es sei Spaß. Es ist Ernst? Könnt ihr haben.

Die stupide Anschauung Ernst Jüngers, Kampf sei das Primäre, das Eigentliche, wofür allein zu leben sich verlohne, steht auf ähnlichem Niveau wie die eines falschen Friedensfreundes, der jeden Kampf verabscheut und für Kamillentee optiert. Weder ewiger Kampf ist erstrebenswert noch ewige Friedfertigkeit. Nur Krieg … das ist eine der dümmsten Formen des Kampfes, weil er von einer recht unvollkommenen Institution und für sie geführt wird.

Manche Kritiker haben zu Hause so schreckliche Frauen. Und deshalb haben manche Schauspielerinnen so hohe Gagen.

Mit dem nackten Körper stets den Begriff der Erotik verbinden: das ist ungefähr so intelligent, wie beim Mund stets an Essen zu denken. Mit dem Mund ißt man nicht nur; man spricht auch mit dem Mund. Durch die nackte Haut atmet man.

Die Frauen haben es ja von Zeit zu Zeit auch nicht leicht. Wir Männer aber müssen uns rasieren.

Der SPD-Führer: „Was meinen Sie, was ich schon alles verhütet habe!" – Eins hat er bestimmt nicht verhütet: sich selber.

Ein General in Uniform –: das ist wie ein Kommerzienrat in gebügelter Heizer-Kluft.

Ich möchte einmal mit vorgehaltenem Revolver Rudolf Borchardt zwingen, von eins bis hundert zu zählen. Nur um zu sehen, was er für einen Dreh fände, nicht eine so gewöhnliche Sache tun zu müssen. Und wenn es zwischen 98 und 99 wäre: kein Sorge, es fiele ihm schon was ein. Aber Rudolf Borchardt zählt ja nicht.

Wegen ungünstiger Witterung fand die deutsche Revolution in der Musik statt.

[1930]

SCHNIPSEL

Die Frau und der berühmte Mann. „Wieviel Beifall er hat! Wenn er mich liebte – ich hätte den Beifall und die Liebe!"

Die Frau als Rezensentin des Geliebten: „Er liebt mich nicht mehr wie früher. Also ist nichts mehr mit ihm los."

Deutschland ist eine anatomische Merkwürdigkeit. Es schreibt mit der Linken und tut mit der Rechten.

Wörter verändern langsam ihre Bedeutung. „Warum soll ich ihn denn nicht heiraten? Man ist doch nicht gleich verheiratet."

Der Leser hats gut: er kann sich seine Schriftsteller aussuchen.

Bert Brecht hat einen schönen Dreh gefunden: das kleine Einmaleins in getragenem Sing-Sang vorzulesen, wie wenn es die Upanishaden wären. Banalitäten feierlich aufsagen: das bringt vielen Zulauf.

Der trockne Pedant hat gewöhnlich ein Ideal: den falschen Abenteurer.

Jede Filmkritik müßte eigentlich so anfangen: „Der vorliegende Film enthält als maßgebliches Element die Kunstanschauungen eines zweiundsechzigjährigen Stiftfräuleins, zweier kunstfremder Oberregierungsräte und eines schwunglosen Malers. Auf deren Zensur hin ist der Film gemacht worden."

Die Katholiken sitzen vor ihrer Hütte. Ein Heide geht vorbei und pfeift sich eins. Die Katholiken tuscheln: „Der wird sich schön wundern, wenn er mal stirbt!" Sie klopfen sich auf den Bauch ihrer Frömmigkeit, denn sie haben einen Fahrschein, der Heide aber hat keinen, und er weiß es nicht einmal. Wie hochmütig kann Demut sein!

Manchmal fröstelt die Literatur. Dann läuft ihr eine katholische Gänsehaut den Rücken herunter. Protestantische Gänsehäute aber gibt es nicht.

Wenn sehr kultivierte, sehr feine, sehr gebildete Schriftsteller grimmig für die Kirche fechten, dann wirkt das, wie wenn reiche Leute ihre Briefe mit einem alten Matrosenmesser aufschneiden. Sie könnten sich natürlich einen guten Brieföffner kaufen … aber um sie herum ist alles so fein, so reich, so vollkommen und so vernickelt: da macht sich das alte verrostete Messer hübsch pittoresk. Mit dem Matrosen hat das gar nichts zu tun. Sie würden sich schön bedanken, es so zu gebrauchen wie er, nämlich im Ernst. Sie gebrauchen es in Anführungszeichen.

Jede Theaterkritik müßte eigentlich so anfangen: „Soundsoviel Prozent der gestrigen Premiereneinnahmen flossen als Pacht in die Tasche des Herrn Direktors Soundso. Er lebt davon." Das Theater stirbt daran. Diese wahnwitzige Theaterpacht ist wichtiger als jede Dramaturgie. Denn die Pausen zwischen den Fälligkeitsterminen der Hypothekenzinsen werden durch die Stücke ausgefüllt.

In der jetzigen Vorkriegszeit herrscht zwischen den Geistigen aller Staaten eine Pen-Club-Atmosphäre, die der Luft in einer sehr guten Kinderstube gleicht: nie reden mehr zugleich als drei, es herrscht gesittete Fröhlichkeit, und zwischendurch schmieren sie sich den Bildungsbrei um die Münder. Die Papas stehen dabei und lächeln und lassen die Kindlein gewähren. Sie wissen: wenns los geht, gehts los, da ist nichts zu befürchten. Sie werden sich schlagen, wie sich ihre Väter geschlagen haben, oder sie werden still und vornehm ins Zimmer stilisieren.

Ratschlag für Ehrgeizige. Willst du ‚richtig liegen'? Dies, mein Sohn, ist die Konjunktur des Tages: pazifistische Terminologie, nationalsozialistischer Inhalt, vorgetragen im Ton eines lyrischen Universitätsprofessors, der noch nicht genau weiß, ob er Soziologie oder Philosophie lesen soll. Dergleichen schließt alle Möglichkeiten in sich, verpflichtet zu gar nichts, und du hast es gleich gesagt. Ans Vaterland, ans teure, schließ dich an. Nicht zu eng – aber schließ dich an.

[1931]

ZUR SOZIOLOGISCHEN PSYCHOLOGIE DER LÖCHER

> Daß die wichtigsten Dinge durch Röhren gethan werden. Beweise: erstlich die Zeugungsglieder, die Schreibfeder und unser Schießgewehr. Lichtenberg

Ein Loch ist da, wo etwas nicht ist.

Das Loch ist ein ewiger Kompagnon des Nicht-Lochs: Loch allein kommt nicht vor, so leid es mir tut. Wäre überall etwas, dann gäbe es kein Loch, aber auch keine Philosophie und erst recht keine Religion, als welche aus dem Loch kommt. Die Maus könnte nicht leben ohne es, der Mensch auch nicht: es ist beider letzte Rettung, wenn sie von der Materie bedrängt werden. Loch ist immer gut.

Wenn der Mensch ‚Loch' hört, bekommt er Assoziationen: manche denken an Zündloch, manche an Knopfloch und manche an Goebbels.

Das Loch ist der Grundpfeiler dieser Gesellschaftsordnung, und so ist sie auch. Die Arbeiter wohnen in einem finstern, stecken immer eins zurück, und wenn sie aufmucken, zeigt man ihnen, wo der Zimmermann es gelassen hat, sie werden hineingesteckt, und zum Schluß überblicken sie die Reihe dieser Löcher und pfeifen aus dem letzten. In der Ackerstraße ist Geburt Fluch; warum sind diese Kinder auch grade aus diesem gekommen? Ein paar Löcher weiter, und das Assessorexamen wäre ihnen sicher gewesen.

Das Merkwürdigste an einem Loch ist der Rand. Er gehört noch zum Etwas, sieht aber beständig in das Nichts, eine Grenzwache der Materie. Das Nichts hat keine Grenzwache: während den Molekülen am Rande eines Lochs schwindlig wird, weil sie in das Loch sehen, wird den Molekülen des Lochs … festlig? Dafür gibt es kein Wort. Denn unsre Sprache ist von den Etwas-Leuten gemacht; die Loch-Leute sprechen ihre eigne.

Das Loch ist statisch; Löcher auf Reisen gibt es nicht. Fast nicht.

Löcher, die sich vermählen, werden ein Eines, einer der sonderbarsten Vorgänge unter denen, die sich nicht denken lassen. Trenne die Scheidewand zwischen zwei Löchern: gehört dann der rechte Rand zum linken Loch? oder der linke zum rechten? oder jeder zu sich? oder beide zu beiden? Meine Sorgen möchte ich haben.

Wenn ein Loch zugestopft wird: wo bleibt es dann? Drückt es sich seitwärts in die Materie? oder läuft es zu einem andern Loch? Niemand weiß das: unser Wissen hat hier eines.

Wo ein Ding ist, kann kein andres sein. Wo schon ein Loch ist: kann da noch ein andres sein?

Und warum gibt es keine halben Löcher –?

Manche Gegenstände werden durch ein einziges Löchlein entwertet; weil an einer Stelle von ihnen etwas nicht ist, gilt nun das ganze übrige nichts mehr. Beispiele: ein Fahrschein, eine Jungfrau und ein Luftballon.

Das Ding an sich muß noch gesucht werden; das Loch ist schon an sich. Wer mit einem Bein im Loch stäke und mit dem andern bei uns: der allein wäre wahrhaft weise. Doch soll dies noch keinem gelungen sein. Größenwahnsinnige behaupten, das Loch sei etwas Negatives. Das ist nicht richtig: der Mensch ist ein Nicht-Loch, und das Loch ist das Primäre. Lochen Sie nicht; das Loch ist die einzige Vorahnung des Paradieses, die es hienieden gibt. Wenn Sie tot sind, werden Sie erst merken, was leben ist. Verzeihen Sie diesen Abschnitt; ich hatte nur zwischen dem vorigen Stück und dem nächsten ein Loch ausfüllen wollen.

[1931]

WELTBILD, NACH INTENSIVER ZEITUNGSLEKTÜRE

Seit Mussolini fahren die Züge in Italien pünktlich ab, in Rußland gibt es keine seidnen Strümpfe, und das kommt alles von der Prohibition. Kein Wunder, sehn Sie mal allein die englischen Manieren – das sind ehmt Gentlemen, na ja, und dann die Tradition! Das ist ganz was andres, das ist wie die Luft in Paris oder die Mehlspeisen in Stockholm, das macht den Ungarn eben keiner nach! Haben Sie gelesen: Hoesch war bei Briand? Ja. Ich weiß nicht, was er da gemacht hat – aber es ist ungemein beruhigend, das zu lesen. In Südamerika heizen sie mit Mais, riesige Viehbestände haben die, und unsre juristische Karriere ist auch überfüllt. Was mit dem König von Spanien bloß los ist! Soll er doch schon gehen; 'n König heutzutage, das ist doch nichts! Und wo er sich überhaupt immer auf die Unterlippe tritt! Einen richtigen

Diktator müßte man dem Mann mal hinschicken; die Hauptrolle spielt Fritz Kortner. Der Zündholz-Kreuger hat einen ewigen Trust erfunden, Brecht will für die *,Dreigroschenoper'* Arbeitslosenunterstützung haben, er hat gesagt, das wär doch keine Arbeit, Stalin von den eignen Parteigenossen was, weiß ich nicht, aber so kann es keinesfalls weitergehn! Das dürfen die Leute ja gar nicht! Die Butter ist nu auch wieder teurer geworden, seit die türkischen Frauen alles haben fallen lassen, bin ich doch dafür, daß Cilly Außem in die Dichterakademie, Sie, Tennis-Borussia liegt in Front, da kann der Big Tilden nichts machen, und der kann doch gewiß Tennis, im Westen ist ein isländisches Tief mit schwachen südöstlichen Winden, Kortner spielt die Hauptrolle, und meine Meinung ist meines Erachtens die: nur ein Gremium kann uns helfen! Ein Gremium oder Radium, eins von den dreien, und Kortner spielt die Hauptrolle. Ist Joseph Goebbels mit der Josephine Baker verwandt? Die Polizei greift scharf durch, es wird ja in der letzten Zeit wieder kolossal durchgegriffen, da haben sie bei den Nazis eine Haussuchung gemacht, das Haus haben sie gefunden, aber sonst haben sie leider nichts gefunden, Großkampftag im Parlament von Jugoslawien, der König übernimmt die Verantwortung, das wird nicht gehn, die hat doch Brüning schon übernommen, so übernimmt sie immer einer vom andern, und wer sitzt nachher in der, Tschechei stellt die Lieferung von Journalisten an Deutschland ein, was werden wir denn nun machen, o Gott, o Gott, da bleiben uns dann eben nur noch die Wiener, ja, das goldene wiener Herz am Rhein, davon leben wieder die aus Czernowitz, so eng ist die Weltwirtschaft miteinander verknüpft, und Kortner spielt die Hauptrolle. Daß Briand bei Hoesch – das hab ich schon erzählt. Gib noch mal das Hauptblatt her, wo war denn das – Ritueller Tenor unterrichtet, nein, das wars nicht, Geselligkeit, seelenvolle Vierzigerin sucht Balkonzimmer mit gleichdenkendem Witwer spätere Badebenutzung nicht ausgeschlossen, man kann aber wirklich keine Zeitung mehr aufmachen, ohne daß man einen Chinesen sieht, dem sie den Kopf, das ist ja an den Haaren herbeigezogen, Stefan Zweig schreibt, dieses Buch ist voll verhaltener menschlicher Genialität und seit dem Reichskursbuch vielleicht das innerlichste, daß von den Nacktphotographien von Lieschen Neumann gar keine veröffentlicht werden! Dividende bei Mittelstahl, der Papst über die Ehe, Al Capone über die Prohibition, Hitler stellt eine Garde rassegereinigter SA-Leute auf, Kortner spielt die Hauptrolle, abgebauter Kardinal sucht Kinderwagen zu verkaufen, Reichstag, werde hart, ach Gottchen, Unterhaltungsbeiblatt, wie ich zu meinen Kindern kam, technische Beilage, die Dampfkesselwarmwasserrohrentzündung, die Herzogin von Woster in einem pikanten rotbraunen, Familiennachrichten, das ist doch die, wo der Mann die geschiedene, Kurszettel und andre Konkurse, verantwortlich für den Gesamtinhalt:

Wir leben in einer merkwürdigen Zeitung –!

[1931]

WO SIND MEINE SCHUHLEISTEN –?

Wo sind … Ob das nicht jedesmal so ist, wenn man sich abends im Hotel auszieht – wo sind meine Schuhleisten! Wahrscheinlich gestohlen. Himmeldonnerwetter, wo sind die Dinger! Da … nein. Da …? Auch nicht. Na, wo stellen denn diese Zimmermädchen bloß die Leisten hin! Das muß eine internationale Verschwörung sein: bevor eine Zimmermädchen wird, muß sie einen großen Eid ablegen, den Gästen immer die Schuhleisten zu verstecken! Und da sind sie auch nicht! Na, ist das zu glauben? Mark Twain hat mal eine Geschichte darüber geschrieben, wie Hausmädchen immer wichtige Briefe wegwerfen, dagegen irgendeinen alten Fetzen Papier einem beharrlich und vierzehn Tage lang immer wieder auf den Nachttisch packen … wo sind denn die Dinger? Unterm Bett … Jetzt muß ich armer, alter Mann mit meinem dicken Bauch mich auch noch bücken, das ist mir auch nicht an der Wiege gesungen worden. Mama konnte übrigens gar nicht singen. Da hätte sie eben das Grammophon andrehen sollen. Unterm Bett sind sie auch nicht. Also man sollte es nicht für möglich halten: haben denn diese Mädchen keine Leisten! Das ist doch keine so große Sache … Ich werde klingeln. Nein, ich werde *nicht* klingeln. Wir wollen doch mal sehen, ob die männliche Intelligenz nicht imstande ist, den Schleichwegen weiblichen Scharfsinns zu folgen. Wahrscheinlich hat sie sie in den Nachttopf gelegt. Auch nicht. Im Schreibtisch …? Mich soll das nicht wundern. Frauen sind zu allem fähig. Einmal, in Gremsmühlen, lagen die Dinger in der Badewanne. „Ich dachte …«, hat das Stubenmädchen nachher gesagt. Wenn sie schon anfangen, zu denken … Frauen sind eine muntere Erfindung … Man sollte Zimmermännchen haben, das ist mal sicher. Wenn ich reich wäre – da sind sie auch nicht – wenn ich reich wäre: nur einen Diener. Einen faltigen, ausrasierten Kammerdiener, der überhaupt nicht spricht und aussieht wie ein alter Raubvogel. Nein, lieber einen jungen – einen fixen, alerten Kerl ... jetzt sage doch ein Mensch an, wo dieses Mädchen die Leisten hingepackt hat! Frauen ... also das ist überhaupt nichts. Kochen können sie nicht. Na, können sie vielleicht kochen? Keine Ahnung haben sie, keine Ahnung. Die großen französischen Restaurants haben alle einen Chef de Cuisine – Männer können kochen. Frauen können nicht kochen. Schuhleisten richtig weglegen können sie auch nicht. Was können Frauen eigentlich? Na ja ... aber jetzt will ich meine Schuhleisten haben, und sie sind nicht da. Also, wenn ich Reichskanzler wäre, da würde ich einen Erlaß herauslassen, daß Hotelzimmer nur von Männern, also von denkenden Wesen, aufgeräumt werden dürfen. Ja. Frauen sind dazu nicht imstande. Nein. Schuhleisten sind ein Grundrecht der Verfassung. Denn wenn die Schuhe eine Nacht lang ohne die Leisten stehen, erkälten sie sich, und überhaupt. Na, ist das nicht zum ... Ich werde klingeln. Wers nicht im Kopf hat, der muß es eben in den Beinen haben. Frauen ... das ist ja nichts.

Ja –? Ja, ich habe geklingelt. Fräulein, wo haben Sie denn meine Schuhleisten hingetan? Was? Wie? Na, sone Dinger zum in die Stiefel zu tun. Was? Die haben Sie nicht gesehen? Das ist ja gar nicht möglich – ich hab sie doch heute morgen noch hierhin ... Sehen Sie doch bitte mal nach ...! Nein, da habe ich schon nachgesehen; da auch; da auch. Ja. Na, was nu? Sehen Sie – sie sind nicht da! Na, wo haben Sie die denn hingetan? Wo tun Sie denn sonst immer Schuhleisten hin? Was? In den Nachttisch? Da sind sie aber nicht. Ach, du lieber Gott. Danke. Ja. Nein. Ja, sehen Sie morgen noch mal nach.

Wenn ich jetzt die Schuhleisten hätte, ich schmisse sie ihr nach! Also mit Weibern ist ja kein Auskommen. Es ist kein Auskommen. Mensch, heirate – du lachst dir tot. Aber das kommt davon, daß ich überhaupt von zu Hause weggegangen bin; man soll eben nur zu Hause reisen. Himmelkreuzbombendonnerwetter, und natürlich hat sie sie irgendwo hingepackt, aber das weiß sie nicht mehr, denn was geht schon in so einen Frauenkopf rein! Ein paar Filme und Adolar. Na, ich sollte hier Hoteldirektor sein; die Damen hätten nichts zu lachen. Also nicht – keine Schuhleisten.

Pyjama. Wo ist der Pyjama? Der ist im Koffer. Da wollen wir gleich mal ...

Hm. Da liegen die Schuhleisten obenauf. Ehüm.

Da gehören sie auch hin. Schuhleisten gehören in den Koffer. Natürlich.

Und deswegen habe ich sie heute morgen da auch reingelegt. Männer … Männer halten eben Ordnung!

[1931]

DIE BRENNENDE LAMPE

Wenn ein jüngerer Mann, etwa von dreiundzwanzig Jahren, an einer verlassenen Straßenecke am Boden liegt, stöhnend, weil er mit einem tödlichen Gas ringt, das eine Fliegerbombe in der Stadt verbreitet hat; er keucht, die Augen sind aus ihren Höhlen getreten, im Munde verspürt er einen widerwärtigen Geschmack, und in seinen Lungen sticht es, es ist, wie wenn er unter Wasser atmen sollte –: dann wird dieser junge Mensch mit einem verzweifelten Blick an den Häusern hinauf, zum Himmel empor, fragen:

„Warum –?"

Weil, junger Mann, zum Beispiel, in einem Buchladen einmal eine sanfte grüne Lampe gebrannt hat. Sie bestrahlte, junger Mann, lauter Kriegsbücher, die man dort ausgestellt hatte; sie waren vom ersten Gehilfen fein um die sanft brennende Lampe herumdrapiert worden, und die Buchhandlung hatte für dieses ebenso geschmackvolle wie patriotische Schaufenster den ersten Preis bekommen.

Weil, junger Mann, deine Eltern und deine Großeltern auch nicht den leisesten Versuch gemacht haben, aus diesem Kriegsdreck und aus dem Nationalwahn herauszukommen. Sie hatten sich damit begnügt – bitte, stirb noch nicht, ich möchte dir das noch schnell erklären, zu helfen ist dir ohnehin nicht mehr – sie hatten sich damit begnügt, bestenfalls einen allgemeinen, gemäßigten Protest gegen den Krieg loszulassen; niemals aber gegen den, den ihr sogenanntes Vaterland geführt hat, grade führt, führen wird. Man hatte sie auf der Schule und in der Kirche, und, was noch wichtiger war, in den Kinos, auf den Universitäten und durch die Presse national vergiftet. So vergiftet, wie du heute liegst: hoffnungslos. Sie sahen nichts mehr. Sie glaubten ehrlich an diese stumpfsinnige Religion der Vaterländer, und sie wußten entweder gar nicht, wie ihr eignes Land aufrüstete: geheim oder offen, je nach den Umständen; oder aber sie wußten es, und dann fanden sies sehr schön. Sehr schön fanden sie das. Deswegen liegst du, junger Mann.

Was röchelst du da –? „Mutter?“ Ah, nicht doch. Deine Mutter war erst Weib und dann Mutter, und weil sie Weib war, liebte sie den Krieger und den Staatsmörder und die Fahnen und die Musik und den schlanken, ranken Leutnant. Schrei nicht so laut; das war so. Und weil sie ihn liebte, haßte sie alle die, die ihr die Freude an ihrer Lust verderben wollten. Und weil sie das liebte und weil es keinen öffentlichen Erfolg ohne Frauen gibt, so beeilten sich die liberalen Zeitungsleute, die viel zu feige waren, auch nur ihren Portier zu ohrfeigen, so beeilten sie sich, sage ich dir, den Krieg zu lobpreisen, halb zu verteidigen und jenen den Mund und die Druckerschwärze zu verbieten, die den Krieg ein entehrendes Gemetzel nennen wollten; und weil deine Mutter den Krieg liebte, von dem sie nur die Fahnen kannte, so fand sich eine ganze Industrie, ihr gefällig zu sein, und viele Buchmacher waren auch dabei. Nein, nicht die von der Rennbahn; die von der Literatur. Und Verleger verlegten das. Und Buchhändler verkauften das.

Und einer hatte eben diese sanft brennende Lampe aufgebaut, sein Schaufenster war so hübsch dekoriert; da standen die Bücher, die das Lob des Tötens verkündeten, die Hymne des Mordes, die Psalmen der Gasgranaten. Deshalb, junger Mann.

Eh du die letzte Zuckung tust, junger Mann:

Man hat ja noch niemals versucht, den Krieg ernsthaft zu bekämpfen. Man hat ja noch niemals alle Schulen und alle Kirchen, alle Kinos und alle Zeitungen für die Propaganda des Krieges gesperrt. Man weiß also gar nicht, wie eine Generation aussähe, die in der Luft eines gesunden und kampfesfreudigen, aber kriegablehnenden Pazifismus aufgewachsen ist. Das weiß man nicht. Man kennt nur staatlich verhetzte Jugend. Du bist ihre Frucht; du bist einer von ihnen – so, wie dein fliegender Mörder einer von ihnen gewesen ist.

Darf ich deinen Kopf weicher betten? Oh, du bist schon tot. Ruhe in Frieden. Es ist der einzige, den sie dir gelassen haben.

[1931]

LIEBESPAAR IN LONDON

Es ist Sonnabend mittag, und auf dem Piccadilly Circus dreht sich der Verkehr langsamer, man kann beinah sein eignes Wort verstehn, denn eine gewaltige Zentrifugalkraft hat die Londoner nach außen geschleudert –: Wochenende. Es ist das einzige Mal in der Woche, wo du sagen darfst: der Verkehr zappelt an dir vorüber, sonst zappelt hier gar nichts. Aber nun haben wohl alle große Sehnsucht, herauszukommen. Auf Wiedersehen, City!

Immerhin, viele sind noch da. Da hätten wir in den Theatern der Shaftesbury Avenue herzzerreißend schöne Schauspiele ‚Herbstkrokus' oder ‚Wie schön sind doch die Tränen einer Braut', vielleicht heißt das Stück auch anders, aber die Fotos, die da in den Schaukästen hängen, sehen aus, als hieße es so. Und vor dem Theater sitzen auf kleinen Stühlchen lange Reihen von Frauen und Mädchen und auch ein paar Männer, sie sitzen da Schlange, weil sie unnumerierte Plätze und Ruhe und Zeit haben, und da warten sie, bis die Türen aufgemacht werden. Damit sie sich nicht langweilen, haben sie sich Zeitungen mitgebracht und Zigaretten und Bonbons und Freundinnen, und dann ist da auch ein alter Straßensänger, der singt ihnen etwas vor, und mitten auf dem Damm, da, wo die Taxis warten, steht mit Verlaub zu sagen ein Mann auf dem Kopf und wackelt mit den Beinen. Übrigens sieht kaum einer danach hin, und man muß nun nicht denken, daß alle Londoner immer auf dem Kopf stehen und mit den Beinen wackeln, Reisebeschreibungen verfallen oft in diesen Fehler. Dieser Mann tut das gewiß nicht zu seinem Vergnügen – wie sagte neulich ein Steptänzer im Varieté? „Es muß doch noch eine weniger anstrengende Art geben, sich sein Geld zu verdienen!" Sicherlich. Dieser also steht kopf.

Und vorbei braust das und eilt und geht und fährt und läuft. Ich auch.

„Excuse me!" Beinah hätte ich sie angerannt.

Sie stehen mitten im Weg, er und sie, und rechts und links fluten die Leute an ihnen vorüber. Sie sehen sie nicht. Sie sehen sich an. Ich kehre langsam um und gehe langsam an ihnen vorüber. Ich bin viermal umgekehrt, und ich bin viermal an ihnen vorübergegangen.

Sie sprechen nichts. Sie sehen sich an. Sie sehen sich nur immerzu an.

Er spricht mit den Augen: „So kann das doch nicht weitergehn", sagt er, ohne den Mund aufzutun. „Das geht nun schon seit Wochen so – aber so kann das doch nicht weitergehn! Hier stimmt doch etwas nicht! Ist da ein andrer? Natürlich ist da ein andrer. Ich kann mir auch denken, wer es ist. Ich weiß, wer es ist. Sybil! Dazu alle unsre Liebe? Dazu?" – Sie antwortet mit den Augen, sie antwortet wenig. „Ich weiß nicht", sagt sie, ohne den Mund aufzutun. „Ich weiß nicht. Ich habe ja nichts gegen dich." Sie ist ganz in sich gekrochen; die wahre Sybil hat sich zurückgezogen, und eine etwas repräsentative Sybil steht da und weist mit den schwarzen, schönen Augen einen Angriff zurück. Sie braucht ihn kaum zurückzuweisen – die Mauern sind so hoch ...

„Sybil ...!" sagen seine Augen. Nichts sagen ihre Augen.

„Weißt du noch", sagen seine Augen. „Weißt du noch? Weißt du noch den hübschen Abend am Ufer, wo nebenan im Zelt das Grammophon gespielt hat, und wo wir hinter den Bäumen zu der fremden Musik getanzt haben? Und dann sind wir weiter fortgetanzt, immer weiter, immer weiter, und wir haben die Musik nur noch ganz leise durch die Zweige gehört. Weißt du noch?" – Nichts sagen ihre Augen. Sie stehen unbeweglich, in diesem brausenden Strom der Menschen, und manche stoßen sie an, aber sie merken es nicht. „Weißt du noch?" sagen seine Augen. „Wir sind durch Hampstead gegangen, ich habe dich nach Hause gebracht, und seitdem kenne ich jeden Gartenzaun und jeden Pfahl und jedes Haus auf diesem Weg – an allem und jedem hängt ein Wort von dir ... weißt du noch?" Ihre Augen sind nun gesenkt, wie ein Schleier liegt es auf ihnen, sie antwortet nicht. Ich sehe, wie er seine Augen mit Gewalt siegen lassen will – es hilft ihm nichts, sie ist stärker. Er bäumt sich auf, er ist doch ein Mann; aber es hilft ihm nichts, denn sie ist eine Frau. Er versteht das nicht. Nie versteht ein Liebender, daß, was gewesen ist, einst nicht mehr gelten kann – es war doch aber einmal! Und da meinst du, Tor, es müsse immer sein? Aber es ist nicht immer.

Sie stehen noch immer da und sagen nichts und sehen sich an. Zum Glück achtet niemand auf sie – es ist schon ein bißchen lächerlich, was sie da treiben. Auf der Bühne mag solches erlaubt sein, auf der Bühne, wo das englische Publikum, dieses dankbarste Theaterpublikum der Welt, lacht, wenn ein Kellner ein Tablett fallen läßt, und todernst wird, wenn die Geigen wimmern und sich die Waldkulisse lila färbt, denn das ist die Liebe. Auf dem Theater ... gut. Aber im Leben? Im Leben verbirgt man seine Gefühle, so lange, bis die Leute glauben, man habe gar keine, denn das ist die gute Erziehung. Und da stehen sie.

Wer ist bewegt? Der Verkehr, der an den Reglosen vorüberfließt? Es ist eigentlich umgekehrt: der Verkehr ist reglos, und sie, sie sind bewegt. Jürgen

Fehling hat einmal in einem Stück Barlachs so eine Szene aufgebaut: das Liebespaar saß inmitten einer Horde saufender Spießer am Tisch und sah sich an. Und die Trinkenden und Prostenden wurden immer stiller und stiller, schließlich erstarrten sie zu Wachsfiguren, nur die Liebenden sprachen noch und waren lebendig.

Und inmitten einer emsig dahintreibenden Welt, die ins Freie hinaus will, steht die Gruppe dieser beiden, bewegt und mit schlagenden Herzen in einer wächsernen Welt, die sie nicht sieht und die sie nicht sehen. Versunken ... Da stehen sie und sehen sich an, er wartet, und sie ist schon bei einem andern, mit dem sie eins zu werden hofft, da stehen sie, unrettbar und unweigerlich *zwei*, man kommt ja immer nur auf Sekunden zusammen, und dann schlägt das Gewoge über ihnen zusammen, der Straßensänger krächzt sein Lied, und die schweren Autobusse schmettern und stampfen vorüber, hinaus in die grünen Vorstädte, wo der englische Rotdorn blüht.

[1931]

DER MENSCH

Der Mensch hat zwei Beine und zwei Überzeugungen: eine, wenns ihm gut geht, und eine, wenns ihm schlecht geht. Die letztere heißt Religion. Der Mensch ist ein Wirbeltier und hat eine unsterbliche Seele, sowie auch ein Vaterland, damit er nicht zu übermütig wird.

Der Mensch wird auf natürlichem Wege hergestellt, doch empfindet er dies als unnatürlich und spricht nicht gern davon. Er wird gemacht, hingegen nicht gefragt, ob er auch gemacht werden wolle.

Der Mensch ist ein nützliches Lebewesen, weil er dazu dient, durch den Soldatentod Petroleumaktien in die Höhe zu treiben, durch Bergmannstod den Profit der Grubenherren zu erhöhen, sowie Kultur, Kunst und Wissenschaft.

Der Mensch hat neben dem Trieb der Fortpflanzung und dem, zu essen und zu trinken, zwei Leidenschaften: Krach zu machen und nicht zuzuhören. Man könnte den Menschen geradezu als ein Wesen definieren, das nie zuhört. Wenn er weise ist, tut er damit recht: denn Gescheites bekommt er nur selten zu hören. Sehr gern hören Menschen: Versprechungen, Schmeicheleien, Anerkennungen und Komplimente. Bei Schmeicheleien empfiehlt es sich, immer drei Nummern gröber zu verfahren als man es gerade noch für möglich hält.

Der Mensch gönnt seiner Gattung nichts, daher hat er die Gesetze erfunden. Er darf nicht, also sollen die anderen auch nicht.

Um sich auf einen Menschen zu verlassen, tut man gut, sich auf ihn zu setzen; man ist dann wenigstens für diese Zeit sicher, daß er nicht davonläuft. Manche verlassen sich auch auf den Charakter.

Der Mensch zerfällt in zwei Teile:

In einen männlichen, der nicht denken will, und in einen weiblichen, der nicht denken kann. Beide haben sogenannte Gefühle: man ruft diese am sichersten dadurch hervor, daß man gewisse Nervenpunkte des Organismus in Funktion setzt. In diesen Fällen sondern manche Menschen Lyrik ab.

Der Mensch ist ein pflanzen- und fleischfressendes Wesen; auf Nordpolfahrten frißt er hier und da auch Exemplare seiner eigenen Gattung; doch wird das durch den Faschismus wieder ausgeglichen.

Der Mensch ist ein politisches Geschöpf, das am liebsten zu Klumpen geballt sein Leben verbringt. Jeder Klumpen haßt die anderen Klumpen, weil sie die anderen sind, und haßt die eigenen, weil sie die eigenen sind. Den letzteren Haß nennt man Patriotismus.

Jeder Mensch hat eine Leber, eine Milz, eine Lunge und eine Fahne; sämtliche vier Organe sind lebenswichtig. Es soll Menschen ohne Leber, ohne Milz und mit halber Lunge geben; Menschen ohne Fahne gibt es nicht.

Schwache Fortpflanzungstätigkeit facht der Mensch gern an, und dazu hat er mancherlei Mittel: den Stierkampf, das Verbrechen, den Sport und die Gerichtspflege.

Menschen miteinander gibt es nicht. Es gibt nur Menschen, die herrschen, und solche, die beherrscht werden. Doch hat noch niemand sich selber beherrscht; weil der opponierende Sklave immer mächtiger ist als der regierungssüchtige Herr. Jeder Mensch ist sich selber unterlegen.

Wenn der Mensch fühlt, daß er nicht mehr hinten hoch kann, wird er fromm und weise; er verzichtet dann auf die sauren Trauben der Welt. Dieses nennt man innere Einkehr. Die verschiedenen Altersstufen des Menschen halten einander für verschiedene Rassen: Alte haben gewöhnlich vergessen, daß sie jung gewesen sind, oder sie vergessen, daß sie alt sind, und Junge begreifen nie, daß sie alt werden können.

Der Mensch möchte nicht gern sterben, weil er nicht weiß, was dann kommt. Bildet er sich ein, es zu wissen, dann möchte er es auch nicht gern; weil er das Alte noch ein wenig mitmachen will. Ein wenig heißt hier: ewig.

Im übrigen ist der Mensch ein Lebewesen, das klopft, schlechte Musik macht und seinen Hund bellen läßt. Manchmal gibt er auch Ruhe, aber dann ist er tot.

Neben den Menschen gibt es noch Sachsen und Amerikaner, aber die haben wir noch nicht gehabt und bekommen Zoologie erst in der nächsten Klasse.

[1931]

DER MARKT DES SCHWEIGENS

Er liegt im Nordosten von London: Sie fahren mit der gut gelüfteten Untergrundbahn hin, das ist am billigsten. Wenn Sie oben sind, ein Stückchen rechts ... und noch ein Stückchen rechts ... und da, wo der Schutzmann steht, ist der Markt, der Caledonian Market.

Auf einem großen eingezäunten Platz stehen die Händler, vor sich die Ware meist auf die Erde gebreitet, auf Tücher oder auch auf kleinen Tischen. Was es da gibt –? Bitte, fragen Sie, was es nicht gibt.

Es gibt:

Silberwaren, versilbertes Alfenid, verzinktes Silber, garantiert echtes Silber, gestempeltes Silber. Großvaterstühle, Nachtstühle, gewöhnliche Stühle. Neue Gebisse. Ganz leicht gebrauchte Gebisse. Kinderwagen-Ersatz-Räder. Alte Stiefel sowie ein Bild des Generals Kitchener. Noch viel mehr alte Stiefel. Eingeweide von Sofas. Schauerliches Nippes aus Original-Kitschwood. Ein lebendiger kleiner Junge steht in einem überlebensgroßen Goldrahmen: Man weiß nicht genau, wer von beiden zu verkaufen ist. Delfthundchen. Nachttöpfe. Ein Quadratkilometer Bücher. Schnürsenkel sowie Bonbons und Limonaden – merkwürdig, daß alle billigen Dinge auf der Welt so schreiende Farben haben!

Wenn man die gerade gezogenen Gänge alle herauf- und heruntergehen wollte: diese Meilen zu bewältigen, würde Stunden dauern. Es hört nie auf.

Diese Kleinhändler kaufen unter anderem alten Hausrat auf, ich sehe sie auf den Boden gehen und mit einem mißmutig-prüfenden Blick das ganze Gerümpel überblicken. „Drei Pfund", sagen sie. Wenn ich sie aber frage, was der alte Zinnkrug da kosten soll, dann loben und preisen sie ihn, streicheln ihn mit den Blicken und sagen: „Beautiful, indeed!" Und er kostet siebzehn Schillinge, gut und gern.

Aber das ist nun auch alles, was sie sagen. Sie strampeln nicht, sie preisen nicht übermäßig an – es ist der leiseste Markt, den ich jemals getroffen habe. Manchmal hörst du einen Ausrufer, er ruft seine Worte aber mehr für seine Waren und über seine Waren aus, damit die wissen, was sie wert sind – um die Käufer kümmert er sich scheinbar gar nicht. Manchmal ein Grammophon. Horch!

„And the Germans say: Ja – ja!
and the Frenchmen ..."

Leise schieben sich die Leute an den aufgehäuften Waren vorbei – es ist fast nichts zu hören, welch ein leises Volk! Falsch. Im Theater braust das Publikum, dieses dankbarste Theaterpublikum ... fast hätte ich gesagt: Europas, aber England liegt nicht in Europa, das ist ein geographischer Irrtum. England liegt in England. Beim Boxen neulich, in Blackfriars Ring, welch ein Klamauk! Aber hier, auf dem Markt, da sind sie leise – man darf gar nicht an südländische Märkte denken – nicht an den pariser Flohmarkt ... hier ist es still, ganz still. Mich wundert, daß nicht an einem Stand Schweigen verkauft wird: ironisches Schweigen; lüsternes Schweigen; dummes Schweigen; beredtes Schweigen, noch wie neu – aber Schweigen wird nicht verkauft.

Ob ich etwas gekauft habe –? Nein, ich habe nichts gekauft. Alles, was ich gesehen habe, fand ich mäßig und teuer. Seid ihr auch so mißtrauisch, wenn euch einer erzählt, er habe auf so einem Markt eine echte chinesische Vase, dreiundzwanzigste Kung-Dynastie nach Christi Geburt, gefunden, der Ochse, der Händler, habe das natürlich nicht gewußt, welches Kleinod ...? Hier, sehen Sie mal an! Für vier Schilling! Hm. Margarete zeigte mir nachher ein Silberschälchen, das hatte sie da erstanden, für ein Butterbrot – dabei essen die Engländer doch gar keine Butterbrote. Margarete glaubt an ihre Silberschale und hält sie für Silber. Sie trägt einen kleinen Stempel auf dem Bauch, die Schale. Aber wer kennt sich in den englischen Gewichten aus –! Die Engländer haben für alles ihre eigenen Maße, und daß sie die Jahre nach Jahren rechnen, daß das englische Jahr nicht dreizehn und einen halben

Monat hat, das ist ein großes Wunder. Die Schale war wohl vier Yard schwer und sollte eine Guinee kosten, was natürlich einundzwanzig Schilling bedeutet – es ist gar nicht so einfach im englischen Leben.

Dieser Markt findet sicherlich schon seit Wilhelm dem Eroberer statt. Alle besseren Sachen in England datieren aus dieser Zeit und werden infolgedessen auch nicht geändert. Und wenn man näher zusieht: auf diesem Markt, im Parlament und anderswo, dann stellt sich leise, ganz leise heraus, daß die meisten Dinge hier ihre endgültige Form angenommen haben. Ändern sie sich –? Manchmal ändern sie sich auch. Aber sie ändern sich in England nie mit einem Ruck, sondern langsam, fast, ohne daß man es merkt – schweigend. Es wird gehandelt, daß es nur so raucht – schweigend. England hat die stillste Börse der Welt; kennen Sie das Gebrüll um die Pariser Börse? So ist die englische Börse nicht.

Aber natürlich kann man nicht mit leeren Händen nach Hause kommen. Wie stände ich dann vor meinen Bekannten da?? Da habe ich denn etwas gekauft, was man in jedem Haushalt dringend gebraucht –: einen londoner Souffleurkasten. Raten Sie, was ich gegeben habe! Die Hälfte. Er ist ein Prachtstück. Ich weiß nur noch nicht, was ich damit anfangen soll. Immerhin ist er eine schöne Erinnerung an den Caledonian-Markt.

Anmerkung: Londoner Theater haben keine Souffleurkasten.

[1931]

DIE BEIDEN FLASCHEN

In Wells …

Nein, nicht Wales – Wales ist, wenn er gut angezogen ist. In Wells …

Auch nicht: well – das ist das, was die Engländer sagen, um erst einmal den nötigen Vorschlag des Satzes zu haben; denn hier fängt kein Mensch seinen Satz mit der Hauptsache an. Die Hauptsache steht im Nebensatz. Ich habe neulich in London einen jungen Herrn gefragt, ob hier, an dieser Stelle, wo auch er warte, der Omnibus 176 halte. Was sagte er? „I hope so“, sagte er. Ja wäre zu bestimmt gewesen, man kann nie wissen, vielleicht hält er nicht, und die englische Sprache, die so präzis sein kann, liebt die zierlichen Hintertüren, nur so als Notausgang, sie macht wohl selten von ihnen Gebrauch. Sie setzt aber gern hinzu, daß und wann es ganz ernst wird. „Was ist der Unterschied", fragte neulich in einer Revue einer, „zwischen einem Schutzmann und einer jungen Dame? – Wenn der Schutzmann ‚Halt' sagt, dann meint er das auch." Also in Wells.

Wells ist eine kleine süße Stadt im Somersetschen. Das kann man aber nicht sagen; man sagt wohl: im Hannöverschen – aber es heißt: in Somerset. Wells hat eine schöne Kathedrale und so eine geruhige Luft ...! Dabei ist die Stadt nicht traulich, sie ist brav und beinah modern und ordentlich, und alles stimmt, und es ist so nett da!

Da spaziere ich also herum und sehe mir statt der Sehenswürdigkeiten die Schaufenster an, das sind so meine Sehenswürdigkeiten, man kann da immer eine Menge lernen. Bei einem Antiquar stand Glas im Fenster, und wenn Glas im Fenster steht ... wie sagt ein altes berlinisches Couplet? „Wer Bildung hat, wird mir verstehn!" Ich kaufe also in Gedanken alles Glas, was da steht – und schließlich sehe ich zwei dunkelgrüne, bauchige, lustige Flaschen. Sie haben ein metallnes Etikett um den Hals gehängt, alle beide, auf der einen steht:

Whisky

und auf der andern:

Gin.

Gin ist ein entfernter Stiefzwilling von Genever – und was Whisky ist, weiß jeder bessere Herr. Und weil mein Whisky immer in diesen langen Flaschen wohnt, in denen man ihn kauft, so beschloß ich, diese grüne Flasche, die, wie man sofort sehen konnte, mit Vornamen Emilie hieß, käuflich zu erwerben. Hinein.

Die Engländer haben eine unsterbliche Seele und schrecklich unregelmäßige Verben. Ich sagte einen Spruch auf – wenn das mein englischer Lehrer gehört hätte, hätte er mich bestimmt hinter die Ohren gehauen. Aber der Verkäufer verstand mich, er sagte viel, was ich verstand, und noch einiges, was ich nicht verstand – diese Engländer haben manchmal so einen komischen Akzent, wie? Und nun begann der Handel.

Sehr teuer war die Flasche nicht. („Was hast du gegeben? Mich interessiert das nämlich, ich habe nämlich meinem Mann auch so eine Flasche ..." – Sei doch mal still. Du immer mit deinen Zahlen!) Teuer war sie nicht. Aber, aber:

Diese Whiskyflasche war nicht allein zu haben. Sie war ein Illing – man mußte die Ginflasche dazu kaufen. „Warum –?“ fragte ich den Mann. (Dies war der einzige ganz richtige Satz, den ich in dieser Unterhaltung von mir gegeben habe.) Warum –? Und da gab der Mann mir eine Antwort, die so schön war, daß ich sie hier aufschreiben muß, eine Antwort, mit der man ungefähr halb England erklären kann, wenn es einen danach gelüstet. Man hätte denken können, er werde antworten: weil ich die andere nicht allein verkaufen kann. Oder: weil ich dann mehr verdiene. Oder: Diese beiden Flaschen und diese sechs Gläser und dieses Tablett bilden eine Garnitur … ich kann sie nicht auseinanderreißen. Nichts davon – Gläser und Tablett waren ja auch gar nicht da. Der Mann sagte:

„Because they were always together.“ Weil sie immer zusammen waren.

In dieser Antwort ist alles, was im Engländer ist: die unverrückbare Festigkeit, mit der Gefügtes stehenbleibt, bis es von selber einfällt, zum Beispiel. Because they were always together. Weil sie immer zusammen waren, sind sie denn auch noch heute zusammen: der Engländer und sein Cricket, jener für den Fremden völlig rätselhafte Vorgang, ein Mittelding zwischen Schachspiel und Religionsübung; zusammen sind der Mann und die Farbe seiner Universität; zusammen der Herr und der Frack, wenn es Abend wird; der Richter und seine Perücke; das Land und die Macht. Because they were always together.

Und da ergriff mich ein Rühren, ich dachte, was geschehen könnte, wenn ich die Flasche Emilie von der Flasche Martha risse, wie Martha weinen würde, und daß ich das nicht alles verantworten könnte. Und da habe ich sie alle beide gekauft. Because they were always together. Möchte vielleicht jemand die andere Flasche haben –?

[1931]

„NEIN – MEINE SUPPE ESS ICH NICHT –!“

Wenn man in England um die Ecke geht, sieht es immer ganz anders aus, als man denkt, und so steht denn gleich hinter Piccadilly Street ein kleines altes Viertel um den Shepherd Market aufgebaut. Daß es da hingehört, kann man am besten daran erkennen, daß es dort gar nicht hingehört. Und da hätten wir ein Haus, schon halb abgerissen, oben drauf liegt eine schwarze Sache, die sieht aus wie Dachpappe, das Ganze macht einen recht traurigen Eindruck, und hinter einigen Fenstern hängen Vorhänge, also ist es bewohnt. Unten bewohnt und oben abgerissen? Was ist das? Das ist ein Mann mit einem Dickkopf.

In diesem Hause wohnt ein Colonel (sprich.: ‚Körnl'), der hat da immer gewohnt. Und eines Tages haben sie ihm gesagt: „Herr Körnl, nun müssen Sie ausziehen, denn das Haus ist verkauft und soll abgerissen werden!" Da hat aber der Körnl seinen Mietvertrag aus der Schublade gezogen und hat gesagt: Hier!" (und dabei hat er sicherlich jene Bewegung gemacht, die die Leute machen, wenn sie etwas schwarz auf weiß besitzen, sie halten dann die ausgestreckte Hand hin, als sei die das Papier ...) – „Hier!" hat er gesagt: „so und so, dies ist mein Mietvertrag, und ich darf hier wohnen bleiben!" – „Na ja", haben die andern gesagt, natürlich auf englisch, „na ja, das ist ja gut und schön. Aber sehen Sie mal an – wir wollen doch nun das Haus hier abreißen, wir haben uns das alles so hübsch ausgerechnet, nun machen Sie doch keine Geschichten ... was wollen Sie denn noch in dem alten Haus?" – „Wohnen bleiben", hat der Körnl gesagt. Da haben sie ihm eine Abstandssumme geboten. Er ist dageblieben. Dann haben sie ihm schrecklich gut zugeredet. Er ist dageblieben. Und da haben sie angefangen, das Haus abzureißen.

Sie haben aber nur die Teile abgerissen, die er nicht bewohnt, also das Dach und ein halbes linkes Haus, mit einer freien Wohnung, aber an seine Wohnung dürfen sie ja nicht heran, und so sieht denn das Haus wie eine alte verwunschene Ruine aus, mitten in London. Aber er hat seinen Willen durchgesetzt und ist wohnen geblieben, und das wird er doch mal sehen.

Nun sieht er es. Das Bedauerliche an der Sache bleibt, daß sie ihm nicht den Keller wegreißen können, denn dann stände seine Wohnung in der Luft und täte sie das: er zöge immer noch nicht aus. England erwartet, daß jeder Mann seine Pflicht tut. Na, und die tut er. Und zieht nicht aus. Und da haben sie angefangen, das Haus abzureißen. Dinge, wie sie hierzulande geschehen, kann sich kein Mensch ausdenken.

Und jetzt weiß ich auch, warum es in so vielen englischen Schlössern spukt. Die alten Herrschaften wollen da nicht heraus, nicht aus ihren Zimmern, nicht aus den Sälen – sie bleiben da. Ein zähes Volk. Zäh wie Roastbeef. Doch hier muß der Berichterstatter sein Haupt verhüllen, denn sonst kommt er auf die englische Küche zu sprechen, und das ist die einzig schöne Geschichte in England, die keine schöne Geschichte ist.

Den Körnl fichts nicht an. Und komm ich in aber fünfhundert Jahren noch einmal desselbigen Weges gefahren: der Körnl sitzt sicherlich noch da, auf seiner Kehrseite und auf einem Mietvertrag, der wahrscheinlich neunundneunzig Jahre läuft und aber neunundneunzig, und er ißt Roastbeef und wohnt noch immer in dem kleinen schwarzen Haus am Shepherd Market.

[1931]

KURZER ABRISS DER NATIONALÖKONOMIE

Nationalökonomie ist, wenn die Leute sich wundern, warum sie kein Geld haben. Das hat mehrere Gründe, die feinsten sind die wissenschaftlichen Gründe, doch können solche durch Notverordnungen aufgehoben werden.

Über die ältere Nationalökonomie kann man ja nur lachen und dürfen wir selbe daher mit Stillschweigen übergehn. Sie regierte von 715 vor Christo bis zum Jahre 1 nach Marx. Seitdem ist die Frage völlig gelöst: die Leute haben zwar immer noch kein Geld, wissen aber wenigstens, warum.

Die Grundlage aller Nationalökonomie ist das sog. ‚Geld'.

Geld ist weder ein Zahlungsmittel noch ein Tauschmittel, auch ist es keine Fiktion, vor allem aber ist es kein Geld. Für Geld kann man Waren kaufen, weil es Geld ist, und es ist Geld, weil man dafür Waren kaufen kann. Doch ist diese Theorie inzwischen fallen gelassen worden. Woher das Geld kommt, ist unbekannt. Es ist eben da bzw. nicht da – meist nicht da. Das im Umlauf befindliche Papiergeld ist durch den Staat garantiert; dieses vollzieht sich derart, daß jeder Papiergeldbesitzer zur Reichsbank gehen und dort für sein Papier Gold einfordern kann. Das kann er. Die obern Staatsbankbeamten sind gesetzlich verpflichtet, Goldplomben zu tragen, die für das Papiergeld haften. Dieses nennt man Golddeckung.

Der Wohlstand eines Landes beruht auf seiner aktiven und passiven Handelsbilanz, auf seinen innern und äußern Anleihen sowie auf dem Unterschied zwischen dem Giro des Wechselagios und dem Zinsfluß der Lombardkredite; bei Regenwetter ist das umgekehrt. Jeden Morgen wird in den Staatsbanken der sog. ‚Diskont' ausgewürfelt; es ist den Deutschen neulich gelungen, mit drei Würfeln 20 zu trudeln.

Was die Weltwirtschaft angeht, so ist sie verflochten.

Wenn die Ware den Unternehmer durch Verkauf verlassen hat, so ist sie nichts mehr wert, sondern ein Pofel, dafür hat aber der Unternehmer das Geld, welches Mehrwert genannt wird, obgleich es immer weniger wert ist. Wenn ein Unternehmer sich langweilt, dann ruft er die anderen und dann bilden sie einen Trust, das heißt; sie verpflichten sich, keinesfalls mehr zu produzieren, als sie produzieren können sowie ihre Waren nicht unter Selbstkostenverdienst abzugeben. Daß der Arbeiter für seine Arbeit auch einen Lohn haben muß, ist eine Theorie, die heute allgemein fallengelassen worden ist.

Eine wichtige Rolle im Handel spielt der Export. Export ist, wenn die anderen kaufen sollen, was wir nicht kaufen können; auch ist es unpatriotisch, fremde Waren zu kaufen, daher muß das Ausland einheimische, also deutsche Waren konsumieren, weil wir sonst nicht konkurrenzfähig sind. Wenn der Export andersrum geht, heißt er Import, welches im Plural eine Zigarre ist. Weil billiger Weizen ungesund und lange nicht so bekömmlich ist wie teurer Roggen, haben wir den Schutzzoll, der den Zoll schützt sowie auch die deutsche Landwirtschaft. Die deutsche Landwirtschaft wohnt seit fünfundzwanzig Jahren am Rande des Abgrunds und fühlt sich dort ziemlich wohl. Sie ist verschuldet, weil die Schwerindustrie ihr nichts übrig läßt, und die Schwerindustrie ist nicht auf der Höhe, weil die Landwirtschaft ihr zu viel fortnimmt. Dieses nennt man den Ausgleich der Interessen. Von beiden Institutionen werden hohe Steuern gefordert, und muß der Konsument sie auch bezahlen.

Jede Wirtschaft beruht auf dem Kreditsystem, das heißt auf der irrtümlichen Annahme, der andere werde gepumptes Geld zurückzahlen. Tut er das nicht, so erfolgt eine sog. ‚Stützungsaktion', bei der alle, bis auf den Staat, gut verdienen. Solche Pleite erkennt man daran, daß die Bevölkerung aufgefordert wird, Vertrauen zu haben. Weiter hat sie ja dann auch meist nichts mehr.

Wenn die Unternehmer alles Geld im Ausland untergebracht haben, nennt man dieses den Ernst der Lage. Geordnete Staatswesen werden mit einer solchen Lage leicht fertig; das ist bei ihnen nicht so wie in den kleinen Raubstaaten, wo Scharen von Briganten die notleidende Bevölkerung aussaugen. Auch die Aktiengesellschaften sind ein wichtiger Bestandteil der Nationalökonomie. Der Aktionär hat zweierlei wichtige Rechte: er ist der, wo das Geld gibt, und er darf bei der Generalversammlung in die Opposition gehen und etwas zu Protokoll geben, woraus sich der Vorstand einen sog. Sonnabend macht. Die Aktiengesellschaften sind für das Wirtschaftsleben unerläßlich: stellen sie doch die Vorzugsaktien und die Aufsichtsratsstellen her. Denn jede Aktiengesellschaft hat einen Aufsichtsrat, der rät, was er eigentlich beaufsichtigen soll. Die Aktiengesellschaft haftet dem Aufsichtsrat für pünktliche Zahlung der Tantiemen. Diejenigen Ausreden, in denen gesagt ist, warum A.-G. keine Steuern bezahlen kann, werden in einer sogenannten ‚Bilanz' zusammengestellt.

Die Wirtschaft wäre keine Wirtschaft, wenn wir die Börse nicht hätten. Die Börse dient dazu, einer Reihe aufgeregter Herren den Spielklub und das Restaurant zu ersetzen. Die Börse sieht jeden Mittag die Weltlage an: dies richtet sich nach dem Weitblick der Bankdirektoren, welche jedoch meist nur bis zu ihrer eigenen Nasenspitze sehn. Schreien die Leute auf der Börse außergewöhnlich viel, so nennt man das: die Börse ist fest. In diesem Fall kommt – am nächsten Tage – das Publikum gelaufen und engagiert sich, nachdem bereits das Beste wegverdient ist. Ist die Börse schwach, so ist das Publikum allemal dabei. Dieses nennt man Dienst am Kunden. Die Börse erfüllt eine wirtschaftliche Funktion: ohne sie verbreiteten sich neue Witze wesentlich langsamer.

In der Wirtschaft gibt es auch noch kleinere Angestellte und Arbeiter, doch sind solche von der neuen Theorie längst fallen gelassen worden.

Zusammenfassend kann gesagt werden: die Nationalökonomie ist die Metaphysik des Pokerspielers.

Ich hoffe, Ihnen mit diesen Angaben gedient zu haben, und füge noch hinzu, daß sie so gegeben sind wie alle Waren, Verträge, Zahlungen, Wechselunterschriften und sämtliche anderen Handelsverpflichtungen –: also ohne jedes Obligo.

[1931]

SCHNIPSEL

Shaw. So ernst, wie der heiter tut, ist er gar nicht.

Der englische Schriftsteller William Gerhardi sprach einst: „Wenn eine Frau sagte, sie sei genau wie alle Frauen – die wäre anders."

Es war einmal ein Vertrag zwischen einer Filmgesellschaft und einem Autor, der wurde von der Gesellschaft anständig und sauber erfüllt. Das war kurz vor Erfindung der Fotografie.

Nichts kommt dem Gerechtigkeitsgefühl gleich, das einen deutschen Republikaner befällt, wenn er gegen einen Stahlhelmer vorgehn soll. Wie peinlich genau er dann die Paragraphen abwägt ...! Aber es ist gar kein Gerechtigkeitsgefühl: es ist Feigheit und zutiefst eine innere Sympathie.

Da gab es einen englischen General, der war so unmusikalisch, daß er nur zwei Meisterstücke erkennen konnte. Eins davon war God save the King.

Golf, sagte einmal jemand, ist ein verdorbener Spaziergang.

Segen des Rundfunks. Die alte Frau Runkelstein pflegte sich abends im Lehnstuhl die Kopfhörer anzuschnallen, die Musik ertönte, und dann schlief sie ein. Wenn das Programm aber zu Ende war, dann wachte sie vor Schreck auf. Und dann ging sie schlafen. Siehe die Überschrift.

„Wenn ich so viel Geld hätte", sagte Joachim Ringelnatz, „und so viel Macht, daß ich alles auf der Welt ändern könnte, dann ließe ich alles so, wie es ist."

Wenn ein Franzose einen Vertrag unterschrieben hat, dann hält er ihn. Doch bevor er ihn unterschreibt, macht er unendliche Geschichten, in Verlauf derer man junge Hunde kriegen kann. Und dann unterschreibt er ihn nicht. Es sind kleine Leute, wie?

Wenn ein Deutscher einen Vertrag unterschrieben hat, ist der Vorfall für ihn erledigt, und er ist höchst erstaunt, wenn er ihn nun auch noch erfüllen soll. Dann gibt es ein großes Lamento und viel Geschrei der Rechtsanwälte. Aber er unterschreibt jeden Vertrag. Es sind großzügige Leute.

Es gibt so wenig brauchbare Buch-Kritiken, weil jeder Schriftsteller fälschlich annimmt, er könne, weil er Schriftsteller ist, auch Kritiken schreiben.

Bei den großen Schneidern liegen manchmal Empfehlungen von Schustern und Hemdenmachern. So sehn unsre Buchkritiken aus.

Wenn die geliebte Frau mit einem andern Mann flirtet, erscheint sie uns leise lächerlich. Die Steine des Kaleidoskops, das wir so gut kennen, geben ein neues Bild; wir sehn sie zum erstenmal gewissermaßen von der Seite. Eifersucht macht kritisch. Wenn Männer mit einer für sie neuen Frau beschäftigt sind, gilt das natürlich alles nicht.

Nähme man den Zeitungen den Fettdruck –: um wieviel stiller wäre es in der Welt –!

Es gibt eine Frage, die stellt nur ein Deutscher. Wenn dich die Leute besuchen, dann nimmt dich jener unter den Arm, raucht einmal an seiner Zigarre und sagt: „Sagen Sie mal – was zahlen Sie hier eigentlich Miete?"

Ist doch auch interessant.

Die Presse wäre viel weniger unausstehlich, wenn sie sich nicht so grauslich wichtig nähme.

Wenn ein Kommunist arm ist, dann sagen die Leute, er sei neidisch. Gehört er dem mittleren Bürgertum an, dann sagen die Leute, er sei ein Idiot, denn er handele gegen seine eignen Interessen. Ist er aber reich, dann sagen sie, seine Lebensführung stehe nicht mit seinen Prinzipien im Einklang.

Worauf denn zu fragen wäre: Wann darf man eigentlich Kommunist sein –?

[1931]

VOM URLAUB ZURÜCK

Wenn einer vom Urlaub zurückkommt, dann ist er noch gar nicht da, wenn er da schon da ist. „Na, wie wars?" sagen die andern. „Sie sehn aber schön erholt aus! Gutes Wetter gehabt?" Darauf fängt er an zu erzählen. Wenn er aber Ohren hat, zu hören, so merkt er, daß die Frage eigentlich mehr gesellschaftlicher Natur war – so genau wollen es die andern gar nicht wissen. Und dann bricht er seine Erzählung mit allen ihren Einzelheiten bald ab. Schon deshalb, weil man ja hier keinem klarmachen kann, warum die eine Bergtour beim besten Willen nie zu machen war, und daß das ganze Haus so furchtbar über Fräulein Glienicke und über die Ziegen lachen mußte ... davon wissen die hier nichts. Woher sollen sie das auch wissen!

Wenn einer vom Urlaub zurückgekehrt ist, gehört er in den ersten beiden Tagen noch nicht so recht zum Betrieb. Während seiner Abwesenheit haben sich vielerlei kleine Sachen ereignet, von denen er natürlich nicht unterrichtet ist, und so versteht er manche Anspielungen nicht, er weiß nicht, daß Bader nicht mehr bei der Abteilung III b ist, sondern sich mit Koch verkracht hat, er sitzt jetzt in der Wirtschaftsabteilung, und da werden sie ihn vielleicht auch bald herausschmeißen. Das weiß er alles nicht, noch nicht, nicht mehr – und etwas mitleidig wird er informiert. In dem Ton der Zuhausegebliebenen schwingt ein wenig jener Ton mit, den sonst ‚alte erfahrene Beamte' einem Neuling gegenüber anzuwenden pflegen. In den ersten beiden Tagen geht der Betrieb über den Kopf des Ex-Urlaubers hinweg: die andern wissen alles, er weiß nur die Hälfte. Die da werfen sich die Bälle zu – er fängt sie nicht.

In seinen Gesprächen flackert, also da kannst du nichts machen, immer noch der Urlaub auf. Einmal denkt er: „Heute vor acht Tagen ...", aber da klingelt das Telefon, und die Erinnerung zerstiebt. Dann kommt wieder einer vorbei, stellt die üblichen Fragen, und er antwortet. „Danke – nur viel zu kurz! So – Sie gehen jetzt auch auf Urlaub?" Aber das interessiert wieder den ehemaligen Urlauber nicht mehr.

In diesen ersten Tagen geht die Arbeit eigentlich nicht leichter als vor dem Urlaub; sie geht eher etwas schwerer vonstatten. Die Lungen sind noch voll frischer Luft, der Körper hat noch den Rhythmus des Schwimmens und des Laufens in sich, die Haut fühlt sich in den Stadtkleidern noch nicht wohl, und der Hals nicht im Kragen. Das Auge sieht zum Hof hinaus; wenn man den Kopf dreht, kann man ein Stückchen blauen Himmel sehn. Übrigens ist er heute nicht blau, es regnet. Aber der Regen im Freien, das war doch ganz etwas anderes.

Sitzt er noch fest in seiner Stellung? Er sitzt noch fest. Doch braucht man nur mal auf Urlaub zu gehen, gleich machen sie Dummheiten (Melodie: „Ohne mich geht der ganze Betrieb zugrunde!") Das war ja alles sehr schön und gut, da in Riesenhausen an der Dassel, die Bäume haben gerauscht, auf der Veranda haben wir Skat gespielt, aber unterdessen haben die hier ... „Müller! Wo sind die A-Belege?" Die Schweinerei hört von heute ab auf; WIR sind wieder da.

Das dauert gut und gern seine drei, vier Tage. Dann haben sich die andern an den Zurückgekehrten gewöhnt; er gehört nun schon wieder dazu, er ist da, er erlebt es alles mit, nichts kittet so aneinander wie gemeinschaftliches Arbeits-Erlebnis. Das kommt gleich nach der Liebe und nach der Gottbehüte Verwandtschaft.

Nach sechs Tagen fragt ihn kein Mensch mehr nach dem Urlaub, nun kommen auch die letzten Sommerurlauber zurück, alle sind wieder da und fangen ganz langsam an, sich auf den nächsten Urlaub zu freuen.

[1931]

PARTEIWIRTSCHAFT

Wie wäre es, wenn man einmal einen dämlichen kleinen Trick aus unsrer Politik entfernte, der darin besteht, jeder grade an der Macht befindlichen Partei vorzuwerfen, sie betreibe Parteiwirtschaft –? Ja, was soll sie denn eigentlich sonst betreiben –?

Das Wohl der Allgemeinheit..., ich weiß schon. Aber ich möchte nur einmal wissen, wozu denn Wahlen und Propaganda und Parteikampf da sein sollen, wenn nicht zu dem alleinigen Zweck, eine Partei an die Macht zu bringen. Und wenn sie dort angekommen ist, was hat sie zu tun? Natürlich ihre Macht zu gebrauchen. Das haben alle Parteien begriffen, mit Ausnahme der SPD, der man sehr zu Unrecht den Vorwurf macht, sie mißbrauche ihre Machtstellung. Sie hat gar keine. Es mag ja sein, daß die Pöstchenverteilung für ihre Mitglieder angenehm ist – ihre Macht hat sie nie richtig benutzt: sie hat stets nur Kompromisse gemacht, und die zu ihrem Schaden. Sind die Rechten an der Macht, so benutzen sie ihre Macht, und sie tun recht daran. Und das Zentrum ... aber das ist ja in Deutschland immer an der Macht. Die Zeitungen kreischen gegen Moskau, und das Land wird von Rom regiert.

Doch sollte man mit jener tiefen Unehrlichkeit aufhören, jeder Regierung vorzuwerfen, sie sei eine Parteiregierung. Natürlich ist sie das, und das soll sie auch sein. Daß aber in Deutschland der Begriff „Partei" bis auf das Rinnstein-Niveau gesunken ist, das ist eine andre Sache, und hier sollte man zupacken. Der Rest ist Heuchelei.

Das Niveau, auf dem sich die meisten deutschen politischen Debatten bewegen ist kaum noch zu unterbieten. Sieht man von einigen Jugendbünden ab, die sich, besonders sehr weit rechts und sehr weit links, ernsthaft um einen gesunden Kampf bemühen, das heißt, die den Gegner nicht bagatellisieren und ihn nicht fortdisputieren, sondern die wirklich antreten – dann bleibt ein Meer von Lügen. Man sehe sich etwa, wenn man die Geduld dazu aufbringt, diese unsägliche Hitlerpresse an: wie das der Regierung vorwirft, das Land nach Prinzipien zu regieren, also genau das zu tun, was jene tun wollen. Es ist mehr als jämmerlich, was da getrieben wird.

Zu bekämpfen ist allein die Parteiwirtschaft, die sich nicht offen als solche bekennt, sondern die vorgibt, für das große Ganze zu arbeiten, so, wie die katholische Kirche gern ‚die Natur' vorschiebt, wenn sie ihr Dogma meint. Sagt, was ihr wollt, und sagt, was ihr tut, wenn ihr an der Macht seid. Euch dann noch Parteiwirtschaft vorzuwerfen, ist die Negierung jeder Politik.

[1931]

SCHNIPSEL

Wenns gut geht, wirft sich der Unternehmer in die Brust; sein Verdienst beruht auf seinem Verdienst, und weil er das Risiko getragen hat, will er auch den Hauptanteil des Gewinnes für sich.

Wenns schief geht, sind die Umstände daran schuld. Dann muß der Staat einspringen und das Defizit decken, denn Kohlengruben, Stahlwerke und die

Landwirtschaft dürfen nicht Not leiden. Und sie leiden auch keine Not, weil sie notleidend sind.

Auf alle Fälle aber kann der Unternehmer nichts dafür, er trägt die Verantwortung, und wir tragen ihn.

Um wie viel stiller ginge es in manchen Familien zu, wenn sich alle Frauen Männer kaufen könnten!

Bei einem französischen Zeitungsartikel muß man sich immer fragen: „Was will der Mann?“ und: „Wer hat ihn dafür bezahlt?“

Bei einem deutschen Zeitungsartikel muß man sich fragen: „Was verschweigt er?“ und: „Wer hat ihn dafür auf die Schulter geklopft?“

Mit dem Tode ist alles aus. Auch der Tod –?

Neben manchem andern sondern die Menschen auch Gesprochenes ab. Man muß das nicht gar so wichtig nehmen.

Kleine Nachricht. Die Ausreisegebühr aus den hamburger Zuchthäusern ist um 40 Mark erhöht worden.

Ist es ein Zufall, daß die Vertreter der wildesten Gewaltlehren, Nietzsche, Barrès, Sorel, keine zwanzig Kniebeugen machen konnten? Es dürfte kein Zufall sein.

Schade, daß es nicht im Himmel einen Schalter gibt, bei dem man sich erkundigen kann, wie es unten nun wirklich gewesen ist.

„Er wußte um die Geheimnisse des Seins …“ solche Wendungen sollte man auf Gummistempel schneiden und dann verbrennen.

Max Liebermann wäre auch ohne Hände ein großer Bankier geworden.

Wenn ein Mann weiß, daß die Epoche seiner stärksten Potenz nicht die ausschlaggebendste der Weltgeschichte ist –: das ist schon sehr viel.

Er war hochmütig wie der Sohn einer zweiten hamburger Familie, aber etwas gebildeter.

Dieses Mädchen ist höflich-sinnlich.

Der Schriftsteller Fülöp-Miller ist gründlich oberflächlich.

Was sagte wohl ein Wirtschaftsführer, wenn wir ihm seinen Betrieb so schilderten, wie er ihn zwei Jahre später im Prozeß schildern wird? Wenn wir also sagten: „Du weißt gar nicht, was hier vorgeht, oder du willst es nicht wissen; um dich herum wird betrogen; du bist geistig nicht auf der Höhe, fast in der Nähe des Paragraphen einundfünfzig; um dich herum wird bestochen!" Das alles darf aber erst ausgesprochen werden, wenn der Kerl tausend Unschuldige in seine Pleite hineingezogen hat.

Es gibt skeptische Ärzte und Ärzte mit Bart. Darüber darf man aber nicht vergessen: es gibt auch skeptische Patienten und solche mit Bart. Zeileis ist unter anderm ein Wunschbild seiner Kranken. Bart will Bart.

„Er lebte wie Gott in Frankreich." Man sollte das abändern und sagen: „Er lebte wie ein deutscher Divisionskommandeur in Frankreich."

[1931]

SCHNIPSEL

Wenn die Maschinen, die die Menschen so im Lauf der Zeit erfunden haben, nun auch noch funktionierten: was wäre das für ein angenehmes Leben –!

Langweilig ist noch nicht ernsthaft.

Er trug sein Herz in der Hand, und er ruhte nicht, bis sie ihm aus der Hand fraß.

Die beste Übersetzung für puella publica, die mir bekannt ist, heißt: Vorfreudenmädchen.

Erwarte nichts. Heute: das ist dein Leben.

Es gibt Zeiten, wo es für den Schriftsteller, der da wirken will, nicht gut ist zu schreiben. Wo das Geklapper der Schreibmaschine nicht so wichtig ist wie das Tick-Tack des Maschinengewehrs. Doch tackt dieses nur nach, was jene ihm vorgeschrieben hat.

Man stelle sich vor, Friedrich Nitzsche wäre gestorben, ohne Angehörige zu hinterlassen. Und man stelle sich vor, Freunde hätten sein Werk in Obhut genommen. Und es käme nun eine Frau gegangen, eine Frau Förster, Lieschen Förster, die sagte: „Ich möchte das Nietzsche-Archiv verwalten. Und eine Einleitung zu seinen Werken will ich auch schreiben!" – Was hätten die Freunde gesagt? Nichts hätten sie gesagt. Man hätte die Achseln gezuckt und geschwiegen: eine arme Person ...

Nun aber ist Lieschen die Schwester. Und nun darf sie. Sie darf die Werke Nietzsches einleiten, sie darf den Nachlaß Nietzsches, seine Briefe und seine Zettel verwalten, und sie verwaltet sie so, wie wir wissen. Genutzt hat es ihr nichts. Nietzsche, nicht das Brüderchen, der wahre Nietzsche ist, hauptsächlich durch Andler, bekannt geworden – trotz dieses Archivs.

Aber ist dieses Urheberrecht nicht eine Schande, ein Recht, das geistige Werte wie alte Socken vererbt? Es ist eine Schande.

Wenn einer einen Tintenklex auf dem Kinn hat und damit ernste Sachen redet, dann färbt die Tinte auf das Ernste ab, und alle seine Argumente werden lächerlich. So kindisch sind wir Menschen.

Wenn einer nichts gelernt hat –: dann organisiert er.
Wenn einer aber gar nichts gelernt und nichts zu tun hat –: dann macht er Propaganda.

Das wird im nächsten Krieg ein reizvolles Schauspiel sein: die Rotarier-Klubleute der gengerischen Länder zu sehn, wie sie als gute Patrioten treu zu ihren Fahnen stehn, bedauernde, aber grundsätzliche Erklärungen loslassen, und dennoch – und das tröstet ungemein – auch fürderhin gute Rotarier sein und bleiben werden.

Aber machen das schließlich die Katholiken anders –?

Wer lobt, wird selten nach seiner Aktivlegitimation gefragt.

Greift einer den Militarismus, eine große Zeitung oder Moskau an, dann wird unter den Schlägen der Verteidigung ein Stöhnen hörbar: „Er hat Gott gelästert!" Vorwurfsvolle Augen klappen zum Himmel auf: Eigentlich brauchten wir uns ja gar nicht zu wehren … denn er hat Gott gelästert.

Merk: Wer sich so mit dem Nebel des Mysteriums umgibt, wie alle diese, die es mehr oder minder begabt der katholischen Kirche nachmachen, der zeigt, daß seine Position bei voller Klarheit viel zu fürchten hat.

Der Amerikaner hält sich für den ersten Mann der Welt, weil er kein Farbiger ist.

Der Engländer hält sich für den ersten Mann der Welt, weil er Engländer ist.

Der Deutsche hält sich für den ersten Mann der Welt, weil er die Juden und die Franzosen haßt; was er selbst ist, weiß er nicht genau.

So verschieden ist es im menschlichen Leben.

[1931]

1372 FAHRRÄDER

Ein Polizeipräsidium … das ist so ein muffiger Kasten mit langen Korridoren, mit unzählig vielen Türen, und alle Zimmer sind schlecht gelüftet, die Leute sind unfreundlich, und man ist froh, wenn man wieder draußen ist. Ausnahmen gibt es vielleicht. Eine Ausnahme gibt es sicher: das ist das Polizeipräsidium in Kopenhagen.

Ein bezauberndes Stück Architektur. Ein Riesengebäude, das zwölfeinhalb Millionen Kronen gekostet hat; sauber, sachlich, einfach und praktisch. Es hat einen kreisrunden Hof, der zum schönsten gehört, was man sich denken kann. Wenn, wie man mir erzählt hat, der Geist der Verwaltung ebenso ist wie diese Architektur … glückliches Dänemark!

Und in diesem Polizeipräsidium haben sie unten im Erdgeschoß die verlorenen Fahrräder eingesperrt. Da hängen sie. Kopenhagen, wie männiglich bekannt, ist die Stadt der Fahrräder; es soll Kopenhagener geben, die keines besitzen, aber das glaube ich nicht. Wenn die Kinder anderswo zur Welt kommen, schreien sie – in Kopenhagen klingeln sie auf einer Fahrradklingel. So viele Fahrräder gibt es da.

Im Polizeipräsidium hängen 1372 Fahrräder, alle mit dem Kopf nach unten, wenn das nicht ungesund ist! Alte und junge, fröhliche und traurige, auch die Kinderabteilung: da hängt ein kleiner ‚Roller', mit dem die Kinder spielen, und drei Motorräder sind auch da. Alles das wird monatlich einmal verauktioniert.

„Ja, holen sich denn die Leute ihre Räder nicht ab?" – „Nein", sagt der dicke Mann vom Präsidium, „viele nicht. Sie kaufen sich einfach ein neues. Ein Fahrrad, was ist denn das!" In Kopenhagen scheint es den Wert eines Zahnstochers zu haben.

Die langen Räume des Polizeipräsidiums, in denen die Fahrräder hängen, erinnern an einen Hundezwinger. Verlaufene Räder … ich rühre eines an, leise dreht sich das Vorderrad … wem gehörst du? Schade, daß Fahrräder nicht mit dem Schwanz wedeln können.

So ein Rad bringt nachher auf der Auktion nicht viel ein, zwanzig Kronen etwa. Dafür kann man es schon wieder verlieren.

Wenn man es aber nicht verliert, dann fährt man damit, und in Kopenhagen kann man sich für sein Fahrrad Luft kaufen. Wie bitte? Luft kaufen, ganz richtig. Der Fahrradmann geht an eine automatische Pumpe, wirft fünf Öre hinein und pumpt sein Rad voll. Das trinkt, und dann rollt es vergnügt weiter. So ein Land ist das.

Da hängen sie. Alle an langen Gestellen, und sie sind doch so verschieden voneinander. Manche sehen zornig aus, manche heiter, manche schlafen. Man müßte Andersen bitten, hier einen Nachmittag lang herumzugehen – was gäbe das für ein hübsches Märchen! Ob Fahrräder lebendige Junge bekommen?

Da hängen sie. Sauber und freundlich ist es, praktisch und vernünftig eingerichtet. Schade, daß in den Staaten der Welt nicht alles so gut funktioniert wie die Fundbüros. Es wäre eine Freude, zu leben. Hundert Meter weiter, im selben Haus, werden Menschen aufbewahrt: Untersuchungsgefangene. Und das sieht dann gleich anders aus. Mit 1372 Fahrrädern ist eben leichter fertig zu werden als mit vier lebendigen Menschen.

Wenn Sie aber nach Kopenhagen kommen, dann versäumen Sie nicht, sich das Polizeipräsidium anzusehen. Man wird es Ihnen gern zeigen, und Sie werden an Paris denken müssen: an jene staubige Festung auf der Cité, wo geronnener Angstschweiß an den Wänden klebt und wo man Ihnen einen Unterricht in französischer Unhöflichkeit gibt, einer sehr seltenen Sache, daher wird sie den Fremden auch zuerst gezeigt.

Ja, Kopenhagen ... Ob Fahrräder schwimmen können? Es wäre ja denkbar, daß die 1372 eines Nachts ausbrächen, dann rollen sie mutterseelenallein durch die Stadt, an den Hafen, stürzen sich ins Wasser, durchschwimmen die See, von der ich nie lernen werde, wie sie heißt: Kattegat oder Großer Belt oder Kleiner Belt, und dann fahren sie dahin, nach dem Festland, wo sie gleich in eine politische Partei eingereiht werden. Am nächsten Morgen kommt der dicke Mann in den Fahrradzwinger, findet ihn leer und kratzt sich hinter den Ohren. Am Abend sind alle Fahrräder wieder da: es hat ihnen drüben nicht gefallen.

Das kann man keinem verdenken. Grüß Gott, Kopenhagen ...!

[1931]

SCHNIPSEL

Jakubowski war ein blutiger Laie.

Prophezeien? Prophezeien kann ungestraft jeder. Es genügt schon, daß mans tut. Zu stimmen braucht nachher nichts, denn es blättert ja keiner zurück. Die Prophezeiung ist, genau wie das geschäftliche Urteil über Kunstwerke, ein Wechsel, der auf die Zukunft gezogen ist. Es fragt sich, wer zieht. „Aber Rothschild hat doch gar nicht unterschrieben!" sagt jener in der Anekdote, wo einer einen solchen Wechsel unterbringen will. „Eine Unterschrift wollen Sie bei Rothschild auch noch?" erwidert der andre. In Erfüllung gehen solche Prophezeiungen auch noch?

Man sage in seherischem Tonfall dummes Zeug, und man wird eines gewissen Erfolges nicht entraten.

KPD. „Schade, daß Sie nicht in der Partei sind – dann könnte man Sie jetzt ausschließen!"

Man achte immer auf Qualität. Ein Sarg zum Beispiel muß fürs Leben halten.

Du mußt über einen Menschen nichts Böses sagen. Du kannst es ihm antun – das nimmt er nicht so übel. Aber sage es ihm nicht. Er ist in erster Linie eitel, und dann erst schmerzempfindlich.

„Muß denn immer gleich von Liebe die Rede sein?" – Ja.

Nichts verächtlicher, als wenn Literaten Literaten nennen.

„In unsrer Zeit ..." sagen die Leute, und sind sehr stolz darauf. Das klingt oft wie: „Bei uns in Tuntenhausen ..." Es gibt Kleinstädter, und es gibt Kleinzeitler. Das Wort ‚heute' wird zu oft gebraucht.

Wenn wir einen Menschen, der sich unbeobachtet glaubt, langsam und mühselig-genußvoll in der Nase bohren sehn, so versetzt uns dieser Anblick in eine kribbelige, eigentümliche Wut. Man möchte ihm auf die Finger hauen, diesem unerzogenen Rüpel ... nun hör doch schon endlich auf ... na, Gottseidank!

Selber popeln macht fett.

Bei einem französischen Theaterautor, A. Achaume, steht eine herrliche Szene vom Wahnwitz der Maschinenherrschaft.

Ein Mann empfängt einen andern. „Bitte, nehmen Sie Platz! Was führt Sie her?" Und bevor der andre zu Worte kommen kann, sagt der erste: „Einen Augenblick mal!" und telefoniert und telefoniert ...

Das habe ich auch geschrieben. Aber die Pointe wäre mir nie eingefallen:

Der Besuch steht auf und schickt sich an, zu gehn. „Aber bitte", sagt der Mann mit dem Hörer in der Hand. „Einen Augenblick doch nur ..."

„Nein", sagt der Fremde. „Wissen Sie was? Ich rufe Sie an."

Die unleidliche Gewohnheit, Besuchern etwas vorzutelefonieren, ist selten witziger glossiert worden.

Er war eitel wie ein Chirurg, rechthaberisch wie ein Jurist und gutmütig wie ein Scharfrichter nach der Hinrichtung.

Es gibt Schriftsteller, die können sich viel vorstellen. Aber daß sie einmal nicht dabei sind, das können sie sich nicht vorstellen. In vielen Läden der Literatur herrscht heute großer Rumor, die Chefs nehmen das Inventar auf und blasen Staub von den alten Stücken. „Frollein, da müssen doch noch ein paar nationale Sachen am Lager sein …" Das Fräulein kramt sie hervor; wenn man sie etwas abputzt, sind sie noch wie neu, und bald wird – keine Sorge, ihre Lieben! – frische Ware hereinkommen. „Wir haben das nämlich immer geführt." Nur nicht isoliert bleiben! Ein guter Bankier geht jeden Tag zur Börse, das ist das halbe Leben.

Kerle wie Mussolini oder der Gefreite Hitler leben nicht so sehr von ihrer eignen Stärke wie von der Charakterlosigkeit ihrer Gegner.

Um mich herum verspüre ich ein leises Wandern. Sie rüsten zur Reise ins Dritte Reich.

Frank Thiessens Geschreibe ist wie Musik: der Hörer darf sich alles mögliche dabei denken, ist imstande, nachher gebildet darüber zu sprechen, und es verpflichtet zu gar nichts.

Wenn man sich entmaterialisieren könnte –: ich wollte wohl einmal Hitlern als Gespenst erscheinen. Aber in welcher Gestalt? Das beste wird sein: als Briefmarke. Es gäbe da manche Möglichkeiten.

[1932]

SCHNIPSEL

Zur Rassenfrage. Die Blonden sind ganz umgängliche Menschen. Aber die Dunkeln, die gern blond sein möchten ...!

Komische Junge sind viel seltner als komische Alte.

Es gibt Leute, die wollen lieber einen Stehplatz in der ersten Klasse als einen Sitzplatz in der dritten. Es sind keine sympathischen Leute.

Kolonien nehmen den Überschuß des Mutterlandes auf. Irgendwohin muß ein Land doch schießen.

Emil Ludwig hats nicht leicht. Er müßte eigentlich ein Rundschreiben an seine Kritiker schicken: „Entschuldigen Sie bitte, daß ich so viel Erfolg habe."

Man fällt selten über seine Fehler. Man fällt meistens über seine Feinde.

Da gab es neulich in der ‚*Frankfurter Zeitung*' eine Auseinandersetzung zwischen der Kunsthandlung Paul Cassirer und dem Kunstmaler Kokoschka.

Kunsthändler sind meist keine reine Freude. Aber wie dieser Maler da loslegte, das blamierte doch die ganze Innung. Die Inhaberin der Firma Cassirer, Frau Doktor Ring, hatte klar und einfach dargelegt: wieviel Vorschüsse dieser Maler bezogen habe, daß seine Bilder jetzt nicht mehr so gut gingen wie früher, alles einleuchtende und verständliche Dinge, die der Beteiligte nun bestreiten oder kommentieren konnte ... Er habe sich das Geschäftsdeutsch, schrieb er, erst ins Deutsche übersetzen lassen müssen – eine Korrektur, die bei seinen Büchern bisher leider nicht erfolgt ist. Und schwafelte und jambelte und schrie ... früher hat so etwas eine Samtjacke getragen.

Es ist da während der guten Konjunktur eine Sorte Künstler aufgewachsen, die diskreditieren jeden guten wirtschaftlichen Kampf ihrer Genossen. Größenwahnsinnige Schauspieler, Maler wie der da – lauter Leute, die nicht begreifen können, daß man ihren Kram weit, weit überzahlt hat. Und daß es damit nun aus ist. Wenns weiter nichts wäre! Kokoschka bemüht Frans Hals und Rembrandt und wen weiß ich noch. Er tröste sich – so viel ist er nicht wert. Im übrigen mache er gescheite Verträge, und wenn er das nicht kann, nehme er sich einen Rechtsanwalt. Mit Kunstpflege hat dieses Geschwafel nichts zu tun. Cassirer war tausendfach im Recht.

Satire hat eine Grenze nach oben: Buddha entzieht sich ihr. Satire hat auch eine Grenze nach unten. In Deutschland etwa die herrschenden faschistischen Mächte. Es lohnt nicht – so tief kann man nicht schießen.

Merkwürdig, was dieselben zweitausend Menschen zu gleicher Zeit sein können: unsre tapfern Krieger; Mob; Volksgenossen; verhetzte Kleinbürger. Wie man eine Masse anspricht, so fühlt sie sich.

Laß dir von keinem Fachmann imponieren, der dir erzählt: „Lieber Freund, das mache ich schon seit zwanzig Jahren so!" – Man kann eine Sache auch zwanzig Jahre lang falsch machen.

Die dunkle Stelle der Nasenlöcher in einem Gesicht zeigt an, was für eine Luft im Schlafzimmer des Menschen ist. Dieser Satz läßt sich nicht begründen; er ist aber wahr.

„Arzt sein heißt: der Stärkere sein!" hat Schweninger gesagt. Krankenkassen-Patient sein heißt: der Schwächere sein.

Es gibt in der Kunst ein unumstößliches Gesetz. Was einer recht auffällig ins Schaufenster legt, das führt er gar nicht: Brecht keine Männlichkeit, Keyserling keine Weisheit und Spengler keine Ewigkeitsperspektiven.

[1932]

SCHNIPSEL

Höflich wie ein Engländer zu Hause. Unhöflich wie ein Engländer auf Reisen.

Man sollte gar nicht glauben, wie gut man auch ohne die Erfindungen des Jahres 2500 auskommen kann!

Kriminalroman im Bett ist schwer. Ein Bett ist doch keine Eisenbahn!

Und immer wieder: man stelle sich vor, wie unsre Bücher aussähen, wenn Herr Seeger und seine Mannen sie vorher zensiert hätten! Rundfunk und Film sehen aus wie die Literatur in einem Polizeistaat: kindisch, gefesselt und uninteressant. Zu fordern ist – immer wieder –: Filmfreiheit, Rundfunkfreiheit, und zwar völlige Freiheit. Die Strafgesetze genügen, wie bei den Büchern. Jeder Einwurf dagegen, auch solche von den Bildungsbonzen der SPD, stammt aus einem Polizeigehirn.

Für einen Weißen, der Afrika nicht kennt, haben die Hochzeitsgebräuche eines Negerstammes keinen Sinn – er sieht, aber begreift nichts.

Wenn man einmal aus dem Bürgertum herausgefallen ist, erscheint eine mondäne Bar in Paris sinnlos: alles fällt auseinander, die Frauen riechen nach Verwesung, die Männer wirken wie verkleidet, und eine leere Musik macht ein vertragsmäßig ausbedungnes Geräusch dazu.

Ich habe dort nie das Gefühl: wie unsittlich! Sondern ich fühle: welch Anachronismus.

Für die kleinen Nöte des Lebens ist unser Apparat nicht geschaffen; dazu ist er zu sehr Selbstzweck. Ärzte und Rechtsanwälte machen gewaltige Fortschritte, aber mit einer Forderung von 46,50 Reichsmark und mit einem Schnupfen bist du doch immer der Dumme.

In Spanien gründeten sie einmal einen Tierschutzverein, der brauche nötig Geld. Da veranstaltete er für seine Kassen einen großen Stierkampf.

Auf den Völkerbund schimpfen darf nur, wer gegen die absolute Souveränität der Staaten ist. Ein Rechtsgebilde über den Staaten besitzt an Macht lediglich, was ihm die einzelnen Staaten geben. Also gibt es zur Zeit gar keinen Völkerbund, und Genf ist eine Farce. Das darf aber kein Nationaler tadeln. Er ist ja damit einverstanden.

Reih hippologisch betrachtet ist er vom Pferd gefallen.

Es ist der grundlegende Irrtum aller Dilettanten, der lyrischen Damen, romantisierenden Lehrer und katholischen Familienblattschreiber: daß, wer ergriffen sei, dadurch schon den Leser ergreife. „Aber ich habe es doch mit Gefühl geschrieben!" Ergriffen zu sein, ist eine Voraussetzung – für ein Kunstwerk bedeutet es allein noch gar nichts.

Warum sagen die Russen eigentlich niemals, wieviel Geld sie sich im Ausland geliehen haben, um den Fünfjahresplan durchführen zu können? Ihre Leistung verkleinerte es nicht. Es ist geschickt und gut, daß sie den Kapitalismus mit dessen Waffen schlagen – doch sollte das Geschrei über eine neue Fabrik auf das richtige Maß zurückgeführt werden. Hier ist Geld investiert worden –: wird es richtig und fruchtbringend arbeiten –?

Verzeiht, o Kleriker des marxistischen Korans, mir die Sünde.

Eine allen Deutschen gemeinsame Literatur gibt es nicht. Bei uns liest jeder nur seins.

Die schönste Geschichte über Masochismus, die ich weiß:

Wir lagen in einem polnischen Nest, gleich hinter der damaligen deutschen Grenze, hinter Marggrabowa. In unserm Armierungsbataillon waren Schlesier und Berliner anmutig gemischt. Und eines sternenklaren Abends stand ich hinter einer Hausecke, da schlugen die trauten Laute der Heimat an mein Ohr. A richtich! Ich lauschte.

Es waren zwei waschechte Berliner, die sich da um die Ecke unterhielten. Der eine mußte von Beruf wohl so eine Art Zuhälter gewesen sein; jeden falls rühmte er sich dessen und erzählte viel von einer gewissen Ella, bei der er die Spinde abjewackelt hätte. Dieses Mädchen nun hatte auch eine masochistisch veranlagte Kundschaft, die sie gut und richtig bediente. Und ich hörte:

„Ick komm also ruff bei Ellan, un die hatte sonen Meckerjreis, den mußte sie imma vahaun. Jutet Jeld – jedet Mal achssich Mark. An den Ahmt wah a ooch da. Wie ick die Korridortür uffschließe, heer ick schon von weitn: Wißte mal die Pantoffeln uffhebn! Jleich hebst du die Pantoffeln uff, du Sau! Du Hund! Heb mal die Pantoffeln uff!" – „Wat haste denn da jemacht?" fragte der andre.

„Na“, sagte der erste, „ick bin rinjejangn un hab zu den altn Herrn jesacht: Warum tun Sie denn die Dame nich den Jefalln un hehm die Pantoffeln uff –?“

[1932]

SCHNIPSEL

Das Christentum ist eine gewaltige Macht. Daß zum Beispiel protestantische Missionare aus Asien unbekehrt wieder nach Hause kommen –: das ist eine große Leistung.

Ein Mitarbeiter dieser Blätter hatte einst einen sonderbaren Traum. Er träumte, daß er sein Abitur noch einmal machen müßte, und das Thema zum deutschen Aufsatz lautete: „Goethe als solcher.“

Die Amerikaner kommen bestimmt alle in die Hölle, besonders die frommen – aber eines wird ihnen hoch angerechnet werden: das ist ihr Humor.

Im ‚*Life*‘ neulich: Da sitzen zwei Kaufleute schluchzend am Schreibtisch und lesen und kramen in Skripturen. Was tun sie –? Sie sehen sich die alten Orders aus dem Jahre 1928 an.

Es ist sehr schwer, nachzuschmecken, was hier so gut mundet. Es ist, wie wenn einer alte Speisekarten noch einmal nachliest, erhöhte Tätigkeit der Mundspeicheldrüsen … warum muß man da lachen?

Was denen in ‚*Life*‘ und im ‚*New Yorker*‘ einfällt –: ach, daß wir das doch hätten! Es ist wohl so: sie kommen in ein lustiges Fegefeuer und wir in einen ernsten und durchaus sachlichen, in den Landesfarben angestrichenen Himmel.

Weil wir grade von ‚*Life*‘ reden:

Zu meinem hundertsten Geburtstag wünsche ich mir das Original des Titelblattes, das dort im vorigen April erschienen ist.

Oben, auf dem Gerüst eines Wolkenkratzers, sitzt ein Arbeiter, den sieht man ganz aus der Nähe, ein etwas dreckiger Kerl mit aufgekrempelten

Hemdsärmeln, behaarte Arme, nicht rasiert. Unten auf der Straße stehen, winzig, zwei feine Damen und sehen so zum Haus herauf. Und was tut der Mann –?

Er zieht sich seine Krawatte grade.

Das Bild trug keine Unterschrift.

Es gibt deutsche Katholiken, die zerreißen sich fast das Maul darüber, daß die Kommunisten „ihre Befehle aus Moskau entgegennehmen". Und woher bekommen jene ihre Befehle? Aus Rom. Wird jemals ein deutscher Katholik Papst?

Das Papsttum ist seit Jahrhunderten eine italienische Prärogative.

Die meisten Leute wissen gar nicht, daß sie im Jahre 1932 leben. Die andern können sich nicht darüber beruhigen, daß sie im Jahre 1932 leben.

Pressefreiheit ist einmal ein gutes politisches Schlagwort gewesen. Was heute verlangt werden muß, ist: Filmfreiheit und Rundfunkfreiheit. Die Zensoren machen aus beiden einen Kindergarten.

Ein skeptischer Katholik ist mir lieber als ein gläubiger Atheist.

[1932]

SCHNIPSEL

Japan dreht Amerika den Rücken und geht zu einem Ersatz-Amerika über: zu China. Die Chinesen halten sich Soldaten. Die Japaner sind Soldaten, gehören also der niedrigeren Kulturstufe an. Es ist ein Kampf, den der Soldat gewinnt und die Menschheit verliert.

Spricht einer über Rußland anders als schimpfend, dann wird er schief angesehn. Nimmt er die Russen gar ernst und lobt ihr ungeheures Werk, so heben die Leute im Salon den Kopf, wie wenn er einen Wind gelassen habe, und gehen naserümpfend von ihm fort, – ausgestoßen sei er!

Es ist schon so, daß durch die Verdummungsarbeit der Presse, durch die Beeinflussung der Kirchen und die eigne Denkfaulheit der Mann von der Straße in Frankreich, Schweden, England und der Schweiz sich die Russen immer noch so vorstellt, wie sie das antibolschewistische Plakat der Jahre 1919/1920 abgebildet hat: blutgierig, das Messer zwischen den Zähnen, in Lumpen gehüllt und jederzeit bereit, sich auf ganz Europa zu stürzen.

Hinter diesem Plakat lassen sich die herrlichsten Geschäfte machen. Und sie werden gemacht.

Ich habe auf meinem Wege immer wieder Leute angetroffen – Verleger, Frauen, Journalisten, Kaufleute –, die glauben, man sei erledigt, wenn sie einen ignorieren. Sie können sich nicht vorstellen, daß es auch ohne sie gehe. So tief ist der Mensch davon überzeugt, daß er Wert verleihe, daß kein Wert außer ihm sei und daß er fremdes Dasein auslösche, wenn er nicht mehr an ihm teilnimmt. Sie wissen nicht, daß es dreitausendvierhundertundachtundsechzig Daseins-Ebenen gibt, mit eben so vielen Arten von Publikum, so viel Wirkungsmöglichkeiten, viele Leben nebeneinander. (Nicht übereinander.) Und daß man die Menschheit nicht danach einteilen kann, je nachdem sie für oder gegen Herrn Panter ist. Extra Panterum etiam est vita. Auch außerhalb unsrer Sphäre leben andre Leute ein Leben: das ihre.

Der Nachempfinder. Da gibt es einen jungen Mann, Waggerl heißt er, der schreibt alle Romane Hamsuns noch einmal. Deswegen halten ihn manche Kritiker für Hamsun den Zweiten. Das ist nicht ganz richtig: dieser Autor sieht nur in Hamsun Waggerl den Ersten. (Erscheint im Insel-Verlag. Merkwürdig, was Kippenberg an moderner Literatur offeriert.)

Warum kann einem ein andrer den Hut nie richtig aufsetzen? Immer müssen wir noch mal dran ruckeln.

Daß sich ein Staat, der seine Grenzen durch Zollmauern schließt, nicht schämt, noch zu exportieren! Aber sie schleudern ihre Waren immer weiter an imaginäre Kunden heraus, ohne Sinn und Verstand. Rein nein – raus ja.

Die beste Regie-Anmerkung, die mir bekannt ist, stammt von Curt Goetz.

Sie lautet: „Der Darsteller dieser Rolle hüte sich vor Übertreibungen. Herr Kraft ist seines Zeichens nicht jugendlicher Komiker, sondern Ingenieur!"

Es muß doch etwas geben, das allen Menschen gemeinsam ist. Das gibts auch. Der wildeste Nazi, der fanatischste Pole, der gläubigste Katholik, der wütendste Franzosenhasser, drei Dinge können sie unbedenklich benutzen: Logarithmentafeln, Klosettpapier und den Rundfunk.

Eine Katze, die eine Maus tötet, ist grausam. Ein Wilder, der seinen Feind auffrist, ist grausam. Aber das grausamste von allen Lebewesen ist eine patriotische Frau.

Von allen Ländern, die ich kenne, ist Deutschland dasjenige, das am besten über Rußland informiert ist und in dem man am vorurteilslosesten über Rußland spricht und sprechen kann. Ich bin kein Kommunist, aber man könnte einer werden, wenn man den geistigen Zustand der europäischen Bourgeoisie betrachtet.

Das Christentum hat viel Gutes auf Erden bewirkt. Doch wird dies tausendfach durch das Schlimme überboten, das die christliche Idee mit der Vergiftung des Liebeslebens angerichtet hat.

In Deutschland sollten Gummistempel verkauft werden mit der Aufschrift:

„OBGLEICH VOM PARTEISTANDPUNKT MANCHES DAGEGEN EINZUWENDEN WÄRE."

[1932]

FÜR CARL v. OSSIETZKY

General-Quittung

Carl von Ossietzky geht für achtzehn Monate ins Gefängnis, weil sich die Regierung an der ‚*Weltbühne*' rächen will, rächen für alles, was hier seit Jahren gestanden hat. Ossietzky geht ins Gefängnis nicht nur für den Mitarbeiter, der den inkriminierten Artikel geschrieben hat – er geht ins Gefängnis für alle seine Mitarbeiter. Dieses Urteil ist die Quittung der Generale.

Der Hexenprozeß wurde unter sehr erschwerenden Umständen geführt.

Um Ossietzky zu verhindern, beizeiten loszuschlagen, wurde die Anklage auch wegen militärischer Spionage erhoben, ein Delikt, das nicht vorgelegen hat; der einschlägige Paragraph bestimmt aber, daß wie bei einem Prozeß der westfälischen Feme oder wie in einem Verfahren der Inquisition die Öffentlichkeit nicht einmal von der Erhebung der Anklage etwas wissen darf. Ossietzky konnte sich also vor dem Prozeß überhaupt nicht zur Wehr setzen.

Der Prozeß fand hinter verschlossenen Türen statt. Die Angeklagten hatten vor der Öffentlichkeit nichts zu befürchten – die Regierung alles. Die Angeklagten hatten ein gutes Gewissen. Die Regierung hatte das nicht.

Den Angeklagten und den Verteidigern wurde strenge Schweigepflicht auferlegt; es durfte nichts über das, was Gegenstand der Verhandlung gewesen war, veröffentlicht werden – auch nicht nach dem Urteilsspruch. Es ist eine Frage der Taktik und des Temperaments, ob man das befolgt.

Ossietzky hat alle diese Schweigegebote nicht nur befolgt – er hat sich in gradezu heroischer Weise hinter die Sache gestellt. Vom ersten Augenblick an bis heute gibt es keinen Satz, den dieser Mann geschrieben oder gesprochen hätte, wo er sich beklagt, sich rühmt, sich herausstellt. Ossietzky hat mir, als das Urteil herausgekommen ist, ebenso freundschaftlich wie fest verwehrt, ihn ‚anzusingen' – ich habe also damals nicht sagen können, was alle Beteiligten längst wissen: wie er noch im Prozeß versucht hat, sich vor den Schreiber des Artikels zu stellen; wie er versucht hat, die ganze Schuld auf sich zu nehmen und wie phrasenlos und still er diese böse Wartezeit durchgestanden hat. Nicht wissen, was morgen mit einem geschieht – und dabei seine Arbeit tun: das ist nicht leicht. Das hat Ossietzky seit etwa zweieinhalb Jahren getan.

Es ist nun nachträglich versucht worden, den Erlaß der Strafe oder die Umwandlung der Gefängnisstrafe in eine Festungshaft auf dem Gnadenwege zu erreichen, und dazu ist folgendes zu sagen:

Carl von Ossietzky hat, während diese Bestrebungen im Gange waren, selbstverständlich nicht nur Groener, sondern auch den Mann, der letzten Endes über das Gnadengesuch zu entscheiden hat, dauernd angegriffen. Er hat gegen Hindenburg geschrieben, also genau das Gegenteil dessen getan, was man als Opportunismus bezeichnen könnte. Diese Angriffe hat er mit seinem Namen gezeichnet.

Grund genug, um nach gewissen Begriffen deutscher Ritterlichkeit zu argumentieren: „Er greift uns ja doch an – wozu soll man so einen begnadigen?"

Ein Funke von Ritterlichkeit auf der amtlichen Seite wäre vielleicht zu erwarten gewesen – ich habe das nie erwartet, und es hat auch nicht gefunkt. Der ‚alte Herr' versteht in Sachen der Armee keinen Spaß, die ‚*Weltbühne*' auch nicht – und Ossietzky geht ins Gefängnis. Die meisten Begnadigungsversuche sind dem Reichspräsidenten gar nicht erst vorgelegt worden.

Nach Kenntnis der ausländischen Pressestimmen fasse ich zusammen:

Die behaupteten Tatsachen sind wahr. Das Reichswehrministerium hatte Butter auf dem Kopf.

Es ist gar nichts verraten worden – und zwar deshalb nicht, weil die behaupteten Tatsachen, insbesondere bei den Franzosen, bekannt gewesen sind. Es ist also auch vom Standpunkt des Militärs der deutschen Republik kein Schade entstanden. Nicht die Enthüllung hat geschadet – die Tatsachen haben geschadet.

Die gegnerische Presse tut so, als wollte Carl von Ossietzky für sich eine Extrawurst gebraten haben. Das ist unrichtig.

Die Begnadigungsaktion will geschehnes Unrecht mildern, weiter nichts. Denn hier ist ein schweres Unrecht geschehn. Für dieses Delikt, das keines ist, über einen solchen Mann wie Carl von Ossietzky diese Strafe zu verhängen, das ist eine Schande. Sie auf sich zu nehmen ist keine.

Die Strafe ist und bleibt nichts als die Benutzung einer formalen Gelegenheit, einem der Regierung sehr unbequemen Kreis von Schriftstellern eins auszuwischen. Die Mitarbeiter und die Leser der ‚*Weltbühne*' haben in der Tat etwas getan, was den faschistischen Gegner bis aufs Blut gereizt hat: er ist hier ausgelacht worden. Hier ist gelacht worden, wenn andre gedonnert haben. Hier sind jene nicht ernst genommen worden. Und sie können ja vieles. Aber eines können sie nicht. Sie können nicht erzwingen, daß man zu ihnen anders spricht als von oben nach unten. Im geistigen Kampf werden sie auch weiterhin so erledigt werden, wie sie das verdienen. Und das muß doch gesessen haben. Denn sonst wären jene nicht so wütend und versuchten es nicht immer, immer wieder. Es wird ihnen nichts helfen.

Es ist mir unmöglich, einem so unpathetischen und stillen Kameraden wie meinem Freunde Ossietzky markige Abschiedsworte zuzurufen; wir sind keine Vereinsvorsitzende. Ich wünsche ihm im Namen aller seiner Freunde, daß er diese Haft bei gutem Gesundheitszustand übersteht.

Alle anständig empfindenden Menschen werden die Begnadigung fordern. Gummiknüppel sind keine Argumente. Und weiter ist dieses Urteil nichts.

Das Blatt aber wird, getragen von dem gewaltigen Auftrieb, den ihm Carl von Ossietzky gegeben hat, das bleiben, was es immer gewesen ist.

Anderthalb Jahre Gefängnis für eine gute Ware erhalten zu haben – das kann bescheinigt werden.

Die Ware wird weitergeliefert.

[1932]

HITLER UND GOETHE

Ein Schulaufsatz

Einleitung

Wenn wir das deutsche Volk und seine Geschichte überblicken, so bieten sich uns vorzugsweise zwei Helden dar, die seine Geschicke gelenkt haben, weil einer von ihnen hundert Jahre tot ist. Der andre lebt. Wie es wäre, wenn es umgekehrt wäre, soll hier nicht untersucht werden, weil wir das nicht auf haben. Daher scheint es uns wichtig und beachtenswert, wenn wir zwischen dem mausetoten Goethe und dem mauselebendigen Hitler einen Vergleich langziehn.

Erklärung

Um Goethe zu erklären, braucht man nur darauf hinzuweisen, daß derselbe kein Patriot gewesen ist. Er hat für die Nöte Napoleons niemals einen Sinn gehabt und hat gesagt, ihr werdet ihn doch nicht besiegen, dieser Mann ist euch zu groß. Das ist aber nicht wahr. Napoleon war auch nicht der größte

Deutsche, der größte Deutsche ist Hitler. Um das zu erklären, braucht man nur darauf hinzuweisen, daß Hitler beinah die Schlacht von Tannenberg gewonnen hat, er war bloß nicht dabei. Hitler ist schon seit langen Monaten deutscher Spießbürger und will das Privateigentum abschaffen, weil es jüdisch ist. Das, was nicht jüdisch ist, ist schaffendes Eigentum und wird nicht abgeschaffen. Die Partei Goethes war viel kleiner wie die Partei Hitlers. Goethe ist nicht knorke.

Begründung

Goethes Werke heißen der Faust, Egmont erster und zweiter Teil, Werthers Wahlverwandtschaften und die Piccolomini. Goethe ist ein Marxstein des deutschen Volkes, auf den wir stolz sein können und um welchen uns die andern beneiden. Noch mehr beneiden sie uns aber um Adolf Hitler. Hitler zerfällt in 3 Teile: in einen legalen, in einen wirklichen und in Goebbels, welcher bei ihm die Stelle u. a. des Mundes vertritt. Goethe hat niemals sein Leben aufs Spiel gesetzt; Hitler aber hat dasselbe auf dasselbe gesetzt. Goethe war ein großer Deutscher. Zeppelin war der größte Deutsche. Hitler ist überhaupt der allergrößte Deutsche.

Gegensatz

Hitler und Goethe stehen in einem gewissen Gegensatz. Während Goethe sich mehr einer schriftstellerischen Tätigkeit hingab, aber in den Freiheitskriegen im Gegensatz zu Theodor Körner versagte, hat Hitler uns gelehrt, was es heißt, Schriftsteller und zugleich Führer einer Millionenpartei zu sein, welche eine Millionenpartei ist. Goethe war Geheim-, Hitler Regierungsrat. Goethes Wirken ergoß sich nicht nur auf das Dasein der Menschen, sondern erstreckte sich auch ins kosmetische. Hitler dagegen ist Gegner der materialistischen Weltordnung und wird diese bei seiner Machtübergreifung abschaffen sowie auch den verlorenen Krieg, die Arbeitslosigkeit und das schlechte Wetter. Goethe hatte mehrere Liebesverhältnisse mit Frau von Stein, Frau von Sesenheim und Charlotte Puff. Hitler dagegen trinkt nur Selterswasser und raucht außer den Zigarren, die er seinen Unterführern verpaßt, gar nicht.

Gleichnis

Zwischen Hitler und von Goethe bestehen aber auch ausgleichende Berührungspunkte. Beide haben in Weimar gewohnt, beide sind Schriftsteller und beide sind sehr um das deutsche Volk besorgt, um welches uns die andern Völker so beneiden. Auch hatten beide einen gewissen Erfolg, wenn auch der Erfolg Hitlers viel größer ist. Wenn wir zur Macht gelangen, schaffen wir Goethe ab.

Beispiel

Wie sehr Hitler Goethe überragt, soll in folgendem an einem Beispiel begründet werden. Als Hitler in unsrer Stadt war, habe ich ihn mit mehreren andern Hitlerjungens begrüßt. Der Osaf hat gesagt, ihr seid die deutsche Jugend, und er wird seine Hand auf euern Scheitel legen. Daher habe ich mir für diesen Tag einen Scheitel gemacht. Als wir in die große Halle kamen, waren alle Plätze, die besetzt waren, total ausverkauft, und die Musik hat gespielt, und wir haben mit Blumen dagestanden, weil wir die deutsche Jugend sind. Und da ist plötzlich der Führer gekommen. Er hat einen Bart wie Chaplin, aber lange nicht so komisch. Uns war sehr feierlich zu Mute, und ich bin vorgetreten und habe gesagt: Heil. Da haben die andern auch gesagt: Heil, und Hitler hat uns die Hand auf jeden Scheitel gelegt, und hinten hat einer gerufen: stillstehen! weil es fotografiert wurde. Da haben wir ganz still gestanden, und der Führer Hitler hat während der Fotografie gelächelt. Dieses war ein unvergeßlicher Augenblick fürs ganze Leben, und daher ist Hitler viel größer als von Goethe.

Beleg

Goethe war kein gesunder Mittelstand. Hitler fordert für alle SA und SS die Freiheit der Straße sowie daß alles ganz anders wird. Das bestimmen wir! Goethe als solcher ist hinreichend durch seine Werke belegt, Hitler als solcher aber schafft uns Brot und Freiheit, während Goethe höchstens lyrische Gedichte gemacht hat, die wir als Hitlerjugend ablehnen, während Hitler eine

Millionenpartei ist. Als Beleg dient ferner, daß Goethe kein nordischer Mensch war, sondern egal nach Italien fuhr und seine Devisen ins Ausland verschob. Hitler aber bezieht überhaupt kein Einkommen, sondern die Industrie setzt dauernd zu.

Schluß

Wir haben also gesehn, daß zwischen Hitler und Goethe ein Vergleich sehr zu Ungunsten des letzteren ausfällt, welcher keine Millionenpartei ist. Daher machen wir Goethe nicht mit. Seine letzten Worte waren mehr Licht, aber das bestimmen wir! Ob einer größer war von Schiller oder Goethe, wird nur Hitler entscheiden, und das deutsche Volk kann froh sein, daß es nicht zwei solcher Kerle hat!

Deutschlanderwachejudaverreckehitlerwirdreichspräsident
dasbestimmenwir!

Sehr gut!

[1932]

SCHNIPSEL

Pro domo. Manchmal finde ich Aufsätze von mir in Zeitungen wieder, Nachdrucke, Auszüge aus meinen Büchern – mitunter versehen mit kleinen kritischen Zusätzen: ich sei ein destruktives Element. Das kann jeder sagen. Doch wenn ich dann das Abgedruckte näher prüfe, dann muß ich oft entdecken, daß ganze Sätze fehlen: den Schlangen sind die Giftzähne herausgebrochen. Nun ist mir gewiß gleich, wie diese verängstigten Verlagsangestellten ihre Leserschaft einschätzen – weitaus tiefer als es nötig wäre; man glaubt es nicht, was da alles nicht ‚tragbar' ist. Mir solls recht sein. Aber eine Bitte habe ich an die verehrte Kollegenschaft:

Druckt meine Aufsätze nicht, wenn eure Abonnenten und Inserenten zu fein dafür sind. Laß mich unzensiert. Ich möchte nicht mit einer Ausgabe für

Kinder und Militär herauskommen, bar aller Schärfe, ohne jene Salzkörner, um derentwillen die Speise serviert worden ist. Euern Leuten bekommt das nicht? Dann laßt das ganze Gericht fort. Es ist keine Ehre, bei euch zu erscheinen, und ein Geschäft schon gar nicht. Um wieviel habt ihr die Mitarbeiterhonorare gesenkt? Um ein Drittel, um die Hälfte. Um wieviel euer Abonnenten? Um wieviel eure Anzeigenpreise?

Ich mag nicht in jedem einzelnen Fall in Berichtigungen kund und zu wissen tun, daß ihr meine Arbeit verfälscht habt, so wichtig ist das nicht. Aber seid nett: laßt mich zufrieden. Ich kann doch nichts dafür, daß eure Druckereibesitzer solche Angst vor ihrer Kundschaft haben, und mich interessiert es auch nicht. Ich bin gewohnt, zu Lesern zu sprechen, die ein offnes Wort vertragen. Vertragen es eure nicht? Dann setzt ihnen weiterhin reizende kleine Feuilletons vor, bunte Bilder aus der Kinderstube, Modeplaudereien und sanfte Schilderungen vom Wintersport im Harz. Aber druckt mich nicht, wenn ihr meine Arbeiten nicht so abdrucken könnt, wie ich sie geschrieben habe.

Vom Stationsvorsteher aus gesehn sieht der tägliche Abschied der Reisenden an den Zügen recht stereotyp aus. Von der Krankenschwester aus gesehn hat der Tod ein andres Gesicht als vom Trauernden aus gesehn. Alles, was man regelmäßig und berufsmäßig tut, versteinert. Man sollte auch seine eignen Erlebnisse vom Stationsvorsteher aus sehen können.

Du bekommst einen Brief, der dich maßlos erbittert? Beantworte ihn sofort. In der ersten Wut. Und das laß drei Tage liegen. Und dann schreib deine Antwort noch mal.

„Was fällt Ihnen ein! Ich habe für einen Bandwurm und drei unmündige Kinder zu sorgen!“

Das Liebespaar, das sich, von einander entfernt, verabredet, um halb elf Uhr abends an einander zu denken. Keiner tuts. Aber jeder freut sich: wie verliebt der andre doch sei.

Der Pessimist. „Ich werde also eines Tages sterben. Natürlich – das kann auch nur mir passieren!“

Wie schlafen die Leute –?

Ein Frau, allein .... im Pyjama
Ein Frau, nicht allein .... im Nachthemd
Ein Mann, allein .... Nachthemd
Ein Mann, nicht allein .... Pyjama.

So eigentümlich ist es im menschlichen Leben. (Protest auf allen Seiten des Hauses.)

Zu einem ganz strengen, ganz bösen Mann am Fahrkartenschalter möchte ich immer sagen: „Na, was haben Sie denn so für Billetts –?"

Im Kriege habe ich einmal diesen Satz gehört: „die Bohnensuppe ist das Klavier des kleinen Mannes."

Den meisten Leuten sollte man in ihr Wappen schreiben: Wann eigentlich, wenn nicht jetzt?

[1932]

SCHNIPSEL

Die Psychologie, wie wir sie in den meisten, also schlechten Filmen sehn, ist durchaus nicht so weltfremd, wie man denken sollte. Sie kehrt in vielen Urteilsbegründungen der Strafkammern wieder.

Jeder historische Roman vermittelt ein ausgezeichnetes Bild von der Epoche des Verfassers.

Wenn ich so die unentwegten Marxisten lese, dann frage ich mich immer: Wird eigentlich in Rußland auch gestorben? Und was ist der Tod bei denen? Ein Betriebsunfall? Ein kleinbürgerliches Vorurteil?

Die Leute blicken immer so verächtlich auf vergangene Zeiten, weil die dies und jenes ‚noch' nicht besaßen, was wir heute besitzen. Aber dabei setzen sie stillschweigend voraus, daß die neuere Epoche alles das habe, was man früher gehabt hat, plus dem Neuen. Das ist ein Denkfehler.

Es ist nicht nur vieles hinzugekommen. Es ist auch vieles verloren gegangen, im guten und im bösen. Die von damals hatten vieles noch nicht. Aber wir haben vieles nicht mehr.

Jede Glorifizierung eines Menschen, der im Kriege getötet worden ist, bedeutet drei Tote im nächsten Krieg.

Was die Leute nur immer mit der Unsterblichkeit und mit der Nachwelt haben! Wer in Breslau wohnt, kauft sich seine Stiefel nicht in Klondyke – Breslau hat selber Schuhgeschäfte. Jede Zeit deckt ihren Alltagsbedarf bei sich und nicht bei vergangenen Epochen. Das Jahr 2114 wird seine Künstler, Schwindler, Schuster und Politiker haben – es braucht die unsern nicht. Es wird auf manche zurückgreifen, aber nur auf wenige, und auch die werden nicht allein nach ihrer Größe ausgewählt, sondern nach den Bedürfnissen der Zeit. Wie machen wir es denn? Wir machen es genau so.

Bitter, wenn sie einen Liebhaber gehabt hat, der mit Vornamen so heißt wie du.

Wenn sich im Jahre 1890 eine alte Jungfer beim Arzt einer großen Untersuchung unterziehen mußte und wenn der Arzt, als ob das gar nichts wäre, sie aufforderte, sich auszuziehen, dann konnte es wohl geschehn, daß die Dame mit einem Augenaufschlag errötend flüsterte: „Darauf bin ich nicht eingerichtet!"

Der Widerstand gegen die Psychoanalyse ist nichts andres.

Kennzeichen eines zweitrangigen Schriftstellers: „… entgegnete er sachlich." Das Wort bedeutet überhaupt nichts mehr, man kann es fortlassen, ohne daß sich der Sinn ändert, und es zeigt nichts an als die Unfähigkeit eines Gehirns, sich gegen das Gewäsch der Modewörter zur Wehr zu setzen.

Da erzählen sich die Leute immer so viel von Organisation (sprich vor lauter Eile: „Orrnisation"). Ich finde das gar nicht so wunderherrlich mit der Orrnisation.

Mir erscheint vielmehr für dieses Gemache bezeichnend, daß die meisten Menschen stets zweierlei Dinge zu gleicher Zeit tun. Wenn einer mit einem spricht, unterschreibt er dabei Briefe. Wenn er Briefe unterschreibt, telefoniert er. Während er telefoniert, dirigiert er mit dem linken Fuß einen Sprit-Konzern (anders sind diese Direktiven auch nicht zu erklären). Jeder hat vierundfünfzig Ämter. „Sie glauben nicht, was ich alles zu tun habe!" – Ich glaubs auch nicht. Weil das, was sie da formell verrichten, kein Mensch wirklich tun kann. Es ist alles Fassade und dummes Zeut und eine Art Lebensspiel, so wie Kinder Kaufmannsladen spielen. Sie baden in den Formen der Technik, es macht ihnen einen Heidenspaß, das alles zu sagen; zu bedeuten hat es wenig. Sie lassen das Wort ‚betriebstechnisch' auf der Zunge zergehn, wie ihre Großeltern das Wort ‚Nachtigall'. Die paar vernünftigen Leute, die in Ruhe eine Sache nach der andern erledigen, immer nur eine zu gleicher Zeit, haben viel Erfolg. Wie ich gelesen habe, wird das vor allem in Amerika so gemacht. Bei uns haben sie einen neuen Typus erfunden: den zappelnden Nichtstuer.

[1932]

SCHNIPSEL

Man soll nichts tun, was einem nicht gemäß ist.

Von dem ausgestreckten Zeigefinger des Kindes: „Ein Onkel!" bis: „Guck mal den da – wahrscheinlich ein süddeutscher Burschenschaftler!" ist es ein langer Weg in der Menschenbeobachtung. Nur haben die Babys meist mehr Instinkt als die Erwachsenen.

Ein Film ... Was kann das schon sein, wenn es die Zensur erlaubt hat!

Schlange vor dem Schalter. Alles geht, wenn auch langsam, so doch regelmäßig; du ruckst voran. Bis der Mann vor dir herankommt. Der Mann vor dir macht stets ungeahnte Schwierigkeiten, er will Herrn Eisenbahn persönlich sprechen und braucht für sich allein so viel Zeit wie alle andern Vormänner zusammen. So ist das Leben.

Die meisten Hotels verkaufen etwas, was sie gar nicht haben: Ruhe.

Dieser Schriftsteller schreibt einen läufigen Stil.

Was herauskommt, wenn ein Kunstvermittler sagt: „Ich hab mir gedacht ...", ist meist der Erfolg vom vergangenen Jahr, nur etwas plumper.

Wenn du liest: „Dem Dichter Potschappel ist der große Bananen-Preis zuerkannt worden", so frage stets: Wer hat ihm den Preis gegeben? Das allein macht nämlich erst seinen Wert aus.

Es ist ein Charakteristikum des Maschinenzeitalters, daß die meisten Menschen glauben, etwas Gutes geleistet zu haben, wenn sie etwas geleistet haben. Sind die Regeln erfüllt, so sind alle befriedigt. Der Arzt hat operiert; der Richter hat terminmäßig ein Urteil gefällt; der Beamte hat das Gesuch geprüft – sie haben das Reglementmäßige getan. Was dabei herauskommt, ist ihnen völlig gleichgültig. „Das ist nicht mehr meine Sache ..." Da keiner die Gesamtwirkung der kleinen Teilarbeiten übersieht und sie auch gar nicht übersehn will, so bleibt die Gesamtwirkung nur auf einem haften: auf dem Erleidenden. Die andern haben ihre Pflicht getan.

Das schauerlichste Wort, das uns der marxistische Slang beschert hat, ist das Wort von der ‚richtigen' Politik. Sie wissen es ganz genau.

Den Menschen aus der Seele zu schreiben –: das könnte eine Aufgabe sein. Aber daß wir den Kunstkaufleuten aus der Seele schreiben –: das kann Gott nicht gewollt haben.

Da haben sie uns beigebracht, was ein Werkauftrag ist und was ein Kauf ist und ein Kauf auf Abzahlung ... Es hat sich ein neues Geschäft herausgebildet.

Die Aufträge, die heute oft herausgehen und bei denen der Bestellende zunächst gar nicht daran denkt zu bezahlen, sind: Zwangsbeteiligungen an Unternehmen, die der Zwangsbeteiligte nicht kontrollieren kann. Gehts gut, kann er vielleicht etwas Geld bekommen – gehts schief, ist er der Lackierte. Überschrift: die Usance.

Und gehts gut, so ist der Kapitalist ein tüchtiger Kerl, auch zeigt dies, daß die Wirtschaft nicht auf private Initiative verzichten kann.

Gehts aber schief, so ist das ein elementares Ereignis, für das natürlich nicht der Nutznießer der guten Zeiten, sondern die Allgemeinheit zu haften hat.

Wirf den Bankier, wie du willst: er fällt immer auf dein Geld.

Wenn ein Autofahrer einen umgefahren hat und er ergreift dann die Flucht, etwa ein blutendes Kind auf der Landstraße hinter sich lassend –: das nennt die Rechtsprechung Fahrerflucht. Manche erklären solch ein gemeines Verhalten mit einem plötzlich einsetzenden Schock. Man sollte Führerflucht stets mit Zuchthaus bestrafen. Verantwortung muß sein – ein Autofahrer ist doch kein Generaldirektor!

Vom Nationalstolz. Einem Norweger wurde in Kopenhagen der dicke, runde Turm gezeigt, in dessen Innern man auf einer spiralförmigen Rampe mit Pferd und Wagen hinauffahren kann. „Habt ihr so etwas auch in Norwegen?" wurde er gefragt. „Nein", sagte der Mann aus Oslo beleidigt. „Aber wenn wir so einen Turm hätten, dann wäre er höher und runder!"

[1932]

SCHNIPSEL

Wie man in den Souffleurkasten hineinschreibt, schallt es noch lange nicht aus den Schauspielern heraus.

Wenn sich in Rußland auch nur ein Achtel der Entführungen, Erpressergeschichten, Bandenüberfälle und Gewalttaten ereignete wie in Amerika –: das Geschrei der sittlich entrüsteten Amerikaner möchte ich mal hören! Sie sollten wirklich bei sich selber Ordnung machen, sich auf Reisen anständiger benehmen und im übrigen den Schnabel halten.

Ich persönlich freue mich immer, wenn ich auf das Wort ‚persönlich' stoße – ein zu dummes Wort. Manchmal wird es aus Bescheidenheit gebraucht; ‚ich persönlich' bedeudet dann: ‚ich für meinen Teil, im Gegensatz zu andern, die vielleicht anders denken', und manchmal wird es aus Wichtigtuerei gebraucht: ‚der Herr Präsident persönlich'.

Aber eine geradezu morgensternsche Anwendung dieses Wortes habe ich neulich in einer Anzeige gefunden. Die Besitzerin eines Schönheitssalons konnte nicht erscheinen, und daher sandte sie etwas. Nämlich ihre ‚persönliche Stellvertreterin'. Darüber kann man ganze Nächte nachdenken.

Humor ruht oft in der Veranlagung von Menschen, die kalt bleiben, wo die Masse tobt, und die dort erregt sind, wo die meisten ‚nichts dabei finden'. Wenn eine Firma für ihre Waren Reklame macht, sollte man sie immer fragen: „Bezahlt ihr eure Angestellten so, daß sie sich eure Waren kaufen können?" Und wenn sie dann antwortet: „Für unsre Angestellten sind unsre Fabrikate nicht bestimmt", so sage man ihr: Andre Firmen bezahlen ihre Angestellten auch nicht besser, sondern genau so schlecht. Und so viel reiche Chefs gibt es nicht. Und was ihr treibt, ist Selbstmord: ihr ruiniert eure eigne Kundschaft. Ihr seid Fabrikanten für das Nichts. Wer hat bloß den Kaufleuten den Handel anvertraut! Das ist ein Jammer.

Da haben sie neulich Rudolf Pannwitz in die Akademie gewählt. Das ist gleichgültig; denn diese Akademie ist keine. Aber an ein hübsches Fontane-Wort habe ich dabei denken müssen. Er schrieb einmal an Carl Zöllner:

„Ich glaube ganz bestimmt, daß drei geistreiche Kerle einen vierten, wenn sie es nur eisern wollen, berühmt machen können, namentlich wenn der zu Feiernde dunkel und unverständlich ist."

Wäre er es nicht: was wäre er denn –!

Es ist ein Unglück, daß die SPD Sozialdemokratische Partei Deutschlands heißt. Hieße sie seit dem 1. August 1914 Reformistische Partei oder Partei des kleineren Übels oder Hier können Familien Kaffee kochen oder so etwas –: vielen Arbeitern hätte der neue Name die Augen geöffnet, und sie wären dahingegangen, wohin sie gehören: zu einer Arbeiterpartei. So aber macht der Laden seine schlechten Geschäfte unter einem ehemals guten Namen.

Er war sehr eitel darauf, nicht eitel zu sein.

Die Seele jeder Ordnung ist ein großer Papierkorb.

Fräulein Ullman las die Familiennachrichten ihrer Zeitung. Mit einem Ruck schloß sie das Blatt. „Wieder kein Bekannter tot!" sagte sie.

Wann beherrscht du eine fremde Sprache wirklich? Wenn du Kreuzworträtsel in ihr lösen kannst.

Gewisse frankfurter Juden führen täglich ihre Klugheit spazieren. Die bellt munter umher, und an jedem Baum macht sie ein bißchen Pipi.
Der Kreislauf der Natur. Mein Vetter hat einen Cousin, dessen Stiefnichte ist mit ihrem Großzwilling verheiratet. Und dem sein Onkel pflegt zu sagen:

„Mein liebes Kind, da sind nun also die Würmer. Die Würmer werden von den Fröschen gefressen; die Frösche von den Störchen; die Störche bringen Kinder, und die Kinder haben Würmer. So schließt sich der Kreislauf der Natur."

—

Es ist die Aufgabe des historischen Materialismus, zu zeigen, wie alles kommen muß – und wenn es nicht so kommt, zu zeigen, warum es nicht so kommen konnte.

Was die Leute pervers nennen, das läßt sich von einem geübten Sexualpsychologen leicht auflösen. Aber wirklich pervers, gegen den Strich, gegen die Natur ... da gibts wenig. Von dem wenigen ist die ältere Amerikanerin, die über Sittlichkeit spricht und urteilt, wohl das allerekelhafteste, was zur Zeit auf der Erde herumsitzt.

In der Ehe pflegt gewöhnlich immer einer der Dumme zu sein. Nur wenn zwei Dumme heiraten –: das kann mitunter gut gehn.

An einem Rausch ist das schönste der Augenblick, in dem er anfängt, und die Erinnerung an ihn.

Wie rasch altern doch die Leute in der SPD –! Wenn sie dreißig sind, sind sie vierzig; wenn sie vierzig sind, sind sie fünfzig, und im Handumdrehn ist der Realpolitiker fertig.

Das schlimmste Verbrechen, das Hitler begangen hat: er hat die echte Jugend in seiner Partei verraten.

Spengler, dieser Karl May der Philosophie. Er hat keine Heldentaten verrichtet, er hat sie nur prahlend aufgeschrieben. May war übrigens bescheidener und schrieb um eine Spur besser.

Reden können; gut sprechen; einen Saal zu ‚haben' – das ist eine der niedrigsten Fähigkeiten, die es gibt. Sie ist in Deutschland so selten, daß der gute Redner stets angestaunt wird. Für einen Mensschen und nun gar für eine Sache besagt die Tatsache, daß einer gut reden kann, noch gar nichts.

Als Kind sah ich einst vom Fenster eine Messerstecherei. Der Gestochene, ein Mann mit großem, gelbem Bart, lief brüllend über den Damm. Mir schlug das Herz. Ich weiß es ganz genau: eine Lustempfindung war das nicht. Aber der kleine Gott der Lust, der in der Nebenkammer schlief, drehte sich unruhig um. Schreck über vergossenes Blut, das ich nie vergießen möchte – das reicht so tief hinunter wie die Lust. Wohl bei allen Menschen. Man beobachte Frauen während des Krieges.

Einer schönen Frau zuzusehn, die sich anzieht, das ist so schön wie der Anblick junger, spielender Raubtiere. Alles geschieht im höchsten Ernst und ist doch Spiel. (Oho!) Ja, ich weiß schon.

Jede Frau darf beten. Ein Mann, der betet, muß sehr dumm oder sehr weise sein.

Wenn man vom Papst als vom Doktor Ratti sprechen wollte und von den Offizieren stets ohne Titel, die sie ja auch dann noch mit sich herumschleppen, wenn sie Filmdirektoren geworden sind; wenn Richter ohne Talare Recht sprechen müßten, kurz: wenn man die künstlich zur Feierlichkeit aufgeblasene Tätigkeit gewisser Leute auf den Alltag reduzierte –: das wäre bitter für die Beteiligten. Aber keine Sorge: wer keine Uniform hat, bewundert sie wenigstens.

Die Menschen sind so geartet: Wenn ihnen einer sagt, daß Herr X. befördert wurde, so imponiert ihnen das ungeheuer. Wer ihn befördert hat, danach fragen sie gar nicht.

Eine Geschichte? Dies ist eine schöne Geschichte:

Ein amerikanischer Milliardär hatte einen Auto-Unfall und verlor dabei ein Auge. Er ließ sich ein Glasauge machen. Und als er damit am ersten Tage wieder ins Büro kam, fragte er seinen Sekretär: „Nun möchte ich doch mal hören … Welches ist das Glasauge?" Der Sekretär sah ihn einen Augenblick an und sprach: „Das linke." – „Alle Wetter!" sagte der Milliardär. „Woher wissen Sie das?"

„Das linke hat eine Spur von Herz", sagte der Sekretär.

Kaufen, was einem die Kartelle vorwerfen; lesen, was einem die Zensoren erlauben; glauben, was einem Kirche und Partei gebieten. Beinkleider werden zur Zeit mittelweit getragen. Freiheit gar nicht.

—

Manchmal sieht man Freunde wieder, die es zu etwas gebracht haben. Neid? Nein. Aber wenn man lange nachgedacht hat, warum sie einem so fremd und so unsympathisch geworden sind, so dürfte es wohl dieses sein: ihre süßliche Erfolgschnauze.

Zitate:

Genießt der Jüngling ein Vergnügen
so sei er dankbar und verschwiegen –

ist nicht von Wilhelm Busch.

Es wandelt niemand ungestraft unter Palmen

steht nicht in Lessings *‚Nathan'*.

Die Staatsgewalt geht vom Volke aus …

das steht allerdings in der Reichsverfassung.

Der elektrische Stuhl geht auf eine Anregung Edisons zurück. Wie alles, was in Amerika geschieht, war auch dieses eine etwas schmierige Konkurrenzgeschichte zwischen zwei Gesellschaften. Aber vorgeahnt hat diese Strafe, wie so oft, das deutsche Gemüt. In Webers *‚Demokritos'*, der in der ersten Hälfte des neunzehnten Jahrhunderts erschienen ist, heißt es im Kapitel *‚Die Juristen und Advokaten'*:

„Die so schrecklich mitbrauchte Guillotine war eigentlich eine Erfindung der Humanität, da aber die galvanischen Versuche beweisen, daß der Kopf, den die Maschine abschlägt, noch so lange empfindet ..., wie wäre es, wenn man sich an die beliebte Elektrizität hielte? Eine Batterie von dreißig Leydner Flaschen herabsenkte auf den Missetäter, der kaum berührt tot hinstürzte, wie vom rächenden Blitze des Himmels, wäre die humanste Todesart, und für die Zuschauer dennoch vielleicht das größte Abschreckungsmittel."

Befehl ausgeführt.

Es muß immerhin darauf hingewiesen werden, daß Ilja Ehrenburg der einzige Schriftsteller gegewesen ist, der in den *‚Heiligsten Gütern'* (erschienen im Malik-Verlag in Berlin) auf Herrn Ivar Kreuger vor dem Krach mit Fingern gezeigt hat. Die Finanzkenner waren entsetzt und zuckten die Achseln, soweit sie lesen konnten. „Was weiß denn dieser Literat davon!" Man soll immer wieder auf die bodenlose Ignoranz dieser Größen hinweisen. Die Dummheit der Menschen manifestierte sich früher im Militär, heute in den Wirtschaftsführern.

Ein Künstler braucht keinen Erfolg zu haben. Aber ein Zahnarzt, der nicht von Schmerzen befreit; ein General, der dauernd Prügel bekommt, und ein Wirtschaftskapitän, der nicht weiß, wo Gott wohnt –: diese drei dürften nicht ganz das Richtige sein.

Der Arbeiter haßt den Unternehmer lange nicht so wie der Unternehmer den Arbeiter haßt, fürchtet, verabscheut und in die tiefste Hölle wünscht. Man vergelte ihm das.

Wenn Ivar Kreuger Jude gewesen wäre ... oder wenn Ivar Kreuger ein kleiner Buchhalter gewesen wäre ...

Er war aber nur ein konsequenter Vertreter des kapitalistischen Systems.

Eine Geschichte? Dies ist eine schöne Geschichte.

Ein amerikanischer Milliardär – meine Geschichten spielen alle in vornehmer Gesellschaft – ein amerikanischer Milliardär wurde einst von einem Freunde gefragt: „Wie machen Sie das, Herr Moneymaker: auf jedem Ihrer Empfänge werden Ihnen Hunderte von Leuten vorgestellt, Menschen, die Sie nie vorher gesehn haben. Alle aber unterhalten sich mit Ihnen auf das trefflichste. Wie machen Sie das nur?" – „Ich habe mir da eine Methode ausgedacht", sagte der Milliardär. „Ich frage jeden Menschen, der mir vorgestellt wird: Was macht Ihr Leiden –?"

[1932]

WORAUF MAN IN EUROPA STOLZ IST

Dieser Erdteil ist stolz auf sich, und er kann auch stolz auf sich sein. Man ist stolz in Europa:

Deutscher zu sein.

Franzose zu sein.

Engländer zu sein.

Kein Deutscher zu sein.

Kein Franzose zu sein.

Kein Engländer zu sein.

An der Spitze der 3. Kompanie zu stehn.

Eine deutsche Mutter zu sein. Am deutschen Rhein zu stehn. Und überhaupt.

Ein Autogramm von Otto Gebühr zu besitzen.

Eine Fahne zu haben. Ein Kriegsschiff zu sein. („Das stolze Kriegsschiff ...")

Im Kriege Proviantamtsverwalterstellvertreter gewesen zu sein.

Bürgermeister von Eistadt a. d. Dotter zu sein.

In der französischen Akademie zu sitzen. (Schwer vorstellbar.) In der preußischen Akademiefür Dichtkunst zu sitzen. (Unvorstellbar.)

Als deutscher Sozialdemokrat Schlimmeres verhütet zu haben.

Aus Bern zu stammen. Aus Basel zu stammen. Aus Zürich zu stammen. (Und so für alle Kantone der Schweiz.)
Gegen Big Tilden verloren zu haben.

Deutscher zu sein. Das hatten wir schon. Ein jüdischer Mann sagte einmal: „Ich bin stolz darauf, Jude zu sein. Wenn ich nicht stolz bin, bin ich auch Jude – da bin ich schon lieber gleich stolz!"

[1932]

LYRIK

GEDICHTE AUS DEN JAHREN 1912 BIS 1924

ROTUNDENZENSUR IN KÖNIGSBERG

Die hiesige Garnisonsverwaltung –
(wir sind schon weit in der Kultur)
die brauchte zwecks Toilettegestaltung
Papier – und zwar Makulatur.

Doch darf kein Blatt von jener Sorte,
so roh, so rot und so verderbt
darunter sein –
An solchem Orte
kann man nie wissen, ob das färbt.

Ertappt man etwa die Rekruten,
und lesen sie solch ein Traktat,
und grad, wenn sie – Reveille tuten:
das wäre glatter Hochverrat!

Wir dürfen dieses nicht beklagen! –
… ‚*Kreuzzeitung*' … ‚*Post*' – nun – weg ist weg!
Und sie erreichen sozusagen
den eigentlichen Bestimmungszweck.

[1912]

STREIKJUSTIZ

Du siehst sie durchs Gefilde hupfen:
die Wangen angenehm verpudert,
frech, nicht mehr jung, und auch verludert,
verschminkt … zwei rosarote Tupfen …

Die Waage wackelt hin und her.
Das Schwert – mein Gott – es ist aus Pappe,
sie trägt es scherzhaft als Attrappe,
ein eisernes ist ihr zu schwer.

Sie richtet so! O ja – man siehts!
die schwarzen, hohen Stöckelschuhe
zertrampeln alles – schaffen Ruhe.
So tänzelt Fräulein Streikjustiz.

Es raschelt des Talars Frou-Frou …
– „Du trugst doch früher eine Binde?"
– „Die hab ich noch! Dem, den ich finde,
schnür ich damit die Kehle zu!"

[1912]

SÄCKSCHE FESTSPIELE

In jeder Stadt streicht ein Nabolium sich die schwarze Locke
aus seiner Stirn –
jedweder Bürger prangt in prallem Waffenrocke
und einem blanken Pappmaché-Theaterhirn.

Zweihundert Pferde machen Staub und andre Sachen –
ein Böller kracht …

Handlungsgehilfen, Handwerksmeister wachen
lang hingestreckt, auf Posten, in der Sommernacht.

Ein Orden winkt; laut klopfen aller Herzen –
bengalisch Feuer flammt …
Ein Sängerchor greift tief erregt in falsche Terzen,
Nabolium schwitzt, und Yorckn rutscht die Hose – au verdammt!

Die Brücke fliegt! Gehulter und Gepulter …
Ein lebend Bild – wer hätte das gedacht!
Und nachher kloppt der Zar dem Friedrich Wilhelm auf die Schulter:
„Das hammer ganz fermost gemacht!"

[1913]

SAISONBESCHLUSS

Nun reibt der Heldenvater sich mit Margarine
die Schminke aus dem fetten Doppelkinn,
und auch im Silberhaar die Heroine
legt alles ab und hin.

Verstaubt und leer steht nun der Kassenschalter;
sie schieben alle nacheinander ab:
das Personal und der Konkursverwalter
und Herr von Glasenapp.

Und es erheben sich so manche Fragen:
Da Hollaender nicht immer schweigen kann,
– der Speichel rinnt auch in den warmen Tagen –
wo läßt es dieser Mann?

Wovon soll der Gerichtsvollzieher leben?
Es bleibt nicht immer, wie es einstens war …

und wohin soll er nun den Kuckuck kleben?
O einziger Lothar!

Und kurz und gut: Nicht immer gings dem süßen Kinde
Thaliens gut, und meistens nur so so …
Nun aber kommen Wiesen und die Sommerwinde –
Rideau!
Rideau!

[1913]

KRITIK

Da oben spielen sie ein schweres Drama
mit Weltanschauung, Kampf von Herz und Pflicht:
Susannen attackiert ein ganz infama
Patron und läßt sie nicht.

Ich sitze im Parkett und zück den Faber
und schreibe auf, ob alles richtig sei;
Exposition, geschürzter Knoten – aber
ich denk mir nichts dabei.

Mein Herz weilt fromm bei jenem lieben Kinde,
das lächelnd eine Kindermagd agiert:
ich streichle ihr im Geiste sehr gelinde,
was sie so lieblich ziert.

Nun sieh mal einer diese süßen Pfoten,
dies Seidenhaar mit einem Häubchen drauf –
es gibt da sicher manch geschürzten Knoten:
ich löst ihn gerne auf.

Wer sagte da, daß ich nicht sachlich bliebe?
(Nu sieh mal einer dieses schlanke Bein!)
Begeisterung, Freude am Beruf und ‚Liebe' –:
So soll es sein!

[1913]

KINO

Wird Gustav, der Kommis, entlassen?
Seit einer halben Stunde weiß ichs nicht …
Die greise Mutter löffelt, was sie kriegt,
aus dicken Untertassen.

Nun kommt der Chef! Mit schüttern Bartkoteletten
und einem Mimenmund und uhrgeschmücktem Bauch …
Dumpf buchstabiert das Publikum: „Nee–ü-ber–Ihnen–a-ber–auch …"
Da gibt es nichts zu retten.

Hier stehen Mutter, Tochter, Hund und Chef und seine Leiche!
Nun aber steigt auf einer Geige jählings himmelan
ein Lauf, der seinerseits im Baß begann …
Die nächste Nummer: „Jacob auf der Eiche."

Humor! Man lacht! Wes Auge blieb da trocken?!
Die Hose – denken Sie – zer–hi–zerriß!
Vergessen ist die Tränenkümmernis
und jene Totenglocken …

Doch jetzt erblick ich einen Fürsten oben,
der weiht mit seinem Helmbusch etwas ein –
ja, sollt dies wirklich Herzog Albrecht sein?
Und kurz und gut: Hier fühlt ich mich erhoben!

[1913]

AUFTAKT

Thalia stürzt sich in die Winterrobe
und macht sich bis zum Rückenwirbel bloß …
Ab wirft sie ihren Schmoddergown – ick jloobe,
jetzt geht es los.

Das Winterfieber packt die kleinsten Schmieren,
der Mime schwärzt den alten Schappohklapp,
der Direktöhr läßt das Theater renovieren
und staubt die Hypotheken ab.

Der Spielplan steigt: man wird Modernes geben,
Bongs Klassiker, Band eins bis hundertzehn,
und Ibsen, Shakespeare und Herrn Schönherrleben –
ihr werdets sehn!

Man ist erregt bis in die tiefsten Tiefen –
selbst nachts brennt Licht im Direktionsbüro.
Schon hört man unsern Holzbock interwiefen …
Rideau!
Rideau!

[1913]

PARKETT

Das Stück hat Weltanschauung. Neben mir Ottilchen
hat weit die grauen Augen aufgemacht:
Der, nach dem Spiel, erhofft ein Kartenspielchen,
der eine Nacht …

Der Diener meldet die Kommerzienräte,
die Gnädige empfängt, ein Sektglas klirrt.

Ich streichle ihre Hand, die sonst die Hüte nähte …
Ob das was wird?

Da oben gibt es Liebe und Entsetzen,
doch so gemäßigt, wie sichs eben schickt.
„Ottilie“, flüstre ich, „vermagst du mich zu schätzen?“
Sieh da: sie nickt.

Nun läßt mich alles kalt: die ganze Tragik
ist jetzt für mich verhältnismäßig gleich.
Und nimmt Madameken ihr Gift, dann sag ick:
„Ich bin so reich …“

Was kümmern mich die blöden Bühnenränke!
Nu sieh mal, wie sie um die Leiche stehn!
Genug –
… „Ottilie“, spreche ich, „ich denke –
wir wollen gehn …“

[1913]

DIE MUSIK KOMMT

Nun zwängt, die sonst Musik die Töchter lehrte,
sich ins Schwarzseidene mit dem Krachkorsett;
und daß man Haydn, Bach und Koschat ehrte,
beweist man durch Gesang und am Spinett.

Nun schlagen wieder löwenmähnige Meister
mit ihren Pranken auf die Flügel ein,
und fiedelt jemand Violin, dann heißt er
Mischka und soll erst sieben Jahre sein.

Du siehst mich lächelnd an, Eleonore –
auch du, Geliebte, seist ein Singtalent?
Doch jach entfleucht durch meinem rechten Ohre,
was dein Sopran mir in das linke flennt.

Ach ja, der Herbst! Die Blätter werden gelber,
und jedes Mädchen kriegt ein hohes C,
und auch der Muhsikpädagoge selber
stund auf und tremolieretee …

Du Stadt der Lieder, bist du nicht verwundert?
So jedes Jahr hast du um den Advent
Musikkonzerte Stücker achtzehnhundert –
doch mit Gewinn: nur sechseinhalb Prozent.

[1913]

SEXUELLE AUFKLÄRUNG

Tritt ein, mein Sohn, in dieses Varieté!
Die heiligen Hallen füllt ein lieblich Odium
von Rauchtabak, Parfums und Eßbüffé.
Die blonde Emmy tänzelt auf das Podium,
der erste und der einzige Geiger schmiert ‚Kollodium'
auf seine Fiedel für das hohe C …
So blieb es, und so ists seit dreißig Jahren –
drum ist dein alter Vater mit dir hergefahren.

Sieh jenes Mädchen! Erster Jugendblüte
leichtrosa Schimmer ziert das reizende Gesicht.
So war sie schon, als ich mich noch um sie bemühte,
und wahrlich: ich blamiert mich nicht!
Siehst du sie jetzt, wie sie voll Scham erglühte?
Was flüstert sie? „Det die de Motten kricht …!"

Wie klingt mir dieser Wahlspruch doch vertraut
aus jener Zeit, da ich den Referendar gebaut!

Sei mir gegrüßt, du meine Tugendlilie,
du altes Flitterkleid, du Tamburin!
Nimm du sie hin, mein Sohn – es bleibt in der Familie –
und lern bei ihr: es gibt nur ein Berlin!
Nun aber spitz die Ohren, denn gleich singt Ottilie
ihr Lieblingslied vom kleinen Zeppeliihn …
Kriegst du sie nicht, soll dich der Teufel holen!
Verhalt dich brav – und damit Gott befohlen!

[1913]

SCHÖNER HERBST

Das ist ein sündhaft blauer Tag!
Die Luft ist klar und kalt und windig,
weiß Gott: ein Vormittag, so find ich,
wie man ihn oft erleben mag.

Das ist ein sündhaft blauer Tag!
Jetzt schlägt das Meer mit voller Welle
gewiß an eben diese Stelle,
wo dunnemals der Kurgast lag.

Ich hocke in der großen Stadt:
und siehe, durchs Mansardenfenster
bedräuen mich die Luftgespenster …
Und ich bin müde, satt und matt.

Dumpf stöhnend lieg ich auf dem Bett.
Am Strand wär es im Herbst viel schöner …

Ein Stimmungsbild, zwei Fölljetöner
und eine alte Operett!

Wenn ich nun aber nicht mehr mag!
Schon kratzt die Feder auf dem Bogen –
das Geld hat manches schon verbogen …
Das ist ein sündhaft blauer Tag!

[1913]

SCHALL UND RAUCH

Der Name ists, der Menschen zieret,
weil er das Erdenpack sortieret –
bist du auch dämlich, schief und krumm:
Du bist ein Individuum.

Hier sieht man nun den Dichter walten.
Er schafft nicht nur die Dichtgestalten,
nein, er benamset auch sein Kind –
und nennt es Borkman oder Gynt.

Wie aber, wenn er in den Dramen
gediegne bürgerliche Namen
benutzt und jener Bürger klagt,
damits der Richter untersagt?

„Du wirst dich von dem Namen trennen!
Mußt du ihn grade Barnhelm nennen?"
Der Richter schüttelt das Barett:
„Der Name macht den Kohl nicht fett!"

Und kurz: Wir werden was ertragen!
Schon sieht man Doktor Tassow klagen,

mit ihm in trautestem Verein
den Grünkramhändler Wallenstein.

Dem Dichter fällt in seine Leier
auch der Ap'theker Florian Geyer –
dem Dichter grausts mit einem Mal:
Er numeriert sein Personal.

Wie nennt man nun die Rechtsgelehrten,
die uns mit diesem Spruch beehrten?
Wie nennt man also dies Gericht?
Hier weiß ich keinen Namen nicht.

[1913]

GROSS-STADT – WEIHNACHTEN

Nun senkt sich wieder auf die heim'schen Fluren
die Weihenacht! die Weihenacht!
Was die Mamas bepackt nach Hause fuhren,
wir kriegens jetzo freundlich dargebracht.

Der Asphalt glitscht. Kann Emil das gebrauchen?
Die Braut kramt schämig in dem Portemonnaie.
Sie schenkt ihm, teils zum Schmuck und teils zum Rauchen,
den Aschenbecher aus Emalch glasé.

Das Christkind kommt! Wir jungen Leute lauschen
auf einen stillen heiligen Grammophon.
Das Christkind kommt und ist bereit zu tauschen
den Schlips, die Puppe und das Lexikohn.

Und sitzt der wackre Bürger bei den Seinen,
voll Karpfen, still im Stuhl, um halber zehn,

dann ist er mit sich selbst zufrieden und im reinen:
„Ach ja, son Christfest is doch ooch jan scheen!“

Und frohgelaunt spricht er vom ‚Weihnachtswetter‘,
mag es nun regnen oder mag es schnein.
Jovial und schmauchend liest er seine Morgenblätter,
die trächtig sind von süßen Plauderein.

So trifft denn nur auf eitel Glück hienieden
in dieser Residenz Christkindleins Flug?
Mein Gott, sie mimen eben Weihnachtsfrieden …
„Wir spielen alle. Wer es weiß, ist klug.“

[1913]

START

Das Auge hinterwärts gedreht: so sitzt der Weise
und überdenkt sich still-bewegt die Jahreskreise,
und wie sie so, und daß sie ohne Schluß …
wo unsereins bestimmt mal abgehn muß.

Hier überkommen ihn die trüben Sentimenter:
er greift zum grünen Curaçao (denn den kennt er)
und schlürft das Gift und sieht das alte Jahr,
und wie es gar nicht allzu fröhlich war.

Da ist zum ersten immerhin die Balkanmesse,
zum zweiten – heu nos miseros! – die Börsenbaisse,
zum dritten, vierten … Doch stets trostbereit
in aller Trübsal blieb der Gattin Zärtlichkeit.

Und du, mein Blatt, jährst dich zum zehnten Mal auf Erden!
Du brauchst nicht (auf dem Umschlag) dunkelrot zu werden!

Wir alle altern – du allein bleibst jung!
Begleite uns auf unsrer Wanderung!

Prost Neu … ja, ja! Der Curaçao und Silvester
bedrücken dich, mein Sohn – zieh dir den Leibgurt fester!
Verlaß Mama Philosophias Schoß:
Eins, zwei – und los!

[1914]

VORFRÜHLING

Sieh da: nun ist der fette Dichter wieder
von seinem Winterschläfchen aufgewacht,
und er entlockt der Harfe heitre Lieder,
ti püng – die Winde wehn, der Himmel lacht.

Er schauet sanft verklärt, und eine Putte
hält über seinem Kopf den Lorbeerkranz.
Vorfrühling nähert sich, die junge Nutte,
und probt, noch schüchtern, einen kleinen Tanz.

Das Barometer droht mit seinem Zeiger:
„Nicht immer feste druff! Ich falle bald."
Selbst Barometer schwätzen. Große Schweiger
sind selten in dem Land des Theobald.

Noch immer Zabern und Theaterpleiten,
und wie man wieder auf den Fasching geht,
Protestbeschlüsse, andre Lustbarkeiten –
und alles red't, und alles red't.

Und wenn man dieses Deutschland sieht und diese
mit Parsifalleri – und -fallerein

von Hammeln abgegraste Geisteswiese –
ach Frühling! Hier soll immer Winter sein!

[1914]

BERLINER FASCHING

Nun spuckt sich der Berliner in die Hände
und macht sich an das Werk der Fröhlichkeit.
Er schuftet sich von Anfang bis zu Ende
durch diese Faschingszeit.

Da hört man plötzlich von den höchsten Stufen
der eleganten Weltgesellschaft längs
der Spree und den Kanälen lockend rufen:
„Rin in die Eskarpins!"

Und diese Laune, diese Grazie, weißte,
die hat natürlich alle angesteckt;
die Hand, die tagshindurch Satin verschleißte,
winkt ganz leschehr nach Sekt.

Die Dame faschingt so auf ihre Weise:
gibt man ihr einmal schon im Jahr Lizenz,
dann knutscht sie sich in streng geschlossnem Kreise,
fern jeder Konkurrenz.

Und auch der Mittelstand fühlts im Gemüte:
er macht den Bockbierfaßhahn nicht mehr zu,
umspannt das Haupt mit einer bunten Tüte
und rufet froh: „Juhu!"

Ja, selbst der Weise schätzt nicht nur die hehre
Philosophie: auch er bedarf des Weins!

Leicht angefüllt geht er bei seine Claire,
Berlin radaut, er lächelt …
Jeder seins.

[1914]

BUND DER LANDWIRTE

Des Morgens speit er auf die Berolina,
des Abends macht er sichs bei ihr bequem;
auf seiner Klitsche geht er mit die Hihna
zu Bett – und hier mit anderswem.

Und in den Sektlokälern stellen
sie sich wie Eichen auf, so fest und stark:
„Wat, Kuhlow, det sinn hier Marjellen?
Und Rasse ham se …!" (Zwanzig Mark.)

Am nächsten Morgen sitzt er, stramm gerötet
und gut rasiert (die Äuglein noch verklebt),
im Zirkus, wo man seine Feinde tötet –
„Die roten Juden!" – und die Sitzbank bebt.

Der ganze Stall scharrt stürmisch mit den Hufen,
es schnaubt und wiehert jeder dicke Gaul,
und alles glotzt von jenen Zirkusstufen
dem alten Schimmel Oldenburg ins Maul.

… Des Morgens speit er auf die Berolina,
des Abends greift er ihr ans volle Bein.
Und das sind unsre Herrscher und Verdiener …
Ich bin ein Preuße, will ein Preuße sein!

[1914]

HOME, SWEET HOME

Berliner Muse mit den runden Hüften,
den Tuchgamaschen und dem Samtbarett,
umgaukle du mich in den staubigen Lüften:
Komm, Göttin, sei mal nett!

Hier auf dem Rathausturm ists windig, Muse,
der kalte Zug reißt mir die Leier weg –
begleite mich, mein süßes Kind, halt du se:
Ich singe so freiweg.

Da liegt die Stadt – nur schön bei Regenstürmen –
teils an der Panke und teils an der Spree,
mit Synagogenkuppeln, Kirchentürmen
und einem Tanzpaleeh.

Und was da längs des grünen Bäumewalles
so gülden gleißt (ich weiß nicht, ob dus kennst):
das ist der Reichstag – doch es ist nicht alles
hienieden Gold, was glänzt.

In jener Gegend wohnt die große Presse –
sie macht erst unsre Zeit in Wort und Bild:
dort sättigt der Berliner sein Interesse,
nervös und injebildt.

Da hinten rechts, in jener dunstigen Weite,
liegt der Komödienhäuser dichter Hauf –
und gehen sie alle, alle langsam pleite:
dann macht man neue auf.

Und, siehst du, hier verbringt man so sein Leben.
Da draußen rauschen Wälder, Wolken ziehn –
Wir passen auf, was sie für Possen geben,

und wie sie vor den Uniformen beben! –
O du mein Heimatland, du mein Berlin!

[1914]

AN DIE MEINIGE

Legt man die Hand jetzt auf die Gummiwaren?
Erinnre, Claire, dich an deine Pflicht!
Das geht nicht so wie in den letzten Jahren:
Du bist steril, und du vermehrst dich nicht!

Wohlauf! Wohlan! Zu Deutschlands Ruhm und Ehren!
Vorbei ist nun der Liebe grüner Mai –
da hilft nun nichts: du mußt etwas gebären,
einmal, vielleicht auch zweimal oder drei!

Wir Deutschen sind die Allerallerersten,
voran der Kronprinz als Eins-A-Papa.
Der Gallier faucht – wir haben doch die mehrsten,
und hungern sie, mein Gott, sie sind doch da!

Denn sieh: die Babys brauchen Medizinen
und manchmal auch ein weiß Getöpf aus Ton,
Gebäck, das Milchgetränk – man kauft es ihnen,
und dann vor allem, Kind, die Konfektion!

Und wer soll in des Kaisers Röcken dienen,
umbrüllt vom Leutnant und vom General?
Stell du das her: es muß nur maskulinen
Geschlechtes sein – der Schädel ist egal.

Ins Bett! Hier hast du deine Wickelbinden!
Schenk mir den Leo nebst der Annmarei!

Und zählt man nach, wird man voll Freude finden
sechzig Millionen, und von uns
die zwei!

[1914]

DIE KRONPRINZENBÜHNE

Sieh da, sieh da: am preuß'schen Hof
erblickt man einen Musenschwof.
Man spielt beim Sohn beim Vater
Theater.

Der kleine Zote, lieb und nett,
wird blank poliert für das Parkett –
und, was der Gallier schildert,
gemildert.

Auch fühlt man sich beträchtlich wohl
im reinlichen Salontirol.
Der Dichter schwingt im Gmüatl
'’s Hüatl.

Und auch die Tonkunst ist allhier:
da hinten trommelt am Klavier
für viele Pinke-Pinke
Paul Lincke.

Und alles ist im Ordensfrack …
Nur leider fehlt der Kunstgeschmack.
Nun, man behilft sich ohne
beim Sohne, Sohne, Sohne –
beim Sohne.

[1914]

DER LENZ IST DA!

Das Lenzsymptom zeigt sich zuerst beim Hunde,
dann im Kalender und dann in der Luft,
und endlich hüllt auch Fräulein Adelgunde
sich in die frischgewaschene Frühlingsluft.

Ach ja, der Mensch! Was will er nur vom Lenze?
Ist er denn nicht das ganze Jahr in Brunst?
Doch seine Triebe kennen keine Grenze –
dies Uhrwerk hat der liebe Gott verhunzt.

Der Vorgang ist in jedem Jahr derselbe:
man schwelgt, wo man nur züchtig beten sollt,
und man zerdrückt dem Heiligtum das gelbe
geblümte Kleid – ja, hat das Gott gewollt?

Die ganze Fauna treibt es immer wieder:
Da ist ein Spitz und eine Pudelmaid –
die feine Dame senkt die Augenlider,
der Arbeitsmann hingegen scheint voll Neid.

Durch rauh Gebrüll läßt sich das Paar nicht stören,
ein Fußtritt trifft den armen Romeo –
mich deucht, hier sollten zwei sich nicht gehören …
Und das geht alle, alle Jahre so.

Komm, Mutter, reich mir meine Mandoline,
stell mir den Kaffee auf den Küchentritt. –
Schon dröhnt mein Baß: Sabine, bine, bine …
Was will man tun? Man macht es schließlich mit.

[1914]

DEUTSCHER ABEND

Nun gönnt die Firma stillen Abendfrieden
den Arbeitsmann, den Mädels, dem Kommis –
nun sitzt ganz Deutschland um den runden, lieben
gedeckten Tisch und sieht aufs Visavis.

Da liegt das Land: ganz schwarz und blau und dunkel.
Es klirrt der Wind im Telegrafendraht.
Ein gelbes Fenster grüßt dich mit Gefunkel:
hier spielt der Förster seinen Dauerskat.

Man hebt die Zeitung, läßt sie wieder sinken,
die Welt, ihr Lieben, geht den alten Lauf –
hieraufbezüglich kann man einen trinken,
die Pfeife qualmt, nun steigt der Mond herauf.

Und hundert Mimen spreizen ihre Glieder,
und hundert Bürger füllen sich mit Bier …
Und hundert Mädchen summen kleine Lieder,
denn morgen, morgen muß er fort von hier.

O Herr, so wie wir hienieden krauchen,
so segne Land und Leute und Kompott.
Verlaß dich drauf: wir könnens brauchen,
wir könnens brauchen, lieber Gott!

[1914]

MEDITATION, ZUM COUPÉFENSTER HINAUS

Wie die langen Telegrafenstangen
jene schwarzen, dünnen Drähte, die
grad sich zu erheben angefangen,
immer wieder niedergehen, wie

diese dunkeln regelmäßigen Stäbe,
die das Auf und Ab und Auf und Ab
stetig kontrollierend in der Schwebe
halten –:
    also von der Wiege bis zum Grab

drückt auch dich, o Mensch, bei allem Streben
(seist du Amme, Kanzler, Redakteur),
drückt auch dich, o Mensch, im ganzen Leben,
nieder, nieder, nieder –
                        das Malheur.

[1914]

FRÖHLICHE OSTERN

Da seht aufs neue dieses alte Wunder:
Der Osterhase kakelt wie ein Huhn
und fabriziert dort unter dem Holunder
ein Ei und noch ein Ei und hat zu tun.

Und auch der Mensch reckt frohbewegt die Glieder –
er zählt die Kinderchens: ein, zwei und drei …
Ja, was errötet denn die Gattin wieder?
                                Ei, ei, ei
                                  ei, ei
                                    ei!

Der fleißige Kaufherr aber packt die Ware
ins pappne Ei zum besseren Konsum:
Ein seidnes Schnupftuch, Nadeln für die Haare,
die Gliltzerbrosche und das Riechparfuhm.

Das junge Volk, so Mädchen wie die Knaben,
sucht die voll Sinn versteckte Leckerei.
Man ruft beglückt, wenn sies gefunden haben:
Ei, ei, ei
ei, ei
ei!

Und Hans und Lene steckens in die Jacke,
das liebe Osterei – wen freut es nicht?
Glatt, wohlfeil, etwas süßlich im Geschmacke,
und ohne jedes innre Gleichgewicht.

Die deutsche Politik ... Was wollt ich sagen?
Bei uns zu Lande ist das einerlei –
und kurz und gut: Verderbt euch nicht den Magen!
Vergnügtes Fest! Vergnügtes Osterei!

[1914]

NICHT! NOCH NICHT!

Ein leichter Suff umnebelt die Gedanken.
Verdammt! Der Frühling kommt zu früh.
Der Parapluie
steht tief im Schrank – die Zeitbegriffe schwanken.

Was wehen jetzt die warmen Frühlingslüfte?
Ein lauer Wind umsäuselt still

mich im April –
die Nase schnuppert ungewohnte Düfte.

Du lieber Gott, da ist doch nichts dahinter!
Und wie ein dicker Bär sich murrend schleckt,
zu früh geweckt,
so zieh ich mich zurück und träume Winter.

Ich bin zu schwach. Ich will am Ofen hocken –
die Animalität ist noch nicht wach.
Ich bin zu schwach.

Laternenschimmer will ich, trübe Dämmerung und
dichte Flocken.

[1914]

KLEINES GESPRÄCH MIT UNERWARTETEM AUSGANG

Der Herrgott saß auf Wolkenkissen
und sah sich seine Erde an.
Was braust herauf? Sieh da, das is'n
Aeroplan.

Ein Offizier grüßt freundlich lächelnd.
„Gestatten! Schwaben Nummer Vier!"
– und die Propeller surren fächelnd –
„Wir sind nu hier! –

Was sagen Sie zu unserm Siege?
Wir brachen spielend den Rekord.
Wozu? Wir brauchen das zum Kriege …"
„Zum Krieg? Zum Mord!"

„Erlauben Sie, Sie sind zu schwächlich …"
„Und wer gab euch das viele Geld – ?"
„Das Volk! Das Volk war es hauptsächlich
vom Rhein zum Belt."

„Das Volk? Hat es so krumme Nacken?
Ist denn bei euch das Volk so dumm?"
Hier lachte Gott aus vollen Backen.
Man kippte um.

[1914]

MEMENTO

Uns Junge hat es umgerissen –
wir stehen draußen so im Feld,
wir glauben schon, zu halten und zu wissen –
und da versank die ganze Welt.

„Die Welt ist falsch!" Sie ist doch kein Exempel,
wozu der Lehrer seine Lösung hat –
sie ist real und warf uns alle Tempel
und was wir lieb gehabt, um – wie ein Kartenblatt.

Ihr mahnt den Jüngling, tapfer durchzuhalten.
Gewiß, das scheint ja seine Pflicht –
doch was da in ihm war vom guten, alten,
das gibts in Zukunft alles nicht?

Der neue Wert, die neue Stufenleiter,
der oben und der unten – seltsam Spiel:
Hier gilt die Faust, der Säbel und der Reiter –
das was wir ehren, gilt nicht viel.

Muß das so sein? So darfs nicht bis zur Neige,
nicht bis zum Ende gehen. Wir bleiben rein.
Wir halten durch – es scheint mir gar nicht feige:
Soldat und doch ein Bürger sein!

Sprecht euerm Jungen von der Kriegertugend,
doch davon auch, wenn hart der Panzer klirrt:
Daß er den Träumen seiner Jugend
soll Achtung tragen, wenn er Mann sein wird!

[1916]

DER ALTE POJAZ SPRICHT

Mein Kind, ich bin schon lange fern der Schminke,
gern denk ich dran, das war die bunte Zeit!
Ich gab dem Personal die letzten Winke,
dann trat ich auf: zwei Meter zwanzig breit,
auf meinem Hut sang ein Kanaripärchen,
auf Rollen zog ich nach ein kleines Licht …
Und doch: betracht ich mir die letzten Jährchen –
Nein! solche Purzelbäume schlug ich nicht!

Ich war gewiß mal eine dolle Nummer,
trieb meinen besten Freunden Nägel in den Bauch
und sang mir häufig meinen Liebeskummer
in einen präparierten Gartenschlauch.
Nun bin ich alt und bürgerlich geworden,
ich seh mich um, was hier zu Hause ficht,
seh mir die Leute an mit Titeln und mit Orden –
Nein! solche Purzelbäume schlug ich nicht!

Wenn ich die Ausschußpolitik betrachte,
dies Reklamiertenmundwerk – bin ich starr.

Denn, was ich auch in meiner Jugend machte:
ich war ein Clown, doch war ich niemals Narr.
Ich ließ die Pritsche und Pistole krachen,
ich tanzte manchen Wackelpolkaschritt ...
Doch was die neuen Clowns für Sprünge machen:
Grüß Gott, mein Kind, da kann ich nicht mehr mit!

[1916]

AN MEINE MARIE VOM LANDE

Marie – Du ringst die derben Hände:
„Du Sündenbabul! Pfui Berlin!"
So streust Du über das Gelände
den Dung und die Entrüstung hin.
So geußest Du ob dem gewellten
Asphaltreich den Kritikbericht ...
Marie – es dürfen viele schelten!
Du nicht!

Bedenk, wir könnten Dir erschließen,
wie bei Dir draußen auf dem Land
– dem rechts der Elbe – Preise sprießen,
die vormals dort kein Mensch gekannt.
Wir könnten Dir so manches zeigen
von Polenarbeit, Menschenpflicht ...
Es ist jetzt Krieg – und wir, wir schweigen.
Du nicht.

Wir sind durchaus nicht so begeistert,
von allem, was die Panke beut:
der Schieber, der die Wechsel meistert,
die Dame, die den Schieber freut;
das Kino-Café gegenüber,

der Händler, den der Hafer sticht …
Es gibt ja manche, die stehn drüber.
Du nicht.

Hör auf, uns sauer anzumucken –
bei uns hast Du damit kein Glück.
Man kann zwar leicht nach unten spucken,
nach oben nicht – das fällt zurück.
Hier ziehts! Du kannst Dich leicht erkälten –
und Du stehst selber vor Gericht.
Marie – es dürfen viele schelten!
Du nicht!

[1916]

BERLINER GERÜCHTE

Herr Meyer, Herr Meyer – und hörst du es nicht,
das wilde, das grause, das dumpfe Gerücht:
Ein Licht!
    Ein Licht in der russischen Botschaft!

Und da, wo ein Licht, da ist auch ein Mann,
und der sitzt an einem Vertrage dran,
    beim Licht in der russischen Botschaft!

Und das Licht geht manchem Politiker auf;
es strömet das Volk, es rennet zuhauf
    zum Licht in der russischen Botschaft.

Und einer zum andern geheimnisvoll spricht:
„Da ist was im Gange – ja, sehn Sies denn nicht
    das Licht in der russischen Botschaft?“

Es erbrausen die Linden! „Berennet die Tür!“
Ein Schutzmann hält seinen Bauch dafür
vor das Licht,
    das Licht in der russischen Botschaft.

Sogar ein Geheimer Studienrat
sagt die Information, die er bei sich hat,
    vom Licht in der russischen Botschaft. –

Und drin spricht der Klempner im öden Saal:
„Du hör mal, Maxe, du kannst mir mal
    die Oelkanne ribajehm!“

Dann gehen die beiden geruhig nach Haus,
nach dem Stralauer Tor – und das Licht löscht aus,
    das Licht in der russischen Botschaft.

[1916]

WENN ERST …

„Mein Sohn, was hör ich nur für Sachen?
Was schreibt mir Mutter da ins Feld?
Du willst die Schularbeit nicht machen,
du brauchst jetzt so viel Taschengeld?
Du sitzt jetzt manchmal schon beim Weine
(und warst doch sonst so brav und fromm!) –
Mein Sohn, ich sag dir nur das eine:
Laß Vatern bloß nach Hause komm'!“

Nachdem ich Fritzchen dies geschrieben,
hab ich mir manches überdacht.
Bei denen, die zu Hause blieben,
sind Furcht und Hoffnung aufgewacht.

Der Friede kommt auf Glücksgaloschen,
das Feuer sank, das Feuer glomm,
und einmal ist es ganz erloschen ...
Laß Vatern bloß nach Hause komm'!

Zum Beispiel Minchen spürt ein lindes
Gefühl in ihrem zart Gemüt.
Sie steht jetzt im Jahrzehnt des Kindes
und ist auch häufig drum bemüht.
Mama hat die und jene Sorgen,
manch Fellchen ihr von dannen schwomm –
der wuchert, und der will nicht borgen ...
Laß Vatern bloß nach Hause komm'!

Und auch mit unsrer Politike – –
da langt der Zensor nach dem Stift,
und aus ists mit der Versmusike.
Wir beten still: O Vater Swift!
Begrüßten doch nicht gar so späte
die an der Düna und der Somme
den Reichtstag, die Geheimbderäte ...
Laß Vatern bloß nach Hause komm'!

[1916]

WETTERHÄUSCHEN

Mal gehts uns gut. Dann brüllt der Chor der Rache.
Die Weltenunterjocher werden wild.
Der Bizeps steigt. Der Kluge ist der Schwache.
Nur Macht ist Recht, die Mannessehne schwillt –
Mal gehts uns gut.

Mal klappts nicht so. Sieh da: die Idealen
zitieren Luther, Goethe und von Kleist.
Ein Krämervolk nur pocht auf seine Zahlen,
und man besinnt sich plötzlich auf den Geist –
Mal klappts nicht so.

Und jenachdem der Stand schlecht oder bene,
drehn sich aus ihrem kleinen Haus von Holz
Mars aus Papiermaché, Pallas Athene,
ein jedes unumschränkt und stolz –
Ganz jenachdem.

Sieh ohne Ehrfurcht auf die bunte Puppe;
sie ist beweglich, drum erkenn daraus:
Wer vorne steht, ist ja wohl gänzlich schnuppe –
der Himmel machts … und nicht das Wetterhaus!

[1916]

DER KRIEGSLIEFERANT

Du wohntest irgendwo am Friedrichshaine.
Auf deiner Ehe ruhte Gottes Segen
(sechs Kinder). Deine säuerlichen Weine
ernährten nebst Versicherungsverträgen,
den Renntips, auch wohl einem Spielchen ‚Meine
und deine Tante' dich noch allerwegen.
Bald hattst du nichts, bald hattst du blaue Scheine.
Oft sah man deine Frau die Treppen fegen.

Doch als der Welt vor Angst die Pulse stocken,
wirfst du dich auf die Marke ‚Suppenkraft' –
da stieg dein Stern! In der Gemahlin Locken
blitzt die Agraffe auf im Band von Taft.

Von Paulchen Thumann, Stoewer und Van Gocken
hast du dir schnell das Nötigste errafft.
Und läuten einmal uns die Friedensglocken:
Was kost't Berlin? Du hast das Ding geschafft!

[1916]

SELBSTBESINNUNG

Fort mit der sonst so aktuellen Harfe!
Heut pfeif ich mir nach eigenem Bedarfe
    auf meiner Flöte einen in Cis-Moll
    von dem, was ist; von dem, was werden soll.

Von dem, was ist ... Kaum kann uns etwas schrecken.
Mars schlägt mit Wucht auf sein verzinktes Becken –
    laß bluten, was da bluten mag –
    und er regiert die Stunde und den Tag.

Und er regiert die Stunde und das Jahr –
bedenk, wer damals noch am Leben war!
    Und leise spielt – wie waren wir doch jung! –
    der Leierkasten der Erinnerung.

Wie kannst du dich in all dem wiederfinden?
Du magst dich mühsam durch Systeme winden,
    durch Pflichten, die es geben muß und gibt –
    du siehst dahinter und wirst unbeliebt.

Laß dich von keinem Schlagwort kirren!
Von keinem Vollbart dich beirren!
    Es schenkt dir niemand was dazu –
    bleib, was du warst; bleib immer: Du!

Geheimrat Goethe sang nicht minder
vom höchsten Glück der Erdenkinder –
    er war Ministerpräsident
    und also sicher kompetent.

Man kehrt nach aller Schicksalstücke
doch immer auf sich selbst zurücke.
    Drum wünsch ich dir nach dem Gebraus
    dein altes, starkes, eignes Haus!

[1916]

AN EINEN GARNISONSDIENSTFÄHIGEN DICHTER

Du schlägst die kriegerisch-verstimmte Leier,
du singst von Haß und Blut und Pulverrauch –
und heißt vielleicht nur Gottlob Emil Meier,
sanft wölbt sich dir der Zwei-Terassen-Bauch ...
Du singst vom Sturmangriff, von roten Hosen,
von England-Haß, von Not und Schlachtengraus,
vom Panjefeind und von den Erzfranzosen –
    Komm raus!

Komm einmal raus! Besieh dir das persönlich –
gewiß: es ist nicht immer ideal,
mitunter geht's im Kriege ganz gewöhnlich
und schmutzig zu – besiehs dir nur einmal.
Nein! das genügt noch nicht: du mußt es auch erleben,
zieh an die schlichte Farbe unsres Graus.
Mach mit! Wir wolln dir fünf Mark dreißig geben –
    Komm raus!

Vielleicht wirst du dann endlich, endlich lernen:
Wer seine Pflicht tut, kämpft und steht und schweigt.
Steigt auch der Ruhm der Kameraden zu den Sternen –
sieh nur, wie lautlos und wie still das steigt!
Doch ziehn wir später einmal (Gott mag wissen,
wann das geschieht), zurück, sind Leid und Wirrsal aus:
dann, Meier, wollen wir dich gerne missen!
    Dann bleib zu Haus!

[1917]

AUF URLAUB

Die Residenz!
                Gu'n Tag, du Metropole!
Da ist auch schon der Alexanderplatz ...
Verstatte, daß ich mich das Schneuztuch hole,
das Herz schlägt stürmisch unterm Busenplatz.
Du gute Spree mit dem geduldigen Rücken,
der Ruderklubs und der Mamsells Entzücken –
ich seh dich still und mächtig dreckig ziehn ...
    Berlin!

Die Weiche knackt. Der Zug zischt an den Hallen
der Stadtbahn lang. Da liegt der dicke Dom.
Die pfui! die Friedrichstraße will mir recht gefallen,
am Charitéhaus grünt ein Appelboom.
Die Völker auf den Straßen sind nicht ohne:
dem Gang nach lauter Jrafens und Barone.
Es riecht nach Geld. Prozente, Mensch, verdien!
    Berlin!

Charlottenburg. Da steht die lange Claire,
den Bastard meiner Liebe an der Hand.
Ob auch die Rationierung an uns zehre –
der Knochenbau hält allen Feinden stand.
Das wird die rechte Wiedersehensfeier!
Ich hab (im Rucksack) fünfundsiebzig Eier –
Da hält der Zug! Die Kümmernisse fliehn …
    Berlin! Berlin!

[1917]

PAPIERNOT

Gewiß – es ist nicht immer schön gewesen
das aberwitzige Echo unsrer Zeit:
man konnte rechtsrum, konnte linksrum lesen
und war zum Schluß meist ebenso gescheit.
Die Presse schmückte stets mit neuen Funkelthesen
ihr Morgen-, Mittags- und ihr Abendkleid …
    Und doch: ein Quentchen blieb – es war nicht viel,
    ein Stückchen Bürgerfreiheit – kurz: ein Dampfventil.

Doch jetzt, im Krieg, schwillt des Geheimrats Weste,
er liebt die Einfachheit für die Nation,
und hilflos spricht er: „Es ist wohl das beste:
Ein Volk, Ein Heer, Ein Fölljetohn.
Spart nur Papier!“ Doch mit empörter Geste
erhebt sich brüsk die Zeitungskonfektion:
    „Der Fortschritt ist bedroht! das Volk! der Staat!“
    Dahinter, riesengroß: das Inserat!

Das ist der deutsche Zustand. Und du, Zeitung,
du kleiner Freiheitshut, wie stehst du da?
Noch hast du Platz – zum Beispiel zur Verbreitung

von Kintopschwatz für ganz Christiania.
Es strömt bei Arras. Die Annoncen-Leitung
pflegt eifrig Gasthaus-Personalia …
    Ob ihr genug Papier habt oder keins:
    Ihr helft dem Land nicht!
        Es ist alles eins.

[1917]

AUF DIE WELTBÜHNE

Mein gutes Blatt! Wie hast du dich verändert!
Den Musentempel schließt du beinah zu;
mit Politik, Kunst, Wirtschaft dicht bebändert,
so geht dein Vorhang auf: auch du, mein Kind, auch du?
Du willst dich gleichfalls in den Strudel stürzen?
Randstaaten? Westfront? Die Veränderungswahl?
Nur eines kann mir meinen Kummer würzen:
    Es war einmal …

Es war einmal … da glaubten wir noch beide
an Kunst und an Kultur, an Menschentum –
an deine ziegelrote Wand schrieb ich mit Kreide
die Namen meiner Lieben an zum Ruhm.
Wir dachten: essen und organisieren
sind Selbstverständlichkeiten, tief im Tal –
und auf den Bergen gehen wir spazieren …
    Es war einmal …

Du lieber Gott, wie hat sich das gewandelt!
Wir schuften, bis dem Land die Schwarte knackt.
Und kein Professor, der nicht gerne handelt
mit weichem Klitschebrot, das er sich backt.
Es war einmal … Glück auf zur neuen Reise!

Eng wars einmal – heut bist du bunt und weit.
Doch kehr noch manchmal dich zurück im Kreise
    zur alten Zeit!

[1918]

IM KÄFIG

Hinter den dicken Stäben meiner Ideale
lauf ich von einer Wand zur andern Wand.
Da draußen gehen Kindermädchen, Generale,
Frau Lederhändlerswitwe mit dem Herrn Amant …

Manchmal sieht einer her. Mit leeren Blicken:
Ah so! ein Tiger – ja, das arme Tier …
Dann sprechen sie von „Tantchen auch was schicken
in Pergamentpapier".

Ich möchte so gern hinaus. Ich streck und dehn mich –
die habens gut, mit ihrer großen Zeit!
Sie sind gewiß nicht rein, und doch: ich sehn mich
nach der Gemeinsamkeit.

Der Tiger gähnt. Er käm so gern geloffen …
Doch seines Käfigs Stäbe halten dicht.
Und ließ der Wärter selbst die Türe offen:
Man geht ja nicht.

[1918]

ZENSURDEBATTE

Im Reichstag haben sie über Zensur gesprochen
und alle Mißgriffe derselben fürchterlich gerochen.

Herr Gothein hat es ausführlich in den Saal hineingeredet,
groß sei das Debet derselben, aber klein ihr Kredit.

Und auch Herr Müller-Meiningen hat sich dahin ausgelassen:
neben England müsse man dieselbe am meisten hassen.

Dann haben sich aber die Vertreter der Regierung erhoben
und sagten: man müsse dieselbe ertragen, aber nicht loben.

Und wenn die Offiziersburschen mit den Dienstmädchen gingen,
so sei das geheim; über Truppenbewegungen dürfe man nichts bringen.

Und auch Herr von Tirpitz gehöre wie die Papierverteilung zu
denjenigen Sachen,
deren diskrete Geheimhaltung vor den Feinden uns viele Sorgen
machen.

Und so wurde noch allerhand hin-, beziehungsweise herverhandelt.
Es steht aber nicht zu befürchten, daß sich in nächster Zeit etwas
wandelt.

Und wie in alten Schultagen fühl ich beklommen:
Wir haben eine miserable Zensur bekommen!

[1918]

WÜNSCHE

Die gnädige Frau ist hell und blond,
von sommerlichem Licht durchsonnt –
    sie scheint sich schlechtgeraten.
Braun will sie sein, das dumme Kind,
braun, wie Zigeunerweiber sind –
    und läßt am Strand sich braten.

Jung-Deutschlands Dichter gehn zur Zeit
in Fritz von Schillers Schülerkleid –
    (der war nicht so behende).
Vom Recken wird man noch nicht groß;
Bleibt ruhig noch auf Mutterns Schoß:
    sie hat die klügern Hände.

Alt-Deutschland macht in Politik
und zieht Bilanz aus diesem Krieg:
    Indien muß badisch werden!
Ägypten her! die Ostsee auch!
Wir treten alle vor den Bauch
    mit sieghaften Gebärden!

Und so hat jeder was zu schrein.
Der Neger will ein Weißer sein,
    der Fußfantrist ein Reiter …
Wir wollen aufrecht stehn, mein Kind,
und bleiben, was wir selber sind!
    Ich glaub, das ist gescheiter.

[1918]

AN PETER PANTER

Peter Panter, Mitarbeiter!
Steig doch auf die hohe Leiter!
Singe doch von aktuellen
Zeitgenossenzwischenfällen!

Laß die Liebe, laß die Damen
mit den freundlich blonden Namen;
laß die bunten Busentücher –
und vor allem: laß die Bücher!

Laß sie Bücher schreiben, drucken –
wozu da hinuntergucken!
Frisch! hinein ins volle Leben!
Aktuell muß du dich geben!

Sieh mich an! Fast jede Woche
pfeif ich auf dem Flötenloche:
Reichstag, Wahlrecht, Osten, Westen,
Presse, Orden, Schweinemästen –!

Tanz die nationale Runde!
Kennst du das Gebot der Stunde?
Höcker macht das viel gewandter,
Peter Panter, Peter Panter!

Du mußt aktueller schwätzen,
und man wird dich höher schätzen!
Lerne du im Hurraschrein:
man darf nicht beschaulich sein.

[1918]

SPANISCHE KRANKHEIT?

Was schleicht durch alle kriegführenden Länder?
Welches Ding schleift die infizierten Gewänder
vom Schützengraben zur Residenz?
Wer hat es gesehn? Wer nennts? Wer erkennts?
Schmerzen im Hals, Schmerzen im Ohr –
  die Sache kommt mir spanisch vor.

Aber wenn ichs genau betrachte
und hübsch auf alle Symptome achte,
bemerke ich es mit einem Mal:
das ist nicht international.
Und seh ich das ganze Krankenkorps:
  kommts mir gar nicht mehr spanisch vor.

Ein bißchen Gefieber, ein bißchen Beschwerden,
Onkel Doktor sagt: „Morgen wirds besser werden!"
Nachts im Dunkel Transpirieren,
Herzangst, Schwindel und Phantasieren,
mittags Erhitzen, abends Erkalten,
morgen ist alles wieder beim Alten –
  Das ist keine Grippe, kein Frost, keine Phtisis –
  das ist eine deutsche politische Krisis.

[1918]

REVUE

Die Weiblichkeit laß ich vorüberrauschen,
Hilfsdienstmutwillige, Mädchen aus dem Land –
dem Schlagen eines Herzens will ich lauschen –
gib mir die Hand!

Ja, aber wer? In diesen Menschenwogen
schwimmt Tinchen, klein und blond, hin und zurück;
zwei linke Beine, zart und sanft gebogen –
ist das das Glück?

Wie ists mit der? Gott Eros schwingt die Fackel,
die Stangen des Korsettes krachen leis,
die kurzen Finger ziehn an einem Dackel –
ein Traum in Weiß.

Und du? in schwärzlich finstrer Reife,
die Schatten dunkler Stunden im Gesicht?
Es gibt noch Menschen, die besitzen Seife –
du hamsterst nicht.

Ich denk an die gnädige Frau.
In Terzen
pfeif ich vergnügt: Mimi! von diesen Kindern keins.
Mein Wappenspruch, du Wort nach meinem Herzen:
Jeder seins!

[1918]

PROFESSOREN

Er ging durch alte Winkelgäßchen,
im schlappen Hut, in faltigem Rock.
Ein kleines Bäuchlein wie ein Fäßchen
… nicht jung mehr … graues Stirngelock …
Vergaß er auch sein Regendach,
man raunte: „Der versteht sein Fach!“
Ein stilles, manchmal tiefes Gewässer:
der alte Professor.

Und heut? Im lauten Weltgebrause
bewegt sich der Privatdozent.
Er redet in und außerm Hause
von Politik mit viel Talent.
    Beziehungen zur Industrie
    sind sehr beliebt, drum hat man sie.
Wild fuchtelnd fordert den Krieg bis aufs Messer
    der neue Professor.

Man sagt, weltfremd sei er gewesen.
Wie sind sie heute so gewandt!
Man sagt: er konnte nichts als lesen.
Wie wäscht sich heute Hand und Hand!

    Der lehrt nicht mehr. Der propagiert.
    Und wer erzieht den, der studiert?
Ich kann mir nicht helfen, er war doch viel besser:
    der alte, deutsche, zerstreute Professor.

[1918]

DENKMALSSCHMELZE

Da steht nun Gustav der Verstopfte,
aus Eisenguß, die Hand am Knauf.
Jedwedes brave Herze klopfte
und schlug zu jenem Standbild auf.

Und da –? Er wackelt auf dem Sockel,
man gab ihm einen kräftigen Schub.
Die Adler, seine Ruhmesgockel,
das kommt nun alles hin zu Krupp.

Ein kleiner Hund ist der Entennte
vermutlich brüderlich gesinnt.
Er schnuppert an dem Postamente
und hebt das Bein. Die Träne rinnt.

Doch plötzlich sieht sein Aug nach oben.
Der Fürst ist weg! Wer weiß da Rat?
Sein Hinterbein bleibt zwar erhoben,
doch tut er nicht mehr, was er tat.

Du kleiner Hund, sei nicht verwundert.
Man kanns verstehn. Du bist verdutzt.
Denn seit dem Jahre Siebzehnhundert
hat ER zum ersten Mal genutzt.

[1918]

WORTE

„So zum Beispiel diese Balten.
Deutsch der Adel, deutsch das Land.
Also laßt uns sie behalten,
Stammesbrüder, Hand in Hand.
    Denn es muß an deutschem Wesen
    einmal noch die Welt genesen.
Deutsch sei Eskimo und Mohr!"
    Goldene Worte, Herr Pastor.

„Mann und Weib sind nur zwei Äste,
Äste von demselben Baum.
Zweiheit ist für sie das beste:
gleicher Schlaf und gleicher Traum.
    Wenn sie auch zerrissen wandern,
    sie zu Hause, er in Flandern –

Halt ihn fest, der dich erkor!“
    Goldene Wort, Herr Pastor.

„Friede! Friede sei auf Erden!
Sieh, auch drüben schießt ein Christ.
Zwar, man wird schon selig werden,
wenn man nur gehorsam ist.
    Christi Worte gelten immer,
    selbst in Blut und Schmerzgewimmer,
gelten bis zum Himmelstor!“
    Goldene Worte – goldene Worte …
    Und die Taten, Herr Pastor?

[1918]

KRETHI UND PLETHI

Vater Liebert hat eine Rede vom Stapel gelassen,
in der er sagte, der Reichstag täte ihm nicht mehr passen.

Denn in diesen durchaus traurigen Verein
kämen ja sogar Krethi und Plethi hinein.

Ich weiß nun nicht genau, wer Krethi und Plethi sind;
vielleicht meint er damit meinen Vater oder dein Enkelkind.

Aber das weiß ich: die Schlacht bei Warschau und in den Argonnen,
die haben Deutschlands Krethi und Plethi gewonnen.

Vielleicht meint er damit meinen Vater oder dein Enkelkind.
Ihm hängt aber nicht nur der Reichstag zum Halse heraus.

Da hängt auch ein hoher, preußischer, bunter Orden.
Der ist ihm für viel Blut deutscher Krethis und Plethis verliehen worden.

Und der eine Krethi ist Krüppel, und der andere Plethi ist krank.
Tausend blasse Lippen flüstern: „Dank, Herr General! Dank!"

[1918]

FREUNDLICHE AUFFORDERUNG

Ich bin ein dicker, aber reiner Knabe,
von treuer, braver, biederer Ehrlichkeit;
ich freu mich an dem bißchen, das ich habe,
und geh in schmucklos grauem Bürgerkleid.
Doch würd auch ich das goldne Kalb umhuppen,
nennt mir ein Schieber eine große Zahl
und deutet auf den Kaffee tief im Schuppen:
„Na, wollen wir mal?"

Michel steht auswärts. Sei es in Rumänien,
sei es in Belgien, seis in der Türkei –
und in der Heimat sitzen nur die wenigen,
die gründen eine Vaterlandspartei.
Der Kammerherr reicht zierlich wie zum Tanze
die Fingerspitzen einem General;
stehn sie parat, dann fragt der Chef vons Ganze:
„Na, wollen wir mal?"

Der Friede ist ein junger, eleganter
Flameur auf jenem Boulevard der Welt.
Von Tag zu Tag wird er nur noch charmanter,
doch scheints, daß er den Damen nicht gefällt.
Da gehen nun so viel, mit und ohne Schleier,
in Poirets Stoff, in Schottlands buntem Schal –
und keine, keine spricht zu ihm als Freier:
„Na, Kleiner? wollen wir mal?"

[1918]

ERSTERBENDES GEMURMEL

Allerherbstlich, wenn die braunen Blätter fallen,
fällt auch dem Dichter dies und jenes ein.
Er sieht, wie Wolken sich zusammenballen,
er hört der Völker wilde Streiterein …
    Der deutsche Dichter kratzt sich an den Waden
    und fängt sich still den letzten Sommerfloh;
    und denkt: du könntst dich auch mal wieder baden
        und überhaupt und so …

Ich bin ein Preuße. Pfui auf die Verneinung!
Ich lob die positive Position.
Und ich besitz das Recht der freien Meinung
in Wort und Bild und auch im Grammophon.
    Ich sage, was ich will, und sag es feste,
    am Stammtisch sag ichs und im Wahlbüro.
    Stolz sag ichs und mit einer weiten Geste:
        „… und überhaupt und so …“

Ich wohnte schon in vielen, vielen Zimmern,
am Meer, in Bukarest, in Großenhain;
und immer hört ich ein Jöhre wimmern,
ein Schreihals muß in jeder Straße sein.
    Dann mach ich mir so allerhand Gedanken,
    zum Beispiel über unsern Reventlow –
    Die kleinen Kinder haut man auf den blanken
        und überhaupt und so …

[1918]

DIE ARME FRAU

Mein Mann? mein dicker Mann, der Dichter?
Du lieber Gott, da seid mir still!
Ein Don Juan? Ein braver, schlichter
Bourgeois – wie Gott ihn haben will.

Da steht in seinen schmalen Büchern,
wieviele Frauen er geküßt;
von seidenen Haaren, seidenen Tüchern,
Begehren, Kitzel, Brunst, Gelüst …

Liebwerte Schwestern, laßt die Briefe,
den anonymen Veilchenstrauß!
Es könnt ihn stören, wenn er schliefe.
Denn meist ruht sich der Dicke aus.

Und faul und fett und so gefräßig
ist er und immer indigniert.
Und dabei gluckert er unmäßig
vom Rotwein, den er temperiert.

Ich sah euch wilder und erpichter
von Tag zu Tag – ach! laßt das sein!
Mein Mann? mein dicker Mann, der Dichter?
In Büchern: ja.
Im Leben: nein.

[1918]

SPAZIERGÄNGE EINES BERLINERS

Aujuste tanzt. Ihr Kavalier hat heute
verschoben zwei Waggons voll Saccharin.
Man ist bemüht, ihm seine fette Beute
so langsam aus dem Portemonnaie zu ziehn.
Er schmeißt Champagner für die lieben Bräute,
den Hut schief in der Stirn: „Wat kost Berlin?"
„Zahl mir ein Beffstück!" haucht sie, „weil dus kannst!" –
Aujuste tanzt.

Im Ballsaal schlängeln sich befrackte Schieber.
Der Lackschuh glänzt. (Ist er auch schon bezahlt?)
Die Weiblichkeit erglänzt in Nerz und Biber
und ist im ganzen Rosa angemalt.
Nur wenn sie sprechen … „Emmi! Komm ma riba!"
Der Piefke protzt, die kleine Nutte prahlt.
Ist auch – wer siehts? – der Unterrock zerfranst –
Aujuste tanzt.

Man tut wie lauter Jrafens und Barone.
Der Saal erstrahlt in goldlackiertem Stuck.
Die Preise für den Mosel sind nicht ohne –
es lebe hoch der heilige Neppomuk!
„Ich müde? Aber, Junge, nich die Bohne!"
Der Morgen graut. Sie kriegen nie genug.
Ein Dicker hält vor Lachen sich den Wanst. –
Aujuste tanzt.

Aujuste tanzt. Wer ist denn die Aujuste?
Wer ist die Holde, die voll Heiterkeit
im Kriege und auch später tanzen mußte?
Kanonen gibt es, die sind wie gefeit.

Da war die Schicht, die stets von gar nichts wußte,
sie machen sich in Nachtlokälern breit …
    Wer war sie wohl, die du dort nächtlich fandst?
        Aujuste tanzt.

[1919]

DAS LIED VOM KOMPROMISS

Manche tanzen manchmal wohl ein Tänzchen
immer um den heißen Brei herum,
kleine Schweine mit dem Ringelschwänzchen,
Bullen mit erschreckliche Gebrumm.
    Freundlich schaun die Schwarzen und die Roten,
    die sich früher feindlich oft bedrohten.
    Jeder wartet, wer zuerst es wagt,
    bis der eine zu dem andern sagt:
                (Volles Orchester)
        „Schließen wir nen kleinen Kompromiß!
        Davon hat man keine Kümmernis.
        Einerseits – und andrerseits –
        so ein Ding hat manchen Reiz …
        Sein Erfolg in Deutschland ist gewiß:
        Schließen wir nen kleinen Kompromiß!“

Seit November klingt nun dies Gavottchen.
Früher tanzte man die Carmagnole.
Doch Germania, das Erzkokottchen,
wünscht, daß diesen Tanz der Teufel hol.
    Rechts wir ganz wie früher lang gefackelt,
    links kommt Papa Ebert angewackelt.
    Wasch den Pelz, doch mache mich nicht naß!
    Und man sagt: „Du, Ebert, weißt du was:

Schließen wir nen kleinen Kompromiß!
Davon hat man keine Kümmernis.
Einerseits – und andrerseits –
so ein Ding hat manchen Reiz ...
Sein Erfolg in Deutschland ist gewiß:
Schließen wir nen kleinen Kompromiß!“

Seit November tanzt man Menuettchen,
wo man schlagen, brennen, stürzen sollt.
Heiter liegt der Bürger in dem Bettchen,
die Regierung säuselt gar zu hold.
Sind die alten Herrn auch rot bebändert,
deshalb hat sich nichts bei uns geändert.
Kommts, daß Ebert hin nach Holland geht,
spricht er dort zu einer Majestät:
„Schließen wir nen kleinen Kompromiß!
Davon hat man keine Kümmernis.
Einerseits – und andrerseits –
So ein Ding hat manchen Reiz ...“

Und durch Deutschland geht ein tiefer Riß.
Dafür gibt es keinen Kompromiß!

[1919]

SEHNSUCHT NACH DER SEHNSUCHT

Erst wollte ich mich dir in Keuschheit nahn.
Die Kette schmolz.
Ich bin doch schließlich, schließlich auch ein Mann,
und nicht von Holz.

Der Mai ist da. Der Vogel Pirol pfeift.
Es geht was um.
Und wer sich dies und wer sich das verkneift,
der ist schön dumm.

Denn mit der Seelenfreundschaft – liebste Frau,
hier dies Gedicht
zeigt mir und Ihnen treffend und genau:
es geht ja nicht.

Es geht nicht, wenn die linde Luft weht und
die Amsel singt –
wir brauchen alle einen roten Mund,
der uns beschwingt.

Wir brauchen alle etwas, das das Blut
rasch vorwärtstreibt –
es dichtet sich doch noch einmal so gut,
wenn man beweibt.

Doch heller noch tönt meiner Leier Klang,
wenn du versagst,
was ich entbehrte öde Jahre lang –
wenn du nicht magst.

So süß ist keine Liebesmelodie,
so frisch kein Bad,
so freundlich keine kleine Brust wie die,
die man nicht hat.

Die Wirklichkeit hat es noch nie gekonnt,
weil sie nichts hält.
Und strahlend überschleiert mir dein Blond
die ganze Welt.

[1919]

EIN SAUBERER VOGEL

Fing ein Gericht ein Vögelein –
Hm, hm – So, so –
Und steckt es in 'nen Käfig 'nein –
Hm, hm – So so!

Man sagt, man weiß es nicht genau –
Hm, hm – So, so –
Er schoß auf eine alte Frau –
Hm, hm – So so!

So ein Kanal ist tief und naß –
Hm, hm – So, so –
Wer tut denn einem Leutnant was –
Hm, hm – So so!

Da flog das Vöglein aus dem Haus –
Hm, hm – So, so –
Und lacht die dummen Deutschen aus –
Hm, hm – So so!

[1919]

AN UNSRE KLEINE

Da liegst du, Mädchen, in den Kissen,
du junge deutsche Republik.
Ein Jahr erst alt. Du kannst nichts wissen
von jenem grauenvollen Krieg,

der dich gebar. Du bist noch niedlich.
Doch eines Tages bist du groß.

Dann arbeit du und lebe friedlich
und mach dich von den Ammen los.

Es säugte diese dich und jene.
Die Milch war sauer. *Die* gesund.
Und bald kriegst du die ersten Zähne
und steckst den Beißring in den Mund.

Bald bist du groß. In späten Tagen
steh du einst stark und glücklich da!
Dann sollen alle Leute sagen:
Famoses Kind –!
Und gar nicht der Papa!

[1919]

EINKÄUFE

Was schenke ich dem kleinen Michel
zu diesem kalten Weihnachtsfest?
Den Kullerball? Den Sabberpichel?
Ein Gummikissen, das nicht näßt?
Ein kleines Seifensiederlicht?
Das hat er noch nicht. Das hat er noch nicht!

Wähl ich den Wiederaufbaukasten?
Schenk ich ihm noch mehr Schreibpapier?
Ein Ding mit schwarzweißroten Tasten;
ein patriotisches Klavier?
Ein objektives Kriegsgericht?
Das hat er noch nicht. Das hat er noch nicht!

Schenk ich den Nachttopf ihm auf Rollen?
Schenk ich ein Moratorium?

Ein Sparschwein, kugelig geschwollen?
Ein Puppenkrematorium?
    Ein neues gescheites Reichsgesicht?
    Das hat er noch nicht. Das hat er noch nicht!

Ach, liebe Basen, Onkels, Tanten –
Schenkt ihr ihm was. Ich find es kaum.
Ihr seid die Fixen und Gewandten,
hängt ihr's ihm untern Tannenbaum.
    Doch schenkt ihm keine Reaktion!
    Die hat er schon. Die hat er schon!

[1919]

AN DEN DEUTSCHEN MOND

Guter Mond, du gehst so stille
Durch die Abendwolken hin!
Siehst die lange Äppelzille
Und die Venuspriesterin.
    Siehst Passanten und die Bummler
    Und die bösen Geldscheinschummler …
        Bist das alles schon gewohnt,
        Guter Mond, guter Mond –!

Segelst langsam ob den Dächern,
Siehst in Fenster und Büros,
Wo die Akten in den Fächern
Flüstern: „Wir sind Nosken los!"
    Siehst in Fenster der Kasernen,
    Wo sie Schwarz-Rot-Gold entfernen …
        Bist das alles schon gewohnt,
        Guter Mond, guter Mond –!

Kugelst dich am Firmamente
Über unsre große Stadt,
Siehst die dicke, schwere Rente,
Die der Ludendorff noch hat.
Siehst auch nächstens, wenn es später,
Manche freien Hochverräter ...
Bist das alles schon gewohnt,
Guter Mond, guter Mond –!

Aber käme plötzlich einer,
Der trotz Lärmen und Gezisch
Schlüge – wie noch leider keiner –
Mit der Faust auf unsern Tisch –
Sagt der: „Militär kann gehen!"
Ei, dann bliebst du sicher stehen!
Denn das bist du nicht gewohnt,
Guter Mond, guter Mond –!

[1920]

PAASCHE

Wieder einer.
Das ist nun im Reich
Gewohnheit schon. Es gilt ihnen gleich.
So geht das alle, alle Tage.
Hierzuland löst die soziale Frage
ein Leutnant, zehn Mann. Pazifist ist der Hund?
Schießt ihm nicht erst die Knochen wund!
Die Kugel ins Herz!
Und die Dienststellen logen:
Er hat sich seiner Verhaftung entzogen.
Leitartikel. Dementi. Geschrei.
Und in vierzehn Tagen ist alles vorbei.

Wieder einer. Ein müder Mann,
der müde über die Deutschen sann.
Den preußischen Geist – er kannte ihn
aus dem Heer und aus den Kolonien,
aus der großen Zeit – er mochte nicht mehr.
Er haßte dieses höllische Heer.
Er liebte die Menschen. Er haßte Sergeanten
(das taten alle, die beide kannten).
Saß still auf dem Land und angelte Fische.
Las ein paar harmlose Zeitungswische …

Spitzelmeldung. Da rücken heran
zwei Offiziere und sechzig Mann.
(Tapfer sind sie immer gewesen,
das kann man schon bei Herrn Schäfer lesen.)
Das Opfer im Badeanzug … Schuß. In den Dreck.
Wieder son Bolschewiste weg –!
Verbeugung. Kommandos, hart und knapp.
Dann rückt die Heldengarde ab.
Ein toter Mann. Ein Stiller. Ein Reiner.
Wieder einer. Wieder einer.

Und nun?
Die Regierung wird was tun?
Die Regierung ist gegen Empörung immun.
Schlafen. Zucken die Achseln. Glauben
verlogenen Berichten der Pickelhauben.
Und du liest am nächsten Tag in der Zeitung:
Unschuldig der Mörder – unschuldig die Leitung.
Hausen genau wie damals in Flandern.
Menschen? Tiere sind die andern.
Spielen noch immer herrliche Zeiten
der militärischen Notwendigkeiten.
Und nun? Die Regierung läßt sie machen …

Flamm auf, du Volk! Feg sie hinweg.
Da sitzt der Bolschewistenschreck!
Da sitzt Aufruhr. Da die Gefahr.
Alles noch so, wie es früher war ...
Morgen tun sies grad so wieder ...

Und Jesus steigt vom Himmel hernieder.
Breitet segnend die leuchtenden Hände,
tritt vor den Soldatenlümmel hin
und sagt: „Du, es ist Zeitenwende."

[1920]

HEIMG'FUNDEN

Der Bürger zieht die vollen Hosen
sich höher rauf und eilt zur Wahl.
Ihm ist nach der Revolte Tosen
alles ejal.

Nach diesem Krieg, nach diesen Putschen,
nach Kapp – nach Willys starker Hand:
du siehst ihm Herz und Büchsen rutschen.
Er denkt an seinen Barbestand.

Nach diesem Preußen, diesem Morden,
dem Tod, den noch Hans Paasche fand –
nach bunten Soldatenkohorden:
Er denkt an seinen Barbestand.

„Flamm auf, du Volk!" Du liebe Güte!
Tritt ihnen ruhig ins Gesicht.
Es wackeln die Zylinderhüte.
Er will ja nicht.

Hebammen und die Professoren,
die Schieberbraut, der Referendar –
sie haben ihren Herrn verloren;
jedoch das Herz bleibt, wie es war.

Wie war es denn?
Bei dem Getue,
bei Streik und bei Revoltenbrand –
sie wollten Ruhe, Ruhe, Ruhe
und ihren Polizeisergeant.

So heilt der Deutsche seine Wunden.
Ein Herz aus Wachs, Gesäß aus Stahl …
Der Bürger hat sich heimgefunden.
Ihm ist auch in den Schicksalsstunden
alles ejal – alles ejal!

[1920]

KRIEGSANDENKEN

Daran mag keiner mehr denken, nicht wahr –?
Daß achtzig Millionen als Sklaven des Schwerts
sinnlos über die Erde stampften,
schossen, räuberten, plünderten, feilschten,
schlugen und geschlagen wurden,
soffen, um das Leid zu vergessen,
Heimat und Menschtum zu vergessen …

Daran mag keiner mehr denken, nicht wahr –?

Was ist denn in den Kästen geblieben?
Münzen, bunte Medaillen und Tand.
Seidenbänder, von deutschen Fürsten

braven Untertanen gespendet:
Seide für Blut.
Fotografien liegen in den Kästen.
„Das war mein Stabsquartier in Flandern."
„Hier, diese Ferme wurde beschossen."
„Das ist ein Weibsstück aus Lomscha – ne Polin."

Was ist in den Kästen geblieben –?

Was ist denn in den Seelen geblieben?
Habt ihr die Läuse, den Durst auch vergessen –:
denkt an den Mord an Leibern und Seelen –
denkt an die Unterdrückung des Mannes,
denkt an die Reden der Feldpastoren,
denkt an die Jahre, die ihr verloren,
denkt an die Frauen, die drinnen verdarben,
während die Söhne im Trichter starben – –
denkt an die große, die herrliche Zeit – –!

Vorbei? Vorüber? Vergangenheit?

Laßt ihrs treiben bei alten Standarten,
lobt ihr, die euch vier Jahre lang narrten,
legt ihr euch wieder schläfrig aufs Ohr,
seht ihr euch wieder so wenig vor
vor dem schlimmsten Feind und seinen Taten –
vor dem Soldaten –
singt ihr die alten, verderblichen Lieder –:
morgen habt ihr die große Zeit wieder –!

Fluch dem ersten August –! Fluch der Ludendorff–Zeit –!
Freund des Friedens!
Sei immer bereit!

[1920]

AN IHR

Auf deinen großen Füßen, Ernestine
Führ ich dich auf den neuen Presseball.
Du trägst Chiffon. Und deine Fragemiene
Ist überall.

„Der Legationsrat?“ – Ja, mein Kind, das ist er!
„Du, der da? mit dem goldenen Knopflochdings?
Und, Theo, wo – wo tanzt der Herr Minister?“
Von rechts nach links.

„Und, Theo, ist die Presse auch am Platze?“
Ja, Kind – der Handelsteil steht im Balkon.
Da die Kritik – und der da, mit der Glatze –
Das ist das Feuilleton!

„Und, Theo, kommt der Film auch in den Saal hin?
Auf Conny Veidt bin ich ganz scharf und toll!“
Pst! Nicht so laut! Da steht doch die Gemahlin:
Die Gussy Holl!

So muß ich dich belehren, liebste Perle.
Und voller Neugier siehst du manch Gesicht.
Ach, Ernestine – du liebst lauter fremde Kerle –
Nur Tigern nicht.

[1921]

DEUTSCHE RICHTERGENERATION 1940

Zum Hakenkreuz erzogen,
das damals Mode war,
vom Rektor angelogen –
So wurdst du Referendar.

Du warst im tiefen Flandern
Etappenkommandant.
Du spucktest auf die andern
auch hier, im Vaterland.

Ihr spieltet Wilhelms Stützen;
das Korps ersetzt das Heer.
Gäbs keine ohne Mützen:
ihr wäret gar nichts mehr.

Nach steifen Amtsvisiten,
der Landgerichtsstation
kam dann nach alten Riten
die Doktorpromotion.

Es kam das Staatsexamen.
Ihr seid emporgerückt.
Ihr setzt nun vor den Namen
den Titel, der euch schmückt.

Nun, deutsche Jugend, richte!
Hier Waage! Da das Schwert!
Räch dich für die Geschichte!
Zeig dich des Kaisers wert!

Würg mit dem Paragraphen!
Benutz den Kommentar!
Du mußt den Landsmann strafen,
der kein Teutone war.

Setz auf das Samtbarettchen!
Das Volk es glaubt an dich.
Justitia, das Kokettchen,
schläft gern beim Ludewich.

Du gibst dich unparteilich
am Strafgesetzbuchband …
Du bist es nicht. Nur freilich:
Juristen sind gewandt.

Du wirst des Rechtes Künder.
Dich kriegt man nicht – für Geld.
Gott gnade dem armen Sünder,
der dir in die Finger fällt!

Ich grüße dich, wunderbare
Zukunft der Richterbank!
Du nennst das einzig Wahre:
Rechtspruch nach Stand und Rang!

Ihr wählt euch eure Zeugen!
Ihr sichert den Bestand!
Wo sich euch Rechte beugen,
ist euer Vaterland!

[1921]

ABSCHIEDSGESANG

Dies siehst du häufig auf den Straßen:
Im Auto vor den Sektterassen
schwimmt mild ein Fettkloß in dem Wagen –
Beruf: Nie sollst du mich befragen.
Der Motor surrt. Das Fett, es zittert.

Sieh da: es hat sich ausgewittert
mit Bolschewismus, mit Verträgen –
es wird sich alles wieder legen.
Der Dicke strahlt. Er ist der Alte …
    Der ganze Bauch ist eine Falte!

Und kennst du seine Weiblichkeiten?
Wer wagt, den Liebreiz zu bestreiten
der jungen Mädchen aus dem Osten,
indem, daß sie so ville kosten?
„Der Stein is Tineff!“ haucht sie lind.
„Und der – der will mein Schklave sind?“
Als deiner anderswo gefeiert,
mein Kind, hast du dich entgeschleiert,
so tief, daß ich nach hinten prallte …
    Der ganze Bauch war eine Falte!

Und das soll alles ich verlassen?
Berlin – ich kann es noch nicht fassen!
Du süße Stadt – ich komme wieder
und pfeif aufs neue deine Lieder.
Inzwischen, Liebste, laß mich gehn,
bleib hübsch gesund laß mir stehn
die Lektrische, die Schutzmannschaft,
den Reichstag, die Germanenkraft,
die Kinos und die Landgerichte,
die Presse mit dem Weihsheitslichte.
        Ich ab.
Und griene: „Daß dich Gott erhalte –!“
    Der ganze Bauch ist eine Falte.

[1921]

FÜHRERHUNDE

Zum ersten August

Kluge Hunde führen über die Straßen den tastenden Blinden.
Wittern und suchen und wissen den richtigen Weg zu finden.

Einmal, Blinde, haben euch andre viereinhalb Jahre geführt.
Haben geknurrt und gebellt und lebende Menschen dressiert.

Einmal, Blinde, führten euch Wölfe in schmutzige Gräben,
legten euch an die Kette und ließen euch Tierfraß geben.

Liefen davon, als es wankte. Nach blutigem Trunk
tragen sie heute jenseits der Grenzen die schwere Verantwortung …

Vorsichtig zerrt euer Hund an seinem leitenden Strick.
Wachsam die Ohren gespitzt und gute Treue im Blick.

Blinde! Keiner, keiner der Führer, aufgeblasen und bunt,
steht vor Gott so menschlich und hoch wie euer Hund!

[1921]

BLICK IN DIE ZUKUNFT

Du schläfst bei mir. Da plötzlich, in der
Nacht, du liebe Dame,
Bist du mit einem Laut mir jäh erwacht –
War das ein Name?

Ich horche. Und du sagst es noch einmal –
im Halbschlaf: „Leo …“

Bleib bei der Sache, Göttin meiner Wahl!
Ich heiße Theo.

Noch bin ich bei dir. Wenn die Stunde
naht, da wir uns trennen:
Vielleicht lernt dich dann ein Regierungs-
rat im Teeraum kennen.

Und gibst du seinen Armen nachts dich preis,
den stolzen Siegern: –
Dann flüstre einmal meinen Namen leis
und denk an Tigern.

[1922]

NEUJAHRSGRUSS AN DIE GEISTIGEN DEUTSCHLANDS

Blickt her!
Ihr kamt ins leise Gleiten –
die alte Zeit, sie winkt und winkt ...
Ihr dürft euch über Stile streiten,
indes ihr immer tiefer sinkt.

Im Schrank hängt noch ein guter Sakko,
im Bord steht noch ein Lederband.
Einst saht ihr noch die Sadda Yacco,
ihr wußtet, wo Mentone stand.

Und immer kleiner wird die Wohnung,
und immer kleiner wird der Kreis.
Uns alle fleddert ohne Schonung
des Unternehmers Hungerpreis.

Wann habt ihr aus den stickigen Lüften
zum letzten Male ausgespäht?
Was wissen wir von fremden Düften?
von dem, was draußen vor sich geht?

Kommiß. Kommiß. Und Bürokraten.
Er hats geschafft, der Militär:
Vom Volk der Denker und Soldaten
nimmt keiner einen Knochen mehr.

Ihr repetiert die alten Lieder
zum Überdruß. Die Muse schielt.
Ein sanfter Balkan senkt sich nieder,
in dem ihr keine Rolle spielt.

Der starke Händler sitzt am Ruder,
die Finger dick, den Nacken fest.
Du bist ein, bleibst ein armes Luder,
auch wenn du hübsch zu schreiben weißt.

Und Frauen, Blumen, Weltenräume,
sie blühn für den, der stärker war.
Schlag, Künstler, deine Purzelbäume!
Du bist nicht mehr. Es fliehn die Träume …
In diesem Sinn:
Ein frohes Jahr –!

[1922]

PROPHEZEIUNG

Natürlich kommt noch mal die Stinnes-Zeit:
mit Streikverboten, Posten an den Ecken,
mit Schwarz-Weiß-Rot und den Etappenrecken –
das kommt bestimmt. Nur ists noch nicht so weit.

Hoch oben Landwirtschaft und Industrie.
Handlangerdienste tut der kleine Bürger.
Der Großknecht war noch stets ein guter Würger
(nach unten hin) – er liebt die Monarchie.

Wie bläht sich dann der kleine Mittelstand!
Geschwollen blickt er auf zum Reichsverweser.
„Die Pazifisten? Und die ‚*Vorwärts*'-Leser?
Die Kerle müssen alle an die Wand!"

Potsdam steht auf. Hervor kraucht Prinz an Prinz.
Wer nicht pariert, der fliegt. Und es setzt Hiebe!
Jetzt bin ich Gottseidank Herr im Betriebe!
Der kleinste Koofmich fühlt: Ich bins! Ich bins!

Hol aus dem Mottenschrank die Uniform!
Für Klassenurteil, Haft, für feiles Morden
gibts Titel, Stellen, Rang und schöne Orden …
„Der Adler Erster" – so was hebt enorm!

Du, Proletarier, bist der tiefste Stein.
Auf dir wird immer fest druff getreten.
Das putzt die Stiefel sich an dem Proleten –
Und jeder, jeder will ein Cäsar sein.

Poincaré? Wir ziehen übern Rhein!
Und über die Verfassung (altes Möbel!)
grinst bayerisch-preußischer Soldatenpöbel.
Und dann das schöne Plus, das da erzielt wird!

Wann, Deutschland, siehst du ein, was hier gespielt wird?
He, Republik –!
Sie fährt empor, nickt, döst und schlummert wieder ein.

[1922]

FRIDERICUS REX

Fridericus Rex, unser König und Herr,
der rief uns noch einmal in das Kino daher.
Zweitausend Meter lang ist der ganze Quark –
und jeder Parkettplatz, der kostet sechzehn Mark.

„Ihr verfluchten Kerls!" sprach seine Majestät,
„daß jeder hier im Kino seinen Mann mir steht!"
Sie sitzen alle stramm und können nichts dafür
und freuen sich übern König und über Gebühr.

Wir sind doch eine alte Unteroffiziernation,
und wir brauchen unsre potsdorfer Prügeltradition.
Kotz Mohren, Blitz und Kreuz-Element,
wer den Tritt ins Gesäß bei der Ausbildung nicht kennt –!

Da fliegen hundert Beine im Parademarsch.
Und das kitzelt unsre Schenkel, und das juckt uns im Gehirn.
Die langen Kerls marschieren vorbei in zwei Reihn –
Wir wollen, wir wollen geprügelt sein!

Sieh hin, Lowise, wisch ab dein Gesicht!
Eine jede Kugel, die trifft ja nicht.
Die Kugeln sind alle von Eisen und Blei –
und er kannte nur den Dolchstoß und keine Partei.

Fridericus tut fragend auf der Leinwand gehn.
„Wo ist denn mein Nachfahr? – ich kann ihn gar nicht sehn."
Wie du fuhr nach Holland dein gutes Enkelkind,
weil die Hohenzollern erblich belastet sind.

Fridericus, unser König, den der Lorbeerkranz ziert,
du wirst für eine kolossale Pleite plakatiert.
Dreh still dich im Grabe, verbirg dein Gesicht:
Sie haben deinen Krückstock.
Deinen Kopf haben sie nicht.

[1922]

VORN AN DER RAMPE

Man ist sehr streng in unsern Orten,
dem Staatsanwalt kann nichts entgehn …
Drum sprech ich nur in halben Worten –
wer Bildung hat, wird mir verstehn!

Herr Edschmid, eins der größten Lichter,
tut stark an der Grammatik drehn.
Doch gibts noch ville schönre Dichter …
Wer Sternheim kennt, wird mir verstehn.

Ein Sprichwort ist in jedem Falle
gut angebracht und wunderschön:
„Die Dummen werden niemals alle."
Wer Consols hat, wird mir verstehn.

Der falsche Wilhelm ziert die Haare
der Damens, die auf Bälle gehen.
Und doch ist Einfachheit das Wahre.
Wer Holzbock kennt, wird mir verstehn.

Wie keusch war früher die Soubrette!
Heut kannste so viel Akte sehn –!
Ich lieb nur noch in Balltoilette …
Wer Cellyn kennt, wird mir verstehn.

Wenn einer eigne Ideen hat,
dann schreit bestimmt ein Knickebeen,
daß es das alles schon gesehn hat –
wer Jeßner kennt, wird mir verstehn.

Ein Frauenarzt, der nichts verratzt hat,
kann sich ne Villa kaufen gehn,
weil er sein Geld zusammengekratzt hat.
Wer Bildung hat, wird mir verstehn.

Soll ich von Polletike singen
und sagt S. J.: „Nu mach mal een!" –:
denk ich an Götz von Berlichingen.
Wer Bildung hat, wird mir verstehn –!

[1922]

BÜRGERLICHES ZEITALTER

Ach, Muse, pack die rote Fahne ein!
Und roll sie säuberlich zusammen.
Die alten Ideale tu darein –
die können keinen mehr entflammen.
Die Barrikade und der Aufruhrschrei:
das ist vorbei.

Die Internationalen prügeln sich.
Ums Marx-Bild flicht die Immortellen.
Revolutionen werden bürgerlich,

der Geist fuhr in die Lohntabellen.
Es kloppen viele fürs Proletariat
den Danton-Skat.

Und während mild sich kabbeln die Partein
und Weltreformer teutsch und indisch quarren:
schluckt ein Kartell den ganzen Laden ein
und lächelt über hunderttausend Narren.
Dem Staate bleibt ein Pleitemonopol
und das Symbol.

Pust, großer Heros, deine Fackel aus!
Die Zeit braucht keine Helden – nur Beamte.
Verkriech dich in dein Mietskasernenhaus,
zu dem dich Gott (und ein Konzern) verdammte.
In Überlebensgröße schreiten
hoch über uns die Mittelmäßigkeiten …
Chronos, zurück! Mit deinen Horenschwestern!
Der Stil von morgen ist der Stil von gestern.
Adieu, adieu – Geist, Weimar und Idol!
Lebt wohl! Lebt wohl!

[1922]

SCHAUFENSTERMORAL

Wir haben im Land eine Polizei,
die hat weiter nichts zu tun,
als nachzuschnuppern, wie das wohl sei
unter Seide und unter Kattun.
Sie konfisziert, damit nichts entschlüpft,
Gummi-Zeug, Tizian und Film.
Der Brunner pfeift, und der Richter hüpft –
ganz wie unter Kaiser Wilm.

Vor dem Schaufenster steht ein einsamer Mann,
ein moralischer Fetischist.
Die ganze Erotik geht ihn nichts an,
weil er Selbstversorger ist.
Und er sieht da Zigarettenetuis
mit Busen und sonst noch was
und kitschigen Damen im Paradies …
Und der Mann hat Sehnsucht und keinen Kies –
und daher ärgert ihn das.

Und er meldets.
Und aus den Gebüschen bricht
Staatsanwalt, Akademie,
Polizeipräsidium und Amtsgericht –:
alles von wegens Etui.
In Berlin brechen nächtlich hundert Mann ein,
und der Wucher ist völlig immun.
Aber darum bekümmert sich kein Schwein …
O Herr! Vergib den Behörden dein!
Denn sie wissen nicht, was sie tun –!
Amen

[1922]

DREI MINUTEN GEHÖR!

Drei Minuten Gehör will ich von euch, die ihr arbeitet –!

Von euch, die ihr den Hammer schwingt,
von euch, die ihr auf Krücken hinkt,
von euch, die ihr die Feder führt,
von euch, die ihr die Kessel schürt,
von euch, die mit den treuen Händen
dem Manne ihre Liebe spenden –

von euch, den Jungen und den Alten –:
Ihr sollt drei Minuten inne halten.
Wir sind ja nicht unter Kriegsgewinnern.
Wir wollen uns einmal erinnern.

Die erste Minute gehöre dem Mann.
Wer trat vor Jahren in Feldgrau an?
Zu Hause die Kinder – zu Hause weint Mutter …
Ihr: feldgraues Kanonenfutter –!
Ihr zogt in den lehmigen Ackergraben.
Da saht ihr keinen Fürstenknaben:
der soff sich einen in der Etappe
und ging mit den Damen in die Klappe.
Ihr wurdet geschliffen. Ihr wurdet gedrillt.
Wart ihr noch Gottes Ebenbild?
In der Kaserne – im Schilderhaus
wart ihr niedriger als die schmutzigste Laus.
Der Offizier war eine Perle,
aber ihr wart nur ‚Kerle'!
Ein elender Schieß- und Grüßautomat.
„Sie Schwein! Hände an die Hosennaht –!"
Verwundete mochten sich krümmen und biegen:
kam ein Prinz, dann hattet ihr stramm zu liegen.
Und noch im Massengrab wart ihr Schweine:
Die Offiziere lagen alleine!
Ihr wart des Todes billige Ware …
So ging das vier lange blutige Jahre.
Erinnert ihr euch –?

Die zweite Minute gehöre der Frau.
Wem wurden zu Haus die Haare grau?
Wer schreckte, wenn der Tag vorbei,
in den Nächten auf mit einem Schrei?
Wer ist es vier Jahre hindurch gewesen,
der anstand in langen Polonaisen,
indessen Prinzessinnen und ihre Gatten

alles, alles, alles hatten – –?
Wem schrieben sie einen kurzen Brief,
daß wieder einer in Flandern schlief?
Dazu ein Formular mit zwei Zetteln …
wer mußte hier um die Renten betteln?
Tränen und Krämpfe und wildes Schrein.
Er hatte Ruhe. Ihr wart allein.
Oder sie schickten ihn, hinkend am Knüppel,
euch in die Arme zurück als Krüppel.
So sah sie aus, die wunderbare
große Zeit – vier lange Jahre …
Erinnert ihr euch –?

Die dritte Minute gehört den Jungen!
Euch haben sie nicht in die Jacken gezwungen!
Ihr wart noch frei! Ihr seid heute frei!
Sorgt dafür, daß es immer so sei!
An euch hängt die Hoffnung. An euch das Vertraun
von Millionen deutschen Männern und Fraun.
Ihr sollt nicht strammstehn. *Ihr* sollt nicht dienen!
Ihr sollt frei sein! Zeigt es ihnen!
Und wenn sie euch kommen und drohn mit Pistolen –:
Geht nicht! Sie sollen euch erst mal holen!
Keine Wehrpflicht! *Keine* Soldaten!
Keine Monokel-Potentaten!
Keine Orden! *Keine* Spaliere!
Keine Reserveoffiziere!
Ihr seid die Zukunft!
Euer das Land!
Schüttelt es ab, das Knechtschaftsband!
Wenn ihr nur wollt, seid ihr alle frei!
Euer Wille geschehe! Seid nicht mehr dabei!
Wenn ihr nur wollt: bei euch steht der Sieg!
– Nie wieder Krieg –!

[1922]

ROTE MELODIE

Für Erich Ludendorff
Gesungen von Rosa Valetti

Die Frau singt:
Ich bin allein.
Es sollt nicht sein.
Mein Sohn stand bei den Russen.
Da fuhr man sie,
wies liebe Vieh,
zur Front – in Omnibussen.
Und da – da blieb die Feldpost weg –
Haho! Er lag im Dreck.
Die Jahre, die Jahre,
sie gingen träg und stumm.
Die Haare, die Haare
sind grau vom Baltikum ...
General! General!
Wag es nur nicht noch einmal!
Es schrein die Toten!
Denk an die Roten!
Sieh dich vor! Sieh dich vor!
Hör den brausend dumpfen Chor!
Wir rücken näher ran – Kanonenmann!
Vom Grab! – Schieb ab –!

Ich sah durchs Land
im Weltenbrand –
da weinten tausend Frauen.
Der Mäher schnitt.
Sie litten mit
mit hunderttausend Grauen.
Und wozu Todesangst und Schreck?
Haho! Für einen Dreck!
Die Leiber – die Leiber –

sie liegen in der Erd.
Wir Weiber – wir Weiber –
wir sind nun nichts mehr wert …
    General! General!
    Wag es nur nicht noch einmal!
    Es schrein die Toten!
    Denk an die Roten!
    Sieh dich vor! Sieh dich vor!
    Hör den brausend dumpfen Chor!
    Wir rücken näher ran, Kanonenmann,
    Zum Grab! – Schieb ab –!

In dunkler Nacht,
wenn keiner wacht –:
dann steigen aus dem Graben
der Füsilier,
der Musketier,
die keine Ruhe haben.
Das Totenbataillon entschwebt –
Haho! zu dem, der lebt.
Verschwommen, verschwommen
hörst dus im Windgebraus.
Sie kommen! Sie kommen!
und wehen um sein Haus …
    General! General!
    Wag es nur nicht noch einmal!
    Es schrein die Toten!
    Denk an die Roten!
    Sieh dich vor! Sieh dich vor!
    Hör den unterirdischen Chor!
    Wir rücken näher ran – du Knochenmann! –
    im Schritt!
            Komm mit –!

[1922]

DEUTSCHES LIED

Blasse Kinder auf dem Hof
(Nebenstraße – Westen)
machen einen kleine Schwof
neben Müllschuttkästen.
Käse-Teint und bleicher Schopf.
Dürftiges Grün im Blumentopf
auf zwei Fensterbrettern.
Und die Stimmchen klettern:
„Kaserne! Kaserne!
Sonne, Mond und Sterne!
Achtung! Richtung! Vordermann!
Du – bist – dran –!"

Tief geduckt im Ziegelbau
hinter wuchtigen Laden
sitzen krumm, in Kitteln blau,
unsre Kameraden.
Staatsanwalt, der schikaniert,
Wärter, der sie malträtiert.
Ihre Stimmen leiern
in Preußen und in Bayern:
„Kaserne! Kaserne!
Sonne, Mond und Sterne!
Achtung! Richtung! Vordermann!
Du – bist – dran –!"

Deutscher Gram und deutsches Leid.
Ämter ohne Ende.
Wucher, den ein Staat gefeit,
und immer graue Wände.
Wir sind schuld. Ein Schrei, der gellt.
Aber draußen liegt die Welt.
Wir sind ganz alleine.
Und hören nur dies eine.

„Kaserne! Kaserne!
Sonne, Mond und Sterne!
Achtung! Richtung! Vordermann!
Du – bist – dran –!"

[1923]

PARK MONCEAU

Hier ist es hübsch. Hier kann ich ruhig träumen.
Hier bin ich Mensch – und nicht nur Zivilist.
Hier darf ich links gehn. Unter grünen Bäumen
sagt keine Tafel, was verboten ist.

Ein dicker Kullerball liegt auf dem Rasen.
Ein Vogel zupft an einem hellen Blatt.
Ein kleiner Junge gräbt sich in der Nasen
und freut sich, wenn er was gefunden hat.

Es prüfen vier Amerikanerinnen,
ob Cook auch recht hat und hier Bäume stehn.
Paris von außen und Paris von innen:
sie sehen nichts und müssen alles sehn.

Die Kinder lärmen auf den bunten Steinen.
Die Sonne scheint und glitzert auf ein Haus.
Ich sitze still und lasse mich bescheinen
und ruh von meinem Vaterlande aus.

[1924]

FIGURINEN

Einmal war ich schon achtzig Jahr.
Einmal, in einem frühern Leben,
da hat sich dieses mit mir begeben
– und ich hatte ganz weißes Haar –:

Ich saß im Lehnstuhl, nett und beschaulich,
so kurz nach Tisch – mir war so verdaulich.
Blumen im Fenster. Im Käfig ein Matz –
auf dem Tisch eine Tasse mit Untersatz …
Und vor mir hielt ich auf meinen Knien
ein Album mit alten Fotografien.
Und ich machte ein Nickerchen …
Aus ihren Rahmen
stiegen alle vergessenen Damen.
Eine war schlank und klug und bescheiden.
Die mochte ich immer am liebsten leiden.
Sie roch die Menschen. Sie wußte immer,
betrat sie nur einmal ein fremdes Zimmer:
die hat mit dem da – der ist stolz –
und die Frau ist falsch wie Galgenholz.
Sie erschien, wie im Nebel. Ich streckte die Hand
nach ihr – sie wich zurück und verschwand.
Und sie sprach, indes ich, wie verträumt,
ein Glück zerschlagen – ein Leben versäumt:
„Ich war die Nettste."

Dann kam eine, ein dickes Paket,
wie es gar nicht in eine Corsage geht.
Wenn sie mir abends entgegenschwoll,
war das ganze Schlafzimmer voll.
Und sie trank zwischendurch –
wie ich das noch seh! –

immer Kaffee und Selter und Tee.
  Und während in weichen Kissen sie kraucht,
  hat das Schwergewicht mir entgegengehaucht:
    „Ich war die Fettste."

Dann hört ich im Halbschlaf einen Chor
von Stimmen. Und eine tauchte empor,
ein ganz junges Mädchen, weiß, ganz weich –
sie zögerte, näherte sich nicht gleich ...
Ich streckte nach ihr die Arme aus.
Sie stand vor einem Schifferhaus.
Und man hörte das Meer ...
Und sie sprach und sah mich dabei an –
  und da weinte ich alter Mann –:
    „Ich war die Letzte."

Auf en Tod zu warten, ist so schwer ...
Aber das ist schon lange her.

[1924]

ZU TUN! ZU TUN!

Heute lese ich da in der Zeitung:
In Los Angeles gibts einen Schnapsverein,
und man befürchtet seine Verbreitung
in dem übrigen Land – dabei fällt mir ein:
Ich sollte mal wieder an Edith schreiben
(in Kalifornien) – seit Januar
liegt der Brief da, und ich laß es bleiben
und verschieb es nun schon ein halbes Jahr.
  Das ist nicht richtig. Es nimmt mir die Ruh.
  Aber ... ich komme nicht dazu.

Der Arzt sagt, ich soll mir Bewegung machen.
Da gibt es so eine Schule für Sport …
Auf dem Boden liegen noch alte Sachen,
die sollten doch längst für die Armen fort!
Bin ich an Vaterns Grab gewesen?
Ich nehm es mir vor – und dabei wirds nie.
Das Gelbbuch wollte ich immer mal lesen,
das und Simmels Soziologie.
    Wie oft wollt ich schon nach Friedrichsruh!
    Aber … ich komme nicht dazu.

Einstmals, wenn die Posaunen schallen,
steigt auf der Berliner aus seinem Grab.
Und er steht in der ersten Reihe vor allen –
(„Weil ich doch meine Beziehungen hab!")
Gott, der Herr, mild und voll Frieden,
der über allen Gewässern schwebt,
spricht: „Berliner! Was tatst du hienieden?
Menschenskind! Wie hast du gelebt –?

Und der Berliner sagt darauf verschwommen:
„Ich … bin leider nicht dazu gekommen."

[1924]

PLACE DES VOSGES

Viereckig liegt der Platz. Die Bäume, Gitter
und Häuser rings sehn mich quadratisch an,
und in der Mitte trabt ein Marmorritter,
ein unbeschreiblich kaiserlicher Mann.
Ich sitz und knack an Papageiennüssen
und bin schon bis zur dreißigsten gediehn –
da hab ich plötzlich daran denken müssen:
Was macht wohl jetzt, im Augenblick, Berlin?

Vor Josty staut sich hier und da ein Wagen.
Ein Dicker kauft ein ‚*Acht-Uhr-Abendblatt*'
(um Viertel sechs) – zwei dünne Kellner tragen
das Eis, das jeder zu verzehren hat.
Und in der Untergrundbahn Kellerräumen
ruft einer: „Wolln Sie nich den Korb wechziehn?"
„Sie Lümmel!" hallt es noch in meinen Träumen …
Was macht wohl jetzt, im Augenblick, Berlin?

Kaufleute schuften. Alle Uhren treiben.
Und alle Welt hat Dienst. Kein Mensch flaniert.
Ein Redakteur darf einen Aufsatz schreiben
auf Poincaré, der doch nicht inseriert.
Die Damen gehen shopping voller Eile
und wackeln emsig mit dem Hinterteile …
    Auch dieser Platz war einmal ohne Tadel;
    hier wohnte früher guter, alter Adel.
    Jetzt kümmert sich kein feiner Mann um ihn.
    Vielleicht aus Neugier jener oder dieser …
    Ich aber denk als alter Spree-Pariser:
    Wie lieb ich dich! Von weitem. Mein Berlin –!

[1924]

LUFTVERÄNDERUNG

Fahre mit der Eisenbahn,
fahre, Junge, fahre!
Auf dem Deck vom Wasserkahn
wehen deine Haare.

Tauch in fremde Städte ein,
lauf in fremden Gassen;
höre fremde Menschen schrein,
trink aus fremden Tassen.

Flieh Betrieb und Telefon,
grab in alten Schmökern,
sieh am Seinekai, mein Sohn,
Weisheit still verhökern.

Lauf in Afrika umher,
reite durch Oasen;
lausche auf ein blaues Meer,
hör den Mistral blasen!

Wie du auch die Welt durchflitzt
ohne Rast und Ruh –:
Hinten auf dem Puffer sitzt
du.

[1924]

GEDICHTE AUS DEN JAHREN 1925 BIS 1928

ABEND

Jetzt ziehen zwanzig Männer
die Unterhosen aus.
Gute Nacht, Marie – ein Kenner
von Pechstein sitzt zu Haus

und schreibt auf lange Bogen
von wegen: ‚steht im Raum‘;
sein Bett wird frisch bezogen.
Sie ruft – er hört es kaum.

Verleger ruft: „Ich fahre!“
und steigt ins Auto schlicht.
Bezahlte er Honorare,
dann hätte er das nicht.

Jetzt sagt Charlotte grade:
„Liebst du mich wegen so?“
Er streichelt ihre Wade
und klopft sie …

Zu Bette geht ein Dichter,
die Nachttischtür macht: schnapp.
Sogar der deutsche Richter
montiert die Würde ab.

Und morgen wieder:
Treten
von Armen und Verdrehten –
lohnt sich das Ganze? Nein.
Lieber Gott, hör du mein Beten:
Laß ewig Abend sein!

[1925]

RUHE UND ORDNUNG

Wenn Millionen arbeiten, ohne zu leben,
wenn Mütter den Kindern nur Milchwasser geben –
das ist Ordnung.
Wenn Werkleute rufen: „Laßt uns ans Licht!
Wer Arbeit stiehlt, der muß vors Gericht!"
Das ist Unordnung.

Wenn Tuberkulöse zur Drehbank rennen,
wenn dreizehn in einer Stube pennen -
das ist Ordnung.
Wenn einer ausbricht mit Gebrüll,
weil er sein Alter sichern will -
das ist Unordnung.

Wenn reiche Erben im schweizer Schnee
jubeln - und sommers am Comer See -
dann herrscht Ruhe.
Wenn Gefahr besteht, daß sich Dinge wandeln,
wenn verboten wird, mit dem Boden zu handeln -
dann herrscht Unordnung.

Die Hauptsache ist: Nicht auf Hungernde hören.
Die Hauptsache ist: Nicht das Straßenbild stören.
    Nur nicht schrein.
                                Mit der Zeit wird das schon.
    Alles bringt euch die Evolution.

So hats euer Volksvertreter entdeckt.
Seid ihr bis dahin alle verreckt?
So wird man auf euern Gräbern doch lesen:
    sie sind immer ruhig und ordentlich gewesen.

[1925]

GEFÜHLE

Kennen Sie das Gefühl: ‚déjà vu' –?
Sie gehen zum Beispiel morgens früh,
auf der Reise, in einem fremden Ort
von der kleinen Hotelterrasse fort,
wo die andern alle noch Zeitungen lesen.
Sie sind niemals in dem Dorf gewesen.
Da gackert ein Huhn, da steht eine Leiter,
und Sie fragen – denn Sie wissen nicht weiter –
eine Bauersfrau mit riesiger Schute …
Und plötzlich ist Ihnen so zumute
– wie Erinnerung, die leise entschwebt –:

    Das habe ich alles schon mal erlebt.

Kennen Sie das Hotegefühl –?
Sie sitzen zu Hause. Das Zimmer ist kühl.
Der Tee ist warm. Die Reihen der Bücher
schimmern matt. Das sind Ihre Leinentücher,
Ihre Tassen, Ihre Kronen –

Sie wissen genau, daß Sie hier wohnen.
Da sind Ihre Kinder, Ihre Alte, die gute –
Und plötzlich ist Ihnen so fremd zumute:

Das gehört ja alles gar nicht mir …
Ich bin nur vorübergehend hier.

Kennen Sie … das ist schwer zu sagen.
Nicht das Hungergefühl. Nicht den leeren Magen.
Sie haben ja eben erst Frühstück gegessen.
Sie dürfen arbeiten, für die Interessen
des andern, um sich Brot zu kaufen
und wieder ins Büro zu laufen.
Hunger nicht.
Aber ein tiefes Hungern
nach allem, was schön ist: nicht immer so lungern –
auch einmal ausschlafen – reisen können –
sich auch einmal Überflüssiges gönnen.
Nicht immer nur Tag-für-Tag-Arbeiter,
ein bißchen mehr, ein bißchen weiter …
Sein Auskommen haben, jahraus, jahrein …?
Es ist alles eine Nummer zu klein.
Hunger nach Farben, nach der Welt, die so weit –
Kurz: das Gefühl der Popligkeit.

Eine alte, ewig böse Geschichte.
Aber darüber macht man keine Gedichte.

[1925]

TRÄUME

Vorgestern nacht habe ich von zwei Mädchen geträumt,
die waren furchtbar kregel und aufgeräumt.
Die eine hatte einen schwarzen Bubikopf und die andre einen braunen,
und sie hatten einander so lieb, das war einfach zum Staunen.
Sie waren leicht gekleidet – glatt zum Erkälten,
und sie taten einander immer Gleiches mit Gleichem vergelten.
    Ich erwachte. Was war das gewesen?
    In meinem großen ägyptischen Traumbuch steht zu lesen:
        „Glückliches Familienleben."

Gestern habe ich von lauter Umhängebärten geträumt.
Die hatten alle ein Glas, mit etwas, das schäumt.
Darauf stand: „Kochende Volksseele" – aber sie machten niemand naß,
und der Sturm blieb im Wasserglas.
Darauf kam ein Reichswehrgeneral mit einem Wehrpflichtprogramm;
da rissen sie alle die Knochen vor ihm zusamm'.
    Ich erwachte. Was war das gewesen?
    In meinem großen ägyptischen Traumbuch ist zu lesen:
        „Ihnen steht eine Republik ins Haus."

Heute nacht habe ich von einem Mann geträumt,
der hatte sich seinen Talar schwarzweißrot umsäumt.
Er rollte seine kleinen Kalmückenaugen und hackte auf mir herum –
ich stand hinter einer Schranke, und er redete laut und dumm.
Er sagte: „Was? Sie wollen über einen Generalfeldmarschall etwas
dichten?
Über diesen großen Mann hat nur die Geschichte zu richten!
Ich lasse den Saal räumen! Ruhe! Sind Sie Kommunist? Jetzt rede ich!
Ich nehme Sie in eine Ordnungsstrafe! Was denken Sie sich eigentlich! –"
Und da wollte ich meine Meinung nicht länger verstecken.
Ich sage:
„Herr", sage ich, „... ....!"
Aber wie das so ist in der Welten Lauf –:
grade, wenns am schönsten wird, dann wacht man auf.

[1925]

ARBEIT TUT NOT –!

Es raucht der Schlot. Sirene gellt.
Arbeit tobt durch die deutsche Welt:
    Noch mehr Tender –!

Graumorgens taumelt, lungenkrank,
der Mann aus seinem Menschenschrank.
Die Pfeife hetzt zum Eingangstor,
Kontrolluhr, Wächter und Hund davor …
    Noch mehr Tender! Noch mehr Automobile!

Der Stumpfsinn treibt die Transmission.
Wir haben auch einen Leitspruch schon:
Arbeit tut not!
                    Die Fräser surren,
    Hämmer hämmern, die Sägen schnurren …
    Noch mehr Tender! Noch mehr Automobile!
    Noch mehr Zangen! Noch mehr Spatenstiele!

Grau stickt Büroluft alle Lungen.
Hier hockt die Jugend; hier sitzen die Jungen.
Rabatte gellen durchs Telefon –
es klappert Underwood und Cohn:
    Noch mehr Tender! Noch mehr Automobile!
    Noch mehr Zangen! Noch mehr Spatenstiele!
    Noch mehr Aktien! Noch mehr Industrie!
    Und alles made in Germany!

Waren! An Waren profitieren!
Waren sinnlos produzieren!
Will einer sie haben? Kann einer kaufen?
Unser Land soll in Waren versaufen!
Klopfen, hämmern, schneiden und weben –
eine Kleinigkeit fehlt: das Leben.
Kleben, kochen, färben und braten –

Kinder, macht Kinder! der Staat braucht Soldaten!
Sind die Gräben einst voll, sinds die Gräber auch –
das ist des Landes so der Brauch.
Produziert Kinder! Unentwegt!
Sie werden euch später in Kalk gelegt.
Das ist Wirtschaftspolitik.
Und es bläst die Militärmusik:
    Noch mehr Granaten! Noch mehr Automobile!
    Noch mehr Kinder! Noch mehr Spatenstiele!
    Noch mehr Bleche! Noch mehr Krane!
    Noch mehr Werften! Noch mehr Vulkane!
    In die Welt gepreßt bis zum Börsensieg –
    Und wenn sie nicht wollen, macht Deutschland Krieg!

Wer wird uns den rasenden Kaufmann bezwingen –?
Arbeit tut not:
            Die Masse wirds bringen.

[1925]

LEDEBOUR

Zum Fünfundsiebzigsten

In manchem Saal hast du gestanden
und hast die Leute uffjeklärt;
und unter Bockbierfestjirlanden,
da ham sie alle zugehört.

In manchem Saal, da, wo sie hocken,
da hatten sie zu Dir Vertraun;
und wenn die Brieder wollten bocken,
Du hast sie an die Wand jehaun.

Du standst als Mann vor preuß'schen Richtern,
als Mann im Parlamentsskandal;
von weitem sah Dich ein Gesicht an:
Genosse … in so manchem Saal.

Laß mich es Dir auf Hochdeutsch sagen:
Du gingst den graden Weg der Pflicht.
Umfielen die aus alten Tagen –
Du nicht!

Es strahlt Genosse Schulz und Lehmann,
wenn Exzellenz zu ihnen spricht.
Du warst kein richtiger SPD-Mann –
Du nicht!

Da lehnen sie, die weichen Besen.
So fegt man nicht. Du stehst allein.
Du bist ein Sozialist gewesen.
Und das hieß einst: ein Kämpfer sein.

[1925]

OLLE GERMANEN

Papa ist Oberförster,
Mama ist pinselblond;
Georg ist Klassen-Oerster,
Johann steht an der Front
    der Burschenschaft
    ‚Teutonenkraft'.
Bezahlen tut der Olle.
Was Wotan weihen wolle!

Verjudet sind die Wälder,
verjudet Jesus Christ.
Wir singen über die Felder,
wie das so üblich ist,
    in Reih und Glied
    das Deutschland-Lied.
Nachts funkelt durch das Dunkel
Frau Friggas Frost-Furunkel.

Die Vorhaut, die soll wachsen,
in Köln und Halberstadt;
wir achten selbst in Sachsen,
daß jeder eine hat.
    Ganz Judenrein
    muß Deutschland sein.
Und haben wir zu saufen:
Laß Loki ruhig laufen!

Wer uns verlacht, der irrt sich.
Uns bildet früh und spät
für 1940
die Universität.
    Wer waren unsre Ahnen?
    Kaschubische Germanen.
    Die zeugten zur Erfrischung
    uns Promenadenmischung.
        Drum drehten wir
        zum Beten hier
        die nationale Rolle.
        Was Wotan weihen wolle –!

[1925]

STIMME AUS DEN KALKGRUBEN

Unser Leib ist längst zerfallen.
Ehemalige Hände krallen
in den Kopf des Nebenmanns
nach dem Tanz.
Hoch am Licht, da sind zum Beten
tausend Kreuze angetreten.
Ein Gezischel läuft umher:
„Der –?"

Dafür faulen ausgewaschen
Köpfe und Patronentaschen?
Hände an die Hosennaht
steht ein Staat.
Die Genossen, Demokraten,
keiner wagt sich an Soldaten.
„Siegreich führte er das Heer!"
Der –?

Freikorps gießt sich auf die Lampe
einen Stahlhelm voller Mampe.
Kaufmann steht dabei und kläfft:
„Das Geschäft ...!"
Marsch – marsch! Ärmel aufgekrempelt!
Vor der Welt sind wir gestempelt.
Der Extrakt von uns ist wer –?
Der.

[1925]

PARISER VORORT

Von bunten Hühnern sanft umgackert,
weht still am Fenster der Kattun.
Ich hab mich so viel abgerackert.
Jetzt will ich ruhn.

Die Hundehütte bellt und winselt.
Schildkröten stolpern auf dem Kies.
Ich hab sie schwarz-weiß-rot gepinselt,
denn die Franzosen lieben dies.

Der Kater klimmt, der Obersteiger,
auf das Regal zwecks Übersicht.
Doch da liegt der ‚*Lokalanzeiger*' –
er schüttelt sich. Das frißt er nicht.

Und hier, inmitten des Krawalles,
ist auch ein zahmer Rabe da.
Er kann schon: „Deutschland über alles!",
sitzt auf dem Mist und schreit Hurra.

Nun fehlt mir noch ein hehres Bildnis,
ein Hakenkreuz im Kabinett:
dann bin ich in der welschen Wildnis
komplett.

[1925]

PROLET VOR GERICHT

Stehst du in dem Menschenschrank?
Die da wolln dich strafen.
Du bist müde, bleich und krank;
die sind voller Tatendrang,
satt und ausgeschlafen.
Zum Justizwerk, wohl vertraut,
wird man sich vereinen:
Junge! Wehr dich deiner Haut!
Dreie gegen einen!

Der Direktor fein mit Ei
hackt mit kurzen Fragen.
Auf die schlimmste Pflaumerei
darfst du gar nichts sagen.
Spitzel kann mit Vorbehalt
unter Schutz erscheinen.
Protokoll und Staatsanwalt:
Fünfe gegen einen!

Staatsanwalt und Plädoyer.
Kommst du noch nach Hause?
Antrag. Die Justiz–AG
macht erst Frühstückspause.
Vier Jahr Zuchthaus.
Abführn den ...!“
Leis zwei Frauen weinen.
Wirst du je sie wiedersehn?
Alle gegen einen –!

In Zellen bricht man euer Leben
für etwas, das ihr niemals saht:
Für Freiheit müßt ihr Tüten kleben,
ein jeglicher ein Volkssoldat.

Herauf ihr! Aus den Kohlenzechen!
Baut in Betrieben Stein auf Stein!
Es kommt der Tag, da wir uns rächen:
Da werdet ihr die Richter sein –!

[1925]

DIE FREIEN DEUTSCHEN

Wenn der Papst abends durch seine Gemächer geht,
leise, vorsichtig wandelnd, es ist schon spät,
bleibt er am Bücherbort ein bißchen stehn,
läßt den Blick über mattschimmernde Titel gehn …
Herders Werke – ist da zu lesen …
„Ah – Deutschland –" denkt er, „ein gutes Land.
Das ist uns sicher. Das haben wir fest in der Hand.
Da ist nichts zu fürchten … Übrigens ist das sein Glück–!"
Und dann geht er ein Stück
und zieht sich gänzlich in seine Gemächer zurück.

Wenn ein Bankdirektor am Adriatischen Meer
badet – frischen Wind bringt die Luft von Süden her,
die Wellen glitzern … draußen treibt ein Boot …
Der Bankmann frottiert sich mit seinem Bademantel, der ist weiß und rot …
„Übrigens", sagt er zu seinem Schwager, der neben ihm sitzt
und dumpfbrütend schwitzt,
„diesmal bin ich direkt ruhig auf Urlaub gefahren.
Alles ist still. Im Reichstag liegen se sich in den Haaren.
Laß se liegen. Kein Bolschewismus. Kein Experiment.
Unberufen … Bei so einem Präsident –!"
Und der Schwager schwitzt und hockt kalbsdämlich da.
Schöner Sonnenfriede liegt über der Adria.

Gutsbesitzer. Militärs. Stahlhelmkommis. Richter. Polizei.
Eine himmlische Ruhe und Gewißheit ist in ihnen.
Die Revolution ist endgültig vorbei.

Aber im ganzen Land – das hätte ich beinahe vergessen –
klappen sich auf die gewaltigsten Schnurrbartfressen:
„Ein freies Deutschland! Anschluß an Österreich!
Frei von dem welschen Joch! Frei wolln wir sein! Aber gleich–!"
Innerlich strammstehn. Versklavt von tausend Gewalten.
Im übrigen: „Weg mit Wersalch!"
Gott liebt es, so was zu erhalten.

[1925]

BESETZT! BITTE, SPÄTER RUFEN –!

Die weißen, weiten Gletscherfelder, wo die Luft
kühl anhaucht und das Eis grünlich schimmert –
Wem gehören die?

Der helle kilometerlange Strand, die halbfeuchte Strecke zwischen dem
Wasser und dem trocknen Seesand, Muscheln liegen da vergraben,
Möwen hüpfen auf und ab, reingefegt vom Wind sind die Dünen –
Wem gehören die?

Die zitternde Blumenwiese mit den hohen saftigen Stengeln,
die Käfer, die summsen, die Berge, die herüberdämmern,
an der Waldlichtung mäht ein Mäher, die Felder liegen satt –
Wem gehören die?

Die Erde über tausend Meter
ist reserviert.
Das Meer, die frische Luft, der Äther
sind reserviert.

Den andern mahnen: Voll Geduld sein!
Und noch an allem Elden schuld sein
und alles Beste für sich nehmen,
den Armen, weil er riecht, verfemen,
ihn schuften lassen, bis er sanft krepiert –:
Dir, Proletarier, ist der Himmel reserviert.
Das Himmelreich bleibt dir zuletzt …
Die schöne Erde –?
        Leider schon besetzt.

[1925]

FARBENKLAVIER

Rot ist die Leidenschaft,
blau ist das Meer,
grün der Chef vom Hakenkreuz,
schwarz-weiß-rot das Heer.

Rosa ist die Heckenros,
blausa mancher Kreis;
Oberst Nicolai seine
Weste – ist sie weiß?

Grünblau ist der Arrestant
bei der Polizei,
reisgelb Fritz von Unruhs
Bücherschreiberei.

Blau-weiß ist bayrisch,
grün macht die Gans,
gelb färbt der Wasserstoff …

Wenn Sie meinen, daß das stundenlang so weitergeht …

[1925]

FRAUEN VON FREUNDEN

Frauen von Freunden zerstören die Freundschaft.
Schüchtern erst besetzen sie einen Teil des Freundes,
nisten sich in ihm ein,
warten,
beobachten,
und nehmen scheinbar teil am Freundesbund.

Dies Stück des Freundes hat uns nie gehört –
wir merken nichts.
Aber bald ändert sich das:
Sie nehmen einen Hausflügel nach dem andern,
dringen tiefer ein,
haben bald den ganzen Freund.

Der ist verändert; es ist, als schäme er sich seiner Freundschaft.
So, wie er sich früher der Liebe vor uns geschämt hat,
schämt er sich jetzt der Freundschaft vor ihr.
Er gehört uns nicht mehr.
Sie steht nicht zwischen uns – sie hat ihn weggezogen.

Er ist nicht mehr unser Freund:
er ist ihr Mann.

Eine leise Verletzlichkeit bleibt übrig.
Traurig blicken wir ihm nach.

Die im Bett behält immer recht.

[1925]

AUF EIN SOLDATENBILD

Hoher Kragen, eingezwängt
in die Affen Jacke;
der Zivilleib, angestrengt,
weicht dem Zeitgeschmacke.
    Fremd und leer blickt dein Gesicht.
    Du verstehst das Ganze nicht.

Letztes Bild und letzter Klang –
du bist weggegangen.
Und ich muß nun lebenslang
mich nach beiden bangen.
    Um dich pflügt der Bauernpflug.
    Du bist Lehm und hast genug.

Lieber, seh ich heut dich an,
häßlich und verkleidet,
hab ich oft dich toten Mann
grüßend sehr beneidet.
    Läuse, Leutnant, blutiges Gras –
    Sage, wofür tatst du das?

Auf uns sieht derselbe Mond,
sehn dieselben Sterne –
Deutschland, ewig knechtgewohnt,
lechzt nach der Kaserne.
    Qual, vier Jahr, gestohlnes Fressen
    sind vergessen – sind vergessen ...
    Brüllend rufen Rottenlieder:
    „Morgen wieder! Morgen wieder!"
Gruß dir –!
            Du bist dran zerschellt:
an dem letzten Dreck der Welt.

[1925]

DER SCHLAFLOSE TOTE

Da, wo das Grab war, schlief er nicht,
er konnte da nicht schlafen;
denn rechts war eine Zuckerfabrik
und links ein Treidelhafen.
    So spukte er denn überall umher.

Er spukte an der Kasernenwand,
da stand ein Fenster offen –
doch weil es nach Leder und Leutnants roch,
so ist er davongeloffen.
    Und das von Rechts wegen.

Er spukte im Kirchenchor. Da begann
der Pfaff auf den Knien zu krauchen:
„Bist du vielleicht Christus, du weißer Mann?
Dann können wir dich nicht gebrauchen.
        Was haben wir aus dir gemacht –!"

Er spukte auf einer Redaktion.
Da erhob sich der Hauptschriftleiter
und sagte: „Ich verstehe Sie schon –
aber gehen Sie ein Haus weiter!
        Unser erstklassiges Publikum besteht leider
        aus lauter Idioten!"

Er ließ die Gewänder im Reichstag wehn,
da hatte ers gut getroffen:
Einen Geist, einen Geist, den kannten sie nicht,
das Maul stand ihnen offen.
        Haben Sie übrigens die feinpointierte Rede
        des Abgeordneten Breitscheid gelesen –?

Er spukte im Landgericht III zu Berlin.
Was bot sich da seinem Blicke:
Die deutsche Themis – welch ein Schreck:
Eine alte gespenstische Zicke.
    In den Zellen winselten Zehntausende.

Er spukte in der Wilhelmstraße:
Rayonchefs und Bürokraten,
sowie die Kommis der Diplomatie
und ehemalige Soldaten.
    Dafür bluten nachher sechzig Millionen.

Dies alles sowie Addalin
wirkten nichts gegen sein Getue.
Ein schlafloser Toter weht durch die Welt –
Gott gebe ihm ewige Ruhe!
    Amen.

[1925]

400 000 INVALIDEN UND 1 GESUNDER

Dein eines Bein ist in Flandern,
das andre mit dir in Berlin;
du kannst aber mit dem andern
nicht die Bettelwege ziehn.
    Du hast keine gute Prothese.

Deine Lungen sind dir zerschossen,
du brauchtest eine Kur,
auf Inseln, meerumflossen,
und sei es auf Monate nur ...
    Du hast aber kein Geld.

Du tastest dich tappend weiter,
Blinder. Du lachst nie mehr, und
du ersehnst so einen Begleiter –
du hast nur deinen Hund.
        Mit dem sprichst du.

Eure Gesundheit, Kuren, Prothesen
frißt einer für sich allein.
Er ist euer Kaiser gewesen
und (von hinten) die Wacht am Rhein.

Hört ihr die Zahl, Verdammte?
Sechshunderttausend im Jahr
zahlen kaisertreue Beamte
dem Feigling mit Kaiseraar!

Er führt sein altes Leben,
er ist der alte Fex,
von teuern Nullen umgeben:
Imperator Rex.

Er kann sich Pelze kaufen,
sein Vermögen steigt hoch, hoch, hoch!
Ist einer von euch entlaufen,
der sitzt im Zuchthausloch.

Ihr und eure Frauen,
elender Abfall vom Krieg –:
Bedankt euch bei dieser flauen
bei dieser Republik –!

[1925]

PSYCHOANALYSE

Drei Irre gingen in den Garten
und wollten auf die Antwort warten.

Der erste Irre sprach:
„O Freud!
Hat dich noch niemals nicht gereut,
daß du Schüler hast? Und was für welche –?
Sie gehen an keinem vorüber, die Kelche.
Ich kenne ja wirklich allerhand
als Mitglied vom Deutschen Reichsirrenverband –
aber die alten Doktoren sind mir beinah lieber
als das Getue dieser
Ja."

Der zweite Irre sprach:
„Schmecks.
Ich habe hinten einen Komplex.
Den hab ich nicht richtig abreagiert,
jetzt ist mir die Unterhose fixiert.
Und ich verspüre mit großer Beklemmung
rechts eine Hemmung und links eine Hemmung.
Vorn hängt meine ältere Schwester und
in der Mitte bin ich ziemlich gesund.
Ja."

Der dritte Irre sprach:
„Wenn
heut einer mal muß, dann sagt ers nicht, denn
er umwickelt sich mit düstern Neurosen,
mit Analfunktionen und Stumpfdiagnosen –"
(„Ha! – Stumpf!" riefen die beiden andern Irren,
konnten den dritten aber nicht verwirren.
Der fuhr fort:)

„Vorlust, Nachlust und nächtliches Zaudern –
es macht so viel Spaß, darüber zu plaudern!
Die Fachdebatte – welch ein Genuß! –
ist beinah so schön wie ein
Ja."

Die drei Irren sangen nun im Verein:
„Wir wollen keine Freudisten sein!
Die jungen Leute, die davon kohlen,
denen sollte man kräftig das Fell versohlen.
Erreichen sie jemals das Genie?
O na nie –!

Jeder Jüngling von etwas guten Manieren
geht heute ma Muttern deflorieren.
Jede Frau, die in die Epoche paßt,
hat schon mal ihren Vater gehaßt.
Und die ganze Geschichte stammt aus Wien,
und darum ist sie besonders schien –!

Wir drei Irre sehen, wie Liebespaare
sich gegenseitig die schönsten Haare
spalten – und rufen jetzt rund und nett:
Rein ins Bett oder raus aus dem Bett!

Keine Tischkante ohne Symbol und kein Loch …
Wie lange noch –? Wie lange noch –?"

Drei Irre standen in dem Garten
und täten auf die Antwort warten.

[1925]

DICHTKUNST 1926

Was werden die Dichter heuer schreiben –?
Das wird auch in diesem Jahre so bleiben:

Wenn der Sekundaner, sanft erhitzt,
vor einem nackerten Bilderbuch sitzt,
steigt ihm das Blut in die Gefäße,
er wackelt leise mit dem Geßäße;
hochrot der Kopf, hochrot das Ohr,
stellt er sich etwas Schönes vor:
eine züngelnde und rundbauchige Fee –
und dann spielt er mit seiner Lieblingsidee.

So auch der Deutsche.
                    Alle Knaben,
die eine Schreibmaschine haben,
verfassen heute radikal
die Weltgeschichte noch einmal.

Der alte Fritz sagt mürrisch: Er ...!"
und plaudert mit dem Affen Voltaire;
er kann zwar nicht richtig deutsch buchstabieren,
doch das tut der Krückstock remplacieren –
davon leben die Biographen.
Die Juden vom Film gehen mit Bismarck schlafen
und stehn mit Molken wieder auf –
das ist so der deutsche Lebenslauf.
Arminius, der Große Kurfürst und Stein
spielen einen schönen Bierskat zu drein;
Blücher und Barbarossa mit Bart
Kiebitzen dazu auf deutsche Art;
und inmitten dieses großen Geschreis
steht Turnvater Jahn und riecht nach Schweiß.

Und segnend schwebt über alle diese
die gute Königin Luise,
eine wahrhafte, echte, deutsche Frau.

Fällt einem nichts ein, schreibt er: Gneisenau.
Und auch die Operetten aus Wien
benötigen Landes-Dynastien
(mit Renten).
So besinnt sich weit und breit
der Deutsche auf seine Vergangenheit:
Hochrot der Kopf, hochrot das Ohr,
stellt er sich etwas Schönes vor
in Büchern, Theaterstücken, Journalen –
und dann spielt er mit seinem Nationalen.

Denn dieses Deutschtum mit Sonnenstich
ist eine Beschäftigung an und für sich.
Es gibt Leute, die statt Kinder zu zeugen, schreiben.
Das wird auch im kommenden Jahre so bleiben.

[1926]

ZEPPELIN-SPENDE

Herrn Eckener dargewidmet

Hier ist ein wahrhaft deutscher Mann.

Spannt den Ballon für den Ozean an,
und alle Leute mögen ihn leiden:
so aufdringlich schlicht und so laut bescheiden …
Es steigt sein Ruhm in die Höhe und weiter –
niemand gedenkt der Mitarbeiter.
Es steigen die nationalsten Faxen –

niemand gedenkt der Angelsachsen,
die den Flug immerhin zuerst unternommen.
Und als er drüben angekommen,
brüllt auf ein Volk: Es ist erreicht!
Die Stammtischgehirne sind sanft erweicht.
    Ehrendoktor. Geschrei. Baldachin:
    „Zeppelin –! Zeppelin –!“

Das läßt den wahrhaften Deutschen nicht schlafen.

Aus dem nationalen Luftschiffhafen
bittet er um milde Gaben.
Weil wir sonst keine Sorgen haben:
Der Nordpol! Er muß zum Nordpol fliegen!
Deutschland liegt vorn! Und Deutschland muß siegen!
Wer darf das bezahlen? Arbeiter. Kinder.
Auch schwere Kriegsbeschädigte nicht minder,
kurz: die Geld haben. Er wird führen,
15% Verwaltungsgebühren,
Reklame auf Postkarten und Plakat,
Direktoren, Briefbogen, Apparat …
    Stumm bleiben die Massen, auf dem Land, in Berlin:
    „Zeppelin …? Zeppelin …?

Keinen Pfennig.
                Eine Million.
Männer hungern seit Monaten schon,
haben kein Geld für deine Taten,
Pfeifen auf Nordpol und Luftakrobaten;
suchen sich hier das kleine Stück
trocken Brot und Arbeit, ihr bißchen Glück …
Fahr immerzu!
                Pack ein! Pack ein
in deinen Ballon den ganzen Verein
der großmäuligen Militaristen,
der Fememörder, Gerichtssadisten –

Singt bei der Abfahrt brausende Lieder!
Nimm sie mit und komm nie mehr wieder!
Beglücke die Eskimos! Laufe Ski
und begründe da eine Monarchie!
Du bist nicht Deutschland. Du bist nicht der Staat.

Das ausgehungerte Proletariat
sieht dich ohne Bedauern ziehn –
Zeppelin –! Zeppelin –!

[1926]

ANGESTELLTE

Auf jeden Drehsitz im Büro
da warten hundert Leute;
man nimmt, was kommt – nur irgendwo
und heute, heute, heute.
Drin schuften sie
wies liebe Vieh,
sie hörn vom Chef die Schritte.
Und murren sie, so höhnt er sie:
„Wenns Ihnen nicht paßt – bitte!"

Mensch, duck dich. Muck dich nicht zu laut!
Sie zahln dich nicht zum Spaße!
Halts Maul – sonst wirst du abgebaut,
dann liegst du auf der Straße.
Acht Stunden nur?
Was ist die Uhr?
Das ist bei uns so Sitte:
Mach bis um zehne Inventur …
„Wenns Ihnen nicht paßt – bitte!"

Durch eure Schuld.
Ihr habt euch nie
geeint und nie vereinigt.
Durch Jammern wird die Industrie
und Börse nicht gereinigt.
Doch tut ihr was,
dann wirds auch was.
Und ists soweit,
dann kommt die Zeit,
wo ihr mit heftigem Tritte
und ungeahnter Schnelligkeit
herauswerft eure Obrigkeit:
„Wenns Ihnen nicht paßt –: bitte!"

[1926]

DAS ALTE VERTIKO

Claire Waldoffn, der Löns-Verehrerin

Zu Haus, in unsrer guten Stube,
da stand, gleich nebem dem Trümoh,
mit einem Griff an jedem Schube
ein altes braunes Vertiko.
Es war verziert und reich gedrechselt
mit Knöpfen, Kopfen weit und breit;
den Stil hat niemand nicht verwechselt:
Diß war noch aus der Muschelzeit.

Mir schiens ein Sinnbild unsres Lebens.
So kam zu mir in jungem Jahr,
leicht schielend, aber nie vergebens,
ein Mädchen schön und wunderbar.
Ich habe gern mit ihr gemuschelt;

und wenn mein kleiner Anton schreit,
mit Silberblick sich an mich kuschelt …
    Der ist noch aus der Muschelzeit.

Das gute Kind! Heut machts noch Faxen,
es inkelt, mit und ohne p;
doch ist der Junge mal erwachsen,
dann kommt er in die SPD.
Da gibt es Leute, die noch glauben
an Taktik, Maß, Gerechtigkeit …
Das will ich ihnen auch nicht rauben.
        Mein Gott, ihr seid
        ja so gescheit …
    Und stammt noch aus der Muschelzeit.

[1926]

ARBEIT FÜR ARBEITSLOSE

Herrn Ebermayer zur Beschlagnahme
freundlich empfohlen

Stellung suchen Tag für Tag,
aber keine kriegen.
Wer kein Obdach hat, der mag
auf der Straße liegen.
Sauf doch Wasser für den Durst!
Spuck aufs Brot - dann hast du Wurst!
Und der Wind pfeift durch die Hose –
    Arbeitslose.
                Arbeitslose.

Schaffen wollen - und nur sehn,
wie Betriebe schließen.
Zähneknirschend müßig gehn ...
Bleib du nicht am Reichstag stehn -!
Geßler läßt was schießen.
Zahl den Fürsten Müßiggang;
Friere nachts auf deiner Bank.
Polizeiarzt. Diagnose:
    Arbeitslose.
                    Arbeitslose.

Wart nur ab.
        Es kommt die Zeit,
darfst dich wieder quälen.
Laß dir von Gerissenheit
nur nichts vorerzählen:
    Klagen hilft nicht,
    plagen hilft nicht,
    winden nicht und schinden nicht.
    Dies, Prolet, ist deine Pflicht:
        Hau sie, daß die Lappen fliegen!
        Hau sie bis zum Unterliegen!
        Bleib dir treu.
                    Die Klasse hält
    einig gegen eine Welt.
Auf dem Schiff der neuen Zeit,
auf dem Schiff der Zukunft seid
ihr Soldaten! Ihr Matrosen!
    Ihr - die grauen Arbeitslosen!

[1926]

GUT MORD!

Eine niedrige Stirn, zwei Augenritzen,
ein breites Kaschubengesicht;
die da auf der Anklagebank sitzen,
die waren es eigentlich nicht.
Der schoß. Der hat den Revolver getragen.
Beweis? Aber wird er gestehn?
Er kanns ja nicht sagen, er kann's ja nicht sagen –
  er weiß was auf wen.

Auf den Vorgesetzten. Der wird ihn schon decken.
Er muß. „Sonst pack ick hier aus -!"
Sie werden sich hüten, zu vollstrecken;
was käme da alles heraus!
Packt man den Anstifter auch beim Kragen?
Leider wird das nicht gehn.
Er kann ja nichts sagen, er kann ja nichts sagen –
  er weiß was auf wen.

Auf die Vorgesetzten. Auf gegebene Befehle,
auf Minister und Büros.
Es zittern Richter und Generäle.
Hände weg - sonst gehts los!
Der Letzte ists, den die Hunde jagen
unter Ausschluß der Öffentlichkeit.
Ihr braucht nicht zu fragen, ihr braucht nicht zu fragen -
wir wissen alle Bescheid.
Wer ist taub gegen herzzerreißende Klagen
der Frauen, tränenleer -?
  Ich kanns ja nicht sagen, ich kanns ja nicht sagen.
    Aber wir wissen alle: wer.

[1926]

WAS BRAUCHEN WIR – ?

Als falsche Extrablätter riefen,
da traten wir in Reihen an;
und schrieben nur in Feldpostbriefen,
was man doch laut nicht sagen kann.
  Gewiß, wir waren Sozialisten
  (nach innen); in den Kompanien
  gabs keine bessern Infanteristen –
    aus Disziplin.

Als Noskes Lümmel Blut vergossen,
da schwenkten wir in Reihen ein;
gewiß: da lagen die Genossen –
wir drohten tapfer übern Rhein.
  Wenn sie den Klassenkampf verpfuschten,
  auf ihren Sesseln in Berlin –:
  dann hielten wir das Maul und kuschten
    aus Disziplin.

Hat Vater Ebert uns verraten,
hat Onkel Hörsing falschen Tritt,
sind wir von Richtern und Soldaten
zerstampft –
      wir machen immer mit.
  So werden wir nach dreißig Jahren,
  besiegt, blamiert, verhaun, verschrien,
  getreulich in die Grube fahren.
  Aus Disziplin.
      Aus Disziplin

[1926]

NÄCHTLICHE UNTERHALTUNG

Der Landgerichtsdirektor schnarchte im Bett.
Seine Garderobe lag – ziemlich komplett –
auf dem Stuhl. Die Nacht war so monoton ...
Da machten die Kleider Konversation.

„Ich“, sagte die Jacke, „werde ausgezogen.
Ich hänge – ungelogen –
im Beratungszimmer
und habe keinen Schimmer,
was mein Alter da treibt.“

„Wir sprechen Recht!“ sagte die Weste.
„Aber feste –!
Wir schnauzen die Angeklagten an –
wir benehmen uns wie ein Edelmann.
Wir verbieten allen sofort den Mund
und reden uns selber die Lippen wund.
Wir verhängen über Wehrlose Ordnungsstrafen
(nur, wenn wir Beisitzer sind, können wir schlafen).
Zum Schluß verknacken wir. Ohne Scherz.
Unter mir schlägt übrigens kein Herz.“

„Wir“, sagten die Hosen, „wir haben's schwer.
Neulich kam der Landgerichtspräsident daher
und hat revidiert. Er saß an der Barriere,
und es ging um unsre ganze Karriere.
Vor uns ein Kommunist. Da haben wir wie wild
geschmettert, geschnattert, gestampft und gebrüllt.

Aber wie es manchmal so geht hienieden:
Der Präsident war's noch nicht zufrieden.
Und da blieb uns die ganze Rechtswissenschaft weg,
und da bekamen wir einen mächtigen Schreck.
Und zum Schluß besahen wir uns den Schaden:
Wir Hosen hatten es auszubaden!"

So sprachen die Kleider in dunkler Nacht
und haben sich Konfidenzen gemacht.

An der Wand aber hing ein stiller Hut,
dem waren die Kleider gar nicht gut.

„Erzähl was, Hut! Erzähl uns was!"
Der Hut aber sprach verlegen: „Das –
das wird nicht gehn.
                                        Ich armer Tropf
ich sitze nämlich bei dem auf dem Kopf.
Und so hab ich, ihr müßt mich nicht weiter quälen,
nicht das geringste zu erzählen –!"

[1926]

FLAGGENLIED

In einer kleinen Ecke
da ist dein Flaggenreich.
Du wehst auf dem Verdecke
wohl übern großen Teich.
Du wehst am Steuerruder
und in Amerika;
du bist ein armes Luder,
weißt nicht, wie dir geschah –
    Republik!
    Republik!
    Hast du das gewollt?
    Schwarz die Reichswehr.
    Weiß die Zelle.
    Rot die Schande.
        Kehre um!
        Kehre um!
    Zu Schwarz-Rot-Gold!

In Rio des Janeiro
da steht ein Stammtisch rund.
Dran sitzt der Caballero
und schimpft dich auf den Hund.
Und nun trägst du die Farben,
die einen Krieg geschürt,
die uns schon mal verdarben
und in den Tod geführt –
    Republik!
    Republik!
    Hast du das gewollt?
        Kehre um!
        Kehre um!
    Zu Schwarz-Rot-Gold!

Die ihr bis jetzt geschlafen:
seid ihr nun endlich wach?
In jedem großen Hafen
Bekommt ihr eins aufs Dach.
In jedem fernen Lande
Umflattert euch der Hohn
und zeigt der Welt die Schande
von deutscher Reaktion –
    Republik!
    Republik!
    Hast du das gewollt?
    Schwarz die Reichswehr.
    Weiß die Zelle.
    Rot die Feme,
        Kehre um!
        Kehre um!
    Zu Schwarz-Rot-Gold!

P.S. Im übrigen ist das gar nicht so wichtig.
Zum ersten Mal firmiert ihr richtig –!

[1926]

DAS MITGLIED

In mein' Verein bin ich hineingetreten,
weil mich ein alter Freund darum gebeten.
    Ich war allein.
Jetzt bin ich Mitglied, Kamerad, Kollege –
das kleine Band, das ich ins Knopfloch lege,
    ist der Verein.

Wir haben einen Vorstandspräsidenten
und einen Kassenwart und Referenten
und obendrein
den mächtigen Krach der oppositionellen
Minorität, doch die wird glatt zerschellen
in mein' Verein.

Ich bin Verwaltungsbeirat seit drei Wochen.
Ich will ja nicht auf meine Würde pochen –
ich bild mir gar nichts ein ...
Und doch ist das Gefühl so schön, zu wissen:
Sie können mich ja gar nicht missen
in mein' Verein.

Da draußen bin ich nur ein armes Luder.
Hier bin ich ich – und Mann und Bundesbruder
in vollen Reihn.
Hoch über uns, da schweben die Statuten.
Die Abendstunden schwinden wie Minuten
in mein' Verein.

In mein Verein werd ich erst richtig munter.
Auf die, wo nicht drin sind, seh ich hinunter –
was kann mit denen sein?
Stolz weht die Fahne, die wir mutig tragen.
Auf mich könn' Sie ja ruhig „Ochse!" sagen,
da werd ich mich bestimmt nicht erst verteidigen.
Doch wenn Sie mich als Mitglied so beleidigen ...
Dann steigt mein deutscher Gruppenstolz!
Hoch Stolze-Schrey! Freiheil! Gut Holz!
Hier lebe ich.
Und will auch einst begraben sein
in mein' Verein.

[1926]

KARTENGRUSS AUS DEM ENGADIN

Unten im weißen Nietzsche-Haus
geht Ludwig Fulda ein und aus und ein und aus.
Wegen kongenial.
                    Drum herum wallen und ziehn
Menschenbrocken, ausgespien
aus Berlin.
Herr Wendriner, Frau Wendriner.
Lauter ringfeine Smoking-Berliner.
Wenn sie durch die Landschaft gehen,
wird ihnen hintenrum so mondän.
Sie machen mit den Kellnern Krach,
sie sind wie im Geschäft: überwach.
Der Fexgletscher leuchtet in eisiger Ruh –
ihr Gesicht sagt: Das steht mir nämlich zu.
Ich hab es bestellt. Ich hab es bezahlt.
Für mich ist der Zauber hier aufgemalt.
Nachts unter den ewigen Sternen
werden sie in grauen Kasernen
untergebracht. Da, in den Riesenhotels,
schlummern die großen Frauen voll Schmelz
selig im Arm der Liebe. Na, Arm …
Die Leipziger Straße hat ihren Charme
hier hinaufgeschickt in sauerster Süße …

Du guter Leser – herzliche Postkartengrüße!
Hier gletschern die Gletscher. Der Fexbach rauscht.
Die Sonne brennt. Das Zeltdach bauscht
sich im heißen Mittagswind.
Ein Kindlein pflückt bunte Blumen lind.
Da sitzt Theobald und fühlt innerlich:
Und wer pflücht mich?

[1926]

BEI NÄHERER BEKANNTSCHAFT

Praesentia minuit famam

Von ferne gleichen die Großen im Geist
den Göttern, den hehren.
Solange du nichts von ihnen weißt,
kannst du sie verehren.
Doch hast du mit Deutschlands Musenpracht
erst nähere Bekanntschaft gemacht,
dann schick deine Illusionen man pennen:
Du mußt sie nicht kennen! Du mußt sie nicht kennen!

Der flicht an der alten Griechen Statt
die tragische Kette –
doch verreißt ihn das *‚Nordhausener Tageblatt'*,
dann fällt er aus't Bette.
Der meckert im Alter wie ein Bock
und kriecht einer Tänzerin unter den Rock.
Und was sie an Damen ihr Eigen nennen:
Du mußt sie nicht kennen! Du mußt sie nicht kennen!

Denn mit etwas hat Gott sie schön angeschmiert:
mit ihren Frauen.
„Mein Mann, mein Mann!"
Dergleichen blamiert:
ein Weibstück, scheeläugig und verschmiert,
in den himmlischen Gauen.
Der sitzt in der Höhle, ein krötiger Greis,
der spricht nur von sich, weil er sonst nichts weiß …
Von weitem! Laß sie am Himmel brennen!
In Büchern und in Rundfunkantennen …
Aber: Du mußt sie nicht kennen. Du mußt sie nicht kennen!

[1926]

AN MEINEN SOHN

Wenn du mal groß bist, Leopold
dann sieh dich um in Deutschland-Preußen,
wo eure Flagge Schwarz-Rot-Gold
im Wind weht über lauter Preußen.
Stell dich auf einen Aussichtsstand,
und vor dir liegt dein Vaterland:

Ganz oben thront die Schicht mit Geld,
die hat die Kohlen, Stahl und Rüben;
die lenkt den Lauf der deutschen Welt,
die läßt die Reichswehr kräftig üben.
Augen gradeaus!

Gehorsam harret ihres Winks
das Korps der Rache in Talaren:
die segnen rechts und wüten links,
so lernten sies auf Seminaren.
Im Namen des Volkes –!

Da schwätzt der Reichstag, lieber Gott!
Hörst du den alten Breitscheid reden?
Er ist voll Ironie und Spott –
zum Schluß bewilligen sie dann jeden
Etat.

Und unter allen den Gewalten
da kannst du, Leopold mein Sohn,
dein Leben lang die Schnauze halten –
von wegen Subordination.
Aber lauter Republikaner,
lauter Republikaner!

Und willst du wissen, wem du das
verdankst, dies Reich von kleinen Strebern:
dann wein dir nicht die Äuglein naß –
dann wandle du zu deutschen Gräbern.
  Auf jedem ein Gedenkstein:

Da liegen, die zu meiner Zeit
aus Angst vorm Volk die eignen Ziele
verrieten – taktisch so gescheit!
und klug! und überhaupt Schlemihle.

Sie machten schon im Umsturz schlapp
und saßen ängstlich auf der Banke.
Charakter war bei denen knapp …
Leg einen Kranz auf jedes Grab
und dann sag leise, leise:
  Danke.

[1926]

FELDFRÜCHTE

Sinnend geh ich durch den Garten,
still gedeiht er hinterm Haus;
Suppenkräuter, hundert Arten,
Bauernblumen, bunter Strauß.
  Petersilie und Tomaten,
  eine Bohnengalerie,
  ganz besonders ist geraten
  der beliebte Sellerie.
Ja, und hier –? Ein kleines Wieschen?
Da wächst in der Erde leis
das bescheidene Radieschen:
    außen rot und innen weiß.

Sinnend geh ich durch den Garten
unsrer deutschen Politik;
Suppenkohl in allen Arten
im Kompost der Republik.
Bonzen, Brillen, Gehberockte,
Parlamentsroutinendreh ...
Ja, und hier –? Die ganz verbockte
liebe gute SPD.
Hermann Müller, Hilferlieschen
blühn so harmlos, doof und leis
wie bescheidene Radieschen:
außen rot und innen weiß.

[1926]

ANGST DES KAPITALISTEN VOR DER EINIGKEIT DER ARBEITER

Früher hatte ich *einen* Feind:
Die verdammten Proleten!
Wie waren die Luder feste geeint –
Spitze – kurz treten!
Ein Stand – ein Kommando –
Ein Wille – ein Schritt –
Und alle mit –

Im November hing ich an einem Haar.
Die verdammten Proleten!
Meine Bank, mein Heiligstes, war in Gefahr –
Kopf ab – zum Beten ...?
Ein Tag – eine Welle – –
Ein Volk – ein Riß – –
Und ich hatte Schiß.

Heute gibt es viele Sozialistenpartein,
Die dummen Proleten!
Laß sie doch durcheinander schrein,
Dann kann ich sie besser treten!
Ein Chaos – ein Kampf –
Ein Krach – ein Gerauf – Gottseidank:
Und ich obenauf! –

[1926]

DIE DREI

Der Gutsherr mit den fetten Backen,
den Ringen und dem Speck im Nacken,
mit Haus und Hof und mit Gesinde,
mit junger Frau und gutgenährtem Kinde;
den Gutsherrn mit dem Schloß in Fliederranken,
mit der Pension und seinem Konto auf den Banken,
mit seinem Speck und seiner Wuchersaat:
den schützt der Staat.

Den Unternehmer, der die tiefen Schächte
ausraubt nach eignem, freiem Rechte,
der Herr ist über tausend Leben,
dem tausend Räder Ware weben;
den Unternehmer, dessen Schlote
auch qualmen bei dem Streitgebote –
als ob die Not der andern gleich wär:
den schützt die Reichswehr.

Doch den, der mit den harten Händen
von früh bis spät die Dividenden
erst schafft, die jener lächelnd handelt,
der Stein und Stoff in Gold verwandelt;

den Mann, des Sorge seinem Kind flucht,
des Frau verröchelt an der Schwindsucht,
der ohne Hoffnung auf ein Morgen
sich windet um die Alltagssorgen …
grau wird der Kopf, die Löhne kleiner,
den Mann schützt keiner –!

[1926]

WO BLEIBEN DEINE STEUERN –?

Wenn einer keine Arbeit hat,
ist kein Geld da.
Wenn einer schuftet und wird nicht satt,
ist kein Geld da.
Aber für Reichswehroffiziere
und für andre hohe Tiere,
für Obereisenbahndirektionen
und schwarze Reichswehrformationen,
für den Heimatdienst in der Heimat Berlin
und für abgetakelte Monarchien –
dafür ist Geld da.

Für Krankenhaus und Arbeiterquartier
ist kein Geld da.
Für den IV. Klasse-Passagier
ist kein Geld da.
Aber für Wilhelms seidne Hosen,
für prinzliche Zigarettendosen,
für Kleinkaliberschützenvereine,
für Molktezimmer und Ehrenhaine,
für höhere Justizsubalterne
und noch eine, noch eine Reichswehrkaserne –
dafür ist Geld da.

Wenn ein Kumpel Blut aus der Lunge spukt,
ist kein Geld da.
Wenn der Schlafbursche bei den Wirten zuguckt,
ist kein Geld da.
Aber für Anschlußreisen nach Wien,
für die notleidenden Industrien
und für die Landwirtschaft, die hungert,
und für jeden Univormierten, der lungert,
und für Marinekreuzer und Geistlichkeiten
und für tausend Überflüssigkeiten –
da gibts Zaster, Pinke, Moneten, Kies.
Von deinen Steuern.
Dafür ist Geld da.

[1926]

ALTES VOLKSLIED

Wem habe ich zu danken
– sag an, mein Herz, sag an –:
Wer knebelt die Gedanken?
wer setzt der Freiheit Schranken?
wer ist der brave Mann?

Der Leutnant, schlank gewachsen –
sag an, mein Herz, sag an –
der Reichswehr? die in Sachsen
und Thüringen blutige Faxen
unmöglich getan haben kann?

Ist es der Hauptschriftleiter
– sag an, mein Herz, sag an –,
der dem schwarz-rot-goldenen Streiter
ein gebildeter, steter Kampf gewann?

Es ist der deutsche Richter
    – sag an, mein Herz, sag an –,
der sperrt das rote Gelichter
in die Zellen – und hinterher spricht er:
    „Es gibt keine Klassenjustiz."
    Man siehts, mein Herz, man siehts.

Denn die es besser wissen,
die schlafen auf strohenen Kissen;
und die nach dem Lichte streben,
die stehn hinter gitternen Stäben;
und die die Freiheit begehren,
die können sich nicht mehr wehren.

Was verdienen unsre Richter?
    Sag an, mein Herz, sag an!
Paragraph juhu!
Paragraph juchei!
    Wir wissen es ja schon:
        Viel hundert Taler im Jahr, mein Herz –
        Unsere Liebe.
                Vertraun.
                        Und Pension.

[1926]

CHANSON

Aus dem Ungarischen
Gesungen von Gussy Holl

Da ist ein Land – ein ganz kleines Land –
Japan heißt es mit Namen.
Zierlich, die Häuser und zierlich der Strand,
zierlich die Liliputdamen.
Bäume so groß wie Radieschen im Mai.
Turm der Pagode so hoch wie ein Ei –
Hügel und Berg
klein wie ein Zwerg.
Trippeln die zarten Gestalten im Moos,
fragt man sich: Was mag das sein?
In Europa ist alles so groß, so groß –
und in Japan ist alles so klein!

Da sitzt die Geisha. Ihr Haar glänzt wie Lack.
Leise duftet die Rose.
Vor ihr steht plaudernd im strahlenden Tag
kräftig der junge Matrose.
Und er erzählt diesem seidenen Kind
davon, wie groß seine Landsleute sind.
Straße und Saal
pyramidal.
Sieh, und die Kleine wundert sich bloß –
denkt sich: Wie mag das wohl sein?
In Europa ist alles so groß, so groß –
und in Japan ist alles so klein!

Da ist ein Wald – ein ganz kleiner Wald –
abendlich dämmern die Stunden.
Horch! wie das Vogelgezwitscher verhallt …
Geisha und er sind verschwunden.

Abendland – Morgenland – Mund an Mund –
welch ein natürlicher Völkerschaftsbund!
Tauber, der girrt,
Schwalbe, die flirrt.
Und eine Geisha streichelt das Moos,
in den Augen ein Flämmchen, ein Schein …
In Europa ist alles so groß, so groß –
und in Japan ist alles so klein!

[1926]

DER GRABEN

Mutter, wozu hast du deinen aufgezogen?
Hast dich zwanzig Jahr mit ihm gequält?
Wozu ist er dir in deinen Arm geflogen,
und du hast ihm leise was erzählt?
Bis sie ihn dir weggenommen haben.
Für den Graben, Mutter, für den Graben.

Junge, kannst du noch an Vater denken?
Vater nahm dich oft auf seinen Arm.
Und er wollt dir einen Groschen schenken,
und er spielte mit dir Räuber und Gendarm.
Bis sie ihn dir weggenommen haben.
Für den Graben, Junge, für den Graben.

Drüben die französischen Genossen
lagen dicht bei Englands Arbeitsmann.
Alle haben sie ihr Blut vergossen,
und zerschossen ruht heut Mann bei Mann.
Alte Leute, Männer, mancher Knabe
in dem einen großen Massengrabe.

Seid nicht stolz auf Orden und Geklunker!
Seid nicht stolz auf Narben und die Zeit!
In die Gräben schickten euch die Junker,
Staatswahn und der Fabrikantenneid.
    Ihr wart gut genug zum Fraß für Raben,
    für das Grab, Kameraden, für den Graben.

Werft die Fahnen fort!
                    Die Militärkapellen
spielen auf zu euerm Todestanz.
Seid ihr hin: ein Kranz von Immortellen –
das ist dann der Dank des Vaterlands.

    Denkt an Todesröcheln und Gestöhne.
    Drüben stehen Väter, Mütter, Söhne,
    schuften schwer, wie ihr, ums bißchen Leben.
    Wollt ihr denen nicht die Hände geben?
    Reicht die Bruderhand als schönste aller Gaben
    übern Graben, Leute, übern Graben –!

[1926]

GESCHWORENE

Bürger! Dummkopf! Steuerzahler!
Apotheker! Stubenmaler!
Setz dich auf dein Bänkchen, du,
    und hör zu.
Höre, was der Richter spricht.
Frag und unterbrich ihn nicht!
    Fühl des Schwurgerichtes Weihe!
    Blutiger Laie! Blutiger Laie!

Wer sich angeklagt da rührt,
ist ja längst schon überführt.
Was der spricht, hat keinen Sinn!
  Hör nicht hin.
Lausche nur dem Staatsanwalt!
Horch, wie seine Suada hallt!
  Tanze ja nicht aus der Reihe,
  blutiger Laie! blutiger Laie!

Hinten im Beratungsraum,
gibts dich armes Luder kaum.
Da bedrückt dich immerdar
  der Talar.
Du warst manches liebe Mal
gar zu weich und sentimental …
  Doch nie so schlimm wie die Gesichter
  blutiger Richter, blutiger Richter.

[1927]

FINISH

Früher, wenn mal etwas Komisches war:
ein Rednerschwupper an Thron und Altar,
der Kindermund eines Generals,
der Duft eines Reichsgerichtsskandals,
Adele Sandrocks herrlicher Baß,
ein dämlicher Kabinettserlaß;
wenn mit Recht ein Verleger Pleite gemacht,
wenn ein Tisch sich mit Literaten zerkracht –
dann tat eine innere Stimme befehlen:
  Das mußt du gleich S. J. erzählen!

Dahin.
Jetzt sitz ich ganz allein.
Keinen hör ich vor Beifall schrein;
hör nie mehr das schmetternde Gelach,
nie mehr die Herzensfreude mit Krach ...
Doch dreimal am Tage, wenn was passiert,
wenn die Filmzensur sich selbst parodiert;
wenn Deutschland mit Polen zusammenschliddert,
wenn ein Parteivorstand um die Ämter zittert –:
dann denk ich: Das darf er nicht verfehlen –
das mußt du gleich S. J. erzählen!

Das machen wir noch so dreißig Jahr.
Dann ist alles nicht mehr wahr.
Dann pflanzen sie uns mit Chorälen ein,
wir liegen still und ziemlich allein ...
und die Seele steigt aus dem engen Verlies
mit der Pressekarte ins Paradies.
Dann will ich ihn wiedersehn:
Und alles, was bis dahin geschehn:
deine Arbeit und meine Malheure,
den letzten Radau der Regisseure,
eure Treue und unsre Mühn,
und die besten Witze aus ganz Berlin,
Manna für die unsterblichen Seelen –:
Das will ich dann alles S. J. erzählen.

[1927]

WEEK-END

Erst sagt es einer.

Denn ists ne Weile still,
weil keiner will.

Dann kommen aber zu Haufen
die Organisationsorganisatoren gelaufen:
Beamte und Journalisten
und andre Juden und sogar Christen –
und ein ganzes Komitee
und Offiziere a. D.
Propaganda? Famos!
Jetzt gehts los.

Sie kleben Plakate
und Bildinserate
und sind nie alleine
und gründen Vereine;
Deutschlands ältester Soldat
hat das Ehrenprotektorat ...
und es läßt sie nicht ruhn,
und sie haben ze tun.

Wahrheit breitet sich nicht aus,
hast die Zeitung du im Haus.

Und bald sind die Gehirne bei allen
von einem linden Wahnsinn befallen:
„Week end!“ nuckelt der Embryo;
„Weeck-end!“ flüstert der Großpopo.
Vergessen die Wirren um Tschiang-Kai-schek;
vergessen der ganze Stahlhelmdreck;

vergessen der Volksbühne tiefer Fall ...
es braust ein Ruf wie Donnerhall:
    Week-end –!

Wiek-ent-Gamaschen und Wik-end-Zigarren,
Wiehk-end-Windeln und Wigent-Knarren;
Wieghennd-Nachttöpfe (mit drei Henkeln),
Wieckänt-Stiefel mit Wiegänd-Senkeln ...
Weegent-Häuschen und Wiekent-Bauch,
und was London kann, das können wir auch.

Bloß:
Die Gehälter der kleinen Angestellten
erhöhen sich in Deutschland selten ...
Mit 145 Mark
fühlt sich nicht jeder week-end-stark.
    Die Villa auf der einen Seite
    mit dem Maybach in imposanter Breite –
    auf der andern das Bild von dem Week-end-Haus –:
        So sieht bei uns der Klassenkampf aus.

[1927]

KLEINES GLOCKENSPIEL

Die Uhr schlägt 12 –
Gott allen braven Lesern helf!

Die Uhr schlägt 1 –
Das Zentrum handelt, Hilferding redet ...
jeder seins.

Die Uhr schlägt 2 –
Wenn England einen Raufbold braucht: Deutschland ist allemal dabei.

Die Uhr schlägt 3 –
„Es lebe die Republik!" ist ein zu nichts verpflichtendes Geschrei.

Die Uhr schlägt 4 –
Es war einmal ein republikanischer Reichswehroffizier
(Uhr bleibt vor Angst stehen).

Die Uhr schlägt 5 –
In Deutschland ist man viel zu vernünf-
tig, sich wegen jeden juristischen Drecks
– die Uhr schlägt 6 –
zu erregen. Laßt uns lieber in die Zuchthäuser abschieben
– die Uhr schlägt 7 –
wer etwas Kommunistisches in die Straßen macht –
die Uhr schlägt 8.

Gleich darauf schlägt die Uhr 9 –
Sollte das ein Fehler im Uhrwerk seun?

In Deutschland kann doch nichts vor-, da muß alles zurücke gehn –
die Uhr schlägt 10.

Die Uhr schlägt 11 –
Ausnahmezustand ist ein Zustand und ein schöner Notbeh-11.

Die Uhr schlägt 12 –
Gott immer noch allen Lesern helf!

Es war einmal ein Sozialist, der tat die Arbeitgeber reizen –
da schlug die Uhr 13!

Die Uhr schlug 14, 15, 16, 17, 18, 19 und 20 ...
Wir wollen die deutschen Brüder in Danzig befrein, wer aber nicht will,
ist Danzig.

So schlägt die Uhr bei Tage und bei Nacht,
denn dafür ist sie Uhr und als solche auf dem Turm angebracht.
Großfressig nach außen – nach innen verprügeltes Zivil –:
das ist das deutsche Glockenspiel.

[1927]

PFEIFEN ANRAUCHEN

Das tut sich wohl des öftern begeben:

Mal beginnt jeder sein ganzes Leben
von neuem. Wirft hin, was er nur kann,
und fängt alles wieder von vorne an,
mit gänzlich neuer Melodie …
Die Franzosen nennens ‚refaire sa vie'.

Refaire sa vie … das ist gar nicht einfach.
Refaire sa vie … ist leider mein Fach.
Dazu sind wir zu gebrauchen …
Refaire sa vie – ist wie Pfeifen anrauchen.

Du glaubst erst gar nicht, daß es sich lohnt.
Der Tabak schmeckt schwer und ungewohnt –
es legt sich das Nikotin auf den Magen,
du hast über Seelen- und Bauchweh zu klagen;
das macht:
das Ding ist nicht abgenutzt,
und die Pfeife ist viel zu wenig verschmutzt.

Aber so eine zwei, drei Jahr –
da schmeckt die Pfeife wunderbar.
Ihr Hals ist dir so vertraut gebogen,
das Holz ist voller Tabak gesogen

bis zur letzten Faser. Und du kratzst nichts ab.
Diese Pfeife nimmst du ins Grab ...

Bis zur nächsten. Bis zur nächsten Ecke.
Da krauchst du hervor aus deinem Verstecke,
der Boden bekommt eine neue Schichtung,
das Leben nimmt eine andere Richtung –
Und du bist ein Kerl und ganzer Mann
und steckst eine neue Pfeife an.

Wenn du einmal am Ende stehst,
wenn du die letzte Wende gehst,
wenn du dann klug bist, blickst du zurück,
auf das ganze geschlängelte Stück.
So viel Pfeifen! Viel Änderungen!
So oft hast du eine neue geschwungen!
Und hat die Neue genützt?
Seife.

Es war immer dieselbe Pfeife.

[1927]

HEIMGEFUNDEN

Na, Gottseidank! Nun sind wir ja so weit,
daß jeder: Hoch die Republike! schreit –
es war auch höchste Zeit.

Ja, früher! Ohne daß du es verlangst,
da hatten alle vor dem Dingrichs Angst –
man kann nie wissen, wie? Sie schlichen dumm
mißtrauisch um den neuen Balg herum.
Und faßten leise tappend auch mal hin ...

Beißt sie? Beißt sie nicht? Beißt sie? Beißt sie nicht? ...
Der armen Republik war nicht danach zu Sinn.
Die biß nicht, als der Wilhelm kniff;
die biß nicht, als der Kapp was pfiff;
die biß nicht, als Erzberger fiel,
als Rathenau fiel,
und als Haase fiel –
die biß keine Reichswehrkompanie –
die biß nie.

Hat sich, im Gegenteil, schön gewandelt.
Hat nachgelassen und kuhgehandelt,
mal lag sie unten, mal lagen die andern oben,
und heute darf jeder das Dingrichs loben.
Kaiserreich? Republik? Welches von beiden?
Sie sind kaum noch zu unterscheiden.

Und nun kommen in hellen Haufen
alle, alle angelaufen.
Die schlimmsten, ältesten Reaktionäre,
Pastöre, Generale – ganze Heere –
ist das ein Konjunkturisten-Rennen!
Man darf sich, ob Sies glauben oder nicht,
    ruhig zur Republik bekennen.
Die ist nicht aus Eisen – die ist aus Holz.
Und die Republikaner sind noch so stolz –!

Gut ausgestopft und richtig gemischt.
Gehn Sie ruhig ran.
                    Die tut Ihnen nischt.

[1927]

DER RHEIN UND DEUTSCHLANDS STÄMME

Es fließet ein Strom durch das deutsche Land,
drin spiegeln sich Schlösser und Zinnen;
er ist in den deutschen Gauen bekannt,
kein Refrain kann demselben entrinnen.
    Und alle Romantik hat hier ihr Revier,
    und je lauter das Rheinlied, je kälter das Bier
    der kleinen und großen Verdiener.
    Zum Beispiel so der Berliner:
        „Ein rheinischet Meechen – beim rheinischen Wein –
            Ja, Donnerwetter nich noch mal!
        Na, det muß ja der Hümmel auf Erdn sein –!
            Wat, Lucie –?“

Wer Lieder für Operetten schreibt
aus Prag, aus Wien und aus Bentschen –:
den Rhein möcht ich sehn, der da ungereimt bleibt –
es sind halt geschickte Menschen!
    Und was sie dichten, ganz Deutschland grölts,
    von Aachen bis Dirschau, von Kiel bis nach Ölz;
    wo nur Treue und Weinbrand wachsen.
    Zum Beispiel so unsere Sachsen:
        „Ein rheinisches Mädchen – beim rheinischen Wein –
            Nu heere mal, Agahde, was hasdn dn
            Krachenchonr nich midgenomm? ’s is doch
            so giehle uffm Wasser?
        Diß muß ja der Himmel auf Erden sein!
            Eicha …!“

Im Rhein, da quillt unsere Mannesbrust,
da liegen dicke Tantiemen;
und befällt den Deutschen die Sangeslust:
hier kann er das Ding unternehmen.

Es reimt sich der Rhein
auf Schein und auf Sein
und auf mein und auf dein,
auf Jüngferlein, Stelldichein, Gänseklein …

Und ist auch zerklüftet das Deutsche Reich:
im Moorbad der Lyrik verstehn sie sich gleich.
Viel schneller als bei Richard Dehmel.
Zum Beispiel so jener aus Memel:
„Äin rhäinisches Mädchen – bäim rhäinischen Wäin –
äi, das muß ja der Himmel – auf Erden säin –
Wäißt, wenn dir der Wäin nich schmeckt,
jieß noch'n kläin Schnaps-che räin! –
Äi, das muß ja der Himmel auf Erden säin –!
Oder mäinst näin –?"

So ist der Rheinstrom ohne Fehle,
das Familienbad der deutschen Seele.

[1927]

DAS IDEAL

Ja, das möchste:
Eine Villa im Grünen mit großer Terrasse,
vorn die Ostsse, hinten die Friedrichsstraße;
mit schöner Aussicht, ländlich-mondän,
vom Badezimmer ist die Zugspitze zu sehn –
aber abends zum Kino hast dus nicht weit.

Das Ganze schlicht, voller Bescheidenheit:

Neun Zimmer, – nein, doch lieber zehn!
Ein Dachgarten, wo die Eichen drauf stehn,
Radio, Zentralheizung, Vakuum,
eine Dienerschaft, gut gezogen und stumm,
eine süße Frau voller Rasse und Verve –
(und eine fürs Wochenend, zur Reserve) –,
eine Bibliothek und drumherum
Einsamkeit und Hummelgesumm.

Im Stall: Zwei Ponies, vier Vollbluthengste,
acht Autos, Motorrad – alles lenkste
natürlich selber – das wär ja gelacht!
Und zwischendurch gehst du auf Hochwildjagd.

Ja, und das hab ich ganz vergessen:
Prima Küche – erstes Essen –
alte Weine aus schönem Pokal –
und egalweg bleibst du dünn wie ein Aal.
Und Geld. Und an Schmuck eine richtige Portion.
Und noch ne Million und noch ne Million.
Und Reisen. Und fröhliche Lebensbuntheit.
Und famose Kinder. Und ewige Gesundheit.

Ja, das möchste:

Aber, wie das so ist hienieden:
manchmal scheints so, als sei es beschieden
nur pöapö, das irdische Glück.
Immer fehlt dir irgendein Stück.
Hast du Geld, dann hast du nicht Käten;
hast du die Frau, dann fehln dir Moneten –
hast du die Geisha, dann stört dich der Fächer:
bald fehlt uns der Wein, bald fehlt uns der Becher.

Etwas ist immer.

Tröste dich

Jedes Glück hat einen kleinen Stich.
Wir möchten so viel: Haben. Sein. Und gelten.
Daß einer alles hat:
das ist selten.

[1927]

SEKTION

Der Charité in Züchten

Ein Mediziner, namens L.,
zersägte neulich scharf und schnell
Iwan Kutisker.
Der lag da vor ihm hüllenbar,
so wie er aus der Haft gekommen war –
der tote Iwan Kutisker.

Der Mediziner, namens L.,
sprach also in des Bauches Fell
des toten Iwan Kutisker:
„Der Mann, der hier vor Ihnen liegt,
hat lange nicht genug gekriegt:
er hieß Kutisker, war ein Jude –
(Sie sehen das schon an der Zude) –
er war ganz nikotinisiert
und syphilitisch infiziert –
na ja, ein Jude!"

Das Messer knirscht. Der Kantus stieg
voll ärztlichen Takts. Die Leiche schwieg.
Laßt uns die Zähne zusammenbeißen:
es kann nicht jeder Lubarsch heißen.

[1927]

7,7

Sieben Jahre und sieben Minuten
mußten zwei Arbeiterherzen bluten.

Sieben Jahre?
Zellenenge,
Nächte – Luft! – Visionengedränge.
Zehnmal in die Todeskammer –
zehnmal den allerletzten Jammer –
zehnmal: Jetzt ist alles aus.
Zehnmal: Grüßt uns die zu Haus!
Zehnmal: vor der eignen Bahre.
Zum Tode verurteilt sieben Jahre.

Sieben Minuten:
Das Blut gerinnt.
Wißt ihr, wie lang sieben Minuten sind –?
Sieben Minuten Krampf und Qual,
Muskeln zucken noch einmal –
Blut kocht in Venen – Hebelgekreisch –
es riecht nach angesengtem Fleisch –
irr drehn sich Pupillen – das Ding sitzt gebunden
420 lange Sekunden ...

Strom weg. Tot? Hallelujah!
Bravo! Bravo, U.S.A.–!

Sieben Jahre und sieben Minuten
mußten zwei Arbeiterherzen bluten.
Sieben Minuten und sieben Jahre –

Diesen Schwur an ihrer Bahre:

Alle für zwei. Ihr starbt nicht allein.
Es soll ihnen nichts vergessen sein.

[1927]

BEI UNS IN EUROPA

Ihr schickt uns aus dem Lande von Ford
einen ziemlich miesen Menschenexport:
überschwemmt sind Paris und Griechenland
von euerm mäßigen Mittelstand.
  Diese Reisenden, laut und prahlerisch,
  legen geistig die Füße auf den Tisch,
  fallen lästig an allen Orten;
  und jeder zweite Satz beginnt mit den Worten:
    „Bei uns in Amerika …"

Bei euch in Amerika gibts zweierlei Rechte
(für Arme und Reiche) – gibt es Gute und Schlechte;
gibt es solche und solche: Lewis und Mencken,
und Dollardiener, die in Dollars denken.
  Bei euch in Amerika gibt es Republikaner
  und richtende blutige Puritaner.
  Ihr habt Kraft, Jugend und Silberlinge –
  aber ihr seid nicht das Maß aller Dinge,
    bei euch in Amerika.

Bei uns in Europa ist das Weib
keine Haremsfrau ohne Unterleib –
bei uns in Europa ist die schwarze Haut
kein Aussatz, dem man Extra-Bahnwagen baut;
  bei uns in Europa kann wer ohne Geld sein
  und dennoch, dennoch auf der Welt sein –
  bei uns in Europa kann man bestehn,
  ohne in die Sonntags-Schule zu gehen,
  weil fast keiner so am Altare steht:
  eine plärrende nüchterne Realität –
    wie bei euch in Amerika.

Das wissen natürlich bei euch die Guten
ganz genau. Der Rest hat von Blasen und Tuten
keine Ahnung. Hört nur den Schmeichelchor
seiner news-papers; kommt sich so erstklassig vor …
  Hör nicht hin, Arbeitsmann. Laß sie ziehn,
  die Eitelkeiten der Bourgeoisien.
  Pässe, Fahnen und Paraden
  das sind lächerliche Zementfassaden …
  Denn die wahre Grenze, zwischen Drohnen und Fronen,
  läuft quer hindurch durch alle Nationen –
    bei euch in Amerika.
      Wie bei uns in Europa.

[1927]

GEDANKEN EINES ARBEITERS AN EINER KREISSÄGE

Kreisch –
kreisch –
das Holz schreit, als ginge es ihm ins Fleisch ...;
Kalt heute.
                Während ich hier steh,
laufen andere Leute durch den dicken Winterschnee.
Oben, auf den Bergen. Ja.
                                Die habens feiner
als unsereiner.
                                Dies Jahr
ist es das erstemal, daß ich auf Urlaub war –
seit dem Krieg. Acht Tage war ich in Ostpreußen oben –
Verflucht! Jetzt hat sich der Antrieb nach links verschoben –
Willi! Schalt aus!
Schalt ein!
                Kreisch – kreisch – – –

Die fahren Schlitten und auf so langen Dingern: Die
                heißen Ski.
Ich kann das nie.
Ich steh hier, in der Fabrik, tagaus, tagein
und schiebe Holz in die olle Molle rein.
Kaum, daß ich mich mal an die Maschine lehne ..,
Und die Sägespäne
fliegen rum und bringen einen zum Husten.
Saugvorrichtung? Der Alte wird dir was pusten!
Jetzt rutschen sie da in München immer munter
die beschneiten Berge runter –

Mensch, einmal raus aus dieser verdammten Kluft!
Junge, einmal in die frische Winterluft!
Sich ausruhn, laufen, springen, sich sielen im Schnee –
hinterher tun einem so schön die Beine weh –

Und zu sehen, wie der Himmel glasig wird ...
und jetzt können wir nicht mehr weiter, wir haben uns verirrt –
und ich trage der Marie die Dinger, die Skier – und dann kommen
 wir nach Haus ...
Willi! Schalt aus!
Ausschalten –!
 Kreisch – kreisch – – –

[1927]

ILLUSTRIERTE WELT

Gehören Sie vielleicht zur Zeitgeschichte –?
Wenn ich Sie im Profil veröffentlichte,
 gehört mir Ihr Gesicht.
Sind Sie dagegen nur ein ganz Privater,
ein armer, pensionierter Landesvater:
 dann darf ich sowas nicht.
 Die Prinzen, die ich niemals knipsen kann,
 gehören nicht der Zeitgeschichte an.

Doch wer gehört nun so zur Zeitgeschichte?
Herr Rosner, der die Heldenliedgedichte
 von einem Reisenden in Waffen schrieb?
Der selige Sternheim, Asthma deutscher Szenen?
Die Karin Miachelis, Schmockbild aller Dänen?
 ein Pfreudenmädchen? ein Millionendieb?
 Auch diese da – ich zweifle kaum daran –
 gehören nicht der Zeitgeschichte an.

Jedoch die Richter, schwarz-rot-gold vernickelt,
die wie die Fotos vielfach unentwickelt,
 mitunter nicht so recht belichtet sind;

die Richter, die den letzten Prinzen schützen
und jeden Wunsch aus Holland unterstützen,
für neun Jahr Zeitaufnahme gänzlich blind –:

Ja, diese Richter – das sieht jedermann –
gehören –
wie sie gebacken und gebraten sind –
Im Namen des Volkes!
gehören unsrer Zeitgeschichte an.

[1927]

FÜR MAXIM GORKI

Zunge Rußlands!
Du hast für die Stummen gesprochen,
die nur mit den Armen winken konnten –
Mauern haben ihren Schrei erstickt,
Gendarmerieoffiziere haben ihnen den Mund geknebelt.
Trommeln haben gerasselt, wenn sie fielen –
du hast gesprochen.

Sie sind nach Sibirien gegangen,
während sich die falschen Genossen in der Duma so wichtig vorkamen
wie heute noch alle falschen Genossen in allen Parlamenten Europas ...
sie haben geweint, wenn es niemand gesehen hat,
und geklagt, wenn es niemand gehört hat –
du hast gesprochen.

Da steht Rußland,
sein Kopf hieß Lenin.

Du, Maxim Gorki, bist sein Herz.

[1928]

FRAGEN AN EINE ARBEITERFRAU

Bist du sein guter Kamerad
und stehst an seiner Seite -?
  Und bist du ihm auf jedem Pfad
  im Kampf mit diesem Klassenstaat
    Gesellschaft und Geleite -?

Hat er die Frau, die ihn versteht?
Ist euch *ein* Lied erklungen?
  Und weißt du auch, warum er spät
  noch abends in Versammlung geht:
    für dich und deinen Jungen -?

Und ist dein Herz denn auch dabei?
Seid ihr die richtige Zweiheit?
  Und machst nicht nur die Kocherei?
  und tust auch was für die Partei?
    für Licht und Luft und Freiheit -?

Und hilfst du ihm auch für und für
im Wirken und im Schaffen?
  Und bildest du dich nach Gebühr?
  und stehst nicht an der Kirchentür?
    und hörst auf keinen Pfaffen -?

Und hältst du ihn auch nicht zurück,
wenn rote Fahnen rufen -?
  Er kämpft für euer Lebensglück!
  Geh mit ein Stück! Geh mit ein Stück!
    Empor zu neuen Stufen –!

Du, Mutter, halt den Alten jung!
es kann ihm gar nichts schaden.
  Du, Frau, trägst viel Verantwortung.

Und hoch ertönt im neuen Schwung
das Lied - das Lied
vom guten Kameraden -!

[1928]

KONJUGATION IN DEUTSCHER SPRACHE

Ich persönlich liebe
du liebst irgendwie
er betätigt sich sexuell
wir sind erotisch eingestellt
ihr liebt mit am besten
sie leiten die Abteilung: Liebe

[1928]

DAS NEUE GEFANGENEN-MUSEUM

Da wird jetzt ein neues Museum gebaut -
heidi!
Das zeigt uns, wie man Gefangene verstaut –
hoppla hei
Und wie man das einmal früher gemacht;
und wie man einst die Verbrecher bewacht;
und wie wirs so herrlich weit gebracht –
Ehre sei Gott in der Höhe –!

Wird alles darin zu sehen sein?
heidi?
Es gibt da so reizende Kämmerlein –
hoppla he!
Darin stinkt es nachts nach menschlichem Kot,
da verkümmert so mancher in seiner Not
und wartet auf den Gefängnis-Tod –
Ehre sei Gott in der Höhe –!

Stellt nur alles in diesem Museum aus –
heidi!
Das fade Futter und allen Graus –
hoppla he!
Und lasset uns doch auch ja nicht vergessen
die Fotos der viereckigen Aufseherfressen
und die Qual des Mannes, der in Grau lebt
und der Jahr um Jahr allein ohne Frau lebt –
Stellt das aus, wenn ihr Mut habt!
Stellt das aus –!

Wann, Proletariat, holst du die aus den Zuchthäusern
heraus,
die für dich da sitzen, die für dich da krepieren,
die für dich Tüten kleben und Schränke polieren?

Wir hören nachts euer Weinen und euer Gekeuch.
Einen Gruß in die Zellen –!
Wir denken an euch!

[1928]

OLYMPIADE

Heute ist infolge von Olympia-Siegen
        unsere Flagge sieben Mal hochgestiegen!
        Demzufolge laßt uns brüllen:
        „Hoch …!“
                (nach Belieben auszufüllen).
Da schlägt jede Nation Kobolz –
worauf sind die eigentlich stolz?

Wenn Herr Körnig erster Mann wird,
        haben sie gesiegt.
Wenn er nur als Zweiter anschwirrt,
        haben sie gesiegt.
Wird er Dritter, wird er Vierter,
        haben sie gesiegt.

Wird er aber Letztchargierter,
        haben sie auch gesiegt.
Ob sie vorne oder hinten liegen,
sie tun egalweg nur siegen.
        Und damit es jeden mal ereilt,
        wird der Stolz hübsch sauber aufgeteilt:

Läuft ein Mann aus Japan durch das Ziel,
        schrein die Japaner.
Siegt ein USA-Mann in dem Spiel,
        brüllen die Amerikaner.
Siegt ein Fechter von den Herrn Faschisten,
        steigt ein brausender Chor;
siegt ein Jude, nehmen die Zionisten
        eine doppelte Beschneidung vor.
    So läßt jeder von den bunten Gruppen
    seinen höchst privaten Vogel huppen.

Sagt mal, habt ihr Nurmis Beine?
Seid ihr stolz auf Peltzern seine?
Seid ihr stolz auf das, was andere tun?

Lassen wir die Stadion-Helden ruhn.

Denn dies amsterdamer Treiben, wie ich meine,
ist das Spaßvergnügen aufgeregter Skatvereine.

[1928]

MÄDCHEN AUS SAMOA

Ich bin ein Mädchen aus Samoa. Wir gingen
mit Schmuckketten und einem Schurz bekleidet,
die Tiere des Waldes haben uns um unsere Schönheit beneidet –
wir waren frei wie sie.
Dann aber sind die weißen Fremden in unser Land gekommen
und haben uns unsere Götter und unsere Felder fortgenommen –
was haben sie uns dafür gegeben?

Ihre Missionare gaben uns einen Aberglauben und Plappergebete;
ihre Kaufleute gaben uns Whisky, bedruckten Kattun und Eisengeräte –
seit wir es kennen, brauchen wir das.
Ihre Soldaten gaben uns eine neue Art, zu morden und zu henken;
ihre Männer gaben uns die Syphilis benebst einigen andern Geschenken –
das haben sie uns dafür gegeben!

In meinen tiefen Augen liegt noch die Schönheit unserer Allmutter Natur;
um meine Beine schlottert schon der Rock der Zivilisation – wartet nur:
noch bin ich halb.
Eines Tages aber werden wir alle die europäischen Gaben gegen die
Ausbeuter wenden,

Telegrafen und Automobile bedienen wir mit unsern braunen Händen;
eines Tages kämpfen wir, braune und gelbe Arbeiter für unser eigenes
    Leben:
eines Tages werden die Kontinente sich ihre Freiheit geben –!
Denn *ein* Schrei geht durch die Welt, *eine* Sehnsucht –
    aus schwer arbeitender Brust ein Gekeuch:
Proletarier aller Länder, vereinigt euch!

[1928]

SCHIFFSTAUFE

Erst haben sie alle Nein gesagt,
dann haben sie alle Ja gesagt –
    jetzt ist das Ding bewilligt.
Die Reichswehr treibt nun Wassersport,
und kriegt für unser Geld hinfort
    einen Torfkahn zugebilligt.
        Wie soll er denn heißen?

Ein Kriegsschiff ist das eigentlich nicht.
Sie sollen nur bei „Luken dicht!"
    die Knochen zusammenreißen.
Denn dieser stählerne Kahn für Torf
ist eigentlich – ja, was für ein Dorf ...?
    Wie soll er denn heißen –?

Weil hoffentlich zu hoffen steht,
daß dieses Schiff vom Stapel geht,
    bevor wir alle tot sind;
und weil Matrosen, die so viel
für uns getan dereinst in Kiel
    blaue Hosen tragen, die rot sind –:

Deshalb zerschelle ich an der Seite des Feldkaplanes
eine Flasche Sekt am Bug dieses Kahnes
und taufe ihn
voll Disziplin:
Panzerkreuzer Potemkin.

[1928]

WENN DIE IGEL IN DER ABENDSTUNDE

Für achtstimmigen Männerchor

Wenn die Igel in der Abendstunde
still nach ihren Mäusen gehen,
hing auch ich verzückt an deinem Munde,
und es war um mich geschehn
Anna-Luise –!

Dein Papa ist kühn und Geometer,
er hat zwei Kanarienvöglein;
auf den Sonnabend aber geht er
gern zum Pilsner in'n Gesangverein –
Anna-Luise –!

Sagt' ich: „Wirst die meine du in Bälde?",
blicktest du voll süßer Träumerei
auf das grüne Vandervelde,
und du dachtest dir dein Teil dabei,
Anna-Luise –!

Und du gabst dich mir im Unterholze
einmal hin und einmal her,
und du fragtest mich mit deutschem Stolze,
ob ich auch im Krieg gewesen wär ...
Anna-Luise –!

Ach, ich habe dich ja so belogen!
Hab gesagt, mir wär ein Kreuz von Eisen wert,
als Gefreiter wär ich ausgezogen,
und als Hauptmann wär ich heimgekehrt –
Anne-Luise –!

Als wir standen bei der Eberesche,
wo der Kronprinz einst gepflanzet hat,
raschelte ganz leise deine Wäsche,
und du strichst dir deine Röcke glatt,
Anna-Luise –!

Möchtest nie wo andershin du strichen!
Siehst du dort die ersten Sterne gehn?
Habe Dank für alle unvergesslichen
Stunden und auf Wiedersehn!
Anna-Luise –!

[1928]

ASYL FÜR OBDACHLOSE!

Und stehst du einmal am Ende
und hast keine Bleibe, kein Brot –
dann falte zufrieden die Hände,
man sorgt für deine Not.
Es gibt für solche Zwecke
ein Asyl – da findet der Mob
ein eisernes Bett, eine Decke
und einen alten blechernen Topp.

Hast du dein ganzes Leben
geschuftet wie ein Vieh;
und gehts dir im Alter daneben,
entläßt dich die Industrie –
    dann heißt es noch lang nicht: Verrecke!
    Der Staat gibt dir sachlich und grob
    ein eisernes Bett, eine Decke
    und einen alten blechernen Topp.

Manche auf diesem Planeten
leben bei Sekt und Kapaun.
Ja, solln sie vielleicht dem Proleten
einen Palast aufbaun –?
    Andre verrecken im Drecke.
    Du hasts noch gut – na, und ob!
    Da hast im Asyl eine Ecke,
    ein eisernes Bett, eine Decke
    und einen alten blechernen Topp!

Wohltaten, Mensch, sind nichts als Dampf.
Hol dir dein Recht im Klassenkampf –!

[1928]

SIE SCHLÄFT

Morgens, vom letzten Schlaf ein Stück,
nimm mich ein bißchen mit –
auf deinem Traumboot zu gleiten ist Glück
Die Zeituhr geht ihren harten Schritt …
    pick-pack …

„Sie schläft mit ihm" ist ein gutes Wort.
Im Schlaf fließt das Dunkle zusammen.
Zwei sind keins. Es knistern die kleinen Flammen,
aber dein Atem fächelt sie fort.
Ich bin aus der Welt. Ich will nie wieder in sie zurück –
jetzt, wo du nicht bist, bist du ganz mein.
Morgens, im letzten Schlummer ein Stück,
kann ich dein Gefährte sein.

[1928]

WAS KOSTEN DIE SOLDATEN?

Wir haben Lungenkranke,
die brauchten Berg und Schnee;
sie heilen –? Kein Gedanke!
Wir brauchen die Armee.
Da kostet jeder Junge
mit Stiefel und Gewehr
pro Mann eine Lunge –!
    Das ist unser Heer.

Von dem, was die verschwenden,
von dem, was da veraast:
könnten wir Gutes spenden,
wo die Schwindsucht rast.
Der Proletarierjunge
Krepiert so nebenher …
Pro Mann eine Lunge –
    das ist unser Heer.

Es fällt durch graue Scheiben
ein trübes Tageslicht;
die Kranken, die da bleiben,

überleben den Sommer nicht.
„Zeigen Sie mal die Zunge!
Na ja – das wird nichts mehr!"
Pro Mann eine Lunge –
    das ist unser Heer!

Sie haben Feldgeschütze,
Schiffskreuzer und Musik;
in schwarz-rot-goldner Mütze
bezahlts die Republik.
    Sie setzen an zum Sprunge.
    Sie sind das Militär.
    Sie stehlen uns Herz und Lunge.
    Wann – Junge! Junge! –
    wirfst du sie in hohem Schwunge
    ihrem Kaiser hinterher –?

[1928]

DAS LÄCHELN DER MONA LISA

Ich kann den Blick nicht von dir wenden.
Denn über deinem Mann vom Dienst
hängst du mit sanft verschränkten Händen
    und grienst.

Du bist berühmt wie jener Turm von Pisa,
dein Lächeln gilt für Ironie.
Ja … warum lacht die Mona Lisa?
Lacht sie über uns, wegen uns, trotz uns, mit uns, gegen uns –
    oder wie –?

Du lehrst uns still, was zu geschehen hat.
Weil uns dein Bildnis, Lieschen, zeigt:
    Wer viel von dieser Welt gesehn hat –
    der lächelt, legt die Hände auf den Bauch
                                        und schweigt.

[1928]

OLLER MANN

Ein alter Mann ist stets ein fremder Mann.
Er spricht von alten, längst vergangenen Zeiten,
von Toten und verschollenen Begebenheiten …
    Wir denken: „Was geht uns das an –?

In unser Zeitdorf ist er zugereist.
Stammt aber aus ganz andern Jahresländern,
mit andern Leuten, andern Taggewändern,
    von denen du nichts weißt.

Sein Geist nimmt das für eine ganze Welt,
was ihn umgab, als seine Säfte rannen;
wenn er an Liebe denkt, denkt er an die, die längst von
                                        dannen.
    Für uns ist er kein Held.

Ein alter Held ist nur ein alter Mann.
Wie uns die Jahre trennen –!
Erfahrung war umsonst. Die Menschen starten für das
                                        Rennen,
    und jeder fängt für sich von vorne an.

Für uns ist er ein Mann von irgendwo.
Ihm fehlt sein Zeitland, wo die Seinen waren,
er spricht nicht unsre Sprache, hat ein fremd Gebaren …
Und wenn wir einmal alt sind und bei Jahren –:
dann sind wir grade so.

[1928]

GEDICHTE AUS DEN JAHREN 1929 BIS 1932

LIED FÜRS GRAMMOPHON

Gib mir deine Hand,
    Lucindy!
Du, im fernen Land –
    Lucindy!
Wie die Ätherwellen flitzen
über Drähte, wo die Raben sitzen,
    saust meine Liebe dir zu …
        du –
    tu–tu–tu– mmm –

Wenn du mich liebst, so singt dein Blut,
    Lucindy!
Ach, wenn du nicht da bist, bin ich dir so gut,
    Lucindy!
Dein, dein Lächeln läßt mir keine Ruh …
    Man kann von oben lächeln,
    man kann von unten lächeln,
    man kann daneben lächeln –
        wie lächelst du?
    tu–tu–tu– mmm –

Meine, die will mich verlassen,
    Lucindy!
Deiner, der will dich fassen,
    Lucindy!
Kehr zu ihm zurück!
Vielleicht ist das das Glück …
    Ich guck in den Mond immerzu –
    oh, so bluc – mmm –

Wie man auch setzt im Leben,
    Lucindy!
man tippt doch immer daneben,
    Lucindy!

Wir sitzen mit unsern Gefühlen
meistens zwischen zwei Stühlen –
und was bleibt, ist des Herzens Ironie …
    Lucindy!
    Lucindy!
    Lucindy –!

[1929]

WAS IST IM INNERN EINER ZWIEBEL –?

Nun nimmt wohl bald der Bauer Geld aus der Schatullen
und macht sich auf mit seiner Kuh zum Bullen –
    mit seiner Kuh.

Nun wirft wohl diese Kuh ein Kälbchen sonder Schaden,
und dieses Kälbchen legt dort einen runden Fladen –
    das Kälbchen
    von der Kuh.

Nun wächst aus diesem Fladen auf der Ackerkrume
wohl bald die schönste rote Bauernblume –
    aus dem Fladen
    von dem Kälbchen
    von der Kuh.

Nun hüpft wohl bald ein Stubenmädchen in dem Grase,
pflückt einen Strauß für ihr Hotel und stellt in eine Vase
    die Blumen
    aus dem Fladen
    von dem Kälbchen
    von der Kuh.

In diesem so geschmückten Raum – denn sieh, er hat ihn
ja vorbestellt – liegt froh der heitere Hochzeitsreisende bei seiner Gattin –
in Zimmer 28
mit den Blumen
aus dem Fladen
von dem Kälbchen
von der Kuh.

Und hier empfängt sie einen anfangs anonymen Knaben,
sie trägt ihn aus, gebärt – er ist von großen Gaben –
von den Hochzeitsreisenden
aus Zimmer 28
mit den Blumen
aus dem Fladen
von dem Kälbchen
von der Kuh.

Der Knabe reift heran, erbt einen ganzen Batzen
und gründet sich ein Etablissement für Bett-Matratzen –
der Sohn
der Hochzeitsreisenden
aus Zimmer 28
mit den Blumen
von dem Kälbchen
von der Kuh.

Nun schneuzt sich breit sein erster Vorarbeiter,
wischt sich den Bart und pinselt flötend weiter –
in der Fabrik
des Sohnes
der Hochzeitsreisenden
aus Zimmer 28
mit den Blumen
aus dem Fladen
von dem Kälbchen
von der Kuh.

Der Vorarbeiter hat das Bett lackiert. Nun nimmt er einen Schluck.
In diesem Bett tu ich den letzten Atemzug.

[1929]

MEDIA IN VITA

Manchmal seh ich sie auf Kistenholz
starr ausgestreckt,
um die Lippen diesen gottverfluchten Stolz
eines, der ganz voller Verachtung steckt.

Eben hießen sie noch Friedrich Zeh;
was sie taten, war nicht gut;
sieh, wie nun auf ihnen das Klischee:
„Majestät des Todes" ruht.

Bei Besuchen denk ich an der Tür:
„Du, mein Junge, wirst, wenn tot, nicht schön sein!
Manche eignen sich nicht recht dafür –
du wirst nicht schön sein!"

In den Reden, Gegenreden bleibt auf einmal
ihr Gesicht stehn –
Ruhe ist darin, nach überstandener Qual –
Maske, würdig anzusehn.

Flüstern …

Dann trägt man Herrn Zeh hinunter vor sein Haus,
und zurück bleibt Frau und Stiefelknecht.
Horizontal sieht alles anders aus.
Tote haben immer recht.

Horch, wie vor der Geburt und nach dem Tod die Stille brüllt:
Die Pause wird durch die Lebenden ausgefüllt.

[1929]

JUNGE AUTOREN

Was sie nur wollen –!
Da schimpfen sie auf die Ollen,
und die sind stieke
und überlassen die ganze Musike
den Jungen.
Und die machen ein Geschrei!
Und es sind alle dabei:

Da sieht man ältere Knaben,
die schon ihre fünfzig auf dem Buckel haben,
in kurzen Hosen umeinanderlaufen;
wenn sie schnell gehen, kriegen sie das Schnaufen –
aber bloß nicht hinten bleiben!
Modern! modern müssen Sie schreiben!
Nur nicht sein Leben zu Ende leben –
jung! jung mußt du dich geben!
Bei uns haben sie sonen Bart, der von alleine steht –
oder sie kommen gar nicht raus aus der Pubertät.

Was sie nur haben –!
Hindert denn einer die jungen Knaben?
Hört doch bloß mal: die junge Generation!
Na, da macht doch schon!
Es hält euch ja keiner. Als ob uns das nicht frommt,
wenn ein neues Talent geloffen kommt
Neunzehn Jahre! Was ist denn das schon?
Das ist keine Qualifikation.
Ludendorff war auch mal neunzehn Jahr.
Jung sein ist gar nichts. Es fragt sich, wers war.
Es gibt alte Esel und junge Talente –
Geburtstagsscheine sind keine Argumente.
Und wenns nicht klappt: es liegt nicht am Paß.
Dann liegts an euch. Könnt ihr was –?

Noch nie hat man sich so um Jugend gerissen.
Direktoren, Verleger warten servil …
jeder lauert auf einen fetten Bissen –
Speelt man god. Und schreit nicht so viel.
Wer was kann, der sei willkommen.
Der Rest hat die Jugend zum Vorwand genommen;
das sind – wir wollen uns da nicht streiten –
verhinderte Talentlosigkeiten.

[1929]

MUTTERNS HÄNDE

Hast uns Stulln jeschnitten
un Kaffe jekocht
    un de Töppe rübajeschohm –
un jewischt un jenäht
un jemacht un jedreht ...
    alles mit deine Hände.

Hast de Milch zujedeckt,
uns Bobongs zujesteckt
    un Zeitungen ausjetragen –
hast die Hemden jezählt
und Kartoffeln jeschält ...
    alles mit deine Hände.

Hast uns manches Mal
bei jroßen Schkandal
    auch'n Katzenkopp jejeben.
Hast uns hochjebracht.
Wir wahn Sticker acht,
sechse sind noch am Leben ...
    Alles mit deine Hände.

Heiß warn se un kalt.
Nu sind se alt.
    Nu bist du bald am Ende.
Da stehn wa nu hier,
und denn komm wir bei dir
    und streicheln deine Hände.

[1929]

ICH HABE MICH ERKÄLTET

Ich weiß dicht, was bit beider Dase ist –
da ist was dridd …
Doch soll bich dies dicht hindern,
euch, lieben Kindern,
ein deutsches Lied zu singen – uns allen zum Gewidd –:

Barkig schallt der Ruf der deutschen Bannen:
„Heil deb großen Zeppeliend!
Welcher butig flog von dannen,
über alle Welten hiend!“
    Alle Benschen konnten ihn sehnd!
    Welch ein Phädobeend –!

Donnen, deger und berlider Dutten
labten sich an seinemb Bild –
ohmb schrieben sie mit Underwoodn,
und sie aßen Hubber, Lachs und Wild,
    sowie auch die leckre Barbelade –
    daß ich dicht dabei war, das war schade.

Eckners Namb' sollt man id Barbor ritzen,
auf Zigarren, id ded Steid vom Dobido –
auf deb Präsidentenstuhle sollt er sitzen,
dafür neblich ist derselbe do …
    Alle, alle kedden ihnd ja schond,
    selbst Biss Babbitt und Frau Dathadsohnd.

Kein Bobent kann dieser Ruhmb sich wandeln.
Darumb bache ich ihmb dies Gedicht.
Was ist in der Dase … oder in ded Bandeln …
Aber Gottseidank: ban berkt es dicht.

[1929]

DAS GESETZ

Mann und Frau und Frau und Mann –
nach dem Happy End fängt ihr Leben erst an …
Wohnungsnot und Herzensnot
machen manche Ehe tot.

Warum
läßt man sich denn nicht scheiden?
’s fehlt an Geld – und der Schmutz und der Schmutz …
Und so zerrinnt das Leben beiden –
so wie sie, sind hunderttausend ohne Schutz …

Und unterdes –
da sitzen sie im Reichstagshaus
Und knobeln sich neue Gesetze aus;
ein gutes für Scheidung ist nicht dabei –
Hört ihr den Schrei? Hört ihr den Schrei?
Hört ihr den Schrei?
Paragraph 5, Ziffer 4, Absatz 3.

„Hör mal, Willy – jetzt ists aus!
Noch ein fünftes Kind hat keinen Platz im Haus!“
„Heul nicht, Liese, das hat keinen Sinn …
hier hast du ne Adresse – geh mal hin!“

Die Olsch, die macht das im Tarife –
aber schlecht – und die Frau geht ein.
Dann setzt es anonyme Briefe,
und vier Kinder sind nun ganz allein …

Und unterdes –
da sitzen sie im Reichstagshaus
und knobeln sich neue Gesetze aus –
Für manche ist die Frau eine Milchmeierei –
Hört ihr den Schrei? Hört ihr den Schrei?

Hört ihr den Schrei?
Paragraph 5, Ziffer 4, Absatz 3.

Kleiner Dieb, der wird gehängt –
großer Verbrecher kriegt noch was geschenkt.
Wer da ausbrennt Kriegessaat –
das nennt der Richter Landesverrat.

Zehntausend warten ungeduldig
in den Zellen, geduckt wie ein Tier ...
Die sind vorm Paragraphen schuldig
– aber Menschen, Menschen wie wir! –

Wach auf, wach auf, Barmherzigkeit!
Ein neuer Ton – eine neue Zeit!
Recht und Recht sind immer zweierlei ...
Hört ihr den Schrei? Hört ihr den Schrei?
Hört ihr den Schrei?
Macht euch frei!
Macht euch frei!
Macht euch frei!

[1929]

UNERLEDIGTE KONTEN

Als Kind – so um 95 rum –
da war ich bei Tante Jenny
zur Kindergesellschaft eingeladen,
mit Fritz und Ellen und Männi.
Ja.

Und da hats Sahnenbaisers gegeben,
jeder hat eins bekommen;
und dann wurde noch mal herumgereicht –
und ich hab keins mehr genommen!
    Das hat mich noch jahrelang geplagt …!
    Ich hätte sollen … und hab Nein gesagt.

Da hab ich noch eine Braut zu stehn
in Neu-Globsow – die Dame hieß Kätchen;
irgendwas war da … die hat so geguckt …
doch ich hatte genug der Mädchen.
                    Ja.
Und dann hat sie mir och mal geschrieben,
Briefe? Wie? Ist das schön?
Und dann war ich zu faul, und Neu-Globsow ist weit,
und jetzt möchte ich sie wiedersehn.
    Wie mich das in leeren Nächten plagt …
    Ich hätte sollen … und hab Nein gesagt.

Da stand ich vor Jahren in Moabit
vor einem Talar, den das freute;
er redete, redete, quatschte und schrie
und redet gewiß noch heute.
                    Ja.
Und aus einem hier nicht zu erzählenden Grund
hielt ich die ganze Zeit meinen Mund.
Ich mußte. Und habe nichts gesagt.
Aber das hat mich noch oft geplagt!
    Mit dem Jungen tret ich gern noch mal an –
    nur ein einziges Mal!
                        aber dann – aber dann –
Ist ja gar nicht wahr.
                        Wenn heut Kätchen da steht,
das Baiser und der Kerl aus Moabit –:
es ist ja leider alles zu spät!
Es ist immer das gleiche Lied:

Wenn wir was brauchen, dann haben wirs nicht;
und wenn wir es kriegen, dann wollen wirs nicht.
Lieber Gott! sei doch nur einmal gescheit
und gib uns die Dinge zu ihrer Zeit –!
Amen.

[1929]

DIE TAGUNG

Nun, Mutter, bürst mir den Zylinder,
den guten Sonntags-Gehrock hol herbei;
gehab dich wohl – paß gut auf, auf die Kinder,
pack mir die Stullen ein und auch ein Ei …
Heut fahr ich los, um neun Uhr, im Expreß …
heut ist Kongreß!

Vom Reichsverband sind die Kollegen
schon alle in die ferne Stadt geeilt.
Man wird uns dort brillant verpflegen,
weil ein Minister bei uns weilt.
Die Hoteliers sind froh. Sie wissen es:
heut ist Kongreß.

Zu ernster Arbeit sind wir dort versammelt.
Der Herr Minister spricht – das ist der Clou
(da ist der Saal noch voll, voll wie gerammelt) –
er sagt uns seine Unterstützung zu …
Das ist ein großes Wort, ein amtliches –
heut ist Kongreß.

Dann wird man viele schönen Reden hören.
Jedweder bittet um des Wortes Gunst.
Da kann uns die Opposition nicht stören –
Abstimmen lassen ist *auch* eine Kunst.
  Die Hände hoch! Und kurz ist der Prozeß …
    heut ist Kongreß.

Wir sprechen von den einfach ungeheuern
Unkosten in Fabrik und in Büro
und von den viel zu hohen Steuern –
„Das, meine Herren, geht nicht weiter so!
  Was hier geschieht, ist ein Exzeß!"
    Heut ist Kongreß.

Im Saal ein Nickerchen … die Uhr ist viere …
Der Redner liest und liest und redet seins …
Dann sitzen wir in Reihen froh beim Biere
und trinken, trinken immer noch eins.
  Denn, Mutter, schon die ollen Germanen
  versammelten sich mit allen Schikanen
  rechts vom Rhein und links vom Rhein:
  Deutsche Arbeit will beredet sein.
  Weil selbe immer nur gedeiht
  im Treibhaus unserer Wichtigkeit.
  Leb wohl! Da pfeift schon der Expreß …!
    Heut ist Kongreß.

[1929]

TRUNKENES LIED

Der Igel sprach zum Oberkellner:
„Bedienen Sie mich ein bißchen schnellner!
Suppe – Gemüse – Rostbeaf – und Wein!
Ich muß in den Deutschen Reichs-Igel-Verein!“

Da sprach der Oberkellner zum Igel:
„Ich hab so ein komisches Gefiegel –
ich bediene sonst gerne, prompt und coulant,
aber ich muß in den Oberkellner-Verband!“

Der Igel saß stumm, ohne zu acheln,
und sträubte träumerisch seine Stacheln –
Messer und Gabel rollten über die Decke.
Sie rollten zum Reichsverband Deutscher Bestecke.

Des wunderte der Igel sich.
Er ging in ‚Für Herren‘ züchtiglich;
doch der Alte, der dort reine macht,
war auf der Deutschen Klosettmänner-Nacht.

Ein Rauschen ging durch des Igels Stoppeln –
er tät bedrippt nach Hause hoppeln
        und sprach unterwegs
        (und aß einen Keks):
„Ich wohne gern. Aber seit ich in Deutschland wohne,
ist mein igeliges Leben gar nicht ohne.
Sie sind stolz, weil sie sich in Gruppen mühn –
doch sie sind nur gestörte Individühn.
Menschen? Mitglieder sind diese Leute.
Unsern täglichen Verband gib uns heute!
                Amen.“
                        (sagte der Idel).

[1929]

WAS DEM LAKAIEN SEINE LIVREE IST DER REPUBLIK IHRE SIEGES-ALLEE

Da stehn in Panzer und Lederkollern
die bessern Herren von den Hohenzollern.
Und man fragt sich, sieht man die Schnallen und Maschen:
Wann hat sich der Junge eigentlich gewaschen?
Wahrscheinlich an hohen Feiertagen,
wenn er hinging, sein Vaterunser zu sagen.

Was heute Kino ist und Theater,
dafür hatte er diesen heiligen Vater.
Der war in jener vergangenen Zeit
ein fetter Mime der Frömmigkeit.
Segnend ragt seine Unterlippe …
mit den Fürsten machte die Kirche Kippe:
dir ein Halb und mir ein Halb –
der Untertan war ein gutes Kalb.
Und wenn es einmal im Volke erbraust:
Dann haben wir hier die starke Faust.
Das Volk? Das werden wir doch noch kriegen!

In diesem Zeichen wollen wir siegen!
Wir würgen sie, bis sie nicht mehr jappen …
Hier ist das echte preußische Wappen.
Ein böses Vieh. Es beraubt und hackt
jeden, der sich mit Arbeit plackt.

Da steht die Allee. Es zaudern die zahmen
Republikaner vor Marmorreklamen.
Im Namen der Wehrmacht –
in Alt-Deutschlands Namen.

AMEN!

[1929]

HEJ –!

Auf einem leeren Marktplatz stehst
du –
ganz allein:
die Häuser haben geflaggt, jedes trägt eine andre Fahne,
die Dächer sind schwarz vor Menschen;
eine wimmelnde Schlange ist rings um den Platz gepreßt.
Aus jedem Haus dringt Getöse, Blechmusik, Orgeln, wirres Rufen –
Und plötzlich
heben sich alle Arme, auf dich,
zehntausend ausgestreckte Zeigefinger, auf dich,
und ein Schrei steigt auf:
– „Hej!"

Was wollen sie von dir?
Was hast du getan?
Was sollst du tun?
So groß bist du doch gar nicht,
so bedeutend bist du doch gar nicht,
so wichtig bist du doch gar nicht …

Eintreten sollst du – in eines dieser Häuser,
in welches, ist ihnen gleich –
aber in eines,
und darum rufen sie:
– „Hej!"

Da ist das katholische Haus:
Würdige Junggesellen halten, verkleidet, ein Buch in der Hand;
manche sind weise,
viele klug,
alle schlau.
Sie wollen dich,
sie wollen sich

und vergessen IHN.
Sie teilen eine Art Wahrheit aus;
sie kennen die Herzen aller,
sie ordnen Regeln an, für alle:
ein Warenhaus der Metaphysik.
Aber etwas Starres ist da,
ein Trübes,
und drohend steht das Kreuz gegen den Phallus –:
geh nicht hinein.

– „Hej!“

Da ist das Haus der Nationen.
Sture Gewaltmenschen
halten, kostümiert, einen Damaszenerdegen in der Hand,
aber sie schießen mit Gas.
An ihren Wänden hängen Bilder mittelalterlicher Kämpfe,
Fahnen über den Kaminen –
aber sie schießen mit Gas.
Sie wissen nicht, warum sie das tun,
sie müssen es tun;
ihr Wesen schreit nach Menschenfleisch,
nach der herrlichen, den Mann aufwühlenden Gewalt,
so liebt ihn die Frau.
In ihnen ist nichts,
daher wollen sie außer sich sein –
und wann wäre man wohl so außer sich
wie bei der Zeugung und beim Mord!
Verwaltungsbeamte des Todes –:
geh nicht hinein.

– „Hej!“

Da ist das Haus der feinen Leute.
Die spielen, ab sechs Uhr abends:

mit der Polaritätsphilosophie,
mit Theaterpremieren,
mit den Symphonien,
mit der Malerei,
mit dem Charme,
mit dem Stil,
mit den Versen Verstorbener,
mit den Witzen Lebendiger –
und alles darfst du bei ihnen tun,
(solange es zu nichts verpflichtet),
alles, nur eines nicht:
Nicht die Geschäfte stören,
den Ernst des Lebens,
der da ist:
Geld verdienen mit dem Schweiß der andern;
regieren auf dem geduldigen Rücken der andern;
leben vom Mark der andern …
Für die Sättigungspausen
haben sie einen Pojaz bestellt:
den Künstler.
Geh nicht hinein.

–„Hej!"

Da ist das russische Haus.
Du kennst es nicht genau.
Aber bist du reif für dieses Haus?
Ist dein Tadel:
ihre starre Dogmatik,
ihr Zeloteneifer, eine neue Kirche zu gründen,
ihr scharfer Haß gegen den Einzelnen
– aber Lenin war ein Einzelner –
ihre Affenliebe für alle, die alles heilen soll –:
ist dieser Tadel nicht deine verkappte Schwäche?
Auch sie: dieser Welt hingegeben

– erwarte nicht den Himmel von ihnen –
auch sie: Nationalisten,
freilich mit einer Idee;
auch sie: für den Krieg,
auch sie: erdgebunden;
das, was sie an die Amerikaner verhökern,
heißt nicht umsonst: Konzessionen …
Bist du stark genug,
mitzuarbeiten am Werk?
Noch nicht –
geh noch nicht hinein.

– „Hej!"

Tausend Gruppen umbrüllen dich,
rufen nach dir,
preisen an die warme Heimat: Herde.
Sag: Hast du nicht Sehnsucht gehabt nach dem Stall,
nach dem warmen Stall, wo nicht nur die Krippe lockt,
– die Wiesen genügen –
nein, wo die tierische Wärme der Leiber ist,
das vertraute Muh und das Gemeinschaftsgefühl der Menschen?
Sie schrein:
In die Reihn!
In den Verein!
Sie schrein:
Die Zeit des einzelnen ist vorbei,
das trägt niemand mehr!
Freiwillige Bindung!
Schwächling! schrein sie; Einzelgänger! Unentschiedener!
Her zu uns!
Zur Ordnung! Zur Ordnung!

Über den Häusern
ragen die Wipfel

geduldiger Bäume.
Rauschend bewegen sie schäumende Kronen.
Zurück zur Natur?
Hingegeben an dämmernde Herbstabende,
wo die göttliche Klarheit
des bunten Tags
sich auflöst in weich-graue Nebel?
Vergessen das Leid
der Millionen?
Und die Wirkung roten Weines
und eine Frau am Kamin
für die letzte Sprosse der göttlichen Weltordnung nehmen?
Frauen geben. Nimm. Aber erhoffe nichts.
Zurück zur Natur?
Bleib verwurzelt – aber geh nicht
mit der Laute zu ihr –:
Du gehst zurück …

– „Hej!"

Da stehst du
und siehst um dich:
Die Rufer verschwimmen,
treten zurück …
Du bist nicht allein!
Um dich
stehen Hunderttausende:
frierend wie du,
suchend wie du,
jeder allein, wie du,
Trost? Nein: Schicksal.

Bleib tapfer.
Bleib aufrecht.
Bleib du.
Hör immer den Schrei:

– „Hej!“
Laß dich nicht verlocken.
Geh deinen Weg. Es gibt so viele Wege.

Es gibt nur ein Ziel.

[1929]

IDEAL UND WIRKLICHKEIT

In stiller Nacht und monogamen Betten
denkst du dir aus, was dir am Leben fehlt.
Die Nerven knistern. Wenn wir das doch hätten,
was uns, weil es nicht da ist, leise quält.
    Du präparierst dir im Gedankengange
    das, was du willst – und nachher kriegst dus nie …
    Man möchte immer eine große Lange,
    und dann bekommt man eine kleine Dicke –
        C’est la vie –!

Sie muß sich wie in einem Kugellager
in ihren Hüften biegen, groß und blond.
Ein Pfund zu wenig – und sie wäre mager,
wer je in diesen Haaren sich gesonnt …
    Nachher erliegst du dem verfluchten Hange,
    der Eile und Phantasie.
    Man möchte immer eine große Lange,
    und dann bekommt man eine kleine Dicke –
        Ssälawih –!

Man möchte eine helle Pfeife kaufen
und kauft die dunkle – andere sind nicht da.
Man möchte jeden Morgen dauerlaufen
und tut es nicht. Beinah … beinah …

Wir dachten unter kaiserlichem Zwange
an eine Republik ... und nun ists die!
Man möchte immer eine große Lange,
und dann bekommt man eine kleine Dicke –
Ssälawih –!

[1929]

DIE BESETZUNG

Es haben die deutschen Filmdirektoren
noch niemals die Schnur ihres Handelns verloren;
drum merke sich jeder junge Adept
das folgende Besetzungsrezept:
Wenn du elegant brauchst,
nimm Paul Otto;
wenn du brutal brauchst,
nimm Homolka;
wenn du Seelchen brauchst,
nimm die Bergner;
wenn du berlinisch brauchst,
nimm Veidt;
wenn du gar nichts brauchst,
nimm Liedtke –
Spezialisten für Tränen, Spezialisten fürs Lachen.
Und nie darf einer was andres machen
als das, womit er schon einmal gewirkt.
Die Ressorts sind säuberlich abgezirkt:
Nummer IV, Nummer III, Nummer II, Nummer I –
jeder seins.

Dies Verfahren erscheint mir aber – das seh ich –
auch auf andere Gebiete ausdehnungsfähig.
Man kann, um seine Geschäfte zu stärken,

sich folgende Dienstanweisung merken:
Wenn du Heereslieferungen brauchst,
schwenk Fahnen;
wenn du ein Mädchen brauchst,
nimm Seele;
wenn du Steuern brauchst,
sag: Frankreich;
wenn du junge Aktien brauchst,
sag: Wirtschaft;
wenn du Rührung brauchst,
nimm's Mutterl ...
wenn du Rache brauchst,
nimm einen Richter –
So hast du für alle Lagen des Lebens
stets etwas parat und kämpfst nie vergebens.
Der Mittel sind viele in den Kulissen ...
man muß sie nur anzuwenden wissen.
Nummer IV, Nummer III, Nummer II, Nummer I –:
jeder seins.

[1929]

DER VERRUTSCHTE HUT

Wenn eine Dame nachts allein mit einem Mann im Auto nach Hause fährt, hat sie sich die Folgen selber zuzuschreiben.
Aus der Urteilsbegründung eines berliner Schöffengerichts

Was ein berliner Kavalier ist,
der bringt – ist die Gesellschaft aus –
und wenn es morgens früh um vier ist,
die Dame, welche ... stets nach Haus.

Im Auto soll man Bande knüpfen.
Das muß so sein und hebt den Herrn.
Der Name ‚Schlüpfer' kommt von: schlüpfen.
Er glaubt: die Frauen haben das gern …
    Das wollen sie aber gar nicht!
    Das mögen sie aber gar nicht!
        Das tut ihnen gar nicht gut!
    Wie kommen sie denn nun nach Haus?
    „Und wie seh ich überhaupt jetzt aus?
    – und einen ganz verrutschten Hut!"

Es erben sich Gesetz und Rechte
wie eine ewige Krankheit fort.
Er meint, wenn er das nicht vollbrächte,
dann sei er kein mondäner Lord.
    Er muß. Teils gnädig und teils müde
    und überhaupt, weils dunkel ist.
    „Ach, der Chauffeur … sei doch nicht prüde …!"
    Ein Mann ist stets ein Egoist.
        Sein Motor will auf Touren laufen.
        Die Frau braucht Zeit. Es saust die Fahrt.
        Sie will nicht um die Liebe raufen:
        Haare apart und Bouletten apart.
Doch jener wird gleich handgemein.
Jetzt oder nie …! Die Hand ans Bein …
    Das wollen sie aber gar nicht!
    Das mögen sie aber gar nicht!
        Das tut ihnen gar nicht gut!
    Berliner Autoliebe stört.
    Immer hübsch alles, wos hingehört –
        ohne verrutschten Hut –!

[1929]

DEUTSCHE RICHTER VON 1940

Wir sehen hier im Vereine
in diesem Lederflaus;
wie die abgestochenen Schweine
sehn wir aus.
    Wir fechten die Kreuz und die Quere
    mit Schlag und Hieb und Stoß;
    wir schlachten uns um die Ehre –!
    Auf die Mensur!
                                        Los!

Der deutsche Geist? Hier steht er.
Wie unsere Tiefquart sitzt!
Wir machen Hackepeter,
daß die rote Suppe spritzt.
    Wir sind die Blüte der Arier
    und verachten kühl und grandios
    die verrohten Proletarier –
    Auf die Mensur!
                        Gebunden!
                                        Los!

Wir sitzen in zwanzig Jahren
mit zerhacktem Angesicht
in Würde und Talaren
über euch zu Gericht.
    Dann werden wirs euch zeigen
    in Sprechstunden und Büros …
    ihr habt euch zu ducken, zu schweigen
    Auf die Mensur!
                        Gebunden!
                                Fertig!
                                        Los!

Wie lange, Männer und Frauen,
seht ihr euch das mit an –?
Wenn sie sich heut selber verhauen:
Euch fallen sie morgen an!
    Ihr seid das Volk und die Masse
    von der Etsch bis an den Rhein:
    soll *das* die herrschende Klasse,
    sollen *das* unsere Führer sein –?
                        Fertig! Los! Los!

[1929]

AUSSPERRUNG

Hier stehn wir in dem Garten
und warten, warten, warten,
    Vater kommt nicht.
Bei Krauses wird gleich geschlossen;
er ist bei den Genossen ...
    Vater ist ausgesperrt.

Durchs Rheinland zieht es brausend –
sie haben Zweihunderttausend
    aus den Fabriken gezerrt.
Wir stehen hier und darben;
es blühn die IG-Farben –
    Vater ist ausgesperrt.

Wir sind dazu da, um später
an Stelle unserer Väter
    an den gleichen Schraubstock zu gehn,
Großmutter, sag es den Kleinen:
sie sollen vor Hunger nicht weinen,

sie sollen gerade stehn –!
Mit Vater und dem ganzen Chor:
Brüder!
      Zum Licht, zur Freiheit empor –!

[1929]

DAS PARLAMENT

Ob die Sozialisten in den Reichstag ziehn –
      is ja janz ejal!
Ob der Vater Wirth will nach links entfliehn,
oder ob er kuscht wegen Disziplin –
      is ja janz ejal!
Ob die Volkspartei mit den Schiele-Augen
einen hinmacht mitten ins Lokal
und den Demokraten auf die Hühneraugen …
      is ja janz ejal!
         is ja janz ejal!
            is ja janz ejal!

Die Plakate kleben an den Mauern –
      is ja janz ejal!
mit dem Schmus für Städter und für Bauern:
„Zwölfte Stunde!“ – „Soll die Schande dauern?“
      Is ja janz ejal!
Kennt ihr jene, die dahinter sitzen
und die Schnüre ziehn bei jeder Wahl?
Ob im Bockbiersaal die Propagandafritzen
sich halb heiser brüllen und dabei Bäche schwitzen –:
      is ja janz ejal!
         is jajanz ejal!
            is ja janz ejal!

Ob die Funktionäre ganz und gar verrosten –
is ja janz ejal!
Ob der schöne Rudi den Ministerposten
endlich kriegt – (das wird nicht billig kosten):
is ja janz ejal!
Dein Geschick, Deutschland, machen Industrien,
Banken und die Schiffahrtskompanien –
welch ein Bumstheater ist die Wahl!
Reg dich auf und reg dich ab im Grimme!
Wähle, wähle! Doch des Volkes Stimme
is ja janz ejal!
is ja janz ejal!
is ja janz ejal –!

[1929]

DER KOPF IM WALDE

Ein Neunzehnjähriger ist von der Feme ermordet worden. Der Leichnam ist im Walde verscharrt. Wildernde Hunde haben an der Stelle gegraben und den Kopf freigelegt. Der Kopf spricht:

Hinter Buckow, etwas westlich vom Alten See,
liege ich, dreißig Schritte von der Chaussee.
Meine Kleider sind schon ganz verfault und welk wie Zunder.
Bei dem hiesigen Boden ist das kein Wunder.
Hier ists moorig.
Ich kenne das recht gut.
Ich war doch hier Freiwilliger … ich hatte einen Südwestafrikaner-Hut,
und wir hatten Abzeichen und waren national.
Wie kam das doch so auf einmal?

Ja, der Lübecke hatte aufgebracht, daß ich ein Spitzel wäre.
Das ging gegen meine Ehre,
und das war von ihm eine große Gemeinheit.
Er war bloß eifersüchtig auf meine Reinheit.
Denn er machte immer was mit Völckner hinter der Scheune.
Und eines Sommerabends, so gegen halb neune,
da faßte er mich an und wollte mit mir auch einmal.
Aber ich sagte: „Ich melde es dem Korporal –!"
Denn seit zwei Monaten war ich anständig geworden.
Ich war fast der einzige im ganzen Orden ...
Mir war gleich so komisch ...
Da! – Wie sie mich wieder umkreisen:
die Ameisen! Die Ameisen!

Mir war gleich so komisch ... Denn Lübecke wußte das von Bern ...
(der hat damals bei Rathenau mitgemacht – mit Fischer und Kern),
und Lübecke war furchtbar mächtig in unserm Bund.
Und was er mal gesagt hatte, das tat er auch, und
da habe ich beim nächsten Appell gefehlt.
Und da hat der Lübecke sicher was Gelogenes erzählt.
Und Bröder, unser Kompanieführer, war leider nicht hier –
der war nämlich früher Offizier –
der war nicht da. Das war sehr schade.
Aber der war in Halle auf Parade.

Und da haben sie eine Übung angesetzt im Wald,
damit es nicht auffällt, wenn eine Patrone knallt.
Und da waren auf einmal vier da.
Lübecke nicht. Und sie haben kein Wort gesagt. Und sie kamen ganz nah
auf mich zu und sahen mich bloß an
und sagten: „Du bist kein deutscher Mann –!
Du bist ein Verräter –!" Und dann kam ein Schlag.
Und einer rief: „Das wird dein letzter Tag,
du Hund!" Und dann waren sie ganz stumm.
Und ich fiel hin, und sie trampelten noch auf mir herum.

Und dann weiß ich nichts mehr. Doch. Einer hat gerufen: „Was kann
da sein?"
Wir fallen ja doch nicht rein!"

Herrgott, ich bin mein ganzes Leben lang fromm gewesen.
Laß mich doch hier nicht ungerächt verwesen!
Laß es doch herauskommen! Sicher steckt der Lübecke dahinter.
Jetzt war schon einmal Sommer, und nun kommt Winter.
Meine Mutter weiß nicht, wo ich geblieben bin …
Sie lassen mich sicher suchen, in Amerika oder Tientsin.

Lieber Gott, dir kann ichs sagen:
Wos zu spät ist, weiß ichs jetzt:
Siegreich wolln wir Frankreich schlagen –
alle haben so gehetzt!
Das Hakenkreuz, Gott, ich umkrall es!
Lieber Gott, mein Rufen gellt:
Deutschland, Deutschland über alles!
Über alles in der Welt –!

[1929]

LIED DER STEINKLOPFER

Wenn jeder Stein ein Richter wär,
ein General von unserm Heer,
Herr Hilferding im Frack –:
dann rammten wir mit voller Kraft,
die Straße wäre bald geschafft –
rack –
pickepack –
tack-tack.

Daß jeder Stein und jeder Stein
so schwer geht in den Boden ein
    wie allen Tag für Tag
die Lehre, daß der Arbeitsmann
nicht nur für andere schuften kann –
    rack –
        pickepack –
            tack-tack ...!

Wer marschiert mit Pfeifen, wer fährt laut
über die Straße, die *wir gebaut?*
    Und wer ist daran schuld?
        Die Ramme gepackt.
        Es klopft im Takt:
            Geduld.
                Geduld.
                    Geduld.

[1929]

BÜRGERLICHE WOHLTÄTIGKEIT

Sieh! Da steht das Erholungsheim
einer Aktiengesellschafts-Gruppe;
morgens gibt es Haferschleim
und abends Gerstensuppe.
    Und die Arbeiter dürfen auch in den Park ...
    Gut. Das ist der Pfennig.
    Aber wo ist die Mark -?

Sie reichen euch manche Almosen hin
unter christlichen frommen Gebeten;
sie pflegen die leidende Wöchnerin,
denn sie brauchen ja die Proleten.

Sie liefern auch einen Armensarg …
Das ist der Pfennig. Aber wo ist die Mark –?

Die Mark ist tausend- und tausendfach
in fremde Taschen geflossen;
die Dividende hat mit viel Krach
der Aufsichtsrat beschlossen.
Für euch die Brühe. Für sie das Mark.
Für euch der Pfennig. Für sie die Mark.

Proleten!
Fallt nicht auf den Schwindel rein!
Sie schulden euch mehr als sie geben.
Sie schulden euch alles! Die Länderein,
die Bergwerke und die Wollfärberein …
sie schulden euch Glück und Leben.
Nimm, was du kriegst. Aber pfeif auf den Quark.
Denk an deine Klasse! Und die mach stark!
Für dich der Pfennig! Für dich die Mark!
Kämpfe –!

[1929]

O DU MEIN ÖSTERREICH –!

Wie mußt du es machen?
So mußt du es machen:

Jahrelang die Bauern aufhetzen,
jahrelang auf Straßen und Plätzen
Wien verfluchen – „Die rote Gefahr!"
und kein Wort davon, wer es eigentlich war,
der Österreich in den Kriegstaumel riß …
kein Wort von den Göttern der Finsternis …

Teuerung … Kirchenglocken … Tumult …
„Wien! das marxistische Wien ist schuld!"

Wie mußt du es machen?
So mußt du es machen:

Den Proleten langsam den Weg verrammeln,
alle die Jahre Waffen ansammeln;
Heimwehr? An Schloßkaminen geboren;
Kulaken, die ihren Krieg verloren …
von deutschen Faschisten unterstützt,
von Pfaffen getrieben und ausgenützt …
Gegen den wiener Wasserkopf
erhebt sich ein tiroler Kropf.
Aus dunkeln Quellen fließt Geld – das wirds schaffen …
Übungen … Märsche … und Waffen und Waffen …

Wie mußt du das machen?
So mußt du das machen.

Die Verfassung auf den Müll!
Marsch auf Wien! Auf sie mit Gebrüll!
Heimwehrdrohungen ohne Zahl –
aber immer legal, immer legal.
Schlagt die Juden tot! Österreich ist arisch!
aber immer gesetzlich-parlamentarisch.
Vorn ernste Verhandlungen mit Seipel a. D. –
und im Hintergrund eine weiße Armee.
So kann man dem Arbeiter alles rauben.

Das sollten sich mal die Roten erlauben!
Drohung? Mit Waffen? Ein Heimarbeitsbund?
Europa brüllte den Hals sich wund.
Revolutionen erleben wir rings
von rechts – mit dem Vokabular von links.
Und so sind die faschistisch verkleideten Massen

Nachtportiers der besitzenden Klassen.
Arm soll verrecken – aber reich bleibt reich.
O du mein …
o du mein Österreich –!

[1930]

DAS NACHTGESPENST

Am Tage bin ich ein gewisser Planke
nur: Planke, Erich … Breite Straße zehn.
Man merkt mir gar nichts an. Und kein Gedanke
läßt auf der Straße jemand nach mir sehn.
Doch abends, wenn die Bogenlampen zischen,
dann geh ich los und spiele still Versteck.
Rein ins Parterre … ich kann so rasch entwischen …
den Frauen zieh ich gern die Decke weg –
Erschrecken Sie nicht!
Erschrecken Sie doch!
Erschrecken Sie nicht!
Erschrecken Sie doch!
Ich bin schon lange weg, wenn du um Hilfe rennst:
Ich bin das Nachtgespenst!
Ich bin das Nachtgespenst!
„Wer ist da? Mach mal Licht! Mama –!“

Ich stehle nichts. Ich tappe durch die Räume.
Na ja, ein Taschentuch … was man so findt …
Das sind so alte, tiefe Kinderträume:
wie wohl die fremden Menschen nackend sind?
Sie liegen warm gekuschelt wie die Katzen …
die eine Hand am Bein … die Decke kraus …
Ich hör sie noch vor Angst am Schalter kratzen –
ein Sprung – tiefatmend steh ich vor dem Haus –

Erschrecken Sie nicht!
Erschrecken Sie doch!
Ich bin schon lange weg, wenn du im Halbschlaf pennst …
Ich bin das Nachtgespenst!
Ich bin das Nachtgespenst!
„Willi! Einbrecher! Williiii …!"

Mir ist das Sport. Romantik ist so selten.
Am Mittag drauf steh ich in der ‚*B.Z.*'.
Ich bin ein Expedient. Man will doch auch was gelten.
Den ganzen Tag riech ich das fremde Bett …
Angst rieselt auf mich zu. Ich bin ein Kaiser,
ein Fürst der Nacht! Ich schmecke ihren Schrei …
Und nachher brüllen sie vor Furcht sich heiser.
Mich kann die ganze grüne Polizei …
Erschrecken Sie nicht!
Erschrecken Sie doch!
Erschrecken Sie nicht!
Erschrecken Sie doch!
Da kannst du lange warten, bis du mich mal kennst …!
Ich bin das Nachtgespenst!
Ich bin das Nachtgespenst!
Bis ich vor den Herrn Schöffen hocke –
§ 123 Strafgesetzbuch. Gefängnisstrafe von drei Monaten.
Romantik: ocke.

[1930]

AUS!

Einmal müssen zwei auseinandergehn;
einmal will einer den andern nicht mehr verstehn – –
einmal gabelt sich jeder Weg – und jeder geht allein –
wer ist daran schuld?

Es gibt keine Schuld. Es gibt nur den Ablauf der Zeit.
Solche Straßen schneiden sich in der Unendlichkeit.
Jedes trägt den andern mit sich herum –
etwas bleibt immer zurück.

Einmal hat es euch zusammengespült,
ihr habt euch erhitzt, seid zusammengeschmolzen, und dann erkühlt –
Ihr wart euer Kind. Jede Hälfte sinkt nun herab –:
ein neuer Mensch.

Jeder geht seinem kleinen Schicksal zu.
Leben ist Wandlung. Jedes Ich sucht ein Du.
Jeder sucht seine Zukunft. Und geht nun mit stockendem Fuß,
vorwärtsgerissen vom Willen, ohne Erklärung und ohne Gruß
in ein fernes Land.

[1930]

KIRCHE UND WOLKENKRATZER

Es läuten die Glocken: Bim-bam-bim-bam;
es sausen die Autos über den Damm;
die Kirche reckt ihren Turm zum Himmel
und macht Reklame mit ihrem Gebimmel.
Sie wirbt für den christlichen Gedanken –
aber drum herum die Häuser der Banken
sind eine Etage höher.

Wenn zu New York die Börse kocht,
dann beten die frommen Pfaffen:
daß keiner werde eingelocht,
daß sie alle Geld erraffen.
Aber wie sie auch beten in brausendem Chor:
die Banken ragen zum Himmel empor
eine Etage höher.

Und es beten die Pfaffen nach alter Art
gegen sündige Teufelsgedanken.
Das Kirchenvermögen liegt wohlverwahrt
nebenan, nebenan in den Banken.
Wer regiert die Welt –? Hier kann man das sehn.
Um alle Kirchen die Banken stehn
eine Etage höher.

[1930]

THEORIE DER LEIDENSCHAFT BERLIN N 54

Von wejen Liebe …
Wat der Affe klönt!
Ick hab ma ehmt bloß an'n jewöhnt!
Ick weß nu schon: det Morjens seine Socken …
Von wejen Oberarm die zweenhalb Pocken …
Von wejen Liebe –!
Hö! So siehste aus.
Mensch, nischt wie raus!

Da sind wa neulich in'n Film jewesen.
Da jab et eenen schönen Brief zu lesen.
Een Vers:
DIE EIFERSUCHT IST EINE LEIDENSCHAFT,
DIE MIT EIFER SUCHT, WAS LEIDEN SCHAFFT.

Na ja doch. Aba det wär ja jelacht:
Wenn der mit seine Nutten macht –
ick sahre nischt. Ick kenn doch diß jenau!
Son fauler Kopp. Ick ärja mir bloß blau,
det ick mir ärjere. Denn der vadient det jahnich,
der Affenschwanz, der olle Piesenkranich.
Ick mach et janz jenau wie er – son Aas …!
A det is komisch: mir machts keenen Spaß.
Mich kann die janze Männerbranche –!
Ick nehme die janze Männerbranche –!
    Ick, Lottchen, bin ja dazu viel zu schlau.
    So is det meine Meinung nach mit jede Frau:
    Sofern wir iebahaupt 'n Herrn ham,
    denn ham wir jern, det wirn jern ham!
    Ob Schupouniform, ob in Zevil:
    es is von wejen det Jefiehl.
    Da weeß der jahnischt von. Der pust sich auf
    und kommt sich vor un is noch stolz dadrauf …
Von wejen Liebe …
                Det bestimmt doch keinesfalls
der Mann mit seinen unjewaschenen Hals!
Ich küsse Ihre Hand, Madam.
                Diß jlauben bloß die Kälber.
            Ick sahre so –:
Det Schönste an die Liebe is die Liebe selber.

[1930]

IMMER

Zum Beispiel Sie, Herr Fairbanks, sind doch eine Nummer!
Sie haben Ihren eigenen Ozean
und soviel Geld! und Glück … und niemals Kummer …
und eine Frau so süß wie Marzipan.
Doch manchmal, denk ich, nachts, wenn alles schweigt,
ob Ihnen da die Traurigkeit nicht einen geigt:
„Ja, immer Glück … das ist es eben …
Den ganzen Tag?
Das ganze Jahr?
Das ganze Leben –?"

Zum Beispiel Sie, Herr Ehemann, sind zu beneiden:
Sie haben eine Schönheitskönigin zur Frau.
Vor Ihnen darf die Venus aus der Wanne steigen …
wir sehn ihr Bild – Sie kennen sie genau.
Denn so verteilt die Gaben das Geschick.
Nach Jahren ist da was in Ihrem Blick …
So summsen Fliegen, die am Sirup kleben …
Den ganzen Tag?
Das ganze Jahr?
Das ganze Leben –?

Mensch, sei nicht neidisch!
Glück hat seinen Schimmer …
Stehst du im Tal, vergiß nicht vor den Höhn:
Das, was man einmal tut, ist schön. Doch was man immer
zu tun genötigt ist, ist weniger schön.
Brathuhn ist gut. Was aber tätst du tun,
gibt man dir jeden Tag gebratenes Huhn?
Na, siehst du. Sowas schätzt du auch daneben …
Sei helle!
Lebe du dein eigenes Leben.

[1930]

FRAGE

Es laufen vor Premieren
Gerüchte durch die Stadt:
Nun kommt, was man in Sphären
noch nicht gesehen hat.
 Doch hat der Rummel sich gelegt
 – so aufgeregt, so aufgeregt –
 dann frag ich still, so leis ich kann:
  „Und dazu ziehn Sie 'n Smoking an –?"

Es steigen große Bälle,
und die Plakate schrein.
Man muß auf alle Fälle
da reingetreten sein.
 Der Sekt ist warm, die Garderobe kalt.
 „Ich glaube, Lo, nun gehn wir bald ..."
 Zu Hause sehn sich alle an:
  „Und dazu ziehn wir 'n Smoking an –?"

Es prangt in den Journalen
das Bildnis einer Frau.
Schön ist sie angemalen,
hellrosa, beige und blau.
 Dir glückts ... ihr Widerstand erschlafft ...
 Na, fabelhaft! Na, fabelhaft?
 Grau ist der Morgen ... welk der Strauß ...
  Und dazu zieh ich 'n Smoking aus –?

Willst du nach oben schweben,
fällst du auf den Popo.
Und überhaupt das Leben,
es ist gemeinhin so:
 Erst viel Geschrei und mächtiger Zimt.
 Sieh nur, wie alles Karten nimmt!

Aber mehrstenteils, o Smokingmann:
    Zieh ihn gar nicht erst an! Zieh ihn gar nicht erst an –!

[1930]

DIE FREIE WIRTSCHAFT

Ihr sollt die verfluchten Tarife abbauen.
Ihr sollt auf euern Direktor vertrauen.
Ihr sollt die Schlichtungsausschüsse verlassen.
Ihr sollt alles Weitere dem Chef überlassen.
Kein Betriebsrat quatschte uns mehr herein,
wir wollen freie Wirtschaftler sein!
    Fort die Gruppen – sei unser Panier!
    Na, ihr nicht.
                Aber wir.

Ihr braucht keine Heime für eure Lungen,
keine Renten und keine Versicherungen.
Ihr solltet euch allesamt was schämen,
von dem armen Staat noch Geld zu nehmen!
Ihr sollt nicht mehr zusammenstehn –
wollt ihr wohl auseinandergehn!
    Keine Kartelle in unserm Revier!
    Ihr nicht.
                Aber wir.

Wir bilden bis in die weiteste Ferne
Trusts; Kartelle, Verbände, Konzerne.
Wir stehen neben den Hochofenflammen
in Interessengemeinschaften fest zusammen.
Wir diktieren die Preise und die Verträge –
kein Schutzgesetz sei uns im Wege.

Gut organisiert sitzen wir hier …
Ihr nicht.
Aber wir.

Was ihr macht, ist Marxismus.
Nieder damit!
Wir erobern die Macht, Schritt für Schritt.
Niemand stört uns. In guter Ruh
sehn Regierungssozialisten zu.
Wir wollen euch einzeln. An die Gewehre!
Das ist die neuste Wirtschaftslehre.
Die Forderung ist noch nicht verkündet,
die ein deutscher Professor uns nicht begründet.
In Betrieben wirken für unsere Idee
die Offiziere der alten Armee,
die Stahlhelmleute, Hitlergarden …

Ihr in Kellern und in Mansarden,
merkt ihr nicht, was mit euch gespielt wird?
mit wessen Schweiß der Gewinn erzielt wird?
Komme, was da kommen mag.
Es kommt der Tag,
da ruft der Arbeitspionier:
„Ihr nicht.
Aber Wir. Wir. Wir.“

[1930]

AUGEN IN DER GROSS-STADT

Wenn du zur Arbeit gehst
am frühen Morgen,
wenn du am Bahnhof stehst
mit deinen Sorgen:
        da zeigt die Stadt
        dir asphaltblatt
    im Menschentrichter
    Millionen Gesichter:
Zwei fremde Augen, ein kurzer Blick,
die Braue, Pupillen, die Lider –
Was war das? vielleicht dein Lebensglück …
Vorbei, verweht, nie wieder.

Du gehst dein Leben lang
auf tausend Straßen;
du siehst auf deinem Gang,
die dich vergaßen.
        Ein Auge winkt,
        die Seele klingt;
    du hasts gefunden,
    nur für Sekunden …
Zwei fremde Augen, ein kurzer Blick,
die Braue, Pupillen, die Lider;
Was war das? kein Mensch dreht die Zeit zurück …
Vorbei, verweht, nie wieder.

Du mußt auf deinem Gang
durch Städte wandern;
siehst einen Pulsschlag lang
den fremden Andern.
        Es kann ein Feind sein,
        es kann ein Freund sein,
        es kann im Kampfe dein
        Genosse sein.

Es sieht hinüber
und zieht vorüber …
Zwei fremde Augen, ein kurzer Blick,
die Braue, Pupillen, die Lider.
Was war das?
Von der großen Menschheit ein Stück!
Vorbei, verweht, nie wieder.

[1930]

JUBILÄUM

Seid ihr alle noch da –?
Ja –?

Immer dieselben Offiziere,
dieselben Verschwörungs-Kavaliere,
unfähig, etwas Gescheites zu werden,
ewige, ewige Landsknechte auf Erden;
dieselbe Wichtigkeit mit ‚Kurieren',
derselbe Rummel im Organisieren …
Denn im Felde das Saufen … das gute Essen …
das können die Herren nun mal nicht vergessen.
Immer noch Ansprachen mit Hurra …

Seid ihr auch alle da –?
Ja –?

Ihr habt so viel Geld. Von Köln bis Berlin
spenden die notleidenden Industrien;
und es spendet auch voller Saft und Kraft
die arme, notleidende Landwirtschaft.
Und mit diesem Geld ist es euch gelungen:
ihr habt auch scharenweise die Jungen.

Und was für Jugend!
        Die muß man sehen,
die Uniformen, die mit euch gehen:
Eine verbrüllte, verhetzte Masse,
mit der ganzen Sehnsucht zur blonden Rasse,
die nun einmal jeden entflammt,
der aus Promenadenmischungen stammt.
Die Gestirne verkleistert im achtzehnten Jahr,
Deutschland im Maul und Schuppen im Haar …
Abschaum der Bürger vom Belt bis zum Rhein –
Und das soll Deutschlands Zukunft sein –?

Euch stört doch kein republikanisches Schwein?
Nein –?

Die Republikaner sehen in Ruh
euerm klirrenden Getümmel zu.
Kein Staatsanwalt tät ein Wörtlein sagen –
er muß ja die Kommunisten jagen.
Und sie sehen nicht, was in der Reichswehr geschieht …
Es ist immer dasselbe alte Lied:
Der Bürger hofft. Und zieht einen Flunsch.
Und hat im ganzen nur einen Wunsch:
Es soll sich nichts ändern. Die Bahnen solln gehn.
Er will ins Geschäft, um Viertel zehn …
Das ist schon wahr. Das muß man begreifen.
Ihr habt auch schon recht, darauf zu pfeifen.
Ihr vergeßt nur: die Leute eurer Partie
sind genau dieselben Bürger wie die!
Nur lauter. Nur dümmer. Nur mit mehr Geschrei.
Und was gerne prügelt, ist auch dabei.

Seid ihr alle wieder da –?
Ja –?

Na, dann man los! Laßt die Gewehre knallen!
Die Leute werden hungern. Die Währung wird fallen.
Arbeiter werden auf dem Pflaster liegen.
Ihr werdet Waffenlose besiegen …
Sprung auf! Marsch-Marsch!
        Auf zum Tag des Gerichts –!
Und gehts schief –:
        Ihr riskiert ja weiter nichts.

[1930]

DANACH

Es wird nach einem happy end
im Film jewöhnlich abjeblendt.
    Man sieht bloß noch in ihre Lippen
    den Helden seinen Schnurrbart stippen –
    da hat sie nu den Schentelmen.
        Na, un denn –?

Denn jehn die beeden brav ins Bett.
Na ja … diß is ja auch janz nett.
    A manchmal möcht man doch jern wissn:
    Wat tun se, wenn se sich nich kissn?
    Die könn ja doch nich imma penn …!
        Na, un denn –?

Denn säuselt im Kamin der Wind.
Denn kricht det junge Paar 'n Kind.
    Denn kocht sie Milch. Die Milch looft üba.
    Denn macht er Krach. Denn weent sie drüba.
    Denn wolln sich beede jänzlich trenn …
        Na, und denn –?

Denn sind se alt.
Der Sohn haut ab.
Der Olle macht nu ooch bald schlapp.
Vajessen Kuß und Schnurrbartzeit –
Ach, Menschenskind, wie liecht det weit!
Wie der noch scharf uff Muttern war,
det is schon beinah nich mehr wahr!
Der olle Mann denkt so zurück:
wat hat er nu von seinen Jlück?
Die Ehe war zum jrößten Teile
vabrühte Milch un Langeweile.
Und darum wird beim happy end
im Film jewöhnlich abjeblendt.

[1930]

DER STIMMUNGSSÄNGER

Das Lokal verdunkelt sich, tieflila und bonbonrosa

Hörst du nicht das Lieböslied,
wie es leis die Nacht durchzieht?
Zwei Herzen, die scherzen, ahnen oft nicht,
daß plötzlich beim Scherzün entflammen die Herzün …
Du bist etwas ganz Wunderbares:
Ich hab dich so gerne –
Bist mir Sonne, Mond und Sterne,
meine Venus du und mein Mars …
Sag mir noch einmal Jöä, du schöne Frau!
Sag mir noch einmal Jöä!
Ich weiß genau:
Ich drück dich an mein Herriz – die Nacht und ich sind blau
am Busen einer schönen Frau –!

Orchester

Ein bayerischer Gast verlangt stürmisch nach Knödeln. Der Stimmungssänger zieht sich zwei aus dem Hals und reicht sie ihm.

Orchester

Ich denke an dich spät und früh,
du meine Madamm Butterflüh!
Mit dir – da möcht ich einmal sein
in Rüdesheim am Rhein beim Wein!
Du trägst ein Kind unterm Herzelein …
Ja, wer mag der Vater nur sein –?
Drei Musketiere! Drei Kavaliere!
Für die Freiheit stehen sie ein!
Zieht blank, Musketiere, und steckt den Degen ein
mang die Freiheit, die Frauen und der Wein!
Him – plam, plam
Hum – plim, plim
Jau – didau didau –
plim – plim …

Ich schenk dir Küsse ohne Zahl.
Wir sind hier ein durchaus feines Lokal.
Vor Monokeln liegen wir auf dem Bauch;
kommt der Kronprinz einmal, vor dem Kronprinzen auch!
halbgefüllt …
Du süßes Engelsbild!
Bald ist der Moi
vorbeu!
Bleib mir treu!
Und kaufe ihr einen Veilchenstrauß,
sonst fliegt die Person aus dem Ausschank hier raus!
Zonny boy!
Und kaufe ihr einen Täddy-Bären,
sonst darf die Nutte hier nicht mehr verkehren!
Zonny boy …
Die deutsche Frau sei dem Manne geheiligt –

auch ist sie an den Getränken beteiligt …
Keine Inkorrektheit, die uns entwischt!
Zwischen servil und frech gibt es hier nischt.
Hier herrscht Ordnung!

Dort seh ich die Lo – die süße Kokwette –
sie kommt grade von der Damentoilette!
O sieh doch nur, wie der Mondenschein strahlt!
Dabei hat das Luder nicht mal bezahlt!
Sie macht ein unschuldvoll Gesicht
und denkt, die Toilettenfrau merkt es nicht …
Doch es gibt eine Frau, die dich niemals vergißt
und dir alles im Leben verzeiht –
aber wenn du ihr weggelaufen bist,
dann kommt es, daß sie schreit:
„Heinmal sagt man sich Hadjöö,
wenn man sich auch noch so liebt!
Einmal sagt man sich Adieu,
det mir det Aas keen Jeld vor …!"

Und wir spielen vermittels des Weins
dem Mittelstand große Welt vor
von abends bis morgens um eins!
Stoßt auf! Mit dem Rebenpokale!
Die Celli und Geigen ziehn!
Wir sind die Vergnügungslokale
und der Stolz der Weltstadt Berlin –!

[1930]

DEUTSCHLAND ERWACHE!

Daß sie ein Grab dir graben,
daß sie mit Fürstengeld
das Land verwildert haben,
daß Stadt um Stadt verfällt …
    Sie wollen den Bürgerkrieg entfachen –
    (das sollten die Kommunisten mal machen!)
daß der Nazi dir einen Totenkranz flicht –:
    Deutschland, siehst du das nicht –?

Daß sie im Dunkel nagen,
daß sie im Hellen schrein;
daß sie an allen Tagen
Faschismus prophezein …
    Für die Richter haben sie nichts als Lachen –
    (das sollten die Kommunisten mal machen!)
daß der Nazi für die Ausbeuter ficht –:
    Deutschland, hörst du das nicht –?

Daß sie in Waffen starren,
daß sie landauf, landab
ihre Agenten karren
im nimmermüden Trab …
    Die Übungsgranaten krachen …
    (das sollten die Kommunisten mal machen!)
daß der Nazi dein Todesurteil spricht –:
    Deutschland, fühlst du das nicht –?

Und es braust aus den Betrieben ein Chor
Von Millionen Arbeiterstimmen hervor:

Wir wissen alles. Uns sperren sie ein.
Wir wissen alles. Uns läßt man bespein.
Wir werden aufgelöst. Und verboten.
Wir zählen die Opfer; wir zählen die Toten.

Kein Minister rührt sich, wenn Hitler spricht.
Für jene die Straße. Gegen uns das Reichsgericht.
Wir sehen. Wir hören. Wir fühlen den kommenden Krach.
Und wenn Deutschland schläft -:
Wir sind wach!

[1930]

KINO PRIVAT

Für Emil Jannings

In vielen Prokuristen steckt ein Perser-Schah,
der ruht, verzaubert. Aber manchmal, im Büro,
wenn schläfrig nebenan die Schreibmaschinen schnattern,
so kurz nach Tisch … schlägt er im Traum die Augen auf
und atmet.
Dreimal klatscht er leise
in die Hände. Ibrahim erscheint
und kreuzt die Arme, neigt sich, schweigt.
„Die Mädchen!" sagt der Prok… der Schah.
Und sieben Mädchen trippeln
um ihn herum, jung, schlank, mit Öl gesalbt,
und eine ist dabei, feist wie ein praller Sack.
Der Schah versinkt in Weiberfleisch, in Brüste, die ihn streicheln,
er weiß nichts mehr, sieht rot, ist sieben Male Mann …
Wach auf, Gehirn! Das Hirn erwacht,
und aller Unflat, den er je gelesen
und je erträumt, bricht aus dem Prokuristen-Schah.
Er schaut, er schmatzt, er schmeckt, er wittert …
„Fatme! Suleima! Ah, du bist …"
Entzwei
reißt ihn ein Klingellaut, der hart verzittert.
Schah ab. Der Prokurist:

„Hier Lützow siebenundsiebenzignulldrei!
Am Apparat. Der Skonto? Wie gewöhnlich!
Na, unser Doktor Freutel hat persönlich …"

In vielen Angestellten wohnt ein Dschingis Khan,
der schläft, verzaubert.
                    Aber manchmal, wenn
der launenhafte Chef den Angestellten piesackt,
bis dem die Galle hochsteigt, bis er kocht
und bis er platzt –: dann steht der Kriegsmongole
wild in ihm auf. Er stürzt sich auf den Chef,
pfeift seinen Leuten, und die packen
den Herrn Direktor, binden ihn mit Lassos
und werfen ihn auf ihre Pferde,
nein: er wird am Sattel festgebunden
und muß nun laufen. Laufe! Willst du laufen!
Du Hund! Die Peitsche saust. Es stöhnt der Chef!
Dann wirbeln ihn die Reiter auf die Erde
und schneiden ihm … nein: nadeln ihn …
nein: braten ihn in Kohlenfeuer
und streuen Salz und Pfeffer in die Wunden.
Und Mostrich.
                    Und der Dschingis Khan
streicht seinen Seidenbart und lächelt: „Na, Herr Zaschke …?"
Und während der Gefangene sich am Boden ringelt,
ergreift der Dschingis Khan den vollen Silberhumpen,
tut einen tiefen Schluck …
„Der Alte hat geklingelt!"
„Sie! Könn Sie mir nicht Ihre Zinstabelle pumpen?"
    – „Gewiß, Herr Direktor!
        Jawohl, Herr Direktor Zaschke!
            Bis morgen früh, Herr Direktor!
                Seppfaständlich, Herr Direktor –!"

So laufen manche Filme tief in Finsternissen.
Kino privat. Der Regisseur siegt immer über das Geschick.

Du lächelst, Lottchen. Und ich möchte gerne wissen:
Was denkst du dir in diesem Augenblick?
Du machst dir viele Filme aus den Dingen.
Das tun sie alle. Laß sie ruhig drehn.
Denn sagts der andre nicht wie Götz von Berlichingen –:
das, was er denkt, kann man zum Glück nicht sehn.

[1930]

ZWEI ALTE LEUTE AM 1. MAI

– „Weißt du noch, Alter, vor dem Kriege?
Wir haben manchen Mai erlebt.
Wir glaubten an die schnellen Siege –
du hast das Streikplakat geklebt …"
– „Ja, Alte, das waren schöne Zeiten …
Wir waren allemal dabei –
Ich seh uns noch im Zuge schreiten
am 1. Mai."

– „Und unser Jüngster war noch klein. Den ließ ich
zu Haus … wir gingen los mit Hans.
Mitunter wars ja etwas spießig –
so … Kriegerverein mit Kaffeekranz."
– „Na, laß man – du warst doch die Nettste!
Mir wars bloß zu viel Dudelei …
Und Anno 14 wars denn auch der letzte –
der 1. Mai."

– „Kein Wunder. Mußt mal denken, Alter:
Wer ist uns da vorausmarschiert!
Der Wels als roter Fahnenhalter,
der Löbe, prächtig ausstaffiert …"
– „Ja, solche haben glatte Hände …

Für die ist, frisch, fromm, frech und frei,
der Klassenkampf schon längst zu Ende –
die und der 1. Mai!
Was wissen die vom Klassenkrieg …!
Die schützen sich vor ihrer eigenen Republik!"

– „Na laß man, Alter, die Beschwerde.
Ich weiß, daß etwas in uns singt:
Wacht auf, Verdammte dieser Erde,
die stets man noch zum Hungern zwingt!"
– „Wir wissen, Alte, was wir lieben:
den Klassenkampf und die Partei!
Wir sind ja doch die alten geblieben
am 1. Mai! Am 1. Mai!"

[1930]

DAS DRITTE REICH

Es braucht ein hohes Ideal
der nationale Mann,
daran er morgens allemal
ein wenig turnen kann.
Da hat denn deutsche Manneskraft
in segensreichen Stunden
als neueste Errungenschaft
ein Ideal erfunden:
Es soll nicht sein das erste Reich,
es soll nicht sein das zweite Reich …

Das dritte Reich?
Bitte sehr! Bitte gleich!

Wir dürfen nicht mehr massisch sein –
wir müssen durchaus rassisch sein –
und freideutsch, jungdeutsch, heimatwolkig
und bündisch, völkisch, volkisch, volkig …
und überhaupt.
Wers glaubt,
wird selig. Wer es nicht glaubt, ist
ein ganz verkommener Paz- und Bolschewist.

Das dritte Reich?
Bitte sehr! Bitte gleich!

Im dritten Reich ist alles eitel Glück.
Wir holen unsre Brüder uns zurück:
die Sudetendeutschen und die Saardeutschen
und die Eupendeutschen und die Dänendeutschen …
Trutz dieser Welt! Wir pfeifen auf den Frieden.
Wir brauchen Krieg. Sonst sind wir nichts hienieden.
Im dritten Reich haben wir gewonnenes Spiel.
Da sind wir unter uns.
Und unter uns, da ist nicht viel.
Da herrscht der Bakel und der Säbel und der Stock –
da glänzt der Orden an dem bunten Rock,
da wird das Rad der Zeit zurückgedreht –
wir rufen „Vaterland!", wenn's gar nicht weitergeht …
Da sind wir alle reich und gleich
im dritten Reich.
Und wendisch und kaschubisch reine Arier.

Ja, richtig … Und die Proletarier!
Für die sind wir die Originalbefreier!
Die danken Gott in jeder Morgenfeier –
Und merken gleich:
Sie sind genauso arme Luder wie vorher,
genau solch schuftendes und graues Heer,
genauso arme Schelme ohne Halm und Haber –

Aber:
im dritten Reich.

Und das sind wir.
Ein Blick in die Statistik:
Wir fabrizieren viel. Am meisten nationale Mistik.

[1930]

NUR

Dies singt eine Dame
im Dreivierteltakt

Manchmal auf Bällen und Festen
tritt in den Saal ein freundlicher Mann,
an Geist und Kultur von den Besten ...
und macht sich an die Frauen heran.
Doch schon nach wenigen Minuten
ist alles zersprungen wie Glas –
Von Geist keine Spur,
nichts mehr von Kultur:
Nur – nur – das.

Berühmtheit ist ja kein Einwand
gegen Männer, die in den Filmen stehn.
Ich lüpfte neulich die Leinwand,
ich wollt mal einen näher sehn.
Ach, war das eine Enttäuschung!
Ich bekam einen kältenden Haß –
Von Herz keine Spur,
eine Karikatur ...
Und
nur – nur – das.

Ich nahm den Tee und den Kuchen
in Berlin und Frohnau und mal hier und mal dort.
Nun, dacht ich, willst mal versuchen
eine Freundschaft mit einem Herrn vom Sport.
Der bricht das eigne Training –
auf wen ist denn heut noch Verlaß ...?
Von Hirn keine Spur,
eine hübsche Figur –
aber sonst
nur – nur – das.

Wie kann man Frauen so verkennen?
Mein Gott, sie sind ja gar nicht so!
Gewiß, es will jede entbrennen ...
aber doch nicht stets und irgendwo!
Auf Harfen kann jedermann klimpern,
es fragt sich nur: Wer spielt – und was ...
Und spielt er dann nur
nach unsrer Natur –:
Dann gern
auch das.

[1930]

50 % BÜRGERKRIEG

Wenn der Stahlhelm anrückt, wenn die Nazis schrein:
„Heil!"
dann steckt die Polizei den Gummiknüppel ein
und denkt sich still ihr Teil.
Denn auf Deutsche schießen, in ein deutsches Angesicht:
Das geht doch nicht!
Das kann man doch nicht!

Wenn die Arbeiter marschieren, wenn die Arbeitslosen schrein:
„Hunger!“
dann schlägt die Polizei mit dem Gummiknüppel drein –
Hunger –?
Dir wern wa! Weitergehn! Schluß mit dem Geschrei!
Straße frei!

Wenn Deutschland einmal seufzt unter einer Diktatur,
wenn auf dem Lande lasten Spitzel und Zensur,
ein Faschismus mit Sauerkohl, ein Mussolini mit Bier …
wenn ihr gut genug seid für Militärspalier –:
dann erinnert euch voll Dankbarkeit für Uniformenpracht
an jene, die das erst möglich gemacht.
An manchen Innenminister. Und ein Bürogesicht …
Es ging nun mal nicht anders.
Sie konnten es nicht.

[1930]

EIN WORT

Es geht ein Wort durchs ganze Land,
durch hunderttausend Leben.
Das Wort hat ewigen Bestand,
du kannst nicht widerstreben.
Der Vater sagts,
die Mutter sagts,
der Bürger sagts,
der Bauer sagts,
die Juden und die Arier;
der Richter sagts,
der Lehrer sagts,
die Zeitung sagts,
der Pfarrer sagts,
die Chefs und die Proletarier –

Du hörst sie alle Tage schrein:
„Lassassein –!"
Es mault das Baby, das man aufgeweckt:
„Lassassein!"
es schilt die Amme, wenn sichs vollgekäckt:
„Lassassein!"
es schallt durchs kinderreiche Haus:
„Lassassein!"
manche Erziehung besteht nur aus
Lassassein!
Papa schimpft mit Fritzchen – früh Rauchen macht krank:
„Lassassein!"
Es schlängelt das Mädchen sich auf der Bank:
„Nicht doch … lassassein …!"
Es rät der Freund dem Freunde gut:
„Mensch, lassassein!"
und der hat dann doch zum Heiraten Mut
und läßts nicht sein.
Wird ein Richter vernünftig, bringt ihn Leipzig auf den Trab: …
Lassassein!
zeigt die SPD Mut, wiegelt der Vorstand sie ab:…
Lassassein!
Demonstrieren die Arbeiter, dann brüllt die Polizei:
„Lassassein!"
bei den Nazis steht sie lächelnd dabei:
„Lassassein … Nein? Nein."
In juristischen Wälzern steht nur ein Wort:
Lassassein!
Hundert Schilder verunzieren jeden Ort:
Lassassein!
George Grosz soll nicht malen. Die Kirche brüllt sich wund:
„Lassassein!"
Pitigrilli soll nicht dichten. Es verbietet Schmutz und Schund:
„Lassassein!"
Das Auto soll nicht fahren. Es droht die Markierung:
LASSASSEIN!

Der Student soll nicht links sein. Es droht die Relegierung:
Lassassein!
Treibt die arme Frau ihre Leibesfrucht ab?
Lassassein!
Und noch auf dem Friedhof … „Keine Reden am Grab!"
Lassassein –!

So sagt jeder, was man nicht tun soll,
und verbietet dem andern die Hucke voll.
Denn das deutsche Volk kann nur ruhig schlafen
hinter einer Hecke von § § §.
Jeder hackt auf jedem. Jeder will untersagen.
Keiner gönnt keinem was. Sieh, wie sie sich plagen!
Denn die Bremse ist das Wichtigste an einem deutschen Wagen.
Im Verbieten sind sie groß. Im Gewähren sind sie klein.
Lassassein!
Lassassein!
Lassassein –!

[1930]

DIE ORTSKRANKENKASSE

Ich komme in eine fremde Stadt
– Kasolz oder Ober-Crammin –
und nehme im Hotel ein Bad,
dann tu ich den Mantel anziehn
und gehe durch den fremden Ort
an Läden und Kirchen vorbei
und gucke hier und da und dort
und seh eine Metzgerei,
das Postamt … eine Bilderschau …
und immer, in jeder Stadt,

steht ein großer, prächtiger, neuer Bau,
den man grade errichtet hat.
    Und dann frag ich. Und in jeder Stadt,
    die einen turnenden Schutzmann hat,
    sagt er auf, wie das brave Kind in der Klasse:
        „Das? ist die neue Ortskrankenkasse."

So ein großes Haus ...! Sieh mal einer an ...!
Ein riesiger Kasten. Ja, wer so kann!
Das tut jede Verwaltung, die auf sich hält;
die Herren haben wohl sehr viel Geld.
Wenn zwei Deutsche im Hof nämlich Holz zerspalten,
stehn drei andere herum, die das verwalten.
Und ich seh an dem feuchten Neubau hinauf,
und dies steigt vor meinem Auge auf:

Korridore mit vielen Türen,
die alle in kleine Bürozimmer führen.
In den Zimmern ist nichts Besondres los ...
Und es gibt zweierlei Sorten von Büros:
Solche, in denen die Buchhaltungsfritzen,
die gewöhnlichen Schreiber sitzen;
die bebrüten Akten und führen Listen.
Das sind die gemeinen Papier-Infanteristen.
Kino, Kollegenklatsch, etwas Sport ...
wie schnell das Klassenbewußtsein verdorrt!
Für eine Handlungsvollmacht, für einen Posten
tun sie alles, wobei sie die Chefs nichts kosten.
Und es haben die Mädels in den Buchhalterein
einen Wunsch:
    Hier raus und geheiratet sein!
Und alle schreiben und schreiben und schreiben
und müssen ewig hinter den Pulten bleiben.
Die schuften ihr ganzes Dasein vergebens.

Doch in den andern Büros
hockt dick und groß
das Ideal des Wirtschaftslebens:

Da sitzt der Mann an der Arbeitsstatt,
der ein Sekretariat und ein Vorzimmer hat,
(über jenen, die an ihren Arbeitsstätten
gern ein Sekretariat und ein Vorzimmer hätten).
Hier wird der Deutsche erst richtig heiter:
kein Mensch mehr – nur noch Abteilungsleiter.
Hier regiert er und wirkt und macht und tut …
Das Telefon klirrt, die Gehirntätigkeit ruht –
denn zwischen Arbeiten und Promenieren
gibts noch ein Drittes: Organisieren.

Hier steigen auf die kolossalen
Ressort-Stunks und die Büro-Kabalen
zwischen wildgewordenen Angestellten,
denn jeder will mehr als der andre gelten.
Hier sägt eine Lokomobile Holz,
mit dem sie geheizt wird.
Und wieviel Stolz,
wieviel Eitelkeit steckt in diesen Puppen!
Sie meinen sich, und sie sprechen von Gruppen,
von Verbandsinteressen und Gemeinschaftsideen
und können nicht bis zur Türe sehn.
Hör zu, mein Kind:
Diese Leute sind
in geschäftiger Faulheit und wackrer Routine
der Leerlauf der deutschen Verwaltungsmaschine.

Es ist ein schwerer Krankheitsfall.
Und das ist über-, überall:
Ob Ortskrankenkasse, ob Filzfabrik;
ob Finanzamt, ob Hochschule für Musik;

ob Stadttheater, ob Magazin,
ob Eisenhütte oder Farbindustrien –:

Stets sitzt auf jedem Unternehmen
– neben jenen, die andern das Brot wegnehmen –
ein Ballon der Verwaltung, dick und breit,
eine Allegorie der Nutzlosigkeit.
Denn dieser ganze Verwaltungstrara
ist nur um seiner selbst willen da.
Sie glauben, daß sie in USA sind,
und haben vergessen, wozu sie da sind.
Kranke Proleten und deren Interessen ...?
Vor lauter Verwaltung total vergessen.
Noch eine neue Kartothek,
noch eine Quittung und noch ein Beleg –
Ingenieure? ein Kumpel? ein Prolet?
Ein Kerl, der an seinem Schraubstock steht?
Muß sein. Das ist ja alles ganz richtig.
Aber wichtig?
Verwaltung ist wichtig.

Für die ist Geld da. Für die die neuen
Kästen, die wie die Festungen drauen.
Forts des Leerlaufs und Depots der Papiere.
Drinnen Juristen ... alte Offiziere ...
Steh am Schraubstock, du Ochse – laß deine Maschinen
laufen, du Tor – du wirst nichts verdienen.
Verdienen tut der, der verwalten kann:
der ist für die Wirtschaft der richtige Mann.

Und so vegetieren die betrogenen Massen
als Zwangsabonnenten von Ortskrankenkassen.

[1930]

KLEINES OPERETTENLIED

Mit ihm schlafen ja, aber keine Intimitäten

Sei nicht böse, wenn ich dich, du liebe Inge,
hier leis besinge –
hör mich mal an:
In dem weiten Reich der schwärmerischen Dinge
knüpft eine Schlinge
dir jeder Mann.
Doch die Nacht ist keineswegs des Werkes Krönung.
Sieh, erst nachher da beginnt das wahre Spiel;
denn das Schlimmste an der Liebe ist die Gewöhnung ...
ein Mal ist kein Mal, aber acht Mal sind sehr viel.
Laß die Liebe aus dem Spiel, wenn du liebst.
Weil du dir dabei zu viel
vergibst.
Höre nicht auf Schmeicheleien!
Mußt du stets die Dumme sein?
Wenn du ehrlich bist, dann fällst du rein!
Das Geschäft ist faul: er nimmt, und du gibst ...
Laß die Liebe aus dem Spiel, wenn du liebst!
Steht nach Küssen dir der Sinn,
na, dann geh nur ruhig hin –
Doch von Liebe, doch von Liebe steht nichts drin!

Und ich weiß, wie das mal wird, du liebe Inge,
wenn ich einst hinge
an deiner Brust:
Um die Augen hast du dunkelblaue Ringe,
doch ach! ich bringe
dich nicht zur Lust.

Warum kommts, daß wir uns so verlieren müssen?
Wer mehr liebt, der leidet noch und noch.
Und du siehst an mir vorbei, wenn wir uns küssen,

und du hast Furcht. Und liebst ja doch ...
Laß die Liebe aus dem Spiel, wenn du liebst.
Weil du dir dabei zu viel
vergibst.
Erst schenkst du dein schönes Bein,
und du sagst: „Mehr solls nicht sein!"
Und das Herz, das folgt dann hinterdrein ...
Und ich rate dir vergebens, wenn du gibst:
Laß die Liebe aus dem Spiel, wenn du liebst!
Frau und Mann sind niemals frei.
Stets ist ein Gefühl dabei.
Und die Dummen sind gewöhnlich alle zwei!

[1930]

FAHRGÄSTE

Frühmorgens, wenn das graue Licht
durch Jalousien sickert;
wenn jäh dein Schlaf in Krümel bricht,
der Wecker tickt und tickert:
dann fahren und stuckern und fahren sie so
in die Federnfabrik und ins Auskunfsbüro ...
Die Leute von der Spree,
die stürzen ins Gefecht sich
mit der F – mit der I – mit der W –
mit der Q – mit der 69.

Sie sitzen wie die Vögel da
auf einer langen Stange.
Sie sind sich alle gar so nah
im Kampf, im Druck, im Zwange.
Doch jeder lebt auf dem eigenen Stern;
sie sehn sich nicht an und sie haben sich nicht gern ...

Der liebt die Rotarmee,
der orientiert nach rechts sich –
mit der F – mit der I – mit der W –
mit der Q – mit der 69.

Die Scheiben klirrn. Der Mittag naht.
Die hunderttausend Leute,
sie fahren dienstlich und privat,
die Kerls und ihre Bräute …
Nur manchmal blitzt auf in dem laufenden Band
ein Gedanke an Sonntag und Havelstrand …
Ein Blick … Ein stummes: He!
Dann meldet das Geschlecht sich
mit der F – mit der I – mit der W –
mit der Q – mit der 69.

Und abends, staubig im Gesicht,
so fahren sie heim und schwanken.
Wer Arbeit hat, der jammere nicht,
er darf dem Herrgott danken.
Ja, denkt denn da keiner – wies schade ist! –
daß Arbeit doch keine Gnade ist?
Arbeitende Armee!
Wann nimmt sie wohl ihr Recht sich …
Mit der F – mit der I – mit der W –
mit der Q – mit der 69!

[1930]

DIE MÄULER AUF!

Heilgebrüll und völkische Heilung,
schnittig, zackig, forsch und päng!
Staffelführer, Sturmabteilung,
Blechkapellen, schnädderädäng!
  Judenfresser, Straßenmeute ...
  Kleine Leute. Kleine Leute.

Arme Luder brülln sich heiser,
tausend Hände fuchteln wild.
Hitler als der selige Kaiser,
wie ein schlechtes Abziehbild.
  Jedes dicken Schlagworts Beute:
  Kleine Leute! Kleine Leute!

Tun sich mit dem teutschen Land dick,
grunzen wie das liebe Vieh.
Allerbilligste Romantik –
hinten zahlt die Industrie.
  Hinten zahlt die Landwirtschaft.
  Toben sie auch fieberhaft:
  Sind doch schlechte deutsche Barden,
  bunte Unternehmergarden!
  Bleiben gestern, morgen, heute
  kleine Leute! kleine Leute!

[1930]

S. J.

Wärst du noch da!
Soviel wartet auf dich.
Alles wartet vergebens.
Du tätest dein Werk so säuberlich
wie im Laufe deines Lebens.
Ich seh dich am Tisch. Und die trübe Zeit
wäre hell – denn du bist heiter.
Du pfiffst auf die härteste Schwierigkeit:
du lachst und arbeitest weiter.

Du kanntest das Blatt und seinen Ort
im Strudel der tausend Parteien.
Leise schobst du die Bonzen fort
und ließest die Schreier schreien.
Du warst dem, der schreiten und folgen kann,
der treuste Begleiter.
Pfiff der Wind recht laut: wir sahn dich nur an –
du lachst und arbeitest weiter.

Aber nun bist du untergetaucht.
Wir sehn noch nach deinen Zielen.
Jeder hat mal einen Vater gebraucht …
du warst der Vater von vielen …
Ich hör deine Stimme: „Wer schwach ist, flennt.
Arbeiten ist gescheiter."
Und wenn der ganze Schnee verbrennt:
wir lachen und arbeiten weiter.

[1930]

ABENDLIED

Auf den Bergen liegt der Schatten,
und der See ist dunkelgrün.
Von den Sechs-Mark-fünfzig-Platten
singt Maria Ivogrün ...
    Horch, die schöne Melodie:
    „Tralahü – lahü – lahi!"
    Dumpf tönts von der Kegelbahn – – –
... Was hast du am Tag getan –?

Hast du einen Brief geschrieben?
Hast du im Büro gepennt?
Hast du Unkeuschheit getrieben?
Nahmst du 10 1/2 Prozent
    als Bankier der Industrie ...
    Tralahü – lahü – lahi –
    Singt sie nicht wie Marzipan!
... Was hast du am Tag getan?

Hast des Staates du im stillen
dankbar-demutsvoll gedacht?
Hast du Margot Abführpillen,
die sie wollte, mitgebracht?
    Dachtest du, wie Hitler schrie ...
    Tralahü – lahü – lahi –
    mit dem bierigen Organ – – –
Was hast du am Tag getan?

Morgen, denkst du, bin ich schlauer.
Morgen fang ichs richtig an.
Jeder – Städter oder Bauer –
ist zur Nacht ein kluger Mann.
    Aber welche Ironie
    Tralahü – lahü – lahi –:
        Morgen leben alle Leute
        egalweg genau wie heute.

[1930]

WAHRE LIEBE

Wenn ich so müd nach Hause komm,
zerredet und zerschrieben:
dann sitzt du da, so lieb und fromm.
Man muß, man muß dich lieben!
  Die Nacht gleich einem Feste ist.
  Ich weiß, daß du die Beste bist.
  Und warum ist das? Nämlich:
    Du bist so himmlisch dämlich.

Du hast es gut.
                    Du ahnst es nicht,
was Stalin jüngst gesprochen;
weißt nichts vom leipziger Reichsgericht
und nichts von Kunstepochen.
  Du hälst einen Puff für ein Hotel
  und Bronnen für einen lauteren Quell …
  Ich liebe dich. Weil … nämlich …
    Du bist so himmlisch dämlich!

Mein blondes Glück! Von Zeit zu Zeit
tu ich ein bißchen fremd gehen.
Die andern Frauen sind so gescheit
und lassen das noch im Hemd sehn.
  Dann kehr ich reuig zu dir zurück
  und genieße tief atmend das reine Glück …
  Dumm liebt zweimal.
                    Nämlich:
  Du bist so himmlisch dämlich –!

[1930]

SAISONARBEITER

Zehntausend polnische Schnitter,
die kommen nach Deutschland hinein;
es wollen die pommerschen Ritter
billig bedienet sein.
  Die beschimpfen den deutschen Arbeitsmann,
  weil der ihr Fressen nicht essen kann
  und nicht wohnt in dem Lumpenquartier.
  Und es erläßt der Herr Aristokrat
  ein Landarbeiter-Inserat
  auf Zeitungspapier
    auf Zeitungspapier,
      auf polnischem Zeitungspapier.

Zehntausend Ärmste der Armen,
die treten zur Arbeit an,
bewacht von den Gendarmen,
daß keiner auskneifen kann.
  Sie schuften für ein paar Zettel Geld.
  Bringt die Arbeitersfrau ein Kind zur Welt,
  dann näselt der Kavalier:
  „Was sind denn das für Schweinerein?
  Wäsche –? Wickeln Sie das doch ein
  in Zeitungspapier,
    in Zeitungspapier,
      in schlesisches Zeitungspapier –!"

So werden Proleten betrogen,
so werden Kinder gemacht.
Sie liegen in Zeitungsbogen
und brüllen die ganze Nacht.
  Und könnten sie lesen, so läsen sie gleich
  von dem herrlichen, dem Deutschen Reich
  und von proletarischer Gier.
Wirf, Arbeiter, aus deinem Haus,

die arbeiterfeindliche Presse heraus!
Und wisch dir deine Augen aus
mit dem Zeitungspapier,
    mit dem Zeitungspapier,
        mit Hugenbergs Zeitungspapier –!

[1930]

MARSCHLIED NACH DEN WAHLEN

Es steht an dem hamburger Hafen
ein riesiger Bismarck aus Stein.
Den Schlaf seines Ruhmes zu schlafen
so steht er da groß und allein.
    Er hörte Alldeutschlands Gebrummel
    im Schmuck seines spärlichen Haars …
    Die Zeitungen schrien: Hummel! Hummel!
    Und Bismarck, der dachte: Mars! Mars!
        Mit Genuß: Mars – Mars –
        Mit Genuß: Mars – Mars –
    Und Bismarck, der dachte: Mars – Mars –!

Der Bismarck, der hat wohl drei Haare –
denn daran erkennt man den Mann.
Und langsam vergingen die Jahre,
und es kamen die Wahlen heran.
    Doch als nun der Bismarck gerochen,
    wer heute im Reichtstagshaus –:
    da hat er kein Wort mehr gesprochen
    und riß sich die Haare aus!
        Mit Genuß: Hummel – Hummel –
        Mit Genuß: Mars – Mars –
    und riß sich die Haare aus –!

Trio:

Nun kann er ruhig schlafen.
Und daß die Geschichte auch wahr –:
Seht nach im hamburger Hafen –
    Mit Genuß: Hummel – Hummel!
    Mit Genuß: Mars – Mars!
Der Bismarck, der hat ja kein Haar –!

[1930]

LIED DER COWGOYS

„Damn!"
Rudyard Brecht

Ramm! – Pamm!
    Ramm – pammpammpamm!
Wir stammen vom Mahagonny-Stamm!
Wir sind so fern und sind so nah!
Wir stammen aus Bayrisch-Amerika.
    Ahoi geschrien!
Wir sind keine Wilden – wir tun nur so!
Wir haben Halbfranz auf dem Popo!
Und wir sind auch nicht trocken – gar keine Spur, ah ...!
    In Estremadura!
        In Estremadura!
            In Estremadura!

Ramm! – Pamm!
    Ramm – pammpammpamm!
Exotik als Literaturprogramm:
Das ist bequem und macht keinen naß
und tut keinem Kapitalisten was.

Remington backbord!
Wir sind bald lyrisch und sind bald roh.
Wir fluchen am Kreuz und beten im Klo.
Und jeder von uns singt so schön wie Kiepura!
In Estremadura!
In Estremadura!
In Estremadura!

Ramm! – Pamm!
Ramm – pammpammpamm!
Auf dem Hintern da prangt uns ein Monogramm.
Da prangt Bert Brecht – frag nicht nach dem Sinn –
sonst halten wir dir unsern Hintern hin.
Und klappt es nicht mit des Dramas Lauf:
dann sagen wir rasch ein Sprichwort auf.
Auf dem Rücken der Pferde, da liegt unser Glück …
God save the Queen mit Goldmundstück!

Wir sind das Ideal des Herrn Cohn,
und wir sind das Produkt einer Generation.
Und wenn einer gar keine Freiheit hat –:
Unsre Freiheit hat er, und die macht ihn satt.
Wir sind und bleiben allzumal
ein geronnenes Großstadt-Ideal!
Berittene Bürger. Ein dreifaches Huhra!
Nach Estremadura!
Nach Estremadura!
Nach Estremadura!

[1930]

DIE REDENSART

Als Friedrich August von Sachsen,
noch saß auf seinem Thron,
da tät die Empörung wachsen –
horch, horch – die Revolution!
  Im Schloß erschrak man nicht wenig,
  der Kammerherr wurde ganz blaß.
  Da sagte der gute Geenij:
    „Ja, dürfen die denn das –?"

Der Satz hat sich eingefressen.
Ich sag ihn bei Tag und bei Nacht.
Ich sag ihn bei Jungdo-Adressen,
ich sag ihn, wenn Hitler was macht.
  Ich sag ihn, wenn Mädchen sich lieben,
  und wenn einer reizt mit dem As,
  und wenn sie um Schleichern was schieben:
    „Ja, dürfen die denn das –?"

Wie die Deutschen so tiefsinnig schürfen!
Jeder Mann ein Berufungsgericht.
Nur wer darf, der darf bei uns dürfen –
die andern dürfen nicht.
  Und sitzt in der peinlichsten Lage
  der Deutsche, geduckt und klein –:
  dann stellt er die deutscheste Frage
  und schläft beruhigt ein.

[1930]

AUSSAGE EINES NATIONALSOZIALISTEN VOR GERICHT

„Ich möchte den Eid in der religiösen
Form ablegen. Ich schwöre – daß ich
die reine Wahrheit sagen – und nichts
verschweigen – und nichts hinzusetzen werde.
So wahr mir Gott helfe!"
Wir standen vor Klippermanns Lokal
und dachten weiter gar nichts Schlimmes –
wir stehn so harmlos da … Mit einem Mal –
ich sag noch zu Parteigenossen Kimmes –
ich sage: „Kimmes!" sag ich – „wir gehn bald
jetzt Blümchen pflücken in den grünen Wald …"
Auf einmal kommen da die Kommunisten –
acht oder hundert Stück … ich weiß genau …!
und schlagen auf uns los und machen Kisten –
an ihrer Spitze eine wilde Frau!
    Wir mußten alle rasch in Deckung gehn.
    Ob wir geschossen …?
                        Ich hab nichts gesehn.

Der eine Kommunist trug in der Linken
ein typisch russisches MG:
mit seiner rechten Hand, da tat er winken –
der andere Trupp stand vorn auf der Chaussee.
Zwei Kommunisten sangen freche Lieder.
Wir waren harmlos, ruhig, doch empört …
    Ich kenn die Angeklagten alle wieder –
    Ob was …? Geschossen …?
                        Ich hab nichts gehört.

Wir gehn ja immer leis und sanft von hinnen …
Wir trinken Milch, weil das die Muskeln stärkt.
Gestochen …? Wir …? Ich kann mich nicht besinnen.
Mit einem Dolch …? Ich habe nichts bemerkt.

Wir sind die friedlichste und stillste Blase.
Wir schwören vor den Schranken des Gerichts.
Man glaubt uns gern. Mein Name, der ist Hase:
ich weiß von nichts – ich weiß von nichts.
    Der Kommunist wird feste arretiert.
    Wir haben alles sauber einstudiert ...
Beweisen Sie uns mal das Gegenteil!
So wahr mir Gott helfe!
                    Hitler Heil!

[1930]

DER NEUROTIKER

Er sitzt wie hinter Glas, das arme Luder,
und trippelt ängstlich an des Lebens Rand.
Er flieht und sucht und flieht den Menschenbruder
und hat den Nebenmenschen nie gekannt.
    Er strahlte, wenn er grollte,
    nur Flucht ist sein Verzicht ...
    Er könnte, müßte, sollte –
        und kann doch nicht.

Er dünkt sich klein. Wie eitel ist der Knabe!
Er dünkt sich klein. Doch keiner ist ihm groß.
Sein starres Ich ist seine ganze Habe;
er will kein Schicksal – nur das große Los.
    Ja, wenn er wollen wollte ...!
    Er hat kein Gleichgewicht.
    Er könnte, müßte, sollte –
        und kann doch nicht.

Er meint: die böse Welt muß an ihm schuld sein;
er projiziert auf sie sein dünnes Weh.

Er möchte ganz allein und im Tumult sein:
vorn Leipziger Straße – hinten Comer See.
    Er spürt, wie in ihm sausend
    die kranken Nerven schrein.
    So gibt es hunderttausend –
        und jeder ist allein.

Und kann man – kann man solche Knaben heilen?
Man: nein. Sie: ja. Gesund wird nur, wer will.
Man kann ihn lösen, lockern, spalten, heilen –
und dann zu sich verhelfen, fest und still.
        Er ist, vor Faulheit fleißig,
        der echte Exponent
        von 1930
        das solche Nummern kennt.
    Wie mancher davon verzückt ist ...!
    Lerne bei Vater Jung:
    Es fragt sich, wer verrückt ist.
        Und dann gute Besserung –!

[1930]

DER ANDRE MANN

Du lernst ihn in einer Gesellschaft kennen.
Er plaudert. Er ist zu dir nett.
Er kann dir alle Tenniscracks nennen.
Er sieht gut aus. Ohne Fett.
    Er tanzt ausgezeichnet. Du siehst ihn dir an ...
    Dann tritt zu euch beiden dein Mann.

Und du vergleichst sie in deinem Gemüte.
Dein Mann kommt nicht gut dabei weg.
Wie er schon dasteht – du liebe Güte!
Und hinten am Hals der Speck!
    Und du denkst bei dir so: „Eigentlich …
    Der wäre ein Mann für mich!"

Ach, gnädige Frau! Hör auf einen wahren
und guten alten Papa!
Hättst du den Neuen: in ein, zwei Jahren
ständest du ebenso da!
    Dann kennst du seine Nuancen beim Kosen;
    dann kennst du ihn in Unterhosen;
    dann wird er satt in deinem Besitze;
    dann kennst du alle seine Witze.
    Dann siehst du ihn in Freude und Zorn,
    von oben und unten, von hinten und vorn …
Glaub mir: wenn man uns näher kennt,
gibt sich das mit dem happy end.
Wir sind manchmal reizend, auf einer Feier …
und den Rest des Tages ganz wie Herr Meyer.

Und hast du einen Kerl gefunden,
mit dem man einigermaßen auskommen kann:
    dann bleib bei dem eigenen Mann!

[1930]

WO IST DER SCHNEE …

Wo ist der Schnee vom vergangenen Jahr,
Anna-Susanna?
Weißt du noch, was damals Mode war,
Anna-Susanna?
Die Literatur trug man vorne gerafft,
jede Woche gabs ein Genie.
Und alles murmelte: „Faaabelhaft!
Rein menschlich … irgendwie …!“

Wo sind die Blumen vom letzten Lenz,
Anna-Susanna?
Die Betonung des kosmischen Bühnen-Akzents,
Anna-Susanna?
Das gebildete Publikum lief zuhauf
mit der Kritiker-Artillerie.
Und die Stücke führt kein Mensch mehr auf,
rein menschlich irgendwie.

Wo ist der Schnee vom vergangenen Jahr,
Anna-Susanna?
Brecht wird sein, was Sudermann war,
Anna-Susanna.
Sie brüllen sich hoch, die Reklame schreit,
das ist eine Industrie.
Pro Mann einen Monat Unsterblichkeit
– Anna-Susanna –
rein menschlich irgendwie.

[1930]

DEIN LEBENSGEFÜHL

Dein tiefstes Lebensgefühl –
wann hast du das gehabt?
Mit einem Freund?
Immer allein.

Einmal, als du an der Brüstung des Holzbalkons standest,
da lag das Schloß Gripsholm, weit und kupplig,
und da lag der See
und Schweden,
und die staubige Waldecke –
und auf der dunkelgrün etikettierten Platte sang ein Kerl im Cockney-
Englisch: „What do you say …?
und da fühltest du:
Ich bin.

So war dein Lebensgefühl.
Mit einer Frau?
Immer allein.

Einmal, als du nachts nach Hause gekommen bist
von einer vergeblichen Attacke
bei der großen Blonden,
elegant-blamiert, literarisch hinten runtergerutscht,
gelackt, abgewinkt: danke, danke!
da standest du vor deinem runden Nachttisch
und sahst in das rosa Licht der Lampe
und tatest dir leid, falsch leid, leid
und fühltest:
Ich bin.

So war dein Lebensgefühl …
In der Masse?
Immer allein.

Es ist so selten, das Lebensgefühl.
Casanova hatte es einmal.
Vierter Band.
Er sieht bei seiner Geliebten Rosalinde
zwei Kinder, die er ihr vor Jahren gemacht hat,
schlafend, in einem Bett, Mädchen und Knabe.
Sie zeigt sie ihm,
hebt die Bettdecke hoch, die junge Sau,
die Mutter,
um ihn anzugeilen,
um ihm Freude zu machen,
was weiß ich.
Und er sieht:
wie der Knabe im Schlummer seine Hand auf den Bauch des Mädchens
gelegt hat.
„Da empfand ich",
schreibt Casanova,
„meine tiefste Natur."
Das war sein Lebensgefühl.

Verschüttet ist es bei dir.
Du wolltest leben
und kamst nicht dazu.
Du willst leben
und vergißt es vor lauter Geschäftigkeit.
Du willst das spüren, was in dir ist,
und hast eifrig zu tun mit dem, was um dich ist –
Verschüttet ist dein Lebensgefühl.

Wenn du tot bist, wird es dir sehr leid tun.
Noch ist es Zeit –!

[1930]

AUFGEWACHSEN BEI ...

Dir gefallen die Beine nicht,
dir gefällt die Kleine nicht,
dir gefällt die Große nicht,
und du magst die Sauce nicht.
Dir gefällt der Opel nicht,
und du wärst kein Popel nicht,
und dir schmeckt der Steinwein nicht,
und dir schmeckt der Rheinwein nicht ...
    Lieber Freund, besinn dich drauf:
        Worauf herauf –?

Bist du denn so reich und schön?
Bist du lieblich anzusehn?
Bist du elegant und schick?
Untenrum nicht reichlich dick?
Bist du mit dem Mordskrawall
wohl aus einem ersten Stall?
Immer schreist du nach Niveau ...
lebst du denn zu Hause so?
    Du – mit deinem Lebenslauf:
        Worauf herauf –?

Stell dich mit dem Doppelkinn
mal vor einen Spiegel hin:
Wenn die Frauen auch mal sieben:
welches Mädchen soll dich lieben?
        Sage selbst!
Wenn die Kellner Augen haben:
wofür halten sie dich Knaben?
        Sage selbst!
In dem reichen Kaufmannshaus:
wie siehst du im Smoking aus?
        Sage selbst!
Mach nicht immer solche Faxen.

Mensch, es ist ja halb Berlin
aufgewachsen, aufgewachsen
bei den grünen Jalousien –!

[1930]

MALWINE

Ich habe mich deinetwegen
gewaschen und rasiert.
Ich wollte mich zu dir legen
mit einem Viertelchen,
mit einem Achtelchen –
Malwine!
Doch du hast dich geziert.

Der Kuckuck hat geschrien
auf deiner Schwarzwalduhr.
Ich lag vor deinen Knien:
„Gib mir ein Viertelchen!
Gib mir ein Achtelchen!
Malwine!
Ein kleines Stückchen nur!"

Dein Bräutigam war prosaisch.
Demselben hat gefehlt,
dieweilen er mosaisch,
ein kleines Viertelchen,
ein kleines Achtelchen …
das hätt dich sehr gequält!

Du hast mir nichts gegeben
und sahst mich prüfend an.
Das, was du brauchst im Leben,

sei nicht ein Viertelchen,
und nicht ein Achtelchen …
das sei ein ganzer Mann –!

Mich hat das tief betroffen.
Dein Blick hat mich gefragt …
Ich ließ die Frage offen
und habe nichts gesagt.

Daß wir uns nicht besaßen!
So aalglatt war mein Kinn.
Nun irr ich durch die Straßen …
Malwine –!
und weine vor mich hin.

[1930]

STATIONEN

Erst gehst du umher und suchst an der Frau
das, was man anfassen kann.
Wollknäul, Spielzeug und Kätzchen – Miau –
du bist noch kein richtiger Mann.
Du willst eine lustig bewegte Ruh:
sie soll anders sein, aber sonst wie du …
Dein Herz sagt:
Max und Moritz!

Das verwächst du. Dann langts nicht mit dem Verstand.
Die Karriere! Es ist Zeit …!
Eine kluge Frau nimmt dich an die Hand
in tyrannischer Mütterlichkeit.
Sie paßt auf dich auf. Sie wartet zu Haus.
Du weinst dich an ihren Brüsten aus …

Dein Herz sagt:
Mutter.

Das verwächst du. Nun bist du ein reifer Mann.
Dir wird etwas sanft im Gemüt.
Du möchtest, daß im Bett nebenan
eine fremde Jugend glüht.
Dumm kann sie sein. Du willst: junges Tier,
ein Reh, eine Wilde, ein Elixier.
Dein Herz sagt:
Erde.

Und dann bist du alt.
Und ist es soweit.
daß ihr an der Verdauung leidet –:
dann sitzt ihr auf einem Bänkchen zu zweit,
als Philemon und Baucis verkleidet.
Sie sagt nichts. Du sagst nichts, denn ihr wißt,
wie es im menschlichen Leben ist ...
Dein Herz, das so viele Frauen besang,
dein Herz sagt: „Na, Alte ...?“
Dein Herz sagt: Dank.

[1930]

KARRIEREN

Et jibt Karrieren – die jehn durch den Hintern.
Die Leute kriechen bei die Vorgesetzten rin.
Da is et warm. Da kenn se ibawintern.
Da bleihm se denn ne Weile drin.
I, denken die – kein Neid! Wer hat, der hat.
Denn komm se raus. Denn sind se plötzlich wat.

Denn sind se plötzlich feine Herrn jeworden!
Denn kenn die de Kollejen jahnich mehr.
Vor Eifa wolln se jeden jleich amorden:
„Ich bün Ihr Vorjesetzta! Bütte sehr!“
    Und jeda weeß doch, wie set ham jemacht!
    Det wird so schnell vajessen ... Keena lacht.

Int Jejenteil.
Der sitzt noch nich drei Stunden
in seine neue Stellung drin –:
da hat sich schon ’n junger Mann jefunden,
der kriechtn wieda hinten rin!
    Und wenn die janze Hose kracht:
    weil mancha so Karriere macht.
        Er hat det Ding jeschohm.
        Nu sitzt a ehmt ohm.
        Von oben frisch und munter
        kuckt keena jerne runter.
        Weil man so rasch vajißt,
        wie man ruff,
                wie man ruff,
        wie man ruffjekommen ist –!

[1930]

DIESE HÄUSER

Diese Häuser werden länger leben als du.
Du hast geglaubt, für dich seien sie gebaut.
Aber sie waren vorher da.
Du hast geglaubt: du wirst sie überleben.
Sie werden aber noch nach dir da sein.
Diese Häuser werden länger leben als du.

Wenn du durch die Stadt trollst
mit einem Papierpacken, den du gekauft hast, du Tropf –
weil das dein Leben ist:
acht Stunden herumzupetern,
um eine zu genießen,
und die verregnet ...
wenn du durch die Stadt trottest,
dann sehn sie dich an,
die Herren Häuser,
und grinsen mit breiten Türmäulern.
Sie werden länger leben als du.

Wenn du von jener Dame kommst,
bei der du arbeiten läßt,
(oder sie bei dir – so genau ist das nicht zu unterscheiden),
dann stehn diese Dinger herum,
die Häuser;
unzählige Male hast du deine Liebe an sie geklebt,
sie geben sich schwach wieder.
Sie sind kalt.
Da stehn die Häuser,
und lassen in sich hausen,
und stehn wie die Mauern
– natürlich wie die Mauern –
und werden länger leben als du.

Wenn du zum Arzt gehst,
ob ... ob nicht ... vielleicht ...
die Angst im Wartezimmer,
bevor du herankommst!
Nie wieder! schwörst du dir leise –
es ist dein dreiundachtzigster Schwur in dieser Beziehung ...
wenn du zum Arzt läufst,
für nichts empfänglich, mit einer einzigen fixen Idee im Kopf:
dann häusern sie da um dich herum
und

da kannst du machen, was du willst –
sie werden länger leben als du.

Und noch,
wenn sie dich zu Grabe blasen,
nein, heute blasen sie ja nicht mehr ...
wenn sie dich in einem schwarz angestrichenen Wagen nach draußen fahren,
im Auto,
natürlich!
weil du es doch so eilig hast!
Denke: du könntest etwas versäumen!
Wenn sie dich einpflanzen
oder verbrennen,
so du 4 Mark 85 Mitgliedsbeitrag gezahlt hast
und ein Königlich Preußischer Freidenker bist –
wenn sie dich dahin expedieren,
wohin du, Sache Gewordener, dann gehörst,
weil du nun den andern tragisch-lästig fällst –:
dann stehn da die Häuser,
die deine Dummheiten seit deiner Geburt mit angesehen haben,
und sind länger Häuser, als du Mensch gewesen bist,

und werden länger leben
als du.

[1930]

ZUCKERBROT UND PEITSCHE

Nun senkt sich auf die Fluren nieder
der süße Kitsch mit Zucker-Ei.
Nun kommen alle, alle wieder:
das Schubert-Lied, die Holz-Schalmei ...

Das Bürgertum erliegt der Wucht:
Flucht, Flucht, Flucht.

Sie wollen sich mit Kunst betäuben,
sie wollen nur noch Märchen sehn;
sie wollen ihre Welt zerstäuben
und neben der Epoche gehn.
Aus Not und militärischer Zucht:
Flucht, Flucht, Flucht.

So dichtet, Dichter: vom Atlantik,
von Rittern und von Liebesnacht!
Her, blaue Blume der Romantik!
„Er löste ihr die Brünne sacht ...“
Das ist Neudeutschlands grüne Frucht:
Flucht, Flucht, Flucht.

Wie ihr euch durch Musik entblößtet!
In eurer Kunst ist keine Faust.
So habt ihr euch noch stets getröstet,
wenn über euch die Peitsche saust.
Ihr wollt zu höhern Harmonien
fliehn, fliehn, fliehn.

Es hilft euch nichts. Geht ihr zu Grunde:
man braucht euch nicht. Kein Platz bleibt leer.
Ihr winselt wie die feigen Hunde –
schiebt ab“ Euch gibt es gar nicht mehr!
Wir andern aber wirken weit
in die Zeit!
In die Zeit!
In die Zeit!

[1930]

BALLADE

Da sprach der Landrat unter Stöhnen:
„Könnten Sie sich an meinen Körper gewöhnen?"
Und es sagte ihm Frau Kaludrigkeit:
„Vielleicht. Vielleicht.
                    Mit der Zeit … mit der Zeit …"
  Und der Landrat begann allmählich im Schlafe
  laut zu sprechen und wurde ihr Schklafe.
  Und er war ihr hörig und sah alle Zeit.
  Frau Kaludrigkeit!

Und obgleich der Landrat zum Zentrum gehörte,
wars eine Schande, wie daß er röhrte;
er schlich der Kaludrigkeit ums Haus …
Die hieß so – und sah ganz anders aus:
  Ihre Mutter hatte es einst in Brasilien
  mit einem Herrn der bessern Familien.
  Sie war eine Halbblut, ein Viertelblut:
  nußbraun, kreolisch; es stand ihr sehr gut.
  Und der Landrat balzte: Wann ist es soweit?
  Frau Kaludrigkeit – Frau Kaludrigkeit!

Und eines Abends im Monat September
war das Halbblut müde von seinem Gebember
und zog sich aus. Und sagte: „Ich bin …"
und legte sich herrlich nußbraun hin.
  Der Landrat dachte, ihn träfe der Schlag!
  Unvorbereitet fand ihn der Tag.
  Nie hätt er gehofft, es noch zu erreichen.
  Und er ging hin und tat desgleichen.

Pause

Sie lag auf den Armen und atmete kaum.
Ihr Pyjama flammte, ein bunter Traum.
Er glaubte, ihren Herzschlag zu spüren.
Er wagte sie nicht mehr zu berühren …
    Er sann, der Landrat. Was war das, soeben?
    Sie hatte ihm alles und nichts gegeben.
    Und obgleich der Landrat vom Zentrum war,
    wurde ihm plötzlich eines klar:
        Er war nicht der Mann für dieses Wesen.
        Sie war ein Buch. Er konnte es nicht lesen.
        Was dann zwischen Liebenden vor sich geht,
        ist eine leere Formalität.

Und so lernte der Mann in Minutenfrist,
daß nicht jede Erfüllung Erfüllung ist.
Und belästigte nie mehr seit dieser Zeit
die schöne Frau Inez Kaludrigkeit.

[1930]

AN FRAU VON OHEIMB

Gönn mir das traute Du. Ich kann vor Lachen
dich ja nicht siezen – nimm mir das nicht krumm!
Sag mir nur eines: Was sie bei dir machen,
siehst du das nicht – den Fez um dich herum?
    Die gehrockeingebundnen Bürokraten,
    die Talleyrand-Kopien der Diplomaten,
    der aus Liberia – und selbst der aus Minka …
                    Kathinka –!

Ach, ihr beklagt in wichtigkeitsgeschwollnen
und schönen Reden diese Not der Zeit.
Um Autokühler die kameelhaarwollnen

Schutzdecken … Damen mit dem Schleppenkleid …
    Du bist so selig, wenn die Schmöcke schreiben.
    Ihr quatscht und quatscht. Die Dividenden bleiben.
    Es flirrn und flirten Tee- und Kaffee-Trinker …
                                        Kathinka –!

Die Republik gibt sich in deinen Räumen
ein Stelldichein. O stell sie wieder weg!
Schlafwandler sind sie, die regierend träumen …
und die Reformen sind wie Teegebäck.
    Und blickte Salomo auf diese Scheitel,
    er spräche: Hier ist alles eitel.
    Auf hundert rechte Gäste kommt ein linker …
                                        Kathinka –!

Kathinka, gutes Kind!
                                                Du bist so niedlich
und hälst dich für den Nagel der Saison.
Geh, hör gut zu – ich sag dirs friedlich:
ne gute Stube ist noch kein Salon.
    Du weißt von Politik auch nicht die Bohne.
    Hörst du den Schritt der Proletarier-Bataillone?
    Du kommst zu spät.
                                                Denn unsre Zeit ist flinker
                                                          als du, Kathinka.

[1930]

OH FRAU!

Oh Frau!
Lerne du das Flugzeug steuern,
lerne Vollmatrosen heuern,
lenke nur ein Viergespann
wie ein Mann.

Männer werden immer kleiner,
unerreichbar ist nichts mehr –:
Liebe Frau! Es fliegt dir einer
immer hinterher.

Rechne du Gehaltstabellen,
dirigiere du Kapellen,
weil die Frau ja alles kann
wie ein Mann.

Tu das alles. Doch ein Kleiner
folgt dir über Land und Meer.
Und es fliegt dir immer einer
immer hinterher.

Krieche in die Bergwerksstollen,
flieh die heißen Liebestollen;
du bleibst noch im Himmelsblau
eine Frau.

Noch das stärkste Frauenzimmer
hats in dieser Sache schwer …
Denn es folgt ihr immer, immer,
immer, immer, immer, immer
einer hinterher.

[1930]

AN DIE REPUBLIKANER

Hat du noch einen deutschen Paß,
        Republikaner –?
Schadet er dir oder nützt er dir was,
        Republikaner –?
    Kannst du mit ihm unter Fremde gehn?
    Wie wirst du von ihnen angesehn?
    Bleibst du damit an der Ecke stehn?
        Was bist du, Deutschland –?

Hast du die wahre Macht im Staat,
        Republikaner –?
Du oder jeder Reichswehrsoldat,
        Republikaner –?
    Du oder jeder, der Blut verspritzt?
    Du oder der Richter, der über dir sitzt
    und dich widerwillig und gar nicht schützt …
        Was bist du, Deutschland –?

Bist du Demokratie? Ist das dein Land,
        Republikaner –?
Hast du nichts als dein Fahnenband,
        Republikaner –?
    Sie schlagen dir den Schädel ein.
    Du vertraust auf London und brüllst übern Rhein
    die alten Phrasen und Kinderein …
    Wie – wie wird deine Zukunft sein?
        Armes Deutschland.

[1930]

EINE KLEINE GEBURT

Ich lebte mit Frau Sobernheimer;
sie war so lieb, sie war so nett.
Wir wuschen uns im selben Eimer,
wir schliefen in demselben Bett.
  So trieben wir es manches Jahr …
  Bis sie den Knaben mir gebar.

Doch dieser Knabe war kein Knabe.
Wir hatten in der dunklen Nacht
als Zeitvertreib und Liebesgabe
uns dieses Wesen ausgedacht.
  Frau S. war jeden Kindes bar.
  Der Knabe, der hieß Waldemar.

Und war so klug! – Nach fünfzehn Tagen,
gelebt im Kinderparadies,
da konnte er schon Scheibe sagen,
bis man ihm solches leicht verwies.
  Er setzte sich aufs Tintenfaß
  und machte meinen Schreibtisch naß.

Er wuchs heran, der Eltern Freude,
ein braves, aufgewecktes Kind.
Wir merkten an ihm alle beude,
wie süß der Liebe Früchte sind.
  Da fragte Mutti ganz real:
  „Was wird der Junge denn nun mal –?

Hebamme? General? Direktor?
Bootlegger? Hirt? Ein Schiffsbarbier?
Verlorner Mädchenheim-Inspektor?
Biographist? Gerichtsvollziehr?
  Ein Freudenmädchen? Jubilar –?
  Uneinig war das Elternpaar.

Ein Krach stieg auf, bis zu den Sternen!
Frau S., die krisch. Die Türe knallt.
Sie wollt ihn lassen Bildung lernen,
ich aber war für Staatsanwalt.
    Ein Kompromiß nahm sie nicht an:
    im Kino, als Bedürfnismann.

Der Lümmel grölte in der Küche
und fand den Krach ganz wunderbar.
So ging die Liebe in die Brüche –
und alles wegen Waldemar?
    Da sprach ich fest: „Mein trautes Glück!
    Wir geben dieses Jör zurück!“

Gemacht.
            Nun ist Frau Sobernheimer
wie ehedem so lieb und nett.
Wir waschen uns im selben Eimer,
wir schlafen in demselben Bett.
    Und denken nur noch hier und dar
    mal an den seligen Waldemar.

[1931]

EINE FRAGE

Da stehn die Werkmeister – Mann für Mann.
Der Direktor spricht und sieht sie an:
„Was heißt hier Gewerkschaft! Was heißt hier Beschwerden!
Es muß viel mehr gearbeitet werden!
Produktionssteigerung! Daß die Räder sich drehn!“
    Eine einzige kleine Frage:
        Für wen?

Ihr sagt: die Maschinen müssen laufen.
Wer soll sich eure Waren denn kaufen?
Eure Angestellten? Denen habt ihr bis jetzt
das Gehalt, wo ihr konntet, heruntergesetzt.
Und die Waren sind im Süden und Norden
deshalb auch nicht billiger geworden.
Und immer noch sollen die Räder sich drehn …
Für wen?

Für wen die Plakate und die Reklamen?
Für wen die Autos und Bilderrahmen?
Für wen die Krawatten? die gläsernen Schalen?
Eure Arbeiter können das nicht bezahlen.
Etwa die der andern? Für solche Fälle
habt ihr doch eure Trusts und Kartelle!
Ihr sagt: die Wirtschaft müsse bestehn.
Eine schöne Wirtschaft!
Für wen? Für wen?

Das laufende Band, das sich weiterschiebt,
liefert Waren für Kunden, die es nicht gibt.
Ihr habt durch Entlassung und Lohnabzug sacht
eure eigne Kundschaft kaputt gemacht.
Denn Deutschland besteht – Millionäre sind selten –
aus Arbeitern und aus Angestellten!
Und eure Bilanz zeigt mit einem Male
einen Saldo mortale.

Während Millionen stempeln gehen.
Die wissen, für wen.

[1931]

HERZ MIT EINEM SPRUNG

Im Gesicht und auch in Sachsen,
wo die Meise piepst,
laß ich den Bart mir wachsen,
weil du mich nicht mehr liebst.
    Susala und dusala –
weil du mich nicht mehr liebst.

Wir waren beide einsam;
auch ich als Woll-Agent.
Die Herzen waren gemeinsam,
die Kassen waren getrennt.
    Susala und dusala –
Da bin ich konsequent.

Du sagst, du wärst im Training
wohl für ein Fecht-Turnier.
Du aßest gar nicht wening
und hattst nie Geld bei dir …
    Susala und dusala –
Man ist ja Kavalier.

Du aßest frisch und munter
nicht ohne jeden Charme
die Karte rauf und runter,
die Küche kalt und warm.
    Susala und dusala –
dem Kellner schmerzt der Arm.

Ich fand das übertrieben
und sah dich zornig an.
Ein Mann will gratis lieben,
sonst ist er gar kein Mann!

Ich kann dich nicht vergessen.
Noch heut könnt ich dich maln.
Du hast zuviel gegessen …
Wer kann denn das bezahln!
Susala und dusala –
Wer kann denn das bezahln!

Ums Kinn starrn mir die Stoppeln.
Mein Vollbart ist noch jung.
So fahr ich nun nach Oppeln
zu ner Versteigerung …
Doch mein Herz,
doch mein Herz,
doch mein Herz
hat einen Sprung –!

[1931]

GESTOSSENER SEUFZER

Kreuzt mir die Lustjacht in der Badewanne?
Knirscht mir das Auto auf dem gelben Kies?
Bräunt mir das Roßbüff in der Kupferpfanne?
Blitzt mir am Hemd der Diamant-Türkis?
Hin hauch ich einen Seufzer des Verzichts:
ich brings zu nichts.

Ich weiß nicht, was das ist und wie ichs treibe …
Ich spare manchen vordatierten Scheck.
Und dann naht Lottchen mit dem Lotterleibe,
und dann ist alles wieder weg.
Infolge ihres Liebesunterrichts …
Ich brings zu nichts.

Die andern häufen so Vermögen auf Vermögen.
Die andern wandeln durch das Goldportal.
Ich aber kann mir nichts nach hinten legen;
ich hab noch nie – und möchte auch einmal.
  Der Reichtum ist der Lohn des Bösewichts.
    Ich brings zu nichts.

So lern doch endlich von den andern Knaben
die einzig brauchbare Philosophie:
Es g'nügt nicht nur, Verhältnisse zu haben –
sie leben alle über sie.
  Trink aus der Nachbarin Champagnerglas!
  Bleib schuldig Miete, Liebe, Arzt und Gas!
  Bezahl den Apfel – friß die Ananas!
    Wer also handelt, bringts zu was.

[1931]

JOEBBELS

Wat wärst du ohne deine Möbelpacker!
Die stehn, bezahlt un treu, so um dir rum.
Dahinter du: een arma Lauseknacker,
een Bartiong fort Jachtenpublikum.
  Die Weiber – hach – die bibbern dir entjejen
  un möchten sich am liebsten uffn Boden lejen!
  Du machst un tust und jippst da an …
    Josef, du bist 'n kleener Mann.

Mit dein Klumpfuß – seh malo, bein andern
da sacht ick nischt; det kann ja jeda ham.
Du wißt als Recke durch die Jejend wandern
un paßt in keen Schützenjrahm?
  In Sportpalast sowie in deine Presse,

da haste eine mächtich jroße Fresse.
Riskierst du wat? – De Schnauze vornean.
Josef, du bist 'n kleener Mann.

Du bist mit irgendwat zu kurz gekomm.
Nu rächste dir, nu lechste los.
Dir hamm se woll zu früh aus Nest jenomm!
Du bist keen Heros, det markierste bloß.
Du hast 'n Buckel, Mensch – du bist nich richtich!
Du bist bloß laut – sonst biste jahnich wichtig!
Keen Schütze – een Porzellanzerschmeißer,
keen Führer biste – bloß 'n Reißer,
Josef,
du bist een jroßer Mann –!

[1931]

RUSSLAND

1919

Es brodelt, es brabbelt, es raunt in der Welt:
Rußland! Rußland!
Sie morden! Sie plündern! sie rauben das Geld!
Rußland! Rußland!
Wie sie die Fürsten durch Gossen schleifen –
das wird auf den Nachbarn übergreifen!
Sie arbeiten nicht! Alles bleibt stehn!
Das Chaos! So kann das nicht weitergehn ...!
Sperrt die Grenzen ab! Der Prolet wird begehrlich!
Rußland –
Rußland ist gefährlich.

1931

Es brodelt, es brabbelt, es raunt in der Welt:
    Rußland? Rußland?
Der Fünfjahresplan glückt! Das System, es hält!
    Rußland? Rußland?
  Wie sie arbeiten! Wie ihre Pläne reifen!
  Das kann auf die Nachbarn übergreifen!
  Es geht ihnen besser ... Was wird da geschehn?
  Wenn sie exportieren? Das kann nicht gehn.
    Nieder mit Rußland! Die Kerls sind nicht ehrlich!
    Rußland –
            Rußland ist gefährlich.

    Sie toben, vom wilden Affen gebissen.
    Rußland ist ihr schlechtes Gewissen.
      Propaganda glüht.
      Und sogar den Papst haben sie bemüht.
    Ist etwas auf Erden schief und krumm,
    dann riecht es bestimmt nach Petroleum.

[1931]

SCHEPPLIN

Du latscht uff deine jroßen Botten
in Kino durch de janze Welt.
Bei Weiße und bei Hottentotten ...
wat hast du alles anjestellt!
  Du kommst so an ... Der jreeste Recke
  valiert trotz seine Niedertracht.
  Du kiekst bloß eenmal um de Ecke,
    un alles lacht.

Du schmierst se Flammri in Zylinder,
loofst durch de Beene von Pochtier;
du bist so nett zu kleene Kinder,
schmeißt Damens Eis ins Dekollteh.
  Denn jehste hin un feifst ein Liedchen,
  als hättste weita nischt jemacht.
  Und wer dir sieht mit dein Hietchen –:
    der lacht.

Vor dir hat jeda schon jesessen.
Trotz Koppweh, Ärja, Not un Schmerz …
Vor dir hat jeda det vajessn.
Ick wer da sahrn: du hast Herz!
  Du machst, det die vanimftjen Knaben,
  bloß, weil du da bist, Unrecht haben.
    Und tragen se dir mit Jebimmel
    (noch lange nich!) in dunkle Nacht –:
    Denn sieht dir Jott in sein Himmel
    steht uff
        un lacht.

[1931]

ROSEN AUF DEN WEG GESTREUT

Ihr müßt sie lieb und nett behandeln,
erschreckt sie nicht – sie sind so zart!
  Ihr müßt mit Palmen sie umwandeln,
  getreulich ihrer Eigenart!
    Pfeift euerm Hunde, wenn er kläfft –:
    Küßt die Faschisten, wo ihr sie trefft!

  Wenn sie in ihren Sälen hetzen,
  sagt: „Ja und Amen – aber gern!

Hier habt ihr mich – schlagt mich in Fetzen!"
Und prügeln sie, so lobt den Herrn.
    Denn Prügeln ist doch ihr Geschäft!
    Küßt die Faschisten, wo ihr sie trefft!

Und schießen sie –: du lieber Himmel,
schätzt ihr das Leben so hoch ein?
Das ist ein Pazifisten-Fimmel!
Wer möchte nicht gern Opfer sein?
    Nennt sie: die süßen Schnuckerchen,
    gebt ihnen Bonbons und Zuckerchen …
Und verspürt ihr auch
in euerm Bauch
    den Hitler-Dolch, tief, bis zum Heft –:
    Küßt die Faschisten, küßt die Faschisten,
    küst die Faschisten, wo ihr sie trefft –!

[1931]

DIE GEFANGENEN

Hörst du sie schlucken, Herrgott?
Sie sitzen muffig riechend und essen ein muffiges Essen,
holen es mit dem Blechlöffel aus den amtlichen Gefäßen
und führen es in ihren privaten Mund.
    Der Körper verdaut es,
und es ist ganz sinnlos, was sie da tun.
    Hörst du sie schlucken, Herrgott?

    Siehst du sie im Hof trotten, Herrgott?
Man bewegt sie wie die Pferde, damit sie nicht frühzeitig
        sterben –
sie sollen leidensfähig erhalten werden,
und im Schubkasten des Gefängnispastors liegt eine Bibel.

Daraus liest er ihnen von Zeit zu Zeit etwas vor und glaubt
wirklich,
er sei besser als sie.
Siehst du sie in ihrer Kirche sitzen, Herrgott?

Fühlst du sie leiden?
Nachts bedrängen sie wüste Träume;
ihre innere Sekretion ist nicht in Ordnung,
sie sehen riesige Geschlechtsteile auf Beinen
und zupfen an sich herum …
Fühlst du sie leiden?

Ja, sie haben gefehlt – das ist wahr.
Doch kann kein Mensch den andern bestrafen, er kann ihn nur
quälen.
Denn Schuld und Strafe kommen niemals zusammen.
Ja, sie haben gefehlt, das ist wahr.
Da sitzen sie und leiden:
Weil sie gestohlen haben;
weil ihre Eltern nur einen verwüsteten Körper zeugen
konnten;
weil sie in Spanien eine Republik haben wollten;
weil sie Stalins Politik nicht billigen;
weil sie den Duce nicht lieben;
weil sie in Amerika Gewerkschaften gründen
wollten …
Sie sind Späne des irdischen Sägewerks.
Die Gerechten können nicht sein, wenn die Ungerechten nicht
wären.
Ja, sie haben gefehlt – das ist wahr.

Und so ist es eingeteilt:
Sie haben gesündigt.
Andre haben sie verurteilt.
Wieder andre vollstrecken das Urteil.
Was haben diese drei Dinge miteinander zu tun?

Gott, du siehst es –!
Erbarme, erbarme dich der Gefangenen!
Der Mensch, der da richtet, erbarmt sich nicht.
Man müßte ihn quälen, wiederum,
und wiederum wäre nichts damit getan.
Hörst du sie, siehst du sie, fühlst du sie,
    die Gefangenen –?

[1931]

PARTEIMARSCH DER PARTEILOSEN

Da streiten sich die Leute rum:
die Jejner wären imma dumm –
    Is ja jahnich wahr!
Un wie se alle brülln un schrein,
und jeda sacht, det muß so sein –
    Is ja jahnich wahr!
    Nu sieh ma unsereinen an,
    vaehrtet Publikum!
    Wir treten vor dich Mann fier Mann
    als Individium.
        Es tönt die Straßen lang
        der herrliche Jesang:
            Wir brauchen keine Innung,
            wir brauchn kein Vaein!
            Wir machn uns – wir machn uns
            unsan Dreck allein!
            Wir ham doch die Jesinnung
            un ooch die Stänkerein –
            drum brauchn wa keene Innung
            und brauchn auch keen Vaein –!

Dem eenen weht die Fahne rot –
un wer nich mitmacht, isn Idiot …
Is ja kaum ze jlohm!
Der annre hat 'n braunet Hemd;
det heest: det hat a sich jeklemmt
aus Rom.
Der dritte, der sitzt mittenmang,
die Hosn mächtig voll.
Nur wir, wir wissen janz jenau,
wat jeda machn soll.
Wir ssiehn vajnücht vorbei.
Wir sinn die Nullpachtei …!
Wir brauchen keine Innung,
wir brauchen kein Vaein!
Wir machn uns, wir machn uns
unsan Dreck allein!
Wir ham doch die Jesinnung
un ooch die Stänkerein –
drum brauchn wa keene Innung
und brauchn auch keen Vaein –!

[1931]

SAUFLIED, GANZ ALLEIN

Manchmal denke ich an dich,
das bekommt mich aber nich,
denn am nächsten Tag bin ich so müde.
Du mein holdes Glasgespinst!
Ob du dich auf mich besinnst?
Morgens warst du immer etwas prüde.
Darum trink ich auf dein Wohl
dieses Gläschen Alkohol!
Braun und blond – rot und schwarz –
Ihr sollt leben!

Deine Augen sind so blau
ganz genau wie bei der Frau
    Erna Margot Glyn-Kaliski.
Rheinwein ist nicht stark genug,
darum nehm ich einen Schluck
    von dem guten, gelben Whisky.
        Und ich trinke auf dein Wohl
        dieses Fläschchen Alikol –
        Braun und Blond – Black and White …
    Ihr sollt leben!

Tinte, Rotwein und Odol
sind drei Flüssigkeiten wohl –
    davon kann der Mensch schon leben.
So schön kannst du gar nicht sein,
wie in meinen Träumerein –
    so viel kannst du gar nicht geben.
        Allerschönste Frauenzier,
        ach, wie gut, daß du nicht hier!
        Oh, wie gerne man doch küßt,
        wenn die Frau wo anders ist …!
        Und darum trink ich auf dein Wohl!
        Nun ade, mein Land Tirol!
        Lebe wohl! Nur in den kleinen Räuschen
        lebe wohl, kann die Frau uns nicht enttäuschen!
        Lebe wohl! Lebe wohl!
        Lebe wohl, mein Land Tirol –!

[1931]

LIED ANS GRAMMOPHON

Nobody's fault but your own
Brunswick A 8284

Nun komm, du kleine Nähmaschine,
und näh mir leise einen vor.
Ich denke dann an Clementine,
du säuselst sanft mir in das Ohr.
    Und am Klavier ohn Unterlaß
    führt rhythmisch einer seinen Baß.

Sie war so lieb. Kocht ich im Grimme,
weil jemand mich geärgert hat,
dann sang sie mit der Oberstimme
und strich mir alle Falten glatt.
    Und am Klavier ohn Unterlaß
    führt rhythmisch einer seinen Baß.
        pom-pom

Still sah sie immer nach dem Rechten
und stellte alles so nett hin.
Am Tage kühl. Doch in den Nächten
zerschmolz die süße Schaffnerin.
        pom-pom

O spiele weiter!
        Clementine
war ihrerseits aus Brandenburch.
Sie trog mich mit der Unschuldsmiene
und ging mit einem Dichter durch.

Bei dem ist sie bis heut geblieben.
Gewiß … der Mann hat keinen Bauch.
Und er hat alles klein geschrieben;
stefan george tut das auch;

und am klavier ohn unterlaß
führt rhythmisch einer seinen baß.

Du spielst. Ich muß mich still besaufen.
Voll ist das Glas und wieder leer.
He! Holla! Du bist abgelaufen …
Die Nadel knirscht. Du singst nicht mehr.
In meinem Ohr ohn Unterlaß
rauscht rhythmisch unser Schicksalsbaß:
pom-pom

[1931]

DAS PERSÖNLICHE

Schreib, schreib …
Schreib von der Unsterblichkeit der Seele,
vom Liebesleben der Nordsee-Makrele;
schreib von der neuen Hauszinssteuer,
vom letzten großen Schadenfeuer;
gib dir Mühe, arbeite alles gut aus,
schreib von dem alten Fuggerhaus;
von der Differenz zwischen Mann und Weib …
Schreib … schreib …

Schreib sachlich und schreib dir die Finger krumm:
kein Aas kümmert sich darum.

Aber:
schreibst du einmal zwanzig Zeilen
mit Klatsch – die brauchst du gar nicht zu feilen.
Nenn nur zwei Namen, und es kommen in Haufen
Leser und Leserinnen gelaufen.
„Wie ist das mit Fräulein Meier gewesen?“

Das haben dann alle Leute gelesen.
„Hat Herr Streuselkuchen mit Emma geschlafen?"
Das lesen Portiers, und das lesen Grafen.
„Woher bezieht Stadtrat Mulps seine Gelder?"
Das schreib – und dein Ruhm hallt durch Felder und Wälder.

Die Sache? Interessiert in Paris und in Bentschen
keinen Menschen
Dieweil, lieber Freund, zu jeder Frist
die Hauptsache das Persönliche ist.

[1931]

AN DAS PUBLIKUM

O hochverehrtes Publikum,
sag mal: bist du wirklich so dumm,
wie uns das an allen Tagen
alle Unternehmer sagen?
Jeder Direktor mit dickem Popo
spricht: „Das Publikum will es so!"
Jeder Filmfritze sagt: „Was soll ich machen?
Das Publikum wünscht diese zuckrigen Sachen!"
Jeder Verleger zuckt die Achseln und spricht:
„Gute Bücher gehn eben nicht!"
Sag mal, verehrtes Publikum:
bist du wirklich so dumm?

So dumm, daß in Zeitungen, früh und spät,
immer weniger zu lesen steht?
Aus lauter Furcht, du könntest verletzt sein;
aus lauter Angst, es soll niemand verhetzt sein;
aus lauter Besorgnis, Müller und Cohn
könnten mit Abbestellung drohn?

Aus Bangigkeit, es käme am Ende
einer der zahllosen Reichsverbände
und protestierte und denunzierte
und demonstrierte und prozessierte …
Sag mal, verehrtes Publikum:
bist du wirklich so dumm?

Ja, dann …
Es lastet auf dieser Zeit
der Fluch der Mittelmäßigkeit.
Hast du so einen schwachen Magen?
Kannst du keine Wahrheit vertragen?
Bist also nur ein Grießbrei-Fresser –?
Ja, dann …
Ja, dann vedienst dus nicht besser.

[1931]

DER MITESSER

Denen, die sich nicht getroffen fühlen

Er wohnt am Rand der reichen Leute,
verkehrt mit Adel und heißt Schmidt.
Den Schlips von morgen trägt er heute
und fährt in fremden Autos mit.
Er lebt in einem ihm fremden Stile –
Fauler Kopp!
Fauler Snob!
Aber davon gibts viele.

Er selbst hat nur ein kleines Zimmer,
als Untermieter bei Frau Schay.
Doch geht er aus, dann tut er immer,

als wär er aufgewachsen bei.
Von der Socke bis zum gescheitelten Haar:
es ist alles nicht wahr – es ist alles nicht wahr!

Er ist so gerne eingeladen:
er zeckt an Kaufmann und Bankier.
Er weiß, am Lido muß man baden,
er grüßt im Ritz den Herrn Portier.
Er nassauert elegant und beflissen
vor fremden Kulissen.

Was er auch hat, das hat er gratis.
Er läuft mit der Society.
Er kennt die feinsten Cocktail-Parties.
Nur seine Lage kennt er nie.
Bald kunstgewerblicher Friseur,
bald Redakteur …
so sehn wir ihn gestern, morgen und heute:
ein Affe.
Ein Affe der reichen Leute.

[1931]

AUTARKIE

Im Juni hat noch keiner gewußt,
was Autarkie bedeutet;
heut hebt sich jede deutsche Brust,
wenn das Schlagwort herunterläutet:
Autarkie!
Wir schließen einfach die Grenzen zu.
Dann hat die liebe Seele Ruh.
Appelsinen, jroße un kleene,
die machen wir uns alleene.

Kohlrüben wachsen bei uns zu Hauf.
Für uns ist nichts zu schade.
Wir rauchen still unser Sofa auf,
mit Maikäfer-Marmelade.
        Autarkie! Autarkie!

Wir schuften für Zins und Zinseszins,
und wir bleiben eine kleine Provinz.
Paris is ja so jemeene!
Wir machen uns allens alleene.

Dann halten wir fest das Proletenpack:
beherrscht von Bürokraten,
von Banken und Knüppel aus dem Sack,
von Polizei und Soldaten.
Kräht der Adler auf dem Mist:
        Autarkie!
ändert sichs Wetter, oder es bleibt wie es ist –
        Autarkie!
Für Pleite, Not und Kirchhofsruh –
brauchen wir etwa das Ausland dazu?
    Diese Wirtschaftskapitäne,
    die machen det janz alleene.

[1931]

DIE LÖSUNG

Wenn was nicht klappt, wenn was nicht klappt,
dann wird vor allem mal nicht berappt.
Wir setzen frisch und munter
die Löhne, die Löhne herunter –
immer runter!
Wir haben bis über die Ohren
bei unsern Geschäften verloren …
Unser Geld ist in allen Welten:
Kapital und Zinsen und Zubehör.
So lassen wir denn unser großes Malheur
nur einen, nur einen entgelten:
Den, der sich nicht mehr wehren kann.
Den Angestellten, den Arbeitsmann;
den Hund, den Moskau verhetzte,
dem nehmen wir nun das Letzte.
Arbeiterblut muß man keltern.
Wir sparen an den Gehältern –
immer runter!
Unsre Inserate sind nur noch ein Hohn.
Was braucht denn auch die deutsche Nation
sich Hemden und Stiefel zu kaufen?
Soll sie doch barfuß laufen!
Wir haben im Schädel nur ein Wort:
Export! Export!

Was braucht ihr eigenen Hausstand?
Unsre Kunden wohnen im Ausland!
Für euch gibts keine Waren.
Für euch heißts: sparen! sparen!
Nicht wahr, ein richtiger Kapitalist
hat verdient, als es gut gegangen ist.
Er hat einen guten Magen.
Wir mußten das Risiko tragen …
Wir geben das Risiko traurig und schlapp

inzwischen in der Garderobe ab.
Was macht man mit Arbeitermasen?
  Entlassen! Entlassen! Entlassen!
Wir haben die Lösung gefunden:
Krieg den eigenen Kunden!
Dieweil der deutsche Kapitalist
Gemüt hat und Exportkaufmann ist.
Wußten Sie das nicht schon früher –?
  Gott segne die Wirtschaftsführer!

[1931]

ALSO WAT NU – JA ODER JA?

Wie ick noch'n kleena Junge wah,
da hattn wa auffe Schule
een Lehra, den nannten wa bloß: Papa –
een jewissen Doktor Kuhle.
  Un frachte der wat, un der Schieler war dumm,
  un der quatschte und klönte bloß so rum,
  denn sachte Kuhle feierlich:
    „Also – du weeßt et nich!"

So nachn Essen, da rooch ick jern
in stillen meine Sßijarre.
Da denk ick so, inwieso un wiefern
un wie se so looft, die Karre.
  Wer weeß det … Heute wähln wa noch rot,
  un morjen sind wa valleicht alle tot.
  Also ick ja nich, denkt jeda. Immahin …
  man denkt sich so manchet in seinen Sinn.
Ick bin, ick werde, ick wah jewesen …
Da haak nu so ville Bicher jelesen.
Und da steht die Wissenschaft uff de Kommode.

Wie wird det mit uns so nachm Tode?
Die Kürche kommt jleich eilich jeloofn,
da jibt et'n Waschkorb voll Phillesophen …
Det lies man. Un haste det hinta dir,
dreihundert Pfund bedrucktet Papier,
    denn leechste die Weisen
    beit alte Eisen
un sachst dir, wie Kuhle, innalich:
    Sie wissen et nich. Sie wissen et nich.

[1931]

DER PRIEM

Alle Rechte vorbehalten
Unter vielem Spucken zu singen

Es haben die Matrosen
wohl auf dem blauen Meer
nicht nur die weiten Hosen –
sie haben noch viel mehr.
    Denn gibt es nichts zu rauchen,
    weißt du, was sie da brauchen
    bei Nacht und auch bei Tag?
        Den Kautabak – den Kautabak –
        ein kleines Stückchen Kautabak
        von der Firma Eckenbrecht
            aus Kiel.

Es heulen die Sirenen.
Die Braut in Tränen schwimmt.
Es schwimmt die Braut in Tränen,
wenn der Seemann Abschied nimmt.
    Sie drücken sich die Hände;

dann gibt sie ihm am Ende
verschämt ein kleines Pack
mit Kautabak – mit Kautabak –
mit nem halben Pfündchen Kautabak
von der Firma Eckenbrecht
aus Kiel.

Da hinten liegt sein Kutter,
da hinten liegt sein Kahn.
Sie sagt, sie fühlt sich Mutter,
er sieht sie blöde an.
Er läßt sich von ihr kosen,
die Hände in den Hosen,
dann nimmt er einen Schlag
vom Kautabak – vom Kautabak
ein kleines Stückchen Kautabak
von der Firma Eckenbrecht
aus Kiel.

Das Schiff fährt in den Hafen
wohl in Batavia.
Mit den Mädchen muß man schlafen,
wozu sind sie sonst da!
Die er geliebkost hatte,
liegt nackt auf einer Matte;
er holt aus seinem Pack
den Kautabak – den Kautabak –
ein kleines Stückchen Kautabak
von der Firma Eckenbrecht
aus Kiel.

Das Schiff tät nicht versaufen,
in Hamburg legt es an.
Marie mußt sich verkaufen
nachts auf der Reeperbahn.
Nun spürt der arme Junge

grad unter seiner Zunge
den bitteren Geschmack
vom Kautabak – vom Kautabak
vom kleinen Stückchen Kautabak
von der Firma Eckenbrecht
aus Kiel.

Wie dem Seemann mit den Frauen,
uns gehts genau wie ihm.
Das Leben muß man kauen,
das Dasein ist ein Priem.
Es schmeckt dem Knecht und Ritter
mal süß und auch mal bitter …
Spuck ihn aus, wer ihn nicht mag!
Den Kautabak – den Kautabak –
das kleine Stückchen Kautabak
von der Firma Eckenbrecht
aus Kiel!

[1931]

GOETHE-JAHR 1932

Nächstes Jahr, da werden wir was erleben!
So im März, April und Mai:
Goethe hundert Jahre tot! Das wird was geben!
Wär es schon vorbei –!

Richtig, Joehte!
Hundert Philologen wälzen
Briefe, Werke, Bilder im Archiv.
Und schon seh ich Wolfgang Goetzen stelzen
durch die Fölljetöner lang und tief.

Richtig, Joethe!
Spitzen der Behörden
weihen ölig quasselnd etwas ein.
Und die Spitzen der Behörden wörden
alle voll von Faust-Zitaten sein –
richtig, Joethe!

Und es wimmelt von Bezüglichkeiten:
„Goethe und ...“ so tönt es immerzu.
Auf den bunten Marken muß er schreiten,
und dann sagen alle zu ihm Du!

Böte, Kröte, Nöte, Röte, Flöte ...
wochenlang reimt alles sich auf Goethe.
Dann verstummen Prosa und Sonett.
Von den deutschen Angestellten-Massen
hat man keinen weniger entlassen.
Klassiker sind nur fürs Bücherbrett.

Nächstes Jahr, da kannst du was erleben!
So im März, April und Mai ...
Lieben Freunde, das wird etwas geben!
Wär es schon vorbei !

[1931]

IMMA MIT DIE RUHE!

Wenn ick det sehe, wat se so machn,
wie se bei de jeringsten Sachn
sich uffpustn, det man denkt, se platzen –
wie se rot anlaufn, bis an die Jlatzen,
ahms spät un morjens um achte –:
sachte! sachte!

Warum denn so furchtbar uffjerecht?
Wir wern mal alle inn Kasten gelecht.

Wissen Se, ick wah mal dabei –
da hattn se uff de Polessei
eenen Selbstmörda, jänzlich nackt,
in eenen murksijen Sarch jepackt.
    Die hatten det eilich! Un ick dachte:
        Sachte! Sachte!
Un der Anblick hat sich mir injeprecht:
Wir wern mal alle inn Kasten jelecht.

Janich rellejöhs.
                    Wie soll ick det sahrn ...?
Ick kann det Jefuchtel nich vatrahrn.
Wir komm bei Muttan raus mit Jeschrei,
un manche bleihm denn auch dabei.
    Wenn ick mir det so allens betrachte:
        Imma sachte!
Mal liechste still. Denn wird ausjefecht.
Un wir wern alle inn Kasten jelecht.

[1931]

BEIT FRIEHSTICK

Wenn ick in meine Stulln beiße,
denn kuck ick in de Sseitung rin.
Die liejn nämlich inne Sseitung,
da wickelt se mir Mutta in.
    Ick streiche det Papier scheen jlatt
    und seh, wats so jejehm hat.

Ick lese von drei Zwillingsschwestern

und vonne Feiersbrunst in Wald …
Mal is die Sseitung noch von jestern,
mal isse füchzehn Tahre alt.
    Wat mir det Friehstick nich vamiest.
    Et is ja bloß, det man wat liest.

Da ha ick nu so rausjefunden:
Erscht kommt die Sseitung in Vakehr,
un schon nach vierundzwanssich Stunden,
da stimmt det allens jahnich mehr!
    Denn sind se reine wie blamiert.
    Ick ha dadrieba simmeliert …

Ick sach ma so:
                    Wat die so sahrn
un wat die allens proffezein,
det stimmt schon nich mehr nach acht Tahrn –
det kann nie wahr jewesen sein!
    Nu ham die Brieda mächtjet Jlick:
    et blättert ja keen Mensch zerrick!
    Man schmeißt et wech. Und kooft sich brav und bieda
    'n neuet Blatt un jloobt et imma wieda.
        Un willste wissen wat det is jewesen,
        denn mußte alte Sseitungsnumman lesen.
        Und siehste denn, wie die vakehrt sind –:
        dann weeste, wat die neien wert sind.

[1931]

AN DAS BABY

Alle stehn um dich herum:
Fotograf und Mutti
und ein Kasten, schwarz und stumm,
Felix, Tante Putti …
    Sie wackeln mit dem Schlüsselbund,
    fröhlich quietscht ein Gummihund.
    „Baby, lach mal!“ ruft Mama.
    „Guck“, ruft Tante, „eiala!“
Aber du, mein kleiner Mann,
siehst dir die Gesellschaft an …
Na, und dann – was meinste?
                                        Weinste.

Später stehn um dich herum
Vaterland und Fahnen;
Kirche, Ministerium,
Welsche und Germanen.
    Jeder stiert nur unverwandt
    auf das eigne kleine Land.
    Jeder kräht auf seinem Mist,
    weiß genau, was Wahrheit ist.
Aber du, mein guter Mann,
siehst dir die Gesellschaft an …
Na, und dann – was machste?
                                        Lachste.

[1931]

EISENBAHNER

Im Stellwerk wachen in der Nacht –
Marsch-Marsch! Zehn Stunden Dienst gemacht!
Die schweren Hebel an der Hand,
Hitze und Zugwind am Führerstand.
Im Bauch kalten Kaffee, im Kopf das Signal,
die Strecke abgehen, hundertmal –:
    das macht das Unterpersonal.

Hingegen:
Verfügungen schmieren, wie die dienstlichen Mützen
auf dem Proletenkopf sollen sitzen;
nur die eigene Behörde kennen;
sich gegenseitig zum Geheimrat ernennen;
vom grünen Tisch den gemeinen Haufen
regieren, daß alle in Akten versaufen;
auf Wersalljes schimpfen, aufs Material –:
    das tut das Oberpersonal.

Den Kopf hinhalten vor Gericht;
Maul halten, wenn der Richter spricht;
die Brust hinhalten, wenn es sprüht,
undichtes Rohr … der Dampf verbrüht …
ein heißer Strahl … weg, ins Spital …
So fünfzig-, hundert-, tausendmal –:
    das macht das Unterpersonal.

Hingegen:
Intrigieren und organisieren –
paragraphieren und reglementieren.
Geht es bei Katastrophen ans Leben,
sich „persönlich auf den Schauplatz begeben";
an Vorschriften und Verfügungen polken,
(wie ein Mond leuchtet Dorpmüller aus den Wolken).
Das macht das Oberpersonal.

Wir rufen ihm zu, so wie es da ist,
ein Signal, das kein Proletarier vergißt:
Abfahren! Abfahren! Abfahren –!

[1931]

TREUE

Sei man dankbar, wenn se dir wat jehm!
Sei man treu!
    Da kannste wat alehm!
Mach man fummßehn Jahre deinen Stiebel,
setzte einmal aus, denn nehm se iebel.
Wenn se denn ooch noch 'n jüngern sehn,
fliechste raus – denn kannste stempeln jehn.
    Treue lohnt nich.

Wolln se wat, denn komm se anjeloofen –
for den Schmus da kannste dir nischt koofn.
Wenn de dir nich hast den Rebbach rausjefischt:
fors Jewesne jibt der Jude nischt.
Sei man treu –
    die wolln dir ja bloß duckn,
und denn kannste durch de Röhre kuckn.
    Treue lohnt nich.

Denn wer nämlich treu is, endt im Dalles.
Ja, det sachste so … Ick weß det alles.
Mancher kann nich anders, als er kann –
Jeh man imma wieda ran!
Ohne Dußligkeit und ohne Kompromiß,
weil det ehm Stärke is.
    Trotz der kalten Fressen von die Brieda –
    Mensch, Vatraun kommt imma wieda!

Wenn de dir nich inn Betrieb zerreibst,
wenn de richtig bei de Stange bleibst,
wenn de eene Sache treu bist, kuckste nie in Mond –
    Treue lohnt.

[1931]

BETRIEBSUNFALL

Hat eine Katze Ellenbogen?
Nein.
Hat jemals ein Bankier betrogen?
Nein.
Und wenn er mal und hat er mal und fällt er schon mal rein:
dann kann das kein Bankier gewesen sein.

Liest du das gern, nachmittags aufm Sofa?
Nein.
Entschädigt einer Schultheiß-Patzenhofa?
Nein.
Und setzt auch dem der Staatsanwalt in seinen Pelz ne Laus:
dann holn ihn die Verteidiger wieder raus.

Ist das nun für die Börse sehr betrüblich?
Nein.
Ist das auch bei den andern üblich?
Ja.
Ich lese still den Handelsteil, und seh ich so den Mist:
man weiß nie, was noch Tüchtigkeit und was schon Schiebung ist.

[1931]

SIE, ZU IHM

Ich hab dir alles hingegeben:
mich, meine Seele, Zeit und Geld.
Du bist ein Mann – du bist mein Leben,
du meine kleine Unterwelt.
Doch habe ich mein Glück gefunden,
seh ich dir manchmal ins Gesicht:
Ich kenn dich in so vielen Stunden –
nein, zärtlich bist du nicht.

Du küßt recht gut. Auf manche Weise
zeigst du mir, was das ist: Genuß.
Du hörst gern Klatsch. Du sagst mir leise,
wann ich die Lippen nachziehn muß.
Du bleibst sogar vor andern Frauen
in gut gespieltem Gleichgewicht;
man kann dir manchmal sogar trauen …
aber zärtlich bist du nicht.

O wärst du zärtlich!
Meinetwegen
kannst du sogar gefühlvoll sein.
Mensch, wie ein warmer Frühlingsregen
so hüllte Zärtlichkeit mich ein!
Wärst du der Weiche von uns beiden,
wärst du der Dumme. Bube sticht.
Denn wer mehr liebt, der muß mehr leiden.
Nein, zärtlich bist du nicht.

[1931]

MEDIA IN VITA

Die läuft rum, die mir die Augen zudrückt:
eine Krankenpflegerin.
Ordnet noch die Fläschchen auf dem Nachttisch,
wenn ich schon hinüber bin.
Leise kreuzt sie meine Hände übern Bauch.
Das ist ein Beruf wie andre auch.

Jeden Morgen, wenn ich mich rasiere,
denk ich in dem Glanz des Lampenscheins,
während ich mich voller Seife schmiere:
jetzt sinds nur noch x-mal minus eins.
Und da steh ich voller Schaum und Frömmigkeit,
und ich tu mir außerordentlich leid.

Da, wo sich die Parallelen
schneiden, fliege ich dann hin.
Ach, ich werde mir doch mächtig fehlen,
wenn ich einst gestorben bin.
Andern auch –? Wer seine Augen aufmacht, sieht:
Sterben ist, wie wenn man einen Löffel aus dem Kleister zieht.

[1931]

WARTE NICHT!

Du, Frau an der Falzmaschine,
sieh in den Himmel hinauf!
du nähst am Fenster, Mädchen –
sieh in den Steinhof hinab!
Denkt ihr über das Schicksal nach?
über gestern, heute und morgen?
Kopf hoch! Es gibt einen Spruch,

der strahlt über allen Sorgen:
Warte nicht zu lange,
warte nicht zu lang!
Lausch deinem innern Klange,
die Zeit geht ihren Gang.
Jeder hat im Leben
eine Melodie …
Und was du dir nicht selbst nimmst,
das erreichst du nie –!

Du, junge Arbeiterin,
liebst einen, der dich liebt.
Sollst du ihn nehmen? Ist er ein Gewinn?
Hat er zu geben, wenn er gibt?
Mach reinen Tisch und entscheide dich –
Süden oder Norden!
Ja oder Nein! – aber bleib nicht stehn,
noch keine ist jünger geworden …
Warte nicht zu lange,
warte nicht zu lang –!
Lausch deinem innern Klange,
die Zeit geht ihren Gang.
Jeder hat im Leben
eine Melodie …
Und was du dir nicht selbst nimmst,
das erreichst du nie –!

Du, Kämpfer für die Freiheit deiner Klasse!
laß dich nicht einschläfern!
Von den Reden der Wichtigtuer,
der Schreiberseelen, der falschen Führer!
Manches Jahr ging ungenützt hin,
laß dir nichts prophezein!
Deine Klasse wartet auf dich –
hilf sie vom Joch befreien!
Warte nicht zu lange!

warte nicht zu lang –!
Lausch dem Weltenklange –
die Zeit geht ihren Gang.
Jeder hat im Leben
eine Melodie …
Und wenn du dir vom Lebensbaum
die Früchte nicht einmal an dich reißt –
bekommst du sie nie –!

[1931]

DIE SERIÖSEN

Wenn dir ein ernster Kaufmann spricht:
so hör ihn nicht! so hör ihn nicht!
Er spricht dir von den schweren Zeiten,
von Wirtschaft und Notwendigkeiten …
Erst wird er fachlich. Und dann krötig.
Der hats nötig –!

Ja, mit gepumptem Auslandsgeld,
da war sie schön, die deutsche Welt.
Da rauchten wirbelnd alle Essen,
da hatten sie die großen Fressen.
Das Land war ihnen sehr erbötig …
Die habens nötig.

Das Geld ist hin. Die Arbeit knapp.
Die Konjunktur sank tief herab …
Wer sich und uns derart verwirrt hat;
wer dauernd sich so oft geirrt hat;
wer sich in allen schweren Tagen
nur Pleiten holt und Niederlagen,
ein Heros der Finanz-Etappe –:

der erzähle uns nichts, sondern halte die Klappe!
    1, 2, 3 –
    am Zuchthaus glatt vorbei!
    3, 2, 1 –
    Was du dir nimmst, ist deins!
Von Tag zu Tag wird stets defekter
der Ruf vom Generaldirekter.
Was der uns predigt, darauf flöt ich.
    Der hats nötig.

[1931]

ÜBER DEN DÄCHERN

Über den Dächern
schwebt Rauch
und ein sanftes Gebimmel
klingt von den Türmen der Stadt.
Meine Sehnsucht fliegt in den Himmel.
    Wie es durch das Fenster zieht …!

Wozu arbeiten?
Wozu tätig sein?
Wozu in die Versammlungen gehn?
Ich habe nur meine beiden Hände.
Was steht am Ende –?
Das habe ich an Vater gesehen.
    Wie es durch das Fenster zieht …!

Diese Dachkammer hat der alte Mann.
Dafür fünfundfünfzig Jahre
Arbeit, keinen Tag Urlaub,
Sorgen und graue Haare.
    Meine Gedanken hängen am Horizont –

Wo ist unser Glück …?
Und da kommen plötzlich alle meine Gedanken zurück.
Gleich springe ich auf die Beine,
und werfe die Arme um den Leib,
weil mich friert …
  Ich bin nicht mehr allein.

Wir sind stark, wenn wir zusammenhalten:
die Starken und Schwachen, die Jungen und Alten.
Wenn nur der Wille fest bleibt und unsere Partei.
Da bin ich dabei.
Noch einmal sehe ich über die Stadt
und die Dächer …
Schon mancher hat mit trocken Brot und armseligem Essen
in so einer zugigen Dachkammer gesessen.
  Mancher, der nachher ein Reich erobert hat.

[1931]

DAS LIED VON DER GLEICHGÜLTIGKEIT

Eine Hur steht unter der Laterne,
des abends um halb neun.
Und sie sieht am Himmel Mond und Sterne –
was kann denn da schon sein?
  Sie wartet auf die Kunden,
  sie wartet auf den Mann,
  und hat sie ihn gefunden,
  fängt das Theater an.
Ja, glauben Sie, daß das sie überrasche?
Und sie wackelt mit der Tasche – mit der Tasche,
  mit der Tasche,

mit der Tasche –
Na, womit denn sonst.

Und es gehen mit der Frau Studenten,
und auch Herr Zahnarzt Schmidt.
Redakteure, Superintendenten,
die nimmt sie alle mit.
Der eine will die Rute,
der andre will sie bleun.
Sie steht auf die Minute
an der Ecke um halb neun.
Und sie klebt am Strumpf mit Spucke eine Masche …
und sie wackelt mit der Tasche – mit der Tasche,
mit der Tasche,
mit der Tasche –
Na, womit denn sonst.

Und es ziehn mit Fahnen und Standarten
viel Trupps die Straßen lang.
Und sie singen Lieder aller Arten
in dröhnendem Gesang.
Da kommen sie mit Musike,
sie sieht sich das so an.
Von wegen Politike …
sie weiß doch: Mann ist Mann.
Und sie sagt: „Ach, laßt mich doch in Ruhe –"
und sie wackelt mit der Tasche – mit der Tasche –
mit der Tasche –
mit der Tasche …
Und sie tut strichen gehen.
Diese Gleichgültigkeit,
diese Gleichgültigkeit –
die kann man schließlich verstehn.

[1932]

EUROPA

Am Rhein, da wächst ein süffiger Wein –
der darf aber nicht nach England hinein –
    Buy British!
In Wien gibt es herrliche Torten und Kuchen,
die haben in Schweden nichts zu suchen –
    Köp svenska varor!
In Italien verfaulen die Apfelsinen –
laßt die deutsche Landwirtschaft verdienen!
    Deutsche, kauft deutsche Zitronen!
Und auf jedem Quadratkilometer Raum
träumt einer seinen völkischen Traum.
Und leise flüstert der Wind durch die Bäume …
    Räume sind Schäume.

Da liegt Europa. Wie sieht es aus?
Wie ein bunt angestrichnes Irrenhaus.
Die Nationen schuften auf Rekord:
    Export! Export!
Die andern! Die andern sollen kaufen!
Die andern sollen die Weine saufen!
Die andern sollen die Schiffe heuern!
Die andern sollen die Kohlen verfeuern!
Wir?
    Zollhaus, Grenzpfahl und Einfuhrschein:
wir lassen nicht das geringste herein.
Wir nicht. Wir haben ein Ideal:
Wir hungern. Aber streng national.
Fahnen und Hymnen an allen Ecken.
Europa? Europa soll doch verrecken!
Und wenn alles der Pleite entgegentreibt:
daß nur die Nation erhalten bleibt!
Menschen braucht es nicht mehr zu geben.
England! Polen! Italien muß leben!
Der Staat frißt uns auf. Ein Gespenst. Ein Begriff.

Der Staat, das ist ein Ding mitm Pfiff.
Das Ding ragt auf bis zu den Sternen –
von dem kann noch die Kirche was lernen.
Jeder soll kaufen. Niemand kann kaufen.
Es rauchen die völkischen Scheiterhaufen.
Es lodern die völkischen Opferfeuer:
Der Sinn des Lebens ist die Steuer!
Der Himmel sei unser Konkursverwalter!
Die Neuzeit tanzt als Mittelalter.

Die Nation ist das achte Sakrament –!
Gott segne diesen Kontinent.

[1932]

ZOOLOGIE

Ein Borvaselinchen lief, von Gott gesandt,
durch deutsches Land.

Es glänzte fettig-hell im Sonnenscheine
und rührte emsig seine kleinen Beine.

Doch gestern morgen in der Abendstunde,
verschwand es still in Adolf Hitlers Munde.

Dieweil der Junge alle Welt befehdet,
hat er sich nämlich einen Wolf geredet.

Jetzt aber geht es schon bedeutend glatter.
Es kritzeln emsig die Berichterstatter.

Und einer lauscht, und er notiert:
„Der Tschörmen redet wie geschmiert.“

Da hat er recht. Uns bleibt nur dies Problem:
Geschmiert?
Von wem?

[1932]

NA ALSO –!

Der alte Kahl, ordensbesternt,
Geheimrat und so, hat umgelernt.
Er hat einen ganzen Hinrichtungsakt
gesehn – der Kopf wurde abgehackt.
Und Geheimrat Kahl schrieb juristisch und kühl:
„Das ist gut für das Gerechtigkeitsgefühl.
Allemal."
(gez.) Kahl

Dann hat der Mann an Einsicht gewonnen,
hat nachgedacht und sich besonnen.
Und er sprach und schrieb, wo es auch sei:
eine Hinrichtung ist eine Barbarei.
Ein zweiter Mord. Zu gar nichts nütze.
Justiz gedeiht nicht in blutiger Pfütze.
Ein braver Mann sprach im Reichstagssaal.
Kahl.

Darauf haben die Nazis ihn angegriffen.
Darauf haben die Stammtische auf ihn gepfiffen.
Und jetzt auf einmal, ein neuer Ton
ertönt in der Reichstagskommission:
„Wir brauchen die Todesstrafe, zur Zeit!
Insonderheit im politischen Streit!
Humanität in allen Ehren –
wir können den Hackklotz nicht entbehren."

(Wir verurteilen bekanntlich nach dieser Methode
alle Nazi-Mörder zum Tode.)
„Heraus mit dem Beil! Die Waage bleibt drin.
Richtet sie nicht! Richtet sie hin!“
Na also –! Da hat in bewegten Stunden
ein deutscher Professor heimgefunden.
Christus säte. Es wuchs nicht viel.
Rode aus die Pflänzchen mit Stumpf und Stiel!
Das christliche Feld bleibt allemal
kahl.

[1932]

DREH DICH HIN, DREH DICH HER – KLEINE WETTERFAHNE –!

Der Zeitungsverleger Mülvoß, als welcher ein krummer Jid,
sprach: „Wissen Se – ich bin nämlich Antisemit!
Sie haben eben keinen Sinn für Wehrhaftigkeit!
Ich und mein Blatt, wir gehen mit unsrer Zeit!
Mit der Zeit muß man mitgehn!“

Und es erhob sich ein Wispern im Blätterwalde.
Und jeder Mitarbeiter fühlte: Warte nur, balde …!
Und die Redakteure bildeten sich im Kunstfliegen aus,
und je jüdischer einer hieß, desto raußerer flog er raus.
Mit der Zeit muß man mitgehn.

Und siehe, es entdeckten manche Spitzen der Verlegerei,
daß es mit dem Militarismus gar nicht so böse sei.
Denn wer nicht reiten kann, der ist entweder Pazifist,
oder er bewundert alles, was ein Kommißknopp ist.
Mit der Zeit muß man stramm stehn.

Aber denkt denn der Druckereibesitzer von solchem Blatt,
daß der Adolf Hilter so ein kurzes Gedächtnis hat?
Und nimmt nichts mehr krumm?
Dumm ist er ja. Aber so dumm ...!
Und das ist das Beschämende an diesem Gesindel, das den Faschismus stützt:
daß ihm der Umfall auch nicht das geringste nützt.
Mit der Zeit werden sie eingehn.

[1932]

RECHT MUSS RECHT BLEIBEN –!

„Wir können nicht zahlen! Wir werden nichts zahlen!
Die Gläubiger sollen uns was malen!"
Das geht gegen Welschland und gegen New York.
Verträge nehmen wir leicht wie Kork.
Nur nicht gegen die, die uns beherrschten:
Wie steht denn die Sache mit unsern Ferschten –?

Sagt da einer: Groß ist die deutsche Not?
Sagt da einer: Sparen heißt das Gebot?
Ruft da der Nazi: Tyrannei?
Rundfunkt da der Groener: Ein Volk sei frei?
Stehn da die Bürger auf wie ein Mann,
weil keiner zahlen will und kann?
Kriegen die Fürsten, was andre suchen?
Brot –? Ja, Kuchen.

Die bekommen Millionen und Millionen.
Die dürfen in weiten Schlössern wohnen.
Die kassieren für Kind und Kindeskind,
weil wir brave Untertanen sind.
Der in Doorn, der den Haß einer Welt gesammelt,

der hat noch nie so viel Geld gesammelt.
Die Burschen können in Dollars baden,
ihre Konten sind von Gottes Gnaden.
Wirft die einer zum Tempel hinaus?
So sehn wir aus.

Kein Geld für Krüppel. Kein Geld für Proleten.
Kein Geld für die, die der Krieg zertreten.
Der Wind pfeift durch den Hosenriß.
Der Dank des Vaterlands ist euch gewiß.

Die leiden. Die hungern. Und die dürsten.
Aber immer feste für die Fürsten!
Sie zapfen an deutschem Gut und Blute.
Da heißt es nicht: Tribute! Tribute!
Da zahlt der Deutsche, getreu seinem Eid,
an die gottgewollte Obrigkeit.

Aber der kleine Mann, der in Land und Stadt
seine Kriegsanleihe gezeichnet hat,
der kann sich sein Geld in den Schornstein schreiben.
Recht muß Recht bleiben.

[1932]

§ § § §

In der Großstadt, auf dem Lande, in den Städtchen
gibt es schöne, aber tugendhafte Mädchen.
Still! Still!
Man kann nicht alles sagen, was man will.
Denen gleich das Herze schmilzt, die haben keinen.
Die du gern erobern willst, die haben schon einen …
Kommt ne leere Droschke an,

ist sie meist besetzt.
Hat die Frau einen andern Mann,
dann flüsterst du zuletzt:
Soll ich dir mal sagen,
wie mein Herz tanzt?
Soll ich dir mal sagen,
was du mir kannst?
Wenn ich dich seh, gibts mir nen Stich,
mein ganzes Sehnen kreist um dich –
Könnt ich dir doch sagen:
O küsse mich –!

Schau ich mich so um in unsrer lieben Runde:
jedem Deutschen hängt ein § am Munde …
Still! Still!
Man kann nicht alles sagen, was man will.
Schreibst du: „Dieser Bursche ist total besoffen",
gleich fühlt irgend ein Minister sich getroffen.
Seh ich mir die Gegner an,
wie kommen die mir vor!
Ich ginge gern zu jedem ran
und flüstert ihm ins Ohr:
Soll ich dir mal sagen,
wie mein Herz tanzt?
Soll ich dir mal sagen,
was du mir kannst?
Wenn ich dich seh, gibts mir nen Stich,
mein ganzes Sehnen kreist um dich:
Könnt ich dir doch sagen:
O küsse mich –!

Und so sei es denn hiermit gesagt.

[1932]

WIE MANS MACHT …

a) Trost für den Ehemann

Und wenn sie dich so recht gelangweilt hat,
dann wandern die Gedanken in die Stadt …
Du stellst dir vor, wie eine dir,
und wie du ihr, das denkst du dir …
    Aber so schön ist es ja gar nicht!

Mensch, in den Bars, da gähnt die Langeweile.
Die Margot, die bezog von Rudolf Keile.
Was flüstert nachher deine Bajadere?
Sie quatscht von einer Filmkarriere,
und von dem Lunapark und Feuerwerk,
und daß sie Reinhardt kennt und Pallenberg …
    Und eine Frau mit Seele? Merk dies wichtige:
    die klebt ja noch viel fester als die richtige.

Du träumst von Orgien und von Liebesfesten.
Ach, Mensch, und immer diese selben Gesten,
derselbe Zimt, dieselben Schweinerein –
was kann denn da schon auf die Dauer sein!
Und hinterher, dann trittst du an
mit einem positiven Wassermann,
    so schön ist das ja gar nicht.

Sei klug. Verfluch nicht deine Frau, nicht deine Klause.
Bleib wo du bist.
                        Bleib ruhig zu Hause.

b) Trost für den Junggesellen

Du hast es satt. Wer will, der kann.
Du gehst jetzt häufiger zu Höhnemann.
Der hat mit Gott zwei Nichten. Zart wie Rehe.

Da gehst du ran. Du lauerst auf die Ehe.

Bild dir nichts ein. Du schüttelst mit dem Kopf?
Ach, alle Tage Huhn im Topf
und Gans im Bett – man kriegt es satt,
man kennt den kleinen Fleck am linken Schulterblatt …
    So schön ist es ja gar nicht!

Sie zählt die Laken. Sagt, wann man großreinemachen soll.
Du weißt es alles, und du hast die Nase voll.
Erst warst du auf die Heirat wie versessen;
daß deine Frau auch Frau ist, hast du bald vergessen.

Sei klug. Verfluch nicht deine Freiheit, deine Klause.
Bleib wo du bist.
                    Bleib ruhig zu Hause.

c) Moral

Lebst du mit ihr gemeinsam – dann fühlst du dich recht einsam.
Bist du aber alleine – dann frieren dir die Beine.
Lebst du zu zweit? Lebst du allein?
Der Mittelweg wird wohl das richtige sein.

[1932]

DER ZERSTREUTE

Mein Blinddarm, der ruht in Palmnicken;
ein Backenzahn und überdies
ein Milchzahn liegen in Saarbrücken.
Die Mandeln ruhen in Paris.

So streu ich mich trotz hohen Zöllen
weit durch Europa hin durchs Land.
Auch hat die Klinik in Neukölln
noch etwas Nasenscheidewand.

Ein guter Arzt will operieren.
Es freut ihn, und es bringt auch Geld.
Viel ist nicht mehr zu amputieren.
Ich bin zu gut für diese Welt.

Was soll ich armes Luder machen,
wenn die Posaune blasen mag?
Wie tret ich an mit meinen sieben Sachen
am heiligen Auferstehungstag?

Der liebe Gott macht nicht viel Federlesen.
„Herr Tiger!“ ruft er. „Komm hervor!
Wie siehst du aus, lädiertes Wesen?
Und wo – wo hast du den Humor?“

„Ich las“ – sag ich dann ohne Bangen –
„einst den Etat der deutschen Generalität.
Da ist mir der Humor vergangen.“
Und Gott versteht.
Und Gott versteht.

[1932]

BESCHLAGNAHMEFREIES GEDICHT

Ich bin klein.
Mein Herz ist rein.
Soll niemand drin wohnen als nach Belieben auszufüllen allein.
Lieb Vaterland, magst ruhig sein,
fest steht, daß Ponds Creme das beste für die Haut ist.
Hipp.
Wer seine Obrigkeit läßt walten,
der bleibet immer wohlbehalten.
Hipp, hipp.
Wenn ich nur meinen Adolf hab,
bis an mein schwarz-weiß-rotes Grab.
Hurra.
Ein Veilchen stund an Baches Ranft,
so preußisch-blau, so lind und sanft;
da kam ein kleines Schaf daher,
jetzt steht da gar kein Veilchen mehr.
Hurra.
Ein Richter steht im Walde,
so still und stumm.
Er war republikanisch bis zuletzt,
drum haben sie ihn in den Wald versetzt,
und da steht nun der Richter,
auf seinem linken Bein,
ganz allein.
Lieb Vaterland (siehe oben).
Siehst du die Brigg dort auf den Wellen?
„Rechts müßt ihr steuern!" hallt der Schrei.
Die Republik kann nicht zerschellen,
Frau Wirtin hatte auch ein Ei.
Die Zeiten werden schön und schöner.
Ich denk an Männer, kühn und barsch:
An Noske, Geßler und auch Groener.
Lieb Vaterland (siehe oben).

[1932]

SINGT EENER UFFN HOF

Ick hab ma so mit dir jeschunden,
ick hab ma so mit dir jeplacht.
Ick ha in sießen Liebesstunden
zu dir „Mein Pummelchen“ jesacht.
Du wahst in meines Lehms Auf un Ab
die Rasenbank am Elternjrab.

Mein Auhre sah den Hümmel offen,
ick nahm dir sachte uffn Schoß.
An nächsten Tach wahst du besoffen
un jingst mit fremde Kerle los.
Un bist retuhr jekomm, bleich un schlapp –
von wejen: Rasenbank am Elternjrab!

Du wahst mein schönstet Jlück auf Erden,
nur du – von hinten und von vorn.
Mit uns zwee hätt et können werden,
et is man leider nischt jeworn.
Der Blumentopp vor deinen Fensta
der duftet in dein Zimmer rein …
Leb wohl, mein liebes Kind, und wennsta
mal dreckich jeht, denn denke mein –!

[1932]

DIE HERREN ELTERN

Ist ein Schullehrer Pazifist
und sagt, wie es in Wahrheit im Kriege ist –:
daß Generale Kriegsinteressenten sind,
ganz gleich, wer verliert; ganz gleich, wer gewinnt …

dann – sollte man meinen – freun sich die Eltern für ihr Kind?
Jawoll!

Dann erhebt sich ein ungeheures Elterngeschrei:
„Raus mit dem Kerl! Das ist Giftmischerei!
Unser Junge soll lernen, wie schön die Kriege sind!
Wir warten schon drauf, wann wieder ein neuer beginnt –
und dazu liefern wir gratis und franko 1 Kind!
Jawoll!“

Die Elternbegeisterung ist ganz enorm.
Die Mütter: aus Liebe zur Uniform.
Die Väter, die Lieferanten für den Schützengraben,
denken: Warum sollen denn diese Knaben
es besser als unsereiner haben?
Nicht wahr?

Die Fabrikation eines Kindes ist nicht sehr teuer.

Aber erhöh mal ein bißchen die Umsatzsteuer –:
Dann kreischen die Herren Eltern, daß der Ziegel vom Dache fällt.
Man trennt sich leicht vom Kind.
Aber schwer vom Geld.

Bekommt das Kind einen Bauchschuß? Das macht ihnen keine
Schmerzen.
Doch ihr Geld – das lieben die Herren Eltern von Herzen.
Jawoll!
Mitleid mit den Opfern, die da fallen für Petroleum, für Fahnen,
für Gold –?
Die Herren Eltern haben es so gewollt.

[1932]

ALTES LIED 1794

Wenn in des Abends letztem Scheine
dir eine lächelnde Gestalt
am Rasensitz im Eichelhaine
mit Wink und Gruß vorüberwallt –:
Das ist des Freundes treuer Geist,
der Freud' und Frieden dir verheißt.

Wenn bei des Vollmonds Dämmerlichte,
das zagend durch die Zweige sieht,
durch dunkeln Hain von Tann' und Fichte
ein fauliges Gerüchlein zieht –:
Das ist, was da so grauslich riecht,
Herr Goebbels, der vorüberfliecht.

Wenn bei dem Silberglanz der Sterne,
wenn schwarze Nacht herniederweint,
gleich Aeolsharfen aus der Ferne …
wenn dir dann gar kein Geist erscheint –:
Dies Phänomen, damit dus weißt,
das ist Herrn Adolfs Hitlers Geist.

[1932]

WENN EENA DOT IS

Für Paul Graetz

Wenn eena dot is, kriste 'n Schreck.
Denn denkste: Ick bin da, un der is weg.
Un hastn jern jehabt, dein Freund, den Schmidt,
denn stirbste 'n kleenet Sticksken mit.

Der Rest is Quatsch.
Der Pfaffe, schwarz wien Rabe,
un det Jemache an den offnen Jrabe …
Die Kränze …! Schade um det Jeld.
Und denn die Reden – hach du liebe Welt –!

Da helfen keine hümmlische Jewalten:
die Rede muß der Dümmste halten.
Un der bepredicht sich die schwarze Weste
un hält sich an Zylinder feste.
Wat macht der kleene Mann, wenn eena sanft vablich?
Er is nich hülflos – er ist feialich.

Leer is de Wohnung. Trauer die macht dumm.
Denn kram se so in seine Sachen rum.
Der Tod bestärkt die edelsten Jefühle,
un denn jibs Krach, von wejn die Lederstühle.

Der Zeitvesuv speit seine Lava.
Denn sacht mal eena: „Ja, wie der noch da wah –!"
Denn ween se noch 'n bisken hinterher,
und denn, denn wissen se jahnischt mehr.

Wenn eena dot is, brummts in dir:
Nu is a wech. Wat soll ickn denn noch hier?
Man keene Bange,
det denkste nämlich jahnich lange;
ne kleine Sseit,
denn is soweit:
Denn lebst du wieda wie nach Noten!

Keener wandert schneller wie die Toten.

[1932]

HEUTE ZWISCHEN GESTERN UND MORGEN

Wie Gestern und Morgen
sich mächtig vermischen!
Hier ein Stuhl – da ein Stuhl –
und wir immer dazwischen!
    Liebliche Veilchen im März –
        Nicht mehr.
    Proletarier-Staat mit Herz –
Noch nicht.
Noch ist es nicht so weit.
    Denn wir leben –
        denn wir leben
            in einer Übergangszeit –!

Geplappertes A–B–C
bei den alten Semestern.
Fraternité – Liberté –
ist das von gestern?
    Festgefügtes Gebot?
        Nicht mehr.
    Flattert die Fahne rot?
        Noch nicht.
Noch ist es nicht so weit.
    Denn wir leben –
        denn wir leben
            in einer Übergangszeit –!

Antwort auf Fragen
wollen alle dir geben.
Du mußt es tragen:
ungesichertes Leben.
    Kreuz und rasselnder Ruhm –
        Nicht mehr.
    Befreiendes Menschentum –
        Noch nicht.

Noch ist es nicht so weit.
Denn wir leben –
denn wir leben
in einer Übergangszeit –!

[1932]

WENN EENA JEBORN WIRD

Allemal für Paulchen

Nu liechste da, du kleene Kröte!
Siehst aus wie ne jebadte Maus.
Na laß man, do – der olle Joethe,
der sah als Kind nich scheena aus.
Und hier – ick bring da ooch wat mit!
Tittittittittitt –!

Die Neese haste ja von Vatan.
Det Mäulchen, wo de dir drin wühlst,
da sachste denn den Jrang im Schkat an.
Wolln hoffen, dette bessa spielst
als wie der Olle, dein Papa!
Allallallalla –!

Un seh mah! Hast ja richtich Haare!
Die hat dir Mutta mitjejehm.
Du, Mensch, det is ne wunderbare
un liebe Frau – nur etwas unbequem.
Dein Olla, der macht vor ihr Kusch …
Puschpuschpuschpuschpusch –!

Sieht man dir durch de Neese schnauhm
un wie du mit die Beenchen tanzt –:
denn sollte man det jahnich jlauhm,
wie jemeine du mal wern kannst.
        Wa –?

Ach, Menschenskind, ick wer da sahrn:
Schlach du nach Vatan! Hör ma an!
Du kannst ja ooch nach andre schlahrn …
Na, wirste denn als junga Mann
    jenau so doof wie Onkel Fritz?
        Zizzizzizzizzizz –?

Da liechste nu in deine Wieje
un fängst noch mah von vorne an.
Na, Mensch, ob ick mah Kinda krieje?
Man jloobt ja imma wieda dran.
    Du machst dir nu die Windeln voll
    und weeßt nich, wat det heißen soll,
    wenn eena dir mit Puda fecht,
    dir abwischt un dir trocken lecht …
        Denn loofste rum,
        klug oda dumm …
    Un machst den janzen Lebensskandal
    alles nochmal, alles nochmal –!

[1932]

ANHANG

CHRONOLOGISCHES VERZEICHNIS ALLER TITEL DIESES BANDES (IN DER REIHENFOLGE IHRER ERSTERSCHEINUNG)

1907

1911

1912

1913

1914

1916

1917

1918

1919

1920

1921

1922

1923

1924

1925

1926

1927

1928

1929

1930

1931

1932

ALPHABETISCHES VERZEICHNIS ALLER TITEL DIESES BANDES

A

B

C

D

E

F

G

H

I

J

K

O

P

R

S

T

U

V

W

Z